LE PAYS
DES GROTTES SACRÉES

******
Les Enfants de la Terre

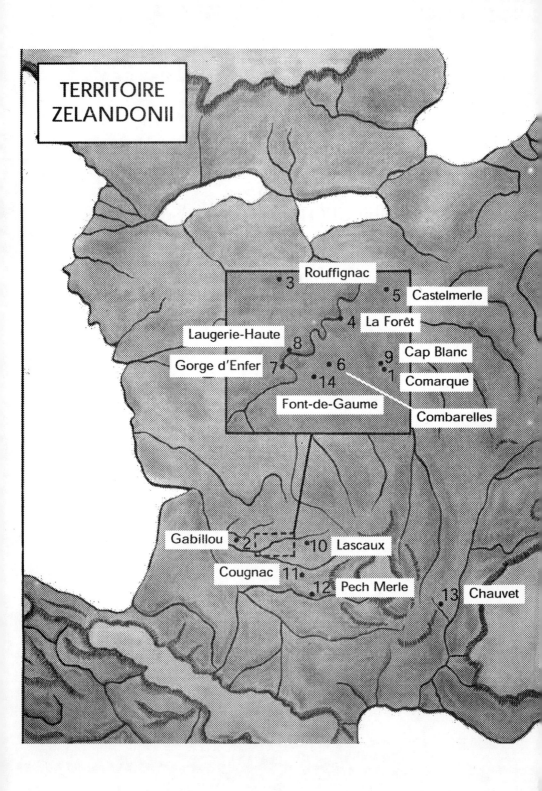

SITES SACRÉS

1. Rocher à la Tête de Cheval, Septième Caverne des Zelandonii
2. Nouvelle petite grotte de Vue du Soleil, Vingt-Sixième Caverne des Zelandonii
3. Grotte du Mammouth
4. Grotte des Bois, partie Ouest de la Vingt-Neuvième Caverne
5. Cinquième Caverne des Zelandonii
6. Lieu des Femmes
7. Petite Vallée, Quatorzième Caverne des Zelandonii
8. Neuvième Caverne des Zelandonii
9. Cœur de Cheval
10. Grotte Blanche
11. Site sacré de la Quatrième Caverne des Zelandonii du Sud
12. Site sacré de la Septième Caverne des Zelandonii du Sud
13. Site sacré le plus ancien de la Grande Terre Mère
14. Profonde des Rochers de la Fontaine

LES ENFANTS DE LA TERRE

L'EUROPE À L'ÂGE GLACIAIRE

Étendue des glaciers et modification des côtes durant la période interstadiaire, tendance au réchauffement durant la glaciation de Würm du pléistocène supérieur, entre 35 000 et 25 000 ans avant notre ère.

DU MÊME AUTEUR
CHEZ LE MÊME ÉDITEUR

Le Clan de l'Ours des Cavernes *
La Vallée des chevaux **
Les Chasseurs de mammouths ***
Le Grand Voyage ****
Les Refuges de pierre *****

Jean M. Auel

LE PAYS DES GROTTES SACRÉES

******

Les Enfants de la Terre

Roman

Traduit de l'anglais (Etats-Unis)
par Jacques Bommarlat

EDITIONS DE NOYELLES

Titre original : *The Land of Painted Caves*

Editions de Noyelles
123, boulevard de Grenelle, Paris
www.franceloisirs.com
Une édition du Club France Loisirs, Paris
réalisée avec l'autorisation des Editions des Presses de la Cité

Le Code de la propriété intellectuelle n'autorisant, aux termes de l'article L. 122-5, 2ᵉ et 3ᵉ a), d'une part, que les « copies ou reproductions strictement réservées à l'usage privé du copiste et non destinées à une utilisation collective » et, d'autre part, que les analyses et les courtes citations dans un but d'exemple et d'illustration, « toute représentation ou reproduction intégrale ou partielle faite sans le consentement de l'auteur ou de ses ayants droit ou ayants cause est illicite » (article L. 122-4).
Cette représentation ou reproduction, par quelque procédé que ce soit, constituerait donc une contrefaçon, sanctionnée par les articles L. 335-2 et suivants du Code de la propriété intellectuelle.

© Jean M. Auel, 2011
Edition originale : Crown Publishers Inc., New York

© Presses de la Cité, un département de place des éditeurs, 2011 pour la traduction française
Carte : © Rodica Prato d'après Jean Auel
Cartouche : © Palacios d'après Jean Auel
N° ISBN : 978-2-298-04395-2
N° Editeur : 63848

A Raeann,
Première née, dernière citée, toujours aimée
Et à Frank qui se tient à son côté
Et aussi à Amelia, Bret, Alecia et Emory
qui font honneur à leurs parents,
Avec tout mon amour.

La Vénus de Willendorf en Autriche

1

Le groupe de voyageurs avait emprunté le sentier courant entre les eaux étincelantes de la Rivière des Prairies et la paroi calcaire blanche veinée de noir, le long de la rive droite. Les uns à la suite des autres, ils longeaient la courbe où la roche surplombait le bord de l'eau. Devant eux, un sentier plus étroit filait en direction du gué, où l'eau s'étalait, moins profonde, et bouillonnait entre des affleurements de rochers.

La jeune femme qui ouvrait la marche s'arrêta brusquement et, les yeux écarquillés, regarda devant elle. Elle esquissa un mouvement du menton et murmura, apeurée :

— Là-bas ! Des lions !

Joharran, le chef, leva un bras pour indiquer au groupe de faire halte. Au-delà de l'endroit où le sentier se divisait, ils découvrirent des lions des cavernes au pelage marron clair paressant dans l'herbe haute. Celle-ci leur offrait un couvert si dense que les voyageurs ne les auraient pas repérés si tôt sans le regard perçant de Thefona. La femme de la Troisième Caverne avait une vue exceptionnelle. Son talent, décelé précocement, avait été encouragé par les membres de sa Caverne dès l'enfance. Elle était leur meilleure guetteuse.

A l'arrière du groupe, Ayla et Jondalar, que suivaient trois chevaux, levèrent la tête pour voir ce qui se passait.

— Je me demande pourquoi on s'est arrêtés, s'interrogea Jondalar, le front plissé.

Ayla observa le chef et ceux qui l'entouraient, puis protégea instinctivement de la main l'enfant qu'elle portait contre sa poitrine dans une souple couverture de cuir. Après sa tétée, Jonayla s'était endormie, mais elle remua en sentant les doigts de sa mère. Ayla possédait une capacité remarquable à interpréter le langage corporel, acquise dans sa jeunesse quand elle vivait avec le Clan. Elle sut que Joharran était en alerte et Thefona, effrayée.

A l'instar de Thefona, Ayla possédait une vue perçante. Elle pouvait également capter des sons inaudibles pour les autres, et son odorat était très aiguisé. Comme elle ne se comparait jamais à personne, elle ne se rendait pas compte de la qualité extraordinaire de ses facultés sensorielles. Cette acuité avait sans nul doute contribué à la maintenir en vie après qu'elle eut perdu ses parents et le monde auquel elle appartenait, à l'âge de cinq ans. Pendant des années, elle avait développé ses aptitudes naturelles grâce à son observation des animaux, les carnivores en particulier, et avait appris seule l'art de la chasse.

Dans le silence, elle distinguait le rugissement faible mais familier des lions, elle détectait leur odeur dans la brise. Soudain les félins cachés par l'herbe haute jaillirent. Ayla compta deux jeunes et trois ou quatre adultes. Se remettant à marcher, elle prit d'une main le propulseur attaché à une boucle de sa ceinture, de l'autre une sagaie dans l'étui suspendu à son dos.

— Où vas-tu ? lui demanda Jondalar.

Elle s'arrêta.

— Des lions, devant nous, fit-elle à voix basse. Juste après l'endroit où la piste bifurque.

Jondalar tendit la main vers ses armes.

— Reste ici avec Jonayla.

Ayla baissa les yeux sur son bébé endormi puis regarda de nouveau son compagnon.

— Tu sais manier le lance-sagaie, mais il y a au moins deux lionceaux et trois lions, probablement plus. S'ils croient leurs petits en danger et décident d'attaquer, tu auras besoin d'aide et tu sais que je suis meilleure que n'importe qui, toi excepté.

Il plissa de nouveau le front puis hocha la tête.

— Et les chevaux ?

— Ils ont senti les lions. Regarde-les.

Les trois bêtes, y compris Grise, la toute jeune pouliche, gardaient les yeux braqués en direction des félins.

— Ils savent rester à l'écart des lions, poursuivit Ayla. Mais où est Loup ? Je vais le siffler...

— Pas la peine, répondit Jondalar, tendant le bras. Le voilà. Il a dû sentir quelque chose lui aussi.

Ayla se retourna, vit le loup courir vers elle. C'était un animal magnifique, plus gros que la plupart de ses congénères. Une oreille coupée lors d'un combat contre d'autres loups lui donnait un air à nul autre pareil. Elle lui adressa le signal de ralliement qu'elle utilisait lorsqu'ils chassaient ensemble. Jondalar et Ayla se portèrent rapidement à l'avant du groupe, tâchant de faire le moins de bruit possible. Joharran eut un hochement de tête satisfait quand il les vit apparaître silencieusement, leur lance-sagaie à la main.

— Combien sont-ils ? s'enquit Ayla.

— Plus que je ne pensais, répondit Thefona, tentant de cacher sa peur. Quand je les ai aperçus, j'ai cru qu'ils étaient trois ou quatre, mais maintenant qu'ils se sont mis en mouvement, je pense qu'il y en a davantage. C'est une grande troupe.

— Et ils sont sûrs d'eux, ajouta Joharran.

— Comment le sais-tu ? demanda Thefona.

— Ils ne se préoccupent pas de nous.

— Ayla connaît bien les lions des cavernes, fit remarquer Jondalar. On devrait peut-être lui demander son avis.

Joharran se tourna vers la jeune femme, l'air interrogateur.

— Tu as raison, dit-elle, ils savent que nous sommes là, ils savent combien nous sommes. Nous ne leur paraissons peut-être pas plus dangereux qu'un troupeau de chevaux ou d'aurochs et ils doivent se croire capables d'isoler le plus faible d'entre nous. Ils ne sont pas d'ici.

— Qu'est-ce qui te fait croire ça ? demanda Joharran, étonné comme toujours par l'étendue du savoir d'Ayla.

— Ils ne nous connaissent pas, voilà pourquoi ils sont sûrs d'eux. Si c'était une troupe de la région, vivant près des Cavernes, nous les aurions chassés plusieurs fois et ils seraient moins confiants.

— Alors, il faut leur donner une raison de s'inquiéter, conclut Jondalar.

Joharran fronça les sourcils d'une façon qui accentua sa ressemblance avec son frère, plus jeune par l'âge mais plus grand par la taille.

— Il serait peut-être plus sage de les éviter, déclara-t-il.

— Je ne crois pas, dit Ayla en baissant les yeux.

Elle avait toujours des difficultés à contredire un homme en public, surtout un chef. Si cette attitude était tout à fait acceptable pour les Zelandonii – dont plusieurs chefs étaient des femmes, comme l'avait été un temps la mère de Jondalar et Joharran –, elle n'aurait pas été tolérée dans le Clan, où Ayla avait grandi.

— Pourquoi ? demanda Joharran.

— Ces lions se trouvent trop près du foyer de la Troisième Caverne. S'ils se sentent en sécurité, ils reviendront et finiront par prendre pour proies ceux d'entre nous qui seront à leur portée, en particulier les enfants ou les aînés. Ils seront un danger pour ceux qui vivent au Rocher des Deux Rivières et pour les Cavernes voisines, y compris la Neuvième.

Joharran regarda son frère aux cheveux blonds.

— Ta compagne a raison, et toi aussi. Le moment est peut-être venu de leur montrer qu'ils ne sont pas les bienvenus si près de nos foyers.

— Ce serait aussi l'occasion d'utiliser les lance-sagaies pour chasser à une distance plus sûre, souligna Jondalar. Plusieurs d'entre nous s'y sont exercés.

C'était une des raisons pour lesquelles il avait voulu revenir auprès des siens : leur montrer l'arme qu'il avait mise au point.

— Nous n'aurons peut-être pas à en tuer un, ajouta-t-il. Il suffira d'en blesser deux ou trois pour leur apprendre à se tenir à l'écart.

— Jondalar... commença Ayla.

Elle était maintenant capable d'exprimer un avis différent du sien, ou tout au moins de lui soumettre un argument à considérer.

Elle n'avait pas peur de lui dire ce qu'elle pensait, mais elle voulait le faire avec respect.

— Un lance-sagaie est une très bonne arme, convint-elle. Il permet de lancer d'une distance moins dangereuse qu'à la main. Mais « plus sûr », ce n'est pas « tout à fait sûr ». Un animal blessé est imprévisible. Quand il a la force et la rapidité d'un lion des cavernes, la douleur le rend capable de tout. Si tu décides d'utiliser ces armes contre ces lions, ce ne doit pas être pour blesser mais pour tuer.

— Elle a raison, approuva Joharran.

— C'est vrai, admit Jondalar avec un sourire penaud. Mais, si redoutables que soient les lions des cavernes, je répugne toujours à en abattre un quand je n'y suis pas contraint. Ils sont splendides, agiles et gracieux dans leurs mouvements. Ils n'ont pas grand-chose à craindre. Leur force leur donne confiance.

Il regarda sa compagne avec fierté et amour.

— J'ai toujours pensé que le Lion des Cavernes était un totem parfait pour toi.

Gêné de révéler des sentiments aussi profonds, il s'empourpra.

— Je pense quand même que c'est le moment d'utiliser les lance-sagaies, conclut-il.

Joharran remarqua que la plupart des membres du groupe s'étaient rapprochés.

— Combien d'entre nous sont capables de s'en servir ? demanda-t-il à son frère.

— Eh bien, il y a toi, moi, et Ayla, bien sûr. Rushemar s'est beaucoup exercé et il devient habile. Solaban a passé plus de temps à faire des manches d'ivoire pour nos outils, mais il en connaît les rudiments.

— J'ai essayé deux ou trois fois, dit Thefona. Je ne suis pas très douée, mais je sais lancer à la main.

— Merci de me le rappeler, répondit Joharran. C'est vrai que tout le monde ou presque est capable de jeter une sagaie, y compris les femmes.

Il s'adressa ensuite à tout le groupe :

— Que ceux qui veulent chasser ces lions d'ici, avec ou sans lance-sagaie, se préparent.

Ayla entreprit de détacher la couverture dans laquelle elle portait son bébé.

— Folara, tu veux bien garder Jonayla pour moi ? demanda-t-elle à la jeune sœur de Jondalar. A moins que tu ne préfères chasser les lions...

— J'ai participé à des battues mais je n'ai jamais été bonne avec une sagaie et je ne fais pas beaucoup mieux avec un lanceur. Je m'occuperai de Jonayla.

L'enfant était à présent réveillée et elle sourit à sa tante quand celle-ci lui tendit les bras.

— Je l'aiderai, dit Proleva.

La compagne de Joharran avait elle aussi un bébé, plus âgé de quelques jours que Jonayla, ainsi qu'un garçon remuant qui comptait six années.

— Il vaudrait mieux mettre tous les enfants à l'abri, suggéra Proleva. Peut-être derrière le rocher en saillie, ou là-haut dans la Troisième Caverne.

— Excellente idée, estima Joharran. Les chasseurs restent ici, les autres retournent à la caverne, mais sans précipitation. Pas de mouvements brusques. Il faut faire croire aux lions que nous ne faisons que passer, comme un troupeau d'aurochs. Une fois que nous nous serons séparés, nul ne devra s'écarter de son groupe. Les lions en profiteraient pour s'attaquer à toute personne seule.

Ayla ramena son regard sur les chasseurs à quatre pattes, les observa et nota quelques traits distinctifs qui l'aidèrent à les recenser. Elle vit une puissante femelle se retourner tranquillement... Un mâle, se corrigea-t-elle quand elle remarqua ses parties génitales. Un instant, elle avait oublié que les mâles de cette région n'avaient pas de crinière. Les lions des cavernes de sa vallée, à l'est – notamment un dont elle se souvenait particulièrement –, avaient des crins clairsemés autour de la tête et du cou. C'est une troupe nombreuse, pensa-t-elle, plus de deux fois les doigts des deux mains, peut-être trois en comptant les jeunes.

Sous ses yeux, le lion fit quelques pas à découvert puis disparut de nouveau dans l'herbe haute.

Si les dents et les os des lions des cavernes – retrouvés plus tard dans les grottes qui leur servirent de tanières – avaient la même forme que ceux de leurs descendants, qui parcourraient un jour les terres d'un continent situé loin au sud, leur taille était une fois et demie plus grande et, pour certains, deux fois. En hiver, ils se couvraient d'un épais pelage presque blanc, camouflage idéal sur fond de neige pour des prédateurs chassant en toute saison. Leur pelage d'été, quoique toujours clair, tirait sur le beige et, aux saisons intermédiaires, leur robe prenait un aspect tacheté entre deux mues.

Ayla regarda les femmes et les enfants se détacher des chasseurs et repartir en direction de la falaise, escortés de jeunes gens armés de sagaies, sur ordre de Joharran. Remarquant la nervosité des chevaux, elle appela Loup tout en se dirigeant vers les bêtes pour les calmer.

Whinney parut apaisée à leur vue. La jument n'avait pas peur de Loup, qu'elle avait aidé à élever alors qu'il n'était qu'une petite boule de poils. Pour le moment, Ayla voulait que les chevaux accompagnent les femmes et les enfants. Si elle disposait de nombreux mots et de signes pour se faire obéir des équidés, elle ne savait pas comment demander à Whinney de rejoindre les autres et non de la suivre.

Rapide, qui semblait très agité, hennit à son approche. Elle salua l'étalon brun d'un mot affectueux, tapota et gratta le dos de la pouliche grise puis entoura de ses bras le cou de la jument louvette qui avait été sa seule amie pendant les années de solitude après son départ du Clan.

Whinney pressa sa tête contre l'épaule d'Ayla. Celle-ci lui parla dans le mélange de signes, de mots du Clan et de cris d'animaux qu'elle avait créé spécifiquement pour Whinney, jeune pouliche à l'époque, avant que Jondalar lui apprenne sa langue. Elle lui intima l'ordre d'accompagner Folara et Proleva. Que la bête eût compris ou qu'elle sentît simplement que ce serait moins dangereux pour elle et Grise, elle prit le chemin de la falaise avec les autres mères quand Ayla lui indiqua cette direction.

Rapide se montra encore plus nerveux après le départ de la jument. Quoique adulte, le jeune étalon avait l'habitude de suivre sa mère, en particulier quand Ayla et Jondalar chevauchaient ensemble. Il n'en fit rien cette fois, secouant sa crinière avec un hennissement. Jondalar l'entendit, se dirigea vers lui. Le jeune cheval se cabra à son approche. Jondalar se demanda si Rapide, qui avait maintenant deux femelles dans sa petite « troupe », ne commençait pas à manifester un instinct protecteur d'étalon. Il lui parla, le caressa, le flatta pour le calmer puis lui ordonna d'accompagner Whinney en lui donnant une tape sur la croupe. Cela suffit pour le lancer dans la bonne direction.

Ayla et Jondalar retournèrent auprès des chasseurs. Joharran et ses deux conseillers, ses amis Solaban et Rushemar, se tenaient au centre du groupe restant.

— Nous avons discuté de la meilleure tactique à adopter, expliqua Joharran. Faut-il essayer de les cerner ou les pousser dans une certaine direction ? Je sais chasser pour la viande : cerf, bison, aurochs ou même mammouth. Avec l'aide d'autres Zelandonii, j'ai tué un ou deux lions parce qu'ils rôdaient trop près de notre camp, mais je ne suis pas un chasseur de ces animaux, encore moins de toute une troupe.

— Demandons à Ayla son avis, proposa Thefona.

La plupart d'entre eux avaient entendu parler du lionceau blessé qu'elle avait recueilli et élevé jusqu'à l'âge adulte. Et qui lui obéissait au doigt et à l'œil, comme Loup.

— Qu'en penses-tu, Ayla ? dit Joharran.

— Vous voyez comme ils nous regardent ? De la même façon que nous : avec des yeux de chasseurs. Cela risque de les surprendre d'être des proies, pour une fois.

Après une pause, Ayla poursuivit :

— Nous devons rester groupés et marcher vers eux en criant pour les faire reculer. Tout en restant prêts à lancer nos sagaies s'ils font mine de nous attaquer.

— Les approcher de front ? s'étonna Rushemar, les sourcils froncés.

— Ça pourrait se révéler la bonne méthode, jugea Solaban. Et en restant groupés, nous nous protégeons les uns les autres.

— Le plan me paraît bon, déclara Joharran.

— J'avancerai en tête, dit Jondalar en montrant son propulseur. Avec ça, je peux lancer une sagaie vite et loin.

— Je n'en doute pas, mais il vaut mieux attendre que nous soyons tous assez près pour les atteindre.

— D'accord. Ayla me servira de soutien en cas d'imprévu.

— Bonne idée, acquiesça Joharran. Ceux qui lanceront en premier auront tous un soutien au cas où ils manqueraient leur cible et où les lions nous attaqueraient au lieu de fuir. A chaque paire de décider qui attaquera en premier. Il y aurait moins de confusion si tous attendaient un signal pour lancer ensemble.

— Quel genre de signal ? demanda Rushemar.

Joharran réfléchit.

— Nous regarderons Jondalar, dit-il enfin. Quand il lancera sa sagaie, ce sera le signal.

— Je serai ton soutien, si tu veux, proposa Rushemar à Joharran.

Le chef accepta d'un hochement de tête.

— Qui sera le mien ? demanda Morizan. Je ne sais pas si je suis capable de manier correctement un lance-sagaie, mais je me suis exercé.

Ayla se rappela qu'il était le fils de la compagne de Manvelar.

— Moi, répondit une voix de femme. Je suis entraînée.

Ayla se retourna, reconnut Galeya, l'amie aux cheveux roux de Folara. Jondalar la regarda, lui aussi. Bonne façon de devenir proche du fils de la compagne de l'Homme Qui Commande, pensa-t-il. Il jeta un coup d'œil à Ayla – avait-elle pensé la même chose ?

— Je peux être le soutien de Thefona si elle est d'accord, suggéra Solaban. Moi non plus je ne me servirai pas d'un lanceur.

La jeune femme sourit, contente d'être associée à un chasseur mûr et chevronné.

— Moi, j'ai pratiqué le lance-sagaie, dit Palidar.

C'était un ami de Tivonan, l'apprenti de Willamar, le Maître du Troc.

— Nous pouvons faire équipe, mais je lance seulement à la main, répondit Tivonan.

— Je ne suis pas si bon que cela, tempéra Palidar.

Ayla sourit aux deux jeunes gens. Tivonan deviendrait probablement le prochain Maître du Troc de la Neuvième Caverne. Palidar était revenu avec Tivonan après une brève visite que ce dernier avait faite à sa Caverne pour une mission de troc. C'était Palidar qui avait découvert l'endroit où Loup avait livré son terrible combat. Il y avait conduit Ayla. Elle le considérait comme un ami.

— Je n'ai pas vraiment essayé le lanceur, mais je sais manier une sagaie, déclara Mejera.

C'était l'acolyte de la Zelandoni de la Troisième Caverne. Ayla se rappela que la jeune femme se trouvait avec eux la première fois qu'elle avait pénétré dans la Profonde des Rochers de la Fontaine pour chercher la force de vie du jeune frère de Jondalar et tenté d'aider son elan à trouver le Monde des Esprits.

— Tous les autres se sont déjà associés, il ne reste que nous deux, lui répondit Jalodan. Je n'ai aucune idée du maniement de l'arme de Jondalar.

Cousin de Morizan, fils de la sœur de Manvelar, Jalodan était en visite à la Troisième Caverne et avait l'intention d'accompagner ses membres à la Réunion d'Eté pour retrouver ceux de sa propre Caverne.

Voilà. Douze hommes et femmes allaient chasser un nombre égal de lions, des animaux féroces, plus forts et plus rapides qu'eux. Ayla commença à douter. Comment douze êtres humains si frêles pouvaient-ils songer à attaquer une troupe de lions ? Du coin de l'œil, elle vit un autre carnivore, qu'elle connaissait bien, celui-là, et lui fit signe de rester auprès d'elle. Douze humains et un loup, pensa-t-elle.

— Allons-y, dit Joharran.

Les douze chasseurs de la Troisième et de la Neuvième Caverne des Zelandonii se mirent à avancer d'un même pas vers les énormes bêtes. Ils étaient armés de sagaies terminées par des pointes de silex, d'os ou d'ivoire. Ceux qui étaient équipés de propulseurs permettant de lancer plus loin, avec plus de force et de vitesse, allaient avoir l'occasion d'éprouver la nouvelle arme de Jondalar mais aussi leur propre courage.

— Allez-vous-en ! cria Ayla aux lions quand le groupe s'ébranla. Nous ne voulons pas de vous ici !

D'autres reprirent l'injonction, lui ajoutèrent des variantes, hurlant en direction des félins pour les faire fuir.

Les fauves, jeunes et adultes, se contentèrent d'abord de les regarder approcher. Puis plusieurs d'entre eux retournèrent dans l'herbe haute qui les cachait si bien, avant d'en ressortir, comme indécis sur la conduite à tenir. Ceux qui s'étaient repliés avec les lionceaux réapparurent sans eux.

— Ils se demandent qui nous sommes, remarqua Thefona qui se tenait au milieu des chasseurs.

Ceux-ci prirent de l'assurance mais lorsque le grand mâle grogna soudain dans leur direction ils sursautèrent et tous s'immobilisèrent.

— Ce n'est pas le moment d'arrêter, leur enjoignit Joharran.

Ils repartirent, d'abord en ordre dispersé, puis se regroupèrent en marchant. Les lions hésitaient, quelques-uns leur tournèrent le dos et disparurent dans l'herbe, mais le grand mâle grogna de nouveau, fit face aux intrus et rugit. Plusieurs de ses congénères se postèrent derrière lui. Ayla sentait l'odeur de la peur des chasseurs humains et était certaine que les lions la sentaient également. Elle avait peur, elle aussi, mais elle savait que la frayeur peut être maîtrisée.

— Préparons-nous, dit Jondalar. Ce mâle semble hargneux et il a des renforts.

— Tu peux l'atteindre d'ici ? lui demanda Ayla.
— Sans doute, mais je préfère m'approcher, pour plus de sûreté.
— Moi, je ne suis pas certain de le toucher à cette distance, avoua Joharran. Avançons encore.

Les chasseurs continuaient à émettre des cris. Ayla remarqua néanmoins que leurs vociférations se faisaient moins assurées à mesure que le danger se rapprochait. Les lions des cavernes, à présent immobiles, regardaient avancer la troupe de ces êtres étranges qui ne se comportaient pas en proies.

Soudain, le grand mâle poussa un rugissement assourdissant et se mit à courir dans leur direction. Lorsqu'il fut sur le point de bondir, Jondalar lança sa sagaie.

Ayla surveillait la femelle qui se tenait à droite du lion avant qu'il s'élance. Quand Jondalar jeta sa sagaie, la lionne se mit à courir vers eux à son tour.

Ayla recula, visa. L'arrière du propulseur s'éleva quand elle ramena le bras en avant, d'un mouvement quasi automatique. Elle n'avait pas besoin d'y penser. Jondalar et elle avaient si souvent utilisé cette arme pendant leur long voyage de retour chez les Zelandonii que c'était devenu un geste naturel.

La sagaie d'Ayla atteignit la lionne en plein saut. Le projectile se planta dans sa gorge. Le sang jaillit avec force et la bête s'effondra.

Ayla prit aussitôt une autre sagaie dans son étui, la plaça sur le propulseur et regarda autour d'elle. Elle vit la sagaie de Joharran fendre l'air, suivie d'une autre. Rushemar avait le bras tendu devant lui, dans la posture d'un homme qui vient de lancer. Une deuxième lionne s'écroula, touchée deux fois. Quand une troisième attaqua, Ayla projeta sa sagaie en avant et s'aperçut qu'un autre chasseur avait fait de même juste avant elle.

Elle posa un nouveau projectile sur le propulseur, s'assura qu'il était bien en place : la hampe dans la rainure, le crochet de l'arrière du propulseur dans le trou à l'extrémité de la sagaie opposée à la pointe.

Le grand mâle remuait encore, il saignait abondamment. La femelle ne bougeait plus.

Les autres lions se dispersèrent dans l'herbe, l'un d'eux au moins laissant derrière lui une traînée de sang. Les chasseurs humains se regardèrent et ébauchèrent un sourire.

— Je crois que nous avons gagné, dit Palidar.

A peine avait-il prononcé ces mots qu'Ayla entendit le grondement menaçant de Loup. En quelques bonds, l'animal s'éloigna des chasseurs, Ayla sur ses talons. Le grand lion s'était relevé. Avec un rugissement, il sauta.

Au moment où Loup se jetait sur lui, Ayla lança sa sagaie de toutes ses forces. Un autre chasseur l'imita. Les deux traits atteignirent leur cible, le lion et le loup s'écroulèrent ensemble, couverts de sang. Ayla tressaillit. Se pouvait-il que Loup soit mortellement atteint ?

2

La lourde patte du lion bougeait... Comment pouvait-il être encore en vie, transpercé par trois sagaies ? Ayla vit alors la tête ensanglantée de Loup émerger sous l'énorme membre et elle courut vers lui. Loup parvint à se dégager, saisit la patte entre ses crocs et la secoua avec une telle vigueur qu'Ayla comprit que le sang qui recouvrait son pelage était celui du lion. Jondalar la rejoignit devant le cadavre.

— Je suis désolé que nous ayons dû le tuer, dit-il à mi-voix. C'était un animal magnifique et il ne faisait que défendre les siens.

— Je le regrette également. Il m'a rappelé Bébé, mais nous devions défendre les nôtres, nous aussi. Pense à ce que nous ressentirions si l'un de ces animaux avait tué un enfant.

— Nous pouvons tous deux le réclamer comme proie, seules nos sagaies l'ont atteint. Et tu as aussi tué seule la lionne qui se tenait à côté de lui, ajouta Jondalar.

— Il me semble que j'en ai touché une autre, mais je ne revendiquerai aucune part sur celle-là. Prends ce que tu veux du mâle. De la femelle, je ne demande que la peau et la queue, ainsi que les griffes et les dents, en souvenir de cette chasse.

Ils gardèrent un moment le silence, puis Ayla ajouta :

— J'aimerais leur rendre hommage d'une manière ou d'une autre, manifester mon respect à l'Esprit du Lion des Cavernes et exprimer ma gratitude à mon totem.

— Il est de coutume, quand nous tuons une proie, de demander à son esprit de remercier la Grande Terre Mère de la nourriture qu'Elle nous laisse prendre. Demandons cette fois à l'Esprit du Lion des Cavernes de La remercier de nous avoir permis d'abattre ces lions pour protéger nos familles. Nous pouvons donner de l'eau à ce lion pour que son esprit n'arrive pas assoiffé dans le Monde d'Après. Certains enterrent aussi le cœur, le rendent à la Mère. Je crois que nous devrions faire les deux pour ce grand lion qui a donné sa vie pour défendre sa troupe.

— J'agirai de même pour la lionne qui s'est battue à ses côtés, promit Ayla. Je crois que mon totem m'a protégée, moi et peut-être nous tous. La Mère aurait pu laisser l'Esprit du Lion des

Cavernes prendre l'un de nous pour compenser la perte infligée à la troupe. Je Lui suis reconnaissante de ne pas l'avoir fait...

— Ayla, tu avais raison !

La jeune femme se retourna, sourit en voyant le chef de la Neuvième Caverne approcher.

— Tu nous avais avertis : « Un animal blessé est imprévisible. » Nous n'aurions pas dû croire qu'il ne se relèverait pas, fit observer Joharran au reste des chasseurs.

— Ce qui m'a étonné, c'est le loup, dit Palidar.

Il regardait l'animal encore couvert de sang assis aux pieds d'Ayla, la langue pendante.

— Jamais je n'aurais imaginé qu'un loup puisse s'en prendre à un lion des cavernes, blessé ou non.

— Loup protège Ayla, expliqua Jondalar avec un sourire. Quel que soit celui qui la menace, il attaquera.

— Même si c'est toi ?

— Oui.

Le groupe observa un silence gêné, puis Joharran demanda :

— Combien de lions avons-nous abattus ?

— J'en compte cinq, répondit Ayla.

— Ceux qui ont été touchés par plusieurs chasseurs seront partagés.

— Les sagaies plantées dans le grand mâle et dans la femelle à côté appartiennent à Ayla et à moi, déclara Jondalar. Nous les réclamons et nous voulons honorer leurs esprits.

Les autres chasseurs exprimèrent leur accord.

Ayla s'approcha de la lionne qu'elle avait tuée et détacha une outre de sa ceinture. Elle était faite d'une panse de cerf soigneusement lavée dont on avait ligaturé la sortie. L'entrée avait été resserrée autour d'une vertèbre de cerf au pourtour taillé et attachée avec un tendon. Le trou central naturel de ce tronçon d'épine dorsale faisait un embout commode. Le bouchon était une mince lanière de cuir nouée plusieurs fois au même endroit et enfoncée dans la vertèbre. Ayla le défit, prit une gorgée d'eau, s'agenouilla près de la tête de l'animal, écarta les mâchoires et recracha l'eau dans la gueule du fauve.

— Nous te remercions, Doni, Mère de Toutes Choses, et nous remercions l'Esprit du Lion des Cavernes, entonna-t-elle.

Avec les mains, elle fit les signes de la langue rituelle des membres du Clan, celle qu'ils utilisaient lorsqu'ils s'adressaient au Monde des Esprits, et les traduisit à voix haute :

— Cette femme remercie l'Esprit du Grand Lion des Cavernes, son totem, d'avoir permis que quelques créatures vivantes de l'Esprit tombent sous les lances des Zelandonii. Cette femme souhaite exprimer son chagrin pour cette perte. La Mère et l'Esprit du Lion des Cavernes savent qu'elle était nécessaire pour la sécurité des humains, mais cette femme veut quand même témoigner sa reconnaissance.

Les chasseurs qui l'observaient trouvaient que le rite n'était pas accompli exactement de la façon qui leur était familière, mais il leur semblait juste. Il leur faisait aussi comprendre pourquoi leur Zelandoni Qui Etait la Première avait fait de cette étrangère son acolyte.

Ayla se tourna vers eux et annonça :

— Je prendrai la peau et la queue, les griffes et les dents.

— Et la viande ? demanda Palidar. Tu n'en veux pas ?

— Non. En ce qui me concerne, les hyènes peuvent s'en repaître. Je n'aime pas le goût de la chair des mangeurs de chair, en particulier celle du lion des cavernes.

— Je n'ai jamais mangé de lion, dit alors Palidar.

— Moi non plus, reconnut Morizan de la Troisième Caverne, qui avait fait équipe avec Galeya.

— Aucune de vos lances n'a atteint sa cible ? leur demanda Ayla.

Elle les vit secouer la tête et reprit :

— Vous pourrez prendre la viande de cette lionne une fois que j'aurai enterré son cœur, mais je vous conseille de ne pas manger son foie.

— Pourquoi ? voulut savoir Tivonan.

— Les membres du Clan qui m'ont élevée pensaient que le foie des carnivores pouvait tuer comme un poison. Ils racontaient l'histoire d'une femme égoïste qui avait dévoré le foie d'un lynx et en était morte. Nous devrions peut-être enfouir le foie avec le cœur.

— Le foie de tous les animaux qui mangent de la viande est mauvais ? demanda Galeya.

— Pas celui des ours, je crois. Ils mangent de la viande mais aussi plein d'autres choses. Les ours des cavernes ont bon goût. J'ai connu des gens qui mangeaient leur foie sans tomber malades.

— Cela fait des années que je n'ai pas vu un ours des cavernes, dit Solaban. Il n'y en a plus beaucoup par ici. Tu en as vraiment mangé ?

— Oui, répondit Ayla.

Elle songea à mentionner que la viande d'ours des cavernes était sacrée pour le Clan, réservée uniquement aux fêtes rituelles, mais se dit que sa remarque susciterait d'autres questions auxquelles il lui faudrait trop de temps pour répondre.

Considérant de nouveau le corps de la lionne, elle soupira : la bête était énorme, l'écorcher demanderait du temps et elle aurait volontiers accepté de l'aide. Les quatre jeunes gens qui l'interrogeaient n'avaient touché aucune bête avec leurs sagaies mais ils avaient pris part à la chasse et s'étaient mis en danger. Elle leur sourit.

— Je vous donnerai une griffe à chacun si vous m'aidez à la dépouiller, promit-elle.

— Je suis d'accord, firent Palidar et Tivonan presque en même temps.

— Moi aussi, enchaîna Morizan.

— Je crois que nous n'avons pas échangé les présentations rituelles, lui dit Ayla.

Elle se tourna vers le jeune homme et tendit les deux bras, les paumes tournées vers le haut, geste de franchise et d'amitié.

— Je suis Ayla, de la Neuvième Caverne des Zelandonii, Acolyte de Zelandoni, Première parmi Ceux Qui Servent la Grande Terre Mère, compagne de Jondalar, Maître Tailleur de Silex et frère de Joharran, l'Homme Qui Commande la Neuvième Caverne des Zelandonii, anciennement fille du Foyer du Mammouth du Camp du Lion des Mamutoï, Choisie par l'Esprit du Lion des Cavernes, Protégée par l'Ours des Cavernes, amie des chevaux Whinney, Rapide et Grise, ainsi que de Loup, le chasseur à quatre pattes...

Cela suffit, pensa-t-elle. Elle avait conscience que la première partie de l'énumération de ses noms et liens était écrasante – ils lui conféraient un haut rang parmi les Zelandonii – et que le reste n'aurait rien évoqué pour le jeune homme.

Il tendit les mains lui aussi et commença à réciter :

— Je suis Morizan, de la Troisième Caverne des Zelandonii...

Il s'interrompit, parut hésiter, puis :

— Fils de Manvelar, l'Homme Qui Commande la Troisième Caverne, cousin...

Ayla se rendit compte qu'il était jeune, peu habitué aux nouvelles rencontres et aux présentations rituelles. Pour lui faciliter les choses, elle conclut :

— Au nom de Doni, la Grande Terre Mère, je te salue, Morizan de la Troisième Caverne des Zelandonii... et je te remercie de ton aide.

— Moi aussi, je veux t'aider, dit Galeya. J'aimerais avoir une griffe en souvenir de cette chasse. Même si je n'ai abattu aucune de ces bêtes, c'était excitant. Un peu effrayant mais excitant.

Ayla eut un hochement de tête compréhensif.

— Alors, commençons. Faites attention en arrachant les griffes ou les dents. Il faut les faire cuire avant de pouvoir y toucher sans danger. Si elles vous égratignent, la blessure peut enfler, suppurer et dégager une odeur nauséabonde.

Levant les yeux, elle vit au loin quelques personnes apparaître devant la roche en saillie. Elle reconnut plusieurs membres de la Troisième Caverne qui ne faisaient pas partie du groupe à l'origine, notamment Manvelar, vieux et vigoureux chef de cette Caverne. Lorsqu'ils eurent rejoint les chasseurs, il s'approcha de Joharran et tendit les deux bras.

— Je te salue, Joharran, Homme Qui Commande la Neuvième Caverne des Zelandonii, au nom de Doni, la Grande Terre Mère.

Prenant les deux mains de Manvelar dans les siennes, Joharran lui adressa en retour la formule habituelle entre chefs :

— Au nom de la Grande Terre Mère Doni, je te salue, Manvelar, Homme Qui Commande la Troisième Caverne.

— Ceux que tu nous as renvoyés, Joharran, nous ont raconté ce qui se passait. Nous avions repéré les lions, ils venaient régulièrement par ici et nous nous demandions quoi faire. Le problème est résolu. Je vois quatre... non, cinq bêtes abattues en comptant le mâle. Les femelles devront en trouver un autre, maintenant. Ou plusieurs, si elles se séparent. La troupe en sera totalement transformée. Je ne crois pas qu'ils reviendront nous ennuyer de sitôt. Nous vous remercions.

— Nous ne pouvions pas passer devant ces lions sans courir de risques et ils menaçaient aussi les Cavernes voisines. Nous avons décidé de les faire déguerpir, d'autant que nous avions parmi nous plusieurs chasseurs capables d'utiliser un lance-sagaie. Heureusement, d'ailleurs. Gravement blessé, le grand mâle a continué à nous attaquer.

— La chasse au lion des cavernes est dangereuse. Qu'allez-vous faire de ces bêtes ?

— Chacun a réclamé sa part des peaux, des dents et des griffes. Certains veulent goûter leur chair.

Manvelar plissa le nez.

— Elle est forte. Nous vous aiderons à les écorcher, mais cela prendra du temps. Passez donc la nuit chez nous, nous enverrons un messager prévenir la Septième Caverne de votre retard.

— Je te remercie, Manvelar.

La Troisième Caverne offrit un repas aux visiteurs de la Neuvième avant qu'ils repartent, le lendemain matin. Joharran, Proleva, Jaradal et Sethona, le fils et le bébé de Proleva, étaient assis avec Jondalar, Ayla et leur enfant sur la plate-forme rocheuse ensoleillée et admiraient la vue en mangeant.

— Morizan semble s'intéresser à l'amie de Folara, Galeya, chuchota Proleva, qui regardait le groupe de jeunes gens non encore unis avec l'œil indulgent d'une sœur aînée déjà mère.

— Elle lui a servi de soutien hier pendant la chasse, souligna Jondalar avec un sourire. Chasser ensemble et dépendre de l'autre peut rapidement créer un lien particulier. Ils ont aidé Ayla à écorcher sa lionne et elle leur a donné une griffe à chacun. Ils ont eu si vite fini qu'ils sont venus m'aider et je leur ai aussi donné une petite griffe.

— Alors c'est de cela qu'ils étaient si fiers, hier soir, autour du panier à cuire, dit Proleva.

— Je peux avoir une griffe, moi aussi ? demanda le petit Jaradal.

— Ce sont des souvenirs de chasse, lui répondit sa mère. Quand tu seras assez grand pour chasser, tu en auras.

— Je lui en offrirai une, dit Joharran en souriant au fils de sa compagne. J'ai abattu une lionne, moi aussi.

— C'est vrai ? s'exclama le garçon de six ans. Et je peux avoir une griffe ? Oh, quand je la montrerai à Robenan !

— Fais-la cuire avant de la lui donner, intervint Ayla.

— C'est ce que Galeya et les autres ont fait hier soir, expliqua Jondalar. Ayla y tenait absolument.

— Pourquoi ça ? demanda Proleva.

— Quand j'étais petite, avant d'être recueillie par le Clan, j'ai été griffée par un lion des cavernes. C'est de là que viennent les cicatrices sur ma jambe. Je me souviens que ma jambe est longtemps restée douloureuse et enflée. Le Clan aimait aussi garder des dents et des griffes d'animaux. L'une des premières choses qu'Iza m'a recommandées quand elle m'apprenait à devenir femme-médecine, c'est de les faire cuire avant de les manipuler. D'après Iza, elles étaient pleines d'esprits mauvais et la chaleur de la cuisson les en chassait.

— Rien d'étonnant quand on pense à ce que ces animaux font de leurs griffes, commenta Proleva. Je veillerai à faire cuire la griffe de Jaradal.

— Cette chasse au lion a fait la preuve de l'efficacité de ton arme, dit Joharran à son frère. Ceux qui n'avaient que des sagaies auraient probablement su se défendre si les lions s'étaient approchés davantage, mais les seules bêtes abattues l'ont été par des lance-sagaies. Je crois que cela en encouragera d'autres à s'en servir.

Manvelar les rejoignit.

— Vous pouvez laisser les peaux de lion ici, vous les prendrez à votre retour, suggéra-t-il. Nous les garderons au fond de l'abri inférieur, il y fait assez frais pour qu'elles se conservent quelques jours. Vous les traiterez lorsque vous serez rentrés chez vous.

La haute falaise calcaire devant laquelle ils étaient passés avant la chasse – appelée Rocher des Deux Rivières parce qu'elle s'élevait au confluent de la Rivière des Prairies et de la Rivière – présentait, l'une au-dessus de l'autre, trois corniches découpées formant des surplombs protecteurs. La Troisième Caverne utilisait les trois refuges de pierre mais vivait surtout dans le grand abri du milieu, qui offrait un vaste panorama sur les deux cours d'eau et les environs de la falaise. Les deux autres servaient principalement de resserres.

— Cela nous aiderait, répondit Joharran. Nous avons beaucoup à porter, avec les bébés et les enfants, et nous avons déjà pris du retard. Si ce voyage au Rocher à la Tête de Cheval n'avait pas été prévu depuis quelque temps, nous ne l'aurions pas entrepris. Après tout, nous verrons tout le monde à la Réunion d'Eté et nous avons encore beaucoup à faire avant de partir. Mais la Septième Caverne tenait absolument à la visite d'Ayla, et Zelandoni voulait lui montrer la Tête de Cheval. Comme c'est tout près, le groupe veut aussi aller au Foyer Ancien rendre visite à la Deuxième Caverne et voir les ancêtres gravés dans la paroi de leur grotte inférieure.

— Où est la Première parmi Ceux Qui Servent la Grande Terre Mère ? s'enquit Manvelar.

— Elle est déjà là-bas depuis quelques jours. Elle s'entretient avec plusieurs membres de la Zelandonia d'une question liée à la Réunion d'Eté.

— A ce propos, vous pensez partir quand ? Nous pourrions voyager ensemble.

— J'aime partir tôt. Avec une Caverne aussi nombreuse, il faut du temps pour trouver un endroit où camper. Et nous devons aussi penser aux animaux, maintenant. Je me suis déjà rendu à la Vingt-Sixième Caverne, mais je ne connais pas vraiment la région.

— C'est une vaste étendue plate au bord de la Rivière de l'Ouest, dit Manvelar. Elle peut accueillir de nombreux abris d'été, mais je ne crois pas que ce soit un bon endroit pour des chevaux.

— Le lieu que nous avions choisi l'année dernière me plaisait, même s'il était loin de toutes les activités, mais je ne sais pas ce que nous trouverons cette année. J'avais envisagé de partir plus tôt en reconnaissance, puis nous avons eu les fortes pluies de printemps et je n'ai pas voulu patauger dans la boue, expliqua Joharran.

— Si cela ne vous dérange pas d'être un peu à l'écart, il y a peut-être un endroit tranquille plus près de Vue du Soleil, le refuge de la Vingt-Sixième Caverne. Il est situé près de la rive de l'ancien lit de la rivière, un peu en retrait du lit actuel.

— Nous pouvons essayer. J'enverrai un messager une fois que nous aurons fixé le jour du départ. Si la Troisième Caverne veut nous accompagner, nous voyagerons ensemble. Tu as de la famille là-bas, non ? Tu as un itinéraire en tête ? Je sais que la Rivière de l'Ouest coule dans la même direction que la Rivière, ce n'est pas difficile à trouver. Il suffit de descendre vers le sud jusqu'à la Grande Rivière puis de marcher vers l'ouest jusqu'à la Rivière de l'Ouest et de la suivre en allant vers le nord, mais si tu connais un chemin plus direct...

— J'en connais un, répondit Manvelar. Tu sais que ma compagne était de la Vingt-Sixième Caverne et nous visitions souvent sa famille quand les enfants étaient plus jeunes. Je n'y suis pas retourné depuis sa mort et j'attends avec impatience la Réunion d'Eté pour retrouver des parents que je n'ai pas vus depuis un moment. Morizan, son frère et sa sœur ont des cousins là-bas.

— Nous en reparlerons lorsque nous reviendrons prendre les peaux de lion. Merci pour l'hospitalité de la Troisième, Manvelar, dit Joharran en se tournant pour partir. Nous devons nous mettre en route. La Deuxième Caverne nous attend et Zelandoni Qui Est la Première connaît une grotte qu'elle veut montrer à Ayla.

Les premières pousses du printemps avaient apporté une touche émeraude à la terre brune en train de dégeler. A mesure que la saison courte avançait, que croissaient les tiges et les feuilles, de riches prairies remplaçaient les couleurs froides dans les plaines d'inondation des rivières. Ondulant au vent chaud du début de l'été, le vert de la pousse rapide faisant place à l'or de la maturité, les prés qui donnaient leur nom aux rivières s'étendaient devant eux.

Le groupe de voyageurs de la Neuvième Caverne et quelques-uns de la Troisième longèrent la Rivière des Prairies en revenant sur leurs pas de la veille. L'un derrière l'autre, ils contournèrent le rocher en saillie en suivant le sentier passant entre l'eau claire de la Rivière des Prairies et la falaise. Un peu plus loin, ils purent avancer à deux ou trois de front.

Ils prirent le sentier qui menait au gué et qu'on appelait déjà « le Lieu de la Chasse aux Lions ». La disposition naturelle des rochers ne permettait pas de traverser facilement. C'était une chose pour des jeunes gens de sauter d'une pierre glissante à une autre, c'en était une autre pour une femme enceinte ou portant un enfant contre sa poitrine, ou des ballots de vivres, de vêtements, d'outils, ou pour des hommes et des femmes plus âgés. On avait donc placé d'autres rochers entre ceux que l'eau basse ne recouvrait pas pour raccourcir les espaces à enjamber. Après qu'ils furent tous passés de l'autre côté de l'affluent, ils purent de nouveau marcher à deux ou trois de front.

Morizan attendit Jondalar et Ayla, qui fermaient la marche devant les chevaux. Après un bref échange de salutations, le jeune homme dit à Jondalar :

— Je ne me doutais pas que ton lance-sagaie pouvait être aussi utile. Je m'étais exercé, mais voir Ayla et toi vous en servir m'a révélé son efficacité.

— C'est Manvelar qui t'avait conseillé de t'y mettre, ou l'idée venait de toi ?

— Elle est venue de moi, mais une fois que j'ai commencé il m'a encouragé. Il a dit que je donnais le bon exemple. Pour être franc, je m'en fichais un peu, j'avais juste envie d'apprendre à me servir de cette arme.

Jondalar lui sourit. Il avait pensé que les jeunes seraient peut-être les premiers à adopter le lance-sagaie et la réaction de Morizan correspondait exactement à ce qu'il espérait.

— C'est bien. Plus tu t'entraîneras, plus tu deviendras adroit. Ayla et moi l'utilisons depuis longtemps : pendant le long voyage de retour et plus d'une année avant ça. Comme tu l'as constaté, les femmes peuvent aussi s'en servir habilement.

Ils remontèrent un moment la Rivière des Prairies, parvinrent à un affluent appelé la Petite Rivière des Prairies. Tandis qu'ils continuaient à se diriger vers l'amont, Ayla nota un changement dans l'air, une fraîcheur humide chargée d'odeurs fortes. L'herbe elle-même était d'un vert plus foncé et par endroits le sol devenait mou. Le sentier contourna une région marécageuse de roseaux et de joncs tandis qu'ils traversaient la vallée luxuriante et approchaient d'une falaise calcaire.

Plusieurs personnes attendaient devant, notamment deux jeunes femmes auxquelles Ayla sourit quand elle les découvrit. Elles s'étaient toutes unies aux mêmes Matrimoniales à la Réunion d'Eté de l'année précédente et elle se sentait particulièrement proche d'elles.

— Levela ! Janida ! J'avais hâte de vous revoir, dit-elle en se dirigeant vers elles. J'ai appris que vous aviez toutes deux décidé d'aller vivre à la Deuxième Caverne...

— Ayla ! s'écria Levela. Sois la bienvenue au Rocher à la Tête de Cheval. Nous sommes venues ici avec Kimeran pour ne pas avoir à attendre que tu rendes visite à la Deuxième. Quelle joie de te revoir !

— Oh, oui, approuva Janida. Moi aussi, je suis heureuse de te retrouver.

Elle était beaucoup plus jeune que Levela et plutôt timide, mais son sourire était chaleureux.

Les trois jeunes femmes s'étreignirent, en prenant cependant quelques précautions. Ayla et Janida portaient leurs bébés contre leurs poitrines et Levela était enceinte.

— Il paraît que tu as eu un garçon, dit Ayla à Janida.

— Oui, je l'ai appelé Jeridan, répondit Janida en montrant son bébé.

— Moi, c'est une fille, elle s'appelle Jonayla.

L'enfant s'était réveillée et Ayla la tira de la couverture à porter puis regarda l'autre bébé.

— Oh, il est magnifique. Je peux le prendre ?

— Bien sûr, et moi, je veux prendre ta fille dans mes bras.

— Donne-moi ton bébé, Ayla, proposa Levela. Tu pourras prendre Jeridan et je donnerai ensuite... Jonayla, c'est ça ? à Janida.

Les deux femmes échangèrent leurs enfants et les câlinèrent.

— Tu sais que Levela est enceinte, n'est-ce pas ? dit Janida.

— Je le vois. Quand à peu près accoucheras-tu ? J'aimerais être auprès de toi, et Proleva aussi, j'en suis sûre.

— Je ne sais pas au juste, encore quelques lunes. Je serais très contente que tu sois là, et ma sœur aussi, répondit Levela. Mais tu n'auras pas à venir ici, nous seront toutes probablement à la Réunion d'Eté.

— Tu as raison. Zelandoni la Première y sera aussi et elle sait remarquablement aider une femme à accoucher.

— Cela fera peut-être trop, remarqua Janida. Tu ne voudras peut-être pas que je sois là aussi, je n'ai pas beaucoup d'expérience. J'aimerais quand même être auprès de toi, Levela, comme tu l'as été pour moi. Mais je comprendrai si tu préfères quelqu'un que tu connais depuis plus longtemps.

— Bien sûr que je te veux auprès de moi, Janida. Et Ayla aussi. Nous avons eu les mêmes Matrimoniales, cela crée un lien.

Ayla comprenait les sentiments que Janida avait exprimés et s'était demandé elle aussi si Levela ne souhaitait pas la présence d'amies plus anciennes pour son accouchement. Elle éprouva une vague d'affection pour la jeune femme et sentit les larmes qu'elle retenait lui picoter les yeux. En grandissant, Ayla n'avait pas eu beaucoup d'amies. Les filles du Clan s'unissaient très jeunes et Oga, celle dont elle aurait pu être proche, était devenue la compagne de Broud. Il ne l'avait pas laissée nouer une amitié avec une fille de ces Autres qu'il en était venu à haïr. Ayla aimait beaucoup Uba, la fille d'Iza, sa sœur de Clan, mais Uba était tellement plus jeune qu'Ayla que c'était plus une fille pour elle qu'une amie. Et si les autres femmes avaient fini par l'accepter, et même par l'aimer, elles ne l'avaient jamais comprise. Ce n'était qu'en allant vivre chez les Mamutoï et en faisant la connaissance de Deegie qu'elle avait connu la joie d'avoir une amie de son âge.

— A propos de Matrimoniales et de compagnons, où sont Jondecam et Peridal ? demanda Ayla. Jondalar se sent également uni à eux par un lien spécial et il se réjouit de les revoir.

— Eux aussi, répondit Levela. Jondalar et son lance-sagaie : ils ne parlent que de ça depuis que nous avons appris que vous viendriez.

— Vous savez que Tishona et Marsheval vivent à la Neuvième Caverne, maintenant ? dit Ayla, faisant référence à un autre couple qui s'était uni en même temps qu'elles. Ils ont essayé de vivre à la Quatorzième mais Marsheval était si souvent à la Neuvième – ou dois-je dire à En-Aval ? – pour apprendre à sculpter l'ivoire de mammouth qu'ils ont décidé de s'y installer.

Les Zelandonia restaient à l'écart tandis que le trio continuait à bavarder. La Première remarqua la facilité avec laquelle Ayla participait à la conversation, comparait les bébés et parlait avec enthousiasme de tout ce qui intéressait les jeunes femmes qui avaient des enfants ou en attendaient un. Elle avait commencé à enseigner à Ayla les rudiments du savoir qui lui serait nécessaire pour devenir une Zelandoni à part entière et la jeune femme était sans nul doute une élève appliquée et douée, mais la Première se rendait compte maintenant qu'Ayla pouvait se laisser aisément détourner de l'essentiel. Jusqu'ici, la Première l'avait laissée profiter de sa nouvelle vie de mère et de compagne. Le moment était peut-être venu de la soumettre à une pression plus forte, de l'impliquer davantage pour qu'elle choisisse de son plein gré de consacrer plus de temps à son apprentissage.

— Il faut y aller, Ayla, dit la Première. Je voudrais te montrer la grotte avant que nous soyons trop prises par les repas, les visites et les rencontres.

— C'est juste. J'ai laissé Loup et les trois chevaux à Jondalar, mais nous devons leur trouver un endroit. Je suis sûr qu'il a des gens à voir, lui aussi.

Elles se dirigèrent vers la paroi calcaire à pic. Le soleil couchant la baignait de sa lumière, rendant presque invisible le feu allumé à proximité de l'entrée de la grotte. Chacun des Zelandonia prit une des torches appuyées contre la roche et l'alluma. Ayla pénétra à leur suite dans le trou sombre et frissonna lorsque l'obscurité l'enveloppa. L'air était soudain devenu frais et humide mais ce n'était pas le brusque changement de température qui causait ses frissons. Ayla éprouvait toujours un peu d'appréhension quand elle entrait dans une grotte inconnue.

L'ouverture n'était pas large mais suffisamment haute pour qu'on ne soit pas obligé de se baisser pour la franchir. Ayla avait elle aussi allumé une torche dehors et la tenait devant elle de la main gauche, s'appuyant de la droite à la roche rugueuse pour garder l'équilibre. Contre sa poitrine, Jonayla était toujours éveillée et Ayla écarta la main de la paroi pour la tapoter et la rassurer.

Regardant autour d'elle, elle constata que la grotte, quoique peu étendue, était naturellement divisée en plusieurs espaces.

— C'est dans la salle suivante, dit la Zelandoni de la Deuxième Caverne, une grande femme blonde un peu plus âgée qu'Ayla.

La Zelandoni Qui Etait la Première parmi Ceux Qui Servaient la Grande Terre Mère laissa Ayla prendre le sillage de la femme qui les précédait.

— Passe devant, suggéra la Première en écartant sa masse considérable. Je l'ai déjà vue.

Un homme âgé fit de même.

— Moi aussi, je l'ai vue, dit-il. De nombreuses fois.

Ayla remarqua combien le vieux Zelandoni de la Septième Caverne ressemblait à la femme qui ouvrait la marche. Il était grand, lui aussi, un peu voûté, et ses cheveux étaient plus blancs que blonds.

La doniate de la Deuxième Caverne tenait haut sa torche pour éclairer le chemin. Ayla l'imita. Elle crut distinguer au passage des dessins sur les parois, mais comme personne ne s'était arrêté pour les lui montrer, elle n'en était pas sûre. Quelqu'un se mit à chanter et Ayla reconnut la voix profonde et mélodieuse de la Première. Elle résonna dans la petite salle et plus encore quand ils eurent pénétré dans la suivante. Bouche bée, Ayla contempla la paroi éclairée par les torches.

Elle ne s'attendait pas à tant de beauté. Le profil de tête de cheval gravé dans la roche semblait en jaillir et l'animal était représenté de manière si réaliste qu'il paraissait presque vivant. C'était une tête plus grande que nature ou appartenant à une bête beaucoup plus grande que toutes celles qu'Ayla avait vues, mais elle connaissait bien les chevaux et les proportions étaient parfaites. La forme de la mâchoire, l'œil, l'oreille, les naseaux frémissants : tout était exactement comme dans la réalité. Et à la lumière tremblotante des torches l'animal semblait bouger, respirer.

Ayla expira bruyamment : elle ne s'était pas rendu compte qu'elle avait retenu sa respiration.

— Ce cheval est parfait, sauf qu'il n'y a que la tête ! s'exclama-t-elle.

— C'est pour ça qu'on appelle la Septième Caverne le Rocher à la Tête de Cheval, expliqua le vieil homme, qui se tenait juste derrière elle.

Ayla fixa un moment l'image avec émerveillement, tendit la main pour la toucher, sans même se demander si elle pouvait le faire. Elle était fascinée. Elle posa la paume sur le côté de la mâchoire, comme elle l'aurait fait avec un cheval vivant. Au bout d'un moment, la pierre froide se réchauffa, comme si l'image voulait devenir vivante et surgir de la paroi. Ayla laissa retomber sa main et la Première cessa de chanter.

— Qui l'a gravée ? demanda Ayla.

— Nul ne le sait, répondit la Première, entrée après le Zelandoni de la Septième Caverne. C'était il y a si longtemps que personne ne s'en souvient. Un des Anciens, bien sûr, mais nous n'avons aucune Légende ou Histoire pour nous dire qui.

— Il s'agit peut-être du graveur qui a fait la Mère du Foyer Ancien, hasarda la Zelandoni de la Deuxième Caverne.

— Qu'est-ce qui te fait penser ça ? répliqua le vieillard. Les deux images sont totalement différentes. L'une représente une femme tenant dans la main une corne de bison, l'autre une tête de cheval.

— Je les ai étudiées, la technique est comparable, assura-t-elle. Tu vois comme le nez, la bouche, la mâchoire de ce cheval sont soigneusement gravés ? Lorsque tu iras là-bas, regarde les hanches de la Mère, la forme du ventre. Je connais des femmes qui ont exactement ce corps-là, surtout celles qui ont eu des enfants. Comme cette tête de cheval, la femme gravée qui représente Doni dans la grotte du Foyer Ancien reproduit fidèlement la vie.

— Ta remarque est très perspicace, la complimenta Celle Qui Etait la Première. Quand nous irons au Foyer Ancien, nous suivrons ton conseil.

Ils demeurèrent un moment encore en silence devant la tête de cheval puis la Première reprit :

— Nous devons y aller. Il y a d'autres gravures dans cette grotte mais nous les verrons plus tard. Je voulais qu'Ayla voie la tête de cheval avant que nous soyons prises par les obligations de la visite.

— Je suis contente de ta décision, dit Ayla. Jamais je n'aurais imaginé qu'une gravure dans la pierre puisse paraître si vraie.

3

— Vous voilà ! s'exclama Kimeran.

Il se leva d'un siège en pierre sur la corniche s'étendant devant l'abri de la Septième Caverne pour accueillir Ayla et Jondalar, qui venaient de gravir le sentier. Loup suivait et Jonayla, éveillée, était calée contre la hanche de sa mère.

— Nous avons appris que vous étiez arrivés et puis personne ne savait plus où vous étiez passés.

Kimeran, chef du Foyer Ancien, Deuxième Caverne des Zelandonii, attendait impatiemment son vieil ami Jondalar. De haute taille, les cheveux blonds, il lui ressemblait vaguement. Si de nombreux Zelandonii étaient grands – plus de six pieds –, Jondalar et Kimeran avaient tous deux une tête de plus que leurs camarades du même âge lors de leurs rites de puberté. Eprouvant de la sympathie l'un pour l'autre, ils étaient rapidement devenus amis. Kimeran était aussi le frère de la Zelandoni de la Deuxième Caverne et l'oncle de Jondecam, mais il le considérait plus comme un frère. Sa sœur, plus âgée que lui, l'avait élevé après la mort de leur mère, en même temps que ses propres fils et fille. Lorsque son compagnon était lui aussi passé dans le Monde d'Après, elle avait commencé à se former pour la Zelandonia.

— La Première voulait montrer la tête de cheval à Ayla et nous avons dû ensuite nous occuper de nos chevaux, expliqua Jondalar.

— Votre pré leur plaira, l'herbe y est verte et tendre, ajouta Ayla.

— Nous l'appelons Douce Vallée. La Petite Rivière des Prairies la traverse en son milieu et sa plaine d'inondation s'est élargie en un vaste espace. Il devient parfois marécageux au printemps avec la fonte des neiges, ou en automne avec les pluies, mais en été, quand tout est desséché, il reste frais et vert, expliqua Kimeran tandis qu'ils continuaient à avancer vers la plate-forme située sous le surplomb rocheux. Un grand nombre d'animaux viennent alors y brouter, ce qui rend la chasse facile. La Deuxième et la Septième Caverne y postent toujours un guetteur.

Ils approchèrent d'un groupe.

— Vous vous souvenez de Sergenor, l'Homme Qui Commande la Septième, n'est-ce pas ? dit Kimeran au couple en indiquant un homme mûr aux cheveux bruns qui se tenait en retrait et fixait le loup d'un œil méfiant.

— Bien sûr, répondit Jondalar, qui remarqua son appréhension et pensa que cette visite serait une bonne occasion d'aider les membres de la Caverne à s'habituer à Loup. Je me rappelle que Sergenor venait prendre conseil auprès de Marthona juste après avoir été choisi pour être l'Homme Qui Commande la Septième... Tu connais Ayla, je crois, dit-il en s'avançant vers le chef.

— J'ai été l'un de ceux, nombreux, à qui elle a été présentée l'année dernière à votre arrivée, mais je n'ai pas eu l'occasion de la rencontrer personnellement, dit Sergenor.

Il tendit les deux mains, les paumes tournées vers le haut.

— Au nom de Doni, je te souhaite la bienvenue à la Septième Caverne des Zelandonii, Ayla de la Neuvième Caverne. Je sais que tu as bien d'autres noms et liens, dont certains tout à fait insolites, mais je dois l'avouer, je ne me les rappelle plus.

Elle prit les mains de Sergenor dans les siennes.

— Je suis Ayla de la Neuvième Caverne des Zelandonii, Acolyte de la Zelandoni de la Neuvième Caverne, Première parmi Ceux Qui Servent... commença-t-elle.

Elle hésita à poursuivre, se demanda combien de liens de Jondalar mentionner. Aux Matrimoniales de l'été précédent, tous les noms et liens de Jondalar avaient été ajoutés aux siens et leur énumération prenait du temps, mais c'était uniquement pour les grandes cérémonies que toute la liste était requise. Comme il s'agissait de sa présentation au chef de la Septième Caverne, elle voulait lui donner un caractère officiel mais sans s'y attarder.

Elle décida de citer les plus proches des liens de Jondalar et poursuivit avec les siens propres, y compris ceux du Clan, terminant par les appellations d'une veine plus légère mais qu'elle aimait utiliser :

— Amie des chevaux Whinney, Rapide et Grise, ainsi que de Loup, le chasseur à quatre pattes. Au nom de la Grande Mère de Tous, je te salue, Sergenor, Homme Qui Commande la Septième Caverne des Zelandonii, et je te remercie de nous avoir invités au Rocher à la Tête de Cheval.

Ce n'est pas une Zelandonii, pensa-t-il en l'entendant parler. Elle a peut-être les noms et les liens de Jondalar, mais c'est une étrangère aux manières singulières, surtout avec les animaux. Baissant les mains, il lorgna le loup qui s'était approché.

Ayla remarqua son appréhension. Elle avait noté que Kimeran ne semblait pas tout à fait à l'aise non plus, même s'il avait été présenté à Loup l'année d'avant, peu après leur arrivée, et qu'il l'avait croisé plusieurs fois. Aucun des chefs n'était habitué à voir un prédateur carnivore évoluer parmi les leurs. Comme Jondalar, elle pensait que c'était une bonne occasion de les accoutumer à sa présence.

Les habitants de la Septième Caverne faisaient maintenant cercle pour voir le couple dont tout le monde parlait. Dès le lendemain du retour de Jondalar après un voyage de plus de cinq années, les Cavernes voisines de la Neuvième avaient appris qu'il était revenu. Son arrivée sur un cheval avec une étrangère avait contribué à répandre la nouvelle. Le couple avait rencontré la plupart des membres des Cavernes proches de la Neuvième, mais c'était la première fois qu'il rendait visite à la Septième et à la Deuxième.

Ayla et Jondalar avaient prévu de s'y rendre à l'automne et ne l'avaient pas fait. Ces Cavernes n'étaient pas si éloignées de la leur mais il y avait toujours eu un contretemps, puis l'hiver était venu et la grossesse d'Ayla avançait. Tous ces retards, cette attente, avaient accru l'importance de leur visite, d'autant que la Première avait décidé d'en profiter pour rencontrer la Zelandonia locale.

— Celui ou celle qui a gravé la tête de cheval de la grotte d'en dessous devait connaître les chevaux. C'est admirablement fait, dit Ayla.

— Je l'ai toujours pensé mais j'apprécie la remarque dans la bouche de quelqu'un qui connaît aussi bien ces bêtes que toi, répondit Sergenor.

Loup, assis sur son derrière, la langue pendant d'un côté de la gueule, regardait l'homme d'un air satisfait. Ayla savait qu'il attendait d'être présenté.

— Je tiens aussi à te remercier de m'avoir permis d'amener Loup. Il est malheureux quand il ne peut pas être près de moi et il éprouve maintenant les mêmes sentiments pour Jonayla. Il adore les enfants.

— Ce loup aime les enfants ? s'étonna Sergenor.

— Il n'a pas grandi parmi d'autres loups, il a été élevé avec les enfants mamutoï du Camp du Lion. Il considère les humains comme sa meute et tous les loups aiment les jeunes de leur meute. Il m'a vue te saluer, il attend de faire ta connaissance. Il a appris à accepter toutes les personnes à qui je le présente.

Sergenor plissa le front, regarda Kimeran et le vit sourire. Le jeune chef se rappelait sa propre présentation à Loup et bien que le carnivore le rendît encore un peu nerveux, il s'amusait de l'embarras de Sergenor.

Ayla fit signe à Loup d'approcher et s'agenouilla pour passer un bras autour de son cou puis elle prit la main de Sergenor. Celui-ci se dégagea brusquement.

— Il a seulement besoin de la sentir, argua-t-elle. Pour que tu lui deviennes familier. C'est ainsi que les loups font connaissance entre eux.

— Tu l'as fait, toi ? demanda Sergenor à Kimeran.

— Oui. L'été dernier, quand Ayla et Jondalar sont allés chasser à la Troisième Caverne, avant la Réunion d'Eté. Après quoi, chaque fois que je rencontrais le loup à la Réunion, j'avais l'impression qu'il me reconnaissait, même s'il ne s'intéressait pas à moi.

Sentant sur lui tous les regards, Sergenor fut contraint de s'exécuter pour que nul ne pense qu'il avait peur de faire ce qu'un chef plus jeune avait déjà fait. Lentement, avec hésitation, il tendit la main vers l'animal. Ayla la prit de nouveau et l'approcha du nez de Loup. Les narines palpitantes et les mâchoires serrées, il découvrit ses crocs de carnassier en ce que Jondalar appelait son « sourire content de lui ». Mais ce n'était pas ce que Sergenor voyait. Sa main tremblait et Ayla sentait l'odeur de sa peur. Elle savait que Loup la sentait aussi.

— Il ne te fera aucun mal, je te le promets, murmura-t-elle avec douceur.

Sergenor se força à ne pas bouger tandis que le loup approchait encore sa gueule aux dents énormes. Il renifla la main, la lécha.

— Qu'est-ce qu'il fait ? s'alarma Sergenor. Il veut connaître le goût de ma chair ?

— Non, je crois qu'il essaie de te rassurer, comme il le ferait avec un louveteau. Caresse-lui la tête.

Elle écarta la main des crocs acérés et poursuivit, d'une voix apaisante :

— As-tu déjà touché la fourrure d'un loup vivant ? Tu sens que derrière les oreilles et autour du cou elle est un peu plus épaisse et plus rêche ? Il aime qu'on le gratte derrière les oreilles.

Lorsqu'elle lui lâcha enfin la main, Sergenor l'écarta et l'enserra dans son autre main.

— Maintenant, il te reconnaîtra, dit-elle.

Elle n'avait jamais vu un homme avoir une telle peur de Loup, ni un tel courage pour surmonter cette peur. Elle eut une intuition :

— As-tu déjà eu affaire à un loup ?

— Une fois. Quand j'étais tout petit, un loup m'a mordu. J'ai encore la cicatrice mais je ne m'en souviens pas vraiment. C'est ma mère qui me l'a raconté.

— Cela signifie que l'Esprit du Loup t'a choisi. Le Loup est ton totem, comme diraient ceux qui m'ont élevée.

Ayla savait que les Zelandonii n'avaient pas la même idée des totems que le Clan. Tout le monde n'avait pas un totem et ceux qui en avaient un le considéraient comme une chance.

— Je me suis fait griffer par un lion des cavernes quand j'étais toute jeune, je comptais sans doute cinq ans. Il m'arrive encore d'en rêver. Ce n'est pas facile de vivre avec un puissant totem comme celui du Lion ou du Loup, mais le mien m'a beaucoup aidée, il m'a beaucoup appris.

Intrigué presque malgré lui, Sergenor demanda :

— Qu'as-tu appris d'un lion des cavernes ?

— A affronter mes peurs, pour commencer. Je crois que tu l'as aussi appris. Ton totem du Loup t'a peut-être aidé à ton insu.

— Peut-être. Mais comment savoir si on a reçu l'aide d'un totem ? L'Esprit du Lion des Cavernes t'a vraiment secourue ?

— Plus d'une fois. Les quatre griffures que la patte du lion a laissées sur ma jambe sont pour le Clan la marque totémique du Lion des Cavernes. Généralement, seul un homme bénéficie d'un totem aussi puissant, mais la marque était si claire que l'Homme

Qui Commande le Clan m'a acceptée, même si j'étais née chez les Autres – c'est le nom qu'ils nous donnent. J'étais très jeune quand j'ai perdu les miens. Si le Clan ne m'avait pas recueillie et élevée, je ne serais pas vivante aujourd'hui.

— Intéressant. Mais tu as dit « plus d'une fois ».

— Plus tard, alors que j'étais devenue femme et que le nouvel Homme Qui Commande m'avait forcée à partir, j'ai longtemps marché en cherchant les Autres, comme Iza, ma mère de Clan, me l'avait conseillé avant de mourir. Ma recherche a été vaine et il me fallait absolument trouver un endroit où m'abriter avant le début de l'hiver. Mon totem a envoyé une troupe de lions qui m'a fait changer de direction et c'est ainsi que je suis arrivée dans une vallée où j'ai pu survivre. C'est même mon Lion des Cavernes qui m'a conduite à Jondalar.

Ceux qui se tenaient autour d'eux l'écoutaient, fascinés. Même Jondalar ne l'avait jamais entendue expliquer ainsi son totem. L'un d'eux intervint :

— Ces êtres qui t'ont accueillie et que tu appelles le Clan, ce ne sont pas en réalité des Têtes Plates ?

— Vous les surnommez ainsi. Pour eux, ils sont le Clan, le Clan de l'Ours des Cavernes parce qu'ils vénèrent son Esprit. Il est le totem de tous, le totem du Clan.

Une femme qui venait d'arriver déclara :

— Je crois qu'il est temps de montrer à ces voyageurs où ils peuvent étendre leurs fourrures de couchage et s'installer avant de partager notre repas.

Elle était séduisante, agréablement potelée, avec de l'intelligence et de l'entrain dans le regard.

Sergenor sourit avec affection.

— Voici ma compagne, Jayvena de la Septième Caverne des Zelandonii, dit-il. Jayvena, je te présente Ayla de la Neuvième Caverne des Zelandonii. Elle a beaucoup d'autres noms et liens, mais elle te les récitera elle-même.

— Pas maintenant, déclina Jayvena. Au nom de la Mère, sois la bienvenue, Ayla de la Neuvième Caverne. Je suis sûre que tu préfères d'abord t'installer.

Alors que le couple s'apprêtait à partir, Sergenor toucha le bras d'Ayla et lui glissa à voix basse :

— Je rêve quelquefois de loups.

Une jeune femme voluptueuse aux cheveux châtains s'approcha avec deux enfants dans les bras, un garçon brun et une fille blonde. Elle sourit à Kimeran, qui lui effleura la joue de la sienne et se tourna vers les visiteurs.

— Vous avez rencontré ma compagne l'été dernier, je crois ? dit-il avec une pointe de fierté. Ainsi que son fils et sa fille, les enfants de mon foyer ?

Ayla se souvint d'avoir croisé cette femme l'année d'avant, mais sans vraiment avoir l'occasion de la connaître. Elle savait que Beladora avait donné naissance à ses deux nés-ensemble à la Réunion d'Eté, au moment de la première Matrimoniale, quand elle s'était unie à Jondalar. Tout le monde en parlait. Les enfants compteraient donc bientôt un an.

— Oui, bien sûr, répondit Jondalar.

Il adressa un sourire à la femme et aux jumeaux puis, sans vraiment en être conscient, laissa son regard s'attarder sur la jeune mère. Kimeran se rapprocha d'elle et lui passa un bras autour de la taille.

Ayla était habile à lire le langage du corps, mais tout le monde avait interprété sans doute ce qui venait de se passer. Jondalar trouvait Beladora attirante et n'avait pas pu s'empêcher de le montrer, comme elle n'avait pas pu cacher qu'elle le trouvait séduisant. Il ne se rendait pas compte de son charisme mais le compagnon de Beladora, lui, en avait parfaitement conscience. Sans dire un mot, il s'était avancé et avait fait valoir ses droits.

Ayla observait la scène sans éprouver de jalousie. Elle savait au fond d'elle-même que son compagnon ne désirait pas autre chose que regarder. Mais il y avait en lui un autre côté qu'il montrait rarement, même à elle, et uniquement lorsqu'ils étaient seuls. Il avait toujours eu des émotions trop fortes, qu'il ne réussissait à contrôler qu'en les gardant pour lui. C'était pour cette raison qu'il ne montrait jamais en public son amour pour elle, si fort cependant qu'il le submergeait parfois quand ils étaient seuls.

Tournant la tête, Ayla vit que Zelandoni la Première la regardait et comprit que celle-ci tentait d'estimer sa réaction. Ayla lui adressa un sourire entendu puis reporta son attention sur son bébé qui s'agitait dans sa couverture en cherchant à téter. Elle s'approcha de la jolie jeune mère qui se tenait près de Jayvena.

— Je te salue, Beladora. Je suis contente de te voir avec tes enfants. Jonayla s'est souillée. J'ai apporté de quoi la changer, tu peux me montrer où je peux le faire ?

La femme, qui portait un bébé sur chaque hanche, sourit.

— Suis-moi, dit-elle.

Les femmes se dirigèrent vers l'abri.

Beladora avait entendu parler de l'accent d'Ayla mais n'avait jamais vraiment eu de conversation avec elle. Elle était en gésine aux Matrimoniales pendant lesquelles Jondalar s'était uni à cette étrangère. Bien qu'Ayla parlât parfaitement zelandonii, elle ne parvenait pas à prononcer correctement certains sons. Beladora venait elle-même d'une région située loin au sud et si sa façon de parler n'était pas aussi inhabituelle que celle d'Ayla, elle avait elle aussi un accent.

Ayla sourit en l'entendant et lui dit :

— Je crois que tu n'es pas née zelandonii, toi non plus.

— Mon peuple porte le nom de Giornadonii. Nous sommes voisins d'une Caverne de Zelandonii qui vivent dans le Sud, là où il fait beaucoup plus chaud. J'ai rencontré Kimeran alors qu'il accompagnait sa sœur dans son Périple de Doniate.

Ayla se demanda ce qu'était un « Périple de Doniate ». Manifestement, c'était en rapport avec le fait d'être Zelandoni puisque « doniate » était un autre mot pour « Ceux Qui Servent la Grande Mère » mais elle décida de poser la question plus tard à la Première.

Les flammes vives du feu projetaient une lueur rougeâtre rassurante au-delà de la fosse oblongue qui les contenait et baignaient d'une lumière dansante les parois calcaires de l'abri. La corniche s'étendant au-dessus la reflétait et donnait aux visages un air radieux. Les visiteurs et leurs hôtes achevaient un succulent repas commun auquel de nombreuses personnes avaient consacré beaucoup de temps et d'efforts, notamment pour faire rôtir un cuissot de mégacéros sur une solide broche reposant sur deux branches fourchues au-dessus de l'âtre. A présent, les membres de la Septième Caverne des Zelandonii, ainsi que leurs nombreux parents de la Deuxième et les visiteurs de la Neuvième et de la Troisième se détendaient.

Des boissons circulèrent : plusieurs sortes de tisanes, un vin fruité et un breuvage alcoolique appelé « barma », fait avec de la sève de bouleau, des grains, du miel ou des fruits. Une coupe à la main, chacun chercha un endroit où s'asseoir près du feu. Les visites causaient toujours une certaine animation mais l'étrangère, avec ses animaux et ses histoires insolites, promettait d'être passionnante.

Ayla et Jondalar se trouvaient au milieu d'un groupe réunissant Joharran et Proleva, Sergenor et Jayvena, Kimeran et Beladora, les chefs des Neuvième, Septième et Deuxième Cavernes, ainsi que quelques autres, notamment les jeunes Levela et Janida et leurs compagnons, Jondecam et Peridal. Les chefs discutaient du moment où les visiteurs devaient quitter le Rocher à la Tête de Cheval pour aller au Foyer Ancien, avec des remarques facétieuses illustrant l'amicale rivalité entre les deux Cavernes.

— Le Foyer Ancien jouit d'un rang et d'un prestige supérieurs du fait même de son ancienneté, déclara Kimeran avec un sourire taquin. Nous devons donc garder les visiteurs plus longtemps.

— Dois-je comprendre que je dois avoir la préséance sur toi parce que je suis plus âgé ? riposta Sergenor, souriant lui aussi. Je m'en souviendrai.

Ayla écoutait avec intérêt et profita d'une pause dans la conversation pour glisser une question qu'elle se posait depuis longtemps :

— Puisqu'on parle de l'ancienneté des Cavernes, il y a une chose que j'aimerais savoir.

— Tu n'as qu'à demander, dit Kimeran avec une courtoisie exagérée suggérant autre chose.

Il avait bu plusieurs coupes de barma et était sensible au charme de la compagnie de son ami.

— L'été dernier, Manvelar m'a donné des explications sur les mots à compter de chaque Caverne, mais c'est encore confus dans ma tête. En nous rendant à la Réunion d'Eté, l'année dernière, nous avons passé une nuit à la Vingt-Neuvième Caverne. Ses membres vivent dans trois abris différents autour d'une large vallée, chacun avec son Homme Qui Commande et son Zelandoni, mais ils portent tous les trois le même mot à compter : la Vingt-Neuvième. La Deuxième Caverne est étroitement liée à la Septième et vous n'êtes séparés que par une vallée, alors pourquoi avez-vous un mot à compter différent ? Pourquoi ne faites-vous pas partie de la Deuxième Caverne ?

— C'est une question à laquelle je ne peux pas répondre, avoua Kimeran. Adresse-toi à l'Homme Qui Commande plus ancien.

Sergenor sourit, réfléchit.

— Pour être franc, je ne sais pas non plus. Je n'y ai jamais pensé. Et je ne connais aucune Histoire ni Légende des Anciens qui en parle. Certaines portent sur les habitants originels de la région, la Première Caverne des Zelandonii, mais ils ont disparu depuis longtemps. Personne ne sait exactement où se trouvait leur abri.

— Mais tu sais que la Deuxième Caverne des Zelandonii est la plus ancienne qui existe encore ? dit Kimeran d'un voix un peu pâteuse. C'est pour cette raison qu'on l'appelle le Foyer Ancien.

— Oui, je le sais, répondit Ayla en se demandant s'il aurait besoin du « breuvage du lendemain » qu'elle avait concocté pour Talut, le chef mamutoï du Camp du Lion.

— Je vais vous dire ce que je pense, reprit Sergenor. Lorsque les familles de la Première et de la Deuxième Caverne furent devenues trop nombreuses pour leurs abris, plusieurs d'entre elles – certaines leur appartenant à l'origine, d'autres venues d'ailleurs – partirent plus loin et prirent les mots à compter suivants quand elles fondèrent une nouvelle Caverne. Lorsque le groupe de la Deuxième qui créa notre Caverne décida de partir à son tour, le mot à compter suivant était sept. Il était essentiellement composé de jeunes familles et de couples récemment unis, enfants de la Deuxième Caverne, et comme ils voulaient rester près de leurs parents, ils s'installèrent ici, de l'autre côté de Douce Vallée. Même si les deux Cavernes étaient si étroitement liées que c'était comme si elles n'en faisaient qu'une, ils choisirent un nouveau mot à compter parce que la coutume le veut. Ainsi, nous sommes devenus deux Cavernes séparées : le Foyer Ancien, Deuxième Caverne des Zelandonii, et le Rocher à la Tête de Cheval, Septième Caverne. Nous sommes toujours des branches différentes d'une même famille.

Sergenor marqua une pause et poursuivit :

— La Vingt-Neuvième est une Caverne plus récente. Je pense que lorsque les familles qui la quittèrent s'installèrent dans leurs nouveaux abris, elles voulurent toutes garder le même mot à compter, car plus il est bas, plus le foyer est ancien. Un mot à compter bas confère un certain prestige et je présume qu'aucun de ceux qui fondèrent les nouvelles Cavernes ne voulait d'un mot plus élevé encore. Ils décidèrent donc de s'appeler les Trois Rochers, Vingt-Neuvième Caverne des Zelandonii, et d'utiliser les noms qu'ils avaient déjà donnés aux lieux pour expliquer la différence.

« Le foyer d'origine s'appelle le Rocher aux Reflets parce que de certains endroits on peut se voir dans l'eau en contrebas. C'est l'un des rares abris qui fait face au nord, ce qui le rend difficile à chauffer, mais il présente de nombreux autres avantages. C'est la Partie Sud de la Vingt-Neuvième Caverne, ou Partie Sud des Trois Rochers. La Face Sud est devenue la Partie Nord et le Camp d'Eté est devenu la Partie Ouest de la Vingt-Neuvième Caverne. Je trouve cela compliqué et déroutant, mais c'est leur choix.

— Si la Deuxième Caverne est la plus ancienne, celle qui l'est presque autant doit être le Rocher des Deux Rivières, Troisième Caverne des Zelandonii, où nous avons dormi hier, avança Ayla.

— C'est exact, confirma Proleva.

— Il n'y a pas de Quatrième Caverne ?

— Il y en a eu une, répondit Proleva, mais personne ne sait ce qui lui est arrivé. Les Légendes parlent d'une catastrophe qui aurait frappé plus d'une Caverne et la Quatrième a peut-être disparu à cette époque. C'est une période sombre mentionnée aussi dans les Histoires. Il y aurait eu des combats contre les Têtes Plates.

— La Cinquième Caverne, appelée la Vieille Vallée, située en aval de la Rivière, est la suivante après la Troisième, dit Jondalar. Nous devions lui rendre visite l'année dernière en allant à la Réunion d'Eté, mais ils étaient déjà partis, tu te souviens ?

Ayla acquiesça de la tête.

— Ils ont plusieurs abris des deux côtés de la vallée de la Courte Rivière, certains où ils vivent, d'autres qui leur servent de remises, mais ils ne leur donnent pas de mots à compter séparés. Toute la Vieille Vallée, c'est la Cinquième Caverne.

Sergenor prit le relais :

— La Sixième Caverne a disparu, elle aussi. Les Histoires diffèrent sur ce qui serait arrivé. La plupart des gens pensent qu'une maladie l'a décimée. D'autres croient à une lutte entre groupes hostiles. Quelle que soit la version, les Histoires indiquent que les familles qui composaient autrefois la Sixième rejoignirent d'autres Cavernes. Nous sommes donc la suivante, Septième Caverne. Il n'y a pas de Huitième non plus, ce qui fait que votre Caverne, la Neuvième, vient après la nôtre.

Il y eut un moment de silence pendant lequel l'auditoire intégra l'information puis Jondecam, changeant de sujet, demanda à Jondalar s'il voulait bien examiner le lance-sagaie qu'il avait fabriqué, et Levela annonça à sa sœur aînée, Proleva, qu'elle songeait à aller à la Neuvième Caverne pour avoir son bébé. Ce qui suscita un sourire. Les Zelandonii entamèrent des conversations privées et se scindèrent bientôt en plusieurs groupes.

Jondecam n'était pas le seul à vouloir parler du lance-sagaie, surtout après la chasse de la veille. Jondalar avait mis cette arme au point alors qu'il vivait avec Ayla dans sa vallée de l'Est et en avait fait la démonstration peu après son retour à la Neuvième Caverne. Il en avait aussi expliqué l'utilité à la Réunion d'Eté de l'année précédente.

Plus tôt dans l'après-midi, pendant que Jondalar attendait qu'Ayla revienne de sa visite de la grotte à la tête de cheval, plusieurs jeunes gens s'étaient entraînés avec des propulseurs qu'ils avaient fabriqués en prenant pour modèle ceux de Jondalar et il leur avait prodigué instructions et conseils. Un autre groupe, composé majoritairement d'hommes mais comprenant aussi des femmes, se rassemblait maintenant autour de lui, posait des questions sur les techniques de fabrication du propulseur et sur les lances légères qu'il rendait si efficaces.

De l'autre côté de l'âtre, près de la paroi qui contribuait à garder la chaleur, plusieurs femmes, dont Ayla, bavardaient en berçant, allaitant ou surveillant leurs enfants.

Dans un coin plus éloigné de l'abri, Zelandoni Qui Etait la Première s'entretenait avec les autres Zelandonia et leurs acolytes, un peu contrariée qu'Ayla, qui était le sien, ne les ait pas rejoints. Certes, la Première avait poussé la jeune femme à entrer dans la Zelandonia mais Ayla était déjà une guérisseuse accomplie à son arrivée et possédait en outre d'autres talents remarquables comme celui de se faire obéir des animaux. Sa place était dans la Zelandonia !

Le Zelandoni de la Septième Caverne avait posé une question à la Première et attendait patiemment une réponse. Il avait remarqué l'air agacé de la doniate de la Neuvième et en avait deviné la raison. Lorsque les Zelandonia et leurs acolytes se rendaient visite, ils en profitaient pour inculquer aux novices une partie du savoir et des coutumes qu'ils devaient mémoriser et le sien n'était pas là. Mais en prenant pour acolyte une femme qui avait un compagnon et un bébé, pensait-il, la Première devait savoir que cette femme n'accorderait pas toute son attention à la Zelandonia.

— Excusez-moi un instant, dit la Première en se levant de la natte posée sur un rebord rocheux.

Elle se dirigea vers le groupe de jeunes mères en train de bavarder et dit en souriant :

— Ayla, désolée de t'interrompre, mais le Zelandoni de la Septième Caverne vient de me poser une question sur la remise en place d'os brisés et j'ai pensé que tu pourrais nous aider à lui répondre.

— Bien sûr. Je prends Jonayla et j'arrive.

Ayla se leva et hésita quand elle baissa les yeux vers son enfant endormie. Loup la regarda, battit le sol de la queue en gémissant. Il était couché près du bébé, dont il se sentait responsable. Loup avait été le dernier survivant de la portée d'une louve solitaire qu'Ayla avait abattue – sans savoir que c'était une mère allaitante – parce qu'elle volait les proies prises dans ses pièges. Ayla avait suivi ses traces jusqu'à son repaire, avait trouvé le louveteau encore en vie et l'avait emmené. Il avait grandi dans l'espace confiné d'un abri d'hiver mamutoï. Loup était si jeune quand elle l'avait recueilli – il ne comptait que quatre semaines environ – que par un phénomène d'empreinte il s'était identifié aux humains. Depuis, il adorait leurs enfants, en particulier le bébé d'Ayla.

— Cela m'embête de la déranger, elle vient de s'endormir, plaida Ayla. Elle n'a pas l'habitude des visites, elle était surexcitée, ce soir.

— Nous la garderons, dit Levela. Du moins, nous aiderons Loup à le faire, corrigea-t-elle avec un sourire. Il ne la quitte pas des yeux. Si elle se réveille, nous te l'apporterons mais je crois que, maintenant qu'elle s'est calmée, elle dormira un bon moment.

— Merci, Levela. Tu es bien la sœur de Proleva. Tu sais à quel point tu lui ressembles ?

— Je sais qu'elle me manque depuis qu'elle s'est unie à Joharran. Nous étions très proches. Proleva a été une deuxième mère pour moi.

Ayla suivit Celle Qui Etait la Première pour rejoindre Ceux Qui Servaient la Mère et remarqua que presque toute la Zelandonia locale était présente. En plus de la Première, appartenant à la Neuvième Caverne, et bien entendu des Zelandonia de la Deuxième et de la Septième, il y avait ceux de la Troisième et de la Onzième. La Zelandoni de la Quatorzième n'était pas venue mais elle avait envoyé son acolyte. Ayla enregistra la présence d'autres acolytes, reconnut deux jeunes femmes et un jeune homme de la Deuxième et de la Septième Caverne. Elle sourit à Mejera, de la Troisième, et salua le Zelandoni de la Septième, puis la femme qui était la petite-fille du foyer de ce vieil homme, ainsi que la Zelandoni de la Deuxième, mère de Jondecam. Ayla aurait voulu mieux la connaître. Peu de Zelandonia avaient des enfants et celle-là en avait élevé deux, ainsi que son jeune frère Kimeran après la mort de leur mère.

— Ayla a une grande expérience de remise en place des os, dit la Première au Zelandoni de la Septième Caverne. Pose-lui ta question.

Elle se rassit et indiqua à Ayla la natte voisine de la sienne.

— Je sais que si un os brisé est tout de suite remis en place, il reste droit en guérissant, commença le vieillard. Je l'ai vu maintes fois. Mais quelqu'un m'a demandé si on peut faire quelque chose quand l'os n'a pas été bien replacé et qu'il est resté tordu.

Il ne s'intéressait pas seulement à la réponse, il avait tellement entendu la Première vanter les qualités d'Ayla qu'il voulait savoir si elle serait troublée qu'un homme de son âge et de son expérience lui pose une question.

Ayla venait de s'asseoir d'un mouvement dont il avait remarqué la souplesse et la grâce. Elle le regardait d'une façon à la fois franche et indirecte qui témoignait de son respect pour lui. Bien qu'elle s'attendît sans doute à être présentée aux autres acolytes et qu'elle dût être déconcertée d'être aussi vite interrogée, elle répondit sans hésitation :

— Cela dépend de la cassure et du temps écoulé. Si elle est ancienne, on ne peut pas faire grand-chose. Un os guéri, même tordu, est souvent plus solide qu'un os qui n'a pas été brisé. Si on essaie de le recasser pour le redresser, on risque d'abîmer l'os davantage. Mais si la cassure commence seulement à se refermer, on peut quelquefois briser de nouveau l'os et le redresser...

— Tu l'as fait ? demanda-t-il.

Il était un peu déconcerté par la façon étrange dont elle parlait, différente de celle de la jolie compagne de Kimeran, qui accentuait agréablement certains sons. L'étrangère qu'avait ramenée Jondalar les avalait presque, au contraire.

— Oui, répondit Ayla.

Elle avait le sentiment qu'on la mettait à l'épreuve, un peu comme le faisait Iza lorsqu'elle l'interrogeait sur les pratiques de guérisseuse et l'usage des plantes.

— En venant ici, nous avons fait halte pour rendre visite à un peuple que Jondalar avait rencontré auparavant, les Sharamudoï. Près d'une lune avant notre arrivée, une femme qu'il connaissait avait fait une mauvaise chute et s'était cassé le bras. Il avait mal guéri et était si tordu qu'elle ne pouvait pas s'en servir et qu'elle souffrait beaucoup. Leur guérisseuse était morte au début de l'hiver, ils ne l'avaient pas encore remplacée et personne d'autre ne savait comment faire. J'ai réussi à casser de nouveau l'os et à le remettre en place. Ce n'était pas parfait, mais la femme pourrait se servir de son bras et il ne lui faisait plus mal quand nous sommes repartis.

— Elle a souffert quand tu as recassé l'os ? voulut savoir une des jeunes femmes.

— Je ne crois pas. Je lui avais donné une plante pour la faire dormir et détendre ses muscles. Je la connais sous le nom de datura...

— Datura ? l'interrompit le vieil homme, surpris de nouveau par son accent.

— Les Mamutoï la désignent par un mot qui signifie « pomme épineuse » en zelandonii, parce qu'elle porte un fruit qu'on peut décrire de cette façon. C'est une grande plante au parfum puissant, avec de grandes fleurs blanches s'évasant à partir de la tige.

— Je crois la connaître, dit le vieux Zelandoni de la Septième Caverne.

— Comment savais-tu ce qu'il fallait faire ? demanda la jeune femme assise à côté de lui, visiblement étonnée qu'un simple acolyte puisse détenir un tel savoir.

— Bonne question, approuva le doniate de la Septième. D'où tiens-tu ton expérience ? Tu sembles connaître beaucoup de choses, malgré ta jeunesse.

Ayla se tourna vers la Première, qui avait l'air ravie.

— Celle qui m'a recueillie et élevée quand j'étais petite était une femme-médecine de son peuple, une guérisseuse, répondit Ayla. Elle m'a formée pour que j'en devienne une. Les hommes du Clan chassent avec une lance différente de celle des Zelandonii. Elle est plus longue, plus épaisse. Généralement, ils ne la lancent pas, ils frappent pour l'enfoncer dans leur proie, ce qui les oblige à s'en approcher. C'est plus dangereux et ils sont souvent blessés. Parfois, les hommes du Clan chassaient au loin et si l'un d'eux se brisait un os ils ne pouvaient pas toujours rentrer immédiatement et l'os commençait à guérir sans avoir été remis en place. J'ai plusieurs fois assisté Iza quand elle a dû recasser des os et j'ai aussi aidé les femmes-médecine à faire la même chose au Rassemblement du Clan.

— Ce peuple que tu appelles le Clan, ce ne sont pas les Têtes Plates ? demanda le jeune homme.

Ayla avait déjà entendu cette question, posée par ce même jeune homme, lui sembla-t-il. Elle lui fit la même réponse :

— C'est ainsi que vous les appelez.

— J'ai peine à croire qu'ils ont de telles capacités.

— Pas moi. J'ai vécu avec eux.

Après un silence gêné, la Première changea de sujet :

— Je crois le moment tout indiqué pour que les acolytes apprennent – ou, pour certains d'entre eux, revoient – les mots à compter, leurs usages et significations. Vous connaissez tous les mots à compter, mais comment faire lorsque les choses à compter sont très nombreuses ? Zelandoni de la Deuxième Caverne, peux-tu nous l'expliquer ?

L'intérêt d'Ayla s'accrut. Soudain captivée, elle se pencha en avant. Elle savait que compter pouvait être plus complexe et plus fort que les simples mots à compter si on comprenait la façon de le faire. La Première nota avec satisfaction le regain d'attention de son acolyte.

— On peut utiliser ses mains, dit la femme. Avec la droite, on compte sur ses doigts en prononçant les mots jusqu'à cinq.

Elle ferma le poing, leva chacun de ses doigts l'un après l'autre en commençant par le pouce.

— On compte ensuite sur sa main gauche jusqu'à dix et on ne peut pas aller plus loin. Mais au lieu d'utiliser la main gauche pour compter une deuxième série de cinq, on peut plier un doigt, le pouce, pour retenir la première série de cinq...

Elle leva la main gauche, la paume vers le bas.

— Puis on compte de nouveau sur la main droite et on replie le deuxième doigt de la main gauche pour retenir.

Elle en fit la démonstration, de sorte qu'elle avait tous les doigts tendus sauf l'index et le pouce de la main gauche.

— Cela veut dire dix. Si j'abaisse le doigt suivant, quinze. Vingt avec le suivant encore et vingt-cinq avec le dernier.

Ayla était stupéfaite. Elle avait immédiatement compris l'idée, pourtant plus ardue que les mots à compter que Jondalar lui avait appris. Elle se rappela la première fois qu'elle avait compté. C'était Creb, le Mog-ur du Clan, qui le lui avait montré mais il ne pouvait guère aller plus loin que dix. Elle était encore une petite fille quand il avait placé chacun de ses doigts sur cinq pierres différentes, puis – comme on lui avait amputé un bras sous le coude – il avait répété l'opération en imaginant que c'était sa main manquante. Avec de gros efforts, il parvenait à forcer son imagination pour compter jusqu'à vingt, et il avait été abasourdi et bouleversé quand elle était allée aisément jusqu'à vingt-cinq.

Elle n'utilisait pas des mots comme Jondalar. Elle montrait vingt-cinq à Creb en plaçant cinq fois ses cinq doigts sur cinq cailloux. Il lui avait recommandé de n'en parler à personne. Il savait qu'elle n'était pas semblable aux membres du Clan mais il n'avait saisi qu'à ce moment-là l'ampleur de la différence et devinait qu'elle les inquiéterait, en particulier Brun et les hommes, peut-être assez pour qu'ils la chassent du foyer.

Pour la plupart des membres du Clan, compter se réduisait à un, deux, trois et beaucoup, avec toutefois des gradations dans « beaucoup », et d'autres façons d'estimer des quantités. Par exemple, ils n'avaient pas de mots à compter pour les années de vie d'un enfant mais ils savaient qu'un enfant dans son année de naissance était plus jeune qu'un enfant dans son année d'apprentissage de la marche ou dans son année de sevrage. D'ailleurs, Brun n'avait pas besoin de compter les membres du Clan. Il connaissait le nom de chacun et pouvait, d'un coup d'œil, constater s'il manquait quelqu'un et savoir qui c'était. Les autres partageaient cette aptitude à des degrés divers.

Ayla n'avait donc parlé à personne de sa capacité à compter mais ne l'avait pas oubliée. Elle l'avait utilisée pour elle, en particulier quand elle vivait seule dans sa vallée. Elle avait consigné le passage du temps en gravant chaque jour une marque sur un bâton. Elle savait combien de saisons et d'années elle avait passées dans la vallée sans même avoir de mots à compter, mais, quand Jondalar la rencontra, il se montra capable de compter les marques sur ses bâtons et de lui dire avec des mots combien de temps elle y avait vécu. Pour elle, cela avait été comme de la magie. Maintenant qu'elle comprenait comment il avait fait, elle brûlait d'en savoir davantage.

— Il y a des façons de compter plus loin encore, mais c'est compliqué, dit la femme de la Deuxième Caverne. Comme beaucoup de choses associées à la Zelandonia, ajouta-t-elle en souriant.

Ceux qui l'écoutaient lui rendirent son sourire.

— La plupart des signes ont plus d'un sens, poursuivit-elle. Les deux mains peuvent vouloir dire dix ou vingt-cinq mais il est possible de préciser quand on en parle : pour dix, on tourne les paumes vers l'extérieur, pour vingt-cinq on les tourne vers soi. Dans cette position, on peut compter plus loin, mais cette fois on utilise la main gauche et on se sert de la droite pour retenir.

Elle fit de nouveau une démonstration et les acolytes l'imitèrent.

— Avec la seconde méthode, le pouce replié signifie trente mais lorsqu'on retient trente-cinq, on ne garde pas le pouce baissé, on replie seulement le doigt suivant. Pour quarante, on replie le doigt du milieu, pour quarante-cinq le suivant. Pour cinquante, seul le petit doigt de la main droite est replié, tous les autres doigts des deux mains sont tendus. On utilise quelquefois la main droite seulement avec les doigts repliés pour montrer ces mots à compter élevés. On peut même montrer des mots à compter plus élevés encore en repliant plus d'un doigt.

Ayla avait du mal à replier uniquement le petit doigt et à garder cette position. Manifestement, les autres avaient plus d'entraînement qu'elle mais elle n'avait aucune difficulté à comprendre. Voyant l'expression étonnée et ravie de son acolyte, la Première hocha la tête. C'est une bonne façon de la garder impliquée, pensa-t-elle.

— On peut marquer l'empreinte d'une main sur une surface dure comme un morceau de bois, la paroi d'une grotte ou même le bord d'un ruisseau, poursuivait la Zelandoni de la Deuxième Caverne. Une empreinte de main peut signifier un mot à compter ou quelque chose de totalement différent. Si vous voulez laisser cette empreinte, vous pouvez tremper votre main dans la couleur et l'appuyer, ou bien placer votre main sur une surface et souffler de la couleur dessus, ce qui donne une autre sorte d'empreinte. Si vous voulez signifier des mots à compter, trempez la main dans la couleur pour les plus bas, soufflez la couleur sur le dos de votre main pour les plus élevés. Une Caverne qui vit au sud-est d'ici laisse une marque de couleur en utilisant uniquement la paume, sans les doigts.

Ayla était transportée par l'idée de compter. Creb, le plus grand Mog-ur du Clan, parvenait à grand-peine à compter jusqu'à vingt. Elle, elle pouvait compter jusqu'à vingt-cinq et représenter ce nombre avec deux mains seulement, d'une manière que d'autres comprenaient, et aller plus loin encore. On pouvait montrer à quelqu'un combien de cerfs s'étaient rassemblés sur leur lieu de vêlage de printemps, combien de jeunes étaient nés : cinq, huit, vingt-cinq. Ce devait être plus difficile de compter tout un troupeau, mais tout pouvait être communiqué. Combien de morceaux de viande conserver pour permettre à tant de gens de survivre pendant l'hiver. Combien de cordes de racines séchées, combien de paniers de noisettes. Combien de jours pour se rendre au lieu de la Réunion d'Eté, combien de participants. Les possibilités étaient incroyables. Les mots à compter avaient une importance extraordinaire, à la fois matérielle et symbolique.

Celle Qui Etait la Première reprit la parole et Ayla dut s'arracher à ses réflexions.

— Cinq est un mot à compter important en soi, disait-elle. Il est le nombre de doigts de chaque main et d'orteils de chaque pied, naturellement, mais ce n'est que son sens superficiel. Cinq est aussi le mot à compter sacré de la Mère, nos mains et nos pieds ne font que nous le rappeler. La pomme aussi nous le rappelle.

La Première leur montra une petite pomme encore dure.

— Si vous la tenez sur le côté et que vous la coupez en deux...

Elle le fit.

— ... vous constatez que la disposition des pépins la divise en cinq parties. Voilà pourquoi la pomme est le fruit sacré de la Mère.

Elle tendit une des moitiés à Ayla pour qu'elle l'examine et poursuivit :

— Le mot à compter cinq a d'autres aspects importants. Comme vous l'apprendrez, on peut voir chaque année dans le ciel cinq étoiles qui se déplacent au hasard, et il y a cinq saisons : le printemps, l'été, l'automne et les deux saisons froides : le début et la fin de l'hiver. La plupart des gens pensent que l'année commence par le printemps, quand la végétation se remet à pousser, mais la Zelandonia sait que le début de l'année est marqué par le jour court de l'hiver qui sépare sa première et sa deuxième partie. L'année commence en fait par la fin de l'hiver, puis viennent le printemps, l'été, l'automne et le début de l'hiver...

— Les Mamutoï comptent aussi cinq saisons, intervint Ayla. A vrai dire trois saisons principales – printemps, été, hiver – et deux saisons mineures : automne et milieu de l'hiver, qu'on devrait peut-être appeler fin de l'hiver.

Plusieurs des autres acolytes furent surpris qu'elle se permette une remarque alors que la Première expliquait une notion fondamentale, mais celle-ci sourit en elle-même, ravie de voir Ayla aussi intéressée.

— Ils considèrent que trois est un mot à compter fondamental parce qu'il représente la femme, de même que le triangle avec la pointe en bas représente la femme et la Grande Mère. Lorsqu'ils ajoutent aux trois saisons principales les deux autres, automne et milieu de l'hiver, qui annoncent un changement, cela fait cinq. Mamut disait que cinq est le mot à compter de l'autorité cachée de la Mère.

— C'est très intéressant, Ayla, reprit la Première. Nous, nous disons que cinq est Son mot à compter sacré. Nous pensons aussi que trois est un nombre important, pour des raisons semblables. J'aimerais en savoir plus sur ce peuple que tu appelles les Mamutoï et sur leurs coutumes. Peut-être à la prochaine réunion de la Zelandonia.

Ayla était sous le charme. La Première avait une voix qui retenait l'attention, qui l'exigeait, même, mais ce n'était pas seulement pour ça. Les connaissances qu'elle transmettait étaient stimulantes, captivantes. Ayla voulait en savoir plus.

— Il y a aussi Cinq Couleurs et Cinq Eléments Sacrés, mais il se fait tard et nous verrons cela la prochaine fois, promit Celle Qui Etait la Première parmi Ceux Qui Servaient la Grande Terre Mère.

Ayla fut déçue, elle aurait bien écouté toute la nuit, mais en relevant la tête elle vit Folara approcher avec Jonayla. Son bébé s'était réveillé.

4

L'impatience de partir pour la Réunion d'Eté s'accrut après que la Neuvième Caverne fut revenue de sa visite aux Septième et Deuxième. Tout le monde se préparait dans la fièvre et l'excitation était quasi palpable. Chaque famille effectuait ses propres préparatifs et les chefs avaient pour tâche d'organiser le départ pour toute la Caverne. C'était parce qu'ils acceptaient d'assumer cette responsabilité et qu'ils s'en acquittaient qu'ils étaient chefs.

Les chefs de toutes les Cavernes zelandonii étaient nerveux avant une Réunion d'Eté, mais Joharran plus que d'autres. Si la plupart des Cavernes comptaient de vingt-cinq à cinquante personnes, quelques-unes soixante-dix ou quatre-vingts, généralement apparentées, sa Caverne faisait exception : près de deux cents Zelandonii appartenaient à la Neuvième.

C'était un défi de diriger tant de gens, mais Joharran était à même de le relever. Non seulement sa mère, Marthona, avait mené la Neuvième Caverne mais Joconan, le premier homme à qui elle s'était unie et au foyer duquel il était né, l'avait fait avant elle. Jondalar, le frère de Joharran, né au foyer de Dalanar, l'homme auquel Marthona s'était unie après la mort de Joconan, s'était spécialisé dans une activité pour laquelle il montrait de l'inclination et de l'habileté. Comme Dalanar, on le reconnaissait pour un Maître Tailleur de Silex parce que c'était ce qu'il faisait le mieux. Joharran avait grandi entre des parents exerçant les fonctions de chef et avait une propension naturelle à prendre ces responsabilités. C'était ce qu'il faisait le mieux.

Les Zelandonii n'avaient pas de procédure officielle pour choisir leurs dirigeants mais ils vivaient ensemble, ils apprenaient qui était le mieux à même de les aider à résoudre un conflit ou régler un problème, et ils avaient tendance à suivre ceux qui prenaient en charge l'organisation d'une activité et le faisaient bien.

S'ils décidaient par exemple d'aller chasser, ils ne choisissaient pas forcément de suivre le meilleur chasseur mais plutôt celui qui dirigerait le groupe d'une façon qui garantirait une chasse fructueuse pour tous. Souvent – pas toujours –, le plus apte à résoudre un problème était aussi le meilleur organisateur. Parfois, deux ou trois personnes connues pour des savoir-faire particuliers travaillaient ensemble. Au bout d'un moment, celui qui gérait les conflits le plus efficacement était reconnu pour chef, non par une procédure structurée mais par un accord tacite.

Ceux qui accédaient à une position de commandement acquéraient un statut supérieur mais ils gouvernaient par la persuasion et l'influence, ils ne détenaient aucun pouvoir coercitif. Il n'existait ni règles ni lois exigeant obéissance, ni de moyens de l'imposer, ce qui rendait la tâche de gouverner plus difficile, mais la pression du groupe pour faire accepter les suggestions du chef était forte. La Zelandonia avait encore moins d'autorité contraignante mais peut-être plus de pouvoir persuasif : les chefs religieux étaient extrêmement respectés et un peu craints. Leur connaissance de l'inconnu et leur familiarité avec le monde terrifiant des esprits, élément important de la vie de la communauté, leur valaient une grande considération.

L'excitation d'Ayla augmentait à mesure que la date du départ approchait. Elle n'avait pas éprouvé une telle impatience l'année précédente, sans doute parce que Jondalar et elle étaient arrivés chez les Zelandonii peu avant le rassemblement annuel et que devoir faire leur connaissance et apprendre leurs manières l'avait rendue nerveuse. Cette année, elle sentait son enthousiasme monter depuis le printemps et l'effervescence des autres la gagner. Les préparatifs demandaient d'autant plus de travail qu'ils ne resteraient jamais longtemps à un même endroit et voyageraient toute la saison.

La Réunion d'Eté était le moment où les Zelandonii se rassemblaient, après la longue saison froide, pour resserrer leurs liens, trouver une compagne ou un compagnon, échanger des objets et des informations. Une sorte de camp de base d'où de petits groupes partaient pour pratiquer la chasse ou la cueillette, explorer leur terre et voir ce qui avait changé, rendre visite à d'autres membres des Cavernes pour retrouver des parents ou des amis éloignés. L'été était la saison nomade, les Zelandonii n'étaient essentiellement sédentaires qu'en hiver.

Ayla avait fini de donner le sein à Jonayla et l'avait recouchée. Loup était parti un peu plus tôt chasser ou rôder dans le voisinage. Elle venait de dérouler leur fourrure de couchage pour voir s'il fallait la raccommoder quand elle entendit frapper au poteau de l'autre côté du rideau qui fermait l'entrée de leur habitation. Celle-ci se trouvait vers le fond de l'abri de pierre mais près de la partie sud-est, côté aval, de l'espace à vivre puisqu'elle faisait partie des nouvelles constructions. Elle se leva, écarta le rideau et découvrit avec plaisir Celle Qui Etait la Première.

— Je suis contente de te voir, Zelandoni, dit Ayla en souriant. Entre.

Ayla perçut un mouvement dehors et jeta un regard à l'autre abri que Jondalar et elle avaient construit un peu plus loin pour les chevaux. Elle remarqua que Whinney et Grise venaient de revenir de la berge herbeuse de la Rivière.

— J'allais me faire une tisane, en veux-tu une aussi ? proposa-t-elle.

— Oui, merci, répondit la lourde femme.

Elle se dirigea vers un bloc de calcaire qu'ils avaient porté à l'intérieur et recouvert d'un épais coussin pour lui servir de siège. C'était à la fois solide et confortable.

Ayla plaça des pierres à cuire sur les braises rouges du foyer et ajouta du bois. Puis elle prit une outre – une panse d'aurochs lavée avec soin –, versa de l'eau dans un panier au tressage serré, y disposa des morceaux d'os pour protéger le fond des pierres brûlantes.

— Tu veux une infusion particulière ? s'enquit-elle.

— Peu importe, choisis. Quelque chose de calmant, peut-être.

Le bloc de roche et son coussin avaient été installés dans leur foyer peu après leur retour de la Réunion d'Eté, l'année précédente. La Première n'en avait pas fait la demande et elle ignorait si l'idée venait d'Ayla ou de Jondalar, mais elle savait qu'ils l'avaient fait à son intention et elle leur en était reconnaissante. Zelandoni avait deux autres sièges en pierre à elle, l'un dans son habitation, l'autre près de l'espace de travail commun. Joharran et Proleva avaient aussi chez eux un siège robuste où elle pouvait s'installer confortablement. Bien qu'elle pût encore s'asseoir sur le sol en cas de nécessité, elle avait de plus en plus de mal à se relever, du fait des années et de son poids sans cesse croissant. *Puisque la Grande Terre Mère m'a choisie pour être la Première, Elle a une raison de me faire chaque année plus semblable à Elle*, présumait-elle. Tous les Zelandonia qui accédaient au rang de Premier n'étaient pas obèses, mais elle était sûre que la plupart des gens aimaient sa corpulence. Elle lui donnait de la présence et de l'autorité. Un peu moins de mobilité n'était qu'un faible prix à payer.

A l'aide de pinces, Ayla prit une pierre brûlante. Elles étaient faites d'une mince bande de bois détachée d'un arbre, juste sous l'écorce, et repliée à la vapeur. Le bois jeune gardait son élasticité plus longtemps, mais pour ne pas faire mourir l'arbre on ne prélevait la bande que d'un côté du tronc. Elle tapota la pierre contre un des rochers entourant le feu pour en faire tomber les cendres, la laissa tomber dans l'eau, faisant s'élever un panache de vapeur. Une seconde pierre porta l'eau à une brève ébullition. Les morceaux d'os empêchaient les pierres chaudes de brûler le fond du panier et lui assuraient une plus longue durée.

Ayla passa en revue sa réserve de plantes et d'herbes séchées. La camomille avait toujours un effet calmant mais c'était une infusion banale, elle voulait autre chose. Elle remarqua une plante qu'elle avait cueillie récemment et sourit. La mélisse n'avait pas encore totalement séché mais on pouvait déjà l'utiliser. En en ajoutant un peu à la camomille, ainsi que du tilleul pour édulcorer le goût, elle obtiendrait un breuvage apaisant. Elle mit les feuilles dans l'eau, laissa infuser un moment, remplit deux bols et en tendit un à la doniate.

Zelandoni souffla sur la tisane, but une gorgée, inclina la tête sur le côté en tentant d'identifier son goût.

— De la camomille, bien sûr, mais... Laisse-moi réfléchir. De la mélisse, avec peut-être des fleurs de tilleul ?

Ayla sourit. C'était exactement ce qu'elle faisait lorsqu'elle goûtait à un breuvage inconnu : elle s'efforçait d'en analyser la composition. Et bien sûr, Zelandoni connaissait les ingrédients.

— Oui, acquiesça Ayla. J'ai trouvé la mélisse il y a quelques jours seulement. Je suis contente qu'il en pousse à proximité.

— Pourrais-tu en cueillir aussi pour moi, la prochaine fois ? Elle nous serait utile à la Réunion d'Eté.

— Avec plaisir. Je peux même y aller aujourd'hui. Elle pousse sur le plateau, près de la Pierre qui Tombe.

Ayla faisait allusion à une colonne de basalte très ancienne que l'érosion avait dégagée du calcaire et qui donnait l'impression de choir alors qu'elle était encore solidement encastrée dans la paroi de la falaise.

— Que sais-tu de l'usage de ces plantes ? demanda la doniate.

— La camomille détend, et si on la prend le soir elle aide à s'endormir. La mélisse calme quand on se sent nerveux et tendu. Elle apaise les maux d'estomac que cause parfois la nervosité et fait dormir. Elle a un goût agréable avec la camomille. Le tilleul soulage le mal de tête, en particulier lorsqu'on est tendu, et sert aussi d'édulcorant.

Ayla pensa à Iza, qui lui posait des questions semblables pour vérifier qu'elle avait mémorisé les connaissances qu'elle lui transmettait.

— Oui, cette infusion pourrait servir de calmant léger, approuva la Première.

— Lorsque quelqu'un est très excitable et n'arrive pas à dormir, il faut quelque chose de plus fort. Des racines de valériane bouillies, par exemple.

— Surtout le soir, pour faciliter le sommeil, mais si l'estomac est également perturbé, des fleurs et des feuilles de verveine conviennent peut-être mieux, suggéra la Zelandoni.

— J'ai souvent utilisé de la verveine pour quelqu'un qui relevait d'une longue maladie, mais il ne faut pas en donner à une femme enceinte. Elle peut provoquer le travail et même l'écoulement du lait.

Les deux femmes se turent, se regardèrent et rirent.

— Tu n'imagines pas combien je suis heureuse d'avoir quelqu'un à qui parler de remèdes, dit Ayla. Surtout quelqu'un qui possède un tel savoir.

— Je crois que tu en sais autant que moi. Plus, peut-être, pour certaines choses, et c'est un plaisir d'échanger des idées avec toi. J'attends beaucoup de nos discussions futures.

Zelandoni regarda autour d'elle, tendit le bras vers la fourrure de couchage étendue sur le sol.

— Tu te prépares pour le voyage, à ce que je vois.

— Je vérifiais qu'il ne faut pas la recoudre. Il y a un moment que nous ne l'avons pas utilisée. Elle convient pour voyager par tous les temps.

La fourrure de couchage se composait de plusieurs peaux cousues ensemble pour accueillir quelqu'un d'aussi grand que Jondalar. Elle était fermée aux pieds et des lanières amovibles passées dans des trous sur les côtés pouvaient être serrées ou laissées lâches, ou même enlevées quand il faisait particulièrement chaud. On utilisait des peaux épaisses pour l'extérieur du dessous afin d'obtenir un coussin isolant du sol dur et souvent froid. De nombreuses fourrures convenaient, mais on choisissait généralement celles d'un animal tué pendant la saison froide. Pour celle-là, Ayla avait pris la fourrure d'hiver extrêmement dense d'un renne. Le dessus, plus léger, provenait de peaux d'été de mégacéros, ce qui, du fait de leur grande taille, permettait de ne pas avoir à coudre beaucoup de pièces. Si le temps fraîchissait, on ajoutait une fourrure par-dessus et, s'il faisait vraiment froid, à l'intérieur aussi, et on laçait les côtés.

— Je suis justement venue te parler de la Réunion d'Eté, dit la Première. Ou plutôt de ce que nous pourrions faire après les premières cérémonies. Je te suggère d'emporter ce qu'il faut pour continuer à voyager une fois là-bas. Il y a dans cette région des sites sacrés que tu dois absolument voir. Plus tard, dans quelques années, je t'en montrerai d'autres et je te présenterai à des membres de la Zelandonia qui vivent au loin.

Ayla sourit. Elle aimait l'idée de découvrir de nouveaux endroits s'ils n'étaient pas trop éloignés. Elle avait fait assez de longs voyages. Se rappelant que Whinney et Grise venaient de rentrer, elle songea à un moyen de faciliter les déplacements de la Première.

— Avec les chevaux, nous irions plus vite.

La doniate secoua la tête, but une gorgée.

— Jamais je ne parviendrai à monter sur un cheval.

— Tu n'aurais pas à le faire. Tu serais sur les perches à tirer, derrière Whinney. Nous pourrions installer dessus un siège confortable.

Ayla songeait depuis un moment à un moyen d'aménager le travois pour transporter des personnes, en particulier Zelandoni.

— Qu'est-ce qui te fait croire que ce cheval pourrait tirer quelqu'un de mon poids sur tes perches ?

— Whinney a transporté des fardeaux bien plus lourds que toi. C'est une jument très puissante. Elle pourrait te tirer, toi, tes affaires et tes médecines. En fait, je m'apprêtais à te demander si tu voulais qu'elle porte tes remèdes avec les miens à la Réunion d'Eté. Nous ne monterons pas les chevaux pour aller là-bas. Nous avons promis à plusieurs personnes que Whinney et Rapide porteraient certaines choses. Joharran aimerait nous confier des poteaux pour construire les abris d'été de la Neuvième Caverne. Et Proleva souhaiterait que nous nous chargions de ses grands paniers à cuire spéciaux pour les fêtes et les repas en commun. Jondalar voudrait aussi alléger le fardeau de Marthona.

— Tu feras apparemment bon usage de tes chevaux, approuva la Première, qui élaborait déjà un plan dans sa tête.

Elle projetait divers voyages pour Ayla. Elle voulait lui faire rencontrer des Zelandonii de Cavernes éloignées et peut-être aussi des peuples voisins vivant près des limites de leur territoire. Mais la Première avait le pressentiment que la jeune femme, après avoir parcouru tant de chemin pour venir chez son compagnon, ne serait pas intéressée par le long voyage qu'elle envisageait pour elle. Elle ne lui avait pas encore parlé du Périple de Doniate que tous les acolytes devaient accomplir.

Elle se dit que si elle acceptait de se faire tirer par la jument, cela encouragerait Ayla à voyager avec elle. La Première n'avait aucune envie de s'asseoir sur ces perches et, pour être franche avec elle-même, elle devait avouer que cela l'effrayait, mais elle avait affronté de pires craintes dans sa vie.

— Nous verrons peut-être un jour si Whinney peut me tirer, dit-elle.

Un sourire s'élargit sur le visage de la jeune femme.

— Pourquoi pas aujourd'hui ? suggéra Ayla, qui voulait profiter de l'humeur conciliante de Zelandoni avant qu'elle change d'avis.

Elle vit une expression stupéfaite apparaître sur les traits de la Première. A cet instant précis, le rideau de l'entrée s'écarta et Jondalar entra. Il remarqua la mine étonnée de Zelandoni et se demanda ce qui l'avait causée.

Ayla se leva et Jondalar la salua en la prenant brièvement dans ses bras et en effleurant sa joue de la sienne, mais les sentiments profonds qu'ils éprouvaient l'un pour l'autre sautaient aux yeux et n'échappèrent pas à la visiteuse. Jondalar tourna la tête vers le bébé, remarqua qu'il dormait puis s'approcha de la Première et la salua de la même manière en continuant à s'interroger sur ce qui l'avait déconcertée.

— Jondalar pourra nous aider, ajouta Ayla.

— Vous aider en quoi ?

— Zelandoni parlait de rendre visite cet été à des Cavernes lointaines et j'ai pensé que ce serait plus facile et plus rapide avec les chevaux.

— Sûrement, mais tu crois que Zelandoni pourrait apprendre à monter ?

— Ce ne serait pas nécessaire. Nous pourrions installer un siège confortable sur les perches et Whinney la tirerait.

Jondalar réfléchit, le front plissé, puis approuva de la tête.

— Pourquoi pas ?

— Zelandoni serait prête à essayer un jour et je lui ai proposé de le faire aujourd'hui.

La Première décela une lueur amusée dans les yeux de Jondalar et, cherchant une échappatoire, s'adressa à Ayla :

— Tu disais qu'il faudrait fabriquer un siège...

— C'est vrai, mais je te propose de faire un essai pour te convaincre que, contrairement à ce que tu penses, Whinney peut parfaitement te tirer. Pas besoin de siège pour ça. Moi je n'en doute pas, mais ça te rassurerait et nous réfléchirions ensuite à la façon de fabriquer un siège.

Zelandoni sentit que, toute à son ardeur à faire accomplir à Ayla son Périple de Doniate, elle s'était fait prendre au piège. Avec un long soupir, elle se leva.

— Bon, allons-y.

Lorsqu'elle vivait dans sa vallée, Ayla avait trouvé un moyen de transporter des choses volumineuses et lourdes, comme le corps d'un animal abattu et aussi, un jour, Jondalar, blessé et inconscient. Il s'agissait de deux perches attachées aux épaules du cheval par une sorte de harnais fait de lanières tendues en travers de son poitrail. Les autres extrémités des perches s'écartaient et reposaient sur le sol derrière la bête. Du fait de leur surface de frottement très réduite, elles étaient relativement faciles à tirer, même sur un terrain rocailleux, pour des chevaux vigoureux. Reliant les deux perches, une plate-forme en bois, en peau d'animal ou en vannerie permettait de transporter des fardeaux, mais Ayla n'était pas certaine qu'elle ne plierait pas et ne toucherait pas le sol sous le poids de la Première.

— Finis ton infusion, dit-elle à Zelandoni. Il faut d'abord que je trouve Folara ou quelqu'un d'autre pour garder Jonayla. Je ne veux pas la réveiller.

Ayla revint peu de temps après mais pas avec Folara. Ce fut Lanoga, la fille de Tremeda, qui entra dans l'habitation en portant sa jeune sœur Lorala. Depuis son arrivée, Ayla s'était efforcée d'aider Lanoga et le reste des enfants de ce foyer. Jamais elle n'avait éprouvé une colère aussi grande que lorsqu'elle avait découvert la négligence du couple, mais elle n'avait rien pu faire – personne d'autre non plus –, excepté aider les petits.

— Nous ne serons pas partis longtemps, dit-elle à Lanoga, nous allons seulement à l'abri des chevaux. Il y a de la soupe avec de bons morceaux de viande qui restent et des légumes si vous avez faim, ta sœur ou toi.

— Lorala, peut-être. Elle n'a rien pris depuis que je l'ai emmenée téter Stelona ce matin, répondit Lanoga.

— Mange, toi aussi, lui recommanda Ayla en partant.

Elle était sûre que la fillette n'avait rien avalé depuis le matin. Lorsqu'ils furent assez loin pour ne pas être entendus, Ayla donna enfin libre cours à son indignation :

— Il va falloir que je passe voir chez Tremeda s'il y a de la nourriture pour les enfants.

— Tu leur en as apporté il y a deux jours, rappela Jondalar. Il doit en rester.

— Sache que Tremeda et Laramar la mangent aussi, l'informa Zelandoni. Tu ne peux pas les en empêcher. Et si tu leur apportes des grains ou des fruits, ou quoi que ce soit qui fermente, Laramar l'ajoute à sa sève de bouleau pour son barma. Au retour, j'irai chez eux prendre les enfants, je trouverai bien quelqu'un pour leur donner le repas du soir. Il ne faut pas que tu sois la seule à les nourrir, Ayla. Nous sommes suffisamment nombreux à la Neuvième Caverne pour que ces enfants aient à manger.

Lorsqu'ils arrivèrent à l'abri des chevaux, Ayla et Jondalar consacrèrent un peu de leur attention à Whinney et à Grise. Puis Ayla décrocha d'un poteau le harnais spécial et conduisit la jument dehors. Jondalar, qui se demandait où était Rapide, s'approcha du bord de la plate-forme rocheuse pour regarder en direction de la Rivière, ne l'aperçut pas. Il avança les lèvres pour siffler, changea d'avis : il n'avait pas besoin de l'étalon pour le moment. Il le chercherait plus tard, une fois qu'ils auraient fait asseoir la Zelandoni sur les perches.

Ayla promena les yeux autour de l'abri des chevaux, remarqua des planches détachées d'un rondin à l'aide de coins et d'une masse. Elle avait prévu d'en faire de nouvelles mangeoires pour les chevaux, mais Jonayla était née et elle avait continué à se servir des anciennes. Comme les planches étaient restées sous le surplomb, protégées du mauvais temps, elles semblaient encore utilisables.

— Ce qu'il nous faudrait, c'est une plate-forme moins souple. Tu crois qu'on pourrait fixer ces planches en travers des perches ? demanda Ayla à son compagnon.

Il considéra les perches et les planches puis la femme au corps si abondamment enveloppé. Son front se creusa de plis familiers.

— L'idée est bonne, mais les perches sont peut-être trop flexibles.

Il y avait toujours des lanières et des cordes dans l'abri des chevaux et le couple s'en servit pour attacher les planches sur les perches. Puis ils reculèrent pour examiner leur travail.

— Qu'en penses-tu, Zelandoni ? dit Jondalar. Les planches penchent un peu mais ça peut s'arranger. Tu crois que tu pourrais t'asseoir dessus ?

— C'est peut-être un peu haut pour moi.

Pendant qu'Ayla et son compagnon s'efforçaient de remédier au problème, la Première observait l'assemblage qu'ils préparaient et se demanda s'il conviendrait. Jondalar avait fabriqué pour Whinney un licou semblable à celui qu'il utilisait pour Rapide, mais Ayla s'en servait rarement. Elle dirigeait généralement sa jument – qu'elle montait sur une simple couverture en cuir souple – par la pression de ses genoux, mais dans des circonstances particulières, notamment en présence d'autres personnes, ce licou lui donnait plus de maîtrise encore sur l'animal.

Pendant qu'elle le passait à la jument, Jondalar et Zelandoni s'approchèrent du travois renforcé. Les planches étaient effectivement un peu hautes pour la Première et il l'aida à se hisser dessus. Les perches se courbèrent sous son poids, assez pour qu'elle puisse toucher le sol du pied, et cela lui donna l'impression qu'elle pourrait descendre facilement. Finalement, ce n'était pas si terrible.

— Tu es prête ? lui demanda Ayla.

— Autant que je le serai jamais.

Ayla fit avancer Whinney au pas en direction d'En-Aval. Jondalar suivit en adressant à la Zelandoni un sourire encourageant. Puis Ayla amena la jument sous le surplomb, la fit tourner jusqu'à ce qu'ils se retrouvent face à la direction opposée et poursuivit vers le bord est de la corniche, vers les habitations.

— Arrête-toi, maintenant, réclama la Première.

Ayla retint aussitôt la jument.

— Tu n'es pas bien installée ?

— Si, mais tu as bien dit que vous feriez un siège pour moi ?

— Oui.

— Alors, il vaudrait mieux que je sois assise dessus la première fois que les gens me verront, pour qu'ils soient impressionnés.

Ayla et Jondalar demeurèrent un moment interloqués puis il répondit :

— Tu as probablement raison.

Aussitôt, sa compagne enchaîna :

— Cela veut dire que tu acceptes de voyager sur les perches ?

— Oui, je pense que je m'y ferai. Ce n'est pas comme si je ne pouvais pas descendre à tout moment, déclara la Première.

Ayla n'était pas la seule à se préparer pour le voyage. Tous les membres de la Caverne inspectaient leur équipement dans leur habitation ou dehors, sur les espaces de travail. Il fallait raccommoder les fourrures de couchage, vérifier les tentes et certains éléments des abris d'été, même si la plupart des matériaux pour les construire seraient disponibles à l'emplacement du camp. Ceux qui avaient fabriqué des objets pour les offrir ou les troquer, en particulier ceux qui excellaient dans certaines activités, devaient choisir lesquels prendre et en quelle quantité. Ils ne pouvaient en emporter beaucoup puisque cela s'ajouterait à la nourriture pour le voyage et les festins sur place, aux vêtements, aux fourrures de couchage et autres objets indispensables.

Ayla et Jondalar avaient déjà décidé de fabriquer de nouvelles perches pour Whinney et Rapide : les extrémités en contact avec le sol s'usaient rapidement, en particulier quand on transportait de lourdes charges. Ils avaient proposé l'aide des chevaux à leurs parents et amis proches, mais même les bêtes les plus vigoureuses ont leurs limites.

Dès le début du printemps, la Caverne avait fait provision de viande, de baies, de fruits, de noix, de champignons, de feuilles et de racines comestibles, de grains, et même de lichen et d'écorce d'arbre. Les Zelandonii n'emporteraient qu'une petite quantité de nourriture fraîche, le reste serait séché. La nourriture séchée se conservait longtemps et pesait moins lourd, ce qui leur permettrait d'en emporter davantage pour le voyage et les premiers jours après leur arrivée, jusqu'à ce qu'ils s'organisent pour chasser sur les lieux de la Réunion d'Eté.

Le site changeait chaque année selon un cycle régulier d'endroits adéquats. Il n'y avait qu'un nombre restreint de lieux pouvant accueillir une Réunion d'Eté et après chaque utilisation il fallait attendre quelques années avant d'y revenir. Avec autant de personnes rassemblées – entre mille et deux mille – les ressources locales étaient épuisées à la fin de l'été et il fallait laisser la terre se reposer. L'année précédente, ils avaient suivi la Rivière en direction du nord sur une quarantaine de kilomètres. Cette année, ils se dirigeraient vers l'ouest jusqu'à la Rivière de l'Ouest, dont le cours était à peu près parallèle à celui de la Rivière.

Joharran et Proleva finissaient de prendre le repas de midi chez eux, avec Solaban et Rushemar. Ramara, la compagne de Solaban, et son fils Robenan venaient de partir avec Jaradal, le fils de Proleva, deux garçons comptant six années chacun. Sethona, son bébé, s'était endormi dans les bras de Proleva et elle venait de le coucher. Lorsqu'on frappa au panneau de cuir brut jouxtant l'entrée, Proleva crut que Ramara avait oublié quelque chose et fut surprise en voyant entrer une femme beaucoup plus jeune.

— Galeya ! s'exclama-t-elle, un peu surprise.

Si Galeya était une amie d'enfance de Folara, la sœur de Joharran, et leur rendait souvent visite, elle le faisait rarement seule.

— Tu es déjà de retour ? dit Joharran à la jeune fille.

Il fournit aux autres une explication :

— Comme elle excelle à la course, je l'ai envoyée tôt ce matin à la Troisième Caverne pour savoir quand Manvelar compte partir.

— Lorsque je suis arrivée là-bas, il s'apprêtait à t'envoyer un messager, répondit Galeya.

Un peu essoufflée, elle avait les cheveux humides de sueur après son effort.

— Manvelar dit que la Troisième est prête, poursuivit-elle. Il veut partir demain matin. Si la Neuvième est prête aussi, il aimerait voyager avec nous.

— C'est un peu plus tôt que je ne le prévoyais, je comptais partir dans un jour ou deux, fit Joharran avec une expression préoccupée. Vous pourriez être prêts demain matin ? demanda-t-il aux autres.

— Moi oui, répondit Proleva sans hésiter.

— Nous pourrions probablement aussi, dit Rushemar. Salova a fini de préparer le dernier des paniers qu'elle veut emporter. Nous n'avons pas encore fait les ballots, mais tout est prêt.

— Je suis encore en train de faire un choix de manches, expliqua Solaban. Marsheval est venu hier discuter de ce qu'il doit emporter. Il semble être doué lui aussi pour travailler l'ivoire et il s'améliore, ajouta-t-il dans un sourire.

Solaban fabriquait des manches pour couteaux, ciseaux et autres outils. S'il utilisait du bois ou du bois de cerf, il aimait particulièrement l'ivoire des défenses de mammouth et avait commencé à s'en servir pour faire d'autres objets comme des perles ou des statuettes, surtout depuis que Marsheval était devenu son apprenti.

— Peux-tu être prêt à partir demain matin ? insista Joharran.

Il savait que Solaban se torturait jusqu'au dernier moment pour choisir quels manches emporter à la Réunion d'Eté.

— Je crois que oui, répondit l'artisan. Oui, répéta-t-il d'un ton plus décidé. Et Ramara aussi, j'en suis sûr.

— Bien, approuva Joharran, mais je dois savoir pour le reste de la Caverne avant d'envoyer un messager à Manvelar. Rushemar, Solaban, prévenez tout le monde que j'aimerais avoir une courte réunion, le plus tôt possible. Vous pourrez préciser pour quoi si on vous pose la question et prévenez que la personne représentant son foyer devra être en mesure de prendre une décision pour tous ses membres.

Il jeta les restes de son bol à manger personnel dans le feu puis l'essuya, ainsi que son couteau, avec une peau de daim humide avant de les ranger dans un sac accroché à sa ceinture. Il les passerait à l'eau à la première occasion. En se levant, il dit à Galeya :

— Je ne crois pas qu'il faille que tu retournes là-bas, j'enverrai un autre messager.

Soulagée, elle sourit.

— Palidar est rapide. Nous avons couru ensemble hier et il m'a presque battue.

Joharran dut fouiller sa mémoire – ce nom ne lui était pas familier – et se souvint au bout d'un moment de la chasse aux lions. Galeya avait fait équipe avec un jeune homme de la Troisième Caverne et Palidar les avait accompagnés.

— N'est-ce pas un ami de Tivonan, le jeune que Willamar a plusieurs fois emmené faire du troc ?

— Si. La dernière fois, il est rentré avec eux et a décidé qu'il pouvait aussi bien se rendre avec nous à la Réunion d'Eté et y retrouver sa Caverne.

Joharran ne savait pas encore s'il prendrait pour messager ce jeune ou un membre de la Neuvième Caverne, mais il comprit que Palidar intéressait Galeya, l'amie de Folara, et que le jeune homme avait trouvé une raison de rester. S'il devait un jour appartenir à la Neuvième, Joharran voulait en savoir plus à son sujet, mais il avait d'autres questions plus urgentes à régler.

Joharran savait qu'une personne au moins de chaque foyer serait présente à la réunion et quand il vit les Zelandonii commencer à sortir de leurs habitations, il comprit que tout le monde ou presque voulait apprendre pourquoi le chef avait convoqué une réunion. Lorsqu'ils furent rassemblés sur l'espace de travail, il monta sur la grosse pierre plate qui y avait été installée pour que chacun pût voir le chef ou quiconque avait quelque chose à dire.

— J'ai parlé il y a peu à Manvelar, commença-t-il sans préambule. Comme vous le savez, la Réunion d'Eté se déroulera cette année dans le grand pré qui s'étend près de la Rivière de l'Ouest et d'un de ses affluents, non loin de la Vingt-Sixième Caverne. La compagne de Manvelar vient de cette Caverne et lorsque ses enfants étaient jeunes Manvelar et elle s'y rendaient souvent. Je sais comment y aller en descendant jusqu'à la Grande Rivière puis en prenant à l'ouest jusqu'à un autre cours d'eau qui se jette dans la Rivière de l'Ouest, et en la suivant en direction du nord jusqu'au lieu de la Réunion d'Eté. Mais Manvelar connaît une route plus directe en partant de la Rivière des Bois et en tournant ensuite vers l'ouest. Nous arriverions plus vite et j'espérais faire le voyage avec la Troisième Caverne, seulement, ils partent demain matin.

Un murmure monta de l'auditoire mais, avant que quiconque puisse prendre la parole, Joharran continua :

— Je sais que vous appréciez d'être prévenus quelques jours avant le départ et je m'efforce généralement de le faire. Je suis certain cependant que la plupart d'entre vous sont presque prêts à partir. Si vous pouvez l'être tous demain matin, nous accompagnerons la Troisième Caverne et nous arriverons plus vite. Plus tôt nous serons là-bas, plus nous aurons de chances de trouver un bon endroit où établir notre camp.

Çà et là dans la foule s'engagèrent des conversations dont il saisit des bribes : « Je ne sais pas si nous pouvons être prêts pour demain », « Nous n'avons pas encore fait nos sacs », « Il ne peut pas nous attendre un jour ou deux ? »... Le chef laissa la discussion se poursuivre un moment avant de reprendre :

— Je ne crois pas que ce serait juste de demander à la Troisième de retarder son départ pour nous. Ils veulent eux aussi trouver un bon endroit. Il me faut une réponse pour pouvoir renvoyer un messager à Manvelar. Le représentant de chaque foyer doit prendre une décision maintenant. Si la plupart d'entre vous pensent pouvoir être prêts, nous partirons demain. Que ceux qui sont de cet avis se rangent à ma droite.

Après un temps d'hésitation, Solaban et Rushemar s'approchèrent et se placèrent à la droite de Joharran. Jondalar regarda Ayla, qui hocha la tête en souriant. Il rejoignit les deux hommes à la droite de son frère. Marthona fit de même, d'autres aussi. Personne ne se plaça à la gauche du chef pour exprimer son opposition, mais plusieurs demeuraient immobiles.

Chaque fois qu'un Zelandonii de plus se joignait au groupe, Ayla prononçait à voix basse le mot à compter correspondant et se tapait la cuisse de l'index en même temps.

— Dix-neuf, vingt, vingt et un... Combien y a-t-il de foyers ?

Lorsqu'elle parvint à trente, il était évident que la plupart approuvaient les arguments du chef. Après que cinq personnes de plus eurent encore grossi le groupe, elle compta les foyers qui restaient. Il n'y avait que sept ou huit indécis.

— Et ceux qui ne seront pas prêts demain ? demanda l'un d'eux.

— Ils partiront seuls plus tard, répondit Joharran.

— Mais nous y allons toujours tous ensemble, protesta un autre. Je ne veux pas y aller seul...

— Alors, arrange-toi pour être prêt demain, lui conseilla Joharran avec un sourire. Comme tu le vois, la plupart d'entre nous ont décidé de partir demain. Je vais envoyer un messager à Manvelar pour l'informer que nous rejoindrons la Troisième Caverne demain matin.

Pour une Caverne aussi nombreuse que la Neuvième, il y avait toujours quelques personnes dans l'incapacité de partir, du moins à un moment donné, les malades ou les blessés, par exemple. Joharran désigna quelques Zelandonii qui resteraient afin de prendre soin d'eux et de chasser pour les nourrir. Ils seraient remplacés par d'autres après une demi-lune afin qu'ils ne manquent pas totalement la Réunion d'Eté.

Les membres de la Neuvième Caverne restèrent debout beaucoup plus tard que d'habitude et le lendemain matin, quand ils commencèrent à se rassembler, quelques-uns étaient manifestement fatigués et grincheux. Manvelar et la Troisième Caverne étaient arrivés tôt et attendaient sur l'espace découvert situé juste après les habitations, vers En-Aval, non loin de l'endroit où Ayla et Jondalar vivaient. Déjà prêts, Marthona, Willamar et Folara étaient venus chez le jeune couple pour faire transporter une partie de leurs affaires par les chevaux.

Ils avaient aussi apporté à manger pour partager le repas du matin avec Manvelar et quelques autres. La veille, Marthona avait suggéré à ses fils de recevoir le chef de la Troisième Caverne et sa famille dans l'habitation d'Ayla – ainsi appelée parce que Jondalar l'avait construite pour elle – pour permettre ainsi à Joharran et à Proleva d'organiser plus tranquillement le reste de la Caverne pour la longue marche jusqu'à Vue du Soleil, le foyer de la Vingt-Sixième Caverne des Zelandonii, lieu de la Réunion d'Eté.

5

Ce fut un groupe imposant – près de deux cent cinquante personnes – qui se mit en branle plus tard dans la matinée. Manvelar et la Troisième Caverne ouvrirent la marche dans la descente commençant à l'extrémité est de l'abri de pierre. Le sentier qui partait de la corniche de la Neuvième Caverne menait à un petit affluent de la Rivière, qu'on appelait la Rivière des Bois parce que sa vallée, protégée du vent, comptait un nombre d'arbres inhabituel.

Les régions boisées étaient rares à la période glaciaire. La limite des grands glaciers couvrant un quart de la surface de la Terre n'était pas très loin au nord, ce qui créait des conditions de permafrost dans les régions proches. En été, la couche supérieure du sol dégelait jusqu'à des profondeurs variables selon les endroits. Dans les zones ombragées couvertes de mousse ou autre végétation isolante, le sol ne dégelait que sur quelques centimètres de profondeur, mais là où la terre était directement exposée au soleil il se ramollissait suffisamment pour laisser pousser une herbe abondante.

D'une manière générale, les conditions ne favorisaient pas les arbres, aux racines plus profondes. Mais dans les endroits protégés des vents froids et des grands gels, le sol pouvait dégeler sur un mètre de profondeur, ce qui permettait aux arbres de prendre racine. Des forêts-galeries poussaient souvent le long des rivières aux berges saturées d'eau.

La vallée de la Rivière des Bois était l'une de ces exceptions, avec une abondance relative de conifères et de feuillus, notamment des noyers et divers arbres fruitiers. Cette vallée constituait une réserve étonnamment riche en bois de chauffage pour ceux qui vivaient à proximité, mais elle n'était pas couverte d'une forêt épaisse. Elle ressemblait plutôt à un vaste espace vert, avec des prés et des clairières entre des parties plus fortement boisées.

Le groupe se dirigea vers le nord-ouest en suivant la vallée sur une dizaine de kilomètres de terrain en pente douce, un début très agréable pour le voyage. Lorsque les Zelandonii arrivèrent à un affluent de la Rivière des Bois qui dévalait une colline en cascadant, sur la gauche, Manvelar fit halte. C'était le moment de se reposer et de laisser les retardataires les rattraper. On fit de petits feux pour les infusions, les parents nourrirent les enfants et puisèrent dans les provisions emportées pour le voyage, lanières de viande ou morceaux de fruits séchés, noix restant de la récolte de l'année précédente. Quelques-uns mangèrent les gâteaux spéciaux que presque tout le monde préparait, un mélange de viande séchée réduite en poudre, de baies ou de petits morceaux de fruits séchés et de graisse, moulés en petits pâtés et enveloppés de feuilles comestibles. C'était une nourriture bourrative et riche en calories mais longue à préparer et la plupart des marcheurs la gardèrent pour plus tard, quand ils voudraient parcourir rapidement de longues distances ou traquer un gibier et se sustenter sans allumer de feu.

— C'est ici que nous tournons, annonça Manvelar. Si nous prenons plein ouest à partir de maintenant, lorsque nous parviendrons à la Rivière de l'Ouest, nous devrions être près de la Vingt-Sixième Caverne et de sa plaine d'inondation, là où se tiendra la Réunion d'Eté.

Il était assis en compagnie de Joharran et de quelques autres qui regardaient les collines s'élevant sur la rive ouest et l'affluent tumultueux descendant la pente.

— Doit-on camper ici cette nuit ? demanda Joharran.

Il leva les yeux pour voir où le soleil en était de son parcours dans le ciel et poursuivit :

— Il est un peu tôt mais nous sommes partis tard ce matin et la montée paraît rude. Nous en viendrions peut-être plus facilement à bout après une nuit de repos.

— La pente est forte sur quelque distance seulement puis le terrain devient plus ou moins plat, répondit Manvelar. J'essaie d'habitude de grimper d'abord puis de faire halte et d'établir le camp pour la nuit.

— Tu as probablement raison, approuva Joharran. Il vaut mieux laisser cette difficulté derrière nous et repartir frais demain matin, mais je crains que la montée ne pose problème à certains.

Il se tourna vers son frère puis coula un regard à leur mère, qui venait d'arriver et semblait soulagée de pouvoir s'asseoir et se reposer. Il avait remarqué qu'elle peinait plus que d'habitude à avancer.

Jondalar saisit le message muet et dit à Ayla :

— Nous pourrions rester ici pour attendre les retardataires et leur indiquer la bonne direction.

— Bonne idée, répondit-elle. De toute façon, les chevaux préfèrent être derrière.

Elle souleva Jonayla et lui tapota le dos. L'enfant avait fini de téter mais semblait vouloir jouer avec le sein de sa mère. Parfaitement réveillée, elle gloussa en direction de Loup, assis derrière le groupe. Il s'avança, lécha le visage du bébé, qui gloussa de nouveau. Ayla avait elle aussi capté le message adressé à Jondalar et, comme Joharran, elle avait remarqué que Marthona ralentissait l'allure. Zelandoni, qui venait d'arriver, avait également pris du retard mais Ayla ne savait pas si c'était par fatigue ou si elle avait décidé d'attendre Marthona.

— Il y a de l'eau chaude pour une infusion ? s'enquit la Première en les rejoignant.

Elle décrocha le sac dans lequel elle gardait ses remèdes et s'activa.

— As-tu déjà bu, Marthona ?

Avant même que la mère de Jondalar secoue la tête, la doniate ajouta :

— Je vais te préparer une infusion en même temps que la mienne.

Ayla les observa attentivement. Elle ne tarda pas à comprendre que Zelandoni avait elle aussi remarqué la fatigue de Marthona et lui préparait une médecine. La mère de Jondalar le savait aussi. Nombreux étaient ceux qui se faisaient du souci pour elle mais ils se gardaient de le manifester. Ayla sentait cependant que leur inquiétude était grande. Elle décida d'aller voir ce que faisait Zelandoni.

— Jondalar, tu peux t'occuper de Jonayla ? Elle a mangé et elle a envie de jouer, dit-elle en lui tendant le bébé.

Jonayla agita les bras en souriant à Jondalar, qui lui rendit son sourire et la prit. De toute évidence, il adorait ce bébé, cet enfant de son foyer. Cela ne le dérangeait jamais de la garder. Il semblait à Ayla qu'il montrait avec sa fille plus de patience qu'elle-même. Jondalar était un peu surpris de la force de ses sentiments pour Jonayla et se demandait si c'était parce qu'il avait longtemps douté d'avoir un jour un enfant de son foyer. Il croyait avoir offensé la Grande Terre Mère quand il était jeune en voulant s'unir à sa femme-donii et craignait que la Mère ne refuse à jamais de mêler une partie de son esprit à l'esprit d'une femme pour créer une nouvelle vie.

C'était ce qu'on lui avait appris. La création de la vie résultait de l'union de l'esprit des femmes à l'esprit des hommes avec l'aide de Doni, et la plupart des gens qu'il connaissait, y compris ceux qu'il avait rencontrés pendant son voyage, pensaient en gros la même chose... sauf Ayla. Elle était convaincue qu'il y avait autre chose qu'une fusion d'esprits ; elle lui avait assuré que ce n'était pas seulement son esprit qui s'était conjugué au sien pour créer un nouvel être mais son essence, lorsqu'ils avaient partagé les Plaisirs. Elle affirmait que Jonayla était autant l'enfant de Jondalar que le sien et il avait envie de la croire même s'il n'était pas sûr qu'elle eût raison.

Il savait qu'Ayla avait acquis cette conviction alors qu'elle vivait avec le Clan, alors même que ses membres pensaient autrement, eux aussi. Ils croyaient que des esprits de totem créaient une nouvelle vie en grandissant à l'intérieur d'une femme, le totem mâle prenant le dessus sur le totem femelle. Ayla pensait qu'il fallait quelque chose de plus que les esprits. Pourtant elle était acolyte, elle se formait pour devenir une Zelandoni et c'était la Zelandonia qui expliquait Doni, la Grande Terre Mère, à Ses enfants. Jondalar se demandait ce qui se passerait lorsque le temps viendrait pour Ayla d'expliquer la création d'une nouvelle vie. Répéterait-elle, comme la Zelandonia, que la Mère choisissait l'esprit d'un homme pour l'unir à l'esprit d'une femme, ou soutiendrait-elle que l'essence d'un homme était nécessaire, et qu'en dirait alors la Zelandonia ?

En approchant des deux femmes, Ayla vit que Zelandoni fouillait dans son sac d'herbes médicinales tandis que Marthona se reposait, assise sur un rondin à l'ombre d'un arbre près de la Rivière des Bois. La mère de Jondalar avait vraiment l'air épuisée mais tentait de ne pas en faire cas. Elle souriait et bavardait alors qu'elle n'avait sans doute qu'une seule envie : fermer les yeux et se reposer.

Après avoir salué Marthona et les autres, Ayla rejoignit Celle Qui Etait la Première.

— Tu as tout ce qu'il te faut ? lui demanda-t-elle à voix basse.

— Oui. J'aurais voulu avoir le temps de concocter dans les règles un remède à la digitale mais je dois me contenter de la préparation séchée que j'ai emportée.

Ayla avait remarqué que Marthona avait les jambes un peu gonflées.

— Il faut qu'elle se repose, n'est-ce pas ? Au lieu de faire la conversation à ces gens qui veulent juste être aimables. Je ne saurais pas aussi bien que toi leur faire comprendre, sans l'embarrasser, qu'ils feraient mieux de la laisser tranquille. Explique-moi comment lui préparer cette infusion.

La doniate sourit et murmura :

— Tu es perspicace, Ayla. Ce sont des amis de la Troisième Caverne qu'elle n'a pas vus depuis longtemps.

Elle montra rapidement à Ayla comment procéder et se dirigea vers le groupe en train de bavarder.

Ayla se concentra sur les instructions qu'elle avait reçues et, lorsqu'elle releva la tête, elle constata que la Première s'éloignait avec les amis de Marthona et que celle-ci avait fermé les yeux. Cela découragera d'autres retardataires de s'arrêter pour lui parler, pensa-t-elle. Elle attendit que le breuvage refroidisse et au moment où elle l'apportait à la mère de Jondalar, Zelandoni revint. Les deux femmes se placèrent de manière à dissimuler Marthona aux autres pendant qu'elle buvait. Au bout d'un moment, l'infusion sembla faire effet et Ayla se promit d'interroger plus tard Zelandoni à ce sujet.

Lorsque Manvelar repartit, ouvrant la marche vers le haut de la colline, la Première le suivit mais Ayla resta près de Marthona. Willamar les avait rejointes et s'était assis de l'autre côté de sa compagne.

— Reste avec nous et laisse Folara partir devant, suggéra Ayla. Jondalar s'est proposé pour attendre les retardataires jusqu'au dernier et les mettre dans la bonne direction. Proleva a promis de nous garder quelque chose à manger lorsque nous arriverons au camp.

— D'accord, répondit Willamar sans hésiter. D'après Manvelar, il faut marcher plein ouest pendant quelques jours. Combien ? Cela dépendra de l'allure. Il n'y a aucune raison de se presser. En tout cas, c'est une bonne chose que quelqu'un reste derrière pour aider ceux qui seraient blessés ou auraient un problème...

— Ou pour attendre une vieille femme trop lente, enchaîna Marthona. Un jour viendra où je n'irai plus aux Réunions d'Eté.

— C'est vrai pour chacun de nous, lui répondit Willamar. Mais tu n'en es pas encore là.

— Il a raison, dit Jondalar, le bébé de son foyer endormi au creux du bras.

Il venait de parler à un groupe familial comprenant plusieurs jeunes enfants et lui avait indiqué la direction à prendre.

— Peu importe que nous prenions du retard, nous ne serons pas les seuls, argua-t-il en montrant la famille qui commençait à gravir la pente. Et quand nous arriverons, les gens auront encore besoin de ton aide et de tes conseils, mère.

— Tu veux que je porte Jonayla dans ma couverture ? proposa Ayla. Je crois que nous sommes les derniers, maintenant.

— Non, ça va, elle s'est endormie. Il faudrait trouver un chemin plus facile pour les chevaux.

— C'est aussi ce qu'il me faut. Je devrais peut-être les suivre, dit Marthona, ne plaisantant qu'à demi.

— Le problème, ce n'est pas tellement les chevaux, ils grimpent bien. C'est d'arriver là-haut avec les perches et les charges sur leur dos, précisa Ayla.

— Si je ne me trompe pas, nous sommes passés devant un chemin moins raide en venant ici, nous pourrions revenir sur nos pas pour essayer de le retrouver, suggéra Willamar.

— Puisque Jondalar ne demande pas mieux que de s'occuper du bébé, il peut rester et me tenir compagnie, dit Marthona.

Et aussi veiller sur elle, pensa Ayla en s'éloignant avec Willamar. Des animaux pourraient passer par hasard et la prendre pour proie : des lions, des ours, des hyènes, qui sait quoi encore. Loup, qui se reposait, allongé par terre, la tête entre les pattes, se redressa et parut hésiter quand il vit que Jonayla restait et qu'Ayla partait.

— Tu restes là ! lui intima-t-elle en ponctuant son ordre d'un signe. Avec Jondalar, Jonayla et Marthona.

L'animal se recoucha mais garda la tête et les oreilles dressées, au cas où Ayla lui adresserait un autre mot ou un autre signe.

— Si nous n'avions pas chargé les chevaux aussi lourdement, Marthona aurait pu monter la colline sur les perches, dit Ayla à Willamar au bout d'un moment.

— Si tant est qu'elle ait été d'accord. J'ai remarqué quelque chose d'intéressant dans son attitude envers tes bêtes. Elle n'a absolument pas peur de ton loup, un chasseur puissant qui pourrait facilement la tuer, mais elle n'aime pas s'approcher des chevaux. Elle les craint beaucoup plus, alors qu'ils ne mangent que de l'herbe.

— Peut-être parce qu'elle ne les connaît pas aussi bien. En plus, ils ont une masse imposante et ils peuvent devenir ombrageux, ou nerveux, lorsque quelque chose les surprend. Les chevaux ne s'approchent jamais de son habitation. Peut-être que si elle passait plus de temps avec eux, elle aurait moins d'appréhension.

— Peut-être, convint Willamar. Mais il faudrait d'abord l'en persuader, et quand elle s'est mis en tête qu'elle ne veut pas faire quelque chose... C'est une femme de caractère.

— Oh, je n'en doute pas, répondit Ayla.

Lorsque Willamar et Ayla revinrent, Jonayla s'était réveillée et souriait à présent dans les bras de son aïeule. Jondalar était avec les chevaux, il vérifiait que leurs charges étaient bien attachées.

— Nous avons trouvé un meilleur chemin, annonça Willamar. Par endroits, il est un peu raide mais ça pourra aller.

— Donne-moi la petite, dit Ayla en se dirigeant vers Marthona. Elle s'est sûrement souillée et ça ne doit pas sentir bon. C'est son habitude quand elle se réveille, l'après-midi.

— C'est ce qu'elle a fait, confirma Marthona, qui tenait l'enfant assise sur son giron, face à elle. Je n'ai pas oublié comment on s'occupe d'un enfant, hein, Jonayla ?

Elle la fit sauter doucement et lui sourit, reçut en échange un sourire et un doux gazouillis.

— Elle est adorable, dit-elle en rendant le bébé à sa mère.

Ayla l'installa confortablement dans la couverture à porter. Marthona semblait reposée et ragaillardie quand elle se leva. Ils repartirent le long de la Rivière des Bois, tournèrent et s'engagèrent sur l'autre chemin. Une fois au sommet de la colline, ils marchèrent de nouveau vers le nord jusqu'au petit affluent puis prirent à l'ouest. Le soleil, bas sur l'horizon, dardait ses rayons presque directement dans leurs yeux lorsqu'ils parvinrent au camp établi par la Troisième et la Neuvième Caverne. Proleva guettait leur arrivée et fut soulagée de les voir enfin.

— J'ai gardé de la nourriture au chaud près du feu. Pourquoi avez-vous tant tardé ? leur demanda-t-elle en les conduisant à la tente de voyage qu'ils partageaient.

Elle se montra particulièrement empressée avec la mère de Joharran.

Jondalar lui donna l'explication et ajouta :

— Garde la nourriture au chaud un peu plus longtemps. Nous devons d'abord décharger les chevaux et leur trouver un endroit où ils pourront brouter.

— S'il reste un os avec de la viande pour Loup, il appréciera, dit Ayla.

Il faisait sombre quand ils revinrent enfin manger. Tous ceux qui partageaient la tente de voyage se rassemblèrent autour du feu : Marthona, Willamar et Folara ; Joharran, Proleva et ses deux enfants, Jaradal et Sethona ; Jondalar, Ayla, Jonayla et Loup ; et Zelandoni. Bien qu'elle ne fît pas vraiment partie de la famille du chef, elle y avait sa place quand ils voyageaient parce qu'elle n'avait elle-même pas de famille à la Neuvième Caverne.

— Combien de temps nous faudra-t-il pour arriver au lieu de la Réunion d'Eté ? demanda Ayla à Joharran.

— Cela dépend de notre allure, mais probablement pas plus de trois ou quatre jours, d'après Manvelar.

Une pluie intermittente les accompagna une bonne partie du chemin et tous furent heureux quand, l'après-midi du troisième jour, ils aperçurent des tentes devant eux. Manvelar, Joharran et ses deux proches conseillers, Rushemar et Solaban, partirent devant pour trouver un lieu où installer leurs camps. Manvelar choisit un endroit au bord d'un affluent de la Rivière de l'Ouest, près du confluent, et le revendiqua en y posant son sac à dos. Puis il trouva le chef de Vue du Soleil et il y eut un échange général de salutations rituelles abrégées que Joharran conclut en ces termes :

— Au nom de Doni, je te salue, Stevadal, Homme Qui Commande Vue du Soleil, Vingt-Sixième Caverne des Zelandonii.

— Soyez les bienvenus au Lieu de Rassemblement de notre Caverne, répondit Stevadal en lâchant les mains de Joharran.

— Nous sommes contents d'être ici mais j'aimerais avoir ton avis sur l'endroit où nous pourrions nous installer. Tu sais que nous sommes nombreux et maintenant que mon frère est revenu de son Voyage avec... des compagnons inhabituels, il nous faut un endroit où ils n'inquiéteront pas les voisins et où ils ne se sentiront pas menacés par des gens qu'ils ne connaissent pas encore.

— J'ai vu le loup et les deux chevaux, l'année dernière. Des « compagnons inhabituels », en effet, dit Stevadal en souriant. Ils ont même des noms, je crois.

— La jument s'appelle Whinney, c'est elle qu'Ayla monte généralement. L'étalon de Jondalar a pour nom Rapide, il est le rejeton de la jument, à qui la Grande Terre Mère a accordé aussi une pouliche. Ils l'appellent Grise, d'après la couleur de son pelage.

— Tu vas te retrouver avec toute une troupe de chevaux dans ta Caverne ! s'exclama Stevadal.

J'espère bien que non, pensa Joharran, qui se contenta de sourire.

— Quel genre d'endroit cherches-tu exactement ? reprit Stevadal.

— L'année dernière, rappelle-toi, nous avions trouvé un lieu un peu écarté. J'avais d'abord pensé qu'il était peut-être trop loin de toutes les activités, mais finalement, le choix s'est révélé judicieux. Les chevaux pouvaient brouter et le loup demeurer à distance des membres des autres Cavernes. Ayla sait parfaitement s'en faire obéir et il m'écoute même parfois, mais je ne voulais pas qu'il effraie qui que ce soit. De plus, nous avons tous apprécié de pouvoir nous étaler un peu.

— Si je me souviens bien, vous aviez eu aussi du bois de chauffage jusqu'à la fin de la saison. Nous étions même venus vous en prendre, les derniers jours.

— Nous avons eu de la chance, nous n'avions même pas pensé à ça. Manvelar m'a dit que vous auriez peut-être une place pour nous un peu plus près de Vue du Soleil. Une petite vallée herbeuse, je crois ?

— Oui, nous allons quelquefois y faire des cueillettes avec les Cavernes voisines. On y trouve des noisettes et des myrtilles. Elle est à proximité d'une grotte sacrée. C'est un peu loin d'ici, mais cela vous conviendrait. Vous voulez aller voir ?

Joharran fit signe à Rushemar et Solaban et les trois hommes suivirent Stevadal.

— Dalanar et ses Lanzadonii étaient avec vous l'année dernière, n'est-ce pas ? Ils viennent, cette année ? demanda Stevadal en marchant.

— Nous n'avons pas de nouvelles, répondit Joharran. Comme il ne nous a pas envoyé de messager, j'en doute.

Plusieurs membres de la Neuvième qui avaient prévu de partager l'abri de parents ou d'amis d'une autre Caverne quittèrent le groupe pour aller les retrouver. La Première se rendit à la vaste habitation toujours installée au centre de tout pour la Zelandonia. Les autres attendaient au bord du pré où la plupart des Cavernes s'étaient rassemblées et saluaient les amis qui venaient les accueillir. Il se mit à pleuvoir.

A son retour, Joharran s'adressa à eux :

— Je crois que j'ai trouvé un bon endroit pour notre camp avec l'aide de Stevadal. Comme l'année dernière, il est un peu écarté mais je crois qu'il nous conviendra.

— C'est loin ? demanda Willamar.

Il songeait à Marthona, que la longue marche avait éprouvée.

— On le voit d'ici, si on sait où regarder.

— Eh bien, allons-y, décida Marthona.

Plus de cent cinquante Zelandonii prirent le sillage de leur chef. Lorsqu'ils arrivèrent, la pluie avait cessé et le soleil brillait sur une riante petite vallée fermée à un bout, assez grande pour accueillir tous ceux qui camperaient avec la Neuvième Caverne, du moins pour le début de la Réunion d'Eté. Après les premières cérémonies marquant les retrouvailles, la vie estivale itinérante de chasse et de cueillette, d'exploration et de visites, commencerait.

Le territoire zelandonii se prolongeait bien au-delà des environs immédiats. Le nombre de ceux qui se disaient zelandonii avait tellement augmenté qu'ils avaient dû l'étendre. Il y avait d'autres Réunions d'Eté de Zelandonii et des personnes, des familles ou même des Cavernes entières ne se rendaient pas aux mêmes réunions chaque année. Ils participaient parfois à des rassemblements plus lointains, en particulier s'ils avaient des objets à troquer ou des parents à voir. C'était une façon de maintenir le contact. Certaines Réunions d'Eté regroupaient des Zelandonii et des peuples voisins vivant près des limites mal définies de leur territoire.

Parce qu'ils formaient un peuple nombreux et prospère, comparé aux autres, les Zelandonii jouissaient d'un prestige auquel beaucoup voulaient être associés. Même ceux qui ne se considéraient pas comme des Zelandonii revendiquaient une parenté avec eux dans leurs noms et liens. Mais si leur population semblait importante en regard de celle d'autres groupes, elle était insignifiante compte tenu de l'étendue de leur territoire.

Les humains constituaient une minorité parmi les habitants de ces terres froides. Les animaux étaient beaucoup plus nombreux et diversifiés : la liste des différentes sortes de créatures vivantes était longue. Si certaines, comme le cerf ou l'élan, vivaient seules ou en petits groupes familiaux dans les rares bois ou forêts dispersés, la plupart occupaient d'immenses espaces – plaines, steppes ou prairies – en grand nombre. A certaines périodes de l'année, dans des régions qui n'étaient pas si éloignées l'une de l'autre, des mammouths, des mégacéros et des chevaux se rassemblaient par centaines, des bisons, des aurochs et des rennes par milliers. Les oiseaux migrateurs assombrissaient parfois le ciel pendant des journées entières.

Les conflits étaient rares entre les Zelandonii et leurs voisins, en partie parce que les terres étaient si vastes et les populations si faibles, également parce que leur survie en dépendait. Lorsqu'une Caverne devenait trop peuplée, un petit groupe la quittait mais n'allait pas plus loin que le lieu accueillant le plus proche. Peu voulaient s'établir très loin de la famille ou des amis, non seulement à cause des liens d'affection mais aussi parce qu'ils voulaient rester près de ceux sur qui ils pouvaient compter dans l'adversité. Là où la terre était riche et capable de les nourrir, ils avaient tendance à vivre en groupes nombreux, mais il existait de grandes étendues inhabitées où ils n'allaient que pour des expéditions de chasse ou de cueillette.

Le monde de l'âge glaciaire, avec ses glaciers étincelants, ses rivières aux eaux claires, ses cascades grondantes, ses troupeaux gigantesques, était d'une beauté spectaculaire mais terriblement dur, et les rares êtres humains qui y vivaient avaient conscience de la nécessité absolue de maintenir des liens puissants. Vous aidiez quelqu'un aujourd'hui parce que vous auriez probablement besoin d'aide demain. Voilà pourquoi s'étaient développés des coutumes, des usages, des traditions qui tendaient à atténuer l'hostilité entre personnes, à apaiser les ressentiments et à maîtriser les émotions. Le groupe décourageait la jalousie et la vengeance en infligeant des punitions qui donnaient satisfaction aux parties lésées et calmaient leur colère ou leur souffrance tout en restant justes envers tous. L'égoïsme, la tromperie, la non-assistance à quelqu'un dans le besoin étaient considérés comme des crimes et le groupe trouvait des moyens de châtier les criminels avec subtilité et inventivité.

Les membres de la Neuvième Caverne décidèrent rapidement des emplacements individuels de leurs huttes d'été et commencèrent à construire ces habitations semi-permanentes. Ils avaient reçu assez de pluie, ils voulaient un endroit où ils pourraient se sécher. Les poteaux et les pieux qui en constituaient les éléments principaux, ils les avaient apportés avec eux après les avoir fabriqués à partir de branches soigneusement choisies, coupées et taillées. Une grande partie avait déjà servi pour les tentes de voyage. Ils disposaient aussi d'abris plus petits, plus légers, plus faciles à porter, pour les chasses de deux jours ou autres expéditions.

Les huttes d'été étaient toutes faites de la même façon. Circulaires, elles offraient suffisamment d'espace autour du poteau central pour plusieurs personnes debout. Un toit s'inclinait vers les murs extérieurs, près desquels on disposait les fourrures de couchage. L'extrémité du poteau central de la tente de voyage présentait une longue section en biseau sur laquelle on posait l'extrémité d'un autre poteau semblable au biseau inversé. Puis on les attachait solidement l'un à l'autre avec une corde pour obtenir un poteau plus grand.

Ils utilisèrent un morceau de corde pour tracer la distance du poteau central au mur circulaire extérieur et, s'en servant comme guide, édifièrent une clôture avec les poteaux de la tente, auxquels il en ajoutèrent d'autres.

Des panneaux faits de joncs ou de roseaux tressés, de cuir brut ou autres matériaux, certains apportés de la Caverne, d'autres fabriqués sur place, furent attachés à l'extérieur et à l'intérieur des poteaux afin de constituer une double cloison avec une couche d'air isolante. La natte de sol montait de quelques centimètres seulement sur la cloison intérieure mais cela suffisait pour arrêter les courants d'air. L'humidité de la fraîcheur du soir se condenserait sur la cloison extérieure, la cloison intérieure restant sèche.

Le toit était fait de minces branches de jeunes sapins ou d'arbres à petites feuilles, saules ou bouleaux, reliant le poteau central à la cloison extérieure. Ces branches étaient attachées entre elles et recouvertes d'une couche d'herbe et de roseaux. Comme il ne devait durer qu'une saison, le toit était juste assez épais pour ne laisser passer ni la pluie ni le vent et il fallait généralement le colmater plus d'une fois avant la fin de l'été.

Lorsque le gros des huttes fut construit et que les affaires furent disposées à l'intérieur, l'après-midi s'achevait et il allait bientôt faire noir, mais cela n'empêcha pas les Zelandonii de la Neuvième de se diriger vers le camp principal pour voir qui était déjà là, saluer parents et amis. Ayla et Jondalar devaient encore s'occuper des chevaux. Comme l'année précédente, ils fabriquèrent un enclos à quelque distance du camp avec des poteaux qu'ils avaient apportés et de jeunes arbres qu'ils déterrèrent et replantèrent. Ils les relièrent par des branches ou de la corde. Les chevaux auraient pu passer par-dessus ou les briser, mais l'enclos servait davantage à délimiter leur espace, à la fois pour eux et pour les visiteurs curieux.

Ayla et Jondalar furent parmi les derniers à quitter le camp de la Neuvième Caverne. Lorsqu'ils partirent enfin pour le camp principal, ils passèrent devant la petite Lanoga, âgée de onze ans, et son frère Bologan, treize ans, qui s'échinaient à construire une petite hutte d'été à la lisière du camp. Comme personne ne voulait loger avec Laramar, Tremeda et leurs enfants, elle était destinée à abriter uniquement leur famille, mais Ayla remarqua qu'aucun des parents n'était là pour aider les enfants.

— Lanoga, où est ta mère ? Où est Laramar ?
— Je ne sais pas. A la Réunion d'Eté, je suppose.
— Tu veux dire qu'ils sont partis et vous ont laissés construire seuls votre hutte ?

6

Ayla était consternée. Les quatre autres enfants plus jeunes se tenaient autour d'elle et la regardaient avec des yeux ronds, l'air effrayé.

— Qui a construit votre hutte, l'année dernière ? demanda Jondalar.

— Laramar et moi, répondit Bologan. Et deux de ses amis, à qui il avait promis du barma.

— Pourquoi ne le fait-il pas, cette année ?

Le garçon haussa les épaules. Ayla se tourna vers Lanoga.

— Laramar s'est disputé avec ma mère, expliqua la fillette. Il a dit qu'il logerait dans une des lointaines, avec les hommes. Il a pris ses affaires, il est parti. Ma mère lui a couru après et elle n'est pas revenue.

Ayla et Jondalar échangèrent un regard, hochèrent la tête sans dire un mot. Ayla posa Jonayla sur sa couverture à porter et le couple se mit à l'ouvrage avec les enfants. Jondalar se rendit bientôt compte qu'ils utilisaient les poteaux de leur tente de voyage, ce qui ne suffirait pas pour construire une hutte. Mais ils ne purent pas non plus monter la tente parce que la peau de bête humide était trouée, les nattes de sol en lambeaux. Ils devaient tout fabriquer – les panneaux, les nattes et le toit – avec des matériaux trouvés sur place.

Jondalar commença par chercher des poteaux, en récupéra deux près de leur hutte puis abattit quelques arbres. Lanoga n'avait jamais vu quelqu'un tresser des nattes et des panneaux comme Ayla, ni aussi vite, mais la fillette apprit rapidement d'Ayla comment s'y prendre. Trelara, âgée de neuf ans, et Lavogan, sept ans, apportèrent eux aussi leur contribution après qu'on leur eut donné des instructions, mais ils aidèrent surtout Lanoga à s'occuper de Lorala, un an et demi, et de son frère Ganamar, trois ans. Bologan remarqua sans faire de commentaires qu'avec la technique de Jondalar la hutte était bien plus solide que celle qu'il avait essayé de construire auparavant.

Ayla s'arrêta pour donner le sein à Jonayla ainsi qu'à Lorala puis fit manger les autres enfants avec ses provisions puisque, apparemment, leurs parents n'en avaient pas apporté. Jondalar et elle durent allumer deux feux afin d'y voir assez pour finir le travail. Lorsqu'ils eurent presque terminé, des Zelandonii revenaient du camp principal. Ayla était retournée à sa hutte pour couvrir Jonayla plus chaudement car il commençait à faire frais. Elle venait de poser le bébé sur une natte lorsqu'elle vit un groupe approcher. Proleva, portant Sethona sur la hanche, marchait en compagnie de Marthona et de Willamar, qui tenait une torche d'une main et guidait Jaradal de l'autre.

— Où étais-tu, Ayla ? demanda Proleva. Je ne t'ai pas vue au camp principal.

— Nous n'y sommes pas allés. Nous avons aidé Bologan et Lanoga à construire leur hutte.

— Bologan et Lanoga ? s'étonna Marthona.

Ayla expliqua la situation sans cacher sa colère.

— Où est leur hutte ? demanda Willamar.

— A la lisière du camp, près des chevaux, répondit Ayla.

— Je m'occupe des enfants, dit Marthona à Proleva. Willamar et toi, allez donc voir ce que vous pouvez faire. Ayla, je m'occupe de Jonayla, si tu veux.

— Elle est presque endormie, dit Ayla en indiquant l'endroit où se trouvait le bébé. Les enfants de Tremeda auraient besoin de plus de nattes, d'autant qu'ils n'ont pas assez de fourrures de couchage. Quand je suis partie, Jondalar et Bologan terminaient le toit.

Le trio se dirigea vers la petite habitation et entendit Lorala pleurer. Pour Proleva, c'étaient les vagissements d'un bébé qui était épuisé et avait peut-être faim. Lanoga la tenait dans ses bras et s'efforçait de la calmer.

— Laisse-moi voir si elle veut téter, proposa Proleva.

— Je viens de la changer, je lui ai mis de la laine de mouton pour la nuit, dit Lanoga en tendant la petite à la compagne de Joharran.

Quand on lui offrit le mamelon, l'enfant l'aspira goulûment. Depuis que le sein de sa mère s'était tari, un an plus tôt, plusieurs femmes se relayaient pour l'allaiter et elle avait pris l'habitude de téter toutes les femmes qui se proposaient. Elle mangeait aussi quelques aliments solides qu'Ayla avait appris à Lanoga à préparer. Malgré un départ difficile dans la vie, Lorala était une enfant heureuse, sociable et en pleine santé, quoiqu'un peu sous-développée. Les femmes qui la nourrissaient en tiraient fierté car elles savaient qu'elles y avaient contribué. Elles l'avaient maintenue en vie mais Proleva savait que c'était Ayla qui en avait eu l'idée après avoir découvert que Tremeda n'avait plus de lait.

Ayla, Proleva et Marthona trouvèrent des peaux et des fourrures dont elles acceptèrent de se séparer pour les enfants et leur donnèrent des provisions. Willamar, Jondalar et Bologan ramassèrent du bois pour eux.

La hutte était presque finie quand Jondalar vit Laramar approcher. Celui-ci s'arrêta à quelque distance, regarda le petit abri d'été et fronça les sourcils.

— D'où ça vient ? demanda-t-il à Bologan.
— On l'a construit, répondit le garçon.
— Vous n'avez pas fait ça tout seuls.
— Non, nous les avons aidés, intervint Jondalar. Puisque tu n'étais pas là pour le faire.
— Personne ne t'a demandé de t'en mêler, répliqua Laramar.
— Ces enfants n'avaient pas d'endroit où dormir ! s'indigna Ayla.
— Où est Tremeda ? Ce sont ses enfants, c'est elle qui doit s'occuper d'eux.
— Ce sont les enfants de ton foyer, rétorqua Jondalar avec dégoût en tâchant de maîtriser sa colère. Tu en es responsable et tu les as laissés sans abri.
— Ils avaient la tente de voyage, se défendit Laramar.
— Le cuir en est pourri, il s'est déchiré une fois mouillé, et ils n'avaient pas de quoi manger non plus, accusa Ayla.
— J'ai cru que Tremeda leur apporterait quelque chose, se justifia Laramar.
— Et tu te demandes pourquoi tu occupes le dernier rang de la Caverne ? lui lança Jondalar avec mépris.

Loup perçut la tension entre les membres de sa meute et cet homme qu'il n'aimait pas. Le nez froncé, il se mit à gronder en direction de Laramar, qui fit un bond en arrière pour se mettre hors de portée.

— Qui es-tu pour me dire ce que je dois faire ? riposta-t-il. Je ne devrais pas être au rang le plus bas. C'est de ta faute. Tu es soudain revenu de ton Voyage avec une étrangère, et ta mère et toi, vous avez comploté pour la placer devant moi ! Je suis né ici, pas elle. C'est elle qui devrait avoir le rang le plus bas. Certains la trouvent peut-être exceptionnelle mais moi je pense que quelqu'un qui a vécu chez les Têtes Plates est une abomination, et je ne suis pas le seul. Je n'ai pas à te supporter, Jondalar, ni toi ni tes insultes.

Il se retourna et s'éloigna à pas pesants.

Après son départ, Ayla et Jondalar se regardèrent.

— Il y a du vrai dans ce qu'il dit ? demanda-t-elle. Je dois être rangée au plus bas parce que je suis une étrangère ?
— Non, tu as apporté ta dot, souligna Willamar. A elle seule ta robe de Matrimoniale te placerait parmi ceux ayant le statut le plus élevé de n'importe quelle Caverne, mais tu as aussi prouvé ta propre valeur. Si tu avais commencé au rang inférieur d'étrangère, tu n'y serais pas restée longtemps. Ne te soucie pas des propos de Laramar sur ta place parmi nous, tout le monde connaît son statut. Laisser ces enfants se débrouiller seuls sans nourriture ni abri en apporte la confirmation.

Au moment où ceux qui avaient construit l'abri d'été se préparaient à regagner leur propre hutte, Bologan toucha le bras de

Jondalar. Le compagnon d'Ayla se retourna, vit le garçon baisser les yeux et son visage devenir d'un rouge profond perceptible même à la lueur du feu.

— Je... euh... je voulais juste dire... C'est une belle hutte, la meilleure qu'on ait jamais eue, bredouilla Bologan avant de rentrer prestement dans l'abri.

Sur le chemin du retour, Willamar murmura à Jondalar :

— Je crois qu'il essayait de te remercier. Je ne suis pas sûr qu'il ait déjà remercié quelqu'un avant. Ni même qu'il sache comment faire.

— En tout cas, il s'en est bien tiré.

La journée s'annonçait claire et ensoleillée. Après le repas du matin, après avoir vérifié que les chevaux ne manquaient de rien, Ayla et Jondalar eurent envie d'aller au camp principal voir qui était arrivé. Elle enveloppa Jonayla dans sa couverture, la cala sur sa hanche, fit signe à Loup de les accompagner et ils se mirent en route.

Dès qu'ils approchèrent du camp, on commença à les saluer et elle prit plaisir à reconnaître un grand nombre de visages, contrairement à l'année précédente, où elle ne connaissait quasiment personne. Parce que la Neuvième Caverne changeait régulièrement de lieux pour les Réunions d'Eté et que d'autres groupes de Zelandonii faisaient de même, la participation était différente d'une année à l'autre en un endroit donné.

Ayla croisa des gens qu'elle était sûre de n'avoir jamais vus. Ceux-là regardaient fixement Loup mais, d'une manière générale, l'animal était accueilli par un sourire, surtout par les enfants. Il restait près d'Ayla, qui portait le bébé à qui il était profondément attaché. Les groupes nombreux comprenant des inconnus le mettaient mal à l'aise. L'instinct qui le poussait à protéger sa meute s'était renforcé à mesure qu'il prenait de l'âge et que divers incidents avaient marqué sa vie. En un sens, la Neuvième Caverne était devenue sa meute, et le territoire qu'elle habitait le sien, mais il ne pouvait pas protéger tout le groupe, encore moins les nombreuses autres personnes qu'Ayla lui avait « présentées ». Il avait appris à ne pas les traiter avec hostilité mais ils étaient trop nombreux pour correspondre à sa notion instinctive de meute. Il avait donc décidé que ceux qui étaient proches d'Ayla étaient sa meute, ceux qu'il devait protéger, en particulier le petit jeune, qu'il adorait.

Bien qu'elle leur eût rendu visite peu de temps avant le départ, Ayla fut heureuse de voir Janida, qui portait son bébé, et Levela. Les deux jeunes femmes bavardaient avec Tishona. Marthona lui avait dit que des liens spéciaux se nouaient entre les couples qui s'étaient unis aux mêmes Matrimoniales et c'était vrai. Les trois femmes accueillirent Ayla et Jondalar en les prenant dans leurs bras et en pressant une joue contre la leur. Tishona avait tellement l'habitude de voir Loup qu'elle le remarqua à peine mais les deux autres, encore un peu effrayées, le saluèrent de manière démonstrative sans toutefois tenter de le toucher.

Janida et Ayla échangèrent des compliments sur leurs bébés : comme ils étaient beaux, comme ils avaient grandi. Ayla remarqua que Levela s'était transformée, elle aussi.

— Il semble que tu ne tarderas pas à avoir le tien, lui dit-elle.

— Je l'espère, répondit Levela. Je suis prête.

— Je t'assisterai, si tu veux. Et ta sœur Proleva aussi.

— Notre mère est là également, j'ai été contente de la voir. Tu connais Velima, je crois ?

— Pas très bien.

— Où sont Jondecam, Peridal et Marsheval ? demanda Jondalar.

— Marsheval est allé avec Solaban voir une vieille femme qui sait beaucoup de choses sur la sculpture de l'ivoire, répondit Tishona.

— Jondecam et Peridal vous cherchent, dit Levela. Ils ne vous ont pas trouvés, hier soir.

— Rien d'étonnant, nous n'étions pas là, dit Jondalar.

— Vraiment ? Mais j'ai vu beaucoup de gens de la Neuvième Caverne.

— Nous sommes restés à notre camp, expliqua Jondalar.

— Pour aider Bologan et Lanoga à construire une hutte d'été, ajouta Ayla.

Jondalar fut légèrement contrarié qu'elle parle aussi ouvertement de ce qu'il considérait comme un sujet confidentiel pour leur Caverne. Il n'y avait rien de mal à les évoquer, mais il avait été élevé par un chef et il savait que la plupart des chefs se sentaient personnellement responsables des difficultés internes de leur Caverne qu'ils n'avaient pas réussi à résoudre. Cela faisait quelque temps que Laramar et Tremeda posaient un problème à la Neuvième Caverne et ni Marthona ni Joharran n'avaient pu y faire quoi que ce soit. Le couple y vivait depuis de nombreuses années, il était parfaitement en droit d'y rester. Comme il s'y attendait, les propos d'Ayla suscitèrent la curiosité des jeunes femmes.

— Bologan et Lanoga ? fit Levela. Ce ne sont pas les enfants de Tremeda ? Pourquoi vous êtes-vous occupés de leur hutte ?

— Où étaient Laramar et Tremeda ? demanda Tishona.

Ayla résuma la situation :

— Ils se sont disputés, Laramar a décidé de s'installer dans une lointaine. Tremeda l'a suivi et elle n'est pas revenue.

— Je crois que je l'ai vue, dit Janida.

— Où ?

— A la lisière du camp, près d'une des lointaines, en compagnie de quelques hommes qui jouaient et buvaient du barma.

Janida parlait à voix basse et semblait gênée. Elle releva son bébé et le regarda un moment avant de poursuivre :

— Il y avait aussi deux autres femmes. J'ai été surprise de la voir parce que je sais qu'elle a de jeunes enfants. Je ne crois pas que c'était le cas pour les deux autres.

— Tremeda en a six, dont le plus jeune ne compte qu'un an et demi.

— Vous leur avez construit une hutte rien qu'avec ce que vous avez trouvé sur place ? fit Tishona, admirative.

— Une petite, précisa Jondalar avec un sourire. Juste pour leur famille. Personne ne veut habiter avec eux.

— Rien d'étonnant, déclara Levela. Quelle honte ! Ces enfants ont vraiment besoin d'aide.

— La Caverne les aide, fit valoir Tishona pour défendre la Neuvième, à laquelle elle appartenait. Les autres mères se relaient même pour nourrir le bébé.

— Je me posais justement la question quand tu as dit que Tremeda n'était pas revenue et que le dernier ne compte qu'un an et demi, dit Levela.

— Tremeda n'a plus de lait depuis un an, expliqua Ayla.

C'est ce qui arrive quand on ne donne pas le sein assez souvent, pensa-t-elle. Il y a des raisons, parfois bonnes, pour que le sein d'une mère se tarisse. Elle se rappela qu'à la mort d'Iza, sa mère de Clan, elle avait eu tant de chagrin qu'elle avait négligé son propre fils. Les autres mères allaitantes du clan de Brun avaient accepté de nourrir Durc, mais au fond d'elle-même, Ayla se sentait encore coupable.

Les autres femmes du Clan avaient compris mieux qu'elle que c'était plutôt la faute de Creb. Lorsque Durc pleurait parce qu'il avait faim, au lieu de le mettre dans les bras de sa mère affligée, il le portait à l'une des autres mères. Elles savaient que l'intention était bonne, qu'il ne voulait pas tourmenter davantage Ayla dans son chagrin et elles ne pouvaient pas refuser. Mais, faute de donner le sein, elle avait eu une fièvre lactée et, le temps qu'elle se rétablisse, elle n'avait plus de lait. Ayla serra un peu plus Jonayla dans ses bras.

— Ah, te voilà ! s'exclama Proleva en approchant avec quatre autres femmes.

Ayla reconnut Beladora et Jayvena, les compagnes des chefs de la Deuxième et de la Septième Caverne, leur adressa un signe de tête. Elles lui rendirent son salut. Ayla se demanda si les deux autres avaient aussi un chef pour compagnon. Elle crut reconnaître l'une, l'autre recula en voyant Loup.

— Zelandoni te cherche, poursuivit Proleva, et plusieurs jeunes te réclament, Jondalar. Je leur ai dit que si je te voyais je t'enverrais les retrouver à la hutte de Manvelar, au camp de la Troisième Caverne.

— Où se trouve celle de la Zelandonia ? demanda Ayla.

— Pas loin du camp de la Troisième, juste à côté de celui de la Vingt-Sixième, répondit Proleva en tendant le bras.

— Je ne savais pas que la Vingt-Sixième avait établi un camp, dit Jondalar.

— Stevadal aime être là où les choses se passent. Toute sa Caverne n'est pas au camp principal, mais il y a deux huttes pour ceux qui restent tard et veulent un endroit où dormir. Je suis sûre qu'il y aura beaucoup d'allées et venues, du moins jusqu'aux Premières Matrimoniales.

— Elles sont prévues pour quand ? demanda Jondalar.

— Je ne sais pas, je crois que la décision n'a pas encore été prise. Ayla pourra poser la question à Zelandoni, répondit Proleva en s'éloignant avec les autres femmes.

Ayla et Jondalar partirent eux aussi pour les camps où on les attendait. Lorsqu'ils approchèrent de celui de la Troisième Caverne, Ayla reconnut la grande hutte de la Zelandonia, flanquée de ses annexes. En ce moment, pensa-t-elle en se rappelant la Réunion d'Eté précédente, les jeunes femmes qu'on préparait aux Rites des Premiers Plaisirs étaient regroupées dans l'une des huttes spéciales tandis qu'on choisissait pour elles des hommes appropriés. Dans l'autre se trouvaient les femmes qui avaient résolu de porter la frange rouge, de devenir femmes-donii pour cette saison. Elles avaient décidé de s'occuper des jeunes hommes portant la ceinture de puberté, de leur apprendre à comprendre le désir d'une femme.

Les Plaisirs étaient un Don de la Mère et la Zelandonia considérait comme un devoir sacré de veiller à ce que la première expérience des jeunes gens soit appropriée et éducative. Elle estimait que les jeunes hommes et les jeunes filles devaient apprendre correctement à apprécier le Don de la Mère et que des adultes plus expérimentés devaient leur montrer, leur expliquer, en partageant le Don avec eux pour la première fois sous le regard discret mais vigilant de la Zelandonia. C'était un rite de passage trop important pour être abandonné à des rencontres de hasard.

Les deux huttes annexes étaient étroitement gardées car elles exerçaient sur la plupart des hommes une attirance quasi irrésistible. Certains ne pouvaient même pas regarder en direction de l'une ou de l'autre sans se sentir excités. Les jeunes qui avaient déjà été initiés mais n'avaient pas encore de compagne, et d'autres plus âgés, rôdaient autour, dans l'espoir d'apercevoir quelque chose. Presque tous les hommes disponibles voulaient être choisis pour les Premiers Rites d'une jeune femme, même si cela n'allait pas sans une certaine angoisse. Ils savaient qu'ils seraient observés, ils craignaient de ne pas être à la hauteur mais ils éprouvaient quand même une vive satisfaction quand le choix se portait sur eux. La plupart des hommes gardaient aussi un souvenir extraordinaire de la femme-donii qui les avait initiés.

Des restrictions s'imposaient à ceux à qui on confiait la tâche importante de partager et d'enseigner le Don des Plaisirs. Ni les hommes choisis ni les femmes-donii ne devaient avoir de rapports étroits avec les jeunes gens pendant l'année qui suivait la cérémonie. Ceux-ci étaient jugés trop impressionnables, trop vulnérables, et non sans raison. Il n'était pas rare qu'une jeune femme ayant eu une première expérience agréable avec un homme plus âgé veuille la renouveler, malgré l'interdiction. Après les Premiers Rites, elle pouvait avoir tous les hommes qu'elle voulait – et qui voulaient d'elle –, mais cela ne faisait que rendre le premier partenaire plus attirant. Jondalar avait été souvent choisi avant qu'il entreprenne son Voyage et il avait appris à se dérober avec douceur aux invites des jeunes entêtées avec qui il avait partagé une tendre première expérience, et qui essayaient de se retrouver seules avec lui. C'était en un sens plus facile pour les hommes que pour les femmes-donii. Cela se réduisait pour eux à un événement unique, à une seule nuit de Plaisir particulier.

On attendait des femmes-donii qu'elles soient disponibles tout l'été ou plus, surtout si elles étaient acolytes. Les jeunes hommes éprouvaient des désirs fréquents et il fallait du temps pour leur apprendre que ceux des femmes étaient différents, et leur assouvissement plus varié. Mais les femmes-donii devaient faire en sorte que les jeunes hommes ne s'attachent pas durablement, ce qui était parfois difficile.

Jondalar avait eu pour femme-donii la Première, quand on l'appelait encore Zolena, et elle lui avait bien appris les Plaisirs. Plus tard, lorsqu'il était retourné à la Neuvième Caverne après avoir passé plusieurs années dans le foyer de Dalanar, il avait souvent été choisi. Mais à l'époque de sa puberté il était tellement épris de Zolena qu'il refusait toute autre femme-donii. Il voulait en outre qu'elle devienne sa compagne, malgré la différence d'âge. L'ennui, c'était qu'elle éprouvait elle aussi des sentiments pour le beau jeune homme charismatique aux cheveux blond clair et aux yeux d'un bleu exceptionnel, et cela leur avait causé des problèmes à tous deux.

Parvenus à la hutte de Manvelar, ils frappèrent à un panneau de bois proche de l'entrée et, d'une voix forte, s'annoncèrent. Il les invita à entrer.

— Loup est avec nous, prévint Ayla.

— Il peut venir, dit Morizan en écartant le rideau faisant office de porte.

Ayla n'avait pas beaucoup vu le fils du foyer de Manvelar depuis la chasse aux lions et elle lui adressa un sourire chaleureux. Après l'échange de salutations, elle déclara :

— Je dois aller à la hutte de la Zelandonia. Jondalar, tu peux garder Loup ? Sa présence est parfois perturbante. J'aimerais consulter Zelandoni avant de l'amener là-bas.

Jondalar tourna vers Morizan et les autres occupants de la hutte un regard interrogateur.

— Si cela ne dérange personne...

— Il peut rester, décida Manvelar.

Ayla se baissa, regarda l'animal.

— Reste avec Jondalar, lui dit-elle, accompagnant l'ordre du signe équivalent.

Loup approcha son museau de Jonayla, qui se mit à glousser, puis il s'assit. Avec un gémissement, il regarda Ayla partir avec le bébé mais ne la suivit pas.

Arrivée à l'imposante hutte de la Zelandonia, elle cogna au panneau et annonça :

— C'est moi, Ayla.

— Entre, répondit la voix familière de la Première.

Un acolyte écarta le rideau pour laisser la visiteuse entrer. Malgré les lampes à huile allumées, il faisait sombre à l'intérieur et elle resta un moment immobile. Lorsque que ses yeux se furent accoutumés à l'obscurité, elle vit un groupe assis près de la masse imposante de la Première.

Au moment où Ayla se dirigeait vers elle, Jonayla se mit à s'agiter. Le changement de lumière l'avait perturbée. Deux des acolytes s'écartèrent et la jeune femme s'assit entre eux mais, avant de porter son attention sur ce qui se passait dans la hutte, elle devait calmer son bébé. Elle dénuda sa poitrine, en approcha l'enfant. Tout le monde attendait. Lorsque Jonayla cessa de pleurnicher, la Première dit à Ayla :

— Je suis contente que tu sois venue. Nous ne t'avons pas vue, hier soir.

— Nous ne sommes pas allés au camp principal, répondit-elle.

Ceux qui ne l'avaient pas encore rencontrée furent surpris par la façon dont elle prononçait certains mots. Ils n'avaient aucune difficulté à la comprendre, elle parlait parfaitement la langue et avait une agréable voix grave, mais ces mots résonnaient curieusement dans sa bouche.

— Ton bébé était malade ? hasarda la Première.

Une fois de plus, Ayla expliqua ce qui s'était passé et un homme qu'elle ne connaissait pas s'exclama, étonné :

— Tu leur as construit une hutte ?

— Pas aussi grande que celle-ci, répondit-elle avec un sourire en indiquant de la main l'abri particulièrement vaste de la Zelandonia.

Jonayla cessa de téter et Ayla la souleva, la posa sur son épaule et lui tapota le dos.

— C'était vraiment gentil de ta part, lança une voix d'un ton moqueur.

Ayla tourna la tête, vit que c'était la Zelandoni de la Quatorzième qui avait parlé, une vieille femme maigre dont le chignon laissait toujours s'échapper des mèches grises. Madroman, assis à côté d'elle avec le Zelandoni de la Cinquième Caverne, posait sur Ayla un regard condescendant. C'était l'homme à qui Jondalar avait cassé les dents de devant dans une bagarre lorsqu'ils étaient plus jeunes. Elle savait que Jondalar ne l'aimait pas et se doutait que c'était réciproque. Elle le trouvait antipathique, elle aussi.

Avec sa capacité à interpréter les attitudes et les expressions, elle décelait de la fausseté dans ses salutations mielleuses, de l'hypocrisie dans ses protestations d'amitié, mais elle s'efforçait toujours de le traiter poliment.

— Ayla a pris à cœur le sort des enfants de cette famille, intervint la Première en cachant son exaspération.

La Zelandoni de la Quatorzième était pour elle un sujet de contrariété depuis qu'elle avait accédé au rang de Première. Cette femme était toujours en train de provoquer quelqu'un, elle en particulier. La doniate de la Quatorzième estimait que c'était elle qui aurait dû devenir Première et n'avait toujours pas admis que la Zelandoni de la Neuvième, plus jeune qu'elle, ait été choisie à sa place.

— Ils semblent en avoir besoin, dit l'homme qui avait parlé avant elle.

Jonayla s'était endormie sur l'épaule d'Ayla. Celle-ci prit sa couverture à porter, l'étendit par terre, posa l'enfant dessus.

— Je crois que tout le monde n'a pas encore fait la connaissance de mon nouvel acolyte, dit la Première. Des présentations s'imposent.

— Qu'est devenu Jonokol ? demanda le Zelandoni de la Cinquième.

— Il est maintenant à la Dix-Neuvième. C'est la Grotte Blanche trouvée l'année dernière qui l'a incité à aller là-bas. Il veut être sûr que ce qu'on en fera sera approprié. Cette Grotte Blanche a renforcé sa vocation plus que n'importe quelle formation aurait pu le faire.

— Où est la Dix-Neuvième ? Elle vient, cette année ?

— Je crois que oui mais ils ne sont pas encore arrivés, répondit la Première. Je serai heureuse de revoir Jonokol. Ses talents me manquent mais par bonheur Ayla nous est arrivée, avec ses talents particuliers. Elle est déjà une remarquable guérisseuse et nous apporte de nouvelles connaissances intéressantes. Je suis ravie qu'elle ait entamé sa formation. Ayla, veux-tu te lever, que je puisse procéder aux présentations rituelles ?

Ayla se mit debout et fit quelques pas pour se placer devant la Première, qui attendit d'avoir l'attention de tous avant de commencer :

— Je vous présente Ayla des Zelandonii, mère de Jonayla, Protégée de Doni, Acolyte de Zelandoni de la Neuvième Caverne, Celle Qui Est la Première parmi Ceux Qui Servent la Grande Terre Mère. Elle a pour compagnon Jondalar, fils de Marthona, ancienne Femme Qui Commande de la Neuvième Caverne, et frère de Joharran, son Homme Qui Commande actuel. Auparavant, elle était une Mamutoï du Camp du Lion, les Chasseurs de Mammouths qui vivent loin à l'est, et Acolyte de Mamut, qui l'avait adoptée comme fille du Foyer du Mammouth, leur Zelandonia. Elle a aussi été Choisie et marquée dans sa chair par l'Esprit du Lion des Cavernes, son totem, et elle est Protégée de l'Ours des

Cavernes. Elle est l'amie des chevaux Whinney et Rapide, de la pouliche Grise et du chasseur à quatre pattes qu'elle appelle Loup.

Ayla ne savait pas si elle avait été acolyte du Mamut du Foyer du Mammouth, mais il l'avait effectivement admise dans son foyer et l'avait formée. La Première n'avait pas mentionné qu'elle avait aussi été adoptée par le Clan, ceux que les Zelandonii appelaient Têtes Plates. Elle y avait fait simplement allusion en disant qu'elle était protégée par l'Esprit de l'Ours des Cavernes. Ayla doutait que la Première comprît pleinement que cela signifiait qu'elle avait appartenu au Clan, du moins jusqu'à ce que Broud la répudie, la maudisse et la force à partir.

L'inconnu qui avait parlé s'approcha des deux femmes et déclara, en tendant les mains :

— Je suis Zelandoni de la Vingt-Sixième Caverne et au nom de Doni je te souhaite la bienvenue à cette Réunion d'Eté dont nous sommes les hôtes.

Ayla lui prit les mains.

— Au nom de la Grande Mère de Tous, je te salue, Zelandoni de la Vingt-Sixième Caverne.

— Nous avons trouvé une nouvelle profonde. Elle résonne merveilleusement quand nous y chantons, expliqua-t-il avec un enthousiasme évident. Il faut ramper pour y pénétrer et on ne peut s'y tenir qu'à trois ou quatre. Je pense que l'entrée est trop étroite pour la Première, j'en suis désolé, mais c'est à elle d'en décider. J'ai promis à Jonokol de la lui montrer dès qu'il arrivera. Comme tu es maintenant acolyte de la Première, Ayla, tu aimerais peut-être la voir aussi.

D'abord surprise par l'invitation, Ayla sourit et répondit :

— Volontiers.

7

La Zelandoni Qui Etait la Première avait des sentiments mêlés sur cette nouvelle grotte. Découvrir de nouveaux accès au Monde Souterrain Sacré de la Mère était toujours exaltant et l'idée qu'elle puisse en être exclue pour des raisons purement physiques la navrait, même si la perspective de ramper sur le sol pour pénétrer dans un espace exigu ne la séduisait pas particulièrement. Elle était satisfaite, en revanche, qu'Ayla soit suffisamment acceptée par la Zelandonia pour qu'on lui fasse cette offre. Cela signifiait, espérait-elle, que son choix d'une nouvelle venue comme acolyte était déjà considéré comme normal. Bien sûr, le fait que cette femme possédant des pouvoirs aussi inhabituels soit désormais placée sous l'autorité de la Zelandonia devait en soulager plus d'un. Qu'elle fût par ailleurs une jeune mère normale et séduisante facilitait aussi son acceptation.

— Excellente idée, approuva-t-elle. J'ai prévu qu'elle entamerait son Périple de Doniate à la fin de l'été, après les Matrimoniales et les Rites des Premiers Plaisirs. Cette visite constituerait une bonne initiation et lui offrirait l'occasion de comprendre comment la Zelandonia découvre les lieux sacrés. Et puisqu'on parle d'initiation, je vois ici plusieurs des nouveaux acolytes. Le moment me paraît bien choisi pour leur révéler des connaissances dont ils auront besoin. Qui peut me dire combien il y a de saisons ?

— Il y en a trois, répondit un jeune homme.

— Non, le contredit une jeune femme. Il y en a cinq.

La Première sourit.

— Pour l'un, c'est trois, pour l'autre cinq, quelqu'un peut me dire qui a raison ?

Un moment, tous demeurèrent silencieux puis l'acolyte assis à la gauche d'Ayla répondit :

— Les deux, je crois.

Zelandoni sourit de nouveau.

— C'est exact. Il y a trois ou cinq saisons, selon la façon dont on les compte. Qui peut m'expliquer pourquoi ?

Nouveau silence. Ayla se rappelait les enseignements du Mamut, mais elle hésitait à prendre la parole. Finalement, quand le silence devint gênant, elle se lança :

— Les Mamutoï aussi ont trois et cinq saisons. Pour les Zelandonii, je ne sais pas, mais je peux vous soumettre ce que Mamut m'a appris.

— Ce serait très intéressant, je crois, dit la Première.

Elle regarda autour d'elle, constata les hochements de tête approbateurs des autres membres de la Zelandonia.

— Le triangle pointe en bas est un symbole très important pour les Mamutoï, commença Ayla. Il symbolise la femme et il est fait de trois traits, donc trois est le mot à compter du pouvoir de... je ne connais pas le nom, d'être mère, de donner naissance, de créer une nouvelle vie, et il est sacré pour Mut, pour la Mère. Mamut disait aussi que les trois côtés du triangle représentent les trois saisons principales : printemps, été, hiver. Mais les Mamutoï distinguent aussi deux autres saisons, celles qui signalent le changement, l'automne et le milieu de l'hiver, ce qui fait cinq saisons. Pour Mamut, cinq est le mot à compter sacré caché de la Mère.

Non seulement les jeunes acolytes étaient stupéfaits mais les Zelandonia plus âgés étaient captivés par les propos d'Ayla. Même ceux qui l'avaient rencontrée l'année d'avant et l'avaient déjà entendue parler. Pour ceux qui la voyaient pour la première fois, en particulier s'ils étaient jeunes et avaient peu voyagé, sa voix paraissait tout à fait singulière. La plupart des membres de la Zelandonia ne connaissaient pas les éléments qu'elle venait de leur livrer mais ils correspondaient en gros à leur façon de penser et confirmaient leurs propres convictions. Ayla en retira un surcroît de crédibilité et de prestige : elle avait voyagé, elle possédait de vastes connaissances, elle n'était pas vraiment menaçante.

— Je ne me rendais pas compte que les voies de la Mère étaient si semblables à d'aussi grandes distances, dit la Zelandoni de la Troisième Caverne. Nous aussi nous parlons de trois saisons principales – printemps, été et hiver – mais la plupart des gens en comptent cinq : printemps, été, automne, début et fin de l'hiver. Nous pensons aussi que le triangle renversé représente la femme et que trois est le mot à compter du pouvoir d'engendrer mais que cinq est un symbole plus puissant.

— C'est vrai. Les voies de la Grande Terre Mère sont remarquables, dit la Première avant de reprendre la formation des nouveaux : Nous avons déjà parlé du mot à compter cinq, des cinq parties de la pomme, des cinq doigts de chaque main, des cinq orteils à chaque pied, de la façon spéciale d'utiliser les mains et les mots à compter. Il y a aussi cinq couleurs principales ou sacrées. Toutes les autres ne sont que des aspects des cinq principales. La première est le rouge. C'est la couleur du sang, de la vie. Mais tout comme la vie ne dure pas, le rouge reste rarement semblable à lui-même. Lorsque le sang sèche, il s'assombrit, il devient marron ou brun, parfois très foncé.

« Le marron est un aspect du rouge parfois appelé "vieux rouge". C'est la couleur du tronc et des branches de nombreux arbres. Les ocres rouges de la terre sont le sang séché de la Mère, et si certains peuvent être très brillants et sembler presque neufs, ils sont tous considérés comme de vieux rouges. Certains fruits, certaines fleurs ont la couleur authentique du rouge mais les fleurs sont éphémères, comme la couleur rouge des fruits. Une fois séchés, les fruits rouges tels que les fraises deviennent vieux rouge. Pouvez-vous me citer quelque chose d'autre qui a pour couleur un aspect du rouge ?

— Certaines personnes ont les cheveux bruns, répondit un acolyte assis derrière Ayla.

— Et certaines ont les yeux marron, ajouta-t-elle.

— Je n'ai jamais vu quelqu'un qui a des yeux marron. Les yeux de tous ceux que je connais sont bleus ou gris, parfois avec un peu de vert, déclara le jeune acolyte qui venait de parler.

— Les membres du Clan qui m'ont élevée avaient tous les yeux marron, reprit Ayla. Ils trouvaient mes yeux étranges parce qu'ils étaient clairs.

— Tu parles des Têtes Plates, non ? Ce ne sont pas vraiment des personnes. D'autres animaux ont des yeux marron et beaucoup ont une fourrure brune.

Ayla sentit sa colère s'embraser.

— Comment peux-tu dire ça ? Ce ne sont pas des animaux, ce sont des humains ! Tu en as déjà vu un ?

La Première intervint pour étouffer la dispute naissante :

— Acolyte de la Zelandoni de la Vingt-Neuvième Caverne, il est vrai que certaines personnes ont des yeux marron. Tu es jeune et tu manques manifestement d'expérience. Voilà pourquoi, avant de devenir pleinement Zelandoni, tu dois faire un Périple de Doniate. Lorsque tu descendras dans le Sud, tu rencontreras des gens aux yeux marron. Mais tu devrais peut-être répondre à la question d'Ayla. As-tu déjà vu un de ces « animaux » que tu appelles Têtes Plates ?

— Euh... non, mais tout le monde raconte qu'ils ressemblent à des ours.

— Enfant, Ayla a vécu parmi ceux auxquels les Zelandonii donnent le nom de Têtes Plates. Pour elle, ils sont le Clan. Après la perte de ses parents, ils lui ont sauvé la vie en prenant soin d'elle, en l'élevant. Je pense qu'elle les connaît mieux que toi. Tu peux aussi interroger Willamar, le Maître du Troc, qui a eu plus de contacts avec eux que la plupart d'entre nous. Selon lui, ils paraissent peut-être un peu différents mais ils se comportent comme des personnes et il est convaincu qu'ils ne sont pas des animaux. Avant d'avoir été toi-même en contact direct avec eux, range-toi à l'avis de ceux qui les connaissent personnellement, conclut la Première d'un ton sévère et réprobateur.

Le jeune homme fut pris d'un accès de colère. Il n'aimait pas se faire sermonner, il n'aimait pas que les idées d'une étrangère trouvent plus de crédit que celles qu'il avait entendues toute sa vie. Mais après que sa Zelandoni lui eut adressé un signe de tête négatif, il renonça à contester Celle Qui Etait la Première.

— Nous parlions des Cinq Couleurs Sacrées, rappela-t-elle. Zelandoni de la Quatorzième Caverne, peux-tu nous dire quelle est la suivante ?

— La deuxième couleur principale est le vert, répondit la doniate de la Quatorzième. Le vert est la couleur des feuilles et de l'herbe. C'est aussi la couleur de la vie, bien sûr, de la vie végétale. En hiver, de nombreux arbres et plantes sont marron, ce qui montre que leur vraie couleur est vieux rouge, couleur de la vie. En hiver, les plantes se reposent, elles reprennent des forces pour leur nouvelle pousse de printemps. Comme les fleurs et les fruits, les plantes montrent aussi la plupart des autres couleurs...

Ayla trouva que le débit était plat et bien que le sujet fût en lui-même passionnant cette femme le rendait ennuyeux. Rien d'étonnant à ce que le reste de la Zelandonia ne l'ait pas choisie pour Première. Par scrupule, Ayla se demanda cependant si elle ne pensait pas cela uniquement parce qu'elle savait que cette doniate déplaisait à sa Zelandoni.

— Le Zelandoni dont la Caverne accueille cette Réunion d'Eté pourrait peut-être nous parler de la couleur sacrée suivante ? intervint la Première au moment où la vieille femme reprenait sa respiration pour poursuivre.

Etant donné les circonstances, elle ne put protester.

— Oui, bien sûr, dit le Zelandoni de la Vingt-Sixième Caverne. La troisième couleur sacrée est le jaune, couleur du soleil, Bali, et couleur du feu, quoiqu'il y ait aussi beaucoup de rouge dans les deux, ce qui montre qu'ils ont une vie propre. C'est surtout le matin et le soir qu'on peut voir le rouge du soleil. Il nous donne lumière et chaleur, mais il peut être dangereux. Trop de soleil brûle la peau, dessèche les plantes et les points d'eau. Nous n'avons aucun contrôle sur le soleil. Même Doni, la Mère, n'a pas su maîtriser Son fils Bali. Nous ne pouvons qu'essayer de nous en protéger en ne nous mettant pas sur son chemin. Le feu peut être encore plus dangereux que le soleil. Nous savons le maîtriser un peu et il est très utile mais nous devons toujours nous méfier de lui.

« Tout ce qui est jaune ne brûle pas. Il y a de la terre jaune, il y a des ocres jaunes en plus des ocres rouges. Certaines personnes ont des cheveux jaunes, dit-il en regardant Ayla, et naturellement, c'est la vraie couleur de nombreuses fleurs. Elles finissent toujours par devenir marron, qui est un aspect du rouge. Voilà pourquoi certains soutiennent que le jaune est un aspect du rouge et non une couleur sacrée en soi, mais la plupart des autres s'accordent à estimer que c'est une couleur principale qui attire le rouge, couleur de la vie.

Ayla était captivée par le Zelandoni de la Vingt-Sixième Caverne, qu'elle examina plus attentivement. Il était grand, musclé, avec une chevelure blonde, presque châtain, striée de mèches plus claires, et des sourcils bruns qui se perdaient dans son tatouage de Zelandoni. Le dessin n'en était pas aussi orné que d'autres mais très précis. Sa barbe était brune avec des reflets roux, courte et bien taillée. Il devait se servir d'un éclat de silex très tranchant. Il approchait de la maturité et son visage avait du caractère, mais il demeurait jeune et plein de vigueur, parfaitement maître de lui.

Elle se dit que la plupart des gens devaient le trouver beau. Pour sa part, elle le trouvait superbe, même si elle ne faisait pas entièrement confiance à son goût en matière de beauté pour ceux que le Clan appelait les « Autres ». Ses notions en ce domaine étaient fortement influencées par les critères de ceux qui l'avaient élevée. Pour elle, les membres du Clan étaient beaux, mais la plupart des Autres n'étaient pas de cet avis, même si beaucoup d'entre eux n'en avaient jamais vu, et si ceux qui en avaient vu n'avaient fait que les apercevoir de loin. Elle observa les jeunes acolytes femmes, estima qu'elles étaient attirées par l'homme qui parlait. Les femmes plus âgées semblaient l'être aussi. En tout cas, il avait un vrai talent pour transmettre le savoir. La Première devait le penser également puisqu'elle lui demanda de poursuivre. Ce qu'il fit :

— La quatrième couleur principale est le clair. Le clair est la couleur du vent, la couleur de l'eau. Le clair peut montrer toutes les couleurs, par exemple quand on regarde la surface d'une eau tranquille, ou que des gouttes de pluie brillent de toutes les couleurs lorsque le soleil reparaît. Le bleu et le blanc sont des aspects du clair. Regardez le vent, il est clair, mais regardez le ciel, vous voyez du bleu. L'eau d'un lac ou des Grandes Eaux à l'ouest est souvent bleue, et l'eau des glaciers est d'un bleu profond.

Comme les yeux de Jondalar, pensa Ayla. Elle se rappela que c'était pendant leur traversée du glacier qu'elle avait vu pour la première fois un bleu de la même couleur que ses yeux. Elle se demanda si le Zelandoni de la Vingt-Sixième Caverne avait déjà marché sur un glacier.

— Certains fruits sont bleus, disait-il. Les baies, par exemple, et les fleurs aussi, quoique rarement. La plupart des gens ont les yeux bleus, ou d'un bleu mêlé de gris, et le gris est aussi un aspect du clair. La neige est blanche, comme le sont les nuages dans le ciel, gris quand ils sont mêlés de sombre et chargés de pluie, mais leur vraie couleur est le clair. La glace est claire même si elle paraît blanche et on peut voir la vraie couleur de la neige et de la glace dès qu'elles fondent, ainsi que celle des nuages quand ils se transforment en pluie. Il y a de nombreuses fleurs blanches et on trouve de la terre blanche, du kaolin, dans certains endroits. Non loin de la Neuvième Caverne, par exemple, précisa-t-il en regardant Ayla, mais c'est encore un aspect du clair.

La Première prit le relais :

— La cinquième couleur sacrée est le sombre, parfois appelé « noir ». C'est la couleur de la nuit, du charbon de bois après que le feu a dévoré la vie des branches. Avec le temps, le sombre prend le dessus sur le rouge, couleur de la vie. Certains prétendent que le noir est l'aspect le plus sombre du rouge mais c'est inexact. Le sombre est absence de lumière, absence de vie. C'est la couleur de la mort. Il n'a même pas une vie éphémère : il n'y a pas de fleurs noires. Les grottes profondes montrent la couleur sombre dans son aspect le plus authentique.

Quand elle eut terminé, elle regarda les acolytes assemblés.

— Des questions ?

Il s'ensuivit un silence hésitant, pendant lequel plusieurs d'entre eux gigotèrent, remuèrent les pieds, mais aucun ne se décida à parler. Elle savait qu'ils avaient probablement des questions à poser mais personne ne voulait être le premier, montrer qu'il n'avait pas saisi les explications alors que tous les autres avaient compris, apparemment du moins. C'était sans importance, les questions viendraient plus tard. Comme ils étaient nombreux et attentifs, la Première se demanda si elle ne devait pas poursuivre, mais elle savait qu'il est difficile de retenir trop de choses à la fois et que l'attention peut faiblir.

— Vous voulez en savoir plus ?

Ayla jeta un coup d'œil à son bébé, constata qu'il dormait toujours.

— Moi, oui, répondit-elle à voix basse.

Des murmures, pour la plupart approbateurs, parcoururent le groupe.

— Quelqu'un peut-il expliquer l'autre raison pour laquelle nous savons que cinq est un symbole puissant ? s'enquit la Première.

— On peut voir cinq étoiles qui se déplacent dans le ciel, dit le Zelandoni de la Septième Caverne.

— C'est exact.

La Première sourit au vieil homme de haute taille et ajouta, pour les autres :

— Zelandoni de la Septième est celui qui les a découvertes et nous les a montrées. Il faut du temps pour les voir et la plupart d'entre vous n'y parviendront pas avant leur Année des Nuits.

— Qu'est-ce que l'Année des Nuits ? demanda Ayla.

Plusieurs autres acolytes semblèrent contents qu'elle ait posé la question.

— L'année pendant laquelle vous devrez rester éveillés la nuit et dormir le jour, répondit la Première. C'est une des épreuves que vous affronterez durant votre formation, mais c'est plus encore. Il y a des choses que vous devez connaître et qu'on ne peut voir que la nuit, comme l'endroit où le soleil se lève et se couche, en particulier au milieu de l'été et au milieu de l'hiver, quand ce point s'arrête et change de direction, ou comme les levers et les couchers de la lune. Le Zelandoni de la Cinquième Caverne est celui qui connaît le mieux le sujet. Il l'a observé pendant une demi-année.

Ayla aurait voulu savoir quelles autres épreuves elle aurait à subir pendant sa formation mais elle s'abstint de le demander. Elle le découvrirait bien assez tôt.

— Qu'est-ce qui nous montre encore la puissance du cinq ? insista la Première.

— Les Cinq Eléments Sacrés, répondit le Zelandoni de la Vingt-Sixième.

— Bien ! le complimenta la femme obèse en changeant de position sur son siège. Commence, si tu veux.

— Il vaut toujours mieux parler des Couleurs Sacrées avant de parler des Eléments Sacrés, parce la couleur est une de leurs propriétés. Le premier des éléments – qu'on appelle aussi principes ou essences – est la terre. La terre est solide, elle a de la substance ; c'est le sol et les rochers. On peut prendre de la terre dans la main. La couleur qui lui est le plus souvent associée est le vieux rouge. En plus d'être un élément en soi, la terre est l'aspect matériel des quatre autres, qu'elle peut contenir ou qui peuvent l'altérer d'une manière ou d'une autre.

Il se tourna vers la Première pour savoir si elle souhaitait qu'il poursuive mais elle regardait déjà une autre doniate.

— Zelandoni de la Deuxième, continue, s'il te plaît.

— Le Deuxième Elément est l'eau, dit la femme en se levant. L'eau tombe parfois du ciel, reste à la surface de la terre ou coule dessus, ou s'infiltre jusqu'aux grottes souterraines. Elle est parfois absorbée et fait alors partie de la terre. Sa couleur est généralement claire ou bleue, même quand elle paraît boueuse. Quand l'eau est brune, c'est à cause de la couleur de la terre qui s'est mélangée à elle. On peut la voir et la sentir, l'avaler, mais pas la prendre avec les doigts. On peut cependant la garder au creux des paumes, dit la doniate en joignant les mains pour former une coupe.

Ayla prenait plaisir à l'observer parce qu'elle accompagnait ses paroles de gestes, même si ce n'était pas intentionnel comme chez les membres du Clan.

— L'eau doit toujours être contenue dans quelque chose : un bol, une outre, votre corps. Le corps a besoin de contenir de l'eau, vous le découvrirez pendant une de vos épreuves. Toutes les choses vivantes ont besoin d'eau, les plantes comme les animaux, conclut la Zelandoni de la Deuxième avant de se rasseoir.

— Quelqu'un veut ajouter quelque chose ? demanda le chef de la Zelandonia.

— L'eau peut être dangereuse, on peut se noyer dedans, dit le jeune acolyte femme assis de l'autre côté de Jonayla.

Elle parlait à voix basse et d'un ton triste qui amena Ayla à se demander si elle n'évoquait pas un événement personnel.

— C'est vrai, approuva Ayla. Pendant notre voyage, Jondalar et moi avons dû traverser de nombreuses rivières dangereuses.

— J'ai connu quelqu'un qui est passé à travers la glace d'une rivière et en est mort, intervint le Zelandoni de Face Sud, partie de la Vingt-Neuvième Caverne.

Sentant qu'il allait détailler l'histoire de cette noyade, la Zelandoni principale de la Vingt-Neuvième le coupa :

— Nous savons que l'eau peut être dangereuse mais le vent aussi, et c'est le Troisième Elément.

C'était une femme très agréable dont le sourire dissimulait une force sous-jacente et elle estimait que le moment n'était pas aux digressions. Comprenant ce qu'elle venait de faire, la Première lui sourit et suggéra :

— Parle-nous de ce Troisième Elément.

— Pas plus que l'eau, on ne peut contenir le vent. On ne peut pas non plus le voir mais on peut constater ses effets. Quand le vent s'arrête, on ne le sent plus, mais il peut avoir une telle puissance qu'il déracine les arbres. Quand il souffle fort, il vous empêche d'avancer. Il est partout, y compris dans les grottes les plus profondes, même s'il y est généralement immobile. On sait qu'il est présent parce qu'on peut le faire bouger en agitant quelque chose. Le vent bouge aussi à l'intérieur d'un corps vivant. On le sent quand on prend son souffle ou qu'on le rejette. Le vent est indispensable à la vie. Les humains et les animaux en ont besoin pour vivre. Quand leur souffle s'arrête, on sait qu'ils sont morts.

Ayla vit que son bébé commençait à gigoter et comprit qu'il se réveillerait bientôt. La Première remarqua aussi les mouvements de l'enfant et l'agitation de l'auditoire. Il fallait mettre rapidement fin à la réunion.

— Le Quatrième Elément est le froid, enchaîna-t-elle. Pas plus que le vent, on ne peut saisir ou contenir le froid mais on le sent. Le froid cause des changements, il rend les choses plus dures, plus lentes. Il peut durcir la terre et durcir l'eau, la transformer en glace et l'empêcher de couler, il peut changer la pluie en neige ou en glace. La couleur du froid est le clair ou le blanc. Certains disent que c'est le sombre qui produit le froid. Il fait effectivement plus frais quand vient l'obscurité de la nuit. Le froid aussi peut être dangereux. Il peut aider le sombre à épuiser la vie mais le sombre n'est pas affecté par le froid et les choses qui sont en partie sombres sont moins affectées par le froid. Il peut être utile : si vous mettez de la nourriture dans une fosse froide ou dans l'eau recouverte de glace, le froid l'empêche de pourrir. Lorsque le froid s'arrête, les choses claires redeviennent comme avant : la glace redevient eau, par exemple. Les choses ou les éléments vieux rouge retrouvent généralement leur état antérieur après le froid, comme la terre ou l'écorce des arbres, mais pas les choses vertes, jaunes ou vrai rouge.

La Première décida de ne pas inviter son auditoire à poser des questions et passa aussitôt à la suite :

— Le Cinquième Elément est la chaleur. On ne peut ni saisir ni contenir la chaleur mais on la sent, elle aussi. On sait quand on touche quelque chose de chaud. La chaleur change aussi les choses mais alors que le changement est lent avec le froid, il est rapide avec la chaleur. Le froid épuise la vie, la chaleur la ranime. Le feu et le soleil produisent de la chaleur. La chaleur du soleil amollit la terre durcie par le froid et change la neige en pluie, ce qui aide les plantes à pousser. Elle change la glace en eau et la fait couler de nouveau. La chaleur du feu fait cuire la nourriture, viande et légumes, elle chauffe l'intérieur d'un abri mais elle peut être dangereuse. Elle peut également aider le sombre. La couleur de la chaleur est le jaune, souvent mêlé de rouge mais parfois de sombre. La chaleur peut aider le vrai rouge de la vie mais trop de chaleur encourage le sombre qui détruit la vie.

La Première avait bien estimé le temps qui lui restait : au moment précis où elle terminait, Jonayla s'éveilla avec un vagissement sonore. Ayla la prit aussitôt, la berça pour la calmer.

— Je veux que vous réfléchissiez tous à ce que vous avez appris aujourd'hui, dit la Première. Essayez de garder en mémoire les questions que vous pourriez avoir pour que nous puissions en discuter à la prochaine réunion. Ceux qui veulent partir maintenant le peuvent.

— J'espère qu'elle aura bientôt lieu, dit Ayla en se levant. C'était passionnant, je suis impatiente d'apprendre encore.

— J'en suis contente, Acolyte de la Zelandoni de la Neuvième Caverne, répondit la Première.

Elle appelait toujours tout le monde par son titre officiel quand elle se trouvait dans la hutte de la Zelandonia aux Réunions d'Eté.

— Proleva, j'ai quelque chose à te demander, dit Ayla, mal à l'aise.

— Je t'écoute.

Tous ceux qui partageaient la hutte prenaient leur repas du matin et ils tournèrent vers elle des regards brillants de curiosité.

— Il y a une grotte sacrée non loin du foyer de la Vingt-Sixième Caverne et son Zelandoni m'a demandé de la visiter puisque je suis l'acolyte de la Première. L'entrée en est étroite et la Première aimerait que j'y aille pour la représenter.

Jondalar regarda autour de lui et vit Willamar frissonner. Le Maître du Troc aimait parcourir de longues distances mais n'était pas attiré par les lieux confinés. Il pouvait se forcer à pénétrer dans une grotte quand c'était nécessaire, surtout quand elle n'était pas trop exiguë, mais il préférait les espaces découverts.

— J'ai besoin de quelqu'un pour garder Jonayla et l'allaiter au besoin, poursuivit Ayla. Je la ferai téter avant mon départ mais je ne sais pas combien de temps je serai partie. Je ne peux pas l'emmener, il faut ramper sur le sol pour pénétrer dans cette grotte. Je crois que Zelandoni est heureuse qu'on me l'ait proposé.

Proleva réfléchit. Elle était toujours très occupée aux Réunions d'Eté : la Neuvième était une Caverne nombreuse et la femme du chef avait beaucoup à faire. Elle ne savait pas si elle aurait le temps de s'occuper d'un autre bébé en plus du sien.

— Je l'allaiterais volontiers, répondit-elle, mais je dois voir plusieurs personnes aujourd'hui et je ne pense pas que je pourrai m'occuper d'elle.

— J'ai une idée, déclara Marthona.

Tout le monde se tourna vers l'ancien chef de la Caverne.

— Nous pouvons trouver quelqu'un qui accompagnera Proleva, gardera Jonayla et Sethona quand elle sera occupée et lui amènera les bébés quand ils auront faim.

Marthona adressa un coup d'œil à Folara, lui donna discrètement un coup de coude. La jeune fille saisit le message. Elle avait déjà songé à se porter volontaire mais elle n'était pas sûre de vouloir passer toute la journée à garder les bébés. D'un autre côté, elle les adorait et il serait peut-être intéressant de voir qui Proleva devait rencontrer.

— Je m'en charge, proposa-t-elle.

Et sur une inspiration elle ajouta :

— Si Loup m'aide.

Cela attirerait sur elle l'attention de tout le camp.

Ayla réfléchit. Elle n'était pas totalement sûre que Loup obéirait à la jeune femme au lieu de réunion du camp, parmi de nombreux inconnus, même s'il serait probablement ravi d'accompagner les enfants.

Les loups adultes se dévouaient pour leurs petits, ils les gardaient à tour de rôle pendant que le reste de la meute chassait, mais une meute ne pouvait élever plus d'une portée. Les animaux adultes devaient chasser non seulement pour eux-mêmes mais aussi pour de jeunes louveteaux en pleine croissance et affamés. En plus du lait de la mère et pour aider à sevrer la portée, les chasseurs rapportaient de la viande qu'ils avaient mâchée et avalée, régurgitaient la nourriture en partie digérée, ainsi plus facile à manger pour les petits. La femelle dominante veillait à ce qu'aucune autre louve de la meute ne puisse s'accoupler quand venait la saison et interrompait souvent son propre accouplement pour éloigner les mâles des autres femelles afin qu'elle seule ait une portée.

Loup avait transféré cet amour instinctif des petits sur les bébés humains de sa meute. Quand elle était jeune, Ayla avait observé des loups et c'était la raison pour laquelle elle comprenait si bien le sien. Tant que personne ne menacerait les petites, il ne causerait aucun problème, et qui menacerait des bébés en pleine Réunion d'Eté ?

— D'accord, Folara. Loup t'aidera, mais Jondalar viendra voir régulièrement si tout se passe bien. Tu pourras, Jondalar ? Je crois que Loup acceptera la présence de Folara, mais il cherche tellement à protéger les enfants qu'il pourrait empêcher quiconque de les approcher. Il t'obéit toujours quand je ne suis pas là.

— J'avais prévu de rester près de notre camp ce matin pour fabriquer des outils, répondit-il. J'en dois à plusieurs personnes qui m'ont aidé à construire notre habitation à la Neuvième

Caverne. Il y a une aire de taille à la lisière du camp principal, on l'a recouverte de pierres pour l'empêcher de devenir boueuse. Je pourrai travailler là-bas et aller voir de temps en temps comment Folara et Loup se débrouillent. Je dois aussi rencontrer des gens dans l'après-midi. Après la chasse aux lions, ceux que le lance-sagaie intéresse sont plus nombreux mais je m'arrangerai pour les retrouver à un endroit d'où je pourrai garder un œil sur Loup et Folara.

— J'espère que je serai de retour dans l'après-midi, dit Ayla.

Peu de temps après, ils se mirent tous en route pour le camp principal et se séparèrent quand ils y parvinrent. Ayla, Proleva et leurs deux enfants, Folara, Jondalar et le loup passèrent d'abord à la grande hutte de la Zelandonia. Le doniate de la Vingt-Sixième Caverne attendait déjà devant, en compagnie d'un acolyte qu'Ayla n'avait pas vu depuis quelque temps.

— Jonokol ! s'exclama-t-elle en se précipitant vers l'homme qui avait été avant elle acolyte de la Première et que les Zelandonii considéraient comme l'un de leurs plus talentueux artistes. Quand es-tu arrivé ? As-tu déjà vu Zelandoni ? lui demanda-t-elle après l'avoir serré dans ses bras en pressant sa joue contre la sienne.

— Nous sommes arrivés hier juste avant la nuit. La Dix-Neuvième Caverne est partie tard et la pluie nous a ralentis. Et, oui, j'ai vu la Première parmi Ceux Qui Servent la Mère. Elle a l'air en pleine forme.

Les autres Zelandonii de la Neuvième accueillirent chaleureusement l'homme qui naguère encore était un membre estimé de leur Caverne et un ami cher. Loup lui-même vint le renifler pour lui montrer qu'il le reconnaissait et Jonokol, en retour, le gratta derrière les oreilles.

— Es-tu déjà devenu Zelandoni ? voulut savoir Proleva.

— Si je réussis l'épreuve, je le serai peut-être à cette Réunion d'Eté. Zelandoni de la Dix-Neuvième ne va pas bien. Elle n'est pas venue cette année, elle n'avait pas la force de marcher autant.

— J'en suis désolée, dit Ayla. Je me faisais une joie de la revoir.

— Elle a été un bon maître et j'ai rempli un grand nombre de ses tâches, dit Jonokol. Tormaden et la Caverne voudraient que j'assume aussi le reste de ses fonctions dès que possible et je crois qu'elle n'y serait pas opposée.

Il regarda les « fardeaux » qu'Ayla et Proleva avaient dans leurs couvertures à porter et ajouta :

— Je vois que vous avez vos bébés avec vous. Des filles, à ce que j'ai entendu dire, les Protégées de Doni. J'en suis heureux pour vous. Je peux les voir ?

— Bien sûr, répondit Proleva, qui tira l'enfant de la couverture et le tint en l'air. Elle s'appelle Sethona.

— Et voici Jonayla, dit Ayla en montrant elle aussi son bébé.

— Elles sont nées à quelques jours l'une de l'autre et ce seront de grandes amies, prédit Folara. C'est moi qui m'occuperai d'elles aujourd'hui, avec l'aide de Loup.

Jonokol se tourna vers Ayla.

— Je crois savoir que nous visitons une grotte sacrée, ce matin.

— Tu viens aussi ? C'est formidable, dit Ayla.

Elle se tourna vers le Zelandoni de la Vingt-Sixième Caverne et lui demanda :

— As-tu une idée du temps que cela prendra ? J'aimerais être de retour dans l'après-midi.

— Nous devrions être rentrés, assura-t-il.

Il avait observé les retrouvailles de l'acolyte artiste avec son ancienne Caverne et les réactions qu'elles avaient suscitées. Il s'était demandé comment Ayla visiterait une grotte d'accès difficile avec un bébé et avait rapidement compris qu'elle avait pris des dispositions pour le faire garder, ce qui était sage. Il n'était pas le seul à s'étonner qu'une jeune mère se destine à remplir les fonctions d'une Zelandoni. Elle le ferait apparemment avec l'aide de parents et d'amis de la Neuvième Caverne. Il y avait une bonne raison pour que si peu de membres de la Zelandonia choisissent de s'unir et d'avoir des enfants. Dans un an ou deux, lorsque la petite serait sevrée, ce serait plus facile pour Ayla... à moins que Doni ne lui accorde un autre enfant. En tout cas, il serait intéressant de suivre l'évolution de cette séduisante jeune femme, pensa-t-il.

Après avoir promis de revenir bientôt, Ayla partit avec les autres membres de la Neuvième pour accompagner Proleva à sa réunion. Le Zelandoni de la Vingt-Sixième Caverne leur emboîta nonchalamment le pas. Ayla donna son sein à téter à Jonayla mais l'enfant était repue. Elle sourit à sa mère, du lait coulant du coin de sa bouche, et tenta de se redresser. Ayla la remit à Folara puis s'approcha de Loup et se tapota le torse juste en dessous des épaules. L'animal sauta, posa ses grosses pattes à l'endroit indiqué tandis qu'Ayla se préparait à soutenir son poids.

La démonstration qui suivit provoqua une stupeur incrédule chez ceux qui ne la connaissaient pas encore. Ayla leva le menton pour offrir son cou au prédateur. Il le lécha avec une grande douceur puis le prit délicatement entre ses crocs, reconnaissant ainsi le dominant de sa meute. Elle lui retourna le geste en aspirant dans sa bouche un repli de peau couvert de fourrure puis le tint par le cou et le regarda dans les yeux. Il retomba quand elle le lâcha et elle se baissa pour se mettre à son niveau.

— Je pars pour un moment, murmura-t-elle.

Elle répéta le message dans la langue des signes du Clan, avec tant de discrétion cependant que ceux qui les observaient ne le remarquèrent pas. Parfois, Loup semblait comprendre les signes mieux que les mots, mais Ayla utilisait généralement les deux lorsqu'elle voulait lui communiquer quelque chose d'important.

— Folara s'occupera de Jonayla et de Sethona. Tu peux rester avec les bébés et les garder aussi, mais tu devras faire ce que Folara te dira. Jondalar ne sera pas loin.

Elle se redressa, serra son bébé dans ses bras et dit au revoir aux autres. Jondalar la pressa brièvement contre lui avant qu'elle parte. Elle ne prétendait jamais, pas même en elle-même, que Loup comprenait vraiment tout ce qu'elle disait, mais quand elle lui parlait de cette façon, il l'écoutait attentivement et semblait suivre ses instructions. Elle avait remarqué que le Zelandoni de la Vingt-Sixième Caverne les avait suivis et qu'il l'avait vue s'adresser à Loup. Son visage exprimait encore sa surprise, bien qu'elle ne fût pas perceptible à tout le monde. Ayla avait l'habitude d'interpréter des nuances subtiles, c'était nécessaire dans le Clan, et elle avait appris à appliquer ce talent à ceux de son espèce.

L'homme garda le silence lorsqu'ils regagnèrent ensemble la hutte de la Zelandonia. La Vingt-Sixième Caverne s'était rendue à une autre Réunion d'Eté l'année précédente et il n'avait pas croisé Ayla et son loup à leur arrivée. Il avait d'abord été surpris de voir une bête carnivore approcher calmement avec les membres de la Neuvième Caverne, puis il avait été étonné par la taille de l'animal. Dressé sur ses pattes de derrière, il était presque aussi grand que cette femme.

Il avait entendu dire que le nouvel acolyte de la Première savait s'y prendre avec les animaux et qu'un loup la suivait partout, mais il savait que les gens exagéraient parfois et s'il ne niait pas ce que tout le monde disait, il n'était pas sûr non plus d'y croire tout à fait. On avait peut-être simplement aperçu un loup à proximité de la Réunion et, pour une raison ou une autre, on avait cru qu'il la suivait, avait-il pensé. Mais il devait maintenant reconnaître que ce n'était pas une bête rôdant autour d'un groupe. Il y avait de la communication, de la confiance, entre ce loup et cette femme. Jamais le Zelandoni de la Vingt-Sixième Caverne n'avait vu une chose pareille et cela avait stimulé son intérêt pour Ayla. Jeune mère ou pas, elle avait sa place dans la Zelandonia.

La matinée était avancée lorsque le petit groupe s'approcha de la grotte apparemment quelconque s'enfonçant dans une paroi calcaire basse. Ils étaient quatre : le Zelandoni de la Vingt-Sixième Caverne, son acolyte, un jeune homme taciturne nommé Falithan, Jonokol, l'artiste talentueux qui avait été l'acolyte de la Première un an plus tôt, et Ayla.

Pendant le trajet, elle avait pris plaisir à bavarder avec Jonokol et avait constaté qu'il avait beaucoup changé. Lorsqu'elle avait fait sa connaissance, il était plus artiste qu'acolyte et était entré dans la Zelandonia parce que cela lui permettait d'exercer librement son talent. Il ne tenait pas absolument à devenir Zelandoni, il était satisfait de son rang d'acolyte. Cela avait changé. Elle le trouvait maintenant plus sérieux. Il voulait peindre dans la Grotte Blanche qu'elle – ou plutôt que Loup – avait découverte l'été précédent, mais pas uniquement pour le plaisir d'exercer son art. Il savait que c'était un lieu saint, un refuge sacré créé par la Mère et dont les parois de calcite blanche constituaient une extraordinaire invitation à en faire un endroit où communier avec le Monde des Esprits. Il voulait connaître cette grotte en tant que doniate afin de rendre justice à son caractère sacré en peignant des images du Monde d'Après qui lui parleraient. Jonokol abandonnerait bientôt son nom pour devenir Zelandoni de la Dix-Neuvième Caverne.

L'entrée de la grotte était à peine assez large pour laisser passer une seule personne et Ayla eut l'impression qu'elle se rétrécissait encore à mesure qu'on avançait. Pourquoi vouloir pénétrer dans une grotte aussi exiguë ? pensa-t-elle. Elle entendit alors un bruit qui fit se hérisser les poils de sa nuque et lui donna la chair de poule. C'était une sorte de ululement haut perché, une plainte qui parut emplir toute la grotte. En se retournant, elle vit que c'était Falithan qui l'émettait. Un étrange écho assourdi semblant né des profondeurs de la roche leur parvint. Le Zelandoni de la Vingt-Sixième souriait.

— Un son remarquable, non ? dit-il.

— En effet, répondit Ayla. Mais pourquoi ton acolyte fait-il cela ?

— C'est une façon d'évaluer la grotte. Lorsque quelqu'un chante ou joue de la flûte ou émet un son comme Falithan dans une grotte, si elle répond par un son distinct et net, cela signifie que la Mère nous entend, qu'elle nous dit qu'on peut pénétrer dans le Monde des Esprits par cet endroit. Nous savons alors qu'il est sacré.

— Est-ce que toutes les grottes sacrées répondent ?

— Pas toutes mais la plupart, et parfois seulement dans certains endroits, mais les lieux sacrés ont tous quelque chose de spécial.

— Je suis sûre que la Première aimerait évaluer une telle grotte, elle a une voix belle et pure, dit Ayla.

Aussitôt, elle fronça les sourcils et poursuivit :

— Mais comment faire quand on ne sait pas chanter ni jouer de la flûte, ni émettre un son comme Falithan ? Je ne sais rien faire de tout cela.

— Tu sais sûrement chanter un peu...

— Non, intervint Jonokol. Elle ne sait que prononcer d'une voix monocorde les mots du Chant de la Mère.

— Il faut pouvoir évaluer un lieu sacré par le son, souligna le doniate de la Vingt-Sixième Caverne. C'est une partie importante de la fonction de Zelandoni. Et il faut que ce soit un son particulier, pas simplement un cri.

L'homme semblait préoccupé et Ayla abattue.

— Et si je n'y arrive pas ? demanda-t-elle, prenant conscience en cet instant qu'elle voulait vraiment devenir un jour Zelandoni.

Jonokol paraissait aussi dépité qu'elle. Il aimait beaucoup cette étrangère que Jondalar avait ramenée de son Voyage et estimait avoir une dette envers elle. Non seulement elle avait découvert cette nouvelle grotte mais elle avait fait en sorte qu'il soit parmi les premiers à la voir, et elle avait accepté de devenir acolyte de la

Première pour lui permettre de rejoindre la Dix-Neuvième Caverne, qui en était proche.

— Mais tu sais faire d'autres sons, Ayla, dit-il soudain. Tu sais siffler comme un oiseau, je t'ai entendue. Et tu sais imiter beaucoup d'animaux. Tu hennis comme un cheval, tu rugis même comme un lion !

— J'aimerais entendre ça, dit le doniate.

— Montre-lui, Ayla.

Elle ferma les yeux et se concentra, ramena ses pensées au temps où elle vivait dans sa vallée, élevant un lionceau et une jeune pouliche comme s'ils étaient ses enfants. Elle se rappela la première fois que Bébé avait rugi à pleine gorge. Elle avait décidé de s'exercer elle aussi à rugir et, quelques jours plus tard, elle lui avait répondu par un rugissement. Il n'était pas aussi puissant que celui de Bébé mais il avait paru l'approuver. Comme l'aurait fait son lion, Ayla commença par une série de grognements, *unkh, unkh, unkh*, chaque fois plus forts, puis elle ouvrit grand la bouche et lâcha le plus tonitruant des rugissements qu'elle put. Après un silence, la grotte le renvoya, comme si un lion avait répondu, loin au cœur de la roche et même au-delà.

— Tu peux aussi hennir comme un cheval ? lui demanda le jeune acolyte de la Vingt-Sixième lorsque l'écho mourut.

C'était un son facile. C'était celui qui l'avait inspirée quand elle avait donné à sa jument le nom de Whinney, lorsqu'elle n'était encore qu'une pouliche. Ayla émit le son par lequel elle saluait sa jument quand elle ne l'avait pas vue depuis un moment : un joyeux *Whiiinneeey*.

Cette fois, le doniate de la Vingt-Sixième Caverne éclata de rire.

— J'imagine que tu peux aussi imiter un oiseau.

Ravie, Ayla sourit, siffla comme elle avait appris à le faire lorsqu'elle vivait seule dans sa vallée pour attirer les oiseaux, qui venaient manger dans sa main. Les trilles et les gazouillis furent là encore renvoyés par la grotte en un étrange écho assourdi.

— Si j'avais encore eu des doutes sur le caractère sacré de ce lieu, tu les aurais dissipés. Tu n'auras pas de problème pour évaluer une grotte, Ayla, même si tu ne sais ni chanter ni jouer de la flûte. Comme Falithan, tu as ta façon de le faire, dit le Zelandoni.

Il fit signe à son acolyte, qui tira de son sac quatre petites coupes munies de poignées qu'on avait taillées dans un bloc de calcaire.

L'acolyte prit ensuite ce qui ressemblait à une espèce de saucisse blanche : un morceau d'intestin d'animal bourré de graisse. Il en dénoua une extrémité et fit tomber dans la coupe de chaque lampe de la graisse figée, y planta une mince lanière de bolet séché. Puis il s'assit et entreprit de faire du feu. Ayla l'observa et faillit lui proposer l'une de ses pierres à feu mais la Première avait insisté, l'année précédente, pour faire la démonstration de leur usage dans le cadre d'une cérémonie, et même si un grand nombre de Zelandonii savaient maintenant s'en servir, Ayla ignorait comment sa doniate voulait cette fois les montrer à ceux qui ne les avaient pas encore vues.

Avec les matériaux qu'il avait apportés, Falithan ne tarda pas à allumer un petit feu et, à l'aide d'une autre bande de champignon séché qu'il enflamma, il fit fondre un peu de la graisse pour qu'elle soit plus facilement absorbée puis alluma les mèches de bolet.

Lorsqu'une flamme se fut élevée de chaque lampe, le Zelandoni de la Vingt-Sixième Caverne suggéra :

— Allons visiter cette petite grotte. Ayla, tu vas devoir maintenant imiter le serpent. Tu crois que tu peux te glisser à l'intérieur ?

Elle acquiesça de la tête, malgré quelques doutes.

La poignée de sa lampe à la main, le Zelandoni passa d'abord la tête dans l'ouverture, se mit à genoux, appuyé sur une main, s'allongea finalement sur le ventre. Poussant la lampe devant lui, il se tortilla pour pénétrer dans l'espace exigu. Ayla suivit, puis Jonokol et enfin Falithan, chacun avec sa lampe. Ayla comprenait maintenant pourquoi le Zelandoni avait découragé la Première de tenter cette visite. Même si Ayla avait plusieurs fois été étonnée par tout ce dont cette femme corpulente était capable quand elle le désirait vraiment, cette grotte était vraiment trop étroite pour elle.

Les parois, plus ou moins perpendiculaires avec le sol, s'incurvaient vers le plafond et semblaient faites de roche recouverte de terre humide. Le sol, mou et argileux, collant, les aida en fait à passer dans certains des endroits les plus exigus mais il ne fallut pas longtemps pour que cette boue froide imprègne leurs vêtements. Consciente que ses seins étaient gorgés de lait, Ayla s'efforçait de s'appuyer sur les mains pour ne pas faire porter tout son poids sur eux, mais ce n'était pas facile avec la lampe à la main. Lorsqu'elle se retrouva bloquée dans un coude, elle éprouva un début de panique.

— Reste calme, Ayla, tu peux y arriver, l'encouragea Jonokol.

Elle sentit qu'il lui poussait les pieds par-derrière et, avec son aide, elle passa.

La grotte n'était pas uniformément étroite. Après le coude, elle s'évasa. Ils purent s'asseoir, tenir leur lampe en hauteur et se voir. Ils s'accordèrent une halte et Jonokol ne put y tenir : avec un éclat de silex pris dans une poche accrochée à sa ceinture, il grava un cheval en quelques coups rapides sur l'une des parois, puis un autre en face.

Ayla était toujours sidérée par son habileté. Lorsqu'il vivait encore à la Neuvième Caverne, elle l'avait souvent regardé s'exercer sur une paroi calcaire, sur une plaque de roche détachée, ou sur une peau brute, avec un morceau de charbon de bois. Il le faisait si souvent et avec tant de facilité qu'il semblait presque gaspiller son talent. Mais de même qu'elle avait dû s'exercer pour devenir habile avec sa fronde ou avec le lance-sagaie de Jondalar, Jonokol, elle le savait, avait eu besoin de pratique pour atteindre son niveau d'excellence. Pour Ayla, la capacité de se représenter une créature vivante et de reproduire son image sur une surface lisse était tellement extraordinaire qu'elle ne pouvait être qu'un don étonnant de la Mère. Elle n'était pas la seule à le penser.

Après qu'ils se furent reposés un moment, le Zelandoni de la Vingt-Sixième Caverne repartit, toujours en tête. Ils durent franchir d'autres passages difficiles avant d'atteindre un point où de gros rochers barraient leur chemin : c'était le fond de la grotte, ils ne pouvaient pas aller plus loin.

— J'ai vu que tu n'as pas pu t'empêcher de dessiner sur les parois de cette grotte, fit observer le Zelandoni en souriant à Jonokol.

L'artiste n'aurait pas tout à fait exprimé en ces mots ce qu'il avait fait mais il acquiesça.

— Je pense que Vue du Soleil devrait célébrer une cérémonie pour cet endroit, reprit le doniate. Je suis plus persuadé que jamais de son caractère sacré et je voudrais le faire reconnaître. Ce pourrait être un lieu où les jeunes, voire les tout jeunes, viendraient mettre leur courage à l'épreuve.

— Tu as raison, approuva l'artiste acolyte. C'est une grotte difficile mais droite. On ne risque pas de s'y perdre.

— Participeras-tu à la cérémonie, Jonokol ?

Ayla devina que le Zelandoni souhaitait que le peintre fasse d'autres dessins dans cette grotte sacrée si proche de sa Caverne et se demanda si cela rehausserait encore son statut.

— Je pense qu'il faudrait y marquer une limite, pour montrer qu'on ne peut pas aller plus loin... dans ce monde, répondit Jonokol. Le lion d'Ayla a rugi du Monde d'Après. Fais-moi savoir quand tu tiendras cette cérémonie.

Le Zelandoni et son acolyte Falithan exprimèrent tous deux leur satisfaction par un sourire.

— Tu seras également la bienvenue, Ayla, déclara le doniate.

— Je dois d'abord savoir ce que la Première a prévu pour moi.

— Bien sûr.

Ils firent demi-tour et Ayla ne fut pas mécontente de rebrousser chemin. Ses vêtements étaient trempés, couverts de boue, et elle commençait à avoir froid. Le retour ne parut pas aussi long et elle ne resta pas de nouveau bloquée. Parvenue près de l'entrée, Ayla poussa un soupir de soulagement. Sa lampe s'était éteinte juste avant qu'ils aperçoivent la lumière du jour. Cette grotte était peut-être sacrée mais elle n'avait rien d'agréable, surtout parce qu'on devait y avancer en rampant la plupart du temps.

— Veux-tu venir à Vue du Soleil, Ayla ? proposa Falithan. Ce n'est pas loin.

— Je suis désolée. Une autre fois, ce sera avec plaisir, mais j'ai promis à Proleva de rentrer dans l'après-midi. C'est elle qui garde Jonayla.

Ayla n'ajouta pas que ses seins lui faisaient mal et qu'il fallait absolument qu'elle allaite.

8

A son retour, Ayla trouva Loup qui l'attendait à la lisière du camp central comme s'il savait qu'elle venait.
— Où est Jonayla ? lui dit-elle. Cherche-la pour moi.
L'animal bondit en avant, se retourna pour s'assurer qu'elle le suivait. Il la conduisit directement à Proleva, qui donnait le sein à Jonayla au camp de la Troisième Caverne.
— Te voilà ! s'exclama la compagne de Joharran. Si j'avais su que tu arrivais, je n'aurais pas nourri ta fille. Elle est rassasiée, maintenant, j'en ai peur.
Ayla prit son bébé et lui tendit le mamelon mais l'enfant n'avait plus faim.
— Sethona aussi a tété ? demanda-t-elle. J'ai les seins tellement gonflés qu'ils sont douloureux.
— Stelona m'a proposé de lui donner à manger pendant que je discutais des Matrimoniales avec Zelandoni. Comme je savais que je devrais allaiter Jonayla après, cela me convenait parfaitement. J'ignorais quand tu rentrerais.
— Moi aussi, répondit Ayla. Je vais voir si je trouve quelqu'un d'autre qui a besoin de lait. En tout cas, merci d'avoir gardé Jonayla.
En se dirigeant vers la hutte de la Zelandonia, Ayla vit Lanoga qui portait Lorala sur la hanche. Son frère Ganamar, trois ans, s'accrochait d'une main à sa tunique, le pouce de l'autre main dans la bouche. Au grand soulagement d'Ayla, Lanoga cherchait justement quelqu'un pour allaiter sa petite sœur.
Elles s'assirent sur l'un des troncs d'arbres abattus et recouverts de coussins qu'on avait disposés autour d'un cercle noirci par le feu devant la grande hutte et Ayla échangea Lorala contre sa fille. Loup s'assit près de Jonayla et Ganamar se laissa tomber à côté de lui. Tous les enfants du foyer de Laramar se sentaient à l'aise avec l'animal, même si Laramar ne l'était pas. Il se raidissait et reculait lorsque l'énorme bête s'approchait de lui.
Avant de donner la tétée, Ayla dut essuyer son sein sali par la boue. Alors qu'elle allaitait, Jondalar revint d'une séance d'entraînement au lance-sagaie. Lanidar, le jeune garçon qui l'accompa-

gnait, adressa à Ayla un sourire timide et salua Lanoga avec plus d'aisance. Il avait douze ans maintenant, bientôt treize, et il avait beaucoup grandi depuis la Réunion d'Eté précédente. Ayla remarqua qu'il semblait plus sûr de lui. Il portait à son bras droit difforme un harnais spécial auquel était accroché un propulseur. Son carquois contenait plusieurs lances, plus courtes et plus légères que celles qu'on lançait à la main et qui ressemblaient plutôt à de longues flèches munies d'une pointe de silex. Son bras gauche, bien développé, était presque aussi musclé que celui d'un adulte et Ayla devina qu'il devait s'entraîner beaucoup.

Lanidar portait aussi une ceinture de puberté à franges rouges, étroite bande faite de matériaux divers aux couleurs variées : lin ivoire, aconit beige, ortie taupe. Il y avait aussi des poils de fourrure d'hiver d'animaux tels que le mouflon blanc, l'ibex gris, le mammouth roux, et des crins noirs de queue de cheval. Certains avaient gardé leur couleur naturelle, d'autres avaient été teints. Non seulement cette ceinture signifiait qu'il avait atteint la puberté et qu'il était prêt pour une femme-donii, mais ses motifs indiquaient aussi ses liens. Ayla reconnut le symbole qui proclamait son appartenance à la Dix-Neuvième Caverne des Zelandonii, mais elle n'était pas encore capable d'identifier ses noms et liens par leurs motifs respectifs.

La première fois qu'elle avait vu une ceinture de puberté, elle l'avait trouvée belle. Elle ignorait totalement ce qu'elle signifiait lorsque Marona, la jeune femme qui avait espéré s'unir à Jondalar, avait cherché à la ridiculiser en l'incitant à la porter avec des sous-vêtements de jeune garçon. Ayla trouvait encore ces ceintures très jolies même si elles lui rappelaient cet incident déplaisant. Elle avait gardé le vêtement en peau de daim dont Marona lui avait fait « cadeau » car elle n'était pas née zelandonii et n'avait pas, enraciné en elle, le sentiment qu'il n'était pas approprié. Il était souple et doux et il avait suffi de retoucher les jambières et la tunique pour les adapter à ses formes féminines.

Les Zelandonii de la Neuvième Caverne l'avaient regardée avec perplexité la première fois qu'elle avait porté ces sous-vêtements pour aller chasser, puis ils s'étaient habitués. Au bout de quelque temps, plusieurs autres jeunes femmes l'avaient imitée et Marona avait été furieuse que la farce n'ait pas été appréciée comme telle par les membres de la Caverne. Ils avaient pensé au contraire qu'elle leur avait fait honte en traitant aussi méchamment l'étrangère appelée à devenir l'une d'entre eux. Exaspérer Marona n'avait pas été l'intention d'Ayla lorsqu'elle avait porté pour la première fois les sous-vêtements mais elle n'avait pas manqué de remarquer la réaction de la jeune femme.

Au moment où Ayla et Lanoga échangeaient de nouveau les bébés, plusieurs jeunes garçons approchèrent en riant. La plupart portaient des ceintures de puberté et certains d'entre eux des lance-sagaies. Jondalar attirait les gens partout où il allait, mais les jeunes en particulier avaient du respect pour lui et aimaient le suivre. Elle remarqua avec plaisir qu'ils saluèrent Lanidar de manière amicale. Depuis qu'il se montrait habile avec la nouvelle arme, son bras difforme n'incitait plus les autres jeunes garçons à l'éviter. Elle remarqua aussi que Bologan se trouvait parmi eux, même s'il n'avait pas de ceinture de puberté ni de lance-sagaie à lui. Elle savait que Jondalar en avait fabriqué plusieurs pour permettre aux Zelandonii de s'entraîner.

Les femmes comme les hommes participaient aux séances d'entraînement que Jondalar avait commencé à tenir et si les uns avaient vivement conscience de la présence des autres, les jeunes hommes fréquentaient de préférence des camarades de leur âge qui avaient hâte de passer les mêmes rites d'initiation, et les jeunes femmes préféraient éviter les « garçons à ceinture ». La plupart des jeunes hommes jetèrent un coup d'œil à Lanoga mais feignirent de ne pas la voir, exception faite de Bologan. Le frère et la sœur se regardèrent et s'ils ne se sourirent pas et n'échangèrent pas de signe de tête, c'était quand même une façon de se saluer.

Les garçons sourirent tous à Ayla, la plupart timidement, mais deux ou trois se montrèrent plus hardis dans leur façon d'apprécier la superbe femme adulte que Jondalar avait ramenée et prise pour compagne. Les femmes-donii étaient toujours plus âgées et savaient comment traiter de jeunes fanfarons essayant d'être des hommes, comment les contenir sans trop les décourager. Le sourire impudent de ceux qui ne la connaissaient pas encore fit place à une expression fugace de crainte quand Loup se leva sur un signe d'Ayla.

— As-tu discuté avec Proleva des plans pour ce soir ? lui demanda Jondalar.

Il sourit au bébé, le chatouilla et obtint en retour un gloussement ravi.

— Pas encore. Je viens de rentrer de la nouvelle grotte sacrée que la Première voulait me montrer. Je lui en parlerai après m'être changée.

Plusieurs jeunes gens, en particulier ceux que Loup rendait nerveux, furent surpris en entendant parler Ayla. Son accent proclamait ses origines lointaines.

— Je t'accompagne, décida Jondalar en prenant Jonayla dans ses bras.

Lorsque Ayla rejoignit Proleva, elle apprit que la Neuvième et la Troisième Caverne organisaient au camp de cette dernière une rencontre avec les chefs et conseillers des autres Cavernes présents à cette Réunion d'Eté. Les familles les rejoindraient ensuite pour le repas du soir. Proleva s'était chargée de la préparation, qui incluait de trouver des gens pour garder les enfants afin que les mères puissent participer.

Ayla fit signe à Loup de l'accompagner. Elle remarqua qu'une ou deux femmes regardaient le carnivore avec appréhension mais constata avec plaisir que plusieurs autres l'accueillaient favorablement, sachant qu'il pouvait les aider à garder les petits. Lanoga resta pour s'occuper des enfants, Ayla repartit pour voir quelle tâche Proleva souhaitait lui confier.

Au cours de la soirée, elle s'interrompit afin de donner le sein à Jonayla mais il y avait tant à faire pour préparer le festin qu'elle ne put la garder un moment dans ses bras qu'après que tout le monde eut mangé et on la réclama alors à la hutte de la Zelandonia. Elle prit le bébé avec elle et fit signe à Loup de la suivre.

Il faisait nuit lorsqu'elle se rendit à la grande hutte par un sentier qu'on avait pavé de pierres plates. Bien que la lumière de plusieurs feux éclairât assez bien le chemin, Ayla avait emporté une torche, qu'elle laissa à l'entrée, contre une pile de pierres construite à cet effet. A l'intérieur, un petit feu brûlait au bord d'un grand cercle noirci et quelques lampes tremblotantes disposées çà et là projetaient une lumière chiche. On ne voyait pas grand-chose au-delà des flammes brillant dans le cercle. Ayla crut entendre quelqu'un ronfler doucement de l'autre côté de l'abri mais ne distingua que Jonokol et la Première. Assis dans le cercle de lumière, ils buvaient à petites gorgées une infusion fumante.

Sans interrompre sa conversation, la doniate fit signe à Ayla de les rejoindre. Heureuse d'avoir enfin l'occasion de se détendre dans un lieu calme et confortable, elle s'installa sur l'un des coussins rembourrés placés autour du feu et commença à donner le sein à son enfant. Loup s'allongea près d'elles. Il était la plupart du temps le bienvenu dans la hutte de la Zelandonia.

— Quelle impression la grotte t'a faite ? demanda la femme obèse au jeune homme.

— Elle est étroite, à peine assez large par endroits pour qu'on puisse passer, mais elle est longue. Elle est intéressante.

— Tu crois qu'elle est sacrée ?

— J'en suis convaincu.

La Première eut un hochement de tête satisfait. Elle n'avait pas douté des assertions du Zelandoni de la Vingt-Sixième Caverne mais elle appréciait d'en avoir confirmation.

— Et Ayla a trouvé sa Voix, ajouta Jonokol en souriant à la jeune femme qui les écoutait et se balançait inconsciemment pour bercer son bébé.

— Vraiment ? fit la doniate.

Il lui résuma ce qui s'était passé dans la grotte.

— Et toi, Ayla, qu'en penses-tu ? demanda la Première.

Elle avait rempli un bol d'infusion et le tendit à Jonokol pour qu'il le passe à Ayla. Le bébé avait cessé de téter et s'était endormi dans les bras de sa mère, un filet de lait coulant du coin de sa bouche.

— Elle est difficile d'accès, et longue, c'est vrai, mais pas très compliquée. Si les passages étroits peuvent être effrayants, on ne risque pas de s'y perdre.

— D'après la description que vous en faites, elle me paraît idéale pour de jeunes acolytes qui veulent éprouver leurs capacités et savoir si la vie de Zelandoni est vraiment faite pour eux. S'ils ont peur d'un lieu sombre sans danger, je doute qu'ils puissent affronter certaines des autres épreuves qui peuvent être réellement périlleuses.

Ayla se demanda de nouveau quelles pouvaient être ces épreuves. Elle avait déjà bravé tant de dangers dans sa vie qu'elle n'était pas pressée d'en connaître d'autres, mais il valait peut-être mieux attendre sans rien dire.

Le soleil n'était pas encore levé mais une bande écarlate dont les bords s'estompaient en violet annonçait l'aube. Une lueur rose faisait ressortir le banc de nuages qui surplombait l'horizon à l'ouest et reflétait le lever du jour rougeoyant. Bien qu'il fût très tôt, presque tout le monde se trouvait déjà au camp principal. Il avait plu par intermittence pendant quelques jours mais cette journée semblait prometteuse. Camper sous la pluie était supportable, jamais agréable.

— Dès que les cérémonies des Premiers Rites et des Matrimoniales auront pris fin, Zelandoni veut voyager un peu, dit Ayla en levant les yeux vers Jondalar. Elle souhaite que je commence mon Périple de Doniate par quelques-uns des sites sacrés les plus proches. Nous devons lui fabriquer ce siège pour les perches.

Ils étaient passés voir les chevaux en se dirigeant vers le lieu de rassemblement du camp pour le repas du matin. Loup les avait accompagnés mais quelque chose avait attiré son attention et il avait filé dans les broussailles.

— Ce voyage pourrait être intéressant, dit Jondalar, le front plissé, mais on parle d'organiser une grande chasse après les cérémonies. Peut-être un troupeau d'été, ce qui nous permettrait de commencer à sécher de la viande pour l'hiver. Joharran a fait observer que les chevaux seraient utiles pour encercler les proies et je pense qu'il compte sur notre aide. Comment choisir ?

— Si la Première ne veut pas aller très loin, nous pourrions faire les deux, répondit Ayla.

Elle tenait à visiter les lieux sacrés avec la doniate mais elle aimait aussi chasser.

— Peut-être. Nous devrions en parler à Joharran et à Zelandoni et les laisser décider, suggéra Jondalar. En tout cas, nous pouvons commencer à fabriquer le siège. Quand nous avons construit l'abri d'été pour Bologan, Lanoga et le reste de la famille, j'ai remarqué des arbres qui conviendraient.

— Nous pourrions faire ça quand ?

— Cette après-midi, peut-être. Je vais voir si je peux trouver quelques personnes pour nous aider.

— Salutations, Ayla et Jondalar ! lança une jeune voix familière.

C'était celle de Trelara, la sœur cadette de Lanoga.

Ils se retournèrent et découvrirent les six enfants sortant de la hutte. Bologan ferma le rabat de l'entrée puis les rejoignit. Ni Tremeda ni Laramar n'étaient avec eux. Ayla savait qu'ils dormaient parfois dans cet abri mais soit ils étaient déjà partis, soit, plus probablement, ils n'étaient pas rentrés la veille. Les enfants se rendaient sans doute au camp principal dans l'espoir de trouver quelque chose à manger. Il y avait toujours quelqu'un disposé à leur proposer des restes. On ne leur donnait pas les meilleurs morceaux mais ils repartaient rarement en ayant faim.

— Salutations, les enfants, répondit Ayla.

Tous lui sourirent sauf Bologan, qui s'efforçait d'être plus sérieux. Lorsqu'elle avait fait la connaissance de la famille, Bologan, l'aîné, passait le moins de temps possible dans son foyer et préférait la fréquentation de garçons de son âge, en particulier les plus bagarreurs. Mais Ayla avait l'impression que ces derniers temps il se montrait plus responsable envers ses frères et sœurs plus jeunes, notamment Lavogan, âgé de sept ans. Elle l'avait vu aussi plusieurs fois en compagnie de Lanidar, ce qui était bon signe. Bologan se dirigea vers Jondalar d'un pas mal assuré.

— Salutations, dit-il, les yeux baissés.

— Salutations, répondit Jondalar, qui se demandait ce que le garçon lui voulait.

— Je peux te demander quelque chose ?

— Bien sûr.

Bologan tira d'une poche de sa tunique une ceinture de puberté multicolore.

— Zelandoni me l'a donnée hier, mais je n'arrive pas à bien l'attacher.

Eh oui, il a treize ans maintenant, pensa Ayla en retenant un sourire. Normalement, c'était l'homme du foyer d'un garçon qui donnait la ceinture, généralement fabriquée par la mère. Bologan demandait en fait à Jondalar de remplacer l'homme qui aurait dû être là pour l'aider.

Le compagnon d'Ayla lui montra comment attacher la ceinture puis Bologan appela son frère et prit le chemin du camp principal, les autres suivant plus lentement. Ayla les regarda s'éloigner : Bologan, treize ans, accompagné par Lavogan, sept ans, Lanoga, onze ans, portant Lorala, un an et demi, sur sa hanche, et Trelara, neuf ans, tenant la main de Ganamar, trois ans. Elle se rappela qu'on lui avait raconté qu'un autre enfant, qui aurait maintenant cinq ans, était mort en bas âge. Ayla et Jondalar les aidaient, ainsi que d'autres familles de la Neuvième Caverne, mais pour l'essentiel ces enfants s'élevaient tout seuls. Ni leur mère ni l'homme de leur foyer ne s'occupaient vraiment d'eux. C'était Lanoga qui les maintenait ensemble, avec l'aide de Trelara et aussi maintenant de Bologan, comme Ayla le constata avec satisfaction.

Elle sentit Jonayla remuer dans la couverture à porter, qu'elle fit passer devant elle. Elle en tira le bébé, qui était nu, sans une couche de matière absorbante, et le tint en l'air pendant qu'il mouillait le sol. Jondalar sourit. Aucune autre femme de la Caverne ne faisait ça et quand il avait interrogé Ayla elle avait répondu que c'était la façon dont les mères du Clan réglaient souvent le problème. Elles ne le faisaient pas tout le temps mais cela leur épargnait d'avoir à nettoyer des vêtements ou à trouver des matières absorbantes. Et Jonayla s'y était tellement habituée qu'elle avait tendance à attendre qu'on la sorte de la couverture pour se soulager.

— Tu crois que Lanidar s'intéresse encore à Lanoga ? demanda Jondalar.

— Il lui a adressé un chaleureux sourire quand il l'a vue pour la première fois, cette année. Comment se débrouille-t-il avec le lance-sagaie ?

— Il est bon ! C'est étonnant de le voir. Il se sert un peu de son bras droit qu'il utilise pour placer la sagaie dans la rainure et il rabat le lanceur du bras gauche avec puissance et précision. Il est devenu bon chasseur, il a gagné le respect de sa Caverne et accédé à un statut supérieur. Même l'homme de son foyer, qui a quitté sa mère après sa naissance, montre maintenant de l'intérêt pour lui. Et sa mère et sa grand-mère n'insistent plus pour qu'il aille faire la cueillette avec elles, comme elles le faisaient lorsqu'elles avaient peur qu'il ne soit pas capable de subsister par un autre moyen. Elles lui ont fabriqué le harnais qu'il porte mais c'est lui qui leur a expliqué ce qu'il voulait. Elles te sont reconnaissantes de lui avoir appris à manier un lance-sagaie.

— Tu l'as aidé aussi, fit observer Ayla.

Au bout d'un moment, elle ajouta :

— Il est peut-être devenu bon chasseur mais je doute que la plupart des mères veuillent de lui pour leurs filles. Elles redouteraient que l'esprit mauvais qui a déformé son bras ne rôde encore autour de lui et n'inflige aux enfants de leurs filles le même sort. Quand il a déclaré, l'année dernière, qu'il voulait s'unir à Lanoga quand ils seraient grands et qu'il l'aiderait à élever ses frères et sœurs, Proleva a trouvé que ce serait une solution parfaite. Puisque Laramar et Tremeda occupent le rang le plus bas, aucune mère ne voudra que son fils s'unisse à Lanoga, mais je crois que personne ne verra d'objection à ce que ce soit Lanidar.

— Sûrement. Je crains cependant que Tremeda et Laramar ne trouvent un moyen de profiter de lui, dit Jondalar. J'ai remarqué que Lanoga n'est pas prête pour les Premiers Rites.

— Elle le sera bientôt, elle commence à montrer les signes. Peut-être avant la fin de l'été et les dernières cérémonies de la saison.

Ayla marqua une pause puis demanda, d'un ton détaché :

— On t'a sollicité pour les Premiers Rites, cette année ?

— Oui mais j'ai répondu que je n'étais pas prêt à prendre cette responsabilité pour le moment, répondit-il en lui adressant un grand sourire. Pourquoi ? Tu crois que je devrais ?

Ayla se tourna vers Jonayla pour que Jondalar ne puisse pas voir son visage.

— Uniquement si tu en as envie. Plusieurs jeunes femmes en seraient très heureuses. Peut-être même Lanoga.

— Pas Lanoga ! Ce serait comme partager les Premiers Rites avec l'enfant de mon foyer.

Elle se tourna de nouveau vers lui.

— Il est vrai que tu es probablement plus proche de ce foyer que Laramar. Tu as fait plus que lui pour cette famille.

Ils approchaient du camp principal et on commençait à les saluer.

— Tu crois qu'il faudra longtemps pour fabriquer ces perches avec un siège ? demanda Ayla.

— Si je trouve de l'aide et si nous commençons tôt dans la matinée, nous pourrions avoir fini dans l'après-midi. Pourquoi ?

— Alors, je peux demander à Zelandoni si elle aura le temps de l'essayer aujourd'hui ? Souviens-toi, elle veut le faire avant de s'en servir devant tout le monde.

— D'accord, pose-lui la question. Je demanderai à Joharran et à quelques autres de m'aider, nous aurons terminé. Ce sera intéressant de voir comment les autres réagiront en voyant les chevaux la tirer.

Jondalar était en train de couper un jeune arbre droit plus robuste que ceux qu'il choisissait d'ordinaire pour un travois. La pierre de sa hache avait été taillée pour que la partie épaisse se termine par une pointe et que la partie effilée ait un bord tranchant. Le manche en bois avait été percé pour recevoir la pointe de la pierre de manière qu'à chaque coup porté la pierre soit plus solidement fichée dans le bois. Puis les deux éléments avaient été liés ensemble avec une lanière de cuir brut mouillé qui avait rétréci en séchant.

On ne pouvait pas couper un arbre avec une hache de pierre en frappant droit. Le silex se serait brisé. Pour abattre un arbre avec un tel outil, il fallait faire des entailles en biais jusqu'à ce que le tronc se casse et la souche donnait souvent l'impression d'avoir été rongée par un castor. Même avec cette méthode, la partie coupante de la pierre s'émoussait et il fallait constamment lui redonner du tranchant. On le faisait avec un percuteur ou avec un os pointu frappé par un percuteur. Parce qu'il était un tailleur de silex habile, on demandait souvent à Jondalar de couper des arbres. Il savait manier une hache, il savait comment l'aiguiser.

Il venait d'abattre un deuxième arbre de même taille quand un groupe d'hommes le rejoignit : Joharran, accompagné de Solaban et de Rushemar ; Manvelar, le chef de la Troisième Caverne, et Morizan, le fils de sa compagne ; Kimeran, le chef de la Deuxième Caverne, et Jondecam, son neveu ; Willamar, le Maître du Troc, son apprenti Tivonan et son ami Palidar ; enfin Stevadal, le chef de la Vingt-Sixième Caverne, qui accueillait cette année la Réunion d'Eté. Onze personnes venues pour faire un travois, douze avec Jondalar, pensa Ayla. Treize si elle se comptait aussi. Son premier travois, elle l'avait fabriqué seule.

Ils sont curieux, pensa-t-elle, c'est ce qui les a fait venir. La plupart d'entre eux connaissaient ces « perches à tirer » – comme elle les appelait – grâce auxquelles ses chevaux transportaient des objets lourds. On commençait par choisir deux arbres qui s'effilaient vers le sommet et dont on élaguait toutes les branches. Selon l'espèce, on enlevait parfois aussi l'écorce, surtout si elle se détachait aisément. Les extrémités étroites étaient reliées et attachées à un cheval au niveau du garrot par un harnais de cuir ou de corde. Les deux perches inclinées dépassaient un peu devant et beaucoup plus derrière, et seule l'extrémité de leur partie épaisse touchait le sol, ce qui limitait relativement les frottements et facilitait le transport de lourdes charges. Des traverses en bois, en cuir ou en corde – tout ce qui pouvait supporter un poids – reliaient les perches à l'arrière.

Jondalar expliqua à ceux qui étaient venus l'aider qu'il voulait construire un travois avec des traverses spéciales disposées d'une certaine manière. En peu de temps, ils abattirent d'autres arbres, émirent des suggestions et les essayèrent avant de trouver une solution qui leur parut adéquate. Ayla conclut qu'ils n'avaient pas besoin d'elle et décida de partir à la recherche de Zelandoni.

En marchant vers le camp principal avec Jonayla, elle songea aux adaptations apportées au travois et à celui que Jondalar et elle avaient fabriqué pendant le long voyage de retour au foyer de son compagnon. Parvenus un jour devant une large rivière qu'ils devaient traverser, ils avaient construit un bateau rond semblable à ceux des Mamutoï : une armature de bois courbée en forme de bol et recouverte à l'extérieur d'une peau d'aurochs bien graissée. C'était facile à faire mais difficile à manœuvrer sur l'eau. Jondalar lui avait décrit les bateaux que les Sharamudoï fabriquaient en évidant un tronc d'arbre, en l'effilant à l'avant et à l'arrière. Ces pirogues étaient plus difficiles à faire mais il était beaucoup plus facile de les diriger, avait-il expliqué.

La première fois qu'ils avaient traversé une large rivière, ils étaient montés dans le bateau rond, y avaient mis toutes leurs affaires et l'avaient fait avancer avec de courtes rames tandis que les chevaux nageaient derrière. Puis ils avaient remis leurs affaires dans des paniers et des sacs de selle et avait décidé de fabriquer un travois pour que Whinney puisse tirer le bateau. Plus tard, ils s'étaient rendu compte qu'ils pouvaient attacher l'embarcation entre les perches et laisser les chevaux traverser l'eau, Ayla et Jondalar sur leur dos ou nageant à côté d'eux. Le bateau rond était léger et maintenait leurs affaires au sec. Une fois sur l'autre rive, au lieu de le vider, ils avaient décidé d'y laisser leurs affaires. Si les perches et le bateau rendaient la traversée des larges rivières plus facile et ne posaient généralement pas de problème quand ils parcouraient des plaines, ils pouvaient les ralentir lorsqu'ils devaient passer par des régions boisées ou montagneuses exigeant des tournants brusques. Ils avaient failli plusieurs fois les abandonner mais ne l'avaient finalement fait qu'une fois beaucoup plus près du terme de leur voyage et pour une bien meilleure raison.

Comme Ayla l'avait prévenue de ce que Jondalar et elle prépareraient, la Première était prête quand Ayla vint la chercher. Lorsqu'elles retournèrent au camp de la Neuvième Caverne, les hommes s'étaient rapprochés de l'enclos des chevaux et ne les remarquèrent pas. La Première se glissa dans la hutte de la famille de Jondalar avec le bébé endormi tandis qu'Ayla allait voir où en était le siège. Avec autant d'aide, il avait été rapidement fabriqué. C'était une sorte de banc profond, avec un dossier s'élevant entre les deux perches et un marchepied. Jondalar avait sorti Whinney de l'enclos et attachait les perches à la jument avec un harnais qui lui enserrait les épaules et passait devant son poitrail.

— Qu'est-ce que vous voulez faire avec ça ? demanda Morizan, encore assez jeune pour poser directement la question.

Il n'était pas considéré comme courtois d'être aussi abrupt mais c'était ce que tous les autres auraient voulu savoir. Si une telle franchise n'eût pas été correcte chez un Zelandonii adulte, elle témoignait simplement de la naïveté et de la simplicité du jeune homme. Une personne plus expérimentée aurait montré plus de subtilité. Ayla avait toutefois l'habitude de la candeur. Chez les Mamutoï, il était fréquent et tout à fait convenable d'être franc et direct, même s'ils avaient leurs propres façons d'être subtils. Les membres du Clan savaient en outre déchiffrer le langage corporel aussi bien que leur langue de signes et si cela les rendait incapables de mentir, ils saisissaient les nuances et savaient être extrêmement discrets.

— J'ai une idée précise sur son utilisation mais je ne suis pas encore sûre que ça marchera, dit Ayla. Je veux d'abord l'essayer et si ça ne marche pas, je trouverai toujours un autre moyen d'employer ces perches.

Bien qu'elle n'eût pas vraiment répondu à la question, les hommes furent satisfaits. Ils comprenaient qu'elle ne tînt pas à expliquer une expérimentation qui risquait d'échouer. Personne n'aime annoncer ses échecs. Ayla était en fait à peu près certaine que cela marcherait, mais elle ne savait pas si la Première accepterait de s'asseoir sur le siège.

Jondalar prit lentement le chemin du camp en sachant que les autres le suivraient. Ayla alla à l'enclos pour calmer les chevaux, perturbés par la présence d'un aussi grand nombre d'humains. Elle tapota et caressa Grise en songeant qu'elle était devenue une superbe pouliche. Elle parla à Rapide en le grattant derrière les oreilles. Les chevaux étaient des animaux sociaux qui aimaient la compagnie. Rapide était à un âge où, s'il avait vécu avec des chevaux sauvages, il aurait quitté sa mère pour galoper avec une troupe de jeunes mâles. Mais comme Grise et Whinney étaient ses seuls compagnons équins, il était devenu très proche de Grise, sa jeune sœur, envers laquelle il se montrait un peu protecteur.

Ayla ressortit de l'enclos et s'approcha de Whinney, qui attendait patiemment avec les perches derrière elle. Lorsque la femme lui entoura le cou, la jument posa sa tête sur l'épaule d'Ayla en un geste familier révélant les liens étroits qui les unissaient. Jondalar avait passé un collier à l'animal pour le conduire plus facilement et Ayla, qui d'habitude s'en passait, jugea préférable de s'en servir pendant qu'elle ferait essayer à Zelandoni son nouveau moyen de transport. Prenant la longe attachée au collier, elle se dirigea vers leur abri d'été. Le temps qu'elle y parvienne, les hommes étaient en route pour le camp principal et Jondalar était retourné à la hutte, où il bavardait avec la Première, Jonayla dans les bras.

— On essaie ? proposa-t-il.
— Tous les autres sont partis ? demanda la forte femme.
— Il n'y a plus personne dans le camp, affirma Ayla.
— Alors, autant y aller maintenant.

Ils sortirent, regardèrent autour d'eux pour s'assurer qu'ils étaient seuls et s'approchèrent de Whinney. Ils passaient derrière la jument quand Ayla dit tout à coup :
— Attendez.

Elle retourna dans la hutte, revint avec un coussin qu'elle posa sur le siège fait de plusieurs rondins attachés ensemble par une corde solide. Un dossier étroit, également en rondins et perpendiculaire au fond, maintint le coussin en place. Jondalar confia le bébé à Ayla et se tourna vers Zelandoni pour l'aider.

Mais lorsque la doniate monta sur le marchepied proche du sol, les longues perches souples fléchirent un peu et Whinney fit un pas en avant. La Première recula précipitamment.
— Le cheval a bougé ! s'écria-t-elle.
— Je vais le tenir, dit Ayla.

Elle alla se placer devant sa jument pour la rassurer, tenant la longe d'une main et le bébé au creux du bras gauche. L'animal renifla le ventre de Jonayla, ce qui fit glousser l'enfant et sourire la mère. Whinney et Jonayla se connaissaient bien. Celle-ci était souvent montée sur la jument dans les bras d'Ayla ou dans la couverture à porter. Jondalar l'avait aussi mise avec précaution sur le dos de Grise, en la tenant bien, pour que la pouliche et l'enfant s'habituent l'une à l'autre.
— Essayez de nouveau, dit Ayla.

Jondalar tendit le bras à la Première pour qu'elle puisse s'y appuyer et lui adressa un sourire encourageant. Zelandoni n'avait pas l'habitude qu'on l'encourage ou qu'on la presse de faire quelque chose. C'était elle qui d'ordinaire avait cette attitude envers les autres et elle scruta le visage de Jondalar pour y déceler une éventuelle condescendance. En fait, elle ne voulait pas reconnaître sa peur et se demandait pourquoi elle avait accepté de se lancer dans cette histoire.

Les perches se courbèrent de nouveau quand la Première fit porter son poids sur le marchepied de rondins, mais l'épaule de Jondalar lui servit de soutien et Ayla empêcha la jument de bouger. Zelandoni tendit la main vers le siège, s'assit sur le coussin avec un soupir de soulagement.
— Prête ? demanda Ayla.
— Prête ? répéta Jondalar, plus doucement.
— Autant que je le serai jamais, je suppose.
— Alors, allons-y, fit-il d'une voix plus forte.
— Doucement, Whinney, dit Ayla.

Elle avança, la longe à la main, et la jument partit au pas, tirant derrière elle les perches et la Première. La doniate s'agrippa au siège quand elle se sentit bouger mais, une fois partie, elle trouva que ce n'était pas si terrible, même si elle ne lâcha pas le siège. Ayla se retourna pour voir comment cela se passait et remarqua que Loup, assis sur son derrière, les observait. Où étais-tu passé ? pensa-t-elle. On ne t'a pas vu de la journée.

La progression ne se fit pas sans à-coups, il y avait des bosses et des ornières sur le chemin. Un moment, une des perches se prit dans un fossé creusé par le débordement d'un ruisseau et la passagère fut projetée sur la gauche mais le siège se redressa quand Ayla fit légèrement tourner Whinney. Ils retournèrent vers l'enclos.

C'est une étrange sensation d'avancer sans se servir de ses jambes, pensa la Première. Bien sûr, les jeunes enfants portés par leur mère y étaient habitués mais cela faisait longtemps qu'elle n'était plus assez petite pour être portée par qui que ce soit et être assise sur ce siège mouvant, ce n'était pas la même chose. D'abord, elle était tournée vers l'arrière et regardait non pas où elle allait mais où elle avait été.

Avant d'arriver à l'enclos, Ayla entama un large virage qui les ramena au camp de la Neuvième Caverne. Elle avisa une piste qui partait dans une autre direction que celle qu'ils prenaient généralement pour se rendre au camp principal. Ayla l'avait déjà remarquée et s'était demandé où elle menait mais n'avait jamais eu le temps de l'explorer. L'occasion semblait bonne. Elle se retourna, capta l'attention de Jondalar, lui indiqua la piste inconnue d'un geste discret. Il hocha la tête presque imperceptiblement en espérant que leur passagère ne s'apercevrait pas du changement de direction et ne s'y opposerait pas. La Première ne remarqua rien et ne fit donc aucune objection quand Ayla obliqua vers la piste. Loup, qui trottait derrière Jondalar et fermait la marche, passa devant lorsque Ayla s'engagea dans le sentier.

Ayla mit Jonayla dans la couverture à porter et l'installa sur son dos, où elle pourrait regarder autour d'elle sans peser constamment sur le bras de sa mère. Le sentier menait au cours d'eau que la Neuvième Caverne appelait la Rivière de l'Ouest et le longeait sur une courte distance. Au moment même où Ayla se demandait si elle ne devait pas faire demi-tour, elle remarqua devant elle des silhouettes familières. Elle arrêta la jument, rejoignit Jondalar et Zelandoni.

— Je crois que nous sommes à Vue du Soleil, dit-elle à la doniate. Tu veux leur rendre visite, et si oui, tu veux rester sur le siège ?

— Puisque nous y sommes, autant leur rendre visite. Je n'aurai peut-être pas l'occasion de revenir ici avant longtemps. Et je veux descendre. On n'est pas trop mal sur ce siège mouvant mais on est un peu secoué de temps en temps.

La Première se leva et, prenant appui sur Jondalar, posa le pied par terre.

— Tu penses que ce serait pratique pour aller voir les lieux sacrés que tu veux montrer à Ayla ? demanda Jondalar.

— Jondalar, Ayla, Zelandoni ! s'exclama Willamar en se dirigeant vers eux, accompagné de Stevadal, le chef de la Vingt-Sixième Caverne.

— C'est gentil de nous rendre visite, dit celui-ci. Je me demandais si la Première trouverait le temps de venir à Vue du Soleil.

— Une Réunion d'Eté est toujours chargée pour la Zelandonia mais je m'efforce de faire au moins une visite de courtoisie à la Caverne qui l'accueille, répondit la doniate. Nous vous sommes reconnaissants de votre hospitalité.

— C'est un honneur, assura le chef de la Vingt-Sixième.

— Et un plaisir, ajouta la femme qui venait de le rejoindre.

Ayla était certaine que c'était sa compagne mais elle ne l'avait pas encore rencontrée et ne se souvenait pas de l'avoir vue au camp principal. Elle ne l'en examina que plus attentivement. Plus jeune que Stevadal, elle semblait fragile et sa tunique flottait sur son corps maigre. Ayla se demanda si elle avait été malade ou si elle avait subi une perte cruelle.

— Je suis heureux que vous soyez là, reprit Stevadal. Danella espérait voir la Première et faire la connaissance de la compagne de Jondalar. Elle n'a pas encore pu se rendre au camp principal.

— Si tu m'avais prévenue qu'elle était malade, je serais venue plus tôt, dit la Première.

— Notre Zelandoni était là pour la soigner, je n'ai pas voulu te déranger. Je sais combien tu es prise pendant les Réunions d'Eté.

— Pas au point de ne pas m'occuper de ta compagne.

— Plus tard, peut-être, quand tu auras vu tout le monde, dit Danella à la doniate.

Elle se tourna vers Jondalar et ajouta :

— En revanche, j'aimerais faire la connaissance de ta compagne. On m'a tellement parlé d'elle.

— Tu vas être satisfaite, répondit-il en adressant un signe à Ayla.

Elle s'approcha les bras tendus, les paumes tournées vers le haut, dans le geste de franchise traditionnel, pour montrer qu'elle n'avait rien à cacher, et Jondalar commença :

— Danella, de la Vingt-Sixième Caverne des Zelandonii, compagne de Stevadal, l'Homme Qui Commande, puis-je te présenter Ayla, de la Neuvième Caverne des Zelandonii...

Il poursuivit jusqu'à « Protégée de l'Esprit de l'Ours des Cavernes ».

— Tu as oublié « amie des chevaux et du chasseur à quatre pattes qu'elle appelle Loup », fit remarquer Willamar avec un petit rire.

Il avait rejoint le chef et sa compagne avec le reste des hommes venus aider à la fabrication des perches et du siège. Vue du Soleil étant proche, il avait proposé d'y passer et on les avait conviés à boire une infusion.

La plupart des membres de la Vingt-Sixième Caverne se trouvaient au camp principal mais quelques-uns étaient restés, notamment la compagne du chef, qui était manifestement souffrante. Ayla se demandait depuis combien de temps et quel était son mal. Elle échangea un regard avec Zelandoni et sut que celle-ci se posait les mêmes questions.

— Mes noms et liens sont loin d'être aussi fascinants, mais au nom de Doni, la Grande Terre Mère, sois la bienvenue, Ayla de la Neuvième Caverne des Zelandonii, dit Danella.

— Je te salue, Danella de la Vingt-Sixième Caverne des Zelandonii, répondit Ayla tandis qu'elles se prenaient les mains.

— Ta façon de parler est aussi intrigante que tes noms et liens. Elle évoque des lieux lointains. Tu dois avoir des histoires extraordinaires à raconter et j'aimerais en entendre au moins quelques-unes.

Ayla ne put s'empêcher de sourire. Elle était consciente d'avoir un accent. La plupart des Zelandonii s'efforçaient de ne pas réagir quand ils le remarquaient mais Danella avait des manières si aimables et si ouvertes qu'Ayla éprouva immédiatement de la sympathie pour elle. Danella lui rappelait les Mamutoï.

Elle s'interrogea de nouveau sur la maladie ou l'événement à l'origine d'une fragilité physique qui contrastait si fortement avec la personnalité engageante de cette femme. Un coup d'œil à la Première lui confirma qu'elle aussi voulait en connaître la raison et qu'elle comptait la découvrir avant de quitter le camp.

Jonayla s'agitait dans le dos d'Ayla, probablement parce qu'elle voulait voir ce qui se passait et à qui parlait sa mère. Ayla fit tourner la couverture pour appuyer le bébé contre sa hanche.

— Ce doit être ta « Protégée de Doni », Jonayla, dit Danella.
— Oui.
— C'est un beau nom. Tiré de celui de Jondalar et du tien ?
Ayla acquiesça.
— Elle est aussi jolie que son nom.

Ayla, qui savait capter les nuances du langage corporel, détecta de la tristesse dans le fugace plissement du front et le froncement des sourcils. Soudain, la raison de la faiblesse et de l'affliction de Danella lui apparut. La compagne de Stevadal avait récemment fait une fausse couche ou avait eu un bébé mort-né. Après une grossesse pénible et un accouchement sans doute très difficile, elle n'avait rien reçu en échange. Elle se remettait de la tension subie par son corps et pleurait son enfant perdu. Ayla regarda la Première, qui examinait discrètement la jeune femme et avait probablement tiré les mêmes conclusions.

Sentant Loup lui presser la jambe, Ayla baissa les yeux. Il la regardait en gémissant pour lui faire savoir qu'il voulait quelque chose. Il tourna la tête vers Danella, regarda de nouveau Ayla et se remit à gémir. Sentait-il quelque chose de particulier chez cette femme ?

Les loups décelaient toujours la faiblesse des autres. Lorsqu'ils chassaient, c'était généralement aux plus faibles d'un troupeau qu'ils s'attaquaient. Mais Loup, encore tout jeune, avait noué des liens étroits avec le faible enfant « mêlé », mi-mamutoï mi-Clan, que Nezzie avait adopté et, par un phénomène d'empreinte, il considérait les Mamutoï comme sa meute. Les loups aimaient les petits de leur meute et la meute de Loup, c'était des êtres humains. Ayla savait qu'il était attiré par les bébés et les enfants, par ceux dont son instinct lui révélait la faiblesse, non pour les chasser mais pour les protéger, comme les autres loups le faisaient avec leurs petits.

Comme Danella semblait un peu effrayée, Ayla lui expliqua :

— Je crois que Loup veut faire ta connaissance. As-tu déjà touché un loup vivant ?

— Non, bien sûr. Je n'en ai jamais approché un d'aussi près. Pourquoi penses-tu qu'il veut faire ma connaissance ?

— Il est parfois attiré par certaines personnes. Il aime les bébés, par exemple. Jonayla monte sur lui, tire sur ses poils, lui met les doigts dans les yeux ou dans les oreilles et il se laisse toujours faire. Le jour où nous sommes arrivés à la Neuvième Caverne, il s'est conduit de cette façon en voyant la mère de Jondalar. Il voulait simplement faire sa connaissance.

Ayla se demanda soudain si Loup n'avait pas senti que Marthona avait le cœur malade.

— Veux-tu faire sa connaissance ? demanda-t-elle à la compagne du chef.

— Que dois-je faire ?

Autour d'eux, ceux qui connaissaient Loup et son comportement souriaient, d'autres étaient intéressés mais Stevadal semblait inquiet.

— Je ne sais pas si c'est raisonnable... commença-t-il.

— Il ne lui fera aucun mal, assura Jondalar.

Ayla tendit Jonayla à son compagnon puis amena Loup près de Danella, prit la main de la femme et entama la présentation.

— C'est par l'odeur que Loup reconnaît les gens et il sait que lorsque je le présente à quelqu'un de cette façon, c'est pour qu'ils deviennent amis.

L'animal flaira les doigts de Danella, les lécha. Elle sourit.

— Sa langue est douce.

— Sa fourrure aussi, par endroits, dit Ayla.

— Il est chaud ! s'exclama Danella en passant ses doigts dans les poils de Loup. Jamais je n'avais touché de fourrure sur un corps chaud. Et là, on sent quelque chose palpiter.

Ayla se tourna vers le chef de la Vingt-Sixième Caverne des Zelandonii.

— Veux-tu faire sa connaissance aussi, Stevadal ?

— Tu devrais, l'encouragea Danella.

Ayla procéda à la même présentation mais Loup paraissait impatient de retrouver Danella et il trottina près d'elle quand les visiteurs repartirent vers Vue du Soleil. Ils trouvèrent des endroits où s'asseoir – rondins, rochers recouverts d'un coussin – et sortirent leur bol du sac accroché à leur ceinture. Les quelques personnes qui n'étaient pas allées au camp principal, notamment les mères de Danella et de Stevadal, leur offrirent une tisane. Loup se coucha près de Danella mais regarda d'abord Ayla, comme pour demander sa permission, puis posa sa tête sur ses pattes allongées devant lui. Danella se surprit à le caresser de temps à autre.

Zelandoni avait pris place à côté d'Ayla qui, après avoir bu son infusion, donna le sein à Jonayla. Plusieurs personnes vinrent bavarder avec la Première et son acolyte mais, lorsqu'elles furent enfin seules, elles se mirent à parler de Danella à voix basse.

— Loup semble lui apporter un peu de réconfort, souligna la doniate.

— Elle en a grand besoin, répondit Ayla. Elle est encore très faible. Je crois qu'elle a fait un bébé avant la naissance ou qu'elle a accouché d'un enfant mort-né.

La Première parut impressionnée.

— Qu'est-ce qui te fait penser ça ?

— Sa maigreur, sa fragilité. J'ai aussi remarqué sa tristesse quand elle a regardé Jonayla. Elle a sûrement eu une grossesse difficile et elle a perdu l'enfant.

— Je pense comme toi. Nous devrions peut-être interroger sa mère. Il faudrait que j'examine Danella pour m'assurer qu'elle se remet bien. Il y a des médecines qui pourraient l'aider. Qu'est-ce que tu suggérerais ?

— La luzerne est bonne contre la fatigue et la douleur cuisante quand on se vide de son eau, répondit Ayla.

Elle marqua une pause et reprit :

— Il y a une plante aux baies rouges, dont je ne connais pas le nom, qui est souveraine pour les femmes. Elle pousse au ras du sol et ses feuilles restent vertes toute l'année. On peut en prendre contre les maux de ventre qui accompagnent les saignements lunaires, ou pour faciliter les naissances.

— Je la connais. Elle forme parfois un épais tapis qui recouvre le sol et les oiseaux aiment ses baies. Certains les appellent d'ailleurs « baies des oiseaux ». Une infusion de luzerne peut en effet aider à reprendre des forces, de même qu'une décoction de racines et d'écorce de sureau...

La Première sourit en voyant l'expression intriguée d'Ayla.

— C'est un arbrisseau aux baies violettes, avec des petites fleurs d'un blanc verdâtre. Je te le montrerai. Il peut aider si le sac qui contient le bébé dans le ventre d'une femme descend trop. C'est pour savoir quoi lui donner que je voudrais examiner Danella. Zelandoni de la Vingt-Sixième est un bon guérisseur pour les maladies en général mais il ne connaît peut-être pas aussi bien celles des femmes. Il faudra que je lui parle avant notre départ.

Après être restés le temps exigé par la courtoisie, les hommes venus aider Jondalar à fabriquer les perches et le siège se levèrent pour partir. La Première arrêta Joharran, qui était en compagnie de Jondalar.

— Peux-tu aller à la hutte de la Zelandonia pour voir si le doniate de la Vingt-Sixième s'y trouve ? demanda-t-elle à voix basse. La compagne de Stevadal a été très malade et j'aimerais savoir si nous pouvons l'aider. C'est un bon guérisseur et il a peut-être déjà fait tout ce qui était possible, mais j'aimerais lui parler. Je crois qu'il s'agit d'un problème de femme, et nous sommes des femmes...

Sans aller plus loin dans son explication, elle conclut :

— Demande-lui de venir ici, nous l'attendrons.

— Je reste avec vous ? demanda Jondalar aux deux femmes.

— Tu ne projetais pas de retourner au lieu d'entraînement ? fit Joharran.

— Si, mais je ne suis pas obligé.

— Vas-y, Jondalar, suggéra Ayla en pressant sa joue contre la sienne. Nous te rejoindrons plus tard.

Les deux femmes retournèrent auprès du groupe formé par Danella, les deux mères et quelques autres. Voyant que la Première et son acolyte ne partaient pas, Stevadal resta, lui aussi. La doniate connaissait l'art de soutirer des renseignements et elle découvrit bientôt que Danella avait été grosse et que le bébé était mort-né, comme Ayla et elle l'avaient deviné, mais elle sentit que les deux vieilles femmes ne disaient pas tout, peut-être à cause de la présence de Danella et de Stevadal. Il faudrait attendre le Zelandoni de la Vingt-Sixième Caverne. Les femmes se mirent à bavarder, à se passer Jonayla. Danella hésita d'abord à la prendre dans ses bras puis la garda un long moment. Loup restait à côté d'elle et de l'enfant.

Ayla défit les perches de Whinney et l'emmena brouter. Lorsqu'elle revint, on lui posa des questions hésitantes sur l'animal et la façon dont elle s'en était faite l'amie. La Première l'encouragea à répondre. Ayla devenait une bonne conteuse qui captivait son auditoire, ce qu'elle fit encore cette fois, surtout quand elle ajouta à son récit les effets sonores de hennissements et de rugissements. Au moment où elle terminait, le Zelandoni de la Vingt-Sixième Caverne apparut.

— J'ai cru entendre un cri de lion familier, dit-il dans un grand sourire.

— Ayla nous a expliqué comment elle a adopté Whinney, répondit Danella. Je savais bien qu'elle avait des histoires extraordinaires à raconter. Et maintenant que j'en ai entendu une, j'en veux d'autres.

Bien qu'elle ne voulût pas le montrer, la doniate était pressée de partir. Pour la Première, une visite au chef de la Caverne qui accueillait la Réunion d'Eté était tout à fait indiquée, mais elle avait des choses à régler. Les Rites des Premiers Plaisirs auraient lieu le surlendemain, puis suivraient les premières Matrimoniales de la saison. Il y aurait une autre cérémonie d'union vers la fin de l'été pour ceux qui souhaitaient concrétiser leur décision avant le retour, mais la première était invariablement la plus importante et réunissait le plus de monde. Il y avait encore de nombreux plans à établir.

Pendant que les hôtes s'affairaient pour préparer une autre tisane – les visiteurs avaient tout bu –, la Première et son acolyte parvinrent à prendre le Zelandoni de la Vingt-Sixième à part.

— Nous avons appris que Danella a accouché d'un enfant mort-né, murmura la Première, mais il a dû se passer autre chose, j'en suis persuadée.

L'homme fronça les sourcils et poussa un long soupir.

9

— Tu as raison, bien sûr, dit le doniate. Ce n'était pas seulement un enfant mort-né. Il y avait – ou il y aurait eu – deux nés-ensemble, mais plus que nés-ensemble, ils étaient joints.

Ayla se rappela qu'une femme du Clan avait elle aussi accouché de deux bébés collés l'un à l'autre et formant un être monstrueux. Elle éprouva une vive compassion pour Danella.

— L'un était de taille normale, l'autre beaucoup plus petit et pas entièrement formé, avec des parties de son corps attachées à celui du premier, poursuivit le Zelandoni. Par chance, ils n'avaient pas de souffle, sinon j'aurais dû le leur ravir. Cela aurait été trop dur pour Danella. Elle a déjà terriblement souffert comme ça. Elle a beaucoup saigné et je suis étonné qu'elle ait survécu. Sa mère, la mère de Stevadal et moi avons décidé de le cacher au couple. Un enfant mort-né leur causerait déjà assez d'angoisse si Danella était de nouveau grosse. Tu peux l'examiner si tu veux, mais c'est arrivé il y a quelque temps déjà, à la fin de l'hiver. Elle a bien guéri, il faut seulement qu'elle recouvre des forces et qu'elle surmonte son chagrin. Votre visite y a peut-être contribué. Je l'ai vue tenir le bébé Jonayla dans ses bras, c'est bon signe. Elle semble s'être prise d'amitié pour toi, Ayla, et aussi pour ton loup. Elle aura peut-être envie de participer à la Réunion d'Eté, maintenant.

— Jondalar ! s'écria Ayla quand elle arriva au camp de la Neuvième Caverne avec Zelandoni. Qu'est-ce que tu fais là ? Je te croyais au camp principal.

— J'y vais, répondit-il. Je suis simplement allé voir Rapide et Grise. Je n'ai pas passé beaucoup de temps avec eux et ils aiment la compagnie. Et toi, pourquoi es-tu venue ?

— Je voulais que Whinney nourrisse Grise pendant que je donnerais le sein à Jonayla et j'allais la laisser ici et puis nous avons pensé que ce serait peut-être le bon moment pour que Zelandoni entre dans le camp tirée par les perches.

— Alors, j'attendrai, dit Jondalar. Ou bien je pourrais vous accompagner monté sur Rapide, peut-être.

— Il faudrait emmener Grise aussi, fit observer Ayla.

Elle plissa le front puis sourit.

— Nous pourrions utiliser le petit collier que tu as fabriqué pour elle, elle s'habitue à le porter. Ce serait une bonne chose qu'elle s'habitue aussi à être parmi des gens qu'elle ne connaît pas.

— Nous ferions grosse impression, estima Zelandoni. Mais cela me plaît : j'aime mieux faire partie d'un spectacle qu'être la seule qu'on regarde bouche bée.

— Ajoutons Loup aussi, suggéra Ayla. La plupart des Zelandonii ont vu les animaux mais pas ensemble. Il en reste quelques-uns qui n'arrivent pas à croire que Whinney laisse Loup s'approcher de sa pouliche. S'ils voient qu'il n'est pas un danger pour Grise, cela les aidera à comprendre qu'il n'est pas dangereux pour eux non plus.

— A moins que quelqu'un ne tente de vous faire du mal, à toi ou à Jonayla, précisa Jondalar.

Jaradal et Robenan, qui jouaient devant la hutte du chef de la Septième Caverne, se ruèrent à l'intérieur.

— Wiimar ! Thona ! Venez voir ! cria Jaradal.

— Oui, venez vite ! fit Robenan en écho.

— Ils ont amené leurs chevaux, et Loup, et même Zelandoni est montée dessus ! s'exclama Jaradal.

— Du calme, les garçons, répondit Marthona en se demandant ce que Jaradal voulait dire.

Il ne lui semblait pas possible que la Première puisse se jucher sur un cheval.

— Venez voir, venez voir ! braillèrent ensemble les deux enfants tandis que Jaradal tentait de faire lever son aïeule du coussin sur lequel elle était assise.

Il se tourna vers Willamar.

— Viens, Wiimar !

Marthona et Willamar rendaient visite à Sergenor et Jayvena pour discuter de leur rôle dans la cérémonie à laquelle participeraient tous les chefs et, dans une moindre mesure, les anciens chefs. Ils avaient emmené Jaradal avec eux pour qu'il ne soit pas dans les jambes de sa mère : Proleva, comme d'habitude, prenait une part active à la préparation du festin accompagnant l'événement. Ramara, la compagne de Solaban, enceinte, et son fils Robenan, camarade de Jaradal et à peu près du même âge, étaient venus aussi pour que les deux enfants puissent jouer.

— Nous y allons, dit Willamar en aidant sa compagne à se lever.

Sergenor écarta le rideau qui fermait l'entrée et tous sortirent. Un spectacle étonnant les attendait : avançant lentement vers la grande hutte, Jondalar, monté sur Rapide, précédait Grise et Ayla, assise sur Whinney et portant Jonayla dans sa couverture. La jument tirait des perches sur lesquelles la Première avait pris place. Pour la plupart des Zelandonii, des humains sur des chevaux constituaient encore une vision insolite, sans parler du loup qui trottinait à côté d'eux. Mais voir la Première parmi Ceux Qui Servaient la Mère installée sur un siège tiré par un cheval était parfaitement stupéfiant.

La procession passa près du camp de la Septième Caverne et, bien qu'habitués aux animaux d'Ayla, Marthona, Willamar et les autres membres de la Neuvième Caverne étaient eux aussi sidérés. Marthona croisa le regard de la Première et, malgré l'expression sérieuse de la doniate, la mère de Jondalar décela une lueur de plaisir malicieux dans ses yeux. Plus qu'un défilé, c'était un spectacle. Quand ils parvinrent devant l'entrée de la hutte, Jondalar s'arrêta pour laisser Ayla et Whinney passer devant, puis il descendit de Rapide et tendit le bras pour aider la Première. En dépit de sa corpulence, elle se leva de son siège d'un mouvement gracieux et, parfaitement consciente qu'on l'observait, pénétra dans la hutte avec une extrême dignité.

— Alors, c'était pour Zelandoni, ces perches que nous avons aidé à fabriquer... murmura Willamar, abasourdi. Il faudra que je demande à Zelandoni quelle impression cela fait d'être tiré par un cheval.

— C'est courageux de sa part, souligna Jayvena. Je ne suis pas sûre que j'aurais accepté de m'asseoir là-dessus.

— Moi si ! s'exclama Jaradal, les yeux brillants. Thona, tu crois qu'Ayla me laissera essayer ?

— Moi aussi, réclama Robenan.

— Les jeunes sont toujours prêts à essayer quelque chose de nouveau, commenta Ramara.

— Si elle autorise Jaradal à le faire, tous les autres garçons du camp réclameront la même faveur, prédit Sergenor.

— Et quelques filles aussi, ajouta Marthona.

— Si j'étais Ayla, j'attendrais que nous soyons de retour à la Caverne, reprit Ramara. Ce ne serait pas alors très différent des petits tours qu'elle fait déjà faire à un ou deux enfants sur Whinney.

— C'est quand même très impressionnant, objecta Willamar. Je me souviens de ma réaction quand j'ai vu pour la première fois Ayla et Jondalar sur ces bêtes. Cela peut avoir quelque chose d'effrayant. D'ailleurs, ne nous a-t-il pas raconté que les gens s'enfuyaient à leur approche pendant son voyage de retour ?

La démonstration des perches et du siège n'avait pas ravi tout le monde. Marona, qui aimait être au centre de l'attention, sentit la jalousie monter en elle. Elle se tourna vers sa cousine.

— Je ne comprends pas qu'on puisse supporter d'être tout le temps autour de ces sales bêtes. Ayla sent le cheval et il paraît qu'elle dort avec ce loup. C'est répugnant.

— Elle dort aussi avec Jondalar, rappela Wylopa, et j'ai entendu dire qu'il refuse de partager les Plaisirs avec qui que ce soit d'autre.

— Ça ne durera pas, affirma Marona en lançant à Ayla un regard venimeux. Je le connais. Il me reviendra, je peux te le jurer.

Brukeval entendit la conversation des deux jeunes femmes et éprouva des sentiments contradictoires. Il aimait Ayla d'un amour sans espoir et voulait la protéger de la méchanceté de Marona, sa cousine : il avait été lui aussi sa cible et savait combien elle pouvait être cruelle. Mais il craignait qu'Ayla ne lui rappelle de nouveau qu'il était une Tête Plate et il ne pouvait le supporter, même s'il savait qu'elle ne le faisait pas pour le blesser, comme la plupart des autres. Il ne se regardait jamais dans une plaque de bois noirci et poli, mais il lui arrivait de surprendre son reflet dans l'eau et il haïssait ce qu'il voyait. Il savait pourquoi on lui donnait ce nom abominable et l'idée qu'il pût être justifié lui faisait horreur.

Madroman posait également un regard mauvais sur Jondalar et sa compagne. Il acceptait mal que la Première accorde autant de son attention à Ayla. Il ne trouvait pas juste que celle qui avait pour tâche de diriger tous les acolytes en favorise un aussi ouvertement alors qu'ils étaient rassemblés à une Réunion d'Eté. Et bien sûr, Jondalar se retrouvait encore en bonne place. Pourquoi était-il revenu, celui-là ? Tout allait bien quand ce grand lourdaud était loin, surtout après que le Zelandoni de la Cinquième Caverne avait décidé de le prendre, lui, Madroman, comme acolyte, même s'il estimait qu'il devrait être lui-même Zelandoni, maintenant. Mais que pouvait-il espérer tant que la Grosse resterait à la tête de la Zelandonia ? Je trouverai un moyen, se promit-il.

Laramar tourna le dos à ces stupidités et s'éloigna en roulant ses propres pensées. Il avait assez vu ces chevaux et ce loup, surtout le loup. Il estimait que ces bêtes vivaient trop près de son abri à la Neuvième Caverne, elles prenaient toute la place, elles l'envahissaient. Avant leur arrivée, il pouvait passer par l'endroit qu'elles occupaient. A présent, pour rentrer chez lui, il devait faire un détour pour éviter le loup. Les rares fois où il s'en était approché, l'animal avait montré ses crocs, le poil hérissé, comme si tout le refuge de pierre lui appartenait.

En plus, cette femme se mêlait de tout, elle apportait des provisions ou des couvertures, comme par gentillesse, mais c'était en fait pour le surveiller. Il n'avait même plus une hutte à lui, maintenant. Les enfants se conduisaient comme si elle leur appartenait. Mais c'était son foyer, et ce qu'il faisait dans son foyer ne regardait personne.

Enfin, il y avait quand même les lointaines. A vrai dire, il aimait vivre là-bas. Il n'était pas réveillé la nuit par un des gosses en train de pleurer, ou par sa compagne qui rentrait ivre et lui cherchait querelle. Dans la lointaine où il dormait, les autres hommes étaient pour la plupart âgés et n'embêtaient personne. Ce n'était pas bruyant et agité comme dans les lointaines des jeunes, même si aucun de ses compagnons de hutte ne refusait de boire avec lui quand il leur offrait de son barma. Dommage qu'il n'y ait pas de lointaines à la Neuvième Caverne, pensa-t-il.

Ayla fit faire à Whinney le tour de la hutte de la Zelandonia avec les perches puis reprit la direction du camp principal. Jondalar la suivait, avec Rapide et Grise. L'endroit où se déroulait la Réunion d'Eté, appelé Vue du Soleil d'après le nom de la Caverne proche, était souvent utilisé comme lieu de rassemblement. Quand il pleuvait, on apportait des pierres de la rivière pour recouvrir le sol boueux. Chaque année, on en ajoutait de nouvelles et l'emplacement du camp était maintenant défini par cette vaste zone pavée.

Lorsqu'ils furent légèrement à l'extérieur du camp, au-delà des pierres, au milieu d'un pré situé dans la plaine inondable de la rivière, Ayla fit halte.

— Enlevons les perches de Whinney et laissons les chevaux ici un moment pour qu'ils puissent brouter, proposa-t-elle. Je ne pense pas qu'ils s'éloigneront et s'ils le font, nous sifflerons pour les faire revenir.

— Bonne idée, approuva Jondalar. La plupart des gens savent qu'il vaut mieux ne pas les embêter lorsque nous ne sommes pas à proximité pour intervenir. Je vais enlever aussi leurs colliers.

Alors qu'ils s'occupaient des chevaux, ils virent approcher Lanidar avec son harnais spécial pour son lance-sagaie. Il leur fit signe puis siffla et obtint en retour un hennissement de bienvenue de Whinney et de Rapide.

— J'avais envie de voir les chevaux, dit-il. L'année dernière, j'ai pris plaisir à les garder et j'ai appris à les connaître. Cet été, je n'ai pas encore eu l'occasion de passer un peu de temps avec eux et je ne connais pas du tout la pouliche de Whinney. Vous croyez qu'ils se souviendront de moi ?

— Bien sûr, dit Ayla. Ils ont répondu à ton sifflement, non ?

Lanidar avait apporté quelques quartiers de pomme séchée dans un pli de sa tunique et il les offrit sur sa paume au jeune étalon puis à la jument, s'accroupit ensuite pour tendre un morceau de fruit à la pouliche. Grise demeura d'abord près des jambes arrière de sa mère. Bien qu'elle tétât encore, elle avait commencé à mâchonner de l'herbe pour imiter Whinney et, de toute évidence, elle était curieuse. Lanidar fut patient et au bout d'un moment Grise s'approcha lentement de lui.

La jument observait sa progéniture sans l'encourager ni la dissuader. Finalement, la curiosité fut la plus forte et Grise flaira la main ouverte du jeune garçon, regarda ce qu'elle contenait. Elle prit un quartier de pomme dans sa bouche, le laissa tomber. Lanidar le ramassa, fit un nouvel essai. Malgré son manque d'expérience, Grise sut utiliser sa langue et ses lèvres souples pour faire glisser le morceau de fruit dans sa bouche. Cette fois, elle mordit dedans. Le goût était nouveau mais elle était bien plus intéressée par Lanidar. Lorsqu'il la caressa et la gratta, elle fut conquise et il se redressa avec un sourire radieux.

— Nous allons les laisser un moment ici et nous reviendrons les voir de temps en temps, annonça Jondalar.

— Je serai heureux de les garder, comme l'année dernière, assura Lanidar. En cas de problème, j'irai vous chercher ou je sifflerai.

Ayla et Jondalar se regardèrent puis sourirent à leur tour.

— Je t'en serais reconnaissante. Je veux les laisser ici pour que les gens s'habituent à les voir et qu'eux-mêmes se sentent plus à l'aise avec les gens, en particulier Grise. Si tu es fatigué ou si tu dois partir, siffle pour nous prévenir.

— D'accord.

Ils quittèrent le pré plus tranquilles et lorsqu'ils revinrent, au soir, pour inviter Lanidar à partager le repas de leur Caverne, ils découvrirent que plusieurs jeunes hommes et quelques jeunes femmes, notamment Lanoga, portant sa sœur cadette Lorala, lui tenaient compagnie. Lorsqu'il avait gardé les chevaux, l'année précédente, c'était à l'enclos et au pré voisin proches du camp de la Neuvième Caverne, situé à quelque distance du camp principal. Peu de gens étaient venus et Lanidar n'avait alors aucun camarade, mais il avait appris depuis à utiliser un lance-sagaie et chassait régulièrement, ce qui avait élevé son statut. Il avait à présent des amis et même, semblait-il, quelques admirateurs.

Absorbés par leur conversation, les jeunes gens ne virent pas le couple approcher. Jondalar constata avec satisfaction que Lanidar se comportait de façon responsable en ne laissant pas le groupe de jeunes se presser autour des bêtes, en particulier de Grise. Il leur permettait de les caresser et de les gratter, mais un ou deux à la fois seulement. Il semblait sentir quand les chevaux, las de toute cette attention, souhaitaient paître en paix, et signifiait alors fermement aux visiteurs de les laisser tranquilles. Le couple ignorait qu'un peu auparavant il avait chassé quelques garçons tapageurs en les menaçant de prévenir Ayla qui, leur avait-il rappelé, était l'acolyte de la Première parmi Ceux Qui Servaient la Grande Terre Mère.

C'était à la Zelandonia qu'on demandait aide et secours, on respectait ses membres, on les révérait et on les aimait, souvent, ces sentiments étant toujours tempérés par une légère crainte. Les Zelandonia connaissaient intimement le Monde d'Après, le Monde des Esprits, l'endroit effrayant où l'on passait quand l'elan – la force de vie – quittait le corps. Ils avaient aussi d'autres pouvoirs extraordinaires. Les jeunes gens colportaient des rumeurs et les garçons en particulier aimaient se faire mutuellement peur en racontant ce qu'un Zelandoni pouvait infliger aux parties viriles de ceux qui suscitaient leur courroux.

Ils savaient tous qu'Ayla était une femme normale, nantie d'un compagnon et d'un bébé, mais elle était aussi un acolyte, un membre de la Zelandonia, et une étrangère. Sa façon de parler soulignait son étrangeté et leur rappelait qu'elle venait d'ailleurs, d'un lieu lointain, d'une contrée où aucun d'eux n'avait jamais voyagé, excepté Jondalar. Ayla montrait en outre des capacités stupéfiantes, comme celle de se faire obéir d'un cheval et d'un loup. De quoi était-elle encore capable ? Certains regardaient même avec méfiance Jondalar, qui, bien que né zelandonii, avait acquis des façons bizarres pendant son absence.

— Salutations, Ayla, Jondalar et Loup, dit Lanidar.

Il savait, lui, qu'ils approchaient, il avait remarqué un changement dans le comportement des chevaux. Faute de les voir dans le jour déclinant, les bêtes avaient senti leur approche et s'étaient dirigées vers eux.

— Salutations, Lanidar, répondit Ayla. Ta mère et ton aïeule sont au camp de la Septième Caverne, avec une grande partie de la Neuvième. Tu es convié à partager leur repas.

— Qui gardera les chevaux ? s'enquit le garçon en se baissant pour caresser Loup, qui l'avait rejoint.

— Nous avons déjà mangé, répondit Jondalar. Nous les ramènerons à notre camp.

— Merci, Lanidar, reprit Ayla. J'apprécie ton aide.

— Je le fais avec plaisir, déclara Lanidar.

C'était sincère. Non seulement il aimait les chevaux, mais l'attention que cela lui valait ne lui déplaisait pas. Quand il les gardait, il recevait la visite de jeunes garçons curieux... et aussi de jeunes filles.

Avec l'arrivée de la Première parmi Ceux Qui Servaient la Grande Terre Mère, le camp de la Réunion d'Eté connut bientôt l'activité fiévreuse coutumière en cette saison. Les Rites des Premiers Plaisirs entraînèrent quelques problèmes, somme toute habituels, mais aucun aussi compliqué que celui que Janida avait posé l'année d'avant, quand elle s'était révélée enceinte avant la cérémonie. D'autant que la mère de Peridal avait fait obstacle à l'union de son fils avec la jeune femme. L'opposition de la mère n'était pas entièrement déraisonnable puisque son fils n'avait que treize ans et demi et Janida seulement treize.

Ce n'était pas uniquement leur jeunesse qui était en cause. Même si la mère de Peridal se refusait à l'admettre, la Première était sûre qu'elle rejetait cette union parce qu'une jeune femme qui partageait les Plaisirs avant les Rites perdait de son statut. Janida avait cependant élevé aussi son statut parce qu'elle était enceinte. Quelques hommes plus âgés s'étaient déclarés disposés à lui offrir leur foyer et à accueillir l'enfant, mais c'était avec Peridal qu'elle avait partagé les Plaisirs et c'était lui qu'elle voulait. Elle l'avait fait non seulement parce qu'il l'en avait pressée mais aussi parce qu'elle l'aimait.

Après les Rites des Premiers Plaisirs, la première Matrimoniale de l'été aurait dû avoir lieu, mais les Zelandonii repérèrent alors un vaste troupeau de bisons à proximité et les chefs décidèrent qu'il fallait faire passer la chasse avant la cérémonie. Joharran en discuta avec Zelandoni et elle fut d'accord pour reporter la Matrimoniale.

Il était impatient de voir Jondalar et Ayla utiliser les chevaux pour aider à pousser les bisons vers le piège construit pour enfermer les bêtes. Les chasseurs feraient la démonstration des avantages des lance-sagaies en abattant celles qui parviendraient à s'échapper. Le chef de la Neuvième Caverne tenait à ce que tous les Zelandonii puissent constater qu'on pouvait lancer une sagaie plus loin et avec plus de sécurité avec cet instrument. Les lance-sagaies devenaient l'arme préférée de la plupart de ceux qui avaient eu l'occasion de les voir utilisés. L'histoire de la chasse aux lions avait déjà fait le tour de la Réunion d'Eté puisque ceux qui y avaient participé racontaient avec flamme cette dangereuse confrontation.

Les jeunes, en particulier, étaient enthousiasmés par la nouvelle arme. Un bon nombre de ceux qui n'étaient pas tout à fait convaincus se trouvaient parmi ceux qui savaient lancer habilement à la main. Ils se sentaient à l'aise en chassant comme ils l'avaient toujours fait et ne souhaitaient pas apprendre une nouvelle méthode à un stade avancé de leur vie.

Le jour de la cérémonie, le temps s'annonçait beau et clair et une impatience fébrile s'était emparée de tout le camp, pas seulement de ceux qui s'uniraient. C'était une célébration que tous attendaient et à laquelle tous prendraient part. La cérémonie incluait l'approbation des nouvelles unions par toutes les personnes présentes. Ces unions provoquaient des changements dans les noms et liens au-delà des nouveaux couples et de leurs familles, le statut de chacun ou presque s'en trouvant modifié à des degrés divers.

Les Matrimoniales de l'année précédente avaient été un moment éprouvant pour Ayla, non seulement parce que c'était sa Cérémonie d'Union mais surtout parce qu'elle venait d'arriver à la Neuvième Caverne et qu'elle était au centre de l'attention. Elle voulait se faire aimer et accepter par le peuple de Jondalar et s'efforçait d'y trouver sa place. La plupart des Zelandonii la lui accordèrent mais pas tous.

Cette année, les chefs et anciens chefs, ainsi que la Zelandonia, occupaient des positions stratégiques pour pouvoir répondre lorsque la Première demanderait l'avis des personnes présentes, ce qui pour elle signifiait leur approbation. La doniate n'avait pas été enchantée par les hésitations d'une partie de la foule, l'année précédente, lorsqu'elle avait réclamé son accord sur l'union de Jondalar et d'Ayla et elle ne voulait pas que cela devienne une habitude. Elle aimait mener rondement ses cérémonies.

La fête qui accompagnait une Matrimoniale était très attendue. Les Zelandonii préparaient leurs meilleurs plats et revêtaient leurs plus beaux habits : ce n'était pas seulement un jour heureux pour ceux qui s'unissaient, c'était aussi l'occasion de célébrer une Fête de la Mère. Tout le monde était encouragé à honorer la Grande Terre Mère en partageant le Don des Plaisirs, en s'accouplant le plus de fois qu'on pouvait avec ceux qu'on choisissait, à la condition que le choix fût réciproque.

On était encouragé à honorer ainsi la Mère mais on n'y était pas tenu. Certaines parties du camp étaient réservées à ceux qui ne souhaitaient pas participer. On n'incitait jamais les enfants à y prendre part et si certains se collaient çà et là l'un à l'autre pour imiter les adultes, ils suscitaient généralement des sourires indulgents. Il y avait aussi des adultes qui n'avaient pas envie de participer, notamment ceux qui étaient malades ou blessés, ou simplement fatigués, ou des femmes qui venaient de donner naissance ou qui avaient leur période de saignement lunaire. Les membres de la Zelandonia qui passaient des épreuves incluant l'abstinence des Plaisirs pendant un temps se portaient volontaires pour garder les enfants et aider les autres.

La Première se trouvait dans l'abri de la Zelandonia, assise sur un tabouret. Elle avala le reste de son infusion de fleurs d'aubépine et de cataire et annonça :

— Il est temps.

Elle tendit sa coupe vide à Ayla, se leva et se dirigea vers le fond de la hutte, percée d'une autre ouverture dissimulée en partie à l'extérieur par un bûcher où l'on entreposait du bois.

Ayla renifla machinalement la coupe, remarqua tout aussi machinalement les ingrédients de l'infusion et conclut que la Première avait sans doute sa période lunaire. La cataire, plante vivace aux feuilles duvetées, aux fleurs verticillées blanches, roses ou violettes, était un léger sédatif qui calmait la tension et les maux de ventre. Ayla s'interrogea cependant sur la présence d'aubépine. Les fleurs d'aubépine avaient un goût particulier qui plaisait peut-être à la Première mais la doniate les utilisait aussi pour préparer la médecine destinée à Marthona. Ayla savait maintenant que les remèdes que Zelandoni donnait à la mère de Jondalar soignaient son cœur, ce muscle de la poitrine qui pompait le sang. Elle avait vu ce muscle dans le corps d'animaux qu'elle avait abattus et ensuite dépecés. L'aubépine l'aidait à pomper plus vigoureusement et sur un meilleur rythme. Ayla reposa la coupe et sortit par l'entrée principale.

Loup, qui attendait dehors, leva vers elle des yeux pleins d'attente. Elle sourit, changea la position de Jonayla endormie dans la couverture à porter et s'accroupit devant l'animal. Lui prenant la tête à deux mains, elle le regarda dans les yeux.

— Loup, je suis si heureuse de t'avoir trouvé, dit-elle en ébouriffant son poil touffu.

Elle pressa son front contre le sien et poursuivit :

— Tu m'accompagnes à la Matrimoniale ?

L'animal continua à la regarder.

— Tu peux venir si tu veux, mais je pense que tu t'ennuieras. Pourquoi n'irais-tu pas plutôt chasser ?

Elle se releva.

— Va, Loup, tu peux. Va chasser pour toi, dit-elle en tendant la main vers la lisière du camp.

Il la regarda un moment encore puis s'éloigna en trottant.

Ayla avait mis le vêtement qu'elle avait porté quand elle s'était unie à Jondalar, la tenue de Matrimoniale qu'elle avait gardée dans un sac pendant le voyage d'une année du pays des Mamutoï, loin à l'est, à celui du peuple de Jondalar, les Zelandonii, dont le territoire s'étendait jusqu'aux Grandes Eaux, à l'ouest. Cette tenue rappelait à de nombreuses personnes la cérémonie de l'année précédente mais, pour Zelandoni, elle évoquait les objections que certains avaient soulevées. Même s'ils ne l'avaient pas exprimé franchement, la Première savait que c'était avant tout parce que Ayla était une étrangère, et une étrangère aux capacités troublantes.

Cette année, Ayla serait simple spectatrice et elle se faisait une joie d'assister à la cérémonie. Se remémorant sa propre Matrimoniale, elle savait que les promis étaient regroupés dans la petite hutte voisine, vêtus de leurs plus beaux atours, à la fois nerveux et pleins de joie. Leurs témoins et invités se regroupaient sur le devant du lieu de rassemblement, le reste du camp prenant place derrière.

A son arrivée, Ayla scruta la foule, repéra des visages familiers de la Neuvième Caverne et se dirigea vers eux. Plusieurs l'accueillirent par un sourire, notamment Jondalar et Joharran.

— Tu es particulièrement belle ce soir, la complimenta son compagnon. Je n'avais pas vu ces vêtements depuis l'été dernier.

Il portait la tunique de cuir blanc, uniquement ornée de queues d'hermines, qu'Ayla lui avait faite pour leur Matrimoniale. Sur lui, elle était d'une beauté époustouflante.

— Cet habit mamutoï te va bien, lui dit son frère.

Il était sincère et comprenait aussi la richesse dont ce vêtement témoignait. Nezzie, la compagne du chef du Camp du Lion, celle qui l'avait persuadé d'adopter Ayla, l'avait offert à la jeune femme mais il avait été fabriqué à la demande du Mamut, l'homme le plus respecté du camp, qui l'avait accueillie comme fille du Foyer du Mammouth. A l'origine, elle aurait dû le porter pour son union avec Ranec, fils de la compagne de Wymez, le frère de Nezzie. Dans sa jeunesse, Wymez avait voyagé loin au sud, s'était uni à une femme à la peau sombre et était revenu au bout de dix ans, après avoir malheureusement perdu cette compagne pendant son retour.

Il avait rapporté des histoires extraordinaires, de nouvelles techniques de taille du silex, et un étonnant enfant à la peau brune, aux cheveux noirs et très frisés, que Nezzie avait élevé comme le sien. Parmi ses frères et sœurs à la peau blanche et aux cheveux blonds, Ranec avait été un enfant exceptionnel qui provoquait toujours un trouble excitant. Il était devenu un homme plein d'esprit, aux yeux sombres et rieurs, que les femmes trouvaient irrésistible, et doué d'un remarquable talent pour la gravure.

Comme les autres, Ayla avait été fascinée par la couleur inhabituelle de Ranec et par son charme. Lui aussi avait trouvé la belle étrangère séduisante et il l'avait montré, ce qui avait provoqué chez Jondalar une jalousie qu'il ne se connaissait pas. Le grand homme blond aux yeux bleus envoûtants ne comptait plus ses conquêtes féminines et il n'avait pas su comment maîtriser un sentiment qu'il n'avait jamais éprouvé auparavant. Ayla n'avait pas compris le comportement déconcertant de Jondalar et avait finalement promis de prendre Ranec pour compagnon parce qu'elle pensait que Jondalar ne l'aimait plus et que le graveur à la peau sombre et aux yeux rieurs lui plaisait beaucoup. Les Mamutoï avaient appris à aimer Ayla et Jondalar pendant l'hiver qu'ils avaient passé au Camp du Lion et ils avaient tous conscience du problème sentimental des trois jeunes gens.

Nezzie en particulier avait noué des liens très forts avec Ayla en raison de la tendresse et de la compréhension que celle-ci montrait à l'enfant différent que Nezzie avait adopté, un être faible physiquement, incapable de parler. Ayla avait soigné son cœur malade et lui avait rendu la vie moins difficile. Elle avait aussi appris à Rydag la langue des signes du Clan, et la facilité et la vitesse avec lesquelles il l'avait acquise avaient fait comprendre à Ayla qu'il gardait dans son esprit des souvenirs du Clan. Elle avait enseigné à tout le Camp du Lion une forme plus simple de cette langue sans mots afin que Rydag puisse communiquer avec eux, ce qui avait comblé Nezzie de joie. Ayla s'était rapidement mise à aimer Rydag, non seulement parce qu'il lui rappelait son propre fils, qu'elle avait dû abandonner, mais plus encore pour ce qu'il était, même si, finalement, elle n'avait pas réussi à le sauver.

Lorsque Ayla avait décidé de suivre Jondalar au lieu de rester pour s'unir à Ranec, Nezzie, bien que sachant le chagrin que ce départ causerait au neveu qu'elle avait élevé, avait offert à la jeune femme les magnifiques habits qui avaient été faits pour elle et lui avait dit de les porter quand elle s'unirait à Jondalar. Ayla ne s'était pas vraiment rendu compte de la richesse et du statut que cette tenue matrimoniale impliquait mais Nezzie en connaissait la valeur, ainsi que le Mamut, le perspicace vieux chef spirituel. A son port et à ses manières, ils avaient deviné que Jondalar jouissait d'un statut élevé parmi les siens et qu'Ayla aurait besoin de quelque chose qui ferait aussi impression quand elle vivrait là-bas.

Si Ayla ne saisissait pas tout à fait le statut que cette tenue représentait, elle comprenait la qualité du travail qu'elle avait exigée. La tunique et les jambières étaient en peau de cerf et d'antilope saïga et avaient une couleur jaune doré presque assortie à celle de ses cheveux. On l'avait obtenue en partie avec le type de bois utilisé pour fumer les peaux, en partie avec le mélange d'ocres jaune et rouge qu'on leur avait appliqué. Il avait fallu longuement les gratter pour les rendre souples mais, au lieu de leur donner le fini velouté de la peau de daim, on avait poli le cuir, on l'avait frotté avec de l'ocre mêlée de graisse en utilisant un outil en ivoire qui compactait la peau, lui donnait un lustre éclatant et la rendait quasiment imperméable.

La longue tunique, assemblée par de fines coutures, tombait en formant derrière un triangle pointant vers le bas. Elle s'ouvrait devant et sous les hanches, les pans s'évasaient, de sorte qu'en les rapprochant on obtenait un autre triangle pointe en bas. Les hautes jambières étaient ajustées, sauf aux chevilles, où on pouvait les retrousser légèrement ou les passer sous le talon selon les chausses qu'on avait choisi de porter. Mais l'excellence du matériau servait uniquement de base à ce vêtement exceptionnel. La décoration qu'on y avait ajoutée en faisait une création d'une beauté et d'une valeur rares.

La tunique et la partie inférieure des jambières étaient couvertes de motifs géométriques faits essentiellement de perles d'ivoire, certains vides, d'autres pleins, rehaussés par des broderies de couleur. Cela commençait par des triangles pointe en bas qui horizontalement devenaient des zigzags et verticalement prenaient la forme de losanges et de chevrons puis se transformaient en figures complexes telles que des spirales aux angles droits et des rhomboïdes concentriques. Les perles d'ivoire étaient mises en valeur par des perles d'ambre, parfois plus claires, parfois plus sombres que le cuir mais de la même couleur. Plus de cinq mille perles d'ivoire taillées dans une défense de mammouth, puis polies et percées à la main, étaient cousues sur le vêtement.

Une ceinture tressée aux dessins géométriques semblables fermait la tunique à la taille. Comme les broderies, elle était faite de fibres dont la couleur naturelle se passait de teinture : poils de mammouth laineux d'un roux profond, laine de mouflon ivoire, duvet brun de bœuf musqué et longs poils de rhinocéros laineux allant du noir au rougeâtre. Ces fibres étaient appréciées non seulement pour leurs couleurs mais parce qu'elles provenaient d'animaux dangereux et difficiles à chasser.

La qualité du travail requise pour fabriquer cette tenue éclatait dans chaque détail. Tout Zelandonii connaisseur devinait que quelqu'un s'était procuré les matériaux les plus précieux et les avait confiés à des artisans accomplis.

Lorsque la mère de Jondalar l'avait vue pour la première fois, l'année d'avant, elle avait compris que la personne qui était à l'origine de cette tenue jouissait d'un grand respect et d'une très haute position au sein de sa communauté. A l'évidence, il avait fallu beaucoup de temps et de travail pour la réaliser et on l'avait cependant offerte à Ayla lorsqu'elle était partie. Ayla disait qu'elle avait été adoptée par un vieux chef spirituel appelé Mamut, homme qui possédait un tel pouvoir et un tel prestige – une telle « richesse », en un sens – qu'il pouvait se permettre de faire cadeau de la tenue matrimoniale et de la valeur qu'elle représentait. Cela, Marthona le comprenait mieux que personne.

Ayla avait en fait apporté elle-même une dot qui lui conférait le statut nécessaire pour que son union n'abaisse pas la position de

Jondalar et de sa famille. Marthona s'était fait un devoir d'en parler à Proleva, qui ne manqua pas d'en faire part à son fils aîné.

Joharran fut heureux de revoir cette tenue précieuse dont il saisissait à présent pleinement la valeur. Il se rendait compte que si on en prenait grand soin – et il n'en doutait pas – ce vêtement durerait très longtemps. Les ocres utilisées pour lustrer le cuir faisaient plus que lui ajouter de la couleur et le rendre imperméable, elles le préservaient aussi des insectes et de leurs œufs. Il serait probablement porté par les enfants d'Ayla et peut-être par leurs enfants, et lorsque le cuir se serait enfin dégradé, les générations suivantes réutiliseraient les perles d'ambre et d'ivoire.

Joharran connaissait la valeur des perles d'ivoire. Il avait eu récemment l'occasion d'en troquer pour lui-même et plus particulièrement pour sa compagne, et en se rappelant la transaction il considérait le somptueux vêtement d'un œil neuf. Il regarda autour de lui et remarqua que de nombreux Zelandonii observaient Ayla à la dérobée.

L'année précédente, lorsqu'elle avait porté cette tenue pour sa Matrimoniale, tout en Ayla paraissait étrange et inhabituel. Les Zelandonii s'étaient maintenant habitués à elle, à la façon dont elle parlait, aux animaux dont elle se faisait obéir. Son appartenance à la Zelandonia rendait son étrangeté plus « normale », si tant était qu'un Zelandoni pût être normal. Cette tenue la distinguait à nouveau, rappelait ses origines étrangères mais aussi le statut et la richesse qu'elle apportait avec elle.

Marona et Wylopa faisaient partie de ceux qui l'observaient.

— Regarde-la se pavaner, maugréa Marona, les yeux pleins d'envie. Tu sais, cette tenue aurait dû m'appartenir. Jondalar m'était promis. Il aurait dû s'unir à moi à son retour et m'en faire cadeau.

Après une pause, elle ajouta, d'un ton méprisant :

— Elle est trop large de hanches pour porter ça, de toute façon.

Tandis qu'Ayla et les autres se frayaient un chemin vers l'endroit que la Neuvième Caverne s'était réservé pour assister aux cérémonies, Joharran et Jondalar remarquèrent le regard malveillant de Marona. Le premier se pencha vers le second et lui glissa à mi-voix :

— Tu sais, si Marona en a un jour la possibilité, elle causera du tort à Ayla.

— Tu as raison et c'est de ma faute, reconnut Jondalar. Elle est persuadée que j'avais promis de m'unir à elle. C'est faux mais je comprends pourquoi elle le pense.

— Ce n'est pas de ta faute. Chacun doit pouvoir faire ses choix. Tu es parti longtemps. Elle n'avait aucun droit sur toi et n'aurait rien dû attendre. Après tout, elle a pris un compagnon et s'en est séparée pendant ton absence. Tu as fait un meilleur choix, elle le sait. Elle ne supporte pas que tu aies ramené quelqu'un qui a plus qu'elle à offrir. Voilà pourquoi elle essaiera de vous causer des ennuis un jour.

— C'est possible, répondit Jondalar.

Il ne voulait toutefois pas y croire, il préférait accorder à Marona le bénéfice du doute.

La cérémonie commença et retint l'attention des deux frères, qui ne songèrent plus à la femme jalouse. Ils n'avaient pas remarqué que d'autres yeux fixaient aussi Ayla : ceux de leur cousin Brukeval. Celui-ci avait admiré la façon dont Ayla avait affronté les rires moqueurs de la Caverne quand Marona était parvenue par rouerie à lui faire porter des sous-vêtements de garçon le jour de son arrivée. Dans la soirée, lorsque Ayla avait fait la connaissance de Brukeval, elle avait perçu ses origines de Clan et s'était sentie à l'aise avec lui. Elle l'avait traité avec une gentillesse à laquelle il n'était pas habitué, surtout de la part de jolies femmes.

Plus tard, lorsque Charezal, un étranger d'une Caverne zelandonii lointaine, s'était moqué de lui en le traitant de Tête Plate, Brukeval avait été pris d'un accès de rage. Aussi loin que sa mémoire remontait, les autres enfants de la Caverne l'avaient toujours taquiné avec ce nom et Charezal en avait visiblement eu vent. Il avait aussi entendu dire que pour provoquer ce cousin du chef à l'aspect étrange il suffisait de faire des insinuations sur sa mère. Brukeval ne l'avait pas connue, elle était morte peu après sa naissance, mais c'était pour lui une raison supplémentaire de l'idéaliser. Elle n'était pas comme ces animaux ! Et lui non plus ! C'était impossible.

Il savait qu'Ayla était la compagne de Jondalar et qu'il ne pourrait jamais la ravir à son superbe cousin grand et blond, mais, lorsqu'il l'avait vue braver les rires, il était instantanément tombé amoureux d'elle. Bien que Jondalar l'eût toujours bien traité et ne se soit jamais joint à ceux qui le tourmentaient, Brukeval éprouvait en cet instant de la haine envers lui, et aussi envers Ayla, parce qu'il ne pourrait jamais l'avoir.

S'ajoutant aux blessures qu'on lui avait constamment infligées, les remarques cruelles du jeune homme qui avait tenté de détourner Ayla de lui avaient fait naître en Brukeval une colère incontrôlable. Par la suite, Ayla s'était montrée plus distante et ne s'était plus adressée à lui avec la même aisance.

Jondalar n'avait pas parlé à Brukeval du changement d'attitude d'Ayla après son accès de violence mais Ayla avait expliqué à son compagnon que la colère du jeune homme lui avait rappelé trop vivement Broud, le fils du chef du Clan. Broud l'avait détestée d'emblée et lui avait causé plus de souffrances et de chagrin qu'elle n'aurait pu l'imaginer. Elle avait appris à le haïr autant qu'il la haïssait, et à le craindre, pour de bonnes raisons. C'était à cause de lui qu'elle avait finalement dû quitter le Clan et abandonner son fils.

Fort du sentiment de douce chaleur qu'il avait éprouvé à leur première rencontre, Brukeval avait continué à contempler Ayla de loin chaque fois qu'il en avait l'occasion, et plus il la contemplait, plus il en était amoureux. Lorsqu'il la voyait avec Jondalar, il s'imaginait à la place de son cousin. Il suivait même le couple quand il se rendait dans des endroits écartés pour partager les Plaisirs, et lorsqu'il avait vu Jondalar goûter au lait d'Ayla, il avait été pris d'un violent désir de faire de même.

Mais il craignait aussi qu'elle ne le traite encore de Tête Plate, ou du nom qu'elle donnait à ces créatures, le Clan. Ce seul nom de Tête Plate l'avait tant fait souffrir dans son enfance qu'il ne supportait plus de l'entendre. Ayla ne lui donnait pas le même sens méprisant que la plupart des gens, il le savait, mais c'était encore pire. Elle parlait d'eux avec affection, parfois avec amour, alors qu'il les haïssait. Brukeval se sentait écartelé dans ses sentiments pour elle : il l'aimait et il la détestait.

La partie cérémonielle de la Matrimoniale fut interminable. C'était une des rares occasions où l'on récitait la liste complète des noms et liens de chaque promis. Les membres de leur Caverne approuvaient de vive voix leur union puis tous les Zelandonii présents faisaient de même. Enfin, chaque couple était uni physiquement par une lanière ou une corde, attachée en général au poignet droit de la femme et au poignet gauche de l'homme, ou parfois l'inverse, ou même aux deux poignets gauches ou droits. Une fois nouée, la corde restait en place jusqu'à la fin des festivités de la soirée.

Parents et amis souriaient toujours des nouveaux couples qui trébuchaient et se cognaient, et si le spectacle pouvait être drôle, beaucoup observaient avec attention comment les jeunes gens réagissaient, avec quelle rapidité ils apprenaient à s'accommoder l'un de l'autre. C'était la première épreuve du lien qu'ils venaient de nouer et les anciens échangeaient en murmurant leurs impressions sur la qualité et la longévité des diverses unions en se fondant sur la façon dont ces jeunes s'habituaient à être physiquement attachés l'un à l'autre. La plupart souriaient ou riaient d'eux-mêmes, attendaient patiemment d'être seuls pour défaire – et en aucun cas trancher – le nœud.

Si c'était difficile pour un couple, ce l'était plus encore pour ceux qui avaient choisi une union à trois – ou plus rarement à quatre –, mais cette difficulté était opportune puisqu'une telle union demanderait une plus grande adaptation pour réussir. Chacun devait avoir au moins une main libre et c'était donc généralement les mains gauches qu'on attachait ensemble dans le cas des unions multiples. Se rendre d'un endroit à un autre, remplir un plat de nourriture et manger, évacuer l'eau de son corps, ou une matière solide : tout devait être synchronisé, que l'on soit deux ou plus. Parfois, une personne ne pouvant supporter cette entrave était envahie de frustration et de colère, ce qui n'augurait jamais bien de son union. Rarement, le nœud était tranché pour rompre la relation avant qu'elle ait vraiment commencé. Un nœud tranché signifiait toujours la fin d'une union, de même que le moment où on nouait la corde symbolisait son début.

10

La Matrimoniale commençait dans l'après-midi ou en début de soirée pour laisser un long moment à la fête tandis que la nuit tombait. Le Chant de la Mère, récité ou chanté, concluait toujours la cérémonie et signalait le début du repas et des autres festivités.

Ayla assista avec Jondalar à toute la Matrimoniale et fut, bien qu'elle refusât de l'admettre, gagnée par l'ennui avant la fin. En voyant des gens aller et venir pendant toute l'après-midi, elle s'était rendu compte qu'elle n'était pas la seule à être lasse de la longue énumération des noms et des liens, de la répétition des formules rituelles, mais elle savait combien cette cérémonie était importante pour chacun des couples et leurs familles. En outre, tous les membres de la Zelandonia devaient rester jusqu'à la fin et elle en faisait désormais partie.

Ayla avait compté dix-huit cérémonies individuelles quand elle vit la Première rassembler tous les couples. On avait annoncé une vingtaine d'unions, voire davantage, mais plusieurs n'étaient pas certaines. Une cérémonie pouvait être reportée, surtout à la première Matrimoniale de la saison, pour des raisons diverses allant de l'indécision – les promis n'étaient pas prêts à s'engager – au retard d'un membre éminent de la famille. La Matrimoniale de la fin de l'été serait toujours là pour les décisions tardives, les parents en retard, les arrangements non encore conclus, ou les nouvelles liaisons de l'été.

Ayla sourit quand elle entendit le timbre riche de la Première entamant le Chant de la Mère :

Des ténèbres, du Chaos du temps,
Le tourbillon enfanta la Mère suprême.
Elle s'éveilla à Elle-Même sachant la valeur de la vie,
Et le néant sombre affligea la Grande Terre Mère.

La Mère était seule, la Mère était la seule.

Ayla avait adoré la Légende de la Mère la première fois qu'elle l'avait entendue, et elle l'aimait particulièrement quand elle était interprétée par la Première parmi Ceux Qui Servaient la Grande Terre Mère. Le reste des Zelandonii se joignit à elle, les uns chantant, les autres récitant. Les joueurs de flûte ajoutèrent leurs harmonies et une Zelandonii exécuta une fugue en contrepoint.

Ayla entendait Jondalar, qui se tenait près d'elle. Bien qu'il eût une belle voix, il chantait rarement, et presque toujours en groupe. Elle, en revanche, était incapable de reproduire une mélodie, elle n'avait jamais appris à le faire et n'avait apparemment aucun penchant naturel pour le chant. Le mieux qu'elle pouvait faire, c'était psalmodier d'une voix monocorde, mais elle avait mémorisé les paroles et les prononçait avec ferveur. Elle s'identifiait en particulier à la Mère dans le passage où Elle avait un fils, un « enfant radieux », puis le perdait. Ayla avait les larmes aux yeux chaque fois qu'elle l'entendait :

La Grande Mère vivait la peine au cœur
Qu'Elle et Son fils soient à jamais séparés.
Se languissant de Son enfant perdu,
Elle puisa une ardeur nouvelle dans Sa force de vie.

Elle ne pouvait se résigner à la perte du fils adoré.

Puis venait le passage où la Mère engendrait tous les animaux, qui étaient aussi Ses enfants, et le moment où Elle donnait naissance à Première Femme et Premier Homme.

Femme et Homme la Mère enfanta
Et pour demeure Elle leur donna la Terre,
Ainsi que l'eau, le sol, toute la création,
Pour qu'ils s'en servent avec discernement.

Ils pouvaient en user, jamais en abuser.

Aux Enfants de la Terre, la Mère accorda
Le Don de Survivre puis Elle décida
De leur offrir celui des Plaisirs
Qui honore la Mère par la joie de l'union.

Les Dons sont mérités quand la Mère est honorée.

Satisfaite des deux êtres qu'Elle avait créés,
La Mère leur apprit l'amour et l'affection.
Elle insuffla en eux le désir de s'unir,
Le Don de leurs Plaisirs vint de la Mère.
Avant qu'Elle eût fini, Ses enfants L'aimaient aussi.

Les Enfants de la Terre étaient nés, la Mère pouvait se reposer.

C'étaient les mots que tous attendaient. Ils signifiaient que la cérémonie officielle était terminée, qu'il était temps de festoyer.

Les participants se mirent à aller et venir en attendant que le repas soit servi. Jonayla, qui avait dormi paisiblement tant qu'Ayla était demeurée sans bouger, s'était mise à gigoter lorsque tous les Zelandonii avaient chanté en chœur. Elle se réveilla quand sa mère se leva et fit quelques pas. Ayla la tira de la couverture à porter et la tint au-dessus du sol pour qu'elle lâche son eau. L'enfant avait rapidement appris que plus vite elle se soulageait, plus vite elle échappait au froid et se retrouvait de nouveau contre un corps chaud.

— Laisse-moi la prendre, dit Jondalar, les bras tendus.

— Enveloppe-la dans sa couverture, recommanda Ayla en lui donnant la souple peau de cerf dans laquelle elle portait sa fille. Il commence à faire frais et Jonayla est encore toute chaude de sommeil.

Ils prirent le chemin du camp de la Troisième Caverne. Ses membres avaient étendu l'espace qu'on leur avait alloué pour faire de la place à leurs voisins au lieu de rassemblement principal. Les membres de la Neuvième avaient construit deux abris pour leur propre usage, en particulier dans la journée, mais en parlaient toujours comme du camp de la Troisième. Les deux Cavernes avaient aussi tendance à partager les repas et à se rassembler pour les fêtes, même si les Matrimoniales étaient toujours préparées et partagées par tous les Zelandonii.

Le couple rejoignit le reste des parents et amis de Jondalar qui apportaient de la nourriture au lieu de rassemblement du Camp d'Eté, près de la hutte de la Zelandonia. Proleva, comme d'habitude, assurait l'organisation, assignait les tâches et confiait à tel ou tel la responsabilité d'un aspect de la fête. De tous côtés on apportait les plats du grand festin. Chaque camp avait mis au point une façon particulière de faire cuire la nourriture abondante et variée disponible dans la région.

Les prairies et les forêts-galeries bordant les rivières fournissaient leur pâture à de nombreuses espèces de gros herbivores tels l'aurochs, le bison, le cheval, le mammouth, le rhinocéros laineux, le mégacéros, le renne, le daim et d'autres cervidés encore. Certains animaux, comme le bouquetin, le mouflon et le chamois, qui en d'autres périodes se réfugiaient dans la montagne, passaient des saisons dans les plaines froides. L'antilope saïga vivait dans la steppe toute l'année. Au cœur de l'hiver apparaissait le bœuf musqué. Il y avait aussi des petits animaux que les Zelandonii prenaient au piège, et du gibier à plume qu'ils abattaient avec des pierres ou un bâton de jet, notamment le lagopède, qu'Ayla appréciait particulièrement.

La région offrait également une large variété de légumes, y compris des racines comme la carotte, des rhizomes de jonc, des oignons savoureux, des noix de hickory au goût épicé et plusieurs sortes de racines de fougères et d'arachides qu'on déterrait avec un bâton à fouir et qu'on mangeait crues, cuites ou séchées. Les tiges de chardon, qu'il fallait tenir par la fleur, pour ne pas se faire érafler par les épines, et gratter avant de les couper, étaient délicieuses une fois légèrement cuites. Les tiges de bardane ne demandaient pas de précautions particulières mais devaient être jeunes. Les feuilles vertes de l'ansérine étaient bonnes, et les orties encore meilleures, mais il fallait les saisir avec une large feuille d'une autre plante pour protéger sa main de leur suc irritant, qui disparaissait à la cuisson.

Il y avait aussi abondance de noix, de fruits, en particulier des baies, et de plantes à infusion. On trempait les feuilles, les tiges et les fleurs dans l'eau très chaude, ou on les laissait simplement macérer un moment au soleil, pour obtenir un breuvage ayant le goût et les propriétés souhaités. Mais cela ne suffisait pas pour extraire les composants de substances organiques plus dures : écorces, graines et racines devaient être bouillies pour obtenir une décoction appropriée.

Pendant le festin, on consommerait d'autres boissons, comme des jus de fruits, y compris fermentés. La sève des arbres, notamment celle du bouleau, était réduite par ébullition pour donner un sucre qu'on laissait fermenter. Les grains et le miel pouvaient aussi donner une boisson alcoolique. Marthona fit don d'une quantité limitée de son vin de fruits, Laramar de son barma, et quelques autres offrirent d'autres breuvages au degré d'alcool varié. La plupart des convives apportaient leurs propres coupes et ustensiles, mais on proposait des plats en bois ou en os gravés et des bols en fibres tressées à ceux qui en faisaient la demande.

Ayla et Jondalar déambulèrent en saluant des amis, en goûtant les mets préparés par les différentes Cavernes. Jonayla était souvent au centre de l'attention. Certains étaient curieux de voir si l'étrangère qui avait grandi chez les Têtes Plates, qu'ils considéraient encore comme des animaux, avait donné naissance à un enfant normal. Les amis et les parents étaient ravis que Jonayla soit une jolie petite fille, heureuse et en parfaite santé, avec de fins cheveux presque blancs et légèrement bouclés. Tout le monde constatait immédiatement que c'était l'esprit de Jondalar que la Mère avait choisi pour le mêler à celui d'Ayla afin de créer sa fille : l'enfant avait les mêmes extraordinaires yeux bleus.

Ils passaient devant un groupe de personnes qui avaient établi leur camp au bord de la vaste partie commune quand Ayla crut reconnaître plusieurs d'entre elles.

— Est-ce que ce ne sont pas des conteurs itinérants ? demanda-t-elle à Jondalar. Je ne savais pas qu'ils venaient à notre Réunion d'Eté.

— Moi non plus. Allons les saluer.

Ils se dirigèrent vers le groupe d'un pas vif et Jondalar s'exclama :

— Galliadal ! Je suis content de te voir.

Un homme se retourna et sourit.

— Jondalar ! Ayla ! dit-il en s'approchant d'eux, les bras tendus. Il s'empara des mains de Jondalar et poursuivit :
— Au nom de la Grande Terre Mère, je te salue.

Galliadal était presque aussi grand que Jondalar, un peu plus âgé, et il avait la peau aussi sombre que celle de Jondalar était blanche. La chevelure du compagnon d'Ayla était blonde, celle du conteur brune avec des mèches plus claires, et peu fournie sur le dessus. Ses yeux n'étaient pas d'un bleu aussi saisissant que celui des yeux de Jondalar, mais le contraste avec son teint basané les rendait intrigants. Sa peau n'est pas brune comme celle de Ranec, pensa Ayla. Il passe sans doute beaucoup de temps au soleil mais je ne crois pas qu'elle s'éclaircisse vraiment en hiver.

— Au nom de Doni, sois le bienvenu à notre Réunion d'Eté, ainsi que le reste de ta Caverne Itinérante, répondit Jondalar. J'ignorais votre venue. Vous êtes ici depuis quand ?

— Nous sommes arrivés avant midi mais nous avons partagé le repas de la Deuxième Caverne avant de nous installer. La compagne de leur Homme Qui Commande est une de mes lointaines cousines. Je ne savais pas qu'elle avait eu deux nés-ensemble.

— Tu es parent de Beladora ? Kimeran et moi sommes compagnons d'âge, nous avons passé ensemble nos Rites de Puberté. J'étais le plus grand en taille et je me suis senti embarrassé jusqu'à ce que Kimeran arrive. J'étais vraiment soulagé qu'il soit là.

— Je comprends ce que tu ressentais, d'autant que tu es encore plus grand que moi, dit Galliadal.

Il se tourna vers Ayla, prit ses mains tendues.

— Je te salue.

— Au nom de la Mère, sois le bienvenu, répondit-elle.

— Et qui est ce ravissant bébé ?

— C'est Jonayla.

— Jon-Ayla ! Ta fille, avec les yeux de Jondalar : le nom est bien choisi. J'espère que tu viendras ce soir. J'ai un conte spécialement pour toi.

— Pour moi ? fit-elle, étonnée.

— Oui. C'est l'histoire d'une femme qui a un don avec les animaux. Partout où je l'ai racontée, elle a beaucoup plu.

— Tu connais une femme qui comprend les animaux ? J'aimerais la rencontrer.

— Tu la connais déjà.

— Mais à part moi je ne...

Ayla s'interrompit et rougit en comprenant.

— Je ne pouvais pas laisser passer une histoire aussi formidable, se justifia Galliadal. Mais je ne prononce jamais ton nom et j'ai changé plusieurs choses. Quand on me demande si c'est de toi qu'il s'agit, je ne réponds jamais. Cela rend l'histoire encore plus captivante. Je la raconterai ce soir lorsque nous aurons une nombreuse assistance. Viens donc.

— Oh, nous viendrons, promit Jondalar.

Il avait observé Ayla et, à en juger par son expression, elle n'était pas particulièrement ravie qu'un conteur concocte des histoires sur elle et les raconte à toutes les Cavernes. Il savait que beaucoup d'autres auraient adoré toute cette attention, mais pas Ayla. Elle trouvait déjà excessif l'intérêt qu'on lui portait. Jondalar ne pouvait cependant en faire reproche à Galliadal : il était conteur et l'histoire d'Ayla était fabuleuse.

— Le conte parle de toi aussi, Jondalar, je ne pouvais pas te laisser de côté, dit Galliadal avec un clin d'œil. C'est toi qui, au terme d'un voyage de cinq années, as ramené cette femme chez toi.

Jondalar ne fut pas très heureux de l'apprendre. Ce n'était pas la première fois qu'on racontait des histoires sur lui, et ce n'étaient pas toujours celles qu'il aurait voulu qu'on connaisse. Mais il valait mieux ne pas se plaindre, cela ne faisait que les répandre plus rapidement. Les conteurs aimaient raconter des histoires sur des personnes connues et les gens adoraient les entendre. Parfois, le conteur leur laissait leur vrai nom ; parfois, en particulier lorsqu'il voulait enjoliver l'histoire, il inventait un nom pour obliger les gens à deviner de qui il s'agissait. Jondalar avait grandi bercé par ces histoires, il les adorait lui aussi, mais il leur préférait les Légendes des Anciens des Zelandonii. Il avait entendu de nombreuses histoires sur sa mère quand elle était chef de la Neuvième Caverne, et le grand amour de Marthona et Dalanar avait été si souvent conté qu'il était presque devenu une légende.

Après avoir bavardé un moment avec Galliadal, Ayla et Jondalar marchèrent nonchalamment vers le camp de la Troisième Caverne, s'arrêtant en chemin pour parler à diverses connaissances. L'obscurité s'épaississait. Ayla leva les yeux : c'était la nouvelle lune et comme sa faible clarté n'atténuait pas l'éclat des étoiles, celles-ci resplendissaient dans le ciel de nuit, étincelante profusion qui inspirait à la fois crainte et admiration.

— Le ciel est si... si plein... Je ne connais pas le mot exact, dit Ayla, avec une pointe d'agacement contre elle-même. Il est magnifique, mais plus que ça. Il me fait me sentir toute petite et bien en même temps. Il est plus grand que nous, plus grand que tout.

— Les étoiles offrent une vision merveilleuse quand elles brillent de cette façon, convint Jondalar.

Si les étoiles ne dispensaient pas autant de lumière que l'aurait fait la pleine lune, elles éclairaient suffisamment le chemin avec le renfort de grands feux, de torches et de lampes placés entre les camps. Lorsqu'ils arrivèrent à celui de la Troisième Caverne, ils y trouvèrent Proleva et sa sœur Levela, en compagnie de leur mère Velima.

— Comme Jonayla a grandi en quelques lunes ! s'émerveilla Levela. Et elle est si belle. Elle a les yeux de Jondalar mais elle te ressemble.

Ayla sourit du compliment adressé à son bébé et rejeta celui qui lui était destiné :

— Je trouve qu'elle ressemble à Marthona, pas à moi. Je ne suis pas jolie.

— Tu ne sais pas de quoi tu as l'air, intervint Jondalar. Tu ne te regardes jamais dans une plaque de bois poli ni dans une eau immobile. Tu es ravissante.

Ayla changea de sujet :

— On voit vraiment maintenant que tu es enceinte, Levela. Comment te sens-tu ?

— Depuis que je n'ai plus de nausées le matin, je me sens bien. Forte et vigoureuse. Quoique, ces derniers temps, je me fatigue vite. J'aime dormir tard et faire la sieste dans la journée, et si je reste longtemps debout j'ai mal au dos.

— C'est à peu près normal, tu ne crois pas ? dit Velima en souriant à sa fille.

— Nous organisons un endroit où garder les enfants pour que les mères et leurs compagnons puissent aller à la fête et se détendre, annonça Proleva. Vous pouvez y laisser Jonayla, si vous voulez. Il y aura des chants et des danses, et certains avaient déjà trop bu quand je suis partie.

— Tu sais que les conteurs itinérants sont là ? lui demanda Jondalar.

— J'avais entendu dire qu'ils venaient mais j'ignorais qu'ils étaient arrivés.

— Nous avons bavardé avec Galliadal, il veut que nous venions les écouter. Il a une histoire qui parle d'Ayla sans la nommer mais laisse deviner qu'il s'agit d'elle. Nous devrions y aller pour savoir de quoi les gens parleront demain.

— Tu y vas, toi, Proleva ? demanda Ayla.

— C'est une grande fête et je travaille à son succès depuis des jours, répondit la compagne de Joharran. Je crois que je vais rester ici avec quelques femmes pour garder les enfants. Ce sera plus reposant. J'ai eu ma part de Fêtes de la Mère.

— Je pourrais peut-être rester, moi aussi, suggéra Ayla.

— Non, vas-y. Ces fêtes sont encore nouvelles pour toi et tu dois apprendre à les connaître si tu veux devenir Zelandoni. Donne-moi ton bébé, cela fait longtemps que je ne l'ai pas câliné.

— Laisse-moi d'abord la nourrir. J'ai les seins pleins de lait, de toute façon.

— Levela, tu devrais l'accompagner puisque les conteurs itinérants sont là. Et toi aussi, mère, dit Proleva.

— Ils sont là pour de nombreux jours, je les verrai plus tard, répondit Velima. Moi aussi, j'ai eu ma part de Fêtes de la Mère. Tu as été tellement occupée que nous n'avons pas eu beaucoup le temps de parler. J'aime mieux rester avec toi. Mais vas-y, Levela.

— Je ne sais pas trop. Jondecam est déjà là-bas et je dois aller le retrouver, mais je me sens déjà fatiguée. Je ferai peut-être juste un saut pour entendre les conteurs.

— Joharran aussi est là-bas, dit Proleva. Il est quasiment obligé, pour tenir à l'œil certains jeunes hommes. J'espère qu'il en profitera quand même pour s'amuser. Préviens-le de l'arrivée des conteurs itinérants, Jondalar, il aime les écouter.

— J'essaierai de le trouver.

Jondalar se demanda si Proleva restait pour laisser son compagnon profiter de la fête. Si chacun se savait libre d'avoir pendant la fête d'autres partenaires que sa compagne ou son compagnon, certains ne souhaitaient pas nécessairement le voir s'accoupler avec quelqu'un d'autre. Il savait que lui-même n'aimerait pas ça. Ce serait très dur pour lui de regarder Ayla s'éloigner avec un autre. Plusieurs hommes avaient déjà montré leur intérêt pour elle, notamment le Zelandoni de la Vingt-Sixième Caverne, et même Galliadal, le conteur. La jalousie était mal vue, mais il ne pouvait s'empêcher d'en éprouver et il espérait qu'il parviendrait à la dissimuler.

Lorsqu'ils retournèrent au lieu de rassemblement, Levela ne tarda pas à repérer Jondecam et pressa le pas mais Ayla s'arrêta pour observer la foule un moment. Presque tous ceux qui participaient à cette Réunion d'Eté étaient arrivés et elle ne se sentait pas encore tout à fait à l'aise parmi tant de gens. Jondalar le comprit et l'attendit.

A première vue, l'endroit semblait envahi par une masse informe roulant comme les eaux d'un fleuve. En l'observant plus attentivement, Ayla s'aperçut que la foule se divisait en plusieurs groupes, généralement autour d'un grand feu ou à proximité. Dans une partie proche du camp des conteurs itinérants, de nombreux Zelandonii étaient attroupés devant trois ou quatre personnes qui parlaient avec des gestes exagérés, juchés sur une plate-forme en bois et en cuir brut qui les élevait un peu au-dessus de la foule afin qu'on puisse mieux les voir. Les Zelandonii les plus proches de la plate-forme étaient assis par terre ou sur des troncs d'arbres et des rochers traînés spécialement à cet endroit. A l'autre bout du lieu de rassemblement, d'autres dansaient et chantaient au son de flûtes, de tambours et autres instruments à percussion. Ayla se sentait attirée par les deux spectacles et ne savait lequel choisir.

Dans une troisième zone, des gens jouaient avec des jetons et, à côté, d'autres se faisaient resservir une coupe de leur boisson préférée. Elle remarqua que Laramar distribuait son barma avec un sourire faux.

— Il s'assure des faveurs pour plus tard, dit Jondalar comme s'il avait deviné les pensées de sa compagne.

Elle n'avait pas conscience de l'expression de dégoût qui s'était peinte sur son visage quand elle avait découvert le personnage.

Tremeda faisait partie de ceux qui faisaient la queue pour le barma, mais Laramar ne lui en offrait pas. Elle se tourna alors vers le groupe voisin, occupé à piocher dans ce qui restait de nourriture, récupérée après le festin et proposée à ceux qui voulaient encore manger.

D'un bout à l'autre du vaste espace, les Zelandonii parlaient et riaient, passaient d'un endroit à un autre sans but apparent. Ayla ne remarqua pas tout de suite ce qui se passait sur les bords plus sombres du lieu de rassemblement. Puis elle avisa une jeune femme aux cheveux roux en qui elle reconnut Galeya, l'amie de Folara. Elle s'éloignait en compagnie du jeune homme de la Troisième Caverne qui s'était joint à eux pour la chasse aux lions. Ils avaient choisi de faire équipe pour se protéger mutuellement.

Ayla vit le jeune couple se diriger vers un coin obscur, s'arrêter pour s'étreindre. Elle se sentit gênée, elle n'avait pas voulu les surprendre dans un moment d'intimité. Elle s'aperçut alors que d'autres couples, à l'écart de la foule, semblaient eux aussi se livrer à des activités intimes et elle se sentit rougir.

Jondalar sourit. Il avait suivi des yeux le regard de sa compagne. Les Zelandonii évitaient eux aussi d'observer ce genre de scène. Ce n'était pas une question de gêne : les rapports intimes étaient chose courante, on s'arrangeait simplement pour ne pas les voir. Il avait voyagé, il savait que les coutumes étaient différentes d'un peuple à l'autre, mais Ayla aussi. Elle avait forcément déjà vu des couples en action, les habitations étaient si proches l'une de l'autre dans la Caverne que c'était inévitable. Elle avait sans doute vu aussi des choses semblables à la Réunion d'Eté de l'année d'avant et il ne comprenait pas ce qui embarrassait Ayla. Il allait le lui demander quand Levela et Jondecam revinrent et il décida de remettre sa question à plus tard.

Le malaise d'Ayla provenait des années qu'elle avait passées avec le Clan. On lui avait alors fermement inculqué que certaines choses qu'on pouvait observer n'étaient pas censées être vues. Les pierres qui délimitaient chaque foyer dans la caverne du clan de Brun étaient comme des murs invisibles. On ne devait pas voir au-delà, on ne devait pas regarder dans le foyer d'autrui. Les membres du Clan détournaient les yeux ou leur regard se perdait dans le vide : tout pour éviter de lorgner la zone entourée de pierres. Et d'une manière générale ils veillaient à ne pas regarder fixement. Un regard fixe faisait partie de la langue des signes du Clan et était chargé de significations précises. Un regard appuyé du chef, par exemple, avait valeur de réprimande.

Lorsqu'elle s'était rendu compte de ce qu'elle voyait, Ayla avait aussitôt regardé dans une autre direction. Levela et Jondecam les rejoignirent, elle les salua chaleureusement, comme si elle ne les avait pas vus depuis longtemps.

— Nous allons écouter les conteurs, dit Levela.

— Justement, j'hésitais entre la musique et les histoires. Si vous allez voir les conteurs, je pourrais peut-être vous accompagner, proposa Ayla.

— Moi aussi, décida Jondalar.

Lorsqu'ils arrivèrent, il y avait apparemment une interruption dans le spectacle. Un conte venait de s'achever, le suivant n'avait pas encore commencé. Les gens bougeaient, certains partaient, d'autres s'installaient, d'autres encore changeaient de place. La plate-forme basse, pour le moment déserte, était assez grande pour accueillir trois ou quatre conteurs et leur permettre de se déplacer. Deux fosses à feu à peu près rectangulaires avaient été creusées de chaque côté de l'estrade pour fournir de la lumière plus que de la chaleur. Entre les deux et de chaque côté, on avait disposé en rangées des troncs d'arbres et de gros rochers, tous recouverts de coussins pour qu'on puisse s'y installer confortablement. Devant s'étendait un espace où les spectateurs étaient assis par terre, sur une natte ou une peau de bête.

Quelques personnes qui occupaient un tronc se levèrent et s'éloignèrent. D'un pas décidé, Levela marcha dans cette direction et prit place sur l'un des coussins. Jondecam la rejoignit aussitôt et ils réservèrent le reste du tronc pour leurs amis, retardés par quelqu'un qui les saluait. Pendant que le couple et l'ami échangeaient des plaisanteries, Galliadal s'approcha.

— Tu es venue, dit-il en se penchant vers Ayla.

Il pressa sa joue contre celle de la jeune femme, un peu trop longtemps au goût de Jondalar. Elle sentit son souffle chaud sur son cou, son odeur agréable d'homme, différente de celle qui lui était familière. Elle remarqua que, malgré son sourire, Jondalar contractait les muscles de ses mâchoires.

D'autres Zelandonii approchèrent et Ayla supposa qu'ils cherchaient à capter l'attention du conteur. Elle avait remarqué qu'il attirait les gens, en particulier les jeunes femmes, et plusieurs d'entre elles le contemplaient comme si elles attendaient quelque chose. Cela ne plut pas à Ayla.

— Levela et Jondecam nous retiennent des places devant, nous devons les rejoindre, argua Jondalar.

Ayla sourit à son compagnon et ils repartirent mais, lorsqu'ils arrivèrent, d'autres personnes s'étaient assises sur le tronc d'arbre et occupaient une partie de la place que Levela et Jondecam avaient gardée pour eux. Ils se tassèrent tous un peu et attendirent.

— C'est bien long, se plaignit Jondecam, qui perdait patience.

Jondalar remarqua que d'autres personnes arrivaient.

— Je crois qu'on attend que tout le monde soit installé. Les conteurs n'aiment pas que les gens bougent une fois qu'ils ont commencé, cela perturbe la narration. Et puis les gens n'aiment pas non plus arriver au milieu d'une histoire, ils préfèrent l'entendre depuis le début.

Galliadal et plusieurs autres conteurs étaient montés sur l'estrade. Ils attendirent que les gens les remarquent et, lorsque toutes les conversations cessèrent, le grand homme brun attaqua :

— Tout là-bas au pays du soleil levant...

— C'est ainsi que toutes les histoires commencent, murmura Jondalar à Ayla.

— ... vivaient une femme, son compagnon et ses trois enfants. L'aîné s'appelait Kimacal.

Quand Galliadal prononça ce nom, un jeune homme qui se tenait lui aussi sur la plate-forme s'avança et s'inclina pour faire comprendre qu'il s'agissait de lui.

— Venait ensuite une fille nommée Karella, poursuivit le conteur.

Une jeune femme fit une pirouette qui se termina par un profond salut.

— Le troisième était un garçon appelé Loupal.

Un autre jeune homme se désigna fièrement avec un grand sourire.

Un murmure et quelques rires s'élevèrent de l'assistance, certains ayant fait la liaison entre le nom du cadet et celui du chasseur à quatre pattes d'Ayla.

Sans avoir à crier, Galliadal faisait porter sa voix suffisamment loin pour que tous l'entendent. Il avait une façon de parler claire et puissante, expressive. Ayla se rappela sa visite de la grotte avec le Zelandoni de la Vingt-Sixième Caverne et son acolyte, les sons qu'ils avaient tous trois émis avant de se couler à l'intérieur. Il lui vint à l'esprit que Galliadal aurait pu entrer dans la Zelandonia s'il l'avait voulu.

— Même s'ils en avaient l'âge, aucun des jeunes gens ne s'était encore uni. Leur Caverne était peu nombreuse et ils étaient tous étroitement apparentés à la plupart des membres de leur âge. Leur mère commençait à craindre qu'ils ne doivent partir chercher une compagne ou un compagnon et qu'elle ne les revoie plus. Elle avait entendu parler d'une vieille Zelandoni qui vivait seule dans une grotte en amont de la rivière, loin au nord. Certains murmuraient qu'elle était capable d'exaucer des souhaits mais qu'elle pouvait exiger de lourdes contreparties. La mère décida d'aller la voir.

« Le lendemain de son retour, elle envoya ses trois enfants chercher des racines de jonc sur la berge d'un cours d'eau. Lorsqu'ils y arrivèrent, ils rencontrèrent trois autres jeunes gens : une fille à peu près de l'âge de Kimacal, un garçon à peu près de l'âge de Karella, une fille à peu près de l'âge de Loupal.

Sur l'estrade, le premier jeune homme eut un sourire aguichant quand on mentionna la fille plus âgée, la jeune femme prit une posture bravache et l'autre jeune homme un air timide. Des rires fusèrent dans l'assistance, Ayla et Jondalar échangèrent un sourire.

— Les trois nouveaux venus étaient des étrangers récemment arrivés d'une contrée du Sud, reprit Galliadal. Selon l'usage qu'on leur avait enseigné, ils se saluèrent et se présentèrent tous en récitant leurs noms et liens. « Nous sommes venus chercher de la nourriture », dit le conteur en contrefaisant sa voix pour incarner une des filles tout juste arrivées. « Les joncs poussent en abondance sur cette rive, nous pouvons les partager », répondit Karella par le biais de Galliadal.

Galliadal lui répondit avec sa première voix de femme et poursuivit son récit :

— Ils se mirent tous à déraciner des joncs sur la berge boueuse : Kimacal aida l'étrangère la plus âgée, Karella montra au cadet où creuser et Loupal déterra quelques joncs pour la jeune timide, mais celle-ci ne voulut pas les prendre. Loupal remarqua que son frère et sa sœur appréciaient la compagnie des deux étrangers et que leurs rapports devenaient très amicaux.

Les rires redoublèrent. Non seulement les sous-entendus étaient évidents mais le jeune homme le plus âgé et la jeune femme s'étreignaient sur l'estrade avec une fougue exagérée tandis que le plus jeune les regardait avec envie. Galliadal changeait de voix pour chaque personnage et les trois autres mimaient ses propos.

— « Ces joncs sont bons, pourquoi ne veux-tu pas les manger ? » demanda Loupal à la belle étrangère. « Je ne peux pas, je ne peux manger que de la viande », répondit-elle. Loupal ne savait pas quoi faire. « Je peux chasser pour toi, si tu veux », proposa-t-il, même s'il se savait très mauvais chasseur. Il accompagnait les autres quand ils allaient à la chasse mais comme il était un peu paresseux, il ne faisait pas de gros efforts. Il retourna à la Caverne et dit à sa mère : « Kimacal et Karella partagent des joncs avec une femme et un homme du Sud. Ils ont trouvé une compagne et un compagnon mais celle que je veux ne peut pas manger de joncs, elle ne mange que de la viande et je ne suis pas très bon chasseur. Comment puis-je trouver de la nourriture pour elle ? »

Ayla se demanda si « partager des joncs » n'avait pas un autre sens qu'elle ne connaissait pas puisque le conteur associait à chaque fois les joncs à une union.

— « Il y a une vieille Zelandoni qui vit seule dans une grotte près de la rivière, dit Galliadal avec la voix de la mère. Elle pourra peut-être t'aider. Mais prends garde à ce que tu lui demanderas. Tu obtiendras exactement ce que tu auras souhaité. » Loupal se mit en route, marcha vers le nord pendant des jours, regarda dans toutes les grottes qu'il vit en chemin mais ne trouva pas la doniate. Il était sur le point de renoncer quand il avisa un trou sombre au loin dans une paroi rocheuse et décida que ce serait la dernière grotte qu'il visiterait. Il s'approcha, découvrit une vieille femme assise devant l'entrée. Elle semblait dormir et il en profita pour l'examiner soigneusement.

« Ses vêtements étaient ordinaires, informes et râpés, mais elle portait de nombreux colliers de perles et de coquillages, de dents et de griffes d'animaux percées, des statuettes sculptées dans l'ivoire, l'os, le bois de cerf ou d'arbre, la pierre et l'ambre, des médaillons sur lesquels des animaux étaient gravés. Plus impressionnants encore étaient ses tatouages faciaux, complexes et si nombreux qu'on voyait à peine sa peau entre les carrés, les spirales et les volutes. C'était sans aucun doute une Zelandoni de grande envergure et Loupal, un peu effrayé, hésitait à la déranger avec sa requête sans importance.

La femme de l'estrade s'était assise et bien qu'elle n'eût pas changé de vêtements elle s'en enveloppait maintenant de manière à ressembler à la vieille en guenilles que Galliadal venait de décrire.

— Loupal résolut de partir mais au moment où il se retournait, il entendit : « Que veux-tu de moi, mon garçon ? »

Le conteur avait pris une voix de femme non pas grêle et chevrotante mais puissante, profonde.

— Il avala sa salive, se retourna, se présenta selon la coutume et dit : « Ma mère dit que tu pourrais m'aider. - Quel est ton problème ? - J'ai rencontré une femme venue du sud. J'ai voulu partager des joncs avec elle mais elle ne peut manger que de la viande. Je l'aime tant que je suis prêt à chasser pour elle mais je ne suis pas très bon chasseur. Peux-tu m'aider à devenir un bon chasseur ? - Es-tu sûr qu'elle veuille que tu chasses pour elle ? Si elle ne veut pas de tes joncs, elle ne voudra peut-être pas non plus de ta viande. Tu lui as demandé ? - Quand je lui ai offert les joncs, elle n'a pas dit qu'elle ne voulait pas mais qu'elle ne *pouvait* pas en manger, et quand j'ai proposé de chasser pour elle, elle n'a pas dit non. »

La voix que Galliadal prenait pour Loupal était pleine d'espoir et l'expression du jeune homme qui l'incarnait sur la plate-forme allait de pair.

— « Sais-tu que pour devenir un bon chasseur il suffit de s'entraîner souvent ? - Oui, je sais. J'aurais dû m'entraîner plus. »

Sur l'estrade, le jeune homme baissa les yeux, l'air contrit.

— « Mais tu ne l'as pas fait. Et maintenant, parce qu'une jeune femme t'intéresse, tu veux d'un seul coup devenir chasseur, c'est bien ça ? »

Galliadal avait donné à la vieille Zelandoni un ton réprobateur.

— « Oui. Je l'adore. - Il faut toujours mériter ce qu'on reçoit. Si tu refuses de faire des efforts en t'entraînant, tu dois payer d'une autre façon. Qu'es-tu prêt à donner ? - Je donnerai n'importe quoi ! »

Sachant que c'était la réponse qu'il ne fallait pas faire, les spectateurs retinrent leur souffle.

— « Tu peux encore prendre le temps de t'entraîner et d'apprendre à chasser. - Mais elle n'attendra pas ! Je l'adore, je veux lui apporter de la viande pour qu'elle m'aime. Ah, si seulement j'étais né chasseur ! »

Soudain un brouhaha s'éleva de l'assistance.

11

Loup s'était glissé dans la foule, effleurant au passage les jambes des spectateurs mais s'éloignant avant qu'ils aient pu se rendre compte de ce qui les avait touchés. Si la plupart des Zelandonii connaissaient maintenant l'animal, sa vue suscitait encore parfois un sursaut ou un cri de frayeur. Il surprit même Ayla quand il apparut d'un coup, avant de s'asseoir devant elle et de lever les yeux vers son visage.

— Loup ! Te voilà. Je commençais à me demander où tu étais. Tu as sûrement passé la journée à explorer la région, dit-elle en le grattant derrière les oreilles.

Il se redressa pour lui lécher le cou et le menton puis posa la tête sur le giron de la jeune femme et parut apprécier ses caresses de bienvenue. Lorsqu'elle s'arrêta, il se coucha à ses pieds, détendu mais vigilant.

Galliadal, qui l'observait de la plate-forme, sourit.

— Ce spectateur inhabituel arrive à point nommé dans l'histoire, dit le conteur.

Puis il reprit la voix de la vieille Zelandoni :

— « Est-ce là ce que tu veux ? Etre un chasseur-né ? – Exactement ! – Alors, viens dans ma grotte. »

Le ton de l'histoire passa de drôle à inquiétant.

— Dès que Loupal pénétra dans la grotte, il se sentit fatigué. Il s'assit sur une pile de peaux de loup et s'endormit aussitôt. Lorsqu'il se réveilla, il eut l'impression que son sommeil avait duré longtemps. La grotte était vide, sans aucun signe qu'elle eût jamais été habitée. Il se précipita dehors.

Le jeune homme traversa l'estrade à quatre pattes.

— Le soleil brillait haut dans le ciel et Loupal avait soif, poursuivit Galliadal. En se dirigeant vers la rivière, il eut l'impression étrange de voir les choses sous un angle différent, comme s'il était plus près du sol. Lorsqu'il arriva sur la berge, il sentit la froideur de l'eau sur ses pieds, comme s'il n'avait pas de chausses. Baissant les yeux, il découvrit non des pieds mais des pattes. Des pattes de loup.

« D'abord, il fut totalement dérouté puis il comprit : la vieille Zelandoni lui avait accordé exactement ce qu'il avait demandé. Il voulait devenir un chasseur-né, il en était un à présent. Il s'était changé en loup. Ce n'était pas ce qu'il avait souhaité en demandant à devenir un bon chasseur mais il était trop tard.

« Loupal regrettait tellement ce qui lui arrivait qu'il aurait volontiers pleuré mais il n'avait pas de larmes. Il resta un moment au bord de l'eau et, immobile, remarqua d'autres changements. Il avait l'ouïe plus fine et sentait des odeurs qu'il ne connaissait même pas auparavant. En humant l'air, il décelait la présence de nombreuses choses et d'autres animaux. Lorsqu'il repéra un lièvre blanc, il se rendit compte qu'il avait faim. Mais maintenant, il savait exactement comment faire pour le chasser. Bien que le lièvre fût rapide et capable de changer brusquement de direction, Loupal anticipa ses mouvements et le captura sans peine.

Cette partie du conte fit sourire Ayla. La plupart des gens croyaient que les loups et autres carnassiers savaient en naissant comment traquer et tuer une proie, mais elle était convaincue du contraire. Après avoir appris en secret à se servir de sa fronde, elle avait voulu franchir le pas suivant en chassant, mais la chasse était interdite aux femmes du Clan. De nombreux animaux volaient souvent à Brun la viande qu'il convoitait, en particulier des petits carnivores comme l'hermine et la fouine, le chat et le renard, ou d'autres chasseurs de plus grande taille tels le glouton, le lynx, le loup et la hyène. Ayla avait justifié sa décision d'enfreindre le tabou par la promesse de ne chasser que des carnivores nuisibles à son clan et de laisser aux hommes les gros pourvoyeurs de nourriture. Non seulement elle n'avait pas tardé à devenir bonne chasseuse mais elle avait aussi beaucoup appris sur les proies qu'elle s'était choisies. Elle avait passé des années à les observer et savait que si l'instinct de chasse était fort chez les carnivores les jeunes apprenaient tous à chasser avec les adultes. Elle ramena son attention sur le conte de Galliadal :

— Le goût du sang chaud coulant dans son gosier était délicieux et Loupal dévora le lièvre. Il retourna à la rivière boire et nettoyer le sang tachant son pelage, chercha ensuite un endroit sûr. Lorsqu'il en eut trouvé un, il se coucha en rond, couvrit son visage de sa queue et s'endormit. Quand il se réveilla, il faisait sombre mais il y voyait mieux la nuit qu'auparavant. Il s'étira, leva une patte et aspergea un buisson avant de repartir en chasse.

Sur l'estrade, le jeune homme mimait avec talent les mouvements du loup et les spectateurs éclatèrent de rire quand il leva la jambe.

— Loupal vécut quelque temps dans la grotte abandonnée par la vieille femme, se nourrissant des animaux qu'il tuait et prenant plaisir à la chasse, mais il finit par se sentir seul. Le garçon était devenu loup mais il était aussi resté un garçon et il se languissait des siens, de la belle jeune femme venue du sud. Il prit le chemin de la Caverne de sa mère en courant avec l'aisance d'un loup.

Quand il repéra un faon égaré, il se rappela que la femme du Sud aimait manger de la viande et décida de chasser pour elle.

« Ceux qui le virent approcher eurent peur et se demandèrent pourquoi un loup se dirigeait vers eux en traînant un faon. Loupal vit la jolie jeune femme et ne remarqua pas le grand homme aux cheveux blonds qui se tenait à côté d'elle, avec à la main une nouvelle arme permettant de lancer des sagaies vite et loin, mais au moment où l'homme ramenait le bras en arrière Loupal laissa tomber le faon aux pieds de la femme. Puis il s'assit et leva les yeux vers elle. Il aurait voulu lui dire qu'il l'aimait mais il ne pouvait plus parler. Il ne pouvait montrer son amour que par son regard.

Tous les spectateurs se tournèrent vers Ayla et le loup étendu à ses pieds. Certains se mirent à rire, d'autres à frapper leur genou de leur main pour manifester leur plaisir. Bien que Galliadal n'eût pas eu l'intention d'arrêter là l'histoire, la réaction de son auditoire le convainquit que c'était une bonne fin.

Gênée d'être l'objet de tant d'attention, Ayla regarda Jondalar. Il souriait lui aussi et se frappait les genoux.

— C'est une bonne histoire, estima-t-il.

— Mais rien n'est vrai.

Il baissa les yeux sur Loup qui se levait et prenait une position protectrice devant Ayla.

— Ça au moins c'est vrai, dit-il. Un loup qui aime une femme.

Elle tendit le bras pour caresser l'animal.

— Je crois que tu as raison.

— La plupart des histoires des conteurs ne sont pas vraies, mais elles renferment souvent une vérité ou satisfont un désir d'avoir une réponse. Reconnais-le, c'est un merveilleux conte. Et à tous ceux qui ignorent que tu as recueilli Loup quand il était tout petit et seul dans sa tanière, après avoir perdu sa mère et toute sa meute, l'histoire de Galliadal donne une explication, même s'ils la soupçonnent de n'être probablement pas vraie.

Ayla regarda son compagnon, approuva de la tête et se tourna vers l'estrade où Galliadal et les autres se tenaient encore. Le conteur les salua en s'inclinant. Le public se levait et partait ; les conteurs descendirent de la plate-forme pour céder la place à d'autres et rejoignirent le groupe qui s'était formé autour d'Ayla et de Loup.

— L'apparition de ton animal a eu un effet incroyable, dit le jeune homme qui avait incarné Loupal. Il est arrivé juste quand il fallait. Cela n'aurait pas été mieux si nous l'avions organisé. Je suppose que tu n'accepterais pas de l'amener tous les soirs ?

Galliadal répondit pour Ayla :

— Je ne crois pas que ce serait une bonne idée, Zanacan. Si cela se répétait, l'effet ne serait pas aussi extraordinaire que ce soir. Et je sais qu'Ayla a d'autres choses à faire. Elle est mère, acolyte de la Première.

Le jeune homme s'empourpra, parut embarrassé.

— Tu as raison, bien sûr. Je m'excuse.

— Tu n'as pas à t'excuser, intervint Ayla. C'est vrai, j'ai trop de choses à faire et Loup n'apparaîtrait pas toujours au moment où vous le voudriez. Mais je souhaiterais en savoir plus sur la façon dont vous racontez vos histoires. Si cela ne dérange personne, j'aimerais venir vous voir répéter...

— J'adore ta façon de parler ! s'exclama Zanacan.

— Jamais je n'avais entendu un accent comme le tien, déclara la jeune femme.

— Tu dois venir de très loin, hasarda l'autre jeune homme.

Ayla se sentait généralement un peu mal à l'aise lorsqu'on mentionnait son accent, mais les trois jeunes gens semblaient si sincères qu'elle ne put que sourire.

— Elle vient de très loin, confirma Jondalar. Plus loin encore que tu ne peux l'imaginer.

— Nous serions ravis que tu viennes nous voir chaque fois que tu en auras envie, assura la jeune femme. Est-ce que cela t'ennuierait que nous essayions d'apprendre ta façon de parler ?

Elle se tourna vers Galliadal pour solliciter son approbation.

— Notre camp n'est pas toujours ouvert aux visiteurs, Gallara le sait, dit-il en regardant Ayla, mais nous serions effectivement heureux que tu nous rendes visite.

— Nous pourrions inventer un nouveau conte merveilleux, suggéra Zanacan, la voix toujours pleine d'excitation. L'histoire d'une femme qui vient de très loin, plus loin encore peut-être que le pays du soleil levant...

— Peut-être, le coupa Galliadal, mais je doute qu'il soit aussi merveilleux que la réalité.

Pour Ayla et Jondalar, il ajouta :

— Les enfants de mon foyer s'emballent parfois pour de nouvelles idées et vous leur en avez donné beaucoup.

— J'ignorais que Zanacan et Gallara étaient les enfants de ton foyer, dit Jondalar.

— Et Kaleshal aussi, précisa le conteur. Il est l'aîné. Nous devrions peut-être procéder aux présentations.

Les jeunes gens qui avaient incarné les personnages du conte parurent tout heureux de rencontrer les personnes réelles qui les avaient inspirés, en particulier lorsque Jondalar récita les noms et liens d'Ayla. Lorsqu'il en vint à l'endroit d'où elle venait, il apporta un léger changement :

— Elle était auparavant Ayla du Camp du Lion des Mamutoï, les Chasseurs de Mammouths qui vivent loin à l'est, au pays du soleil levant, adoptée comme fille du Foyer du Mammouth, ce qui correspond à leur Zelandonia. Choisie par l'Esprit du Lion des Cavernes, son totem, dont elle porte physiquement les marques, et Protégée par l'Esprit de l'Ours des Cavernes. Ayla est l'amie des chevaux Whinney et Rapide, ainsi que de la pouliche Grise, et elle est aimée du chasseur à quatre pattes qu'elle appelle Loup.

Zanacan écarquilla les yeux.

— Nous pourrions utiliser ça dans le nouveau conte ! dit-il. Les animaux. Pas exactement les mêmes, bien sûr, mais l'idée de foyers portant un nom d'animal, et de Cavernes aussi, peut-être, et les animaux avec lesquels elle voyage...

— Je vous l'ai dit, son histoire réelle est probablement meilleure que tout ce que nous pourrions inventer, les avertit Galliadal.

Ayla sourit à Zanacan.

— Aimeriez-vous être présentés à Loup, tous les trois ?

Les jeunes gens parurent sidérés et Zanacan écarquilla de nouveau les yeux.

— Comment est-ce possible ? Il a des noms et liens, lui aussi ?

— Pas exactement, répondit-elle. Nous, nous énumérons nos noms et liens pour faire mutuellement connaissance, n'est-ce pas ? Les loups découvrent une grande partie de leur monde par les odeurs. Si vous le laissez flairer votre main, il se souviendra de vous.

— Ce serait une bonne ou une mauvaise chose ? demanda Kaleshal.

— Si je te présente à lui, il te considérera comme un ami.

— Alors, faisons-le, résolut Gallara. Je ne voudrais pas être pour lui autre chose qu'une amie.

Lorsque Ayla prit la main de Zanacan et l'approcha des narines de Loup, elle sentit d'abord une légère résistance. Mais une fois que le jeune homme comprit qu'il ne lui arriverait rien, sa curiosité prit le dessus.

— Son nez est froid et humide, fit-il observer.

— Cela signifie qu'il est en bonne santé. Tu pensais qu'il serait comment ? Et sa fourrure ? Tu penses qu'elle est comment ?

Elle posa la main de Zanacan sur le cou puis sur le dos de Loup, renouvela le geste avec les deux autres jeunes gens.

— Sa fourrure est douce et rêche, son corps est chaud.

— Il est vivant. Les animaux vivants sont chauds, pour la plupart. Les oiseaux sont très chauds, les poissons froids, les serpents peuvent être l'un ou l'autre.

— Comment sais-tu autant de choses sur les animaux ? demanda Gallara.

Jondalar répondit à la place de sa compagne :

— Ayla est une chasseuse, elle a capturé presque toutes les sortes d'animaux. Elle est capable de tuer une hyène avec une pierre, d'attraper un poisson de ses mains nues. Elle attire les oiseaux en sifflant mais elle les laisse généralement repartir. Au printemps, elle a mené une chasse aux lions et en a tué au moins deux avec son lance-sagaie.

— Ce n'est pas moi, c'est Joharran qui a mené la chasse, rectifia-t-elle.

— Lui pense que c'est toi, insista Jondalar.

— Je croyais qu'elle était Zelandoni, pas chasseuse, dit Kaleshal.

— Elle n'est pas encore Zelandoni, précisa Galliadal. Elle est acolyte, mais je crois savoir qu'elle est déjà bonne guérisseuse.

— Comment a-t-elle accumulé un tel savoir ? demanda Kaleshal d'un ton dubitatif.

— Elle n'a pas eu le choix, elle a perdu tous les siens à cinq ans et elle a dû apprendre les usages des étrangers qui l'ont adoptée, expliqua Jondalar. Elle a ensuite vécu seule quelques années avant que je la trouve, ou qu'elle me trouve, devrais-je dire. J'avais été attaqué par un lion. Elle m'a sauvé, elle a soigné mes blessures. Lorsqu'on perd tout à un si jeune âge, il faut s'adapter et apprendre vite, sinon, on ne survit pas. Ayla est encore en vie parce qu'elle en a été capable.

Ayla gardait la tête baissée et caressait Loup en s'efforçant de ne pas entendre. Elle était toujours gênée lorsqu'on présentait ce qu'elle avait fait comme des exploits. Les autres devaient croire qu'elle se sentait importante et cela la mettait mal à l'aise. Elle ne se sentait pas importante et elle n'aimait pas qu'on la singularise. Elle était simplement une femme et une mère qui avait trouvé un homme à aimer et des gens semblables à elle dont la plupart l'avaient acceptée comme une des leurs. Naguère elle avait voulu être une femme du Clan, elle voulait maintenant être simplement une femme des Zelandonii.

Quelques instants plus tard, Levela apparut et annonça à Ayla :

— Des conteurs se préparent pour le conte suivant. Tu restes pour l'écouter ?

— Je ne crois pas. Jondalar a peut-être envie de rester, je vais lui demander. Moi, je reviendrai une autre fois. Tu restes, toi ?

— Je vais plutôt aller voir s'il y a encore quelque chose de bon à manger, répondit Levela. J'ai un peu faim, et je suis fatiguée, aussi. Je ne tarderai pas à rentrer.

— Je t'accompagne. Ensuite, il faudra que je passe reprendre Jonayla à ta sœur.

Ayla s'approcha de l'endroit où son compagnon et quelques autres bavardaient, attendit une pause dans la conversation pour demander à Jondalar :

— Tu restes pour écouter le conte suivant ?

— Qu'est-ce que tu veux faire, toi ?

— Je commence à être lasse, et Levela aussi. Nous rentrerons après avoir mangé un peu.

— Ça me va. Nous reviendrons voir les conteurs une autre fois. Jondecam vient aussi ?

— Je viens ! leur lança-t-il en se dirigeant vers eux. Où que vous alliez, je vous suis.

Ils quittèrent tous les quatre le camp des conteurs itinérants et gagnèrent l'endroit où on avait rassemblé les reliefs du festin. Tout était froid mais les tranches de venaison, bison et autres, même froides, étaient encore savoureuses. Des racines comestibles globulaires trempaient dans un bouillon auquel une fine couche de gras figé sur la surface ajoutait du goût. Le gras était relativement rare chez les animaux courant en liberté, et recherché : il était nécessaire pour survivre. Ils découvrirent, caché derrière des plats en os vides, un bol en fibre tressée contenant encore des baies rondes de couleur bleue, airelles et myrtilles, mêlées de busseroles et de groseilles, qu'ils se partagèrent avec plaisir. Ayla dénicha même deux os pour Loup.

Elle lui en donna un qu'il porta dans sa gueule jusqu'à ce qu'il trouve un endroit confortable où s'installer pour le ronger, près de sa meute. Ayla enveloppa l'autre – sur lequel il restait plus de viande – dans de larges feuilles dont on avait bordé un plat pour mieux présenter les mets. Puis elle le fourra dans la besace qu'elle utilisait pour porter notamment des affaires de Jonayla : un morceau de cuir brut que le bébé aimait mâchonner, des fibres douces et absorbantes comme de la laine de mouton qu'elle fourrait dans le vêtement de l'enfant, un bonnet et une couverture supplémentaires. Elle y mettait également son sac à feu – amadou et silex –, ses plats personnels et son couteau à manger. Ils s'installèrent sur des troncs d'arbres recouverts de coussins, manifestement traînés là pour qui voudrait s'asseoir.

— Je me demande s'il reste du vin de ma mère, dit Jondalar.

— Regardons, suggéra Jondecam.

Les convives n'en avaient pas laissé une goutte, mais Laramar s'empressa autour d'eux avec une outre de barma. Il remplit les coupes personnelles des deux hommes, les deux femmes déclarant qu'elles se contenteraient d'une gorgée prise à leur compagnon. Ayla ne tenait pas à bavarder longtemps avec le personnage. Au bout de quelques minutes, ils retournèrent aux troncs d'arbres disposés autour des reliefs du repas. Quand ils eurent terminé, ils gagnèrent d'un pas lent l'abri de Proleva, au camp de la Troisième Caverne.

— Vous rentrez tôt, remarqua-t-elle après avoir pressé sa joue contre la leur. Avez-vous vu Joharran ?

— Non, répondit Levela. Nous n'avons écouté qu'un seul conte. C'était plus ou moins l'histoire d'Ayla.

— De Loup, plutôt, corrigea Jondalar. Un garçon changé en loup qui aimait une femme.

— Jonayla dort, vous voulez boire une tisane ? proposa Proleva.

— Non, nous allons rentrer, répondit Ayla.

— Toi aussi ? dit Velima à Levela. Nous n'avons pas eu le temps de causer. Je veux que tu me dises comment se passe ta grossesse, comment tu te sens.

— Dormez donc ici cette nuit, dit Proleva, il y a de la place pour vous quatre. Et Jaradal serait ravi de voir Loup en se réveillant.

Levela et Jondecam acceptèrent. Le camp de la Deuxième Caverne était proche. L'idée de passer un moment avec sa mère et sa sœur plaisait à Levela et Jondecam n'y voyait pas d'inconvénient.

Ayla et Jondalar se regardèrent.

— Il faut vraiment que j'aille voir les chevaux, dit-elle. Nous sommes partis tôt et je ne sais pas si quelqu'un est resté au camp. Je veux simplement vérifier que tout va bien, surtout pour Grise.

Elle pourrait tenter un chasseur à quatre pattes, même si Whinney et Rapide sont là pour la protéger. Je préfère rentrer.

— Je comprends. Elle est un peu comme ton bébé.

Ayla hocha la tête et sourit.

— Justement, il est où, mon bébé ?

— Jonayla dort avec Sethona. C'est bête de la réveiller, vous êtes sûrs que vous ne voulez pas rester ?

— Ce serait avec plaisir, répondit Jondalar, mais le problème, quand on a des chevaux pour amis, c'est qu'on se sent responsables d'eux, surtout s'ils se trouvent dans un enclos où peuvent pénétrer des mangeurs de viande. Ayla a raison, nous devons aller les voir.

Elle avait enveloppé son enfant dans sa couverture et l'avait calée sur sa hanche. Jonayla se réveilla mais se rendormit aussitôt dans la chaleur de sa mère.

— Merci de l'avoir gardée, dit Ayla. J'ai pu écouter et regarder le conte sans être dérangée.

— De rien, répondit Proleva. Les deux petites commencent à se connaître et à se faire des sourires, je crois qu'elles deviendront de grandes amies.

— C'est bien que des cousines proches passent du temps ensemble.

Ayla fit signe à Loup, qui récupéra son os, et le couple sortit de la hutte. Jondalar prit une des torches plantées dans le sol afin d'éclairer le sentier, la choisit assez longue pour qu'elle brûle jusqu'à ce qu'ils parviennent à leur camp.

Ils quittèrent la chaude lueur des feux du camp principal et s'engagèrent dans une obscurité si profonde qu'elle semblait absorber la lumière et avaler la flamme de la torche.

— Il n'y a pas de lune, ce soir, dit Ayla.

— Et des nuages cachent les étoiles.

— Des nuages ? Je ne les avais pas remarqués.

— Parce que tu avais les yeux pleins de la lumière du camp.

Ils firent quelques pas et Jondalar ajouta :

— Parfois, c'est de toi que mes yeux sont pleins et je regrette qu'il y ait tant de monde autour de nous.

Ayla tourna la tête vers son compagnon et lui sourit.

— Pendant notre voyage, quand nous n'étions qu'avec Whinney, Rapide et Loup, je ressentais souvent le manque d'autres personnes. Maintenant, nous avons de la compagnie mais je me souviens du temps où nous n'étions que toi et moi et où nous pouvions faire ce que nous voulions quand nous en avions envie.

— J'y pense aussi, dit Jondalar. Si te voir m'emplissait de désir, nous pouvions simplement faire halte et partager les Plaisirs. Je n'étais pas obligé d'accompagner Joharran pour rencontrer des gens, ou faire quelque chose pour notre mère. Il y a tellement de gens partout que je ne trouve plus d'endroit pour être seul avec toi.

— Je ressens la même chose. Je me souviens, je te regardais et j'éprouvais cette sensation que toi seul peux faire naître en moi, et je savais que si je t'adressais le bon signe tu me contenterais de nouveau parce que tu me connais mieux que moi-même. Et je n'avais pas à me soucier de prendre soin d'un bébé, ou de plusieurs en même temps, ou d'organiser un festin avec Proleva, ou d'aider Zelandoni à soigner un blessé ou un malade, ou d'apprendre à préparer de nouveaux remèdes, ou de me rappeler les Cinq Couleurs Sacrées, ou de savoir utiliser les mots à compter. Même si tout cela me plaît, tu me manques parfois, Jondalar, être seule avec toi me manque.

— Ce n'est pas Jonayla qui me gêne. J'aime te regarder t'occuper d'elle et quelquefois, cela me fait te désirer encore plus car je peux attendre qu'elle soit endormie. L'ennui, souvent, c'est que quelqu'un vient nous déranger.

Il s'arrêta pour l'embrasser tendrement puis ils se remirent à marcher en silence.

Le chemin n'était pas long mais, à l'approche du camp de la Neuvième Caverne, ils faillirent trébucher sur les restes d'un feu éteint. Il n'y avait de lumière nulle part, pas une seule braise en train de mourir, pas une lueur à l'intérieur d'une tente ni de rai passant entre les planches d'une hutte. Apparemment, tous les membres de la Caverne la plus nombreuse de la région étaient partis.

— Personne, fit Ayla, très étonnée. Ils doivent tous être au camp principal.

— Voici notre abri d'été, dit Jondalar. Du moins, je crois. Je vais faire un feu pour le réchauffer puis nous irons voir les chevaux.

Ils rentrèrent du bois et des bouses d'aurochs séchées, allumèrent un feu près de l'endroit où ils dormaient. Loup alla déposer son os le long d'une cloison tandis qu'Ayla palpait l'outre accrochée près du foyer.

— Il faudra aussi ramener de l'eau, il n'en reste plus beaucoup. Mais d'abord les chevaux. Ensuite je donnerai le sein à Jonayla, elle commence à remuer.

— Je ferais bien de prendre une autre torche, la nôtre s'éteindra bientôt, dit Jondalar. Demain, j'en préparerai quelques-unes.

Il alluma une nouvelle torche à l'ancienne, jeta ce qu'il restait de la première dans le feu. Lorsqu'ils sortirent de la hutte, Loup les suivit et Ayla l'entendit émettre un grondement quand ils approchèrent de l'enclos des chevaux.

— Il se passe quelque chose, s'alarma-t-elle en pressant le pas.

Jondalar leva la torche pour élargir le cercle de lumière qu'elle projetait. Presque au centre de l'enclos, ils virent une masse étrange et Loup gronda plus fort. Ils se rapprochèrent, découvrirent un pelage gris tacheté assez duveteux, une longue queue et une mare de sang.

— C'est un léopard, dit Ayla. Un jeune léopard des neiges, je crois. Piétiné à mort. Qu'est-ce qu'il faisait ici ? Ces animaux aiment la montagne.

Elle courut vers l'abri qu'ils avaient construit pour protéger les chevaux de la pluie mais il était vide.

— Whiiinney ! Whiiinney ! appela-t-elle en un cri qui, pour Jondalar, était un véritable hennissement.

C'était le nom qu'elle avait donné à l'origine à la jument et qu'elle avait réduit à « Whinney » dans la langue des humains. Elle hennit de nouveau puis siffla très fort. Ils entendirent au loin un hennissement en réponse.

— Cherche Whinney, ordonna-t-elle à Loup.

L'animal s'élança en direction du cri, Ayla et Jondalar suivirent, sortirent par la brèche que les chevaux avaient faite dans la clôture pour s'échapper.

Ils les trouvèrent tous les trois près d'un ruisseau coulant derrière l'endroit où la Neuvième Caverne avait installé son camp. Loup fit halte, sans s'approcher d'eux davantage. Il sentait probablement qu'ils avaient eu très peur et que même leur ami carnassier leur semblerait menaçant en cet instant. Ayla se précipita vers Whinney et ralentit quand elle remarqua que la jument la regardait fixement, les oreilles dressées, en balançant légèrement la tête.

— Tu es encore effrayée, n'est-ce pas ? lui dit-elle doucement dans leur langue particulière. Je ne te le reproche pas. Je suis désolée de vous avoir laissés affronter seuls ce léopard, je suis désolée qu'il n'y ait eu personne pour entendre vos appels à l'aide.

Elle continua à avancer lentement jusqu'à ce qu'elle soit près de l'animal et elle enlaça de ses bras son cou vigoureux. La jument se calma, posa la tête contre l'épaule d'Ayla qui, de son côté, inclina la sienne dans la posture familière que la femme et l'animal adoptaient depuis les premiers temps, dans leur vallée, pour se réconforter.

Jondalar suivit l'exemple d'Ayla. Après avoir planté la torche dans le sol, il s'approcha de Rapide, le caressa et le gratta à ses endroits préférés. Grise rejoignit le groupe, téta un moment sa mère puis quémanda aussi des caresses d'Ayla. Ce fut seulement lorsqu'ils furent rassemblés tous les cinq – six en comptant Jonayla, qui s'était réveillée et se tortillait dans sa couverture – que Loup s'approcha.

Même si Whinney et Rapide l'avaient connu quand il n'était encore qu'un louveteau de quatre semaines et avaient aidé Ayla à l'élever, il émanait encore de lui une odeur de carnivore et ses cousins mangeurs de viande prenaient souvent des chevaux pour proies. Loup avait probablement senti l'odeur de leur peur et avait attendu qu'ils soient rassurés. Il fut accueilli chaleureusement par le groupe d'humains et de chevaux qui était la seule meute qu'il ait jamais connue.

Décidant alors que c'était son tour, Jonayla poussa un vagissement affamé. Ayla la tira de sa couverture et la tint devant elle pour qu'elle lâche son eau sur le sol. Quand elle eut terminé, elle la posa sur le dos de Grise, la maintint d'une main et dénuda un sein de l'autre. Bientôt l'enfant, de nouveau enveloppée dans la couverture, tétait joyeusement.

En rentrant, ils firent le tour de l'enclos en se disant que les chevaux n'y retourneraient jamais. Ayla se demandait s'il fallait en construire un autre. Pour le moment, elle n'avait aucune envie de les enfermer de nouveau et aurait volontiers donné les poteaux et les branches à qui les voulait, au moins pour faire du feu. Lorsqu'ils arrivèrent au camp, elle conduisit les chevaux à un endroit situé derrière leur hutte et peu fréquenté, où il poussait encore de l'herbe.

— On leur passe un licou et on les attache à un piquet ? proposa Jondalar. Pour les empêcher de s'éloigner.

— Whinney et Rapide se sentiraient mal de ne pas pouvoir aller et venir après la frayeur qu'ils ont éprouvée. Je pense qu'ils resteront près de nous à moins que quelque chose ne leur fasse de nouveau peur, et nous l'entendrions. Je laisserai Loup dehors pour les protéger, au moins cette nuit.

Elle s'approcha de l'animal et se pencha.

— Tu restes là pour garder Whinney, Rapide et Grise, dit-elle. Rester et garder.

Elle n'était pas sûre qu'il ait saisi mais quand il s'assit sur son train arrière et regarda les chevaux elle pensa que c'était probablement le cas. Elle prit l'os qu'elle avait emporté pour lui et le lui donna.

Dans la hutte, le petit feu s'était éteint depuis longtemps et ils en allumèrent un autre. Ayla remarqua alors que Jonayla ne s'était pas seulement vidée de son eau. Elle étala un petit tas de fibres de jonc absorbantes et posa dessus le derrière nu de l'enfant.

— Jondalar, tu veux bien m'apporter ce qui reste d'eau pour que je nettoie Jonayla ? Ensuite tu iras remplir les deux outres, la grosse et la petite.

— Elle empeste, cette coquine, dit son compagnon avec un sourire plein d'amour.

Il alla chercha le bol en osier qui servait à contenir des saletés diverses. On avait inséré sous le bord une cordelette teinte d'ocre rouge afin qu'on ne l'utilise pas par inadvertance pour boire de l'eau. Il l'apporta à Ayla et y mit l'eau qui restait dans la grosse outre presque vide, prit ensuite la petite, faite avec l'estomac d'un bouquetin, celui-là même qui avait fourni la peau pour la couverture à porter de Jonayla et le rideau de l'entrée. Il saisit une des torches entreposées dans la hutte, l'alluma au feu et sortit avec les deux outres.

Lorsqu'il revint, le bol rempli d'eau sale se trouvait à côté du panier de nuit près de la porte et Ayla donnait de nouveau le sein au bébé dans l'espoir de l'endormir.

— Je suppose que je dois aussi vider le bol et le panier de nuit, pendant que j'y suis, dit-il en plantant la torche allumée dans le sol.

— Si tu veux bien mais fais vite, répondit Ayla en lui adressant un sourire à la fois langoureux et mutin. Elle est presque endormie.

Jondalar sentit aussitôt une chaleur dans ses reins et lui rendit son sourire. Il accrocha la grosse outre à l'endroit habituel, une cheville fichée dans un des poteaux de la hutte, déposa l'autre près de l'endroit où ils dormaient.

— Tu as soif ? demanda-t-il en la regardant allaiter le bébé.

— Je veux bien un peu d'eau. J'avais envie de faire une infusion, mais ça attendra.

Jondalar lui donna à boire puis retourna à la porte. Il versa le contenu du bol dans le panier de nuit, reprit la torche et ressortit. Il vida le panier malodorant dans une des fosses servant de latrines. Se débarrasser des excréments était une corvée que personne n'aimait. Il alla ensuite à la rivière, descendit un moment la berge pour s'éloigner de l'endroit choisi comme point d'eau. Il rinça le bol et le panier puis, avec une omoplate d'animal au bord aminci servant de pelle et laissée là à cette fin, il remplit à moitié le panier de terre. Avec du sable propre pris sur la rive il se frotta soigneusement les mains. Enfin, reprenant la torche, le panier et le bol, il retourna à la hutte.

Il rangea le panier à sa place habituelle, posa le bol à côté et glissa la torche allumée dans un support installé près de l'entrée.

— C'est fait, dit-il en souriant à Ayla, qui tenait encore le bébé dans ses bras.

Il enleva d'un coup de pied les sandales en herbe tressée qu'il portait généralement l'été, s'assit à côté de sa compagne et s'appuya sur un coude.

— La prochaine fois, ce sera le tour de quelqu'un d'autre, promit-elle.

— L'eau était froide.

Elle lui prit les mains et répondit :

— Tes mains le sont aussi. Je vais devoir les réchauffer, ajouta-t-elle d'un ton suggestif.

Il la regarda au fond des yeux, ses pupilles dilatées par l'obscurité de la hutte et le désir.

12

Jondalar aimait regarder Jonayla, qu'elle tète sa mère, qu'elle joue avec ses pieds ou qu'elle mette des choses dans sa bouche. Il aimait même la regarder quand elle dormait. Cette fois, elle tentait de résister au sommeil. Elle commençait à lâcher le mamelon d'Ayla, le reprenait pour aspirer quelques goulées encore, le gardait un moment et le lâchait de nouveau. Au bout d'un moment, elle s'assoupit dans les bras de sa mère. Jondalar contemplait, fasciné, la goutte de lait qui s'était formée au bout du téton et finit par tomber.

— Je crois qu'elle dort, maintenant, murmura-t-il.

Ayla avait entouré les fesses de son bébé de laine de mouflon qu'elle avait lavée quelques jours plus tôt puis l'avait emmaillotée de ses vêtements de nuit. Elle se leva et la porta doucement dans un coin de la hutte. Ayla ne se séparait pas toujours de sa fille quand elle s'endormait mais, ce soir-là, elle tenait absolument à avoir la fourrure de couchage pour elle et Jondalar.

L'homme qui l'attendait la suivit des yeux lorsqu'elle se glissa à côté de lui. Elle le regarda elle aussi, ce qui lui demandait encore un effort de volonté. Il lui avait appris que dans son peuple – qui était aussi le sien – on jugeait impoli, voire sournois, de ne pas regarder en face la personne à qui on s'adressait.

En l'observant, elle se demanda comment les autres voyaient cet homme qu'elle aimait, comment ils appréciaient son aspect physique. Qu'est-ce qui les attirait avant même qu'il ait prononcé un mot ? Il était grand, avec des cheveux blonds plus clairs que les siens, un corps robuste et proportionné à sa taille. Ses yeux étaient du même bleu extraordinaire que les glaciers. Il était intelligent, habile à fabriquer des choses, comme les outils de silex qu'il taillait, mais surtout il avait un charme, une aura qui fascinait la plupart des gens, en particulier les femmes. Zelandoni aurait dit un jour que la Mère elle-même ne pouvait rien lui refuser.

Il n'avait pas vraiment conscience d'exercer cet attrait, mais il trouvait comme allant de soi qu'on lui fasse tout le temps bon accueil. Même son long voyage n'avait pas ébranlé sa certitude que partout où il allait on l'acceptait, on l'approuvait, on l'aimait.

Il n'avait jamais cherché à se l'expliquer, il n'avait jamais eu à apprendre comment se faire pardonner un acte inconvenant ou inadmissible.

Lorsqu'il montrait du regret – généralement avec sincérité –, les gens le croyaient volontiers. Quand, jeune homme, il avait frappé Madroman, si violemment qu'il lui avait cassé les incisives, il n'avait pas eu à trouver les mots pour s'excuser. Sa mère s'était acquittée d'une lourde indemnité et l'avait envoyé vivre quelques années avec Dalanar, l'homme de son foyer, mais Jondalar n'avait rien dû faire lui-même pour réparer. Il n'avait pas eu à demander pardon ni à déclarer qu'il regrettait d'avoir commis une mauvaise action en blessant l'autre garçon.

Si la plupart des Zelandonii le trouvaient beau et viril, Ayla le voyait d'un œil un peu différent. Les hommes du peuple qui l'avait élevée, les hommes du Clan, avaient des traits plus rudes, avec de grandes orbites rondes, des nez volumineux et des arcades sourcilières saillantes. Le jour où elle l'avait vu pour la première fois, inconscient, presque mort après avoir été assailli par son lion, cet homme avait éveillé en elle le souvenir d'êtres auxquels elle n'avait pas pensé depuis des années, d'êtres semblables à elle. Aux yeux d'Ayla, Jondalar n'avait pas des traits aussi rugueux que les hommes du clan où elle avait grandi et ils étaient si parfaitement dessinés qu'il émanait d'eux une incroyable joliesse. Il lui avait expliqué qu'on n'appliquait généralement pas ce terme aux hommes, mais c'était celui qui venait toujours à l'esprit d'Ayla, même si elle ne le prononçait pas souvent.

Il la regarda assise près de lui et se pencha pour l'embrasser. Il sentit la douceur de ses lèvres, glissa lentement sa langue entre elles et Ayla les écarta pour l'accueillir.

— Tu es si belle, dit-il. J'ai beaucoup de chance.

— Moi aussi j'ai de la chance, répondit-elle.

Le sein qu'elle venait de donner au bébé était retombé à l'intérieur de sa tunique mais elle n'en avait pas renoué les lanières du haut. Jondalar le ressortit, fit courir sa langue sur le mamelon, l'aspira dans sa bouche.

— Je sens autre chose en moi lorsque c'est toi qui le fais, dit-elle. J'aime quand Jonayla me tète mais ce n'est pas la même sensation. Cela me donne envie que tu me touches à d'autres endroits.

— Tu me donnes envie de te toucher à d'autres endroits.

Il dénoua toutes les lanières et ouvrit grand la tunique, dénudant les deux seins. Une goutte de lait perla à l'un des mamelons, il la lécha.

— J'ai pris goût à ton lait mais je ne veux pas priver Jonayla de ce qui lui revient.

— Lorsqu'elle aura de nouveau faim, mes seins seront redevenus pleins.

Lâchant le téton, Jondalar fit remonter sa bouche le long du cou et embrassa à nouveau Ayla, avec plus de passion cette fois, et il fut pris d'un désir qu'il n'était pas sûr de pouvoir contrôler. Il s'arrêta, enfouit son visage au creux de l'épaule d'Ayla et tenta de se maîtriser. Elle tira sur la tunique de son compagnon pour la faire passer par-dessus sa tête.

— Cela faisait longtemps, murmura-t-il d'une voix rauque. Tu n'imagines pas à quel point je suis prêt.

— Vraiment ? dit-elle avec un sourire aguicheur.

— Je vais te montrer...

Agenouillé, il défit sa tunique, se leva et dénoua le cordon enroulé autour de sa taille, ôta son pantalon à jambes courtes. Il portait dessous une sorte de poche protectrice attachée aux hanches par de fines lanières et couvrant ses parties viriles. Généralement faites en peau de chamois ou de lapin, ces poches n'étaient portées qu'en été. Si le temps devenait très chaud ou si l'homme se livrait à un labeur particulièrement dur, il pouvait se défaire de tous ses autres vêtements et se sentir quand même protégé. La poche de Jondalar était gonflée par le membre qu'elle contenait. Il fit glisser les lanières pour libérer sa virilité entravée.

Ayla leva les yeux vers lui et un sourire monta lentement à ses lèvres. Jondalar avait connu un temps où la taille de son sexe faisait peur aux femmes, mais c'était avant qu'elles découvrent avec quelle douceur il s'en servait. La première fois, avec Ayla, il avait craint qu'elle ne soit effrayée mais ils avaient rapidement compris qu'ils étaient faits l'un pour l'autre. Parfois, il n'arrivait pas vraiment à croire à la chance qu'il avait. Chaque fois qu'il avait envie d'elle, elle était prête pour lui. Jamais elle ne se montrait timide ou indifférente. C'était comme si elle le désirait toujours autant qu'il la désirait.

Le feu qu'ils avaient allumé n'était pas encore éteint mais il ne donnait plus beaucoup de lumière, ni de chaleur. C'était sans importance. Jondalar s'agenouilla de nouveau à côté de sa compagne et entreprit de la déshabiller. Il ôta d'abord la longue tunique, prit le temps d'embrasser de nouveau les mamelons avant de dénouer les lanières qui entouraient la taille et retenaient les jambières. Il les fit descendre, promena les lèvres sur l'estomac d'Ayla, glissa jusqu'au nombril, jusqu'à la toison pubienne. Lorsque le haut de sa fente apparut, il y enfonça la langue, savoura le goût familier, chercha le petit bouton. Ayla poussa un cri de plaisir quand il le trouva.

Lorsqu'il eut défait complètement les jambières, il se pencha pour embrasser de nouveau sa bouche et ses seins, boire encore à sa source. Il écarta ses cuisses, entrouvrit les délicats pétales, trouva le bourgeon érigé, l'aspira, le titilla de la langue tout en glissant ses doigts en elle pour trouver d'autres endroits où s'affolaient les sens d'Ayla.

Elle cria de nouveau lorsque des vagues de feu la parcoururent. Presque trop vite, Jondalar sentit la liqueur d'Ayla sur ses lèvres et son envie de laisser libre cours à son désir devint si forte qu'il faillit ne plus pouvoir se dominer. Il se redressa, trouva la fente d'Ayla de son membre durci et la pénétra, heureux de ne pas avoir à craindre de lui faire mal, certain qu'elle pouvait le prendre totalement en elle.

Elle gémit à chaque fois qu'il ressortait d'elle, entrait de nouveau, et soudain il parvint au faîte. Avec un grognement, il se répandit en elle. Elle arqua le dos, poussa son corps contre le sien. Ils demeurèrent un moment ainsi, secoués de spasmes, puis retombèrent, pantelants. Il demeura sur elle, comme elle aimait, jusqu'à ce que, craignant de devenir trop lourd, il roule sur le côté.

— Je suis désolé que ce soit venu si vite.

— Moi pas, répondit-elle. J'étais aussi prête que toi, peut-être plus.

Au bout d'un moment, elle ajouta :

— J'ai envie de me baigner dans la rivière.

— Toi et tes bains froids, grommela-t-il. L'eau est gelée, ici. Tu te souviens, chez les Losadunaï ? L'eau chaude qui jaillissait du sol et les merveilleux bains qu'on prenait ?

— Merveilleux, convint-elle, mais après un bain dans l'eau froide on se sent frais, on a la peau qui picote. Moi, ça ne me dérange pas de me baigner dans l'eau froide.

— Et je m'y suis habitué. Allons-y. Remettons du bois dans le feu pour qu'il fasse chaud quand nous reviendrons.

A l'époque où les glaciers recouvraient la Terre, un peu plus au nord, les soirées pouvaient être fraîches, même en plein été, aux latitudes comprises entre le pôle et l'équateur. Ils emportèrent les peaux de chamois que leurs amis sharamudoï leur avaient offertes, s'en enveloppèrent et coururent jusqu'à la rivière, descendirent plus bas que le point d'eau désigné mais s'arrêtèrent avant l'endroit où on nettoyait les paniers de nuit.

— C'est glacé ! protesta Jondalar quand ils entrèrent dans l'eau.

Ayla s'accroupit pour que l'eau recouvre ses épaules et atteigne son cou. Elle s'aspergea le visage, se frotta tout le corps de ses mains sous la surface. Puis elle ressortit prestement de la rivière, enroula sa peau de chamois autour d'elle et courut vers leur hutte, suivie de près par Jondalar. Ils s'assirent devant le feu et se séchèrent rapidement, accrochèrent les peaux de chamois mouillées à une cheville, se glissèrent dans leur fourrure de couchage et se blottirent l'un contre l'autre. Lorsqu'ils se furent réchauffés, Ayla murmura à l'oreille de son compagnon :

— Si on le fait lentement, tu crois que tu pourras être de nouveau prêt ?

— Je crois que oui, si tu peux aussi.

Il l'embrassa, lui ouvrit la bouche de sa langue. Cette fois, il n'avait pas envie de précipiter l'issue. Il voulait s'attarder sur le corps d'Ayla, l'explorer, dénicher les endroits spéciaux qui lui donnaient du plaisir et la laisser trouver les siens. Il fit courir sa main le long de son bras, sentit la peau fraîche tiédir puis caressa un sein dont le mamelon durcit au creux de sa paume. Il l'agaça du pouce et de l'index, enfouit la tête sous la couverture pour le prendre dans sa bouche.

Un bruit au-dehors les fit se redresser et tendre l'oreille. Des voix se rapprochaient. Quelqu'un écarta le rabat servant de porte et plusieurs personnes entrèrent. Ayla et Jondalar écoutèrent en silence. Ils pourraient poursuivre leurs explorations si les nouveaux venus se couchaient immédiatement. Ni lui ni elle ne se sentaient tout à fait à l'aise pour partager les Plaisirs quand d'autres, parfaitement éveillés, bavardaient à proximité, même si certains semblaient s'en accommoder. Jondalar savait que ce n'était pas rare et il s'efforça de se rappeler ce qu'il faisait lorsqu'il était plus jeune.

Ayla et lui avaient pris l'habitude d'être seuls pendant leur long voyage mais il avait toujours aimé son intimité, même quand Zolena lui avait appris les Plaisirs. Surtout lorsque cela était allé au-delà de l'apprentissage d'un jeune homme auprès d'une femme-donii, qu'ils étaient véritablement devenus amants et qu'il avait voulu en faire sa compagne. Il reconnut alors la voix de l'ancienne Zolena, en plus de celles de sa mère et de Willamar. La Première les avait accompagnés au camp de la Neuvième Caverne.

— Je fais chauffer de l'eau pour préparer une tisane, dit Marthona. Je vais prendre du feu au foyer de Jondalar.

— Elle sait que nous ne dormons pas, chuchota Jondalar à Ayla. Nous allons devoir nous lever.

— Je crois que tu as raison.

— Je t'apporte du feu, mère, dit-il en repoussant la couverture et en tendant le bras vers sa poche pénienne.

— Oh, nous vous avons réveillés ?

— Non, non, pas du tout.

Il se leva, prit un long morceau de bois, le tint au-dessus des flammes jusqu'à ce qu'il s'embrase et l'apporta au foyer principal de la hutte.

— Prenez donc une infusion avec nous, suggéra sa mère.

— Pourquoi pas ? répondit-il, certain qu'ils savaient tous qu'ils avaient interrompu le jeune couple.

— Je voulais vous parler, de toute façon, dit Zelandoni.

— Je retourne juste passer un vêtement plus chaud.

Ayla était déjà rhabillée quand Jondalar revint à leur petit espace à dormir. Il enfila rapidement sa tunique et ils allèrent tous deux au foyer principal de la hutte avec leurs bols personnels.

— Je vois que tu m'as évité la corvée de remplir l'outre, dit Willamar à Jondalar.

— Ayla avait remarqué qu'elle était vide.

— J'ai vu Loup et les chevaux derrière l'abri, reprit le compagnon de Marthona.

— Il n'y avait personne au camp aujourd'hui et un léopard des neiges en a profité pour tenter de s'en prendre à Grise, dit Jondalar. Whinney et Rapide l'ont tué, mais ils ont détruit l'enclos.

— Loup les a découverts derrière le pré, près d'un ruisseau. Ils étaient terrifiés.

— Et pas question de les remettre dans l'enclos. Voilà pourquoi nous les avons amenés ici.

— Loup les garde en ce moment, mais nous devrons leur trouver un autre endroit. Demain, je m'occuperai de la carcasse de ce léopard et je donnerai le bois de la clôture à qui en voudra pour faire du feu, promit Ayla.

— Il y a de bons poteaux, fit observer Willamar. Ils peuvent servir à autre chose.

— Tu peux les prendre, je ne veux plus les revoir, dit Ayla en frissonnant.

Jondalar songea que le léopard des neiges avait effrayé Ayla plus encore que les chevaux, ce qui expliquait sa réaction.

— Vous êtes sûrs que c'était un léopard des neiges ? demanda le Maître du Troc. Ils ne descendent généralement pas jusqu'ici, et jamais en été.

— Ayla a reconnu sa longue queue duveteuse et sa fourrure d'un blanc tacheté, expliqua Jondalar.

— C'est convaincant, admit Willamar. Mais les léopards des neiges vivent sur les hauteurs, ils chassent le bouquetin, le chamois et le mouflon, pas les chevaux.

— D'après Ayla, c'était un jeune, probablement un mâle.

— Les prédateurs des montagnes descendent peut-être tôt cette année, avança Marthona. Cela pourrait annoncer un été court.

— Il faut en parler à Joharran, estima Willamar. La prudence conseille d'organiser rapidement de grandes chasses pour faire des réserves de viande. Un été court pourrait être suivi d'un long hiver rigoureux.

— Et nous ferions bien de cueillir tous les fruits mûrs que nous pourrons avant la venue du froid, suggéra Marthona. Avant même qu'ils soient mûrs, au besoin. Je me rappelle un été lointain, nous avions cueilli peu de fruits et nous avons dû ensuite déterrer des racines d'un sol presque gelé.

— Je m'en souviens aussi, dit Willamar. Je crois que c'était avant que Joconan devienne Homme Qui Commande.

— Oui. Nous ne nous étions pas encore unis mais nous étions attirés l'un par l'autre. Si ma mémoire est bonne, nous avons connu plusieurs mauvaises années de suite, à l'époque.

La Première n'en gardait aucun souvenir, elle n'était probablement alors qu'une enfant.

— Qu'avez-vous fait ? demanda-t-elle.

— D'abord, personne n'a voulu croire que l'été pouvait finir aussi vite, répondit Willamar. Et puis tout le monde s'est hâté de faire des provisions pour l'hiver. Sage décision car la saison froide fut longue.

— Il faut prévenir les Cavernes, dit la Première.

— Comment être sûrs que l'été sera court ? objecta Jondalar. Après tout, ce n'est qu'un seul léopard des neiges.

Ayla partageait son avis mais elle garda le silence.

— Pas besoin d'être sûrs, argua Marthona. Si nous séchons plus de viande et de baies, si nous commençons plus tôt à faire des réserves de racines et de noix, ce ne sera pas perdu même si le froid tarde à venir. Nous les utiliserons plus tard. Mais si nos réserves ne sont pas suffisantes, nous connaîtrons la faim, ou pire.

— J'ai dit que je voulais te parler, Ayla, reprit la Première. J'ai réfléchi à ton Périple de Doniate. Je me demandais si nous devions partir tôt ou attendre la fin de l'été, peut-être même après la deuxième Matrimoniale. Je pense maintenant qu'il vaut mieux nous mettre en route dès que possible. Nous en profiterons pour avertir tout le monde de la possibilité d'un été court. Je suis sûre que la Zelandoni de la Quatorzième sera heureuse de conduire la Matrimoniale de fin de saison. Je ne crois pas que les couples seront nombreux, de toute façon. Il n'y aura que ceux qui se seront connus cet été et auront pris une décision tardive. Je connais deux couples qui ne savent pas encore s'ils veulent s'unir et un dont les Cavernes peinent à se mettre d'accord. Tu penses que vous pourriez être prêts à partir dans quelques jours ?

— J'en suis sûre, répondit Ayla. Et cela m'éviterait d'avoir à trouver un autre endroit pour les chevaux.

— Regardez cette foule, dit Danella en s'approchant des groupes rassemblés devant la grande hutte de la Zelandonia.

Elle marchait à côté de son compagnon Stevadal, le chef de Vue du Soleil, et de Joharran et Proleva. Les gens attendaient de voir qui allait sortir de l'abri mais ils avaient déjà de quoi satisfaire leur curiosité : les perches et le siège spécialement fabriqués pour la Première étaient attelés à la jument louvette de la compagne étrangère de Jondalar, et Lanidar, le jeune chasseur de la Dix-Neuvième Caverne au bras difforme, tenait une corde nouée à un licou, une lanière qu'Ayla avait passée autour de la tête de l'animal. Il avait aussi à la main une autre corde retenant le jeune étalon brun auquel on avait également attaché des perches chargées de ballots. La pouliche grise se pressait contre lui, comme pour rechercher sa protection. Le loup, assis à côté d'eux, fixait lui aussi l'entrée de la hutte.

— Est-ce que nos amis suscitent toujours autant d'intérêt, Joharran ? demanda Stevadal.

— Oui, chaque fois qu'ils chargent les chevaux.

— C'est une chose de voir ces bêtes à la lisière du camp principal – on finit par s'habituer –, mais quand Ayla et Jondalar leur attachent ces perches, quand ils leur demandent de tirer et qu'elles le font, c'est vraiment sidérant, expliqua Proleva.

La foule s'agita lorsque plusieurs personnes sortirent de la hutte. Les deux couples pressèrent le pas afin d'avoir le temps de faire leurs adieux. Lorsque Jondalar et Ayla apparurent, Loup se leva mais resta au même endroit. Suivirent Marthona, Willamar et Folara, plusieurs Zelandonia et enfin la Première. Joharran préparait déjà une grande chasse et Stevadal, quoique réticent à accepter l'éventualité d'un été court, ne demandait pas mieux que d'y prendre part.

— Reviendras-tu ici, Ayla ? dit Danella après avoir pressé sa joue contre celle de la jeune femme. J'ai à peine eu le temps de faire ta connaissance.

— Je l'ignore. Cela dépend de la Première.

Danella effleura également la joue de Jonayla de la sienne. Suspendue à la hanche de sa mère dans la couverture à porter, l'enfant était éveillée et semblait sentir l'excitation ambiante.

— J'aurais aimé la connaître mieux, elle aussi. Elle est si mignonne.

Jondalar et Ayla s'approchèrent des chevaux et prirent les longes.

— Merci de ton aide pour les bêtes, dit-elle à Lanidar. Elles te font confiance, elles se sentent bien avec toi.

— J'y ai pris plaisir. J'aime les chevaux et vous avez tant fait pour moi. Si vous ne m'aviez pas demandé de les garder l'année dernière, si vous ne m'aviez pas appris à me servir d'un lance-sagaie, je ne serais pas devenu chasseur. Je cueillerais encore des baies avec ma mère. Maintenant, j'ai des amis et un statut à offrir à Lanoga, quand elle aura l'âge.

— Tu songes toujours à t'unir à elle ? dit Ayla.

— Oui, nous faisons des projets.

Il se tut, parut hésiter à poursuivre, finit par se lancer :

— Je vous remercie pour l'abri d'été que vous avez construit pour elle et sa famille. Cela change tout. J'y ai dormi la plupart du temps pour l'aider à s'occuper des petits. Sa mère n'est rentrée que deux... non, trois fois. A peine capable de marcher. Laramar y a passé une nuit, il ne s'est même pas rendu compte que j'étais là. Au matin, il s'est levé et il est reparti tout de suite.

— Et Bologan ? Est-ce qu'il reste pour aider Lanoga ?

— Quelquefois. Il apprend à faire du barma et, les jours où il en fabrique, il dort avec Laramar. Il s'exerce aussi au lance-sagaie, je lui ai montré. L'été dernier, la chasse ne l'intéressait pas du tout mais cette année il a vu comme j'ai progressé et il veut montrer qu'il en est aussi capable.

— J'en suis heureuse. Si nous ne repassons pas ici après le Périple, j'espère te revoir l'année prochaine, dit-elle en le serrant dans ses bras.

Elle remarqua alors que les visages se tournaient vers Whinney : la femme massive qui était la Zelandoni de la Neuvième Caverne et la Première parmi Ceux Qui Servaient la Mère se dirigeait vers le travois. Bien qu'Ayla la soupçonnât d'être nerveuse, elle marchait d'un air confiant. Jondalar, qui se tenait, souriant, près de la jument, tendit la main à la doniate pour l'aider. Ayla demeura près de Whinney pour la calmer lorsqu'elle sentirait le fardeau supplémentaire. Zelandoni monta sur le marchepied, qui s'abaissa sous son poids mais pas plus qu'il n'était normal. Appuyée au bras de

Jondalar pour garder équilibre et assurance, elle se retourna et s'assit. Quelqu'un avait fabriqué des coussins confortables pour le siège et quand elle fut installée elle se sentit mieux. Elle remarqua les accoudoirs, auxquels elle pourrait se tenir après le départ, ce qui contribua aussi à atténuer son appréhension.

Une fois la Première assise, Jondalar retourna auprès d'Ayla et, joignant les mains, lui fit la courte échelle pour l'aider à monter sur Whinney : lorsqu'elle portait Jonayla dans sa couverture, il lui était difficile de sauter sur la jument comme elle le faisait d'habitude. Il attacha la longe de Grise à l'une des perches puis s'approcha de Rapide et grimpa dessus.

Ayla se mit en route, ouvrant la marche. Malgré les perches et le poids de la Zelandoni, Whinney n'entendait pas laisser son rejeton passer devant elle. Elle était la jument dominante, celle qui, dans un troupeau, galopait toujours en tête.

Rapide et Jondalar suivirent. Il était satisfait de fermer la marche, cela lui permettait de garder un œil sur Ayla et le bébé – sans parler de Zelandoni – pour s'assurer que tout allait bien. Comme la Première était tournée vers lui, il pouvait lui sourire et même, s'il se rapprochait, avoir une conversation avec elle ou tout au moins lui adresser quelques mots.

La doniate agita la main avec sérénité en direction des personnes rassemblées au camp principal et les regarda jusqu'à ce qu'elle soit trop loin pour les voir distinctement. Elle aussi était contente d'avoir Jondalar derrière elle. Elle était encore un peu effrayée de se trouver sur ce siège. Elle fut un peu secouée, en particulier lorsque le terrain devint rocailleux mais somme toute, ce n'était pas une façon de voyager désagréable, estima-t-elle.

Ayla reprit la direction par laquelle ils étaient venus jusqu'à un cours d'eau prenant sa source au nord. Arrivée à un endroit dont ils avaient discuté la veille, elle s'arrêta. Jondalar descendit du jeune étalon et courut vers sa compagne pour l'aider mais elle avait déjà passé la jambe par-dessus sa jument et se laissait glisser.

Leurs chevaux étaient des bêtes trapues, extrêmement robustes, avec un cou puissant surmonté d'une courte crinière hérissée. Ils avaient de solides sabots leur permettant d'avancer sur tous les terrains – pierres tranchantes, sol dur, sable mou – sans avoir besoin de protection. Ayla et Jondalar s'approchèrent de Zelandoni et lui tendirent tous deux la main pour l'aider à se lever.

— Ce n'est pas si difficile, finalement, dit-elle. On est un peu ballotté, quelquefois, mais les coussins amortissent les cahots et on peut se tenir aux accoudoirs. Je ne suis quand même pas mécontente d'être debout et de faire quelques pas.

Elle regarda autour d'elle et hocha la tête.

— A partir de maintenant, nous prenons au nord. Ce n'est pas très loin mais la pente est raide.

Loup, parti devant pour explorer les environs, fit demi-tour lorsqu'il vit qu'ils s'étaient arrêtés. Il les rejoignit au moment où ils remontaient sur les chevaux après avoir aidé Zelandoni à se rasseoir sur son siège. Ils traversèrent le cours d'eau et en longèrent la rive gauche. Ayla remarqua des entailles sur les arbres et en conclut que quelqu'un avait marqué la piste. En examinant l'une des encoches indiquant le chemin à suivre, elle remarqua qu'elle avait été taillée sur une autre marque plus ancienne et plus sombre, moins facile à repérer.

Elle avançait au pas pour ménager les bêtes. La Première bavardait avec Jondalar, qui était descendu de Rapide et allait à pied en menant l'étalon brun par le licou. La montée était rude, le paysage changea, les arbres feuillus faisant place à des broussailles ponctuées de hauts conifères. Loup s'enfonçait dans les fourrés puis réapparaissait, venant d'une autre direction.

La piste finit par les mener à l'entrée d'une large grotte située dans les collines de la ligne de partage des eaux entre la Rivière et la Rivière de l'Ouest. L'après-midi était bien avancée quand ils y parvinrent.

— Ce fut beaucoup plus facile qu'en marchant, déclara Zelandoni en descendant de son siège sans même attendre l'aide de Jondalar.

Il s'approcha de la grotte, regarda à l'intérieur.

— Quand veux-tu y entrer ? demanda-t-il.

— Pas avant demain, répondit Zelandoni. Elle est profonde, il nous faudra la journée pour aller au bout et revenir.

— Tu veux aller au bout ?

— Oh oui. Tout au bout.

— Alors, il vaut mieux installer notre camp ici puisque nous y passerons au moins deux nuits, conclut-il.

— Il est encore tôt, souligna Ayla. Une fois que nous serons installés, j'irai voir ce qui pousse par ici. Je trouverai peut-être quelque chose de bon pour le repas du soir.

— Je n'en doute pas.

— Tu veux m'accompagner ? Nous pouvons tous y aller.

— Non. En approchant, j'ai repéré des affleurements de silex et je me demande s'il y en a aussi dans la grotte. Je vais allumer une torche pour jeter un coup d'œil.

— Et toi, Zelandoni ? demanda Ayla. Tu viens ?

— Non plus. Je veux réfléchir un peu à cette grotte, estimer le nombre de torches et de lampes qu'il nous faudra, ainsi que tout ce que nous devrons emporter d'autre.

Ayla fit un pas à l'intérieur, scruta l'obscurité, leva les yeux vers la voûte.

— Elle a l'air immense.

Jondalar la rejoignit.

— Regarde, il y a un morceau de silex qui sort de la paroi, près de l'entrée. Je suis sûr que nous en trouverons d'autres plus loin, dit-il d'une voix excitée. Mais nous ne pourrons pas en rapporter beaucoup, ce serait trop lourd.

— La grotte est aussi haute sur toute sa longueur ? demanda Ayla à la Première.

— Oui, à peu près, sauf vers la fin. C'est plus qu'une grotte. C'est une immense caverne, avec de nombreuses salles et des galeries. Il y a même des niveaux inférieurs mais nous ne les explorerons pas cette fois. Des ours y viennent l'hiver, vous verrez les endroits où ils se vautrent et les traces de leurs griffes sur les parois.

— Est-ce assez haut pour que les chevaux puissent y entrer ? Avec des perches, nous pourrions peut-être porter dehors les silex de Jondalar...

— Je crois que oui.

— Il faudra laisser des marques à l'aller pour être sûrs de retrouver notre chemin au retour, conseilla Jondalar.

— Loup nous aiderait à sortir si nous nous égarions, assura Ayla.

— Il nous accompagnera ? s'enquit la Première.

— Si je le lui demande.

L'endroit avait manifestement déjà été visité : devant l'entrée, le sol avait été nivelé çà et là et on y avait fait du feu, comme le montraient des cercles noircis entourés de pierres. Ils en choisirent un, ajoutèrent des pierres prises à un autre pour caler des branches fourchues qui serviraient de support à la broche sur laquelle ils enfileraient des morceaux de viande. Puis Jondalar et Ayla détachèrent les chevaux et les conduisirent à un carré d'herbe proche.

Ils entreprirent ensuite d'installer une grande tente de voyage constituée de deux tentes ordinaires montées ensemble. Ils l'avaient essayée avant le départ pour s'assurer qu'elle serait assez spacieuse pour eux trois. Ils avaient emporté de la nourriture séchée ainsi que les restes de leur repas matinal et de la viande fraîche provenant d'un cerf abattu par Solaban et Rushemar. Avec les perches, Jondalar et Ayla fabriquèrent un haut trépied auquel ils suspendirent la nourriture enveloppée dans des peaux brutes pour la mettre hors de portée des animaux.

Ils firent ensuite provision de combustible pour le feu, en grande partie du bois mort d'arbres abattus et des broussailles mais aussi des brindilles et des branches desséchées de conifères, et des crottes séchées d'animaux se nourrissant d'herbe. Ayla alluma un feu et le couvrit afin d'avoir du charbon de bois pour plus tard. Ils firent un repas de restes et même Jonayla suçota l'extrémité d'un os après avoir tété. Ils s'attelèrent ensuite à leurs tâches respectives. Zelandoni chercha dans les ballots transportés sur le travois de Rapide les lampes et les torches, les sacs de graisse pour les lampes, le lichen, les lanières de champignon séché et autres matériaux à mèche. Jondalar prit son sac d'outils de tailleur de silex, tint une torche neuve au-dessus des flammes du feu et entra dans la grotte.

Ayla prit son sac mamutoï qui se portait à l'épaule et était plus souple que les sacs à dos zelandonii. Elle l'accrocha côté droit avec le carquois contenant son propulseur et ses sagaies. Elle attacha Jonayla dans son dos avec la couverture mais elle pouvait facilement la faire glisser sur sa hanche gauche. Devant, également sur la gauche, elle passa son bâton à fouir sous la lanière en cuir qui lui ceignait la taille et accrocha l'étui de son couteau à droite. Sa fronde lui entourait la tête et elle portait les pierres lui servant de projectiles dans un des sacs qui pendaient à sa ceinture. Un autre sac contenait un bol et une assiette, de quoi allumer un feu, un petit percuteur en pierre, un nécessaire de couture avec des fils de tailles diverses, minces tendons et cordelettes pouvant passer dans les chas de grosses aiguilles en ivoire. Il y avait aussi un rouleau de corde plus épaisse et diverses autres choses.

Enfin, elle portait son sac à remèdes sur la poitrine, attaché à une lanière. Il était en peau de loutre et elle s'en séparait rarement. Zelandoni n'en avait jamais vu de semblable et avait tout de suite compris que cet objet possédait un pouvoir spirituel. C'était celui qu'Iza, sa mère de Clan, avait fabriqué pour elle avec une peau de loutre entière. Au lieu d'ouvrir le ventre de l'animal comme on le faisait d'habitude, Iza avait incisé le cou, mais pas complètement, de façon que la tête, vidée du cerveau, reste attachée au dos par la peau. Les entrailles, la chair et les os, y compris la colonne vertébrale, avaient été délicatement sortis par l'ouverture, les pieds et la queue restant en place. Deux lacets teints en rouge faufilés autour du cou permettaient de fermer le sac, et la tête, séchée et aplatie, servait de rabat.

Ayla vérifia son carquois, compta quatre sagaies, puis prit son panier de cueillette, fit signe à Loup de l'accompagner et s'engagea sur la piste par laquelle ils étaient venus. En approchant de la grotte, elle avait repéré la plupart des plantes poussant le long du chemin et avait évalué leur utilité. C'était une habitude qu'elle avait prise dans son enfance et qui était devenue un réflexe. Elle était essentielle pour des êtres qui se nourrissaient de la terre, dont la survie dépendait de ce qu'ils pouvaient chasser, cueillir ou trouver lors de leurs expéditions quotidiennes. Ayla relevait toujours les qualités médicinales aussi bien que nutritives de ce qu'elle voyait. Iza, guérisseuse du Clan, s'était attachée à transmettre son savoir à sa fille adoptive en même temps qu'à sa propre fille. Mais Uba était née avec des souvenirs hérités de sa mère et il suffisait qu'Iza lui montre quelque chose une ou deux fois pour qu'elle le comprenne et s'en souvienne.

Comme Ayla n'avait pas les souvenirs du Clan, Iza avait eu beaucoup plus de mal à la former. La fille des Autres avait dû apprendre à force de répétitions. Mais elle avait ensuite étonné sa mère adoptive parce qu'une fois qu'elle savait elle avait une pensée différente sur les médecines qu'on lui avait enseignées. Par exemple, si une plante venait à manquer, elle ne tardait pas à en trouver une autre pour la remplacer ou à imaginer une combinaison de remèdes qui aurait un effet similaire. Elle excellait aussi à formuler un diagnostic, à déterminer ce qui n'allait pas quand un malade se présentait devant elle. Sans pouvoir l'expliquer, Iza avait le sentiment d'une différence entre les façons de penser du Clan et des Autres.

De nombreux membres du clan de Brun croyaient que la fille des Autres qui vivait en leur sein n'était pas très intelligente parce qu'elle n'avait pas une aussi bonne mémoire qu'eux. Iza s'était rendu compte qu'Ayla n'était pas moins intelligente mais qu'elle pensait différemment. Ayla elle-même en était venue à le comprendre. Lorsque des Zelandonii déclaraient que les Têtes Plates n'étaient pas très malins, elle s'efforçait d'expliquer qu'ils n'étaient pas moins intelligents mais d'une intelligence différente.

Elle remonta la piste jusqu'à un endroit dont elle se souvenait, où le sentier à travers les bois qu'ils avaient suivi s'élevait doucement et s'ouvrait sur une étendue d'herbe et de broussailles. Elle l'avait remarquée au passage et cette fois encore, en s'en approchant, elle détecta une délicieuse odeur de fraises mûres. Elle dénoua la couverture à porter et l'étendit par terre, posa Jonayla au milieu. Elle cueillit ensuite un fruit, l'écrasa un peu pour en exprimer le jus sucré et le glissa dans la bouche de son bébé. L'expression de surprise et de curiosité de l'enfant la fit sourire. Elle mangea quelques fraises, en donna une autre à sa fille puis chercha autour d'elle ce qu'elle pouvait rapporter au camp.

Elle repéra un bosquet de bouleaux proche et fit signe à Loup de garder Jonayla pendant qu'elle allait les examiner. Parvenue aux arbres, elle constata avec satisfaction que leur mince écorce commençait à se détacher par endroits. Elle en préleva plusieurs larges bandes et les emporta. De l'étui attaché à sa ceinture, elle tira un couteau neuf que Jondalar lui avait récemment offert. Il était fait d'une lame de silex qu'il avait taillée et fichée dans un superbe manche en vieil ivoire jaunissant sculpté par Solaban et orné de gravures de chevaux par Marsheval. Elle découpa l'écorce de bouleau en morceaux symétriques et les entailla pour pouvoir les plier plus facilement et en faire deux récipients munis de couvercles. Les fraises étaient si petites qu'il lui fallut longtemps pour en cueillir suffisamment pour trois personnes, mais elles étaient si délectables que cela en valait la peine. Du sac dans lequel elle portait sa coupe et son bol personnels, elle tira un morceau de corde, attacha les récipients ensemble et les mit dans son panier à cueillette.

Jonayla s'était endormie et Ayla rabattit sur elle un coin de la couverture en peau de daim qui commençait à se déchirer au bord. Loup était allongé près de l'enfant, les yeux mi-clos. Lorsque Ayla le regarda, il battit le sol de sa queue mais resta à côté du dernier membre de sa meute, qu'il adorait. Ayla se redressa, prit le panier et traversa l'étendue d'herbe en direction du bois qui la bordait.

La première chose qu'elle découvrit dans une haie recouvrant un talus, ce furent les verticilles étoilés des étroites feuilles de gratterons qui poussaient en abondance sur d'autres plantes grâce aux minuscules poils recourbés qui les recouvraient. Elle en déracina plusieurs en tirant sur leurs longues tiges et les roula ensemble. On pouvait s'en servir ainsi comme passoire, ce qui les rendait déjà utiles, mais ils avaient d'autres qualités, à la fois alimentaires et médicinales. Les jeunes feuilles composaient une agréable salade de printemps et les graines grillées fournissaient un breuvage foncé. En écrasant la plante et en la mélangeant à de la graisse, on obtenait un onguent utile pour les femmes aux seins gonflés de lait.

Attirée par un endroit d'herbe sèche exposé au soleil, Ayla flaira une fragrance aromatique et chercha la plante qui devait y pousser : la gratiole. C'était une des premières plantes qu'Iza lui avait fait découvrir et elle se rappelait fort bien en quelles circonstances. Celle-ci mesurait un pied de haut, avec d'étroites feuilles persistantes vert foncé regroupées le long de tiges ramifiées. Des fleurs d'un bleu intense entourant la tige parmi les feuilles du haut venaient d'apparaître et quelques abeilles bourdonnaient autour. Ayla se demanda où se trouvait leur ruche car le miel de gratiole était particulièrement savoureux.

Elle cueillit plusieurs tiges dans l'intention de faire avec les fleurs une tisane non seulement délicieuse mais excellente contre la toux, les enrouements et les maux de poitrine. Les feuilles écrasées soulageaient aussi les brûlures, les blessures et les contusions. Boire une infusion de ces feuilles ou y tremper les membres était un bon traitement des rhumatismes. Cela lui rappela soudain Creb et ce souvenir amena sur ses lèvres un sourire teinté de tristesse. L'une des autres guérisseuses lui avait expliqué à un Rassemblement du Clan qu'elle utilisait aussi la gratiole pour les jambes gonflées par un excès de liquide. Levant la tête, Ayla vérifia que Loup était toujours couché près du bébé endormi puis tourna et s'enfonça dans le bois.

Sur un talus à l'ombre près d'un bosquet d'épinettes, elle avisa des aspérules, petites plantes de dix pouces de haut aux feuilles poussant en cercles, comme les gratterons mais avec une tige plus mince. Elle s'agenouilla pour en cueillir une délicatement avec ses feuilles et ses petites fleurs blanches à quatre pétales. L'aspérule avait une odeur agréable – plus forte une fois séchée, Ayla le savait – et faisait de bonnes infusions. On pouvait appliquer ses feuilles sur les plaies et, une fois bouillies, elles guérissaient les maux d'estomac et autres douleurs internes. On pouvait l'utiliser pour masquer l'odeur parfois désagréable d'autres remèdes, mais Ayla aimait aussi en répandre dans son foyer et en bourrer des coussins à cause de son parfum naturel.

Un peu plus loin, elle vit une autre plante qui aimait les coins ombreux, celle-là haute de deux pieds : la benoîte. Les feuilles dentelées, ressemblant à de larges plumes et couvertes de petits poils, s'espaçaient le long de tiges souples. La forme et la taille de ces feuilles dépendaient de leur position : sur les branches basses, elles poussaient sur de longues tiges et leurs folioles étaient séparées par des espaces irréguliers, le dernier plus grand et plus rond.

Les paires intermédiaires, plus petites, différaient aussi en forme et en taille. Les feuilles du haut étaient trilobées et étroites, celles du bas plus rondes. Les fleurs, qui ressemblaient assez à des boutons-d'or, possédaient cinq pétales jaune vif séparés par des sépales verts et paraissaient trop petites pour une plante aussi grande. Les fruits, qui apparaissaient en même temps que les fleurs, étaient plus visibles et mûrissaient dans les têtes épineuses de capsules rouge sombre.

C'est le rhizome de la plante qu'Ayla déterra. Elle voulait les petites radicelles qui avaient l'odeur et le goût du clou de girofle. Elles soignaient les maux de ventre, notamment les diarrhées, les inflammations de la gorge, la fièvre, les rhumes et même la mauvaise haleine, mais Ayla aimait s'en servir comme d'une épice légère pour assaisonner la nourriture.

A une certaine distance, elle vit ce qu'elle prit d'abord pour des violettes et qui, de plus près, se révéla être du lierre rampant. Les fleurs avaient des formes différentes et poussaient de la base de feuilles qui s'enroulaient en spires de trois ou quatre autour de la tige. Les feuilles réniformes aux dents arrondies, parcourues d'un réseau de veinules, étaient disposées de part et d'autre de longues tiges et restaient vertes toute l'année, mais leur couleur variait du vif au foncé. Ayla savait que le lierre avait un arôme puissant et elle le renifla pour avoir confirmation que c'en était bien. Au Clan, elle en avait préparé une infusion épaisse avec de la racine de réglisse pour calmer la toux et Iza l'avait aussi utilisée pour les yeux irrités. Au Rassemblement d'Eté des Mamutoï, un Mamut avait recommandé le lierre rampant pour les plaies et les bourdonnements d'oreille.

Au sol humide succédèrent une zone marécageuse et une petite rivière bordée de jonchères. Les joncs, parfois hauts de plus de six pieds, figuraient parmi les plus utiles des plantes. Au printemps, on pouvait détacher du rhizome les nouvelles racines pour mettre à nu un jeune cœur tendre qu'on mangeait cru ou légèrement cuit. L'été était la saison des tiges vertes des fleurs, qui poussaient en haut des joncs. Bouillies et grignotées autour de la tige, elles étaient succulentes. Plus tard dans la saison, elles se transformaient en joncs bruns dont le long épi mûrissait, fournissant un pollen jaune riche en protéines. Puis le jonc éclatait en touffes de duvet blanc qu'on pouvait utiliser pour rembourrer les coussins ou comme de l'amadou pour allumer un feu. En été, on pouvait aussi cueillir les jeunes pousses s'élevant de l'épais rhizome souterrain car il y en avait une telle profusion que cela ne nuisait pas à la cueillette de l'année suivante.

Le rhizome fibreux était disponible toute l'année, même en hiver si le sol n'était pas gelé ou recouvert de neige. On en extrayait une farine blanche en l'écrasant dans un récipient en écorce, large et peu profond, la fécule plus lourde tombant au fond tandis que les fibres flottaient à la surface. On pouvait aussi laisser sécher le rhizome et l'écraser ensuite pour ôter les fibres et ne garder que la farine sèche. On tressait également les longues feuilles étroites pour en faire des nattes sur lesquelles s'asseoir ou des sacs en forme d'enveloppe, des cloisons étanches servant à fabriquer un abri temporaire, des paniers et des sacs qu'on remplissait de racines, de feuilles ou de fruits, qu'on mettait à cuire dans l'eau bouillante et qu'on récupérait facilement. La tige séchée provenant de la cueillette de l'année précédente servait à allumer un feu quand on la faisait rouler entre ses paumes, l'extrémité tournant sur une surface adéquate.

Ayla posa son panier de cueillette sur le sol sec, tira de sa ceinture son bâton à fouir taillé dans un bois de cerf et s'engagea dans le marais. Avec ses mains et son bâton, elle creusa la boue sur une dizaine de centimètres et déterra les longs rhizomes de plusieurs joncs. Le reste de la plante vint avec, y compris les pousses attachées à la racine et les épis verts épais d'un pouce et longs de six ; elle avait l'intention de préparer les uns et les autres pour le repas du soir. Elle entoura le tout d'un morceau de corde afin de pouvoir le porter plus aisément et retourna vers l'étendue d'herbe.

En passant près d'un frêne, elle se rappela qu'on en trouvait beaucoup dans le pays des Sharamudoï mais aussi dans la Vallée des Bois. Elle songea à faire cuire des samares à la façon des Sharamudoï, mais ce fruit à ailette devait être cueilli quand il était jeune et craquant, pas filandreux, et ceux qu'elle voyait étaient déjà trop avancés. L'arbre avait cependant de nombreuses qualités médicinales.

Parvenue au pré, elle s'alarma aussitôt. Debout près du bébé, Loup fixait un point dans l'herbe haute avec un grondement menaçant.

13

Elle pressa le pas en direction de l'enfant qui, réveillée et inconsciente du danger que le loup semblait sentir, s'était tournée sur le ventre et se soulevait pour regarder autour d'elle.

Ayla ne voyait pas ce que l'animal fixait mais elle entendit des grognements. Elle posa par terre le panier et les joncs, attacha son bébé dans son dos avec la couverture. Puis elle desserra les lacets du sac spécial dans lequel elle portait deux ou trois pierres rondes et défit la fronde enroulée autour de sa tête : il n'aurait servi à rien d'utiliser une sagaie sans avoir de cible visible, mais une pierre lancée dans la direction générale indiquée par Loup pouvait faire déguerpir l'animal menaçant.

Ayla lança une pierre, suivie d'une autre. La seconde toucha quelque chose avec un bruit sourd et la bête poussa un cri. Ayla décela un mouvement dans l'herbe. Penché en avant, Loup geignait, impatient de s'élancer.

— Va, lui dit-elle, faisant en même temps de la main le signe correspondant.

Loup partit en courant. Ayla rattacha la fronde autour de son front, tira le propulseur de son carquois et tendit la main vers une sagaie, tout en avançant elle aussi. Lorsqu'elle rejoignit Loup, il faisait face à un animal de la taille d'un ourson mais beaucoup plus dangereux. La fourrure brune barrée d'une bande plus claire courant sur les flancs jusqu'à la partie supérieure d'une queue touffue était celle d'un glouton. Ayla avait déjà affronté le plus gros membre de la famille des fouines et l'avait vu s'emparer de proies tuées par des carnivores bien plus gros que lui. Les carcajous étaient des prédateurs voraces capables d'avaler des quantités de nourriture incroyables pour un animal de leur taille, ce qui leur avait valu leur autre nom, et ils semblaient tuer par plaisir quand ils n'avaient pas faim. Loup était prêt à défendre Ayla et sa fille mais un glouton pouvait infliger une grave blessure, voire pire, à un loup solitaire. Mais Loup n'était pas seul, Ayla faisait partie de sa meute.

Avec sang-froid, elle posa une sagaie sur le propulseur et la lança sans hésiter mais, au même instant, Jonayla poussa un cri qui alerta le glouton. L'animal perçut le mouvement rapide de la femme au dernier moment et fit un écart. Il serait peut-être sorti totalement de la trajectoire de la sagaie s'il n'avait dû concentrer la presque totalité de son attention sur Loup. Le projectile s'enfonça dans le train arrière du glouton, lui portant une blessure qui n'était pas immédiatement mortelle. La pointe de silex attachée à un morceau de bois pointu fixé au bout d'une hampe plus longue s'en sépara comme elle était censée le faire.

Le carcajou se réfugia dans les broussailles avec cette pointe fichée en lui mais Ayla ne pouvait en rester là, elle devait l'achever. Elle ne voulait pas qu'il souffre inutilement. En outre, le glouton étant déjà féroce en temps normal, à quels ravages ne se livrerait-il pas, affolé par la douleur, peut-être dans leur camp même, qui n'était pas si éloigné ? Ayla voulait aussi récupérer la pointe de silex et voir si on pouvait la réutiliser. Enfin, elle voulait la fourrure de l'animal. Elle prit une autre sagaie dans l'étui, repéra l'endroit où la hampe de la première était tombée pour venir la reprendre plus tard.

— Trouve-le, Loup, ordonna-t-elle, cette fois uniquement par un geste.

Loup partit devant, ne tarda pas à flairer l'odeur du glouton et à le débusquer. Ayla retrouva son loup en arrêt, grondant en direction d'une masse brun et blanc en partie dissimulée par les broussailles.

Elle évalua rapidement la position du glouton avant de lancer avec force sa deuxième sagaie. Le projectile s'enfonça profondément, perça le cou de part en part. Un jet de sang indiqua qu'une artère avait été sectionnée. Le carcajou cessa de grogner et s'effondra.

Ayla détacha la hampe de la deuxième sagaie, envisagea de traîner l'animal sur l'herbe par la queue mais se dit aussitôt que ce serait plus facile dans le sens des poils. Elle remarqua alors d'autres benoîtes poussant à proximité et les déracina. Elle enroula les solides tiges épineuses autour de la tête et des mâchoires du glouton et le rapporta à la clairière en s'arrêtant au passage pour récupérer la hampe de la première sagaie.

Ayla tremblait quand elle parvint à l'endroit où elle avait posé son panier. Elle laissa le corps du carcajou un peu plus loin, desserra la couverture à porter et fit passer Jonayla devant. Les joues ruisselantes de larmes, elle pressa sa fille contre elle et laissa enfin sortir sa peur et sa colère. A n'en pas douter, c'était son bébé que le glouton avait choisi pour proie.

Même si Loup faisait bonne garde – et elle savait qu'il se serait battu à mort pour l'enfant – le carcajou retors et hargneux aurait pu le blesser et s'en prendre ensuite à Jonayla. Peu d'animaux se risquaient à affronter un loup, surtout un spécimen de la taille de celui d'Ayla. La plupart des grands félins auraient reculé ou auraient simplement passé leur chemin et c'était à ces prédateurs qu'elle avait pensé quand elle avait laissé Jonayla seule. Elle n'avait pas voulu réveiller son bébé endormi pour une cueillette aussi courte. Après tout, Loup la protégeait, et Ayla n'avait perdu l'enfant de vue que quelques instants, quand elle avait pénétré dans le marais pour déterrer les joncs. Elle n'avait pas pensé à un glouton. Il y a toujours plus d'une sorte de prédateur qui rôde, se dit-elle en secouant la tête.

Elle donna le sein au bébé, autant pour se réconforter elle-même que pour le nourrir, et félicita Loup en lui tapotant l'échine de sa main libre.

— Il faut que j'aille écorcher le glouton. J'aurais préféré tuer une bête qui se mange – encore que tu puisses t'en contenter – mais je veux sa fourrure. C'est le seul bon côté des gloutons. Sinon, ils sont mauvais, ils nous volent les animaux pris dans nos pièges et la viande mise à sécher, même à proximité des camps. Lorsqu'ils réussissent à s'introduire dans un abri, ils saccagent tout et répandent une odeur infecte. Leur fourrure fournit cependant la meilleure doublure de capuchon d'hiver. La glace ne s'y accroche pas quand on halète. Je ferai un capuchon pour Jonayla et un autre pour moi. Toi, tu n'en as pas besoin, Loup. La glace ne s'accroche pas non plus à ta fourrure. En plus, tu aurais l'air bizarre avec de la fourrure de glouton autour de la tête.

Ayla se rappela le carcajou qui avait importuné les femmes du clan de Brun alors qu'elles découpaient une bête abattue à la chasse. Il s'était précipité au milieu du groupe et avait dérobé des bandes de viande fraîchement coupées qu'elles avaient mises à sécher sur des cordes tendues près du sol. Même quand elles lui avaient jeté des pierres, il n'avait pas battu en retraite. Il avait finalement fallu qu'un des hommes s'occupe de lui. L'incident avait fourni à Ayla l'un de ses arguments pour justifier sa décision d'apprendre seule et secrètement à chasser avec sa fronde.

Ayla reposa sa fille sur la couverture en peau de daim, cette fois sur le ventre puisque l'enfant semblait aimer se soulever pour regarder autour d'elle. Ayla traîna ensuite le corps du glouton à l'écart et le retourna. Elle commença par extraire les deux pointes de silex restées dans la chair de l'animal. Celle qui s'était plantée dans l'arrière-train était intacte, il suffirait d'en laver le sang, mais l'autre avait l'extrémité brisée. Il faudrait la retailler et Jondalar le ferait bien mieux qu'elle, pensa Ayla.

Avec le couteau neuf qu'il lui avait récemment offert, elle sectionna les parties génitales du carcajou et, partant de l'anus, coupa en direction du ventre, s'arrêtant juste avant la glande à sécrétion nauséabonde. Pour marquer leur territoire, les gloutons s'accroupissaient au-dessus d'un rondin ou d'un buisson et le frottaient avec la substance produite par cette glande, qui pouvait gâcher une fourrure : impossible de porter autour du visage des poils imprégnés d'une odeur presque aussi forte que celle d'une moufette.

Ecartant la peau pour éviter de percer le ventre et de toucher les intestins, Ayla cisailla autour de la glande, tâta de la main avec précaution, passa le couteau dessous et la coupa. Elle allait la jeter en direction des bois quand elle songea que Loup en décèlerait l'odeur et viendrait la prendre, ce qui risquait d'empuantir aussi son pelage. Elle prit délicatement la glande entre ses doigts, retourna à l'endroit où elle avait abattu le glouton, repéra une branche fourchue et la posa dessus. De retour près du carcajou, elle finit d'inciser la peau jusqu'à la gorge.

Elle revint ensuite à l'anus et enfonça son couteau à la fois dans la peau et la chair. Lorsqu'elle parvint à l'ilion, elle chercha le bord situé entre côté droit et côté gauche et sectionna le muscle jusqu'à l'os. Puis elle écarta les pattes de l'animal en forçant, chercha de nouveau le bon endroit, accentua encore sa pression et cassa l'os, coupant légèrement la membrane de l'abdomen. Après avoir élargi l'ouverture, elle put prélever l'intestin et le reste des entrailles. Une fois cette tâche délicate accomplie proprement, elle coupa la chair jusqu'au sternum.

Un couteau ne suffirait pas pour briser le sternum. Ayla savait qu'elle avait un petit percuteur dans le sac où elle rangeait son bol et sa coupe mais elle regarda d'abord autour d'elle pour trouver quelque chose d'autre. Elle aurait dû prendre la pierre arrondie avant de commencer à écorcher le glouton mais, un peu déconcentrée, elle avait oublié de le faire. Elle avait du sang sur les mains et ne voulait pas salir son sac. Elle vit une pierre dépassant du sol et se servit de son bâton à fouir pour la dégager mais elle se révéla trop grosse. Finalement, elle essuya ses mains dans l'herbe et prit le percuteur dans le sac.

Il lui fallait autre chose encore. Si elle frappait le dos de la lame de son nouveau couteau de silex avec une pierre, il s'ébrécherait. Elle avait besoin de quelque chose pour amortir le choc. Se rappelant alors qu'un bord de la couverture à porter était déchiré, elle se releva, retourna à l'endroit où Jonayla battait des pieds en tentant d'attraper Loup. Ayla lui sourit et coupa un morceau de cuir souple du coin abîmé. De retour près du glouton, elle plaça toute la longueur de la lame de silex sur le sternum, la recouvrit du morceau de cuir, ramassa le percuteur et frappa. Le couteau fit une entaille mais ne brisa pas l'os. Ayla frappa une deuxième et une troisième fois avant de sentir l'os céder. Lorsque le sternum fut ouvert, elle prolongea l'incision jusqu'à la gorge pour dégager la trachée.

Après avoir écarté la cage thoracique, elle libéra des parois le diaphragme séparant la poitrine du ventre. Saisissant la trachée glissante, elle entreprit d'extraire les viscères en utilisant son couteau pour les décoller de la colonne vertébrale. L'ensemble des organes internes reliés entre eux roula sur le sol. Ayla retourna la carcasse pour la laisser se vider.

La procédure était essentiellement la même pour tout animal, petit ou grand. Si sa chair devait être mangée, l'étape suivante consistait à la rafraîchir le plus rapidement possible en la rinçant à l'eau froide ou, si c'était en hiver, en la posant sur la neige. De nombreux organes internes d'herbivores comme le bison, l'aurochs, le cerf, le mammouth ou le rhinocéros étaient comestibles et savoureux – le foie, le cœur, les reins – et d'autres parties avaient une autre utilisation. On se servait presque toujours de la cervelle pour tanner les peaux. Une fois nettoyé, l'intestin était rempli de graisse ou de morceaux de viande auxquels on ajoutait parfois du sang. Bien lavés, l'estomac et la vessie faisaient d'excellentes outres pour l'eau ou d'autres liquides. Ils servaient aussi d'ustensiles de cuisson. On pouvait aussi cuire un aliment dans une peau fraîche enfoncée légèrement dans un trou creusé dans le sol. On ajoutait de l'eau, on la faisait bouillir avec des pierres chauffées dans le feu. Lorsqu'on les utilisait ainsi, les estomacs, les peaux et autres matières organiques rétrécissaient parce qu'ils cuisaient aussi et il ne fallait jamais trop les remplir d'eau.

Bien qu'elle sût que d'autres le faisaient, Ayla ne consommait jamais la viande des carnivores. Le clan qui l'avait élevée n'aimait pas manger la viande d'animaux qui mangeaient de la viande et les rares fois où elle avait essayé, elle avait trouvé le goût écœurant. Elle présumait qu'en des circonstances exceptionnelles elle aurait été capable de le supporter mais il aurait fallu qu'elle soit à demi morte de faim. Désormais, elle n'aimait même plus la viande de cheval, pourtant généralement très appréciée. Elle savait que c'était parce qu'elle se sentait très proche de ses chevaux.

Il était temps de retourner au camp. Elle remit les hampes de sagaie dans son carquois spécial avec le propulseur, jeta les pointes récupérées dans la carcasse du glouton. Puis elle rattacha Jonayla sur son dos avec la couverture, ramassa son panier et fourra les longues tiges de jonc sous un de ses bras. Elle saisit les benoîtes encore enroulées autour de la tête de l'animal et le tira derrière elle. Elle laissa les entrailles où elles étaient, l'une ou l'autre créature de la Mère se chargerait de les manger.

Lorsqu'elle arriva au camp, Jondalar et Zelandoni la regardèrent un instant avec étonnement.

— Tu n'as pas perdu ton temps, semble-t-il, souligna la doniate.

— Je ne pensais pas que tu chasserais, dit Jondalar en s'approchant de sa compagne pour la soulager de ses fardeaux. Encore moins un glouton.

— Ce n'était pas mon intention, répondit-elle avant de lui raconter ce qui s'était passé.

— Je me demandais pourquoi tu emportais des armes pour partir à la cueillette, reprit Zelandoni. Maintenant, je le sais.

— Généralement, les femmes y vont en groupe. Elles parlent, elles rient, elles chantent, elles font beaucoup de bruit. Parce qu'elles y prennent plaisir mais aussi parce que cela fait fuir les animaux, expliqua Ayla.

— Je n'y avais pas pensé mais tu as raison, dit Jondalar. A plusieurs, les femmes tiennent sûrement la plupart des animaux à l'écart.

— Nous conseillons toujours aux jeunes femmes de se faire accompagner chaque fois qu'elles quittent la Caverne, que ce soit pour faire une visite, cueillir des baies ou ramasser du bois, dit Zelandoni. Nous n'avons pas à leur recommander de bavarder et de rire, elles le font naturellement quand elles sont ensemble et cela contribue à leur sécurité.

— Au Clan, les femmes parlent peu et ne rient jamais, mais elles frappent leurs bâtons à fouir en cadence, elles crient ou émettent des sons sur ce rythme. Ce n'est pas chanter mais cela y ressemble.

Jondalar et Zelandoni se regardèrent sans savoir quoi dire. De temps à autre, Ayla émettait un commentaire qui leur donnait un aperçu de la vie qu'elle avait menée avec le Clan et les amenait à comprendre combien son enfance avait été différente de la leur. Cela leur faisait aussi prendre conscience que le peuple du Clan était à la fois semblable et différent d'eux.

— Avec la fourrure du glouton, je pourrai faire des doublures de capuchon, mais il faut que je m'en occupe tout de suite, dit Ayla à son compagnon. Tu veux bien garder Jonayla ?

— Mieux que ça. Je vais t'aider pour la fourrure et nous garderons Jonayla ensemble.

— Allez-y tous les deux, intervint Zelandoni, je m'occuperai du bébé. Ce ne serait pas la première fois que je garde un enfant. Et Loup m'aidera, ajouta-t-elle en regardant le prédateur. N'est-ce pas, Loup ?

Ayla traîna le corps du carcajou jusqu'à une clairière située à quelque distance pour ne pas attirer de charognards à proximité de leur camp. Elle prit dans la carcasse les pointes de silex récupérées et les tendit à Jondalar.

— Une seule est à retailler, lui expliqua-t-elle avant de narrer les détails de sa chasse.

— Ma journée a été beaucoup moins animée que la tienne, dit-il en commençant à écorcher le glouton.

Il coupa la peau de la patte arrière gauche jusqu'à l'incision qu'Ayla avait pratiquée dans le ventre.

— Tu as trouvé des silex dans la grotte, aujourd'hui ? lui demanda-t-elle en faisant la même chose sur la patte avant gauche.

— Il y en a beaucoup. Ils ne sont pas de première qualité, mais ils peuvent servir, au moins pour apprendre à tailler. Tu te souviens de Matagan ? Le garçon blessé à la jambe par un rhinocéros l'année dernière ? Celui dont tu as remis l'os en place ?

— Oui. Je n'ai pas eu l'occasion de lui parler mais je l'ai vu. Il boite mais il a l'air d'aller bien, répondit-elle en incisant la patte avant droite tandis que Jondalar passait à la patte arrière droite.

— J'ai discuté avec sa mère et le compagnon de cette femme, ainsi qu'avec plusieurs membres de leur Caverne. Si Joharran et la Neuvième sont d'accord – et je ne vois pas qui soulèverait une objection – il viendra vivre avec notre Caverne à la fin de l'été. Je lui montrerai comment tailler le silex, je verrai s'il a du talent ou du goût pour ça.

Il leva les yeux et demanda :

— Tu veux garder les pieds ?

— Les griffes sont acérées mais à quoi pourraient-elles me servir ?

— Tu peux toujours les troquer. Elles feraient une jolie décoration, cousues sur une tunique, ou assemblées en collier. Les dents aussi, d'ailleurs. Et que comptes-tu faire de cette superbe queue ?

— Je crois que je la garderai avec la peau. Quant aux griffes, je les troquerai... ou je m'en servirai pour percer des trous.

Ils coupèrent les pieds, disloquant les articulations et sectionnant les tendons, puis ils décollèrent la peau du côté droit de la colonne vertébrale en utilisant davantage leurs mains que leurs couteaux. A coups de poing, ils crevèrent la membrane séparant le corps de la peau quand ils parvinrent à la partie charnue des pattes. Puis ils retournèrent la carcasse et s'attaquèrent au côté gauche.

Tout en bavardant, ils continuèrent à décoller la peau en tirant pour faire le moins d'incisions possible.

— Où Matagan logera-t-il ? s'enquit Ayla. Il a de la famille à la Neuvième Caverne ?

— Non, il n'en a pas. Nous n'avons pas encore pris de décision.

— Son foyer lui manquera, surtout au début. Nous avons de la place, il pourrait vivre avec nous.

— J'y ai songé et je voulais savoir si cela te dérangerait. Il faudrait nous organiser, lui donner son propre endroit où dormir, mais c'est avec nous qu'il serait le mieux. Je le ferai travailler, je verrai si la taille l'intéresse. Ça ne servirait à rien d'essayer de la lui apprendre si ça ne lui plaît pas, mais j'aimerais avoir un apprenti. Et avec sa mauvaise jambe, cela lui conviendrait.

Ils durent se servir davantage de leurs couteaux pour détacher la peau des épaules, aux endroits où elle était tendue et où la membrane entre chair et peau était moins nette. Il fallut ensuite couper la tête. Tandis que Jondalar tirait sur le cou, Ayla chercha le point de jonction et trancha la chair jusqu'à l'os. Après une brève torsion, un coup de lame dans la membrane et les tendons, la tête tomba.

Jondalar tint à bout de bras la superbe fourrure. Avec son aide, écorcher le glouton avait pris peu de temps. Ayla se rappela la première fois qu'il l'avait aidée à dépecer un animal, quand ils vivaient dans la vallée où elle avait trouvé son cheval et qu'il n'était pas encore tout à fait remis des coups de griffe du lion. Elle avait été étonnée non seulement qu'il veuille l'aider mais qu'il en soit capable. Les hommes du Clan ne se chargeaient pas de ce genre de travail, ils n'avaient pas les souvenirs nécessaires pour ça, et parfois il arrivait encore à Ayla d'oublier que Jondalar pouvait l'aider dans des tâches qui, au Clan, auraient incombé aux femmes. Habituée à se débrouiller seule, elle sollicitait rarement son aide mais lui était reconnaissante, maintenant comme autrefois, quand il la lui accordait.

— Je donnerai la viande à Loup, dit Ayla en baissant les yeux vers ce qui restait du carcajou.

— Je me demandais ce que tu allais en faire.

— Maintenant, je vais envelopper la peau, avec la tête à l'intérieur, et nous préparer à manger. Je commencerai peut-être à la racler ce soir.

— Il faut absolument que tu le fasses ce soir ?

— J'ai besoin de la cervelle pour l'assouplir et elle s'abîmera si je ne l'utilise pas rapidement. C'est une fourrure magnifique, il ne faut pas la gâcher, surtout si l'hiver est aussi froid que Marthona le prédit.

Ils commençaient à s'éloigner quand Ayla repéra des plantes aux feuilles dentelées en forme de cœur, hautes de trois pieds environ, poussant sur la berge humide de la rivière où ils prenaient leur eau.

— Avant de rentrer, je vais cueillir des orties pour le repas de ce soir.

— Elles piquent, objecta Jondalar.

— Une fois cuites, elles ne piqueront plus et elles auront bon goût.

— Je sais mais je me demande qui a eu le premier l'idée de faire cuire des orties pour les manger.

— Je ne crois pas qu'on le saura un jour. Il faut que je trouve quelque chose pour me protéger les mains...

Ayla regarda autour d'elle, remarqua de hautes plantes raides aux fleurs violettes très voyantes, un peu comme celles des chardons, avec de grandes feuilles duveteuses autour de la tige.

— Des bardanes, dit-elle. Leurs feuilles sont douces comme de la peau de daim. Ça ira.

— Délicieuses, ces fraises, déclara Zelandoni. Une fin parfaite pour un merveilleux repas. Merci, Ayla.

— Je n'ai pas fait grand-chose. La viande provenait de l'arrière-train d'un cerf que Solaban et Rushemar m'ont donné avant notre départ. J'ai simplement fabriqué un four pour la rôtir et j'ai faire cuire des joncs.

La doniate avait regardé Ayla creuser un trou dans le sol avec une omoplate aiguisée à une extrémité pour servir de pelle. Elle avait rejeté la terre sur une peau usagée dont elle avait ensuite rapproché les coins pour la porter plus loin. Puis elle avait recouvert le fond et les côtés du trou avec des pierres, en laissant un espace à peine plus grand que la viande, et y avait fait brûler un feu jusqu'à ce qu'elles soient brûlantes. Dans son sac à remèdes, elle avait pris une poche et avait répandu une partie de son contenu sur la viande : certaines plantes étaient à la fois médicinales et aromatiques. Elle avait ajouté les radicelles du rhizome des benoîtes, qui avaient un goût de clou de girofle, ainsi que de l'hysope et de l'aspérule.

Après avoir enveloppé le rôti de cerf dans les feuilles de bardane, elle avait recouvert les pierres du fond d'une couche de terre pour qu'elles ne brûlent pas la viande et avait posé le rôti dans le petit four. Elle avait mis par-dessus de l'herbe humide et des feuilles puis une autre couche de terre, et enfin une grosse pierre plate également chauffée au feu. La viande avait cuit lentement dans la chaleur résiduelle et dans son jus.

— Ce n'était pas seulement un morceau de viande cuite, insista Zelandoni. C'était très tendre, avec un goût que je ne connaissais pas mais que j'ai apprécié. Où as-tu appris à faire à manger comme ça ?

— J'ai appris avec Iza. Elle était femme-médecine du clan de Brun, mais en plus de savoir utiliser les herbes pour soigner elle en connaissait le goût.

— J'ai ressenti exactement la même chose la première fois qu'Ayla m'a fait à manger, dit Jondalar. Un goût inhabituel mais délicieux. J'y suis habitué, maintenant.

— C'était aussi une idée ingénieuse de faire ces petits sacs avec les feuilles de jonc, d'y mettre les orties, les pousses et les épis de jonc avant de les plonger dans l'eau bouillante, dit la Première. C'était plus facile pour les retirer ensuite, il n'a pas fallu les repêcher dans le fond. Je m'en servirai pour les décoctions et les infusions.

— J'ai appris ça à la Réunion d'Eté des Mamutoï. Une femme y préparait à manger de cette façon et beaucoup d'autres l'ont imitée.

— C'était aussi une bonne idée de mettre un peu de graisse sur la pierre plate chaude pour y faire cuire tes gâteaux de farine de jonc. J'ai vu que tu leur avais ajouté quelque chose pris dans ton sac. Qu'est-ce que c'était ?

— Des cendres de pas-d'âne. Ils ont un goût salé, surtout si on les sèche avant de les brûler. J'aimais bien utiliser du sel de mer, quand j'en avais. Les Mamutoï en troquaient. Les Losadunaï vivent près d'une montagne dont ils extraient du sel. Ils m'en ont offert avant notre départ et il m'en restait encore à notre arrivée mais je n'en ai plus, alors je me sers de cendres de feuilles de pas-d'âne, comme le faisait Nezzie. Avant, j'utilisais des pas-d'âne mais pas sous forme de cendres.

— Tu as beaucoup appris pendant tes voyages et tu as de nombreux talents, dit la doniate. J'ignorais que cuire en faisait partie.

Ayla ne savait pas quoi répondre. Elle ne considérait pas que préparer à manger constituait un talent. Elle se sentait encore gênée quand on faisait directement son éloge et se demandait si elle s'y habituerait un jour.

— Les grandes pierres plates sont rares, je crois que je vais garder celle que j'ai trouvée, dit-elle finalement. Comme Rapide tire des perches, je la poserai dessus et je n'aurai pas à la porter. Quelqu'un veut une tisane ?

— Une tisane de quoi ? voulut savoir Jondalar.

— Je vais me servir de l'eau dans laquelle j'ai fait cuire les orties et les joncs. J'y ajouterai de l'hysope, et peut-être de l'aspérule.

— Ça devrait être bon, estima Zelandoni.

— L'eau est encore chaude, ce ne sera pas long, dit Ayla en remettant des pierres dans le feu.

Elle commença ensuite à ranger. Elle transportait la graisse d'aurochs dans un intestin soigneusement lavé dont elle tordit l'extrémité pour le fermer. Elle le mit dans la boîte en cuir brut contenant les viandes. Plongées dans une eau frémissante, les parties grasses de l'animal donnaient un suif blanc utilisé pour cuire les aliments ou pour remplir les lampes. Les restes du repas furent enveloppés dans de grandes feuilles, entourés d'une corde et accrochés au trépied de perches avec la viande.

C'était du suif qui brûlait dans les lampes en pierre creuses. On utilisait comme mèche divers matériaux absorbants. Dans l'obscurité totale d'une caverne, ces lampes projetaient une lumière plus vive qu'on ne l'aurait imaginé. Ils s'en serviraient le lendemain lorsqu'ils pénétreraient dans la grotte.

Ayla plongea des pierres brûlantes dans l'eau de cuisson, la regarda bouillonner avec un sifflement de vapeur, ajouta de l'hysope fraîche.

— Je vais à la rivière laver nos bols, tu veux que je nettoie aussi le tien, Zelandoni ? proposa-t-elle à la doniate.

— Oui, ce serait gentil de ta part.

A son retour, Ayla trouva sa coupe remplie d'une tisane fumante. Jondalar tenait Jonayla dans ses bras et la faisait rire par des grimaces et des bruits bizarres.

— Je crois qu'elle a faim, dit-il.

— Comme d'habitude quand elle se réveille, répondit Ayla en souriant.

Elle prit l'enfant et s'installa près du feu. Avant que le bébé les interrompe, Jondalar et Zelandoni parlaient de Marthona et ils reprirent leur conversation lorsque l'enfant fut repue et de nouveau calme.

— Je ne connaissais pas très bien Marthona quand je suis entrée dans la Zelandonia, dit la Première, mais on racontait beaucoup d'histoires sur son grand amour pour Dalanar. Lorsque je suis devenue acolyte, la Zelandoni qui m'a précédée m'a parlé de la femme connue pour la compétence avec laquelle elle dirigeait la Neuvième Caverne pour que je comprenne bien la situation.

« Son premier compagnon, Joconan, avait été un Homme Qui Commande imposant et elle avait beaucoup appris de lui. Au début, d'après ce qu'on m'a dit, c'était plus de l'admiration et du respect que de l'amour qu'elle éprouvait pour lui. J'ai eu le sentiment qu'elle le vénérait presque, même si la Zelandoni n'employait pas ce mot. Elle disait plutôt que Marthona faisait tout pour lui plaire. Il était plus âgé, elle était sa belle jeune femme, même s'il était prêt à l'époque à en prendre une de plus, voire davantage. Il avait longtemps attendu avant de s'unir et il voulait avoir rapidement une famille une fois la décision prise. Avoir plus d'une compagne lui donnerait l'assurance que des enfants naîtraient dans son foyer.

« Marthona fut bientôt enceinte de Joharran et quand elle donna le jour à un fils, Joconan ne fut plus aussi pressé. En outre, peu après la naissance de l'enfant, Joconan tomba malade. Ce ne fut pas visible au début et il le garda pour lui. Bientôt il comprit que ta mère n'était pas seulement jolie, Jondalar, qu'elle était aussi intelligente. Elle découvrit sa propre force en l'aidant. A mesure qu'il s'affaiblissait, elle assumait de plus en plus les responsabilités de Joconan, si bien qu'à sa mort les membres de la Caverne voulurent qu'elle continue à remplir le rôle d'Homme Qui Commande.

— Quel genre d'homme était Joconan ? demanda Jondalar. Tu dis qu'il était imposant. Je pense que Joharran l'est aussi. Il réussit généralement à persuader la plupart des gens d'adopter son avis et de faire ce qu'il souhaite.

Ayla était captivée. Elle avait toujours voulu en savoir plus sur la mère de son compagnon, mais Marthona n'était pas femme à beaucoup parler d'elle-même.

— Joharran est un bon Homme Qui Commande, mais il n'est pas imposant comme l'était Joconan. Ton frère ressemble plus à Marthona qu'à son compagnon. Joconan pouvait être intimidant, parfois. Il avait une forte présence. On trouvait facile de le suivre, difficile de s'opposer à lui. Je crois que certains avaient peur de le contredire, même s'il ne menaçait jamais personne, du moins autant que je sache. On disait qu'il était l'Elu de la Mère. Les jeunes hommes, en particulier, aimaient être près de lui, et les jeunes femmes se jetaient à sa tête. Presque toutes, paraît-il, portaient alors des franges pour tenter de le séduire. Pas étonnant qu'il ait attendu d'être âgé pour s'unir.

— Tu penses vraiment que les franges aident une femme à prendre un homme au piège ? demanda Ayla.

— Cela dépend de l'homme. Les franges font penser à la toison pubienne et suggèrent que la femme est prête à l'exposer. Si un homme est facilement excité, ou intéressé par une femme particulière, des franges peuvent l'émoustiller et il la suivra partout jusqu'à ce qu'elle décide de le capturer. Mais Joconan savait ce qu'il voulait et je ne pense pas qu'il se serait intéressé à une femme persuadée qu'elle avait besoin de franges pour séduire un homme. Marthona ne portait jamais de franges et elle attirait toujours l'attention. Lorsque Joconan décida qu'il voulait s'unir aussi à la jeune femme venue d'une lointaine Caverne, puisqu'elles étaient comme des sœurs, elles furent toutes les deux d'accord. Ce fut le Zelandoni d'alors qui s'opposa à cette double union : il avait promis que la visiteuse retournerait au sein de son peuple après avoir acquis le savoir nécessaire pour être doniate.

La Première se révélait bonne conteuse et Ayla était émerveillée par son talent mais plus encore par le contenu de l'histoire.

— Joconan était un grand Homme Qui Commande, poursuivit la doniate. Ce fut sous sa gouverne que la Neuvième Caverne devint si nombreuse. Elle avait toujours eu des dimensions permettant d'accueillir plus de membres que la plupart des autres, mais rares étaient ceux qui se sentaient prêts à être responsables d'une telle multitude. Lorsqu'il mourut, Marthona fut accablée de chagrin. Je crois qu'elle songea un moment à le suivre dans le Monde d'Après mais elle avait un enfant et Joconan laissait dans la communauté un vide qu'il fallait combler.

« Les gens commencèrent à se tourner vers elle quand ils avaient besoin de l'aide que fournit un Homme Qui Commande : régler un différend, organiser une visite à une autre Caverne, se rendre à la Réunion d'Eté, prévoir une chasse et estimer la part que chaque chasseur devrait céder à la Caverne, dans l'immédiat et pour l'hiver suivant. Ils prirent le pli de s'adresser à Marthona et elle s'habitua à s'occuper des problèmes. Leurs besoins et son fils : c'est ce qui lui donna la force de continuer. Au bout de quelque temps, elle devint une Femme Qui Commande reconnue et son chagrin finit par s'atténuer, mais elle déclara au Zelandoni qu'elle ne s'unirait probablement jamais plus. C'est alors que Dalanar arriva à la Neuvième Caverne.

— Tout le monde dit que ce fut le grand amour de sa vie, glissa Jondalar.

— Oui, son grand amour. Marthona aurait presque renoncé pour lui à son rôle de Femme Qui Commande, mais elle savait que la Caverne avait besoin d'elle. Et au bout d'un moment, même s'il l'aimait autant qu'elle l'aimait, il éprouva le désir d'exister par lui-même. Il ne se satisfaisait pas d'être dans l'ombre de Marthona. Contrairement à toi, Jondalar, son talent de tailleur de pierre ne lui suffisait pas.

— C'est pourtant l'un des plus doués que j'ai connus. Tous reconnaissent la qualité exceptionnelle de son travail. Le seul autre tailleur de silex qui puisse se comparer à lui est Wymez, du Camp du Lion des Mamutoï. J'ai toujours souhaité qu'ils se rencontrent un jour.

— Ils l'ont peut-être fait à travers toi, en un sens. Sache que tu deviendras bientôt – si tu ne l'es déjà – le tailleur de silex le plus renommé des Zelandonii. Dalanar est un fabricant d'outils très doué, cela ne fait aucun doute, mais il est lanzadonii, maintenant. De toute façon, son vrai talent a toujours été dans ses rapports avec les gens. Il est heureux, à présent. Il a fondé sa propre Caverne, et s'il restera toujours zelandonii, d'une certaine façon, ses Lanzadonii deviendront un jour un peuple distinct du nôtre.

« Et tu es le fils de son cœur en même temps que le fils de son foyer. Il est fier de toi. Il aime également Joplaya, la fille de Jerika. Il est fier de vous deux. Si dans un coin caché de son cœur il aime peut-être toujours Marthona, il adore Jerika. Je crois qu'il apprécie qu'elle soit exotique, à la fois si menue et si vaillante. C'est ce qui l'attire en elle. Il est si grand qu'elle paraît minuscule à côté de lui ; elle a l'air fragile mais elle est plus que son égale. Elle n'a pas envie d'être Femme Qui Commande, elle est heureuse de lui laisser ce rôle, même si je ne doute pas qu'elle soit capable de l'exercer. Sa volonté et sa force de caractère sont extraordinaires.

— Là, tu as raison ! s'exclama Jondalar dans un de ses grands rires.

Ses accès d'hilarité étonnaient d'autant plus qu'ils étaient rares. Jondalar était un homme sérieux et s'il souriait souvent il riait rarement. Lorsque cela lui arrivait, l'exubérance de son rire surprenait.

— Dalanar trouva quelqu'un d'autre après que Marthona et lui eurent rompu le lien mais beaucoup doutaient qu'elle le remplacerait un jour, qu'elle aimerait un autre homme de la même façon, et ce n'est pas arrivé, mais elle a trouvé Willamar. Son amour pour lui n'est pas moindre mais différent, de même que son amour pour Dalanar n'était pas comme son amour pour Joconan. Willamar aussi a un don pour les relations avec les gens – c'est vrai de tous les hommes avec qui elle a vécu –, mais il le réalise en étant Maître du Troc, en voyageant, en établissant des contacts, en découvrant des lieux inhabituels. Il a vu et appris plus de choses, rencontré plus de gens que quiconque, toi compris, Jondalar. Il aime voyager mais il aime plus encore revenir chez les siens, partager avec eux ses aventures et ce qu'il a appris. Il a établi un réseau de troc à travers tout le territoire zelandonii et au-delà, il a rapporté des histoires passionnantes et des objets insolites. Il a été d'une grande aide pour Marthona quand elle était Femme Qui Commande et il l'est maintenant pour Joharran. Il n'y a pas d'homme pour qui j'aie plus de respect. Et, bien sûr, la seule fille de Marthona est née au foyer de Willamar. Marthona avait toujours voulu une fille et ta sœur Folara est une charmante jeune femme.

Ayla comprenait ce sentiment. Elle aussi avait voulu avoir une fille et son regard, chargé d'amour, se porta sur son bébé endormi.

— Oui, Folara est belle, dit Jondalar. Et intelligente, et sans peur. Lorsque nous sommes arrivés et que tous les autres étaient effrayés par les chevaux et le reste, elle n'a pas hésité. Elle a couru à ma rencontre. Je ne l'oublierai jamais.

— Folara fait la fierté de ta mère. En plus, avec une fille, tu sais toujours que ses enfants sont tes petits-enfants. Je suis sûre qu'elle aime les enfants nés aux foyers de ses fils, mais avec une fille, il n'y a aucun doute. Ton frère Thonolan est né aussi au foyer de Willamar et même si Marthona n'avait pas de préféré, c'était surtout lui qui la faisait sourire. Il faisait sourire tout le monde, d'ailleurs, il avait avec les gens un contact encore plus engageant, ouvert et chaleureux que Willamar, des qualités auxquelles personne ne pouvait résister, et il avait le même amour du voyage. Je ne crois pas que sans lui tu aurais entrepris un aussi long Voyage, Jondalar.

— Tu as raison. Je n'avais jamais songé à voyager avant qu'il décide de le faire. Rendre visite aux Lanzadonii me suffisait.

— Pourquoi as-tu finalement décidé de partir avec lui ?

— Je ne sais pas si je peux l'expliquer. Comme il avait le don pour tout rendre amusant, j'ai pensé que ce serait facile, avec lui, et il m'avait fait du Voyage une description alléchante. Mais je n'imaginais pas que nous irions aussi loin. Je crois que j'ai aussi accepté parce qu'il était parfois un peu imprudent et que je me sentais tenu de veiller sur lui. Il était mon frère, je l'aimais plus que n'importe qui. Je savais que je reviendrais un jour si c'était possible et je pensais que si je l'accompagnais il reviendrait finalement avec moi. Je ne sais pas, quelque chose me poussait.

Jondalar se tourna vers Ayla, qui l'écoutait plus attentivement encore que Zelandoni.

Il ne le sait pas mais c'est mon totem, et peut-être aussi la Mère, qui l'a incité à partir, pensait-elle. Il fallait qu'il vienne et qu'il me trouve.

— Et Marona ? demanda la doniate. Apparemment, tes sentiments pour elle n'ont pas suffi à te faire rester. Est-ce qu'elle a eu quelque chose à voir dans ta décision de partir ?

C'était la première fois depuis le retour de Jondalar que la Première avait vraiment l'occasion de le questionner sur ses motifs et elle n'entendait pas la manquer.

— Qu'aurais-tu fait si Thonolan n'avait pas fait le choix du Voyage ?

— Je serais allé à la Réunion d'Eté et je me serais probablement uni à Marona, je suppose. Tout le monde y comptait et à l'époque je ne m'intéressais à aucune autre femme.

Il sourit à Ayla et poursuivit :

— Pour être franc, je ne pensais pas à elle quand j'ai pris ma décision. Je me faisais du souci pour ma mère. Je crois qu'elle avait senti que Thonolan ne reviendrait peut-être pas et j'avais peur qu'elle ait les mêmes craintes pour moi. J'avais l'intention de rentrer mais on ne sait jamais, tout peut arriver pendant un Voyage, et il s'est en effet passé beaucoup de choses. Mais je savais que Willamar ne partirait pas et qu'il resterait à notre mère Folara et Joharran.

— Qu'est-ce qui te fait croire que Marthona ne croyait pas que Thonolan reviendrait ?

— Quelque chose qu'elle nous a dit quand nous sommes partis rendre visite à Dalanar. C'est Thonolan qui l'a remarqué. Mère lui a dit « Bon voyage » mais elle n'a pas ajouté « Jusqu'à ton retour », comme elle l'a fait pour moi. Et rappelle-toi, lorsque nous leur avons appris ce qui était arrivé à Thonolan, Willamar a dit qu'elle n'avait jamais cru qu'il reviendrait. Et comme je le craignais, quand elle a découvert que j'étais parti avec lui, elle a eu peur que je ne revienne pas non plus. Elle a pensé qu'elle avait perdu deux fils.

Voilà pourquoi il ne pouvait pas accepter de rester chez les Sharamudoï quand Tholie et Markeno nous l'ont proposé, pensa Ayla. Ils étaient si accueillants et je m'étais tellement attachée à eux que je souhaitais rester, mais Jondalar ne le voulait pas. Je sais maintenant pourquoi et je suis heureuse que nous soyons allés jusqu'au bout. Marthona me considère comme sa fille et Zelandoni aussi. J'aime beaucoup Folara, Proleva, Joharran et beaucoup d'autres. A quelques exceptions près, tous les membres de la Caverne ont été gentils avec moi.

— Marthona avait raison, dit la Première. Thonolan possédait de nombreux talents et on l'adorait. Beaucoup assuraient qu'il était un préféré de la Mère. Je n'aime jamais qu'on dise cela mais dans son cas, c'était prophétique. Etre un de Ses préférés a aussi un mauvais côté : Elle ne supporte pas d'être séparée d'eux longtemps et a tendance à les rappeler à Elle quand ils sont encore jeunes. Tu es resté absent si longtemps que je me demandais si tu n'en faisais pas partie, toi aussi.

— Je ne pensais pas que mon Voyage durerait cinq années.

— Au bout de deux ans, la plupart des gens pensaient que vous ne reviendriez pas. De temps à autre, quelqu'un mentionnait que Thonolan et toi faisiez le Voyage mais on commençait déjà à vous oublier. Je ne sais pas si tu t'es rendu compte de la stupeur que tu as suscitée à ton retour. Pas seulement parce que tu revenais avec une étrangère, des chevaux et un loup...

Zelandoni marqua une pause et eut un sourire.

— C'était parce que tu revenais, tout simplement.

14

— Tu penses que nous devons essayer de faire entrer les chevaux dans la grotte ? demanda Ayla le lendemain matin.

— Dans sa plus grande partie, le plafond est haut mais c'est quand même une grotte, répondit la doniate. Ce qui signifie qu'à partir de l'entrée il fait sombre et que la seule lumière proviendra de nos lampes. En plus, le sol est inégal. Il faudra prendre garde parce qu'il s'enfonce à plusieurs endroits. La grotte devrait être inhabitée en cette saison, mais des ours l'utilisent en hiver.

— Des ours des cavernes ?

— Oui, à en juger par la taille des marques qu'ils ont faites avec leurs griffes. Il y a aussi des marques moins grandes mais je ne sais pas si elles proviennent d'autres ours plus petits ou de jeunes ours des cavernes. Il faut longtemps marcher pour parvenir à la salle centrale. Avec le retour, cela prendra une journée entière, du moins pour moi. Je ne l'ai pas fait depuis quelques années et, pour être franche, je crois que ce sera la dernière fois.

— Je peux faire entrer Whinney pour voir comment elle réagit, proposa Ayla. Et Grise aussi. Je leur mettrai un licou.

— Et moi je prendrai Rapide, dit Jondalar. Nous leur attellerons ensuite les perches s'ils réagissent bien.

Zelandoni les regarda passer un licou aux bêtes et les mener vers l'entrée de la grotte. Loup les suivit. La doniate n'avait pas l'intention de conduire Ayla et Jondalar jusqu'au fond de la caverne. Elle-même ne connaissait pas exactement l'étendue de ce lieu sacré, même si elle en avait une idée.

C'était une grotte immense, longue de plus d'une quinzaine de kilomètres et composée d'un dédale de galeries, certaines reliées entre elles, d'autres partant dans toutes les directions, avec trois niveaux souterrains. Sept kilomètres environ les séparaient de l'endroit qu'elle voulait leur montrer. Le trajet serait long mais la Première avait des sentiments partagés quant à l'utilisation des perches. Même si elle était plus lente, elle se sentait encore capable de faire cette marche et elle n'avait pas vraiment envie de visiter une grotte sacrée assise sur un siège.

Jondalar et Ayla ressortirent en secouant la tête et en s'efforçant de calmer les chevaux.

— Désolée, dit Ayla. Whinney et Rapide étaient vraiment trop nerveux, sans doute à cause de l'odeur des ours. Et plus il faisait sombre, plus ils devenaient agités. Loup nous accompagnera, j'en suis sûre, mais les chevaux ne le supporteront pas.

— Cela prendra plus de temps mais j'arriverai à faire le chemin à pied, déclara Zelandoni, finalement soulagée. Nous devrons emporter de la nourriture, de l'eau et des vêtements chauds. Il fera froid à l'intérieur. Nous prendrons aussi beaucoup de lampes et de torches, et des nattes épaisses au cas où nous voudrions nous asseoir. Le sol est humide et boueux.

Jondalar mit la plupart des choses dont ils avaient besoin dans son sac à dos. La Première en avait un aussi, moins grand, fait de cuir brut attaché à un cadre en bois. Les minces tiges rondes de ce cadre provenaient de jeunes pousses d'arbres à croissance rapide comme les peupliers. Jondalar et Zelandoni avaient aussi des outils et des poches accrochés à leur ceinture. Ayla avait sa besace et portait bien sûr Jonayla sur son dos.

Ils inspectèrent une dernière fois leur camp avant de partir, s'assurèrent que les chevaux seraient en sécurité pendant qu'ils visiteraient la grotte. Ils allumèrent une première torche au feu avant de le couvrir puis Ayla fit signe à Loup de les accompagner et ils pénétrèrent dans la Grotte aux Mammouths.

L'entrée, quoique très large, ne donnait aucune idée des dimensions réelles de la caverne mais permettait à la lumière du jour d'en éclairer les premières dizaines de mètres et leur unique torche leur suffit un moment. Les trous creusés dans le sol et les marques de griffes ne laissaient aucun doute : des ours avaient longtemps utilisé l'endroit. Sans en avoir la certitude, Ayla pensait qu'une grotte, aussi vaste soit-elle, n'abritait qu'un ours à la fois, quelle que soit la saison. Loup restait près d'elle et lui effleurait par moments la jambe, ce qui la rassurait.

Lorsqu'ils furent parvenus à un endroit que le jour n'éclairait plus et qu'ils n'eurent plus, pour trouver leur chemin, que la lumière de leurs torches, Ayla commença à sentir le froid. Elle avait emporté pour elle une tunique à manches longues et un couvre-chef, un long manteau à capuchon pour son enfant. Elle fit halte, dénoua la couverture à porter et dès que le bébé fut écarté de la chaleur de sa mère il sentit le froid lui aussi et se mit à geindre. Ayla l'habilla et lorsque Jonayla fut de nouveau contre sa mère, elle se calma. Les autres enfilèrent aussi des vêtements plus chauds.

Quand ils repartirent, la Première se mit à chanter et ils la regardèrent, étonnés. Elle commença par un fredonnement bas puis au bout d'un moment, sans qu'elle utilise encore de mots, son chant se fit plus fort, avec des variations de ton plus grandes. Sa voix était si puissante qu'elle semblait emplir tout l'espace de la grotte.

Ils avaient parcouru huit cents mètres environ et avançaient à trois de front dans une large galerie, Zelandoni flanquée d'Ayla et de Jondalar, quand le son émis par la doniate parut changer, gagner en résonance. Soudain, Loup les surprit tous en y joignant le hurlement sinistre de son espèce. Un frisson parcourut l'échine de Jondalar et Ayla sentit sa fille s'agiter dans son dos. Sans cesser de chanter, la Première étendit les bras pour arrêter ses compagnons. Ils la regardèrent, virent qu'elle fixait la paroi de gauche et se tournèrent eux aussi dans cette direction. C'est alors qu'ils découvrirent le premier signe que ce lieu était plus qu'une immense grotte vide, un peu effrayante, qui semblait ne pas avoir de fin.

D'abord Ayla ne distingua que des affleurements de silex rougeâtre, comme il y en avait fréquemment sur toutes les parois. Puis elle remarqua, en haut, des marques noires qui n'avaient pas l'air naturelles et tout à coup son esprit donna un sens à ce que ses yeux voyaient. Des lignes noires peintes sur la roche dessinaient des corps de mammouths. Trois des animaux étaient tournés vers la gauche, comme pour sortir de la grotte. Derrière le dernier, on distinguait le contour d'un dos de bison et, s'y mêlant en partie, la tête et le dos d'un autre bison tourné vers la droite. Plus loin et un peu plus haut émergeait la tête avec la barbe, l'œil, les deux cornes et la bosse caractéristiques d'un autre bison. Six animaux en tout, peints sur la paroi. Ayla frissonna elle aussi.

— J'ai campé souvent devant cette grotte et j'ignorais ce qu'il y avait à l'intérieur, dit Jondalar. Qui a fait ces peintures ?

— Je ne sais pas, répondit Zelandoni. Personne ne le sait vraiment. Les Anciens, les Ancêtres. On ne le mentionne pas dans les Légendes. On dit qu'autrefois les mammouths étaient beaucoup plus nombreux dans cette région, et les rhinocéros laineux aussi. On trouve encore des os et des défenses, jaunies par le temps, mais on ne voit plus ces animaux que rarement. C'est un événement lorsqu'on en repère un, comme le rhinocéros que les jeunes ont essayé de tuer l'année dernière.

— Ils sont encore nombreux là où vivent les Mamutoï, argua Ayla.

— Oui, nous avons pris part à une de leurs grandes chasses, confirma Jondalar. Mais là-bas, c'est différent, ajouta-t-il d'un ton pensif. Il fait plus froid, plus sec. Il y a moins de neige. Lorsque nous avons chassé avec les Mamutoï, le vent balayait la neige sur l'herbe desséchée recouvrant le sol. Ici, quand on voit des mammouths se hâter vers le nord, on sait qu'une tempête de neige se prépare. Plus on remonte vers le nord, plus il fait froid, et après une certaine distance le temps devient sec aussi. Les mammouths s'empêtrent dans la neige épaisse ; les lions des cavernes le savent et ils les suivent. Vous connaissez le dicton : « Ne poursuis jamais ta route si au nord vont les mammouths. » Si tu n'es pas pris par la neige, tu le seras par les lions.

Puisqu'ils avaient fait halte, Zelandoni tira de son sac une torche neuve et l'alluma à celle que tenait Jondalar. Celle-ci ne s'était pas encore consumée entièrement, mais elle brûlait mal et dégageait beaucoup de fumée. Jondalar la frappa contre un rocher pour faire tomber le charbon de bois qui en entourait l'extrémité et elle donna une lumière plus vive. Ayla sentit son bébé remuer dans la couverture à porter. Jonayla dormait encore, bercée par les mouvements de sa mère, mais n'allait plus tarder à se réveiller. Dès qu'ils se remirent à marcher, elle cessa de bouger.

— Les hommes du Clan chassaient le mammouth, dit Ayla. Un jour, je les ai accompagnés, pas pour chasser, les femmes du Clan ne chassent pas, mais pour aider à sécher la viande et à la porter.

Comme à la réflexion, elle ajouta :

— Je ne crois pas que ceux du Clan entreraient dans une grotte comme celle-ci.

— Pourquoi ? demanda la Première, tandis qu'ils s'enfonçaient plus avant dans les profondeurs de la caverne.

— Ils ne pourraient pas y « parler », ou je devrais peut-être plutôt dire qu'ils ne se comprendraient pas bien. Il y fait trop sombre, même avec des torches. En plus, c'est difficile de « parler » quand on tient une torche.

Zelandoni remarqua de nouveau la façon étrange dont Ayla prononçait certains sons, comme c'était souvent le cas lorsqu'elle évoquait le Clan, en particulier les différences entre ses membres et les Zelandonii.

— Ils ont des mots, cependant, rappela la doniate. Tu m'en as cité quelques-uns.

— Oui, ils ont des mots, convint Ayla.

Elle poursuivit en expliquant que pour le Clan les sons étaient secondaires. Ce peuple avait des mots pour désigner les choses mais les mouvements et les gestes étaient essentiels. Non seulement les signes mais aussi le langage du corps étaient importants. L'endroit où se trouvaient les mains quand on faisait les signes, la posture, le maintien, la position, l'âge et le sexe de la personne qui faisait le signe et de celle à qui il était adressé, ainsi que des expressions ou des indications souvent à peine perceptibles, un léger mouvement du pied ou de la main, un haussement de sourcils, tout cela faisait partie de leur langue des signes. On ne le remarquait pas si on se contentait de regarder le visage ou d'écouter les mots.

Dès leur plus jeune âge, les enfants du Clan devaient apprendre à percevoir le langage, pas seulement à l'entendre. En conséquence, on pouvait exprimer des idées très complexes avec peu de gestes très visibles et encore moins de sons... mais pas de loin ou dans l'obscurité. C'était un inconvénient majeur. Il fallait *voir*. Ayla leur cita l'exemple d'un vieil homme qui, devenant aveugle, avait renoncé à vivre et s'était laissé mourir parce qu'il ne pouvait plus communiquer. Il ne pouvait plus voir ce que les autres « disaient ». Bien sûr, les membres du Clan avaient parfois besoin de communiquer dans le noir ou de loin. C'était pour cette raison qu'ils avaient créé des mots et qu'ils utilisaient des sons, mais ils en faisaient un usage limité.

— Tout comme notre utilisation des gestes est limitée, dit-elle. Les gens comme nous, ceux qu'ils appellent les Autres, utilisent aussi les gestes, les postures et les expressions pour communiquer, mais pas autant.

— Que veux-tu dire ? demanda la Première.

— Nous ne nous servons pas du langage des signes aussi consciemment ou de manière aussi expressive que le Clan. Si je fais signe d'approcher, la plupart des gens savent que cela signifie « Venez ». Si je le fais rapidement et avec agitation, il implique une certaine urgence mais de loin on ne peut généralement pas savoir si c'est urgent parce que quelqu'un est blessé ou parce que le repas du soir refroidit. Lorsque nous nous regardons et que nous voyons l'expression de nos visages, nous en savons plus, mais même dans l'obscurité, ou dans le brouillard, ou de loin, les mots nous permettent de communiquer avec presque autant de précision. Même en criant à distance, nous sommes capables d'exprimer des idées complexes. Cette capacité de se faire comprendre dans presque toutes les circonstances est un réel avantage.

— Je n'y avais pas pensé, dit Jondalar. Quand tu as appris aux Mamutoï du Camp du Lion à « parler » avec la langue des signes du Clan afin que Rydag puisse communiquer, tout le monde, en particulier les jeunes, en fit un jeu et trouva amusant de s'adresser des signes. Mais c'est devenu plus sérieux quand nous sommes allés à la Réunion d'Eté et qu'il nous arrivait de vouloir dire quelque chose à un membre du Camp du Lion sans que les autres le sachent. Je me rappelle cette fois où Talut s'est servi de la langue des signes pour informer discrètement les siens alors qu'il y avait d'autres personnes à proximité. Je ne me souviens plus de quoi il s'agissait.

— Si je comprends bien, fit Celle Qui Etait la Première, vous pouviez dire quelque chose avec des mots et dire en même temps quelque chose d'autre, ou apporter discrètement une clarification, avec ces signes.

Elle avait cessé de marcher et les plis de son front indiquaient une intense concentration.

Ayla acquiesça.

— C'est difficile d'apprendre cette langue des signes ? reprit la doniate.

— La connaître à fond, avec toutes ses nuances, c'est difficile, mais j'ai appris au Camp du Lion une version simplifiée, comme on le fait au début avec les enfants.

— Cela suffisait pour communiquer, précisa Jondalar. On pouvait tenir une conversation... enfin, peut-être pas débattre de toutes les subtilités d'un point de vue.

— Vous devriez apprendre à la Zelandonia cette langue des signes simplifiée, suggéra la Première. Je vois les moments où elle pourrait être utile pour transmettre une information ou clarifier un point.

— Ou si on rencontre un membre du Clan et qu'on veut lui dire quelque chose, enchaîna Jondalar. Cela m'a aidé quand nous avons rencontré Guban et Yorga juste avant de traverser le petit glacier.

— Pour cela aussi, approuva Zelandoni. Nous pourrions peut-être organiser quelques leçons l'année prochaine à la Réunion d'Eté. Naturellement vous pourriez en donner sans attendre à la Neuvième pendant la saison froide.

Elle marqua une nouvelle pause et conclut :

— Vous avez quand même raison, ça ne marcherait pas dans l'obscurité. Les membres du Clan n'entrent donc jamais dans une grotte ?

— Si, répondit Ayla, mais ils ne s'aventurent pas très loin. Ou s'ils le font, ils éclairent leur chemin le plus possible. Je ne crois pas qu'ils pénétreraient aussi profondément dans une grotte. Ou alors en solitaire, ou pour des raisons spéciales. Les Mog-ur le faisaient parfois.

Ayla se rappela une Réunion du Clan pendant laquelle elle avait suivi des lumières dans une grotte et découvert des Mog-ur.

Ils reprirent leur marche, chacun abîmé dans ses pensées. Au bout d'un moment, Zelandoni se remit à chanter. Après qu'ils eurent couvert une distance presque égale à celle qui séparait les premières peintures de l'entrée de la grotte, la voix de la doniate s'enfla et résonna plus fort, répercutée par les parois, et Loup hurla de nouveau. La Première s'arrêta, se tourna cette fois du côté droit. Ayla et Jondalar virent deux mammouths, non pas peints mais gravés, ainsi qu'un bison et d'étranges marques faites avec des doigts enduits d'argile molle ou d'un matériau semblable.

— J'ai toujours su qu'il était un Zelandoni, dit la Première.

— Qui ? demanda Jondalar, bien qu'il crût connaître la réponse.

— Loup, bien sûr. Pourquoi penses-tu qu'il « chante » quand nous arrivons à un endroit proche du Monde des Esprits ?

Jondalar regarda autour de lui avec une pointe d'appréhension.

— Nous sommes proches du Monde des Esprits, ici ?

— Oui, tout près du Monde Souterrain Sacré de la Mère, déclara le chef spirituel des Zelandonii.

— Est-ce pour cela qu'on t'appelle parfois « la Voix de Doni » ? demanda-t-il. Parce que tu trouves ces lieux en chantant ?

— C'est une des raisons. Cela signifie aussi que je parle au nom de la Mère, comme lorsque je représente l'Ancêtre des Origines, la Mère Originelle, ou quand je suis l'Instrument de Celle Qui Protège. Une Zelandoni, en particulier Celle Qui Est la Première, a beaucoup de noms. C'est pourquoi elle abandonne généralement son nom personnel quand elle commence à servir la Mère.

Ayla écoutait attentivement. Elle n'avait aucune envie de renoncer à son nom. C'était tout ce qui lui restait de son peuple, ce nom que sa mère lui avait donné, bien qu'« Ayla », soupçonnait-elle, ne fût sans doute pas exactement son nom mais ce que le Clan pouvait en prononcer de plus proche.

— Est-ce que tous les Zelandonia chantent pour trouver ces lieux sacrés ? demanda Jondalar.

— Ils ne chantent pas tous, mais ils ont tous une Voix, un moyen de les trouver.

— Est-ce pour ça qu'on m'a demandé d'émettre un son spécial quand nous explorions la petite grotte ? dit Ayla. Je ne savais pas ce qu'on attendait de moi.

— Quel son as-tu fait ? demanda Jondalar en souriant. Je suis sûr que tu n'as pas chanté.

Se tournant vers la Première, il expliqua :

— Elle ne sait pas chanter.

— J'ai rugi comme Bébé et j'ai obtenu un bel écho. D'après Jonokol, on aurait cru qu'il y avait un lion au fond de cette grotte.

— Qu'est-ce que tu penses que ça donnerait, ici ? reprit Jondalar.

— Je ne sais pas. Cela résonnerait fort, je suppose, mais je n'ai pas l'impression que c'est le genre de son qu'il faut faire ici.

— Quel son faudrait-il faire ? demanda la Première. Tu devras en émettre un, quand tu seras Zelandoni.

Ayla prit le temps de réfléchir.

— Je peux imiter le chant de nombreux oiseaux.

— Oui, elle sait siffler comme les oiseaux, confirma Jondalar. Elle le fait si bien qu'ils viennent lui manger dans la main.

— Pourquoi n'essaierais-tu pas maintenant ? suggéra la doniate.

Après un temps d'hésitation, Ayla opta pour une grande sturnelle et imita à la perfection le cri de cet oiseau en vol. Elle trouva que cela résonnait bien, mais elle devrait essayer de nouveau dans une autre partie de la grotte, voire dehors, pour être sûre. Peu après, le chant de la Première changea de nouveau mais d'une manière différente. Elle fit un geste vers la droite et ils découvrirent l'entrée d'une autre galerie.

— Il y a un mammouth au bout de celle-ci, dit la doniate, mais c'est loin, je pense qu'il vaut mieux ne pas perdre de temps à aller voir.

Indiquant une autre galerie presque diamétralement opposée, à gauche, elle ajouta, d'un ton détaché :

— Là, il n'y a rien.

Elle continua à chanter lorsqu'elle chemina devant un autre passage s'ouvrant à droite.

— Là, le plafond nous rapprocherait d'Elle mais c'est loin aussi, nous verrons en ressortant si nous avons encore le temps d'y aller.

Un peu plus loin, elle les mit en garde :

— Faites attention, à l'endroit où la galerie tourne brusquement à droite, il y a un trou qui conduit à une partie souterraine et c'est très glissant. Il vaut mieux que vous me suiviez, maintenant.

— Il vaut mieux aussi que j'allume une autre torche, estima Jondalar.

Il s'arrêta, prit une torche dans son sac à dos et l'alluma à celle qu'il tenait. Le sol était déjà semé de petites flaques et d'argile humide. Il éteignit la torche presque entièrement consumée et glissa ce qu'il en restait dans une poche de son sac. On lui avait enseigné dès son plus jeune âge qu'on ne salit pas sans nécessité un lieu sacré.

Pour en faire tomber la cendre, Zelandoni frappa sa torche contre une stalagmite qui semblait pousser du sol. Elle dégagea aussitôt une lumière plus vive. Loup vint se frotter à la jambe d'Ayla et elle le gratta derrière les oreilles, en un geste rassurant pour lui et pour elle. Jonayla recommença à se tortiller dans la couverture. Chaque fois que sa mère s'arrêtait, le bébé le remarquait. Il faudrait bientôt lui donner le sein, mais comme ils se dirigeaient apparemment vers une partie plus dangereuse de la grotte, elle décida d'attendre de l'avoir passée. Zelandoni repartit, Ayla la suivit, Jondalar fermant la marche.

— Attention où vous mettez les pieds, prévint la Première, tenant sa torche bien haut pour élargir le cercle de lumière.

La paroi de droite disparut soudain et la torche n'éclaira plus qu'une trouée noire. Le sol était inégal, recouvert d'une argile glissante. L'humidité s'était infiltrée dans leurs chausses mais leurs semelles en cuir souple adhéraient encore bien. Parvenue au bord éclairé de la paroi, Ayla tourna la tête, vit que la galerie se poursuivait vers la droite et que la doniate s'y était engagée.

Vers le nord. Je crois que nous nous dirigeons vers le nord, maintenant, se dit-elle. Elle s'était efforcée de mémoriser leur parcours depuis qu'ils avaient pénétré dans la grotte. Ils avaient tourné légèrement plusieurs fois mais en marchant essentiellement vers l'ouest. C'était leur premier vrai changement de direction. Ayla regarda autour d'elle et ne vit, au-delà de la lumière de la torche de Zelandoni, qu'une obscurité béante qu'on ne trouvait que dans les profondeurs de la terre. Elle se demanda ce qu'il pouvait y avoir d'autre dans cette grotte.

La lumière de la torche de Jondalar le précéda dans la galerie après le tournant. La Première attendit qu'ils soient tous regroupés, y compris Loup, avant de s'adresser à nouveau à eux :

— Un peu plus loin, là où sol s'aplanit, il y a des rochers sur lesquels on peut s'asseoir. Nous y ferons halte pour manger et remplir les petites outres.

— Bien, approuva Ayla. Mon bébé est sur le point de réclamer sa tétée. Il l'aurait déjà fait si l'obscurité et mes mouvements n'avaient pas contribué à le garder endormi.

Zelandoni fredonna jusqu'à ce qu'ils arrivent à un endroit où la grotte résonnait d'une manière différente. Quand ils furent à proximité d'une petite galerie latérale partant vers la gauche, la Première s'arrêta de nouveau.

— Nous y sommes.

Ayla fut contente de pouvoir poser son sac et son propulseur. Chacun trouva un endroit où s'asseoir et elle distribua les nattes tressées avec les feuilles de jonc. A peine approcha-t-elle Jonayla de son sein que l'enfant ouvrit grand la bouche. La Première tira de son sac trois lampes, une en grès décoré, deux en calcaire. Elles avaient été taillées dans la pierre puis creusées, en laissant une poignée dans le prolongement du bord de la partie concave. La doniate prit aussi un sachet de mèches soigneusement fermé, fit tomber dans sa main six bandes de bolet séché.

— Ayla, où est le suif ?
— Dans la boîte à viande du sac de Jondalar.

Jondalar apporta à sa compagne la nourriture et la grosse outre qu'il portait aussi. Il ouvrit la boîte en cuir brut et elle lui montra l'intestin bourré d'une matière blanche obtenue en faisant fondre la graisse entourant les reins d'un animal. Il le tendit à la doniate.

Tandis que Jondalar remplissait les petites outres avec la grande, la Première fit tomber quelques morceaux de suif dans le creux des trois lampes puis les fit fondre avec sa torche. Elle trempa ensuite deux mèches de champignon séché dans la flaque graisseuse de chaque lampe, en laissant une extrémité dépasser du bord. Lorsqu'elle les alluma, elles crachotèrent un peu mais la chaleur fit monter la graisse dans les mèches et bientôt ils eurent trois sources supplémentaires de lumière qui paraissaient vives dans le noir absolu de la grotte.

Jondalar fit passer la nourriture cuite pendant le repas du matin pour la visite de la caverne. Chacun mit des morceaux de cerf rôti dans son bol personnel et remplit sa coupe du bouillon froid aux légumes contenu dans une deuxième grande outre. Les longs morceaux de carotte, les petites racines rondes, les tiges de chardon débarrassées de leurs épines, les pousses de houblon et les oignons étaient tendres et il fallait à peine les mâcher. Ils les aspirèrent dans leur bouche en même temps que le liquide.

Ayla découpa aussi de la viande pour Loup, la lui lança et s'assit pour manger en finissant de donner le sein à sa fille. Elle avait remarqué que tout en explorant la grotte pendant qu'ils marchaient l'animal ne s'était jamais trop éloigné. Les loups voyaient étonnamment bien dans le noir et parfois Ayla avait vu ses yeux refléter le peu de lumière de leurs torches dans les sombres profondeurs de la grotte. L'avoir près d'elle lui donnait un sentiment de sécurité. Si un événement imprévu leur faisait perdre leur feu, il saurait les ramener au-dehors rien qu'avec son flair, elle en était certaine. Elle savait qu'il avait un odorat si fin qu'il retrouverait les endroits par où ils étaient passés.

Pendant que chacun mangeait en silence, Ayla se prit à examiner ce qui l'entourait en ayant recours à tous ses sens. La lumière de leurs lampes n'éclairait qu'une zone limitée autour d'eux. Le reste de la grotte se perdait dans une obscurité profonde, englobante, qu'on ne trouvait jamais dehors, même par les nuits les plus noires. Si elle ne distinguait rien au-delà de la lueur des doubles flammes de chaque lampe, elle pouvait, en tendant l'oreille, entendre les doux murmures de la grotte.

Elle avait remarqué qu'à certains endroits le sol et les parois étaient quasiment secs. Partout ailleurs, ils luisaient d'humidité car l'eau de la pluie et de la neige fondue s'infiltrait lentement, avec une patience extrême, dans la terre et la roche, s'imprégnant au passage de calcaire qu'elle redéposait ensuite goutte par goutte pour former les pointes pendant au-dessus de leurs têtes et les masses arrondies en dessous. Ayla entendait cette eau goutter, à la fois près d'elle et au loin. Au bout d'un temps incommensurable, le bas et le haut se rejoignaient pour créer les piliers et les rideaux de pierre qui décoraient l'intérieur de la grotte.

Elle perçut les grattements de minuscules créatures et un mouvement d'air presque indétectable, un murmure étouffé, presque couvert par la respiration des cinq êtres vivants qui avaient pénétré dans cet espace silencieux. Ayla flaira l'air et ouvrit la bouche pour le sentir sur sa langue. Il était humide, avec un léger goût moisi de terre et de coquillages anciens transformés en calcaire.

Après le repas, la doniate leur annonça :

— Il y a dans cette petite galerie quelque chose que je veux vous montrer. Nous pouvons laisser nos sacs ici, nous les reprendrons au retour, mais nous emporterons les lampes.

Chacun s'isola d'abord pour lâcher son eau et se vider le ventre. Ayla tint Jonayla hors de la couverture pour qu'elle se soulage elle aussi et la nettoya avec de la mousse fraîche et douce qu'elle avait dans son sac. Elle replaça ensuite l'enfant sur sa hanche, prit l'une des lampes de pierre et suivit Zelandoni dans la galerie qui partait vers la gauche. La femme obèse se remit à chanter. Ayla et Jondalar s'étaient familiarisés avec cette voix à forte résonance qui leur signalait la proximité d'un lieu sacré, d'un endroit proche du Monde d'Après.

La Première s'arrêta et se tourna vers la paroi de droite. En suivant la direction de son regard, ils virent deux mammouths qui se faisaient face. Ayla les trouva remarquables et se demanda ce que leurs diverses localisations dans cette grotte signifiaient. Comme ils avaient été dessinés il y avait si longtemps que personne ne savait qui les avait faits, ni même à quelle Caverne ou à quel peuple l'artiste appartenait, on n'en apprendrait probablement jamais plus, mais elle ne put s'empêcher de poser la question :

— Sais-tu pourquoi ces deux mammouths se font face, Zelandoni ?

— Certains disent qu'ils s'affrontent. Et toi, qu'en penses-tu ?

— Je ne crois pas.

— Pourquoi ?

— Ils n'ont l'air ni agressifs ni furieux, répondit Ayla. On dirait plutôt qu'ils se parlent.

— Quel est ton avis, Jondalar ?

— Je ne pense pas qu'ils se battent ou qu'ils sont sur le point de le faire. Ils se sont peut-être simplement croisés.

— Tu crois qu'on aurait pris la peine de les dessiner s'ils s'étaient simplement croisés ? objecta la Première.

— Non, probablement pas, reconnut-il.

— Chaque mammouth représente peut-être l'Homme Qui Commande d'un groupe de personnes réunies pour prendre une décision importante, suggéra Ayla. Ou peut-être ont-ils pris cette décision et ce dessin la commémore-t-il ?

— C'est l'une des idées les plus intéressantes que j'aie entendues, déclara la Première.

— Nous ne le saurons jamais avec certitude, n'est-ce pas ? dit Jondalar.

— Sans doute pas, convint la doniate. Mais les hypothèses avancées nous apprennent souvent quelque chose sur ceux qui les formulent.

Ils gardèrent un moment le silence et Ayla éprouva l'envie de toucher la pierre entre les mammouths. Elle tendit la main droite, posa la paume sur la paroi, ferma les yeux. Elle sentit la dureté de la roche, le froid, l'humidité du calcaire. Puis elle crut sentir autre chose, une sorte d'intensité, de concentration, de chaleur, peut-être celle de son propre corps réchauffant la pierre. Elle écarta sa main et la regarda, changea la position de Jonayla dans sa couverture.

Ils regagnèrent la galerie principale et se dirigèrent vers le nord en s'éclairant avec des lampes plutôt qu'avec des torches. Zelandoni continuait à sonder la grotte de sa voix, parfois en fredonnant, parfois en émettant des sons plus nets, faisant halte chaque fois qu'elle voulait leur faire voir quelque chose. Ayla fut fascinée par un mammouth dont des traits représentaient les poils pendant de sa fourrure. Il était barré de marques, laissées peut-être par des griffes d'ours. Elle fut intriguée par les rhinocéros. Quand ils parvinrent à un endroit où le chant de la Première résonna davantage, elle s'arrêta de nouveau.

— Nous avons un choix à faire, exposa la doniate. Nous pouvons continuer un moment tout droit puis revenir ici et prendre la galerie de gauche, faire ensuite demi-tour et ressortir par où nous sommes venus. Ou bien nous tournons tout de suite à gauche.

— A toi de décider, répondit Ayla.

— Ayla a raison, approuva Jondalar. Tu connais la longueur de ces galeries et tu sais si tu es fatiguée ou non.

— Je le suis un peu mais je ne reviendrai peut-être jamais plus ici, argua la doniate. Je pourrai me reposer demain, soit au camp, soit sur le siège que vous m'avez fabriqué. Allons tout droit jusqu'au prochain endroit qui nous rapprochera du Monde Souterrain Sacré de la Mère.

— J'ai l'impression que toute cette grotte en est proche, dit Ayla, qui sentait un étrange picotement dans la main qui avait touché la pierre.

— Tu as raison, acquiesça Zelandoni, c'est d'ailleurs pourquoi les endroits particuliers sont plus difficiles à trouver.

— Je crois que cette grotte pourrait nous mener au Monde d'Après, même s'il est au fin fond de la terre, dit Jondalar.

— Elle est en effet très vaste et recèle bien plus de choses à voir que je ne pourrai vous en montrer aujourd'hui, répondit la Première. Nous ne visiterons pas les galeries souterraines.

— Quelqu'un s'y est déjà égaré ? demanda Jondalar. On doit facilement s'y perdre.

— Je l'ignore. Chaque fois que nous y venons, nous avons parmi nous quelqu'un à qui ces galeries sont familières et qui connaît le chemin. A ce propos, c'est ici qu'on remet généralement de la graisse dans les lampes.

Jondalar ressortit le boyau rempli de suif et après en avoir ajouté dans les creusets des lampes la Première examina les mèches, les tira un peu plus haut pour qu'elles éclairent mieux. Au moment de repartir, elle expliqua :

— Cela aide à s'orienter, de faire des sons qui ont un écho. Certains se servent de flûtes et tes chants d'oiseau devraient aussi marcher, Ayla. Essaie donc.

Un peu intimidée, la compagne de Jondalar ne savait quel oiseau choisir. Elle se décida finalement pour l'alouette, se représenta ses ailes sombres, sa longue queue bordée de blanc, les raies nettes barrant sa poitrine et la courte huppe ornant sa tête. Quand on la délogeait de son nid d'herbe bien caché au sol, elle émettait une sorte de pépiement mais son chant matinal était long et soutenu lorsqu'elle volait haut dans le ciel. C'est ce son qu'Ayla produisit.

Dans l'obscurité de la grotte, l'imitation parfaite du chant de l'alouette avait une étrangeté qui fit frissonner Jondalar. La Première fut elle aussi parcourue d'un tremblement inattendu qu'elle s'efforça de dissimuler. Loup eut également une réaction et ne tenta pas, lui, de la cacher. Son hurlement se répercuta dans le vaste espace clos, déclenchant les vagissements du bébé. Ayla ne tarda pas à comprendre que c'était moins un cri de peur ou d'angoisse qu'une façon d'accompagner Loup.

— Je le savais, qu'il était de la Zelandonia, dit la Première, qui décida de joindre sa voix puissante au concert.

Jondalar demeurait immobile, sidéré. Lorsque les sons cessèrent, il eut un rire hésitant puis la doniate s'esclaffa elle aussi et il partit de son grand rire chaleureux qu'Ayla aimait tant et qui l'incita à les imiter.

— Je ne crois pas que cette grotte ait jamais entendu autant de bruit, dit-elle. Cela devrait plaire à la Mère.

Au moment où ils repartaient, Ayla déploya de nouveau sa virtuosité dans l'imitation des chants d'oiseaux et, peu après, elle crut déceler un changement de résonance. Elle s'arrêta pour examiner les parois, la droite puis la gauche, découvrit une frise de trois rhinocéros. L'artiste avait simplement dessiné leurs contours en noir mais il émanait d'eux une impression de volume et d'exactitude qui les rendait incroyablement réels. L'impression était la même pour les animaux gravés. Pour certaines des bêtes qu'Ayla avait vues représentées, en particulier les mammouths, le peintre avait simplement tracé le contour de la tête et la forme caractéristique du dos, ajoutant parfois deux traits courbes pour les défenses. D'autres étaient remarquablement détaillées, avec les yeux et la suggestion d'un pelage laineux. Mais même sans les défenses et autres ajouts, les contours suffisaient à créer l'illusion de l'animal entier.

Ces dessins l'amenèrent à se demander si la qualité sonore de ses sifflements et des chants de Zelandoni avait réellement changé dans certaines parties de la grotte, si un ancêtre avait entendu ou senti autrefois un changement similaire et dessiné à ces endroits des mammouths, des rhinocéros ou d'autres animaux. Il était fascinant d'imaginer que la grotte elle-même avait indiqué où il fallait faire les dessins. Ou était-ce la Mère qui disait à Ses enfants, par l'intermédiaire de la grotte, où regarder et où dessiner ? Ayla se demanda si les sons qu'ils émettaient les conduisaient vraiment à des endroits plus proches du Monde Souterrain de la Mère. Apparemment oui, mais dans un coin de son esprit le doute subsistait.

Ils repartirent et elle reprit ses imitations de chants d'oiseaux. Au bout d'un moment, sans qu'elle en eût la certitude, elle se sentit quasiment forcée de ralentir. D'abord elle ne vit rien de particulier mais, après avoir fait quelques pas de plus, elle découvrit, sur la paroi gauche, un extraordinaire mammouth gravé. Il était représenté dans son long pelage d'hiver, avec des poils qui lui couvraient la tête et le tronc.

— Il ressemble à un vieux sage, souligna Ayla.

— C'est ainsi qu'on l'appelle, dit la Première. Le Vieux, ou parfois le Vieux Sage.

— Il me fait penser à un vieillard qui peut s'enorgueillir des nombreux enfants de son foyer, et de leurs enfants, et peut-être des enfants du foyer de ces enfants.

Zelandoni se remit à chanter en se dirigeant vers la paroi opposée, ornée de nombreux autres mammouths peints en noir.

— Pouvez-vous me dire, en utilisant les mots à compter, combien vous en voyez ? demanda-t-elle à Jondalar et à Ayla.

Ils se rapprochèrent tous deux de la paroi, levèrent leurs lampes pour mieux voir et se firent un plaisir de prononcer à voix haute le mot à compter pour chaque animal.

— Il y en a tournés vers la gauche, d'autres tournés vers la droite, remarqua Jondalar. Et deux dans le milieu, qui se font face.

— On dirait que les deux Hommes Qui Commandent que nous avons vus il y a un moment se sont de nouveau rencontrés et ont amené avec eux quelques autres bêtes de leur troupeau, avança Ayla. J'en compte onze.

Jondalar annonça le même résultat.

— C'est ce que la plupart des gens comptent, dit la Première. Il y aurait d'autres animaux à voir mais ils sont beaucoup trop loin.

Revenons sur nos pas pour prendre l'autre galerie. Je crois que vous allez être surpris.

Ils retournèrent à l'endroit où la galerie principale bifurquait et Zelandoni les entraîna dans l'autre passage. Fredonnant ou chantant, elle les fit passer devant d'autres animaux, pour la plupart des mammouths mais aussi un bison, peut-être un lion, pensa Ayla. Elle releva d'autres marques de doigts, certaines disposées pour créer une forme particulière, d'autres au hasard, semblait-il.

Soudain la doniate haussa la voix, ralentit le pas et prononça les mots familiers du début du Chant de la Mère :

Des ténèbres, du Chaos du temps,
Le tourbillon enfanta la Mère suprême.
Elle s'éveilla à Elle-Même sachant la valeur de la vie
Et le néant sombre affligea la Grande Terre Mère.
La Mère était seule. La Mère était la seule.

De la poussière de Sa naissance, Elle créa l'Autre,
Un pâle ami brillant, un compagnon, un frère.
Ils grandirent ensemble, apprirent à aimer et chérir,
Et quand Elle fut prête ils décidèrent de s'unir.
Il tournait autour d'elle constamment, Son pâle amant...

La voix profonde de la Première semblait emplir toute la profondeur de la grotte. Ayla, très émue, était parcourue de frissons ; elle avait la gorge serrée et les larmes aux yeux.

Le vide obscur et la vaste Terre nue
Attendaient la naissance.
La vie but de Son sang, respira par Ses os.
Elle fendit Sa peau et scinda Ses roches.
La Mère donnait. Un autre vivait.

Les eaux bouillonnantes de l'enfantement emplirent rivières et
  mers,
Inondèrent le sol, donnèrent naissance aux arbres.
De chaque précieuse goutte naquirent herbes et feuilles
Jusqu'à ce qu'un vert luxuriant renouvelle la Terre.
Ses eaux coulaient. Les plantes croissaient.

Dans la douleur du travail, crachant du feu,
Elle donna naissance à une nouvelle vie.
Son sang séché devint la terre d'ocre rouge
Mais l'enfant radieux justifiait toute cette souffrance.
Un bonheur si grand, un garçon resplendissant.

Les roches se soulevèrent, crachant des flammes de leurs crêtes.
La Mère nourrit Son fils de Ses seins montagneux.

Il tétait si fort, les étincelles volaient si haut
Que le lait chaud traça un chemin dans le ciel.
La Mère allaitait, Son fils grandissait.

Il riait et jouait, devenait grand et brillant.
Il éclairait les ténèbres, à la joie de la Mère.
Elle dispensa Son amour, le fils crût en force,
Mûrit bientôt et ne fut plus enfant.
Son fils grandissait, il Lui échappait.

Toute la grotte semblait reprendre le Chant avec Celle Qui Etait la Première, les formes arrondies et les arêtes vives de la roche causant un léger retard et modifiant le ton, si bien que ce qui leur revenait aux oreilles était une fugue d'une harmonie étrangement belle.

Bien qu'Ayla ne distinguât pas tous les mots, certains vers la faisaient réfléchir et elle avait le sentiment que si elle venait un jour à se perdre elle entendrait cette voix presque n'importe où. Elle baissa les yeux vers Jonayla, qui semblait écouter attentivement elle aussi. Jondalar et Loup paraissaient aussi captivés qu'elle.

Le pâle ami lutta de toutes ses forces,
Le combat était âpre, la bataille acharnée.
Sa vigilance déclina, il ferma son grand œil.
Le noir l'enveloppa, lui vola sa lumière.
Du pâle ami exténué, la lumière expirait.

Quand les ténèbres furent totales, Elle s'éveilla avec un cri.
Le vide obscur cachait la lumière du ciel.
Elle se jeta dans la mêlée, fit tant et si bien
Qu'elle arracha Son ami à l'obscurité.
Mais de la nuit le visage terrible gardait Son fils invisible.

Les lugubres ténèbres s'accrochaient à l'éclat du fils,
La Mère ripostait, refusait de reculer.
Le tourbillon tirait, Elle ne lâchait pas.
Il n'y avait ni vainqueur ni vaincu.
Elle repoussait l'obscurité mais Son fils demeurait prisonnier.

La Grande Mère vivait la peine au cœur
Qu'Elle et Son fils soient à jamais séparés.
Se languissant de Son enfant perdu,
Elle puisa une ardeur nouvelle de Sa force de vie.
Elle ne pouvait se résigner à la perte du fils adoré.

Ayla pleurait toujours à ce passage du Chant. Elle connaissait la douleur de perdre un enfant. Comme Doni, elle avait un fils encore en vie dont elle resterait à jamais séparée. Elle serra Jonayla contre elle. Ce nouvel enfant la comblait, mais le premier lui manquerait toujours.

Avec un grondement de tonnerre, Ses montagnes se fendirent.
Et par la caverne qui s'ouvrit dessous
Elle fut de nouveau mère,
Donnant vie à toutes les créatures de la Terre.
De la Mère esseulée, d'autres enfants étaient nés.

Chaque enfant était différent, certains petits, d'autres grands.
Certains marchaient, d'autres volaient, certains nageaient, d'autres rampaient,
Mais chaque forme était parfaite, chaque esprit complet.
Chacun était un modèle qu'on pouvait répéter.
La Mère le voulait, la Terre verte se peuplait.

Les oiseaux, les poissons, les autres animaux,
Tous restèrent cette fois auprès de l'Eplorée.
Chacun d'eux vivait là où il était né
Et partageait le domaine de la Mère.
Près d'Elle ils demeuraient, aucun ne s'enfuyait.

Ayla et Jondalar parcoururent tous deux la grotte des yeux et leurs regards se croisèrent. C'était à n'en pas douter un lieu sacré. Ils ne s'étaient jamais trouvés dans une caverne aussi grande et ils comprirent mieux tout à coup le sens du Chant des Origines. Il y avait d'autres grottes sacrées mais celle-ci devait être une de celles par lesquelles Doni engendrait la vie. Ils avaient l'impression de se trouver dans les entrailles de la Terre.

Ils étaient Ses enfants, ils La remplissaient de fierté
Mais ils sapaient la force de vie qu'Elle portait en Elle.
Il Lui en restait cependant assez pour une dernière création,
Un enfant qui saurait respecter et apprendrait à protéger.

Première Femme naquit adulte et bien formée,
Elle reçut les Dons qu'il fallait pour survivre.
La Vie fut le premier et comme la Terre Mère
Elle s'éveilla à elle-même en en sachant le prix.
Première Femme était née, première de sa lignée.

Vinrent ensuite le Don de Perception, d'apprendre,
Le désir de connaître, le Don de Discernement.
Première Femme reçut le savoir qui l'aiderait à vivre
Et qu'elle transmettrait à ses semblables.
Première Femme saurait comment apprendre, comment croître.

La Mère avait presque épuisé Sa force vitale.
Pour transmettre l'Esprit de la Vie,
Elle fit en sorte que tous Ses enfants procréent,

Et Première Femme reçut aussi le Don d'Enfanter.
Mais Première Femme était seule, elle était la seule.

La Mère se rappela Sa propre solitude,
L'amour de Son ami, sa présence caressante.
Avec la dernière étincelle, Son travail reprit
Et, pour partager la vie avec Femme Elle créa Premier Homme.
La Mère à nouveau donnait, un nouvel être vivait.

Zelandoni et Ayla regardèrent Jondalar et sourirent à la même pensée : il était un exemple parfait, il aurait pu être Premier Homme, et toutes deux se félicitaient que Doni ait créé l'homme pour partager la vie de la femme. A leurs mines, Jondalar devina leurs réflexions et se sentit un peu embarrassé, sans savoir pourquoi.

Femme et Homme la Mère enfanta
Et pour demeure Elle leur donna la Terre,
Ainsi que l'eau, le sol et toute la création,
Pour qu'ils s'en servent avec discernement.
Ils pouvaient en user, jamais en abuser.

Aux Enfants de la Terre la Mère accorda
Le Don de Survivre, puis Elle décida
De leur offrir celui des Plaisirs,
Qui honore la Mère par la joie de l'union.
Les Dons sont mérités quand la Mère est honorée.

Satisfaite des deux êtres qu'Elle avait créés,
La Mère leur apprit l'amour et l'affection.
Elle insuffla en eux le désir de s'unir,
Le Don de leurs Plaisirs vint de la Mère.

Avant qu'elle eût fini, Ses enfants l'aimaient aussi.
Les Enfants de la Terre étaient nés, la Mère pouvait se reposer.

Comme à chaque fois qu'elle entendait le Chant de la Mère, Ayla se demanda pourquoi il y avait deux vers détachés et non un seul à la fin. Peut-être précisément, comme le suggérait Zelandoni, pour indiquer cette fin. Juste avant que la doniate ait achevé, Loup éprouva le besoin de réagir à la façon dont les loups communiquaient toujours entre eux. Il « chanta » lui aussi, poussant trois longs hurlements. L'écho de la grotte donna l'impression qu'une meute lui répondait au loin, peut-être d'un autre monde. Et Jonayla émit à nouveau ce vagissement dont Ayla avait fini par comprendre qu'il était la manière de l'enfant de répondre à Loup.

La Première pensa : Qu'Ayla le veuille ou non, sa fille est destinée à faire partie de la Zelandonia.

15

La Première repartit en tenant haut sa lampe et pour la première fois ils aperçurent le plafond. Lorsqu'ils approchèrent du bout de la galerie, ils pénétrèrent dans une zone où la grotte était si basse que la tête de Jondalar effleurait la voûte. La surface en était presque plane, et de couleur très claire, mais surtout couverte de dessins d'animaux aux contours noirs. Il y avait des mammouths, bien sûr, certains très détaillés, avec les longs poils de leur fourrure et leurs défenses, d'autres représentés par la seule forme caractéristique de leur dos. Il y avait plusieurs chevaux, dont un grand étalon qui dominait son espace, de nombreux bisons, des chèvres et des antilocapres, ainsi que deux rhinocéros. On ne décelait aucun ordre de taille ou de direction, et beaucoup étaient dessinés par-dessus d'autres, comme s'ils tombaient du plafond au hasard.

Ayla et Jondalar allaient et venaient en s'efforçant de tout voir et d'en dégager un sens. Elle leva un bras, toucha le plafond. La surface rugueuse et uniforme de la roche fit picoter ses doigts. Elle renversa la tête en arrière et tenta de saisir d'un coup tous les dessins, comme une femme du Clan apprend à le faire de toutes les données d'une situation, puis elle ferma les yeux. Quand elle promena la main sur la voûte, la roche parut disparaître et elle ne sentit plus qu'un vide. Dans sa tête se forma l'image d'animaux réels venant de loin, venant du Monde des Esprits situé derrière le plafond et tombant sur la terre. Les plus grands, les plus détaillés étaient presque parvenus là où elle se trouvait ; les plus petits, simplement esquissés, étaient encore en route.

Elle rouvrit les yeux, sentit sa tête tourner et baissa le regard vers le sol humide.

— C'est saisissant, murmura Jondalar.

— Certes, dit Zelandoni.

— Je ne connaissais pas l'existence de cette galerie, reprit-il. Personne n'en parle.

— Seuls les membres de la Zelandonia y viennent, je crois. Nous craignons que les jeunes ne s'égarent en la cherchant. Vous savez que les enfants adorent explorer les grottes. Comme vous l'avez remarqué, on pourrait facilement se perdre dans celle-ci, mais des enfants y sont venus. Là où nous sommes passés, à droite, près de l'entrée, il y a des marques de doigts laissées par des enfants et quelqu'un en a soulevé au moins un pour qu'il laisse sur le plafond l'empreinte de sa main.

— Nous continuons ? demanda Jondalar.

— Non, nous faisons demi-tour, maintenant, répondit la Première. Mais nous pouvons nous reposer un moment ici et en profiter pour remplir nos lampes. Nous avons un long chemin à faire.

Ayla donna le sein à son bébé pendant que Jondalar et Zelandoni remettaient de la graisse dans les lampes. Après un dernier regard au plafond, ils entamèrent le retour. Ayla chercha à repérer au passage les animaux qu'ils avaient vus gravés ou peints à l'aller, mais la doniate ne chantait plus constamment et elle-même n'imitait plus de chants d'oiseaux et elle dut en manquer quelques-uns.

Parvenus à l'endroit où la galerie principale se divisait, ils poursuivirent en direction du sud. Ils marchèrent un long moment, leur sembla-t-il, avant de retrouver l'endroit où ils s'étaient arrêtés pour manger et où ils avaient tourné pour voir les deux mammouths face à face.

— Vous voulez faire halte ici ou prendre d'abord le brusque tournant ? demanda la doniate.

— Je préfère tourner d'abord, répondit Jondalar. Mais si tu es fatiguée, nous pouvons nous arrêter. Qu'en penses-tu, Ayla ?

— Cela m'est égal. C'est comme tu voudras, Zelandoni.

— Je me sens fatiguée mais j'aime mieux passer d'abord le trou avant de m'arrêter. Ce serait plus difficile pour moi en repartant les jambes froides.

Ayla avait remarqué que Loup restait plus près d'eux et qu'il haletait un peu. Même lui commençait à se fatiguer et Jonayla s'agitait dans sa couverture. Elle avait sans doute suffisamment dormi mais l'obscurité permanente la déroutait. Ayla la fit passer de son dos sur sa hanche puis devant elle, pour lui donner un moment le sein, et de nouveau sur sa hanche. Sa besace lui pesait, elle aurait voulu la changer d'épaule mais elle aurait dû changer aussi tout le reste et cela aurait été difficile en marchant.

Ils franchirent l'entonnoir avec précaution, surtout après qu'Ayla et Zelandoni eurent toutes deux glissé sur l'argile humide. Après ce passage délicat, ils parvinrent sans trop d'efforts à la galerie qui partait vers leur droite à l'aller et se trouvait maintenant à gauche. La Première s'arrêta.

— Si vous vous rappelez, je vous ai dit en venant qu'il y a dans cette galerie un lieu sacré intéressant. Vous pouvez aller le voir si vous voulez. Je vous attendrai ici en me reposant. Ayla le trouvera avec ses chants d'oiseaux, j'en suis sûre.

— Je n'en ai pas trop envie, répondit Ayla. Nous avons tellement vu de choses aujourd'hui que je ne suis plus capable d'en apprécier d'autres. Tu as dit que tu ne reviendrais sûrement pas dans cette grotte, mais comme tu l'as visitée plusieurs fois auparavant, j'y retournerai sans doute, d'autant qu'elle est proche de la Neuvième Caverne. Je préfère voir cette galerie avec un œil neuf, lorsque je serai moins fatiguée.

— Sage décision, approuva la doniate. Sachez seulement que c'est encore un plafond mais, sur celui-là, les mammouths sont peints en rouge. Pour le moment, il faut manger quelque chose et j'ai besoin de lâcher mon eau.

Avec un soupir de satisfaction, Jondalar défit son sac à dos et se trouva un coin sombre. Il avait régulièrement bu à sa petite outre toute la journée et avait lui aussi envie de se soulager. Il aurait suivi les femmes dans la dernière galerie si elles avaient décidé d'y aller, pensa-t-il en entendant le bruit de son jet sur la pierre, mais il avait son content de merveilles pour le moment et il était las de marcher. Il voulait seulement sortir de cette grotte et se passerait même de manger.

A son retour, un petit bol de soupe froide l'attendait, avec un peu de viande sur un os. Loup finissait les morceaux qu'on avait coupés pour lui.

— Nous pouvons mâcher la viande en marchant, proposa Ayla, mais gardez les os pour Loup. Il sera heureux de les ronger en se reposant près d'un feu.

— Nous aimerions tous être près d'un feu, en ce moment, marmonna Zelandoni. Quand les lampes auront brûlé toute leur graisse, nous utiliserons des torches pour le reste du chemin.

Elle en avait déjà préparé une pour chacun et Jondalar fut le premier à allumer la sienne lorsqu'ils passèrent devant l'autre galerie de gauche et le premier mammouth qu'ils avaient admiré.

— C'est là qu'il faut tourner pour voir les empreintes de doigts d'enfant, rappela Zelandoni. Il y a beaucoup d'autres choses intéressantes sur les parois et le plafond de cette galerie. Personne ne sait ce qu'elles signifient, même si on a avancé de nombreuses explications.

Peu après, Ayla et la Première allumèrent aussi leurs torches. A la bifurcation, ils prirent à droite et Ayla crut entrevoir une lueur devant elle. Lorsque la galerie s'incurva davantage sur la droite, elle en fut sûre mais ce n'était pas une lumière vive, et quand ils sortirent enfin de la grotte, ils découvrirent que le soleil se couchait. Ils avaient passé toute la journée dans l'immense caverne.

Jondalar empila du bois dans la fosse du camp et l'alluma avec sa torche. Ayla laissa tomber son sac sur le sol et siffla les chevaux. Entendant un hennissement lointain, elle fit un pas dans cette direction.

— Laisse-moi le bébé, lui suggéra Zelandoni. Tu le portes depuis ce matin, vous avez tous deux besoin d'un peu de changement.

Ayla étendit la couverture sur l'herbe, posa Jonayla dessus. L'enfant agita joyeusement les jambes tandis que sa mère sifflait de nouveau et courait vers les chevaux. Elle s'inquiétait toujours quand elle était restée séparée d'eux quelque temps.

Ils dormirent tard le lendemain puisque rien ne les pressait mais, en milieu de matinée, ils commencèrent à éprouver l'envie de repartir. Jondalar et Zelandoni discutèrent du meilleur chemin pour se rendre à la Cinquième Caverne.

— Elle est à l'est, à deux jours d'ici, trois si nous prenons notre temps. Il nous suffit de suivre cette direction pour y arriver, je pense, dit Jondalar.

— C'est vrai, mais nous sommes aussi un peu au nord, fit remarquer la Première, et si nous nous dirigeons plein est, nous devrons traverser la Rivière du Nord et la Rivière.

A l'aide d'un bâton, elle traça des lignes sur un emplacement où le sol était dénudé.

— Si nous allons vers l'est et un peu vers le sud, nous arriverons à Camp d'Eté de la Vingt-Neuvième Caverne avant le coucher du soleil et nous y passerons la nuit. La Rivière du Nord se jette dans la Rivière près de Face Sud de la Vingt-Neuvième. Nous pouvons franchir la Rivière au gué situé entre Camp d'Eté et Face Sud et n'avoir ainsi qu'une traversée à faire. A cet endroit, la Rivière est plus large mais peu profonde. Nous pousserons ensuite jusqu'au Rocher aux Reflets et à la Cinquième Caverne, comme nous l'avons fait l'année dernière.

Pendant que Jondalar considérait l'itinéraire figuré sur le sol, la Première ajouta ce commentaire :

— La piste est bien indiquée sur les arbres, d'ici à Camp d'Eté, et un sentier mène ensuite à la Cinquième.

Jondalar se rendit compte qu'il avait pensé couvrir le chemin comme Ayla et lui l'avaient fait pendant leur Voyage. A cheval, avec le bateau rond attaché au bout des perches pour maintenir leurs affaires hors de l'eau, ils n'avaient pas eu à se soucier beaucoup de traverser les rivières, à l'exception des plus profondes. Mais avec la Première assise derrière Whinney, le travois ne flotterait pas, et pas davantage celui de Rapide, qui supportait leurs affaires.

— Tu as raison, Zelandoni, reconnut-il. Ce n'est peut-être pas aussi direct, mais par ton chemin ce sera plus facile, et nous arriverons aussi rapidement, sinon plus.

Les marques de piste ne furent pas aussi simples à suivre que dans le souvenir de la Première. Apparemment, les voyageurs n'avaient pas été nombreux à prendre cette direction ces derniers temps mais ils avaient quand même renouvelé certaines des marques en chemin afin de faciliter la tâche à ceux qui viendraient après eux. Le soleil se couchait quand ils rejoignirent Camp d'Eté, aussi connu sous le nom de Partie Ouest de la Vingt-Neuvième Caverne, elle-même parfois appelée les Trois Rochers.

Ses membres avaient conclu un accord complexe et intéressant. Ils formaient autrefois trois Cavernes distinctes vivant dans trois abris de pierre différents qui donnaient sur une même prairie grasse. Le Rocher aux Reflets était exposé au nord, ce qui aurait constitué un gros désavantage s'il n'avait offert d'importantes compensations. C'était une immense falaise de huit cents mètres de long, quatre-vingt-dix de haut, avec des abris sur cinq niveaux, autant de remarquables postes d'observation sur les environs et les animaux qui les traversaient dans leur migration. C'était en outre un site magnifique, que la plupart des gens trouvaient admirable.

Face Sud était exactement ce que son nom laissait supposer : un abri orienté au sud, recevant hiver comme été un maximum de soleil. Ses deux niveaux étaient assez élevés pour offrir une bonne vue sur la plaine. Enfin, Camp d'Eté, situé à l'extrémité ouest de cette plaine, bénéficiait entre autres choses d'une abondance de noisettes qu'un grand nombre de membres d'autres Cavernes venaient cueillir à la fin de l'été. Il était aussi le plus proche d'une petite grotte sacrée qu'on appelait simplement la Profonde de la Forêt.

Comme les trois Cavernes utilisaient essentiellement les mêmes zones pour chasser ou se rassembler, les rancunes conduisaient fréquemment à des combats. La région pouvait nourrir les trois groupes car elle était non seulement riche en elle-même mais se trouvait aussi sur une route migratoire importante. Il arrivait toutefois souvent que deux groupes de chasseurs de Cavernes différentes poursuivent au même moment le même gibier. Ils se gênaient mutuellement et finissaient par rentrer bredouilles l'un et l'autre. Lorsque trois groupes chassaient en même temps, c'était encore pire. Toutes les Cavernes proches se retrouvèrent impliquées d'une manière ou d'une autre dans les désaccords et finalement, sur l'insistance de tous leurs voisins et après de laborieuses négociations, les trois Cavernes décidèrent de s'unir pour n'en former plus qu'une seule, répartie sur trois lieux, et dont les membres exploiteraient ensemble les ressources de leur plaine. S'il survenait encore parfois quelques différends, l'accord conclu donnait pour l'essentiel satisfaction.

Comme les Réunions d'Eté n'étaient pas terminées, il y avait peu de monde à la Partie Ouest de la Vingt-Neuvième Caverne. La plupart de ceux qui y étaient restés étaient des vieux ou des malades, des infirmes incapables de faire le voyage, plus quelques personnes chargées de prendre soin d'eux. Dans de rares cas, quelqu'un se livrant à une tâche qu'on ne pouvait pas interrompre, ou qui ne pouvait être remplie qu'en été, demeurait également. Ceux qui étaient restés à Partie Ouest accueillirent chaleureusement les voyageurs. Ils recevaient rarement des visiteurs aussi tôt dans la saison et comme ceux-ci venaient de la Réunion d'Eté, ils apportaient peut-être des nouvelles. De plus, ces visiteurs faisaient en eux-mêmes sensation partout où ils allaient : Jondalar, le voyageur de retour, sa femme étrangère avec son bébé, le loup et les chevaux, et la Première parmi Ceux Qui Servaient la Grande Terre Mère. Mais c'était aussi, en particulier pour les malades, à cause de ce qu'Ayla et la Première étaient en plus : des femmes-médecine, dont une au moins était reconnue comme l'une des meilleures de leur peuple.

La Neuvième Caverne avait toujours entretenu d'excellentes relations avec ceux des Trois Rochers qui vivaient à Camp d'Eté. Jondalar se souvenait qu'enfant il s'y rendait pour participer à la cueillette des noisettes, très abondantes dans les environs. Quiconque était invité à apporter son aide recevait une part de la cueillette, et Camp d'Eté invitait toujours les deux autres Cavernes des Trois Rochers et la Neuvième.

Une jeune femme aux cheveux blond clair et au teint pâle sortit d'une habitation de l'abri et les découvrit avec étonnement.

— Qu'est-ce que vous faites ici ? leur lança-t-elle.

Elle se reprit aussitôt :

— Pardonnez-moi, je ne voulais pas être aussi grossière. Je suis surprise de vous voir, je n'attendais personne.

Ayla remarqua ses traits tirés, les cernes sombres autour de ses yeux. La Première savait que cette jeune femme était l'acolyte de la Zelandoni de la Partie Ouest de la Vingt-Neuvième Caverne.

— Ne t'excuse pas, ta surprise est naturelle, dit la Première. J'emmène Ayla faire son Périple de Doniate. Je vais vous présenter.

Elle s'acquitta rapidement de présentations abrégées et ajouta :

— Pourquoi un acolyte comme toi est-il resté ici ? Quelqu'un est très malade ?

— Pas plus que d'autres proches du Monde d'Après, mais c'est ma mère, répondit la jeune femme.

La Première eut un hochement de tête compréhensif.

— Si tu veux, nous pouvons l'examiner.

— Je vous en serais reconnaissante, je n'osais pas vous le demander. Ma Zelandoni l'a soignée tant qu'elle était là et elle m'a aussi laissé des instructions, mais l'état de ma mère s'est aggravé et je n'arrive pas à la soulager.

Ayla se rappela avoir rencontré la Zelandoni de Camp d'Eté l'année précédente. Comme chaque Caverne des Trois Rochers avait son propre Zelandoni, on avait estimé que si les trois doniates bénéficiaient chacun d'une voix aux réunions de la Zelandonia la Vingt-Neuvième Caverne aurait une influence trop forte. On avait donc choisi une quatrième doniate pour représenter tout le groupe mais elle jouait surtout un rôle de médiatrice, non seulement entre les trois autres Zelandonia, mais aussi entre les trois chefs, ce qui exigeait beaucoup de tact et de temps. Ayla se souvint que la Zelandoni de Camp d'Eté était une femme mûre, presque aussi grosse que la Première mais courtaude, et qu'elle semblait chaleureuse, maternelle. Elle portait le titre de Zelandoni Complémentaire de la Partie Ouest de la Vingt-Neuvième Caverne, bien qu'elle fût une Zelandoni à part entière, jouissant intégralement du respect et du statut de cette position.

La jeune femme parut soulagée d'avoir quelqu'un d'autre pour s'occuper de sa mère, surtout une doniate d'un tel savoir et d'une telle réputation, mais, voyant que Jondalar commençait à décharger les ballots du travois et que le bébé qu'Ayla portait sur son dos commençait à geindre, elle suggéra :

— Installez-vous d'abord.

Les visiteurs saluèrent toutes les personnes présentes, étendirent leurs fourrures de couchage, menèrent les chevaux à un coin d'herbe fraîche et familiarisèrent Loup avec ces inconnus, ou plutôt les familiarisèrent avec lui. Puis la Première et Ayla rejoignirent le jeune acolyte.

— De quel mal souffre ta mère ? demanda la doniate.

— Je ne sais pas au juste. Elle se plaint de douleurs ou de crampes d'estomac et elle a perdu l'appétit. Elle maigrit, je m'en aperçois, et maintenant, elle ne veut même plus se lever. Je suis très inquiète.

— C'est compréhensible. Ayla, veux-tu venir l'examiner avec moi ?

— Oui, laisse-moi juste demander à Jondalar de garder Jonayla. Je viens de lui donner le sein, il ne devrait pas y avoir de problème.

Elle porta l'enfant à son compagnon, qui conversait avec un homme plus âgé qui ne semblait ni malade ni affaibli. Ayla présuma qu'il était là pour veiller sur quelqu'un, comme le jeune acolyte. Jondalar fut ravi de s'occuper de Jonayla et lui sourit en lui tendant les bras. La petite lui rendit son sourire, elle aimait être avec lui.

Ayla retourna auprès des deux femmes qui l'attendaient et les suivit jusqu'à une habitation semblable à celles de la Neuvième Caverne mais beaucoup moins grande. Apparemment, elle n'abritait que la femme qui en occupait l'endroit à dormir. Il n'y avait que peu d'espace autour du lit et une zone à cuire exiguë. A elle seule, la Première semblait l'emplir, laissant très peu de place à ses deux cadettes.

— Mère... Mère ! dit le jeune acolyte. Des visiteurs souhaitent te voir.

La femme allongée gémit, ouvrit les yeux puis les écarquilla lorsqu'elle découvrit la masse de la Première.

— Shevola ? murmura-t-elle d'une voix frêle.

— Je suis là, mère, répondit l'acolyte.

— Pourquoi la Première est-elle ici ? Tu l'as envoyé chercher ?

— Non. Elle passait, elle s'est arrêtée pour rendre visite à la Caverne, et elle en profite pour te voir. Ayla est là, aussi.

— Ayla ? N'est-ce pas la compagne étrangère de Jondalar, la femme aux animaux ?

— Si, mère. Elle les a amenés. Si tu as la force de te lever, tu pourras aller les voir.

— Quel est le nom de ta mère, Acolyte de la Partie Ouest de la Vingt-Neuvième ? demanda la doniate.

— Vashona de Camp d'Eté, Partie Ouest de la Vingt-Neuvième Caverne, commença à réciter Shevola. Elle est née au Rocher aux Reflets avant que les Trois Rochers s'unissent.

Elle se rendit compte avec un léger embarras qu'elle n'avait pas besoin de fournir autant d'explications puisqu'il ne s'agissait pas de présentations rituelles.

— Vois-tu un inconvénient à ce qu'Ayla t'examine, Vashona ? s'enquit la Première. C'est une guérisseuse expérimentée. Nous ne pourrons peut-être pas t'aider mais nous aimerions essayer.

— Non, aucun, répondit la malade à voix basse et, sembla-t-il, avec une certaine hésitation.

Ayla fut un peu étonnée que la Première veuille qu'elle examine la malade puis elle s'aperçut que l'espace était si confiné dans l'habitation que la doniate obèse aurait éprouvé quelques difficultés à s'approcher du lit. Ayla s'agenouilla au chevet de Vashona et lui demanda :

— Ressens-tu des douleurs en ce moment ?

Shevola et sa mère remarquèrent toutes deux la façon étrange dont elle parlait, son accent exotique.

— Oui.

— Montre-moi où.

— C'est difficile à dire. A l'intérieur.

— En haut ou en bas ?

— Partout.

— Je peux toucher ?

La femme regarda sa fille, qui regarda Zelandoni.

— Elle doit l'examiner, insista la Première.

Vashona accepta d'un hochement de tête ; Ayla rabattit la couverture et ouvrit le vêtement, découvrant l'estomac. Elle remarqua immédiatement que la femme était ballonnée. Elle appuya sur l'estomac en commençant par le haut, descendit. Vashona grimaça mais ne cria pas. Ayla lui tâta le front, passa un doigt derrière ses oreilles, se pencha pour flairer son haleine, s'assit sur ses talons, l'air pensive.

— Eprouves-tu une vive douleur à la poitrine, en particulier après avoir mangé ?

— Oui, répondit la malade avec un regard interrogateur.

— L'air sort-il bruyamment de ta gorge, comme lorsqu'un bébé rote ?

— Oui, mais beaucoup de gens rotent.

— C'est vrai, convint Ayla. Craches-tu aussi du sang ?

— Quelquefois.

— As-tu vu du sang ou une masse sombre et collante dans tes crottes ?

— Oui, ces derniers temps, répondit Vashona dans un murmure. Comment le sais-tu ?

— Elle le sait parce qu'elle t'a examinée, intervint la Première.

— Qu'as-tu fait pour calmer tes douleurs ?

— Comme tout le monde : j'ai bu de la tisane d'écorce de bouleau.

— Et aussi beaucoup de menthe ?

Vashona et sa fille acolyte regardèrent l'étrangère avec étonnement.

— C'est sa boisson préférée, expliqua Shevola.

— Il vaudrait mieux de la racine de réglisse ou de l'anis. Et plus d'écorce de bouleau pour le moment, recommanda Ayla. Certains pensent que puisque tout le monde en prend cela ne peut pas faire de mal. Or, en boire trop peut être mauvais. C'est un remède mais il n'est pas bon pour tout et il ne faut pas l'utiliser trop souvent.

— Peux-tu aider ma mère ? demanda l'acolyte.

— Oui. Je crois savoir ce qui ne va pas. C'est sérieux, mais il existe des médecines qui peuvent la guérir. Je dois cependant vous prévenir qu'il peut s'agir d'un mal plus grave très difficile à traiter, même si nous pouvons au moins la soulager de sa douleur.

Zelandoni inclina légèrement la tête avec une expression entendue.

— Que suggères-tu comme traitement ? demanda-t-elle.

Ayla réfléchit puis répondit :

— De l'anis ou de la racine de réglisse pour calmer l'estomac, j'en ai dans mon sac à remèdes. Et de l'iris séché pour prévenir les crampes. Il pousse dans les environs des pissenlits qui purifieront son sang et aideront ses entrailles à mieux travailler. J'ai des gratterons qui peuvent débarrasser son corps d'un reste d'excréments, et une décoction des aspérules que j'ai cueillies sera bonne pour son estomac et l'aidera à se sentir mieux. En plus, cela a bon goût. Je trouverai peut-être encore de ces radicelles de benoîte que j'ai utilisées comme assaisonnement l'autre soir. Elles sont excellentes pour les maux d'estomac. Mais il me faudrait surtout de la chélidoine. C'est un bon traitement pour l'un ou l'autre des problèmes possibles, en particulier le plus grave.

Shevola regardait Ayla avec admiration. La Première savait qu'elle n'était pas Premier Acolyte de la Zelandoni de Camp d'Eté et qu'elle avait encore beaucoup à apprendre. Ayla pouvait encore la surprendre par la profondeur de son savoir. Elle se tourna vers Shevola.

— Tu peux peut-être aider Ayla à préparer les remèdes pour ta mère. Ce sera une façon d'apprendre à le faire quand nous serons partis.

— Oh oui, j'aimerais tant aider, répondit l'acolyte.

Regardant Vashona avec tendresse, elle ajouta :

— Je crois que tu te sentiras beaucoup mieux avec cette médecine, mère.

Ayla voyait le feu projeter des étincelles dans la nuit comme s'il tentait d'atteindre celles qui scintillaient dans le ciel. Il faisait sombre, la lune était jeune et s'était déjà couchée. Aucun nuage ne masquait l'éblouissant foisonnement d'étoiles, si dense qu'elles semblaient reliées par un écheveau de lumière.

Jonayla dormait dans les bras de sa mère. Elle avait fini de téter depuis quelque temps déjà mais Ayla prenait plaisir à la garder contre elle et se détendait près du feu. Jondalar était assis à côté d'elle, un peu en retrait, et elle s'appuyait contre sa poitrine et le bras qu'il avait passé autour d'elle. La journée avait été longue, Ayla se sentait fatiguée. Neuf membres de la Caverne seulement ne s'étaient pas rendus à la Réunion d'Eté, six qui étaient malades ou affaiblis – Ayla et Zelandoni les avaient tous examinés –, trois qui étaient restés pour s'occuper d'eux. Plusieurs de ceux qui n'avaient pas eu la force de faire le voyage se sentaient néanmoins assez vaillants pour participer aux corvées telle l'élaboration des repas. L'homme mûr avec qui Jondalar s'était entretenu à leur arrivée était parti chasser et avait abattu un cerf, ce qui avait permis aux autres d'offrir à leurs invités un festin de venaison.

Le lendemain matin, la Première prit Ayla à part pour lui annoncer que ce serait le jeune acolyte qui lui montrerait la grotte sacrée de Camp d'Eté.

— Elle n'est pas grande mais très difficile, précisa-t-elle. Tu devras peut-être ramper à certains endroits, alors mets des vêtements pour ça. Je l'ai visitée quand j'étais jeune et je ne crois pas que j'en serais capable maintenant. Vous vous débrouillerez très bien toutes les deux, j'en suis sûre. Vous êtes de robustes jeunes femmes, ça ne devrait pas vous prendre longtemps mais je te conseille, vu la difficulté de cette grotte, de laisser ton bébé ici.

Après une pause, elle ajouta :
— Je le garderai, si tu veux.

Ayla crut déceler un manque de conviction dans la voix de la Première. S'occuper d'un bébé pouvait être fatigant et la Première avait peut-être d'autres projets.

— Je peux demander à Jondalar de le faire. Il aime être avec Jonayla.

Les deux femmes se mirent en route, Shevola ouvrant la marche.
— Dois-je t'appeler par ton titre, complet ou abrégé, ou par ton nom ? demanda Ayla après qu'elles eurent parcouru une courte distance. Cela varie selon les acolytes.

— Comment les gens t'appellent-ils, toi ?

— Ayla. Je sais que je suis l'acolyte de la Première mais j'ai encore du mal à me penser comme ça et tout le monde m'appelle Ayla. Je préfère. Mon nom est la seule chose qui me reste de ma vraie mère, de mon peuple d'origine. Je ne sais même pas qui ils étaient. Je n'ignore pas que l'on attend de nous que nous renoncions à nos noms personnels et j'espère que je serai prête à le faire le moment venu, mais je ne le suis pas encore.

— Certains acolytes sont heureux de changer de nom, d'autres aimeraient mieux ne pas le faire. Finalement, tout s'arrange. Je crois que j'aimerais que tu m'appelles Shevola. C'est plus amical qu'Acolyte.

— Alors, appelle-moi Ayla.

Elles empruntèrent une piste qui traversait une gorge étroite couverte d'arbres et de broussailles, flanquée de deux hautes falaises dont l'une accueillait l'abri de pierre du groupe. Loup surgit tout à coup et effraya Shevola, qui n'avait pas l'habitude. Ayla prit la tête de l'animal entre ses mains, ébouriffa sa crinière en riant.

— Alors, tu n'as pas voulu rester, dit-elle, ravie de le voir.

Elle se tourna vers l'acolyte.

— Il me suivait toujours partout où j'allais, jusqu'à la naissance de Jonayla. Depuis, il est tiraillé quand je suis à un endroit et elle à un autre. Il veut nous protéger toutes les deux et n'arrive pas toujours à prendre une décision. Cette fois, je lui avais laissé le choix. Il a dû estimer que Jondalar serait capable de protéger Jonayla et il est parti à ma recherche.

— Le pouvoir que tu as sur ces animaux est stupéfiant : ils vont où tu leur dis d'aller, ils font ce que tu veux. On finit par ne plus s'en étonner mais cela reste difficile à croire. Tu les as toujours eus ?

— Non. Whinney a été la première, sauf si on compte le lapin que j'ai trouvé quand j'étais petite fille. Il était blessé – il avait dû échapper à un prédateur – et il n'a pas pu, ou pas voulu, s'enfuir lorsque je l'ai soulevé. Je l'ai apporté à Iza, la guérisseuse. Elle m'a dit qu'elle s'occupait des gens, pas des animaux, mais elle l'a soigné quand même. Peut-être pour voir si elle en était capable. Je suppose que l'idée que les gens peuvent aider les animaux avait dû rester en moi quand j'ai vu la petite pouliche. Je ne m'étais pas rendu compte que l'animal tombé dans mon piège était une jument allaitante et je ne sais pas pourquoi j'ai tué les hyènes qui harcelaient sa pouliche, si ce n'est que je déteste les hyènes. Mais après l'avoir sauvée j'ai senti que j'étais responsable d'elle, que je devais essayer de l'élever. Je suis heureuse de l'avoir fait. Elle est devenue mon amie.

Shevola était fascinée par l'histoire qu'Ayla racontait avec détachement, comme s'il s'agissait d'événements ordinaires.

— Tu as quand même un pouvoir sur ces bêtes, fit-elle observer.

— Je ne sais pas si le mot convient. Pour Whinney, j'étais comme sa mère. Je prenais soin d'elle, je la nourrissais. Nous avons fini par nous comprendre. Si tu trouves un animal très jeune et que tu l'élèves, tu peux lui apprendre à bien se conduire, comme une mère le fait avec son enfant.

— Et pour Loup ?

— J'avais tendu des pièges à hermines et quand je suis allée les relever avec mon amie Deegie, je me suis rendu compte qu'un animal me dérobait mes prises. Avec ma fronde, j'ai tué le loup qui en dévorait une, mais c'était une femelle allaitante. Je ne m'y attendais pas. Il était tard dans la saison pour qu'une louve ait encore des jeunes à la mamelle. J'ai remonté sa piste jusqu'à son repaire. C'était une louve solitaire, elle n'avait pas de meute pour l'aider et il avait dû arriver quelque chose à son compagnon. C'était pour ça qu'elle pillait mes pièges. Il ne restait qu'un louveteau vivant, que j'ai ramené. Nous vivions alors chez les Mamutoï et il fut élevé avec les enfants du Camp du Lion. Il n'a jamais vécu avec des loups, il pense que les humains sont sa meute.

— Tous les humains ?

— Non, pas tous, quoiqu'il se soit habitué à en côtoyer un grand nombre. Jondalar et moi, et Jonayla aussi, maintenant – les loups adorent leurs petits –, constituons le noyau de sa meute mais il y inclut aussi Marthona, Willamar et Folara, Joharran, Proleva et leurs enfants. Il admet comme des sortes de membres temporaires de sa meute des gens dont je lui fais renifler l'odeur, que je lui présente comme des amis. Tous les autres, il les ignore tant qu'ils ne font aucun mal à ceux dont il se sent proche.

— Et si quelqu'un essaie de leur nuire ?

— Pendant notre Voyage, Jondalar et moi sommes tombés sur une femme mauvaise, qui prenait plaisir à faire mal aux gens. Elle a tenté de me tuer mais Loup l'a égorgée avant.

Shevola fut parcourue d'un frisson délicieux, comme lorsqu'elle écoutait un bon conteur narrer une histoire effrayante. Elle ne doutait pas un instant que cette histoire fût vraie, elle ne croyait pas l'acolyte de la Première capable d'inventer de telles choses.

En suivant la piste qui sinuait dans la gorge, elles arrivèrent à une bifurcation dont la branche de droite menait à une faille dans la falaise : l'entrée de la grotte. Après une montée assez raide, elles découvrirent en y parvenant qu'un gros bloc de pierre la barrait partiellement en laissant une ouverture de chaque côté. La partie gauche était étroite mais permettait quand même de passer, la partie droite était plus large et jonchée de traces indiquant que d'autres l'avaient empruntée avant elles : un vieux coussin éventré perdant son rembourrage d'herbe, des éclats de pierres provenant de la fabrication d'outils, des os qu'on avait rongés avant de les jeter au pied de la falaise. Les deux femmes pénétrèrent dans la grotte et firent quelques pas. Loup suivit. Shevola défit son sac à dos, l'appuya à un rocher.

— Quand nous avancerons encore un peu, il fera trop sombre pour qu'on y voie, prévint-elle. Il faut allumer nos torches. Nous pouvons laisser nos sacs ici mais nous devons d'abord boire un peu d'eau.

Elle plongea une main dans son sac mais Ayla avait déjà sorti du sien ce qu'il fallait pour allumer un feu ainsi qu'une sorte d'ébauche de minuscule panier fait de bandes d'écorces séchées non tressées. Elle fourra à l'intérieur le duvet d'épi de jonc qui lui servait d'amadou puis prit un morceau de pyrite de fer présentant une rainure à force d'avoir été utilisé, ainsi qu'un éclat de silex que Jondalar avait taillé. En frappant la pyrite avec le silex, Ayla fit naître une étincelle qui retomba sur le duvet inflammable. Il s'en éleva un filet de fumée. Elle prit le panier, souffla sur la petite braise qui se transforma en flammèche. Elle souffla de nouveau, posa le panier sur le rocher. Shevola avait déjà préparé deux torches qu'elle approcha du feu. Lorsqu'elles furent allumées, Ayla pressa les bandes d'écorce l'une contre l'autre pour les éteindre afin de pouvoir utiliser de nouveau ce qui en restait.

— Nous avons quelques pierres à feu mais je n'ai pas encore appris à m'en servir, avoua le jeune acolyte. Tu me montreras comment allumer un feu aussi vite ?

— Bien sûr. Cela ne demande qu'un peu de pratique. Maintenant, montre-moi cette caverne.

L'entrée de la grotte laissait pénétrer un peu de la lumière du jour, mais sans leurs torches les deux femmes n'auraient pas vu où elles posaient le pied et le sol était inégal, jonché de morceaux détachés de la voûte ou des parois. Elles avancèrent prudemment. Shevola se rapprocha de la paroi de gauche et la longea, fit halte à un endroit où la grotte se rétrécissait et se divisait en deux galeries. Celle de droite était large ; celle de gauche, étroite, semblait se terminer en cul-de-sac.

— La grotte est trompeuse, avertit Shevola. On est tenté de prendre la galerie de droite mais elle ne mène nulle part. Un peu plus loin, elle se divise de nouveau, les deux branches deviennent de plus en plus étroites et s'arrêtent. A gauche, après un passage étroit, la grotte s'élargit de nouveau.

La jeune femme leva sa torche pour éclairer des marques peu visibles sur la paroi de gauche.

— On les a faites pour indiquer à ceux qui en comprendront le sens que c'est le chemin qu'il faut prendre, dit-elle en tendant le bras.

— Tu veux parler de membres de la Zelandonia, je suppose.

— Oui, le plus souvent, mais des jeunes se risquent aussi parfois à explorer les grottes.

Shevola repartit, s'arrêta de nouveau au bout d'un moment.

— L'endroit est bon pour faire résonner la voix sacrée. Tu en as déjà une ?

— Je n'ai pas encore choisi, répondit Ayla. J'ai essayé des chants d'oiseaux, j'ai aussi rugi comme un lion. La Première chante, et dans la Grotte aux Mammouths, c'était d'une incroyable beauté. Que fais-tu, toi ?

— Je chante également, mais pas comme la Première. Ecoute.

Shevola émit un son aigu, descendit de plusieurs octaves puis remonta jusqu'à la note initiale. La grotte renvoya un écho assourdi.

— Remarquable, la félicita Ayla avant de se mettre à siffler.

— Oh, c'est extraordinaire ! s'exclama Shevola. On aurait vraiment dit des oiseaux. Où as-tu appris à faire ça ?

— Après avoir quitté le Clan et avant de rencontrer Jondalar, j'ai vécu dans une lointaine vallée à l'est. Je donnais à manger aux oiseaux pour les attirer et je me suis mise à imiter leurs chants. Comme cela les faisait venir, j'ai continué.

Elles s'engagèrent dans l'étroite galerie, Shevola la première, suivie d'Ayla puis de Loup. Ayla ne tarda pas à se féliciter d'avoir suivi les conseils de Zelandoni en s'habillant spécialement pour la visite. Non seulement les parois de la grotte se rapprochèrent mais la voûte et le sol aussi, ne laissant qu'un espace exigu où elles pouvaient à peine se tenir debout. A certains endroits, elles durent se mettre à genoux pour avancer. Ayla laissa tomber sa torche mais réussit à la ramasser avant qu'elle s'éteigne.

Leur progression devint plus aisée quand la galerie s'élargit et qu'elles purent de nouveau se tenir droites. Il leur restait cependant d'autres difficultés à surmonter. A un endroit, la paroi de droite s'était écroulée en un éboulis pentu de terre et de cailloux, laissant à peine un passage plan où poser le pied. Des pierres roulaient vers les deux femmes qui marchaient au plus près de la paroi opposée.

Enfin, après un dernier rétrécissement de la grotte, Shevola s'arrêta, leva sa torche et se tourna vers la droite. L'argile humide et luisante qui recouvrait en partie la roche avait été transformée en moyen d'expression puisqu'on y avait gravé un signe : cinq lignes verticales et deux lignes horizontales, la première croisant les cinq autres, la seconde n'en barrant que la moitié. A côté, Ayla découvrit la gravure d'un renne.

Elle avait maintenant vu assez de peintures, de dessins et de gravures pour acquérir un sens personnel de ce qu'elle jugeait bon ou moins bien réalisé. Selon son opinion, ce renne n'était pas aussi réussi que d'autres qu'elle avait pu admirer, mais elle n'aurait jamais fait part de cette réserve à Shevola ni à quiconque d'autre. Elle la garderait pour elle. Il n'y avait pas si longtemps, la seule idée de dessiner sur la paroi d'une grotte une forme ressemblant à une bête lui paraissait incroyable. Elle n'avait jamais rien vu de tel. Une simple ébauche suggérant un corps d'animal était pour elle sidérant et puissamment évocateur.

— Sais-tu qui a gravé ce renne ? demanda-t-elle.

— On n'en dit rien dans les Légendes des Anciens, excepté des allusions générales qui peuvent concerner presque toutes les grottes, mais dans certaines des Histoires qu'on raconte sur notre Caverne, on suggère que ce pourrait être un ancêtre de Partie Ouest, peut-être un de ses fondateurs.

Elles reprirent leur marche et leur progression fut à peine plus facile. Le sol était accidenté, les parois se projetaient en saillies auxquelles il fallait prendre garde, mais finalement, au bout d'une dizaine de mètres dans le long espace exigu, Shevola s'arrêta de nouveau. A gauche s'ouvrait une salle ; à droite, une projection de la roche située près du plafond formait un panneau incliné de quarante-cinq degrés sur lequel étaient gravées plusieurs formes. C'était la principale composition de la grotte, neuf animaux représentés sur une surface d'environ soixante-quinze centimètres sur cent dix. Là encore, l'argile recouvrant la paroi avait servi de support.

Le premier animal sur la gauche était en partie gravé dans l'argile, en partie taillé dans la roche, probablement avec un burin de silex. Ayla remarqua une fine pellicule de calcite transparente sur la frise, indice de son ancienneté. Le panneau était coloré par un pigment naturel, du dioxyde de manganèse noir. La surface était d'une extrême fragilité : une petite partie du carbonate s'était écaillée, une autre semblait sur le point de se détacher du reste de la roche.

Le sujet central de la frise était un magnifique renne à la tête dressée dont les bois, l'œil unique, la ligne de la bouche et le naseau étaient soigneusement dessinés. Neuf trous en forme de coupe marquaient le flanc parallèlement à la ligne du dos. Derrière, tourné en sens contraire, un autre animal, partiellement dessiné, probablement un cerf, ou peut-être un cheval, présentait une autre ligne de trous gravés dans le corps. L'extrémité droite du panneau était occupée par un lion et un peu partout apparaissaient d'autres animaux, notamment un cheval et un chamois. Sous le menton de la figure centrale, l'artiste avait dessiné une tête de cheval en reprenant la ligne du cou du renne. Dans la partie inférieure du panneau, sous les principaux sujets, il avait gravé un autre cheval. En utilisant les mots à compter, Ayla parvint à un total de neuf bêtes, représentées en partie ou en entier.

— Inutile d'aller plus loin, déclara Shevola. Si nous continuons tout droit, la galerie s'arrête. Il y a un autre passage très étroit à gauche, mais il mène simplement à une autre petite salle. Nous devrions ressortir.

— Organisez-vous des cérémonies rituelles quand vous venez ici ? demanda Ayla.

Elle fit demi-tour et caressa Loup, qui attendait patiemment.

— Le rituel, c'était de graver ces images, répondit Shevola. Leur auteur, qui est venu dans cette grotte une ou plusieurs fois, accomplissait un Voyage rituel. C'était peut-être un doniate, ou un acolyte en passe d'en devenir un. J'imagine en tout cas qu'il éprouvait le besoin d'entrer en communication avec le Monde des Esprits, la Grande Terre Mère. Il y a quelques grottes sacrées destinées à accueillir des cérémonies rituelles mais celle-ci est, je crois, le résultat du Voyage d'une personne. Dans mon esprit, je m'efforce de saluer cette personne à ma manière quand je viens ici.

— Tu feras une très bonne Zelandoni, prédit Ayla. Tu montres déjà beaucoup de sagesse. Moi aussi je ressens le besoin de reconnaître ce lieu et celui qui a créé ces formes. Je crois que je vais suivre ton exemple en pensant à lui, et en adressant également une pensée personnelle à Doni. Mais j'aimerais faire davantage, peut-être entrer en contact moi aussi avec le Monde des Esprits. As-tu déjà touché les parois ?

— Non. Tu peux le faire, si tu veux.

— Tiens ma torche, s'il te plaît.

Shevola prit la torche d'Ayla et la leva en même temps que la sienne pour mieux éclairer le panneau. Ayla tendit les bras et posa les mains à plat sur la paroi, non sur les gravures ou les dessins mais à côté. Une main sentit l'argile humide, l'autre la surface rugueuse du calcaire. Ayla ferma les yeux et ce fut d'abord l'argile qui fit naître en elle un fourmillement. Puis elle eut l'impression d'une sorte d'intensité émanant de la roche, sans pouvoir dire si elle était réelle ou si elle l'imaginait.

Un instant, ses pensées revinrent à l'époque où elle vivait avec le Clan, où elle s'était rendue à un de ses Rassemblements. Elle avait été chargée de préparer le breuvage destiné aux Mog-ur. Iza lui avait expliqué comment faire : elle devait mâcher longuement les racines séchées et recracher la pulpe dans l'eau d'un bol spécial, remuer ensuite avec le doigt. Elle n'était pas censée en avaler une seule goutte mais elle n'avait pas pu s'en empêcher et elle en avait ressenti les effets. Creb l'avait goûté et, le jugeant trop fort, en avait donné moins à boire à chaque Mog-ur.

Après avoir consommé du breuvage des femmes et dansé avec elles, Ayla avait remarqué qu'il restait un peu de liquide d'un blanc laiteux dans le fond du bol spécial. Comme Iza lui avait recommandé de ne pas le gaspiller, elle l'avait avalé et s'était retrouvée en train de suivre les lumières de lampes et de torches dans la galerie sinueuse d'une grotte où se réunissaient les Mog-ur. Seul Creb avait décelé sa présence. Ayla n'avait jamais compris les pensées et les images qui avaient envahi sa tête cette nuit-là mais elles lui revenaient quelquefois, et c'était exactement ce qu'elle éprouvait maintenant, en moins fort. Elle écarta les mains de la paroi et eut un frisson d'appréhension.

Les deux jeunes femmes retournèrent sur leurs pas en silence, s'arrêtèrent de nouveau devant le premier renne et le signe qui l'accompagnait. Ayla découvrit des lignes courbes qu'elle n'avait pas remarquées à l'aller. Les deux acolytes repassèrent devant l'éboulis instable et parvinrent à l'endroit le plus difficile. Cette fois, Loup les précéda. Lorsqu'elles durent avancer sur les genoux et les mains – sur une seule main, en fait, puisque l'autre tenait la torche – Ayla s'aperçut que la sienne était presque entièrement consumée et elle espéra qu'elle tiendrait jusqu'au bout.

Une fois de l'autre côté, elle vit le jour pénétrant par l'entrée. Ses seins étaient lourds et gonflés. Elle n'aurait pas cru qu'elles étaient restées aussi longtemps dans la grotte, Jonayla devait commencer à avoir faim. Elles pressèrent le pas en direction du rocher où elles avaient laissé leurs sacs à dos et chacune d'elles en tira son outre. Elles avaient soif. Ayla versa de l'eau dans un bol qu'elle avait emporté pour Loup avant de boire elle-même. Puis les deux femmes remirent les sacs sur leurs dos et retournèrent au lieu appelé Camp d'Eté des Trois Rochers, la Partie Ouest de la Vingt-Neuvième Caverne des Zelandonii.

16

— Voici le Rocher aux Reflets, dit Jondalar. Prévoyais-tu de t'arrêter à la Partie Sud de la Vingt-Neuvième Caverne, Zelandoni ?

Le petit groupe composé de trois humains, de trois chevaux et d'un loup fit halte près de la Rivière, devant l'impressionnante falaise calcaire divisée en cinq et, par endroits, six niveaux. Des bandes noires verticales de manganèse, fréquentes dans la région, donnaient à sa façade un aspect distinctif. Ayla détecta un mouvement parmi ceux qui les observaient d'en haut et qui ne semblaient pas particulièrement désireux de les accueillir. Ayla se souvint que plusieurs membres de cette Caverne, dont le chef, étaient effrayés par Loup et les chevaux.

— Il y a apparemment un certain nombre de personnes qui ne sont pas allées à la Réunion d'Eté, répondit la Première. Mais nous avons rendu visite à cette Caverne l'année dernière alors que nous ne l'avons pas fait pour la Cinquième. Je pense qu'il vaut mieux continuer.

Ils longèrent la berge en empruntant la même piste que l'année précédente pour gagner l'endroit où le cours d'eau s'élargissait et devenait moins profond, plus facile à traverser. S'ils avaient prévu de suivre la Rivière et s'ils s'y étaient préparés avant leur départ, ils auraient pu remonter vers l'amont sur un radeau en s'aidant de perches. Ils auraient pu aussi longer la rive à pied, ce qui les aurait obligés à se diriger plein nord puis vers l'est lorsque la Rivière entamait une large courbe et décrivait une boucle, ensuite vers le sud et de nouveau vers l'est, pour suivre une autre boucle qui repartait finalement vers le nord : une marche d'une quinzaine de kilomètres. Après les boucles, la piste épousait des courbes plus douces de la rivière serpentant vers le nord-est.

Il y avait quelques petits lieux habités près de la partie nord de la première boucle mais la Première avait l'intention de rendre visite à un groupe plus nombreux établi à l'extrémité sud de la deuxième boucle : la Cinquième Caverne des Zelandonii, parfois appelée Vieille Vallée. Il était plus facile d'y parvenir en coupant droit plutôt qu'en suivant les méandres. En partant du Rocher aux

Reflets, sur la rive gauche de la Rivière, la Cinquième n'était à vol d'oiseau qu'à un peu moins de cinq kilomètres à l'est et légèrement au nord, quoique la piste, qui traversait un terrain vallonné par le chemin le plus facile, ne fût pas aussi directe.

Lorsqu'ils parvinrent à l'endroit peu profond de la Rivière qu'ils cherchaient, ils firent de nouveau halte. Jondalar sauta du dos de Rapide et dit à la Première :

— A toi de choisir. Tu veux descendre et traverser en pataugeant ou rester sur ton siège ?

— Je ne sais pas. Je crois que vous êtes mieux placés que moi pour décider.

— Qu'en penses-tu ? demanda Jondalar à sa compagne.

Ayla, qui ouvrait la marche sur la jument, sa fille attachée devant elle dans la couverture à porter, se retourna pour regarder les autres.

— L'eau ne semble pas très profonde, mais elle l'est peut-être à certains endroits et tu pourrais te retrouver assise dans l'eau, dit-elle à la Première.

— Si je traverse à pied, je serai mouillée de toute façon, argua la doniate. Je crois que je vais essayer de voir si je reste au sec sur ce siège.

Ayla leva les yeux vers le ciel.

— C'est une chance que la rivière soit basse en ce moment. Je pense qu'il va pleuvoir ou... je ne sais pas. J'ai l'impression qu'il se prépare quelque chose.

Jondalar remonta sur Rapide et Zelandoni resta sur le travois. Pendant la traversée, les chevaux eurent de l'eau jusqu'au ventre et les deux cavaliers les mollets mouillés. Loup dut nager sur une courte distance et s'ébroua sur la rive opposée. Mais le travois flotta en partie et l'eau était effectivement basse. Mis à part quelques éclaboussures, la Première fut épargnée.

Après avoir franchi la Rivière, ils suivirent une piste bien marquée qui s'écartait de la berge, escaladait une colline, rejoignait une autre piste à son sommet arrondi puis redescendait l'autre versant et prenait le raccourci habituel. Pendant le trajet, la Première leur livra des informations sur la Caverne et son histoire, et bien que Jondalar en connût déjà la plupart, il écouta attentivement. Ayla aussi en avait déjà entendu quelques-unes, mais beaucoup étaient nouvelles pour elle.

— D'après le mot à compter de son nom, vous savez que la Cinquième est le troisième groupe zelandonii le plus ancien qui existe encore, commença la doniate, du ton qu'elle prenait pour former les acolytes. Seules la Deuxième et la Troisième Cavernes l'ont précédée. Si les Histoires et Légendes des Anciens parlent de la Cinquième, nul ne sait ce qu'il est advenu de la Quatrième. Beaucoup pensent qu'une maladie l'a décimée, ou qu'un profond désaccord a incité un certain nombre de ses membres à la quitter pour rejoindre une autre Caverne. Ce genre d'événement n'est pas rare, comme en attestent les mots à compter des noms de Cavernes disparues. Les Histoires de la plupart des Cavernes mentionnent l'intégration de nouveaux membres ou le départ pour un autre groupe, mais nous ne savons rien sur la Quatrième. D'aucuns imaginent qu'une terrible tragédie a causé la mort de tous ses membres.

La Première continua ainsi, tout en songeant qu'Ayla, en particulier, avait besoin d'en apprendre le plus possible sur son peuple d'adoption puisqu'elle serait appelée un jour à transmettre ces connaissances aux jeunes de la Neuvième Caverne. La jeune femme écoutait, fascinée, en n'observant que d'un œil la piste qu'ils suivaient, guidant inconsciemment Whinney d'une pression du genou ou d'un changement de position tandis que la Première parlait derrière elle et, quoique lui tournant le dos, se faisait parfaitement entendre.

La Cinquième Caverne était située dans une agréable petite vallée séparant des falaises calcaires sous un haut promontoire. Elle était traversée en son milieu par un ruisseau né d'une source vive et se jetant dans la Rivière quelques centaines de mètres plus loin. Les hautes parois qui se dressaient de chaque côté du cours d'eau offraient neuf abris de pierre aux dimensions variées, certains très hauts, mais tous n'étaient pas habités. Aussi loin que remontait la mémoire des Zelandonii, l'endroit avait été peuplé, ce qui expliquait son nom de Vieille Vallée. Les Histoires et Légendes des Anciens témoignaient des liens que de nombreuses Cavernes avaient noués avec la Cinquième.

Chacune des Cavernes du territoire des Zelandonii était essentiellement indépendante et capable de subvenir à ses besoins élémentaires. Ses membres pouvaient chasser, pêcher et pratiquer la cueillette, non seulement pour survivre mais pour vivre bien. Ils constituaient la société la plus avancée de la région et peut-être du monde de leur époque. Les Cavernes coopéraient parce qu'elles avaient intérêt à le faire. Elles organisaient parfois des expéditions de chasse communes, en particulier pour le gros gibier comme le mammouth et le mégacéros, ou pour des animaux dangereux comme le lion des cavernes. Périls et résultats étaient partagés. Leurs membres se rassemblaient parfois en grand nombre pour cueillir une abondance de fruits ou de baies pendant la brève période de maturité avant que cette nourriture perde de sa fraîcheur.

Le groupe le plus nombreux fournissait aux autres les compagnes et les compagnons dont ils avaient besoin et les Cavernes échangeaient des objets non parce qu'elles y étaient contraintes mais parce qu'elles appréciaient ce que d'autres fabriquaient. Ces objets étaient assez semblables d'un groupe à l'autre pour être compris mais présentaient une diversité intéressante, et quand un événement imprévu survenait, il pouvait être bon d'avoir des amis ou des parents à qui demander de l'aide. Dans ces régions proches des grands glaciers, où les hivers étaient très rigoureux, la situation pouvait souvent se dégrader.

Chaque Caverne avait tendance à se spécialiser dans un domaine, en partie à cause de l'endroit où elle vivait, en partie parce que certains de ses membres avaient maîtrisé une technique et l'avaient transmise à leurs proches. La Troisième Caverne passait pour posséder les meilleurs chasseurs, sans doute parce qu'elle était située au confluent de deux rivières dont les plaines inondables, à l'herbe grasse, attiraient toute une variété d'animaux migrateurs, et parce que du haut de leur falaise, les membres de la Troisième étaient généralement les premiers à les repérer. Considérés comme les meilleurs, ils cherchaient constamment à améliorer leurs techniques de chasse et d'observation. Si le troupeau repéré était nombreux, ils conviaient les Cavernes voisines à une chasse commune. S'il n'y avait que quelques animaux, ils les abattaient eux-mêmes mais les partageaient souvent avec leurs voisins, notamment pendant les rassemblements ou les fêtes.

Les Zelandonii de la Quatorzième étaient des pêcheurs exceptionnels. Chaque Caverne pratiquait la pêche, mais les membres de la Quatorzième s'étaient spécialisés dans la capture du poisson. Le torrent qui coulait au milieu de leur vallée prenait naissance des kilomètres plus haut et abritait plusieurs variétés de poissons, en plus de servir de frayère au saumon pendant sa période de reproduction. Ils pêchaient aussi dans la Rivière en utilisant diverses méthodes : filets, harpons, barrages, hameçons droits aux deux extrémités pointues.

L'abri de pierre de la Onzième Caverne étant à la fois proche de la Rivière et des bois, ses membres avaient mis au point des techniques de fabrication de radeaux qu'ils se transmettaient et amélioraient au fil des générations. Ils remontaient ou descendaient la Rivière à la perche pour transporter leurs propres biens ou ceux d'autres Cavernes, leurs voisins contractant ainsi envers eux des obligations qu'ils pouvaient échanger contre d'autres biens et services.

La Neuvième Caverne était située près d'En-Aval, lieu où se regroupaient les artisans locaux. Beaucoup d'entre eux finissaient par rejoindre la Neuvième, ce qui expliquait pourquoi elle était si nombreuse. Pour se procurer un outil ou un couteau spécial, des panneaux de cuir brut utilisés pour construire des habitations, de la corde solide ou du fil fin, des vêtements et des tentes, ou des matériaux pour en fabriquer, des récipients en bois ou en jonc tressé, la peinture ou la gravure d'un cheval, d'un bison ou d'un autre animal, ou n'importe quel objet artisanal, il fallait s'adresser à la Neuvième.

La Cinquième Caverne se considérait en revanche comme autonome dans tous les domaines. Elle comptait en son sein des chasseurs, des pêcheurs et des artisans talentueux. Elle fabriquait même des radeaux et prétendait les avoir inventés, quoique la Onzième lui disputât ce mérite. Leurs doniates étaient très respectés et l'avaient toujours été. Plusieurs des grottes de leur petite vallée étaient ornées de peintures et de gravures d'animaux, dont certaines en haut relief.

Pour la plupart des autres Zelandonii, toutefois, la Cinquième Caverne était spécialisée dans la fabrication de bijoux et de perles. Si quelqu'un cherchait un nouveau collier ou différentes sortes de perles à coudre sur un vêtement, il s'adressait souvent à la Cinquième. Ses artisans fabriquaient des perles d'ivoire, perçaient des trous dans les racines de dents d'animaux – celles des renards et des cerfs étaient les plus prisées – pour en faire des pendants et se débrouillaient pour se procurer des coquillages provenant des Grandes Eaux de l'Ouest et de la Mer Méridionale.

Lorsque les voyageurs de la Neuvième parvinrent à la petite vallée de la Cinquième, ils furent rapidement entourés par des Zelandonii sortant de plusieurs refuges de pierre situés de part et d'autre du ruisseau. L'un, possédant une large ouverture, faisait face au sud-ouest, un autre se trouvait plus au nord, d'autres encore sur le versant opposé de la vallée. Les visiteurs furent étonnés de voir un tel attroupement : ou une bonne partie des membres de la Caverne avait décidé de n'aller à aucune Réunion d'Eté, ou ils n'y étaient pas restés longtemps.

Curieux, ceux-ci se dirigèrent vers le petit groupe, sans toutefois trop s'approcher, intimidés ou retenus par un reste de peur. Jondalar était pour tous les Zelandonii une figure familière, à l'exception de ceux qui étaient encore très jeunes lorsqu'il était parti. Tout le monde savait qu'il était revenu d'un long voyage, tous avaient vu la femme et les animaux qu'il avait ramenés, mais le groupe insolite formé par Jondalar, l'étrangère et son bébé, le loup, les trois chevaux, dont une pouliche, et Celle Qui Etait la Première, installée sur un siège tiré par l'un des chevaux, fit encore une fois forte impression. Pour beaucoup, il y avait quelque chose d'étrange, de surnaturel, dans le comportement docile de ces animaux qui auraient normalement dû s'enfuir.

L'un des premiers à les apercevoir avait couru prévenir le Zelandoni de la Cinquième Caverne, qui les attendait maintenant devant l'abri de droite avec un sourire de bienvenue. Mûr mais encore dans la force de l'âge, il avait de longs cheveux bruns ramenés en arrière et enroulés autour de sa tête en une coiffure complexe. Ses tatouages faciaux, marques de sa position éminente, étaient plus recherchés qu'ils n'auraient dû l'être, mais il n'était pas le premier doniate à arborer des tatouages un peu trop ornés. Il y avait en lui de la rondeur et son visage charnu faisait paraître ses yeux plus petits, ce qui lui donnait un air intelligent et rusé qui n'était pas entièrement sans fondement.

Au début, la Première avait porté sur lui un jugement réservé, ne sachant pas si elle pouvait lui faire confiance, ne sachant pas même si elle avait de la sympathie pour lui. Il défendait son avis avec vigueur, y compris lorsqu'il était opposé à celui de la Première, mais il avait fini par faire la preuve de sa loyauté et, dans les réunions ou les conseils, elle avait appris à compter sur la justesse de ses points de vue. Ayla avait été partagée à son sujet, elle aussi, mais, après avoir appris que la Première avait bonne opinion de lui, elle inclinait davantage à lui faire confiance.

Derrière lui se tenait un homme dont Ayla s'était méfiée dès qu'elle l'avait rencontré. Né à la Neuvième Caverne, Madroman avait rejoint la Cinquième, dont il était manifestement devenu un acolyte. Le Zelandoni de la Cinquième Caverne en avait plusieurs, et bien que Madroman fût parmi les plus anciens, il n'avait pas accédé au rang de premier. Jondalar était même étonné qu'on l'ait accepté dans la Zelandonia.

Lorsque Jondalar, dans sa jeunesse, s'était épris de la Première, qui était alors acolyte et s'appelait Zolena, un autre jeune homme, nommé Ladroman, avait voulu avoir Zolena comme femme-donii. Jaloux, il les avait épiés et avait entendu Jondalar tentant de persuader Zolena de devenir sa compagne. Les femmes-donii étaient censées éviter ce genre de situation : les jeunes gens qu'elles initiaient aux Plaisirs étaient considérés comme vulnérables face à des femmes plus âgées et plus expérimentées. Mais Jondalar était grand, mûr pour son âge, incroyablement beau et charismatique avec ses extraordinaires yeux bleus, et si attirant qu'elle ne l'avait pas repoussé immédiatement.

Ladroman avait averti la Zelandonia et tous les autres que Jondalar et Zolena enfreignaient un interdit. Découvrant que Ladroman les avait épiés et dénoncés, Jondalar s'était battu avec lui. Le scandale avait éclaté, non seulement à cause de cette liaison mais parce que, au cours du combat, Jondalar avait fait tomber deux dents de devant de Ladroman. Depuis, il zézayait et avait des difficultés à mordre. La mère de Jondalar, qui était alors chef de la Neuvième Caverne, avait dû verser de lourdes indemnités pour l'écart de conduite de son fils.

Elle avait aussi décidé de l'envoyer vivre chez Dalanar, l'homme dont elle était la compagne quand son fils était né, l'homme du foyer de Jondalar. Bouleversé dans un premier temps, Jondalar avait fini par lui être reconnaissant de cette décision. La punition – c'en était une, selon lui, alors que sa mère y voyait plutôt une période d'attente pendant laquelle les choses s'arrangeraient et les gens oublieraient – avait fourni à Jondalar l'occasion de connaître Dalanar. Les deux hommes se ressemblaient beaucoup, non seulement sur le plan physique mais dans leurs aptitudes, en particulier pour tailler le silex. Dalanar lui en avait appris la technique en même temps qu'à Joplaya, sa cousine, la superbe fille de la nouvelle compagne de Dalanar, Jerika, la plus exotique des femmes que Jondalar ait jamais connues. Ahnlay, la mère de Jerika, avait accouché d'elle pendant le long Voyage qu'elle avait fait avec son compagnon et était morte près de la mine de silex que Dalanar avait découverte. Mais ce compagnon, Hochaman, avait survécu pour réaliser son rêve.

C'était un Grand Voyageur qui avait marché des Mers Infinies de l'Est aux Grandes Eaux de l'Ouest, même si Dalanar avait dû vers la fin le porter sur son dos. Lorsqu'il avait ramené Jondalar à la Neuvième Caverne, quelques années plus tard, Dalanar avait poussé plus loin à l'ouest uniquement pour que le frêle vieillard, Hochaman, puisse contempler une dernière fois les Grandes Eaux, juché de nouveau sur les épaules de Dalanar. Hochaman avait fait seul les derniers pas et, parvenu au bord de l'océan, il était tombé à genoux pour laisser les vagues le baigner et en goûter le sel. Jondalar avait appris à aimer les Lanzadonii et s'était félicité de son exil parce qu'il avait trouvé un second foyer.

Jondalar savait que la Première n'avait elle non plus aucune sympathie pour Ladroman après les ennuis qu'il leur avait causés mais qui, d'une certaine façon, avaient renforcé sa vocation d'acolyte. « Zolena » était devenue une remarquable doniate appelée au rang de Première juste avant que Jondalar n'entreprenne son Voyage avec son frère. A vrai dire, cela avait été un des motifs de son départ. Il nourrissait encore de profonds sentiments pour elle et savait qu'elle ne deviendrait jamais sa compagne. Il avait été étonné d'apprendre, cinq ans plus tard, à son retour avec Ayla et ses animaux, que Ladroman avait changé son nom en Madroman – Jondalar ne comprenait pas pourquoi – et avait été admis dans la Zelandonia. Quelle qu'ait été la personne qui l'avait proposé, Celle Qui Etait la Première avait dû l'accepter.

— Salutations ! s'exclama le Zelandoni de la Cinquième Caverne en tendant les bras vers la Première qui descendait du travois spécial. Je ne pensais pas avoir l'occasion de te voir cet été.

Elle lui prit les mains, se pencha pour presser sa joue contre la sienne.

— Je t'ai cherché à la Réunion d'Eté, mais on m'a dit que tu participais à une réunion différente avec plusieurs Cavernes voisines de la Cinquième.

— On t'a dit vrai. C'est une longue histoire que je te raconterai plus tard si tu veux l'entendre.

De la tête, elle acquiesça et il reprit :

— Mais d'abord, il faut trouver un endroit où vous pourrez vous installer, toi et tes... euh... compagnons de voyage.

Il eut un regard appuyé en direction des chevaux et du loup puis mena le petit groupe de l'autre côté du ruisseau. Tandis qu'ils s'engageaient sur le sentier qui le longeait, il poursuivit ses explications :

— Essentiellement, il s'agissait de resserrer nos liens d'amitié avec les Cavernes proches. Ce fut une petite Réunion d'Eté et nous avons rapidement tenu les cérémonies nécessaires. Notre Homme Qui Commande et plusieurs membres de notre Caverne sont partis chasser avec nos voisins, d'autres ont rendu des visites et le reste est revenu ici. J'ai un acolyte qui termine son année d'observation des couchers du soleil et des phases de la lune et je voulais être présent pour la fin. Mais toi, que fais-tu ici ?

— Je forme aussi un acolyte. Tu connais Ayla, dit la Première en indiquant la jeune femme qui se tenait à côté d'elle, tu as peut-être appris qu'elle est devenue mon nouvel acolyte. Nous venons d'entamer son Périple de Doniate et j'ai tenu à ce qu'elle voie vos lieux sacrés.

Les deux membres éminents de la Zelandonia échangèrent un signe de tête pour prendre acte de leurs responsabilités respectives.

— Il me fallait un autre acolyte après le départ de Jonokol pour la Dix-Neuvième Caverne, continua la Première. Je crois qu'il est tombé amoureux de la nouvelle grotte sacrée découverte par Ayla. Il a toujours été d'abord un artiste, mais il met maintenant tout son cœur dans la Zelandonia. La doniate de la Dix-Neuvième ne se porte pas très bien. J'espère qu'elle vivra assez longtemps pour achever de le former comme il se doit.

— Il était ton acolyte, je suis sûr qu'il était déjà formé avant son départ.

— Oui, il avait reçu une formation mais cela ne l'intéressait pas vraiment quand il était mon acolyte. Il montrait un tel talent pour créer des images que j'ai tenu à l'avoir dans la Zelandonia, mais sa passion était ailleurs. Il était brillant, il apprenait vite et cependant il se satisfaisait de rester un acolyte, il n'avait aucun vrai désir de devenir Zelandoni avant qu'Ayla lui montre la Grotte Blanche. Il a alors changé. En partie parce qu'il voulait en décorer les parois, j'en suis certaine, mais pas seulement. Pour s'assurer que ses images conviendraient vraiment à ce lieu sacré, il a pris au sérieux son appartenance à la Zelandonia. Ayla a dû le sentir parce que, après avoir découvert la grotte, elle a souhaité me la montrer mais il était plus important pour elle que Jonokol la voie.

Le Zelandoni de la Cinquième se tourna vers Ayla.

— Comment as-tu découvert la Grotte Blanche ? As-tu utilisé ta Voix ?

— Ce n'est pas moi qui l'ai trouvée, c'est Loup. Il trottait sur un flanc de colline recouvert de mûriers quand il a soudain disparu dans un trou derrière les broussailles. Je suis revenue sur mes pas pour le chercher, j'ai écarté les broussailles, je l'ai suivi. Quand je me suis rendu compte que c'était une grotte, je suis ressortie, je me suis fabriqué une torche et je suis retournée à l'intérieur. J'ai alors compris ce qu'était cet endroit et je suis allée prévenir la Première et Jonokol.

Cela faisait quelque temps que le Zelandoni de la Cinquième n'avait pas entendu Ayla parler et l'accent de la jeune femme le surprit de nouveau, ainsi que les autres membres de sa Caverne, y compris Madroman. L'acolyte se rappelait la ferveur avec laquelle Jondalar avait été accueilli à son retour avec la belle étrangère. Cela n'avait fait qu'attiser sa haine.

C'est toujours lui qu'on remarque, toujours lui qui plaît aux femmes, ruminait Madroman. Je me demande ce qu'elles lui trouveraient s'il lui manquait deux dents de devant. Sa mère a payé pour lui, mais ça ne m'a pas rendu mes dents.

Pourquoi a-t-il fallu qu'il revienne de son Voyage et qu'il ramène cette femme ? Et toutes ces histoires pour elle et ses animaux ! Je suis acolyte depuis des années mais la Première ne voit qu'elle. Et si elle devenait Zelandoni avant moi ? En plus, c'est à peine si elle s'est intéressée à moi quand nous avons fait connaissance, l'année dernière. Et elle continue à m'ignorer.

Il souriait en retournant ces pensées dans sa tête mais pour Ayla, qui ne le regardait pas directement et l'observait cependant à la dérobée comme l'aurait fait une femme du Clan, en constatant tout ce que son corps exprimait inconsciemment, ce sourire était hypocrite et sournois. Elle se demanda pourquoi le Zelandoni de la Cinquième l'avait pris pour acolyte. Se pouvait-il que Madroman ait réussi à duper un homme aussi rusé ? Elle glissa un nouveau coup d'œil dans sa direction et le surprit à la fixer d'un regard si malveillant qu'elle en frissonna.

— Je suis heureux de voir que tu as un nouvel acolyte, dit le Zelandoni de la Cinquième à la Première, mais je continue à m'étonner que tu n'en aies qu'un. Moi j'en ai toujours plusieurs et j'envisage en ce moment d'en prendre un de plus. Tous les acolytes n'ont pas la capacité de devenir Zelandoni et si l'un renonce, j'en ai toujours un autre sous la main. Tu devrais y réfléchir... Mais ce n'est pas à moi de te donner des conseils.

— Non, tu as raison, je devrais y réfléchir. J'ai toujours en vue plusieurs personnes qui pourraient faire un bon acolyte, mais j'ai tendance à attendre d'avoir besoin d'en prendre un. Le problème, pour la Première parmi Ceux Qui Servent la Grande Terre Mère, c'est d'être responsable de plus d'une Caverne, et je n'ai pas beaucoup de temps à consacrer à la formation des acolytes, alors je préfère me concentrer sur un seul. Avant de quitter la Réunion d'Eté, j'ai dû faire un choix entre mes responsabilités envers toutes les Cavernes et l'obligation de former le prochain doniate de la Neuvième. La dernière Matrimoniale n'avait pas encore été célébrée, mais puisqu'il ne restait que quelques couples à unir et que je savais que la Zelandoni de la Quatorzième pouvait s'en charger, j'ai estimé qu'il était plus important d'entamer le Périple de Doniate d'Ayla.

— Je suis sûr qu'elle a été ravie de te remplacer, répondit le Zelandoni de la Cinquième Caverne d'un ton à la fois méprisant et ironique.

Il était au courant des problèmes que la Première avait avec la Zelandoni de la Quatorzième, qui non seulement convoitait sa place mais estimait la mériter.

— Tous les Zelandonia l'auraient été, poursuivit-il. Ils sont sensibles au prestige de cette haute fonction mais n'en voient pas toujours la difficulté... et je ne fais pas exception.

Les abris de pierre qui les entouraient avaient été creusés par le vent, la pluie et l'érosion pendant des millénaires. Quelques-uns seulement étaient occupés, d'autres servaient de remise, d'endroit pour exercer tranquillement un artisanat, de lieu de rencontre pour un couple qui voulait être seul. On en réservait généralement un pour loger les visiteurs.

— J'espère que vous y serez bien, dit le Zelandoni de la Cinquième en les conduisant à l'un des abris de pierre proches du bas de la falaise.

Il se révéla spacieux, avec un plafond haut, une entrée large mais protégée de la pluie. Près d'une des parois, plusieurs coussins en mauvais état jonchaient le sol et des cercles de cendres noires entourés de pierres indiquaient que les occupants précédents avaient fait du feu.

— Je vous fais envoyer de la nourriture et de l'eau. Si vous avez besoin d'autre chose, prévenez-moi.

— Cela me paraît parfait, répondit la Première. Vous voulez autre chose ? demanda-t-elle à ses compagnons.

Jondalar secoua la tête, alla détacher le travois de Rapide pour le soulager de son fardeau et commença à décharger leurs affaires. Il avait l'intention de dresser la tente à l'intérieur de l'abri pour l'aérer sans qu'elle soit mouillée. Ayla prévoyait de la pluie et il faisait confiance à son sens du changement de temps.

— Juste une chose, dit Ayla. Est-ce que nous pourrions amener les chevaux dans l'abri ? J'ai vu des nuages s'amonceler au loin, je crois que nous allons avoir de la pluie... ou autre chose. Les chevaux aiment être au sec, eux aussi.

Au moment où Jondalar l'amenait, le jeune étalon lâcha derrière lui des boules de crottin brunes dégageant une forte odeur.

— Faites comme vous voulez, répondit le Zelandoni de la Cinquième avec un sourire narquois. Si cela ne vous dérange pas, cela ne dérangera personne.

Plusieurs autres membres de la Caverne sourirent aussi. Voir un de ces animaux si dociles et si fascinants satisfaire un besoin naturel les rendait moins magiques. Ayla avait remarqué les réactions réservées de la Caverne à leur arrivée et se réjouissait que Rapide ait choisi ce moment pour montrer qu'il n'était qu'un cheval.

La Première examina les coussins. Certains étaient en cuir, d'autres en fibres végétales tressées – feuilles de roseau ou de jonc –, plusieurs perdaient leur bourre par une déchirure ou un coin usé, ce qui expliquait pourquoi on les avait laissés dans un abri rarement utilisé. Elle les frappa contre la paroi pour les débarrasser de leur poussière puis les empila près de l'endroit où Jondalar avait posé la tente repliée. Ayla fit passer sa fille dans son dos pour pouvoir aider son compagnon à la monter.

— Je m'occupe d'elle, dit la femme obèse.

Elle surveilla Jonayla tandis que Jondalar et Ayla installaient la tente devant l'un des cercles sombres cernés de pierres et disposaient sur le sol le matériel servant à allumer rapidement un feu. Ils étendirent ensuite leurs fourrures de couchage, rentrèrent le reste de leurs affaires dans l'abri. Enfin, ils traînèrent les deux travois au fond du refuge, poussèrent les crottes de Rapide dehors et installèrent les chevaux.

Des enfants les observaient sans oser s'approcher, sauf une fillette chez qui la curiosité prit finalement le dessus. En la regardant se diriger vers elle, la Première estima qu'elle devait compter neuf ou dix ans.

— Je peux prendre le bébé ? demanda l'enfant. Je peux ?

— Si elle est d'accord, répondit la doniate. Elle sait déjà ce qu'elle veut.

La fillette tendit les bras. Jonayla hésita puis sourit timidement quand l'enfant s'approcha encore et s'assit. Finalement, Jonayla s'écarta de la Première pour se pencher vers la fillette qui la prit dans ses bras et la posa sur ses genoux.

— Comment elle s'appelle ?

— Jonayla. Et toi ?

— Hollida.

— Tu aimes les bébés, apparemment.

— Ma sœur a une petite fille mais elle est partie dans la famille de son compagnon. Il vient d'une autre Caverne. Je ne l'ai pas vue de tout l'été.

— Et elle te manque ?

— Oui. Je n'aurais pas cru, mais elle me manque.

Ayla avait observé la petite fille dès qu'elle s'était approchée et avait deviné ce qu'elle ressentait. Elle sourit en se rappelant combien elle avait elle aussi désiré un bébé quand elle était plus jeune. Elle songea à Durc, qui devait maintenant avoir à peu près le même âge que la fillette, mais dans le Clan on le considérait sans doute comme plus proche de devenir un adulte. Il grandit, se dit-elle. Elle savait qu'elle ne reverrait jamais son fils, mais elle ne pouvait s'empêcher de penser à lui quelquefois.

Jondalar remarqua l'expression mélancolique de sa compagne qui regardait la fillette jouer avec Jonayla et se demanda ce qui l'attristait. Puis Ayla secoua la tête, sourit, appela Loup et s'approcha du groupe. Si cette petite doit passer du temps auprès de Jonayla, il vaut mieux que je la présente à Loup pour qu'elle n'ait pas peur de lui, décida-t-elle.

Après avoir fini de s'installer, les trois visiteurs retournèrent au premier abri de pierre. Hollida les accompagnait et marchait près de la Première. Les autres enfants couraient devant. Plusieurs personnes se tenaient devant la large entrée et les attendaient, prévenues par les enfants. On préparait également une fête, semblait-il, puisque d'autres Zelandonii s'affairaient autour de feux à cuire. Ayla se demanda si elle n'aurait pas dû troquer sa tenue de voyage pour des vêtements convenant davantage à la circonstance, mais ni Jondalar ni la Première ne s'étaient changés. A leur passage, des gens sortirent de l'abri plus au nord et de ceux situés de l'autre côté de la vallée. Ayla sourit : manifestement, les enfants avaient informé tout le monde.

La dispersion des lieux d'habitation lui fit penser à la Troisième Caverne du Rocher des Deux Rivières et au Rocher aux Reflets de la Vingt-Neuvième. Là-bas, les espaces à vivre s'étendaient sur des terrasses situées l'une au-dessus de l'autre, chacune protégée de la pluie et de la neige par des surplombs. La Cinquième regroupait des abris plus proches du sol, de part et d'autre d'un petit cours d'eau. Mais c'était la proximité de ces divers lieux qui en faisait une seule Caverne. L'idée la traversa que toute la Vingt-Neuvième s'efforçait d'atteindre le même objectif mais avec des abris plus éloignés les uns des autres. Ce qui constituait leur unité, c'était leur zone commune de chasse et de cueillette.

— Salut, leur lança le Zelandoni de la Cinquième lorsqu'ils furent plus près. J'espère que vous trouvez votre abri confortable. Nous allons donner une fête en votre honneur.

— Ce n'est pas nécessaire de prendre cette peine, répondit Celle Qui Etait la Première.

Il se tourna vers elle.

— Tu sais bien que tout le monde cherche une excuse pour festoyer. Votre venue nous offre une excellente raison. Nous ne recevons pas souvent la visite de la Zelandoni de la Neuvième Caverne, qui est aussi la Première. Entrez. Tu veux, m'as-tu dit, montrer à ton acolyte les Lieux Sacrés de notre peuple. Eh bien...

Il regarda Ayla, poursuivit :

— Nous vivons dans le nôtre.

En découvrant l'intérieur de l'abri, Ayla s'arrêta, stupéfaite, tant il était coloré. Plusieurs des parois étaient décorées de peintures d'animaux, ce qui en soi n'était pas tellement rare, mais le fond de plusieurs d'entre elles était d'un rouge vif obtenu avec de l'ocre. En outre, la représentation des animaux n'était pas réduite à leur contour ; la plupart étaient totalement peints, avec des couleurs légèrement estompées pour faire ressortir les formes. Une paroi retint particulièrement l'attention d'Ayla. Elle montrait deux bisons exécutés avec raffinement, dont une femelle manifestement grosse.

— Je sais que la plupart des gens peignent ou sculptent les parois de leur abri et considèrent que ces images sont sacrées, mais nous, nous pensons que tout cet endroit est sacré, déclara le Zelandoni de la Cinquième.

Jondalar avait visité la Cinquième Caverne plusieurs fois mais n'avait jamais trouvé les peintures et les gravures de ses abris différentes de celles de la Neuvième. Il n'était pas sûr de comprendre ce qui rendait cet abri plus sacré qu'un autre, même s'il était plus orné et avec davantage de couleurs. Il avait simplement pensé que c'était le style que les membres de la Cinquième préféraient, comme l'attestaient les tatouages et la coiffure recherchés de leur doniate.

Le Zelandoni regarda Ayla et le loup qui se tenait près d'elle, vigilant, puis Jondalar et le bébé – qui, confortablement niché au creux de son bras, observait tout avec intérêt – et enfin la Première.

— Puisque les préparatifs de la fête ne sont pas encore terminés, laissez-moi guider votre visite.

— Volontiers, répondit la Première.

Ils sortirent de l'abri pour pénétrer dans celui qui se trouvait un peu plus au nord et qui en était en fait le prolongement. Il était lui aussi décoré, mais d'une manière très différente, ce qui donnait l'impression de deux abris distincts. Certains animaux étaient peints, notamment un mammouth noir et rouge, d'autres profondément gravés, d'autres encore à la fois peints et gravés. Ayla fut intriguée par plusieurs gravures dont elle n'était pas sûre de comprendre le sens.

Elle s'approcha de la paroi pour mieux les examiner. Elle remarqua des trous en forme de coupe mais aussi des ovales gravés entourés d'un autre ovale et une marque constituée d'un trou se prolongeant par un trait. Elle vit sur le sol, près du panneau, une corne sculptée dont la forme évoquait celle d'un organe masculin. Ayla secoua la tête, regarda de nouveau, esquissa un sourire. C'était bien un membre viril et quand elle examina de nouveau les formes ovales, l'idée lui vint qu'elles représentaient peut-être des sexes féminins.

Elle se retourna vers les autres et fit ce commentaire :

— On dirait des parties d'homme et de femme. Je me trompe ?

Le Zelandoni de la Cinquième hocha la tête en souriant.

— C'est ici que se rassemblent nos femmes-donii, ici aussi que nous célébrons souvent les Fêtes de la Mère, et parfois les Rites des Premiers Plaisirs. J'y réunis également mes acolytes pendant leur formation et ils y dorment. C'est un abri sacré. Voilà ce que je voulais dire en déclarant que nous vivons dans nos Lieux Sacrés.

— Tu y dors aussi ? voulut savoir Ayla.

— Non, je dors dans le premier abri, l'autre partie de celui-ci. Je pense qu'il n'est pas bon qu'un Zelandoni passe tout son temps avec ses acolytes. Ils ont besoin de se détendre, d'échapper un moment à la présence contraignante du maître, et j'ai moi-même d'autres choses à faire, d'autres personnes à voir.

Comme ils retournaient à la première partie de l'abri, Ayla demanda :

— Savez-vous qui a fait ces images ?

Le doniate fut pris au dépourvu : ce n'était pas une question que posaient les Zelandonii. Ces images leur étaient familières, ils les avaient toujours connues, ou ils connaissaient ceux qui en faisaient maintenant d'autres, et personne ne s'interrogeait à ce sujet.

— Pas les gravures, elles sont l'œuvre des Anciens, répondit-il après avoir pris le temps de réfléchir. Mais plusieurs de nos peintures ont été faites par la femme qui a commencé à former Jonokol. Elle était reconnue comme l'un des plus grands artistes de son temps et c'est elle qui a senti le potentiel de Jonokol quand il était encore enfant. Elle a aussi décelé du talent chez l'un de nos jeunes artistes. Elle parcourt à présent le Monde d'Après, malheureusement.

— Qui a sculpté la corne ? demanda Jondalar en indiquant l'objet à la forme phallique, qu'il avait lui aussi remarqué.

— Elle fut transmise au Zelandoni qui m'a précédé, et peut-être même à celui d'avant. Certains aiment l'avoir pendant les Fêtes de la Mère. On l'utilisait peut-être pour expliquer les changements de l'organe masculin. Ou pendant les Premiers Rites, notamment pour les filles qui n'aimaient pas les hommes ou en avaient peur.

Ayla s'efforça de ne pas manifester sa perplexité – ce n'était pas à elle de se prononcer sur le sujet –, mais il lui semblait qu'il devait être déplaisant, voire douloureux, d'utiliser un objet dur plutôt que la chaude virilité d'un homme aimant. Mais c'était sans doute parce qu'elle était habituée à la tendresse de Jondalar. Elle se tourna vers lui.

Il devina à son expression le sentiment qu'elle tentait de masquer et lui adressa un sourire rassurant. Il se demanda si le Zelandoni de la Cinquième n'avait pas inventé une histoire parce qu'il ne savait pas vraiment à quoi servait cette corne. Jondalar était convaincu qu'elle avait dû symboliser quelque chose autrefois, probablement dans le cadre des Fêtes de la Mère puisqu'elle reproduisait un organe mâle en érection, mais sa signification exacte avait sans doute été oubliée.

— Nous pouvons traverser le ruisseau pour aller voir nos autres Lieux Sacrés, proposa le Zelandoni de la Cinquième. Ils sont aussi habités et je pense que vous les trouverez également intéressants.

Ils se dirigèrent vers le petit cours d'eau divisant la vallée et remontèrent jusqu'à l'endroit où ils l'avaient traversé. Deux pierres de gué au milieu du lit leur permirent de passer facilement sur l'autre berge puis ils redescendirent. De ce côté du cours d'eau, plusieurs abris étaient nichés sur le versant de la vallée qui s'élevait vers un promontoire dominant toute la région et constituant un excellent poste d'observation. Ils marchèrent jusqu'au premier, qui se trouvait à deux cents mètres environ de l'endroit où le ruisseau, alimenté par une source, se jetait dans la Rivière.

Lorsqu'ils s'avancèrent sous le surplomb de l'abri, ils furent immédiatement arrêtés par une frise de cinq animaux : deux chevaux et trois bisons, tous tournés vers la droite. Le troisième bison, d'un mètre de long, aux lignes incisées dans la pierre, était particulièrement impressionnant avec son corps massif gravé si profondément que cela devenait presque une sculpture. L'artiste avait utilisé un pigment noir pour accentuer les contours. Plusieurs autres gravures ornaient les parois : des cupules et d'autres animaux, pour la plupart moins profondément gravés.

Les visiteurs furent présentés à plusieurs des Zelandonii qui se tenaient autour d'eux, l'air assez contents d'eux-mêmes. Ils étaient probablement ravis de montrer leur étonnant foyer et Ayla ne leur en faisait pas reproche : il était exceptionnel. Après avoir longuement admiré les gravures, elle regarda le reste de l'abri. A l'évidence, un bon nombre de personnes y vivaient, même si elles ne s'y trouvaient pas toutes en ce moment. Comme la plupart des Zelandonii, elles profitaient de l'été pour quitter leur Caverne :

rendre des visites, pratiquer la chasse et la cueillette, se procurer des matériaux qu'elles utiliseraient pour fabriquer des objets.

Ayla remarqua une zone qu'avait récemment quittée quelqu'un qui travaillait l'ivoire, à en juger par les matériaux disséminés autour. Elle regarda attentivement, vit des objets à divers stades de fabrication. On avait d'abord détaché des défenses des morceaux en forme de tige, empilés ensemble. Deux de ces tiges avaient été divisées en sections, taillées ensuite pour obtenir deux segments arrondis reliés l'un à l'autre par une partie plate. Puis on avait percé celle-ci au-dessus de chaque rond et on l'avait coupée pour obtenir deux perles, qu'il faudrait polir pour leur donner leur forme définitive de panier arrondi.

Un homme et une femme, tous deux d'âge mûr, s'approchèrent d'Ayla qui, accroupie pour mieux examiner les objets, se gardait bien de les toucher.

— Ces perles sont remarquables, dit-elle. C'est vous qui les avez faites ?

— Oui, je travaille l'ivoire, répondirent-ils en même temps, riant aussitôt de ce chœur involontaire.

Quand Ayla leur demanda combien de temps ils avaient mis pour faire ces perles, ils lui expliquèrent qu'un artisan avait de la chance s'il parvenait à finir cinq ou six perles de l'aube au moment où le soleil était au plus haut dans le ciel. Il s'arrêtait alors pour le repas de midi. La fabrication d'un collier prenait, selon sa longueur, quelques jours ou une lune ou deux.

— Cela a l'air difficile, dit Ayla. Avoir sous les yeux les diverses étapes par lesquelles il a fallu passer me fait apprécier plus encore ma tenue de Matrimoniale. Elle est brodée de nombreuses perles.

— Nous l'avons admirée, elle est magnifique ! s'exclama la femme. Nous sommes allés la voir après la cérémonie, quand Marthona l'a exposée. Les perles sont extrêmement bien faites, avec une technique différente, je crois. On perce la perle d'un bout à l'autre, peut-être en forant des deux côtés. C'est très difficile à faire. Si je peux me permettre, d'où te vient cette tenue ?

— J'ai fait partie des Mamutoï – un peuple qui vit loin à l'est – et la compagne de leur Homme Qui Commande me l'a offerte. Elle s'appelait Nezzie du Camp du Lion. Elle pensait alors que j'allais m'unir au fils de la compagne de son frère. Lorsque j'ai changé d'avis et décidé de partir avec Jondalar, elle m'a dit de la garder pour le jour où je m'unirais à lui. Elle avait beaucoup d'affection pour Jondalar.

— Pour lui et pour toi, souligna l'homme.

Il pensa que ce vêtement était non seulement beau mais très précieux. Il comprenait mieux le statut accordé à cette jeune femme bien qu'elle ne fût pas née zelandonii, comme le prouvait son accent.

— C'est sans nul doute l'une des tenues les plus splendides que j'aie jamais vues, ajouta-t-il.

— Nos hôtes fabriquent aussi des perles et des colliers avec des coquillages provenant des Grandes Eaux de l'Ouest et de la Mer Méridionale, précisa la Première. Ils sculptent des pendants d'ivoire et percent des dents d'animaux, en particulier des dents de renard et de brillantes canines de cerf. Même les membres d'autres Cavernes veulent en porter.

— J'ai grandi près d'une mer, loin à l'est. J'aimerais voir vos coquillages, demanda Ayla.

L'homme et la femme – elle n'aurait su dire si c'était un couple, ou un frère et une sœur – s'empressèrent d'apporter des sacs pour montrer leurs richesses. Il y avait des centaines de coquillages, petits pour la plupart, globulaires comme des bigorneaux ou allongés comme des dentales, qu'on pouvait coudre sur des vêtements ou monter en colliers. Il y avait aussi des coquilles Saint-Jacques mais, pour l'essentiel, ces coquillages provenaient d'animaux non comestibles, ce qui signifiait qu'on les avait ramassés pour leur seule valeur décorative. Pour les obtenir, l'homme et la femme s'étaient rendus eux-mêmes sur des côtes lointaines ou les avaient troqués avec des voyageurs. Le temps investi pour acquérir des objets uniquement destinés à l'ornementation impliquait qu'en tant que société les Zelandonii ne vivaient pas au bord de la survie mais dans l'abondance. Selon les coutumes et les pratiques de leur époque, ils étaient prospères.

Jondalar et la Première s'approchèrent pour voir ce que l'homme et la femme avaient déployé devant Ayla et bien que connaissant le statut particulier de la Cinquième Caverne, dû à ses fabricants de bijoux, ils furent stupéfaits. Ils ne purent s'empêcher de faire dans leur esprit la comparaison avec la Neuvième et conclurent que leur Caverne était riche elle aussi, d'une manière légèrement différente. En fait, la plupart des Cavernes zelandonii l'étaient.

Le doniate de la Cinquième les conduisit à un autre abri proche, lui aussi remarquablement décoré, essentiellement par des gravures de chevaux, de bisons, de cerfs, et même d'une partie de mammouth, aux contours souvent relevés à l'ocre rouge et au manganèse noir. Les bois d'un cerf gravé, par exemple, étaient entourés d'une ligne noire tandis qu'un bison était en grande partie peint en rouge. Les visiteurs furent de nouveau présentés aux Zelandonii qui se trouvaient dans l'abri et Ayla remarqua que les enfants qui s'étaient attroupés devant le leur, situé du même côté du ruisseau, étaient de nouveau présents. Elle reconnut plusieurs d'entre eux.

Soudain elle se sentit prise de vertige et de nausée. Sans pouvoir expliquer pourquoi, elle éprouva une irrésistible envie de quitter l'abri.

— J'ai soif, prétendit-elle en se dirigeant vers la sortie, je vais au ruisseau.

— Pas la peine de sortir, dit une femme derrière elle. Nous avons une source à l'intérieur.

— Nous devons retourner de l'autre côté, de toute façon, argua le Zelandoni de la Cinquième. Le repas est sans doute prêt et j'ai faim. Vous aussi, je suppose.

Ils revinrent à l'abri principal – ou à ce qu'Ayla considérait comme tel – et découvrirent le festin qui les attendait. Bien qu'on eût disposé des récipients supplémentaires pour les visiteurs, Ayla et Jondalar tirèrent de leur sac leurs bol, coupe et couteau personnels. La Première fit de même. Ayla prit le bol à eau de Loup, qui lui servait aussi à manger au besoin et elle songea qu'elle devrait bientôt fabriquer un plat pour Jonayla. Même si elle avait l'intention de lui donner le sein jusqu'à ce qu'elle compte au moins trois années, elle lui ferait goûter à d'autres nourritures longtemps avant cet âge.

Quelqu'un avait récemment abattu un aurochs : un cuissot rôti à la broche au-dessus des braises constituait le plat principal. Depuis quelque temps, on ne voyait d'aurochs qu'en été mais c'était l'un des plats préférés d'Ayla. Sa chair ressemblait à celle du bison, en plus savoureuse. Ces animaux avaient des cornes rondes, incurvées et terminées en pointes, qu'ils ne perdaient pas chaque année comme les cerfs perdaient leurs bois.

Il y avait aussi des légumes d'été : tiges de laiteron, ansérine cuite, pas-d'âne et feuilles d'ortie à l'oseille, primevères et pétales de rose dans une salade de jeunes pissenlits et de trèfle. Des fleurs odorantes de reine-des-prés donnaient une douceur de miel à une sauce de pommes et de rhubarbe servie avec la viande. La salade de fruits d'été ne réclamait en revanche aucun ajout sucré. On avait mélangé des framboises, une variété de mûre précoce, des cerises, du cassis, des baies de sureau et des prunelles patiemment dénoyautées. Une tisane de feuilles de rose termina ce succulent repas.

Lorsque Ayla mit dans le bol de Loup l'os encore entouré d'un peu de viande qu'elle lui avait choisi, l'une des femmes lança à l'animal un regard indigné et une autre déclara inconvenant de donner à un loup de la nourriture destinée aux humains. La première approuva de la tête. Ayla avait remarqué que toutes deux avaient regardé le chasseur à quatre pattes avec une vive appréhension plus tôt dans la journée. Elle avait eu l'intention de présenter l'animal aux deux femmes pour apaiser leurs craintes, mais elles avaient délibérément évité l'étrangère et son ami.

Après le repas, on rajouta du bois dans le feu pour qu'une lumière plus forte repousse l'obscurité envahissante. Ayla donnait le sein à Jonayla en buvant une tisane chaude en compagnie de Jondalar, de la Première et du Zelandoni de la Cinquième. Un groupe approcha, avec notamment Madroman, qui se tenait légèrement en retrait. Ayla reconnut quelques autres et comprit que c'étaient les acolytes de la Caverne qui souhaitaient probablement passer un moment avec Celle Qui Etait la Première.

— J'ai fini de relever les Soleils et les Lunes, annonça une jeune femme.

Ouvrant la main, elle montra une petite plaque d'ivoire couverte de marques étranges. Le Zelandoni de la Cinquième la prit, la regarda soigneusement, la retourna, examina même les bords et sourit.

— Sur presque une demi-année, dit-il en passant la plaque à la Première. C'est mon troisième acolyte, elle a commencé le relevé à cette même période l'an dernier. Nous avons mis de côté la plaque portant sur la première moitié.

La doniate obèse étudia l'objet avec autant de minutie mais moins longtemps.

— Ta méthode de relevé est intéressante, fit-elle observer. Tu montres les changements par la position des marques et les croissants par des marques incurvées pour deux des lunes relevées. Les autres sont indiquées autour du bord et au revers. Excellent.

L'éloge amena un sourire radieux sur les lèvres de la jeune femme.

— Tu pourrais peut-être l'expliquer à mon acolyte, poursuivit la Première. Elle n'a pas encore appris à marquer les Soleils et les Lunes.

— J'aurais cru le contraire, répondit le troisième acolyte de la Cinquième Caverne. J'ai entendu dire qu'elle est réputée pour sa connaissance des remèdes et qu'elle a un compagnon. Je ne connais pas beaucoup d'acolytes, ni même de Zelandonia, qui se sont unis et ont des enfants.

— La formation d'Ayla est inhabituelle. Comme tu le sais, elle n'est pas née zelandonii et n'a donc pas acquis son savoir dans le même ordre que nous. C'est une guérisseuse exceptionnelle, elle a commencé jeune, mais elle entame seulement son Périple de Doniate et n'a pas encore étudié la façon de marquer les Soleils et les Lunes.

— Je serai heureuse de la lui expliquer, dit l'acolyte en s'asseyant à côté d'Ayla.

Celle-ci était plus qu'intéressée. Elle entendait parler pour la première fois de marquer les Soleils et les Lunes, elle ignorait que c'était une des tâches qu'elle aurait à remplir dans le cadre de sa formation.

— Tu vois, tu fais une marque chaque nuit, dit l'acolyte de la Cinquième en montrant les entailles gravées dans l'ivoire avec une pointe de silex. Comme j'avais déjà relevé la première partie de l'année sur une autre plaque, j'ai eu une idée pour garder trace d'autre chose que le simple compte des jours. J'ai commencé juste avant la nouvelle lune et j'ai essayé d'indiquer où la lune se trouvait dans le ciel avec cette première marque, là.

Elle indiqua une entaille située au milieu d'autres apparemment faites au hasard.

— Les nuits suivantes, il a neigé, une vraie tempête qui a caché la lune et les étoiles, mais je n'aurais pas pu voir la lune, de toute façon. C'était le moment où Lumi fermait son grand œil. La fois suivante où je l'ai vu, il n'était qu'un mince croissant, il s'éveillait, et j'ai tracé une marque incurvée ici.

Ayla suivit la direction que la jeune femme indiquait et constata avec surprise que ce qu'elle avait d'abord pris pour un trou fait par une pointe était en réalité une petite ligne courbe. Elle examina plus attentivement le groupe de marques et, soudain, elles ne lui semblèrent plus faites au hasard. On pouvait y déceler une certaine disposition et elle attendit la suite avec intérêt.

— Puisque le moment du sommeil de Lumi est le commencement d'une lune, c'est à cet endroit, sur la droite, que j'ai décidé de revenir en arrière pour marquer la série suivante de nuits, continua le troisième acolyte. Là, c'était le premier œil-mi-clos, qu'on appelle aussi la première demi-face. Elle grossit ensuite jusqu'à devenir pleine. C'est difficile de déterminer le moment précis où elle l'est parce qu'elle paraît pleine pendant plusieurs jours, alors, c'est là, à gauche, que je suis repartie dans l'autre sens. J'ai tracé quatre marques incurvées, deux dessous et deux dessus. J'ai poursuivi jusqu'à la deuxième demi-face, quand Lumi recommence à fermer son œil, et tu remarqueras que c'est juste au-dessus de la première demi-face.

« J'ai continué jusqu'à ce que son œil soit de nouveau fermé... Tu vois, là, à droite, où j'ai descendu en incurvant ? Toute la ligne avec le premier retour à droite. Essaie de le suivre. Je fais toujours les retours quand Lumi est pleine face, sur la droite, ou quand il dort, sur la gauche. Tu verras que tu peux compter deux lunes, plus une moitié. Je me suis arrêtée à la première demi-face après la deuxième lune. J'ai attendu que Bali comble son retard. C'était le moment où le soleil parvient à son point le plus au sud, reste quelques jours immobile puis repart vers le nord. C'est la fin du Premier Hiver et le début du Second, lorsqu'il fait plus froid mais que le retour de Bali nous est promis.

— C'est fascinant ! fit Ayla. Tu as trouvé cette méthode toute seule ?

— Pas exactement. D'autres Zelandonia m'ont montré comment ils marquaient et j'ai vu aussi à la Quatorzième Caverne une plaque très ancienne. Elle n'était pas tout à fait marquée de la même façon, mais elle m'a donné l'idée de ma méthode quand est venu mon tour de relever les Soleils et les Lunes.

— Une idée remarquable, estima la Première.

Il faisait nuit noire quand ils regagnèrent leur abri. Ayla tenait dans ses bras son bébé endormi, enveloppé dans la couverture à porter, Jondalar et la Première avaient tous deux emprunté une torche pour éclairer le chemin.

A l'approche du refuge réservé aux visiteurs, ils passèrent devant plusieurs des autres abris qu'ils avaient vus à l'aller, et lorsqu'ils parvinrent à celui où Ayla s'était sentie mal, elle frissonna et pressa le pas.

— Que se passe-t-il ? lui demanda son compagnon.

— Je ne sais pas. Je me suis sentie bizarre toute la journée. Ce n'est probablement rien.

En arrivant à leur abri, elle découvrit que les chevaux tournaient en rond devant l'entrée au lieu d'être restés dans le vaste espace qu'elle leur avait réservé à l'intérieur.

— Pourquoi sont-ils sortis ? Ils sont agités depuis ce matin, c'est peut-être ce qui me tracasse.

Au moment où ils pénétraient dans l'abri et se dirigeaient vers leur tente, Loup hésita, s'assit sur son train arrière et ne les suivit pas.

— C'est au tour de Loup, maintenant. Qu'est-ce qu'il a ?

17

— Si nous emmenions les chevaux courir, ce matin ? murmura Ayla à l'homme étendu à côté d'elle. Les bêtes semblaient nerveuses, hier, et je le suis aussi. Elles ne peuvent pas avancer à leur allure quand elles tirent les perches. Ce n'est pas le genre d'efforts qu'elles aiment.

Jondalar sourit.

— Bonne idée. Mais il y a Jonayla...

— Hollida pourrait la garder, surtout si Zelandoni les surveille aussi.

Jondalar se redressa.

— Où est-elle ? Je ne la vois pas.

— Je l'ai entendue se lever tôt. Je crois qu'elle est allée voir le doniate de la Cinquième. Si nous donnons Jonayla à garder, il faudrait peut-être laisser Loup ici, même si je ne sais pas trop comment les habitants de cette Caverne sont disposés à son égard. Ils m'ont paru un peu tendus à cause de lui, hier soir pendant le repas. Nous ne sommes pas à la Neuvième... Non, finalement, il vaut mieux emmener Jonayla. Je la prendrai sur mon dos dans la couverture à porter. Elle aime être sur le cheval.

Jondalar rabattit leur fourrure de couchage et se leva. Ayla l'imita et laissa son bébé se réveiller seul tandis qu'elle sortait pour uriner.

— Il a plu, cette nuit, annonça-t-elle à son retour.

— Ah, maintenant tu es contente d'avoir dormi dans l'abri, sous la tente ?

Elle ne répondit pas. Elle avait mal dormi, elle n'arrivait pas à dissiper son malaise, mais ils avaient effectivement passé la nuit au sec et la tente s'était aérée.

Jonayla s'était tournée sur le ventre et battait des jambes en levant la tête. Elle avait perdu son lange et le matériau absorbant souillé qu'il maintenait. Ayla le ramassa et le jeta dans le panier de nuit, roula le carré de cuir souple sali, souleva sa fille et alla au ruisseau laver l'enfant, elle-même et le lange. Jonayla était tellement habituée à ce traitement matinal qu'elle ne geignit même pas, malgré la froideur de l'eau. Ayla accrocha le morceau de cuir à un buisson près du ruisseau, s'habilla et trouva un endroit confortable pour s'asseoir à l'extérieur et donner le sein à son bébé.

Pendant ce temps, Jondalar avait repéré les chevaux un peu plus haut dans la vallée, les avait ramenés dans l'abri et étendait des couvertures sur le dos de Whinney et de Rapide. Sur la suggestion de sa compagne, il fixa également des paniers de part et d'autre de la croupe de la jument, gêné par Grise qui cherchait à téter sa mère. Au moment où ils étaient prêts à se rendre à l'abri principal, Loup réapparut. Ayla présuma qu'il était parti chasser tôt, mais son retour effraya Whinney, ce qui étonna Ayla. La jument était d'habitude une bête calme et le loup ne lui faisait généralement pas peur. Rapide était d'un tempérament plus ombrageux mais, ce matin, les chevaux semblaient tous nerveux, y compris la pouliche. Et Loup aussi, pensa Ayla lorsqu'il se pressa contre elle comme pour réclamer son attention. Elle-même se sentait angoissée. Il se passait quelque chose d'anormal. Elle leva la tête, chercha dans le ciel les signes d'un orage menaçant : non, rien qu'un voile de hauts nuages blancs percé çà et là de bleu rassurant. Les animaux et elle avaient tous probablement besoin d'une promenade pour se détendre.

Jondalar passa les licous à Rapide et à Grise. Il en avait aussi fabriqué un pour Whinney mais Ayla ne l'utilisait que rarement. Avant même de savoir qu'elle dressait sa jument, elle lui avait appris à la suivre et elle ne considérait toujours pas que c'était du dressage. Elle montrait à Whinney ce qu'elle devait faire et répétait la manœuvre jusqu'à ce qu'elle comprenne, puis la jument le faisait parce qu'elle en avait envie. C'était comme lorsque Iza avait appris à Ayla les plantes et leurs usages, par répétition et mémorisation.

Ils marchèrent jusqu'à l'abri du Zelandoni et cette fois encore, au passage de la petite procession – un homme, une femme, un bébé, un Loup et trois chevaux –, les gens interrompirent leurs activités pour les regarder, en s'efforçant toutefois de ne pas avoir l'incorrection de le faire ouvertement. Le doniate de la Cinquième et Celle Qui Etait la Première sortirent de l'abri.

— Venez donc prendre avec nous le repas du matin, proposa-t-il.

— Non, merci, répondit Jondalar. Les chevaux sont agités et nous avons décidé de leur donner un peu d'exercice pour les calmer.

— Nous sommes arrivés hier seulement, rappela la Première. Ils n'ont pas eu assez d'exercice pendant le voyage ?

— Lorsqu'ils tirent les perches, ils ne peuvent pas galoper, expliqua Ayla. Ils ont parfois besoin de se dégourdir les jambes.

— Venez au moins boire une tisane, insista le Zelandoni de la Cinquième. Nous emballerons de la nourriture que vous emporterez.

Ayla et son compagnon se regardèrent, comprirent qu'ils risquaient d'offenser la Caverne s'ils refusaient. Malgré leur hâte de partir, ils acquiescèrent.

Jondalar tira son bol personnel du sac attaché à la lanière ceignant sa taille, Ayla prit aussi le sien et le tendit à une femme qui servait le liquide chaud. Celle-ci remplit les récipients et les rendit au couple. Pendant ce temps, au lieu de brouter tranquillement, les chevaux manifestaient leur nervosité. Whinney dansait sur place en respirant bruyamment ; Grise imitait le comportement de sa mère et Rapide, le cou tendu, faisait des pas de côté. Ayla s'efforça de rassurer la jument en lui flattant l'encolure et Jondalar dut s'agripper au licou pour retenir l'étalon.

Ayla regarda l'autre berge du ruisseau divisant la vallée et vit des enfants courir et crier en se livrant à un jeu qui lui parut plus agité que d'ordinaire. Ils se ruaient dans les abris et en ressortaient précipitamment et elle eut soudain l'impression que c'était dangereux, sans savoir pourquoi. Au moment où elle s'apprêtait à dire à Jondalar qu'il fallait partir, on leur apporta la nourriture promise. Ils remercièrent tout le monde, mirent les paquets dans les paniers de Whinney et, utilisant des rochers proches comme marchepied, ils montèrent sur les chevaux et quittèrent la vallée.

Dès qu'ils parvinrent à un espace découvert, ils laissèrent les bêtes galoper. La course grisante apaisa en partie l'anxiété d'Ayla mais ne l'élimina pas totalement. Lorsque enfin les chevaux se fatiguèrent et ralentirent, Jondalar avisa un bosquet au loin et guida son cheval dans cette direction. Ayla fit de même. La jeune pouliche, déjà presque aussi rapide que sa mère, les suivit. Les jeunes animaux devaient apprendre tôt à courir vite s'ils voulaient rester en vie. Loup, qui appréciait lui aussi une bonne course, se maintenait à leur niveau.

En approchant des arbres, ils découvrirent un étang, manifestement alimenté par une source, dont le trop-plein s'évacuait par un ruisselet. Mais, alors qu'ils n'en étaient plus qu'à quelques mètres, Whinney s'arrêta si brusquement qu'elle faillit faire choir Ayla. Entourant de son bras Jonayla, assise devant elle, elle se laissa glisser du dos de la jument. Son compagnon avait lui aussi des problèmes avec Rapide, qui se cabrait en hennissant. Jondalar sauta à terre, eut du mal à rester debout et s'écarta.

Ayla perçut un grondement, le sentit plus qu'elle ne l'entendit et se rendit compte que cela durait depuis un moment déjà. Devant elle, l'eau de l'étang s'éleva en un jet comme si quelqu'un avait pressé la source. Alors seulement Ayla s'aperçut que le sol bougeait.

Elle savait ce que c'était, elle avait déjà senti la terre remuer sous ses pieds et la panique lui noua la gorge. Pétrifiée, serrant son enfant contre elle, elle n'osait pas faire un pas.

L'herbe haute de la plaine entama une danse étrange tandis que la terre oscillait au rythme d'une musique inaudible montant de ses entrailles. Devant, le bosquet proche de la source amplifiait le mouvement. L'eau s'élevait et retombait, tourbillonnait sur ses berges, aspirait de la vase et la rejetait en crachats boueux. Ayla sentit l'odeur nauséabonde de la terre. Avec un craquement, un des sapins céda et s'inclina lentement, exhumant la moitié de sa masse ronde de racines.

Le tremblement paraissait interminable. Il faisait renaître des souvenirs d'un autre temps, de pertes causées par la terre qui grognait et bougeait. Ayla ferma les yeux, secouée par des sanglots de chagrin et de peur. Jonayla se mit à pleurer. Puis Ayla sentit une main sur son épaule, des bras les entourèrent, elle et son enfant, apportant consolation et réconfort. Elle se pressa contre la poitrine de l'homme qu'elle aimait et le bébé s'apaisa. Lentement, Ayla prit conscience que le tremblement avait cessé et son corps crispé commença à se détendre.

— Oh, Jondalar ! s'écria-t-elle. C'était un tremblement de terre. Je déteste les tremblements de terre !

— Je ne les aime pas trop non plus, répondit-il en serrant contre lui sa fragile petite famille.

Ayla regarda autour d'elle, vit le sapin incliné vers l'étang et frissonna au souvenir inattendu d'un lointain passé.

— Qu'y a-t-il ? demanda Jondalar.

— Cet arbre...

Il se retourna, vit le sapin aux racines déterrées.

— Je me souviens d'avoir vu de nombreux arbres renversés comme ça, tombés en travers d'un ruisseau, reprit Ayla d'un ton hésitant. Je devais être très jeune... C'était avant que je vive avec le Clan. Je crois que c'est alors que j'ai perdu ma mère, ma famille et tout le reste. Iza m'a dit que lorsqu'elle m'a trouvée je savais marcher et parler. Je devais compter quatre ou cinq ans.

Jondalar la tint contre lui jusqu'à ce qu'elle se détende de nouveau. Il comprenait mieux maintenant la terreur que ressentait sa compagne : petite fille, elle avait dû éprouver la même quand un séisme avait fait s'effondrer son monde autour d'elle et que la vie qu'elle avait connue avait brusquement pris fin.

— Ça va recommencer, tu crois ? demanda-t-elle lorsqu'ils s'écartèrent enfin l'un de l'autre. Quelquefois, quand la terre tremble comme ça, elle ne s'arrête pas tout de suite.

— Je ne sais pas. Nous devrions peut-être retourner à Vieille Vallée pour nous assurer que tout le monde va bien.

— Bien sûr ! J'ai eu tellement peur que je ne pensais pas aux autres. J'espère qu'ils n'ont rien. Et les chevaux ? s'écria Ayla en regardant autour d'elle. Ils vont bien ?

— Hormis qu'ils ont eu aussi peur que nous, je crois qu'ils vont très bien. Après m'avoir déséquilibré, Rapide s'est mis à galoper en décrivant de grands cercles. Whinney n'a pas bougé et Grise est restée à côté d'elle. Elles ont dû détaler une fois que le tremblement a cessé.

Au loin dans la plaine, Ayla repéra les bêtes et soupira, soulagée. Elle siffla pour les appeler, vit Whinney dresser la tête puis s'élancer dans sa direction. Rapide et Grise suivirent.

— Les voilà, dit Jondalar. Et Loup aussi. Il avait dû filer avec eux.

Le temps que les animaux arrivent, Ayla avait en partie recouvré son sang-froid. Faute d'un rocher ou d'une souche à proximité pour l'aider à monter sur Whinney, elle confia le bébé un instant à Jondalar et, s'agrippant à la crinière de la jument, sauta sur son dos. Puis elle récupéra l'enfant et regarda son compagnon faire de même avec Rapide, quoique Jondalar fût si grand qu'il pouvait presque enjamber sans élan le robuste étalon trapu.

Elle se tourna vers l'étang où le sapin penchait encore. Il tomberait bientôt, elle en était sûre. Elle n'avait plus aucune envie de s'approcher du bosquet, à présent. En reprenant le chemin de Vieille Vallée, ils entendirent un craquement sonore et lorsqu'ils se retournèrent ils virent le haut sapin heurter le sol avec un bruit sourd. Sur le chemin du retour, Ayla s'interrogea sur la réaction des chevaux.

— Tu crois qu'ils savaient que la terre allait trembler comme ça, Jondalar ? C'était la cause de leur comportement étrange ?

— Aucun doute, ils étaient très agités. Et tant mieux finalement. C'est à cause d'eux que nous nous sommes retrouvés dans la plaine au moment des secousses. Il vaut toujours mieux être dehors, tu n'as pas à craindre que le plafond de l'abri te tombe dessus.

— Mais le sol peut s'ouvrir sous tes pieds, objecta Ayla. Je crois que c'est ce qui est arrivé à ma famille. Je me souviens d'une odeur d'humidité et de moisissure. Tous les tremblements de terre ne se ressemblent pas, certains sont plus forts que d'autres. Et on ressent leurs effets très loin, mais affaiblis.

— Tu devais être proche de l'endroit d'où celui de ton enfance est parti, si tous les arbres sont tombés et si le sol s'est ouvert. Cette fois, ce n'était pas aussi grave, un seul sapin s'est effondré.

Ayla sourit.

— Il n'y avait pas beaucoup d'arbres autour de nous.

— C'est vrai, reconnut-il. Raison de plus pour être dehors quand la terre tremble.

— Mais comment prévoir qu'elle va trembler ?

— En observant les chevaux !

— Si seulement ça pouvait marcher toujours, soupira Ayla.

Lorsqu'ils furent à proximité de Vieille Vallée, ils remarquèrent une agitation inhabituelle. Presque tous les membres de la Cinquième Caverne étaient sortis des abris et un groupe s'était formé devant l'un d'eux. Ayla et Jondalar descendirent de cheval et se dirigèrent vers l'abri des visiteurs, qui se trouvait juste après l'attroupement.

— Vous voilà ! s'écria la Première. J'étais inquiète.

— Nous n'avons rien, assura Ayla. Et toi ?

— Moi non plus, mais la Cinquième compte plusieurs blessés, dont un grave. Tu pourrais l'examiner ?

Ayla décela une pointe d'anxiété dans la voix de la doniate.

— Jondalar, tu veux bien t'occuper des chevaux ? Je reste pour aider Zelandoni.

Elle suivit l'obèse jusqu'à l'endroit où un jeune garçon gisait sur une fourrure de couchage étendue sur le sol. On avait glissé sous lui des couvertures et des coussins pour soulever légèrement sa tête et ses épaules. Son crâne reposait sur une peau souple rougie et le sang continuait à couler. Ayla dénoua sa couverture à porter, l'étala sur le sol et posa Jonayla dessus. Loup s'asseyait à côté du bébé quand Hollida s'avança.

— Je peux la garder, dit l'enfant.

— Je t'en serai reconnaissante.

Ayla remarqua un groupe qui s'efforçait de réconforter une femme, probablement la mère du garçon. Ayla savait ce qu'elle éprouverait si ce blessé était son fils. Elle croisa le regard de la Première, le retint un moment et comprit que la blessure était plus que grave.

Elle s'agenouilla pour examiner le garçon. Il était allongé devant l'abri, en pleine lumière, même si les nuages hauts voilaient encore le soleil. Ayla remarqua d'abord qu'il était inconscient et que sa respiration était lente et irrégulière. Il avait beaucoup saigné mais c'était généralement le cas avec les blessures à la tête. Beaucoup plus inquiétant était le liquide rosâtre qui coulait de son nez et de ses oreilles. Cela signifiait que le crâne était fracturé et que la substance qu'il renfermait avait été atteinte, ce qui augurait mal de la suite pour l'enfant. Ayla comprit les craintes de la Première. Elle souleva les paupières du blessé, examina ses yeux ; l'une des pupilles se contracta à la lumière, l'autre ne réagit pas, un mauvais signe de plus. Elle lui tourna légèrement la tête pour que le mucus sanglant sortant de sa bouche s'écoule sur le côté et ne bouche pas les voies respiratoires.

Ayla s'efforça ne pas montrer à la mère qu'elle trouvait l'état de son fils désespéré. Elle se leva et lança à la Première un regard appuyé confirmant son sombre pronostic. Puis les deux femmes rejoignirent le Zelandoni de la Cinquième qui les observait, un peu à l'écart. Il avait déjà examiné le blessé lui-même.

— Qu'est-ce que vous en pensez ? murmura-t-il, regardant d'abord l'aînée puis la plus jeune des deux femmes.

— Je crois qu'il n'y a aucun espoir, répondit Ayla à voix basse.

— Je suis d'accord, je le crains, dit la Première. On ne peut quasiment rien faire pour une telle blessure. Il a non seulement perdu du sang mais aussi d'autres liquides de l'intérieur de la tête. Bientôt la plaie enflera et ce sera la fin.

— C'est ce que je pensais, soupira le doniate. Il va falloir que je parle à la mère.

Les trois Zelandonia s'approchèrent du petit groupe qui tentait visiblement de réconforter la femme assise sur le sol non loin du jeune garçon. Lorsqu'elle découvrit l'expression des visages des doniates, elle éclata en sanglots. Le Zelandoni de la Cinquième s'agenouilla à côté d'elle.

— Je suis désolé, Janella. La Grande Terre Mère rappelle Jonlotan à Elle. Il est une telle joie que Doni ne peut supporter d'être plus longtemps séparée de lui. Elle l'aime trop.

— Je l'aime, moi aussi. Doni ne peut pas l'aimer plus que moi. Il est si jeune. Pourquoi doit-Elle me le prendre maintenant ? gémit Janella.

— Tu le retrouveras quand tu retourneras dans le giron de la Mère et que tu parcourras le Monde d'Après, promit-il.

— Mais je ne veux pas le perdre maintenant. Je veux le voir grandir.

La femme se tourna vers la Première.

— Tu ne peux vraiment rien ? Tu es la plus puissante des Zelandonia.

— Sois sûre que s'il y avait quelque chose à faire, je le ferais. Cela me brise le cœur de le reconnaître mais je suis impuissante face à une telle blessure.

— La Mère a tant d'enfants, pourquoi veut-Elle aussi le mien ?

— C'est une question dont il ne nous est pas donné de connaître la réponse. Je suis désolée, Janella. Reste auprès de lui tant qu'il respire encore et réconforte-le. Son elan, sa force de vie, doit trouver le chemin du Monde d'Après et ton fils est effrayé. Même s'il ne peut le montrer, il te sera reconnaissant de ta présence.

— S'il respire encore, tu crois qu'il pourrait se réveiller ?

— C'est possible.

Plusieurs personnes aidèrent la femme à se lever et la conduisirent à son fils mourant. Ayla prit son bébé dans ses bras, le serra contre elle et après avoir remercié Hollida se dirigea vers l'abri des visiteurs. Les deux autres Zelandonia la rejoignirent.

— Je me sens si inutile, soupira le doniate de la Cinquième Caverne.

— C'est ce que nous ressentons tous en un pareil moment, dit la Première.

— Combien de temps survivra-t-il, d'après toi ?

— On ne sait jamais, répondit-elle. Son agonie peut durer des jours. Si tu le souhaites, nous resterons mais je m'inquiète pour les ravages que le tremblement de terre a pu faire à la Neuvième Caverne. Un certain nombre de ses membres ne sont pas allés à la Réunion d'Eté...

— Va voir comment ils vont. Tu as raison, on ne peut pas savoir combien de temps ce garçon survivra et tu es toujours responsable de la Neuvième Caverne. Je peux m'occuper de ce qu'il faut faire ici. Envoyer un elan dans le Monde d'Après n'est pas la responsabilité que je préfère, mais quelqu'un doit s'en charger.

Tous dormirent hors des refuges de pierre cette nuit-là, la plupart sous une tente. Redoutant que des rochers puissent encore tomber, les Zelandonii ne retournaient que brièvement dans leurs abris pour y prendre les choses dont ils avaient besoin. Il y eut quelques répliques et d'autres morceaux de roche se détachèrent des parois et des plafonds, mais rien d'aussi lourd que celui qui était tombé sur le jeune garçon. Du temps s'écoulerait avant que quiconque se sente de nouveau bien dans un abri, même si, avec l'arrivée du froid et de la neige de l'hiver périglaciaire, ils oublieraient le danger d'une chute de pierres et seraient heureux d'être protégés des intempéries.

Le groupe composé de quatre humains, de trois chevaux et d'un loup se mit en route au matin. Ayla et la Première passèrent voir comment allait le garçon et surtout comment sa mère supportait cette épreuve. La doniate et son acolyte avaient des sentiments partagés. Elles auraient voulu rester pour aider la mère de l'enfant blessé à accepter sa perte, mais elles se faisaient toutes deux du souci pour ceux qui étaient restés au refuge de pierre de la Neuvième Caverne des Zelandonii.

Les voyageurs prirent la direction du sud et longèrent le cours sinueux de la Rivière. La distance n'était pas grande mais sur une partie le lit s'élargissait jusqu'aux parois rocheuses et les berges disparaissaient totalement. Ils durent escalader les hauteurs et redescendre, et les chevaux leur rendirent l'effort moins pénible. En fin d'après-midi, ils furent en vue de la falaise abrupte – avec sa colonne proche du sommet, qui semblait tomber – où se trouvait le vaste abri de la Neuvième Caverne. Les yeux plissés, ils cherchèrent du regard un changement indiquant d'éventuels dégâts pour leur foyer et ses occupants.

Parvenus à la Vallée des Bois, ils traversèrent le ruisseau qui se jetait dans la Rivière. A l'extrémité nord de la terrasse de pierre orientée au sud-ouest, des Zelandonii les attendaient. Quelqu'un les avait vus et avait prévenu les autres. Ils s'engagèrent dans le sentier et quand ils passèrent devant le coin en saillie où se trouvait l'âtre du feu de signal, Ayla remarqua des cendres encore fumantes indiquant qu'on l'avait récemment utilisé et se demanda pourquoi.

La Neuvième étant fortement peuplée, le nombre de ceux qui, pour une raison ou une autre, ne s'étaient pas rendus à la Réunion d'Eté était presque aussi élevé que la population totale de Cavernes moins importantes, même s'il était proportionnellement comparable. La Neuvième était la plus peuplée de toutes les Cavernes des Zelandonii, y compris la Vingt-Neuvième et la Cinquième, qui regroupaient chacune plusieurs abris de pierre. Celui de la Neuvième était extrêmement vaste et offrait assez de place pour loger confortablement ses nombreux membres. En outre, la Neuvième comptait en son sein des personnes douées de talent dans maints domaines, ce qui lui conférait un statut élevé parmi les Zelandonii. Nombreux étaient ceux qui voulaient lui appartenir mais elle ne pouvait tous les accueillir et se montrait sélective, choisissant ceux qui accroîtraient son prestige.

Toutes les personnes valides restées à la Caverne sortirent pour assister à l'arrivée du groupe et beaucoup furent stupéfaites : elles n'avaient jamais vu leur doniate assise sur un siège tiré par un cheval. Ayla s'arrêta pour laisser la Première descendre du travois, ce qu'elle fit avec une imperturbable dignité. La Zelandoni avisa une femme mûre, qu'elle savait réfléchie et responsable, qui était restée pour soigner sa mère malade.

— Stelona, avez-vous senti ici le tremblement de terre ? lui demanda-t-elle.

— Nous l'avons senti et les gens ont eu peur. Quelques rochers sont tombés mais pour la plupart au lieu de rassemblement, pas ici. Personne n'a été blessé, déclara la femme, devançant la question suivante de la Première.

— Je suis heureuse de l'entendre. La Cinquième, à laquelle nous avons rendu visite, n'a pas eu cette chance. As-tu des nouvelles des autres Cavernes de la région, Stelona ? La Troisième ? La Onzième ? La Quatorzième ?

— Seulement la fumée de leur feu de signal pour nous faire savoir qu'elles étaient toujours là et n'avaient pas besoin d'aide dans l'immédiat.

— C'est bien mais je pense que j'irai voir quand même s'ils ont subi d'éventuels dégâts, dit la doniate, qui se tourna vers Ayla et son compagnon. Vous voulez m'accompagner ? Et emmener peut-être les chevaux ? Ils pourraient être utiles si quelqu'un a finalement besoin d'aide.

— Aujourd'hui ? demanda Jondalar.

— Non, je pensais plutôt faire le tour de nos voisins demain matin.

— Je viendrai, dit Ayla.

— Moi aussi, ajouta Jondalar.

Ils commencèrent à décharger le travois de Rapide en n'y laissant que leurs propres affaires, posèrent les ballots sur la corniche au bord de l'espace à vivre et menèrent ensuite les chevaux, tirant les travois très allégés, au-delà de la partie de l'abri où vivaient la plupart des Zelandonii de la Neuvième. Eux-mêmes demeuraient à l'autre bout de la zone habitée. Le surplomb de pierre abritait aussi une autre partie plus vaste qui n'était utilisée que rarement, exception faite de l'endroit qu'ils avaient aménagé pour les chevaux. En parcourant le devant de l'immense terrasse, ils constatèrent que de nouveaux morceaux de roche étaient tombés, mais rien de lourd, rien de plus gros que les pierres qui se détachaient parfois d'elles-mêmes sans raison précise.

Lorsqu'ils parvinrent à la grande pierre plate sur laquelle Joharran et d'autres montaient quelquefois pour s'adresser à un groupe, Ayla se demanda quand elle était tombée et ce qui avait causé sa chute. Etait-ce un tremblement de terre ? Soudain, les abris de pierre ne lui parurent plus si sûrs.

En conduisant les chevaux à leur enclos, sous le surplomb, Ayla s'attendait à demi à ce qu'ils regimbent, comme la veille. Mais l'endroit leur était familier et ils ne sentaient apparemment aucun danger. Ils se dirigèrent docilement vers l'enceinte, ce qui la soulagea. Il n'y avait pas vraiment de moyen de se protéger, ni dedans ni dehors, lorsque la terre tremblait, mais si le comportement des chevaux l'avertissait de nouveau, elle choisirait sans doute de se ruer dehors.

Après avoir détaché les perches et les avoir rangées à leur place habituelle, ils menèrent les bêtes à l'enclos qu'ils avaient fabriqué pour elles. Ce n'était pas un enclos à proprement parler puisqu'il n'était pas fermé par une barrière et que les chevaux pouvaient aller et venir à leur gré sous le surplomb. Ayla alla chercher de l'eau au ruisseau qui séparait la Neuvième Caverne d'En-Aval et la versa dans leur abreuvoir, même si les chevaux auraient pu tout aussi bien aller boire au ruisseau. Elle voulait être sûre qu'il y ait de l'eau dans l'enclos pendant la nuit, surtout pour la pouliche.

Ce n'était que pendant la saison printanière du rut que la liberté des chevaux était réduite. Non seulement Ayla et Jondalar fermaient l'enclos mais ils passaient des licous aux bêtes et les attachaient à des poteaux. Le couple dormait généralement à proximité pour éloigner les étalons attirés par la jument. Ayla ne voulait pas qu'un mâle force Whinney à rejoindre son troupeau ; Jondalar ne voulait pas que Rapide s'enfuie et soit blessé en se battant avec d'autres étalons pour s'octroyer le droit de monter les femelles attirantes. Il fallait même l'éloigner de sa mère, dont l'odeur de jument en chaleur était terriblement forte. C'était une période difficile pour tous.

Certains chasseurs mettaient à profit l'odeur de Whinney, que des mâles pouvaient détecter à près de deux kilomètres, pour en abattre quelques-uns, mais ils s'arrangeaient toujours pour qu'Ayla ne soit pas présente et ne lui en parlaient jamais. Elle le savait, cependant, et ne leur en faisait pas vraiment reproche. Elle avait perdu le goût de la viande de cheval et n'en mangeait plus, mais la plupart des Zelandonii s'en délectaient. Tant qu'ils ne s'en prenaient pas à ses chevaux, elle ne s'opposait pas à ce qu'ils chassent les autres. Ils constituaient une précieuse source de nourriture.

Ayla et Jondalar retournèrent à leur habitation et déchargèrent leurs affaires. Bien qu'ils n'aient pas été longtemps absents – pas même le temps habituel d'une Réunion d'Eté – elle était heureuse d'être de retour. La visite des Lieux Sacrés et des Cavernes situées sur le chemin avait duré plus longtemps que prévu. Ces efforts l'avaient fatiguée et le tremblement de terre avait achevé de saper son énergie.

Comme Jonayla commençait à geindre, elle sortit la changer puis revint à l'intérieur et s'assit pour l'allaiter. Leur habitation, faite de panneaux en cuir brut, n'avait pas de plafond et lorsqu'elle levait les yeux elle voyait le dessous du surplomb rocheux de l'abri naturel. Une odeur de nourriture en train de cuire annonçait un repas partagé avec la communauté, après quoi elle se glisserait sous leurs fourrures de couchage, se blottirait entre Jondalar et Jonayla, non loin de Loup. Elle était contente d'être rentrée.

— Il y a dans le voisinage une grotte sacrée que tu n'as pas vraiment explorée, dit la Première à Ayla alors qu'elles prenaient ensemble le repas du matin le lendemain de leur retour. Il s'agit de ce que nous appelons le Lieu des Femmes, de l'autre côté de la Rivière des Prairies.
— J'y suis allée.
— Oui, mais jusqu'où ? Elle recèle bien davantage que ce que tu as vu. Elle se trouve sur le chemin du Rocher à la Tête de Cheval et du Foyer Ancien, je pense que nous devrions y faire halte en revenant.

Sur le chemin du Rocher à la Tête de Cheval, ils s'arrêtèrent sur les terres de deux ou trois petites Cavernes proches de la Petite Rivière des Prairies, que des jeunes gens se sentant à l'étroit avaient récemment formées. Ces abris étaient habités au moins une partie de l'année et on commençait à leur donner le nom de Nouveau Foyer. Ce jour-là, ils étaient tous déserts, même le plus peuplé, appelé la Colline de l'Ours. La Première expliqua que les jeunes qui y vivaient se considéraient toujours comme appartenant à la Caverne de leur famille et qu'ils l'accompagnaient à la Réunion d'Eté. Ceux qui ne pouvaient pas ou ne voulaient pas y aller avaient rejoint les membres de leur Caverne d'origine restés sur place. Si les trois voyageurs ne virent donc personne, passer par là permit à Jondalar et à Zelandoni de montrer à Ayla le « chemin de derrière » menant au Rocher à la Tête de Cheval, au Foyer Ancien et à Douce Vallée, la riche bande de terre basse fertile qui les séparait.

Après la Colline de l'Ours, ils traversèrent la Petite Rivière des Prairies – dont le niveau était bas à cette période de l'année, en particulier aux endroits où elle s'élargissait – puis grimpèrent sur les hauteurs en direction de Douce Vallée et du Rocher à la Tête de Cheval, Septième Caverne des Zelandonii. Ceux de la Deuxième qui n'étaient pas allés à la Réunion d'Eté avaient rejoint la Septième et le petit groupe ainsi formé accueillit chaleureusement les visiteurs, en partie parce que les faibles et les malades étaient contents de la venue des doniates, mais surtout parce que cela rompait l'ennui de voir toujours les mêmes personnes. Les Zelandonii était un peuple sociable, habitué à vivre en grand nombre dans des espaces exigus, et l'animation de la Réunion d'Eté manquait à ceux que leur état empêchait d'y participer.

Tous avaient senti le tremblement de terre mais personne n'avait été blessé. Encore inquiets, cependant, ils cherchaient du réconfort auprès de la Première. Ayla remarqua que la doniate parvint à les rassurer sans toutefois rien leur dire de précis. C'était dû à sa façon de parler, à la fermeté de ses propos. Même Ayla se sentit mieux. Ils passèrent la nuit à la Septième, dont les membres avaient commencé à préparer un repas spécial dès leur arrivée. Il eût été impoli et peu amical de repartir immédiatement.

Le lendemain, sur le chemin du retour, la Première voulut passer par un endroit qu'ils avaient laissé de côté à l'aller. Ils escaladèrent de nouveau les hauteurs en direction de la Petite Rivière des Prairies et poussèrent en aval jusqu'à une communauté installée au bord de la butte appelée le Point de Guet. L'endroit portait bien son nom. De ce promontoire, on voyait au loin dans toutes les directions, en particulier vers l'ouest.

Ayla se sentit nerveuse sans savoir pourquoi dès qu'ils en approchèrent. Lorsqu'elle descendit de cheval, Loup vint se frotter contre sa jambe en geignant. Lui non plus n'aimait pas cet endroit, mais les chevaux demeuraient calmes. C'était une belle journée d'été, avec un chaud soleil baignant de ses rayons l'herbe verte de la colline, d'où l'on découvrait tout le voisinage. Ayla ne vit rien qui pût expliquer son appréhension et hésita à en parler.

— Tu veux qu'on fasse halte ici pour manger et se reposer ? demanda Jondalar à la Première.

— Je ne vois aucune raison de le faire ici puisque nous allons nous arrêter de toute façon au Lieu des Femmes, répondit-elle en retournant au travois. Et si nous n'y restons pas trop longtemps, nous serons de retour à la Neuvième avant la nuit.

Ayla ne fut pas mécontente que la Zelandoni ait décidé de continuer. Ils descendirent le flanc ouest de la colline jusqu'à la Petite Rivière des Prairies et la traversèrent près de l'endroit où elle se jetait dans la Rivière des Prairies. Un peu plus loin, une petite vallée en forme de U entourée de hautes falaises calcaires débouchait sur la Rivière, et de l'autre côté s'étendait la verte Vallée des Prairies, qui donnait son nom au cours d'eau.

Son herbe grasse attirait souvent diverses espèces d'herbivores mais les hautes parois abruptes faisaient rapidement place à des pentes faciles à escalader, en particulier pour des ongulés, ce qui rendait difficile de transformer la vallée en piège de chasse sans construire de barrières. On avait entrepris de le faire sans jamais finir, et il ne restait de ces efforts qu'un morceau de clôture à demi écroulé.

Le Lieu des Femmes n'était pas interdit aux hommes mais, hormis les membres de la Zelandonia, peu d'entre eux s'y rendaient. Ayla s'y était déjà arrêtée, en général pour porter un message, ou parce qu'elle accompagnait quelqu'un en route pour un autre endroit. Elle n'avait jamais eu l'occasion d'y rester longtemps. La plupart du temps, elle y était arrivée en venant de la Neuvième Caverne et elle savait qu'en pénétrant dans la vallée, avec la Rivière des Prairies derrière elle, elle avait sur sa droite une petite grotte servant d'abri temporaire et parfois de remise. Une autre caverne s'enfonçait dans la même paroi juste après l'entrée de la vallée.

Bien plus importantes étaient les deux longues failles étroites et sinueuses qui partaient d'un petit abri de pierre situé au bout de la prairie, un peu au-dessus du niveau de la plaine d'inondation de la rivière. Ces grottes du fond de la vallée expliquaient en partie qu'on ait rechigné à faire de l'endroit un terrain de chasse, bien que cet obstacle n'eût pas été décisif si la vallée avait parfaitement convenu à cet objectif. La première galerie, à droite, serpentait dans la roche dans la direction d'où ils étaient venus jusqu'à une sortie proche de la première petite grotte de droite. Bien qu'ornés de nombreuses gravures, cette grotte et l'abri d'où elle partait servaient généralement d'endroit où l'on s'installait avant d'aller visiter l'autre grotte.

Il n'y avait personne lorsque Ayla, Jondalar et Zelandoni y arrivèrent. La plupart des membres de la Caverne n'étaient pas encore revenus de leurs activités d'été et ceux qui étaient restés n'avaient aucune raison de se rendre au Lieu des Femmes. Jondalar détacha les travois pour donner aux chevaux un peu de repos. Les femmes qui utilisaient l'endroit le laissaient en général propre et bien rangé, mais les visites étaient fréquentes et un lieu des femmes était inévitablement aussi un lieu des enfants. Les autres fois où Ayla s'y était rendue, elle y avait remarqué les signes des activités habituelles d'un endroit habité. Bols en bois, paniers tressés, jouets, vêtements, râteliers pour faire sécher la viande. Des outils en bois, en os ou en pierre y avaient été abandonnés ou, emportés par des enfants, avaient fini dans un coin obscur de la grotte. Comme on faisait à manger dans l'abri, les détritus s'accumulaient et, en particulier lorsque le temps était mauvais, on s'en débarrassait en les jetant dans la grotte, mais uniquement, Ayla l'apprit, dans celle de droite.

Elle repéra un rondin creusé qui avait manifestement servi de récipient mais préféra utiliser ses propres ustensiles pour faire de la tisane et de la soupe. Elle alla chercher du bois, alluma un feu dans un creux du sol déjà rempli de cendres et mit des pierres à cuire dans les flammes pour chauffer l'eau. Sur les blocs de calcaire et les gros rondins installés autour de l'âtre par les occupants précédents, la Première disposa les coussins de son travois afin d'en faire des sièges plus confortables. Ayla donna le sein à Jonayla puis la posa sur sa couverture et la regarda s'endormir pendant qu'elle-même mangeait.

— Tu veux nous accompagner dans la grotte, Jondalar ? demanda la doniate à la fin du repas. Tu n'es probablement pas venu ici depuis que tu étais un jeune garçon et que tu y as laissé ta marque.

— D'accord, répondit-il.

Presque tout le monde laissait sa marque sur les parois de cette grotte à un moment ou à un autre, plus d'une fois pour certains, et généralement dans l'enfance ou l'adolescence pour les hommes. Il se rappelait la première fois qu'il y avait pénétré. C'était une grotte simple, sans galeries où l'on risquait de s'égarer, et on laissait les jeunes y trouver leur chemin. Ils y allaient le plus souvent seuls – ou au maximum à deux – pour apposer leur marque personnelle, sifflaient ou fredonnaient en avançant jusqu'à ce que la paroi parût leur répondre. Les marques ne représentaient pas un nom, elles étaient une façon de parler de soi à la Grande Terre Mère, de son rapport à Elle. Souvent, on se contentait de la trace d'un doigt. C'était suffisant.

Après qu'ils eurent fini de manger, Ayla rattacha son bébé sur son dos et, chacun tenant une lampe allumée, ils se mirent en route, la doniate devant et Loup fermant la marche. Jondalar se souvint que la grotte de gauche était excessivement longue – plus de huit cents pieds à travers le calcaire – et que le début de la galerie, facile à franchir, n'avait rien de particulier. Seules quelques marques sur les parois, près de l'entrée, indiquaient que d'autres les avaient précédés.

— Utilise donc tes chants d'oiseau pour parler à la Mère, suggéra la Première à son acolyte.

Ayla, qui avait entendu la Zelandoni fredonner d'une voix basse et mélodieuse, ne s'attendait pas à cette requête.

— Si tu veux, répondit-elle.

Elle se lança dans une série de sifflements en choisissant les doux chants du soir.

A quatre cents pieds de l'entrée, la grotte se rétrécissait et les sons résonnèrent différemment. A partir de cet endroit, les parois étaient couvertes de gravures de toutes sortes, très nombreuses et souvent inextricablement superposées, mêlées les unes aux autres. Quelques-unes étaient isolées et un grand nombre de celles qu'on pouvait interpréter remarquablement exécutées. Des femmes adultes visitaient très souvent cette grotte et les gravures les plus accomplies, les plus raffinées, étaient leur œuvre.

Les chevaux prédominaient, représentés au repos ou en mouvement, parfois même au galop. Les bisons aussi étaient nombreux et côtoyaient toute une variété d'autres animaux : rennes, mammouths, bouquetins, ours, chats, ânes, cerfs, rhinocéros laineux, loups, renards, antilopes saïgas, des centaines de gravures au total. Certaines étaient inhabituelles, comme la tête de lion dont l'œil avait été rendu de manière saisissante en utilisant une pierre naturellement enchâssée dans la paroi, le renne qui se penchait pour boire, remarquable de beauté et de réalisme, de même que les deux rennes se faisant face. Fragiles, les parois se prêtaient mal à la peinture mais on pouvait facilement les graver ou y laisser des marques, simplement avec les doigts.

Il y avait aussi de nombreuses parties d'êtres humains, des mains, des silhouettes, mais toujours déformées, et ils n'étaient jamais aussi magnifiquement représentés que les animaux, entre autres un personnage assis de profil, aux membres disproportionnés. Beaucoup de gravures étaient inachevées et perdues dans un entrelacs de lignes, de symboles géométriques, de signes en forme de toit, de marques et de gribouillis qu'on pouvait interpréter de multiples façons, parfois selon la façon dont on les éclairait. Ces cavernes avaient été creusées à l'origine par les rivières souterraines et il y avait encore à la fin de la galerie une zone karstique de grotte en formation.

Loup, qui courait devant dans des parties inaccessibles, revint en portant dans sa gueule quelque chose qu'il laissa tomber au pied d'Ayla.

— Qu'est-ce que c'est ? dit-elle en se baissant pour le ramasser.

Tous trois approchèrent leurs lampes.

— On dirait un morceau de crâne ! s'exclama Ayla. Et là, une partie de mâchoire... Elle est petite, ce devait être celle d'une femme. Où a-t-il trouvé ça ?

La Première prit l'os, le tint à la lumière.

— On a peut-être enterré quelqu'un ici il y a très longtemps. Aussi loin que je me souvienne, les environs ont toujours été habités.

Elle vit Jondalar frissonner : il préférait laisser le Monde des Esprits à la Zelandonia, elle le savait.

Le compagnon d'Ayla aidait aux enterrements quand on le lui demandait, mais il détestait cela. Généralement, lorsque les hommes revenaient d'avoir creusé une fosse, ou après avoir pris part à d'autres activités les rapprochant dangereusement du Monde d'Après, ils se rendaient dans la grotte appelée Lieu des Hommes pour y être lavés et purifiés. Elle se trouvait sur une hauteur, de l'autre côté de la Rivière des Prairies par rapport à la Troisième Caverne. Elle non plus n'était pas interdite aux femmes, mais, tout comme les lointaines, elle était essentiellement réservée à des activités masculines et peu de femmes, en dehors de la Zelandonia, y pénétraient.

— L'esprit en est parti depuis longtemps, déclara la Première. L'elan a trouvé son chemin vers le Monde d'Après depuis tant d'années qu'il ne reste que ce morceau d'os. Il y en a peut-être d'autres.

— Tu sais pourquoi on a enterré quelqu'un ici ? demanda Jondalar.

— Ce n'est pas habituel et cette personne a été mise dans ce lieu sacré pour une raison précise. J'ignore pourquoi la Mère a laissé le loup emporter cet os mais je vais le remettre à sa place. Il vaut mieux le rendre à Doni.

Celle Qui Etait la Première s'engagea dans les ténèbres de la grotte. Ayla et Jondalar virent la lumière vacillante de sa lampe s'éloigner puis disparaître. Peu après, elle réapparut, annonçant le retour de la doniate.

— Je crois qu'il est temps de rentrer, dit-elle.

Ayla quitta l'endroit avec plaisir. En plus de l'obscurité, les grottes étaient toujours humides et froides et celle-ci avait en outre quelque chose d'oppressant, mais c'était peut-être parce que la jeune femme avait eu son content de visites et qu'elle voulait simplement rentrer.

En arrivant à la Neuvième Caverne, ils découvrirent qu'un certain nombre de ses membres étaient revenus de la Réunion d'Eté, même si quelques-uns projetaient de repartir bientôt. Ils avaient amené avec eux un jeune homme qui souriait timidement à la femme assise à côté de lui. A ses cheveux châtains et à ses yeux gris, Ayla reconnut Matagan, le membre de la Cinquième Caverne qui avait été blessé à la jambe par un rhinocéros laineux l'année précédente.

Ayla et Jondalar revenaient de leur période d'isolement après leur Matrimoniale lorsqu'ils avaient vu plusieurs jeunes gens sans expérience défier un énorme animal adulte. Ils partageaient une des lointaines de célibataires, certains pour la première fois, et, imbus d'eux-mêmes, ne doutaient pas de vivre éternellement. Ayant repéré la bête, ils avaient décidé de l'abattre sans l'aide d'un chasseur plus âgé et plus expérimenté. Ils ne songeaient qu'aux éloges et à la gloire que leur vaudrait leur exploit lorsque qu'on l'apprendrait à la Réunion d'Eté.

Ils étaient vraiment jeunes, certains venaient à peine d'accéder au statut de chasseur et un seul d'entre eux avait déjà assisté à une chasse au rhinocéros. Ils ignoraient que cette bête massive pouvait être d'une rapidité surprenante et qu'il ne fallait relâcher sa concentration à aucun moment. L'animal montrait des signes de fatigue et le jeune garçon ne s'était pas méfié assez. Lorsque le rhinocéros avait chargé, Matagan n'avait pas esquivé assez vite et avait été gravement blessé à la jambe droite, sous le genou. La pointe des deux os brisés sortait de la chair ensanglantée. Matagan serait mort si Ayla n'avait pas été là et n'avait pas appris lorsqu'elle vivait au Clan à remettre en place un membre fracturé et à arrêter une hémorragie.

Ayant échappé à la mort, Matagan avait craint de ne plus pouvoir s'appuyer sur cette jambe. Il avait recommencé à marcher mais ne pouvait plus s'accroupir ni suivre un animal à la trace : il ne deviendrait jamais vraiment un bon chasseur. On avait alors envisagé qu'il apprenne à tailler le silex avec Jondalar. La mère du garçon et son compagnon, ainsi que Kemordan, le chef de la Cinquième Caverne, Joharran, Jondalar et Ayla, puisque Matagan vivrait avec eux, avaient finalement réglé tous les détails avant la fin de la Réunion d'Eté. Ayla s'était prise de sympathie pour le jeune garçon et avait approuvé la décision. Matagan devait acquérir des capacités qui lui conféreraient un statut respecté et elle se souvenait que pendant leur Voyage Jondalar avait montré qu'il aimait partager les siennes avec tous ceux qui souhaitaient apprendre, en particulier les jeunes.

Mais en revenant à la Neuvième Caverne elle espérait passer un ou deux jours tranquille dans son foyer. Elle prit sa respiration et s'approcha de Matagan. Il lui sourit, se leva avec difficulté.

— Je te salue, Matagan, lui dit-elle en lui prenant les deux mains. Au nom de la Grande Terre Mère, je te souhaite la bienvenue.

Elle l'examina attentivement à la dérobée, remarqua qu'il était grand pour son âge et n'avait sans doute pas atteint sa taille adulte. Il fallait espérer que sa jambe blessée continuerait à se développer en même temps que son corps car sa boiterie s'accentuerait si ses deux membres inférieurs étaient inégaux en taille.

— Au nom de Doni, je te salue, Ayla, répondit-il en usant de la formule de politesse qu'on lui avait apprise.

Jonayla, attachée dans le dos de sa mère, gigota pour voir à qui elle parlait.

— Je crois que ma fille veut te saluer, elle aussi.

Ayla desserra la couverture à porter et fit passer Jonayla devant. Les yeux écarquillés, l'enfant regarda fixement le jeune garçon, sourit tout à coup et lui tendit les bras. Matagan lui rendit son sourire.

— Je peux la prendre ? demanda-t-il. Je sais comment faire, j'ai une sœur un peu plus âgée qu'elle.

Et elle te manque déjà, pensa Ayla en lui tendant son bébé.

Il lui parut à l'aise avec un enfant dans les bras.

— Tu as beaucoup de frères et sœurs ?

— Oui. Je suis l'aîné, elle est la plus jeune, et il y en a quatre autres entre nous, dont deux nés-ensemble.

— Ton aide manquera sûrement beaucoup à ta mère. Quel âge as-tu ?

— J'ai treize ans, répondit-il.

L'année précédente, lorsqu'il avait entendu cette étrangère pour la première fois, il avait trouvé qu'elle avait un curieux accent mais après l'accident, lorsqu'il souffrait beaucoup, il avait pris plaisir à l'écouter parce qu'elle le réconfortait et le soulageait toujours. D'autres Zelandonia s'étaient occupés de lui mais elle était venue le voir régulièrement pour lui donner des remèdes et bavarder avec lui.

— Et tu as passé tes Premiers Rites l'été dernier, fit une voix derrière Ayla.

C'était Jondalar, qui avait entendu leur conversation en s'approchant d'eux. Les vêtements de Matagan, les motifs qui y étaient cousus, les perles et les bijoux qu'il portait indiquaient qu'il était maintenant considéré comme un homme de la Cinquième Caverne des Zelandonii.

— Oui, à la Réunion d'Eté. Avant d'être blessé.

— Le moment est venu pour toi d'apprendre. As-tu déjà taillé le silex ?

— Un peu. Je sais faire une pointe de sagaie ou un couteau, redonner du tranchant à une lame émoussée. Je ne suis pas le meilleur, mais le résultat est correct.

— La question est plutôt de savoir si tu aimes la taille.

— J'aime quand c'est réussi. Ce n'est pas toujours le cas.

— Même pour moi, dit Jondalar en souriant. Tu as mangé ?

— Je viens de finir.

— Pas nous. Nous rentrons à l'instant. Tu sais qu'Ayla est devenue acolyte de la Première ?

— Tout le monde le sait, je crois, répondit Matagan en retournant Jonayla pour l'appuyer contre son épaule.

— Avez-vous senti le tremblement de terre pendant votre voyage ? demanda Ayla. Quelqu'un de votre groupe a-t-il été blessé ?

— Plusieurs sont tombés mais personne n'a vraiment été blessé. Mais tout le monde a eu peur, je crois. Moi, je sais que j'ai eu peur.

— Je ne connais personne qui ne soit pas effrayé par un tremblement de terre, déclara Jondalar. Une fois que nous aurons mangé, nous te montrerons où tu pourras t'installer. Nous n'avons rien prévu de particulier pour le moment, nous réglerons ça plus tard.

Ils se dirigèrent vers l'autre côté de l'abri et Ayla tendit les bras pour reprendre Jonayla.

— Je peux la garder pendant que vous mangez, proposa Matagan. Enfin, si elle est d'accord.

— Elle nous le fera comprendre.

Ayla s'approchait de la fosse à feu où on avait fait cuire la nourriture lorsque Loup apparut. Il s'était arrêté pour boire en arrivant à la Caverne et avait découvert que quelqu'un avait mis de la viande dans son bol. Les yeux de Matagan s'agrandirent de surprise mais il avait déjà vu l'animal et ne semblait pas trop effrayé. Ayla lui avait présenté Loup l'année précédente quand elle soignait sa blessure. L'animal flaira le jeune garçon qui tenait dans ses bras le petit de sa meute et reconnut son odeur. Lorsque Matagan s'assit, Loup fit de même et Jonayla parut satisfaite de l'arrangement.

Lorsqu'ils eurent fini de manger, le soir tombait. Il y avait toujours des torches prêtes à servir près du feu principal où le groupe se rassemblait souvent et Jondalar en alluma une. Tous les trois avaient encore leurs sacs et leurs fourrures de couchage avec eux et Jondalar aida Ayla à porter ses affaires en plus de Jonayla, mais Matagan se débrouilla seul avec les siennes et le solide bâton sur lequel il s'appuyait quelquefois pour marcher. Apparemment, il n'en avait pas besoin tout le temps. Ayla supposait qu'il avait dû s'en servir pendant le long voyage depuis Vue du Soleil, l'endroit où s'était tenue la Réunion d'Eté, mais qu'il pouvait s'en passer pour de courtes distances.

Jondalar pénétra le premier dans leur habitation et tint écarté le rideau de l'entrée pour Matagan et Ayla.

— Pour le moment, installe ta fourrure de couchage près du feu dans la grande pièce, nous trouverons une meilleure solution demain, dit Jondalar en se demandant pendant combien de temps Matagan allait vivre avec eux.

18

— Matagan, tu as vu Jonayla et Jondalar ? demanda Ayla d'une voix forte lorsqu'elle aperçut le jeune homme qui sortait en claudiquant de l'habitation annexe construite près de la leur.

Deux autres jeunes gens y vivaient aussi maintenant : Jonfilar, qui venait de l'ouest, près des Grandes Eaux, et Garthadal, dont la mère, qui était chef de sa Caverne, était venue avec lui du fin fond du Sud-Ouest parce qu'elle avait entendu parler du talent de Jondalar.

Quatre ans après son arrivée, Matagan était le plus ancien des apprentis de Jondalar et avait acquis une telle compétence qu'il aidait le maître à former les jeunes. Il aurait pu retourner à la Cinquième, ou s'installer dans n'importe quelle autre Caverne comme tailleur de silex qualifié, mais il considérait maintenant la Neuvième comme son foyer et préférait rester travailler avec Jondalar.

— Je les ai vus se diriger vers l'enclos il y a un moment. Hier, il lui avait promis de l'emmener faire une promenade à cheval s'il ne pleuvait pas. Malgré son jeune âge, elle commence à se débrouiller avec Grise, même si elle ne sait pas encore monter seule sur elle ni en descendre.

Ayla sourit en se rappelant le temps où Jondalar tenait Jonayla devant lui sur Rapide, avant même qu'elle sache marcher et, plus tard, quand l'enfant apprenait à se tenir sur Grise, serrant de ses petits bras le cou épais de la jument. La petite fille et la pouliche avaient grandi ensemble, nouant entre elles un lien aussi fort que celui qui unissait Ayla à Whinney. Jonayla savait s'y prendre avec tous leurs chevaux, y compris l'étalon. D'une certaine façon, elle était même meilleure que sa mère puisqu'elle avait appris à le diriger avec le licou et la longe, comme Jondalar. Ayla, elle, continuait à utiliser avec Whinney le langage du corps et maîtrisait moins bien la technique de son compagnon.

— Lorsqu'ils seront revenus, tu pourras prévenir Jondalar que je rentrerai tard ce soir ? Peut-être pas avant demain matin. Tu sais qu'un homme est tombé de la falaise non loin du Gué, aujourd'hui ?

— Oui. Un visiteur, n'est-ce pas ?

— Un voisin du Nouveau Foyer. Il appartenait avant à la Septième, il vit maintenant à la Colline de l'Ours. Je ne comprends pas qu'on tente d'escalader le Rocher Haut alors que la pluie l'a rendu glissant.

Le printemps a été pluvieux, pensa-t-elle. Comme chaque année depuis cet hiver froid annoncé par Marthona.

— Comment va-t-il ? demanda Matagan, qui avait lui-même connu les conséquences d'un manque de jugement.

— Il est gravement blessé. Plusieurs os cassés et je ne sais quoi d'autre. Zelandoni passera toute la nuit auprès de lui, j'en ai peur. Je resterai pour l'aider.

— Avec toi et la Première, il recevra les meilleurs soins possible, déclara le jeune homme. Je parle d'expérience, ajouta-t-il avec un sourire.

— Je l'espère. Nous avons envoyé un messager prévenir sa famille, elle devrait arriver bientôt. Proleva lui prépare un repas au foyer principal. Je suis sûre qu'il y aura aussi de quoi manger pour vous trois, ainsi que pour Jondalar et Jonayla. Il faut que je me dépêche.

En retournant à l'habitation d'un pas pressé, elle pensa de nouveau à sa fille. Quand elle devait la laisser, parfois Loup restait avec l'enfant, parfois il partait avec elle. Lorsqu'elle se rendait avec Zelandoni à une autre Caverne, Loup l'accompagnait généralement, mais lorsqu'elle devait subir des « épreuves » dans le cadre de sa formation – passer des nuits sans dormir, se priver des Plaisirs, jeûner pendant de longues périodes – elle partait seule.

Elle couchait souvent au petit abri appelé le Creux des Rochers de la Fontaine, qui était assez confortable. Il était situé juste à côté de la Profonde des Rochers de la Fontaine, parfois appelée la Profonde de Doni, la longue grotte qui était le premier lieu sacré qu'elle avait visité quand elle était venue vivre chez les Zelandonii. Les Rochers de la Fontaine se trouvaient à un kilomètre et demi environ de la Neuvième Caverne, sans compter la longue pente douce menant à l'abri. Cette grotte ornée avait d'autres noms, en particulier pour les Zelandonia, qui l'appelaient l'Entrée des Entrailles de la Mère, ou le Ventre Fécond de la Mère. C'était le lieu le plus sacré des environs.

Jondalar n'était pas toujours content quand elle devait s'absenter, mais cela ne le dérangeait jamais de s'occuper de Jonayla, et Ayla était heureuse qu'ils aient noué des liens aussi forts. Il avait même entrepris de lui transmettre la technique de la taille du silex en même temps qu'à ses apprentis.

Ayla fut tirée de ses pensées quand elle remarqua deux femmes qui marchaient dans sa direction, Marona et sa cousine. Wylopa la saluait de la tête et lui souriait chaque fois qu'elle la croisait, et quoique ce sourire lui parût toujours insincère Ayla le lui rendait. Marona se contentait généralement d'un infime hochement de tête et Ayla répondait de même mais, cette fois, Marona lui sourit, ce qui incita Ayla à mieux la regarder. Ce sourire n'avait rien d'aimable, c'était plutôt un rictus triomphant.

Depuis son retour, Ayla se demandait pourquoi Marona était revenue à la Neuvième Caverne. Apparemment, la Cinquième l'avait bien accueillie et on l'avait entendue affirmer qu'elle préférait être là-bas. Moi aussi je préférerais qu'elle soit là-bas, pensa Ayla.

Ce n'était pas uniquement parce que Marona et Jondalar avaient naguère formé un couple mais aussi et surtout parce que nul ne s'était montré plus méchant et plus méprisant que Marona envers elle, à commencer par le mauvais tour des sous-vêtements d'hiver de garçon censé la ridiculiser. Mais Ayla avait tenu tête aux rires et gagné le respect de toute la Caverne. A présent, quand elle montait Whinney, elle portait souvent par choix une tenue semblable, et beaucoup d'autres femmes suivaient son exemple, au grand dépit de Marona. Des jambières et une tunique sans manches en cuir souple étaient tout à fait confortables lorsque le temps était doux.

Ayla avait appris par des parents de Matagan en visite que Marona avait provoqué la colère de femmes d'un haut statut de la Cinquième Caverne, parentes de Kemordan, le chef, ou de sa compagne, pour avoir persuadé un homme promis à l'une d'elles de la quitter pour partir avec elle. Avec ses cheveux d'un blond presque blanc et ses yeux gris sombre, Marona était une femme séduisante, même si, à force de plisser le front, elle commençait à avoir des rides qui se gravaient sur son visage. Comme la plupart de ses autres aventures, cette liaison n'avait pas duré et après avoir exprimé ses regrets et réparé ses torts l'homme avait retrouvé sa place dans la Caverne mais Marona y était maintenant vue d'un œil moins favorable. En approchant de l'habitation de la Première, Ayla repoussa ces réflexions au fond de son esprit pour ne plus songer qu'au blessé.

Plus tard dans la soirée, lorsqu'elle sortit de la demeure de Zelandoni, qui faisait aussi fonction d'hôpital, elle vit Jondalar assis en compagnie de Joharran, Proleva et Marthona. Ils avaient fini de manger et buvaient une tisane en regardant jouer Jonayla et Sethona, la fille de Proleva. Jonayla était une enfant heureuse et en bonne santé, très jolie, au dire de tous, avec des cheveux blonds fins et bouclés, des yeux du même bleu extraordinaire que ceux de Jondalar. Pour Ayla, elle était la plus belle au monde mais, ayant grandi dans le Clan, elle rechignait à exprimer un tel jugement sur sa propre enfant. Cela pouvait porter malheur.

Sethona, cousine proche de Jonayla, née quelques jours seulement après elle, avait des yeux gris et des cheveux châtain clair. Ayla trouvait qu'elle ressemblait à Marthona car elle avait déjà un peu de la dignité et de la grâce de l'ancien chef, ainsi que son regard franc. Avec ses cheveux plus gris, son visage plus ridé, la mère de Jondalar paraissait maintenant son âge, mais ce vieillissement n'était pas seulement affaire d'apparence physique. Marthona n'allait pas bien et cela inquiétait Ayla. La Première et elle avaient discuté de son état, ainsi que de tous les remèdes et traitements qu'elles avaient pu trouver pour la soigner, mais elles savaient toutes deux qu'elles ne pourraient empêcher Marthona de passer dans le Monde d'Après et ne pouvaient qu'espérer retarder ce moment.

Après avoir perdu sa vraie mère, Ayla avait eu la chance d'en trouver une autre en la personne d'Iza, guérisseuse du Clan qui l'avait élevée comme sa fille, avec Creb le Mog-ur comme homme de son foyer. Nezzie des Mamutoï avait ensuite voulu l'adopter au Camp du Lion, mais c'était le Mamut du Foyer du Mammouth qui l'avait finalement fait. La mère de Jondalar avait dès le début traité Ayla comme sa fille, et celle-ci la considérait comme sa mère, sa mère zelandonii. Elle se sentait aussi très proche de la Première, qui était cependant plus pour elle une amie et un maître.

La tête posée sur ses pattes de devant, Loup observait les fillettes. Il avait remarqué qu'Ayla s'approchait mais comme elle ne le rejoignait pas immédiatement, il se redressa pour la regarder et tous les autres se tournèrent aussi dans cette direction. Ayla prit alors conscience que ses pensées l'absorbaient tellement qu'elle s'était arrêtée. Elle se remit à marcher.

— Comment va-t-il ? demanda Joharran lorsqu'elle fut plus près.

— On ne peut toujours rien dire. Nous avons mis des attelles aux os brisés de ses jambes et de son bras mais nous ne savons pas s'il a autre chose de cassé à l'intérieur. Il respire encore, sans avoir repris connaissance. Sa compagne et sa mère sont auprès de lui, maintenant. Zelandoni est restée avec elles. Je pense que si quelqu'un lui apportait à manger, cela pourrait inciter la compagne et la mère à nous rejoindre pour manger, elles aussi.

— Je vais essayer de les persuader de venir, dit Proleva en se levant.

Elle alla prendre parmi les assiettes réservées aux visiteurs une plaque d'ivoire détachée d'une défense de mammouth et polie avec du grès, y posa quelques tranches d'un jeune chamois rôti à la broche. C'était un mets rare et délicieux. Des membres de la Neuvième et de Cavernes voisines partis à la chasse au bouquetin avaient eu de la chance. Elle ajouta des tiges de chardon printanières légèrement cuites et des racines, s'approcha de l'habitation de la doniate et gratta au panneau de cuir jouxtant le rideau de l'entrée. L'instant d'après, elle y pénétra. Un moment plus tard, elle ressortit avec la compagne et la mère du blessé, les conduisit au foyer principal et leur donna des assiettes de visiteurs.

— Il faut que j'y retourne, dit Ayla à Jondalar. Matagan t'a prévenu que je rentrerais probablement tard ?

— Oui. Je coucherai Jonayla.

Il souleva la fillette d'un bras et, de l'autre, serra sa compagne contre lui.

— J'ai monté Grise aujourd'hui, raconta l'enfant. Jondi m'a emmenée, il a monté Rapide. Whinney était là aussi mais elle n'avait personne sur elle, pourquoi tu n'es pas venue, maman ?

— J'aurais bien voulu, Bébé, répondit Ayla.

Le surnom affectueux de sa fille était semblable au mot « bébé » donné au lionceau blessé qu'Ayla avait recueilli, soigné et élevé. C'était une déformation du terme clan pour « nouveau-né » ou « petit ».

— Mais un homme s'est blessé en tombant aujourd'hui. Zelandoni le soigne et j'essaie de l'aider.

— Quand il sera guéri, tu viendras ?

— Oui, quand il sera guéri, j'irai faire des promenades à cheval avec vous, promit-elle.

S'il guérit, pensa-t-elle.

Elle se tourna vers Jondalar.

— Emmène Loup aussi, s'il te plaît.

Elle avait remarqué que la compagne du blessé regardait l'animal avec crainte. Elle semblait aussi se méfier d'Ayla, surtout après l'avoir entendue prononcer le surnom de son enfant. Même modifié, il avait une consonance étrange.

Après le départ de son compagnon avec Jonayla et Loup, Ayla retourna auprès du blessé, Jacharal.

— Son état s'est amélioré ? s'enquit-elle.

— Rien ne l'indique, répondit Celle Qui Etait la Première, satisfaite de pouvoir parler franchement maintenant que les deux femmes étaient parties. Quelquefois, les blessés demeurent longtemps ainsi. Si on parvient à leur faire avaler de l'eau et de la nourriture, ils tiennent ; sinon, ils passent en quelques jours. C'est comme si l'esprit était perdu, comme si l'élan n'était pas sûr de vouloir quitter ce monde alors que le corps respire encore. Parfois, ils se réveillent mais sont incapables de bouger, ou une partie de leur corps ne ressent plus rien ou ne guérit pas bien. Il arrive qu'avec le temps certains se remettent d'une pareille chute, mais c'est rare.

— A-t-il perdu du liquide par le nez ou les oreilles ?

— Pas depuis qu'on l'a amené chez moi. La plaie à la tête semble superficielle, mais il a de nombreux os du corps brisés et je crois que les blessures vraiment graves sont à l'intérieur. Je le veillerai cette nuit.

— Je resterai avec toi. Jondalar a emmené Jonayla, et Loup aussi. Je crois qu'il effrayait la compagne de Jacharal.

— Elle n'a pas eu le temps de s'habituer à ton animal. Elle n'est pas d'ici, elle s'appelle Amelana. La mère de Jacharal m'a raconté leur histoire. Il est parti faire un Voyage dans le Sud, il s'est uni à cette femme là-bas et l'a ramenée. Je ne suis même pas sûre qu'elle soit née sur le territoire zelandonii. Les limites n'en sont pas toujours claires. Elle parle assez bien la langue mais avec un accent du Sud, un peu comme Beladora, la compagne de Kimeran.

— C'est triste d'avoir fait tant de chemin pour perdre peut-être son compagnon. Je ne sais pas ce que j'aurais fait si j'avais perdu Jondalar juste après mon arrivée ici, dit Ayla, frissonnant à cette pensée.

— Tu serais restée pour devenir une doniate, exactement comme maintenant. Tu l'as dit toi-même : tu n'as pas vraiment un endroit où retourner. Tu ne referais pas seule tout ce chemin pour rejoindre les Mamutoï, qui pourtant t'avaient adoptée. Ici, tu es plus qu'adoptée. Tu es chez toi. Tu es une Zelandonii.

Ayla fut surprise par la ferveur des propos de la Première, et plus encore gratifiée. Elle se sentit appréciée.

Ce ne fut pas le lendemain matin mais le jour d'après qu'Ayla rentra, finalement. Le soleil se levait et elle s'arrêta un instant pour regarder le rougeoiement, plus vif à un endroit, commencer à saturer le ciel de l'autre côté de la Rivière. La pluie avait cessé mais des nuages s'effilochaient en brillantes traînées rouge et or bas sur l'horizon. Lorsque la première lueur s'éleva au-dessus des falaises, Ayla s'abrita les yeux de la main pour repérer les formations rocheuses proches afin de comparer le point d'émergence de la lumière avec celui de la veille.

Bientôt il lui incomberait de noter les levers et couchers de la lune et du soleil pendant une année. Le plus difficile, l'avaient prévenue d'autres membres de la Zelandonia, c'était le manque de sommeil, en particulier quand on observait la lune, qui apparaissait ou disparaissait parfois dans la journée, parfois en pleine nuit. Le soleil, bien sûr, se levait toujours le matin et se couchait le soir, mais certains jours étaient plus longs que d'autres et le point d'émergence se déplaçait à l'horizon de manière prévisible. Pendant la moitié de l'année où les jours rallongeaient, il remontait légèrement vers le nord chaque jour puis il restait fixe quelques jours au milieu de l'été : c'était la période du Long Jour d'Eté. Il changeait ensuite de direction, descendant un peu au sud chaque jour tandis que les jours raccourcissaient, passait par la période où les jours et les nuits avaient la même durée, où le soleil se couchait quasiment plein ouest, jusqu'à devenir de nouveau fixe au cœur de l'hiver pour la période du Court Jour d'Hiver.

La future doniate avait parlé à la mère de Jacharal et à Amelana et avait mieux fait connaissance avec la jeune femme. Ayla et elle avaient au moins un point commun : elles étaient toutes deux étrangères et s'étaient unies à des Zelandonii. Amelana était très jeune et, Ayla avait pu le constater, un peu imprévisible et capricieuse. Enceinte, elle avait encore des nausées matinales. Ayla aurait sincèrement voulu pouvoir faire plus pour Jacharal, à la fois pour lui et pour Amelana et son enfant à venir.

La Première et son acolyte avaient observé attentivement le blessé, à la fois pour lui et pour elles-mêmes. Elles voulaient suivre l'évolution de son état pour en savoir plus sur des blessures comme les siennes. Elles avaient réussi à le faire boire mais ce n'était qu'un acte réflexe qui le faisait avaler, et parfois s'étouffer, lorsqu'elles versaient de l'eau dans sa bouche. Leurs efforts ne lui avaient pas fait reprendre conscience. La Première mettait aussi une partie de ces longues veilles à profit pour élargir les connaissances d'Ayla sur les pratiques de la Zelandonia. Elles discutèrent de remèdes et de traitements, célébrèrent plusieurs cérémonies pour invoquer l'aide de la Grande Terre Mère. Pour le moment, elles n'impliquaient pas encore toute la communauté dans ces rites de guérison qui pouvaient prendre une forme plus complexe.

Elles abordèrent aussi la question d'un Voyage que l'aînée des deux femmes souhaitait faire avec son acolyte, un long voyage qui durerait tout l'été et qu'elle voulait entreprendre au plus tôt. Il y avait dans l'Est et dans le Sud plusieurs Lieux Sacrés que la Première désirait lui montrer. Elles ne partiraient pas seules ; non seulement Jondalar mais aussi Willamar, le Maître du Troc, et ses deux jeunes apprentis les accompagneraient. Lorsqu'elles envisagèrent d'emmener encore quelqu'un d'autre, le nom de Jonokol surgit dans la discussion. La perspective de voyager aussi loin était exaltante, mais Ayla savait que ce serait difficile. Heureusement, il y avait les chevaux, qui rendraient le parcours moins pénible pour elle et pour la Première. De plus, Zelandoni aimait apparaître sur le travois tiré par Whinney. Cela faisait toujours sensation et elle ne perdait pas une occasion d'attirer l'attention sur la Zelandonia et l'importance de la fonction de Première.

Lorsque Ayla arriva chez elle, elle songea à préparer une tisane matinale pour Jondalar mais elle était épuisée. Cette nuit-là, elle avait très peu dormi pour permettre à Zelandoni de prendre sa part de sommeil. Au matin, la doniate l'avait envoyée chez elle se reposer. Il était encore si tôt que tout le monde dormait, excepté Loup, qui attendait dehors pour l'accueillir. Elle sourit en le découvrant. C'était étonnant qu'il parût toujours savoir quand elle arrivait et où elle allait.

En entrant, Ayla remarqua que Jonayla était étendue à côté de Jondalar. La fillette avait sa propre petite fourrure de couchage près de la leur, mais quand sa mère n'était pas là, ce qui arrivait désormais plus souvent, elle se glissait sous la grande fourrure avec lui. Ayla commença à soulever sa fille pour la remettre sur sa fourrure puis changea d'avis et décida de la laisser continuer à dormir sans la perturber. Elle ajouta une fourrure à celle de Jonayla et s'étendit dessus. Lorsque Jondalar se réveilla et découvrit sa compagne dormant sur la fourrure de Jonayla, il sourit mais fronça aussitôt les sourcils en songeant qu'elle devait être exténuée.

Jacharal mourut quelques jours plus tard, sans avoir repris connaissance. Ayla utilisa le travois pour ramener son corps à la Septième Caverne. Sa mère tenait à ce qu'il soit enterré là-bas afin que son elan soit dans un endroit familier pour chercher son chemin vers le Monde d'Après. Ayla, Jondalar, la Première et quelques autres membres de la Neuvième et de Cavernes voisines, ainsi que tous ceux de la Colline de l'Ours, assistèrent à la cérémonie à l'issue de laquelle Amelana demanda à parler à la doniate et à son acolyte.

— Quelqu'un m'a dit que vous partez bientôt pour le sud. C'est vrai ?

— Oui, répondit Zelandoni, qui croyait deviner les intentions de la jeune femme et se demandait comment y faire face.

— Vous accepteriez de m'emmener ? Je veux retourner chez moi, dit Amelana, les larmes aux yeux.

— Mais tu es chez toi, non ? objecta la Première.

— Je ne veux pas rester ici ! Je ne savais pas que Jacharal voulait s'installer au Nouveau Foyer et vivre à la Colline de l'Ours. Ça ne me plaît pas, ici. Il n'y a rien. Tout est à faire ou à construire, même notre habitation, et elle n'est pas encore terminée. Il n'y a pas de doniate. Je suis enceinte et je serais obligée d'aller dans une autre Caverne pour avoir mon bébé. Maintenant, je n'ai même plus Jacharal. Je lui avais dit de ne pas grimper sur ce rocher...

— As-tu parlé à sa mère ? Je suis sûre que tu pourrais rester à la Septième Caverne.

— Je ne veux pas rester à la Septième Caverne. Je ne connais pas les gens, et certains n'ont pas été gentils avec moi parce que je viens du sud. Je suis une Zelandonii, après tout.

— Et si tu t'installais à la Deuxième ? suggéra la Première. Beladora est du sud, elle aussi.

— Elle vient du sud mais plus à l'est et elle est la compagne d'un Homme Qui Commande. Je ne la connais pas vraiment. Et je veux juste rentrer chez moi. Je veux avoir mon enfant là-bas. Ma mère me manque...

Amelana éclata en sanglots.

— Tu en es à combien ?

— Mes saignements ont cessé il y a plus de trois mois, répondit-elle en reniflant.

La Première prit sa décision :

— Si tu es sûre de vouloir partir, nous t'emmènerons.

La jeune femme sourit à travers ses larmes.

— Merci ! Oh, merci !

— Où se trouve ta Caverne ?

— Dans les montagnes, un peu à l'est, près de la Mer Méridionale.

— Nous n'irons pas là-bas directement, nous nous arrêterons en chemin, prévint la Première.

— Ça ne me dérange pas, répondit Amelana.

D'un ton hésitant, elle poursuivit :

— Mais j'aimerais être là-bas avant d'avoir le bébé.

— Je crois qu'on peut arranger ça, déclara la Première.

Après le départ de la jeune femme, la doniate marmonna :

— Un bel étranger arrive dans sa Caverne et elle trouve si merveilleux de partir avec lui pour fonder un foyer ailleurs... Je suis sûre qu'elle a supplié sa mère autant que moi de la laisser s'unir à Jacharal et aller vivre au loin avec lui... Mais une fois arrivée, elle s'aperçoit que là-bas, ce n'est pas très différent, sauf qu'elle ne connaît personne. Et son compagnon si séduisant décide de se joindre à un groupe de jeunes résolus à fonder une nouvelle Caverne. Tous s'attendent qu'elle soit aussi enthousiasmée qu'eux par le projet mais ils s'installent simplement de l'autre côté de la colline par rapport à leur ancienne Caverne et ils se connaissent.

« Amelana est une étrangère, qui parle d'une manière un peu différente, et qui a probablement l'habitude d'être dorlotée. Elle se retrouve dans un endroit nouveau dont elle ne connaît pas les coutumes, avec des gens dont elle ne partage pas les espérances. Elle n'a pas envie de fonder un nouveau foyer, elle vient de quitter le sien. Elle a besoin de s'établir, d'apprendre à connaître son nouveau peuple. Mais son compagnon – qui a déjà montré son goût du risque en entreprenant un Voyage – est prêt pour l'aventure d'une nouvelle Caverne qu'il va créer avec *ses* amis et parents, pas avec ceux d'Amelana.

« Ils commencent à regretter leur union précipitée, ils se disputent au sujet de leurs différences, ressenties ou réelles, puis elle tombe enceinte, sans personne pour être aux petits soins pour elle. Sa mère et ses tantes, ses sœurs, ses cousines et ses amies sont toutes restées à la Caverne qu'elle a quittée. Et le compagnon aimant le danger prend un risque de trop qui lui coûte la vie. Il vaut probablement mieux pour tout le monde qu'elle rentre chez elle, un peu mûrie par toute cette histoire. Il n'y a personne ici avec qui elle ait des attaches.

— Je n'avais personne non plus quand je suis arrivée, rappela Ayla.

— Si. Tu avais Jondalar.

— Tu dis que son compagnon avait déjà montré sa témérité en faisant un Voyage. J'ai connu Jondalar pendant le sien. Est-ce que cela faisait de lui un homme qui aimait le risque ?

— Ce n'était pas lui qui aimait le risque, c'était son frère. Jondalar est parti pour accompagner Thonolan, pour le protéger, parce qu'il connaissait sa tendance à se fourrer dans des situations périlleuses. Et Jondalar n'avait personne ici pour le retenir. Marona n'avait rien à lui offrir, hormis un partage occasionnel des Plaisirs. Il aimait son frère plus que cette femme et voulait peut-être échapper à la promesse tacite d'union qu'elle espérait bien plus que lui mais il était incapable de le lui déclarer franchement. Il cherchait encore le grand amour. Un moment, il a cru l'avoir trouvé avec moi et je reconnais que j'ai été tentée, mais je savais que cela ne marcherait jamais. Je suis heureuse qu'il ait trouvé ce qu'il cherchait avec toi. Tu vois, ta situation, bien qu'apparemment similaire, n'est pas du tout la même que celle d'Amelana.

Ayla songea que la doniate était d'une grande sagesse et se demanda combien partiraient finalement pour ce Voyage dans le Sud qu'elle avait proposé.

La Première, Jondalar, elle-même et Jonayla, bien sûr, récapitula-t-elle en prononçant à mi-voix les mots à compter et en touchant sa cuisse de ses doigts pour chaque personne. Cela fait quatre. Willamar et ses deux assistants, sept. Il a dit qu'il voulait leur faire partager totalement son expérience. Il a dit aussi que ce serait probablement sa dernière longue expédition, qu'il était las de voyager. Il l'est sans doute, pensa Ayla, mais c'est peut-être aussi en partie parce qu'il sait que Marthona ne va pas bien et qu'il veut passer plus de temps avec elle.

Avec Amelana, cela fait huit. Et neuf si Jonokol vient aussi, huit adultes et un enfant.

Ayla avait le pressentiment qu'il y en aurait d'autres. Comme pour lui en donner confirmation, Kimeran et Beladora arrivèrent avec leurs jumeaux de cinq ans pour parler à la Première. Ils voulaient eux aussi aller dans le Sud, faire connaître à leurs enfants la famille de leur mère. Beladora était sûre que la Première ne verrait pas d'inconvénient à visiter sa Caverne, proche de l'un des plus beaux Lieux Sacrés de la région, et l'un des plus anciens. Ils ne voulaient cependant pas suivre l'itinéraire prévu par la doniate mais rejoindre le groupe en chemin.

— A quel endroit ? demanda Zelandoni.

— Peut-être à la Caverne de la sœur de Kimeran, proposa Beladora. Enfin, elle n'est pas vraiment sa sœur, mais il la considère comme telle.

Ayla sourit à la magnifique brune aux cheveux ondulés qui parlait également avec un accent mais pas aussi inhabituel que le sien. Elle se sentait proche de cette étrangère qui s'était unie à un Zelandonii et l'avait suivi. Ayla connaissait l'histoire de Kimeran et de sa sœur beaucoup plus âgée, qui s'était occupée de lui en plus de ses propres enfants après la mort de leur mère. Son compagnon aussi était mort jeune et elle était devenue Zelandoni après avoir élevé ses enfants et son frère.

— Jondalar, tu devras escalader des hauteurs entre ici et l'ancienne Caverne de Beladora si tu essaies d'y aller directement, l'avertit Kimeran. Excellentes pour la chasse au bouquetin ou au chamois mais difficiles à franchir, même en suivant les rivières. Nous avons plutôt l'intention de les contourner, ce sera moins dur pour Gioneran et Ginedela... et pour nous, quand nous devrons les porter. Ils ont encore de petites jambes.

Il sourit et ajouta :

— Pas comme nous, Jondalar.

Une chaude amitié unissait les deux hommes.

— Vous projetez de voyager seuls ? demanda la Première. Ce n'est pas très prudent si vous emmenez les enfants.

— Nous avons pensé à proposer à Jondecam, à Levela et à son fils de nous accompagner mais nous voulions d'abord avoir ton avis, Zelandoni, dit Beladora.

— Je crois qu'ils feraient de bons compagnons de voyage, jugea la Première. Oui, nous pourrions nous retrouver en chemin.

Ayla se remit à tapoter le côté de sa jambe.

Seize en tout, si Jonokol vient, calcula-t-elle. Mais Amelana ne sera avec nous qu'à l'aller et Kimeran et les autres ne nous rejoindront que plus tard.

— Est-ce que nous prendrons part à la Réunion d'Eté ? voulut savoir Jondalar.

— Quelques jours seulement, je pense, répondit la Première. Je demanderai aux Zelandonia de la Quatorzième et de la Cinquième de me remplacer. A deux, ils s'en tireront parfaitement, j'en suis certaine, et je suis curieuse de voir comment ils coopéreront. J'enverrai un messager à Jonokol pour savoir s'il souhaite se joindre à nous et s'il le peut. Il a peut-être d'autres projets, il est le Zelandoni de la Dix-Neuvième Caverne, maintenant. Je ne peux plus décider de ce qu'il doit faire... si tant est que j'aie jamais eu ce pouvoir, même quand il était mon acolyte.

La matinée était ensoleillée le jour où la Neuvième Caverne partit pour la Réunion d'Eté. Il avait plu par intermittence pendant quelques jours mais ce matin-là les nuages avaient disparu et le ciel avait un éclat cristallin qui donnait aux hauteurs lointaines une grande netteté. Ils prirent la direction du sud-ouest et comme l'endroit où se tenait la Réunion d'Eté cette année-là était plus éloigné, ils mirent plus de temps que d'habitude pour s'y rendre.

A leur arrivée, Ayla remarqua la présence de membres de Cavernes de l'Ouest qu'elle ne connaissait pas. Ils fixaient avec plus d'étonnement que les autres cette femme accompagnée d'un loup et de trois chevaux, dont un tirait un travois sur lequel la Première était assise. Les participants furent déçus en apprenant que la Première et son acolyte aux étranges compagnons ne feraient que passer. Ayla aurait aimé rester et faire la connaissance des Zelandonii qu'elle n'avait pas encore rencontrés, mais elle était aussi impatiente d'entamer le Voyage d'Eté prévu par la Première.

Jonokol décida finalement de se joindre au groupe. Il n'avait pas fait un Périple de Doniate très long parce que, au début, il ne projetait pas vraiment de devenir Zelandoni à part entière et que la Première ne l'y poussait pas. Après avoir découvert les magnifiques murs blancs de la nouvelle grotte sacrée et pris au sérieux son entrée dans la Zelandonia, il était parti pour la Dix-Neuvième Caverne, la plus proche de la Grotte Blanche. La Zelandoni de cette Caverne était trop vieille et trop faible pour faire de longs voyages, même si elle avait gardé un esprit parfaitement lucide jusqu'à la fin. Depuis, il avait entendu parler des merveilleuses grottes ornées du Sud et ne voulait pas manquer cette occasion de les admirer. Il n'en aurait peut-être plus jamais la possibilité.

Ayla fut heureuse de la décision de Jonokol. Il s'était montré accueillant dès le début et il était d'une compagnie agréable. Ils ne restèrent que quatre jours à la Réunion mais, lorsqu'ils partirent, presque tout le monde vint assister à leur départ. Le groupe de voyageurs, aussi nombreux à présent qu'une petite Caverne, constituait un spectacle étonnant, en premier lieu à cause des animaux, mais il s'était encore grossi de plusieurs membres des Cavernes de l'Ouest, ainsi que des Cavernes voisines, en particulier la Onzième, avec notamment Kareja, la femme qui était leur chef.

La Première décida de descendre vers le sud en longeant la Rivière jusqu'à son confluent avec la Grande Rivière. Ils devraient ensuite traverser ce cours d'eau qui, comme son nom l'indiquait, était plus large et plus profond que la Rivière. On pouvait franchir celle-ci au Gué, en posant le pied sur les pierres qui en parsemaient le lit, ou en pataugeant, parfois avec de l'eau jusqu'à la taille, selon la saison, mais la traversée de la Grande Rivière serait plus ardue. Pour résoudre ce problème, la Première et Willamar s'étaient adressés à Kareja et à quelques autres membres de la Onzième Caverne, réputée pour les radeaux qu'elle fabriquait, afin qu'ils transportent les voyageurs et leurs affaires jusqu'au confluent puis de l'autre côté de la Grande Rivière.

Le groupe commença par reprendre la direction de la Neuvième. Composé uniquement d'adultes – à l'exception de Jonayla – il progressait bien plus vite qu'une Caverne complète. La plupart des voyageurs étaient jeunes, en bonne santé, et si la Première avait une corpulence qui lui donnait une présence imposante, elle était également vigoureuse et marchait le plus souvent. Quand elle se sentait fatiguée et incapable de suivre, elle s'installait sur le travois, ce qui ne diminuait en rien son autorité ni la dignité de son maintien, parce qu'elle était la seule à voyager assise sur un siège tiré par un animal.

Ce soir-là, lorsqu'ils établirent leur camp pour la nuit, la Première et le Maître du Troc entamèrent une discussion avec Kareja, le chef de la Onzième Caverne, et quelques autres capables d'estimer combien de radeaux et de personnes il faudrait pour transporter le groupe pendant l'étape suivante du Voyage. Il fallut ensuite régler les détails des biens et services qui seraient échangés contre l'utilisation des radeaux. La négociation était publique et les Zelandonii qui connaissaient peu les Neuvième et Onzième Cavernes la suivirent avec grand intérêt. Deux ou trois d'entre eux se demandèrent même si l'on pouvait pousser vers l'ouest en radeau jusqu'aux Grandes Eaux. C'était bien entendu possible, du moins à la bonne saison, mais le retour poserait problème.

Pendant le marchandage, Kareja demanda à Jondalar un service contre le voyage en radeau. Assis à côté de la Première, le compagnon d'Ayla regretta l'absence de Joharran.

— Je ne pense pas avoir le droit de prendre un tel engagement pour ma Caverne, répondit-il. Je n'en suis pas l'Homme Qui Commande. Peut-être que Willamar ou Zelandoni le peuvent.

— Mais tu peux t'engager pour toi-même puisque ce service te concerne, argua-t-elle. Une jeune fille que je connais a montré de grandes dispositions pour travailler le silex. Si tu acceptais de la prendre comme apprentie, nous aurions un accord.

Zelandoni regarda Jondalar en se demandant comment il allait réagir. On lui faisait souvent cette requête de former un jeune, mais il était très sélectif. Il avait déjà trois apprentis et il ne pouvait pas accepter tous ceux qu'on lui proposait. C'était toutefois le Périple de Doniate de sa compagne, il n'aurait pas été déplacé qu'il contribue à le rendre plus facile.

— Une fille ? Je doute qu'une femme puisse faire un bon tailleur de silex, souligna un membre d'une des Cavernes de l'Ouest parti avec eux de la Réunion d'Eté. J'ai un peu d'expérience de ce travail, il faut de la force et de la précision pour faire de bons outils. Nous connaissons tous la réputation de Jondalar, pourquoi perdrait-il son temps à tenter de former une fille ?

Ayla n'était pas du tout d'accord avec cet homme. D'après son expérience, les femmes étaient tout aussi capables de tailler le silex que les hommes, mais si Jondalar prenait une apprentie, où logerait-elle ? Elle ne pourrait pas dormir avec les trois jeunes hommes, surtout quand elle aurait son saignement mensuel. Même si les Zelandonii n'étaient pas aussi stricts à ce sujet que le Clan, où une femme ne pouvait pas même regarder un homme pendant cette période, il faudrait à cette jeune fille une certaine intimité. Ce qui signifiait qu'elle devrait vivre dans leur habitation, ou qu'il faudrait trouver un autre arrangement.

Jondalar suivait sans doute la même ligne de pensée puisqu'il répondit :

— Je ne suis pas sûr que nous puissions prendre une jeune femme, Kareja...

— Insinues-tu qu'une femme ne peut apprendre à tailler le silex ? répliqua-t-elle. Les femmes font des outils tout le temps. Elles ne se précipitent pas vers un tailleur de silex chaque fois qu'un outil se brise alors qu'elles raclent une peau ou dépècent une bête. Elles le réparent ou en refont un autre.

Kareja gardait son calme mais la Première savait qu'elle faisait des efforts pour se maîtriser. Elle avait envie de dire à l'homme de la Caverne de l'Ouest qu'il tenait des propos absurdes et à Jondalar qu'il avait tort de les approuver. La Première observait l'échange avec intérêt.

— Oh, je sais qu'une femme peut faire des outils pour son propre usage, reprit l'homme. Un racloir, un couteau, mais une arme ? Les pointes de sagaie doivent être parfaites, sinon le gibier s'échappe. Je ne blâme pas le tailleur de silex de ne pas vouloir prendre une femme comme apprentie.

Cette fois, Kareja explosa :

— Jondalar ! Il a raison ? Tu penses qu'une femme ne peut pas apprendre aussi bien que n'importe quel homme à tailler le silex ?

— Cela n'a rien à voir, répondit-il. Bien sûr que les femmes le peuvent. Lorsque je vivais avec Dalanar et que j'étais son apprenti, il formait en même temps ma cousine proche, Joplaya. C'était à qui serait le meilleur. Quand j'étais jeune, je ne l'aurais jamais reconnu, mais je n'hésite pas à déclarer maintenant que sur certains aspects elle me surpasse. Seulement, je ne sais pas où cette jeune femme dormirait. Je ne peux pas la mettre avec les trois garçons. Nous pourrions la prendre chez nous, mais elle aurait besoin de place pour ranger ses outils et les éclats de silex sont tranchants. Ayla est très contrariée si elle en trouve un accroché à mes vêtements quand je rentre. Elle s'inquiète pour Jonayla et je la comprends. Si j'acceptais ta demande, nous devrions construire une annexe au logement des apprentis, ou une habitation séparée.

Kareja retrouva immédiatement son calme. L'argument de l'intimité nécessaire à la jeune fille de la Onzième Caverne était tout à fait sensé. Elle aurait dû savoir qu'avec pour compagne Ayla, une femme qui était bonne à la chasse en plus d'être acolyte de la Première, Jondalar ne pouvait pas partager le point de vue ridicule de l'homme de l'Ouest. De plus, la mère de Jondalar avait été chef. Mais il a soulevé un vrai problème, songea la grande femme mince.

— Une habitation séparée serait préférable, convint-elle. La Onzième aidera à la construire, et si tu me dis où tu la veux nous pourrions le faire pendant votre Voyage...

— Attends un peu ! s'exclama Jondalar, sidéré par la rapidité avec laquelle Kareja avait pris les choses en main.

La Première retint un sourire et coula un regard à Ayla, qui semblait amusée, elle aussi.

— Je n'ai pas dit que je la prenais, poursuivit Jondalar. Je demande toujours à ceux qui veulent être mes apprentis de faire un essai. Je ne sais même pas qui est cette fille.

— Tu la connais, c'est Norava, répondit Kareja. Je vous ai vus travailler ensemble, l'été dernier.

Jondalar se détendit et sourit.

— Oui, je la connais, et je crois qu'elle ferait une excellente apprentie. Lorsque nous chassions l'aurochs, l'année dernière, elle avait cassé deux pointes de sagaie et elle était en train de les retailler quand je suis passé près d'elle. Je me suis arrêté pour la regarder faire, elle m'a demandé mon aide. Je lui ai montré une ou deux choses et elle a tout de suite compris. Elle apprend vite, elle a de bonnes mains. Oui, si vous lui construisez un logement, je prendrai Norava comme apprentie.

19

La plupart des membres des Cavernes voisines qui n'étaient pas à la Réunion d'Eté se trouvaient à la Neuvième lorsque les voyageurs y parvinrent. Un messager avait annoncé leur venue et on avait guetté leur arrivée. Un repas les attendait. Des chasseurs avaient abattu un mégacéros, cerf aux bois gigantesques dont l'envergure pouvait atteindre plus de douze pieds chez un mâle adulte. On en coupait souvent les andouillers, destinés à un autre usage, pour garder la base, large et concave, aussi solide que de l'os. On pouvait s'en servir comme plat ou, après en avoir aiguisé un bord, comme pelle pour vider un âtre de ses cendres, creuser un trou dans le sable d'une berge ou dans la neige. Si on lui donnait la forme adéquate, elle pouvait aussi se transformer en aviron ou en gouvernail pour faire avancer et diriger les radeaux. Ce gigantesque cerf fournit aussi de la viande pour les voyageurs affamés, les membres de la Neuvième Caverne et leurs voisins, avec abondance de restes.

Le lendemain matin, ceux qui accompagnaient la Première rassemblèrent leurs affaires, dont une partie des restes de viande, pour le Voyage et couvrirent la courte distance séparant la Caverne du Gué. Ils traversèrent en pataugeant pour rejoindre le quai en bois situé en face de l'abri connu sous le nom de Bord de Rivière, la Onzième Caverne des Zelandonii. Plusieurs radeaux faits de troncs de jeunes arbres, ébranchés et attachés ensemble, étaient amarrés au quai, simple structure en bois s'avançant au-dessus de l'eau. Certains étaient prêts à être utilisés, d'autres en cours de réparation. Ayla remarqua sur la berge les troncs alignés d'un radeau dans la première phase de fabrication. La partie la plus épaisse des jeunes arbres constituait l'arrière, les extrémités plus minces, rassemblées en une sorte de proue, formaient l'avant.

Les chevaux avaient tiré jusqu'à la Onzième Caverne les travois chargés de l'essentiel des ballots qu'il fallait maintenant attacher sur les radeaux. Heureusement, les Zelandonii savaient voyager avec peu de choses et n'emportaient que ce qu'ils pouvaient porter eux-mêmes. S'y ajoutait seulement le poids des perches. Exception faite d'Ayla et de Jondalar, ils n'avaient pas pris l'habitude de dépendre des chevaux et des travois pour transporter leurs affaires.

Ceux de la Onzième Caverne qui guideraient les radeaux sur la rivière en dirigeaient le chargement. Il serait difficile d'en garder le contrôle si les ballots étaient mal répartis. Jondalar et Ayla les aidèrent à porter les longues perches sur le radeau de tête, celui où prendraient place la Première, Willamar et Jonokol. Il fallut démonter le travois le plus lourd – celui du siège – avant de le charger sur le deuxième radeau, qui emmènerait Amelana et les deux jeunes apprentis de Willamar, Tivonan et Palidar.

Ayla et Jondalar – et Jonayla, bien sûr – longeraient la rivière à cheval tant qu'il y aurait une berge ; lorsqu'elle s'arrêterait, ils avanceraient en pataugeant, en nageant ou, à certains endroits, en faisant un détour qui les éloignerait du cours d'eau. Il y avait en particulier une zone de rapides, avec de gros rochers et des tourbillons, que Kareja leur recommanda instamment d'éviter. Elle conseilla aussi aux passagers des radeaux que cet endroit pouvait effrayer de faire eux aussi le chemin à pied. Quelques années plus tôt, un radeau s'y était retourné et s'il n'y avait eu aucun mort plusieurs personnes avaient été blessées.

Pendant le chargement, une femme descendit de l'abri de pierre situé à quelque distance de la rive, un peu en hauteur, et alla parler à la Première. Elle voulait que la guérisseuse examine sa fille, que ses dents faisaient beaucoup souffrir. Après avoir confié Jonayla à Jondalar, Ayla suivit la doniate jusqu'à l'abri. Il était moins vaste que celui de la Neuvième Caverne, mais c'était le cas de la plupart des abris. La femme les conduisit à une petite habitation construite sous le surplomb rocheux. A l'intérieur, une jeune femme de seize ans environ, couverte de sueur, s'agitait sur une fourrure de couchage.

— J'ai quelque expérience des maux de dents, lui dit Ayla en se rappelant la fois où elle avait aidé Iza à arracher une des molaires de Creb. Tu me laisses regarder ?

La jeune femme se redressa, secoua la tête.

— Non, répondit-elle d'une voix étouffée.

Elle se leva, s'approcha de la Première en montrant sa joue.

— Arrête simplement la douleur, s'il te plaît.

La mère intervint :

— Notre Zelandoni lui a donné une médecine avant de partir mais elle ne fait plus effet maintenant, la douleur est trop forte.

— Je vais lui donner un remède puissant qui la fera dormir, lui dit la doniate. Et je t'en laisserai pour que ta fille en reprenne plus tard.

— Merci. Merci beaucoup.

Tandis que les deux femmes redescendaient vers la rivière, Ayla tourna vers Zelandoni un regard interrogateur.

— Tu sais ce qu'elle a ?

— Elle a un problème avec ses dents depuis qu'elles ont commencé à pousser. Elle en a trop, une double rangée.

Devant la mine perplexe de son acolyte, la Première continua :

— Elle a deux séries de dents qui tentent de pousser au même endroit en même temps, ce qui fait qu'elles sont toutes de travers. Elle a eu d'épouvantables maux de dents quand elle était bébé, et plus tard aussi, avec ses deuxièmes dents. Après quoi, elle a été tranquille pendant quelques années, mais quand les dents du fond ont commencé à pousser, elle a de nouveau terriblement souffert.

— On ne peut pas en arracher quelques-unes ?

— Leur Zelandoni a essayé mais elles sont si serrées l'une contre l'autre qu'il n'y est pas arrivé. Elle a tenté de le faire elle-même il y a quelques lunes, elle a simplement réussi à en casser plusieurs. Depuis, la douleur a encore augmenté. Je pense qu'il doit y avoir maintenant de l'inflammation et du pus mais elle ne laisse personne regarder. Je ne suis pas sûre que sa bouche guérira un jour. Elle mourra certainement de ces dents. Il vaudrait peut-être mieux lui donner trop de ce remède et la laisser passer tranquillement dans le Monde d'Après... Mais c'est à elle et à sa mère d'en décider.

— Elle est si jeune ! Et elle paraît si forte...

— Oui, c'est vraiment dommage, mais puisqu'elle refuse toute aide, je crains que ses souffrances ne cessent que lorsque la Mère la rappellera à Elle.

Lorsqu'elles revinrent à la rivière, les deux radeaux étaient presque chargés. Ils transporteraient les travois démontés et six des voyageurs. Ayla et Jondalar voyageraient à cheval avec leurs affaires dans leurs sacs à dos. Loup se débrouillerait seul, naturellement. Kareja leur expliqua qu'ils avaient envisagé d'utiliser trois radeaux mais qu'il n'y avait pour le moment pas assez de personnes pour en diriger plus de deux. Comme il aurait fallu envoyer chercher d'autres membres de la Onzième et attendre leur arrivée, ils avaient décidé que deux suffiraient. Ils n'entreprenaient jamais un voyage aussi long et potentiellement dangereux avec moins de deux radeaux.

On remontait la rivière en s'aidant d'une ou de plusieurs longues perches sur lesquelles on poussait après en avoir appuyé une extrémité sur le fond du lit, et pour la descendre on laissait faire le courant. Comme ils allaient vers l'aval, une fois que les cordes attachant les radeaux au quai de bois furent dénouées, le voyage commença facilement. Ils n'utilisèrent les perches que pour diriger les radeaux et éviter les rochers. Les membres de la Onzième guidaient aussi leurs embarcations par un autre moyen : une partie centrale de bois de mégacéros attachée à un manche. Ce gouvernail rudimentaire, monté à l'arrière du radeau, pouvait pivoter à droite ou à gauche pour le faire changer de direction. Avec les bois d'élan ou de mégacéros en forme de palme, la Onzième fabriquait aussi des sortes de rames qui aidaient à propulser et à guider les radeaux. Mais il fallait de l'habileté et de l'expérience pour diriger ces plateformes lourdes, peu maniables, et généralement trois personnes unissaient leurs efforts pour cette tâche.

Ayla mit les couvertures de cheval sur les dos de Whinney, de Rapide et de Grise, attacha une longe à la jeune jument mais plaça Jonayla devant elle sur Whinney pour le moment. Elle aurait bien le temps de laisser sa fille seule sur Grise quand elles ne devraient pas descendre dans l'eau et en ressortir. Dès que le premier radeau s'écarta du quai, Ayla chercha Loup des yeux, le siffla. Il la rejoignit en bondissant, tout excité. Il savait qu'il se passait quelque chose. Ayla et Jondalar firent entrer les chevaux dans l'eau et quand ils furent parvenus à la partie la plus profonde de la rivière, près de son milieu, ils nagèrent en suivant les radeaux avant de ressortir sur la berge opposée.

Les embarcations descendaient à bonne vitesse vers le sud et les bêtes réussirent à ne pas trop se faire distancer tant qu'il y avait une bande de terre le long de la rivière. Lorsqu'il n'y eut plus que la paroi rocheuse, Ayla et Jondalar retournèrent dans l'eau et laissèrent les chevaux nager. Sur le second radeau, les membres de la Onzième utilisèrent les rames pour ralentir afin que les bêtes puissent les rattraper. Quand elles l'eurent fait, Shenora, la femme qui tenait le gouvernail de la première plateforme, avertit Ayla et Jondalar d'une voix forte :

— Juste après la prochaine courbe, il y a une rive basse. Profitez-en pour sortir et contourner les falaises suivantes. Nous allons entrer dans une zone de tourbillons. C'est un passage difficile, il vaut mieux pour vous et pour les chevaux que vous sortiez du lit de la rivière.

— Et vous, sur les radeaux, vous ne risquez rien ? répondit Jondalar sur le même ton.

— Nous avons l'habitude. Avec une personne à la perche, une autre à la rame et moi au gouvernail, ça devrait aller.

Jondalar, qui tenait la longe de Grise, commença à diriger Rapide vers la gauche, le côté de la rive basse. Ayla suivit, un bras autour de Jonayla. Loup nageait derrière.

Amelana et les deux apprentis, Tivonan et Palidar, se trouvaient sur le deuxième radeau, le plus proche. La jeune femme paraissait inquiète mais ne montrait aucune intention de descendre et de faire le chemin à pied. Les deux jeunes gens s'affairaient autour d'elle : une jeune femme séduisante attirait toujours les hommes, surtout si elle était enceinte. Zelandoni, Jonokol et Willamar, qui voyageaient sur le premier radeau, étaient maintenant hors de portée de voix de Jondalar et c'était essentiellement d'eux qu'il se préoccupait. Mais si la Première avait décidé de ne pas quitter le radeau à cet endroit, c'était parce qu'elle devait se sentir suffisamment en sécurité.

Lorsqu'ils sortirent de la rivière, bêtes et cavaliers ruisselants d'eau, les passagers des radeaux les regardèrent s'éloigner. Zelandoni ne fut plus si sûre d'avoir pris la bonne décision en restant sur la plateforme de troncs d'arbres attachés par des lanières de cuir, des tendons et des cordes en fibre. Soudain, la présence de la terre sous ses pieds lui manqua. Si elle avait déjà remonté une rivière à l'aide d'une perche ou descendu des eaux calmes, elle n'avait jamais choisi de passer par les rapides pour rejoindre la Grande Rivière, mais Jonokol et surtout Willamar semblaient si sereins qu'elle ne pouvait se résoudre à reconnaître sa peur.

Brusquement, un coude de la rivière lui dissimula le dernier endroit où elle aurait pu échapper à l'eau tourbillonnante. Elle se força à regarder de nouveau devant elle et chercha fébrilement les poignées en cordage prolongeant les liens qui attachaient les troncs d'arbres ensemble et qu'on lui avait montrées avant qu'elle monte sur le radeau. Elle était assise sur un lourd coussin en cuir enduit de graisse pour empêcher l'eau de pénétrer car il fallait s'attendre à se faire tremper sur un radeau. Devant, la rivière était une masse blanche écumante. L'eau s'insinuait entre les troncs, passait par-dessus les côtés et le devant. La doniate remarqua que le grondement se faisait plus fort alors que le puissant courant les entraînait plus avant entre des falaises s'élevant haut de part et d'autre de la rivière.

Ils se retrouvèrent au milieu des tourbillons ; l'eau bondissait au-dessus des rochers, contournait des blocs arrachés aux parois et érodés par le courant. La Première retint un cri quand l'avant du radeau s'enfonça et qu'une eau froide lui gifla le visage.

Généralement, si les orages n'avaient pas grossi la rivière, son débit restait à peu près le même partout, mais les changements de son lit affectaient son courant. Là où elle s'élargissait et devenait moins profonde, l'eau ne bouillonnait qu'un peu autour des rochers, mais lorsque les falaises se resserraient et que la pente du lit s'accentuait, l'eau, prise dans un couloir étroit, se soulevait avec plus de force. Et cette force entraînait les radeaux à vive allure.

Zelandoni était à la fois effrayée et excitée. Son estime pour les membres de la Onzième Caverne grandit fortement après qu'elle les eut vus maîtriser l'embarcation qui filait rapidement vers le bas de la Rivière. L'homme à la perche écartait le radeau des parois abruptes ainsi que des rochers qui émergeaient au milieu du lit. Son compagnon faisait de même avec sa rame ou s'en servait pour aider la femme qui tenait le gouvernail à diriger le radeau vers les parties où il n'y avait pas d'obstacles. Ils devaient travailler en équipe tout en réfléchissant indépendamment.

Après une courbe, le radeau ralentit tout à coup bien que l'eau continuât à filer toujours aussi rapidement autour d'eux : le fond de la plateforme frottait contre la pierre lisse d'une partie rocheuse du lit à peine recouverte d'eau. Ce serait l'endroit le plus difficile à remonter, au retour. Lorsqu'ils l'eurent passé, ils descendirent une courte cascade et se retrouvèrent dans une niche creusée dans la paroi, bloqués par un tourbillon. Ils flottaient mais ils étaient pris au piège, incapables de continuer à descendre la rivière.

— Cela arrive parfois, expliqua Shenora, qui tenait le gouvernail hors de l'eau depuis qu'ils avaient passé la courbe. Il faut s'écarter de la paroi mais ça peut être difficile. Ça l'est encore plus d'essayer de nager. Si vous quittez le radeau, l'eau vous aspire vers le fond. Il faut se dépêcher de sortir de ce tourbillon. Ceux de l'autre radeau seront là bientôt et ils pourraient nous aider, mais ils peuvent aussi être projetés contre le nôtre et se retrouver bloqués eux aussi.

L'homme à la perche glissa la pointe de ses pieds entre les troncs pour les empêcher de glisser et poussa contre la falaise. Son compagnon fit de même, bien que sa rame fût plus courte et moins solide. Elle pouvait se briser à l'endroit où le bois d'élan était attaché au manche en bois.

— Je crois qu'il vous faudrait un coup de main, dit Willamar.

Le Maître du Troc prit une des perches du travois, Jonokol en saisit une autre. Même à quatre, ils durent fournir de gros efforts pour sortir le radeau du tourbillon mais ils finirent par regagner le courant. L'homme à la perche dirigea le radeau vers un rocher émergeant du lit et, avec l'aide de ses compagnons, le maintint à cet endroit.

— Je pense qu'il vaut mieux attendre ici pour voir comment les autres se débrouilleront. Ce passage est plus traître que d'habitude.

— Bonne idée, approuva Willamar. Je ne tiens pas à perdre mes deux apprentis.

Alors même qu'ils parlaient, la deuxième plateforme sortit de la courbe et fut ralentie par le fond du lit comme la première l'avait été, mais le courant l'avait maintenue un peu plus loin de la falaise et elle ne fut pas prise dans le tourbillon. Lorsque ceux du premier radeau virent que le deuxième était passé, ils repartirent. Il y avait encore des rapides à franchir et, à un endroit, le radeau qui suivait heurta un rocher et se mit à tournoyer mais ses occupants réussirent à en reprendre le contrôle.

La Première s'accrochait aux poignées en corde quand elle sentait le radeau se soulever puis s'enfoncer dans l'eau agitée. Cela se produisit plusieurs fois avant qu'ils parviennent à une autre courbe. Au-delà, la Rivière devint subitement calme et la falaise de gauche fit place à une plage de sable sur laquelle on avait construit une sorte d'embarcadère. Le radeau s'en approcha, le rameur lança un cordage autour d'un poteau solidement enfoncé dans la berge. L'homme à la perche lança une autre corde et à eux deux ils amarrèrent le radeau.

— Nous allons faire halte ici pour attendre les autres, annonça l'homme à la perche. En plus, j'ai besoin de me reposer.

— Sûrement, dit la Première. Nous en avons tous besoin.

Le deuxième radeau apparut au moment où ceux du premier en descendaient. Ils aidèrent les autres à amarrer leur embarcation et ses passagers furent eux aussi tout heureux de descendre pour se reposer. Un peu plus tard, Ayla et Jondalar apparurent de derrière la falaise que les radeaux avaient longée. Le temps perdu dans le tourbillon avait permis aux chevaux de combler leur retard.

Ils se saluèrent avec effusion, contents de voir que tous étaient sains et saufs. Un homme de la Onzième Caverne alluma ensuite un feu dans une fosse qui avait manifestement déjà servi à cet usage. Près de la rive, on avait empilé et mis à sécher des pierres lisses et rondes prises dans la rivière. Les pierres sèches chauffaient plus vite quand on les mettait dans le feu et étaient moins dangereuses. L'humidité contenue dans une pierre pouvait la faire exploser si on l'exposait à la chaleur d'un feu. Quelqu'un alla prendre de l'eau à la rivière, la versa dans deux paniers à cuire. Plongés dans l'eau, les galets produisirent un nuage de vapeur et un bouillonnement. On en ajouta jusqu'à obtenir la température de cuisson.

Voyager sur l'eau était beaucoup plus rapide mais ne permettait pas de chasser et de cueillir en chemin et ils durent se contenter de la nourriture qu'ils avaient emportée. De la viande séchée fournissant la base savoureuse d'une soupe fut mise dans l'un des paniers avec des légumes séchés et des restes du mégacéros rôti de la veille. L'eau presque bouillante de l'autre panier servit à amollir des fruits séchés. Ce fut un repas frugal qui leur permit de retourner rapidement aux radeaux pour reprendre leur voyage avant la tombée de la nuit.

Près du confluent avec la Grande Rivière, de nombreux petits affluents vinrent grossir la Rivière et augmenter sa turbulence, mais l'eau ne redevint jamais aussi agitée qu'elle l'avait été dans les rapides. Ils suivirent la rive gauche en direction du sud jusqu'à ce que la Grande Rivière soit en vue, puis maintinrent leurs embarcations au milieu du lit jusqu'au confluent. Les courants contraires des deux cours d'eau avaient créé une barre de sable et de limon qui rendit le passage de l'un à l'autre encore plus périlleux. Tout à coup, ils se retrouvèrent dans un cours d'eau beaucoup plus large, avec un courant puissant qui les entraînait vers les Grandes Eaux. La perche ne servant plus à grand-chose, l'homme qui en était chargé la troqua contre une autre rame attachée près du bord du radeau. Les deux rameurs et Shenora, la femme qui tenait le gouvernail, unirent leurs efforts pour leur faire traverser la rivière au courant rapide. Le second radeau suivait.

Les chevaux et le loup traversèrent à la nage puis longèrent la berge en gardant le radeau en vue. Jondalar songea avec nostalgie aux bateaux utilisés par les Sharamudoï vivant près de la Grande Rivière Mère, là où elle devenait très large et très rapide, mais ces embarcations glissaient sur l'eau. Les plus petites pouvaient être manœuvrées par une seule personne munie d'un aviron à deux pelles. Jondalar avait appris à s'en servir, en dépit d'une ou deux mésaventures. Les plus grandes pouvaient servir à transporter des ballots lourds et plusieurs passagers. Il fallait plus d'une personne pour les faire avancer mais on les dirigeait plus facilement.

Il pensa aussi à la façon dont on les fabriquait. Les Sharamudoï commençaient par prendre un gros tronc d'arbre, l'évidaient avec des braises et des couteaux de pierre, le chauffaient à la vapeur pour l'élargir en son milieu et en effilaient les deux extrémités. Puis on ajoutait aux côtés des planches – appelées « lisses » – qui l'élargissaient encore et qu'on fixait avec des chevilles en bois et des lanières de cuir. Il avait participé à la construction d'une de ces embarcations lorsque Thonolan et lui vivaient chez les Sharamudoï.

— Ayla, tu te souviens des bateaux des Sharamudoï ? Je pourrais en fabriquer un, ou tout au moins essayer, un petit, pour montrer comment faire à la Onzième Caverne. J'ai tenté de le leur expliquer mais ce n'est pas facile d'être clair. Je crois qu'ils comprendraient si j'en faisais un.

— Je serai heureuse de t'aider, répondit-elle. Nous pourrions aussi construire un de ces bateaux ronds utilisés par les Mamutoï. Nous l'avons fait pendant notre Voyage, il contenait toutes nos affaires quand nous l'attachions aux perches de Whinney, en particulier pour traverser les rivières.

Fronçant les sourcils, elle ajouta :

— Mais Zelandoni aura quelquefois besoin de moi.

— Je sais. Ne te tracasse pas, je pourrai faire appel à mes apprentis. Les bateaux ronds sont utiles, mais je crois que j'essaierai d'abord de construire une de ces petites embarcations sharamudoï. Cela prendra plus de temps mais elles sont plus faciles à manœuvrer et cela nous donnerait l'occasion de fabriquer des outils adaptés à ce genre de travail. Si elle plaît autant que je le pense aux membres de la Onzième Caverne, je pourrai l'échanger contre une utilisation future de leurs radeaux, et s'ils décident d'en fabriquer d'autres, ils auront besoin d'outils spécialement conçus pour évider les troncs d'arbres et je conclurai des accords pour de nombreux voyages sur la rivière.

Ayla admira la façon dont Jondalar raisonnait, dont il pensait à l'avenir. Elle savait qu'il se préoccupait toujours d'elle et de Jonayla, ainsi que de son statut parmi les Zelandonii. C'était important pour lui et il avait le sens de ce qu'il devait faire dans chaque situation pour le maintenir. Sa mère, Marthona, avait ce même souci et il le tenait manifestement d'elle. Ayla comprenait cette notion de statut, qui comptait peut-être davantage encore au Clan, mais pour elle, ce n'était pas essentiel. Si elle avait toujours joui d'un certain statut parmi tous les peuples, elle n'avait jamais dû se battre pour l'acquérir et elle n'était pas sûre qu'elle saurait comment s'y prendre.

Le courant poussa les radeaux vers l'aval avant qu'ils atteignent l'autre côté. Le soleil était alors déjà bas sur l'horizon et tous furent soulagés lorsque les deux plateformes parvinrent à la rive opposée. Pendant que les autres installaient le camp, les deux jeunes apprentis de Willamar partirent à la chasse avec Jondalar et Loup. Il restait encore un peu de rôti de mégacéros, mais il ne durerait pas longtemps et ils avaient envie de viande fraîche.

Peu après s'être mis en route, ils aperçurent un bison mâle solitaire mais il les repéra et s'enfuit trop vite pour qu'ils puissent le suivre. Loup débusqua deux lagopèdes au nid, resplendissants dans leur plumage d'été. Jondalar en abattit un avec son lance-sagaie, Tivonan manqua l'autre et Palidar ne fut pas assez rapide pour utiliser son propulseur. Un lagopède ne suffirait pas à nourrir tout le monde, mais il commençait à faire noir et ils reprirent la direction du camp.

Jondalar entendit alors un jappement et, se retournant, vit Loup tenant en respect un jeune bison mâle. Il était moins grand que le premier et n'avait probablement quitté le troupeau maternel que depuis peu de temps pour rejoindre les jeunes mâles qui formaient de plus petits troupeaux à cette période de l'année. Aussitôt Jondalar saisit son propulseur, et Palidar l'imita, cette fois. Pendant que les trois hommes approchaient de leur proie, Tivonan parvint lui aussi à armer son lance-sagaie.

Le jeune bison inexpérimenté concentrait son attention sur le loup, qu'il craignait d'instinct, et ne se méfiait pas des prédateurs à deux pattes, qu'il ne connaissait pas. Jondalar, le plus efficace avec un propulseur, lança sa sagaie aussitôt après l'avoir placée dans l'instrument. Les deux autres mirent un peu plus de temps pour viser. Palidar tira en deuxième, suivi par Tivonan. Les trois projectiles touchèrent leur cible et l'animal s'effondra. Les deux jeunes apprentis poussèrent un cri de triomphe puis chacun d'eux saisit une des pattes avant par le sabot et ils traînèrent le bison vers le camp. Il fournirait assez de viande pour plusieurs repas des quatorze adultes, ainsi que de Loup, qui avait à coup sûr mérité sa part.

— Cette bête peut vraiment être utile, parfois, commenta Palidar en regardant l'animal, dont l'oreille était inclinée selon un angle bizarre.

Cette particularité distinguait Loup de tous les carnivores de son espèce et Palidar savait à quoi il la devait. C'était lui qui était avait arrivé le premier, l'année précédente, sur le lieu d'un combat de loups où gisaient les corps déchirés d'une femelle et d'un mâle que Loup avait réussi à tuer. Palidar avait pris un morceau de peau pour en décorer un sac mais, lorsqu'il avait rendu visite à son ami Tivonan, Loup avait senti l'odeur de l'animal et s'était avancé en grondant vers le jeune homme. Même Ayla avait eu du mal à l'éloigner de Palidar.

Les membres de la Neuvième Caverne avaient été stupéfaits car ils n'avaient jamais vu Loup faire mine d'attaquer un humain, mais Ayla avait remarqué le morceau de fourrure cousu sur le sac de Palidar, et après qu'il eut expliqué comment il se l'était procuré, elle avait compris. Elle lui avait demandé ce morceau de peau et l'avait jeté à Loup, qui l'avait mordu jusqu'à ce qu'il soit déchiqueté. Palidar avait conduit Ayla à l'endroit où il avait trouvé les deux cadavres, beaucoup plus loin qu'elle ne l'avait supposé. Elle avait été étonnée que Loup, blessé, eût réussi à se traîner sur une telle distance pour la rejoindre.

Elle avait expliqué à Palidar ce qui s'était probablement passé. Elle savait que Loup s'était trouvé une compagne solitaire et que le couple essayait sans doute de se tailler un territoire. Manifestement, la meute locale était trop puissante et Loup et sa compagne trop jeunes. Loup avait un autre désavantage : il n'avait pas été élevé avec une portée de louveteaux qui apprennent à se battre en jouant.

Sa mère était une louve qui avait eu sa période de chaleur en dehors de la saison et avait été chassée de la meute par la femelle dominante. Elle avait rencontré un vieux mâle qui avait quitté sa meute et peinait à survivre. Il avait été revigoré un temps d'avoir une jeune femelle pour lui seul mais était mort avant la fin de l'hiver, la laissant élever seule sa portée alors que la plupart des autres mères auraient eu l'aide de la meute.

Lorsque Ayla l'avait trouvé, Loup n'avait que quatre semaines et il était le dernier rescapé de la portée. C'était à cet âge qu'une mère louve aurait normalement amené ses petits hors de sa tanière pour qu'ils prennent l'empreinte de la meute. Au lieu de quoi, Loup avait pris l'empreinte de la meute humaine des Mamutoï, avec Ayla comme mère. Il n'avait pas connu ses frères loups, il n'avait pas été élevé avec d'autres louveteaux, il avait été élevé par Ayla avec les enfants du Camp du Lion. Comme une meute de loups et un groupe humain présentaient de nombreux traits communs, il s'était adapté à la vie avec des hommes.

Après le combat, Loup avait réussi à se traîner assez près du camp de la Neuvième Caverne pour qu'Ayla le retrouve. Presque tous les participants à la Réunion d'Eté avaient souhaité qu'il guérisse. La Première avait même aidé Ayla à soigner ses blessures. Ayla avait recousu l'oreille déchirée, qui était, depuis, légèrement inclinée. Cela lui donnait un air canaille qui faisait sourire quand on le voyait.

Le Site Sacré que la Première voulait visiter était une grotte ornée se trouvant à plusieurs jours de marche au sud-est. Et les membres de la Onzième Caverne durent manœuvrer dans le même courant rapide pour traverser de nouveau la Grande Rivière. Il fallait la remonter sur une certaine distance pour atteindre l'autre rive, près du confluent avec la Rivière, qu'ils emprunteraient pour rentrer. Les deux groupes avaient pour destination une Caverne située, expliqua-t-on à Ayla, près du confluent d'un autre cours d'eau avec la Grande Rivière. Cette petite rivière prenait sa source dans une hauteur du Sud proche du lieu sacré que la Première voulait faire visiter à son acolyte. Ils prirent la direction de l'est en remontant la Grande Rivière le lendemain matin.

La Onzième n'était pas la seule Caverne qui utilisait des radeaux pour parcourir sur l'eau le territoire des Zelandonii. Des générations plus tôt, d'autres descendants des ancêtres fabricants de radeaux qui avaient fondé la Onzième Caverne avaient décidé d'établir une nouvelle Caverne de l'autre côté de la Grande Rivière, près de l'endroit d'où ils repartaient généralement. Ils avaient souvent campé dans la région, cherchant des grottes et des abris lorsque le temps devenait mauvais, et avaient exploré les environs quand ils partaient pour la chasse ou la cueillette.

Plus tard, pour les raisons habituelles – trop de monde dans le foyer, un désaccord avec la compagne du frère ou de l'oncle –, un petit groupe était parti fonder une nouvelle Caverne. Il y avait encore bien plus de terres inhabitées que de groupes humains pour les peupler. Pour la Caverne d'origine, c'était un avantage d'avoir à proximité un endroit où elle trouverait des amis, de la nourriture et un abri où dormir. Les deux groupes, étroitement liés, avaient trouvé des moyens d'échanger des biens et des services et la nouvelle Caverne avait prospéré. Elle avait pris le nom de Première Caverne des Zelandonii dans les Terres Situées au Sud de la Grande Rivière, raccourci avec le temps en Première Caverne des Zelandonii du Sud.

La doniate voulait s'entendre avec ses membres pour traverser au retour et les prévenir qu'un autre groupe qui projetait de la rejoindre viendrait de l'autre berge de la Grande Rivière. Elle désirait aussi discuter avec leur Zelandoni, une femme qu'elle connaissait déjà du temps où elle n'était qu'acolyte. Puis les voyageurs se sépareraient. Les membres de la Onzième Caverne traverseraient la Grande Rivière dans l'autre sens tandis que, partant du même endroit, le groupe du Périple de Doniate remonterait le petit affluent jusqu'à la grotte peinte.

Voyager sur l'eau impliquait quelquefois de porter le radeau pour contourner un obstacle : des rapides particulièrement violents, une chute d'eau ou un passage où l'eau était si basse que l'embarcation raclait le lit de la rivière. C'est pourquoi on ajoutait aux plateformes de minces rondins servant de poignées qui permettaient à ceux qui les manœuvraient de les porter. Cette fois, les voyageurs les aidèrent, ce qui facilita la tâche. Les rames, les gouvernails et les perches furent chargés sur les travois tirés par les chevaux, ainsi que les tentes de voyage et le reste du matériel. Marchant lentement le long de la berge, tous avaient fourré leurs affaires personnelles dans leur sac à dos et portaient les radeaux à tour de rôle.

Alors qu'ils progressaient vers l'est sur la rive gauche, côté sud de la Grande Rivière, ils surent qu'ils approchaient du confluent avec la Rivière quand ils arrivèrent à la première de deux grandes boucles de la Grande Rivière. Parvenus au bas de la première, ils ne longèrent plus le cours d'eau. Cela aurait représenté une distance beaucoup plus grande alors qu'il leur suffisait de continuer tout droit pour rejoindre le bas de la seconde boucle. Ils suivirent un sentier qui était à l'origine une simple piste d'animaux et que le passage de nombreux humains avait élargi. A l'endroit où il bifurquait, une branche partait vers le nord le long de l'eau, l'autre vers l'est à travers les terres. C'était la seconde qui était la plus fréquentée.

Une fois au bas de la seconde boucle, ils suivirent la Grande Rivière uniquement jusqu'à ce qu'elle reprenne la direction du nord. Les deux sentiers qui partaient de cet endroit, l'un vers l'est, l'autre vers le nord, montraient les traces d'une égale fréquentation. C'était l'extrémité nord de la deuxième boucle qui se trouvait en face du confluent avec la Rivière, et ce sentier nord était aussi souvent emprunté que l'autre. En prenant à l'est à travers les terres, ils retrouvèrent la Grande Rivière et la longèrent de nouveau en direction du sud. C'est près de cet endroit qu'ils décidèrent de camper pour la nuit.

Chacun avait fini de manger et la plupart des voyageurs, assis autour du feu, se détendaient avant d'aller se coucher dans leur tente, sous leur fourrure de couchage. Ayla resservait Jonayla en écoutant des jeunes gens de la Onzième parler d'établir une nouvelle Caverne près du lieu où les radeaux avaient fait halte après la première traversée de la Grande Rivière. Ils projetaient de proposer des endroits où dormir et de quoi manger aux voyageurs qui traversaient soit pour continuer vers le sud, soit pour pousser en aval vers l'est. En échange d'un bien ou d'un service faisant l'objet d'un accord préalable, les fabricants de radeaux et leurs passagers recrus de fatigue pourraient se reposer sans avoir à établir d'abord leur camp. Ayla commençait à comprendre comment les communautés humaines se développent et s'étendent, et pourquoi l'envie naît de créer une nouvelle Caverne. Cela semblait tout à coup parfaitement raisonnable.

Il leur fallut une journée de plus pour rejoindre la Première Caverne des Zelandonii du Sud. Ils y arrivèrent en fin d'après-midi et Ayla pensa qu'il était effectivement plus commode d'avoir un endroit où dérouler sa fourrure de couchage sans devoir planter une tente, où prendre un repas déjà préparé. Les membres de cette communauté voyageaient et chassaient pendant la saison chaude comme toutes les autres Cavernes et une partie seulement de ses membres était présente, mais ce nombre était plus élevé en proportion que celui de la plupart des autres Cavernes. Restaient non seulement ceux qui n'étaient pas en état de voyager mais aussi ceux qui se rendaient disponibles pour offrir leurs services.

Les voyageurs furent invités à passer quelques jours de plus avec les Zelandonii du Sud, qui avaient entendu parler d'un loup et de chevaux obéissant à une étrangère ramenée par un membre de la Neuvième Caverne au terme d'un long Voyage. Ils furent étonnés de découvrir qu'une grande partie de ce qu'ils croyaient être des exagérations était en fait vrai. Ils se sentaient en outre honorés d'accueillir la Première parmi Ceux Qui Servaient la

Grande Terre Mère. Tous les Zelandonii, même ceux qui la voyaient rarement, lui reconnaissaient ce rang, mais un membre de la Caverne mentionna une autre femme qui vivait près d'une grotte située beaucoup plus au sud et qui était également très respectée. La Première sourit : elle avait entendu parler de cette femme et comptait la voir.

Ceux que la Caverne du Sud connaissait le mieux, c'étaient les rameurs de la Onzième et le Maître du Troc de la Neuvième. Willamar était souvent passé par cet endroit au cours de ses voyages. Les deux Cavernes de Zelandonii qui construisaient et manœuvraient les radeaux avaient beaucoup d'histoires à raconter et de connaissances à partager, aussi bien l'une avec l'autre qu'avec tous ceux qui se montraient intéressés. Ils expliquèrent certaines techniques de fabrication que Jondalar écouta avec une grande attention.

Il parla des bateaux sharamudoï, sans toutefois entrer dans les détails puisqu'il avait décidé d'en fabriquer un plutôt que de fournir des explications. Sa réputation de tailleur de silex était établie et il fut heureux de montrer certaines de ses méthodes quand on le lui demanda. Il expliqua aussi comment il avait mis au point le propulseur, dont l'usage se répandait rapidement, et, avec Ayla, fit voir comment maîtriser cet instrument de chasse efficace. Ayla montra aussi son habileté à la fronde.

Willamar narra quelques-unes de ses aventures de Maître du Troc avec un talent de conteur qui captiva son auditoire. La Première saisit l'occasion d'instruire le groupe en récitant ou en chantant de sa voix impressionnante plusieurs Histoires et Légendes Anciennes des Zelandonii. Un soir, elle persuada Ayla de déployer sa virtuosité dans l'imitation des cris d'animaux et des chants d'oiseaux. Après avoir raconté une histoire sur le Clan, Ayla expliqua comment communiquer dans la langue des signes et, avant longtemps, tout le groupe tenait des conversations simples sans émettre un son. C'était à la fois un amusement et l'apprentissage d'un langage secret.

Jonayla était une fillette adorable que tous prenaient plaisir à divertir et, seul enfant du groupe, elle se retrouvait au centre de l'attention. Loup également, parce qu'il laissait les membres de la Onzième le toucher et le caresser, mais plus encore parce qu'il obéissait aux ordres de ceux qu'il connaissait, en premier lieu Ayla, Jondalar et Jonayla. Tous étaient aussi intrigués par le pouvoir des trois visiteurs sur leurs chevaux. Whinney, douce et docile, était sans doute la plus proche d'Ayla. Jondalar guidait avec une grande maîtrise l'étalon plus fougueux qu'il appelait Rapide, mais le plus stupéfiant, c'était la façon dont la petite Jonayla montait Grise, la jeune jument, et s'occupait d'elle, bien qu'il fallût encore l'aider à grimper sur son dos.

Ayla et Jondalar laissèrent aussi quelques personnes monter les chevaux, en particulier les deux juments. L'étalon pouvait se montrer difficile avec des inconnus, surtout s'ils étaient nerveux. Les membres de la Onzième Caverne s'intéressèrent beaucoup à l'utilité des chevaux pour transporter des choses lourdes. Les fabricants de radeaux comprenaient mieux que personne les problèmes de transport mais se rendaient également compte du soin qu'il fallait prendre des bêtes même quand on ne les utilisait pas. On n'avait pas besoin de nourrir un radeau ni de lui donner à boire, il suffisait de l'entretenir, de le réparer et de le porter à l'occasion.

Le souvenir des jours passés ensemble rendit tristes les voyageurs et les membres de la Onzième Caverne lorsqu'ils durent se séparer. Ils avaient traversé ensemble des moments difficiles sur l'eau ; sur terre, ils avaient partagé les efforts du portage. Chacun avait accompli sa part pour installer le camp, chasser et cueillir, s'acquitter des corvées de la vie quotidienne. Ils avaient échangé des histoires et des techniques, noué une amitié qu'ils espéraient faire revivre plus tard. En partant pour le sud, Ayla éprouva un sentiment de perte. Les membres de la Onzième Caverne étaient devenus une partie de sa famille.

20

Poursuivre la route dans un groupe réduit de moitié présentait des avantages. Le voyage semblait plus facile. Il y avait moins de choses à régler et pas de radeaux à porter, moins de nourriture à trouver, moins de bois ou autre combustible à ramasser pour la faire cuire, moins d'outres à remplir, moins d'espace nécessaire pour installer le camp, ce qui leur offrait un plus grand choix. Leurs nouveaux amis leur manquaient mais ils progressèrent plus vite et ne tardèrent pas à établir une nouvelle routine plus efficace. La petite rivière leur assurait une source d'eau constante et sa berge constituait une piste facile à suivre, quoique en pente la plupart du temps.

Ceux qui vivaient près du lieu sacré suivant que la Première voulait montrer à Ayla constituaient une branche de la Première Caverne du Sud. En chemin, la doniate tendit le bras vers un abri.

— Voilà l'entrée de la grotte peinte dont je t'ai parlé, dit-elle à Ayla.

— C'est un endroit sacré, on ne peut pas aller simplement le visiter ?

— Elle se trouve sur le territoire de la Quatrième Caverne des Zelandonii du Sud, qui considèrent que c'est à eux de l'utiliser et de la montrer. Il y a aussi le problème de ceux qui souhaiteraient y ajouter de nouvelles peintures. Si Jonokol en éprouvait l'envie, les membres de la Quatrième seraient sans doute très heureux, mais il vaudrait mieux qu'il en fasse d'abord la demande. L'un d'eux pourrait avoir l'intention de peindre au même endroit. C'est peu probable, mais si c'était le cas, cela pourrait signifier que le Monde des Esprits a quelque chose à dire à la Zelandonia.

La Première expliqua ensuite qu'il fallait toujours reconnaître le territoire qu'une Caverne considérait comme sien. Aucune ne concevait cependant que la terre puisse appartenir à quelqu'un en particulier. Elle était l'incarnation de la Grande Mère, donnée à tous Ses enfants. Toutefois, les habitants d'une région voyaient leur territoire comme leur foyer. Les autres étaient libres de la traverser à condition de faire preuve de considération et de respecter les usages.

Tout le monde pouvait chasser, pêcher, cueillir la nourriture nécessaire, mais la politesse exigeait de signaler d'abord sa présence à la Caverne locale. C'était particulièrement vrai pour les voisins mais aussi pour les groupes de passage, afin de ne pas perturber les projets éventuels de la Caverne. Si par exemple un guetteur avait repéré l'approche d'un troupeau, si la communauté préparait une grande chasse pour se constituer des réserves de viande en prévision de la saison froide, les esprits risquaient de s'échauffer si des voyageurs poursuivant un seul animal dispersaient tout le troupeau. Si au contraire ils se présentaient à la Caverne locale, celle-ci les invitait le plus souvent à se joindre à la grande chasse et à garder une part du gibier abattu.

Le plupart des Cavernes postaient des guetteurs qui observaient constamment les environs, en particulier pour repérer les troupeaux en migration mais aussi toute activité inhabituelle dans la région, et un groupe voyageant avec un loup et trois chevaux était à coup sûr inhabituel. Surtout si l'une de ces bêtes tirait un travois sur lequel une femme énorme était assise. Lorsque les voyageurs furent en vue du foyer de la Quatrième Caverne des Zelandonii du Sud, un groupe s'était déjà formé pour les accueillir. Après que la femme massive eut quitté son siège, un homme au visage orné de tatouages indiquant son rang de Zelandoni s'avança pour la saluer. Il avait reconnu les tatouages faciaux de la doniate.

— Salutations à la Première parmi Ceux Qui Servent la Grande Terre Mère, entonna-t-il en approchant d'elle, les mains tendues en signe de franchise et d'amitié. Au nom de Doni, Mère bienveillante qui pourvoit aux besoins de tous, soyez les bienvenus.

— Au nom de Doni, Très Généreuse Mère Originelle, je te salue, Zelandoni de la Quatrième Caverne des Zelandonii du Sud, répondit la Première.

— Qu'est-ce qui vous amène si loin au sud ?

— Le Périple de Doniate de mon acolyte.

L'homme vit une superbe femme de haute taille accompagnée d'une ravissante fillette faire un pas vers lui. Il sourit, tendit de nouveau les bras, remarqua alors le loup et regarda autour de lui avec nervosité.

— Je te présente Ayla, de la Neuvième Caverne des Zelandonii, commença la Première avant de réciter les noms et liens les plus importants de son acolyte.

— Sois la bienvenue, Ayla de la Neuvième Caverne, répondit l'homme, tout en s'interrogeant sur la présence d'animaux autour d'elle.

Ayla s'avança, les mains tendues elle aussi.

— Au nom de Doni, Mère de Toute Chose, je te salue, Zelandoni de la Quatrième Caverne des Zelandonii du Sud.

Le doniate s'efforça de masquer la surprise que lui causa l'accent de cette femme. A l'évidence, elle était originaire d'un lieu lointain. Il était rare qu'un étranger soit admis dans la Zelandonia et pourtant cette femme était acolyte de la Première.

Grâce à sa capacité à remarquer de subtiles nuances d'expression, Ayla décela l'étonnement de cet homme et sa tentative pour le dissimuler. La Première s'en aperçut également et retint un sourire. Le Voyage s'annonce intéressant, pensa-t-elle. On parlera longtemps de visiteurs venus avec des chevaux, un loup et un acolyte étranger. Elle estima nécessaire d'éclairer le Zelandoni sur le statut d'Ayla et de lui présenter le reste du groupe. D'un signe, elle invita Jondalar à s'avancer.

— Voici Jondalar, de la Neuvième Caverne des Zelandonii, Maître Tailleur de Silex de cette communauté, frère de Joharran qui en est l'Homme Qui Commande, fils de Marthona qui a été leur Femme Qui Commande, né au foyer de Dalanar, Homme Qui Commande et fondateur des Lanzadonii, compagnon d'Ayla Acolyte de la Première, mère de Jonayla et Protégée de Doni.

Les deux hommes procédèrent à l'échange rituel de salutations en se serrant les deux mains. S'il arrivait qu'on donne aux rencontres ordinaires autant de cérémonial, la Première eut l'impression que le doniate ne manquerait pas de raconter maintes fois l'histoire de cette visite, et si elle avait voulu faire faire ce Périple à Ayla, ce n'était pas uniquement pour lui montrer les sites sacrés du territoire zelandonii mais aussi pour la présenter à un grand nombre de Cavernes. Elle avait pour Ayla des projets que personne d'autre ne connaissait, pas même l'intéressée. Elle fit ensuite signe à Jonokol.

— J'ai proposé à mon ancien acolyte de participer à ce Périple parce que je ne l'ai pas fait quand il n'était encore que Jonokol. C'est maintenant un peintre de talent mais aussi un Zelandoni intelligent et important.

Les tatouages du côté gauche du visage de Jonokol témoignaient de ce qu'il n'était plus simple acolyte. Les Zelandonia se faisaient tatouer sur la partie gauche de la face, le plus souvent le front ou la joue. Les chefs étaient tatoués sur le côté droit et les autres personnes importantes arboraient des symboles au milieu du front, généralement plus petits.

Jonokol s'avança et se présenta :

— Je suis le Zelandoni de la Dix-Neuvième Caverne et je te salue, Zelandoni de la Quatrième Caverne des Zelandonii dans les Terres Situées au Sud de la Grande Rivière.

— Je te salue, sois le bienvenu ici.

Willamar fut le suivant :

— Je suis Willamar des Zelandonii, compagnon de Marthona, ancienne Femme Qui Commande de la Neuvième Caverne et mère de Jondalar. Je suis connu pour être le Maître du Troc de la Neuvième Caverne et j'ai amené mes deux apprentis.

Les deux jeunes gens procédèrent eux aussi aux salutations.

— Je suis déjà venu ici une fois et j'ai vu votre remarquable lieu sacré, reprit Willamar. Cette expédition de troc est ma dernière. Désormais, ce sont ces deux hommes que tu verras. J'ai connu le Zelandoni qui t'a précédé, est-il encore doniate ?

C'était en fait une façon de demander s'il était encore en vie. L'ancien Zelandoni était de la même génération que Willamar, peut-être un peu plus âgé, alors que le doniate actuel était jeune.

— Oui, il est à la Réunion d'Eté, mais sa santé n'est pas bonne. Comme toi, il envisage de renoncer à ses fonctions. L'année prochaine, il restera ici pour prendre soin de ceux qui ne peuvent pas se rendre à la Réunion. Mais toi qui parais bien portant, pourquoi cèdes-tu la place à ces jeunes gens ?

— Il est possible de continuer quand on n'est pas obligé de quitter sans cesse sa région, mais un Maître du Troc voyage, et pour être franc je suis las des voyages. Je souhaite passer plus de temps avec ma compagne et ma famille.

Indiquant Jondalar, Willamar poursuivit :

— Ce jeune homme n'est pas né à mon foyer mais pour moi, c'est tout comme. Il y a vécu depuis qu'il savait à peine marcher. Je me suis demandé un moment s'il arrêterait de grandir.

Il sourit au grand homme blond.

— Il en va de même pour Ayla, sa compagne. Marthona est la grand-mère de remarquables enfants, dont cette jolie fillette dont je me sens l'aïeul. Marthona a également une fille qui est l'enfant de mon foyer et qui est en âge de s'unir. Je suis impatient d'être l'aïeul de ses enfants. Voilà pourquoi il est temps que je renonce aux voyages.

Ayla avait écouté avec intérêt l'explication de Willamar. Elle avait deviné qu'il voulait passer plus de temps avec Marthona mais elle ne s'était pas rendu compte de la force de son attachement pour les enfants de sa compagne et leurs enfants, ainsi que pour Folara, l'enfant de son foyer. Elle prit conscience qu'il devait encore souffrir de la perte de Thonolan, fils de son foyer, mort au cours du Voyage entrepris avec Jondalar.

La Première en finit avec les présentations :

— Nous avons aussi une jeune femme qui nous accompagne pour retourner à sa Caverne. Son compagnon vivait près de chez nous. Il l'avait rencontrée pendant un Voyage et l'avait ramenée, mais il parcourt à présent le Monde d'Après. Voici Amelana, des Zelandonii du Sud.

L'homme regarda la jeune femme et sourit. Il la trouva jolie et devina qu'elle était enceinte, non parce que cela se voyait déjà beaucoup mais parce qu'il avait le sens de ces choses. Il tendit les bras vers elle.

— Au nom de Doni, tu es la bienvenue, Amelana des Zelandonii du Sud.

Il aurait voulu la conduire tout de suite à un endroit où elle pourrait s'asseoir mais il devait d'abord dire un mot de ceux qui étaient absents.

— Notre Femme Qui Commande n'est pas ici. Elle est à la Réunion d'Eté avec les autres.

— Je m'en doutais, répondit la Première. Où se tient-elle cette année ?

— A trois ou quatre jours de marche vers le sud, au confluent de trois rivières, intervint l'un des chasseurs restés pour aider les vieux et les malades. Je peux t'y conduire ou aller la chercher. Elle s'en voudrait de t'avoir manquée.

— Désolée, nous ne pouvons pas rester aussi longtemps. J'ai prévu un long Périple de Doniate pour mon acolyte et le Zelandoni de la Dix-Neuvième Caverne : jusqu'aux montagnes centrales puis loin à l'est. Nous tenons à visiter votre grotte sacrée, elle est très importante, mais nous devons en voir beaucoup d'autres pour que notre voyage soit complet. Peut-être qu'au retour... Attends, au confluent de trois rivières, dis-tu ? N'est-ce pas près d'un lieu sacré, une vaste grotte richement ornée ?

— Si, bien sûr, répondit le chasseur.

— Alors, je crois que nous verrons votre Femme Qui Commande. J'ai inclus la visite de cette grotte dans notre périple.

La Première se félicita d'une coïncidence qui lui permettrait de présenter Ayla à de nombreuses autres Cavernes.

— J'espère que vous mangerez au moins avec nous ce soir et que vous passerez la nuit ici, dit le Zelandoni.

— Avec plaisir. Merci de ton invitation. Où veux-tu que nous installions notre camp ?

— Nous avons une hutte pour les visiteurs, mais je dois d'abord aller y regarder. Comme nous sommes peu nombreux ici, nous ne l'utilisons pas en ce moment. Je ne sais pas dans quel état elle est.

En hiver, lorsqu'une Caverne, communauté semi-sédentaire dont les membres vivaient ensemble, le plus souvent une famille élargie, occupait l'abri de pierre qu'elle considérait comme son foyer, elle avait tendance à se répartir en habitations plus petites, se dispersant un peu. En été, ceux qui restaient préféraient se regrouper. Des constructions habitées pendant la saison froide étaient désertées, ce qui incitait de petits animaux comme les souris, les campagnols, les tritons, les crapauds, les serpents, ainsi que diverses araignées, à s'y installer.

— Montre-la-nous. Nous la nettoierons et elle fera l'affaire, j'en suis certaine, assura la Première. Nous avons monté nos tentes toutes les nuits depuis notre départ. Un abri sera un changement bienvenu.

— Je veux au moins vérifier qu'il y a de quoi faire du feu, déclara le Zelandoni en se dirigeant vers la hutte.

Les voyageurs le suivirent. Une fois installés, ils se rendirent là où s'étaient rassemblés ceux qui n'étaient pas partis pour la Réunion d'Eté. Une visite était généralement un événement bienvenu, une distraction, excepté pour ceux qui étaient trop malades pour se lever. La Première se faisait toujours un devoir de passer voir ceux qui n'étaient pas en bonne santé. Le plus souvent, elle ne pouvait pas grand-chose pour eux, mais la plupart appréciaient cette attention et parfois elle parvenait à les aider. Ils étaient généralement très âgés, ou malades, ou blessés, ou au dernier stade d'une grossesse difficile. On les avait laissés à la Caverne mais pas abandonnés. Des proches, parents ou amis, faisaient en sorte qu'il y ait quelqu'un pour s'occuper d'eux et le chef de la Caverne désignait des chasseurs qui, à tour de rôle, les ravitaillaient et servaient de messagers en cas de besoin.

La Caverne prépara un repas commun, auquel les visiteurs apportèrent leur contribution. On était proche de la période des plus longs jours de l'année et après que tous eurent mangé la Première suggéra à Ayla et au Zelandoni de la Dix-Neuvième – qu'Ayla continuait à appeler Jonokol la plupart du temps – de profiter de ce qu'il faisait encore clair pour aller voir ceux qui n'avaient pas pris part au repas parce qu'ils étaient malades ou affaiblis. Ayla laissa Jonayla avec Jondalar mais Loup l'accompagna.

Personne n'avait de problème immédiat dont on ne se serait pas occupé. Un jeune homme avait une jambe brisée mal remise en place, mais il était trop tard pour y faire quoi que ce soit. Elle était presque guérie et il pouvait marcher, quoique en boitant. Une femme avait été gravement brûlée aux bras et aux mains, ainsi qu'à certaines parties du visage. Elle aussi était presque guérie mais, à cause de ses cicatrices, elle avait décidé de ne pas aller à la Réunion d'Eté. Elle n'était même pas venue accueillir les visiteurs. Son cas nécessite des soins d'une autre nature, pensa la doniate. Le reste se composait principalement de vieux qui avaient mal aux genoux, aux chevilles, aux hanches, qui respiraient difficilement ou avaient des vertiges, entendaient ou voyaient si mal qu'ils avaient renoncé à faire une marche de trois jours, mais ils étaient heureux de recevoir des visiteurs.

Ayla passa un moment avec un homme presque sourd et ceux qui s'occupaient de lui. Elle leur montra des signes simples de la langue du Clan grâce auxquels il pourrait exprimer ses besoins et comprendre leurs réponses. Dès qu'il eut saisi ce qu'elle tentait de faire, il apprit rapidement. Plus tard, le Zelandoni de la Caverne lui confia que c'était la première fois depuis longtemps qu'il le voyait sourire.

Comme ils sortaient de l'habitation construite sous le surplomb rocheux, Loup s'éloigna d'Ayla pour aller flairer autour d'une autre construction installée dans un coin. Une femme poussa un cri de peur. Laissant les autres, Ayla alla immédiatement voir ce qui se passait et découvrit une femme recroquevillée sur elle-même, la tête et les épaules en partie dissimulées par une couverture souple en peau de daim. Allongé sur le ventre, Loup gémissait faiblement. Ayla s'accroupit près de lui et attendit, puis s'adressa à la femme effrayée :

— Ce n'est que Loup.

Comme elle avait employé le mot mamutoï pour désigner l'animal, la femme brûlée, n'entendant qu'un son étrange, se rencogna plus encore.

— Il ne te fera aucun mal, poursuivit Ayla en passant un bras autour de Loup. Je l'ai trouvé alors qu'il n'avait que quelques semaines et il a grandi avec les enfants du Camp du Lion des Mamutoï.

Ces autres mots peu familiers éveillèrent malgré elle la curiosité de la femme. Ayla entendit que sa respiration se calmait.

— Il y avait dans ce camp mamutoï un jeune garçon que la compagne de l'Homme Qui Commande avait adopté. Certains le traitaient d'abomination, mélange d'un membre du Clan – une Tête Plate – et d'un d'entre eux, mais Nezzie avait du cœur. Elle allaitait son propre enfant et après la mort de la femme qui avait donné naissance au garçon, elle le nourrit également. Elle ne pouvait laisser Rydag passer lui aussi dans le Monde d'Après. Mais il était faible, incapable de parler comme nous.

« Ceux du Clan s'expriment surtout par gestes. Ils ont des mots mais pas autant que nous et ils n'arrivent pas à prononcer un grand nombre des nôtres. J'ai perdu ma famille dans un tremblement de terre mais j'ai eu la chance d'être recueillie par une femme du Clan, qui m'a élevée. J'ai appris leur langue en grandissant. Voilà pourquoi je parle d'une manière différente, surtout pour certains mots. J'ai beau faire des efforts, je n'arrive toujours pas à émettre certains sons.

Malgré l'obscurité, Ayla remarqua que la femme avait laissé la couverture glisser le long de son visage et qu'elle écoutait attentivement. Loup continuait à geindre en tentant de se rapprocher.

— Lorsque j'ai ramené Loup au Camp du Lion, il a noué une relation spéciale avec ce garçon faible. Je ne sais pas pourquoi mais Loup aime aussi les bébés et les jeunes enfants. Il les laisse le malmener, tirer sur ses poils, et ne se plaint jamais. C'est comme s'il savait qu'ils ne le font pas exprès. Il a avec eux une attitude très protectrice. On peut trouver cela étrange, mais c'est ainsi que font les loups avec leurs petits. Toute la meute protège les jeunes et Loup se montrait particulièrement protecteur envers ce garçon.

« Je crois qu'il ressent la même chose pour toi. Il sait que tu as été brûlée, il veut te protéger. Regarde, il essaie de s'approcher de toi mais il le fait très lentement. As-tu déjà touché un loup vivant ? Sa fourrure est douce par endroits, rêche à d'autres. Si tu veux, je te montre.

Sans prévenir, Ayla prit la main de la jeune femme et avant qu'elle ait pu se libérer la plaça sur la tête de l'animal, qui posa doucement sa tête sur la jambe de la brûlée.

— Il est chaud, n'est-ce pas ? Et il aime qu'on le gratte derrière les oreilles.

Lorsque la femme commença à caresser Loup, Ayla lui lâcha la main. Elle avait senti les cicatrices, la rugosité de la peau qui s'était tendue en guérissant, mais la femme semblait avoir recouvré l'usage de son bras.

— Comment est-ce arrivé ? demanda Ayla. Tes brûlures ?

— J'avais mis des pierres chaudes dans un panier à cuire et j'en avais ajouté jusqu'à ce que l'eau commence à bouillir. Quand j'ai voulu le porter ailleurs, il a craqué et l'eau m'a aspergée. Quelle bêtise ! Je savais que ce panier était usé, j'aurais dû cesser de m'en servir, mais je voulais simplement me faire une tisane et il était à portée de main.

Ayla hocha la tête.

— Parfois, nous ne prenons pas le temps de réfléchir. Tu as un compagnon ? Des enfants ?

— Oui, j'ai un compagnon, et des enfants, un garçon et une fille. Je lui ai dit de les emmener à la Réunion d'Eté, il n'y a aucune raison de leur faire payer ma stupidité. C'est de ma faute si je ne peux plus y aller.

— Pourquoi ne pourrais-tu pas ? Tu peux encore marcher, non ? Tu n'as pas été brûlée aux jambes ni aux pieds.

— Je ne veux pas que les gens regardent avec pitié mon visage et mes mains couturés, répliqua-t-elle rageusement, les larmes aux yeux.

Elle écarta sa main de Loup et remit la couverture sur sa tête.

— Certains te regarderont avec pitié mais nous avons tous des accidents, et des gens naissent avec des problèmes plus graves. Tu ne dois pas laisser ces brûlures t'empêcher de vivre. Ton visage n'est pas si marqué et avec le temps les cicatrices pâliront et se verront moins. Tu as été plus gravement brûlée aux mains, et sans doute aussi aux bras, mais j'ai vu que tu peux te servir de tes mains.

— Pas comme avant.

— Cela reviendra.

— Comment sais-tu autant de choses ? Qui es-tu ?

— Je suis Ayla, de la Neuvième Caverne des Zelandonii, répondit la compagne de Jondalar, qui tendit les bras pour les salutations rituelles et entama la récitation de ses noms et liens. Acolyte de la Première parmi Ceux Qui Servent la Grande Terre Mère...

Lorsqu'elle eut terminé, la femme, manquant à tous les usages, s'exclama :

— Son acolyte ? Son premier acolyte ?

— Son seul acolyte. Le précédent nous accompagne, il est à présent Zelandoni de la Dix-Neuvième Caverne. Nous sommes venus visiter votre grotte sacrée.

La femme se rendit compte qu'elle allait devoir tendre les bras et prendre les mains de cette jeune femme remarquable. C'était une des raisons pour lesquelles elle n'avait pas voulu se rendre à la Réunion d'Eté : l'obligation de montrer non seulement son visage mais aussi ses mains à tous ceux qu'elle rencontrerait. Baissant la tête, elle songea à les dissimuler sous la couverture, à prétendre qu'elle ne pouvait pas procéder à des présentations rituelles, mais l'acolyte avait déjà touché l'une de ses mains et savait que ce n'était pas vrai. Finalement, après une longue inspiration, elle repoussa la couverture et tendit ses deux mains gravement brûlées.

— Je suis Dulana, de la Quatrième Caverne des Zelandonii du Sud... commença-t-elle.

Ayla écouta la liste des noms et liens en se concentrant sur le contact de ces mains à la peau hérissée de crêtes, et probablement encore un peu douloureuses.

— ... nom de Doni, je te souhaite la bienvenue, Ayla de la Neuvième Caverne des Zelandonii.

— Tes mains te font encore mal ? Si c'est le cas, une infusion d'écorce de bouleau te soulagera. J'en ai avec moi.

— Notre Zelandoni m'en a donné mais je ne savais pas si je devais continuer à en prendre.

— Si la douleur persiste, fais-le. Cela les rendra aussi moins rouges. Je pense également que tu pourrais – toi ou quelqu'un que tu connais – fabriquer des mitaines avec une peau souple, une peau de lapin, par exemple. Ainsi, quand tu rencontreras des gens, ils ne remarqueront probablement pas que tes mains sont un peu rugueuses. As-tu du suif blanc et pur ? Je peux te faire une crème adoucissante, y ajouter peut-être un peu de cire d'abeille, et des pétales de rose pour qu'elle sente bon. J'en ai aussi. Tu pourrais la faire pénétrer dans tes mains en frottant, en mettre sur ton visage pour amollir les cicatrices et les rendre moins visibles.

Soudain, Dulana fondit en larmes.

— Qu'est-ce qu'il y a ? demanda Ayla. J'ai dit quelque chose qui t'a bouleversée ?

— Non. C'est juste la première fois que quelqu'un me redonne espoir, répondit Dulana en sanglotant. Tu m'as presque convaincue que mes cicatrices n'ont pas d'importance, que personne ne les remarquera. Notre Zelandoni a essayé de m'aider, lui aussi, mais il est jeune, et ce n'est pas un guérisseur très doué.

Elle s'interrompit, regarda Ayla dans les yeux.

— Je sais maintenant pourquoi la Première t'a choisie pour acolyte bien que tu ne sois pas née chez les Zelandonii. Elle est la Première et tu es Premier Acolyte. C'est comme ça que je dois t'appeler ?

Ayla eut un mince sourire.

— Je sais qu'un jour je devrai probablement renoncer à mon nom pour me faire appeler « Zelandoni de la Neuvième Caverne » mais pas trop tôt, j'espère. J'aime qu'on m'appelle Ayla. C'est mon nom, celui que ma vraie mère m'a donné. C'est la seule chose qui me reste d'elle.

— Ayla, donc. Et comment prononces-tu le nom de cet animal ?

Loup avait de nouveau posé sa tête sur la jambe de Dulana, ce qu'elle trouvait réconfortant.

— Loup, dit Ayla.

Dulana tenta de répéter le mot étrange ; Loup leva la tête et la regarda, comme pour l'encourager dans ses efforts.

— Viens rejoindre les autres, proposa Ayla. Le Maître du Troc est avec nous, il raconte de merveilleuses histoires sur ses voyages, et la Première chantera peut-être une des Légendes Anciennes, elle a une voix magnifique.

— Tu crois ? fit Dulana d'un ton hésitant.

Elle s'était sentie tellement seule dans son coin tandis que tous les autres passaient un bon moment avec les visiteurs. Lorsqu'elle se leva et sortit, Loup la suivit. Tous les membres de sa Caverne, en particulier le Zelandoni, furent étonnés de la voir, et plus encore de constater que le chasseur à quatre pattes semblait vouloir la protéger. C'est à côté d'elle, non d'Ayla ou de Jonayla, qu'il choisit de s'asseoir. La Première coula un regard à son acolyte et lui adressa un discret hochement de tête approbateur.

Le lendemain matin, les visiteurs et une partie de ceux de la Quatrième restés sur place se préparèrent à visiter la grotte peinte voisine. Il y avait dans la région plusieurs refuges de pierre qui abritaient diverses Cavernes, portant généralement chacune leur propre mot à compter, même s'il arrivait que deux ou trois d'entre elles vivant l'une près de l'autre décident de s'unir pour former une seule communauté. La plupart des abris étaient déserts à cause des habituelles activités de la belle saison. Quelques membres des Cavernes proches qui ne s'étaient pas rendus à leur Réunion d'Eté avaient rejoint une Caverne dont le Zelandoni était resté sur place.

Les huit adultes du Périple de Doniate et cinq personnes résidant à la Quatrième Caverne des Zelandonii du Sud – dont deux chasseurs vivant normalement dans l'abri de pierre voisin – composaient le groupe venu visiter le lieu sacré. Dulana avait proposé de garder Jonayla, et Ayla devina que ses enfants lui manquaient. Comme Jonayla était d'accord pour rester avec la jeune femme et que Loup semblait l'être pour rester avec elle et l'enfant, Ayla avait accepté. Bien que sa fille sût marcher, elle n'avait que quatre ans et Ayla la portait encore souvent. Jondalar la relayait parfois, mais elle avait tellement l'habitude de la porter qu'elle eut l'impression d'oublier quelque chose quand ils se mirent en route.

Ils retournèrent au petit abri de pierre que la Première avait indiqué à l'aller. Il donnait à l'est et avait manifestement servi à l'occasion de lieu de vie. Le cercle sombre d'un ancien feu était encore partiellement entouré de pierres. Deux blocs de calcaire détachés d'une paroi ou du plafond avaient été disposés autour pour servir de sièges. Une couverture en cuir déchirée gisait près de quelques grosses branches qui nourriraient un feu toute la nuit une fois qu'il serait bien pris.

L'entrée de la grotte se trouvait à l'extrémité nord de l'abri, sous une partie du surplomb qui s'érodait, et les pierres qui en tombaient formaient un tas devant l'ouverture menant à l'intérieur de la falaise.

Le Zelandoni avait emporté du petit bois, de l'amadou, une planchette et un foret à feu ainsi que quelques lampes en pierre dans un sac à dos qu'il posa près du cercle de cendres. Quand Ayla le vit disposer ce matériel sur le sol, elle plongea la main dans le sac en cuir accroché à la lanière entourant sa taille et y prit deux pierres : un silex taillé en lame grossière et un gros caillou en forme de noix, aux reflets métalliques. Ce dernier présentait une rainure à l'endroit où on le frappait de manière répétée avec la lame de silex.

— Tu me laisses allumer le feu ? dit Ayla.

— Non, je suis doué pour ça, ça ne me prendra pas longtemps, répondit le Zelandoni.

Il entreprit de creuser dans la planchette une encoche où se logerait le foret de bois qu'il ferait ensuite tourner entre ses mains.

— Ça lui en prendra encore moins, déclara Willamar avec un sourire.

— Vous semblez bien sûrs de vous, répondit le jeune Zelandoni, qui se piquait au jeu.

Il était assez fier de son habileté à faire un feu : rares étaient ceux qui étaient capables d'en allumer un plus vite que lui.

— Laisse-la te montrer, suggéra Jonokol.

— Très bien, soupira le jeune doniate en se relevant. Vas-y.

Ayla s'agenouilla près des cendres froides, tourna la tête vers le Zelandoni.

— Je peux me servir de ton amadou et de ton petit bois ?

— Pourquoi pas ?

Ayla se pencha, frappa le morceau de pyrite de fer avec le silex et le jeune Zelandoni crut voir une brève lumière. Ayla frappa de nouveau, projetant cette fois une grosse étincelle sur l'amadou sec. Un filet de fumée s'éleva de l'endroit touché, sur lequel Ayla se mit à souffler. Une flammèche naquit, Ayla l'entretint avec de l'amadou puis avec du petit bois. Lorsque le feu eut pris, elle se redressa. Le Zelandoni la regardait, bouche bée.

— Tu vas gober des mouches, comme ça ! lui lança le Maître du Troc dans un rire.

— Comment as-tu fait ? demanda le doniate local.

— Ce n'est pas très difficile, avec une pierre à feu, répondit Ayla. Je te montrerai avant de repartir, si tu veux.

Après avoir attendu quelques instants pour laisser la démonstration faire pleinement son effet, la Première intervint :

— Allumons les lampes. Je vois que tu en as apporté plusieurs. Il y en a d'autres en réserve à l'intérieur ?

— Généralement. Cela dépend de qui est passé en dernier, répondit le jeune Zelandoni. Mais je n'y compte pas trop.

Il tira de son sac à dos un paquet de mèches entouré d'une peau brute et une corne d'aurochs creuse provenant d'un jeune animal, donc plus maniable que celle d'une bête adulte. L'extrémité large avait été recouverte par plusieurs couches de boyau attachées par un tendon. La corne contenait de la graisse amollie. Il avait aussi fabriqué quelques torches avec des feuilles et des brindilles fixées autour d'un bâton quand elles étaient encore vertes et souples, il avait laissé le tout sécher avant de le plonger dans de la résine de pin chaude.

— C'est une très grande grotte ? demanda Amelana, un peu nerveuse.

— Non, répondit le Zelandoni. Il y a une salle principale à laquelle mène un passage, une autre salle plus petite à gauche et une galerie secondaire à droite. La plupart des zones sacrées se trouvent dans la salle principale.

Il versa de la graisse dans chaque lampe de pierre, ajouta des mèches de champignon séché, les alluma avec une brindille une fois qu'elles eurent absorbé un peu du combustible. Il alluma aussi l'une des torches, remit son matériel dans son sac et l'accrocha à son épaule. Puis il pénétra le premier dans la grotte, l'un des chasseurs fermant la marche pour s'assurer que personne ne se retrouve en difficulté ou ne soit distancé. Le groupe était nombreux et si la grotte n'avait pas été d'un accès relativement facile, la Première n'aurait pas laissé autant de personnes la visiter en même temps.

Ayla se trouvait près de la tête avec la Première, et Jondalar venait derrière. Baissant les yeux un instant, elle remarqua une lame de silex brisée et, un peu plus loin, une autre qui semblait intacte, mais elle les laissa toutes deux sur le sol. Une fois qu'ils eurent franchi l'étroit passage de l'entrée, la grotte s'ouvrit dans les deux directions.

— A gauche, c'est juste une galerie exiguë, expliqua le jeune Zelandoni. Celle de droite conduit à la salle secondaire. Nous irons tout droit, plus ou moins.

Il tenait haut sa torche et, quand Ayla regarda derrière elle, elle vit la file des visiteurs s'étirer dans l'espace élargi. Trois lumières s'y intercalaient, trois porteurs de lampes de pierre. Ils empruntèrent la galerie, laquelle s'incurva légèrement sur la droite puis sur la gauche, la direction restant à peu près la même. Lorsque le passage se rétrécit de nouveau, le doniate fit halte, approcha sa torche de la paroi de gauche, permettant à Ayla de découvrir des traces de griffes.

— A une époque, des ours ont hiberné dans cette grotte mais je n'en ai jamais vu, dit-il.

Devant, des blocs de pierre tombés de la voûte les obligèrent à se remettre sur une seule file. De l'autre côté de l'éboulis, le Zelandoni tint de nouveau sa torche vers la gauche pour éclairer les premiers signes sûrs d'une présence humaine antérieure : des boucles, des courbes tracées avec les doigts ornaient la paroi. Un peu plus loin, la galerie s'élargit de nouveau.

— La salle secondaire se trouve à gauche et n'offre pas grand-chose à part des points rouges et noirs à certains endroits, reprit-il. Malgré leur aspect banal, ils sont chargés de sens mais il faut appartenir à la Zelandonia pour les comprendre. Nous continuons dans la même direction.

Il marcha droit devant lui puis, après quelques pas vers la droite, s'arrêta devant un panneau marqué de traces de doigt à l'ocre rouge et de six empreintes de main noires. Le panneau suivant, plus complexe, montrait des formes humaines, mais floues, presque fantomatiques, et des cerfs séparés par des points. Les visiteurs se regroupèrent autour du panneau énigmatique, vaguement effrayant, qui fit frissonner Ayla. Elle ne fut pas la seule à avoir cette réaction et la grotte devint soudain silencieuse.

A gauche, après une saillie de la roche, une niche s'élargissait en un panneau sur lequel on avait peint en noir, l'un sur l'autre, les contours de deux superbes mégacéros. Celui de devant était un mâle aux bois palmés imposants, au cou épais et musclé, indispensable pour porter une charge aussi lourde. En comparaison, sa tête semblait menue. Pour avoir dépecé ces cerfs géants, Ayla savait que la bosse de leur garrot était un amas serré de tendons et de muscles, eux aussi nécessaires pour un tel poids. Le mégacéros suivant avait également un cou puissant et une bosse au garrot mais pas de bois. Ce pouvait être une femelle mais Ayla pensait plutôt que c'était un autre mâle qui avait perdu sa ramure après le rut automnal. Une fois passée la saison des amours, il n'avait plus besoin de cet étalage majestueux qui prouvait sa force et attirait les femelles, il valait mieux qu'il conserve son énergie pour survivre à l'hiver glacial qui s'abattrait bientôt sur lui.

Ayla admira longuement les mégacéros avant de remarquer soudain le mammouth, à l'intérieur du corps du premier gigantesque cerf. Il n'était pas complet, l'artiste n'avait tracé que la ligne du dos et de la tête, mais cela suffisait. Elle se demanda ce qu'on avait peint en premier, le mammouth ou les mégacéros. Elle étudia de plus près le reste du panneau. Au-dessus du dos du premier cerf, devant la tête du second, des lignes noires représentaient deux autres animaux, eux aussi incomplets : la tête et le cou d'un chamois aux cornes recourbées en arrière, les cornes, vues de face, d'un autre animal de montagne qui pouvait être un bouquetin.

Avançant encore, ils parvinrent à une autre série d'animaux aux contours noirs, dont un troisième mégacéros. Il y avait aussi un cerf plus petit représenté en partie, une chèvre des montagnes, un cheval suggéré par sa crinière hérissée et l'amorce du dos, ainsi qu'une forme à la fois étonnante et effrayante. Partielle elle aussi, elle montrait la partie inférieure d'un corps qui semblait humain, avec trois traits qui pénétraient dans son fessier ou en émergeaient. Avait-on voulu représenter des sagaies, montrer qu'on avait chassé un être humain ? Mais pourquoi une telle image sur la paroi d'une grotte ? Ayla tenta de se rappeler si elle avait déjà vu un animal représenté percé de sagaies. Ou avait-on voulu montrer quelque chose qui sortait du corps ? Le derrière n'est pas une cible logique pour un chasseur, pensa-t-elle. Une sagaie dans les fesses ou même dans le bas du dos n'est pas fatale. Peut-être avait-on cherché à représenter une douleur dans le dos aussi vive qu'un coup de sagaie.

Elle secoua la tête : elle aurait beau avancer des hypothèses, elle ne connaîtrait jamais la véritable explication.

— Qu'est-ce que ces traits signifient ? demanda-t-elle au Zelandoni local en indiquant la forme humaine.

— Tout le monde se pose la question, personne ne sait. Cette image a été peinte par les Ancêtres.

Il se tourna vers la Première.

— Tu connais la réponse ?

— On n'en fait pas mention dans les Histoires et Légendes Anciennes mais je peux au moins dire ceci : le sens de toutes les images d'un lieu sacré est rarement évident. Tu as toi-même appris, en pénétrant dans le Monde des Esprits, que les créatures diffèrent souvent de ce qu'elles paraissent. La plus violente peut être amadouée, la plus féroce peut être douce. Nous n'avons pas besoin de connaître la signification de cette image. Nous savons déjà qu'elle était importante pour celui qui l'a mise là, sinon elle n'y serait pas.

— Mais les gens veulent savoir, objecta le jeune homme. Ils font des suppositions, ils se demandent si elles sont vraies.

— Les gens devraient savoir qu'on n'obtient pas toujours ce qu'on désire, répondit la femme mafflue.

— J'aimerais quand même pouvoir leur dire quelque chose...

— Je viens de te dire quelque chose. C'est suffisant.

Ayla se félicitait de ne pas avoir posé elle-même la question, comme elle en avait eu l'intention. La Première répétait souvent que n'importe qui pouvait lui poser n'importe quelle question, mais Ayla avait déjà remarqué que son maître ridiculisait parfois la personne qui s'y risquait. L'idée vint à l'acolyte que c'était peut-être parce qu'elle ne connaissait pas la réponse mais que, en qualité de Première, elle ne pouvait reconnaître son ignorance. Si elle s'en tirait parfois par une dérobade, elle ne mentait jamais. Tout ce qu'elle disait était vrai.

Ayla non plus ne mentait jamais. Les enfants du Clan apprenaient très tôt que leur façon de communiquer rendait le mensonge quasi impossible. Lorsqu'elle était retournée chez ceux de son espèce, elle avait remarqué qu'ils mentaient parfois et qu'ils avaient du mal à se souvenir de leurs mensonges. Elle en avait conclu que mentir causait finalement plus d'ennuis que de bienfaits. La Première avait trouvé un moyen d'échapper à certaines questions en amenant ceux qui les posaient à s'interroger sur leur pertinence. Ayla détourna la tête et sourit en songeant qu'elle venait peut-être de découvrir quelque chose d'important sur sa puissante aînée.

Elle ne se trompait pas. La Première la vit tourner la tête et surprit l'ébauche de sourire que son acolyte avait tenté de cacher. Elle en devina la raison et fut satisfaite. Le jour viendrait peut-être où Ayla devrait recourir à des stratagèmes semblables.

Ayla reporta son attention sur la paroi. Le jeune Zelandoni s'était avancé pour éclairer de sa torche le panneau suivant, qui comportait deux chèvres et des points. Plus loin, il y avait deux autres chèvres, des points et des lignes courbes. Animaux, points et traits étaient parfois en rouge, parfois en noir. Les visiteurs sortirent de la niche. Sur la paroi opposée, sept traits partaient d'une forme vaguement humaine. C'était une représentation sommaire : deux jambes, deux bras très courts, une tête difforme, tracés en noir. Ayla eut envie de demander ce qu'elle signifiait mais la Première ne le savait probablement pas, même si elle pouvait faire quelques suppositions à ce sujet. Elles en parleraient plus tard. Il y avait aussi dans cette partie de la grotte quatre mammouths rouges, très simplifiés, parfois seulement esquissés, juste de quoi identifier l'animal, ainsi que des cornes de chèvre et d'autres points.

— Placez-vous au milieu de la salle, recommanda le Zelandoni, vous verrez toute la paroi si ceux qui portent les lampes restent près d'elle.

Ils prirent la position indiquée dans un brouhaha de murmures et de raclements de gorge, mais bientôt tous se turent en contemplant à distance ce qu'ils avaient regardé de près. En voyant ces images ensemble, ils commencèrent à sentir la puissance mystique qu'elles donnaient à la roche nue. Un instant, dans la lumière tremblotante et la fumée des lampes, les formes parurent bouger ; Ayla eut l'impression que la paroi était transparente et la laissait entrevoir quelque autre lieu. Elle frissonna, battit plusieurs fois des paupières, et la roche redevint opaque.

Sur le chemin du retour, le Zelandoni leur montra plusieurs endroits portant des points et des marques. Lorsqu'ils quittèrent la partie ornée de la grotte et s'approchèrent de l'entrée, la lumière du jour éclaira les derniers mètres. Elle leur parut extrêmement vive après ce long moment passé dans l'obscurité. Ils sortirent en clignant des yeux, attendirent que leur vision s'adapte. Ayla mit un moment à remarquer la présence de Loup, un autre à constater son agitation. Il jappa, s'élança en direction de l'abri, fit demi-tour et revint vers elle, jappa de nouveau avant de repartir.

Ayla se tourna vers Jondalar.

— Il se passe quelque chose, dit-elle.

21

Jondalar et Ayla coururent derrière Loup. En approchant de l'abri, ils virent un attroupement dans le pré où les chevaux broutaient puis découvrirent une scène qui aurait pu les faire sourire si elle n'avait été aussi effrayante. Jonayla se tenait devant Grise, les bras tendus comme pour protéger la jeune jument, et faisait front à six ou sept hommes armés de sagaies. Whinney et Rapide, placés derrière, regardaient fixement les inconnus.

— Dites donc, qu'est-ce que vous faites ? cria Ayla.

Comme elle n'avait pas son propulseur avec elle, elle dénoua sa fronde.

— A ton avis ? répliqua l'un des hommes. On chasse le cheval.

Ayant remarqué l'accent étrange de cette femme, il ajouta :

— Tu es qui, toi ?

— Je suis Ayla, de la Neuvième Caverne des Zelandonii. Et ne vous avisez pas de chasser ces chevaux. Vous ne voyez pas qu'ils ne sont pas comme les autres ?

— Qu'est-ce qu'ils ont de spécial ? Moi, je les trouve ordinaires.

— Ouvre les yeux, intervint Jondalar. Tu as vu souvent des chevaux se tenir tranquilles derrière un enfant ? Pourquoi ils ne s'enfuient pas, d'après toi ?

— Peut-être parce qu'ils sont trop bêtes.

— C'est toi qui es trop bête pour comprendre ce que tu vois, rétorqua Jondalar, furieux de l'insolence du jeune homme qui semblait parler pour le groupe.

Il émit un sifflement perçant et les chasseurs virent l'étalon tourner la tête vers le grand homme blond, puis se mettre à trotter vers lui. Jondalar se plaça devant Rapide, arma ostensiblement son lance-sagaie, sans toutefois viser les hommes.

Ayla passa entre sa fille et les chasseurs, fit signe à Loup de la suivre et de protéger les chevaux. L'animal gronda en montrant ses crocs aux chasseurs, qui reculèrent de quelques pas. Ayla souleva Jonayla et la mit sur Grise. Elle saisit ensuite la crinière de Whinney et sauta sur son dos. Chacun de ses mouvements causa chez les chasseurs une stupeur croissante.

— Co... comment tu fais ça ? bredouilla le premier.

— Ils ne sont pas comme les autres, je te l'ai dit. Il ne faut pas les chasser.

— Tu es une Zelandoni ?

— Elle est acolyte, répondit Jondalar à la place de sa compagne. Premier Acolyte de la Zelandoni Qui Est la Première parmi Ceux Qui Servent la Mère, et qui ne tardera pas à arriver.

— La Première est ici ?

— Elle nous rejoint, dit Jondalar en examinant plus attentivement les membres du groupe.

Ils étaient tous jeunes. Sans doute récemment initiés, ils devaient partager une lointaine dans une Réunion d'Eté. Probablement celle qui se déroulait près de la grotte sacrée où le Périple les mènerait ensuite.

— Vous n'êtes pas un peu loin de votre Réunion ? lança Jondalar aux chasseurs.

— Comment le sais-tu ? Tu ne nous connais pas.

— Ce n'est pas difficile à deviner. C'est la période des Réunions d'Eté et vous avez tous à peu près l'âge auquel les jeunes gens décident de quitter le camp de leur mère pour s'installer dans une lointaine. Pour montrer que vous êtes devenus indépendants, vous décidez d'aller chasser et de rapporter de la viande. Mais vous n'avez pas eu de chance et maintenant vous avez faim.

— Comment le sais-tu ? répéta le jeune homme. Tu es un Zelandoni, toi aussi ?

— Simple supposition, répondit Jondalar, qui remarqua que la Première arrivait, suivie de tous les autres.

Malgré sa corpulence, elle pouvait marcher vite quand elle le voulait. Un coup d'œil lui suffit à saisir la scène : des hommes armés de sagaies, trop jeunes pour avoir de l'expérience ; le loup en posture défensive devant les chevaux ; la fronde dans la main d'Ayla, le lance-sagaie dans celle de Jondalar. Jonayla avait-elle envoyé Loup chercher sa mère tandis qu'elle tentait de protéger les chevaux d'une poignée de chasseurs novices ?

— Un problème ? s'enquit-elle.

Sans l'avoir jamais vue, les jeunes gens surent aussitôt qui elle était. Ils avaient tous entendu décrire la Première et ils comprenaient le sens des tatouages de son visage, des colliers et des vêtements qu'elle portait.

— Plus maintenant, mais Jonayla a dû empêcher ces garçons de chasser nos chevaux, répondit Jondalar en réprimant une envie de sourire.

Courageuse, cette enfant, pensa la doniate, dont l'évaluation de la situation se trouva ainsi confirmée.

— Etes-vous de la Septième Caverne des Zelandonii du Sud ? demanda-t-elle aux jeunes gens.

La Septième, où le groupe devait ensuite se rendre, était la plus importante Caverne de la région. Elle avait deviné d'où venaient les jeunes chasseurs aux motifs de leurs habits. Dans sa propre région, elle connaissait toutes les broderies, tous les bijoux par lesquels les Cavernes se différenciaient, mais à mesure qu'elle s'en éloignait, elle les identifiait moins facilement, même si elle pouvait faire des suppositions judicieuses.

— Oui, Zelandoni Qui Est la Première, répondit le porte-parole du groupe d'un ton beaucoup plus déférent.

Il était toujours sage de se montrer prudent avec un membre de la Zelandonia, et plus encore avec la Première.

Le Zelandoni et d'autres membres de la Caverne locale étaient arrivés et observaient la scène en se demandant quel sort cette femme puissante réservait aux jeunes gens qui avaient menacé les chevaux de ses compagnons de voyage.

La Première se tourna vers les chasseurs de cette Caverne et leur dit :

— Apparemment, nous avons sept bouches de plus à nourrir. Cela épuiserait vite nos réserves. Je crois que nous allons rester un peu plus longtemps et attendre que vous organisiez une chasse. Vous aurez de l'aide, rassurez-vous. Nous comptons plusieurs chasseurs émérites dans notre groupe et, bien conseillés, ces jeunes gens eux-mêmes devraient pouvoir apporter leur contribution. Je suis certaine qu'ils seront tout disposés à le faire, vu les circonstances, conclut-elle en lançant un regard sombre au jeune porte-parole.

— Oui, bien sûr, marmonna-t-il. Chasser, c'était ce que nous faisions.

— Pas très bien, semble-t-il, intervint à mi-voix un des spectateurs, assez fort cependant pour être entendu de tous.

Plusieurs des jeunes gens se détournèrent en rougissant.

— Vous avez repéré des troupeaux, récemment ? demanda Jondalar en s'adressant aux deux chasseurs de la Caverne locale. Il nous faudra abattre plus d'une bête.

— Non, répondit l'un d'eux, mais c'est la saison de migration des cerfs, en particulier des biches et des faons. Quelqu'un pourrait aller les guetter, mais cela prend généralement quelques jours.

— La harde viendrait d'où ? demanda Jondalar. Je peux aller voir cette après-midi avec mon cheval. Il est plus rapide que n'importe qui à pied. Si je repère des cerfs, je pourrai retourner les pousser par ici avec Ayla. Loup nous aiderait aussi.

— Vous... vous pouvez faire ça ? balbutia le jeune homme.

— Ce sont des chevaux spéciaux, nous te l'avons dit.

La viande de cerf était restée toute la nuit sur des cordes tendues au-dessus d'un feu en partie étouffé. En en mettant des morceaux dans sa boîte à viande, Ayla regrettait de ne pas pouvoir la faire sécher plus longtemps mais le groupe avait déjà passé dans la Caverne deux jours de plus que ce qu'avait prévu la Première. Ayla songea qu'elle pourrait continuer à la faire sécher au-dessus d'un feu en chemin, ou même après leur arrivée à la Septième Caverne des Zelandonii du Sud, où ils resteraient un moment.

Le groupe du Périple de Doniate s'était encore grossi puisque les sept jeunes gens les accompagneraient. Ils s'étaient révélés utiles pendant la chasse, quoiqu'un peu impatients. S'ils savaient lancer une sagaie, ils ignoraient comment coopérer pour rabattre le gibier vers les autres chasseurs ou l'acculer au fond d'un ravin. Ils avaient été très impressionnés par les propulseurs utilisés par les voyageurs venus des terres situées au nord de la Grande Rivière, y compris par l'acolyte de la Première. Les deux chasseurs locaux, qui avaient entendu parler de cet instrument mais n'avaient jamais vu quelqu'un s'en servir, l'avaient été tout autant. Avec l'aide de Jondalar, presque tous avaient fabriqué leur propre lance-sagaie, avec lequel ils s'exerçaient désormais.

Ayla avait également persuadé Dulana de les accompagner et de profiter au moins en partie de la Réunion d'Eté. Son compagnon et ses enfants lui manquaient et elle avait envie de les retrouver, même si elle s'inquiétait encore pour les cicatrices de son visage et de ses mains. Elle partageait un espace à dormir avec Amelana et les deux femmes avaient sympathisé car Dulana parlait volontiers de son expérience de la grossesse et de l'accouchement. Amelana ne se sentait jamais à l'aise pour aborder ces sujets avec la Première ou son acolyte, bien qu'Ayla eût un enfant. Elle les avait entendues discuter de remèdes, de traitements, de savoirs et de coutumes de la Zelandonia que, pour la plupart, elle ne comprenait pas, et elle était intimidée par ces deux femmes exceptionnelles.

Amelana appréciait par ailleurs l'attention que lui accordaient les jeunes hommes, aussi bien les chasseurs de la lointaine que les apprentis de Willamar. Pendant que Jondalar attelait à Whinney le travois spécial de la Première avec l'aide de Jonokol et de Willamar, Ayla et la doniate observaient le petit jeu d'Amelana et des jeunes gens.

— Ils me rappellent une portée de louveteaux, dit l'acolyte.

— Quand as-tu vu des louveteaux ?

— Quand j'étais jeune et que je vivais avec le Clan. Avant de commencer à chasser des carnivores, je les ai longuement observés, parfois des journées entières quand je le pouvais. J'ai observé toutes sortes de chasseurs à quatre pattes, pas seulement des loups. C'est ainsi que j'ai appris à traquer le gibier en silence. Les jeunes de toutes les bêtes me fascinaient, mais j'étais particulièrement attirée par les louveteaux. Ils aiment jouer, comme ces garçons – je suppose que je devrais dire ces « jeunes hommes » mais ils se conduisent encore comme des garçons. Regarde-les se bousculer et se donner des bourrades pour attirer l'attention d'Amelana...

— Je remarque que Tivonan et Palidar ne sont pas avec eux. Ils doivent savoir qu'ils auront tout le temps de la serrer de près quand les jeunes chasseurs nous quitteront, après la visite du Site Sacré suivant.

— Tu penses qu'ils iront voir ailleurs lorsque nous arriverons à la prochaine Caverne ? Amelana est très attirante, fit observer Ayla.

— Elle est aussi leur seul public pour le moment. Quand ils arriveront à leur camp, avec de la viande de cerf à partager, ils se retrouveront au centre d'un cercle admiratif de parents et d'amis. Tous les questionneront, impatients d'entendre ce qu'ils auront à raconter. Ils n'auront plus de temps pour Amelana.

— Tu crois qu'elle en sera triste ou vexée ?

— Elle aura de nouveaux admirateurs et ce ne seront pas tous des gamins. Une jolie jeune veuve enceinte ne manquera pas d'attention, et les apprentis de Willamar non plus. Je suis contente qu'aucun d'eux ne se soit entiché d'Amelana. Ce n'est pas le genre de femme qui ferait une bonne compagne pour eux. La compagne d'un voyageur doit avoir des centres d'intérêt propres et ne pas dépendre de son homme pour la distraire.

Ayla songea qu'elle était contente que Jondalar ne s'occupe pas de troc ou d'une autre activité qui le tiendrait longtemps éloigné. Elle avait ses propres centres d'intérêt mais elle se ferait du souci pour lui s'il restait longtemps parti. De temps à autre, il emmenait ses apprentis chercher de nouveaux gisements de silex et examinait souvent les sources potentielles pendant les expéditions de chasse, mais voyager seul pouvait être dangereux. S'il était blessé, ou pire, comment le saurait-elle ? Elle passerait son temps à attendre en se demandant s'il rentrerait un jour. Voyager en groupe ou même à deux ne posait pas ce problème. Il y en avait toujours un au moins qui pouvait rentrer et prévenir.

L'idée lui vint que Willamar ne choisirait peut-être pas un seul de ses apprentis comme nouveau Maître du Troc. Il pouvait désigner les deux et suggérer qu'ils voyagent ensemble. Bien sûr, la compagne d'un Maître du Troc pouvait aussi voyager avec lui, mais une fois qu'elle aurait des enfants elle hésiterait à s'éloigner des autres femmes. *Cela aurait été beaucoup plus difficile pour moi si j'avais eu un bébé pendant notre Voyage*, pensa Ayla. *La plupart des femmes souhaitent avoir l'aide et la compagnie de leur mère, de leurs amies... exactement comme Amelana. Je ne la blâme pas de vouloir retourner chez elle.*

Une fois en route, les voyageurs établirent rapidement une routine. Après le succès de leur chasse, ils n'eurent pas à s'arrêter pour se procurer de la viande et progressèrent un peu plus vite. Ils consacrèrent en revanche plus de temps à la cueillette. Cette période de l'année leur offrait une abondance et un choix plus grand de légumes – racines, tiges, feuilles – et de fruits.

Le jour de leur départ, en milieu de matinée, alors que la température commençait à s'élever, Ayla sentit une délicieuse odeur. Des fraises ! *Nous devons traverser une zone de fraisiers*, pensa-t-elle. Elle ne fut pas la seule à le remarquer et tous furent heureux de faire halte pour cueillir plusieurs paniers du petit fruit rouge très apprécié. Jonayla se passait de panier, elle fourrait les fraises directement dans sa bouche. Ayla lui sourit et se tourna vers Jondalar, qui cueillait à côté d'elle.

— Elle me rappelle Latie, dit-elle. Nezzie n'envoyait jamais sa fille cueillir des fraises pour le repas. L'enfant mangeait toujours tout et ne rapportait rien, sa mère avait beau la gronder, pourtant.

— C'est vrai ? Je ne le savais pas. Je devais être trop occupé avec Wymez ou Talut quand tu parlais à Latie ou à Nezzie.

— Je trouvais même des excuses à Latie, quelquefois. Je disais à Nezzie qu'il n'y avait pas assez de fraises pour tout le monde. C'était vrai : après le passage de Latie, il ne restait pas grand-chose.

Ayla continua à cueillir en silence mais l'évocation de Latie avait fait naître d'autres souvenirs.

— Tu te rappelles comme elle aimait les chevaux ? Je me demande si elle a fini par en trouver un jeune pour le ramener chez elle. Les Mamutoï me manquent, parfois.

— Ils me manquent aussi, dit Jondalar. Danug devenait un excellent tailleur de silex, surtout avec Wymez pour le former.

Quand elle eut fini de remplir son deuxième panier, Ayla remarqua des plantes qu'ils pourraient ajouter au repas du soir et demanda à Amelana et Dulana de l'aider. Emmenant Jonayla, elle alla d'abord sur la berge de la rivière qu'ils longeaient pour arracher des joncs. Les nouvelles racines, les bulbes et le bas des tiges étaient succulents en cette saison. L'épi était gonflé de bourgeons verts, serrés les uns contre les autres, qu'on pouvait faire bouillir ou cuire à la vapeur. Il y avait aussi plusieurs espèces de plantes à feuilles. Ayla repéra la forme particulière de celles de l'oseille et sourit en songeant à leur goût acide. Elle fut ravie également de découvrir des orties, délicieuses une fois cuites et réduites à une masse verte.

Tout le monde apprécia le repas ce soir-là. Au printemps, la nourriture était généralement rare – quelques plantes, de jeunes pousses – et la variété, la profusion de l'été était toujours très attendue. Cette envie de légumes et de fruits s'expliquait par le besoin d'éléments nutritifs essentiels après un long hiver où l'on mangeait surtout de la viande séchée, de la graisse et des racines. Le lendemain matin, ils finirent les restes avec une tisane chaude et se mirent rapidement en route. Ils voulaient parcourir une longue distance ce jour-là pour arriver tôt le lendemain au camp de la Réunion d'Eté.

Le deuxième jour, peu après le départ, les voyageurs se heurtèrent à une difficulté. La rivière qu'ils suivaient s'était élargie, ses berges marécageuses étaient envahies de végétation qui empêchait de marcher près de l'eau. Au milieu de la matinée, après avoir gravi une longue pente, ils parvinrent au sommet d'une butte et découvrirent une vallée. Une chaîne de hautes collines s'étirait autour d'une longue étendue plate dominée par une éminence dressée au confluent de trois rivières : un large cours d'eau venant de l'est et sinuant vers l'ouest, un affluent prenant sa source au nord-est et la petite rivière qu'ils suivaient. Droit devant eux, dans un pré situé entre deux des rivières, on avait installé une myriade d'abris d'été, de huttes et de tentes. Ils étaient arrivés au camp de la Réunion d'Eté des Zelandonii vivant au sud de la Grande Rivière, au territoire de la Septième Caverne.

L'un des guetteurs pénétra en courant dans la hutte de la Zelandonia.
— Venez voir qui arrive ! s'écria-t-il.
— Qui ? demanda le Zelandoni de la Septième Caverne du Sud.
— Des gens, mais pas seulement.
— Toutes les Cavernes sont ici, fit remarquer un autre doniate.
— Alors, ça doit être des visiteurs, avança celui de la Septième.
— Nous attendons des visiteurs cette année ? s'étonna le vieux Zelandoni de la Quatrième Caverne des Zelandonii du Sud tandis que tous se levaient et se dirigeaient vers l'entrée.
— Non, mais c'est comme ça avec les visiteurs, rétorqua le doniate de la Septième.

La première chose qui frappa les Zelandonia lorsqu'ils furent dehors, ce ne fut pas le groupe de gens mais les trois chevaux qui tiraient un curieux assemblable, et dont deux portaient quelqu'un sur leur dos, l'un une enfant, l'autre un homme. Une femme marchait devant le troisième, attelé à un assemblage plus bizarre encore, et lorsqu'ils furent plus près la chose en mouvement qui accompagnait la femme se révéla être un loup ! Le Zelandoni de la Septième Caverne se rappela tout à coup les histoires colportées par des voyageurs revenant du Nord, qui parlaient d'une étrangère, de chevaux et d'un loup. Puis il comprit.

— Si je ne me trompe pas, déclara le grand homme barbu aux cheveux bruns, assez fort pour être entendu du reste de la Zelandonia, nous recevons la visite de la Première parmi Ceux Qui Servent la Mère et de son acolyte.

Il ajouta, à l'adresse d'un acolyte qui se tenait près de lui :
— Fais le tour du camp et ramène autant d'Hommes et de Femmes Qui Commandent que tu pourras.

Le jeune homme partit en courant.
— Elle est plutôt grosse, la Première, je crois, non ? hasarda un Zelandoni replet. Cela ferait une longue route pour une femme obèse.
— Nous verrons, répondit le doniate barbu.

Comme le site le plus sacré de la région se trouvait près de la Septième Caverne, son Zelandoni était généralement reconnu – quoique pas toujours – comme le porte-parole de la Zelandonia locale.

Un attroupement s'était déjà formé quand les chefs des diverses Cavernes commencèrent à arriver. Celle qui dirigeait la Septième rejoignit son Zelandoni et dit :

— Il paraît que la Première nous rend visite ?

— Je crois bien. Tu te souviens des visiteurs que nous avons reçus il y a quelques années ? Ceux qui venaient de très loin au sud ?

— Oui. Maintenant que tu m'en parles, je me rappelle qu'ils nous avaient raconté qu'une des Cavernes du Nord avait accueilli une étrangère qui exerçait un grand pouvoir sur les animaux, les chevaux en particulier, répondit la femme.

Les tatouages qu'elle avait au front étaient semblables à ceux du Zelandoni mais se trouvaient du côté opposé.

— D'après eux, elle était acolyte de la Première. Ils ne l'avaient pas beaucoup vue, du moins pas avant leur départ. Son compagnon est un Zelandonii qui, après un Voyage de cinq ans, l'a ramenée à son retour. Lui aussi a un pouvoir sur les chevaux, et ils ont un loup, en plus. Il me semble que ce sont eux qui arrivent. Et il est probable que la Première les accompagne.

Ils ont des guetteurs efficaces, se dit la Première tandis que les voyageurs montaient vers une vaste hutte qu'elle supposa être celle de la Zelandonia. Ils ont eu le temps de rassembler beaucoup de gens pour nous accueillir.

Ayla fit signe à Whinney de s'arrêter et quand la doniate fut sûre qu'il n'y aurait pas un dernier cahot, elle se leva et, avec agilité et grâce, descendit du travois spécial. Voilà pourquoi elle est capable de voyager aussi loin, pensa le Zelandoni grassouillet.

Zelandonia, chefs et visiteurs procédèrent aux présentations rituelles. Les chefs des Cavernes auxquelles appartenaient les jeunes chasseurs furent contents de les retrouver. Leur lointaine était déserte, personne ne les avait vus depuis plusieurs jours et leurs familles, qui commençaient à s'inquiéter, demandaient qu'on envoie un groupe à leur recherche. L'explication de leur retour avec les visiteurs ferait sans doute l'objet d'une histoire captivante qu'ils raconteraient plus tard.

— Dulana ! s'exclama un homme.

— Mère ! Tu es venue ! lancèrent joyeusement deux jeunes voix en même temps.

Le vieux Zelandoni de la Quatrième Caverne du Sud leva les yeux, étonné. Dulana était si abattue après avoir été brûlée qu'elle ne trouvait pas la force de sortir de son abri, et voilà qu'elle venait à la Réunion d'Eté. Le doniate se promit de chercher à savoir ce qui l'avait fait changer d'avis.

Il fut immédiatement décidé d'organiser un festin et une Fête de la Mère en l'honneur de la Première et des visiteurs, et lorsqu'on apprit qu'ils désiraient voir le Site Sacré de la Septième Caverne, son Zelandoni commença à prendre les dispositions nécessaires.

La plupart des cérémonies habituelles de la Réunion d'Eté étaient terminées, à l'exception de la dernière Matrimoniale, et les participants s'apprêtaient à partir, mais du fait de l'arrivée des visiteurs la plupart résolurent de rester un peu plus longtemps.

— Nous pourrions organiser une chasse et une cueillette, suggéra le chef de la Septième.

— Avant notre départ, les chasseurs, notamment vos jeunes gens, ont intercepté une harde de cerfs en migration. Ils ont abattu plusieurs animaux et nous en avons apporté la plupart.

— Nous ne les avons pas préparés, précisa Willamar. Il faudra les dépecer, faire cuire ou sécher leur viande sans tarder.

— De combien de bêtes parles-tu ?

— Une pour chacun de tes jeunes chasseurs. Sept.

— Sept ! s'exclama un homme. Comment avez-vous pu en porter autant ?

— Ayla, tu leur montres ? demanda le Maître du Troc.

— Avec plaisir, répondit la compagne de Jondalar.

Ceux qui se tenaient à proximité remarquèrent son accent et comprirent qu'il devait s'agir de l'étrangère dont ils avaient entendu parler. Un grand nombre suivirent la jeune femme et Jondalar jusqu'à l'endroit où les chevaux attendaient patiemment. On avait attelé à Rapide et à Grise deux travois récemment fabriqués qui semblaient recouverts de feuilles de jonc. Ayla les écarta, révélant plusieurs carcasses de biches et de faons d'âges et de tailles variés.

— Vos jeunes gens ont montré beaucoup d'ardeur à la chasse, dit Jondalar, en se gardant d'ajouter « Mais peu de discernement ». Il y a de quoi faire un festin.

— Nous pourrions aussi utiliser les feuilles de jonc, fit une voix dans le groupe.

— Servez-vous, répondit Ayla. Il en reste beaucoup à l'endroit où nous nous sommes écartés de la rivière, ainsi que plein d'autres plantes bonnes à manger.

— Je suppose que vous avez déjà consommé celles qui poussaient près de votre camp, dit la Première.

Des grognements et des hochements de tête lui en donnèrent confirmation.

— Si quelques-uns d'entre vous sont prêts à monter sur les travois, nous les emmènerons à la rivière et nous rapporterons ce qu'ils auront cueilli, proposa Ayla.

Après avoir échangé des regards, plusieurs jeunes gens se portèrent volontaires. Ils allèrent prendre des bâtons à fouir et des couteaux, des paniers et des sacs en filet. Sur un travois ordinaire, deux ou trois personnes pouvaient s'allonger à demi ; sur celui conçu spécialement pour la Première, deux adultes de taille normale pouvaient s'asseoir côte à côte, trois s'ils étaient très minces.

Jondalar, Ayla et Jonayla montèrent sur les dos des trois chevaux, qui tirèrent en plus six personnes. Loup suivit. Arrivés à l'endroit indiqué, ils firent halte. Les jeunes gens descendirent, assez contents d'eux, et tous se déployèrent pour la cueillette. Ayla détacha les perches pour laisser les chevaux se reposer et les bêtes broutèrent tandis que le groupe s'activait. Loup flaira le sol, détala en direction du bois à la poursuite d'une odeur.

Ils furent de retour au camp en milieu d'après-midi. Pendant leur absence, d'autres avaient rapidement écorché et dépecé les cerfs, dont une bonne partie cuisait déjà. On avait même commencé à transformer plusieurs des peaux en cuir pour en faire des vêtements ou d'autres objets.

Le repas et la fête se prolongèrent tard dans la nuit, mais Ayla était fatiguée et dès que les détails de la visite du Site Sacré furent réglés – et qu'elle put se retirer sans être impolie – elle alla se coucher dans leur tente de voyage, avec Jonayla et Loup. Jondalar continua à discuter avec un autre tailleur de silex de la qualité de cette pierre dans divers endroits. Celui où ils se trouvaient offrait les meilleurs silex de la région.

Il promit à sa compagne de la rejoindre bientôt mais, quand il entra dans la tente, Ayla et Jonayla dormaient profondément, ainsi que plusieurs autres personnes avec qui ils la partageaient. La Première passerait la nuit dans la hutte de la Zelandonia. Ayla avait aussi été invitée et, bien que sachant que sa Zelandoni aurait aimé qu'elle noue des relations avec les doniates locaux, elle avait préféré rester avec sa famille. La Première n'avait pas insisté. Amelana fut la dernière à rentrer. Malgré les mises en garde d'Ayla contre des boissons grisantes pour une femme enceinte, Amelana était passablement ivre. Elle se coucha aussitôt en espérant qu'Ayla ne remarquerait rien.

Le lendemain matin, lorsque Ayla la réveilla et lui proposa de visiter la grotte sacrée, Amelana refusa en prétextant qu'elle avait fourni trop d'efforts pendant le voyage et qu'elle devait se reposer. Ayla et la Première savaient qu'elle souffrait simplement de la maladie du « lendemain ». Ayla fut tentée de la laisser en subir les affres mais dans l'intérêt de l'enfant à naître elle lui prépara le remède qu'elle avait mis au point pour Talut, le chef du Camp du Lion des Mamutoï, afin de soigner les maux de tête et d'estomac causés par des excès. Amelana n'en persista pas moins à vouloir rester sous sa fourrure de couchage.

Jonayla ne voulut pas partir non plus. Après la mésaventure des chevaux, elle craignait que d'autres chasseurs ne s'en prennent à eux et avait décidé de rester pour les protéger. Quand Ayla s'efforça de lui expliquer que tout le monde au camp savait maintenant que c'étaient des chevaux spéciaux, l'enfant répondit que quelqu'un qui l'ignorait pouvait survenir. Ayla ne pouvait nier que l'intervention de sa fille avait sauvé les bêtes et Dulana régla le problème en se proposant pour la garder. Elle ne serait que trop heureuse de le faire, sa propre fille avait à peu près le même âge. Ayla décida donc de lui confier Jonayla.

Ceux qui voulaient visiter la grotte peinte se mirent en route. Le groupe comprenait Celle Qui Etait la Première et son ancien acolyte, Jonokol – devenu le Zelandoni de la Dix-Neuvième Caverne –, son acolyte actuel, Ayla, et Jondalar. Willamar vint aussi mais pas ses deux apprentis, qui avaient trouvé d'autres distractions. En outre, plusieurs Zelandonia qui participaient à la Réunion d'Eté souhaitaient revoir le site avec pour guide le doniate de la Septième Caverne, qui le connaissait mieux que personne.

Il y avait dix Cavernes apparentées dans la région, chacune ayant sa propre grotte peinte s'ajoutant à celle de la Septième, la plus importante, mais la plupart n'offraient que des peintures et des gravures rudimentaires en comparaison. La Quatrième Caverne des Zelandonii du Sud, qu'ils venaient de visiter, comptait parmi les meilleures. Le groupe s'engagea dans un sentier qui montait vers le sommet de l'éminence qu'il avait découverte en pénétrant dans la vallée.

— On l'appelle la Colline de l'Oiseau Noir, dit le doniate de la Septième. Ou encore la Colline de l'Oiseau Noir Pêcheur. Invariablement, on me demande pourquoi et je n'en sais rien. J'y vois de temps en temps un corbeau ou une corneille, mais je ne sais pas si cela a un rapport. Le doniate qui m'a précédé n'en savait rien non plus.

— L'origine des noms se perd souvent dans les profondeurs de la mémoire, dit la Première.

La lourde femme était hors d'haleine mais continuait à gravir la pente. Le sentier en lacets rendait la montée plus facile, quoique plus longue.

Ils parvinrent enfin à une ouverture dans la roche calcaire, à un point élevé au-dessus de la vallée. L'entrée de la grotte était assez haute pour qu'on puisse y pénétrer sans baisser la tête, assez large pour deux ou trois personnes de front, mais les broussailles qui poussaient devant rendaient difficile de la trouver si on ne savait pas où chercher exactement. L'un des acolytes poussa sur le côté des pierres qui s'étaient détachées de la pente rocheuse et entassées devant l'entrée. Ayla fit preuve de son habileté à faire rapidement du feu – exercice assorti de la promesse de montrer comment faire au doniate de la Septième – puis on alluma torches et lampes.

Le Zelandoni de la Septième Caverne du Sud ouvrit la marche, suivi par la Première, Jonokol, Ayla, Jondalar et Willamar. Venaient ensuite les Zelandonia locaux qui avaient choisi de les accompagner, ainsi que deux acolytes. Un groupe de douze au total. L'entrée donnait sur le côté d'un passage partant vers la gauche et la droite. Ils décidèrent de tourner à droite et après une courte distance le passage se divisa en deux galeries. Ils se trouvaient dans une salle obstruée en son milieu par un bloc de pierre entouré de deux galeries, l'une étroite, l'autre plus large.

— Nous pouvons passer d'un côté ou de l'autre, nous arriverons au même endroit, expliqua le doniate de la Septième. Au bout, des rochers nous obligeront à revenir sur nos pas, mais il y aura des choses intéressantes à voir.

Ils prirent la branche étroite et arrivèrent aussitôt à une série de points rouges que le doniate de la Septième leur montra sur la paroi de droite. Ils en virent aussi sur celle de gauche et, quelques pas plus loin, ils s'arrêtèrent pour admirer un cheval peint sur la paroi de droite, suivi d'autres points et d'un lion qui dressait une queue extraordinaire, dont l'extrémité se recourbait vers le dos. Ayla se demanda si le peintre avait aperçu un jour un lion dont la queue fracturée était restée tordue. Elle savait que les os prenaient parfois des formes bizarres en se recollant.

Plus loin encore, toujours sur la paroi de droite, ils parvinrent à ce que le Zelandoni de la Septième appelait le Panneau des Cerfs. En voyant le dessin, Ayla pensa à des mégacéros femelles et se souvint du cerf géant peint dans la grotte sacrée proche de la Quatrième Caverne du Sud. En face, la paroi de gauche était marquée de deux gros points rouges. On en avait peint d'autres sur celle de droite après les cerfs, ainsi que sur le plafond voûté.

Curieuse de connaître le sens de ces points, Ayla hésitait à interroger le doniate. Finalement, elle se risqua à poser la question :

— Sais-tu ce que ces points représentent ?

Le grand barbu sourit à la jeune femme séduisante dont les superbes traits avaient une note exotique qui l'attirait.

— Ils ne signifient pas nécessairement la même chose pour chacun, répondit-il. Quand je suis dans l'état d'esprit adéquat, ils me semblent être des repères qui permettent d'accéder au Monde d'Après et, plus important encore, d'en revenir.

Ayla hocha la tête et sourit. Elle lui plaisait encore plus quand elle souriait.

Ils continuèrent à faire le tour du bloc central par la galerie étroite, qui finit par s'élargir. En tournant constamment à gauche, ils retrouvèrent la direction de l'endroit d'où ils étaient partis et traversèrent une salle beaucoup plus vaste qui avait manifestement été utilisée par des ours en hibernation. Les parois portaient les traces de leurs griffes qu'ils avaient enfoncées dans la roche calcaire. Lorsque le groupe approcha de l'entrée, le Zelandoni de la Septième alla droit devant, dans la direction qu'ils auraient prise s'ils avaient tourné à gauche tout de suite après avoir pénétré dans la grotte.

Ils s'engagèrent dans une longue galerie en restant près de la paroi et ce ne fut qu'à l'approche d'une ouverture à droite qu'ils relevèrent d'autres marques : sur le plafond bas de la galerie, quatre empreintes de main rouges en négatif, un peu floues, trois points rouges et quelques traits noirs. En face de l'ouverture, une série de onze gros points noirs et deux autres empreintes en négatif, obtenues en plaquant une main sur la paroi et en projetant autour de la couleur rouge. Lorsqu'on retirait la main, il restait sa forme entourée d'ocre. Le doniate de la Septième tourna à droite dans l'ouverture.

Au-delà des empreintes de main, la roche devenait plus tendre, comme couverte d'argile. La grotte, située bien au-dessus de la vallée, était relativement sèche, mais sa pierre calcaire était naturellement poreuse et une eau saturée de carbonate de calcium la traversait constamment. Goutte après goutte, au fil des millénaires, se formaient des stalagmites qui semblaient pousser du sol sous des stalactites, de tailles égales mais de formes différentes, suspendues au plafond. Parfois, l'eau s'accumulait dans le calcaire et rendait la surface des parois suffisamment molle pour qu'on puisse y tracer une marque uniquement avec les doigts. Sur celle de droite, certaines parties étaient couvertes de ces marques, pour la plupart des gribouillis, mais on distinguait cependant une représentation partielle d'un mégacéros avec ses énormes bois palmés caractéristiques et sa petite tête.

Il y avait d'autres signes peints en rouge ou en noir là où la surface était suffisamment dure, mais Ayla eut le sentiment qu'à l'exception du mégacéros la salle recelait une quantité de marques sans ordre apparent qui n'avaient aucun sens pour elle. La jeune femme commençait néanmoins à apprendre que personne ne savait ce que signifiaient les images et marques des grottes ornées. Personne, probablement, ne connaissait le sens exact de telle ou telle marque, sauf peut-être celui qui l'avait tracée, et encore. Si l'une des peintures d'une grotte éveillait quelque chose en vous, ce que vous ressentiez était ce qu'elle signifiait. Cela pouvait dépendre de votre état de conscience – parfois altéré – ou de réceptivité. Ayla repensa à ce que le Zelandoni de la Septième Caverne lui avait expliqué quand elle l'avait interrogé sur les rangées de gros points. Faisant une réponse très personnelle, il lui avait confié ce que ces points signifiaient pour lui. Les grottes étaient sacrées mais Ayla commençait à penser que ce caractère sacré reposait sur des critères personnels. C'était peut-être ce que ce voyage était censé lui apprendre.

Au sortir de la salle, le doniate de la Septième s'approcha du côté gauche de la galerie principale qui y menait. A cet endroit, elle s'incurvait et ils longèrent un moment la paroi gauche. Puis le Zelandoni leva sa lampe pour éclairer un long panneau d'animaux peints en noir, en partie les uns sur les autres. Ayla remarqua d'abord les mammouths, très nombreux, ensuite les chevaux, les bisons et les aurochs. L'un des mammouths était couvert de marques noires. Le Zelandoni de la Septième ne fit aucun commentaire sur le panneau et se contenta de rester assez longtemps pour que chacun puisse y voir ce qu'il voulait. Lorsqu'il remarqua que la plupart des visiteurs commençaient à se lasser – sauf Jonokol, qui serait probablement demeuré plus longtemps uniquement pour étudier la technique du peintre –, il repartit. Il leur montra ensuite une corniche ornée de bisons et de mammouths.

Avançant lentement, ils examinèrent d'autres marques et animaux, mais l'endroit où le doniate s'arrêta de nouveau était véritablement remarquable. Sur un large panneau, deux chevaux peints en noir se tournaient le dos et l'intérieur de leurs corps était ponctué de gros points noirs. D'autres points et empreintes de doigt entouraient les contours des deux bêtes, mais le plus extraordinaire, c'était la tête du cheval tourné vers la droite. Petite, elle s'inscrivait dans un dessin naturel de la roche qui ressemblait à une tête de cheval : la forme même de la roche avait dit à l'artiste qu'il fallait peindre un cheval à cet endroit. Tous les visiteurs furent impressionnés. La Première, qui connaissait déjà ce panneau, sourit au Zelandoni de la Septième. Ils étaient tous deux ravis d'avoir obtenu la réaction qu'ils attendaient.

— Sait-on qui a peint ces chevaux ? demanda Jonokol.

— Un ancêtre, mais pas très éloigné de nous, répondit le doniate. Laissez-moi vous montrer quelques détails que vous n'avez peut-être pas remarqués immédiatement.

Il s'approcha de la paroi, tint sa main gauche au-dessus du dos de l'animal tourné vers la gauche et plia le pouce. Il le plaça à côté d'une des formes jouxtant le cheval et il devint évident que cette empreinte en négatif était celle d'un pouce replié. Maintenant qu'on le leur avait montré, les visiteurs virent d'autres contours de pouce le long du dos du cheval de gauche.

— Pourquoi ces dessins ? demanda un jeune acolyte.

— Tu devrais poser la question au Zelandoni qui les a peints, répondit le doniate.

— Mais tu viens de dire que c'était un ancêtre.

— En effet.

— Il parcourt le Monde d'Après, maintenant.

— Certes.

— Alors, comment pourrais-je lui poser la question ?

Le Zelandoni de la Septième se contenta de sourire au jeune homme, qui fronça les sourcils. Les gloussements qui s'élevèrent du groupe le firent rougir, et il bredouilla :

— Je... je ne peux pas, c'est ça ?

— Peut-être quand tu auras appris à passer dans le Monde d'Après. Certains Zelandonia en sont capables, comme tu le sais, mais c'est très dangereux et tous ne s'y risquent pas.

— Je ne crois pas que tous les éléments de ce panneau soient l'œuvre d'une même personne, avança Jonokol. Les chevaux probablement, ainsi que les empreintes de main, mais je pense que les pouces et certains des points ont été ajoutés plus tard. Je vois aussi un poisson au-dessus du cheval de gauche, mais ce n'est pas très net.

— Tu as peut-être raison, dit le doniate. C'est très bien observé.

— Il a un œil d'artiste, intervint Willamar.

Ayla avait remarqué que Willamar avait tendance à garder ses réflexions pour lui et elle se demanda si c'était une habitude prise pendant ses voyages. Lorsqu'on rencontre beaucoup de gens, il est sage de ne pas exprimer spontanément ses opinions sur des inconnus.

Le Zelandoni de la Septième attira ensuite leur attention sur d'autres marques et peintures, notamment une forme humaine avec des traits qui pénétraient son corps ou en sortaient, comme celle de la grotte sacrée de la Quatrième Caverne du Sud, mais après les exceptionnels chevaux rien de particulier ne se distingua du reste, hormis des formations rocheuses bien plus anciennes que les peintures. De larges disques de calcite nés des mêmes phénomènes géologiques que la grotte elle-même décoraient une salle à laquelle on n'avait ajouté aucun ornement, comme si, créés par la Mère, ils suffisaient à embellir cet espace.

Après la visite, la Première était impatiente de repartir mais elle se sentit tenue de rester encore un moment pour remplir son rôle de Première parmi Ceux Qui Servaient la Mère, notamment envers la Zelandonia. Pour certaines des communautés qui vivaient sur le territoire des Zelandonii, la Première était presque une figure mythique, un haut personnage dont elles reconnaissaient l'autorité mais qu'elles voyaient rarement, et qu'elles n'avaient d'ailleurs pas vraiment besoin de rencontrer. Ces groupes étaient plus que capables de fonctionner sans elle, mais ils étaient pour la plupart ravis et tout excités lorsqu'elle leur rendait visite. S'ils ne la considéraient pas comme une incarnation de la Mère, elle était à coup sûr Sa représentante et elle les impressionnait par sa stature imposante. Avoir un acolyte qui exerçait un pouvoir sur des animaux rehaussait encore son prestige.

Pendant le repas du soir, le Zelandoni de la Septième alla voir les visiteurs, s'installa près de la Première avec son assiette et lui parla à voix basse. Il ne murmurait pas tout à fait comme un conspirateur mais Ayla ne l'aurait pas entendu si elle n'avait pas été assise de l'autre côté de la doniate.

— Nous projetons une cérémonie spéciale plus tard dans la soirée à l'intérieur de la grotte sacrée et nous aimerions que ton acolyte et toi vous joigniez à nous si vous êtes d'accord.

La Première lui adressa un sourire encourageant en songeant qu'elle avait bien fait de décider de rester plus longtemps.

— Ayla, cela t'intéresserait ?

— Si tu le souhaites, je t'accompagnerai volontiers, répondit l'acolyte à sa Zelandoni.

— Jondalar pourra s'occuper de Jonayla ?

— Sûrement.

Ayla eut tout à coup moins envie de prendre part à cette cérémonie si son compagnon n'y était pas invité, mais il n'appartenait pas à la Zelandonia.

— Je passerai vous prendre, dit le doniate. Habillez-vous chaudement, il fait frais la nuit.

Après que la plupart des convives se furent couchés ou furent passés à une autre activité – boire, danser, jouer, selon leur choix –, le Zelandoni de la Septième Caverne revint à leur camp.

Jondalar attendait près du feu avec Ayla et la Première. S'il n'était pas enchanté que sa compagne sorte la nuit pour participer à une cérémonie secrète, il ne fit aucune remarque. Après tout, elle suivait une formation de doniate et cela incluait de prendre part à des cérémonies secrètes avec d'autres Zelandonia.

Le doniate de la Septième alluma les torches qu'il avait apportées au feu qui brûlait encore dans l'âtre. En regardant le groupe s'éloigner, Jondalar fut tenté de le suivre, mais il avait promis de garder Jonayla.

Loup eut apparemment la même envie et s'élança derrière le trio, mais revint peu de temps après. Il se glissa à l'intérieur de la tente, renifla l'enfant endormie, ressortit, regarda dans la direction qu'Ayla avait prise, rejoignit Jondalar et s'installa près de lui. Il posa la tête sur ses pattes avant sans cesser de fixer le sentier menant à la grotte et Jondalar lui caressa le cou en disant :

— Elle t'a renvoyé, toi aussi, hein ?

L'animal geignit doucement.

22

Le Zelandoni de la Septième Caverne du Sud emmena les deux femmes sur le sentier qui conduisait à la grotte sacrée. Des torches fichées dans le sol le long du chemin les guidaient et Ayla se souvint soudain de la fois où elle avait suivi les lampes et les torches jusque dans la grotte tortueuse au Rassemblement du Clan avant de tomber sur les Mog-ur. Sachant qu'elle n'était pas censée se trouver là, elle s'était arrêtée juste à temps et cachée derrière une énorme stalagmite, mais Creb savait qu'elle était là. Cette fois-ci, elle comptait parmi les participants.

Cela faisait une bonne marche jusqu'à la caverne sacrée et, à leur arrivée, tous étaient essoufflés. La Première se félicitait par-devers elle d'avoir entrepris ce Voyage maintenant : dans quelques années, elle n'en aurait plus été capable. Ayla savait que ce n'était pas facile pour elle et elle avait sciemment ralenti le pas. Ils surent qu'ils approchaient du but en apercevant un feu droit devant eux et peu après ils virent plusieurs personnes debout ou assises autour.

Ils furent accueillis avec enthousiasme, puis restèrent là à attendre en bavardant l'arrivée de quelques autres. Apparut bientôt un groupe de trois dont faisait partie Jonokol. Il s'était rendu au camp d'une autre Caverne que le Zelandoni avait aussi envie d'orner de peintures. Ils furent aussi salués par tous, puis le Zelandoni de la Septième Caverne s'adressa à eux :

— Nous avons la chance d'avoir avec nous la Première parmi Ceux Qui Servent la Grande Mère. Je ne crois pas qu'elle ait déjà participé à l'une de nos Réunions d'Eté et sa présence rend l'événement particulièrement mémorable. Son acolyte et le Zelandoni, son ancien acolyte, l'accompagnent et nous avons le plaisir de les accueillir aussi.

Il y eut des paroles et des gestes de bienvenue, puis le Zelandoni de la Septième Caverne reprit :

— Mettons-nous à l'aise autour du feu, nous avons apporté des petits coussins pour nous asseoir. J'ai là une infusion spéciale pour qui souhaite la goûter. Elle m'a été donnée par une Zelandoni loin d'ici, au sud, sur les contreforts des hautes montagnes qui délimitent notre territoire. Elle y a gardé une grotte très sacrée durant de longues années et la restaure fréquemment. Toutes les grottes sacrées sont des matrices de la Grande Mère, mais dans certaines Sa présence est si forte que nous les savons particulièrement proches d'Elle ; la sienne est l'une de celles-là. Je crois que la Zelandoni qui l'entretient pour la Mère l'a si bien satisfaite que la Mère ne veut pas qu'elle s'en éloigne.

Ayla remarqua que Jonokol était très attentif aux paroles du Zelandoni de la Septième Caverne et pensa que c'était peut-être parce qu'il voulait apprendre comment plaire à la Mère afin qu'Elle reste à proximité de la Grotte Blanche. Il ne l'avait jamais dit explicitement, mais elle savait qu'il la considérait comme sa grotte sacrée à lui. Elle aussi.

La personne qui avait mis dans le feu des pierres à cuire les retira avec des pinces en bois recourbé, puis les laissa choir dans un récipient tressé serré, rempli d'eau. Le Zelandoni de la Septième ajouta alors le contenu d'une pochette en cuir dans l'eau fumante. L'odeur se répandit alentour et Ayla essaya de reconnaître les ingrédients. C'était apparemment un mélange, aux odeurs familières. Une dominante de menthe pour déguiser sans doute celle d'un autre ingrédient ou masquer quelque relent ou goût déplaisant. Après avoir laissé macérer un moment, le Zelandoni de la Septième versa un peu de la mixture dans deux tasses de tailles différentes.

— C'est un breuvage puissant, dit-il. Je l'ai essayé une fois et je me garderai d'en reprendre une quantité importante. Il peut vous mener très près du Monde des Esprits, mais je crois que vous pouvez tous y goûter, avec modération. L'un de mes acolytes s'est proposé d'en prendre une dose plus forte afin de nous ouvrir la voie, de nous servir de canal.

La grande tasse passa de main en main et chacun en but un peu. Lorsqu'elle arriva à la Première, celle-ci la huma d'abord, prit une petite gorgée qu'elle fit tourner dans sa bouche pour tenter d'en distinguer les éléments. Puis elle en but encore un peu et tendit la tasse à Ayla. Celle-ci avait observé la Première attentivement et fit comme elle. Le breuvage était en effet très puissant. Son arôme seul était déjà fort et lui tourna légèrement la tête. La gorgée lui emplit la bouche d'un goût prononcé pas complètement déplaisant, sans pour autant qu'elle éprouvât l'envie d'en boire tous les jours. En avalant la petite quantité de liquide elle se sentit presque défaillir. Elle aurait aimé en connaître les ingrédients.

Après avoir goûté au breuvage, tous regardèrent l'acolyte du Zelandoni de la Septième boire la petite tasse. La jeune femme ne tarda pas à se mettre debout et à se diriger d'un pas incertain vers l'entrée de la caverne sacrée. Le Zelandoni de la Septième s'empressa de se lever et lui donna la main pour l'empêcher de perdre l'équilibre. Les autres Zelandonia présents les suivirent dans la grotte, plusieurs portant des torches allumées. L'acolyte se dirigea presque tout droit vers la partie de la caverne où se trouvaient les chevaux peints qui entouraient les gros points, bien qu'elle fût loin à l'intérieur. Plusieurs de ceux qui portaient les torches s'approchèrent de la paroi pour les éclairer.

Ayla ressentait les effets de la petite quantité de breuvage et se demandait ce qu'éprouvait l'acolyte, qui en avait absorbé bien davantage. La jeune femme alla jusqu'à la paroi, posa les deux mains dessus, puis s'en rapprocha et colla sa joue contre la pierre rugueuse comme si elle essayait de pénétrer à l'intérieur. Elle se mit alors à pleurer. Son Zelandoni passa le bras autour de ses épaules pour la calmer. La Première s'avança vers elle de quelques pas et entonna le Chant de la Mère :

> *Des ténèbres, du Chaos du temps,*
> *Le tourbillon enfanta la Mère suprême.*
> *Elle s'éveilla à Elle-Même sachant la valeur de la vie,*
> *Et le néant sombre affligea la Grande Terre Mère.*
> *La Mère était seule. La Mère était la seule.*

Tout le monde écoutait. Ayla sentit qu'une tension dans ses épaules commençait à se dénouer. Le jeune acolyte cessa de pleurer. Quand ils reprirent l'air, d'autres se joignirent au chœur lorsqu'ils arrivèrent au passage où la Mère mettait au monde les enfants de la Terre :

> *Chaque enfant était différent, certains petits, d'autres grands.*
> *Certains marchaient, d'autres volaient, certains nageaient,*
>   *d'autres rampaient.*
> *Mais chaque forme était parfaite, chaque esprit complet.*
> *Chacun était un modèle qu'on pouvait répéter.*
> *La Mère le voulait, la Terre verte se peuplait.*
>
> *Les oiseaux, les poissons, les autres animaux,*
> *Tous restèrent cette fois auprès de l'Eplorée.*
> *Chacun d'eux vivait là où il était né*
> *Et partageait le domaine de la Mère.*
> *Près d'Elle ils demeuraient, aucun ne s'enfuyait.*

Lorsque la Première eut fini, l'acolyte était assis sur le sol devant la paroi peinte. Plusieurs autres, assis par terre eux aussi, avaient l'air passablement hébétés.

Quand la Première retourna auprès d'Ayla, le Zelandoni de la Septième se joignit à elles.

— Ton chant a calmé tout le monde, dit-il à voix basse avant d'ajouter, en indiquant ceux qui étaient assis : Je crois qu'ils ont bu plus d'une gorgée. Il se peut que certains s'attardent ici un moment. Mieux vaut que je reste jusqu'à ce que tous soient prêts à repartir, mais vous n'êtes pas tenues de le faire.

— Nous allons rester encore un peu, répondit Celle Qui Etait la Première en remarquant que d'autres s'asseyaient.

— Je vais chercher des coussins, dit le Zelandoni de la Septième. Quand il revint, Ayla était sur le point de s'asseoir, elle aussi.

— Il me semble que l'effet du breuvage ne cesse de s'amplifier, dit-elle.

— Je crois que tu as raison, confirma la Première. Il t'en reste ? demanda-t-elle au doniate de la Septième. J'aimerais en reprendre, pour voir, quand nous serons de retour chez nous.

— Je vais vous en donner, vous pourrez l'emporter.

En s'asseyant sur le coussin, Ayla regarda de nouveau la paroi peinte. Elle paraissait presque transparente. Elle avait l'impression que les animaux voulaient en sortir et s'apprêtaient à vivre dans ce monde. Plus elle regardait, plus elle se sentait attirée par le monde caché de l'autre côté de la paroi. Il lui sembla qu'elle se trouvait en lui ou plutôt au-dessus de lui.

De prime abord, il ne lui parut guère différent de son monde à elle. Des rivières coulaient au milieu de steppes herbeuses et de prairies et coupaient à travers de hautes falaises, des arbres poussaient dans les zones protégées et des forêts-galeries le long des berges. Des animaux de toutes sortes parcouraient le pays. Mammouths, rhinocéros, mégacéros, bisons, aurochs, chevaux et antilopes saïgas préféraient les régions d'herbages dégagées ; les cerfs nobles et d'autres cerfs d'espèces plus petites aimaient le couvert de quelques arbres, rennes et bœufs musqués étaient bien adaptés au froid. Il y avait toutes les variétés d'autres animaux et oiseaux ainsi que des prédateurs, de l'énorme lion des cavernes à la petite belette. Elle savait qu'ils étaient là plus qu'elle ne les voyait, mais tout semblait différent, comme étrangement inversé. Bisons, chevaux et cerfs n'évitaient pas les lions, ils les ignoraient. Le paysage était bien net, et quand elle regarda le ciel, elle vit la lune et le soleil, puis la lune cacha le soleil, qui devint noir. Elle sentit soudain qu'on la secouait par l'épaule.

— Tu as dû t'endormir, lui dit la Première.

— Peut-être, mais il me semblait être ailleurs, répondit Ayla. J'ai vu le soleil devenir noir.

— C'est possible. Il est temps de partir. Le jour se lève.

Une fois sorties de la caverne, elles virent plusieurs personnes se réchauffer autour du feu. Un Zelandoni leur tendit à chacune une tasse de liquide chaud.

— Ce n'est qu'une boisson matinale, dit-il en souriant. L'expérience a été nouvelle pour moi, très forte, ajouta-t-il.

— Pour moi aussi, dit Ayla. Comment va l'acolyte qui a bu une tasse entière ?

— Elle en ressent encore les effets ; ils durent très longtemps, mais on veille sur elle.

Les deux femmes retournèrent au camp. Bien qu'il fût très tôt, Jondalar était réveillé. Ayla se demanda s'il s'était couché de toute la nuit. Il sourit et parut soulagé par le retour d'Ayla et de la Première.

— Je ne pensais pas que vous ne reviendriez pas de la nuit, dit-il.

— Nous non plus, répondit Ayla.

— Je vais à la maison des Zelandonia ; peut-être as-tu envie de te reposer aujourd'hui, Ayla, dit la Première.

— Oui, mais pour l'instant, je veux manger. J'ai faim.

Les participants au Périple de Doniate ne quittèrent la Réunion d'Eté des Zelandonii du Sud que trois jours après, pendant lesquels Amelana connut une aventure malheureuse. Un homme charmant, plus âgé qu'elle et apparemment de haut rang, avait insisté pour qu'elle reste et devienne sa compagne ; elle était tentée d'accepter. Elle déclara à la Première qu'elle avait besoin de lui parler, ainsi qu'à Ayla. Elle leur exposa les raisons pour lesquelles elle devait rester et s'unir à cet homme qui, de toute évidence, la voulait tant ; elle le fit avec force cajoleries et sourires, comme si elle éprouvait le besoin d'obtenir leur permission et leur accord. La Première savait ce qui se passait et lui parla en ces termes :

— Amelana, tu es une femme à présent, tu as déjà eu un compagnon et tu es malheureusement devenue veuve ; tu seras bientôt mère et tu devras t'occuper de l'enfant que tu portes. La décision t'appartient. Tu n'as pas besoin de ma permission, ni de celle de qui que ce soit. Mais puisque tu as demandé à me parler, je suppose que c'est pour chercher conseil.

— Oui, confirma Amelana.

Elle paraissait surprise que ce soit si facile.

— As-tu déjà rencontré les gens de sa Caverne ou certains de ses parents ? s'enquit la Première.

— En quelque sorte. J'ai pris des repas avec certains de ses cousins et cousines, mais il y a eu tant de festins et de fêtes que nous n'avons pas pu manger avec ceux de sa Caverne, expliqua Amelana.

— Te souviens-tu de ce que tu as dit quand tu as demandé à participer à ce Voyage ? Tu as dit que tu voulais rentrer chez toi auprès de ta mère et de ta famille pour mettre au monde ton bébé. De plus, tu n'as pas été contente quand Jacharal est allé fonder une autre Caverne avec amis et parents, en partie du moins, j'en suis sûre, parce que tu ne les connaissais pas très bien. Tout recommencer en un lieu nouveau les stimulait, mais toi, tu avais déjà quitté ce qui t'était familier et tu te trouvais dans un endroit nouveau. Tu voulais t'établir et qu'on s'intéresse à ton bébé, n'est-ce pas ? dit la Première.

— Oui, mais lui est plus âgé. Il est bien installé. Il n'a pas l'intention de fonder une nouvelle Caverne. Je le lui ai demandé.

La Première sourit.

— Tu lui as au moins posé cette question. C'est un homme charmant et séduisant, mais il est plus âgé. Tu ne t'es pas demandé pourquoi il souhaitait maintenant avoir une nouvelle compagne ? Lui as-tu demandé s'il en avait déjà une ? Ou s'il n'en avait jamais eu ?

— Pas précisément. Il a dit qu'il avait attendu de trouver celle qu'il fallait, répondit Amelana, le sourcil froncé.

— Celle qu'il fallait pour aider sa première femme à s'occuper de leurs cinq enfants ?

— Sa première femme ? Leurs cinq enfants ?

Les sourcils d'Amelana se froncèrent davantage.

— Il n'a pas parlé d'enfants...

— Tu l'as interrogé à ce propos ?

— Non, mais pourquoi ne m'en a-t-il rien dit ?

— Parce qu'il n'avait pas à le faire, Amelana. Tu ne lui as pas posé la question. Sa compagne lui a demandé de trouver une autre femme pour l'aider, mais tout le monde sait ici qu'il a déjà une femme et ses enfants au foyer. Comme elle est la première, c'est elle qui aura le prestige et la parole. Quoi qu'il en soit, c'est elle qui donne du prestige à cet arrangement. Lui n'a guère que sa belle allure et ses manières charmantes. Nous partons demain. Si tu décides de rester avec lui, personne ici ne te ramènera à la Caverne de ta mère.

— Je ne reste pas, rétorqua Amelana avec colère. Mais pourquoi m'a-t-il joué ce tour ? Pourquoi ne m'a-t-il rien dit ?

— Tu es séduisante, Amelana, mais tu es très jeune et tu aimes être l'objet d'attentions. Il trouvera sans doute une deuxième femme, mais elle ne sera ni jeune ni jolie et personne ne prendra sa défense une fois que nous serons partis. La femme qu'il trouvera sera sans doute plus âgée que toi et peut-être pas très belle. Elle aura peut-être déjà un ou deux enfants à elle ou, s'il a de la chance, sera incapable d'en avoir et sera contente de tomber sur un homme disposé à la prendre au sein de sa famille. Je suis certaine que c'est ce qu'espère sa première compagne et non une femme jeune et jolie qui partira avec le premier venu qui aura mieux à lui offrir. Je suis sûre que c'est ce que tu ferais, quitte à perdre ta réputation.

Les paroles franches et directes de la Première ébranlèrent Amelana, qui se mit à pleurer.

— Suis-je vraiment si mauvaise ? se lamenta-t-elle.

— Je n'ai pas dit que tu étais mauvaise, Amelana. J'ai dit que tu étais jeune, et comme toutes les jeunes femmes séduisantes, surtout celles qui jouissent d'une position élevée, tu es habituée à arriver à tes fins. Mais tu attends un enfant. Tu vas devoir apprendre à faire passer ses besoins avant tes désirs.

— Je ne veux pas être une mauvaise mère, gémit Amelana. Mais peut-être ne saurai-je pas en être une bonne.

— Mais si, tu le sauras, dit Ayla, qui prenait la parole pour la première fois. Surtout quand tu seras chez toi avec ta mère. Elle t'aidera. Et même si tu n'avais pas de mère, tu tomberais amoureuse de ton bébé, comme la plupart des mères. C'est ainsi que la Grande Mère a fait les femmes, du moins la plupart d'entre elles, et aussi beaucoup d'hommes. Tu es une personne aimante, Amelana. Tu seras une bonne mère.

La Première sourit.

— Pourquoi ne vas-tu pas préparer tes affaires, Amelana ? dit-elle plus gentiment. Nous partons demain dès les premières lueurs.

La compagnie se mit en route le lendemain et suivit l'une des trois rivières qui confluaient près de la Septième Caverne des Zelandonii de la Partie Sud. Elle la franchit au Gué du Camp et, au début, longea ses méandres. Puis, pour éviter tous ces détours, elle décida de couper à travers le pays en se dirigeant plus à l'est.

C'était une région entièrement nouvelle pour Ayla et, bien sûr, pour Jonayla, mais celle-ci était si petite qu'il était peu probable qu'elle se souvienne plus tard d'être passée par là. Jondalar ne la reconnaissait pas non plus, bien qu'il y fût venu avec Willamar et sa mère ainsi que les autres enfants de Marthona. Jonokol n'avait pas beaucoup voyagé et le pays lui était donc également inconnu. Quant à Amelana, elle ne se rappelait rien de la région, alors qu'elle l'avait traversée en venant de sa Caverne du Sud, mais à l'époque elle ne prêtait attention à rien. Son esprit était alors entièrement occupé par son nouveau compagnon, qui semblait ne pouvoir se passer d'elle, et elle rêvait de son nouveau foyer. La Première était venue plusieurs fois dans les parages, mais jamais bien longtemps, et elle ne s'en souvenait que vaguement. Le Maître du Troc, lui, connaissait bien la région. Il y avait déjà emmené ses deux aides, qui cependant ne la connaissaient pas encore aussi bien que lui. Willamar cherchait des points de repère pour se guider.

Le paysage changeait chaque jour de façon subtile. Ils prenaient de l'altitude et le terrain devenait plus accidenté. Les affleurements calcaires se faisaient plus fréquents, souvent accompagnés de taillis et même de petits bois qui poussaient alentour, et les herbages plus rares. Malgré l'altitude plus élevée, la chaleur augmentait, l'été avançant, et la végétation se modifiait tandis que se poursuivait leur progression vers le sud. Ils voyaient moins de conifères, épicéas, sapins ou genévriers, et plus d'arbres à feuilles caduques comme le mélèze et d'espèces à petites feuilles telles que le saule et le bouleau, ainsi que des arbres fruitiers et, de temps à autre, des érables à grosses feuilles et des chênes. Même les herbes changeaient : moins de seigle et plus de graminées de la famille du blé, comme l'épeautre, mais elles étaient souvent mélangées et le triticale côtoyait de nombreuses plantes herbacées.

Ils chassaient le gros et le petit gibier varié qu'ils croisaient en chemin et cueillaient les plantes qui poussaient abondamment en cette période de l'année, mais tout cela avec modération car ils ne songeaient pas à faire de réserves. Hormis Jonayla, c'étaient tous des adultes, pleins de santé et capables de trouver leur nourriture et de subvenir à leurs besoins. La grosse femme ne chassait ni ne cueillait, mais, en tant que Première, elle apportait sa contribution. Elle marchait une partie du temps, et plus elle le faisait plus elle était ingambe, mais quand elle se fatiguait, elle montait sur le travois et ne les ralentissait pas. C'était surtout Whinney qui tirait le travois, mais Ayla et Jondalar dressaient les autres chevaux à le faire aussi. Même s'ils se déplaçaient assez lentement pour que les chevaux puissent paître en chemin, surtout le matin et le soir, ils avançaient bien et, le temps restant agréable, ils avaient l'impression de faire une excursion.

Ils se dirigeaient depuis plusieurs jours vers le sud-est quand, un matin, Willamar prit la direction plein est, poussant parfois vers le nord, comme s'il avait suivi une piste. Ils grimpèrent autour d'une corniche en surplomb et, derrière, virent effectivement une piste, mais à peine assez large pour les longues perches du travois de la Première.

— Peut-être devrais-tu marcher, Zelandoni, dit Willamar. Ce n'est plus très loin.

— Oui, je vais marcher. Si je me souviens bien, plus haut la piste se rétrécit encore.

— Il y a un endroit assez large après la prochaine courbe. Il serait peut-être bon que tu y laisses le travois, Ayla, suggéra Willamar. Je ne crois pas que la piste lui permette de passer.

— Les travois s'accommodent mal des pistes escarpées. Nous l'avons appris à nos dépens, dit-elle en jetant un coup d'œil à Jondalar.

En arrivant à l'élargissement, ils aidèrent la doniate à descendre du travois et entreprirent de le décrocher. Puis ils continuèrent leur ascension, Willamar en tête. Ayla, Jondalar et Jonayla fermaient la marche avec les bêtes.

Ils franchirent encore quelques traverses du sentier en zigzag et une montée raide puis se retrouvèrent soudain sur une saillie herbeuse relativement large sur l'arrière de laquelle, au milieu de la fumée de quelques feux, se trouvait un ensemble d'abris assez spacieux faits de bois et de peaux et couverts de chaume. Devant, une foule de gens faisait face aux visiteurs, mais Ayla n'aurait su dire s'ils étaient contents de les voir arriver. Ils semblaient sur la défensive, aucun ne souriait et certains tenaient des lances, sans pourtant viser personne.

Ayla avait déjà assisté à ce genre de réception et elle fit discrètement signe à Loup de rester à proximité. Elle l'entendait gronder légèrement tandis qu'il marchait devant elle pour la protéger. Elle regarda Jondalar, qui s'était placé devant Jonayla bien qu'elle s'efforçât de voir ce qui se passait. Les chevaux caracolaient nerveusement, les oreilles pointées en avant. Jondalar serra plus fermement les longes de Rapide et Grise et jeta un coup d'œil à Ayla, qui posa la main sur l'encolure de Whinney.

— Willamar ! lança alors une voix. C'est bien toi ?

— Farnadal ! Bien sûr que c'est moi, et quelques autres, la plupart de la Neuvième Caverne. Je savais que tu nous attendais. Kimeran et Jondecam sont déjà là ?

— Non, pas encore. Ils devraient être arrivés ?

— Ils vont venir ? interrogea une voix féminine sur un ton joyeux.

— Nous pensions qu'ils seraient déjà là. Pas étonnant que tu aies l'air si surpris de nous voir.

— Ce n'est pas toi que je suis surpris de voir, dit Farnadal, sardonique.

— Des présentations s'imposent, dit Willamar. Je commencerai donc par la Première parmi Ceux Qui Servent la Grande Terre Mère.

Farnadal en resta bouche bée, puis se reprit et s'avança. En y regardant de plus près, il la reconnut à son allure et à ses tatouages. Il l'avait déjà rencontrée, mais cela faisait un certain temps et tous deux avaient changé depuis.

— Au nom de Doni, tu es la bienvenue, Zelandoni la Première, dit-il.

Il lui tendit les deux mains et continua ses salutations. Les autres voyageurs furent présentés à leur tour, Jondalar et Ayla en dernier.

— Voici Jondalar, de la Neuvième Caverne des Zelandonii, Maître Tailleur de Silex... commença le Maître du Troc.

Vint le moment de présenter Ayla :

— Et voici Ayla, de la Neuvième Caverne des Zelandonii, auparavant du Camp du Lion des Mamutoï... prononça Willamar.

Il remarqua que Farnadal changeait d'expression à l'énoncé de ses noms et liens de parenté, et plus encore lorsqu'elle le salua et qu'il l'entendit parler.

Ces présentations lui en avaient appris beaucoup sur elle. D'abord, c'était une étrangère, ce qui ressortait avec évidence quand elle prenait la parole, une étrangère adoptée de plein droit en tant que Zelandonii à part entière et pas seulement unie à un Zelandonii, ce qui, en soi, était inhabituel. De plus, elle faisait partie de la Zelandonia et était devenue acolyte de la Première. Et bien que l'homme tînt les longes de deux chevaux et les maîtrisât, c'était à elle que revenait la responsabilité de toutes les bêtes. De toute évidence, elle exerçait un ascendant sur l'autre cheval et sur le loup, même sans se servir de cordes. Il lui semblait qu'elle aurait déjà dû être une Zelandoni, et pas seulement un acolyte, même de la Première.

Puis il se souvint qu'un an plus tôt une troupe de conteurs itinérants étaient venus et avaient raconté de folles histoires de chevaux portant des gens et d'un loup qui aimait une femme, mais il n'avait jamais imaginé qu'il y eût quelque vérité dans tout cela. Et maintenant, il les avait sous les yeux. Il n'avait pas vu les chevaux porter les gens, mais commençait à se demander quelle part de vérité contenaient ces histoires.

Une femme de haute taille, à qui Ayla crut trouver un air familier, s'avança et demanda à Willamar :

— Tu as dit que tu t'attendais à voir ici Jondecam et Kimeran ?

— Voilà longtemps que tu ne les as vus, n'est-ce pas, Camora ? répondit Willamar.

— Oui.

— Tu leur ressembles, surtout à ton frère, Jondecam, mais aussi à Kimeran.

— Nous sommes tous apparentés, dit Camora avant d'expliquer à Farnadal : Kimeran est mon oncle, mais il était beaucoup plus jeune que sa sœur, ma mère. Quand la mère de ma mère a rejoint les Esprits du Monde d'Après, ma mère l'a élevé comme un fils en même temps que Jondecam et moi. Puis, quand son compagnon est passé dans le Monde d'Après, elle est devenue une Zelandoni. C'est de famille, son grand-père était aussi un Zelandoni. Je me demande s'il est toujours de ce monde ?

— Oui, et bien que l'âge ait ralenti son pas, il est toujours Zelandoni de la Septième Caverne. Ta mère est maintenant Zelandoni de la Deuxième, répondit Willamar.

— Celui qui était Zelandoni de la Deuxième Caverne avant elle, celui qui m'a appris à peindre, marche maintenant dans le Monde d'Après, ajouta Jonokol. Ce fut pour moi un jour sombre, mais ta mère est une bonne doniate.

— Pourquoi pensais-tu que Kimeran et Jondecam seraient ici ? s'enquit Farnadal.

— Ils devaient partir peu après nous et venir directement ici. Nous avons fait des haltes en chemin, expliqua la Zelandoni Qui Etait la Première. J'emmène Ayla faire son Périple de Doniate et Jonokol aussi… je devrais dire « Zelandoni de la Dix-Neuvième ». Quand il était mon acolyte, nous n'avons jamais vraiment fait de Périple et il lui faut visiter certains des sites sacrés. Nous allons tous ensemble voir l'une des plus importantes grottes peintes. Elle se trouve au sud-est du territoire des Zelandonii et nous rendrons ensuite visite aux parents de Beladora, la compagne de Kimeran. C'est une Giornadonii, le peuple qui vit sur la longue presqu'île qui avance dans la Mer Méridionale, au sud du territoire oriental des Zelandonii. Jeune homme, Kimeran se déplaçait avec sa sœur-mère quand elle a effectué son Périple de Doniate dans la partie septentrionale du territoire des Giornadonii. Il a rencontré Beladora, en a fait sa compagne et l'a ramenée avec lui. L'histoire est semblable à celle d'Amelana, remarqua la Première, désignant la jolie jeune femme qui faisait partie de son groupe, mais l'histoire de cette jeune femme est bien moins heureuse. Son compagnon marche maintenant dans le Monde d'Après et elle a souhaité retourner auprès des siens. Sa mère lui manque. Elle porte en elle une vie nouvelle et aimerait être près de sa mère quand son enfant naîtra.

— Ça se comprend, dit Camora en adressant un sourire de sympathie à Amelana. Aussi gentils que puissent être les gens, une femme a toujours envie d'être auprès de sa mère quand elle accouche, surtout la première fois.

Ayla et la Première échangèrent un rapide coup d'œil. Camora se languissait sans doute des siens. Même si une femme trouvait un visiteur séduisant au point de partir avec lui, il n'était apparemment pas facile de vivre avec les étrangers qui étaient les parents de son compagnon. Même s'ils appartenaient au même territoire, avaient des croyances et des coutumes similaires, chaque Caverne possédait ses propres façons de faire et une nouvelle venue était toujours dans une position désavantageuse.

Ayla constatait que sa situation n'était pas la même que celle des deux jeunes femmes. Bien qu'elle fût appelée Ayla des Mamutoï, elle avait été pour eux plus une étrangère que pour les Zelandonii, et eux avaient été des étrangers pour elle. Une fois le Clan quitté, elle avait espéré trouver des gens comme elle, mais elle n'avait pas su où les chercher. Elle avait vécu seule dans une agréable vallée pendant plusieurs années jusqu'au jour où elle était tombée sur Jondalar, qui avait été blessé par un lion. En dehors de lui, les Mamutoï avaient été les premiers dans son genre qu'elle ait rencontrés depuis la perte de sa famille à l'âge de cinq ans. Elle avait été élevée par le Clan, dont les membres n'étaient pas seulement des gens d'une Caverne ou d'un territoire différents, n'ayant pas les mêmes cheveux, les mêmes yeux, la même peau, ou parlant une langue inconnue. Les membres du Clan n'étaient vraiment pas comme les autres. Ils avaient des capacités d'expression particulières, leur façon de penser, la manière dont leur cerveau fonctionnait étaient inhabituelles, même la forme de leur tête et, dans une certaine mesure, leurs corps n'étaient pas tout à fait les mêmes.

Ils étaient sans aucun doute des humains et il y avait beaucoup de similitudes entre eux et ceux qu'ils appelaient les Autres. Ils chassaient les animaux du voisinage et pratiquaient la cueillette. Ils façonnaient des outils de pierre et s'en servaient pour fabriquer d'autres choses – vêtements, récipients, abris. Ils prenaient soin les uns des autres ; ils s'étaient même rendu compte qu'Ayla était une enfant lorsqu'ils l'avaient trouvée et s'étaient occupés d'elle bien qu'elle fît partie des Autres. Mais ils étaient différents en certaines manières qu'elle n'avait jamais pleinement comprises, alors qu'elle avait grandi parmi eux.

Même si elle éprouvait de la sympathie pour les deux jeunes femmes qui vivaient loin de leurs proches et se languissaient d'eux, elle ne comprenait pas tout à fait ce qu'elles ressentaient. Du moins vivaient-elles avec leurs semblables. Elle se félicitait d'avoir trouvé des gens semblables à elle et surtout, parmi eux, un homme qui était attaché à elle. Elle n'arrivait même pas à exprimer avec des mots combien Jondalar comptait pour elle. Elle n'aurait pu espérer mieux. Non seulement il lui disait qu'il l'aimait, mais il la traitait avec amour. Il était gentil, généreux, adorait sa fille. Sans lui, elle n'aurait pas été capable de devenir acolyte, de faire partie de la Zelandonia. Il subvenait à ses besoins, s'occupait de Jonayla quand elle n'était pas là, alors qu'il aurait préféré qu'elle reste avec lui, et il lui apportait une joie incroyable quand ils partageaient les Plaisirs. Elle avait en lui une confiance tacite et totale et n'arrivait pas à croire en sa chance.

Camora regarda la Zelandoni Qui Etait la Première.

— Crois-tu qu'il ait pu arriver quelque chose à Kimeran et Jondecam ? demanda-t-elle, les sourcils froncés. Un accident est toujours possible.

— Oui, Camora, mais il se peut aussi qu'ils aient été retardés et ne soient pas partis aussi vite qu'ils le prévoyaient. Ou qu'il se soit passé quelque chose à leur Caverne qui les ait amenés à changer d'avis et à décider de ne pas partir. En ce cas, ils n'auraient aucun moyen de nous prévenir. Nous allons attendre ici quelques jours, si cela ne dérange pas Farnadal, dit-elle en lui jetant un coup d'œil qui lui fut retourné aussitôt avec un sourire et un hochement de tête, avant de poursuivre notre périple pour leur laisser la possibilité de nous rattraper.

— Peut-être même pouvons-nous faire davantage, ajouta Jondalar. Les chevaux sont beaucoup plus rapides que les hommes. Nous pouvons les monter et suivre la piste en sens inverse pour tenter de les trouver. Nous y parviendrons peut-être s'ils ne sont pas trop loin. Du moins pouvons-nous essayer.

— Bonne idée, Jondalar, admit Ayla.

— Ils vous portent donc bien sur leur dos comme l'ont dit les conteurs ? s'étonna Farnadal.

— Les conteurs sont venus ici récemment ? s'enquit Ayla.

— Non, il y a environ un an. Mais je croyais qu'ils avaient inventé ces histoires extraordinaires. J'ignorais qu'elles étaient vraies.

— Nous partirons demain matin, décréta Jondalar. Il est trop tard, maintenant.

Tous ceux de la Caverne qui le pouvaient s'étaient rassemblés au bas de la pente qui menait à la corniche sur laquelle ils habitaient. Ayla et Jondalar avaient attaché des couvertures de monte et les paniers contenant provisions et matériel de bivouac aux trois chevaux, passé le licou à l'étalon et à la jeune jument. Puis Jondalar avait hissé Jonayla sur le dos de Grise.

Cette fillette est-elle aussi capable de se faire obéir d'un cheval ? se demanda Farnadal. Toute seule ? Elle est si petite et le cheval est un animal si grand et fort... Et les chevaux devraient avoir peur de ce loup. Chaque fois que j'ai vu un loup s'approcher d'un cheval, il bronchait et s'enfuyait, ou, s'il croyait que l'animal s'apprêtait à l'attaquer, il essayait de le piétiner.

Quel pouvoir magique cette femme possède-t-elle ?

Un frisson de peur le parcourut, puis il se raisonna. Elle semblait normale, parlait avec les autres femmes, participait aux diverses tâches, s'occupait des enfants. Elle était séduisante, surtout quand elle souriait, et hormis son accent il ne lui aurait rien trouvé de remarquable ni même d'inhabituel. Et pourtant, voilà qu'elle saute sur le dos de cette jument louvette !

Il les regarda partir, l'homme en tête, l'enfant au milieu, la femme fermant la marche. L'homme était grand et lourd pour le cheval trapu qu'il appelait Rapide, ses pieds traînaient presque par terre quand il chevauchait sa monture brun foncé, couleur inhabituelle qu'il n'avait encore jamais vue. Mais lorsque les bêtes se lancèrent dans un trot rapide, il se recula sur le dos du cheval, remonta les genoux et serra les flancs de l'étalon avec ses jambes. La fillette montait très en avant, presque sur l'encolure de la jeune jument grise, ses petites jambes en équerre. La robe brun-gris du cheval était elle aussi d'une nuance inhabituelle, bien qu'il l'ait déjà vue quand il s'était rendu dans le Nord. Certains appelaient « grouya » cette couleur, Ayla disait simplement « grise » et c'était devenu le nom de la jument. Peu après leur départ, le trot rapide se mua en galop. Sans entraves telles que le travois, les chevaux aimaient courir jambes tendues, surtout lors des chevauchées matinales. Ayla se penchait sur l'encolure de Whinney pour faire comprendre à la jument d'aller aussi vite que possible. Loup glapissait et participait à la course. Jondalar se penchait lui aussi, genoux fléchis contre les flancs de l'animal. Jonayla se tenait d'une main à la crinière de l'animal et la joue appuyée sur le haut de son encolure, l'autre bras passé autour, elle regardait devant du coin de l'œil. Le visage fouetté par le vent, cette chevauchée effrénée était grisante et les cavaliers laissaient les chevaux galoper à leur gré et y prenaient plaisir.

Quand ils eurent trouvé leur allure, Ayla se redressa un peu, Jonayla se laissa glisser plus bas sur l'encolure de Grise et Jondalar prit une assise plus droite et laissa pendre ses jambes. Ils se sentaient plus détendus et continuèrent au petit galop. Ayla donna un signal à Loup et lui lança un ordre, « Cherche », qu'il savait vouloir dire : « Cherche les gens. »

La Terre était alors très peu peuplée. Les humains étaient largement dépassés en nombre par des millions d'autres créatures, des plus grosses aux plus petites, et ils avaient tendance à rester étroitement groupés. Quand Loup humait les odeurs portées par le vent, il était capable d'identifier de nombreux animaux différents à diverses étapes de leur vie et de leur mort. Il détectait rarement celle d'êtres humains, mais lorsqu'il le faisait il la reconnaissait.

Les trois cavaliers aussi cherchaient ; ils parcouraient le paysage du regard pour tenter de trouver des signes indiquant que des gens étaient passés par là récemment. Ils ne pensaient pas en découvrir aussi vite, certains que l'autre groupe de voyageurs aurait envoyé un messager s'ils avaient eu des ennuis si près de leur destination.

Vers midi, ils firent halte pour manger et laissèrent paître les chevaux. Quand ils repartirent, ils scrutèrent la campagne plus attentivement encore. Ils suivaient des semblants de pistes :

marques de brûlé sur des arbres, branchettes de broussailles courbées d'une certaine manière, parfois un tas de pierres terminé en pointe d'un côté, et, de temps à autre, une marque en ocre rouge laissée sur un rocher. Ils cherchèrent jusqu'au coucher du soleil, puis dressèrent le camp et montèrent les tentes près d'un ruisseau qui avait pris sa source sur les hauteurs.

Ayla sortit des galettes préparées pour le voyage avec des myrtilles séchées, de la graisse fondue et de la viande séchée pilée en petits morceaux, elle les brisa dans l'eau bouillante et ajouta encore de la viande séchée à cette soupe. Jondalar et Jonayla allèrent marcher dans la prairie voisine et l'enfant revint les mains pleines d'oignons qu'elle y avait trouvés, guidée par leur odeur. Cette zone plate avait été inondée par la crue du ruisseau plus tôt dans la saison et, en séchant, elle s'était prêtée à la croissance de certaines plantes. Ayla pensa y faire un tour le lendemain matin pour ramasser d'autres oignons et tout ce qu'elle pourrait glaner.

Ils se mirent en route le lendemain après avoir fini la soupe préparée la veille, agrémentée de racines et de légumes verts qu'Ayla avait trouvés au cours de sa rapide exploration des parages. Le deuxième jour fut aussi décevant que le premier ; ils ne trouvèrent aucune indication du passage récent d'êtres humains. Ayla repéra les traces de nombreux animaux et les montra à Jonayla en lui faisant remarquer de subtils détails qui indiquaient leurs déplacements. Lorsque, le troisième jour, ils s'arrêtèrent pour le repas de midi, Jondalar et Ayla étaient inquiets. Ils savaient combien Kimeran et Jondecam avaient envie de voir Camora et ils savaient aussi que Beladora tenait beaucoup à rendre visite à sa famille.

Ne s'étaient-ils tout simplement pas mis en route ? Quelque imprévu les avait-il contraints à annuler ou à retarder leur départ ou leur était-il arrivé quelque chose en chemin ?

— Nous pourrions retourner à la Grande Rivière et à la Première Caverne des Zelandonii du Sud pour voir s'ils ont effectué la traversée, suggéra Ayla.

— Jonayla et toi n'avez pas à faire ce long trajet. Je peux y aller seul et vous, vous retournerez avertir tout le monde. Si nous ne sommes pas de retour dans quelques jours, ils vont s'inquiéter, dit Jondalar.

— Tu as sans doute raison, mais continuons à chercher, au moins jusqu'à demain. Puis nous déciderons.

Ils dressèrent le camp tardivement et évitèrent de parler de la décision qu'ils allaient devoir prendre. Le lendemain matin, l'air était chargé d'humidité, des nuages s'étaient formés au nord, le vent était capricieux et soufflait dans toutes les directions. Puis il tourna et se mit à souffler du nord avec quelques fortes rafales, qui rendaient chevaux et humains nerveux. Au cas où le temps changerait, ou qu'ils doivent veiller tard, Ayla emportait toujours des vêtements chauds.

A quelques centaines de kilomètres de là seulement, les glaciers, formés dans le Grand Nord et posés comme une énorme crêpe sur le dessus arrondi de la Terre, présentaient des parois de glace compacte de plus de trois kilomètres de haut. Dans la période la plus chaude de l'été, les nuits étaient d'ordinaire fraîches et même dans la journée le temps pouvait varier brusquement. Le vent du nord apportait le froid et rappelait que même en été l'hiver était le maître du pays.

Mais le vent du nord apportait aussi autre chose. Dans l'affairement du démontage du camp et de la préparation du repas, aucun ne remarqua le changement d'attitude de Loup. Un glapissement, presque un aboiement, attira l'attention d'Ayla. Debout, penché dans le vent, la truffe haute pointée en avant, il avait détecté une odeur. Chaque fois qu'ils avaient levé le camp, elle lui avait donné le signal pour qu'il se mette à la recherche d'êtres humains. Grâce à son odorat extrêmement développé, il avait saisi une petite bouffée apportée par le vent.

— Regarde, mère ! Regarde Loup ! s'écria Jonayla, qui venait également de remarquer son comportement.

— Il a repéré quelque chose, dit Jondalar. Dépêchons-nous de plier bagage.

Ils jetèrent leurs affaires dans les paniers de bât et les attachèrent aux chevaux ainsi que les couvertures de monte, passèrent leur licou à Rapide et à Grise, éteignirent le feu et montèrent en croupe.

— Trouve-les, Loup ! Montre-nous quel chemin prendre, ordonna Ayla en faisant les signaux de main du Clan.

Le loup se dirigea vers le nord, puis infléchit sa course plus à l'est. S'il avait bien senti l'odeur de ceux qu'ils cherchaient, ces derniers étaient sortis de la piste mal tracée, à moins qu'ils n'aient traversé les régions montagneuses orientales pour quelque autre raison. Loup se déplaçait résolument à l'allure bondissante propre à son espèce, suivi par les chevaux, Whinney en tête. Ils continuèrent toute la matinée et laissèrent passer le moment du déjeuner.

A un moment, Ayla crut percevoir une odeur de brûlé, puis Jondalar lui cria :

— Tu as vu la fumée, droit devant ?

Elle apercevait en effet un vague panache de fumée qui montait dans les airs au loin et elle poussa Whinney. Elle tenait Grise par la longe et jeta un coup d'œil à sa fille montée sur la jeune jument pour s'assurer qu'elle était prête à accélérer l'allure. Tout excitée, Jonayla sourit à sa mère. Elle adorait monter seule. Même quand Ayla ou Jondalar voulait par sécurité la prendre sur leur monture parce que la piste était difficile ou pour qu'elle puisse se reposer, l'enfant regimbait, souvent en vain.

En voyant un camp et des gens autour, ils ralentirent à mesure qu'ils s'en approchaient. Ils ne savaient de qui il s'agissait. Ils n'étaient pas les seuls à voyager, et arriver brusquement, montés sur des chevaux, dans le camp d'inconnus risquait de semer la panique.

23

Ayla vit ensuite un homme blond aussi grand que Jondalar. Lui aussi la vit.

— Kimeran ! Nous étions à votre recherche ! Comme je suis contente de vous avoir trouvés ! s'exclama Ayla avec soulagement.

— Ayla ! lança Kimeran. C'est bien toi ?

— Comment avez-vous fait ? s'enquit Jondecam, surgi aux côtés de Kimeran. Comment saviez-vous où chercher ?

— Loup vous a repérés. Il a le nez, répondit Ayla.

— Nous sommes allés à la Caverne de Camora en espérant vous y trouver, mais ils ont été surpris de nous voir, dit Jondalar. Tout le monde s'inquiétait, surtout ta sœur, Jondecam. J'ai donc proposé que nous revenions en arrière avec les chevaux le long de la piste que je pensais que vous suivriez parce qu'ils sont beaucoup plus rapides que nous.

— Nous nous sommes écartés de la piste lorsque les enfants sont tombés malades, pour trouver un bon endroit où dresser un camp.

— Les enfants sont tombés malades ? répéta Ayla.

— Oui, et Beladora aussi. Vous feriez peut-être bien de ne pas trop vous approcher. Ginedela a été la première à avoir de la fièvre, puis ça a été le tour de Jonlevan, le fils de Levela, et de Beladora. Je croyais que Gioneran y échapperait, mais quand Ginedela a commencé à avoir des boutons partout, il est devenu fiévreux lui aussi.

— Nous ne savions pas quoi faire pour eux, si ce n'est les laisser se reposer, s'assurer qu'ils buvaient beaucoup d'eau et tenter d'apaiser la fièvre avec des compresses humides, expliqua Levela.

— Vous avez fait ce qu'il fallait, dit Ayla. J'ai déjà vu cela. A la Réunion d'Eté des Mamutoï, lorsque je passais beaucoup de temps avec le Mamut. L'un des Camps est arrivé avec plusieurs malades, des enfants pour la plupart. Les Mamutoï les ont confinés à l'extrémité du Camp d'Eté et ont posté plusieurs d'entre eux pour empêcher les autres d'approcher. Ils craignaient que tout le monde n'attrape la maladie.

— Tu dois alors veiller à ce que Jonayla ne joue pas avec les enfants, dit Levela, et vous devriez rester à l'écart.

— Ont-ils encore de la fièvre ? s'enquit Ayla.

— Plus beaucoup, mais ils sont couverts de boutons rouges.

— Je vais les examiner, mais s'ils n'ont plus de fièvre, ce n'est probablement pas grave. Les Mamutoï pensent que c'est une maladie de l'enfance et ils disent qu'il vaut mieux l'avoir jeune. Les enfants se rétablissent plus facilement, déclara Ayla. Les adultes sont touchés plus durement.

— C'est vrai de Beladora. Elle a été plus malade que les enfants, remarqua Kimeran. Elle est encore affaiblie.

— Le Mamut m'a dit que la fièvre est plus forte et perdure, que les boutons mettent plus longtemps à disparaître chez les adultes. Pourquoi ne m'emmènes-tu pas voir Beladora et les enfants ?

Leur tente avait deux faîtages, le piquet principal soutenait le plus haut et un fin panache de fumée s'échappait par une ouverture ménagée à côté. Un piquet plus petit soutenait une annexe permettant de disposer de davantage de place. Ayla dut se baisser pour franchir l'entrée. Beladora était couchée là sur une natte, les trois enfants assis sur les leurs, mais ils ne semblaient pas très vaillants. Il y avait trois autres couchages de l'autre côté, deux côte à côte, un à l'écart. Kimeran entra à la suite d'Ayla. Il pouvait se tenir debout près du piquet, mais devait se baisser pour se déplacer dans le reste de la tente.

Ayla alla d'abord jeter un coup d'œil aux enfants. Le plus jeune, Jonlevan, le fils de Levela, semblait ne plus avoir de fièvre, bien qu'il fût encore sans énergie et couvert de boutons rouges qui, apparemment, le démangeaient. Il sourit en voyant Ayla.

— Où est Jonayla ? demanda-t-il.

Ayla se souvint qu'elle aimait jouer avec lui. Il n'avait que trois ans alors que sa fille en avait quatre, même s'il était presque de la même taille qu'elle. Elle aimait jouer à la maman avec lui ou faisait parfois comme s'ils étaient mariés, et c'était elle qui commandait. Ils étaient cousins puisque sa mère, Levela, était la sœur de Proleva, la compagne de Joharran, le frère de Jondalar, de proches cousins à qui il ne serait jamais permis de former un couple.

— Elle est là, dehors, répondit Ayla en posant la main sur le front de l'enfant et en constatant qu'il n'était pas anormalement chaud, ce que confirmaient ses yeux, qui n'étaient pas fiévreux. Il me semble que tu vas mieux. Tu n'es plus aussi chaud ?

— Je veux jouer avec Jonayla, zozota-t-il.

— Pas encore, peut-être bientôt, répondit Ayla.

Elle examina ensuite Ginedela. Elle semblait aussi en bonne voie de guérison, malgré ses boutons rouge vif.

— Je veux jouer avec Jonayla moi aussi, dit-elle.

Elle et son jumeau avaient cinq ans et, de même que Kimeran et Jondalar se ressemblaient – tous deux étaient grands et blonds – bien qu'ils ne fussent pas apparentés, Jonayla et Ginedela avaient des cheveux blonds et des yeux bleus, ceux de Jonayla du même bleu vif saisissant que les yeux de Jondalar.

Gioneran, le jumeau de Ginedela, avait des cheveux châtain foncé et des yeux noisette tirant sur le vert, comme sa mère, mais il semblait avoir hérité de la haute taille de Kimeran. Ayla posa le dos de sa main sur son front : il était encore chaud et l'enfant avait les yeux brillants de fièvre. Ses boutons en pleine éruption paraissaient un peu à vif mais pas complètement sortis.

— Je vais te donner quelque chose pour que tu te sentes mieux rapidement, dit-elle au petit garçon. As-tu envie d'un peu d'eau ? Ensuite, tu feras bien de t'allonger.

— D'accord, fit-il avec un pâle sourire.

Elle prit l'outre et versa de l'eau dans une tasse posée près de sa natte, puis l'aida à la tenir pendant qu'il buvait. Ensuite, il s'allongea.

Ayla alla enfin voir Beladora.

— Comment te sens-tu ? lui demanda-t-elle.

— Mieux.

Elle avait encore les yeux vitreux et reniflait.

— Je suis vraiment contente que tu sois là, mais comment nous avez-vous trouvés ?

— Comme vous n'étiez pas à la Caverne de Camora, nous avons pensé que vous aviez dû être retardés. Jondalar a eu l'idée de prendre les chevaux pour partir à votre recherche. Ils sont plus rapides que nous. Mais c'est Loup qui a senti votre odeur et nous a conduits ici.

— Je ne m'étais pas rendu compte à quel point tes animaux pouvaient être utiles, dit Beladora. Mais j'espère que vous n'allez pas attraper cette maladie. Elle est terrible et ça me démange partout. Ces boutons vont disparaître ?

— Ils ne devraient pas tarder à le faire, mais cela risque de prendre un peu de temps avant qu'ils disparaissent complètement. Je vais essayer d'atténuer les démangeaisons et de faire baisser la fièvre.

Tous s'étaient maintenant rassemblés dans la tente, Jondalar et Kimeran debout près du piquet principal, les autres autour d'eux.

— Je me demande pourquoi Beladora et les enfants sont tombés malades et pas le reste d'entre nous ? s'interrogea Levela. Du moins pas encore.

— Si vous n'avez pas attrapé la maladie maintenant, vous ne l'aurez probablement pas, répondit Ayla.

— Je craignais que quelqu'un n'ait appelé sur nous de mauvais esprits par jalousie parce que nous faisions un Voyage, dit Beladora.

— Je ne sais pas, dit Ayla. Avez-vous mis quelqu'un en colère ?

— Si je l'ai fait, c'est sans le vouloir. J'étais tout excitée à l'idée de revoir ma famille et ma Caverne. Lorsque je suis partie avec Kimeran, je ne savais pas si je les reverrais un jour. J'ai pu donner l'impression de faire la fière.

— Quelqu'un de la Première Caverne des Zelandonii du Sud a-t-il parlé de gens qui auraient séjourné là avant vous ? Ou, lorsque vous y étiez, y avait-il quelqu'un de malade ? demanda Ayla à Kimeran.

— Maintenant que tu le dis, des gens ont effectué la traversée avant nous, plusieurs groupes, et je crois que leur Zelandoni prenait soin d'un malade, répondit Kimeran. Mais je n'ai pas cherché à en savoir davantage.

— Si des esprits mauvais étaient présents, ils n'étaient pas forcément appelés sur vous. C'étaient peut-être des restes de ceux qui vous avaient précédés là, Beladora, mais certaines maladies se déclarent sans que quiconque les ait répandues sur vous. Il semble qu'elles se transmettent toutes seules, expliqua Ayla. Cette fièvre accompagnée d'une éruption de boutons est peut-être de celles-là. Si on l'a eue quand on était jeune, on ne l'attrape généralement pas à l'âge adulte. C'est ce que m'a dit un Mamut. A mon avis, vous l'avez tous attrapée dans votre enfance, sinon vous auriez été malades aussi.

— Je me rappelle qu'une fois beaucoup d'entre nous ont été malades à une Réunion d'Eté, dit Jondecam. On nous avait tous mis dans une tente et, quand nous avons commencé à nous sentir mieux, nous avions l'impression d'être privilégiés parce qu'on s'occupait beaucoup de nous. C'était comme un jeu et je crois que nous avions aussi des boutons. L'un de vous s'en souvient ?

— J'étais sans doute trop jeune pour en avoir gardé le souvenir, dit Levela.

— J'étais un peu plus âgé et je ne faisais pas du tout attention aux enfants plus jeunes, malades ou non, déclara Jondalar. Si je n'ai pas attrapé la maladie à ce moment-là, j'ai dû l'avoir encore plus tôt. Je ne me souviens pas. Et toi, Kimeran ?

— Je crois me souvenir, mais seulement parce que ma sœur était dans la Zelandonia, répondit celui-ci. Aux Réunions d'Eté, il se passe toujours des tas de choses et les jeunes d'une même Caverne ont tendance à rester entre eux. Ils ne remarquent pas toujours ce que font les autres. Et toi, Ayla ? Tu as déjà eu cette maladie ?

— Je me rappelle avoir été malade et fiévreuse de temps à autre quand j'étais enfant, mais je ne me souviens pas d'avoir eu des boutons rouges. Je n'ai pas attrapé la maladie quand je suis allée avec un Mamut au Camp des Mamutoï où elle sévissait pour pouvoir en apprendre davantage sur elle et comment la traiter. En parlant de ça, je vais aller voir si je trouve quelque chose pour t'aider à te remettre, Beladora. J'ai quelques remèdes avec moi, mais les plantes que je veux poussent presque partout et je préfère en avoir de toutes fraîches si je peux en trouver.

Tout le monde commença à sortir de la tente à la queue leu leu, sauf Kimeran, qui resta pour s'occuper de Beladora et de ses enfants ainsi que de celui de Levela.

— Est-ce que je peux rester là, mère ? Avec eux ? demanda Jonayla en montrant les autres enfants.

— Ils ne peuvent pas jouer pour l'instant, Jonayla. Ils ont besoin de repos et je voudrais que tu m'aides à trouver des plantes pour les aider à guérir.

— Qu'est-ce que tu cherches ? demanda Levela quand ils furent tous dehors. Je peux te donner un coup de main ?

— Tu connais l'achillée et le pas-d'âne ? Je veux aussi trouver de l'écorce de saule, mais je sais où il y en a. J'en ai vu juste avant d'arriver ici.

— L'achillée est cette plante aux jolies feuilles et aux petites fleurs blanches qui poussent en bouquets ? Un peu comme la carotte, avec une odeur plus forte ? demanda Levela.

— C'est une très bonne description. Et le pas-d'âne ?

— Grandes feuilles vertes arrondies, épaisses et douces par-dessous.

— Tu connais celle-là aussi. Très bien. Allons en chercher.

Jondalar et Jondecam discutaient près du feu hors de la tente tandis que Jonayla écoutait à proximité.

— Beladora et Gioneran ont encore de la fièvre. Nous allons chercher des plantes pour aider à la faire baisser et atténuer les démangeaisons. J'emmène Jonayla et Loup.

— Nous étions en train de dire que nous devrions ramasser du bois, dit Jondalar. Et je pensais que je devrais chercher des arbres qui puissent donner de bonnes perches pour fabriquer un ou deux travois. Même quand ils iront mieux, Beladora et les enfants ne seront peut-être pas d'attaque pour une longue marche et nous devons nous remettre en route pour la Caverne de Camora avant qu'ils ne commencent à s'inquiéter.

— Tu crois que ça ne dérangera pas Beladora de se déplacer sur des perches à tirer ? demanda Ayla.

— Nous avons tous vu la Première se déplacer de cette façon. Ça n'a pas semblé lui déplaire. Cela rend, je crois, l'idée moins effrayante, dit Levela. Pourquoi ne le lui demandons-nous pas ?

— De toute façon, je dois aller prendre mon panier pour la cueillette.

— Je vais chercher le mien aussi et nous devons faire savoir à Kimeran et à Beladora où nous allons. Je vais dire à Jonlevan que nous allons chercher de quoi le remettre complètement sur pied.

— Comme il va mieux, il va vouloir venir, surtout s'il apprend que Jonayla nous accompagne, fit observer Jondecam.

— Je sais, répondit Levela, mais je crois qu'il est préférable qu'il ne vienne pas. Qu'en penses-tu, Ayla ?

— Si je connaissais mieux la région et savais où nous allons, nous pourrions l'emmener, mais je crois que ce n'est pas encore le moment.

— C'est ce que je lui ai dit, confirma Levela.

— Je vais prendre Beladora, dit Ayla. Whinney est plus habituée à tirer un travois.

Cela faisait plusieurs jours qu'ils avaient retrouvé les familles retardataires, mais Beladora n'était pas encore rétablie complètement. Si elle abusait de ses forces trop tôt, Ayla craignait qu'il n'en résulte pour elle un problème chronique qui risquerait de rendre la fin du trajet plus pénible.

Elle n'ajouta pas que Rapide n'était pas le cheval le plus indiqué pour tirer son travois car il était plus difficile à mener. Même Jondalar, qui savait très bien s'y prendre avec lui, avait parfois du mal à le maîtriser quand l'étalon devenait ombrageux. Grise était encore jeune, Jonayla encore plus jeune en termes d'aptitude, et, Whinney tirant le travois, il serait plus difficile à Ayla de se servir de la longe pour aider sa fille à diriger le cheval. Elle n'était pas certaine qu'il leur faille fabriquer un travois pour Grise.

Cependant, la grande tente dans laquelle les autres voyageurs avaient campé pendant qu'il y avait des malades avait été montée en se servant des tentes de voyage plus petites et de peaux supplémentaires, et le troisième travois pouvait transporter les piquets et d'autres choses qu'ils avaient confectionnées durant leur halte forcée et, sinon, ils les laisseraient là. Les enfants allaient beaucoup mieux mais se fatiguaient encore rapidement. Les travois leur permettraient aussi de se reposer pendant le déplacement sans avoir à s'arrêter. Ayla et Jondalar voulaient repartir le plus vite possible. Ceux qui les attendaient se demandaient sans doute où ils étaient.

La nuit précédant le départ, ils s'organisèrent le mieux possible. Ayla, Jondalar, Jonayla et Loup couchèrent dans leur tente de voyage. Le matin, ils préparèrent un repas rapide avec les restes de la veille, chargèrent toutes leurs affaires sur les travois, y compris les châssis qu'ils accrochaient d'habitude sur leur dos pour transporter le nécessaire : abri, vêtements supplémentaires et nourriture. Bien que les adultes aient été habitués à les porter, ils trouvaient plus facile de marcher sans ces lourds fardeaux. Ils partirent et parcoururent plus de chemin qu'ils ne le faisaient d'ordinaire, mais, le soir venu, tous étaient fatigués.

Tandis qu'ils achevaient leur infusion, Kimeran et Jondecam proposèrent de s'arrêter plus tôt le lendemain, pour aller chasser, de façon à ne pas arriver les mains vides quand ils rencontreraient les parents de Camora. Ayla était préoccupée. Le temps leur avait été favorable jusque-là. Il y avait eu une petite averse le soir où Ayla et Jondalar avaient trouvé les autres voyageurs. Le ciel s'était ensuite dégagé, mais Ayla ignorait si ça allait durer. Jondalar savait qu'elle était intuitive et qu'elle sentait généralement quand il allait pleuvoir.

Ce n'était pas exactement une odeur qui annonçait la pluie, elle percevait plutôt comme une exhalaison particulière de l'air et comme une sensation d'humidité. Plus tard, on expliquera la fraîcheur de l'air avant la pluie par la présence d'ozone dans l'atmosphère, d'autres, capables de la détecter, y verront une nuance métallique. Ayla n'avait pas de mot pour le décrire et avait du mal à l'expliquer, mais elle connaissait ce présage de pluie et l'avait perçu récemment. Elle n'avait aucune envie de patauger dans la boue sous une pluie battante.

Elle se réveilla alors qu'il faisait encore nuit. Elle se leva pour utiliser le panier de nuit, mais sortit finalement. Les braises du feu allumé devant la tente rougeoyaient encore et donnaient assez de lumière pour qu'elle aille jusqu'à un buisson voisin. L'air était frais mais pur et, en revenant vers la tente, elle vit que le noir profond de la nuit avait laissé place au bleu nuit qui précède l'aube. Elle regarda un moment un rouge profond envahir le ciel à l'orient et souligner un banc pommelé de nuages d'un violet sombre, suivi par une lumière éblouissante qui embrasa davantage le ciel rouge et dispersa les nuages en bandes de couleur vive.

— Je suis sûre qu'il ne va pas tarder à pleuvoir, annonça-t-elle à Jondalar en rentrant dans la tente, et cela va être un gros orage. Je sais qu'ils ne veulent pas arriver les mains vides, mais si nous continuons d'avancer nous arriverons peut-être avant la pluie. Je ne voudrais pas que Beladora soit trempée et attrape froid au moment où elle se rétablit, et l'idée d'avoir toutes nos affaires mouillées et pleines de boue me déplaît, alors qu'en se dépêchant nous pourrons peut-être l'éviter.

Les autres se réveillèrent tôt, prévoyant de se mettre en route peu après le lever du soleil. Tous voyaient les nuages s'accumuler à l'horizon et Ayla était certaine qu'ils auraient droit à une grosse averse.

— Selon Ayla, un gros orage se prépare, dit Jondalar à ses deux compagnons quand ils évoquèrent la chasse. Elle pense qu'il vaut mieux remettre la chasse à plus tard, après notre arrivée.

— Il y a des nuages à l'horizon, je le sais, répondit Kimeran, mais ça ne veut pas dire qu'il va pleuvoir ici. Ils paraissent assez loin…

— Ayla s'y entend à prévoir la pluie. J'en ai déjà fait l'expérience. Je n'ai pas envie de devoir mettre à sécher nos vêtements mouillés et nos chausses boueuses.

— Mais nous n'avons rencontré nos hôtes qu'aux Matrimoniales, dit Jondecam. Je ne veux pas leur demander l'hospitalité sans rien avoir à donner en retour…

— Nous n'avons passé qu'une demi-journée avec eux avant de partir à votre recherche, mais j'ai remarqué qu'ils ne semblent pas habitués au lance-sagaie. Pourquoi ne pas leur proposer de venir chasser avec nous et leur montrer comment s'en servir ? Ce sera leur faire un plus beau cadeau que de seulement leur apporter de la viande, argua Jondalar.

— C'est possible… tu crois vraiment qu'il va pleuvoir bientôt ? insista Kimeran.

— Je crois à l'intuition d'Ayla. Elle se trompe rarement. Voilà plusieurs jours qu'elle sent venir la pluie et elle pense que ce sera un gros orage. Un orage dans lequel on n'aura pas envie d'être pris sans un bon abri. Elle ne veut même pas qu'on s'arrête pour préparer le repas de midi ; elle dit qu'on devra boire seulement de l'eau et manger des galettes en cours de route pour arriver plus vite. Maintenant que Beladora va mieux, tu ne tiens sûrement pas à ce qu'elle se fasse tremper.

Une autre pensée lui vint soudain :

— Nous pourrons arriver plus vite à cheval.

— Comment pourrions-nous tous monter trois chevaux ? s'enquit Kimeran.

— Certains pourront s'installer sur les perches et d'autres monter les chevaux à deux. As-tu déjà songé à la façon de s'asseoir sur un cheval ? Tu pourrais monter derrière Jonayla.

— Peut-être puis-je laisser ma place à quelqu'un d'autre ; j'ai de longues jambes et je cours vite, dit Kimeran.

— Pas aussi vite qu'un cheval, répliqua Jondalar. Beladora peut voyager sur les perches avec ses deux enfants. Ils seront secoués, mais ils l'ont déjà fait plusieurs fois. Nous pouvons mettre le chargement des perches de Rapide sur celles de Grise. Levela et Jonlevan peuvent monter avec moi sur Rapide. Il ne reste plus que toi et Jondecam. J'ai pensé qu'il pourrait s'installer sur les perches ou monter derrière moi ; Levela et son fils prendront les perches. Il te suffira de monter à deux avec Ayla ou Jonayla. Avec tes longues jambes, tu auras plus de place si tu montes avec Jonayla puisqu'elle chevauche contre l'encolure de Grise. Tu crois pouvoir te cramponner au cheval avec tes jambes en étant assis sur lui ? Tu peux aussi te tenir aux cordes. Celui ou celle qui montera avec moi pourra se tenir à moi. Nous ne chevaucherons pas trop longtemps, cela fatiguerait les chevaux, mais nous pouvons abattre une bonne distance beaucoup plus vite si nous les laissons galoper un peu.

— Je vois que tu as réfléchi à tout ça, dit Jondecam.

— Depuis qu'Ayla m'a fait part de ses inquiétudes, oui, répondit Jondalar. Qu'en penses-tu, Levela ?

— Je ne veux pas me mouiller si je peux l'éviter. Si Ayla dit qu'il va pleuvoir, je la crois. Je monterai sur un travois avec Jonlevan comme Beladora si, de cette façon, nous arrivons plus vite, même si ça secoue un peu.

Pendant que l'eau chauffait pour l'infusion matinale, les chargements des travois furent réorganisés, puis Ayla et Jondalar installèrent tout le monde. Loup observait les préparatifs la tête penchée, comme si ce qui se passait éveillait sa curiosité, impression renforcée par son oreille dressée. Ayla l'aperçut et sourit.

Au début, ils allèrent lentement puis, après avoir échangé un regard avec Ayla, Jondalar lui fit signe et poussa un cri.

— Tenez-vous bien ! dit-il.

Ayla se pencha en avant et ordonna à sa jument de prendre le galop. Whinney se lança dans un trot rapide, puis passa au galop. Bien que ralentie par le travois, elle atteignit une vitesse considérable. Derrière, les autres chevaux suivaient, répondaient aux encouragements de leurs cavaliers habituels et accéléraient l'allure. Loup courait à leur côté. Pour Jondecam et Kimeran, c'était grisant, et, pour ceux qui se cramponnaient aux travois bringuebalés sur le sol irrégulier, époustouflant, quoiqu'un peu effrayant. Ayla surveillait de près sa monture et quand Whinney commença à peiner, elle la fit ralentir.

— C'était excitant, dit Beladora.
— On s'est bien amusés ! déclarèrent les jumeaux à l'unisson.
— On peut recommencer ? demanda Ginedela.
— Oui, on peut ? insista Gioneran.
— On recommencera, mais nous devons laisser Whinney se reposer un peu, répondit Ayla, satisfaite de la distance parcourue pendant ce bref galop malgré le chemin qui restait.

Ils continuèrent au pas. Quand elle estima que les chevaux étaient reposés, elle cria :
— C'est parti !

Lorsque les chevaux reprirent le galop, les cavaliers s'accrochèrent, sachant maintenant à quoi s'attendre. Ceux qui avaient eu peur furent moins effrayés cette fois-ci, mais c'était toujours excitant de se déplacer beaucoup plus vite qu'aucun d'eux n'aurait pu le faire en courant, même ceux qui avaient les plus longues jambes.

Les chevaux sauvages indigènes, qui avaient été apprivoisés mais pas domestiqués, étaient très solides et résistants. Leurs sabots n'avaient pas besoin d'être protégés du sol rocailleux, ils étaient capables de porter ou tirer des charges étonnamment lourdes et leur endurance dépassait l'entendement. Ils avaient beau aimer galoper, les chevaux qui supportaient une charge supplémentaire ne pouvaient cependant tenir l'allure que pendant une durée limitée et Ayla veillait attentivement à ne pas les forcer. Lorsqu'elle les ramena au pas et, au bout d'un moment, leur donna le signal de reprendre le galop une troisième fois, les chevaux semblèrent se plaire au jeu. Loup aussi. Il essayait de prévoir quand ils allaient se remettre à courir pour avoir l'avantage au départ, mais il ne voulait pas non plus prendre trop d'avance parce qu'il suivait l'allure et devait anticiper le prochain ralentissement.

En fin d'après-midi, Ayla et Jondalar commencèrent à reconnaître la région, avec quelque hésitation. Ils ne voulaient pas rater la piste qu'ils devaient suivre pour arriver à la Caverne de Camora et des siens. Willamar leur manquait, il était celui qui connaissait le mieux le pays. Ralentir le pas permit à chacun de remarquer le changement de temps. L'air était chargé d'humidité et le vent avait forci. Lorsqu'ils entendirent un grondement de tonnerre suivi peu après d'un éclair, ils n'étaient plus très loin du but. Ils savaient tous qu'un gros orage approchait. Ayla se mit à frissonner, mais ce n'était qu'un souffle soudain d'air froid et humide. Les grondements lui rappelaient trop un tremblement de terre et il n'y avait rien qu'elle détestât plus que les tremblements de terre.

Ils faillirent manquer la piste, mais Willamar et quelques autres les guettaient depuis plusieurs jours. Jondalar fut soulagé de voir sa silhouette familière leur faire des signes. Le Maître du Troc avait vu de loin les chevaux approcher et envoyé l'un de ses gens annoncer leur retour à la Caverne. A distance, ne voyant personne marcher à côté des chevaux, il avait craint qu'ils n'aient pas trouvé les absents, mais ensuite il distingua plusieurs têtes au-dessus du dos des chevaux et comprit qu'ils montaient chaque bête à plusieurs. Puis il aperçut les travois et enfin les personnes installées dessus.

Les gens de la Caverne se précipitaient sur le sentier. Quand Camora vit son frère et son oncle, elle ne sut vers lequel des deux courir d'abord. Ils se précipitèrent vers elle et l'étreignirent tous les deux.

— Dépêchez-vous, il commence à pleuvoir, leur enjoignit Willamar.

— Nous pouvons laisser les perches ici, dit Ayla, tandis que tous se hâtaient sur le sentier.

Les voyageurs restèrent plus longtemps que prévu, en partie pour laisser à Camora la possibilité de voir les siens et à son compagnon et ses enfants de faire leur connaissance. Cette Caverne était un groupe de gens passablement isolés et, s'ils se rendaient aux Réunions d'Eté, ils n'avaient pas de proches voisins. Levela et Jondecam envisagèrent de rester avec la sœur de celui-ci, peut-être jusqu'à ce que les voyageurs les reprennent au retour. Elle semblait avoir soif de compagnie et de nouvelles des gens qu'elle connaissait. Kimeran et Beladora avaient la ferme intention de partir en même temps que la Première. Le peuple de Beladora habitait au bout du trajet prévu.

La Première avait espéré se mettre en route après quelques jours, mais Jonayla eut la rougeole au moment où ils s'apprêtaient à partir, ce qui retarda leur départ. Les trois Zelandonia présents donnèrent des remèdes et des instructions aux membres de la Caverne sur la façon de soigner ceux qui attrapaient cette maladie contagieuse, leur expliquèrent qu'ils risquaient de tomber malades eux aussi, mais normalement sans gravité. La Zelandoni locale avait fait la connaissance de la Première et de Jonokol pendant qu'Ayla et Jondalar étaient partis à la recherche des autres et en était venue à respecter leurs connaissances.

Ceux de la Neuvième Caverne racontèrent leurs démêlés avec la maladie et la firent apparaître si bénigne que leurs hôtes appréhendèrent moins de la contracter. Même quand Jonayla commença à se sentir mieux, Zelandoni décida de remettre le départ jusqu'à ce que les membres de la Caverne montrent les premiers symptômes pour qu'ils puissent, tous les trois, leur expliquer comment soigner les malades et quels herbes médicinales et cataplasmes hâteraient leur guérison. Beaucoup des membres de la Caverne tombèrent effectivement malades, mais pas tous, ce qui incita la Première à penser qu'au moins certains d'entre eux avaient déjà été exposés à la maladie.

Zelandoni et Willamar connaissaient l'existence de certains sites sacrés dans la région et en parlèrent avec Farnadal et sa doniate. La Première les connaissait de réputation mais ne les avait pas vus. Willamar, si, mais de longues années auparavant. Un lien existait entre les sites et la principale grotte peinte proche de la Septième Caverne des Zelandonii du Sud ainsi que celle située à proximité de la Quatrième Caverne du Sud. Ces sites existaient bien, mais, d'après les descriptions, il n'y avait pas grand-chose à y voir, seulement quelques peintures grossières sur les parois.

Ils avaient déjà été retardés si longtemps que la Première estima qu'ils pouvaient laisser ces sites de côté afin d'avoir le temps d'en visiter d'autres. Il était plus important de voir le principal lieu sacré, proche de la Caverne d'Amelana. Et il leur fallait en outre rendre visite aux Giornadonii voisins et se rendre à la Caverne de Beladora.

L'attente donna à ceux de la Neuvième Caverne la possibilité de mieux connaître les gens de la Caverne de Camora et à Jondalar en particulier de montrer comment fonctionnait un lance-sagaie et comment en fabriquer un à qui désirait l'apprendre. Elle donna aussi plus de temps à Jondecam et à Levela pour voir Camora et leurs parents ; quand les voyageurs s'en allèrent, ils étaient prêts à partir avec eux. Au cours de cette longue visite, les deux Cavernes avaient noué des liens d'amitié et évoqué des échanges de visites prochains.

Malgré cette camaraderie, les voyageurs étaient impatients de prendre la route, et les membres de la Caverne contents de les voir partir. Ils n'étaient pas habitués à recevoir tant de visiteurs, contrairement à ceux de la Neuvième Caverne, située au milieu d'une région abondamment peuplée. C'était l'une des raisons pour lesquelles les parents et amis de Camora lui manquaient encore. Elle était bien décidée à s'assurer que sa Caverne rendrait la visite et, si elle le pouvait, elle tenterait alors de persuader son compagnon de rester.

Une fois repartis, il fallut aux voyageurs plusieurs jours pour trouver leur rythme. La composition du nouveau groupe itinérant était très différente de celle d'origine, surtout parce qu'ils étaient plus nombreux et les enfants aussi, ce qui ralentissait l'allure. Tant qu'il n'y avait eu que Jonayla, qui montait souvent Grise, ils s'étaient déplacés assez rapidement, mais avec deux gamins en âge de se servir de leurs jambes et un troisième qui voulait marcher pour faire comme les autres, la progression était inévitablement devenue plus lente.

Ayla suggéra finalement que Grise tire un travois où installer les trois enfants tandis que Jonayla monterait la jeune jument. Cela permettrait aux voyageurs d'aller un peu plus vite. Les randonneurs adoptèrent une routine très pratique, chacun et chacune apportant sa contribution au bien-être du groupe.

A mesure que la saison avançait et qu'ils poursuivaient leur chemin vers le sud, le temps se réchauffait. Il était généralement agréable, hormis quelques orages ou courtes périodes de lourde chaleur. Quand ils se déplaçaient ou travaillaient par temps chaud, les hommes portaient souvent une culotte et parfois un gilet, ainsi que leurs perles décoratives et identitaires. Les femmes revêtaient d'ordinaire une robe sans manches ample et confortable fendue sur les côtés pour faciliter la marche, en daim ou en fibres tissées, qu'elles enfilaient par la tête et attachaient à la taille. Le temps se réchauffant, même avec ces tenues légères ils étaient trop couverts et devaient alléger leur vêture. Les hommes comme les femmes ne portaient parfois qu'un cache-sexe ou une courte jupe à franges et quelques perles, les enfants rien, et leur peau brunissait. Un bronzage naturel et progressif constituait le meilleur des écrans solaires et, bien qu'ils ne l'aient pas su, un moyen sain d'absorber certaines vitamines essentielles.

Zelandoni s'habituait à marcher et Ayla trouvait qu'elle mincissait. Elle avait un peu de mal à suivre l'allure et insistait toujours pour monter sur son travois lorsqu'ils arrivaient quelque part. Les gens n'en revenaient pas quand ils la voyaient traînée par un cheval ; elle avait le sentiment que cela ajoutait au côté mystique de la Zelandonia et rehaussait sa position de Première parmi Ceux Qui Servent la Grande Terre Mère.

Leur route, établie par Zelandoni et Willamar, les conduisit vers le sud à travers des bois clairsemés et des herbages, le long du flanc ouest d'un massif, près de hautes terres, vestiges de montagnes anciennes usées par le temps. Des volcans formaient de nouvelles montagnes par-dessus. Ils obliquèrent ensuite vers l'est pour contourner le pied du massif, puis continuèrent dans cette direction, entre l'extrémité sud des hautes terres et le rivage nord de la Mer Méridionale. En cours de route, ils virent du gibier, des oiseaux et mammifères de toutes sortes, parfois en troupeau. Personne ne croisait leur chemin, sauf quand ils s'arrêtaient dans des villages, dans une autre Caverne ou à une Réunion d'Eté.

Ayla se prit à apprécier beaucoup la compagnie de Levela, Beladora et Amelana. Elles faisaient des choses en commun avec leurs enfants. La grossesse d'Amelana devenait visible, mais elle n'était plus incommodée par des nausées matinales et la marche lui était bénéfique. Elle se sentait bien et sa santé éclatante ainsi que sa maternité la rendaient encore plus attirante aux yeux de Tivonan et Palidar, les aides de Willamar. Lorsqu'ils s'arrêtaient à des Cavernes, Réunions d'Eté et Sites Sacrés divers, beaucoup de jeunes gens du cru la trouvaient séduisante. Et elle aimait être admirée.

Comme Ayla était souvent en compagnie de la Première, les jeunes femmes profitaient de l'enseignement que celle-ci dispensait à son acolyte. Elles écoutaient et se joignaient parfois à la discussion sur des sujets variés – pratiques médicinales, reconnaissance des plantes, manières de compter, signification des couleurs et des nombres, récits et chansons des Histoires et Légendes Anciennes – et la doniate semblait disposée à leur transmettre son savoir. Elle savait qu'en cas d'urgence avoir sous la main d'autres personnes compétentes dans le rôle d'assistantes serait toujours bienvenu.

A mesure qu'ils progressaient vers l'est, des petits cours d'eau descendant du massif pour se jeter dans la Mer Méridionale leur barraient souvent le chemin. Ils devinrent experts en franchissement des rivières. Un jour, ils arrivèrent à l'une d'entre elles, qui avait creusé une grande vallée orientée nord-sud. Ils obliquèrent, la suivirent vers le nord jusqu'à un affluent qui la rejoignait depuis le nord-est et le longèrent.

Peu après, le groupe itinérant arriva dans une agréable région boisée, sur la rive d'un bras mort. En début d'après-midi, ils s'arrêtèrent et dressèrent le camp dans un pré au milieu des buissons près d'un boqueteau. Les enfants découvrirent une parcelle regorgeant de myrtilles avant le repas du soir et en ramassèrent pour les partager avec leurs aînés, mais ils en mangèrent plus qu'ils n'en cueillirent. Les femmes repérèrent d'énormes massifs de lins des marais et de phragmites, les roseaux communs, au bord de l'eau, et les chasseurs trouvèrent des traces récentes de sabots fendus.

— Nous approchons de chez ceux qui habitent le plus près de la principale Caverne Sacrée de tous les Zelandonii, déclara Willamar autour du feu, alors qu'ils buvaient une infusion pour se détendre. Nous sommes trop nombreux pour leur rendre visite et demander l'hospitalité sans apporter quelque chose en partage.

— A en juger par ces empreintes, il semble qu'un troupeau d'aurochs ou de bisons ait fait halte ici il n'y a pas longtemps, dit Kimeran.

— Il se peut qu'ils y viennent boire régulièrement. Si nous restions un peu, nous pourrions les chasser, ajouta Jonokol.

— Ou je pourrais partir à leur recherche sur Rapide, proposa Jondalar.

— La plupart d'entre nous sont à court de sagaies, fit observer Jondecam. J'en ai cassé encore une la dernière fois que je suis parti à la chasse, la hampe et la pointe.

— J'ai l'impression qu'on doit pouvoir trouver de bons silex dans les parages, dit Jondalar. Si j'en trouve, je ferai de nouvelles pointes.

— En venant ici, j'ai vu un bouquet d'arbres bien droits, plus jeunes que ceux du boqueteau, qui feraient de bonnes hampes, expliqua Palidar. Ce n'est pas loin.

— Certains des plus gros feraient de bonnes perches pour transporter la viande jusqu'à la Caverne où nous allons, dit Jondalar.

— A cette époque de l'année, quelques jeunes mâles nous procureraient de la viande fraîche, dont une partie à mettre à sécher, de la graisse pour préparer des galettes de voyage, du combustible pour les lampes et une peau ou deux, ajouta Ayla. Nous pourrions préparer des chausses avec les peaux. Ça ne me dérange pas de marcher pieds nus la plupart du temps, mais j'ai parfois envie de protéger mes pieds et mes chausses sont toutes usées.

— Et regardez ces lins des marais et ces roseaux, dit Beladora. On peut aussi s'en servir pour confectionner des chausses et tresser des nattes, des paniers, des coussins neufs et bien d'autres choses dont nous avons besoin.

— Même des cadeaux pour la Caverne à laquelle nous rendons visite, renchérit Levela.

— J'espère que ça ne va pas prendre trop longtemps. Nous sommes tout près de chez moi et je suis impatiente d'arriver. J'ai hâte de voir ma mère, expliqua Amelana.

— Mais tu n'as pas envie d'arriver chez toi les mains vides, n'est-ce pas ? dit la Première. N'aimerais-tu pas apporter un cadeau ou deux à ta mère et peut-être de la viande pour la Caverne ?

— Bien sûr que si ! C'est ce que je vais faire si je ne veux pas avoir l'air de rentrer à la maison en mendiante.

— Tu sais bien que même si tu n'apportais rien ce ne serait pas de la mendicité, objecta Levela, mais il est vrai que ce serait gentil de leur donner quelque chose.

24

Ils décidèrent à l'unanimité que le moment était venu de chasser pendant quelques jours et de glaner de la nourriture pour réapprovisionner leur garde-manger et renouveler leur matériel, qui montrait d'importants signes d'usure. Ils étaient tout excités d'avoir trouvé un endroit où régnait une telle abondance.

— Je veux cueillir ces baies, dit Levela. Elles ont l'air à point.

— Oui, mais d'abord je tiens à confectionner un panier à me suspendre autour du cou pour avoir les mains libres, expliqua Ayla. Je veux en cueillir assez afin d'en faire sécher une partie pour les galettes de voyage, mais il me faut tresser une ou deux nattes pour le séchage.

— Tu veux bien fabriquer un panier pour moi ? demanda Zelandoni. Je peux participer à la cueillette.

— Moi aussi. Tu me feras un panier ? s'enquit Amelana.

— Montre-moi comment tu confectionnes les tiens, dit Beladora. Cueillir des deux mains est une bonne idée, mais je porte toujours le panier sur le bras.

— Je vous montrerai comment faire, et aux enfants aussi. Ils peuvent nous aider, répondit Ayla. Allons chercher des roseaux et des épis de lin.

— Et des racines pour le repas du soir, ajouta Beladora.

Loup regardait Jonayla et Ayla et il glapit finalement pour attirer l'attention de cette dernière. Il courait vers le pré, puis revenait à la même allure.

— Toi aussi, tu veux partir explorer et chasser, Loup ? Eh bien, vas-y, dit-elle en lui faisant un signe de main qui signifiait qu'il était libre d'aller où il voulait.

Les femmes passèrent l'après-midi à déraciner des plantes sur la berge boueuse du lac formé par le bras mort de la rivière : les grands roseaux, dont la cime plumeuse dépassait Jondalar et Kimeran, et le lin des marais, légèrement plus petit, dont les épis donnaient du pollen comestible. Les jeunes rhizomes et les tiges inférieures des deux plantes pouvaient être consommés crus ou cuits, de même que les petits bulbes qui poussaient sur les rhizomes. Par la suite, il était possible de broyer les vieilles racines séchées pour faire une sorte de pain, particulièrement bon quand la pâte était mélangée avec le pollen jaune savoureux des épis de lin, mais les plantes non comestibles étaient tout aussi importantes.

Avec les tiges creuses et souples des roseaux on pouvait tresser de grands paniers ou des nattes élastiques, presque moelleuses, plus agréables que les fourrures de couchage quand il faisait chaud, ou encore des nattes sur lesquelles étendre les fourrures quand il faisait froid. Avec les feuilles de lin, on confectionnait aussi des nattes pour divers usages : se coucher, s'asseoir ou se protéger les genoux. Elles permettaient de tresser non seulement des paniers, mais aussi des cloisons, des couvertures imperméables pour les habitations, des manteaux de pluie et des chapeaux. Quand elle séchait, la tige pleine du lin faisait un excellent tisonnier, sa cime brune devenait duveteuse et s'enflammait comme de l'amadou, faisant de la bourre pour le couchage, les coussins et les oreillers, ou un bon matériau absorbant pour les déjections des bébés ou les menstrues. Elles avaient trouvé un véritable marché à ciel ouvert dans ces massifs de plantes qui poussaient si abondamment au bord de l'eau.

Le reste de l'après-midi, les femmes tressèrent des paniers pour la cueillette des baies. Les hommes discutèrent de chasse et décidèrent de couper des pousses bien droites de jeunes arbres afin de confectionner de longues sagaies en remplacement de celles qui avaient été perdues ou brisées. Jondalar partit sur Rapide pour tenter de dénicher le troupeau qui avait laissé les traces découvertes plus tôt. En même temps, il chercherait les affleurements de silex qui, il en était certain, pouvaient se trouver dans la région. Ayla envisagea un instant de l'accompagner, mais elle était prise par le travail de fabrication des paniers et ne voulait pas interrompre sa tâche.

Le soir venu, bien que Jondalar ne fût pas encore de retour, ils se retrouvèrent pour le repas du soir et chacun exposa ses projets. Ils étaient tous en train de rire et de bavarder quand Jondalar entra dans le camp en arborant un large sourire.

— J'ai repéré un troupeau de bisons assez important, annonça-t-il à la cantonade, et j'ai trouvé aussi du silex qui semble de bonne qualité pour les nouvelles sagaies.

Il mit pied à terre et prit plusieurs grosses pierres grises dans les paniers de bât que Rapide portait sur ses flancs. Tout le monde se rassembla autour de lui pendant qu'il enlevait les couvertures de monte et le licou de l'étalon, puis le dirigeait vers l'eau d'une tape sur la croupe. Le cheval brun pataugea dans le lac, se désaltéra, ressortit, puis se laissa tomber sur la berge sablonneuse, roulant sur le dos d'un côté et de l'autre, ce qui fit rire l'assistance. C'était amusant de voir l'animal donner des coups de pied en l'air et se gratter le dos avec tant de plaisir.

Jondalar se joignit aux autres autour du feu et Ayla lui donna un bol de nourriture faite de viande séchée reconstituée, de racines, de tiges basses et de fleurs de lin, le tout cuit dans un bouillon de viande. Il lui sourit :

— Et j'ai aussi vu une compagnie de grouses. C'est l'oiseau dont je t'ai parlé, qui ressemble à un lagopède, si ce n'est que son plumage ne blanchit pas en hiver. Si nous en attrapons, nous pourrons utiliser les plumes pour les sagaies.

Ayla lui rendit son sourire.

— Et je pourrai préparer le plat préféré de Creb, ajouta-t-elle.

— Tu veux aller les chasser demain matin ? lui demanda Jondalar.

— Oui... répondit Ayla avant de froncer les sourcils. En fait, j'avais prévu de cueillir des baies...

— Va chasser la grouse, dit Zelandoni. Nous sommes assez nombreuses pour la cueillette.

— Et je surveillerai Jonayla, si tu veux, proposa Levela.

— Finis de manger, Jondalar, dit Ayla. J'ai vu de jolis galets ronds pour ma fronde dans le lit du ruisseau à sec. Je veux aller les ramasser avant que la nuit tombe. Je devrais emporter mon lance-sagaie. Il me reste quelques sagaies.

Le lendemain matin, au lieu de sa tenue habituelle, elle mit des jambières en daim, pareilles à des sous-vêtements masculins d'hiver, puis des chausses qui consistaient en un mocassin attaché à une guêtre souple enroulée autour de la cheville. Elle passa enfin une sorte de gilet également en daim dont elle serra bien le laçage de devant, qui maintenait convenablement la poitrine. Puis elle se fit rapidement des tresses pour être plus à l'aise et s'entoura la tête de sa fronde. Elle mit le support du lance-sagaie et des sagaies dans son dos, noua autour de sa taille la lanière à laquelle étaient attachés un bon couteau dans sa gaine, un petit sac rempli des galets qu'elle avait ramassés, un autre sac contenant divers ustensiles, dont son gobelet, et enfin une petite sacoche de secours contenant divers remèdes d'urgence.

Elle s'habilla rapidement, tout excitée. Elle ne s'était pas rendu compte combien elle avait envie de partir à la chasse. Elle prit sa couverture de monte, sortit de la tente, siffla Loup, puis elle se dirigea vers l'endroit où paissaient les chevaux. Grise était attachée par un long licou à un piquet fiché dans le sol pour l'empêcher d'aller trop loin ; elle avait tendance à s'égarer. Elle savait que Whinney ne s'éloignerait pas de la jeune jument. Jondalar avait laissé Rapide dans le même coin. Elle arrangea la couverture de monte sur le dos du cheval louvet et, après avoir pris Grise et Rapide par la longe, elle sauta sur la jument et chevaucha jusqu'au feu de camp. Elle balança la jambe, se laissa glisser à terre et alla à sa fille, assise près de Levela.

— Jonayla, tiens Grise, dit-elle en tendant la longe à la fillette. Elle va peut-être vouloir nous suivre. Nous ne serons pas partis longtemps.

Elle se retourna et vit Loup arriver vers elle en courant.

— Ah, te voilà ! dit-elle.

Pendant qu'Ayla embrassait sa fille, Jondalar se fourrait une dernière bouchée de racine de lin dans la bouche et une lueur s'alluma dans son œil quand il regarda sa compagne en tenue de cheval et de chasse, tout excitée à la perspective du départ. Comme elle est belle ! pensa-t-il. Il alla à la grosse outre, en remplit d'eau de plus petites pour les emporter et en versa aussi dans sa tasse. Il apporta le reste à Ayla, lui donna une petite outre et remit la tasse dans sa sacoche. Ils adressèrent quelques paroles d'adieu à ceux qui étaient assis autour du feu et montèrent sur leurs chevaux.

— J'espère que vous allez trouver vos lagopèdes ou vos grouses ! lança Beladora.

— Oui, bonne chasse, leur souhaita Willamar.

— En tout cas, bonne promenade, ajouta la Première.

Tout en regardant le couple s'en aller, chacun se laissait aller à ses propres pensées et sentiments le concernant. Willamar considérait Jondalar et sa compagne comme les enfants de Marthona, donc les siens, et il éprouvait à leur égard un tendre amour paternel. La Première avait un sentiment particulier pour Jondalar, qu'elle avait aimé et aimait encore d'une certaine façon, quoique ce fût maintenant comme un ami, presque comme un fils. Elle appréciait les multiples dons d'Ayla, l'aimait comme une amie et était contente d'avoir une collègue en qui elle voyait une égale. Elle était contente aussi que Jondalar ait trouvé une femme digne de son amour. Beladora et Levela en étaient aussi arrivées à aimer Ayla comme une amie chère, même si elle leur inspirait parfois un certain respect mêlé de crainte. Elles étaient sensibles au pouvoir de séduction magnétique de Jondalar, mais maintenant qu'elles avaient toutes les deux des compagnons et des enfants qu'elles aimaient, elles l'appréciaient plutôt comme un ami prévenant prêt à les aider chaque fois qu'elles le lui demanderaient.

Jonokol, les deux jeunes spécialistes du troc, et même Kimeran et Jondecam estimaient les talents de Jondalar, surtout dans le travail du silex et la fabrication des lance-sagaies, et l'enviaient un peu. Sa compagne était attirante et accomplie dans bien des domaines ; elle lui était cependant si dévouée que même pendant les Fêtes de la Mère elle ne choisissait que lui, mais il avait toujours eu la réputation d'avoir du succès auprès des femmes. Nombre d'entre elles continuaient à lui trouver un charme presque irrésistible, bien qu'il n'encourageât pas leurs avances.

Amelana, toujours envoûtée par Ayla, avait du mal à ne voir en elle qu'une femme avec qui se lier d'amitié ; elle avait pour elle une admiration sans bornes et aurait aimé lui ressembler. La jeune femme trouvait elle aussi Jondalar extrêmement séduisant et elle avait essayé à l'occasion de le lui montrer, mais il semblait ne pas l'avoir remarqué. Tous les autres hommes qu'elle avait rencontrés au cours de ce voyage lui accordaient au moins un regard appréciateur, alors qu'elle n'avait jamais réussi à obtenir de lui plus qu'un sourire amical mais détaché et elle ignorait pourquoi. En fait, Jondalar se rendait parfaitement compte qu'il lui plaisait. Quelques années plus tôt, plus d'une jeune fille avec qui il avait participé aux Premiers Rites avait tenté ensuite de continuer à éveiller son intérêt, bien qu'il ne lui fût pas permis d'avoir d'autres relations avec lui pendant un an. Il avait appris à décourager les tentatives de ce genre.

Ils s'éloignèrent sur leurs montures, escortés de Loup. Jondalar les mena vers l'est jusqu'à un endroit qui lui semblait familier. Il arrêta son cheval et montra à Ayla où il avait trouvé le silex, puis jeta un coup d'œil alentour et repartit dans une autre direction. Ils arrivèrent sur une lande couverte de fougère, de bruyère – les plantes favorites de la grouse – et d'herbe grossière parsemée de quelques taillis et roncières, non loin de la berge ouest du lac. Ayla sourit. Le lieu était semblable à la toundra, habitat du lagopède, et on pouvait aisément imaginer qu'une variété méridionale de l'oiseau vive dans cette région. Ils laissèrent les chevaux près d'un taillis de petits noisetiers qui entourait un gros arbre.

Loup avait remarqué quelque chose un peu plus loin. En alerte, résolu, il gémissait doucement.

— Vas-y, Loup. Trouve-les, dit Ayla.

Pendant qu'il s'élançait, elle fit glisser sa fronde de sa tête, prit deux galets dans son petit sac, en plaça un dans le godet de l'engin et saisit les deux extrémités. Elle n'eut pas à attendre longtemps. Dans un soudain tumulte d'ailes, Loup débusqua cinq grouses. Les oiseaux vivaient près du sol, mais pouvaient prendre leur essor à toute allure puis voler longtemps. Ils ressemblaient à des poules dodues dotées d'un camouflage marron et noir semé de blanc. Ayla lança une pierre à l'instant où elle aperçut le premier oiseau et une seconde avant que le premier ne touche le sol. Elle entendit un chuintement, puis vit la sagaie de Jondalar en transpercer un troisième.

S'ils n'avaient été que tous les deux à se déplacer comme d'ordinaire au cours de leur Voyage, cela aurait suffi, mais ils étaient maintenant seize, dont quatre enfants. Ayla avait si bien l'art d'accommoder ce gibier ailé que tout le monde voulait y goûter et bien que les volatiles aient été de bonne taille – six ou sept kilos – trois suffiraient difficilement à nourrir autant de monde. Elle aurait voulu que ce soit la saison de la ponte : elle aimait farcir les oiseaux avec leurs œufs et les mettre à rôtir ensemble. Les nids consistaient généralement en un creux dans le sol tapissé d'herbes ou de feuilles, mais il n'y avait pas d'œufs en cette période de l'année.

Ayla siffla Loup, qui revint en bondissant. Il était évident qu'il prenait plaisir à donner la chasse à ces volatiles.

— Peut-être pouvons-nous en trouver d'autres, dit-elle, avant de se tourner vers le chasseur quadrupède : Trouve-les, Loup. Trouve les oiseaux.

Le loup fila à nouveau dans le pré, suivi d'Ayla et de Jondalar. Une autre grouse ne tarda pas à s'envoler et bien qu'elle fût à quelque distance, Jondalar lança une sagaie avec son propulseur et réussit à l'abattre.

Puis, pendant que Jondalar s'occupait de celle qu'il avait tuée, un vol de quatre mâles prit son essor, reconnaissables au noir et brun de leur plumage, aux marques blanches sur leur queue et leurs ailes, aux jaune et rouge de leur bec et de leur crête. Ayla en abattit encore deux avec sa fronde ; elle manquait rarement son coup. Jondalar avait entendu les oiseaux s'envoler mais ne les avait pas vus et il tarda à armer son lance-sagaie. Il en blessa un et l'entendit glapir.

— Cela devrait suffire, dit Ayla, même si nous laissons le dernier à Loup.

Avec l'aide de Loup, ils retrouvèrent et ramassèrent les derniers des sept oiseaux abattus. L'un d'eux avait une aile brisée mais vivait encore. Ayla lui tordit le cou et retira la sagaie, puis fit comprendre à Loup qu'il lui revenait. L'animal le prit dans sa gueule et l'emporta hors de vue dans le pré. Avec des herbes résistantes en guise de corde, ils attachèrent les autres grouses deux à deux par les pattes et retournèrent à l'endroit où paissaient les chevaux. Ayla enroula de nouveau la fronde autour de sa tête tout en marchant.

A leur retour au camp, tout en préparant des hampes de sagaie, les chasseurs discutaient de la chasse aux bisons. Jondalar se joignit à eux pour achever les nombreuses sagaies dont ils avaient besoin. Après avoir taillé le silex en pointes en le frappant pour en enlever des éclats, ils fixèrent celles-ci aux hampes qu'ils empennèrent avec les plumes de grouse fournies par Ayla. De son côté, elle prit la large pelle formée d'une ramure dont tous se servaient pour débarrasser le foyer de ses cendres et diverses autres tâches. Elle n'était cependant pas faite pour creuser des trous. Pour cela, elle utilisa une sorte d'alêne, une lame pointue en silex bien solide attachée à l'extrémité d'une poignée en bois. Elle trouva un endroit à l'écart près de la plage et creusa un trou assez profond dans le sol sablonneux, alluma un feu à proximité et y plaça des grosses pierres pour les chauffer, puis entreprit de plumer les grouses.

La plupart des autres femmes vinrent l'aider. Les grandes plumes étaient données à ceux qui faisaient les sagaies, mais Ayla tenait à garder les autres. Beladora vida son petit sac des ustensiles qu'il contenait et le lui offrit pour les plumes. Tous aidèrent à vider et nettoyer chacune des six grouses en mettant de côté le cœur, le gésier et le foie. Ayla les enveloppa dans du foin frais et les remit dans chaque oiseau avant d'emmailloter les oiseaux eux-mêmes dans du foin.

Les pierres chaudes furent disposées dans le fond et sur les côtés de la fosse à l'aide de pinces en bois recourbé. On les recouvrit de terre, puis d'herbe fraîche et de feuilles que les enfants aidèrent à ramasser. On plaça les oiseaux dessus. On ajouta des tiges basses de roseau, des noix pilées, de bonnes racines riches en féculents, enserrées dans des feuilles vertes comestibles, et on les déposa sur les oiseaux. On les recouvrit ensuite d'autres herbes vertes et de feuilles, d'une nouvelle couche de terre et d'autres pierres chaudes. Une dernière couche de terre scella le tout. On les laissa cuire sans y toucher jusqu'au moment du repas du soir.

Ayla alla voir où en était la fabrication des sagaies. Certains faisaient des entailles à l'extrémité des hampes qui devait être placée contre le crochet à l'arrière du propulseur, d'autres collaient les plumes avec de la poix chauffée tirée de la résine de pin. Les plumes étaient maintenues en place avec de la fine ficelle en tendon qu'ils avaient apportée avec eux. Jonokol broyait du charbon de bois qu'il ajoutait et mélangeait à la poix avec de l'eau chaude. Puis il plongeait un bâton dans l'épais liquide noir ainsi obtenu et dessinait des motifs – qu'on appelait « abelans » – sur les hampes. Un abelan désignait à la fois une personne et son nom, le nom d'un esprit de la vie ; c'était une marque symbolique personnelle donnée à un enfant par un Zelandoni peu après sa naissance. Ce n'était pas de l'écriture, mais un usage symbolique de signes.

Jondalar avait confectionné des sagaies pour Ayla aussi bien que pour lui et il les lui donna pour qu'elle les marque de son abelan. Elle les compta ; il y en avait deux fois dix, vingt. Elle traça quatre lignes rapprochées sur chaque hampe. Sa marque personnelle. Puisqu'elle n'était pas née parmi les Zelandonii, elle avait choisi elle-même son abelan et opté pour des marques semblables aux cicatrices laissées, enfant, sur sa jambe par un lion des cavernes. C'est ainsi que Creb avait décidé que le Lion des Cavernes serait son totem.

Les marques servaient ensuite à identifier le chasseur qui avait abattu tel ou tel animal afin qu'il puisse lui être attribué et que la répartition de la viande soit équitable. Non pas que la personne qui avait tué la bête recevait toute la viande, mais elle choisissait en premier les morceaux qu'elle voulait et, plus important, on lui attribuait le mérite d'avoir fourni de la viande. Cela voulait dire louanges, reconnaissance et obligation de rendre. Les meilleurs chasseurs distribuaient souvent la majeure partie de leur viande uniquement pour accumuler du mérite, parfois à la grande consternation de leur compagne, mais on s'attendait à une telle attitude de leur part.

Levela envisagea de participer à la chasse ; Beladora et Amelana déclarèrent qu'elles se feraient un plaisir de surveiller Jonlevan en même temps que Jonayla, mais finalement Levela décida de ne pas y aller. Elle n'avait commencé à sevrer Jonlevan que depuis peu et elle l'allaitait encore de temps en temps. Elle n'avait pas chassé depuis la naissance de son fils et avait l'impression de manquer d'entraînement. Elle risquait de gêner plus que d'aider, pensait-elle.

Une fois les sagaies achevées, Jondalar avait utilisé presque tous les silex qu'il avait trouvés pour confectionner les pointes, les meilleures plumes avaient été fixées aux hampes pour aider les sagaies à voler droit et le moment était presque venu de prendre le repas qu'Ayla avait préparé. D'autres personnes avaient cueilli encore beaucoup de myrtilles, dont la plupart étaient en train de sécher sur des nattes tressées. Le reste cuisait sur des pierres chauffées dans le feu, dans un nouveau récipient solide tissé avec des feuilles de lin et des tiges de jonc qui poussaient dans un marais près du lac. Le sucre de la sauce obtenue provenait uniquement des fruits mais on y ajoutait souvent le parfum de fleurs, de feuilles et d'écorces de diverses plantes. Dans le cas présent, Ayla avait trouvé de la reine-des-prés, dont les petites fleurs formaient un tapis moutonnant et crémeux qui dégageait une senteur de miel, des fleurs bleues d'hysope très aromatiques, remarquable remède contre la toux, ainsi que des feuilles et des fleurs écarlates de bergamote. De la graisse était ajoutée pour rendre le tout plus nourrissant.

Le repas fut jugé délicieux, un véritable festin. La chair de la grouse les changeait de leur viande séchée habituelle, elle apportait une saveur nouvelle et la cuisson au four dans le sol l'avait attendrie, même celle, coriace, des vieux mâles. L'herbe dans laquelle elles étaient enveloppées avait ajouté sa propre saveur et la sauce à base de fruits enrichissait l'ensemble d'un agréable goût acidulé. Il y aurait moins de restes que d'ordinaire pour le repas du matin, mais assez quand même, surtout après adjonction de tiges basses et de rhizomes tendres de lin.

Tous étaient excités à la perspective de partir chasser le lendemain. Jondalar et Willamar ne pouvaient décider de la stratégie à adopter avec les autres avant de voir exactement où étaient les bisons. Comme il faisait encore jour, Jondalar résolut de suivre à nouveau les traces pour s'assurer qu'il parvenait encore à trouver le troupeau. Il ignorait quelle distance il pouvait avoir parcourue. Ayla et Jonayla l'accompagnèrent sur leurs montures, uniquement pour permettre aux chevaux de galoper un peu. Ils trouvèrent les bisons, mais pas tout à fait au même endroit. Jondalar se félicitait d'avoir encore suivi leur piste ; il était ainsi à même de mener les chasseurs directement à eux.

Le fond de l'air était toujours frais au petit matin, même au cœur de l'été. Et quand Ayla sortit de la tente, elle en sentit aussi l'humidité. Une brume froide flottait au ras du sol, une nappe de brouillard était suspendue au-dessus du lac. Déjà levées, Beladora et Levela alimentaient un nouveau feu. Leurs enfants aussi étaient réveillés et Jonayla se trouvait avec eux. Ayla ne l'avait pas entendue se lever, mais l'enfant était capable de ne pas faire de bruit du tout quand elle le voulait. Elle aperçut sa mère et arriva en courant.

Après avoir uriné, Ayla décida d'aller se tremper dans le lac avant de retourner à la tente. Elle ressortit de celle-ci peu après, vêtue de sa tenue de chasse. Ses allées et venues réveillèrent Jondalar, qui prit plaisir à rester sur son tapis de couchage à la regarder ; il avait été bien satisfait la veille au soir. Le gilet n'apportait pas beaucoup de chaleur, mais les chasseurs ne voulaient pas trop se vêtir, sachant que la température allait monter un peu plus tard. Lorsque la matinée était fraîche, ils restaient près du feu et buvaient une boisson chaude. Une fois partis, le mouvement les réchauffait. La grouse froide était tout aussi bonne que la veille. Une fois encore, on laissa Grise avec Jonayla, mais l'enfant ne voulait pas rester :

— Mère, laisse-moi venir avec vous, s'il te plaît. Tu sais bien que je sais monter Grise, implora la fillette.

— Non, Jonayla. Ce serait trop dangereux pour toi. Il peut arriver des choses auxquelles tu ne t'attends pas. Et puis tu ne sais pas encore chasser, répondit Ayla.

— Quand apprendrai-je ? demanda Jonayla avec ardeur.

Ayla se rappela le temps où elle était impatiente d'apprendre à chasser, bien que les femmes du Clan n'aient pas été censées le faire. Il lui avait fallu apprendre toute seule, en secret.

— Voilà ce que je vais faire, dit-elle. Je vais demander à Jondi de te fabriquer un lance-sagaie, un petit à ta taille, afin que tu puisses commencer à t'exercer.

— Vraiment, mère ? Tu me le promets ?

— Oui, je te le promets.

Jondalar et Ayla menèrent leurs chevaux par la bride au lieu de les monter pour que les autres suivent plus facilement. Il trouva les énormes bisons – dans les un mètre quatre-vingts à l'épaule, cornes gigantesques et pelage marron foncé uni – non loin de l'endroit où il les avait vus la veille au soir. C'était un troupeau d'importance moyenne, mais de toute façon ils ne voulaient pas le chasser entièrement. Eux-mêmes n'étaient pas nombreux et ils n'avaient besoin que de quelques bêtes.

On discuta un moment de la meilleure façon de les traquer et il fut décidé de faire le tour du troupeau, avec précaution pour ne pas l'alarmer, afin de voir comment se présentait le terrain. Aucun repli de terrain ne leur permettait de s'avancer au milieu des bêtes sans se faire voir, mais à un certain endroit il y avait le lit d'un ruisseau à sec aux berges assez hautes.

— Ça pourrait faire l'affaire, dit Jondalar, si nous allumons un feu à l'extrémité inférieure, mais pas avant de les avoir rabattus à proximité. Il faudrait donc préparer le feu et l'allumer avec une torche. Nous devrons ensuite les diriger par là.

— Tu crois vraiment que ça peut marcher ? Comment allons-nous les mener là où nous voulons ?

— Avec les chevaux et Loup. Dès qu'ils entreront dans la zone encaissée, l'un de nous pourra allumer le feu au bout pour les ralentir. D'autres attendront sur les berges ; le mieux sera sans doute qu'ils se couchent par terre et, quand les bêtes arriveront devant eux, qu'ils se lèvent en vitesse et se servent des lance-sagaies. Nous devrons ramasser du bois et l'entasser à l'extrémité de la ravine, puis trouver de l'amadou et d'autres allume-feu.

— Il semble que tu aies tout prévu, souligna Tivonan.

— J'ai réfléchi à tout ça et discuté de certaines possibilités avec Kimeran et Jondecam. Au cours de notre Voyage, avec les chevaux et Loup, nous choisissions généralement une ou deux bêtes du troupeau. Ils ont l'habitude de nous aider à chasser.

— C'est ainsi que j'ai appris à me servir du lance-sagaie à cheval, dit Ayla. Une fois, nous avons même abattu un mammouth.

— Cela me semble bien pensé, remarqua Willamar.

— A moi aussi, mais je ne suis pas bon chasseur, dit Jonokol. Je n'ai pas beaucoup chassé, du moins avant de participer à ce Voyage.

— Peut-être n'as-tu pas beaucoup chassé auparavant, mais tu es maintenant un chasseur plus que convenable, objecta Palidar.

Tous les autres en convinrent.

— Ce Voyage m'aura donc doublement profité. Non seulement je vais voir des Sites Sacrés fascinants, mais j'apprends à être bon chasseur, dit Jonokol, souriant.

— Bon, allons ramasser de l'herbe sèche et du bois à brûler, conclut Willamar.

Ayla et Jondalar apportèrent leur aide tandis que tous parcouraient les environs en quête de bois et autres matériaux combustibles, qu'ils disposaient ensuite à l'extrémité du lit du ruisseau asséché. Suivant la suggestion de Willamar, ils ajoutèrent une rangée de petit bois sur le devant pour faciliter la propagation du feu à travers le gros tas. Puis ils montèrent à cheval, firent signe à Loup et commencèrent à encercler le troupeau. Willamar chargea ensuite ses apprentis, Palidar et Tivonan, d'allumer un feu des deux côtés quand il le leur dirait.

— Dès que le feu aura pris, vous pourrez prendre position avec vos lance-sagaies, leur dit-il.

Les deux jeunes gens acquiescèrent et tous trouvèrent des endroits où attendre.

Et ils attendirent.

Chaque chasseur était dans son propre espace de silence et écoutait à sa manière. Les deux jeunes gens, tout excités à la perspective de la chasse, s'efforçaient d'entendre Ayla et Jondalar encercler le troupeau. Jonokol entra dans un état méditatif qui, comme il l'avait appris longtemps avant, le maintenait en alerte et conscient de ce qui se passait autour de lui. Il entendit Ayla et Jondalar crier au loin, et aussi les notes sonores au tempo décroissant d'un martin-pêcheur. Il chercha des yeux l'origine du bruit et aperçut le bleu vif et l'orange noisette du dessous du plumage de l'oiseau. Puis il entendit le croassement rauque d'un corbeau.

Kimeran revint par la pensée à la Deuxième Caverne des Zelandonii et espéra que tout le monde allait bien en son absence...

mais pas trop quand même, sans sa gouverne. Cela aurait impliqué qu'il n'était pas un très bon chef. Jondecam songeait à sa sœur, Camora, et aurait aimé qu'elle n'habite pas si loin. Levela, sa compagne, avait exprimé le même sentiment, la veille au soir.

Un martèlement de sabots venant dans leur direction attira leur attention. De chaque côté du long tas de bois, les deux jeunes gens se tournèrent vers Willamar. Il avait la main levée, regardait dans l'autre direction et s'apprêtait à donner le signal. Un éclat de silex dans une main, un morceau de pyrite de fer dans l'autre, ils se préparaient tous les deux à faire jaillir une étincelle en les frappant l'un contre l'autre, sans anicroche, espéraient-ils. Ils s'y entendaient à allumer un feu de cette façon, mais l'excitation risquait de les rendre maladroits. Tous les autres tenaient leur lance-sagaie armé et prêt à tirer.

Quand les bisons s'élancèrent dans le lit asséché, une vieille femelle rusée essaya de prendre la tangente, mais Loup anticipa le mouvement. Il se précipita vers l'énorme bison et poussa un grondement effrayant en montrant les crocs. L'animal opta pour la voie de moindre résistance et descendit le lit du ruisseau.

A ce moment-là, Willamar donna le signal. Palidar fut le premier à faire jaillir une étincelle et se pencha pour attiser la flamme. Tivonan dut s'y reprendre à deux fois mais il eut bientôt allumé un feu crépitant au milieu du lit. Leurs deux foyers se rejoignant, le gros bois s'enflamma à son tour. Dès qu'ils furent certains que le feu avait bien pris, ils se précipitèrent en haut de la berge tout en armant leurs lance-sagaies.

Les autres chasseurs étaient prêts. Le feu avait déjà ralenti la course des bisons, qui beuglaient dans la plus grande confusion. Ils ne voulaient pas se jeter dans les flammes, mais leurs congénères à l'arrière du troupeau les poussaient en avant.

Les longs projectiles commencèrent à voler !

Une nuée de hampes en bois prolongées de pointes de silex aiguisées envahit le ciel. Chaque chasseur avait pris pour cible une bête différente et il la suivait attentivement des yeux à travers la fumée et la poussière. Ils lancèrent leur deuxième sagaie, dirigée en général vers le même bison que la première. Ils avaient chassé en chemin pendant tout l'été et s'étaient améliorés.

Jondalar repéra un mâle à grosse bosse couverte de laine et longues cornes noires pointues. Sa première sagaie l'abattit et la deuxième l'immobilisa définitivement. Il réarma en vitesse son lance-sagaie et visa une femelle mais ne fit que la blesser.

La première sagaie d'Ayla atteignit un jeune mâle, pas encore tout à fait adulte. Elle le regarda s'écrouler, puis vit la sagaie de Jondalar toucher la femelle, qui chancela mais ne tomba pas. Elle lui lança une autre sagaie et la vit tituber à nouveau. Les premières bêtes du troupeau franchissaient le mur de feu. Les autres suivaient, abandonnant leurs congénères abattus.

C'était fini.

Tout s'était passé si vite que c'était difficile à croire. Les chasseurs allèrent voir les pièces tuées : neuf bisons en sang jonchaient le lit du ruisseau. L'examen des sagaies révéla que Willamar, Palidar, Tivonan, Jonokol, Kimeran et Jondecam avaient tué une bête chacun. A eux deux, Jondalar et Ayla en avaient trois à leur actif.

— Je ne m'attendais pas à un si beau tableau de chasse, dit Jonokol en regardant les marques sur la sagaie pour s'assurer que l'animal lui revenait. Nous aurions peut-être dû coordonner nos efforts auparavant. C'est presque trop.

— Il est vrai que nous n'avions pas besoin d'autant, mais nous aurons plus de viande à nous partager, dit Willamar, qui n'aimait pas arriver les mains vides à une Caverne. Ce ne sera pas perdu.

— Mais comment allons-nous les transporter tous ? Trois chevaux ne peuvent tirer neuf bisons sur des perches, fit remarquer Palidar.

La sagaie du jeune homme avait atteint un énorme mâle et il ne voyait pas trop comment ils allaient déplacer la bête, sans même parler des autres.

— Je crois que l'un de nous va devoir aller en avant à la prochaine Caverne et ramener du renfort, répondit Jondalar. Ça ne les dérangera sûrement pas. Ils n'auront pas à les chasser.

Il s'était posé la même question que Palidar, mais il avait plus d'expérience avec des animaux aussi énormes et savait qu'être plus nombreux faciliterait la tâche.

— Tu as raison, approuva Jondecam, mais je crois que nous allons devoir déplacer notre camp ici pour débiter les carcasses.

Il n'avait visiblement pas hâte de reprendre la route.

— Ça risque de contrarier Beladora, objecta Kimeran. Elle a entrepris plusieurs travaux de tissage et elle n'aura pas envie de déménager. Mais j'imagine qu'elle pourra aussi venir ici aider au dépeçage.

— Nous pouvons les dépecer ici, puis les débiter en grosses pièces, faire plusieurs voyages pour les rapporter à notre camp et commencer à faire sécher une partie de la viande, proposa Ayla. Nous pourrons ensuite apporter de la viande fraîche à la Caverne suivante et leur demander de nous aider à transporter le reste.

— Bonne idée, dit Willamar. Je vais confectionner des coupes avec les cornes.

— J'aimerais bien préparer de la colle pour fixer les pointes aux hampes en faisant bouillir quelques sabots, ajouta Jondalar. La poix n'est pas mal, mais les sabots et les os font une meilleure colle.

— Et on pourra confectionner de nouvelles outres avec les estomacs et se servir des intestins pour conserver la graisse, renchérit Ayla.

— Levela garde parfois aussi la viande coupée en morceaux dans des intestins bien nettoyés, observa Jondecam, et on peut s'en servir pour imperméabiliser les chapeaux et les chausses.

Ayla se rendit compte soudain à quel point ils étaient près de leur destination. Ils n'allaient pas tarder à laisser Amelana à sa Caverne, puis ils iraient voir le Site Sacré très ancien que la Première voulait tout particulièrement lui montrer ; il n'était pas loin. Ensuite, selon Willamar, deux jours suffiraient à les amener chez Beladora. Après quoi, ils reviendraient sur leurs pas et rentreraient chez eux.

Le retour serait aussi long que l'aller, mais, en regardant autour d'elle, Ayla eut le sentiment que la Mère leur fournissait tout ce qu'il fallait pour subvenir à leurs besoins durant le trajet de retour. Ils avaient les matières premières nécessaires pour remplacer leur matériel, leurs armes et leurs vêtements usés. Il y avait plus de viande qu'il n'en fallait pour en mettre à sécher et préparer des galettes de voyage, indispensables pour couvrir rapidement de longues distances, en hachant la viande déshydratée et en y ajoutant de la graisse et des baies séchées. Ils disposaient aussi des racines et tiges séchées de certaines plantes et de variétés de champignons connues de tous.

— Je suis déjà venue ici ! Je connais cet endroit ! s'exclama Amelana, excitée de voir un lieu familier, puis un autre.

Il était maintenant hors de question de s'arrêter pour se reposer ; enceinte ou pas, elle était impatiente d'arriver chez elle.

Le petit groupe de voyageurs arriva à un sentier bien marqué qui longeait un méandre de la rivière en forme de U. Une ancienne zone inondable s'était muée en un herbage plat, plus haut que le courant rapide, qui finissait brusquement au pied d'une falaise. Bon endroit pour laisser paître les chevaux, pensa Ayla.

Le large sentier escaladait transversalement le flanc de la falaise en contournant des buissons et des arbustes, dont les racines servaient parfois de marches. Le chemin n'était pas facile pour les chevaux, d'autant moins qu'ils traînaient les travois, mais elle se souvint combien Whinney avait eu le pied sûr lorsqu'elle était montée jusqu'à sa grotte, dans la vallée où elle l'avait trouvée.

Lorsque les voyageurs arrivèrent à une corniche en surplomb abritée dans une zone manifestement bien habitée, le sentier s'aplanit, peut-être grâce au travail humain, pensa Ayla. Beaucoup de gens, qui se livraient à des activités diverses, interrompirent leur tâche pour regarder l'étrange procession qui avançait vers eux, composée de personnes et de chevaux étonnamment dociles. Whinney portait le licou que Jondalar avait confectionné à son intention. Ayla aimait s'en servir lorsqu'ils allaient au-devant de situations inconnues et éventuellement perturbantes, mais elle menait à la fois Whinney et Grise, qui tiraient toutes les deux des travois. La Première était installée sur celui de Whinney, celui de Grise transportait un gros chargement de viande de bison. Willamar, ses deux aides et Amelana les accompagnaient.

Lorsque la jeune femme, de toute évidence enceinte, qui se trouvait parmi eux se détacha du groupe, elle éveilla l'attention.

— Mère ! Mère ! C'est moi ! cria-t-elle en courant vers une femme aux proportions appréciables.

— Amelana ? C'est toi, Amelana ? Que fais-tu ici ? demanda cette dernière.

— Je suis revenue à la maison, mère, et je suis si heureuse de te voir !

Elle se jeta au cou de sa mère, mais son gros ventre l'empêcha de se coller à elle. La femme lui rendit son étreinte, puis la repoussa à bout de bras en la tenant par les épaules pour regarder cette fille qu'elle avait cru ne jamais revoir.

— Tu es enceinte ! Où est ton compagnon ? Pourquoi es-tu revenue ? As-tu fait quelque chose de mal ? demanda sa mère.

Elle ne pouvait imaginer une femme enceinte parcourant une distance qu'elle savait être longue. Elle n'ignorait pas que sa fille pouvait se montrer impulsive et espérait qu'elle n'avait pas enfreint quelque tabou ou coutume, ce qui expliquerait qu'on la renvoie chez elle.

— Bien sûr que non, je n'ai rien fait de mal. Sinon, la Première parmi Ceux Qui Servent la Grande Mère ne m'aurait pas raccompagnée chez moi. Mon compagnon marche maintenant dans le Monde d'Après ; comme j'étais enceinte, je voulais rentrer à la maison et avoir mon enfant auprès de toi, expliqua Amelana.

— La Première est ici ? La Première t'a accompagnée ? s'étonna sa mère.

Elle se tourna pour regarder les nouveaux arrivants. Une femme descendait d'une sorte d'appareil tiré par un cheval. Elle était grosse, plus grande qu'elle, et en voyant le tatouage qu'elle portait sur le côté gauche du front elle sut qu'elle était une Zelandoni. Celle-ci s'avança vers elle avec une grande dignité et une présence indéniable, qui respirait l'autorité. A regarder de plus près le tatouage, les motifs qui ornaient ses vêtements, le pectoral et les colliers qu'elle portait, la mère d'Amelana comprit qu'elle était effectivement la Première.

— Pourquoi ne me présentes-tu pas à ta mère, Amelana ? dit celle-ci.

— Mère, je te prie de saluer la Première parmi Ceux Qui Servent la Grande Terre Mère, commença Amelana. Zelandoni, je te présente Syralana, de la Troisième Caverne des Zelandonii du Sud Gardiens du Site Sacré le Plus Ancien, unie à Demoryn, l'Homme Qui Commande la Troisième Caverne, et mère d'Amelana et d'Alyshana.

Montrer à sa mère et à l'assistance qu'elle connaissait bien le chef spirituel de la Zelandonia lui procura une évidente satisfaction.

— Sois la bienvenue, Première parmi Ceux Qui Servent la Grande Mère, dit Syralana en s'avançant vers elle, les deux mains tendues. Ta venue est pour nous un grand honneur.

La Première lui prit les deux mains et répondit :
— Au nom de la Grande Terre Mère, je te salue, Syralana de la Troisième Caverne des Zelandonii du Sud, Gardiens du Site Sacré le Plus Ancien.
— N'es-tu venue de si loin que pour ramener ma fille à la maison ? ne put s'empêcher de demander Syralana.
— J'emmène mon acolyte faire son Périple de Doniate. C'est elle qui a les chevaux. Nous sommes venus voir votre Site Sacré le Plus Ancien. Il est connu même de nous, qui habitons loin au nord.

25

Syralana regarda avec une certaine appréhension la femme de haute taille qui tenait les deux chevaux par le licou. La Première le remarqua.

— Nous pourrons continuer les présentations plus tard, si cela ne te dérange pas, déclara-t-elle. Tu as dit que ton compagnon est l'Homme Qui Commande la Troisième Caverne ?

— Oui, c'est exact.

— Nous sommes venus aussi vous demander votre aide, bien que ce soit aussi une aubaine pour vous, dit Celle Qui Etait la Première.

Un homme s'avança au côté de Syralana.

— Voici mon compagnon, annonça celle-ci. Demoryn, l'Homme Qui Commande la Troisième Caverne des Zelandonii du Sud Gardiens du Site Sacré le Plus Ancien, je te prie de saluer la Première parmi Ceux Qui Servent la Grande Mère.

— Zelandoni la Première, notre Caverne a le plaisir de t'accueillir, toi et tes amis, dit-il.

— Permets-moi de te présenter notre Maître du Troc. Willamar, je te prie de saluer Demoryn, l'Homme Qui Commande la Troisième Caverne des Zelandonii du Sud.

— Je te salue, Demoryn, commença Willamar, les deux mains tendues.

Ils en terminèrent avec les salutations rituelles et Willamar poursuivit :

— Nous nous sommes arrêtés juste avant d'arriver ici pour chasser, nous réapprovisionner et vous offrir de la viande.

Le chef et d'autres eurent un hochement de tête approbateur. Eux-mêmes auraient fait de même.

— Nous avons trouvé un troupeau de bisons, nos chasseurs ont eu une chance exceptionnelle et nous voilà avec un embarras de richesses. Nous avons abattu neuf bisons or nous ne sommes que seize, dont quatre enfants. C'est trop pour nous et, de toute façon, même avec l'aide des chevaux, nous ne pouvons transporter une telle quantité de viande, mais nous ne voulons pas gaspiller les cadeaux de la Terre Mère. Si vous pouvez envoyer des gens nous aider à acheminer la viande ici, nous aimerions la partager avec vous. Nous en avons une partie avec nous, d'autres surveillent le reste.

— Nous allons vous aider, bien entendu, et nous nous ferons un plaisir de partager votre bonne fortune, dit Demoryn avant de regarder Willamar de près, particulièrement le tatouage au milieu de son front. Maître du Troc, tu es déjà venu ici, je crois.

Willamar sourit.

— Pas précisément à votre Caverne, mais dans cette région, oui. La Première emmène son acolyte, celle qui se fait obéir des chevaux, faire son Périple de Doniate. Elle est unie au fils de ma compagne. Il est resté au camp pour garder la viande avec quelques autres. Amelana a eu de la chance que nous ayons projeté cette tournée avant qu'elle nous ait demandé de nous accompagner. Elle avait hâte de rentrer chez elle et voulait avoir son bébé ici, près de sa mère.

— Nous sommes contents qu'elle soit de retour parmi nous. Sa mère a été très triste quand elle est partie, mais elle était si décidée que nous n'avons pu lui opposer un refus. Je suis désolé que son compagnon voyage maintenant dans le Monde d'Après. Cela n'a pas dû être facile pour sa mère et sa famille, mais je ne suis pas désolé du retour d'Amelana. Après son départ, je ne pensais pas la revoir un jour et peut-être ne sera-t-elle pas aussi empressée de partir, la prochaine fois.

— Je crois que tu as raison, dit Willamar avec un sourire entendu.

— Je présume que vous allez vous rendre à la Première Caverne assister à la réunion des Zelandonia, dit le chef.

— Je n'ai pas entendu parler de cette réunion, répondit Willamar.

— Je supposais que c'était la raison de la venue de la Première.

— Je l'ignore, mais je ne sais pas tout ce que sait la Première.

Tous deux se tournèrent vers l'imposante femme.

— Savais-tu qu'il y avait une réunion des Zelandonia ? lui demanda Willamar.

— J'ai hâte d'y assister, répondit-elle avec un sourire énigmatique.

Willamar se contenta de secouer la tête. Qui pouvait vraiment connaître une Zelandoni ?

— Demoryn, si tu peux demander qu'on nous aide à décharger la viande que nous avons apportée et qu'on nous accompagne pour ramener ce qui reste, nos autres compagnons pourront venir aussi vous rendre visite.

Tout en aidant la Zelandoni à décharger ses effets personnels, Ayla lui demanda :

— Savais-tu qu'une réunion de Zelandonia devait avoir lieu près d'ici ?

— Je n'en étais pas certaine, mais de telles réunions ont généralement lieu à intervalles de quelques années et je pensais qu'il pouvait s'agir de l'une d'entre elles. Je n'ai pas voulu en parler parce que je ne tenais pas à donner de vaines espérances.

— Il semble que tu aies vu juste.

— Les chevaux inquiètent apparemment la mère d'Amelana, c'est pourquoi je ne t'ai pas encore présentée, se justifia la Première.

— Si les chevaux l'inquiètent, que va-t-elle penser de Loup ? Nous nous occuperons des présentations plus tard. Je vais dételer les perches de Whinney et retourner là-bas avec elle et Grise. Nous pourrons lui en fabriquer d'autres pour faciliter le transport de la viande. Il en reste tant. J'avais oublié combien un bison est gros. Peut-être pourrons-nous en apporter à la réunion des Zelandonia.

— Bonne idée. Je peux me déplacer sur les perches tirées par Whinney, Rapide et Grise transporteront de la viande sur les leurs, dit Zelandoni.

Ayla sourit par-devers elle. Le fait d'arriver sur un travois tiré par un cheval faisait toujours sensation et la Première aimait réussir ses entrées. Tout le monde semblait penser qu'il y avait là quelque magie. Qu'y avait-il de si étonnant ? Pourquoi les gens ne comprenaient-ils pas qu'ils pouvaient se lier d'amitié avec un cheval ? Surtout après avoir vu monter non seulement Jondalar et elle, mais aussi Jonayla. Il n'y avait là-dedans aucune magie. Il fallait de la détermination, des efforts et de la patience, mais pas de magie.

Ayla sauta sur le dos de Whinney, suscitant d'autres expressions de surprise. Elle n'était pas arrivée à cheval mais en menant sa monture par la longe. Tivonan et Palidar allaient repartir à pied avec les renforts de la Caverne, mais elle y serait beaucoup plus vite en y allant à cheval et commencerait aussitôt à fabriquer un travois.

— Où sont les autres ? s'enquit Jondalar quand elle arriva au campement.

— Ils arrivent. Je suis venue en avant préparer d'autres perches à tirer pour Whinney afin de faciliter le transport de la viande. Nous allons en apporter à l'autre Caverne, celle des Zelandonii Gardiens du Site Sacré le Plus Ancien. Amelana est de la Troisième Caverne du Sud, mais nous allons à la Première. Il s'y tient une réunion des Zelandonia et la Première le savait ! Ou du moins pensait-elle qu'il y en avait une. C'est incroyable tout ce qu'elle sait. Où est Jonayla ?

— Beladora et Levela la surveillent en même temps que leurs enfants. Cette viande a attiré tous les carnivores sur pattes ou ailés de la région et nous avons cru bon de garder les petits dans une tente, hors de vue. Protéger notre tableau de chasse nous mobilise tous, répondit Jondalar.

— Tu as tué les chapardeurs ?

— J'ai seulement essayé de les mettre en fuite en poussant des cris et en leur lançant des pierres.

Une bande de hyènes apparut au même instant, attirée par l'odeur de viande, et se dirigea droit sur les carcasses de bison. Sans y réfléchir à deux fois, Ayla détacha la fronde de sa tête, prit deux galets dans son petit sac et d'un mouvement fluide lança une première pierre à l'animal de tête. Un deuxième galet ne tarda pas à suivre. La première hyène était terrassée quand la seconde poussa un glapissement qui s'acheva en une sorte de ricanement. Les bandes de hyènes sont toujours menées par une femelle, mais toutes les femelles ont de pseudo-organes mâles et sont généralement plus grosses que les mâles. Sans leur meneuse, les hyènes cessèrent d'avancer et se mirent à courir en tous sens en grondant et en poussant leur hurlement pareil à un rire. Ayla arma son lance-sagaie et s'avança vers la meute indécise. Jondalar bondit devant elle.

— Qu'est-ce que tu fais ? demanda-t-il.

— Je vais chasser ces satanées hyènes, répondit-elle sur un ton de mépris avec une expression de dégoût.

— Je sais que tu détestes les hyènes, mais tu n'as pas à tuer toutes celles que tu vois. Ce sont des animaux comme les autres et elles ont leur place parmi les enfants de la Mère. Si nous tirons l'animal de tête à l'écart, les autres suivront probablement.

Ayla s'arrêta, le regarda et se détendit.

— Tu as raison, Jondalar. Ce ne sont que des animaux.

Leurs lance-sagaies armés, Jondalar prit une patte arrière de la bête abattue, Ayla l'autre, et ils se mirent à tirer. Elle remarqua que la hyène était encore en train d'allaiter, mais elle savait que les hyènes allaitent souvent pendant un an, au point que les petits ont presque atteint la taille adulte et que seule la couleur du pelage, plus foncée, permet de les différencier de leurs aînés. La meute suivait en reniflant, grognant et ricanant ; l'autre hyène qu'elle avait touchée boitait bas. Ils abandonnèrent le cadavre loin du campement et, en rebroussant chemin, remarquèrent que d'autres carnivores les avaient suivis.

— Très bien ! dit Ayla. Cela va peut-être en tenir certains à distance. Je vais me laver les mains. Ces animaux sentent mauvais.

La plupart du temps, les parents et amis zelandonii d'Ayla la considéraient comme une femme et une mère ordinaire et ne remarquaient même pas son accent, cependant, quand elle faisait quelque chose d'inhabituel, comme de prendre à parti une bande de hyènes et de tuer presque machinalement l'animal de tête avec sa fronde, ils prenaient soudain conscience de ce qui les différenciait. Elle n'était pas née zelandonii, son éducation avait été tout autre que la leur et sa manière inhabituelle de parler devenait perceptible.

— Nous devons couper quelques petits arbres pour fabriquer de nouvelles perches, comme l'a suggéré Zelandoni. Elle n'a pas envie d'avoir de la viande sanglante sur les siennes. Elle considère qu'elles lui appartiennent en propre, dit Ayla.

— C'est le cas. Personne d'autre ne songerait à s'en servir, confirma Jondalar.

Il fallut faire deux voyages pour emporter tout le produit de leur chasse, la plupart des carcasses traînées par les cornes et poussées par les membres de la Caverne voisine. Lorsque le camp fut levé, le soleil descendait vers l'horizon et blasonnait le ciel d'orange et de rouge. Les voyageurs prirent la viande qu'ils gardaient pour eux et se dirigèrent vers la Caverne. Ayla et Jondalar s'attardèrent un peu – à cheval, ils pourraient rattraper les autres facilement. Ils firent une dernière fois le tour du campement abandonné pour voir si personne n'avait rien oublié d'important.

Les traces de leur séjour étaient évidentes. Les allées et venues entre les tentes avaient tracé des sentiers qui menaient maintenant à des carrés d'herbe aplatie et jaunie ; des cercles noirs de charbon de bois marquaient l'emplacement des foyers ; là où des branches avaient été arrachées, des arbres montraient des cicatrices de bois clair et, ailleurs, des moignons pointaient vers le ciel comme s'ils avaient été rongés par un castor. Quelques déchets étaient éparpillés alentour, parmi lesquels un panier en lambeaux près de l'un des foyers et un tapis de couchage usé, devenu trop petit pour Jonlevar, abandonné au milieu d'une zone d'herbe aplatie où avait été dressée une tente. Des éclats et des pointes brisées de silex, des os et des épluchures de légumes épars jonchaient le sol, mais ils n'allaient pas tarder à se décomposer. Cependant, les grands massifs de roseaux et de lin des marais, quoique abondamment coupés, semblaient inchangés, de l'herbe verte allait bientôt recouvrir les parcelles jaunies et les cercles noircis des foyers, tandis que les arbres abattus laissaient de la place à de jeunes pousses. L'empreinte des humains était légère.

Ayla et Jondalar soupesèrent leurs outres et burent une rasade, puis Ayla éprouva le besoin de se vider la vessie avant de partir et fit le tour du bouquet d'arbres. S'ils avaient été pris par la neige en plein hiver, elle n'aurait pas hésité à se soulager dans un vase de nuit, même à la vue de tous.

Elle défit la lanière qui lui ceignait la taille et s'accroupit. En se relevant pour remonter sa culotte, elle eut la surprise de voir quatre hommes qui la regardaient. Elle était plus offensée qu'autre chose. Même s'ils étaient tombés sur elle par hasard, ils n'auraient pas dû rester là à la fixer des yeux. C'était très grossier. Puis elle remarqua certains détails : la saleté de leurs vêtements, leurs barbes peu soignées, leurs cheveux longs et poisseux et, surtout, leur air lubrique. Ce fut ce qui la mit en colère, alors qu'ils s'attendaient à ce qu'elle ait peur.

Peut-être aurait-elle dû.

— Vous n'avez donc pas la courtoisie de détourner le regard quand une femme urine ? dit-elle avec dédain en renouant la lanière autour de sa taille.

Sa remarque méprisante surprit les inconnus. D'abord parce qu'ils escomptaient qu'elle serait effrayée, ensuite parce qu'ils entendirent son accent. Ils en tirèrent des conclusions :

— C'est une étrangère. Probablement en visite. Il ne doit pas y avoir beaucoup de ses semblables dans les parages.

— Même s'il y en a, je n'en vois aucun, dit un autre avant de se diriger vers elle en la lorgnant.

Ayla se souvint soudain que, le jour où ils s'étaient arrêtés pour rendre visite aux Losadunaï, on leur avait appris qu'une bande de renégats harcelaient des femmes. Elle fit glisser sa fronde de sa tête et prit une pierre dans son sac, puis siffla Loup et les deux chevaux.

Les sifflements firent sursauter les quatre hommes, mais ce n'était que le début. Celui qui se dirigeait vers elle poussa un cri de douleur en recevant une pierre en pleine cuisse ; un deuxième galet atteignit un de ses comparses au bras et provoqua une réaction semblable. Tous deux portèrent la main au point d'impact.

— Comment, par l'enfer de la Mère, a-t-elle fait ça ? s'exclama le premier avec colère, avant d'ajouter, en regardant ses compagnons : Ne la laissons pas partir. Je veux la payer de retour.

Pendant ce temps-là, Ayla avait pris et armé son lance-sagaie avec lequel elle visait le premier homme. Une voix s'éleva, venant de l'autre côté du bouquet d'arbres :

— Estimez-vous heureux qu'elle n'ait pas pris vos têtes pour cible, sinon vous seriez déjà en train de parcourir le Monde d'Après. Elle vient de tuer une hyène avec une de ses pierres.

Les quatre hommes se retournèrent et se retrouvèrent face à un grand blond qui dirigeait vers eux un autre de ces curieux engins armés d'une longue sagaie. Il avait parlé dans la langue des Zelandonii, avec un accent lui aussi, pas le même que celui de la femme, mais il devait venir d'assez loin.

— Filons d'ici ! lança l'un des quatre en prenant ses jambes à son cou.

— Arrête-le, Loup ! ordonna Ayla.

Un gros loup qu'ils n'avaient pas vu prit soudain en chasse le fuyard. Il lui saisit la cheville entre ses crocs et le fit tomber, puis resta à côté de lui en grondant férocement.

— Quelqu'un d'autre a envie de se sauver ? demanda Jondalar, sarcastique.

Il toisa les quatre hommes et résuma brièvement la situation :

— Je subodore que vous avez causé pas mal de tracas par ici. Nous allons devoir vous conduire à la Caverne la plus proche pour voir ce qu'ils en pensent.

Loup à ses côtés, il leur confisqua leurs sagaies et leurs couteaux. Ils voulurent résister, peu habitués à ce qu'on les oblige à faire quoi que ce soit. Ayla lança à nouveau Loup sur eux. Ils se calmèrent aussitôt. Quand ils se mirent à avancer, Loup leur donna des petits coups de croc dans les talons en grondant. Encadrés par Ayla montée sur la jument louvette et Jondalar sur son étalon alezan brûlé, ils avaient peu de chances de s'échapper.

En cours de route, deux d'entre eux tentèrent toutefois de s'enfuir en courant dans des directions différentes. La sagaie de Jondalar frôla en sifflant l'oreille de celui qui semblait être le meneur et l'arrêta net. Une pierre expédiée par Ayla heurta l'autre dans le bas du dos, le déséquilibrant dans son élan et le faisant tomber.

— Nous ferions bien d'attacher ces deux-là ensemble par les mains, et peut-être aussi les deux autres, dit Jondalar. Apparemment, ils n'ont pas envie d'être confrontés aux habitants de la région.

Ils rentrèrent plus tard que prévu. Au couchant, le soleil embrasait le ciel d'une débauche de pourpres et de rouges profonds délavés quand ils arrivèrent à l'abri de pierre qu'habitait la Caverne.

— Ce sont eux ! s'écria une femme quand elle vit les quatre hommes. Ce sont eux qui m'ont violentée et qui ont tué mon compagnon quand il a essayé de les en empêcher. Ils ont pris nos provisions et nos tapis de couchage et m'ont laissée là. Je suis rentrée à la maison, mais j'étais enceinte et j'ai perdu le bébé.

— Comment les avez-vous rencontrés ? demanda Demoryn à Jondalar et Ayla.

— Au moment où nous nous apprêtions à partir, Ayla est allée se cacher derrière un bouquet d'arbres pour uriner, puis je l'ai entendue siffler Loup et les chevaux. Je suis allé voir ce qui n'allait pas et je l'ai trouvée qui tenait en respect ces quatre-là. A mon arrivée, deux d'entre eux massaient les bosses qu'elle leur avait faites avec sa fronde et elle avait son lance-sagaie armé et prêt à tirer.

— Des bosses ! C'est tout ? s'étonna Tivonan. Elle a tué une hyène avec ses pierres...

— Je ne voulais pas les tuer, seulement les arrêter, répondit Ayla.

— Lorsque nous sommes rentrés chez nous après notre Voyage, des jeunes gens semaient le trouble de l'autre côté du glacier, à l'ouest. Ils avaient violenté une jeune fille avant les Premiers Rites. Je me demandais si ces hommes n'en faisaient pas autant par ici, expliqua Jondalar.

— Ils ont fait bien davantage que semer le trouble et ils ne sont pas jeunes. Voilà des années qu'ils volent, violent et tuent, mais personne n'a jamais pu mettre la main sur eux, dit Syralana.

— La question est de savoir que faire d'eux, maintenant, dit Demoryn.

— Emmenez-les à la réunion des Zelandonia, suggéra la Première.

— Bonne idée, approuva Willamar.

— Mais vous devriez d'abord mieux les attacher. Ils ont déjà tenté de s'enfuir en venant ici. Je leur ai pris les sagaies et couteaux que j'ai pu trouver, mais il se peut qu'ils en aient d'autres. Et il faudrait que quelqu'un les surveille toute la nuit. Loup peut y aider, ajouta Ayla.

— Oui, tu as raison. Ce sont des hommes dangereux, dit Demoryn en retournant à l'abri. Les Zelandonia décideront ce qu'il convient d'en faire, mais il faut les empêcher de nuire, quoi qu'il en coûte.

— Tu te souviens d'Attaroa, Jondalar ? dit Ayla tandis qu'ils suivaient le chef de la Caverne.

— Je ne l'oublierai jamais. Elle a failli te tuer. Si Loup n'avait pas été là, elle l'aurait fait. Elle était brutale, je dirais même méchante. La plupart des gens sont convenables. Ils sont disposés à aider les autres, surtout s'ils ont des ennuis, mais il y en a toujours quelques-uns qui prennent ce qu'ils veulent, font du mal à autrui et semblent s'en moquer, répondit Jondalar.

— Je crois que Balderan prend plaisir à faire souffrir, dit Demoryn.

— C'est donc ainsi qu'il s'appelle ?

— Il a toujours eu mauvais caractère, reprit Demoryn. Même enfant, il aimait s'en prendre aux plus faibles que lui et, inévitablement, quelques garçons le suivaient et lui obéissaient.

— Pourquoi certains vont-ils avec des gens comme ça ? se demanda Ayla tout haut.

— Qui sait ? répondit Jondalar. Peut-être ont-ils peur d'eux et pensent-ils que s'ils se rangent de leur côté ils ne s'attaqueront pas à eux. A moins qu'ils ne soient de basse extraction et ne se sentent plus importants en faisant peur aux autres...

— Nous devons choisir des gens parmi nous pour les surveiller de près, dit Demoryn. Et monter la garde à tour de rôle afin de ne pas risquer de nous assoupir.

— Il faut aussi les fouiller une nouvelle fois. Peut-être ont-ils caché des couteaux avec lesquels ils pourraient couper leurs cordes et blesser quelqu'un, ajouta Ayla. Je prendrai mon tour de garde et, comme je l'ai dit, Loup pourra être utile. Il est très bon gardien. On a l'impression qu'il ne dort que d'un œil.

Ils les fouillèrent ; chacun avait caché sur lui au moins un couteau, dont ils prétendirent se servir uniquement pour manger. Demoryn avait songé à leur détacher les mains la nuit pour qu'ils dorment plus confortablement, mais la découverte des couteaux le fit changer d'avis. On leur apporta un repas et on les surveilla étroitement pendant qu'ils mangeaient. Ayla ramassa leurs couteaux quand ils eurent fini. Balderan essaya de ne pas se défaire du sien, mais un signal donné à Loup, qui se mit à gronder de manière menaçante, le décida à remettre l'instrument. En s'approchant de lui, Ayla vit qu'il bouillait de colère. Il arrivait à peine à se maîtriser. Il avait pu agir à sa guise presque toute sa vie, avait pris ce qu'il voulait en toute impunité, y compris la vie d'autrui. Il était maintenant physiquement contraint, forcé d'obéir, et il n'aimait pas ça.

Les visiteurs et la majeure partie de la Troisième Caverne Gardienne du Site Sacré le Plus Ancien suivirent vers l'amont une piste qui épousait les méandres de la rivière et avait creusé une gorge profonde dans le calcaire. Ayla remarqua que les membres de la Caverne locale échangeaient des regards et des sourires, comme s'ils partageaient un secret ou se préparaient à faire une surprise. Après une courbe serrée autour des hautes parois de la gorge, les visiteurs furent stupéfaits de voir au-dessus d'eux une arche de pierre, un pont naturel qui enjambait la rivière. Ceux qui ne l'avaient pas encore vue s'arrêtèrent, émerveillés par la formation rocheuse créée par la Grande Terre Mère. Ils n'avaient jamais rien vu de pareil.

— Cela a un nom ? s'enquit Ayla.

— Plusieurs, répondit Demoryn. Certains lui donnent celui de la Mère ou des Esprits du Monde d'Après. D'autres trouvent que cela ressemble à un mammouth. Nous l'appelons tout simplement l'Arche ou le Pont.

Quelque quatre cent mille ans plus tôt, une rivière souterraine avait creusé le calcaire et fini par ronger le carbonate de calcium de la roche, ouvrant cavernes et passages. Au fil du temps, le niveau de l'eau avait baissé, le sol avait été soulevé, et le conduit qui avait entamé la muraille de pierre était devenu une arche naturelle. La rivière actuelle franchissait ce qui avait été une barrière et était maintenant un pont, mais si haut qu'il était rarement utilisé. Nulle part ailleurs n'existait une formation rocheuse aussi impressionnante.

Le haut de l'arche était approximativement au même niveau que le sommet des falaises voisines, mais l'ancien canal avait aussi creusé des méandres plus près de la rivière maintenant en terrain plat. Pendant la saison humide, quand le niveau de l'eau était haut, les parois de la muraille calcaire restreignaient le flot et provoquaient une inondation, mais la plupart du temps le cours d'eau qui avait formé des cavernes et s'était frayé un chemin à travers la barrière calcaire était tranquille.

Le pré de forme circulaire qui se trouvait entre l'abri de pierre de la Première Caverne des Zelandonii Gardiens et le cours d'eau était entouré par les parois de la gorge. Dans la nuit des temps, il y avait eu là le méandre d'un bras mort dans l'ancien lit de la rivière. C'était maintenant une prairie où se mêlaient des herbes diverses, des buissons d'armoise aromatique et de l'ansérine, une plante à feuilles vertes comestibles ressemblant aux pieds palmés des canards et des oies qui sillonnaient les eaux de la rivière en été et porteuse d'une multitude de petites graines noires que l'on pouvait broyer entre des pierres, faire cuire et aussi manger.

Dans le fond du champ s'élevait un talus dont les cailloux coupants étaient mêlés à assez de terre pour alimenter les racines d'arbres des climats froids, pins, bouleaux et genévriers, souvent nanifiés. Au-dessus du champ, le vert sombre des arbres et arbustes qui poussaient sur la pente et le sommet de la falaise contrastait fortement avec le calcaire de celle-ci. Des buttes et des terrasses permettaient aux gens de se rassembler quand quelqu'un voulait communiquer une information à la communauté.

La Première Caverne des Zelandonii Gardiens du Site Sacré le Plus Ancien vivait sur une terrasse abritée par une saillie calcaire qui surplombait la zone inondable. Les Zelandonia tenaient leur réunion dans le pré en contrebas.

L'arrivée des visiteurs et des membres de la Troisième Caverne des Gardiens de la Caverne Sacrée fit sensation. Les Zelandonia avaient monté une sorte de pavillon, une grande tente partiellement ouverte sur les côtés ; elle protégeait du soleil et ses flancs arrêtaient le vent qui soufflait dans la gorge. L'un des acolytes avait vu la procession approcher et s'était précipité à l'intérieur, interrompant la réunion. Deux ou trois des principaux Zelandonia furent contrariés sur le moment, puis ils se tournèrent pour regarder les nouveaux arrivants et un frisson de peur les parcourut, qu'ils s'efforcèrent de dissimuler.

Montée sur Whinney, Ayla venait en tête. La Première lui avait demandé d'aller jusqu'à la tente où se tenait la réunion, ce qu'elle fit. Elle passa la jambe par-dessus l'encolure du cheval, se laissa glisser à terre et alla aider la Première à descendre du travois. Celle-ci avait une façon de marcher, ni rapide ni lente, qui témoignait d'une grande autorité. Les deux chefs méridionaux reconnurent immédiatement le symbolisme de ses tatouages faciaux, de sa tenue vestimentaire et de ses colliers ; ils avaient peine à croire que la Première parmi Ceux Qui Servaient la Grande Terre Mère soit venue à leur réunion. Ils l'avaient vue si peu souvent qu'elle était presque devenue un personnage mythique. Ils manifestaient un intérêt de pure forme à l'égard de son existence, estimaient faire partie des Zelandonia de plus haut rang et s'étaient même choisi une Première bien à eux. La voir de leurs propres yeux était impressionnant, mais son arrivée l'était plus encore. La maîtrise des chevaux était un fait sans précédent. Elle devait posséder des pouvoirs extraordinaires.

Ils s'approchèrent avec déférence, l'accueillirent les deux mains tendues et lui souhaitèrent la bienvenue. Elle leur rendit leurs salutations, puis entreprit de présenter plusieurs de ses compagnons et compagnes de voyage : Ayla et Jonokol, Willamar et Jondalar, les autres voyageurs et, enfin, les deux aides de Willamar et les enfants. Demoryn salua les deux plus importants des Zelandonia du cru, l'homme qui était le Zelandoni de sa Caverne et la femme qui était la Zelandoni de la Première Caverne des Gardiens du Site Sacré. Ayla avait demandé à Jonayla de maintenir Loup hors de vue, mais quand les présentations de rigueur furent finies elle et l'enfant le firent venir et elle lut à nouveau la surprise et la peur sur les visages. Après qu'ils eurent été persuadés de se laisser présenter au loup, leurs craintes diminuèrent malgré une certaine appréhension. Les membres de la Première Caverne étaient alors descendus de leurs habitations à flanc de falaise pour se rassembler dans le pré et Ayla fut contente que les présentations soient remises à plus tard.

Les quatre hommes qu'ils amenaient pour que les Zelandonia décident de leur sort avaient été maintenus à l'écart avec les gens de la Troisième Caverne de Gardiens jusqu'à la fin des formalités.

— Vous savez qui sont ces hommes qui ont causé tant d'ennuis, volé, violé et tué ? demanda Demoryn au Zelandoni de la Caverne.

— Oui, répondit son interlocuteur. Nous venons juste de parler d'eux.

— Eh bien, nous les avons avec nous, annonça Demoryn.

Il fit signe à ceux qui avaient été désignés pour les surveiller. On les fit avancer. La femme qui les avait accusés d'avoir tué son compagnon et de l'avoir violentée arriva aussi et désigna l'un d'eux :

— Celui-ci s'appelle Balderan. C'est le meneur.

Tous les Zelandonia regardèrent les quatre hommes, dont les mains étaient attachées ensemble. Ils remarquèrent leur allure négligée, mais la Zelandoni de la Première Caverne ne voulait pas les juger seulement sur les apparences.

— Comment sais-tu qui ils sont ? demanda-t-elle.

— Parce que c'est moi qu'ils ont violentée après avoir tué mon compagnon, répondit la femme.

— Et tu es ?

— Aremina, de la Troisième Caverne des Zelandonii Gardiens du Site Sacré le Plus Ancien.

— Elle dit vrai, confirma le Zelandoni de la Troisième Caverne des Gardiens. Elle était alors enceinte et a perdu son bébé.

Il se tourna vers Demoryn.

— Nous parlions d'eux et essayions de trouver le moyen de leur mettre la main dessus. Comment avez-vous fait pour les capturer ?

— Ils ont tenté d'agresser l'acolyte de la Première, répondit Demoryn, mais ils ignoraient qui elle est.

— Et comment s'y est-elle prise pour leur faire entendre raison ? s'enquit la Zelandoni de la Première Caverne des Gardiens.

— Pourquoi ne le lui expliques-tu pas ? dit Demoryn en s'adressant à Willamar.

— Je n'étais pas là et je ne peux donc que vous rapporter ce que l'on m'a raconté, mais je le crois. Je sais qu'Ayla est une excellente chasseresse, tant à la fronde qu'au lance-sagaie, arme qui a été conçue par Jondalar, son compagnon. C'est également elle qui se fait obéir du loup et des chevaux, bien que son compagnon et sa fille en soient aussi capables. Apparemment, ces hommes ont essayé de l'agresser, elle s'est contentée de leur faire des bosses en leur lançant des pierres alors qu'elle peut tuer avec sa fronde si elle le veut. Jondalar est alors arrivé avec son lance-sagaie. Lorsque l'un d'eux a tenté de s'enfuir, elle a envoyé le loup à ses trousses. Je les ai vus chasser ensemble. Ces hommes n'avaient aucune chance.

— Tous ces visiteurs se servent du lance-sagaie – Jondalar leur avait promis de leur montrer comment faire – et quand ils sont allés chasser, ils ont eu une chance insolente, poursuivit Demoryn. Chacun a abattu un bison. Ils en ont tué neuf. Cela fait beaucoup de viande, les bisons sont de gros animaux. C'est pourquoi nous vous apportons un important chargement de viande, pour votre Caverne et pour la réunion des Zelandonia.

« Quant à ces hommes, après les avoir appréhendés, nous n'avons trop su que faire d'eux. Aremina estime qu'on devrait les tuer, puisqu'ils ont tué son compagnon. Peut-être a-t-elle raison. Mais nous ne savions pas qui devrait les tuer ni comment procéder. Nous savons tous comment tuer les animaux que la Grande Mère nous a donnés pour vivre, mais la Mère n'admet pas que l'on tue les gens. Nous ne savions pas si c'était à nous de les tuer. Si nous le faisions, ou si nous ne le faisions pas correctement, cela risquerait de porter malheur à notre Caverne. Nous avons pensé que les Zelandonia devraient décider de l'attitude à adopter et nous vous les avons donc amenés.

— Cela a été sage de votre part, approuva la Première. C'est une chance que vous teniez une réunion et que vous tous puissiez en discuter et parvenir à une décision, ajouta-t-elle en se tournant vers les Zelandonia présents.

Elle est en train de leur faire savoir qu'elle n'entend pas exercer le pouvoir bien qu'elle soit la Première, pensa Ayla, mais qu'elle s'intéressera à ce qu'ils font.

— J'espère que tu resteras là et que tu nous prodigueras tes conseils, dit la Zelandoni de la Première Caverne des Gardiens du Site Sacré.

— Merci. J'en serai contente. Ce n'est pas un problème facile à résoudre. Nous sommes ici parce que j'emmène mon acolyte faire son Périple de Doniate. J'espère que quelqu'un pourra nous guider à travers votre Site Sacré. Je ne l'ai vu qu'une fois mais je ne l'ai jamais oublié. Il est non seulement le Plus Ancien, mais aussi d'une beauté incroyable, tant la caverne elle-même que les peintures des parois. Elles font honneur à la Grande Mère, conclut la Première d'une manière sentie qui exprimait sa conviction.

— Bien sûr. Nous avons une Gardienne sur place qui se fera un plaisir de vous guider. Voyons maintenant ces hommes.

Tandis qu'on faisait avancer les quatre prisonniers, ils essayèrent de résister, mais Loup les surveillait et quand Balderan tenta de regimber il le ramena à la raison en grondant et en lui donnant des petits coups de croc dans les chevilles et les jambes. Le malfaiteur bouillait manifestement de rage. Il détestait particulièrement l'homme et la femme étrangère capables de se faire obéir des chevaux et du loup et donc de lui. Pour la première fois de sa vie il avait peur, surtout de Loup. Il avait envie de tuer l'animal, qui avait tout autant envie de le tuer, lui. Le quadrupède savait que cet homme n'était pas pareil aux autres. Il était né avec un excès ou un manque de quelque chose qui le rendait différent et Loup savait de manière intuitive qu'il n'hésiterait pas à faire du mal à ceux qu'il aimait le plus.

Tous les membres des deux Cavernes ainsi que les Zelandonia voisins étaient maintenant rassemblés dans le pré au pied des falaises et l'arrivée des quatre prisonniers avait provoqué une grande agitation. Plusieurs personnes reconnurent Balderan :

— C'est lui ! cria une femme. Il m'a violée ! Les autres aussi !

— Ils m'ont volé de la viande que j'avais mise à sécher.

— Il a enlevé ma fille et l'a séquestrée pendant près d'une lune. Je ne sais pas ce qu'ils lui ont fait, mais elle n'a plus jamais été normale et elle est morte l'hiver suivant. A mon avis, il est responsable de sa mort.

Un quinquagénaire s'avança et parla :

— Je peux vous en apprendre sur lui. Il est né dans ma Caverne avant que je ne la quitte.

— J'aimerais entendre ce que cet homme a à dire, déclara la Première.

— Moi aussi, dit le Zelandoni de la Troisième Caverne des Gardiens.

— Balderan a eu pour mère une femme qui n'avait pas de compagnon. Au commencement, tout le monde a été content qu'elle ait un fils qui semblait solide et en bonne santé, un fils qui pourrait un jour contribuer au bien-être de la Caverne, mais, dès son plus jeune âge, il s'est montré incontrôlable. Il était fort et usait de sa force pour prendre ce qu'il voulait chaque fois qu'il le voulait. Au début, sa mère s'est excusée de son comportement. N'ayant pas de compagnon, elle espérait que son fils, qui devint vite un très bon chasseur parce qu'il aimait tuer, allait prendre soin d'elle dans sa vieillesse, mais elle constata qu'il ne prenait pas plus soin d'elle que de n'importe qui.

« Quand il arriva à la puberté, tous les gens de la Caverne étaient en colère contre lui et le craignaient. La mesure fut dépassée lorsqu'il prit des sagaies qu'un autre avait confectionnées. Quand celui-ci protesta et voulut les récupérer, Balderan le battit si sauvagement qu'il faillit en mourir. Il ne s'en est jamais tout à fait remis. C'est à ce moment-là que tout le monde s'est ligué et lui a demandé de s'en aller. Tous les hommes et la plupart des femmes se sont armés et l'ont chassé. Deux amis sont partis avec lui, des jeunes gens qui l'admiraient parce qu'il prenait ce qu'il voulait et refusait de travailler. L'un des deux est revenu avant la fin de l'été et a supplié qu'on le laisse reprendre sa place, mais Balderan a toujours réussi à se gagner des partisans.

« Il allait aux Réunions d'Eté, s'installait dans une lointaine et mettait au défi des jeunes gens d'accomplir des actes téméraires pour prouver leur virilité. Il maltraitait toujours ceux qui semblaient faibles ou peureux, et quand il repartait il avait toujours quelques nouveaux partisans, séduits par son mauvais côté. Ils harcelaient de nouvelles Cavernes jusqu'à ce que leurs membres s'unissent pour les rechercher. Balderan et ses amis allaient alors plus loin et trouvaient d'autres Cavernes, et ils recommençaient à voler de la nourriture, des vêtements, des outils, des armes, et bientôt à violer des femmes.

Balderan ricana pendant ce récit. Peu lui importait ce qu'on disait de lui. Tout était vrai, mais il ne s'était encore jamais fait prendre et il n'appréciait pas du tout. Ayla l'observait attentivement et vit qu'il était fou de colère ; elle sentait sa peur et sa haine et était certaine que Loup les sentait aussi. Elle savait que si Balderan tentait de lui faire du mal, à elle, ou à Jonayla, Jondalar ou quiconque voyageait avec eux, Loup le tuerait. Elle savait que si elle donnait à Loup le signal de tuer cet homme, il le ferait et que tout le monde en serait sans doute content. Mais elle ne voulait pas que Loup s'en charge, car il aurait alors et pour toujours une réputation de tueur. Lorsqu'on raconte une histoire, elle a tendance à prendre des proportions excessives. Personne n'ignorait que les loups étaient capables de tuer. Elle voulait seulement qu'on raconte que Loup avait aidé à capturer cet individu et l'avait surveillé sans le tuer. C'était aux gens de décider eux-mêmes du sort de Balderan, et elle était curieuse de voir ce qu'ils allaient faire.

Ses trois compagnons n'étaient pas en colère, seulement effrayés. Ils savaient bien ce qu'ils avaient fait et il y avait ici assez de gens qui le savaient aussi. Celui qui se trouvait près de Balderan pensait à sa fâcheuse situation. Il avait toujours semblé facile de le suivre, de l'aider à prendre ce qu'il voulait et de faire peur aux gens. Bien entendu, Balderan lui faisait peur à lui aussi, parfois, mais voir les autres le craindre lui donnait un sentiment d'importance. Lorsqu'ils voyaient que ceux qui se lançaient à leurs trousses étaient déterminés, ils agissaient avec promptitude et parvenaient toujours à s'en sortir. Ils étaient persuadés qu'ils ne se feraient jamais prendre, mais l'étrangère avait bouleversé tout cela, avec ses armes et ses bêtes.

Nul doute que c'était une Zelandoni et ils n'auraient jamais dû s'en prendre à Une Qui Sert la Mère. Mais comment auraient-ils pu le deviner ? Elle n'était même pas tatouée. On disait qu'elle était un acolyte, mais un acolyte de la Première ? Balderan ignorait que la Première existait réellement. Il pensait que ce n'étaient que des histoires, comme les Légendes Anciennes. Et maintenant la plus puissante Zelandoni du monde était là avec son acolyte, qui exerçait un pouvoir magique sur les animaux et l'avait capturé. Qu'allaient-ils faire de lui ?

Comme s'il avait lu dans ses pensées, l'un des Zelandonia dit :

— Maintenant qu'ils sont là, qu'allons-nous faire d'eux ?

— Pour l'instant, nous devons les nourrir, trouver un endroit où les garder, et les faire surveiller jusqu'à ce qu'une décision ait été prise, répondit la Première avant de se tourner vers la Zelandoni de la Première Caverne des Gardiens du Site Sacré. Et peut-être devons-nous nous partager cette viande de bison...

Elle sourit à la femme pour lui faire savoir qu'elle lui avait délégué l'autorité, comme si elle avait su qu'elle était la Première de cette région, bien que personne ne le lui ait dit. La Zelandoni appela plusieurs personnes par leur nom et laissa aux chefs des deux Cavernes la responsabilité de décider comment procéder au partage de la viande tout en chargeant plusieurs autres Zelandonia de superviser le travail de dépouillement et de débit des animaux. Certains avaient déjà été dépouillés et on commençait à détailler la viande pour le repas du soir. D'autres emmenèrent Balderan et ses hommes vers la falaise.

Ayla siffla Loup et alla aider Jondalar à dételer les travois. Elle avait repéré un joli herbage un peu à l'écart et se demandait si elle pouvait y mener paître les chevaux. Elle posa d'abord la question à Demoryn, le chef de la Caverne d'Amelana.

— Nous n'avons pas eu de Réunion d'Eté ici cette année et je pense donc que le pré n'a pas été piétiné, mais pour t'en assurer tu ferais bien d'interroger Zelandoni Première.

— Zelandoni Première ? Tu veux dire de la Première Caverne des Gardiens ?

— Oui, mais ce n'est pas pour cela qu'on l'appelle Zelandoni Première. C'est parce qu'elle est notre Première. C'est par hasard qu'elle se trouve être la Zelandoni de cette Caverne. A propos, je devrais aussi lui dire que j'ai envoyé un messager annoncer à une ou deux autres Cavernes que Balderan a été pris. Elles ont eu à se plaindre de lui plus que la plupart. Il se peut qu'elles envoient quelques-uns de leurs gens.

Ayla fronça les sourcils et se demanda combien d'autres Cavernes allaient faire de même. Peut-être devrait-elle chercher un endroit plus à l'écart ou élever un enclos pour les chevaux, comme elle l'avait fait à leurs Réunions d'Eté. Elle décida d'en parler à Jondalar après s'être entretenue avec Zelandoni Première.

Ayla et Jondalar en touchèrent un mot aux autres voyageurs et ils décidèrent de se mettre à la recherche d'un endroit bien choisi pour dresser leur camp, comme le faisaient la plupart des Cavernes lorsqu'elles arrivaient tôt à une Réunion d'Eté. La Première admit qu'Ayla avait une bonne intuition en pensant qu'il viendrait beaucoup de monde.

Ce soir-là, bien que les repas aient été préparés par les familles ou les groupes qui normalement les prenaient en commun, tous s'installèrent ensemble comme pour un festin. On apporta de la nourriture à Balderan et à ses complices et on leur détacha les mains pour qu'ils puissent manger. Ils parlèrent entre eux à voix basse pendant le repas. Plusieurs personnes les surveillaient, mais il est difficile de rester vigilant quand il n'y a rien d'autre à regarder que des hommes en train de manger. La nuit tombait à mesure que se déroulait le repas et ceux qui ne se connaissaient pas avaient envie de tisser des liens.

Ayla et Jondalar laissèrent Loup avec Jonayla pour qu'il se repose après avoir monté la garde et ils se dirigèrent vers l'habitation des Zelandonia. La Première y était venue pour parler d'une visite de la Caverne Sacrée réservée à Ayla, Jonokol et quelques autres, une deuxième visite moins complète étant prévue pour les autres visiteurs, hormis les enfants.

Dans l'obscurité ils ne remarquèrent pas que les prisonniers les observaient. Balderan avait suivi du regard le grand compagnon de la femme acolyte et, à leur approche, il parla à ses hommes :

— Nous devons filer d'ici, dit-il, sinon nos jours sont comptés.

— Mais comment ? demanda l'un.

— Nous devons nous débarrasser de cette femme qui se fait obéir du loup.

— Le loup ne nous laissera pas nous approcher d'elle.

— Seulement s'il est dans les parages. Il ne l'accompagne pas toujours. Il reste parfois auprès de la fillette.

— Et cet homme qui est toujours avec elle ? Le visiteur avec lequel elle est arrivée. Il est grand et fort.

— J'ai connu des hommes comme lui, grands et musclés, mais trop calmes et trop débonnaires. L'avez-vous déjà vu en colère ? C'est un de ces gentils géants qui ont si peur de faire du mal à quelqu'un qu'ils évitent même les disputes. Si nous sommes rapides, nous pouvons nous emparer d'elle avant qu'il ne réagisse et menacer de la tuer s'il fait un geste. Je ne crois pas qu'il courra le risque de la mettre en danger. Le temps qu'il y réfléchisse, il sera trop tard. Nous aurons disparu, et elle avec nous.

— Avec quoi vas-tu la menacer ? Ils nous ont pris nos couteaux.

Balderan sourit, puis défit le lacet de cuir qui fermait sa chemise.

— Avec ça, dit-il en tirant le lacet hors de ses œillets. Je le lui passerai autour du cou.

— Et si ça ne marche pas ? demanda un autre.

— Nous n'avons rien à perdre.

Le lendemain, l'une des autres Cavernes de la région arriva, et dans la soirée deux autres encore. La Première vint voir Ayla le matin suivant. Jondalar sortit pour les laisser parler seule à seule.

— Nous allons devoir réfléchir aux mesures à prendre à l'encontre de ces hommes.

— Pourquoi aurions-nous à le faire ? demanda Ayla. Nous ne vivons pas ici.

— Mais c'est toi qui les as capturés. Que tu le veuilles ou non, tu es mêlée à tout cela. Peut-être est-ce la Mère qui l'a voulu, ajouta la Première.

Ayla lui lança un regard sceptique.

— Enfin, peut-être pas la Mère, mais les gens d'ici. Et je crois que c'est bien ainsi. Par ailleurs, nous devons leur parler de notre visite à leur Site Sacré. Tu vas être enchantée par cette grotte. Je l'ai déjà vue une fois et je veux y retourner. Il y a quelques passages difficiles, mais je n'aurai plus jamais l'occasion de la voir et je ne tiens pas à manquer celle-ci.

Cela intrigua Ayla et éveilla sa curiosité. Toutes ces marches au cours du Voyage semblaient avoir amélioré la santé de la Première, mais elle avait toujours besoin d'aide lorsqu'ils arrivaient en terrain difficile. Malgré tout cet exercice physique, elle était plus que replète. Elle portait son poids avec grâce et assurance, et s'il ajoutait à sa stature à bien des égards, il ne facilitait pas ses déplacements dans les endroits resserrés au sol inégal.

— Tu as raison, Zelandoni, mais je ne veux pas prendre de décision concernant Balderan, dit Ayla. Je ne crois pas que ce soit mon rôle.

— Tu n'as pas à en prendre. Nous savons tous ce qu'il convient de faire. Cet homme doit mourir. Sinon, il tuera d'autres gens. La question est de savoir qui se chargera de l'exécuter et de quelle manière. Tuer quelqu'un délibérément n'est pas aisé pour la plupart des gens et ne doit pas l'être. C'est pourquoi nous savons qu'il a un fond méchant, lui ignore cette vérité et, pour cette raison, je suis contente que toutes ces Cavernes se réunissent. Il est nécessaire que tous participent. Je ne veux pas dire que tous doivent le tuer, mais ils doivent en assumer la responsabilité. Et tous doivent savoir que c'est ce qu'il y a à faire de juste dans le cas présent. On ne devrait pas tuer sous l'empire de la colère ou par vengeance. Il est d'autres manières de procéder. Il n'y a pas d'autre solution en ce qui le concerne, mais quel est le meilleur moyen à adopter ?

Toutes deux gardèrent le silence.

— Il existe des plantes... dit Ayla au bout d'un moment.

— J'allais dire des champignons. On pourrait leur servir un repas à base de certains champignons.

— Et s'ils se méfient et décident de ne pas y toucher ? Tout le monde connaît l'existence des champignons vénéneux. Ils sont faciles à repérer et à éviter, fit remarquer Ayla.

— C'est vrai et si Balderan n'est pas bon, il n'est pas sot pour autant. A quelles plantes pensais-tu ?

— A deux qu'on trouve par ici ; je le sais parce que j'en ai vu. L'une est la berle à larges feuilles. Elle pousse dans l'eau. Elle est comestible, surtout les racines quand elles sont jeunes et tendres. Mais une autre plante, qui lui ressemble beaucoup, est mortelle. Je connais son nom en mamutoï. J'ignore comment vous l'appelez ici, mais je sais la reconnaître.

— Je connais cette plante. C'est la ciguë. Elle aussi pousse dans l'eau. Le même repas pourrait donc être préparé pour tout le Camp, tout le monde mangerait de la berle, sauf Balderan et ses hommes, qui auraient droit à la ciguë, réfléchit tout haut la Première avant d'ajouter : Je pensais à une chose : on pourrait leur servir aussi des champignons, des champignons comestibles. Peut-être croiraient-ils qu'ils sont vénéneux, les éviteraient-ils et ne feraient-ils pas attention aux légumes racines parce que, apparemment, tout le monde en mangerait.

— Cela me semble être une bonne solution, à moins que quelqu'un n'ait une meilleure idée, dit Ayla.

Son interlocutrice se tut à nouveau pour réfléchir, puis hocha la tête.

— Très bien, nous avons un plan, dit la Zelandoni Qui Etait la Première. C'est toujours bon de prévoir.

Lorsque les deux femmes sortirent de la tente, il n'y avait personne dehors. Leurs compagnons de voyage étaient allés voir ce qui se passait à cette Réunion d'Eté improvisée et proposer leur aide pour la préparation des repas. Pour une réunion destinée à juger des crimes.

D'autres gens arrivaient et le pré en contrebas de la falaise était peu à peu envahi. Mais la plus grosse surprise survint en fin d'après-midi. Ayla et la Première se trouvaient dans l'habitation des Zelandonia quand Jonayla arriva en courant et interrompit la réunion.

— Mère, mère, dit-elle, Kimeran m'a dit de venir te dire quelque chose...

— Me dire quoi, Jonayla ? répondit Ayla d'un ton sévère.

— La famille de Beladora est ici. Et quelqu'un d'étrange l'accompagne.

— La famille de Beladora ? Ce ne sont même pas des Zelandonii, mais des Giornadonii. Ils habitent loin, comment ont-ils pu arriver ici en un jour ou deux ? s'étonna Ayla avant de se tourner vers les autres : Je crois que je dois y aller.

— Je viens avec toi, dit la Première. Veuillez nous excuser.

— Ils n'habitent pas si loin que ça, observa Zelandoni Première en les accompagnant à la porte, et ils viennent souvent nous rendre visite. Tous les deux ans environ. Je crois qu'ils sont autant zelandonii que giornadonii, mais je ne sais s'ils sont venus à cause des messagers qui ont été envoyés. Ils prévoyaient sans doute de nous rendre visite de toute façon. Ils ont probablement été aussi surpris de trouver là leur parente qu'elle l'aura été de les voir.

Kimeran passait là et avait entendu Zelandoni Première.

— Ce n'est pas tout à fait exact, dit-il. Ils sont allés à la Réunion d'Eté des Giornadonii, puis ont décidé d'assister à la vôtre et ils prévoyaient de venir ici ensuite. Ils étaient au Camp d'Eté quand le messager leur a annoncé que nous étions ici. Ils ont su aussi que Balderan avait été capturé. Saviez-vous qu'il avait semé le trouble dans des Cavernes de Giornadonii ? Y a-t-il quelqu'un à qui il n'ait pas nui ?

— Une réunion va se tenir bientôt à ce propos, dit Zelandoni Première. Nous devons parvenir à une décision et vite.

Comme si cela lui était venu après coup, elle ajouta :

— Tu as dit qu'il y avait une personne bizarre avec eux ?

— Oui, mais vous allez voir par vous-mêmes.

Les présentations rituelles furent faites entre Ayla, la Première et les parents de Beladora, puis la Première demanda s'ils avaient déjà dressé leur camp.

— Non, nous venons d'arriver, répondit une femme qui se présenta comme étant Ginedora, la mère de Beladora.

Elles s'en seraient doutées, car elle en était la copie conforme, en plus âgée et légèrement plus replète.

— Il me semble qu'il y a de la place près de notre campement, dit la Première. Pourquoi n'allez-vous pas en prendre possession avant que quelqu'un d'autre ne le fasse ?

— Venez faire la connaissance de votre grand-mère, dit Beladora à ses enfants.

— Tu as eu des nés-ensemble ? Ce sont les tiens tous les deux ? Et en bonne santé ? demanda Ginedora.

Beladora hocha la tête.

— C'est merveilleux !

— Voici Gioneran, dit la jeune mère en levant la main du garçonnet de cinq ans aux cheveux châtain foncé et aux yeux marron-vert comme les siens.

— Il sera grand, comme Kimeran, remarqua Ginedora.

— Et voici Ginedela, dit Beladora en levant la main de sa blonde fille.

— Elle a les mêmes yeux et les mêmes cheveux que son père et c'est une beauté. Ils sont timides ?

— Allez saluer votre grand-mère. Nous avons fait une longue route pour la rencontrer, dit Beladora en les poussant en avant.

Ginedora s'agenouilla et ouvrit les bras. Ses yeux étaient brillants de larmes. Un peu à contrecœur, les deux enfants l'étreignirent rapidement. Elle en prit un dans chaque bras et une larme roula sur sa joue.

— J'ignorais que j'avais des petits-enfants, dit-elle. C'est l'inconvénient, quand on habite si loin. Combien de temps allez-vous rester ici ?

— Nous ne le savons pas encore, répondit Beladora.

— Allez-vous venir à notre Caverne ?

— Nous avons l'intention de le faire.

— J'espère que vous ne resterez pas seulement quelques jours. Vous êtes venus de si loin, revenez avec nous et restez le temps qu'il vous plaira.

— Nous devons y réfléchir. Kimeran est l'Homme Qui Commande notre Caverne. Il lui sera difficile de s'absenter longtemps.

Quand elle vit que sa mère avait à nouveau les larmes aux yeux, elle ajouta :

— Mais nous allons y réfléchir.

Ayla jeta un coup d'œil aux gens qui commençaient à dresser le camp. Elle remarqua un homme qui portait quelqu'un sur ses épaules. Il se pencha et l'aida à descendre. Elle crut d'abord que c'était un enfant, puis elle regarda mieux. C'était un homme de petite taille, les bras et les jambes trop courts. Elle tapota le bras de la Première et le lui montra du menton.

— Pas étonnant que la mère de Beladora semble si soulagée que les enfants de sa fille, nés en même temps, soient normaux. Cet homme est un accident de la nature. Comme certains arbres dont la croissance est retardée, je crois que c'est un nain, dit-elle.

— J'aimerais bien faire sa connaissance, pour en savoir plus. Mais ce serait comme le dévisager et j'imagine que cet homme est trop souvent objet de curiosité, dit Ayla.

26

Ayla s'était levée très tôt et avait rassemblé ses paniers de cueillette et préparé Whinney. Elle avertit Jondalar qu'elle allait chercher des légumes verts, des racines et tout ce qu'elle pourrait trouver pour le festin du soir, mais elle semblait distraite et mal à l'aise.

— Veux-tu que je t'accompagne ? demanda-t-il.

— Non ! répondit-elle sèchement avant d'adoucir le ton : J'aimerais que tu surveilles Jonayla. Beladora conduit ses enfants chez sa mère ce matin. Jondecam et Levela y vont aussi et emmènent Jonlevan, parce qu'ils sont apparentés. Je ne sais pas ce que fait Kimeran, et il se peut qu'il les rejoigne plus tard. Jonayla est presque de la famille, mais elle risque de se sentir abandonnée si elle ne peut pas jouer avec ses camarades habituels. J'avais pensé que tu pourrais monter Rapide et aller chevaucher avec elle et Grise ce matin.

— Bonne idée. Voilà un moment que nous n'avons pas fait de cheval. L'exercice fera du bien aux bêtes, répondit Jondalar.

Ayla lui sourit et frotta sa joue contre la sienne, mais elle avait encore le sourcil froncé et paraissait malheureuse.

Le jour se levait à peine quand elle partit, montée sur Whinney, et siffla Loup. Elle longea la berge de la rivière, examinant la végétation. Elle savait que les plantes qu'elle cherchait poussaient près de l'endroit où ils avaient campé, mais elle espérait ne pas avoir à aller si loin. Elle passa devant la Troisième Caverne ; elle était déserte. Tout le monde était à la réunion impromptue qui se tenait à la Première Caverne. Elle se demanda comment allait Amelana et si elle allait accoucher avant leur départ ; elle pouvait le faire d'un moment à l'autre. Elle espéra avec ferveur que ce serait un beau bébé, normal et sain.

Elle ne trouva ce qu'elle cherchait qu'à l'approche de leur campement précédent. L'eau stagnante de la rivière avait presque formé un bras mort, l'habitat convenant à la berle et à la ciguë. Elle arrêta sa jument et se laissa glisser à terre. Loup semblait content d'avoir, pour changer, sa maîtresse pour lui tout seul et il était d'humeur folâtre, s'intéressant aux odeurs captivantes.

Avec son couteau et son bâton à fouir, elle commença par ramasser des monceaux de berle. Puis, avec un autre instrument qu'elle avait façonné dans ce but, elle recueillit des racines et des plants de ciguë. Elle les enveloppa dans de longs brins d'herbe et les mit dans un panier séparé, confectionné spécialement à cet effet. Elle le laissa par terre pendant qu'elle rangeait la berle dans les paniers de bât de Whinney, puis arrima le panier de ciguë par-dessus. Elle siffla Loup, puis repartit vers l'amont, pressée de rentrer. En arrivant à l'endroit où la rivière était limpide, elle s'arrêta pour remplir son outre. Puis elle aperçut le lit à sec d'un affluent saisonnier, où les eaux devaient dévaler au moment des pluies. Les galets arrondis et lisses qui en jonchaient le fond étaient parfaits ; elle en choisit soigneusement quelques-uns et en remplit le petit sac pour sa fronde.

Elle se trouvait près d'un bouquet de pins et remarqua des petits monticules qui soulevaient la couche d'aiguilles et de brindilles sous les arbres. Elle les écarta, découvrit des champignons de pin beige rosé et en ramassa jusqu'à en avoir un joli tas. C'étaient de bons champignons, à la chair blanche et ferme, à l'odeur et au goût agréables, légèrement épicés, mais connus de peu de monde. Elle en remplit un troisième panier. Puis elle monta sur Whinney, siffla Loup et repartit en poussant la jument au galop pendant une partie du trajet. A son arrivée, tous étaient en train de préparer ou de prendre leur repas du matin. Elle se rendit directement au pavillon des Zelandonia et y entra avec deux de ses paniers. Seules les deux « Premières » étaient là.

— As-tu trouvé ce que tu cherchais ? demanda Celle Qui Etait la Première.

— Oui. Voici quelques bons champignons de pin à la saveur assez inhabituelle que j'aime beaucoup, répondit Ayla avant de leur montrer le panier de ciguë : Ça, je ne l'ai jamais goûté.

— Heureusement. J'espère que tu ne le feras jamais.

— Dehors, dans le panier de Whinney, il y a de la berle. J'ai pris garde à ne pas les mélanger.

— Je vais la donner à ceux qui font la cuisine, répondit Zelandoni Première, plus grande et mince que sa consœur. Si elle n'est pas bien cuite, elle risque de ne pas avoir bon goût.

Elle observa Ayla un moment.

— Tout cela te met mal à l'aise, n'est-ce pas ?

— Oui. Je n'ai jamais ramassé délibérément une plante que je sais être nocive, sachant surtout qu'elle est destinée à être mangée.

— Mais tu sais que si on le laisse vivre, il fera encore du mal.

— Oui, je le sais, mais ça me contrarie quand même.

— Ça ne devrait pas, dit la Première. Tu rends service aux nôtres et tu en assumes la responsabilité. C'est un sacrifice, une Zelandoni doit en faire parfois.

— Je vais m'assurer qu'elle sera servie à ceux qui doivent la manger, annonça Zelandoni Première. C'est le sacrifice que je dois consentir. Ce sont mes gens et il leur a fait assez de mal comme ça.

— Et ses hommes ? s'enquit la Première.

— L'un d'eux, Gahaynar, demande ce qu'il peut faire pour réparer ses torts, répondit Zelandoni Première. Il dit qu'il regrette. J'ignore s'il tente d'échapper ainsi au châtiment qu'il sait imminent ou s'il est sincère. Je crois que je vais laisser la Mère en décider. S'il ne mange pas la racine et vit, je le laisserai partir. Si Balderan ne la mange pas et vit lui aussi, j'ai déjà parlé avec plusieurs personnes auxquelles il a nui personnellement et qui sont impatientes de le voir payer pour ses forfaits. Si nécessaire, je le leur livrerai, mais je préférerais la manière plus douce.

Quand Zelandoni Première alla chercher la ciguë, elle aperçut une ondulation sous le panier. Elle le souleva d'un geste rapide. Dessous se trouvait un serpent, un serpent extraordinaire.

— Regardez ça ! s'exclama-t-elle.

Ayla et la Première regardèrent et en eurent le souffle coupé. C'était un petit serpent, sans doute très jeune, et les bandes rouges qui couraient le long de son corps indiquaient qu'il n'était pas venimeux, mais dans la partie antérieure du corps les bandes se divisaient en Y. Le serpent avait deux têtes ! Il darda ses deux langues, tâtant l'air, puis commença à ramper, mais le mouvement était un peu irrégulier, comme s'il ne savait pas vraiment où aller.

— Vite, cherche quelque chose pour l'attraper avant qu'il disparaisse, dit la Première.

Ayla trouva une petite corbeille tressée.

— On peut se servir de ça ? demanda-t-elle à Zelandoni Première.

— Oui, très bien.

Le serpent chercha à s'échapper à l'approche d'Ayla, mais elle retourna la corbeille et l'immobilisa. Il rentra sa queue quand elle appuya fermement sur la corbeille pour l'empêcher de fuir.

— Qu'est-ce qu'on en fait ? demanda Zelandoni Première.

— Tu as quelque chose de plat que je pourrais glisser là-dessous ? s'enquit Ayla.

— Je ne sais pas. Le bord d'une pelle, ça irait ? Comme celle-ci ? demanda Zelandoni Première en ramassant la pelle qui servait à enlever les cendres du foyer.

— Oui, c'est parfait.

Ayla prit la pelle et la glissa sous la corbeille, puis elle les souleva en les maintenant l'une contre l'autre et les retourna.

— On pourrait trouver un couvercle pour cette corbeille ? Et de la ficelle pour l'attacher ?

Zelandoni Première trouva une autre corbeille, peu profonde, qu'elle tendit à Ayla. Celle-ci posa par terre la corbeille contenant le serpent, enleva la pelle et la remplaça par l'autre corbeille, puis ficela le tout. Les trois femmes allèrent ensuite prendre leur repas du matin.

Elles prévoyaient d'ouvrir la réunion lorsque le soleil serait au zénith, mais les gens commencèrent à arriver plus tôt sur le talus afin de trouver des places convenables pour mieux voir et entendre. Tout le monde savait que l'objet de la réunion était sérieux, mais il régnait néanmoins une atmosphère de fête, surtout en raison du plaisir d'être ensemble, d'autant plus que ce rassemblement n'était pas prévu. Et aussi parce qu'on était content que le fauteur de troubles ait été capturé.

Lorsque le soleil fut haut, l'aire de rassemblement débordait de monde. Zelandoni Première ouvrit la réunion et commença par souhaiter la bienvenue à la Première, ainsi qu'aux autres visiteurs. Elle expliqua que la Première était accompagnée de son acolyte et de son acolyte précédent, un Zelandoni à présent, qui accomplissaient leur Périple de Doniate et étaient venus voir le Site Sacré le Plus Ancien. Elle précisa que l'acolyte de la Première et son compagnon avaient capturé Balderan et trois de ses hommes lorsque ceux-ci avaient tenté de l'attaquer. Cette information déclencha un brouhaha de voix dans l'assistance.

— C'est la principale raison de la convocation de cette réunion, dit Zelandoni Première. Balderan a fait du mal et causé du chagrin à beaucoup d'entre vous pendant de longues années. Maintenant que nous l'avons entre nos mains, nous devons décider quoi faire de lui. Quel que soit le châtiment que nous lui infligerons, nous devons avoir la conviction qu'il est approprié.

— Tuons-le, proposa quelqu'un, assez fort pour que tout le monde entende, y compris la Zelandonia.

— C'est peut-être le châtiment qui convient, répondit Celle Qui Etait la Première, mais qui va l'appliquer et comment, voilà la question. Si ce n'est pas fait comme il faut, ça risque de nous porter malheur à tous. La Mère a formellement interdit que des gens en tuent d'autres, si ce n'est dans des circonstances extraordinaires. En nous efforçant de trouver une solution au problème posé par Balderan, nous ne devons pas devenir comme lui.

— Comment l'a-t-elle capturé ? demanda quelqu'un.

— Demande-le-lui, dit la Première en se tournant vers Ayla.

Ce genre de situation la rendait toujours nerveuse, mais elle prit une profonde inspiration et essaya de répondre à la question :

— J'ai été chasseresse dès mon plus jeune âge et l'arme dont j'ai d'abord appris à me servir est une fronde... commença-t-elle.

Son accent surprit ceux et celles qui ne l'avaient pas encore entendue parler. Il était rare qu'un étranger ou une étrangère fasse partie de la Zelandonia et elle dut attendre pour continuer que les gens se taisent.

— Maintenant, vous le savez, je ne suis pas née zelandonii, dit-elle avec un sourire.

Son commentaire déclencha des petits rires dans l'assistance.

— J'ai été élevée à l'est, loin d'ici, et j'ai rencontré Jondalar quand il a effectué son Voyage.

Les gens se calmaient et s'installaient du mieux qu'ils pouvaient pour écouter ce qui promettait d'être une très bonne histoire.

— Quand Balderan et ses hommes m'ont vue, j'étais allée m'isoler derrière un bouquet d'arbres. Ils me regardaient. Une telle impolitesse m'a mise en colère et je le leur ai dit.

Nouveaux petits rires dans l'auditoire.

— Je garde en général ma fronde enroulée autour de la tête ; c'est une façon commode de la porter. Lorsqu'il a voulu m'agresser, je ne crois pas que Balderan ait compris que c'était une arme que je commençais à dérouler...

Elle joignit le geste à la parole, puis sortit de son petit sac deux des galets qu'elle avait ramassés dans le lit à sec du torrent, près de leur campement précédent. Elle rassembla les deux extrémités de la fronde, plaça une pierre dans le creux formé par l'usage au milieu de la bande de cuir. Elle avait déjà choisi une cible : un lièvre au pelage estival marron assis sur son arrière-train à côté d'un rocher près de son terrier. Au dernier moment, elle repéra aussi deux colverts, qui venaient de s'envoler de leur nid près de la rivière. Avec des gestes rapides et sûrs, elle lança la première pierre, puis la deuxième.

Les gens exprimèrent leur surprise :

— Vous avez vu ça ?

— Elle a tué ce canard en plein vol !

— Elle a tué aussi un lapin !

La démonstration leur avait donné la mesure de son adresse.

— Je ne voulais pas tuer Balderan... reprit Ayla.

— Mais elle aurait pu le faire, lâcha Jonokol, ce qui provoqua d'autres murmures.

— Je voulais seulement l'arrêter et j'ai donc visé la cuisse. Il doit avoir un beau bleu. J'ai touché l'autre au bras.

Elle siffla Loup, qui arriva immédiatement à son appel. Cela aussi déclencha une vague de commentaires dans l'assistance.

— Balderan et ses compagnons n'ont pas remarqué Loup, au début. Ce loup est mon ami et il m'obéit. Quand un troisième renégat a tenté de s'enfuir, j'ai demandé à Loup de l'arrêter. Il ne l'a pas attaqué ni n'a essayé de le tuer, il l'a mordu à la cheville et l'a fait trébucher. Puis Jondalar est apparu, avec son lance-sagaie.

« Lorsque nous avons ramené ces hommes ici, Balderan a tenté de s'échapper. Jondalar s'est servi de son lance-sagaie. Il lui a frôlé l'oreille, ce qui l'a arrêté net. Le tir de Jondalar est très précis. »

Autres petits rires.

— Je t'avais dit qu'ils n'avaient aucune chance, confirma Willamar à Demoryn, assis à son côté.

— Lorsque j'ai vu comment ces hommes se comportaient avec moi, j'ai pensé qu'ils étaient sans doute des fauteurs de troubles, continua Ayla. C'est pourquoi nous vous les avons amenés, contre leur gré, bien sûr. C'est seulement en arrivant à la Troisième Caverne des Gardiens que nous avons compris tout le mal qu'ils avaient fait au fil des ans.

Elle s'interrompit, baissa les yeux. Il semblait évident qu'elle avait autre chose à dire :

— Je suis guérisseuse, j'ai aidé beaucoup de femmes à accoucher. Heureusement, la plupart des bébés sont parfaitement sains, mais certains enfants de la Mère ont un défaut de naissance. J'en ai vu. D'ordinaire, si le défaut est grave, ils ne survivent pas. La Mère les reprend parce qu'Elle seule peut y remédier, mais certains sont animés d'une forte volonté de vivre. Même affligés de défauts importants, ils vivent et souvent apportent beaucoup aux leurs.

« J'ai été élevée par un homme qui était un grand Mog-ur, le mot dont se servent les membres du Clan pour désigner un Zelandoni. Il n'avait l'usage que d'un bras, boitait, de naissance, et il n'avait qu'un œil. Son mauvais bras a été en plus abîmé par un ours des cavernes qui l'avait choisi et qui est devenu son totem. C'était un homme très sage, au service des siens et très respecté. Il y a aussi un garçon qui n'habite pas loin de notre Caverne et est né avec un bras déformé. Sa mère craignait qu'il ne soit jamais capable de chasser et ne devienne peut-être jamais un vrai homme, mais il a appris à se servir du lance-sagaie avec son bras valide, il est devenu bon chasseur et a gagné le respect de tous ; il a maintenant une compagne et ils sont heureux.

« Lorsqu'un enfant est mort-né ou quitte ce monde juste après sa naissance pour voyager dans celui d'Après, on ne devrait pas le pleurer ; la Mère l'a repris pour corriger ses défauts.

Ayla plongea la main dans la musette qu'elle portait à l'épaule et en sortit une petite corbeille fermée par un couvercle. Elle l'ouvrit et montra à bout de bras le serpent à deux têtes. Il y eut des exclamations de stupéfaction.

— Certains êtres vivants sont anormaux quand ils naissent et ça se voit.

Les gueules des deux têtes dardèrent leur langue.

— La seule manière pour ce serpent de corriger son défaut est de retourner à la Mère. Cependant, certains naissent parfois avec une anomalie et ça ne se voit pas. Lorsqu'on les regarde, ils semblent normaux, mais intérieurement ils ne le sont pas. Tout comme ce petit serpent, la seule façon de les faire revenir à la normale consiste à les renvoyer auprès de la Mère. Elle seule peut remédier à leurs défauts.

Balderan et ses hommes écoutaient aussi la harangue d'Ayla.

— Si nous voulons vivre, nous allons devoir saisir notre chance et vite, chuchota Balderan.

Il n'avait aucune envie d'être renvoyé auprès de la Mère. Pour la première fois de sa vie, il commençait à ressentir la peur qu'il avait si souvent fait naître chez autrui.

— Cela a été une façon tout à fait appropriée de parler de ce qu'il convenait de faire, dit Zelandoni Première en revenant au pavillon des Zelandonia en compagnie de la Première, d'Ayla et de Jonokol.

Loup suivait Ayla sans se presser, en réponse à son appel. Elle voulait qu'on sache que le quadrupède était un bon chasseur, mais aussi qu'il ne tuait pas au hasard.

— Les gens accepteront mieux la suite s'ils la conçoivent comme le renvoi de Balderan auprès de la Mère pour qu'Elle corrige ses défauts. Qu'est-ce qui t'y a fait penser ?

— Je l'ignore, répondit Ayla, mais quand j'ai vu le nain qui est arrivé avec la famille de Beladora, j'ai su qu'aucun remède ne pouvait l'aider à atteindre une taille normale, du moins à ma connaissance. Puis le petit serpent m'a fait comprendre que certaines choses ne peuvent être arrangées que par la Mère, et si ce n'est dans ce monde, alors peut-être dans celui d'Après.

— As-tu rencontré ce jeune homme ? demanda Zelandoni Première.

— Non, pas encore.

— Moi non plus, dit la Première.

— Eh bien, allons le voir maintenant.

Les trois femmes et leur compagnon se dirigèrent vers le campement des Giornadonii. Ils s'arrêtèrent au camp de la Neuvième Caverne pour prendre au passage Jondalar, Jonayla et Willamar, les seuls qui se trouvaient là. Beladora et Kimeran étaient au camp des Giornadonii avec leurs enfants. Ayla se demanda si la mère de Beladora allait réussir à les persuader de rentrer avec eux au foyer familial et d'y rester, bien que Kimeran fût le chef de la Deuxième Caverne. Elle tenait à mieux connaître ses petits-enfants.

Les amis se saluèrent en se frottant les joues, puis se lancèrent dans les présentations rituelles à la mère de Beladora, au chef de la Caverne et à quelques autres. Le jeune homme s'approcha alors.

— Je voulais faire ta connaissance, dit-il à Ayla. J'ai apprécié ce que tu as dit à propos du serpent et de certaines personnes que tu connais.

— J'en suis contente, répondit Ayla, qui se pencha et prit ses deux petites mains bizarrement formées dans les siennes.

Ses bras et ses jambes étaient aussi trop courts. Sa tête semblait trop grosse pour lui.

— Je suis Ayla, reprit-elle, de la Neuvième Caverne des Zelandonii, Acolyte de la Première parmi Ceux Qui Servent la Grande Terre Mère, unie à Jondalar, Maître Tailleur de Silex, mère de Jonayla, Protégée de Doni. J'appartenais avant au Camp du Lion des Mamutoï, qui vivent loin à l'est. Adoptée par le Mamut, fille du Foyer du Mammouth, Choisie par l'Esprit du Lion, Protégée de l'Ours des Cavernes, amie des chevaux Whinney, Rapide et Grise, ainsi que du chasseur quadrupède Loup.

— Je suis Romitolo, de la Sixième Caverne des Giornadonii, dit-il avec un léger accent en zelandonii, langue qu'il parlait comme la sienne. Je te salue, Ayla de la Neuvième Caverne des Zelandonii.

Tu possèdes beaucoup de liens peu ordinaires. Peut-être pourras-tu m'en dire davantage un jour. Mais d'abord j'aimerais te poser une question.

— Je t'en prie, dit Ayla, remarquant qu'il semblait ne pas éprouver le besoin d'énumérer tous ses noms et liens.

Il est assez unique pour s'en passer, pensa-t-elle. Il semble jeune et paraît pourtant sans âge.

— Que vas-tu faire du petit serpent ? demanda Romitolo. Vas-tu le renvoyer à la Mère ?

— Je ne pense pas. Je crois que la Mère le reprendra quand Elle sera prête à le recevoir.

— Tu as des chevaux et un loup, accepterais-tu de me laisser le petit serpent ? J'en prendrai soin.

Ayla garda le silence quelques instants, puis répondit :

— Je ne savais trop que faire de lui, mais c'est une bonne idée, si l'Homme Qui Commande ta Caverne n'y voit pas d'inconvénient. D'aucuns ont peur des serpents, même de ceux qui ne sont pas venimeux. Tu devras apprendre ce qu'il faut lui donner à manger ; peut-être pourrai-je t'y aider.

Elle tira de sa musette la petite corbeille tissée et la tendit à Romitolo. Appuyé contre sa jambe, Loup gémissait doucement.

— Tu aimerais faire la connaissance du loup ? Il ne te fera pas de mal. Quand il était petit, il s'est pris d'affection pour un garçon qui avait des problèmes avec l'organe qui pompe le sang. Je crois que tu le lui rappelles.

— Où est ce garçon, maintenant ?

— Rydag était très faible. Il voyage maintenant dans le Monde d'Après.

— Je m'affaiblis, je crois que je ne vais pas tarder à voyager moi aussi dans le Monde d'Après, dit Romitolo. J'y verrai désormais un retour auprès de la Mère.

Elle ne démentit pas. Il se connaissait sans doute, lui et son corps, mieux que personne.

— Je suis guérisseuse et j'ai aidé Rydag à se sentir mieux. Qu'est-ce qui ne va pas ? Peut-être pourrai-je aussi te soulager.

— Nous avons un bon guérisseur et il a probablement fait tout ce qui pouvait l'être. Il me donne des remèdes pour alléger la douleur lorsque j'en ai besoin. Je crois que je serai prêt à retourner à la Grande Mère le moment venu, dit Romitolo avant de changer de sujet : Comment puis-je faire la connaissance de ton loup ? Que dois-je faire ?

— Seulement le laisser te renifler et peut-être te lécher la main. Tu peux le flatter et toucher sa fourrure. Il est très gentil quand je le lui demande. Il adore les bébés, dit Ayla, avant d'ajouter : Tu as vu les perches sur lesquelles se déplace Celle Qui Est la Première ? Si tu veux monter dessus et être tiré par un cheval, je me ferai un plaisir de t'emmener où tu veux.

— Ou, si tu as besoin qu'on te porte, j'ai les épaules solides et j'ai déjà porté des gens de cette façon, offrit Jondalar.

— Je vous remercie de vos propositions, mais je dois dire que les déplacements me fatiguent. J'aimais beaucoup cela. Maintenant, même si on me porte, ça m'est pénible. J'ai failli ne pas participer à ce Voyage, mais si je ne l'avais pas fait, il ne serait resté personne pour m'aider et je ne peux me passer d'aide. J'aime cependant qu'on vienne me voir.

— Sais-tu combien d'années tu as ? s'enquit Celle Qui Etait la Première.

— A peu près quatorze. J'ai atteint l'âge d'homme il y a deux étés, mais les choses ont empiré depuis.

La Première hocha la tête.

— Quand un garçon arrive à l'âge d'homme, son corps veut grandir, dit-elle.

— Et le mien ne sait pas grandir convenablement, reconnut Romitolo.

— Mais tu sais penser et tout le monde ne peut en dire autant, ajouta la Première. J'espère que tu vas vivre encore de longues années. Je crois que tu as beaucoup à offrir.

Les trois femmes de la Zelandonia se retrouvèrent plus tard dans l'après-midi au campement des voyageurs. La vaste zone de rassemblement était trop animée. Ce qui avait commencé comme une réunion de Zelandonia voisins était devenu une Réunion d'Eté impromptue, et ceux qui faisaient la cuisine avaient investi l'espace couvert du pavillon. Il n'y avait personne d'autre dans le camp à ce moment-là et elles s'installèrent donc dans la tente d'Ayla pour discuter tranquillement. Elles parlèrent néanmoins à voix basse.

— Doit-on servir la ciguë ce soir ou vaut-il mieux attendre demain soir ? interrogea la Première.

— Je ne crois pas nécessaire d'attendre. Finissons-en au plus vite, répondit Zelandoni Première. Et la berle doit être cuite pendant qu'elle est fraîche, même si elle peut se garder un certain temps. J'ai une assistante, pas tout à fait un acolyte, qui m'aide beaucoup. Je vais lui demander de la préparer.

— Tu vas lui dire ce que c'est et à quoi elle va servir ? s'enquit la Première.

— Bien sûr. Si elle ne savait pas ce qu'elle prépare ni pourquoi, ce pourrait être dangereux pour elle.

— Je peux me rendre utile ? demanda Ayla.

— Tu as déjà fait ta part, dit la Première. En cueillant les plantes, pour commencer.

— En ce cas, je vais aller retrouver Jondalar. Je ne l'ai pas vu de la journée. Quand allons-nous visiter le Site Sacré ?

— Il est préférable d'attendre quelques jours que toute l'affaire Balderan soit réglée.

Balderan et ses hommes avaient observé Ayla, Jondalar et le loup très attentivement mais discrètement. La nuit tombait et le moment auquel le repas du soir allait être servi approchait. On ne parlait pas vraiment de festin, mais ça allait être un repas communautaire auquel tout le monde prendrait part et il régnait l'atmosphère des grandes occasions.

Ayla et Jondalar ne savaient trop à quel endroit les prisonniers étaient détenus, cela dépendait de qui les surveillait. Alors qu'ils étaient en pleine conversation, ils faillirent se cogner à Balderan et à ses hommes.

Balderan jeta un rapide coup d'œil alentour et remarqua que le loup ne les accompagnait pas. Ceux qui étaient censés les garder semblaient distraits et ne pas faire attention à eux.

— C'est le moment ou jamais, allons-y ! dit-il.

Il s'élança brusquement, empoigna Ayla et, l'instant d'après, il lui avait passé son lacet de cuir autour du cou.

— N'approche pas, sinon je la tue ! cria-t-il en serrant le lacet.

Le souffle coupé, Ayla essayait de respirer.

Les trois autres hommes s'étaient armés de pierres qu'ils menaçaient de lancer ou peut-être d'utiliser pour la frapper ou taper sur quiconque tenterait de les arrêter. Balderan avait espéré ce moment. Il avait prévu comment les choses se dérouleraient et maintenant qu'il avait Ayla à sa merci, il en éprouvait une jouissance. Il allait la tuer, peut-être pas tout de suite, et y prendre plaisir. Il était certain de savoir comment le « gentil géant » allait réagir.

Mais Balderan ignorait que Jondalar avait cultivé ce calme et cette réserve par besoin de se maîtriser. Il s'était déjà laissé envahir par la colère et savait de quoi il était capable.

Comment quelqu'un peut-il oser essayer de faire du mal à Ayla ! fut sa première pensée. Ce fut pratiquement la seule dont il se souvint après coup.

En un instant, avant qu'aucun des quatre hommes ait seulement pensé faire un geste, Jondalar s'avança de deux grands pas et se retrouva derrière Balderan. Il se pencha, le saisit par les poignets et lui fit lâcher prise en lui cassant presque les bras. Puis il lâcha un de ses poignets, le fit pivoter sur lui-même et dans le même mouvement lui asséna un coup de tête au visage. Il s'apprêta à frapper de nouveau, mais l'autre s'écroula, étourdi, le sang coulant à flots de son nez cassé. Les trois autres renégats s'étaient inconsciemment groupés, incapables d'un geste de plus.

Balderan s'était totalement mépris sur le compte de Jondalar. Non seulement celui-ci était grand et fort, mais il avait des réflexes rapides. Il avait dû s'exercer à maîtriser un étalon fougueux. Rapide n'était pas un cheval domestique, seulement dressé. Jondalar avait vécu avec lui dès sa naissance et l'avait dompté, mais Rapide avait conservé l'instinct naturel d'un étalon sauvage extrêmement vigoureux et parfois têtu. Il fallait beaucoup de force pour le diriger et cela avait maintenu Jondalar en forme et sur le qui-vive.

Balderan avait doublé le lacet qui avait servi à fermer sa chemise. Il pendait encore au cou d'Ayla, où il avait imprimé des marques rouge vif, visibles même à la faible lumière des foyers situés à quelque distance. Des gens accouraient dans leur direction. Tout était arrivé si vite. Plusieurs Zelandonia, dont la Première, vinrent prêter main-forte à Ayla, qui essayait de calmer le loup. Jondalar ne la quittait pas d'une semelle.

Les gens auxquels Zelandoni Première avait parlé de la manière d'en user avec Balderan s'étaient rassemblés autour de lui, étendu au sol. Soudain, Aremina, la femme qui avait été violée et dont le mari avait été tué, lui décocha un coup de pied. Puis celle qui avait perdu sa fille après qu'elle eut été enlevée et maltraitée lui donna aussi un coup de pied. L'homme qui avait été battu par Balderan et ses hommes après avoir dû assister au viol de sa compagne et de sa fille le frappa au visage et lui cassa encore le nez. Les comparses de Balderan tentèrent de s'esquiver, mais ils furent encerclés et l'un d'eux reçut un coup de poing en plein visage.

Rien ne pouvait maintenant arrêter la foule en colère. Tous ceux qui avaient été victimes de Balderan et de ses hommes leur rendaient maintenant la monnaie de leur pièce et avec intérêt. La foule était déchaînée. Ça s'était passé si vite que d'abord personne ne sut quoi faire, puis les Zelandonia tentèrent d'intervenir pour faire cesser le massacre.

— Arrêtez ! Arrêtez ! Vous vous comportez comme Balderan ! criait Ayla.

Mais les gens n'écoutaient pas et se libéraient de leur frustration, de leur sentiment d'impuissance et d'humiliation.

Lorsque enfin ils se calmèrent et regardèrent autour d'eux, les quatre hommes étaient étalés à terre, couverts de sang. Ayla se pencha pour examiner Balderan ; il était mort, et deux autres aussi. La vie du quatrième, celui qui avait exprimé des regrets, ne tenait qu'à un fil. Au côté d'Ayla, Loup observait la scène, un grondement sourd dans la gorge, ne sachant trop quelle attitude adopter. Ayla s'assit par terre et passa les bras autour de son cou.

La Première s'approcha d'elle.

— Ce n'est pas du tout de cette façon-là que j'espérais que ça se passerait, dit-elle. Je ne m'étais pas rendu compte qu'il y avait tant de colère rentrée, mais j'aurais dû.

— Balderan l'a appelée sur lui, observa Zelandoni Première. S'il n'avait pas attaqué Ayla, Jondalar ne l'aurait pas frappé. Dès qu'il a été terrassé, ceux à qui il avait fait du mal n'ont pu se retenir. Ils savaient qu'il n'était pas invincible. Plus besoin de ciguë, maintenant. Je vais devoir m'assurer qu'on s'en débarrasse comme il faut.

Tout le monde était encore tendu et surexcité. Il fallut à tous un moment pour comprendre ce qui s'était passé. Ceux qui avaient participé au massacre éprouvaient des émotions diverses, certains de la honte et du chagrin, d'autres du soulagement, de l'excitation, voire de l'allégresse, sachant que Balderan avait enfin eu ce qu'il méritait.

Levela avait gardé Jonayla avec elle ; quand Loup était sorti en courant de la tente, la fillette avait voulu le suivre. A son retour, Ayla avait sur elle du sang de Balderan, ce qui effraya sa fille. Elle dut lui assurer que ce n'était pas le sien, mais celui d'un blessé.

Le lendemain matin, Jondalar alla voir les Zelandonia qu'on qualifiait toutes deux de « Première » pour les informer qu'Ayla souhaitait rester dans sa tente toute la journée. Son cou lui faisait encore mal, conséquence de la tentative de strangulation. Tous les Zelandonia locaux avaient discuté de la manière de venir en aide aux gens, se demandant s'ils devaient organiser une autre réunion ou attendre qu'ils viennent à eux.

Sur le chemin du retour, Jondalar se rendit compte qu'on le regardait, mais peu lui importait. Et il n'entendait pas les commentaires. Les hommes admiraient sa force, la rapidité de sa réaction ; les femmes l'admiraient tout court. Laquelle d'entre elles n'aurait voulu avoir un tel homme, si beau, si prompt à se précipiter pour défendre sa compagne ? S'il les avait entendues, cela l'aurait laissé froid. Tout ce qu'il voulait, c'était retourner auprès d'Ayla et s'assurer qu'elle allait bien.

Plus tard, on raconta l'histoire de l'attaque lancée par Balderan contre Ayla et de la réponse immédiate de Jondalar, et non celle de la mêlée qui s'en était suivie et avait abouti à la mise à mort de trois hommes et peut-être de quatre, bien que Gahaynar s'accrochât à la vie. Les Zelandonia devaient décider de la façon de se débarrasser des corps et se trouvaient devant un dilemme. Ils ne voulaient pas les honorer de quelque manière que ce soit et il n'y aurait pas de cérémonie, mais ils voulaient être certains que leurs esprits seraient rendus à la Mère. On finit par emporter les cadavres dans les montagnes et les laisser sur une crête, à la merci des charognards.

Les visiteurs des Cavernes voisines campèrent quelques jours de plus dans le pré, puis, la fièvre étant retombée, repartirent peu à peu reprendre leur vie quotidienne. Ils allaient avoir beaucoup de choses à raconter, principalement sur Celle Qui Etait la Première et sur son acolyte, qui se faisait obéir d'un loup et de chevaux, qui avait trouvé un serpent à deux têtes et les avait aidés à se débarrasser de Balderan. Cependant, les versions concernant Balderan et sa bande varieraient sans doute en fonction du rôle joué par chacun dans les événements.

Impatiente de partir, Ayla s'agitait. Elle estima que le moment était bien choisi pour finir de faire sécher la viande de bison – cela l'occuperait. Elle tendit des cordes sur des pieux et alluma des feux à proximité. Attirés par la viande crue, des insectes risquaient de la gâter en y pondant leurs œufs. La fumée les éloignait et, par ailleurs, parfumait la viande. Puis elle entreprit de débiter les quartiers de bison en morceaux uniformes. Levela ne tarda pas à se joindre à elle, ainsi que Jondecam et Jondalar. Ayla montra à Jonayla comment découper la viande et lui donna une longueur de corde pour la mettre à sécher.

Willamar et ses deux assistants arrivèrent au campement vers midi, en proie à une grande excitation.

— Nous avons pensé que ce serait une bonne idée de longer la Grande Rivière vers le sud jusqu'à la Mer Méridionale, annonça Willamar. Après avoir parcouru tant de chemin, ce serait dommage de ne pas la voir et on nous a dit que c'était l'époque du troc des coquillages. Ils en ont, paraît-il, beaucoup, des petits ronds, de longs et jolis dentales, des pétoncles particulièrement beaux et même des bigorneaux. Nous pourrions en garder certains et les troquer à la Cinquième Caverne.

— Qu'avons-nous à donner en échange ? demanda Jondalar.

— J'allais vous en parler. Crois-tu pouvoir trouver quelques bons silex et tailler des lames et des pointes que nous pourrions troquer contre les coquillages ? On pourrait aussi échanger une partie de la viande que tu es en train de sécher, Ayla.

— Comment savez-vous que c'est la période du troc et comment connaissez-vous tous ces coquillages ? s'enquit Levela.

— Un homme du Nord vient d'arriver. Il faut que vous le rencontriez. Il pratique le troc lui aussi et a de superbes sculptures en ivoire, dit Willamar.

— J'ai connu un homme qui sculptait l'ivoire, dit Ayla, un peu mélancolique.

Jondalar dressa l'oreille. Il connaissait lui aussi ce sculpteur. C'était un artiste remarquable et talentueux et c'était lui qui avait failli lui prendre Ayla. A cette pensée, il en eut encore la gorge nouée.

— J'aimerais le rencontrer et voir ses sculptures et je veux bien voir la Mer Méridionale, dit-il. Je suis sûr que nous pouvons pratiquer quelques échanges. Quelles autres bonnes marchandises y aurait-il à troquer ?

— Presque tout ce qui est bien fait ou utile, surtout si ça sort de l'ordinaire, répondit Willamar.

— Comme les paniers d'Ayla, dit Levela.

— Mes paniers ? Pourquoi ? demanda Ayla, un peu surprise. Ils sont tout à fait communs, pas même décorés...

— Justement. Ils semblent tout à fait communs jusqu'à ce qu'on les regarde de plus près. Ils sont bien faits, parfaitement hermétiques et réguliers, et le tressage est inhabituel. Ceux qui sont étanches le restent longtemps ; les autres, au tressage plus lâche, tiennent aussi très bien le coup. Quiconque s'y connaît en paniers préférera les tiens à d'autres, plus tape-à-l'œil mais moins bien faits. Même tes paniers jetables sont trop bien pour être jetés !

Le compliment fit rougir Ayla.

— Je me contente de les fabriquer comme on m'a appris à le faire, dit-elle. Je ne pensais pas qu'ils avaient quoi que ce soit de remarquable.

Jondalar sourit.

— Je me souviens que lors de notre premier séjour chez les Mamutoï il y a eu des festivités, au cours desquelles on échangeait des cadeaux. Tulie et Nezzie ont proposé de te donner certains objets dont tu aurais pu faire présent ; tu as répondu que tu en avais confectionné toi-même beaucoup pour t'occuper et que tu voulais retourner les chercher dans ta vallée. Nous y sommes donc allés. Tulie, en particulier, a été étonnée par leur beauté et leur qualité. Et Talut a adoré sa robe en peau de bison. Les objets que tu fabriques sont beaux, Ayla.

Ayla était maintenant rouge comme une pivoine et ne savait que dire.

— Si tu n'en es pas persuadée, il te suffit de regarder Jonayla, ajouta Jondalar avec un sourire.

— Je n'ai pas été la seule à la faire. Elle a beaucoup de toi, aussi.
— J'espère bien.
— Il n'y a pas de doute que la Mère a mêlé ton esprit à celui d'Ayla, dit Levela. On le voit aux yeux de Jonayla. Ils ont exactement la même couleur que les tiens et cette nuance de bleu n'est pas très courante.

— Donc, tout le monde est d'accord : nous passerons par la Mer Méridionale sur le chemin du retour, glissa Willamar. Et je crois que tu devrais confectionner quelques paniers, Ayla. Tu pourras les échanger contre du sel et pas seulement des coquillages.

— Quand allons-nous voir l'homme aux sculptures ? demanda Jondecam.

— Si c'est le moment de faire une pause pour le repas de midi, nous pouvons y aller maintenant, répondit Willamar.

— J'ai encore quelques morceaux à préparer, dit Levela.

— Nous pouvons emporter un peu de bison pour le repas, remarqua Jondalar.

Il prit Jonayla dans ses bras et tous partirent avec Willamar pour l'abri des Zelandonia. Demoryn parlait à un inconnu et Amelana, enceinte jusqu'aux yeux et pleinement consciente du charme que cela lui donnait, lui souriait. Il lui rendit son sourire. Il était assez grand et bien bâti, cheveux châtains et yeux bleus, visage avenant et, pour Ayla, il avait en lui quelque chose de familier.

— J'ai amené nos autres compagnons de voyage, annonça Willamar avant de commencer les présentations.

En entendant « Jondalar, de la Neuvième Caverne des Zelandonii » et en voyant Jondalar déposer Jonayla par terre pour pouvoir lui serrer les mains, l'homme parut perplexe.

— Et voici sa compagne, Ayla, de la Neuvième Caverne des Zelandonii, auparavant du Camp du Lion des Mamutoï, fille du Foyer du Mammouth...

— Toi, je te connais, dit l'homme. Ou j'ai entendu parler de toi. Je suis Conardi, des Losadunaï, et vous avez tous les deux séjourné chez les Losadunaï il y a quelques années, non ?

— Oui, nous nous sommes arrêtés à la Caverne de Laduni sur le chemin du retour au cours de notre Voyage, confirma Jondalar, visiblement intrigué par cette rencontre fortuite.

Quiconque accomplissait un Voyage faisait généralement la connaissance de beaucoup de gens, mais il ne les revoyait ou ne rencontrait quelqu'un qui les connaissait que rarement.

— Nous avons tous entendu parler de vous deux à la Réunion d'Eté suivante. Vous aviez fait forte impression, avec vos chevaux et votre loup, je m'en souviens, dit Conardi.

— Les chevaux sont ici, au camp, et Loup est en train de chasser, dit Ayla.

— Et cette jeune beauté doit être un ajout à la famille. A toi elle ressemble, dit Conardi au grand blond aux yeux bleu vif.

Il parlait zelandonii avec un léger accent et construisait ses phrases de façon légèrement différente, mais, Ayla s'en rappelait, leurs langues étaient très proches. De fait, il parlait bel et bien zelandonii, mais en y mêlant du losadunaï, sa propre langue.

— Willamar a dit que tu avais apporté des sculptures, reprit Jondalar.

— Oui, quelques-unes.

Conardi détacha un petit sac qu'il portait accroché à sa ceinture, l'ouvrit et en vida le contenu, plusieurs figurines en ivoire de mammouth, sur un plateau. Ayla en prit une, un mammouth dans lequel des lignes étaient incisées sans que la raison en soit claire. Elle le questionna donc.

— Je ne sais pas, dit-il. Ils les font toujours de cette façon. Elles n'ont pas été sculptées par des Anciens, mais à la manière des Anciens, surtout par de jeunes apprentis.

Ayla prit ensuite une figurine longue et mince. En la regardant de plus près, elle s'aperçut que c'était un oiseau, comme une oie en vol. Elle était simple et pleine de vie. La figurine suivante représentait une lionne debout ; du moins la tête, le haut du corps et les pattes de devant étaient-ils ceux d'un félin, alors que les jambes étaient humaines. Et sur le bas-ventre de la créature dressée était clairement dessiné un triangle allongé pointé vers le bas, un triangle pubien, signe distinctif de la femme. Bien qu'elle n'ait pas de seins, la figurine était bien celle d'une femme-lion.

La dernière figurine était indéniablement celle d'une femme, sans tête, seulement un trou par lequel était enfilé un cordon. Une main et des doigts étaient suggérés au bout des bras, les seins étaient énormes et placés très haut, les hanches larges. Le creux profondément incisé qui séparait les grosses fesses se prolongeait jusque devant et se terminait par une représentation si exagérée de la vulve que l'organe féminin semblait presque retourné.

— Elle a dû être sculptée par une femme qui avait déjà accouché, dit Ayla. On a parfois cette impression d'être coupée en deux.

— Tu as peut-être raison, Ayla. Les seins paraissent en effet pleins de lait, reconnut la Première.

— Tu destines ces figurines au troc ? demanda Willamar.

— Non, elles sont à moi. Ce sont des porte-bonheur, mais si vous en voulez, je peux les faire reproduire, répondit Conardi.

— A ta place, j'en ferais faire quelques-unes en plus pour les troquer. Je suis certain qu'elles seraient très demandées. Tu es Maître du Troc, Conardi ? demanda Willamar, qui avait remarqué que son interlocuteur ne portait pas le tatouage emblématique de la fonction.

— J'aime voyager et pratiquer l'échange parfois, mais je ne suis pas Maître du Troc. Tout le monde troque, mais chez nous personne n'en fait une spécialité.

— Si tu aimes voyager, tu peux t'en faire une. Je forme mes apprentis à cette fin. Ce long déplacement commercial est peut-être mon dernier. Me voilà à un âge où voyager perd son attrait. Je suis mûr pour m'installer à demeure avec ma compagne, ses enfants et petits-enfants, dont fait partie cette jolie fillette, ajouta-t-il en montrant Jonayla. Certains marchands emmènent leur compagne et leur famille avec eux, mais ma compagne dirigeait la Neuvième Caverne et n'était pas libre de se déplacer. Je rapportais toujours quelque chose à son intention. C'est pourquoi je t'ai demandé si tu destinais ces figurines à l'échange. Mais je suis sûr que je lui trouverai un cadeau lorsque nous irons à la Mer Méridionale pour troquer des coquillages. Aimerais-tu nous accompagner ?

— Quand partez-vous ?

— Bientôt, mais d'abord nous allons voir le Site Sacré le plus Ancien, répondit Willamar.

— Bonne idée. Belle caverne, peintures extraordinaires, mais j'ai vu plusieurs fois. J'y vais en avance, leur annoncer que vous arrivez, dit Conardi.

27

L'entrée de la caverne était très spacieuse mais asymétrique et plus large que haute. La partie droite, plus basse, était en partie surplombée par une saillie qui protégeait de la pluie et des chutes de pierres tombant parfois de la falaise. Du gravier s'était accumulé en un monticule conique sur la saillie à l'extrémité gauche de l'entrée et avait formé un éboulis dans la partie inférieure de la falaise.

Par cette entrée spacieuse, la lumière pénétrait assez profondément dans la caverne. Elle ferait une bonne habitation, pensa Ayla, mais elle n'était manifestement pas utilisée comme telle. En dehors du coin sous la corniche où flambait un petit feu devant un abri, rien ne montrait qu'on avait tenté de rendre l'endroit confortable. A leur approche, une Zelandoni sortit de l'abri et les salua.

— Au nom de la Grande Terre Mère, tu es la bienvenue à son Lieu Sacré le Plus Ancien, Première parmi Ceux Qui La Servent, dit-elle en tendant les deux mains.

— Je te salue, Gardienne de Son Site Sacré le Plus Ancien, répondit la Première. On m'a dit que les peintures y sont d'une grande beauté. J'ai moi-même fait des peintures et je suis honorée d'être invitée à voir ce Site Sacré.

La Gardienne sourit.

— Tu es donc une Zelandoni Peintre, dit-elle. Tu vas sûrement être un peu surprise par ce que tu vas voir dans cette caverne et peut-être apprécieras-tu plus que d'autres tout l'art de ces peintures. Les Anciens qui ont travaillé ici étaient fort habiles.

— Toutes les peintures de cette grotte ont été exécutées par des Anciens ? demanda le Zelandoni de la Dix-Neuvième Caverne.

La requête tacite dans la voix de Jonokol n'échappa pas à la Gardienne. Elle l'avait déjà entendue dans la bouche d'autres artistes en visite. Ils voulaient savoir s'il leur serait permis d'apporter leur contribution à l'ornement de la caverne et elle savait quoi répondre :

— Presque toutes, mais j'en connais quelques-unes plus récentes. Si tu te sens à la hauteur de la tâche, tu es libre d'apposer ta marque. Nous n'empêchons personne de le faire. C'est la

Mère qui choisit. Tu sauras si tu as été choisi, répondit la Gardienne.

Bien que beaucoup aient posé la question, rares étaient ceux qui s'étaient sentis dignes d'ajouter au remarquable travail que l'on trouvait à l'intérieur.

Ce fut au tour d'Ayla de se présenter :

— Au nom de la Grande Mère de Tous, je te salue, Gardienne du Site Sacré le Plus Ancien, dit-elle en tendant les mains. Je m'appelle Ayla, Acolyte de la Première parmi Ceux Qui Servent la Grande Terre Mère.

Elle n'est pas encore prête à se défaire de son nom, telle fut la première pensée de la Zelandoni. Elle se rendit compte ensuite que la jeune femme s'était exprimée avec un accent inhabituel et elle sut que c'était la personne dont on lui avait parlé. La plupart des membres de sa Caverne trouvaient que tous les visiteurs parlaient le zelandonii avec un accent qu'ils croyaient être du nord, mais la façon de parler de cette femme était tout à fait différente. Elle s'exprimait bien, connaissait manifestement la langue, mais la façon dont elle formait certains sons différait de tout ce qu'elle avait entendu auparavant. Elle venait sans aucun doute de très loin.

Elle regarda la jeune femme plus attentivement.

Oui, pensa-t-elle, elle est séduisante, mais elle a un air étranger, des traits différents, le visage moins long, les yeux plus écartés. Ses cheveux ne sont pas fins comme ceux de tant de femmes zelandonii et, bien qu'elle soit blonde, leur couleur est particulière, plus foncée, plus proche de celle du miel ou de l'ambre. Etrangère et pourtant acolyte de la Première. Il est assez rare qu'une étrangère fasse partie de la Zelandonia, plus encore qu'elle soit acolyte de la Première. Mais peut-être compréhensible, du fait que c'est elle qui se fait obéir des chevaux et d'un loup. Et c'est elle qui a arrêté les hommes qui ont causé tant d'ennuis pendant tant d'années.

— Tu es la bienvenue au Site Sacré le Plus Ancien, Ayla, Acolyte de la Première, dit la Zelandoni en lui serrant les mains. Je devine que tu as parcouru plus de chemin pour voir ce site que personne ne l'a jamais fait.

— Je suis venue avec les autres... commença Ayla.

Voyant un sourire s'épanouir sur le visage de son interlocutrice, elle comprit. C'était son accent. La Gardienne évoquait la distance qu'elle avait parcourue lors de son Voyage avec Jondalar, et avant cela en venant de son Clan et peut-être même avant encore.

— Il se peut que tu aies raison, mais Jondalar a peut-être voyagé encore plus loin. Il est allé de chez lui au bout de la Grande Rivière Mère tout là-bas à l'est et au-delà, où il m'a rencontrée, puis il est revenu avant d'entreprendre ce Périple de Doniate avec nous.

Jondalar s'approcha à la mention de son nom et sourit en entendant Ayla décrire ses pérégrinations. La Gardienne n'était ni jeune et immature ni vieille, mais assez âgée pour posséder la sagesse apportée par l'expérience et la maturité, à peu près de l'âge des femmes qui lui plaisaient avant de connaître Ayla.

— Salut, respectée Gardienne du Site Sacré le Plus Ancien, dit-il, les mains tendues. Je suis Jondalar, de la Neuvième Caverne des Zelandonii, Tailleur de Silex de cette Caverne, uni à Ayla de cette même Caverne, qui est Acolyte de la Première. Fils de Marthona, ancienne Femme Qui Commande de la Neuvième Caverne. Né au foyer de Dalanar, Homme Qui Commande et fondateur du peuple des Lanzadonii.

Ainsi énuméra-t-il ses noms et liens familiaux importants. Les membres de la Zelandonia pouvaient simplement énoncer leurs attaches principales, mais il eût été trop désinvolte et peu courtois de se montrer si bref lors de présentations rituelles, surtout à une Zelandoni.

— Tu es le bienvenu, Jondalar, de la Neuvième Caverne des Zelandonii, dit-elle en lui prenant les mains et en le regardant dans les yeux, ces yeux d'un bleu incroyablement vif qui semblaient voir dans son esprit même et émouvaient sa féminité.

Elle ferma les yeux quelques instants pour retrouver son équilibre intérieur.

Pas étonnant que sa compagne ne soit pas encore prête à renoncer à son nom, pensa la Gardienne. Elle est unie à l'homme le plus fascinant que j'aie jamais rencontré. Je me demande si quelqu'un a prévu une Fête de la Mère en l'honneur de ces visiteurs du Nord... Dommage que mon temps de garde ne soit pas encore fini. On peut avoir besoin de moi ici et je ne puis assister aux Fêtes de la Mère.

Willamar, qui attendait de se présenter à la Gardienne, baissa la tête pour dissimuler un sourire. C'est une bonne chose que Jondalar ne remarque pas l'effet qu'il produit encore sur les femmes, pensa-t-il, et qu'Ayla, aussi perspicace soit-elle, ne semble pas s'en apercevoir. La jalousie avait beau être considérée d'un mauvais œil, il savait qu'elle habitait le cœur de beaucoup.

— Je suis Willamar, Maître du Troc de la Neuvième Caverne des Zelandonii, dit-il, son tour venu, uni à Marthona, qui dirigeait auparavant la Neuvième Caverne et mère de ce jeune homme. Bien qu'il ne soit pas né dans mon foyer, il y a été élevé et je le considère donc comme le fils de mon cœur. J'éprouve le même sentiment envers Ayla et sa petite fille, Jonayla.

Elle n'est pas seulement unie, elle a une enfant, une jeune enfant, pensa la Gardienne. Comment peut-elle seulement songer à devenir une Zelandoni, elle qui est déjà acolyte de la plus puissante Zelandoni de la Terre ? La Première doit voir en elle un fort potentiel, mais elle doit être tiraillée dans son for intérieur.

Seuls ces cinq visiteurs allaient pénétrer dans la caverne, cette fois-ci. Les autres en feraient une visite ultérieure et n'en verraient sans doute pas autant. Les Cavernes qui veillaient sur le Site Sacré n'aimaient pas que trop de gens y entrent en même temps. Il y avait des torches et des lampes près du foyer. Les rassembler et les préparer pour qu'elles soient à disposition quand il le fallait faisait partie du travail du Gardien ou de la Gardienne. Chacun en prit une, mais la Gardienne en distribua de supplémentaires, en mit d'autres dans un sac et ajouta quelques lampes en pierre et des petites vessies d'huile. Quand tout le monde eut de quoi s'éclairer, la Gardienne pénétra à l'intérieur.

Une lumière entrait dans la première salle, suffisante pour se faire une idée de l'immensité de la caverne et de son caractère désorganisé. Un ensemble chaotique de formations rocheuses en occupait l'espace. Des stalactites jadis attachées au plafond et les stalagmites correspondantes étaient tombées comme si le sol s'était dérobé sous elles ; certaines renversées, d'autres effondrées, d'autres encore brisées en morceaux. La façon dont elles étaient éparpillées donnait un sentiment d'immédiateté ; pourtant, tout était si figé dans le temps qu'elles étaient recouvertes d'une épaisse couche luisante couleur caramel de gel stalagmitique.

La Gardienne les entraîna vers la gauche en longeant la paroi et se mit à fredonner. Les autres suivirent en file indienne, d'abord la Première, puis Ayla, Jonokol et Willamar, Jondalar en dernier. Il était assez grand pour voir par-dessus les têtes et se considérait comme une sorte d'arrière-garde protectrice, sans avoir cependant la moindre idée de ce dont ils avaient besoin d'être protégés.

Même plus à l'intérieur de la grotte, la lumière qui provenait de l'entrée était suffisante pour que l'obscurité ne soit pas totale. La caverne baignait dans une pénombre profonde à laquelle les yeux finissaient par s'habituer. A mesure qu'ils s'enfonçaient dans les profondeurs de la grotte, la coloration de la roche éclairée au passage par leurs torches et leurs lampes variait, du blanc pur de fins glaçons récents au gris blanchâtre de vieux morceaux de glace grumeleux. Des draperies ondulantes pendaient du plafond, rayées de jaune, orange, rouge et blanc le long des plis. Des lumières cristallines accrochaient l'œil, reflétant et amplifiant la faible clarté, d'autres miroitaient sur le sol recouvert d'une pellicule blanche de calcite. De fantastiques sculptures enflammaient l'imagination et des colonnes blanches colossales luisaient, translucides et mystérieuses. La caverne était d'une beauté absolue.

Dans la lumière incertaine, ils atteignirent un endroit où l'espace semblait s'ouvrir. Les parois de la salle disparaissaient et devant eux, hormis un disque blanc brillant, le vide paraissait se prolonger sans fin. Ayla sentit qu'ils étaient entrés dans une salle encore plus vaste que la première. Alors que d'étranges et magnifiques stalactites pareilles à de longs cheveux blancs pendaient du plafond, le sol était exceptionnellement plat, comme le lac immobile qui l'avait jadis occupé. Mais il était jonché de crânes, d'ossements et de dents et creusé par endroits de légères dépressions dont les ours des cavernes avaient fait leurs lits.

La Gardienne, qui n'avait cessé de fredonner, chanta plus fort, au point qu'Ayla, à son côté, n'aurait jamais pensé qu'une telle puissance sonore fût possible, mais il n'y avait pas d'écho. Le bruit était absorbé par l'immensité de l'espace vide à l'intérieur de la falaise rocheuse. Puis Celle Qui Etait la Première entonna le Chant de la Mère de sa voix profonde de contralto :

> *Des ténèbres, du Chaos du temps,*
> *Le tourbillon enfanta la Mère suprême.*
> *Elle s'éveilla à Elle-Même sachant la valeur de la vie,*
> *Et le néant sombre affligea la Grande Terre Mère.*
> *La Mère était seule. La Mère était la seule.*
>
> *De la poussière de Sa naissance, Elle créa l'Autre,*
> *Un pâle ami brillant, un compagnon, un frère.*
> *Ils grandirent ensemble, apprirent à aimer et chérir,*
> *Et quand Elle fut prête, ils décidèrent de s'unir.*
> *Il tournait autour d'Elle constamment, Son pâle amant.*
>
> *Elle fut d'abord heureuse avec Son compagnon...*

La Première hésita, puis se tut. Il n'y avait pas de résonance, aucun écho. La grotte leur signifiait que ce n'était pas un lieu pour les humains. Cet espace appartenait aux ours des cavernes. Elle se demanda si la salle vide était peinte. La Gardienne devait le savoir.
— Zelandoni qui garde cette caverne, dit-elle cérémonieusement, les Anciens ont-ils peint les parois de la salle qui s'ouvre devant nous ?
— Non. Il ne nous appartient pas de peindre cette salle. Nous pouvons y entrer au printemps, de même que les ours des cavernes pénètrent souvent dans notre partie de cette caverne, mais la Mère leur a alloué cette salle pour leur sommeil hivernal.
— Ce doit être la raison pour laquelle personne n'a décidé d'habiter ici, dit Ayla. En voyant cette grotte, j'ai pensé qu'il y ferait bon vivre et je me suis demandé pourquoi une Caverne ne s'y était pas installée. Maintenant, je le sais.
La Gardienne les conduisit sur la droite. Ils franchirent une petite ouverture qui menait dans une autre salle et, un peu plus loin, arrivèrent à une autre ouverture plus grande. Comme la première salle, celle-ci était encombrée par un chaos de stalagmites et de concrétions tombées au sol. Le sentier contournait ces obstacles et débouchait sur un espace haut et vaste au sol rouge sombre. Un promontoire formé d'un énorme éboulis dominait la salle marquée de plusieurs gros points rouges sur un rocher comme suspendu au plafond. Ils arrivèrent à une grande paroi, un mur presque vertical qui montait jusqu'en haut, couvert lui aussi de gros points rouges et de signes divers.
— Comment croyez-vous que ces points ont été dessinés ? demanda la Gardienne.

— On a dû se servir d'un gros tampon de cuir, de mousse ou de quelque chose de similaire, répondit Jonokol.

— Le Zelandoni de la Dix-Neuvième devrait regarder d'un peu plus près, dit la Première.

Ayla se souvint que celle-ci était déjà venue ici et connaissait sans doute la réponse. Willamar aussi, probablement. Ayla n'essaya pas de deviner, Jondalar non plus. La Gardienne leva la main les doigts tendus en arrière et la posa sur un point. Il avait à peu près la même taille que sa paume.

Jonokol observa plus attentivement les gros points. Ils étaient un peu flous, mais on distinguait vaguement les marques des premières phalanges des doigts tendus qui partaient des points en éventail.

— Tu as raison ! s'exclama-t-il. Ils ont dû préparer une pâte d'ocre rouge très épaisse et tremper leurs paumes dedans. Je ne crois pas avoir jamais vu de points dessinés de cette façon !

Son étonnement fit sourire la Gardienne, qui parut assez contente d'elle. Le fait de l'avoir vue sourire amena Ayla à remarquer que la partie de la caverne où ils se trouvaient semblait mieux éclairée. Elle regarda alentour et se rendit compte qu'ils se trouvaient de nouveau près de l'entrée. Ils auraient pu passer par là en arrivant au lieu de faire le tour par la grande « chambre à coucher » des ours, mais elle était certaine que la Gardienne avait ses raisons pour prendre le chemin qu'ils avaient emprunté. Près des gros points, il y avait une autre peinture qu'Ayla ne put déchiffrer, en dehors d'une ligne droite rouge au-dessus, barrée près du haut par une autre transversale.

Le sentier les mena parmi les blocs de pierre et des concrétions qui encombraient le milieu de la salle, jusqu'à une tête de lion peinte en noir sur la paroi opposée. C'était la seule peinture noire visible. A côté, un signe et des petits points, peut-être faits avec le doigt. Plus loin, une série de taches rouges de la taille de la paume. Elle les compta mentalement en se servant des mots à compter. Il y en avait treize. Au-dessus d'eux, un autre groupe de dix points au plafond. Pour les dessiner, il avait fallu grimper sur une concrétion avec l'aide d'amis ou d'apprentis, supposa-t-elle ; ils devaient donc avoir une importance particulière pour leur auteur, bien qu'elle ne pût en imaginer la raison.

Un peu plus loin s'ouvrait une alcôve. A l'entrée se trouvait un rocher, complètement couvert de gros points rouges. A l'intérieur de l'alcôve, on avait dessiné d'autres points rouges sur une paroi et, sur celle d'en face, un groupe de points, quelques lignes et d'autres marques, ainsi que trois têtes de cheval, dont deux jaunes. Parmi le fouillis de blocs et de stalagmites de l'autre côté, derrière des concrétions basses, la Gardienne montra un autre ensemble assez important de grosses taches rouges.

— N'y a-t-il pas une tête d'animal formée de points rouges au milieu de ces points ? demanda Jonokol.

— Certains le pensent, répondit la Gardienne en le gratifiant d'un sourire pour avoir su reconnaître le motif.

Ayla essaya de distinguer l'animal, ne vit que des points. Elle perçut cependant une nuance.

— Ces points n'ont-ils pas été dessinés par une personne différente ? Ils semblent plus gros.

— Tu as sans doute raison, répondit la Gardienne. Nous pensons que les autres l'ont été par une femme, ceux-ci par un homme. Il y a d'autres peintures, mais pour les voir nous devons retourner par où nous sommes venus.

Elle se remit à fredonner en les conduisant dans une petite salle parmi les concrétions centrales. Un grand dessin représentait la partie antérieure d'un cervidé, probablement un jeune mégacéros. Il avait une petite ramure palmée et une légère bosse sur le garrot. La Gardienne haussa la voix. La salle résonnait de son écho. Jonokol joignit sa voix à la sienne et ses gammes s'harmonisèrent doucement avec ses tons. Ayla se mit à siffler des chants d'oiseaux qui complétèrent la musique. Puis la Première entonna de nouveaux couplets du Chant de la Mère en baissant sa voix puissante de contralto, ajoutant ainsi une note profonde et riche à l'ensemble :

De ce seul compagnon Elle se contenta d'abord,
Puis devint agitée et inquiète en Son cœur.
Elle aimait Son pâle ami blond, cher complément d'Elle-Même,
Mais Son amour sans fond demeurait inemployé.
La Mère Elle était, quelque chose Lui manquait.

Elle défia le grand vide, le Chaos, les ténèbres,
De trouver l'antre froid de l'étincelle source de vie.
Le tourbillon était effroyable, l'obscurité totale.
Le Chaos glacé chercha Sa chaleur.
La Mère était brave, le danger était grave.

Elle tira du Chaos froid la source créatrice
Et conçut dans ce Chaos. Elle s'enfuit avec la force vitale,
Grandit avec la vie qu'Elle portait en Son sein,
Et donna d'Elle-Même avec amour, avec fierté.
La Mère portait Ses fruits, Elle partageait Sa vie.

Le vide obscur et la vaste Terre nue
Attendaient la naissance.
La vie but de Son sang, respira par Ses os.
Elle fendit Sa peau et scinda Ses roches.
La Mère donnait. Un autre vivait.

Les eaux bouillonnantes de l'enfantement emplirent rivières et mers,
Inondèrent le sol, donnèrent naissance aux arbres.

De chaque précieuse goutte naquirent herbes et feuilles,
Jusqu'à ce qu'un vert luxuriant renouvelle la Terre.
Ses eaux coulaient. Les plantes croissaient.

La Première cessa de chanter à un passage qui semblait conclure le chœur impromptu. Ayla s'arrêta aussi au bout d'un long trille mélodieux d'alouette, laissant poursuivre seuls Jonokol et la Gardienne, qui finirent sur une tonalité harmonieuse. Jondalar et Willamar se tapèrent sur les cuisses en connaisseurs.

— C'était merveilleux, dit Jondalar. Tout simplement splendide.

— Oui. Excellent, renchérit Willamar. Je suis sûr que la Mère a aimé autant que nous.

La Gardienne les emmena à travers une petite salle puis jusqu'à un autre renfoncement. De l'entrée on distinguait la tête d'un ours peint en rouge. Lorsqu'ils se baissèrent pour franchir un passage bas, le reste du corps de l'ours leur apparut, puis la tête d'un autre émergea de l'obscurité. Après s'être redressés au bout du passage, ils aperçurent la tête d'un troisième, esquissée sous celle du premier. La forme de la paroi était habilement mise à profit pour ajouter de la profondeur à la représentation du premier et, bien que le deuxième fût entièrement dessiné, c'était un creux à l'endroit de l'arrière-train qui donnait cette impression. C'était presque comme si l'ours était sorti du Monde des Esprits à travers la paroi.

— Ce sont indéniablement des ours des cavernes, dit Ayla. La forme de leur front est caractéristique. Elle est telle depuis qu'ils sont petits.

— Tu as déjà vu des petits ours des cavernes ?

— Oui, parfois. Les gens parmi lesquels j'ai grandi avaient une relation particulière avec les ours des cavernes.

Dans le fond de la niche, ils distinguèrent deux ibex partiellement peints sur la paroi de droite. Des fissures dans la roche dessinaient leurs cornes et leur dos.

Ils franchirent le passage en sens inverse, remontèrent jusqu'à la hauteur du mégacéros, puis suivirent la paroi gauche jusqu'à un grand espace ouvert. Pendant qu'ils parcouraient la salle, Jonokol jeta un coup d'œil dans un renfoncement occupé par une concrétion ancienne dont le haut avait la forme d'une petite cuvette. Il y versa un peu d'eau de son outre. Ils revinrent sur leurs pas par le même chemin et arrivèrent finalement à la grande ouverture qui menait à la salle où dormaient les ours. Non loin de l'entrée de la caverne, sur une grosse colonne rocheuse qui séparait deux salles, face aux autres peintures de celle qui était encombrée de roches chaotiques, un panneau de vingt pieds de long sur dix de haut était couvert de gros points rouges ainsi que d'autres marques et signes, dont une ligne droite barrée près du haut.

La Gardienne les ramena dans la salle aux ours. Elle s'arrêta juste avant une ouverture.

— Il y a beaucoup de choses à voir ici, et je voudrais vous en montrer certaines, dit la Zelandoni en regardant Ayla. Celles-ci, pour commencer.

Elle leva sa torche. Des lignes rouges sur la paroi semblaient disposées au hasard. Ayla remplit soudain les vides mentalement et la tête d'un rhinocéros lui apparut. Elle distingua le front, la naissance des deux cornes, un courte ligne pour l'œil, le bout de son museau avec une ligne pour la bouche et l'esquisse du poitrail. La simplicité du dessin était frappante et pourtant l'animal clairement reconnaissable.

— C'est un rhinocéros ! s'exclama Ayla.

— Oui, et vous en verrez d'autres à l'intérieur de cette salle, dit la Gardienne.

Le sol était en roche dure, de la calcite, et des colonnes blanches et orangées empêchaient d'accéder à la paroi de gauche. Au-delà de ces colonnes il n'y avait presque pas de concrétions, sauf au plafond auquel s'accrochaient d'étranges structures rocheuses arrondies et des dépôts rougeâtres. Des blocs de pierre de toutes tailles étaient tombés du plafond. Un lourd fragment dont la chute avait provoqué un basculement du sol coupait une zone à peu près circulaire. Près de l'entrée, une petite esquisse rouge d'un mammouth ornait une sorte de pendentif rocheux.

Au-delà, dans le haut de la paroi, était représenté un petit ours rouge. Il était évident que l'artiste avait dû escalader la paroi pour le peindre. Dessous, sur un rocher en saillie, deux mammouths utilisaient le relief de la roche et, plus loin, un signe curieux apparaissait sur une autre avancée. Un extraordinaire panneau de peintures rouges, dont une représentant la partie antérieure d'un ours bien dessinée, ornait la paroi opposée. La forme du front et le port de tête permettaient de reconnaître l'ours des cavernes.

— Jonokol, cet ours ne ressemble-t-il pas beaucoup à celui que nous venons de voir ? demanda Ayla.

— Oui, j'imagine qu'il a été peint par la même personne.

— Mais je ne comprends pas le reste de la peinture. On dirait deux animaux réunis, si bien qu'il paraît avoir deux têtes, l'une sortant du poitrail de l'ours, mais il y a aussi un lion au milieu et une autre tête de lion devant l'ours. Je n'y comprends rien.

— Peut-être n'est-ce pas fait pour être compris par qui que ce soit en dehors de celui qui l'a peint, intervint la Première. L'artiste a fait preuve d'une grande imagination et peut-être a-t-il tenté de raconter une histoire maintenant oubliée. Aucune Légende Ancienne ou Histoire que je connais ne l'explique.

— Je crois que nous devons nous contenter d'apprécier la qualité du travail et laisser les Anciens conserver leurs secrets, dit la Gardienne.

Ayla acquiesça ; elle avait vu suffisamment de cavernes pour savoir que l'important n'était pas tant ce qui était représenté que le caractère accompli de l'œuvre.

Plus loin dans la galerie, au-delà de la deuxième tête de lion et d'une faille dans la paroi, se trouvait un panneau peint en noir : une tête de lion, un grand mammouth et enfin une silhouette peinte haut au-dessus du sol, celle d'un gros ours rouge, le contour du dos en noir. Comment l'artiste avait réussi à le peindre, voilà qui était mystérieux. Il était aisément visible d'en bas, mais celui qui avait effectué le travail avait dû grimper sur plusieurs hautes concrétions pour arriver là-haut.

— Avez-vous remarqué que tous les animaux sortent de la salle, sauf le mammouth ? dit Jonokol. C'est comme s'ils entraient dans un monde en venant de celui des Esprits.

La Gardienne se tenait juste à l'extérieur de la salle et elle se remit à fredonner, une mélodie similaire à celle du Chant de la Mère, tel que la Première l'avait interprété. Chaque Caverne de Zelandonii chantait ou récitait le Chant de la Mère. Il retraçait les commencements, l'origine du peuple, et si toutes les versions étaient similaires et racontaient la même histoire, celle de chaque Caverne différait toujours un peu des autres, et même d'un interprète à l'autre.

Comme à un signal, la Première entonna le couplet suivant du Chant, là où elle s'était arrêtée. Jonokol et Ayla s'abstinrent de joindre leurs voix à la sienne et se contentèrent de prendre plaisir à l'écouter :

Dans la douleur du travail, crachant du feu,
Elle donna naissance à une nouvelle vie.
Son sang séché devint la terre d'ocre rouge.
Mais l'enfant radieux justifiait toute cette souffrance.
Un bonheur si grand, un garçon resplendissant.

Les roches se soulevèrent, crachant des flammes de leurs crêtes.
La Mère nourrit Son fils de Ses seins montagneux.
Il tétait si fort, les étincelles volaient si haut,
Que le lait chaud traça un chemin dans le ciel.
La Mère allaitait, Son fils grandissait.

Il riait et jouait, devenait grand et brillant.
Il éclairait les ténèbres, à la joie de la Mère.
Elle dispensa Son amour, le fils crût en force,
Mûrit bientôt et ne fut plus enfant.
Son fils grandissait, il Lui échappait.

Elle puisa à la source pour la vie qu'Elle avait engendrée.
Le vide froid attirait maintenant Son fils.
La Mère donnait l'amour, mais le jeune avait d'autres désirs.
Connaître, voyager, explorer.
Le Chaos La faisait souffrir, le fils brûlait de partir.

Il s'enfuit de Son flanc pendant que la Mère dormait
Et que le Chaos sortait en rampant du vide tourbillonnant.
Par ses tentations aguichantes l'obscurité le séduisit.
Trompé par le tourbillon, l'enfant tomba captif.
Le noir l'enveloppa, le jeune fils plein d'éclat.

L'enfant rayonnant de la Mère, d'abord ivre de joie,
Fut bientôt englouti par le vide sinistre et glacé.
Le rejeton imprudent, consumé de remords,
Ne pouvait se libérer de la force mystérieuse.
Le Chaos refusait de lâcher le fils coupable de témérité.

Mais au moment où les ténèbres l'aspiraient dans le froid
La Mère se réveilla et se ressaisit.
Pour L'aider à retrouver Son fils resplendissant,
La Mère fit appel à Son pâle ami.
Elle tenait bon, Elle ne perdait pas de vue Son rejeton.

Le son résonnait, le chant leur revenait en écho, pas aussi fort qu'en d'autres endroits, pensa la Première, mais avec d'intéressantes nuances, presque comme s'il se dédoublait. Parvenue à un passage qu'elle jugea approprié, elle s'arrêta de chanter. Le groupe poursuivit son chemin en silence.

Sur le côté droit de la caverne, ils arrivèrent à une importante accumulation de pierre stalagmitique et de rochers éboulés. Cette fois-ci, la Gardienne les emmena vers le côté gauche de la grotte, au fond de la Chambre des Ours. Au-delà des stalagmites et des blocs de pierre, un grand rocher en forme de lame pendait du plafond. Il marquait l'entrée d'une nouvelle salle dont la hauteur de plafond, importante au début, allait en s'amenuisant vers l'arrière. Une multitude de concrétions pendaient du plafond et des parois, contrairement à la Chambre des Ours, où il n'y en avait pas.

En arrivant au rocher suspendu en forme de lame, la Gardienne tapa sa torche sur une arête rocheuse pour qu'elle brûle et éclaire mieux, puis elle la leva afin que tous puissent voir la surface du panneau. Vers le bas, tourné vers la gauche, un léopard tacheté était peint en rouge. Ayla, Jondalar et Jonokol n'avaient encore jamais vu de léopard peint sur les parois d'un site sacré. Sa longue queue donnait à penser à Ayla que c'était probablement un léopard des neiges. A l'extrémité de la queue on voyait une épaisse coulée de calcite et à l'autre bout un gros point rouge. Personne ne s'expliquait la présence de ce point à cet endroit ni ce que signifiait ce léopard, mais c'en était un, à n'en pas douter.

On ne pouvait pas en dire autant de l'animal peint au-dessus, tourné vers la droite. On pouvait aisément confondre les épaules massives et la forme de la tête avec celles d'un ours, mais Ayla était certaine qu'il s'agissait d'une hyène à cause du corps fin, des longues pattes et des taches dans la partie supérieure du corps. Elle connaissait les hyènes et savait qu'elles avaient des épaules massives. La forme de la tête de l'animal peint ressemblait cependant à celle d'un ours des cavernes. Les dents solides et les puissants muscles de la mâchoire d'une hyène, capables de broyer des os de mammouth, avaient également développé une structure osseuse volumineuse, mais son museau était plus long. Le pelage de l'animal paraissait raide et rêche, surtout autour de la tête et des épaules.

— Vous voyez l'autre ours, plus haut ? demanda la Gardienne.

Ayla aperçut soudain une autre silhouette au-dessus de la hyène. Elle distingua la forme caractéristique d'un ours des cavernes tourné vers la gauche, dans la direction opposée à la hyène, dessinée en lignes rouges à peine visibles. Elle les compara.

— Je ne crois pas que l'animal tacheté soit un ours, mais une hyène, dit-elle.

— Certains le pensent, mais sa tête ressemble beaucoup à celle d'un ours, fit remarquer la Gardienne.

— Les têtes des deux animaux sont similaires, reprit Ayla, mais la hyène représentée a le museau plus long et pas d'oreilles. La touffe de poils raides sur le dessus de la tête est typique de la hyène.

La Gardienne ne contesta pas. Chacun avait le droit de penser ce qu'il voulait, mais l'acolyte avait fait d'intéressantes observations. La Zelandoni montra ensuite un autre félin caché sur le dessous étroit de la pierre suspendue et lui demanda de quel animal il s'agissait, selon elle. Ayla ne savait pas trop ; son pelage était dépourvu de taches et sa forme allongée pour entrer dans le peu d'espace disponible, la silhouette était très féline ou, à bien y réfléchir, pareille à celle d'une belette. Il existait d'autres animaux, qu'on lui avait dit être des ibex, mais elle n'en avait pas une idée aussi claire. On les conduisit ensuite de l'autre côté de la salle. Au début, ils virent beaucoup de concrétions, mais pas de peintures.

En continuant le long du passage, ils arrivèrent à un long panneau. Une formation calcaire avait orné la paroi de draperies et de filets rouges, orange et jaunes qui n'atteignaient pas tout à fait les épais monticules coniques situés dessous. Des concrétions pareilles à des ruisselets figés dans le temps semblaient couler des draperies, et sur les espaces intercalaires d'étranges signes avaient été peints.

Des lignes partaient de côté, en une sorte de long rectangle. Il rappela à Ayla une de ces créatures rampantes aux nombreuses pattes, peut-être une chenille. Sur l'espace libre suivant, des ailes étaient attachées de chaque côté d'une silhouette centrale. Cela pouvait être un papillon, l'étape suivante dans la vie de la chenille, mais ce n'était pas aussi bien exécuté que beaucoup d'autres peintures et un doute demeurait. Elle songea à poser la question à la Gardienne, mais elle pressentait qu'elle ne saurait pas.

A mesure qu'ils continuaient, la paroi était décorée de manière de moins en moins extravagante. La Gardienne se remit à fredonner jusqu'au moment où ils arrivèrent à un endroit surplombé par la roche. Des grappes de points y avaient été tracées, suivies par une frise de cinq rhinocéros. Il y avait bien d'autres signes et représentations d'animaux. Sept têtes et un animal entier, genre félin, peut-être des lions, ainsi qu'un cheval, un mammouth, un rhinocéros. Plusieurs empreintes de main et des points formaient des lignes et des cercles. Puis venaient encore des signes et l'esquisse d'un rhinocéros en noir.

Ils parvinrent ensuite à une autre lame de roche formant une cloison sur laquelle on voyait d'autres signes, le contour partiel d'un mammouth en noir ; une empreinte rouge de main en négatif avait été laissée à l'intérieur du corps de l'animal et une autre sur le flanc d'un cheval. Sur leur droite, deux grands amas de points. Sur leur gauche, un petit ours dessiné en rouge. Il y avait aussi un cerf rouge et quelques autres marques, l'ours étant cependant la figure principale. Il était représenté à peu près de la même façon que les autres ours rouges qu'ils avaient vus, mais en miniature. Le panneau en question marquait l'entrée d'une petite salle, dans laquelle il n'y avait guère la place de se tenir debout.

— Inutile d'entrer là, dit la Gardienne. C'est une toute petite salle et il n'y a pas grand-chose à voir. En plus, à l'intérieur, il faut se baisser ou s'accroupir.

Elle obliqua sur la gauche et suivit la paroi. La salle suivante était d'environ deux mètres plus basse que celle où ils se trouvaient, le sol incliné, le plafond haut par endroits, de nombreuses concrétions recouvraient les parois et le plafond. Certains signes – des empreintes de pattes, des marques de griffes et des os – attestaient que des ours des cavernes étaient venus là. Ayla crut entrevoir un dessin au loin, mais la Gardienne poursuivit son chemin sans se donner la peine de l'indiquer. Ils étaient apparemment dans l'antichambre d'une autre salle.

Celle-ci était basse. Au milieu s'ouvrait une dépression d'une dizaine de mètres de circonférence et de plus de trois mètres cinquante de profondeur. Ils la contournèrent par la droite sur un sol de terre brune.

— Quand le sol s'est-il affaissé ? s'enquit Jondalar.

Le sol sous leurs pieds paraissait assez solide, mais il se demandait si un nouvel affaissement ne risquait pas de se produire.

— Je l'ignore, répondit la Gardienne, mais les Anciens sont venus ici après.

— Comment le sais-tu ?

— Regarde là-haut, dit-elle en montrant une lame de roche lisse suspendue au plafond au-dessus de la dépression.

Tout le monde regarda. Du fait que la plupart des parois de cette salle et des rochers tombés du plafond étaient recouverts d'une couche de matériau tendre marron clair pareil à de l'argile, de la vermiculite – une altération chimique des constituants minéraux de la pierre en avait ramolli la surface –, les dessins étaient blancs. Ces dessins, des sortes de gravure, pouvaient être exécutés avec un bâton ou même le doigt en enlevant la couche d'argile superficielle, faisant ainsi apparaître une ligne d'un blanc pur.

Ayla remarqua qu'il y avait un grand nombre de dessins blancs dans cette salle. Sur la roche en surplomb, elle crut apercevoir un cheval et une chouette, la tête tournée à cent quatre-vingts degrés, de sorte qu'on voyait son visage au-dessus de son dos. On savait que les chouettes faisaient cela, mais elle n'en avait jamais vu de représentation graphique, elle n'avait jamais vu aucun dessin de chouette dans une caverne.

— Tu as raison. Cela a dû être dessiné par les Anciens, car personne ne peut atteindre ce rocher maintenant, dit Jondalar.

La Gardienne lui sourit, charmée par son ton incrédule. Elle montra d'autres dessins gravés avec le doigt, puis elle les conduisit de l'autre côté de la dépression circulaire jusqu'à la paroi gauche. Bien que l'espace fût encombré de stalactites, de stalagmites et de formations pyramidales coniques, il n'était pas difficile de se déplacer à travers la salle et la plupart des décorations se trouvaient à la hauteur des yeux. Même à une certaine distance, la lumière de leurs torches éclairait de nombreuses gravures blanches, certaines grattées pour obtenir une surface blanche. Du milieu de la salle, ils distinguaient des mammouths, des rhinocéros, des ours, des aurochs, des bisons, des chevaux, une série de lignes incurvées et de marques de doigts sinueuses tracées sur des griffures d'ours.

— Combien d'animaux sont représentés dans cette salle ? demanda Ayla.

— J'en ai compté presque deux fois vingt-cinq, répondit la Gardienne en levant la main gauche, tous les doigts pliés, avant de l'ouvrir et de replier de nouveau les doigts.

Ayla se remémora l'autre façon de compter avec les doigts. Compter de cette manière pouvait être plus complexe que de recourir aux mots à compter, si l'on comprenait comment procéder. La main droite comptait les mots et, à chaque mot prononcé, on repliait un doigt ; la main gauche indiquait le nombre de fois où l'on était arrivé à cinq. La même main gauche, paume ouverte, tous les doigts repliés, ne signifiait pas cinq, comme elle l'avait appris en commençant à compter et comme Jondalar le lui avait montré en lui apprenant les mots à compter, mais vingt-cinq. Elle s'était familiarisée avec cette façon de compter au cours de sa formation et le concept l'avait étonnée. Employés de cette façon, les mots à compter étaient bien plus efficaces.

Il lui vint à l'esprit que les gros points pouvaient aussi être un moyen d'utiliser les mots à compter. Une empreinte de main représenterait cinq, une grosse marque faite avec la paume seule vingt-cinq ; deux signifieraient deux fois vingt-cinq, cinquante. Tant de marques sur une paroi indiquaient peut-être un nombre très important – encore fallait-il savoir le lire. Mais, comme tout ce qui concernait les Zelandonia ou presque, c'était sans doute plus complexe que cela. Chaque signe possédait plus d'un sens.

Tandis qu'ils faisaient le tour de la salle, Ayla vit un cheval magnifiquement exécuté et, derrière lui, deux mammouths, l'un en surimpression sur l'autre, la ligne de leur ventre arquée, ce qui la fit songer à l'arche massive à l'extérieur. Etait-elle censée représenter un mammouth ? La plupart des animaux peints dans la salle semblaient être des mammouths, mais il y avait aussi beaucoup de rhinocéros. L'un en particulier attira son attention. Seule la moitié antérieure était gravée et elle paraissait émerger d'une fissure de la paroi, sortir du monde situé derrière la paroi. Il y avait aussi quelques chevaux, aurochs et bisons, mais pas de félins ni de cervidés. Et alors que la plupart des représentations animalières de la première partie de la caverne étaient en rouge – l'ocre rouge du sol et des parois –, dans cette partie-ci elles étaient blanches, exécutées avec les doigts ou un objet dur, à l'exception de quelques-unes en noir sur la paroi droite dans le fond, dont un superbe ours.

Elles avaient l'air intéressantes et elle avait envie d'aller les voir de près, mais la Gardienne les emmena autour du cratère central vers une autre partie de la grotte. La paroi gauche était cachée par un amoncellement de gros blocs de pierre qu'Ayla distinguait à peine à la lumière des torches, ce qui lui rappela de taper la sienne sur la roche pour éliminer l'excès de cendre. La flamme jaillit de plus belle et elle se rendit compte qu'elle allait bientôt devoir allumer une autre torche.

La Gardienne se remit à fredonner à l'approche d'un autre espace bien moins haut de plafond. Celui-ci était si bas que quelqu'un y avait dessiné un mammouth avec le doigt en montant sur un rocher. Sur la droite, on distinguait une tête de bison, rapidement exécutée, puis trois mammouths et plusieurs autres dessins sur des roches pendant du plafond : deux grands rennes en noir, ombrés pour souligner leur contour, et un troisième, moins détaillé. Sur une autre partie de cette roche suspendue, deux gros mammouths noirs se faisaient face, mais seule la partie antérieure de celui de gauche était figurée. Celui de droite était colorié en noir et il avait des défenses – les seules qu'Ayla ait vues sur les mammouths peints dans cette caverne. D'autres dessins ornaient des roches suspendues plus loin vers le fond, à bonne distance du sol : un autre mammouth gravé de profil, un grand lion et un bœuf musqué, reconnaissable à ses cornes recourbées vers le bas.

Ayla était si concentrée sur les animaux peints qu'elle n'entendit la Gardienne et le Zelandoni de la Dix-Neuvième Caverne chanter que lorsque la Première joignit sa voix aux leurs. Juste capable d'imiter des chants d'oiseaux et des cris de bêtes et ne sachant pas chanter, elle se contenta cette fois-ci de les écouter :

A son retour, elle accueillit Son amant d'antan
Le cœur en peine et son histoire lui conta.
L'ami cher accepta de se joindre au combat,

Pour arracher Son enfant à son sort périlleux.
Elle lui parla de Son chagrin et du voleur tournoyant.

La Mère était épuisée, Elle devait se reposer,
Elle relâcha Son étreinte sur Son lumineux amant
Qui, pendant Son sommeil, la froide puissance affronta
Et pendant un temps vers sa source la refoula.
Son esprit était fort, mais trop long le combat.

Son pâle ami lumineux de toutes ses forces lutta,
Le conflit était âpre, acharné le combat.
Sa vigilance déclina, son grand œil il ferma,
Le noir l'enveloppa, sa lumière lui vola.
Du pâle ami exténué, la lumière expira.

Quand les ténèbres furent totales, avec un cri Elle s'éveilla.
Le vide obscur la lumière du ciel cachait.
Elle se jeta dans la mêlée, fit tant et si bien
Qu'à l'obscurité Son ami elle arracha.
Mais de la nuit le visage terrible gardait Son fils invisible.

Prisonnier du tourbillon, le fils ardent de la Mère
Ne réchauffait plus la Terre, le froid chaos avait gagné.
La vie fertile et verdoyante n'était que glace et neige,
Et un vent mordant soufflait sans trêve.
Aucune plante ne poussait plus, la Terre était abandonnée.

Bien que lasse et épuisée de chagrin, la Mère tenta encore
De reprendre la vie qu'Elle avait enfantée.
Elle ne pouvait renoncer, Elle devait lutter
Pour que renaisse la lumière glorieuse de Son fils.
Elle poursuivit sa quête guerrière pour ramener la lumière...

Quelque chose attira soudain l'œil d'Ayla et elle fut parcourue d'un frisson, pas exactement de peur, plutôt une sensation de déjà-vu. Un crâne d'ours des cavernes était posé sur la surface plate d'un rocher. Elle ne savait trop comment le rocher était arrivé là, au milieu de la salle. D'autres plus petits se trouvaient à proximité et elle supposa qu'ils étaient tombés du plafond, mais aucun d'eux n'avait un dessus aplani. Elle savait cependant comment le crâne était arrivé sur le rocher plat : quelqu'un l'y avait mis !

En se dirigeant vers le rocher, elle se souvint brusquement du crâne d'ours que Creb avait trouvé, un os enfoncé dans l'ouverture formée par l'orbite et la pommette. Ce crâne revêtait une grande importance pour le Mog-ur du Clan de l'Ours des Cavernes et elle se demanda si des membres du Clan étaient venus dans cette grotte. S'ils l'avaient fait, cette caverne avait dû posséder une grande signification. Les Anciens qui avaient peint les animaux de cette grotte étaient certainement des gens comme elle ; les membres du Clan ne peignaient pas, mais ils avaient pu déposer là un crâne. Et le Clan se trouvait là en même temps que les peintres anciens. Etaient-ils entrés dans cette caverne ?

En s'approchant, le regard fixé sur le crâne d'ours perché sur la pierre plate, avec deux énormes canines dépassant du bord, elle était intimement persuadée que l'Ancien qui l'avait placé là appartenait au Clan. Jondalar l'avait vue frissonner et il se dirigea vers le milieu de la salle où le crâne était posé sur le rocher et il comprit sa réaction.

— Ça va, Ayla ? demanda-t-il.

— Cette caverne devait compter beaucoup pour le Clan, dit-elle. Je ne peux m'empêcher de penser qu'ils en connaissaient l'existence. Peut-être s'en souviennent-ils encore.

Les autres s'étaient maintenant regroupés autour du rocher plat.

— Je vois que tu as trouvé le crâne. J'allais vous le montrer, dit la Gardienne.

— Des membres du Clan sont venus ici ? s'enquit Ayla.

— Des membres du Clan ? répéta la Gardienne en secouant la tête.

— Ceux que vous appelez les Têtes Plates.

— C'est curieux que tu poses la question. Nous voyons effectivement des Têtes Plates par ici, mais seulement à certaines périodes de l'année. Ils font peur aux enfants ; nous sommes cependant parvenus à une sorte de compréhension mutuelle, si tant est que ce soit possible avec des animaux. Ils gardent leurs distances et nous les laissons tranquilles dans la mesure où ils veulent seulement entrer dans la caverne.

— Je dois d'abord te dire que ce ne sont pas des animaux mais des humains. L'Ours des Cavernes est leur principal totem, ils disent être du Clan de l'Ours des Cavernes, fit remarquer Ayla.

— Comment peuvent-ils dire quoi que ce soit, ils ne parlent pas, répliqua la Gardienne.

— Si, ils parlent, mais pas comme nous. Ils emploient certains mots, mais parlent surtout avec les mains.

— Comment fait-on pour parler avec les mains ?

— Ils font des gestes avec leurs mains et leur corps.

— Je ne comprends pas, avoua la Gardienne.

— Je vais te montrer, dit Ayla en tendant sa torche à Jondalar. La prochaine fois que tu verras quelqu'un du Clan qui souhaite entrer dans la caverne, tu pourras lui dire ceci : « Je te salue et je tiens à te dire que tu es le bienvenu dans cette grotte, demeure des ours des cavernes. »

Elle accompagna ces mots des gestes appropriés.

— Ces gestes des mains signifient ce que tu viens de dire ? demanda la Gardienne.

— J'ai montré à la Neuvième Caverne, à notre Zelandoni et à tous ceux qui voulaient l'apprendre comment faire les quelques signes essentiels afin que, s'ils rencontrent des gens du Clan au cours de leurs déplacements, ils puissent communiquer au moins un peu. Je me ferai un plaisir de te montrer aussi quelques-uns de ces signes, mais mieux vaut sans doute attendre d'être sortis d'ici, il fera plus clair.

— J'aimerais en voir davantage, mais comment se fait-il que tu saches tout cela ?

— J'ai vécu parmi eux. Ils m'ont élevée. Ma mère et les siens, mon peuple, je suppose, sont morts durant un tremblement de terre. Je me suis retrouvée livrée à moi-même. J'ai erré seule jusqu'à ce qu'un membre du Clan me trouve et me ramène avec lui. Ils se sont occupés de moi, m'ont aimée et je leur ai rendu leur amour, expliqua Ayla.

— Tu ne sais pas qui est ton peuple ? s'étonna la Gardienne.

— Les Zelandonii sont mon peuple, maintenant. Avant, c'étaient les Mamutoï, les chasseurs de mammouths, et, avant encore, le Clan, mais je ne me souviens pas de celui dans lequel je suis née.

— Je vois. J'aimerais en savoir plus, mais nous n'avons pas encore fini la visite de cette caverne.

— Tu as raison, dit la Première. Continuons.

Pendant qu'Ayla pensait au crâne d'ours posé sur la pierre, la Gardienne avait montré à ses compagnons d'autres parties de la salle dans laquelle ils se trouvaient. Dans la suite de la visite, Ayla remarqua divers motifs, un grand panneau gratté représentant des mammouths, quelques chevaux, des aurochs et des ibex.

— Je dois t'avertir, Zelandoni Qui Est la Première, que la dernière salle est d'accès assez difficile. Il faut grimper de hautes marches et se baisser pour franchir un passage au plafond bas. Et il n'y a pas grand-chose à voir en dehors de quelques signes, un cheval jaune et quelques mammouths. Penses-y avant de continuer.

— Oui, répondit la Première. Inutile que je revoie la salle cette fois-ci. Je vais laisser aller les plus énergiques.

— Je vais attendre avec toi, dit Willamar. Je l'ai vue, moi aussi.

Lorsque le groupe fut à nouveau au complet, ils longèrent la paroi, maintenant sur leur gauche, sur laquelle avaient été grattées des silhouettes de mammouths et arrivèrent aux peintures noires qu'ils avaient aperçues de loin. A l'approche de la première, la Gardienne se remit à fredonner et les autres sentirent que la caverne répondait.

28

Ayla fut d'abord attirée par les représentations de chevaux, bien qu'elles n'aient pas été les premières sur la paroi. Depuis qu'elle avait appris l'existence de ces œuvres d'art pariétal, elle en avait vu de magnifiques, mais jamais rien de pareil à ces chevaux.

Dans cette caverne humide, la surface de la paroi était tendre. Sous l'action des agents chimiques et bactériens dont ni elle ni les artistes n'avaient la moindre idée, la couche superficielle de calcaire s'était décomposée en mondmilch, « lait de lune », un matériau à la texture douce, presque luxueuse, d'un blanc pur. On pouvait le gratter avec presque n'importe quoi, même la main, et le calcaire blanc et dur qui se trouvait dessous formait un support parfait pour dessiner. Les Anciens qui avaient peint ces parois ne l'ignoraient pas et savaient en tirer parti.

Il y avait quatre têtes de cheval peintes en perspective, l'une au-dessus de l'autre ; la paroi avait été soigneusement grattée, ce qui avait permis à l'artiste de montrer les détails et les particularités de chaque animal. La crinière dressée caractéristique, la ligne de la mâchoire, la forme du museau, une bouche ouverte ou fermée, une narine dilatée, tout cela était représenté avec une telle fidélité que les animaux semblaient presque vivants.

Ayla se tourna vers son compagnon pour lui montrer la peinture rupestre.

— Jondalar, regarde ces chevaux ! As-tu jamais rien vu de pareil ? On dirait qu'ils sont vivants.

Debout derrière elle, il l'enlaça de ses bras.

— J'ai déjà vu des beaux chevaux peints sur des parois, mais rien de comparable.

Il s'adressa à la Première :

— Merci de m'avoir emmené avec toi au cours de ce Voyage. S'il n'y avait eu que cela à voir, cela en aurait valu la peine.

Il se retourna vers la paroi.

— Et il n'y a pas que des chevaux. Regardez ces aurochs et ce combat de rhinocéros.

— Je ne crois pas qu'ils se battent, dit Ayla.

— Non, ils font cela aussi avant de partager les Plaisirs, intervint Willamar.

Il regarda la Première et se rendit compte qu'il leur arrivait la même chose. Alors que tous deux étaient déjà venus là, voir les peintures avec les yeux d'Ayla était comme les découvrir. La Gardienne ne put réprimer un sourire suffisant. Elle n'avait pas à préciser : « Je vous l'avais dit. » C'était ce que la fonction de Gardienne avait de plus gratifiant : voir non pas les œuvres elles-mêmes – elle les avait vues maintes fois –, mais la réaction des visiteurs.

— Voulez-vous en voir d'autres ? demanda-t-elle.

Ayla se contenta de la regarder et de sourire, mais c'était le plus charmant sourire que la Gardienne ait jamais vu. Quelle belle femme ! pensa-t-elle. Je comprends qu'elle plaise à Jondalar. Si j'étais un homme, elle me plairait aussi.

Après avoir contemplé les chevaux, Ayla put prendre le temps d'examiner le reste, et il y avait beaucoup à voir. Les trois aurochs à la gauche des chevaux côtoyaient des petits rhinocéros, un cerf et, sous l'affrontement des rhinocéros, un bison. A droite des chevaux s'ouvrait une alcôve trop petite pour que plus d'une personne y entre à la fois. A l'intérieur, il y avait d'autres chevaux, un ours ou peut-être un grand félin, un aurochs et un bison représenté avec une multitude de pattes.

— Regarde ce bison en train de fuir, dit Ayla. Il est vraiment en train de courir et de haleter. Et les lions ! ajouta-t-elle en riant.

— Qu'y a-t-il de si drôle ? demanda Jondalar.

— Tu ne vois pas ces deux lions ? La femelle en chaleur est assise et le mâle est très intéressé, mais pas elle. Ce n'est pas avec lui qu'elle veut partager les Plaisirs, aussi s'est-elle assise sur son arrière-train et ne le laisse-t-elle pas approcher. L'artiste qui les a représentés est si habile qu'on perçoit du dédain dans l'expression de la lionne et, bien que le mâle s'efforce de paraître grand et fort, vois comme il montre les dents. Il sait qu'elle ne le trouve pas à son goût et il a un peu peur d'elle. Comment peut-on arriver à un tel résultat ? A une telle justesse ?

— Comment sais-tu tout cela ? s'enquit la Gardienne.

Personne n'avait encore donné une telle explication, mais la description semblait tout à fait exacte, les deux félins paraissaient effectivement arborer les expressions évoquées par Ayla.

— Lorsque j'ai appris toute seule à chasser, je les ai observés, expliqua-t-elle. Je vivais alors avec le Clan et les femmes du Clan ne chassent pas. Plutôt que de chasser des bêtes à manger, puisque je n'aurais pas pu les ramener et qu'elles auraient été gaspillées, j'ai donc décidé de chasser les carnivores qui volaient notre nourriture. Cela m'a valu de gros ennuis quand on l'a découvert.

La Gardienne avait recommencé à fredonner et Jonokol brodait des harmonies autour de sa ligne mélodique. La Première s'apprêtait à joindre sa voix aux leurs quand Ayla ressortit de l'alcôve.

— C'est les lions que j'ai préférés, dit-elle. Je crois que ce lion frustré ferait comme ça...

Elle se mit à gronder de plus en plus fort, puis laissa échapper un terrible rugissement. Le son se répercuta sur la roche de la caverne jusqu'au bout du passage devant eux et dans la salle au crâne d'ours.

Effrayée et surprise, la Gardienne eut un mouvement de recul.

— Comment fait-elle cela ? demanda-t-elle, incrédule, à la Première et à Willamar.

Ils se bornèrent à hocher la tête.

— Elle continue de nous surprendre, dit Willamar quand Ayla et Jondalar se furent éloignés. Si tu écoutes bien, ce n'est pas si fort que ça en a l'air, mais elle a quand même de la voix !

De l'autre côté de l'alcôve, un panneau était principalement consacré aux rennes, des mâles. Même les rennes femelles possèdent des ramures, mais elles sont petites. Les six rennes représentés sur le panneau arboraient des bois bien développés, avec des andouillers bruns, et incurvées vers l'arrière. Il y avait également un cheval, un bison et un aurochs. Toutes les peintures ne semblaient pas avoir été exécutées par la même personne. Le bison était assez raide et le cheval paraissait grossier, surtout après avoir vu les superbes exemples précédents. Cet artiste-là manquait de talent.

La Gardienne se dirigea vers une ouverture sur la droite menant à un étroit passage qu'il fallait emprunter en file indienne en raison de la forme des parois et des roches suspendues au plafond. Sur le côté droit, un mégacéros, le cerf géant caractérisé par une bosse sur le garrot, une petite tête et un cou sinueux, était intégralement dessiné en rouge. Ayla se demanda pourquoi ces artistes les avaient représentés sans leurs ramures, puisque celles-ci lui semblaient être leur caractère essentiel, et quelle était la fonction de la bosse.

Sur le même panneau, en position verticale, la tête en haut, une ligne esquissait le dos et les deux cornes frontales d'un rhinocéros, avec deux arcs pour les oreilles. Sur le côté gauche de l'entrée, on distinguait la silhouette de la tête et du dos de deux mammouths. Plus à gauche sur la paroi, deux autres rhinocéros faisaient face à des directions opposées. Celui tourné vers la droite était complet. Une large bande noire entourait la partie médiane de son corps, comme c'était le cas de beaucoup d'autres rhinocéros représentés dans cette grotte. Au-dessus de lui, celui tourné vers la gauche était suggéré uniquement par la ligne du dos et les deux petits arcs des oreilles.

Ayla trouva encore plus intéressante la série de foyers le long du passage, qui avaient sans doute servi à produire le charbon de bois utilisé pour dessiner. Les feux avaient noirci les parois voisines. S'agissait-il des foyers des Anciens, des artistes qui avaient si magnifiquement orné cette caverne ? Leur présence leur donnait plus de réalité, celle de personnes et non d'esprits d'un autre monde. Le sol s'inclinait fortement et trois dénivellations brusques d'un mètre coupaient le passage. Le milieu du couloir comportait des gravures faites avec les doigts et non des dessins en noir. Juste avant la deuxième dénivellation, on pouvait voir trois triangles pubiens, avec une fente vulvaire à la pointe tournée vers le bas, deux sur la paroi droite, un sur la gauche.

La Première commençait à être fatiguée, mais elle savait qu'elle ne referait jamais le voyage et que, même si elle l'entreprenait de nouveau, elle ne serait plus capable de parcourir toute la caverne. Jondalar et Jonokol, l'un de chaque côté, l'avaient aidée à franchir les dénivellations et les passages les plus escarpés. Bien que cette marche lui ait été pénible, Ayla remarqua qu'elle ne parlait jamais d'abandonner. A un certain moment, elle l'entendit dire, presque à elle-même, qu'elle ne reverrait jamais cette caverne.

La marche avait certes amélioré sa santé, mais elle était assez bonne guérisseuse pour savoir qu'elle n'était plus en aussi bon état ni aussi vaillante que dans sa jeunesse. Elle était bien décidée à voir cette caverne entièrement pour la dernière fois.

Le dernier panneau du couloir se trouvait juste avant la dernière dénivellation : sur la droite, quatre rhinocéros en partie peints, en partie gravés. L'un était difficile à distinguer, deux assez petits avaient une bande noire autour du ventre et les oreilles typiques. Le dernier était beaucoup plus grand, mais incomplet. Un gros ibex mâle, identifié par ses cornes incurvées en arrière sur presque toute la longueur du corps, était peint en noir sur un pan de roche pendant du plafond au-dessus d'eux. Sur le côté gauche, la paroi avait été grattée afin de préparer la surface pour dessiner plusieurs animaux : six chevaux entiers ou partiels, deux bisons et deux mégacéros, dont l'un complet, deux petits rhinocéros ainsi que plusieurs lignes et marques.

Venait ensuite la déclivité la plus forte : sur quatre mètres se succédaient des terrasses irrégulières formées par l'écoulement de l'eau et des dépressions dans la terre qui tapissait le sol de la caverne, creusé de gros trous d'ours. Jondalar, Jonokol, Willamar et Ayla durent s'y mettre à quatre pour aider la Première à descendre. Il allait être tout aussi difficile de la ramener en haut, mais tous étaient déterminés à lui permettre d'achever la visite. La lumière des torches se reflétait dans les pans de roche suspendus au plafond, dépourvus de toute décoration. La paroi ne présentait que quelques peintures.

La Gardienne se remit à fredonner et la Première joignit sa voix à la sienne, puis Jonokol fit de même. Ayla attendait. Ils se tournèrent d'abord vers la paroi de droite, mais pour une raison qui échappait à Ayla, cela ne résonnait pas bien. Un panneau comportait trois rhinocéros noirs, un avec sa bande noire autour de la partie centrale, un autre seulement esquissé et un troisième dont seule la tête était représentée, trois lions, un ours, une tête de bison et une vulve. Elle avait l'impression que ces dessins racontaient une histoire, peut-être à propos de femmes, et elle aurait aimé la connaître. Ils se tournèrent pour faire face à la paroi de gauche. La caverne renvoyait maintenant l'écho.

De prime abord, le premier pan de la paroi de gauche semblait divisé en trois volets principaux. Pour commencer, trois lions côte à côte, tournés vers la droite, montrés en perspective par la ligne du dos. Le troisième, le plus gros, peint en noir, avait environ deux mètres cinquante de long et la présence du scrotum ne laissait aucun doute sur son sexe. Celui du milieu, dessiné en rouge, était aussi manifestement un mâle. Le plus proche et le plus petit était une femelle. En y regardant de plus près, Ayla eut des doutes. Il n'y avait pas de troisième tête et peut-être la silhouette n'était-elle là que pour la perspective, auquel cas il n'y avait que deux lions. Quoi que simple, le dessin était très expressif. Au-dessus de leur dos, elle distinguait vaguement trois mammouths gravés avec le doigt. Les lions prédominaient dans cette partie de la caverne. A droite des félins étaient représentés un rhinocéros et, à droite de celui-ci, trois autres lions tournés vers la gauche, qui paraissaient regarder les autres lions, puis deux rhinocéros, ce qui donnait un certain équilibre au panneau.

Toutes les peintures de cette partie de la grotte étaient situées à un niveau que l'on pouvait atteindre en étant debout sur le sol, à l'exception d'un mammouth gravé en hauteur sur la paroi. Beaucoup de peintures recouvraient des marques de griffes d'ours, mais il y avait aussi de telles marques par-dessus les peintures. Des ours étaient donc venus là après le départ des humains.

Une niche s'ouvrait au milieu de la partie suivante. Sur sa gauche, des points figurant des lions noirs étaient en surimpression sur des lions rouges à la teinte passée. Venait ensuite une section avec un rhinocéros à cornes multiples, huit en perspective, si bien qu'il semblait y avoir huit animaux, et bien d'autres rhinocéros. A droite de ce panneau, une niche abritait la peinture d'un cheval. Deux rhinocéros noirs et un mammouth étaient peints au-dessus, ainsi que des animaux sortant des profondeurs de la roche, le cheval émergeant de la niche, un gros bison s'échappant d'une fissure, de l'Autre Monde, puis des mammouths et un rhinocéros.

Des lions et des bisons, les premiers pourchassant les seconds, occupaient principalement la section à droite de la niche. Les lions donnaient l'impression d'attendre un signal pour bondir sur les bisons rassemblés en troupeau sur le côté gauche. Ils étaient superbement féroces, tels qu'Ayla les connaissait, le lion des cavernes étant son totem. A ses yeux, c'était la salle la plus spectaculaire de toute la grotte. Il y avait tant à voir qu'elle ne pouvait s'imprégner de tout. Le grand panneau se terminait par une arête, qui formait une sorte de deuxième niche peu profonde où un rhinocéros noir émergeait du Monde des Esprits. De l'autre côté de la niche, un bison était représenté la tête de face, le corps de profil, sur une partie perpendiculaire de la paroi, ce qui produisait un effet saisissant.

Sous le bison, deux têtes de lion et la partie antérieure d'un autre lion tourné vers la droite occupaient une cavité triangulaire. Au-dessus des lions, des traînées rouges figuraient les blessures et le sang coulant de la bouche d'un rhinocéros noir. Au-delà, un large pan de rocher suspendu marquait l'endroit où le plafond descendait jusqu'à être perpendiculaire à la paroi. Trois lions et un autre animal étaient représentés sur sa surface interne, mais visibles de la salle. Juste avant que le plafond commence à s'abaisser, une saillie rocheuse descendant à la verticale se terminait par une pointe arrondie. Ses quatre faces étaient richement décorées.

— Pour comprendre pleinement, il faut tout voir, expliqua la Gardienne en montrant à Ayla l'ensemble de la composition.

Il s'agissait de la partie antérieure d'un bison sur des jambes humaines, au milieu desquelles on distinguait une grande vulve ombrée de noir et fendue d'une ligne gravée verticale à la pointe inférieure, autrement dit le bas d'un corps de femme surmonté d'une tête de bison. Un lion figurait à l'arrière de la roche suspendue.

— La forme de cette roche m'a toujours semblé évoquer l'organe masculin.

— C'est exact, convint Ayla.

— Il y a d'intéressantes peintures dans deux petites salles. Si tu veux, je vais te les montrer.

— Volontiers. Je tiens à en voir le plus possible avant de partir.

— Derrière la roche phallique, tu peux voir trois lions. Et après le rhinocéros blessé, un passage mène à un superbe cheval, expliqua la Gardienne en lui ouvrant le chemin. Et voilà un gros bison, au bout du panneau. Dans cette zone, un gros lion et des petits chevaux. Il est très difficile d'accéder de l'autre côté.

Ayla retourna vers l'entrée de la salle où la Première s'était assise sur un rocher pour se reposer. Les autres n'étaient pas loin.

— Qu'en penses-tu, Ayla ? demanda-t-elle.

— Je suis contente que tu m'aies amenée ici. Je crois que c'est la plus belle caverne que j'aie jamais vue. C'est plus qu'une caverne, mais je ne connais pas les mots pour le dire. Lorsque je vivais avec le Clan, j'ignorais que l'on pouvait représenter ce que l'on voyait dans la réalité.

Elle chercha des yeux Jondalar et sourit en le voyant. Il s'approcha et passa le bras autour de sa taille, comme elle le désirait. Elle avait besoin de partager ses impressions avec lui.

— Lorsque je suis allée habiter avec les Mamutoï, j'ai vu ce que Ranec était capable de faire avec l'ivoire et d'autres avec du cuir, des perles et parfois seulement un bâton pour laisser des marques sur un sol lisse, et cela m'a stupéfiée.

Elle s'arrêta et regarda le sol argileux humide de la caverne. Tous s'étaient rassemblés au même endroit avec leurs torches allumées. La lumière ne se diffusait pas très loin et les animaux peints sur les parois n'étaient que de vagues silhouettes dans la pénombre, comme ceux qui étaient entrevus fugitivement en pleine nature par la plupart des gens.

— Au cours de ce voyage et avant, nous avons vu d'autres peintures et dessins qui étaient beaux et d'autres qui l'étaient moins, mais tout aussi remarquables. Je ne sais pas comment on les exécute et encore moins pourquoi. Je crois qu'ils l'ont été pour plaire à la Mère, et je suis certaine qu'ils ont dû Lui plaire, et peut-être aussi pour raconter Son histoire et d'autres aussi. Peut-être les artistes les exécutent-ils uniquement parce qu'ils en sont capables. Comme Jonokol : il pense à quelque chose à peindre, il s'en croit capable et le fait. Il en va de même quand tu chantes, Zelandoni. La plupart des gens sont plus ou moins capables de chanter, mais personne aussi bien que toi. Lorsque tu chantes, je n'ai qu'une envie, t'écouter. Ça me procure une sensation de bonheur. J'éprouve la même quand je regarde ces cavernes peintes. Et aussi quand Jondalar me regarde avec amour. J'ai l'impression que ceux qui ont fait ces peintures me regardent avec amour.

Elle regarda par terre parce qu'elle refoulait ses larmes. Elle était d'ordinaire capable de se maîtriser, mais cette fois-ci elle y parvenait difficilement.

— Je crois que c'est également ce que doit éprouver la Mère, conclut-elle, ses yeux brillant dans la clarté dansante des torches.

Je sais maintenant pourquoi elle est unie, pensa la Gardienne. Elle sera une Zelandoni remarquable, elle l'est déjà, mais elle ne peut l'être sans lui. Peut-être est-ce cela que la Mère voulait qu'elle soit.

Elle se mit ensuite à fredonner. Jonokol joignit sa voix à la sienne. Son chant faisait toujours apparaître meilleur celui des autres. Willamar s'y mit lui aussi, reprenant l'air par monosyllabes. Sa voix complétait bien leur chant. Puis Jondalar se joignit à eux. Il avait une belle voix, mais ne chantait que lorsque d'autres le faisaient. Ensuite, le chœur résonnant dans la caverne si magnifiquement décorée, Celle Qui Etait la Première parmi Ceux Qui Servaient la Grande Terre Mère reprit le Chant de la Mère là où elle s'était arrêtée :

Son lumineux ami était prêt à affronter
Le voleur qui gardait captif l'enfant de Son sein
Ils luttèrent ensemble pour Son fils adoré.
Leurs efforts furent couronnés de succès, la lumière revint.
Sa chaleur réchauffait sa splendeur retrouvée.

Les lugubres ténèbres s'accrochaient à l'éclat du fils,
La Mère ripostait, refusait de reculer.
Le tourbillon tirait, Elle ne lâchait pas.
Il n'y avait ni vainqueur ni vaincu.
Elle repoussait l'obscurité, mais Son fils demeurait prisonnier.

Quand Elle repoussait le tourbillon et faisait fuir le Chaos,
La lumière de Son fils brillait de plus belle.
Quand Ses forces diminuaient, le néant noir prenait le dessus,
Et l'obscurité revenait à la fin du jour.
Elle sentait la chaleur de Son fils, mais le combat demeurait indécis.

La Grande Mère vivait la peine au cœur
Qu'Elle et Son fils soient à jamais séparés.
Se languissant de Son enfant perdu,
Elle puisa une ardeur nouvelle dans Sa force de vie.
Elle ne pouvait se résigner à la perte du fils adoré.

Quand Elle fut prête, Ses eaux d'enfantement
Ramenèrent sur la Terre nue une vie verdoyante.
Et Ses larmes, abondamment versées,
Devinrent des gouttes de rosée étincelantes.
Les eaux apportaient la vie, mais Ses pleurs n'étaient pas taris.

Ses montagnes se fendirent dans un grondement de tonnerre,
Et par la vaste caverne qui s'ouvrit dans Ses profondeurs,
Elle fut de nouveau mère,
Donnant vie à toutes les créatures de la Terre.
D'autres enfants étaient nés mais la Mère était épuisée.

Chaque enfant était différent, certains petits, d'autres démesurés,
Certains marchaient, d'autres volaient, certains nageaient, d'autres rampaient.
Mais chaque forme était parfaite, chaque esprit complet,
Chacun était un modèle qu'on pouvait répéter.
La Mère le voulait, la Terre verte se peuplait.

Les oiseaux, les poissons et les autres animaux,
Tous restèrent cette fois auprès de l'Eplorée.
Chacun d'eux vivait où il était né
Et de la Terre Mère partageait l'immensité.
Près d'Elle ils demeuraient, aucun ne s'enfuyait.

Ils étaient Ses enfants, ils l'emplissaient de fierté
Mais ils sapaient la force de vie qu'Elle portait en Elle.
Il Lui en restait cependant assez pour une dernière création,
Un enfant qui se rappellerait qui l'avait créé,
Un enfant qui saurait respecter et apprendrait à protéger.

La Première Femme naquit adulte et bien formée,
Elle reçut les Dons qu'il fallait pour survivre.
La Vie fut le premier, et comme la Terre Mère

Elle s'éveilla à elle-même en en sachant le prix.
Première Femme était née, première de sa lignée.

Vinrent ensuite le Don de Perception, d'apprendre,
Le désir de connaître, le Don de Discernement.
Première Femme reçut le savoir qui l'aiderait à vivre
Et qu'elle transmettrait à ses semblables.
Première Femme saurait comment apprendre,
  comment croître.

La Mère avait presque épuisé Sa force vitale.
Pour transmettre l'Esprit de la Vie,
Elle fit en sorte que tous Ses enfants procréent,
Et Première Femme reçut aussi le Don d'Enfanter.
Mais Première Femme était seule, elle était la seule.

La Mère se rappela Sa propre solitude,
L'amour de Son ami, sa présence caressante.
Avec la dernière étincelle, Son travail reprit,
Et, pour partager la vie avec Femme,
  Elle créa Premier Homme.
La Mère à nouveau donnait, un nouvel être vivait.

Femme et Homme la Mère enfanta
Et pour demeure Elle leur donna la Terre,
Ainsi que l'eau, le sol, toute la création,
Pour qu'ils s'en servent avec discernement.
Ils pouvaient en user, jamais en abuser.

Aux Enfants de la Terre, la Mère accorda
Le Don de Survivre, puis Elle décida
De leur offrir celui des Plaisirs,
Qui honore la Mère par la joie de l'union.
Les Dons sont mérités quand la Mère est honorée.

Satisfaite des deux êtres qu'Elle avait créés,
La Mère leur apprit l'amour et l'affection.
Elle insuffla en eux le désir de s'unir,
Le Don de leurs Plaisirs vint de la Mère.
Avant qu'Elle eût fini, Ses enfants L'aimaient aussi.
Les Enfants de la Terre étaient nés, la Mère pouvait se reposer.

Quand ils eurent fini, il se fit un profond silence. Tous sentaient plus que jamais le pouvoir de la Mère et du Chant de la Mère. Ils regardèrent à nouveau les peintures et se rendirent mieux compte que les animaux semblaient sortir des fissures et des ombres de la caverne, comme si la Mère était en train de les créer, leur donnait naissance, les amenait de l'Autre Monde, le Monde des Esprits, Son vaste monde souterrain.

Un bruit leur glaça alors le sang, le vagissement d'un lionceau. Il se mua en l'appel lancé à sa mère par un jeune lion, puis fit place aux premières tentatives de rugir d'un jeune mâle et enfin aux grognements qui précèdent le rugissement à pleins poumons du lion revendiquant ses droits.

— Comment fait-elle ça ? demanda la Gardienne. On dirait un lion aux différentes étapes de sa croissance. Comment sait-elle tout cela ?

— Elle a élevé un lion, s'est occupée de lui pendant qu'il grandissait et lui a appris à chasser avec elle. Elle a rugi avec lui, expliqua Jondalar.

— Elle t'a dit cela ? s'enquit la Gardienne, une ombre de doute dans la voix.

— Oui, en quelque sorte. Il est revenu la voir alors que j'étais en train de me remettre de mes blessures dans sa vallée, mais il n'a pas aimé me voir là et a attaqué. Ayla s'est placée devant lui ; il s'est arrêté net. Ensuite elle s'est roulée par terre et l'a serré dans ses bras, elle est montée sur son dos et l'a chevauché, comme elle fait avec Whinney. Sauf que je ne crois pas qu'il serait allé où elle voulait, mais seulement où il avait envie de la conduire. Il l'a néanmoins ramenée. Je l'ai interrogée et elle m'a expliqué.

Le récit était assez simple pour être convaincant. La Gardienne se borna à hocher la tête.

— Nous devrions allumer de nouvelles torches, dit-elle. Il devrait en rester au moins une pour chacun et j'ai aussi quelques lampes.

— Il vaut mieux attendre d'être tous sortis de ce passage avant de les allumer, fit observer Willamar.

— Oui, tu as raison, dit Jonokol. Veux-tu tenir la mienne ? demanda-t-il à la Gardienne.

Jondalar, Ayla, Willamar et lui hissèrent littéralement la Première en haut des dénivellations les plus fortes, tandis que la Gardienne tenait les torches à bout de bras pour éclairer le chemin. Elle en jeta une presque entièrement consumée dans l'un des foyers alignés le long des parois. Lorsqu'ils arrivèrent aux chevaux peints, chacun prit une torche neuve. La Gardienne éteignit celles qui étaient déjà en partie brûlées et les remit sur le châssis qu'elle portait sur son dos, puis ils reprirent en sens inverse le chemin par lequel ils étaient arrivés. Personne ne parlait beaucoup, ils se contentaient de regarder à nouveau les animaux devant lesquels ils passaient. Avant d'atteindre l'entrée, ils remarquèrent combien la lumière pénétrait profondément dans la caverne. A l'entrée, Jonokol s'arrêta.

— Veux-tu me reconduire dans cette vaste salle ? demanda-t-il à la Gardienne.

— Bien sûr, répondit-elle sans lui demander pourquoi.

Elle le savait.

— J'aimerais bien t'accompagner, Zelandoni de la Dix-Neuvième Caverne, dit Ayla.

— Cela me ferait aussi plaisir. Tu pourras tenir ma torche, dit-il en souriant.

C'était la Gardienne qui avait trouvé la Grotte Blanche et il était la première personne à qui elle la montrait. Il savait qu'il allait peindre sur ces belles parois, bien qu'il eût peut-être besoin d'aide pour cela. Ils repartirent tous trois dans la deuxième salle de la Caverne de l'Ours pendant que les autres sortaient à l'air libre. La Gardienne leur fit suivre un trajet plus court ; elle savait où le conduire : à l'endroit qu'il avait regardé à leur arrivée dans cette partie de la grotte. Il trouva le renfoncement à l'écart et l'ancienne concrétion.

Après avoir sorti un couteau en silex, il se dirigea vers la stalagmite surmontée d'une cuvette et à sa base, d'un geste sûr, il grava le front, les naseaux, la bouche, la mâchoire, la joue, puis deux lignes vigoureuses pour la crinière et le dos d'un cheval. Il regarda l'esquisse un moment, puis grava au-dessus du premier la tête d'un deuxième cheval, tournée de l'autre côté. La roche était un peu plus dure à cet endroit et la ligne du front ne fut pas aussi précise, mais il revint sur l'ouvrage et traça les poils de la crinière à intervalles assez grands. Puis il se recula pour contempler son œuvre.

— J'avais envie d'ajouter quelque chose à cette grotte, mais je ne savais trop si je devais attendre que la Première ait entonné le Chant de la Mère dans les profondeurs de la grotte, expliqua le Zelandoni de la Dix-Neuvième Caverne des Zelandonii.

— Je t'ai dit que la Mère en déciderait et que tu saurais, dit la Gardienne. Maintenant, je sais. C'était opportun, remarqua-t-elle.

— C'est ce qu'il fallait faire, confirma Ayla. Peut-être est-il temps que je cesse de t'appeler Jonokol et que je commence à dire « Zelandoni de la Dix-Neuvième Caverne ».

— Devant tout le monde peut-être, mais entre nous j'espère que je serai toujours Jonokol et toi Ayla.

— Je le souhaite aussi, dit Ayla avant de se tourner vers la Gardienne. Dans mon esprit, tu es la Gardienne, mais si ça ne te fait rien, j'aimerais connaître le nom que tu portais à la naissance.

— On m'a appelée Dominica et, pour moi, tu resteras toujours Ayla quoi qu'il arrive, même si tu deviens la Première.

Ayla secoua la tête.

— C'est peu probable. Je suis étrangère et j'ai un accent bizarre.

— Peu importe. Nous reconnaissons la Première ou le Premier pour ce qu'ils sont, même si nous ne les connaissons pas. Et j'aime bien ton accent. Il te rend distincte des autres, comme doit l'être Celle Qui Est la Première, dit Dominica avant de les conduire hors de la grotte.

Toute la soirée Ayla songea à cette caverne extraordinaire. Il y avait tant à voir, à comprendre, qu'elle aurait aimé y retourner. Ils parlaient de ce qu'il convenait de faire avec Gahaynar, alors qu'elle ne cessait de revenir à la grotte par la pensée. Gahaynar paraissait se remettre des coups reçus. Il allait en conserver des cicatrices le restant de ses jours, mais ne semblait pas en vouloir à ceux qui l'avaient rossé. Il semblait plutôt reconnaissant, non seulement d'être encore en vie mais aussi du fait que les Zelandonia prenaient soin de lui.

Il connaissait ses forfaits, même s'il était seul dans ce cas ; Balderan et les autres n'avaient pas fait bien pire et ils étaient morts. Il ignorait pourquoi il avait été épargné, si ce n'est que, tandis que Balderan projetait de tuer l'étrangère, il avait prié dans son for intérieur la Mère de le sauver. Il savait qu'ils ne s'échapperaient pas et ne voulait pas mourir.

— Il semble vouloir sincèrement réparer ses torts, dit Zelandoni Première. Peut-être parce qu'il sait maintenant qu'on peut lui faire payer ses actions, la Mère paraît décidée à l'épargner.

— Quelqu'un sait-il dans quelle Caverne il est né ? s'enquit la Première. A-t-il de la famille ?

— Oui, il a sa mère, répondit l'un des autres Zelandonia. Je ne lui connais pas d'autre parent. Je crois qu'elle est très vieille et perd la mémoire.

— Voilà donc la solution, dit la Première. Il faut le renvoyer dans sa Caverne pour qu'il s'occupe de sa mère.

— Mais en quoi réparera-t-il ainsi ses torts ? C'est sa mère, fit remarquer un autre Zelandoni.

— La tâche ne lui sera pas nécessairement facile si l'état de sa mère continue de se détériorer. Cela épargnera à sa Caverne de prendre soin d'elle et donnera à Gahaynar quelque chose à faire de louable. Il n'y a sans doute jamais songé au côté de Balderan, en prenant ce qu'il voulait sans avoir à travailler. Il faut l'obliger à travailler, à chasser pour son compte ou du moins à participer aux chasses communautaires de sa Caverne, et à subvenir lui-même aux besoins de sa mère.

— J'imagine que s'occuper d'une vieille femme, même si c'est sa mère, n'est pas le genre de choses qu'un homme aime faire, dit l'autre Zelandoni.

Ayla n'avait écouté qu'à moitié, mais elle avait saisi l'essentiel et trouva l'idée bonne. Elle se remit ensuite à penser au Site Sacré le Plus Ancien. Elle décida finalement de retourner dans la caverne le lendemain ou le surlendemain, seule ou peut-être avec Loup.

Le lendemain en fin de matinée, Ayla demanda à Levela de bien vouloir veiller une nouvelle fois sur Jonayla et s'assura que la viande de bison qu'elle avait accrochée sur les fils séchait correctement. Elle estima que le moment était bien choisi pour revoir le Site Sacré.

— J'emmène Loup et je retourne à la grotte. Je veux la voir encore une fois avant de partir. Qui sait quand nous reviendrons, peut-être jamais.

Elle empaqueta plusieurs torches et deux lampes de pierre ainsi que des mèches en lichen et des sections d'intestin remplies de graisse qu'elle plaça dans un petit sac en cuir doublé. Elle vérifia qu'elle avait tout le nécessaire pour faire du feu : pierre à feu et silex, amadou, petit bois et quelques bûchettes. Elle remplit son outre et prit une tasse pour elle et un bol pour Loup. Elle emporta aussi son sac à médicines avec quelques sachets de tisane supplémentaires, même si elle ne pensait pas préparer des infusions dans la grotte, un bon couteau, quelques vêtements chauds, mais rien pour se chausser. Elle marchait pieds nus habituellement et ses plantes de pied étaient presque aussi dures que des sabots.

Elle siffla Loup et s'engagea dans le sentier menant à la caverne. A l'entrée, elle jeta un coup d'œil à l'abri. Aucun feu n'avait été allumé dans le foyer et l'endroit où dormait la Gardienne était désert. Absente ce jour-là. On l'avertissait généralement de la venue des visiteurs, mais Ayla avait décidé d'y aller sans prendre de dispositions préalables.

Elle fit un petit feu dans le foyer et alluma une torche, puis, la tenant à bout de bras, elle se mit en marche et fit signe à Loup de la suivre. Elle constata une fois encore à quel point la caverne était vaste et les premières salles chaotiques. Des colonnes de pierre détachées du plafond et renversées, d'énormes blocs de roche et des éboulis jonchaient le sol. La lumière pénétrait assez loin à l'intérieur et elle emprunta le même chemin que la première fois, sur la gauche puis tout droit dans l'immense salle où venaient dormir les ours. Loup restait à son côté.

Elle longea le côté droit du passage, sachant qu'en dehors de la vaste salle à main droite qu'elle projetait de visiter au retour il n'y avait pas grand-chose à voir avant d'arriver à mi-longueur de la caverne. Elle n'envisageait pas de rester trop longtemps dans la grotte ni d'essayer de tout revoir. Elle entra dans la salle aux ours et suivit la paroi droite jusqu'à la salle suivante, puis se mit à la recherche de l'épais rocher en forme de lame suspendu au plafond.

Il était tel qu'elle se le rappelait, orné du léopard à longue queue et de l'autre animal peint en rouge. Etait-ce une hyène ou un ours ? La forme de la tête lui donnait l'allure d'un ours des cavernes, mais le museau était plus long et la touffe sur le dessus de la tête ainsi que l'espèce de crinière faisaient plutôt songer aux poils raides de la hyène. Aucun des autres ours représentés dans cette caverne n'avait de longues pattes fines, il suffisait de regarder celui qui était peint au-dessus de l'autre animal.

Je ne sais pas ce que l'artiste voulait dire dans cette peinture, pensa-t-elle, mais à mon avis cela ressemble bien à une hyène, bien que ce soit la seule que j'aie jamais vue représentée dans une grotte. Mais je n'ai jamais vu non plus de léopard. Il y a là un ours, une hyène et un léopard, tous trois des animaux forts et dangereux. Je me demande ce que les conteurs itinérants diraient de cette scène ?

Ayla passa sans s'attarder devant la série suivante de peintures : des insectes sans doute, une succession de rhinocéros, de lions, de chevaux et de mammouths, des signes, des points, des empreintes de main ; le dessin en rouge du petit ours, si semblable aux autres ours de la caverne mais de taille plus réduite, la fit sourire. Elle se souvint qu'à cet endroit la Gardienne avait tourné à gauche et continué de longer la paroi droite. L'espace suivant témoignait de la présence d'ours des cavernes et le sol était plus bas de plus d'un mètre cinquante ; il menait à la salle d'après, celle qui était creusée d'une profonde dépression en son centre.

C'était la salle où tous les dessins ou gravures étaient en blanc, la couche tendre de vermiculite marron clair ayant été grattée pour atteindre la roche blanche sous-jacente. Parmi toutes ces gravures, elle remarqua particulièrement le rhinocéros émergeant d'une fissure et resta là à le contempler. Pourquoi les Anciens peignaient-ils ces animaux sur les parois des cavernes ? se demanda-t-elle. Pourquoi Jonokol a-t-il voulu dessiner deux chevaux dans la salle voisine de l'entrée de la grotte ? Quand il l'a fait, il n'avait pas l'esprit ailleurs, comme les Zelandonia qui buvaient leur infusion dans le Site Sacré de la Septième Caverne des Zelandonii de la Partie Sud. Les artistes ne seraient sans doute pas capables d'exécuter des peintures aussi remarquables s'ils n'étaient pas concentrés sur l'ouvrage. Il leur fallait penser à ce qu'ils faisaient.

Peignaient-ils pour eux-mêmes ou pour montrer leurs œuvres ? A qui ? Aux autres membres de leur Caverne ou aux autres Zelandonia ? Les grandes salles de certaines cavernes pouvaient héberger un grand nombre de gens et des cérémonies s'y déroulaient parfois, mais beaucoup de ces peintures se trouvaient dans des petites grottes ou dans des espaces réduits de grottes plus vastes. Elles avaient dû être exécutées pour elles-mêmes, devaient avoir leur raison d'être. Les artistes étaient-ils en quête de quelque chose dans le monde spirituel ? Peut-être de leur esprit animal, comme son lion totémique, ou d'un esprit animal qui les rapprocherait de la Mère ? Chaque fois qu'elle interrogeait Zelandoni à ce propos, elle n'obtenait jamais de réponse satisfaisante. Etait-elle censée la trouver toute seule ?

Loup ne s'éloignait pas et longeait la paroi suivie par Ayla. Elle portait la seule lumière qu'il y avait dans toute cette caverne noire comme un four, et même si les sens de l'animal autres que la vue lui apportaient plus d'informations sur son environnement que la clarté de l'unique torche, il aimait aussi y voir.

La hauteur de plafond en nette diminution l'avertit qu'elle était arrivée dans la partie suivante de la caverne. Les mammouths, bisons, cerfs représentés sur les parois et les roches suspendues étaient plus nombreux, certains gravés en blanc, d'autres peints en noir dans un coin. C'était la salle où un crâne d'ours des cavernes trônait sur un rocher plat et Ayla retourna le voir. Elle resta là un moment, songeant de nouveau à Creb et au Clan, avant de continuer la visite. Des talus d'argile grise semblaient entourer cette salle ; elle grimpa dessus pour gagner la dernière salle, celle où la Première n'était pas entrée. Elle remarqua des empreintes d'ours sur l'argile, qu'elle n'avait pas vues la première fois. Deux hautes marches l'amenèrent dans l'autre salle.

Elle se retrouva au milieu, le plafond étant trop bas sur le pourtour pour se tenir debout. Elle estima qu'il était temps d'allumer une autre torche, frotta celle qu'elle avait déjà, presque entièrement consumée, contre le plafond pour l'éteindre. Puis elle en fourra le bout restant dans le châssis qu'elle portait sur le dos. Il lui fallut se baisser pour continuer à suivre le sentier naturel ; à la base d'une roche suspendue, elle aperçut une rangée horizontale de sept points rouges à côté d'une série de noirs. Au bout d'une dizaine de mètres, elle put à nouveau se tenir droite.

Plusieurs marques noires montraient que d'autres avaient raclé leurs torches à cet endroit. A l'arrière, le plafond s'inclinait vers le sol. Il était recouvert d'une fine couche jaunâtre de pierre ramollie qui avait formé des vermiculures. Sur ce plan incliné, on avait esquissé un cheval avec deux doigts. L'artiste avait dû se tenir la tête penchée en arrière pour travailler et n'avait pas pu avoir une vue d'ensemble de l'esquisse pendant son exécution. Elle était légèrement disproportionnée, mais c'était le tout dernier dessin de la caverne. Ayla remarqua aussi deux mammouths ébauchés sur le plafond incliné.

Tout en se retournant pour rebrousser chemin, elle se demanda un instant s'il n'y avait pas moyen de sortir de la caverne de ce côté-là. Tandis qu'elle marchait plus près de la paroi, suivie de Loup, elle sentit ses pieds s'enfoncer dans l'argile froide du sol. En sortant de la dernière salle, la paroi qui s'était trouvée sur sa droite était maintenant sur sa gauche. Elle passa devant le panneau des mammouths, puis arriva à celui des chevaux peints en noir qu'elle voulait revoir.

Elle examina la paroi plus attentivement cette fois-ci. La couche d'argile brune avait été grattée sur une grande partie du panneau pour dégager la roche calcaire blanche. La coloration noire produite par du charbon de bois était plus foncée à certains endroits, plus claire à d'autres, pour que les chevaux et les autres animaux aient l'air plus vivants. Elle avait été attirée par les chevaux, mais les premiers animaux sur le panneau étaient des aurochs. Les lions à l'intérieur de la niche la firent encore sourire. Ce jeune mâle ne plaisait décidément pas à la femelle, assise et résolue à ne pas bouger de là !

Ayla longea lentement la paroi peinte et arriva à l'entrée d'une longue galerie qui menait à la dernière salle, où elle vit le cervidé géant peint tout en haut. C'était là aussi que les foyers à charbon de bois s'alignaient le long de la paroi. Le passage commençait à descendre. En franchissant la dernière dénivellation importante et en arrivant à la dernière salle, elle ralentit encore le pas. Elle adorait les lions, peut-être parce qu'ils étaient son animal totémique, et ceux-là étaient d'un grand réalisme. Elle arriva au bout et examina la dernière roche suspendue, celle dont la forme évoquait un organe sexuel masculin. Une vulve était peinte dessus, avec des jambes humaines, et la créature était mi-bison, mi-lion. Elle avait la certitude que l'on avait voulu raconter une histoire. Elle tourna finalement les talons et revint sur ses pas ; à l'entrée de la salle, elle s'arrêta et regarda autour d'elle.

Elle voulait garder le souvenir du chant de la Première dans la caverne. Elle ne savait pas chanter, mais sourit en pensant à ce qu'elle était capable de faire. Elle pouvait rugir comme elle l'avait fait, la première fois qu'elle était venue là. A l'exemple des lions, elle se mit en voix avant de laisser échapper son rugissement, le meilleur dont elle était capable – Loup eut même un mouvement de recul.

Ils avaient prévu de prendre le chemin du retour tôt, mais Amelana commença à avoir des contractions de bon matin et, évidemment, les Zelandonia en visite ne purent partir. Le soir, elle donna naissance à un beau bébé, un garçon, et sa mère prépara un repas du soir pour célébrer sa naissance. Ils ne partirent que le lendemain matin et les adieux furent assez mélancoliques.

La composition du groupe de voyageurs avait changé. Maintenant que Kimeran, Beladora et les deux enfants étaient partis et qu'Amelana ne les accompagnait plus, ils se comptaient onze et il leur fallut s'organiser différemment. Jonayla n'avait plus que Jonlevan, d'un an son cadet, avec qui jouer, et ses amis lui manquaient. Jondecam regrettait Kimeran, son oncle, qui était pour lui plus comme un frère, et il ne s'était pas rendu compte jusque-là à quel point ils s'entendaient bien quand ils travaillaient ensemble. La pensée qu'il ne le reverrait peut-être plus jamais l'attristait. Les seules femmes étaient Ayla, Levela et la Première ; l'absence de Beladora leur était pénible et les facéties de la jeune Amelana leur manquaient. Il leur fallut un certain temps pour reprendre plaisir au quotidien.

Ils suivirent la rivière vers l'aval et, parvenus à son confluent avec le cours d'eau plus important, ils longèrent celui-ci vers le sud. Ils aperçurent la Mer Méridionale un jour entier avant d'y arriver, mais le panorama ne se limitait pas à la vaste étendue marine. Ils virent des troupeaux de rennes, de mégacéros, une multitude de mammouths femelles avec leurs petits de tous âges, et une bande de rhinocéros laineux. Ils assistèrent aussi aux prémices du rassemblement de divers ongulés, comme l'aurochs et le bison, à l'approche de l'hiver, moment où des milliers de ces animaux se réunissaient pour se battre et s'accoupler. Les chevaux se dirigeaient vers leurs pâturages hivernaux. Une brise fraîche venait du large ; la Mer Méridionale était une mer froide et en regardant cette étendue d'eau glacée Ayla se rendit compte que le changement de saison approchait.

Ils trouvèrent les marchands dont Conardi avait parlé, et Conardi lui-même. Il fit les présentations et les paniers d'Ayla eurent beaucoup de succès auprès des commerçants. Pour des gens comme eux, qui transportaient des marchandises, des emballages bien faits étaient indispensables. Une fois le camp dressé, Ayla passa la première soirée à fabriquer d'autres paniers. Les pointes et outils en silex de Jondalar furent aussi très appréciés. Le savoir-faire et l'expérience de Willamar en matière de troc se manifestèrent. Il forma une sorte de guilde, dont Conardi fit partie.

Il proposait des articles complémentaires, par exemple de la viande séchée et le panier pour la transporter. Il fit l'acquisition d'un grand nombre de coquillages pour confectionner des perles et fut content d'avoir des paniers d'Ayla pour les ranger. Il se procura aussi du sel pour Ayla, un collier pour Marthona, fait par l'un des ramasseurs de coquillages, et d'autres articles dont il ne parlait pas à tout le monde.

Une fois les échanges terminés, ils prirent le chemin du retour. Ils se déplaçaient plus vite qu'à l'aller. D'une part, ils connaissaient le trajet et n'avaient pas à s'arrêter pour visiter des cavernes peintes. D'autre part, le changement de temps imminent les incitait à ne pas traîner. De plus, ils avaient d'importantes provisions et n'étaient donc pas dans l'obligation de chasser aussi souvent. Ils retournèrent cependant voir Camora. Elle fut très déçue d'apprendre que Kimeran avait changé ses projets et séjournait avec les proches de sa compagne. Elle et Jondecam parlèrent de lui comme s'il était parti pour de bon, jusqu'à ce que la Première leur rappelle qu'il avait l'intention de revenir.

Il fallut attendre encore en arrivant à la Grande Rivière car une tempête rendait la traversée trop difficile. Ils étaient anxieux à l'idée de rester bloqués du mauvais côté de la rivière pour la saison. La tempête prit fin et ils effectuèrent la traversée, bien que le cours d'eau fût encore agité. Il leur fallut remonter à pied vers l'amont parce qu'il n'y avait pas de radeaux.

Quand ils aperçurent enfin l'énorme abri de pierre qu'était la Neuvième Caverne, ils distinguèrent également les sentinelles postées là pour les guetter et un feu fut allumé pour signaler leur arrivée. Presque toute la communauté de la Caverne vint à leur rencontre.

29

Ayla gravit le sentier escarpé menant en haut de la falaise. Elle portait un chargement de bois dans un panier suspendu à une sangle passée autour de son front et elle le déposa près d'une colonne de basalte battue par les intempéries qui semblait pousser suivant un angle précaire au bord de la falaise calcaire. Elle s'arrêta pour contempler le panorama. Elle avait eu beau le voir souvent au cours de l'année écoulée, tandis qu'elle notait les levers et couchers de la lune et du soleil, ce point de vue bien dégagé ne manquait jamais de l'émouvoir. En contrebas, la Rivière déroulait ses méandres du nord au sud. Des nuages sombres serraient de près les crêtes des collines de l'autre côté du cours d'eau et les cachaient à moitié. Il était probable que le ciel se dégage à l'aube le lendemain, moment auquel elle devait voir où le soleil se levait pour comparer avec la veille.

Elle se tourna de l'autre côté. Le soleil, d'une luminosité aveuglante, déclinait ; il allait bientôt se coucher et le ventre rosé des quelques nuages blancs floconneux annonçait un spectacle grandiose. Elle continua de parcourir l'horizon du regard. Elle regrettait presque que la vue soit dégagée à l'ouest. Je n'aurai pas d'excuse pour ne pas remonter ici cette nuit, pensa-t-elle en repartant vers la Neuvième Caverne.

A son arrivée, son logis sous le surplomb calcaire était froid et désert. Jondalar et Jonayla avaient dû aller prendre leur repas du soir chez Proleva ou peut-être chez Marthona. Elle était tentée de les rejoindre, mais à quoi bon s'il lui fallait de toute façon ressortir ?

Elle trouva de l'amadou, un silex et une pierre à feu près du foyer refroidi et fit du feu. Quand il brûla bien, elle y déposa des pierres de cuisson, puis jeta un coup d'œil à l'outre, qui heureusement était pleine. Elle versa de l'eau dans un bol en bois pour préparer une infusion. Elle fouilla autour du foyer et trouva de la soupe froide dans un panier à tressage serré qui avait été enduit d'argile pour faciliter la cuisson et rendre le récipient encore plus étanche, pratique adoptée par la plupart des femmes depuis quelques années. Avec une louche taillée dans une corne d'ibex, elle préleva une partie du contenu en ramassant bien le fond et prit avec les doigts quelques morceaux de viande froide et une racine un peu ramollie, puis approcha le pot du feu et, avec des pincettes en bois recourbé, poussa quelques braises autour.

Elle alimenta le feu avec un peu de petit bois, puis s'assit en tailleur sur un coussin en attendant que les pierres chauffent pour amener l'eau à ébullition et ferma les yeux. Elle était fatiguée. L'année précédente avait été particulièrement éprouvante pour elle car elle avait dû souvent veiller la nuit. Elle faillit s'assoupir.

D'une pichenette, elle projeta sur les pierres de cuisson quelques gouttes d'eau qui s'évaporèrent en sifflant, puis avec les pincettes en bois aux extrémités noircies elle prit une pierre dans le feu et la laissa tomber dans le bol d'eau. L'eau bouillonna et dégagea un nuage de vapeur. Elle ajouta une deuxième pierre, puis une troisième, attendit quelques instants, préleva un plein bol d'eau fumante, y jeta quelques pincées de feuilles séchées prélevées dans l'un des paniers fermés alignés sur une étagère près du foyer et reposa le bol en attendant que la tisane infuse.

Elle vérifia le contenu d'un petit sac suspendu à une cheville fichée dans l'un des poteaux de soutènement : deux petits morceaux plats de ramure de mégacéros et un burin en silex dont elle se servait pour entailler les plaques de corne. Elle s'assura que l'extrémité biseautée de l'outil était toujours bien affûtée, car elle s'épaufrait à l'usage. En guise de poignée, l'autre extrémité avait été insérée dans un bout de ramure de chevreuil ramolli dans l'eau bouillante, qui avait durci à nouveau en séchant. Sur l'une des deux plaques de corne elle avait consigné les couchers du soleil et de la lune ; sur la deuxième, elle avait fait des marques indiquant le nombre de jours écoulés d'une pleine lune à la suivante, d'autres montrant l'absence de lune et deux demi-disques tournés en sens inverse. Elle attacha le petit sac à la lanière passée autour de sa taille, puis versa à la louche un peu de soupe chaude dans un bol en bois et but, en s'arrêtant de temps en temps pour manger un morceau de viande.

Dans son coin à dormir, elle alla chercher son manteau doublé de fourrure à capuchon et s'en enveloppa les épaules – il faisait froid la nuit, même en été –, prit la tasse d'infusion et sortit du gîte. Elle retourna vers le sentier qui montait à l'arrière de l'abri, juste après le bord du surplomb, et commença à grimper en se demandant où était Loup. Il était souvent son seul compagnon au cours de ses longues nuits de veille, couché par terre à ses pieds quand elle restait assise au sommet de la falaise, emmitouflée dans des vêtements chauds.

Non loin de l'étrange roche penchée profondément enchâssée dans le haut de la falaise, le sol portait les marques circulaires noires couvertes de charbon de bois calciné et entourées de pierres des foyers ; quelques gros galets faisaient de bonnes pierres de cuisson. A côté d'un affleurement rocheux, une dépression avait été creusée dans le calcaire friable près de la colonne penchée. Un grand panneau d'herbe sèche tressée était appuyé contre la pierre pour protéger de la pluie. Dessous étaient rangés deux ou trois bols, dont un pour la cuisson, et un sac de cuir contenant quelques objets : un couteau en silex, deux sachets de tisane, de la viande séchée. Tout près, une fourrure roulée renfermait une pochette de cuir brut contenant le matériel nécessaire à faire du feu, une lampe en pierre rudimentaire, quelques mèches et quelques torches.

Ayla mit de côté la pochette ; elle n'allumerait pas de feu avant le lever de lune. Elle étala la fourrure et s'installa à sa place habituelle, le dos calé contre l'affleurement, afin d'observer l'horizon à l'ouest. Elle prit dans son petit sac les plaques en corne et le burin de silex, regarda attentivement ce qu'elle avait consigné jusque-là concernant le coucher du soleil, puis tourna à nouveau les yeux vers l'occident.

La nuit précédente, le soleil s'est couché juste à gauche de cette petite éminence, se dit-elle en plissant les yeux pour ne pas être éblouie.

L'astre du jour glissa derrière une brume poussiéreuse proche du sol, qui atténua l'incandescence du disque rouge. Il était aussi rond que sa compagne nocturne quand elle était pleine. Les deux orbes célestes étaient parfaitement circulaires, les seuls cercles parfaits de son environnement. La brume permettait de mieux voir le soleil et de situer avec précision le lieu de son coucher sur la ligne d'horizon découpée par la silhouette des collines. Dans la lumière affaiblie, elle fit une entaille sur sa plaque de corne.

Puis elle se tourna vers l'est, du côté de la Rivière. Les premières étoiles avaient fait leur apparition dans le ciel de plus en plus sombre. La lune n'allait pas tarder à se montrer, elle le savait, bien qu'il arrivât parfois qu'elle se lève avant le coucher du soleil ; parfois même, elle présentait en plein jour une face plus pâle sur le fond bleu clair du ciel. Elle avait observé le lever et le coucher du soleil pendant près d'un an et, si elle détestait être séparée de Jondalar et de Jonayla comme l'exigeait cette étude des corps célestes, les connaissances qu'elle avait acquises la fascinaient. Ce soir, cependant, elle se sentait perturbée. Elle avait envie de rentrer au logis, de se glisser entre ses fourrures avec Jondalar, envie qu'il la tienne dans ses bras, la caresse et lui procure ces sensations que lui seul savait éveiller. Elle se leva, se rassit et tenta de trouver une position plus confortable pour se préparer à sa longue nuit solitaire.

Pour passer le temps et rester plus facilement éveillée, elle se concentra sur la répétition à voix basse de quelques-unes des nombreuses chansons, histoires et légendes qu'elle avait confiées à sa mémoire. Bien que celle-ci fût excellente, il lui fallait retenir une grande quantité d'informations. Elle n'avait pas une voix mélodieuse et elle n'essayait pas de les chanter comme le faisaient beaucoup de Zelandonia. Zelandoni lui avait dit cependant qu'il n'était pas nécessaire de chanter à condition de connaître les paroles et leur sens. Le loup, somnolant près d'elle, semblait aimer le ronronnement monotone de sa voix douce, mais même Loup n'était pas avec elle ce soir.

Elle décida de réciter une de ces histoires, une histoire qui parlait du temps jadis, une histoire qui lui donnait particulièrement du fil à retordre. C'était l'une des premières fois qu'étaient mentionnés ceux que les Zelandonii appelaient les Têtes Plates, ceux qu'elle considérait comme formant son Clan, mais son esprit partait sans cesse à la dérive. L'histoire était pleine de noms qui ne lui étaient pas familiers, d'événements qui ne signifiaient rien pour elle et de concepts qu'elle ne comprenait pas tout à fait ou dont elle ne reconnaissait pas la vérité. Elle pensait sans arrêt à ses propres souvenirs, à sa propre histoire, à ses premières années avec le Clan. Peut-être ferait-elle mieux de passer à une légende. C'était plus facile. Elles racontaient souvent des histoires drôles, parfois tristes, qui expliquaient ou illustraient des coutumes et des comportements.

Elle entendit un bruit ténu, une respiration haletante, et se retourna : Loup gravissait le sentier et venait la retrouver. Il bondit vers elle, manifestement heureux de la voir. Elle éprouvait le même sentiment.

— Salut, Loup, dit-elle en ébouriffant son épaisse fourrure autour de son cou.

Elle lui sourit et le regarda dans les yeux en lui tenant la tête.

— Comme je suis contente de te voir. Je suis d'humeur à avoir de la compagnie, ce soir.

Il lui lécha le visage, puis lui prit tendrement la mâchoire entre ses crocs.

— Je crois que toi aussi tu es content de me voir. Jondalar et Jonayla sont sûrement rentrés et elle dort probablement. Ça me rassure de savoir que tu veilles sur elle, Loup, quand je ne peux pas être là.

Le loup s'installa à ses pieds, elle se serra dans son manteau, se renversa en arrière pour attendre le lever de la lune et essaya de se concentrer sur la Légende d'un des ancêtres des Zelandonii, mais au lieu de cela elle se rappela le jour où elle avait failli perdre Loup au cours de leur Voyage. Ils étaient en train d'effectuer la traversée périlleuse d'une rivière en crue et avaient été séparés de lui. Elle se souvint de s'être mise à sa recherche, frigorifiée, trempée et affolée à l'idée de l'avoir perdu. Elle ressentit à nouveau la terreur qu'elle avait éprouvée en le retrouvant, inconscient, craignant qu'il ne soit mort. Jondalar les avait rejoints et, bien que lui aussi fût transi et encore mouillé, il s'était occupé de tout. Elle avait si froid, était si épuisée, qu'elle avait été incapable de faire quoi que ce soit. Il avait construit un abri, les avait portés à l'intérieur, elle et le loup à moitié noyé, avait veillé sur les chevaux, pris soin d'eux tous.

Elle s'arracha à ce souvenir, revint au présent, se languissant de Jondalar.

Je pourrais essayer de compter, pensa-t-elle.

Elle commença à prononcer les mots à compter, un, deux, trois, se rappela le plaisir qu'elle avait éprouvé quand Jondalar les lui avait appris. Elle avait immédiatement compris cette notion abstraite et commencé à compter les objets qu'elle voyait dans sa caverne : elle avait un coin pour dormir, deux chevaux, un, deux... Jondalar a les yeux si bleus...

Suffit, se dit-elle. Elle se leva et se dirigea vers la colonne de pierre qui semblait en équilibre précaire au bord de la falaise. L'été précédent, plusieurs hommes avaient tenté de la faire basculer et n'y avaient pas réussi. C'était la pierre que Jondalar et elle avaient vue d'en bas à leur arrivée, celle qui se découpait sur le fond du ciel. Elle se souvenait vaguement de l'avoir d'abord rêvée.

Elle posa la main près de la base de la grosse pierre et la retira précipitamment. A son contact, elle avait senti des picotements au bout des doigts. Dans la faible clarté de la lune, la pierre paraissait avoir bougé légèrement, s'être penchée davantage vers le bord, et elle semblait luire. Elle se recula sans quitter des yeux la colonne de pierre. Ce devait être un effet de son imagination. Elle secoua la tête et ferma les yeux, puis les ouvrit. La pierre paraissait tout ce qu'il y a d'ordinaire. Elle tendit la main pour la toucher à nouveau. La sensation produite était bien celle de la roche, mais en laissant la main sur la pierre rugueuse elle sentit encore un picotement.

— Loup, je crois que cette nuit le ciel pourra se passer de moi, dit-elle. Je commence à voir des choses qui n'existent pas. Et regarde ! La lune est déjà là et j'ai manqué son lever. De toute façon, je ne fais rien de bon, ce soir.

Elle descendit le sentier avec précaution, éclairée par la lune et les étoiles, Loup ouvrant la marche. Elle jeta encore un coup d'œil au rocher incliné. Il semble toujours luire, pensa-t-elle. J'ai peut-être trop regardé le soleil. Zelandoni lui avait bien dit de faire attention.

Ayla entra sans bruit dans son habitation. C'était beaucoup plus sombre à l'intérieur, mais elle y voyait grâce au reflet sur le toit du logis d'un grand feu communautaire qui avait été allumé en début de soirée et flambait encore. Tout le monde paraissait dormir, une petite lampe donnait un peu de lumière. On en allumait souvent une pour Jonayla. Il lui fallait plus de temps pour s'endormir dans l'obscurité totale. La mèche de lichen trempée dans la graisse fondue brûlait assez longtemps et c'était bien commode quand Ayla rentrait tard dans la nuit. Elle regarda derrière la cloison où Jondalar dormait. Jonayla s'était encore faufilée près de lui. Elle leur sourit et se dirigea vers le lit de Jonayla, ne voulant pas les déranger. Puis elle s'arrêta, secoua la tête et retourna à leur lit.

— C'est toi, Ayla ? demanda Jondalar d'une voix ensommeillée. C'est déjà le matin ?

— Non, je suis revenue plus tôt, cette nuit, dit-elle en prenant dans ses bras l'enfant blonde pour la remettre dans son lit.

Elle la borda et déposa un baiser sur sa joue, puis retourna au lit qu'elle partageait avec Jondalar. Il était réveillé, appuyé sur un coude.

— Pourquoi as-tu décidé de rentrer plus tôt ?
— Je n'arrivais pas à me concentrer.

Elle lui sourit, sensuelle, et se déshabilla, puis se glissa à côté de lui. La place laissée par sa fille était encore chaude.

— Tu te souviens de m'avoir dit un jour que chaque fois que j'avais envie de toi, il me suffisait de faire ça ? dit-elle avant de lui donner un long baiser.

La réaction de Jondalar ne se fit pas attendre.

— C'est toujours vrai, dit-il d'une voix rauque.

Les nuits avaient été longues et solitaires pour lui aussi. Jonayla était mignonne et câline, et il l'aimait, mais c'était une enfant et la fille de sa compagne, pas sa compagne. Pas la femme qui éveillait son désir et l'avait toujours si bien satisfait.

Il la prit dans ses bras avec passion, baisa sa bouche, son cou puis son corps avec ardeur. Elle était tout aussi pleine de désir, aussi ardente, et éprouvait un besoin presque désespéré de sentir son corps. Il l'embrassa de nouveau, lentement, explora sa bouche avec sa langue, puis son cou, se pencha sur l'un de ses seins, en prit le bout dans sa bouche. Des vagues de plaisir parcoururent Ayla. Cela faisait longtemps qu'ils n'avaient pas trouvé le temps de jouir du Don de Plaisir fait par la Mère.

Il suça le mamelon, puis l'autre, lui caressa les seins. Elle éprouvait des sensations jusqu'au tréfonds d'elle-même, à l'endroit qui brûlait d'envie de lui. Il posa la main sur son ventre et le caressa doucement. Il avait une certaine mollesse qu'il aimait, une légère rondeur qui la rendait encore plus féminine. Quand il posa la main sur la toison de son pubis, puis passa un doigt dans le haut de sa fente et commença un lent mouvement circulaire, elle eut l'impression de fondre dans un océan de plaisir. Lorsqu'il atteignit l'endroit le plus sensible, des frissons la parcoururent, elle gémit et cambra le dos.

Il descendit plus bas, trouva l'entrée de sa caverne chaude et humide, y introduisit son doigt. Elle écarta les jambes pour lui faciliter l'accès. Il vint se placer entre elles, se baissa et goûta au fruit tant désiré. C'était le goût qu'il connaissait, le goût d'Ayla qu'il aimait. Des deux mains, il ouvrit ses pétales et la lécha avec sa langue chaude, explora sa fente et ses replis jusqu'à trouver le bouton, qui s'était durci un peu. Chacun de ses mouvements était pour elle un embrasement délicieux à mesure que le désir croissait en elle. Elle n'avait plus conscience de rien, hormis de Jondalar et de la marée montante du plaisir qu'il lui donnait.

Son membre viril glorieusement dressé aspirait à la délivrance. Le souffle d'Ayla s'accéléra, chaque respiration accompagnée d'un gémissement, puis elle atteignit un sommet et se sentit déborder. Il sentit sa chaleur humide, se recula et la pénétra. Elle était prête et se cambra pour mieux le prendre en elle. En sentant son membre glisser dans son puits chaud et accueillant, il gémit de plaisir. Cela faisait si longtemps...

Elle s'ouvrit entièrement et quand il se sentit baigner dans cette chaleur féminine, il fut soudain reconnaissant que la Mère l'ait conduit à elle, lui ait permis de trouver cette femme. Il avait presque oublié à quel point ils s'accordaient bien. Il connaissait les délices suprêmes en s'abîmant en elle encore et encore. Elle se donnait à lui, jouissait des sensations qu'il lui procurait. Soudain, presque trop tôt, elle sentit le plaisir monter. Il s'intensifia puis les emporta en une décharge volcanique.

Ensuite, ils se reposèrent, mais leur violent désir mutuel n'était pas tout à fait apaisé. Ils s'aimèrent encore, langoureusement, en prolongeant chaque toucher, chaque caresse, jusqu'au moment où, ne pouvant plus se retenir, ils se laissèrent déborder par une nouvelle explosion d'énergie. Quand Ayla s'apprêta à s'endormir à côté de Jondalar sous leurs chaudes fourrures, elle vit un rai de lumière matinale filtrer à travers le plafond. Elle était plus que comblée, elle se sentait rassasiée.

Elle regarda Jondalar. Il avait les yeux clos, un sourire béat éclairait son visage. Elle ferma les yeux elle aussi. Pourquoi avait-elle tant attendu ? s'étonna-t-elle. Elle essaya de se rappeler combien de temps cela faisait. Elle rouvrit brusquement les yeux. Ses herbes médicinales ! Quand les avait-elle prises pour la dernière fois ? Elle n'avait pas à s'en soucier quand elle allaitait, sachant qu'il était peu probable qu'elle tombe enceinte durant cette période, mais Jonayla était sevrée depuis plusieurs années. Elle avait pris l'habitude de faire une infusion d'herbes contraceptives, mais s'était montrée négligente dernièrement. Elle avait quelquefois oublié de la préparer, mais elle était persuadée qu'une femme ne pouvait concevoir sans un homme et, comme elle avait passé ses nuits sur la falaise et n'avait pas partagé très souvent les Plaisirs avec Jondalar, elle ne s'était pas inquiétée.

Sa formation d'acolyte avait été éprouvante et avait exigé des périodes de jeûne, la privation de sommeil et d'autres restrictions, en particulier l'abstinence des Plaisirs durant un certain temps. Pendant près d'un an, elle avait veillé la nuit pour étudier les mouvements des objets célestes. Mais cet apprentissage rigoureux était presque terminé. Son année d'observation du ciel nocturne allait bientôt s'achever, au Long Jour d'Eté exactement, moment auquel elle pourrait être agréée comme acolyte à part entière. Elle était déjà habile dans l'art de guérir, sinon sa formation aurait duré beaucoup plus longtemps, ce qui ne l'empêcherait pas de ne jamais cesser d'étudier.

Ensuite, à tout moment, elle pourrait devenir Zelandoni, bien qu'elle eût maintenant des doutes. Pour cela, il fallait qu'elle soit « appelée », processus mystérieux que personne n'était en mesure d'expliquer mais dont tous les Zelandoni avaient fait l'expérience. Quand un acolyte prétendait avoir été appelé, l'aspirant doniate subissait un examen probatoire devant d'autres Zelandonia, qui acceptaient ses prétentions ou les rejetaient. Si elles étaient acceptées, on trouvait une place à Celui qui Sert la Mère fraîchement émoulu, d'assistant d'un ou d'une Zelandoni. Si elles étaient rejetées, l'acolyte restait un acolyte mais on lui donnait généralement des explications afin qu'il comprenne mieux l'appel la prochaine fois qu'il le sentirait. Certains acolytes n'atteignaient jamais la position de Zelandoni et se contentaient de la leur, mais la plupart désiraient être appelés.

Avant de s'endormir, elle songea aux Plaisirs. Elle était la seule à être convaincue qu'ils étaient à l'origine d'une vie nouvelle qui se développait dans les entrailles d'une femme. Si elle était enceinte, elle serait sans doute trop occupée par son nouveau bébé pour penser à un quelconque appel.

L'avenir le dira, ce qui est fait est fait, inutile de s'inquiéter de savoir si je suis enceinte ou non maintenant, se dit-elle. Et serait-ce si ennuyeux d'avoir un autre enfant ? Un bébé, ça pourrait être bien.

Elle ferma les yeux et se détendit à nouveau, puis sombra dans un sommeil bienheureux.

Ce fut l'un des enfants qui remarqua le premier les signaux de fumée lancés par la Troisième Caverne et les indiqua à sa mère, qui les montra à sa voisine, et toutes deux se rendirent chez Joharran. Avant même qu'elles y soient parvenues, d'autres avaient aussi vu les signaux. Proleva et Ayla sortaient du logis au moment où la petite foule y arrivait. Elles levèrent les yeux, un peu surprises.

— De la fumée qui monte du Rocher des Deux Rivières, dit l'un.

— Des signaux de la Troisième Caverne, dit un autre en même temps.

Joharran suivit sa compagne. Il gagna le bord de la corniche rocheuse.

— Ils vont envoyer un messager, déclara-t-il.

Le messager arriva peu après, hors d'haleine.

— Des visiteurs ! lança-t-il. De la Vingt-Quatrième Caverne des Zelandonii du Sud, y compris leur principale Zelandoni. Ils se rendent à notre Réunion d'Eté, mais veulent s'arrêter à plusieurs Cavernes en cours de route.

— Ils viennent de loin, remarqua Joharran. Il va leur falloir une habitation.

— Je vais aller le dire à la Première, proposa Ayla.

Mais je ne partirai pas avec tous les autres cette année, pensa-t-elle en prenant le chemin du logis de Zelandoni. Je dois attendre le Long Jour d'Eté. Elle en était un peu désolée. J'espère que les visiteurs ne quitteront pas la Réunion trop tôt, mais ils sont venus de très loin et devront peut-être repartir assez vite pour rentrer chez eux avant l'hiver. Ce serait dommage.

— Je vais jeter un coup d'œil à la grande aire de rassemblement de l'autre côté, annonça Proleva. Ils seraient bien là, mais ils vont avoir besoin au moins d'eau et de bois pour faire du feu. Combien sont-ils ?

— A peu près autant que dans une petite Caverne, répondit le messager.

Cela peut représenter une trentaine de personnes, peut-être plus, pensa Ayla, recourant mentalement à la technique qu'elle avait apprise au cours de sa formation pour compter les nombres les plus importants. Compter avec les doigts et les mains était plus compliqué qu'en se servant des mots à compter et il fallait comprendre comment faire, mais comme tout ce qui concernait les Zelandonia, c'était encore plus complexe qu'il n'y paraissait. Cela pouvait vouloir dire quelque chose de complètement différent. Chaque signe avait plus d'une signification.

Après avoir annoncé la nouvelle à la Première, Ayla partit rejoindre Proleva de l'autre côté de la grande saillie en surplomb et en profita pour apporter du bois. Se procurer du combustible pour faire du feu exigeait une attention et des efforts constants. Tout le monde, même les enfants, ramassait tout ce qui pouvait brûler : bois, broussailles, herbe, bouses séchées, et on conservait la graisse de tous les animaux que l'on chassait, y compris un carnivore de temps à autre. Pour vivre dans des régions froides, le feu était indispensable, tant pour se chauffer que pour s'éclairer, sans parler de cuire les aliments afin de les rendre plus faciles à mâcher et plus digestes. Bien qu'on utilisât un peu de graisse pour la cuisine, celle-ci servait le plus souvent à faire du feu. Nourrir le feu était astreignant mais essentiel pour entretenir la vie des bipèdes tropicaux dont l'évolution s'était déroulée sous des climats plus chauds et qui s'étaient disséminés autour du monde.

— Ah, te voilà, Ayla ! dit Proleva. Je pensais que nous mettrions à la disposition des visiteurs l'endroit proche du ruisseau alimenté par la source qui sépare la Neuvième Caverne d'En-Aval, mais je me suis posé des questions à propos des chevaux. Ils sont trop près de l'endroit dont je parle ; crois-tu qu'il serait possible de les déplacer ? Cette proximité risque de déconcerter nos visiteurs.

— J'y songeais justement, et pas seulement à cause des visiteurs. Les chevaux seraient gênés par la présence de tant d'inconnus. Je crois que je vais les conduire pour l'instant dans la Vallée du Bois.

— Bonne idée.

Les visiteurs arrivèrent, se présentèrent, furent installés dans leur espace de vie provisoire et nourris, après quoi tout le monde se sépara en plusieurs groupes. L'un, composé de la Première et d'Ayla, des Zelandonia des visiteurs et de leurs acolytes, des Zelandonia des Troisième, Quatorzième et Onzième Cavernes, et de quelques autres, retourna à l'aire de réunion, de l'autre côté de l'immense abri. Un feu avait été allumé avant que les voyageurs soient partis manger et quelqu'un l'alimenta de nouveau, puis mit de l'eau dans un grand récipient et des pierres de cuisson dans le feu. Chacun apporta sa tasse pour boire l'infusion en préparation et les conversations allèrent bon train.

Les visiteurs parlaient de leurs voyages et tous échangeaient des idées sur les rituels et la médecine. La Première suscita un grand intérêt en évoquant la boisson contraceptive. Ayla dit de quelles herbes elle se servait, les décrivant soigneusement afin d'éviter toute confusion avec des plantes similaires. Elle parla un peu du long Voyage qu'elle avait fait à partir du pays des chasseurs de mammouths et on comprit que c'était une étrangère venue de loin. Son accent ne surprit pas outre mesure les visiteurs parce que eux aussi parlaient avec un accent, tout en pensant que c'étaient les Zelandonii du Nord qui en avaient un. Ayla trouva leur façon de parler approchante de celle des gens qu'ils avaient rencontrés au cours de son Périple de Doniate, et cela lui rappela la manière dont Beladora, la compagne de Kimeran, prononçait certains mots.

Comme la soirée tirait à sa fin, la Zelandoni principale des visiteurs dit :

— Je suis contente de mieux te connaître, Ayla. Nous avons entendu parler de toi jusque chez nous et je crois que nous sommes sans doute la Caverne la plus éloignée où on se réclame encore de faire partie des Enfants de Doni. Et où on reconnaît la Première parmi Ceux Qui Servent la Mère, ajouta-t-elle en se tournant vers l'imposante Première.

— J'imagine que tu es considérée comme la Première de ton groupe de Zelandonii du Sud, répondit celle-ci. Nous, nous vivons trop loin pour que vous me reconnaissiez ce titre.

— Peut-être le suis-je localement, mais nous continuons à considérer cette région comme notre pays d'origine, et toi comme la Première. C'est dit dans nos Histoires et Légendes Anciennes, dans nos enseignements. C'est l'une des raisons de notre venue : renouer les liens.

Et décider si tu veux les conserver, pensa la Première. Elle avait remarqué chez certains des visiteurs des expressions qui, sans être dédaigneuses, étaient à tout le moins dubitatives, et elle avait surpris des conversations à voix basse dans ce qui était sans doute un dialecte des Zelandonii du Sud, mettant en question certaines des façons de faire des Zelandonia du Nord, critiques émises surtout par un jeune homme. Il pensait probablement que personne ici ne comprenait la variante du zelandonii qu'ils parlaient – rares étaient ceux qu'ils avaient rencontrés qui la comprenaient –, mais la Première avait pas mal voyagé dans ses jeunes années, et plus récemment avec Ayla. Elle avait accueilli de nombreux visiteurs venus de loin et apprenait les langues assez facilement, surtout les variantes du zelandonii. Elle jeta un coup d'œil à Ayla, qui, elle le savait, était particulièrement douée pour les langues et capable d'en assimiler une nouvelle, même bizarre, plus vite que quiconque.

Ayla perçut le regard de son mentor et son coup d'œil en direction du jeune homme. Elle hocha la tête discrètement pour lui confirmer qu'elle aussi avait compris ce qu'il disait.

— Je suis charmée de te connaître, dit la Première. Peut-être pourrons-nous vous rendre visite un jour.

— Vous serez toutes les deux les bienvenues, répondit la Zelandoni.

La grosse femme sourit, tout en se demandant combien de temps encore elle serait capable de faire des voyages, surtout des longs.

— Vous avez apporté de nouvelles idées intéressantes que j'ai eu plaisir à découvrir et je vous en remercie, dit-elle.

— J'ai été très contente que vous nous fassiez connaître vos remèdes, ajouta Ayla.

— J'ai appris beaucoup, moi aussi. Je suis particulièrement heureuse de savoir comment dissuader la Mère d'accorder à une femme le bonheur d'enfanter. Il en est qui ne devraient plus porter d'autre enfant, en raison de leur santé ou pour le bien de leur famille, expliqua la Zelandoni.

— C'est Ayla qui a apporté ces connaissances, reconnut la Première.

— J'aimerais donc lui donner quelque chose en échange, et à toi aussi, Première parmi Ceux Qui Servent la Mère. J'ai une mixture qui possède des propriétés remarquables. Je vais vous la laisser pour que vous l'essayiez, répondit la Zelandoni de la Vingt-Quatrième Caverne du Sud. Ne l'ayant pas prévu, je n'en ai qu'un sachet avec moi, mais je pourrai en préparer à mon retour.

Elle ouvrit son sac de voyage, en sortit sa boîte de remèdes et en tira un petit sac, qu'elle leur tendit.

— Vous trouverez certainement cela intéressant et peut-être utile.

La Première indiqua qu'elle devait le donner à Ayla.

— C'est très puissant. Sois prudente quand tu en feras l'essai, dit la visiteuse en le remettant à la jeune femme.

— Cela se prépare en décoction ou en infusion ? demanda Ayla.

— Ça dépend de ce que tu veux. Chaque préparation lui confère des propriétés différentes. Je t'en donnerai la composition plus tard, mais j'imagine que tu l'auras alors découverte par toi-même.

Ayla avait hâte d'en savoir plus. Elle examina le petit sac. En cuir souple et fermé par un cordon apparemment tressé avec les longs crins d'une queue de cheval. Elle défit les nœuds bizarres qui avaient été enfilés dans les œillets percés dans le haut de la pochette et l'ouvrit.

— Je suis sûre de l'un des ingrédients, dit-elle en reniflant le contenu. De la menthe !

Le parfum lui rappela aussi la forte infusion qu'ils avaient goûtée quand ils avaient rendu visite à l'une des Cavernes des Zelandonii du Sud. Elle referma la pochette et refit les nœuds à sa manière.

La visiteuse sourit. Elle se servait de la menthe pour caractériser cette mixture, mais le mélange était bien plus puissant que cette herbe inoffensive. Elle espérait être encore là quand quelqu'un l'essaierait. Cela lui permettrait d'évaluer le savoir-faire et les connaissances des Zelandonia du Nord.

Ayla sourit à Zelandoni.
— J'en ai peut-être un autre en route.
Elles avaient parlé d'enfants et c'était la Première qui avait abordé le sujet.
— Je me posais la question. Tu n'as pas l'air de devenir grosse, comme moi – je doute que tu le sois jamais –, mais tu sembles te remplir par endroits. Combien de périodes lunaires as-tu manquées ?
— Juste une ; elle aurait dû venir il y a quelques jours. Et je me sens parfois un peu nauséeuse le matin.
— J'ai bien l'impression que tu vas avoir un bébé. Ça te fait plaisir ? demanda Zelandoni.
— Oh oui. Je voulais un autre enfant, même si j'ai à peine le temps de m'occuper de celle que j'ai déjà. Heureusement que Jondalar prend si bien soin d'elle.
— Tu lui as déjà annoncé la nouvelle ?
— Non. C'est trop tôt. On ne sait jamais. Je sais qu'il aimerait avoir un autre enfant dans son foyer et je ne veux pas lui faire une fausse joie. L'attente est déjà assez longue à partir du moment où ça commence à se voir, sans la prolonger encore.
Ayla pensa à la nuit où elle était rentrée tôt de la falaise et se rappela combien tous les deux avaient été heureux. Puis elle se souvint de la première fois où elle avait partagé les Plaisirs avec Jondalar. Elle sourit par-devers elle.
— Qu'est-ce qu'il y a de drôle ? s'enquit Zelandoni.
— Je pensais à la première fois où Jondalar m'a révélé le Don des Plaisirs, là-bas dans ma vallée. Jusque-là, j'ignorais absolument tout des Plaisirs, et même qu'ils puissent exister. A l'époque, c'est tout juste si je pouvais communiquer avec Jondalar. Il m'avait appris à parler le zelandonii, mais une grande partie de sa langue et la plupart de ses manières m'étaient encore complètement étrangères. Comme une mère se doit de le faire, Iza m'avait expliqué comment les femmes du Clan usaient d'un certain signal pour encourager un homme, tout en pensant sans doute que je n'en aurais jamais besoin.
« J'ai lancé le signal à Jondalar, mais il n'a pas réagi. Par la suite, il m'a de nouveau montré les Plaisirs, parce qu'il le voulait, non parce que je le voulais, et je continuais de penser qu'il ne comprendrait jamais mes signaux quand j'avais envie de lui. Je me suis finalement mise à lui parler comme le faisaient les femmes du Clan. Je me suis assise devant lui, la tête baissée, et j'ai attendu qu'il me dise que je pouvais parler, mais il n'a pas compris ce que

je voulais. Je le lui ai révélé, finalement. Il a dit qu'il n'était pas certain d'en être capable, mais qu'il était prêt à essayer. En fait, il n'a eu aucun mal à y arriver, dit Ayla, souriant de sa propre innocence.

Zelandoni sourit, elle aussi.

— Il a toujours été obligeant, dit-elle.

— Je l'ai aimé dès que je l'ai vu, avant même de le connaître. Il a été si gentil avec moi, Zelandoni, en particulier quand il me révélait le Don des Plaisirs de la Mère. Je lui ai demandé un jour comment il pouvait connaître certaines choses sur moi que j'ignorais moi-même. Il m'a finalement avoué que quelqu'un l'avait initié, une femme plus âgée que lui, mais je voyais qu'il était profondément troublé. Il t'aimait vraiment, tu sais. Il t'aime toujours, à sa manière.

— Je l'aimais aussi et je l'aime toujours, à ma manière. Mais je ne crois pas qu'il m'ait jamais aimée comme il t'aime.

— J'ai été absente si souvent, surtout la nuit, que ça m'étonne d'être enceinte.

— Peut-être te trompes-tu quand tu penses que son essence se mélange à la tienne en toi, Ayla. Il se peut que ce soit la Mère qui amorce une vie nouvelle en choisissant l'esprit d'un homme et en le mêlant au tien, dit Zelandoni, songeuse.

— Non, je crois que je sais quand cet enfant a été conçu. Une nuit, je suis rentrée tôt ; je n'arrivais pas à me concentrer et j'ai oublié de préparer ma tisane spéciale. Je commence maintenant à aimer la pluie, surtout la nuit, quand il me faut rentrer à la maison parce que je n'y vois rien. Je serai contente, une fois cette année d'observation finie.

La jeune femme observa son mentor puis lui posa la question qui lui brûlait les lèvres :

— Tu m'as dit que tu avais songé à t'unir. Pourquoi ne l'as-tu pas fait ?

— Oui, j'ai failli m'unir, jadis, mais il a été tué dans un accident de chasse, répondit la doniate. Après sa mort, je me suis immergée dans mon apprentissage. Aucun autre homme ne m'a donné envie de m'unir... sauf Jondalar. Il fut un temps où j'envisageais de le faire avec lui – il insistait tant et tu sais comme il peut se montrer persuasif –, mais tu sais aussi que cela m'était interdit. J'étais sa femme-donii et puis j'étais très jeune. Nous aurions dû probablement quitter la Neuvième Caverne et il n'aurait pas été facile de trouver un nouvel endroit où nous installer. J'avais le sentiment que c'était injuste de lui imposer ce départ ; sa famille a toujours beaucoup compté pour lui. Ça lui a été assez pénible d'aller vivre avec Dalanar. Et je n'avais pas envie de partir non plus. Sais-tu que j'ai été sélectionnée pour la Zelandonia et que j'ai commencé mon apprentissage avant même d'être une femme ? Je ne sais trop à quel moment je me suis rendu compte que la Zelandonia était plus importante à mes yeux qu'une union. Et c'est très bien ainsi.

Doni ne m'a jamais accordé le bonheur d'enfanter et j'aurais été, je le crains, une compagne sans enfants.

— Je sais que la Zelandoni de la Deuxième Caverne a eu des enfants, mais je ne crois pas avoir jamais vu une Zelandoni enceinte...

— Certaines tombent enceintes, pourtant. Elles font généralement en sorte de perdre le bébé au cours des premières lunes avant d'avoir le ventre trop rond. D'aucunes mènent leur grossesse à terme, puis confient l'enfant à une autre pour qu'elle l'élève, souvent une femme stérile qui désire ardemment avoir un enfant. Celles qui sont unies gardent d'ordinaire le bébé, mais rares sont les femmes de la Zelandonia à l'être. C'est plus facile pour les hommes. Ils peuvent se décharger de l'essentiel des soins de l'enfant sur leur compagne. Tu sais combien cela peut être difficile. Les contraintes qui pèsent sur une femme unie, surtout si elle devient mère, sont souvent en conflit avec les exigences de la Zelandonia.

— Oui, je sais cela, dit Ayla.

Tous les membres de la Neuvième Caverne attendaient, en proie à une grande excitation. Le départ pour la Réunion d'Eté était prévu le lendemain et tous s'affairaient aux préparatifs de dernière minute. Ayla aidait Jondalar et Jonayla à faire les bagages et décidait de ce qu'il fallait emporter ou laisser là, de l'endroit où le ranger ; elle le faisait en partie pour passer davantage de temps en leur compagnie. Marthona s'était aussi jointe à eux. C'était la première fois qu'elle n'allait pas à une Réunion d'Eté avec sa Caverne ; elle n'était plus capable de marcher très loin. Elle voulait assister aux préparatifs pour ne pas se sentir complètement exclue. Ayla regrettait de ne pouvoir s'y rendre, elle non plus, mais elle se faisait du souci pour Marthona et était contente de rester là pour s'occuper d'elle.

La vieille femme avait toujours l'esprit vif, mais sa santé déclinait et elle était percluse d'arthrite au point d'être parfois presque incapable de marcher ou même de travailler à son métier à tisser.

Je pourrai partir plus tard, après le Long Jour d'Eté, pensa Ayla. Elle aimait Marthona à la fois comme amie et comme mère et elle appréciait sa sagesse pondérée et ses traits d'esprit, pourtant pas toujours aimables. C'était l'occasion de passer davantage de temps avec elle. Ayla pensa que cela compenserait son absence, même partielle, à la Réunion d'Eté et décida de trouver le moyen d'être plus souvent avec les membres de sa famille à leur retour. Cependant, si elle ne menait pas à bien son projet de consigner les mouvements du soleil et de la lune cette année, il lui faudrait tout recommencer l'année suivante. Tout serait terminé peu après le Long Jour d'Eté. Elle était revenue un peu plus tôt l'année précédente pour mettre son projet à exécution.

L'hiver était la saison la plus difficile pour effectuer des observations. Certains jours, le ciel était si orageux qu'il était impossible de voir le soleil ou la lune, mais il avait été dégagé pendant le Court Jour d'Hiver et les Jours Egaux d'Automne et de Printemps, ce qui était bon signe. Zelandoni l'avait aidée lors du Jour Egal d'Automne. Elles avaient veillé toutes les deux plus d'une journée et une nuit en se servant de mèches spéciales dans une lampe sacrée pour déterminer que le temps écoulé entre le lever et le coucher du soleil était le même qu'entre son coucher et le lever suivant. Ayla s'était chargée de ces observations le Jour Egal du Printemps suivant, sous la houlette de Zelandoni. Comme elle avait eu la chance de voir les moments charnières de la saison froide, elle ne voulait pas renoncer maintenant.

— J'aimerais parfois que nous n'ayons ni chevaux ni travois, dit Jondalar. Cela nous simplifierait la tâche si nous n'avions à nous soucier que de ce que nous pouvons porter sur notre dos. Tous nos amis et parents ne seraient pas là à nous demander si nous pouvons prendre « juste » quelques-unes de leurs affaires... Ces quelques affaires finissent par faire un lourd fardeau.

— Tu ne disposeras pas de Whinney cette année ; dis-leur donc que tu n'as pas autant de place, suggéra Ayla.

— Dis-leur tout simplement non, Jondi, renchérit Jonayla. C'est ce que je réponds à tous ceux qui me demandent.

— Bonne idée, Jonayla, approuva Marthona, mais n'as-tu pas demandé à emporter quelques affaires de Sethona ?

— Mais, grand-maman, c'est ma proche cousine et ma meilleure amie ! s'insurgea Jonayla, indignée.

— Tout le monde dans la Neuvième Caverne est devenu mon « meilleur ami » ou aimerait se croire tel, dit Jondalar. Ce n'est pas facile de dire non. Il se peut qu'un jour j'aie un service à demander à quelqu'un et il se souviendra de mon refus, alors que tout ce qu'il voulait, c'était que quelques-unes de ses affaires soient portées par l'un des chevaux.

— S'il s'agit de si peu de chose, pourquoi ils ne les portent pas eux-mêmes ? fit remarquer Jonayla.

— Nous y voilà. Ce n'est pas toujours si peu de chose. Il s'agit en général de ce qui est lourd et volumineux, des affaires qu'ils n'emporteraient sans doute pas s'il leur fallait les porter eux-mêmes, reconnut Jondalar.

Le lendemain matin, Ayla, montée sur Whinney, accompagna la Neuvième Caverne sur un bout de chemin.

— Quand crois-tu pouvoir nous rejoindre ? s'enquit Jondalar.

— Après le Long Jour d'Eté, mais je ne sais pas exactement quand. Je suis un peu préoccupée par Marthona. Cela dépendra peut-être de son état et de qui est rentré pour l'aider. Quand crois-tu que Willamar reviendra ?

— Ça dépend de l'endroit où les gens ont décidé d'organiser leur Réunion d'Eté, répondit Jondalar. Il n'a pas fait beaucoup de longs trajets depuis ton Périple de Doniate, mais il en projetait un plus long que d'habitude cette année. Il disait qu'il souhaitait rendre visite au plus grand nombre de gens possible, tant les Zelandonii des Cavernes les plus éloignées que d'autres. Plusieurs personnes l'ont accompagné et il prévoyait d'en prendre quelques autres avec lui en cours de route. Peut-être est-ce sa dernière longue tournée commerciale.

— C'est ce qu'il a dit, je crois, quand il nous a accompagnés pendant mon Périple de Doniate.

— Cela fait un certain temps qu'il le répète chaque année. Là, je crois qu'il s'est résolu à nommer un nouveau Maître du Troc et il n'arrive pas à décider lequel de ses apprentis choisir. Il va les observer au cours de cette tournée.

— Il devrait les nommer tous les deux, dit Ayla. J'essaierai de venir pour une visite, mais je vais être occupée. Je dois prendre des dispositions pour agrandir notre logis afin que Marthona et Willamar puissent emménager avec nous à l'automne.

Elle se tourna vers sa fille et l'embrassa.

— Sois gentille, Jonayla. Ecoute Jondalar et aide Proleva, recommanda-t-elle.

— Je le ferai, mère. J'aurais aimé que tu viennes avec nous.

— Moi aussi, Jonayla. Tu vas me manquer.

Ayla et Jondalar s'embrassèrent et elle resta contre lui un moment.

— Toi aussi tu vas me manquer, Jondalar. Même Rapide et Grise vont me manquer.

Elle donna une caresse d'adieu à chaque cheval et lui enlaça l'encolure.

— Et je suis certaine qu'ils vont manquer aussi à Whinney et à Loup.

Jonayla tapota Whinney et la gratta à l'un de ses endroits favoris, puis elle se pencha et étreignit Loup. L'animal frétilla de plaisir et lui lécha le visage.

— Pouvons-nous emmener Loup avec nous, mère ? Il va tant me manquer ! demanda Jonayla, dans une ultime tentative.

— En ce cas, c'est à moi qu'il manquerait, Jonayla. Non, il est préférable qu'il reste là. Tu le reverras plus tard dans l'été.

Jondalar souleva Jonayla de terre et la hissa sur Grise. Elle comptait maintenant six ans et était capable de monter seule sur le dos d'un cheval s'il y avait une grosse pierre ou une souche d'arbre à proximité, mais dans le cas contraire il lui fallait toujours de l'aide. Jondalar monta sur Rapide et prit Grise par la longe, puis rattrapa rapidement les autres. Restée seule avec Whinney et Loup, Ayla regarda Jondalar et Jonayla s'éloigner et elle ne put retenir ses larmes.

Elle sauta finalement sur le dos de sa jument louvette et chevaucha une partie du chemin, puis s'arrêta et regarda encore la

Neuvième Caverne s'en aller. Ils cheminaient à une allure régulière, déployés en une file irrégulière. Montés sur leurs chevaux, Jondalar et Jonayla fermaient la marche en tirant les travois.

La Réunion d'Eté se tenait au même endroit que la première fois où Ayla y avait assisté. Les lieux lui avaient plu et elle avait espéré que Joharran choisirait pour dresser le camp le même site que celui qui avait été utilisé par la Neuvième Caverne cette fois-là. Joharran avait toujours aimé être au cœur des choses et le site choisi pour le camp était un peu éloigné des principales activités, mais ces dernières années il appréciait d'être plus en lisière, ce qui assurait une plus grande sécurité aux chevaux. Et il aimait de plus en plus avoir de l'espace. S'il choisissait l'ancien site, ils disposeraient de toute la place nécessaire pour leur Caverne, beaucoup plus importante que la moyenne, et aussi pour les chevaux. Ayla regarda un moment les siens s'éloigner, puis elle tourna bride, donna le signal du départ à Loup et retourna à la Neuvième Caverne.

Ayla avait ignoré combien l'énorme abri pouvait paraître abandonné quand tant de gens étaient absents, même si des membres de Cavernes voisines étaient venus y séjourner. La plupart des logis étaient fermés et l'abri avait l'air désert. Les outils et le matériel de la grande zone artisanale avaient été démontés et emportés ou rangés, laissant des espaces vides. Le métier à tisser de Marthona était l'un des seuls appareils restants.

Ayla avait demandé à Marthona de s'installer chez eux. Elle tenait à se trouver à proximité si la mère de Jondalar avait besoin de quelque chose, surtout la nuit, et Marthona s'était empressée d'accepter. Comme elle et Willamar projetaient déjà d'emménager avec eux à l'automne, cela lui donnait la possibilité de trier les affaires qu'elle voulait conserver et celles dont elle souhaitait se débarrasser, car elle ne pouvait tout emporter dans leur nouveau logis, plus exigu. Elles parlèrent ensemble longuement et Marthona fut heureuse d'apprendre qu'Ayla était de nouveau enceinte.

La plupart de ceux qui étaient restés là étaient vieux, ou immobilisés pour une raison quelconque. Parmi eux se trouvaient un chasseur à la jambe cassée, un autre qui se remettait d'un coup de corne donné par un aurochs qui s'était brusquement attaqué à lui et une femme enceinte qui avait déjà perdu trois bébés avant la naissance et à qui on avait conseillé de rester allongée si elle voulait avoir une chance d'arriver au terme de sa grossesse. Sa mère et son compagnon lui tenaient compagnie.

— Je suis contente que tu sois là cet été, Ayla, dit Jeviva, la mère de la femme enceinte. Jeralda a gardé son dernier bébé six mois, jusqu'à ce que Madroman s'en mêle. Il lui a conseillé de prendre de l'exercice. Je crois qu'elle a perdu le bébé à cause de lui. Toi au moins, tu connais la grossesse, tu as déjà un enfant.

Ayla regarda Marthona en se demandant si elle savait quelque chose de la façon dont Madroman avait traité Jeralda. Quant à elle, elle n'avait entendu parler de rien. Il était revenu à la Neuvième Caverne l'année précédente en apportant beaucoup de ses affaires, comme s'il prévoyait de rester un certain temps, puis il était parti brusquement, environ une lune plus tôt. A l'époque, un messager d'une autre Caverne était arrivé pour demander à Ayla de venir soigner quelqu'un qui s'était cassé le bras, sa réputation d'être habile à réduire les fractures s'étant propagée. Elle était restée absente quelques jours et à son retour Madroman avait disparu.

— La grossesse de Jeralda est très avancée ? demanda Ayla.

— Ses périodes lunaires n'étaient pas régulières et elle avait repéré du sang ; nous n'avons pas fait très attention et ne savons pas trop quand cette vie a commencé, dit Jeviva. Je crois qu'elle est plus grosse que quand elle a perdu son dernier, mais peut-être me fais-je des idées.

— Je viendrai l'examiner demain, mais je ne crois pas être capable de dire grand-chose. Zelandoni a-t-elle une idée de la raison pour laquelle elle a perdu ses trois premiers ? s'enquit Ayla.

— Tout ce qu'elle a dit, c'est que Jeralda a l'utérus glissant et qu'elle a tendance à les perdre trop facilement. Le dernier ne semblait pas avoir quoi que ce soit d'anormal, si ce n'est qu'il était né trop tôt. Il était vivant à la naissance et il a vécu un jour ou deux, puis il a cessé de respirer.

Jeviva détourna la tête et essuya une larme. Jeralda passa le bras autour de sa mère et son compagnon les tint toutes les deux enlacées un moment. Ayla regarda la petite famille se resserrer au souvenir de ce chagrin. Elle espérait que cette grossesse-ci arriverait à terme.

Joharran avait désigné deux hommes chargés de rester là et de chasser pour les gens demeurés à la Neuvième Caverne et de manière générale pour aider quand ils le pouvaient. Ils allaient être remplacés dans une lune. Jonclotan, le compagnon de Jeralda, s'était quant à lui proposé spontanément pour aller chasser. Les deux autres avaient eu la malchance de perdre le concours organisé par le chef pour décider qui resterait. Le plus âgé s'appelait Lorigan, le plus jeune, Forason. Ils avaient bougonné, mais avaient fini par accepter leur sort, sachant qu'ils n'auraient pas à participer au concours l'année suivante.

Ayla n'avait pas chassé depuis quelque temps, mais n'avait pas perdu la main. Forason, qui était très jeune, eut d'abord des doutes sur l'aptitude à chasser de l'acolyte de la doniate et il crut qu'elle les gênerait, d'autant plus qu'elle avait insisté pour emmener le loup avec elle. Lorigan se borna à sourire. A la fin de la première journée, le jeune homme était confondu par ses prouesses, tant avec le lance-sagaie qu'avec la fronde, et étonné par l'attitude coopérative de l'animal. Sur le chemin du retour, son aîné lui expliqua que c'était elle et Jondalar qui avaient mis au point le lance-sagaie et l'avaient rapporté avec eux en revenant de leur Voyage. Forason eut le bon sens de paraître embarrassé.

Mais la plupart du temps Ayla restait à proximité du vaste abri. Ceux qui se trouvaient là prenaient en général le repas du soir en commun. Lorsqu'ils étaient tous rassemblés autour du feu, l'endroit paraissait moins vide. Les vieux et les infirmes étaient ravis d'avoir une vraie guérisseuse pour s'occuper d'eux. Cela leur procurait un sentiment de sécurité inhabituel. La plupart des étés, on laissait des instructions les concernant aux plus aptes ou aux chasseurs. Au mieux, un acolyte restait là pour des raisons similaires à celles d'Ayla, mais le plus souvent il n'était pas aussi compétent.

Ayla adopta une vie régulière. Elle dormait tard dans la matinée, puis, l'après-midi, elle rendait visite à chacun, écoutait les plaintes, donnait des remèdes, préparait des cataplasmes et faisait tout ce qu'elle pouvait pour améliorer l'état de ses patients. Cela l'aidait à passer le temps. Les liens se resserraient, ils se racontaient mutuellement leur vie ou échangeaient des histoires qu'ils avaient entendues. Ayla s'exerçait à conter les Légendes Anciennes et les Histoires qu'elle apprenait ou bien narrait des incidents de sa vie passée, toutes choses que les autres adoraient écouter. Elle parlait toujours avec son accent étrange, et même s'ils y étaient si habitués qu'ils ne l'entendaient plus vraiment, cela contribuait néanmoins à lui donner un côté mystérieux et exotique, séduisant. Ils l'avaient pleinement acceptée comme une des leurs, mais ils se plaisaient à raconter des histoires sur elle parce qu'elle sortait de l'ordinaire et que, par association, ils avaient ainsi l'impression de se distinguer.

Lorsqu'ils se retrouvaient au soleil en fin d'après-midi, les histoires d'Ayla étaient particulièrement demandées. Elle avait mené une vie très intéressante et ils ne se lassaient jamais de lui poser des questions sur le Clan, de lui demander de leur montrer comment ses membres prononçaient certains mots ou de leur exposer certaines de leurs conceptions. Ils aimaient aussi écouter les chansons et histoires familières entendues dans leur jeunesse. Beaucoup parmi les plus âgés connaissaient certaines Légendes aussi bien qu'elle et étaient prompts à relever ses erreurs, mais du fait que plusieurs d'entre eux venaient d'autres Cavernes, chacun avait souvent sa propre version. Ils discutaient et se chamaillaient parfois sur la question de savoir quelle interprétation était la plus correcte. Ça ne gênait pas Ayla. Les diverses versions l'intéressaient et les discussions l'aidaient à mieux se souvenir. C'étaient des moments paisibles et le temps s'écoulait sans hâte. Ceux qui étaient valides partaient cueillir des fruits, des légumes, des fruits oléagineux et des grains de saison pour améliorer l'ordinaire et constituer des réserves pour l'hiver.

Chaque soir, juste avant le coucher du soleil, Ayla grimpait au sommet de la falaise avec les plaques de corne sur lesquelles elle consignait ses observations. Elle avait pris l'habitude de laisser Loup avec Marthona la nuit et elle avait montré à celle-ci comment l'envoyer la chercher en cas de besoin. Ayla voyait le soleil se déplacer presque imperceptiblement pour disparaître derrière l'horizon occidental un peu plus à droite chaque jour.

Avant que Zelandoni ne lui ait confié cette tâche, elle n'avait pas vraiment prêté attention aux mouvements célestes de ce genre. Elle avait seulement remarqué que le soleil se levait à l'est et se couchait à l'ouest, que la lune passait par différentes phases. Comme la plupart des gens, elle savait qu'on voyait parfois l'astre nocturne durant le jour, mais qu'on ne le remarquait guère parce qu'il était très pâle.

Elle en savait maintenant beaucoup plus. C'était pour cela qu'elle notait les points de l'horizon où le soleil se levait et se couchait, la position de certaines constellations et étoiles et le moment des levers et couchers de lune. C'était la pleine lune et, s'il n'était pas rare que la lune soit pleine le Jour Court de l'Hiver ou le Jour Long de l'Eté, ce n'était pas non plus très courant. L'un d'eux coïncidait avec la pleine lune peut-être tous les dix ans, mais du fait que la lune était toujours en opposition par rapport au soleil, elle se levait invariablement au moment où celui-ci se couchait, et parce que le soleil était haut dans le ciel estival, la pleine lune restait basse sur l'horizon toute la nuit. Assise face au sud, Ayla tournait la tête à droite et à gauche pour suivre les deux astres en même temps.

Le premier soir où le soleil semblait s'être couché à la même place que la veille, elle n'était pas sûre d'avoir bien vu. Etait-il assez loin à droite sur l'horizon ? Le nombre de jours écoulés était-il le bon ? Etait-ce le moment ? Elle observa certaines constellations et la lune, puis décida d'attendre le lendemain soir. Quand le soleil se coucha encore au même endroit, elle éprouva une telle exaltation qu'elle aurait voulu que Zelandoni soit avec elle pour profiter de ces instants.

30

C'est tout juste si elle attendit que Marthona se réveille, le lendemain matin, pour lui annoncer que le temps du Long Jour d'Eté était venu. La réaction de la mère de Jondalar fut mitigée. Elle était contente pour Ayla, mais savait aussi que celle-ci ne tarderait pas à partir pour la Réunion d'Eté et la laisserait seule. Pas vraiment seule, puisque tous les autres seraient encore là, mais la compagnie d'Ayla avait été si merveilleuse qu'elle avait à peine remarqué l'absence de tant de ses proches. Elle avait même constaté que les infirmités qui l'empêchaient de se rendre à la Réunion semblaient s'atténuer. Les talents de guérisseuse de la jeune femme, ses tisanes, cataplasmes, massages et autres soins avaient apparemment été efficaces. Marthona se sentait beaucoup mieux. Ayla allait beaucoup lui manquer.

Le soleil parut ne pas s'écarter de sa trajectoire, se coucher presque au même endroit pendant sept jours. Ayla n'en était certaine que pour trois jours. Il semblait y avoir eu un léger écart les deux jours précédents et les deux suivants, quoique inférieur à la normale. Elle fut alors stupéfaite de voir que le point où le soleil se couchait revenait en arrière. Il était fascinant d'assister à ce changement de direction et de penser qu'il allait rebrousser chemin jusqu'au départ, le Jour Court d'Hiver.

Elle avait observé le Jour Court d'Hiver précédent avec Zelandoni et plusieurs autres personnes, mais elle n'avait pas éprouvé le même sentiment d'exaltation, bien que ce jour-là ait été plus important pour la plupart des gens. C'était le Jour Court qui annonçait la fin des frimas hivernaux et le retour de la chaleur estivale, et il était célébré avec enthousiasme.

Mais ce Jour Long d'Eté revêtait une grande importance pour Ayla. Elle avait observé le phénomène elle-même et en ressentait une grande satisfaction et du soulagement. Cela voulait également dire que son année d'observation s'achevait. Elle allait monter sur la falaise quelques jours encore et continuer à consigner ses observations, uniquement pour voir si, et comment, le lieu du coucher changeait, mais elle pensait déjà à son départ pour la Réunion d'Eté.

Le lendemain soir, après s'être assurée que le soleil revenait en arrière, elle se sentit agitée, là-haut à son poste d'observation. Elle avait été nerveuse toute la journée et pensa que c'était peut-être à cause de sa grossesse ou parce qu'elle était soulagée de savoir qu'il ne lui restait plus beaucoup de nuits en solitaire à regarder le ciel. Elle tenta de se calmer en reprenant les paroles du Chant de la Mère. C'était son chant favori, mais plus elle se répétait les couplets, plus elle ressentait une tension.

Pourquoi suis-je si perturbée ? Je me demande si un orage n'est pas en train de se préparer. Cela me fait parfois cet effet.

Elle se rendit compte qu'elle parlait toute seule.

Peut-être devrais-je méditer, pensa-t-elle. Ça devrait m'aider à me détendre. Je vais me faire une infusion.

Elle retourna à l'endroit où elle s'était installée, ranima le feu, remplit un petit récipient de cuisson avec l'eau de son outre et passa en revue les plantes qu'elle transportait dans un petit sac accroché à la lanière qui lui entourait la taille. Elle rangeait les feuilles séchées en petits paquets attachés par des ficelles de types et diamètres variés, à l'extrémité desquelles elle faisait un certain nombre de nœuds pour les reconnaître, comme le lui avait montré Iza.

Même à la lueur du feu et au clair de lune, il faisait trop sombre pour différencier les plantes entre elles et elle dut se fier à son toucher et à son odorat. Elle se souvint de son premier sac à médecines, que lui avait donné Iza. Il était fait d'une peau entière et imperméable de loutre, dont les entrailles avaient été retirées par l'ouverture du cou. Elle l'avait copié à plusieurs reprises et avait encore en sa possession le dernier exemplaire qu'elle avait confectionné, alors qu'elle vivait au Clan. Il avait beau être usé et miteux, elle n'arrivait pas à s'en débarrasser. Elle avait songé à en faire un neuf. C'était un sac à médecines du Clan, doté d'un pouvoir unique. Même Zelandoni avait été impressionnée quand elle l'avait vu pour la première fois, se rendant compte rien qu'à son aspect qu'il avait quelque chose de spécial.

Ayla choisit deux petits paquets. La plupart de ses plantes étaient médicinales, mais certaines avaient un effet léger et pouvaient sans inconvénient être bues en infusion pour le plaisir, comme la menthe ou la camomille, recommandées contre les maux d'estomac et pour faciliter la digestion tout en étant agréablement parfumées. Elle opta pour un mélange mentholé qui contenait une plante relaxante, chercha le paquet et le huma. C'était bien de la menthe. Elle en versa un peu dans le creux de sa main, le jeta dans l'eau fumante et, après avoir laissé infuser un moment, elle remplit sa tasse. Elle la vida parce qu'elle avait soif et se versa une deuxième tasse, qu'elle but à petites gorgées. Le mélange lui parut un peu éventé. Il va falloir que je cueille de la menthe fraîche, pensa-t-elle, mais ce n'est pas si mauvais que cela.

Quand elle eut fini, elle se mit à respirer à fond, comme on le lui avait appris. Lentement, profondément, se dit-elle. Pense à la couleur claire, à un ruisseau d'eau claire coulant sur des galets ronds, pense à un ciel clair sans nuages, à la lumière du soleil, pense au vide.

Elle se retrouva en train de fixer la lune, qui n'était pas encore à son premier quartier la dernière fois qu'elle l'avait regardée mais était maintenant grosse et ronde dans le ciel nocturne. Elle semblait croître, emplir son champ de vision, et elle se sentit attirée en elle de plus en plus vite. Elle réussit à en arracher son regard et se leva.

Elle se dirigea lentement vers le gros rocher incliné.

Cette pierre luit ! Non, c'est encore un effet de mon imagination. C'est seulement le clair de lune. La roche est différente des autres, peut-être réfléchit-elle mieux la clarté de la pleine lune.

Elle ferma les yeux, longtemps, lui sembla-t-il. Quand elle les rouvrit, la lune l'attira de nouveau, l'énorme pleine lune l'aspirait. Elle regarda alentour. Elle volait ! Sans faire de vent ni de bruit. Elle regarda en bas. La falaise et la rivière avaient disparu et le paysage lui était inconnu. Elle crut un instant qu'elle allait tomber. Elle avait le vertige. Tout tournait. Des couleurs vives formaient autour d'elle un vortex de lumière chatoyante qui tourbillonnait de plus en plus vite.

Ça s'arrêta soudain et Ayla se retrouva en haut de la falaise. Elle se prit à se concentrer sur l'énorme lune qui grossissait encore, emplissait de nouveau son champ de vision. Attirée en elle, elle se remit à voler, à voler comme elle le faisait quand elle aidait son Mamut. Elle baissa les yeux et vit la pierre. Elle était vivante, rutilante de spirales de lumière palpitante. Elle se sentait aspirée par elle, happée par le mouvement. S'échappant du sol, des lignes d'énergie tournoyaient autour de l'énorme colonne de pierre en équilibre précaire, puis disparaissaient en une couronne de lumière à son sommet. Elle flottait juste au-dessus du rocher luisant, le regard fixé sur lui.

Il était plus brillant que la lune et éclairait les parages. Il n'y avait pas un souffle de vent, pas la moindre brise, aucune feuille ou branche ne bougeait, mais le sol et l'air autour d'elle étaient animés d'un mouvement empli de formes et d'ombres qui voltigeaient en tous sens, de formes sans substance qui fulguraient au hasard, distillant une faible énergie semblable à la lueur de la pierre. A mesure qu'elle regardait, le mouvement se précisait, s'orientait vers un but. Les formes se dirigeaient vers elle, la pourchassaient ! Elle éprouva une sensation de picotement, ses cheveux se dressèrent sur sa tête. L'instant d'après, elle dévalait le sentier escarpé en trébuchant, glissant, emportée par la peur. En arrivant à l'abri, elle courut vers l'entrée éclairée par le clair de lune.

Couché près du lit de Marthona où elle lui avait dit de rester, Loup leva la tête et gémit.

Ayla continua sa course vers la Rivière du Bas, puis vers la Rivière et le sentier qui la longeait. Elle se sentait chargée d'énergie et courait maintenant pour le plaisir, non plus pourchassée mais attirée par quelque force énigmatique. Elle traversa la rivière au Gué avec force éclaboussures et poursuivit son chemin, pour toujours lui semblait-il. Elle approchait d'une haute falaise en surplomb, une falaise qui lui était à la fois familière et totalement inconnue.

Elle arriva à un sentier escarpé et commença à grimper, le souffle rauque, incapable de s'arrêter. En haut du sentier s'ouvrait le trou sombre d'une grotte. Elle pénétra en courant dans ses ténèbres, si épaisses qu'elles en étaient presque palpables, puis trébucha sur le sol irrégulier, tomba de tout son long et heurta la roche de la tête.

Elle se réveilla dans l'obscurité. Elle se trouvait dans un long tunnel noir, mais elle y voyait quand même. Les parois luisaient, faiblement irisées par l'humidité. Elle se dressa sur son séant, la tête endolorie, et pendant un moment elle vit tout en rouge. Elle avait l'impression que les parois défilaient à toute allure alors qu'elle ne bougeait pas. L'irisation se remit à miroiter, ce n'était plus sombre. Les parois flamboyaient de couleurs sinistres, verts fluorescents, rouges rutilants, bleus éclatants, blancs lumineux.

Elle se releva et longea la paroi glissante, froide et humide qui devint d'un bleu-vert glacial. Elle n'était plus dans une caverne, mais dans une crevasse au fond d'un glacier. Ses grandes surfaces planes reflétaient des formes fugitives et éphémères. Au-dessus d'elle, le ciel était d'un bleu violacé profond. Sa tête lui faisait mal et le soleil éblouissant l'aveuglait. Il se rapprocha et emplit la crevasse de lumière, sauf que ce n'était plus une crevasse.

Elle était dans une rivière impétueuse, emportée par le courant. Des objets passaient à côté d'elle, pris dans des tourbillons et des courants inverses qui tournoyaient de plus en plus vite. Elle était entraînée dans un maelström, aspirée par lui, et tournait, tournait à n'en plus finir. Dans un vertige de mouvement spiralé, la rivière se referma sur sa tête et tout devint noir.

Elle était maintenant engloutie dans un vide sépulcral et volait, volait à une rapidité inconcevable. Puis son mouvement se ralentit et elle se retrouva dans un épais brouillard embrasé d'une lumière qui l'enveloppait. Le brouillard s'ouvrit, révélant un paysage étrange. Des formes géométriques, vert fluorescent, rouge rutilant, bleu éclatant, se répétaient sans fin. Des structures inouïes s'élevaient dans les airs. De larges rubans se déroulaient au sol, d'un blanc lumineux, parcourus de formes qui filaient à toute allure, qui filaient à sa poursuite.

Elle était pétrifiée par la peur et sentait qu'un filet liquide sondait la lisière de son esprit et semblait la reconnaître. Elle se recula et longea la paroi à tâtons aussi vite qu'elle put. En proie à la panique, elle arriva à un cul-de-sac. Elle s'écroula au sol et sentit un trou devant elle. Il était petit et elle ne pouvait y entrer qu'en rampant. Elle s'écorcha les genoux sur la roche rugueuse, mais n'y prêta pas attention. Le trou se rétrécit et elle ne put aller plus loin. L'instant d'après, elle fonçait de nouveau dans le vide, si vite qu'elle en perdait toute sensation de mouvement.

En fait, ce n'était pas elle qui se déplaçait, mais les ténèbres autour d'elle. Elles se rapprochaient, l'étouffaient, la noyaient, et elle était une nouvelle fois dans la rivière, entraînée par le courant. Elle était fatiguée, épuisée, le courant l'emportait vers la mer, la mer chaude. Elle ressentit une vive douleur au fond d'elle-même, les eaux chaudes et salées la submergeaient. Elle en inspira l'odeur, le goût, et se mit à flotter tranquillement dans le liquide tiède.

Ce n'était pas de l'eau mais de la boue. Haletante, elle chercha sa respiration en essayant de s'extraire de la vase, puis la bête qui la poursuivait la saisit, la broya. Elle se plia en deux, poussa un cri de douleur. Elle se creusa un chemin à travers la boue, s'efforça de s'échapper du trou profond dans lequel la bête l'avait tirée.

L'instant d'après, elle était libre, grimpait à un arbre, se balançait à ses branches, poussée par la soif vers le bord de mer. Elle plongea dedans, étreignit l'eau, se mit à grandir et à mieux flotter. Finalement debout, elle aperçut un vaste pré et se dirigea vers lui en pataugeant.

Mais l'eau la retenait. Elle lutta pour se tirer de cette marée antagoniste, puis s'effondra, épuisée. Elle sentit la traction, la douleur, la douleur affreuse qui menaçait de la déchirer. Dans un flot de liquide chaud, elle céda à la sollicitation.

Elle rampa encore un peu, s'adossa à une paroi, ferma les yeux et vit une steppe fertile enluminée de fleurs printanières. Un lion des cavernes vint vers elle en bondissant dans un mouvement lent et gracieux. Elle était dans une grotte minuscule, coincée sur une petite déclivité. Elle grandissait à mesure que la caverne s'élargissait. Les parois respiraient, se dilataient, se contractaient ; elle était dans une matrice, une énorme matrice noire au tréfonds de la terre. Mais elle n'était pas seule.

Des formes vagues, transparentes, se fondaient en d'autres, reconnaissables, celles d'animaux de toutes sortes, mammifères, oiseaux, poissons, insectes, qu'elle avait déjà vues, et certaines qu'elle était sûre de n'avoir jamais vues. Ils formaient une procession, sans ordre ni structure, chacun semblant se muer en un autre. Un mammifère se métamorphosait en oiseau, poisson, insecte, ou en un autre mammifère. Une chenille devint un lézard, puis un oiseau, qui lui-même se transforma en lion des cavernes.

Le lion attendait qu'elle le suive. Ils traversèrent ensemble des passages, des tunnels, des couloirs ; les parois se muaient en silhouettes qui prenaient de la consistance à leur approche, puis redevenaient translucides et se fondaient dans la paroi quand ils s'éloignaient. Une procession de mammouths laineux franchit d'un pas pesant une vaste plaine herbeuse, puis un troupeau de bisons la rattrapa et forma les rangs autour d'elle.

Elle vit deux rennes s'approcher l'un de l'autre. Ils se touchèrent le museau, puis la femelle se laissa tomber à genoux et le mâle se baissa et la lécha. Cette scène pleine de tendresse émut Ayla, puis son attention fut attirée par deux chevaux, un mâle et une femelle. La femelle en chaleur se plaça devant le mâle et s'offrit à l'animal, qui se préparait à la monter.

Elle se tourna dans une direction différente et suivit le lion le long d'un tunnel. Au bout, elle arriva dans une niche arrondie assez grande, pareille à une matrice. Elle entendit un martèlement de sabots à l'approche d'un troupeau de bisons qui emplit la niche. Ils s'arrêtèrent pour se reposer et paître.

Mais le martèlement continuait, les parois palpitaient à un rythme lent et régulier. Le sol de roche dure semblait céder sous ses pieds et la palpitation se transforma en une voix profonde, si faible au début qu'elle était à peine audible. Puis elle devint plus forte et elle reconnut le son. C'était le tambour parlant des Mamutoï ! Elle n'avait entendu pareil tambour que chez les chasseurs de mammouths.

L'instrument, formé d'un os de mammouth, possédait une telle résonance et une diversité tonale si affirmée, quand on tapait dessus rapidement avec une ramure à des endroits différents, qu'il émettait un son proche d'une voix prononçant à un rythme staccato des mots qui ne ressemblaient pas à ceux des humains mais étaient néanmoins des mots. Ils avaient un vibrato légèrement ambigu, qui ajoutait une touche de mystère et de profondeur expressive, mais quand le tambour était joué par quelqu'un d'assez talentueux, c'étaient clairement des mots. Il pouvait littéralement faire parler le tambour.

Le rythme et la structure des mots produits par l'instrument commencèrent à devenir reconnaissables. Puis elle perçut le son aigu d'une flûte, accompagné par une voix haut perchée qui ressemblait à celle de Fralie, une Mamutoï qu'elle avait connue. Fralie était enceinte, une grossesse difficile qui avait failli ne pas arriver à terme. Ayla lui était venue en aide, mais le bébé, une fille, était quand même né prématurément. Elle avait cependant vécu et était devenue saine et forte.

Assise dans la niche ronde, Ayla s'aperçut que son visage était mouillé de larmes. Elle pleurait à gros sanglots, comme si elle avait subi une perte terrible. Le son du tambour s'amplifia et noya sa lamentation douloureuse. Elle reconnaissait des sons, discernait des paroles :

> *Des ténèbres, du Chaos du temps,*
> *Le tourbillon enfanta la Mère suprême.*
> *Elle s'éveilla à Elle-Même sachant la valeur de la vie,*
> *Et le néant sombre affligea la Grande Terre Mère.*
> *La Mère était seule. La Mère était la seule.*

C'était le Chant de la Mère ! Interprété comme elle ne l'avait jamais entendu. Si elle avait su chanter, c'est ainsi qu'elle l'aurait fait. La voix était à la fois profonde comme le son du tambour, haute et sonore comme celui d'une flûte, et la niche résonnait de cette sonorité riche et vive.

La voix lui emplissait la tête de mots qu'elle sentait plus qu'elle n'entendait et la sensation allait bien au-delà des mots. Elle savourait à l'avance chaque vers et quand il arrivait, son expression était plus pleine, plus éloquente, plus profonde. Ça semblait devoir continuer éternellement, et elle ne voulait pas que ça s'arrête, aussi, quand le chant approcha de la fin, éprouva-t-elle une profonde tristesse.

Satisfaite des deux êtres qu'Elle avait créés,
La Mère leur apprit l'amour et l'affection.
Elle insuffla en eux le désir de s'unir,
Le Don de leurs Plaisirs vint de la Mère.
Avant qu'Elle eût fini, Ses enfants L'aimaient aussi.

Mais quand elle crut que c'était fini, le chant reprit :

Son dernier Don, la Connaissance que l'homme a son rôle à jouer.
Son besoin doit être satisfait avant qu'une nouvelle vie puisse commencer.
Quand le couple s'apparie, la Mère est honorée
Car la femme conçoit quand les Plaisirs sont partagés.
Les Enfants de la Terre étaient heureux, la Mère pouvait se reposer un peu.

Ces paroles étaient comme un cadeau, une bénédiction qui apaisait sa peine. La Mère lui faisait savoir qu'elle avait raison, qu'elle avait eu raison depuis le début. Elle l'avait toujours su ; maintenant, elle en avait confirmation. Elle sanglotait de nouveau, éprouvait toujours de la douleur, mais celle-ci était maintenant mêlée de joie. A mesure que les paroles se répétaient encore et encore dans son esprit, elle pleurait de chagrin et de bonheur.

Elle entendit le grondement d'un fauve et son lion totémique se tourna pour s'en aller. Elle tenta de se lever, mais elle était trop faible et elle appela l'animal :

— Ne t'en va pas, mon beau ! Qui va me conduire hors d'ici ?

L'animal descendit le tunnel en bondissant, puis il s'arrêta et revint vers elle, mais ce n'était pas le lion qui approchait. La bête sauta soudain sur elle et lui lécha le visage. Ayla secoua la tête, tremblante et désorientée.

— Loup ? C'est toi, Loup ? Comment es-tu arrivé ici ? dit-elle en serrant le gros animal dans ses bras.

Tandis qu'elle tenait ainsi le loup enlacé, ses visions de bisons dans la niche s'estompèrent et s'obscurcirent. Les scènes qui se déroulaient sur les parois se brouillèrent aussi. Elle s'appuya de la main à la paroi et sortit à tâtons de la niche. Elle s'assit par terre et ferma les yeux pour lutter contre l'étourdissement. Elle les rouvrit, sans être sûre d'y parvenir. Qu'elle eût les yeux ouverts ou fermés, c'était le noir absolu et un frisson de peur lui parcourut la colonne vertébrale. Comment allait-elle trouver la sortie ?

Elle entendit alors Loup gémir et sentit sa langue sur son visage. Elle tendit la main vers lui et sa nervosité diminua. Elle chercha à tâtons la paroi et ne trouva rien, puis elle heurta la roche de l'épaule. Il y avait sous l'une des parois un espace qu'elle n'avait pas remarqué parce qu'il était au ras du sol, mais en cherchant son chemin elle toucha quelque chose qui n'était pas de la pierre.

Elle retira la main précipitamment, puis, se rendant compte que le contact était familier, elle la tendit de nouveau. La caverne était plus noire que la nuit et elle tenta de déterminer ce qu'elle avait touché. Ça avait la texture d'une peau de daim soigneusement grattée. Elle tira à elle un ballot de cuir. Elle l'examina en le palpant, localisa une lanière ou une sangle, la défit et trouva une ouverture. C'était une sorte de sac en cuir souple accroché à une sangle. A l'intérieur, elle découvrit une outre vide – ce qui lui rappela qu'elle avait soif –, quelque chose en fourrure, peut-être un manteau, et elle sentit des restes de nourriture.

Elle referma le sac, le mit sur son épaule, puis se releva et resta contre la paroi, luttant contre le vertige et une vague de nausée. Quelque chose de chaud parcourut l'intérieur de sa jambe. Le loup aimait la renifler, mais elle lui avait fait perdre cette habitude depuis longtemps et elle repoussa son museau inquisiteur.

— Nous devons sortir d'ici, Loup. Rentrons à la maison.

Tout en se mettant à marcher et en se guidant de la main à la paroi humide, elle se rendit compte combien elle était faible et épuisée.

Le sol était irrégulier et glissant, jonché de morceaux de roche mêlés à de la boue argileuse. Des stalagmites, certaines fines comme des brindilles, d'autres aussi massives que des gros troncs d'arbres, semblaient sortir de terre comme des plantes. Leur extrémité, quand il lui arrivait de la toucher, était mouillée par le ruissellement inexorable d'eau calcaire tombant goutte à goutte des stalactites, leurs homologues, pareilles à des glaçons de pierre qui descendaient du plafond. Après s'être cogné la tête à l'une d'elles, elle se montra plus prudente. Comment avait-elle pu s'enfoncer si loin dans les profondeurs de cette grotte ?

Le loup partait en éclaireur, puis revenait vers elle ; à un certain moment, il l'empêcha de prendre une mauvaise direction. En sentant le sol monter sous ses pieds, elle sut qu'elle approchait de la sortie. Elle était venue assez souvent dans cette grotte pour reconnaître l'endroit, mais en essayant d'escalader l'éboulis elle fut prise de vertige et tomba à genoux. La sortie semblait beaucoup plus loin que dans son souvenir et elle dut s'arrêter pour se reposer plusieurs fois. Bien que l'ensemble de la caverne fût sacré, une barrière rocheuse naturelle séparait la partie antérieure plus ordinaire et le fond, d'une grande sacralité. L'ouverture était le seul endroit où y pénétrer, l'entrée du Monde Souterrain de la Grande Mère.

La température commença à monter légèrement de l'autre côté de l'obstacle, mais elle avait très froid. Après une courbe, elle crut voir un soupçon de lumière devant elle et essaya de se hâter. Elle sut avec certitude qu'elle ne s'était pas trompée en arrivant à la courbe suivante. Elle distinguait maintenant les parois luisantes d'humidité et, devant elle, le loup qui trottait vers une faible clarté. Après avoir tourné un coin, elle fut soulagée de voir la lumière tamisée qui filtrait de l'extérieur ; ses yeux s'étaient à tel point habitués à l'obscurité qu'elle la trouvait presque trop forte. En apercevant l'ouverture droit devant, elle se mit quasiment à courir.

Elle sortit en titubant de la caverne et cligna de ses yeux larmoyants, ce qui laissa des marques sur ses joues boueuses. Loup se rapprocha d'elle. Quand elle put enfin voir, elle eut la surprise de découvrir le soleil haut dans le ciel et plusieurs personnes qui la regardaient. Les deux chasseurs, Lorigan et Forason, ainsi que Jeviva, la mère de la femme enceinte, restèrent d'abord où ils étaient, les yeux fixés sur elle, comme pris d'une crainte révérencielle, et leurs saluts furent quelque peu circonspects, mais quand elle trébucha et tomba ils se précipitèrent pour l'aider à se relever. En voyant leur air préoccupé, elle éprouva un grand soulagement.

— De l'eau, dit-elle. J'ai soif.

— Donne-lui de l'eau, dit Jeviva, qui avait remarqué du sang sur ses jambes et ses vêtements mais n'en souffla mot.

Lorigan déboucha son outre et la lui tendit. Elle but avidement en laissant le liquide couler de sa bouche dans sa hâte. L'eau ne lui avait jamais paru aussi bonne.

— Merci. Je m'apprêtais à lécher l'eau qui ruisselle sur les parois.

— J'ai connu ça, dit Lorigan en souriant.

— Comment avez-vous su que j'étais ici ? Et que j'allais sortir ?

— J'ai vu le loup courir dans cette direction, dit Forason, en montrant l'animal de la tête. Quand je l'ai dit à Marthona, elle a pensé que tu étais là-dedans. Elle nous a demandé de venir t'attendre. Elle a dit que tu aurais peut-être besoin d'aide. Depuis, nous nous sommes relayés ici. Jeviva et Lorigan venaient justement prendre la relève.

— J'ai déjà vu des Zelandonia revenir de leur appel, déclara Jeviva. Certains étaient si épuisés qu'ils ne pouvaient marcher. D'autres ne reviennent pas. Comment te sens-tu ?

— Très fatiguée, répondit Ayla. Et j'ai encore soif.

Elle but à nouveau et tendit l'outre à Lorigan. Le ballot qu'elle avait trouvé à l'intérieur de la caverne glissa quand elle baissa le bras. Elle l'avait oublié. En pleine lumière, elle voyait maintenant que des motifs caractéristiques avaient été peints dessus. Elle le montra.

— J'ai trouvé ça là-dedans. Savez-vous à qui il appartient ? Quelqu'un l'a peut-être caché là et oublié.

Lorigan et Jeviva se regardèrent, puis Lorigan dit :

— J'ai vu Madroman le porter.

— Tu as regardé à l'intérieur ? demanda Jeviva.

— Je n'y voyais pas, il n'y avait pas de lumière, mais je l'ai examiné à tâtons.

— Tu étais dans le noir ? s'étonna Forason, incrédule.

— Peu importe, dit Jeviva en lui intimant de se taire. Ça ne te concerne pas.

— J'aimerais voir ce qu'il y a dedans, dit Lorigan en lançant à Jeviva un regard significatif.

Ayla lui tendit le sac. Il en tira le manteau de fourrure et le déplia. Il était fait de carrés et de triangles de peau de divers animaux et de teintes variées, cousus ensemble suivant le motif caractéristique d'un acolyte de la Zelandonia.

— C'est bien celui de Madroman. Je l'ai vu sur lui l'année dernière, quand il est venu donner des conseils à Jeralda pour garder le bébé, dit Jeviva d'un ton dédaigneux. Elle portait celui-là depuis près de six lunes. Il a prétendu qu'elle devait accomplir toutes sortes de rituels pour apaiser la Mère, mais quand Zelandoni l'a vue tourner en rond dehors, elle l'a fait rentrer et s'allonger immédiatement. Elle a dit qu'elle avait besoin de repos, sinon le bébé se détacherait trop tôt. Selon la doniate, la seule chose qui n'allait pas était qu'elle avait la matrice glissante et tendance à laisser les bébés échapper trop facilement. Elle a perdu celui-là.

Elle regarda Lorigan.

— Qu'y a-t-il d'autre là-dedans ?

Il plongea la main dans le sac et en sortit l'outre vide, qu'il leva pour que tous la voient, puis il regarda dedans et renversa le reste du contenu sur le manteau de fourrure. Des bouts de viande séchée en partie mâchés et un gros morceau de galette tombèrent dessus ainsi qu'une petite lame en silex et une pierre à feu. Parmi les miettes, il y avait aussi quelques éclats de bois et des morceaux de charbon de bois.

— Avant le départ pour la Réunion d'Eté, Madroman ne se vantait-il pas d'avoir été appelé et de devenir Zelandoni la même année ? s'enquit Lorigan.

Il leva l'outre.

— Il ne devait pas avoir très soif quand il est sorti de cette grotte.

— N'as-tu pas dit que tu avais l'intention d'aller à la Réunion d'Eté plus tard, Ayla ? demanda Jeviva.

— Je pensais partir dans quelques jours. Peut-être vais-je attendre un peu, maintenant. Mais, oui, j'ai bien l'intention d'y aller.

— Tu devrais emporter ça avec toi, dit Jeviva en enveloppant soigneusement les restes de nourriture, les éclats de bois, le matériel pour faire du feu et l'outre dans le manteau, qu'elle fourra dans le sac. Et dire à Zelandoni où tu l'as trouvé.

— Tu arrives à marcher ? demanda l'aîné des chasseurs.

Ayla essaya de se relever et se sentit prise de vertige. Pendant quelques instants tout devint noir et elle retomba en arrière. Loup gémit et lui lécha le visage.

— Reste là, dit le chasseur. Viens, Lorigan. Nous devons fabriquer une civière pour la transporter.

— Si je me repose un peu, je crois que je serai capable de marcher.

— Non, il vaut mieux que tu t'en abstiennes, dit Jeviva, qui se tourna vers les chasseurs : Je vais attendre ici avec elle jusqu'à ce que vous reveniez avec la civière.

Ayla s'adossa à un rocher avec soulagement. Peut-être aurait-elle été capable de marcher jusqu'à la Neuvième Caverne, mais elle était contente d'en être dispensée.

— Tu as peut-être raison, Jeviva. J'ai par moments la tête qui tourne.

— Pas étonnant, dit Jeviva tout bas.

Elle avait remarqué une tache de sang sur la roche quand Ayla avait tenté de se relever.

J'ai l'impression qu'elle a perdu son bébé là-dedans, pensa-t-elle. Quel terrible sacrifice pour devenir Zelandoni, mais elle ne triche pas, contrairement à Madroman.

— Ayla ? Ayla ? Tu es réveillée ?

Ayla ouvrit les yeux et vit la silhouette floue de Marthona penchée vers elle, qui la regardait avec inquiétude.

— Comment te sens-tu ?

Ayla réfléchit un instant.

— J'ai mal, murmura-t-elle d'une voix rauque. Partout.

— J'espère que je ne t'ai pas réveillée. Je t'ai entendue parler ; tu rêvais, sans doute ? Zelandoni m'avait avertie que cela allait peut-être arriver. Elle ne pensait pas que ce serait si tôt, mais elle a dit que c'était possible. Elle m'a demandé de ne pas te retenir, de ne pas laisser Loup te suivre, mais elle m'a donné une tisane à te préparer à ton retour.

Elle posa la tasse fumante qu'elle avait à la main pour aider Ayla à se redresser. L'infusion était chaude et la jeune femme but avec plaisir. Elle avait encore soif, mais se rallongea, trop fatiguée pour rester assise. Elle commençait à avoir les idées plus claires. Elle était chez elle, sur sa couche. Elle regarda autour d'elle : Loup se trouvait à côté de Marthona. Il gémit d'inquiétude et se rapprocha d'elle. Elle le toucha et il lui lécha la main.

— Comment suis-je arrivée ici ? demanda-t-elle. Je ne me souviens plus de grand-chose après être sortie de la caverne.

— Les chasseurs t'ont transportée sur une civière. Tu as tenté de marcher, mais tu t'es évanouie, ont-ils dit. Tu es descendue en courant de ton poste d'observation, apparemment jusqu'au Trou Profond des Rochers de la Fontaine. Tu n'avais pas toute ta tête et tu y es entrée sans feu ni quoi que ce soit d'autre. Lorsque Forason est venu me dire qu'il fallait que tu sortes de là, je n'ai pas été capable d'y aller. De toute ma vie, je ne me suis jamais sentie aussi inutile.

— Je suis contente que tu sois là, Marthona, dit Ayla avant de refermer les yeux.

Quand elle les rouvrit, la fois suivante, seul Loup était là, veillant sur elle. Elle lui sourit, lui tapota la tête et le gratta sous le menton. Il posa ses pattes sur sa couche et essaya de s'approcher pour lui lécher le visage. Elle sourit derechef, le repoussa et tenta de s'asseoir. Elle émit un gémissement de douleur malgré elle et Marthona arriva en toute hâte.

— Ayla ! Qu'est-ce qui ne va pas ?
— Je n'ai jamais eu aussi mal en tant d'endroits différents.

Marthona avait l'air si inquiète que cela fit sourire Ayla.

— Je n'en mourrai pas, tu sais.
— Tu as des bleus et des égratignures partout, mais je ne crois pas qu'il y ait quoi que ce soit de cassé.
— Depuis combien de temps suis-je ici ?
— Plus d'un jour. Tu es arrivée hier en fin d'après-midi et le soleil vient de se coucher.
— Je suis partie longtemps ?
— Je ne sais pas quand tu es entrée dans la grotte, mais entre ton départ et ton retour il s'est écoulé plus de trois jours, presque quatre.

Ayla hocha la tête.

— Je n'ai plus la notion du temps. J'ai quelques bribes de souvenirs, quelques-uns très clairs. J'ai un peu l'impression d'avoir rêvé, mais pas vraiment.
— Tu as faim ? Soif ? demanda Marthona.
— J'ai soif, répondit Ayla, qui se sentit aussitôt toute desséchée, comme si le seul fait de le dire lui avait permis de se rendre compte combien elle était déshydratée. Très soif.

Marthona sortit et revint avec une outre et une tasse.

— Tu veux t'asseoir ou seulement que je te relève la tête ?
— Je préfère essayer de m'asseoir.

Elle roula sur le côté pour tenter d'étouffer ses gémissements, puis se releva sur un coude et s'assit au bord de la couche. Elle eut un moment de vertige, puis cela passa. Elle ressentait surtout une douleur intérieure. Marthona versa de l'eau dans la tasse qu'Ayla prit à deux mains. Elle but d'un trait et la tendit pour qu'elle la lui remplisse à nouveau. Elle était aussi assoiffée que lorsqu'elle avait bu à l'outre en sortant de la caverne. Elle but, à peine plus lentement.

— Tu n'as toujours pas faim ? Tu n'as encore rien mangé, dit Marthona.
— J'ai mal au ventre.
— J'imagine bien.
Marthona détourna le regard.
— Pourquoi devrais-je avoir mal au ventre ?
— Tu saignes, Ayla. Tu as sans doute des crampes, et peut-être autre chose.
— Je saigne ? Comment cela se pourrait-il ? J'ai manqué trois lunes, je suis enceinte, je... Oh, non ! s'écria Ayla. J'ai perdu mon bébé, c'est cela ?
— Je le crois. Je ne suis pas experte en la matière, mais toute femme sait que l'on peut être enceinte et saigner en même temps, du moins pas autant que tu l'as fait. Tu saignais quand tu es sortie de la grotte et tu as saigné beaucoup depuis. Il va sûrement te falloir du temps pour reprendre des forces. Je suis désolée, Ayla. Je sais que tu voulais ce bébé.
— La Mère le voulait encore plus, dit Ayla d'un ton monocorde, accablée par le chagrin.
Elle se rallongea et regarda fixement le surplomb calcaire. Elle se rendormit à son insu.
En se réveillant, elle éprouva un besoin pressant d'uriner. C'était manifestement la nuit, mais plusieurs lampes étaient allumées. Elle regarda alentour : Marthona dormait sur des coussins installés à côté de sa couche. Près d'elle, Loup la regardait, la tête levée. Il a maintenant à veiller sur nous deux, pensa-t-elle. Elle se tourna sur le côté, se redressa de nouveau et resta assise un moment au bord de la couche avant d'essayer de se lever. Elle était raide et avait encore mal, mais elle se sentait plus vigoureuse. Elle se mit debout avec précaution. Loup se leva aussi. Elle lui fit signe de se recoucher, puis fit quelques pas vers le vase de nuit près de l'entrée.
Elle aurait dû penser à prendre de la bourre absorbante avec elle. Elle avait beaucoup saigné. Comme elle retournait vers sa couche, Marthona lui en apporta.
— Je ne voulais pas te réveiller, lui dit-elle.
— Ce n'est pas toi, c'est Loup qui m'a réveillée, mais tu aurais dû le faire. Tu veux de l'eau ? J'ai aussi du ragoût, si tu as faim.
— Je veux bien de l'eau et peut-être un peu de ragoût, dit Ayla en repartant vers le vase de nuit pour changer la bourre.
Le mouvement calma un peu la douleur.
— Où veux-tu manger ? demanda Marthona en boitillant vers le coin de l'habitation dévolu à la cuisine. Au lit ?
Elle aussi était ankylosée et endolorie. Dormir sur des coussins dans une mauvaise position avait aggravé son arthrite.
— Non, je préfère m'installer à table.
Ayla rejoignit Marthona et versa un peu d'eau dans une petite bassine, puis se rinça les mains et s'essuya le visage avec un morceau de cuir absorbant. Elle était certaine que Marthona l'avait

déjà lavée un peu, mais elle avait envie de prendre un bon bain pour se rafraîchir et de se frotter avec de la saponaire. Peut-être demain matin, pensa-t-elle.

Le ragoût était froid mais savoureux. Quand elle prit les premières bouchées, Ayla crut qu'elle allait pouvoir en manger plusieurs bols, mais elle fut vite rassasiée. Marthona leur prépara une infusion et vint s'asseoir à table avec Ayla. Loup se faufila dehors pendant qu'elles étaient debout, mais ne tarda pas à revenir.

— Zelandoni s'attendait à ce que je fasse quelque chose, as-tu dit ? demanda Ayla.

— Elle ne s'y attendait pas vraiment. Elle pensait seulement que c'était possible.

— A quoi s'attendait-elle ? Je ne comprends pas vraiment ce qui s'est passé.

— Zelandoni te le dira mieux que moi, je crois. J'aimerais qu'elle soit là, mais je pense que tu es une Zelandoni maintenant. Je crois que tu as été appelée. Te souviens-tu de quelque chose ?

— Je me souviens de certaines choses, oui, puis, brusquement, je m'en rappelle d'autres, mais je n'arrive pas à voir clair dans tout ça, répondit Ayla, le sourcil froncé.

— A ta place, je ne m'en soucierais pas encore. Attends de parler à Zelandoni. Je suis sûre qu'elle sera à même de te donner des explications et de t'aider à comprendre. Pour l'instant, tu as seulement besoin de reprendre des forces.

— Tu as sans doute raison, répondit Ayla, soulagée d'avoir une excuse pour remettre à plus tard le moment de creuser la question.

Elle n'avait même pas envie d'y penser, bien qu'elle ne pût s'empêcher de se souvenir du bébé qu'elle avait perdu. Pourquoi la Mère avait-elle voulu le lui prendre ?

Ayla ne fit guère que dormir pendant plusieurs jours, puis un matin, en se réveillant, elle fut prise d'une faim dévorante et, les deux jours suivants, il lui sembla ne jamais avoir assez à manger. Lorsqu'elle sortit enfin du logis et retrouva le petit groupe, tous la regardèrent avec un respect nouveau, auquel se mêlaient de la crainte et un peu d'appréhension. Ils savaient qu'elle avait traversé une rude épreuve qui l'avait transformée. Et tous éprouvaient une certaine fierté car ils étaient là lorsque c'était arrivé et, d'une certaine manière, ils avaient l'impression d'y avoir participé.

— Comment te sens-tu ? demanda Jeviva.

— Beaucoup mieux, répondit Ayla, mais j'ai une de ces faims !

— Viens te joindre à nous. Il y a beaucoup à manger et c'est encore chaud.

— Volontiers.

Ayla s'assit à côté de Jeralda pendant que Jeviva lui préparait un plat.

— Et toi, comment te sens-tu ?

— Je m'ennuie ! répondit Jeralda. J'en ai assez de rester assise et allongée. J'aimerais que ce bébé arrive.

— Je crois qu'il ne va pas tarder. Ça ne te ferait pas de mal de marcher, maintenant, et ça favoriserait sa venue. C'est ce que j'ai pensé la dernière fois que je t'ai examinée, mais j'ai préféré attendre pour te le dire.

— J'espère que je n'ai pas fait de bêtise, dit Marthona ce soir-là sur un ton un peu hésitant.

— Je ne comprends pas.

— Zelandoni m'a dit de ne pas essayer de t'empêcher de partir. Quand tu n'es pas rentrée, ce matin-là, j'étais terriblement inquiète. Loup l'était encore plus. Tu lui avais dit de rester auprès de moi, mais il gémissait et voulait s'en aller. Rien qu'à sa façon de me regarder, je savais qu'il voulait partir à ta recherche. Je ne voulais pas qu'il te dérange, alors je l'ai attaché avec une corde autour du cou comme tu le faisais parfois. Mais après quelques jours il avait l'air si malheureux et je m'inquiétais tant que je l'ai détaché. Il s'est précipité dehors. Ai-je eu tort de le laisser partir ?

— Non, Marthona. J'ignore si j'étais dans le Monde des Esprits, mais si j'y étais et s'il m'y a trouvée, c'est parce que j'étais déjà sans doute en train d'en revenir. Loup m'a aidée à trouver la sortie de la grotte, du moins a-t-il essayé de me faire comprendre que j'allais dans la bonne direction. C'était tout sombre là-dedans, mais les passages étaient étroits et je restais près de la paroi. Je crois que j'aurais pu de toute façon trouver la sortie, mais ça aurait pris plus de temps.

— Je ne suis pas certaine d'avoir bien fait de l'attacher. Je ne sais pas si c'était à moi de prendre cette décision... Je me fais vieille, Ayla. Je ne suis même plus capable de prendre une décision.

L'ancienne chef de la Caverne secoua la tête, comme dégoûtée d'elle-même.

— Le Monde des Esprits n'a jamais été mon fort. Tu étais si faible quand tu es arrivée là, tu semblais avoir besoin qu'on t'aide. Peut-être la Mère a-t-elle voulu que je laisse partir cet animal afin qu'il te retrouve et te secoure.

— Je crois que tu n'as rien fait de mal. Les choses se passent comme Elle le veut. Pour le moment, ce que je veux, moi, c'est aller prendre un bon bain dans la Rivière et me laver. Sais-tu si Zelandoni a laissé de cette mousse nettoyante des Losadunaï ? Celle que je lui ai montré comment préparer, avec de la graisse et des cendres ? Elle aime s'en servir à des fins de purification, surtout pour laver les mains des creuseurs de tombe.

— Je ne sais pas si elle en a laissé, mais moi j'en ai, répondit Marthona. Je m'en sers parfois pour les tissages. Je l'ai même utilisée pour laver les plats, ceux sur lesquels j'ai servi de la viande ou recueilli de la graisse. Tu te laves avec ?

— Les Losadunaï le faisaient parfois. Ça peut être irritant et rougir la peau. D'ordinaire, je préfère la saponaire ou une autre plante, mais aujourd'hui je veux me laver à fond.

Si seulement il y avait une source d'eaux chaudes curatives de Doni dans les parages, ce serait parfait, mais la Rivière fera l'affaire pour le moment, se dit Ayla en se dirigeant vers la Rivière avec Loup.

Il leva les yeux vers elle tout en cheminant à ses côtés. Depuis son retour, il était resté près d'elle et n'avait pas voulu la perdre de vue.

Tandis qu'elle descendait le sentier vers la rivière, le soleil chauffait agréablement. Elle fit mousser la saponaire et se lava les cheveux, puis plongea sous l'eau pour bien se rincer et nagea un bon moment. En sortant, elle se reposa sur un rocher plat pour se sécher tout en se peignant les cheveux. Comme il fait bon au soleil, pensa-t-elle en étendant sa peau de daim pour se coucher dessus. La première fois que je me suis allongée sur ce rocher, quand était-ce ? C'était le jour de mon arrivée, quand Jondalar et moi sommes venus nager.

Elle pensa à Jondalar et le vit mentalement, étendu nu à côté d'elle. Ses cheveux blonds et sa barbe plus sombre...

Non, c'était l'été. Il avait dû se raser. Des rides commençaient à sillonner son grand front à cause de sa mauvaise habitude de froncer les sourcils quand il se concentrait ou se faisait du souci. Ses yeux bleus qui me regardaient avec amour et désir... Jonayla a les mêmes. Son nez fin et droit, sa solide mâchoire, ses lèvres pleines et sensuelles...

Sa pensée s'attarda sur la bouche de son compagnon, elle la sentait presque sur elle. Ses larges épaules, ses bras musclés, ses grandes mains. Des mains capables de sentir un silex et de déterminer où il allait se fracturer, ou de caresser son corps avec une telle sensibilité qu'il savait comment elle allait réagir. Ses longues jambes puissantes, la cicatrice laissée près de son membre viril par son lion.

Rien que de penser à lui, elle sentait le désir monter en elle. Elle avait envie de le voir, d'être à son côté. Elle ne lui avait même pas dit qu'elle attendait un enfant, et maintenant elle n'avait plus de raison de lui en parler. Le chagrin l'envahit. Elle avait voulu ce bébé, mais la Mère l'avait voulu encore plus ; à cette pensée, elle fronça les sourcils. Elle savait que je désirais un autre enfant et Elle n'aurait peut-être pas voulu d'un bébé que je ne voulais pas.

Pour la première fois depuis la terrible épreuve qu'elle avait traversée, elle se mit à songer au Chant de la Mère et se souvint avec émoi du nouveau couplet, celui qui parlait du Don de la Connaissance, la connaissance de ce que les hommes sont nécessaires pour qu'une nouvelle vie advienne.

*Son dernier Don, la Connaissance que l'homme a son rôle
à jouer.
Son besoin doit être satisfait avant qu'une nouvelle vie puisse
commencer.
Quand le couple s'apparie, la Mère est honorée
Car la femme conçoit quand les Plaisirs sont partagés.
Les Enfants de la Terre étaient heureux, la Mère pouvait
se reposer.*

Voilà longtemps que je le sais. Elle me dit maintenant que c'est vrai. Pourquoi m'a-t-Elle accordé ce Don ? Pour que je puisse le partager, pour que je puisse le dire aux autres ? C'est pour cela qu'Elle voulait mon bébé ! Elle m'a d'abord parlé de Son dernier grand Don, mais il fallait que j'en sois digne.

Le prix à payer était élevé et peut-être devait-il l'être.

Peut-être la Mère devait-Elle me prendre quelque chose de précieux afin que j'apprécie le Don. Les Dons ne sont faits qu'en échange de quelque chose de très précieux.

Ai-je été appelée ? Suis-je Zelandoni, maintenant ? Parce que j'ai fait le sacrifice de mon bébé, la Grande Mère m'a parlé et m'a révélé le reste du Chant de la Mère afin que je puisse le faire connaître et apporter ce merveilleux cadeau à Ses enfants. Jondalar aura maintenant la certitude que Jonayla est sienne autant que mienne. Et nous saurons dorénavant comment faire un enfant quand nous en voudrons un. Tout homme saura désormais qu'il ne s'agit pas seulement d'esprits, mais que c'est lui, son essence, qui engendre un enfant, il saura que ses enfants font partie de lui.

Et si la femme ne veut plus d'enfants ? Ou devrait s'abstenir d'en avoir parce qu'elle est trop faible ou épuisée par des grossesses trop nombreuses ? Eh bien, elle saura comment faire ! Une femme saura désormais comment éviter d'avoir un enfant si elle n'est pas prête ou n'en veut pas. Elle n'a pas à le demander à la Mère, à prendre un remède particulier, elle doit seulement cesser de partager les Plaisirs et elle n'aura plus d'enfants. Pour la première fois, une femme peut être maîtresse de son corps, de sa propre vie. Le savoir est essentiel... mais il y a un autre parti. Qu'en est-il de l'homme ?

Et si lui ne veut pas cesser de partager les Plaisirs ? Ou s'il veut un enfant qu'il sache être de lui ? Ou s'il n'en veut pas ?

Je veux un autre bébé et je sais que Jondalar aimerait aussi en avoir un. Il est si gentil avec Jonayla et avec les jeunes qui apprennent à tailler le silex, ses apprentis. Je suis triste d'avoir perdu ce bébé.

En pensant à la perte de son bébé, ses yeux s'emplirent de larmes.

Mais je peux en avoir un autre, pensa-t-elle. Si seulement Jondalar était ici, nous pourrions en faire un tout de suite, mais il est à la Réunion d'Eté. Je ne peux même pas lui apprendre la perte du bébé. Il en sera affligé, je le sais. Il voudra en faire un autre.

Pourquoi n'y vais-je pas ? Je n'ai plus à observer le ciel. Je n'ai plus à veiller tard, mon apprentissage est terminé. J'ai été appelée. Je suis Zelandoni ! Et il faut que je le dise au reste de la Zelandonia. Non seulement la Mère m'a appelée, mais elle m'a fait un Don merveilleux. Un Don destiné à tous et à toutes. Je dois aller parler à tous les Zelandonii du nouveau Don de la Mère. Et j'en parlerai aussi à Jondalar, et peut-être ferons-nous un autre bébé.

31

Ayla se leva à la hâte du rocher où elle était allongée, mit ses vêtements propres, ramassa la peau de daim, siffla Loup. Tandis qu'elle montait vers l'entrée de l'abri, elle se rappela la première fois où elle était venue nager là avec Jondalar, le jour où Marona et ses amies avaient proposé de lui donner des vêtements neufs.

Ayla avait fini par supporter les autres femmes, mais elle n'avait jamais surmonté l'aversion que lui inspirait Marona et elle avait évité tout contact avec elle. Ce sentiment était plus que réciproque. Marona n'avait jamais tenté de devenir amie avec la femme que Jondalar avait ramenée de son Voyage. Elle s'était unie une deuxième fois au cours de l'été où Ayla et Jondalar l'avaient fait, mais aux secondes Matrimoniales, et une troisième fois plus récemment. Ces unions n'avaient pas été heureuses non plus, semblait-il ; elle était revenue s'installer dans la Neuvième Caverne avec sa cousine un an plus tôt. Malgré toutes ces unions, elle n'avait pas d'enfants.

Ayla ne l'aimait pas et se demandait pourquoi elle pensait à elle. Elle la chassa de son esprit et se concentra sur Jondalar.

Comme je suis contente d'aller enfin à la Réunion d'Eté ! pensa-t-elle. Je peux monter Whinney et ça ne me prendra pas longtemps pour arriver là-bas, pas plus d'un jour si je ne m'arrête pas en chemin.

La Réunion d'Eté se tenait cette année-là à une trentaine de kilomètres au nord au bord de la Rivière, à son lieu de réunion préféré. C'était là qu'elle avait assisté à sa première Réunion d'Eté, celle où Jondalar et elle s'étaient unis. Ces vastes rassemblements avaient d'ordinaire pour effet d'épuiser presque toutes les ressources locales, mais si on laissait passer assez de temps, la Terre Mère régénérait l'endroit suffisamment pour qu'il puisse de nouveau accueillir autant de monde.

La jeune femme fit irruption dans son logis, pleine de vigueur et d'enthousiasme, et elle commença à trier les affaires qu'elle souhaitait emporter. Elle fredonnait à mi-voix sur son ton monocorde habituel quand Marthona entra.

— Te voilà soudain tout excitée, remarqua-t-elle.

— Je vais à la Réunion d'Eté. Mon apprentissage est fini. Rien ne m'empêche de partir, répondit Ayla.

— Tu es sûre d'avoir assez de force ? demanda Marthona, une ombre de regret dans la voix.

— Tu as pris soin de moi. Je me sens bien et j'ai vraiment envie de voir Jondalar et Jonayla.

— Ils me manquent aussi, mais cela fait loin pour y aller seule. Je pensais que tu pourrais attendre que le prochain chasseur vienne prendre la relève pour nous aider. Tu pourrais alors partir avec Forason.

— Je vais monter Whinney. Ça ne prendra pas longtemps. Sans doute pas plus d'une journée. Deux au plus.

— Oui, tu as probablement raison. J'avais oublié que tu emmènerais un cheval, et Loup aussi.

Ayla remarqua la déception de Marthona et se rendit soudain compte à quel point elle avait envie elle aussi d'aller là-bas. De plus, sa santé la préoccupait toujours.

— Comment te sens-tu ? Je ne partirai pas si tu n'es pas bien.

— Non, ne reste pas pour moi. Je vais beaucoup mieux. Si je m'étais sentie aussi bien au début de la saison, j'aurais peut-être envisagé de partir.

— Pourquoi ne viens-tu pas avec moi ? Tu pourrais monter en croupe. Ça prendrait un peu plus de temps, mais pas plus d'une journée.

— Non, j'aime bien ce cheval, mais je n'ai pas envie de monter sur son dos. A dire vrai, il m'effraie un peu. Tu as cependant raison, il faut que tu y ailles. Tu dois annoncer à Zelandoni que tu as été appelée. Imagine sa surprise !

— De toute façon, l'été tire à sa fin. Tout le monde ne va pas tarder à rentrer, dit Ayla pour tenter de rendre la séparation moins pénible.

— Cela me fait un effet mitigé. J'ai hâte que la Réunion d'Eté s'achève et que la Neuvième Caverne revienne, mais je n'attends pas le retour de l'hiver avec impatience. Il en est sans doute toujours ainsi quand on vieillit.

Ayla alla voir Lorigan et Forason. Elle savait très bien où trouver Jonclotan : avec Jeralda. Presque tout le monde était en train d'achever le repas autour du foyer communautaire.

— Viens te joindre à nous, Ayla ! lança Jeralda. Mange quelque chose. Il en reste encore beaucoup et c'est encore chaud.

— Volontiers. Depuis quelques jours, j'ai une faim de loup.

— Ça ne m'étonne pas, dit Jeviva. Comment te sens-tu ?

— Beaucoup plus reposée, répondit Ayla dans un sourire. J'ai décidé de partir sans tarder à la Réunion d'Eté. J'ai fini mes observations célestes, je n'ai aucune raison de rester, mais nous devrions aller chasser encore une fois avant que je parte, tant pour ajouter aux réserves de ceux qui restent ici que pour avoir quelque chose à emporter à la Réunion. Il est fort probable que dans les parages du camp les animaux ont presque disparu et que ceux qui n'ont pas été tués évitent l'endroit.

— Tu ne vas quand même pas partir avant la venue de mon bébé ? objecta Jeralda.

— Si tu l'as dans les jours prochains. J'ai bien sûr envie de rester pour voir ce beau bébé. As-tu marché ?

— Oui, mais j'espérais tant que tu serais là pour m'aider.

— Ta mère est là ainsi que d'autres femmes qui savent s'y prendre avec les bébés, sans parler de Jonclotan. Tu n'auras aucun problème, Jeralda, affirma Ayla, qui regarda ensuite les trois chasseurs. Voulez-vous venir chasser avec moi demain matin ?

— Je n'avais pas prévu d'y aller avant quelques jours, mais peu importe, répondit Lorigan. Je peux t'accompagner demain, surtout si tu pars tôt. Je dois le reconnaître, je me suis habitué à ta petite meute, y compris au loup. Nous faisons du bon travail ensemble.

— Quelle direction veux-tu prendre ? s'enquit Jonclotan.

— Voilà un certain temps que nous ne sommes pas allés vers le nord, dit Forason.

— J'évitais cette direction car j'ignore jusqu'où les chasseurs de la Réunion d'Eté doivent aller pour trouver du gibier. Je suis sûre qu'il se fait rare autour du camp, maintenant. C'est pourquoi je ne veux pas arriver les mains vides. Je peux transporter une carcasse de bonne taille sur le travois de Zelandoni, expliqua Ayla.

— Ce n'est pas dangereux ? s'inquiéta Jeviva. Ça ne va pas attirer un prédateur ? Peut-être ne devrais-tu pas partir seule.

Marthona s'était jointe à eux, mais elle ne dit mot, pensant que rien ne dissuaderait Ayla si elle était décidée à partir.

— Loup m'avertira et je crois qu'à nous deux nous pouvons repousser un prédateur à quatre pattes, répondit celle-ci.

— Même un lion des cavernes ? demanda Jeralda. Peut-être devrais-tu attendre que les chasseurs puissent t'accompagner.

Ayla savait qu'elle cherchait une raison pour qu'elle reste afin de l'aider à mettre au monde son bébé.

— Ne te souviens-tu pas que nous avons chassé une troupe de lions qui essayaient de s'installer trop près de la Troisième Caverne ? C'était trop dangereux. Ils auraient vu une proie dans chaque enfant ou vieillard, nous devions les déloger. Lorsque nous avons tué un lion et deux lionnes, les autres sont partis.

— Oui, mais vous étiez plusieurs, tu es seule, fit remarquer Jeralda.

— Non, Loup sera avec moi et Whinney aussi. Les lions s'en prennent de préférence à une proie dont ils connaissent la faiblesse. Le mélange de nos odeurs les troublera et je garderai mon lance-sagaie à portée de main. Et puis, si je pars tôt, je pourrai arriver là-bas avant la tombée de la nuit, rétorqua Ayla, avant d'ajouter, à l'intention des chasseurs : Demain, je propose d'aller vers le sud-ouest.

Restée un peu à l'écart, Marthona écoutait la conversation. Elle ferait un bon chef, pensa-t-elle. Elle prend le commandement sans même s'en rendre compte ; ça lui vient naturellement. Elle va être une puissante Zelandoni.

Les chasseurs revinrent le lendemain avec deux grands cerfs qui représentaient une quantité de viande appréciable. Ayla pensa les faire tirer par Whinney jusqu'à la Caverne, mais les autres chasseurs n'y songèrent même pas. Ils les préparèrent sur place, vidèrent leur estomac, nettoyèrent les intestins et jetèrent les boyaux, mais conservèrent les autres organes, puis empoignèrent leurs ramures et entreprirent de les tirer. Ils étaient habitués à ramener eux-mêmes les bêtes tuées.

Deux jours après, Ayla était prête à partir. Elle chargea tout sur le grand travois de Zelandoni, y compris l'un des deux cerfs, enveloppé dans une natte en herbe tressée que Marthona l'avait aidée à confectionner. Elle projetait de partir le lendemain matin et d'arriver le soir au camp de la Réunion d'Eté sans avoir à mener Whinney trop durement. Mais il y eut un retard, pas vraiment inattendu. Jeralda commença à avoir des contractions au milieu de la nuit. Ayla était assez contente. Elle avait suivi sa grossesse tout l'été et n'avait pas vraiment envie de la laisser maintenant, si près du terme.

Cette fois-ci, Jeralda eut de la chance. Elle donna naissance à une fille avant midi. Son compagnon et sa mère étaient aussi heureux et excités qu'elle. Tandis qu'elle se reposait, Ayla commença à s'impatienter. Tout était prêt pour le départ ; par ailleurs, alors que laisser la viande vieillir un peu rehaussait sa saveur, si trop de temps passait elle risquait d'être un tantinet trop faisandée, à son goût du moins. Il ne lui fallait pas longtemps pour tout recharger, elle pouvait partir séance tenante. Mais il lui faudrait probablement passer une nuit en cours de route. Elle décida néanmoins de s'en aller.

Après avoir fait ses adieux et donné des instructions de dernière minute à Jeviva, Jeralda et Marthona, elle partit. Elle aimait chevaucher seule sur Whinney pendant que Loup bondissait à côté d'elles, et les deux animaux semblaient aussi y prendre plaisir. Le temps était doux, la couverture de monte apportait un confort supplémentaire et absorbait la sueur du cheval et d'Ayla. Celle-ci portait une tunique courte et son pagne d'étoffe, semblable à celui qu'elle avait quand Jondalar et elle s'étaient déplacés dans la chaleur estivale. Cela lui rappela leur Voyage et il lui manqua d'autant plus.

Son corps, un peu épaissi par le manque d'exercice ces dernières années, avait minci à la suite de son séjour mouvementé dans la grotte. Ses seins, devenus opulents quand ils étaient gonflés de lait pendant l'allaitement de Jonayla et à nouveau durant sa récente grossesse, avaient repris leur taille normale, et elle avait encore un bon tonus musculaire. Elle avait toujours eu la chair ferme et une belle silhouette, et bien qu'elle comptât maintenant trente-six ans, elle avait à peu près la même allure qu'à dix-sept.

Elle chevaucha jusqu'au coucher du soleil, puis s'arrêta et dressa le camp près de la Rivière. Dormir seule dans sa petite tente lui fit de nouveau penser à Jondalar. Elle se faufila sous ses fourrures, ferma les yeux et des visions de son compagnon se succédèrent ; elle avait envie qu'il soit là, ses bras autour d'elle, sa bouche sur la sienne. Elle ne cessait de se retourner, de s'agiter, n'arrivait pas à trouver le sommeil. A côté d'elle, Loup se mit à gémir.

— Je t'empêche de dormir, Loup ? demanda-t-elle.

Il se releva et pointa le museau dehors en grognant par l'ouverture triangulaire de la tente. Il rampa sous le rabat en grondant de façon plus menaçante.

— Loup ? Où vas-tu ? Loup ?

Elle détacha rapidement le rabat et sortit à son tour, munie de son propulseur et de deux sagaies. La lune était à son déclin, mais il y avait encore assez de lumière pour distinguer des formes. Whinney s'éloignait du travois. Malgré le manque de clarté, Ayla se rendit compte à la façon de se mouvoir de la jument qu'elle était nerveuse. Loup rasait le sol vers le travois, légèrement en arrière de celui-ci. Puis, l'espace d'un instant, elle aperçut une silhouette, une tête arrondie, deux oreilles terminées par une touffe de poils.

Un lynx !

Elle avait le souvenir d'un gros félin au pelage beige tacheté, à la queue courte et aux oreilles velues. Et disposant de longues pattes qui lui permettaient de courir vite. C'était sa première rencontre avec un lynx qui l'avait incitée à apprendre à lancer deux pierres rapidement l'une à la suite de l'autre avec sa fronde, de façon à ne pas se retrouver désarmée après le premier jet. Elle plaça une sagaie sur son engin en s'assurant qu'elle en avait une de rechange, prête à lancer.

Elle vit alors la silhouette s'approcher furtivement du travois.

— Aaaïïïe ! cria-t-elle en courant vers le félin. File d'ici ! Ce n'est pas à toi ! Va-t'en ! Va-t'en d'ici !

Effarouché, l'animal sauta en l'air, puis s'enfuit à toute allure. Loup se lança à sa poursuite, mais après quelques instants Ayla le siffla. Il ralentit, puis s'arrêta, et quand elle siffla de nouveau, il rebroussa chemin.

Ayla avait apporté un peu de petit bois. Elle s'en servit pour tenter de ranimer le feu. Les braises étaient éteintes et il lui fallut refaire du feu. Après avoir fait partir le petit bois, elle prit une torche pour aller chercher du combustible. Elle se trouvait dans une plaine traversée par la Rivière. Il y avait quelques arbres près du cours d'eau, mais le bois était vert ; elle trouva en revanche de l'herbe sèche et quelques crottes desséchées, sans doute de bison ou d'aurochs. Cela suffisait pour faire durer un moment le petit feu. Elle étendit ses fourrures près des flammes, se glissa dessous, Loup à côté d'elle. Whinney aussi resta près d'Ayla.

Elle somnola un peu durant la nuit, mais le moindre bruit la réveillait.

Elle se mit en route peu avant les premières lueurs de l'aube et elle ne s'arrêta que pour leur laisser le temps, à la jument, au loup et à elle, de boire à la rivière. Elle mangea une autre galette en chemin et aperçut la fumée des feux de camp avant midi. Ayla salua de la main quelques amis tandis qu'elle chevauchait le long de la Rivière en tirant le travois et elle se dirigea d'abord en amont vers l'endroit où la Neuvième Caverne avait campé auparavant.

Elle se rendit directement au vallon entouré d'arbres. Le corral en bois rudimentaire la fit sourire. Les chevaux hennirent doucement en guise de bienvenue dès qu'ils sentirent leur odeur. Loup courut en avant, frotta son museau aux naseaux de Rapide, qui était son ami depuis qu'il était petit, et à ceux de Grise, sur laquelle il avait veillé depuis la naissance de la jument. Il avait envers elle une attitude presque aussi protectrice qu'envers Jonayla.

En dehors des chevaux, le camp semblait désert. Loup se mit à renifler une tente familière et quand Ayla y porta son couchage, il était déjà près des fourrures dans lesquelles dormait habituellement Jonayla. Il la regarda et gémit, se languissant de l'enfant.

— Tu veux aller la chercher, Loup ? Vas-y, cherche Jonayla, dit-elle en le libérant du geste.

Il sortit en courant de la tente, flairant le sol pour repérer son odeur parmi les autres, puis il partit à toute allure, reniflant la terre de temps en temps. On avait vu Ayla arriver et, avant qu'elle ait eu le temps de décharger la viande, parents et amis vinrent l'accueillir. Joharran fut le premier, suivi de près par Proleva.

— Ayla ! Te voilà enfin ! s'exclama Joharran en se précipitant vers elle et en l'étreignant. Comment va Mère ? Tu n'as pas idée combien elle nous manque. Combien vous nous avez manqué.

Proleva l'embrassa à son tour.

— Oui, comment va Marthona ?

— Mieux, je crois. A mon départ, elle a dit que si elle s'était sentie aussi bien quand tout le monde est parti, elle serait peut-être venue.

— Et Jeralda ? demanda ensuite Proleva.

Ayla sourit.

— Elle a eu une fille, hier. Le bébé semble en parfaite santé, je ne crois pas qu'il soit né avant terme. Toutes les deux vont bien. Jeviva et Jonclotan sont très heureux.

— Apparemment, tu n'es pas arrivée les mains vides, dit Joharran en montrant le travois.

— Lorigan, Forason, Jonclotan et moi sommes allés chasser. Nous sommes tombés sur un troupeau de cerfs dans la Vallée Herbeuse et nous en avons abattu deux. J'en ai laissé un là-bas et j'ai apporté l'autre avec moi. J'ai pensé que de la viande fraîche serait la bienvenue. Je sais que les bêtes se font rares dans les parages en ce moment. Nous en avons mangé avant mon départ. C'est de la bonne viande ; les cerfs commencent à faire de la graisse pour l'hiver.

D'autres membres de la Neuvième Caverne arrivèrent, ainsi que des gens extérieurs. Joharran et deux d'entre eux entreprirent de décharger le travois.

Matagan, le premier apprenti de Jondalar, courut vers elle en boitant et la salua avec enthousiasme.

— Tout le monde se demandait quand tu allais arriver. Zelandoni n'arrêtait pas de répéter que tu n'allais pas tarder. Mais personne ne t'attendait en milieu de journée. Jondalar disait que tu viendrais sans doute à cheval et que tu ferais le trajet dans la journée.

— Il avait raison. C'est du moins ce que je projetais de faire, mais Jeralda a commencé à avoir des contractions au milieu de la nuit et elle a accouché hier matin. J'étais trop impatiente pour attendre, alors je suis partie dans l'après-midi et j'ai campé la nuit dernière, expliqua Ayla, tout en regardant autour d'elle et en se demandant où étaient Jondalar et Jonayla.

Joharran et Proleva se regardèrent et détournèrent rapidement les yeux.

— Jonayla est avec les autres filles de son âge, répondit Proleva. Les Zelandonia avaient une tâche à leur confier. Elles vont participer à une fête organisée par Ceux Qui Servent.

— Je ne sais pas vraiment où est Jondalar, dit Joharran, les sourcils froncés à la façon de son frère.

Il jeta un coup d'œil derrière Ayla et sourit.

— Mais il y a là quelqu'un qui veut te voir.

Ayla se retourna et suivit son regard. Elle vit un géant à la barbe et aux cheveux roux en broussaille.

— Talut ? C'est toi, Talut ? s'écria-t-elle en se précipitant vers le colosse.

— Non, Ayla. Pas Talut. Je suis Danug, mais Talut m'a chargé de t'embrasser, dit le jeune homme en l'étreignant affectueusement.

Elle se sentit non pas broyée – Danug avait appris depuis longtemps à se méfier de sa force – mais enveloppée, engloutie, presque étouffée en raison même de sa stature. Il était plus grand que Jondalar, qui mesurait déjà près de deux mètres, deux fois plus large d'épaules que deux hommes ordinaires, et ses bras étaient gros comme des cuisses d'homme. Elle ne put enlacer de ses bras sa poitrine massive et se fit la réflexion, en se reculant pour mieux le regarder, que si sa taille était relativement fine, ses cuisses et mollets musclés étaient énormes.

Ayla n'en avait connu qu'un qui était de proportions équivalentes à celles de Danug : Talut, l'homme auquel la mère de Danug était unie, le chef du Camp du Lion des Mamutoï. Si tant est que ce fût possible, le jeune homme était encore plus grand et fort.

— Je t'avais dit que je viendrais te voir un jour, dit-il. Comment vas-tu, Ayla ?

— Oh, Danug, dit-elle, les larmes aux yeux. Comme je suis contente de te voir. Quand es-tu arrivé ? Comment as-tu fait pour devenir si grand et fort ? Je crois que tu l'es encore plus que Talut !

Elle n'eut pas de mal à passer à la langue mamutoï, mais bien que ses mots fussent compréhensibles, ses questions n'en suivaient pas pour autant un ordre logique.

— Je le crois aussi, mais je n'oserai jamais le dire à Talut.

Ayla se retourna au son de la voix et vit un autre jeune homme. Il lui sembla inconnu, mais, à le regarder plus attentivement, elle lui trouva des similitudes avec d'autres qu'elle avait connus. Il ressemblait à Barzec mais était plus grand que l'homme courtaud et vigoureux, compagnon de Tulie, la Femme Qui Commande le Camp du Lion. Elle était la sœur de Talut, presque de la même taille que lui et de rang égal. Le jeune homme avait une certaine ressemblance avec tous les deux.

— Druwez ? dit Ayla. Tu es Druwez ?

— Il est difficile de se tromper avec ce gros balourd, dit le jeune homme en souriant à Danug, mais je ne savais pas si tu me reconnaîtrais.

— Tu as changé, dit Ayla en l'étreignant, mais je vois en toi ta mère et Barzec. Comment vont-ils ? Et comment vont Nezzie, Deegie et tous les autres ? demanda-t-elle en les embrassant tous deux du regard. Vous n'imaginez pas combien vous m'avez tous manqué.

— Tu leur manques aussi, dit Danug. Mais il y a avec nous quelqu'un d'autre qui brûle d'impatience de te rencontrer.

Un grand jeune homme au sourire timide et aux cheveux châtains et bouclés se tenait un peu à l'écart. Il s'avança sur l'invitation des deux Mamutoï. Ayla savait qu'elle ne l'avait jamais rencontré et pourtant il avait quelque chose d'étrangement familier qu'elle n'arrivait pas à définir.

— Ayla des Mamutoï... Zelandoni maintenant, je suppose, je te présente Aldanor, des S'Armunaï, dit Danug.

— Des S'Armunaï ! s'exclama Ayla.

Elle comprit soudain ce qui lui était si familier en lui : sa vêture, en particulier sa chemise. Elle était coupée et ornée dans le style unique de ce peuple auquel Jondalar et elle avaient involontairement rendu visite au cours de leur Voyage. Les souvenirs affluèrent. C'étaient des S'Armunaï, plus exactement le Camp d'Attaroa, qui avaient capturé Jondalar. Accompagnée de Loup et des chevaux, Ayla les avait suivis à la trace et l'avait retrouvé. Mais ce n'était pas la première fois qu'elle voyait une chemise de ce genre. Ranec, le Mamutoï avec lequel elle avait failli s'unir, en avait une, qu'il avait échangée contre des sculptures.

Ayla se rendit soudain compte qu'ils se dévisageaient mutuellement. Elle se reprit et s'avança vers le jeune homme, les mains tendues.

— Au nom de Doni, la Grande Terre Mère, appelée aussi Muna, tu es le bienvenu ici, Aldanor des S'Armunaï.

— Au nom de Muna, je te remercie, Ayla.

Il eut un sourire timide.

— Peut-être es-tu mamutoï ou zelandonii, mais sais-tu que parmi les S'Armunaï on t'appelle S'Ayla, Mère de l'Etoile du Loup, envoyée pour anéantir Attaroa, la Malfaisante ? On raconte tant d'histoires sur toi que je ne croyais pas que tu étais quelqu'un de réel. Je pensais que tu étais une légende. Lorsque Danug et Druwez se sont arrêtés à notre camp et ont annoncé qu'ils faisaient un Voyage pour te rendre visite, je leur ai demandé si je pouvais les accompagner. Je n'arrive pas à croire que j'ai fait ta connaissance !

Ayla sourit et secoua la tête.

— Je ne sais rien des histoires et des légendes. Les gens croient souvent ce qu'ils ont envie de croire, dit-elle en pensant qu'il avait l'air d'un gentil garçon.

— J'ai quelque chose pour toi, dit Danug. Si tu veux bien entrer, je vais te le donner.

Elle le suivit dans un petit abri couvert de peaux, apparemment leur tente de voyage, et le regarda fouiller dans ses bagages. Il en tira un menu objet soigneusement enveloppé et attaché avec une ficelle.

— Ranec m'a dit de te remettre ça en mains propres.

Ayla défit le petit paquet. Elle ouvrit de grands yeux et resta bouche bée devant son contenu : un cheval taillé dans de l'ivoire de mammouth, assez petit pour tenir dans le creux de sa main et sculpté de manière si exquise qu'il paraissait vivant. Il tendait la tête en avant, comme s'il luttait contre le vent. Les lignes creusées dans la crinière dressée et la robe à poils hirsutes évoquaient la texture rugueuse de la peau du petit cheval des steppes sans masquer son allure trapue. L'ocre jaune avec lequel avait été teinté l'animal correspondait exactement à la nuance d'un cheval qu'elle connaissait bien, tandis que les jambes et la colonne vertébrale avaient été ombrées de noir.

— Oh, Danug, il est superbe... C'est Whinney, n'est-ce pas ? ajouta Ayla en souriant, les yeux brillants de larmes.

— Oui, bien sûr. Il a commencé à sculpter ce cheval dès que tu es partie.

— Je crois que la chose la plus pénible que j'aie faite dans ma vie a été d'annoncer à Ranec que je partais avec Jondalar. Comment va-t-il ?

— Bien, Ayla. Il s'est uni à Tricie à la fin du même été. Tu sais, cette femme qui avait un bébé probablement engendré par son esprit ? Elle a trois enfants maintenant. Elle est querelleuse, mais elle lui convient bien. Elle s'emporte à propos d'une broutille et il se contente de sourire. Il dit qu'il aime bien son esprit. Elle est incapable de résister à son sourire et elle l'aime vraiment. Je crois cependant qu'il ne t'oubliera jamais complètement. Ça a créé quelques difficultés entre eux au départ.

— Quel genre de difficultés ? demanda Ayla en fronçant les sourcils.

— Il la laisse faire presque tout ce qu'elle veut et je crois qu'au début elle le croyait faible parce qu'il lui cédait si facilement. Elle le poussait à bout pour voir jusqu'où elle pouvait aller. Puis elle a eu des exigences ; elle voulait qu'il lui procure ceci ou cela. Il semblait s'en amuser. Aussi extravagant que ce fût, il réussissait à lui obtenir tout ce qu'elle demandait et il le lui offrait avec ce sourire que tu connais.

— Oui, je le connais, dit Ayla, souriant elle aussi à ce souvenir, les yeux humides. Content de lui comme s'il avait gagné un concours et imbu de son ingéniosité.

— Puis elle a tout chamboulé dans la maison, continua Danug. Son espace de travail, ses outils, toutes les choses qu'il accumulait et rangeait. Il ne s'y est pas opposé. A mon avis, il voulait voir ce qu'elle allait faire. Mais je me trouvais chez eux le jour où elle a décidé de déplacer ce cheval. Je ne l'ai jamais vu si en colère. Il n'a pas haussé le ton ; il lui a seulement dit de le remettre en place. Elle était surprise. Je ne pense pas qu'elle l'ait cru. Il lui cédait toujours. Il lui a répété de le remettre où il était et, comme elle n'obtempérait pas, il lui a saisi le poignet, assez durement, le lui a pris de la main et lui a demandé de ne plus jamais toucher à ce cheval. Si elle le refaisait, il romprait leur union et paierait le prix. Il lui a dit qu'il l'aimait mais qu'elle ne posséderait jamais une certaine partie de lui. Si elle ne l'acceptait pas, elle n'avait qu'à s'en aller.

« Tricie est sortie en pleurant de leur logis, mais Ranec s'est contenté de reposer le cheval à sa place, de s'asseoir et de se mettre à sculpter. Lorsqu'elle est finalement revenue, il faisait nuit. Je n'ai pu m'empêcher d'entendre ce qu'ils disaient ; leur foyer est voisin du nôtre et, bon, j'avais sans doute envie d'entendre. Elle lui a dit qu'elle l'aimait, qu'elle l'avait toujours aimé et voulait rester avec lui, même s'il t'aimait encore. Elle a promis de ne plus toucher au cheval et elle a tenu sa promesse. Après cela, elle l'a respecté ; ça lui a fait prendre conscience de ses sentiments pour lui. Il est heureux, Ayla. Je crois qu'il ne t'oubliera jamais, mais il est heureux.

— Je ne l'oublierai jamais non plus. Je pense encore à lui de temps en temps. Si je n'avais pas rencontré Jondalar, j'aurais pu être heureuse avec lui. Je l'aimais vraiment ; c'est seulement que j'aime Jondalar davantage. Parle-moi des enfants de Tricie.

— Cette conjonction des esprits a produit un mélange intéressant. L'aîné est un garçon – tu l'as vu, n'est-ce pas ? Tricie l'a emmené à la Réunion d'Eté.

— Oui, je l'ai vu. Il était très clair de peau. Il l'est toujours autant ?

— Il a la peau la plus blanche que j'aie jamais vue, sauf qu'elle est couverte de taches de rousseur. Tricie est rousse et elle est claire de peau, mais pas autant que lui. Il a les yeux bleu pâle et les cheveux roux et crépus. Il ne supporte pas le soleil et ça lui fait mal aux yeux. Mais en dehors de sa couleur de peau et de ses cheveux, il ressemble à Ranec comme deux gouttes d'eau. Ça fait un drôle d'effet de les voir ensemble, la peau brune de Ranec à côté de celle de Ra, toute blanche, mais le visage est le même. Il a encore plus le sens de l'humour que Ranec. Il fait déjà rire tout le monde et adore voyager. Ça ne m'étonnerait pas qu'il devienne conteur itinérant. Je suis impatient de voir ce qu'il va faire quand il sera assez âgé pour partir seul. Il voulait nous accompagner au cours de notre Voyage. S'il avait eu quelques années de plus, je l'aurais emmené. Il aurait été de bonne compagnie.

« La fille de Tricie est une beauté. Elle a la peau foncée, mais pas comme Ranec, les cheveux noirs comme la nuit et bouclés. Les yeux noirs. Le regard grave. C'est une petite chose délicate et silencieuse, mais tous les hommes qui la voient sont en extase devant elle, je te le jure. Elle n'aura pas de mal à trouver un compagnon.

« Quant au bébé, il est brun comme Ranec, mais, bien qu'il soit trop tôt pour se prononcer, je crois qu'il ressemblera plus à Tricie.

— Il semble que Tricie ait enrichi le Camp du Lion, Danug. J'aimerais bien voir ses enfants. J'ai une petite fille, moi aussi, dit Ayla.

Elle se souvint brusquement qu'elle aurait pu en avoir une autre bientôt si elle n'avait pas été appelée dans la grotte.

J'aimerais lui expliquer que ce n'est pas seulement la fusion des esprits qui engendre les enfants, pensa-t-elle.

— Je sais. J'ai fait la connaissance de Jonayla. Elle te ressemble énormément, sauf qu'elle a les yeux de Jondalar. J'aimerais bien pouvoir la ramener avec moi et lui faire connaître tout le monde. Nezzie l'adorerait. Je suis déjà amoureux d'elle, comme j'étais amoureux de toi quand j'étais gamin, dit Danug en riant de plaisir.

Ayla avait l'air si surprise qu'il rit de plus belle et, à travers son rire, elle entendait celui, tonitruant, de Talut.

— Amoureux de moi ?

— Ça ne m'étonne pas que tu ne l'aies pas remarqué. Entre Ranec et Jondalar, tu avais l'esprit assez occupé comme ça, mais je n'arrêtais pas de penser à toi. Je rêvais de toi. En fait, je t'aime toujours, Ayla. N'aimerais-tu pas retourner au Camp du Lion avec moi ? dit-il avec un grand sourire, l'œil pétillant d'un désir empreint de nostalgie, une passion qui ne pourrait jamais être satisfaite.

Elle détourna le regard quelques instants, puis changea de sujet :

— Parle-moi des autres. De Nezzie et Talut, de Latie et de Rugie.

— Mère va bien. Elle se fait vieille, c'est tout. Talut perd ses cheveux, à son grand dam. Latie a un compagnon et une fille ; elle parle toujours de chevaux. Rugie cherche un compagnon, ou plus exactement les jeunes gens la recherchent. Elle a connu les Premiers Rites, Tusie aussi, en même temps. Oh, et Deegie a deux fils. Elle m'a dit de te transmettre ses pensées affectueuses. Tu n'as jamais connu son frère, Tarneg, n'est-ce pas ? Sa compagne a trois enfants. Tu sais qu'ils ont bâti une hutte en terre dans le voisinage ; Deegie et Tarneg sont Homme et Femme Qui Commandent. Tulie est contente car elle peut voir ses petits-enfants presque tous les jours. Et elle a pris un autre compagnon. Barzec dit qu'elle est trop femme pour n'avoir qu'un homme.

— Je le connais ? demanda Ayla.

Danug sourit.

— En fait, oui. C'est Wymez.

— Wymez ?! Tu veux dire celui du foyer de Ranec, le tailleur de silex que Jondalar admire tant ?

— Oui, ce Wymez-là. Il nous a tous surpris, y compris Tulie, je crois. Et Mamut est parti pour le Monde d'Après. Nous en avons un nouveau, mais il est difficile de s'habituer à avoir quelqu'un d'autre au Troisième Foyer.

— Cela me fait beaucoup de peine. J'aimais ce vieil homme. J'ai reçu une formation pour devenir Une Qui Sert la Mère, mais c'est lui qui m'a instruite au départ. Mon apprentissage est presque terminé.

Ayla ne voulait pas en dire trop avant d'avoir parlé à Zelandoni.

— C'est ce que Jondalar m'a dit. J'ai toujours pensé que tu servirais la Mère. Mamut ne t'aurait jamais adoptée s'il ne l'avait pas pensé aussi. Il fut un temps où ceux du Camp du Lion croyaient que tu deviendrais leur Mamut, quand le vieil homme aurait quitté ce monde. Ayla, peut-être es-tu zelandonii ici, mais tu es toujours mamutoï, tu fais toujours partie du Camp du Lion.

— Je suis heureuse de l'entendre. Quels que soient les noms ou liens que je pourrai jamais avoir, au fond de mon cœur, je serai toujours Ayla des Mamutoï.

— Tu as en effet acquis des noms et laissé dans ton sillage un chapelet d'histoires au cours de votre Voyage, dit Danug. Je n'ai pas seulement entendu parler de toi par les S'Armunaï, mais par des gens qui ne t'avaient jamais rencontrée. On a tout dit de toi, que tu étais une guérisseuse chevronnée, la maîtresse de forces spirituelles étonnantes, une muta vivante – je crois qu'ici on dit donii –, une incarnation de la Grande Terre Mère Elle-même venue aider Son peuple. Et Jondalar était son beau compagnon blond – son « pâle amant rayonnant », comme on dit ici. Même Loup était une incarnation, celle de l'Etoile du Loup. Dans les histoires qu'on raconte sur lui, il est aussi bien l'animal vengeur que la gentille créature qui veille sur les petits enfants. Les chevaux aussi. Des animaux merveilleux dont le Grand Esprit du Cheval te permettait de te faire obéir. D'après une histoire, racontée chez les gens d'Aldanor, les chevaux étaient capables de voler et de vous ramener chez vous dans le Monde d'Après, toi et Jondalar. J'en arrivais à me demander si toutes ces histoires parlaient des mêmes personnes, mais après avoir bavardé avec Jondalar, je sais que vous avez vécu des aventures passionnantes.

— Les gens aiment bien grossir la réalité pour la faire paraître plus captivante. Et qui prouvera le contraire une fois que ceux dont on parle seront partis ? Nous n'avons fait que revenir au foyer de Jondalar. Je ne doute pas que tu aies eu aussi ta part d'aventures.

— Mais nous n'avons pas voyagé avec deux chevaux magiques et un loup.

— Danug, tu sais très bien que ces animaux n'ont rien de magique. Tu as vu Jondalar dresser Rapide et tu étais là quand j'ai ramené Loup encore tout petit au logis.

— A propos, où est-il ? Je me demande s'il se souvient encore de moi.

— Dès que nous sommes arrivés, il a couru chercher Jonayla. Apparemment, elle est avec des camarades de son âge en train de préparer quelque chose pour la Zelandonia. Mais je n'ai pas encore vu Jondalar. A-t-il parlé d'aller chasser ?

— Pas à moi, répondit Danug. Nous ne sommes pas là depuis longtemps. Nous sommes des étrangers venus de loin, mais, présentés par Jondalar comme étant de ta famille, nous avons été accueillis à bras ouverts. Tout le monde veut entendre nos histoires et pose des questions sur notre peuple. On nous a demandé de participer aux Premiers Rites. Même à moi, grand et fort comme je suis, bien qu'on m'ait interrogé sur mon expérience avec les jeunes filles, et une ou deux femmes-donii m'ont mis à l'épreuve.

Le jeune colosse rit de plaisir.

— Jondalar a servi d'interprète pour nous au début, mais nous avons appris le zelandonii et maintenant nous ne nous débrouillons pas trop mal tout seuls. Les gens ont été très gentils avec nous ; ils veulent sans cesse nous faire des cadeaux, mais tu sais que mieux vaut voyager léger. A propos, j'ai apporté quelque chose que tu avais laissé là-bas. Je l'ai donné à Jondalar. Tu te souviens de ce morceau d'ivoire que Talut vous avait donné quand vous êtes partis ? Celui où avaient été indiqués des repères pour vous aider à prendre la bonne direction au départ de votre Voyage ?

— Oui. Nous avions dû le laisser par manque de place.

— Laduni me l'a remis pour que je vous le rende.

— Ça a dû faire plaisir à Jondalar. Il voulait le garder en souvenir de son séjour au Camp du Lion.

— Je le comprends. Les S'Armunaï m'ont donné quelque chose que je vais précieusement garder. Je vais te le montrer.

Il sortit un petit mammouth fait d'un étrange matériau très dur.

— J'ignore quelle sorte de pierre c'est. Aldanor affirme qu'ils la fabriquent, mais je ne sais si je dois le croire.

— Ils la fabriquent effectivement. Ils utilisent de l'argile humide, lui donnent forme et la cuisent avec un feu très chaud dans un espace clos, comme un four aménagé dans le sol, jusqu'à ce qu'elle devienne dure comme de la pierre. J'ai vu la S'Armunaï du Camp des Trois Sœurs le faire. C'est elle qui a découvert comment obtenir cette pierre...

Ayla s'interrompit et prit une expression lointaine, comme si elle regardait dans sa mémoire.

— Elle n'était pas méchante, mais Attaroa l'a fait sortir du droit chemin pendant quelque temps. Les S'Armunaï sont des gens intéressants.

— Jondalar m'a dit ce qui vous était arrivé là-bas, dit Danug. Cependant Aldanor n'est pas du même Camp. Nous nous sommes arrêtés pour la nuit aux Trois Sœurs. J'ai trouvé bizarre qu'il y ait autant de femmes, mais elles se sont montrées très hospitalières. Après avoir parlé avec Jondalar, je me suis rendu compte que je ne serais peut-être pas arrivé jusqu'ici si vous n'étiez pas passés par là avant. J'en frémis rien qu'en y pensant.

Le rabat de cuir de l'entrée s'écarta. Un homme passa la tête à l'intérieur.

— Si j'avais su que tu voulais la garder pour toi seul, j'aurais réfléchi à deux fois avant de t'emmener avec nous à cette Réunion d'Eté, jeune homme, dit-il d'un ton sévère avant de sourire. Je ne peux t'en blâmer, je sais que tu ne l'as pas vue depuis longtemps, mais beaucoup d'autres veulent parler à cette jeune personne.

— Dalanar ! s'exclama Ayla en se levant et en sortant de la petite tente pour l'embrasser.

Il avait vieilli mais ressemblait toujours beaucoup à Jondalar ; à sa vue, une bouffée d'affection l'envahit.

— Danug et ses deux compagnons sont arrivés avec toi ? Comment t'ont-ils trouvé ?

— Par hasard, à moins que cela n'ait été voulu, ça dépend comment on le voit. Certains d'entre nous étaient partis chasser. Une vallée proche d'ici attire beaucoup de troupeaux de passage. Ils nous ont vus et nous ont fait comprendre qu'ils voulaient participer à la chasse. Nous étions très contents d'avoir trois jeunes gens vigoureux en renfort. J'avais déjà commencé à penser que si la chasse était vraiment bonne, assez pour faire des réserves de viande pour l'hiver prochain et en emporter avec nous, nous pourrions peut-être aller à la Réunion des Zelandonii cette année.

« Leur aide a été décisive. Nous avons tué six bisons. C'est seulement en fin de soirée que ce jeune homme a commencé à s'enquérir de toi et de Jondalar et a demandé comment trouver les Zelandonii, expliqua Dalanar en montrant le géant roux qui sortait de la tente.

« La langue a posé un petit problème. Danug n'était capable que de répéter : "Jondalar de la Neuvième Caverne des Zelandonii." J'ai tenté de lui expliquer que Jondalar était le fils de mon foyer, mais sans grand succès, continua le vieil homme. Puis Echozar est revenu de la mine de silex et Danug s'est mis à communiquer par signes avec lui. Il a été surpris de constater qu'Echozar était capable de parler mais beaucoup moins que celui-ci en voyant Danug et Druwez s'adresser à lui par signes. Quand Echozar leur a demandé où ils avaient appris, Danug nous a parlé de son frère, un garçon adopté par sa mère, décédé maintenant. Il a dit que c'était toi qui avais appris à tous le langage des signes afin qu'ils puissent s'exprimer et se faire comprendre.

« C'est de cette façon que nous avons réussi à communiquer au début. Danug et Druwez parlaient à Echozar par signes et il traduisait. J'ai alors pris une décision et j'ai dit à Danug que nous allions à la Réunion d'Eté des Zelandonii et que j'étais disposé à les emmener avec nous. Le lendemain, Willamar et sa petite troupe sont arrivés. C'est étonnant de voir avec quelle facilité il communique avec les gens même s'il ne connaît pas leur langue.

— Willamar est ici lui aussi ? s'exclama Ayla.

— Oui, je suis là.

Ayla se retourna et sourit de plaisir en voyant le vieux Maître du Troc. Ils s'étreignirent chaleureusement.

— Tu es venu avec les Lanzadonii aussi ?

— Non, répondit Willamar. Il nous restait encore quelques haltes avant d'achever notre tournée. Nous sommes arrivés il y a quelques jours. Je m'apprêtais à repartir pour la Neuvième Caverne.

— Je suis de ceux qui ont vu arriver la Neuvième Caverne, dit Danug. Quand j'ai aperçu les chevaux au loin, j'ai su que ce devait être les gens avec qui tu vis, Ayla. J'ai été très déçu de ne pas te trouver parmi eux, mais content de voir Jondalar. Lui au moins parle le mamutoï. J'ai tout de suite compris que Jonayla était votre fille, surtout quand je l'ai vue sur le dos du cheval gris. Si tu n'étais pas venue, je serais reparti avec la Neuvième Caverne et je t'aurais fait la surprise, mais c'est toi qui nous as surpris.

— Tu es une surprise, Danug, une surprise bienvenue. Et tu peux toujours aller rendre visite à la Neuvième Caverne, tu sais, dit Ayla avant de se tourner vers Dalanar. Je suis heureuse que tu aies décidé de venir avec les Lanzadonii. Jerika est-elle avec vous ? Marthona sera très déçue de ne pas vous voir tous.

— J'ai été désolé d'apprendre qu'elle ne venait pas. Jerika avait hâte de la voir aussi. Incroyable comme elles sont devenues bonnes amies ! Comment va Marthona ?

— Pas très bien, répondit Ayla. Elle se plaint d'avoir mal aux articulations, mais il n'y a pas que cela. Elle a une douleur dans la poitrine et peine à respirer quand elle se surmène. J'avais l'intention de venir à la Réunion dès que possible, mais je répugnais à la laisser. Elle semblait cependant aller mieux quand je suis partie.

— Tu crois vraiment ? demanda Willamar, l'air grave.

— Elle a dit que si elle s'était sentie aussi bien quand la Neuvième Caverne est partie, elle serait peut-être venue, mais je ne crois qu'elle aurait pu faire tout le trajet à pied.

— Quelqu'un aurait pu la porter, dit Dalanar. J'ai porté deux fois Hochaman sur mes épaules jusqu'aux Grandes Eaux de l'Ouest avant sa mort.

Il se tourna vers Danug.

— Hochaman était le compagnon de la mère de Jerika. Ils ont fait tout le voyage depuis les Mers Sans Fin de l'Est. Ses larmes étaient mêlées du sel des Grandes Eaux de l'Ouest, mais c'étaient des larmes de joie. Son vœu le plus cher était d'aller aussi loin que va la terre, plus loin que personne n'était jamais allé. Je n'ai jamais entendu dire que quelqu'un soit allé plus loin.

— Nous nous sommes souvenus de cette histoire, Dalanar, et nous voulions la porter, mais elle ne voulait pas monter sur les épaules de Jondalar, dit Ayla. Elle avait l'impression que cela manquait de dignité, je crois. Elle ne voulait pas non plus chevaucher sur Whinney. Je lui ai demandé, elle ne voulait pas. Elle aime les chevaux, mais l'idée de monter dessus l'a toujours effrayée.

Elle remarqua le travois maintenant déchargé.

— Je suis en train de me demander... Willamar, tu crois qu'elle accepterait de se déplacer sur les perches ?

— Quelques hommes pourraient aussi se relayer pour la porter sur une litière, suggéra Dalanar. A quatre, un à chaque coin, ce serait facile. Elle n'est pas lourde.

— Et elle pourrait s'asseoir, elle ne serait pas obligée de toujours regarder vers l'arrière. Je suis tentée de demander à Jondalar de retourner la chercher, mais je ne l'ai pas encore vu. Tu étais avec lui, Dalanar ? demanda Ayla.

— Non, je ne l'ai pas vu de la journée. Il peut être n'importe où. Tu sais comment ça se passe à une réunion comme celle-ci. Je n'ai même pas vu Bokovan de la journée.

— Bokovan ? Joplaya et Echozar sont ici ? Je croyais qu'Echozar avait dit qu'il ne reviendrait jamais, après toutes les histoires provoquées par son union avec Joplaya ! s'étonna Ayla.

— Ça n'a pas été facile de le persuader. Jerika et moi pensions qu'il devait venir, pour le bien de Bokovan. Il va falloir qu'il se trouve un jour une compagne et il n'y a pas encore assez de Lanzadonii. Tous les jeunes sont élevés comme frères et sœurs et tu sais ce qu'il advient quand les enfants grandissent ensemble : ils ne se considèrent pas mutuellement comme des conjoints potentiels. J'ai dit à Echozar que seules quelques personnes s'étaient opposées à son union, mais il n'était pas convaincu. C'est seulement quand le grand Mamutoï, son cousin et son ami sont venus qu'il s'est décidé à partir. Ils nous ont beaucoup aidés.

— Qu'ont-ils fait ?

— Justement, répondit Dalanar. Ils n'ont rien fait. Tu sais que les gens semblent toujours mal à l'aise en présence d'Echozar quand ils le rencontrent pour la première fois ; toi, tu ne l'as jamais été, mais tu fais exception. Je crois que c'est pour cela qu'il a pour toi une affection particulière. Danug non plus n'a jamais montré de réticence à son égard ; il s'est mis tout de suite à parler avec lui par signes. Les jeunes S'Armunaï non plus ne semblaient pas terriblement gênés par Echozar. Apparemment, ils ne sont pas aussi hostiles à ceux qui sont d'esprit mêlé que certains Zelandonii.

— C'est vrai, confirma Ayla. Les mélanges semblent plus courants chez eux, et mieux acceptés, quoique pas complètement, surtout quand l'allure particulière des gens du Clan est aussi marquée que chez Echozar. Il aurait sans doute des problèmes même ici.

— Pas avec Aldanor. Les trois jeunes gens l'ont accepté aussi aisément que n'importe qui d'autre. Ils ne l'ont pas considéré comme une exception et ont été aimables avec lui sans se forcer. Ils l'ont traité comme n'importe quel autre jeune homme. Echozar s'est rendu compte que tout le monde ne le déteste pas ni ne s'oppose à lui. Il pouvait se faire des amis et Bokovan aussi. Ce jeune couple qui s'est formé en même temps que vous – Jondecam et Levela ? – a complètement adopté Bokovan. Il est là tout le temps à jouer avec leurs enfants et tous les autres qui courent partout dans le camp. Je me demande parfois comment ils supportent d'en avoir autant dans les jambes sans arrêt, s'interrogea Dalanar.

— Levela a une patience infinie, dit Ayla. Je crois qu'elle adore ça.

Elle se tourna vers Danug.

— Vous allez revenir avec nous à la Neuvième Caverne, n'est-ce pas ? Tu n'as fait que commencer à me rapporter les nouvelles en retard des membres du Camp.

— Nous espérons passer l'hiver avec vous. J'aimerais aller jusqu'aux Grandes Eaux de l'Ouest avant de rentrer. Et puis, je ne vois pas comment nous pourrions décider Aldanor à partir d'ici avant le printemps... au plus tôt, dit Danug en souriant à son ami.

Ayla lui lança un regard interrogateur.

— Pour quelle raison ?

— Quand tu le verras en présence de la sœur de Jondalar, tu comprendras.

— Folara ?

— Oui, Folara. Il est absolument, totalement fou d'elle. Et je crois que ce sentiment est peut-être réciproque. En tout cas, ça ne semble pas la déranger de passer du temps en sa compagnie. Beaucoup de temps...

Danug avait parlé mamutoï, langue similaire à celle d'Aldanor, qui avait appris à bien la maîtriser au cours de leur Voyage, et le nom de la sœur de Jondalar était le même dans n'importe quelle langue. Ayla vit le jeune homme rougir. Elle leva les sourcils puis sourit.

La grande et gracieuse jeune fille qu'était devenue Folara attirait facilement l'attention où qu'elle aille. Elle avait l'élégance naturelle de sa mère et le charme débonnaire de Willamar ; et comme Jondalar l'avait toujours prédit, Folara était belle. Sa beauté n'était pas tout à fait la manifestation achevée de la perfection qu'avait été Jondalar dans sa jeunesse – et qu'il était encore pour l'essentiel. Elle avait la bouche un peu trop généreuse, les yeux un peu trop espacés, ses cheveux châtain clair étaient légèrement trop fins, mais ces petites imperfections ne la rendaient que plus accessible et attirante.

Folara n'avait pas manqué de prétendants, mais aucun n'avait vraiment excité son imagination ni satisfait ses attentes inexprimées. Le peu d'empressement qu'elle mettait à choisir un compagnon rendait folle sa mère, qui voulait avoir un petit-enfant de sa fille. Après avoir passé tant de temps avec elle, Ayla en était arrivée à mieux la connaître et elle savait que l'intérêt manifesté par

Folara à l'endroit du jeune S'Armunaï importerait beaucoup à Marthona. La grande question était de savoir si Aldanor déciderait de rester chez les Zelandonii ou si Folara irait avec lui chez les S'Armunaï. Il faut que Marthona vienne ici, pensa Ayla.

— Willamar, as-tu remarqué que Folara n'était pas indifférente à ce jeune S'Armunaï ? demanda-t-elle en souriant au visiteur rougissant.

— Maintenant que tu en parles, j'ai l'impression qu'ils ont passé beaucoup de temps ensemble depuis que je suis ici.

— Tu connais Marthona, Willamar. Tu sais qu'elle aimerait être ici si Folara s'intéresse sérieusement à un jeune homme, surtout si celui-ci a l'intention de la ramener chez lui. Je suis certaine qu'elle viendrait ici si elle le pouvait.

— Tu as raison, Ayla, mais est-elle assez vigoureuse pour cela ?

— Tu as évoqué la possibilité de la transporter sur une litière, Dalanar. Combien de temps crois-tu qu'il faudrait à quatre jeunes gens solides pour retourner à la Neuvième Caverne et la ramener ici ?

— Pas plus de quelques jours pour de bons coureurs, peut-être deux fois plus pour revenir, sans compter celui qu'il lui faut pour se préparer. Tu crois vraiment qu'elle se porte assez bien pour supporter le voyage ?

— Jerika se porterait-elle assez bien s'il s'agissait de Joplaya ? demanda Ayla.

Dalanar hocha la tête, convaincu.

— Marthona semblait aller beaucoup mieux quand je suis partie et, si elle n'a pas à faire d'effort physique, je crois qu'elle sera tout aussi bien ici, où tant de gens peuvent l'aider, qu'à la Neuvième Caverne, poursuivit la jeune femme. Elle aime les chevaux, les regarder ou les flatter et, en l'occurrence elle sera certainement disposée à se déplacer sur des perches pour venir ici, mais elle sera plus à l'aise sur une litière et pourra bavarder en chemin avec ses compagnons de voyage. J'aimerais avoir l'avis de Jondalar, mais apparemment il n'est pas dans les parages. Est-ce que toi, Dalanar et peut-être Joharran, vous pouvez organiser ça, Willamar ?

— Je crois, Ayla. Tu as probablement raison. Il faut que la mère de Folara vienne si celle-ci envisage sérieusement une union, surtout avec un étranger.

— Mère ! Mère ! Te voilà ! Tu es enfin arrivée ! lança une jeune voix.

Cette interruption charma Ayla. Elle se retourna, sourit et ses yeux s'éclairèrent en tendant les bras à la fillette qui courait vers elle, le loup bondissant gaiement à son côté. Sa fille sauta dans ses bras.

— Tu m'as tant manqué, murmura Ayla en la serrant contre elle, avant de se reculer pour la regarder et de la serrer de plus belle dans ses bras.

— Je n'arrive pas à croire que tu aies tant grandi, dit-elle en la reposant à terre.

Zelandoni avait suivi l'enfant à une allure plus tranquille. Elle sourit chaleureusement en s'approchant d'Ayla.

— Tu as fini tes observations ? demanda-t-elle après qu'elles se furent embrassées.

— Oui, et j'en suis contente, mais c'était passionnant de voir le soleil s'arrêter et revenir en arrière et de consigner le phénomène. Le seul ennui, c'est que je n'avais personne qui le comprenne vraiment pour partager ces instants avec moi. Je n'arrêtais pas de penser à toi.

Zelandoni observa attentivement la jeune femme. Quelque chose avait changé en Ayla. Elle tenta de déterminer quoi. Ayla avait perdu du poids ; avait-elle été malade ? Son ventre aurait dû commencer à s'arrondir, mais sa taille était plus fine et sa poitrine plus menue.

O Doni, pensa-t-elle. Elle n'est plus enceinte. Elle a dû perdre son bébé avant qu'il naisse.

Mais il y avait autre chose, une confiance en soi, une assurance nouvelle dans ses manières, une acceptation de la tragédie. Elle savait qui elle était : une Zelandoni !

Elle a été appelée ! Elle a dû perdre son enfant à ce moment-là.

— Il va falloir que nous parlions, ne crois-tu pas, Ayla ? dit Zelandoni Qui Etait la Première en insistant sur son nom.

On pouvait l'appeler Ayla, mais elle n'était plus Ayla.

— Oui, répondit la jeune femme.

Elle n'avait pas à en dire davantage. Elle savait que la Première avait compris.

— Et que nous parlions sans tarder.

— Oui.

— Et je suis désolée, Ayla. Je sais que tu voulais un enfant, ajouta-t-elle à voix basse.

Avant qu'Ayla ait pu répondre, d'autres gens s'étaient rassemblés autour d'elles.

Presque tous ses proches parents et amis vinrent au camp lui souhaiter la bienvenue. Tout le monde semblait être là, sauf Jondalar, et personne ne paraissait savoir où il était. D'ordinaire, quand quelqu'un sortait du camp seul ou avec une ou deux autres personnes, il disait où il allait. Ayla aurait pu commencer à s'inquiéter, mais, apparemment, personne d'autre ne le faisait. La plupart restèrent là pour prendre un repas ou un en-cas. Ils racontaient les événements qui avaient eu lieu, parlaient des autres, de ceux qui contractaient une union, qui avaient eu un autre enfant ou en attendaient un, qui avaient décidé de rompre le lien ou de prendre un deuxième compagnon ou une deuxième compagne, bref les potins habituels.

Dans l'après-midi, ils s'en allèrent peu à peu pour vaquer à d'autres activités. Ayla rangea son couchage et le reste de ses affaires. Elle était contente d'avoir emmené auparavant les chevaux au corral aménagé dans le pré au milieu des bois, moins pour les empêcher de s'enfuir que pour maintenir les gens à l'écart. Des chevaux dans un pré étaient considérés comme un gibier idéal en temps normal. Bien que tout le monde ait su que la Neuvième Caverne était venue avec des chevaux, pour bien faire comprendre qu'il s'agissait de ces deux-là, la parcelle où ils paissaient avait été clôturée de manière visible. Jondalar et Jonayla les emmenaient souvent dans les steppes herbeuses ou galoper, mais chaque fois qu'ils sortaient de l'enclos Ayla savait que quelqu'un était avec eux.

Jonayla retourna avec Zelandoni et Loup au quartier de la Zelandonia pour mettre la dernière main aux préparatifs de la soirée spéciale. Ayla décida de panser Whinney une bonne fois après leur chevauchée dans la chaleur et la poussière et elle alla à l'enclos, équipée de morceaux de cuir souple et de cardes. Elle brossa aussi un peu Rapide et Grise, uniquement pour les flatter et leur montrer de l'attention.

Elle regarda le petit ruisseau qui coulait sur le bord du vallon herbeux avant de se jeter dans la Rivière et elle se rappela la dernière fois où la Réunion avait eu lieu là. Il y avait un petit plan d'eau où l'on pouvait nager, un peu plus en amont, se souvint-elle. Rares étaient ceux qui le savaient car il se trouvait trop loin du camp pour être d'un accès commode. Elle ne connaissait pas alors aussi bien son peuple d'adoption ; Jondalar et elle y allaient quand ils voulaient s'isoler des autres et passer un moment ensemble.

Nager me ferait du bien, pensa-t-elle, et tant de gens se baignent dans la rivière qu'elle est boueuse. Elle se dirigea en amont vers le méandre où le ruisseau avait creusé son lit plus profondément près de la berge extérieure et laissé une grève herbeuse et une plage de petits galets à l'intérieur de la boucle. Elle sourit en songeant à Jondalar et à ce qu'ils faisaient au bord du ruisseau. Elle avait tant pensé à lui, à l'effet qu'il produisait sur elle... Elle s'échauffa en imaginant ses mains sur elle et sentit même une humidité entre ses jambes. Cela lui donna envie de faire un autre bébé.

A l'approche du plan d'eau, elle entendit des éclaboussements, puis des voix, et faillit faire demi-tour. Apparemment quelqu'un d'autre a trouvé l'endroit, pensa-t-elle. Je ne tiens pas à déranger un couple désireux d'être seul. Mais peut-être n'est-ce pas un couple, seulement des gens venus nager. En approchant davantage, elle entendit une voix de femme, puis une autre, d'homme. Elle n'arrivait pas à distinguer leurs paroles, mais quelque chose dans cette voix la contrariait.

Elle se déplaçait aussi silencieusement que lorsqu'elle traquait un animal avec sa fronde. Elle entendit encore parler, puis un rire profond empreint d'un total abandon. Elle n'avait pas entendu ce rire récemment, mais elle le connaissait. La voix de la femme se fit ensuite entendre et elle la reconnut. L'estomac noué, elle regarda à travers les broussailles qui bordaient la petite plage.

32

A travers les buissons, Ayla regarda Jondalar et Marona sortir de l'eau. Au supplice, elle vit la jeune femme se tourner face à Jondalar, l'enlacer et presser son corps nu contre celui de l'homme. Quand Marona leva la tête vers lui pour l'embrasser, elle vit avec une horreur mêlée de fascination Jondalar se pencher sur elle avant de commencer à caresser le corps de sa compagne. Combien de fois avait-elle connu ce genre de caresse sous ses mains expertes ?

Ayla voulait fuir, mais elle avait l'impression d'être clouée au sol. Marona et Jondalar avancèrent de quelques pas, vers une peau de bête étendue sur l'herbe, juste devant elle, ce qui lui permit de constater qu'il n'était pas vraiment excité. Depuis qu'elle était arrivée au camp, personne n'avait vu Jondalar, qui semblait avoir disparu depuis le début de la matinée, et Ayla eut la certitude que le couple avait déjà profité de la couverture en cuir souple, au moins une fois. Marona se colla de nouveau contre l'homme, l'embrassa longuement avant de se mettre lentement à genoux devant lui. Avec un petit rire complice, elle referma ses lèvres sur le membre flasque de Jondalar, qui se contenta de regarder faire sa compagne.

Ayla constata que son excitation allait croissant et lut sur ses traits un plaisir intense. Elle n'avait jamais eu l'occasion de voir son visage lorsqu'elle-même procédait à ce genre d'exercice. Ainsi donc, c'était comme cela qu'il réagissait ?

Les regarder représentait pour elle une véritable torture. Elle avait du mal à respirer, son ventre était noué, le sang battait fort à ses tempes. Jamais auparavant elle n'avait éprouvé un tel sentiment. Etait-ce de la jalousie ? Etait-ce cela qu'éprouvait Jondalar lorsqu'elle rejoignait la couche de Ranec ? se demanda-t-elle. Pourquoi ne m'en a-t-il rien dit ? Je ne savais pas à ce moment-là, je n'avais jamais connu la jalousie auparavant, et il ne m'en a jamais parlé, se contentant de me dire que c'était mon droit de choisir qui je voulais.

Ce qui signifie que c'est parfaitement son droit d'être là avec Marona !

Ses yeux s'emplirent de larmes. Non, c'était là plus qu'elle n'en pouvait supporter, il fallait qu'elle parte. Elle fit demi-tour et se mit à courir éperdument dans le bois, mais elle trébucha contre une grosse racine apparente et tomba brutalement par terre.

— Qui est là ? Que se passe-t-il ? entendit-elle crier Jondalar.

Se relevant non sans mal, elle était en train de repartir quand celui-ci apparut en écartant les buissons.

— Ayla ? Ayla ! s'exclama-t-il, à la fois choqué et surpris. Que fais-tu là ?

Elle se retourna vers son poursuivant.

— Je ne voulais pas me mêler de tes affaires, dit-elle, essayant de se calmer. Tu as le droit de prendre les Plaisirs avec qui tu le souhaites, Jondalar. Même avec Marona.

Celle-ci sortit à son tour de derrière les buissons et rejoignit Jondalar, pressant son corps contre celui de son compagnon.

— Très juste, Ayla ! lança-t-elle avec un rire jubilatoire. Il peut en effet s'accoupler avec qui bon lui semble. Quoi d'étonnant à ce qu'un homme agisse de la sorte quand sa compagne est trop prise pour s'occuper de lui ? Nous nous sommes souvent accouplés, et pas seulement cet été. Pourquoi crois-tu donc que je suis revenue à la Neuvième Caverne ? Il ne voulait pas que je t'en parle, mais maintenant que tu as tout découvert, autant que tu sois au courant de toute l'histoire.

Elle éclata de rire une fois de plus puis ajouta, après un ricanement méchant :

— Tu me l'as peut-être volé, Ayla, mais tu n'as pas été capable de le garder pour toi seule.

— Mais non, Marona, je ne te l'ai pas volé. Je ne te connaissais même pas, avant mon arrivée chez les Zelandonii. Jondalar m'a choisie, de son propre gré. Maintenant il peut te choisir toi, s'il le souhaite. Mais dis-moi une chose : est-ce que tu l'aimes vraiment ? Ou ton seul but est-il plutôt de semer la discorde ?

Sur ces mots, elle tourna le dos et s'éloigna avec toute la dignité dont elle était capable.

Se débarrassant de la jeune femme qui tentait de s'accrocher à lui, Jondalar rejoignit Ayla en quelques enjambées.

— Ayla, attends, je t'en prie ! Laisse-moi t'expliquer ! supplia-t-il.

— Il n'y a rien à expliquer. Marona a raison. J'aurais dû m'y attendre. Mais tu étais occupé à quelque chose, Jondalar. Pourquoi ne pas terminer ce qui avait si bien commencé ? fit Ayla en reprenant sa marche. Je suis sûre que Marona saura comment s'y prendre.

— Je me moque de Marona, c'est toi que je veux, Ayla, protesta Jondalar, soudain effrayé à l'idée de la perdre.

Marona le regarda, surprise. Ainsi, elle n'était rien pour lui, constatait-elle. Elle s'était rendue disponible, et il avait trouvé en elle un exutoire pratique pour combler ses désirs. Elle les foudroya tous les deux du regard, mais Jondalar ne le remarqua même pas.

C'était Ayla, et elle seule, qui l'intéressait. Il s'en voulait tellement, maintenant, d'avoir cédé aux invites de Marona, de s'être servi d'elle avec une telle désinvolture. Il était si préoccupé par Ayla, par ce qu'il allait bien pouvoir lui dire pour expliquer ce qu'il ressentait, qu'il ne prêta même pas attention à la femme avec qui il avait partagé peu de temps auparavant des moments si intimes, quand celle-ci passa en trombe à côté de lui, serrant contre elle ses vêtements. Mais Ayla, elle, s'en rendit compte.

Après son séjour avec Dalanar, devenu un homme fait, Jondalar n'avait jamais eu de problème pour trouver des compagnes, mais il n'en avait jamais aimé aucune. Rien n'avait pu atteindre l'intensité, la puissance de son premier amour, et le souvenir de ces émotions indescriptibles avait été encore renforcé par le scandale épouvantable et la honte qui les avaient éclaboussés, lui et Zolena. Elle avait été sa femme-donii, son initiatrice, sa guide dans la façon dont un homme doit se comporter avec une femme, mais il n'était pas censé tomber amoureux d'elle, et elle n'était pas censée permettre que cela se produise.

Il en était venu à croire qu'il serait dès lors incapable d'aimer de nouveau une femme, se disant en fin de compte que, en punition de cette imprudence de jeunesse, jamais plus il ne pourrait tomber amoureux. Jusqu'à Ayla. Pour la trouver, il avait été contraint de voyager plus d'une année, jusque dans des contrées inconnues de lui comme de tous ceux de son peuple. Il aimait Ayla plus que tout, d'un amour incommensurable. Il se savait prêt à faire n'importe quoi pour elle, à aller n'importe où, à donner sa vie pour elle. La seule personne pour qui il éprouvait un amour aussi intense, mais d'une nature différente, était Jonayla.

— Tu devrais lui être reconnaissant d'être là pour satisfaire tes besoins, Jondalar, lança Ayla, toujours profondément blessée et essayant de cacher sa peine. Je vais être plus occupée que jamais, maintenant. J'ai été appelée. Je vais être en quelque sorte une enfant de la Grande Terre Mère. Je devrai me plier à Ses souhaits, désormais. Je suis une Zelandoni.

— Tu as été appelée ? Quand cela, Ayla ? demanda Jondalar d'une voix affolée.

Il avait vu des membres de la Zelandonia réapparaître après leur premier appel, mais d'autres n'étaient jamais revenus.

— J'aurais dû être à tes côtés, j'aurais pu t'aider...

— Non, Jondalar, tu n'aurais pas pu m'aider. Personne ne le peut. C'est quelque chose que l'on doit faire en solitaire. J'ai survécu, et la Mère m'a gratifiée d'un grand Don, mais j'ai dû consentir un sacrifice en échange. Elle voulait notre bébé, Jondalar. Je l'ai perdu dans la grotte, expliqua Ayla.

— Notre bébé ? Quel bébé ? Jonayla était avec moi...

— Le bébé que nous avons conçu quand je suis descendue de la falaise, un soir. Je suppose que je dois m'estimer heureuse que tu n'aies pas déjà été avec Marona cette nuit-là, sans quoi je n'aurais pas eu un bébé à sacrifier, fit Ayla avec une amertume non feinte.

— Tu étais enceinte quand tu as été appelée ? Oh, Grande Mère ! s'exclama Jondalar, affolé.

Il ne fallait surtout pas qu'il la laisse partir comme cela. Que pouvait-il dire pour la retenir, pour qu'elle continue de parler ?

— Ayla, je sais que tu crois que c'est ainsi que commence une nouvelle vie, mais tu ne peux pas en être sûre...

— Si, Jondalar, j'en suis sûre. La Grande Mère me l'a dit. C'est le Don que j'ai reçu d'Elle en échange de la vie de mon bébé, lança-t-elle avec une assurance douloureuse qui ne laissait pas de place au doute. Je pensais que nous pourrions essayer d'en concevoir un autre, mais je constate que tu es trop occupé pour moi.

Interdit, figé sur place, il la regarda s'éloigner avant de s'exclamer d'une voix pleine de détresse :

— Oh Doni, Grande Mère, qu'ai-je donc fait ? Elle a cessé de m'aimer et j'en suis le seul responsable. Mais pourquoi, pourquoi, a-t-il fallu qu'elle nous voie ?

Il s'élança à sa poursuite, trébuchant sur des racines, oubliant ses vêtements. Puis, la voyant presser le pas, il tomba à genoux, se contentant de la suivre des yeux.

Regarde-la, se dit-il, elle est si frêle ! Comme cela a dû être dur pour elle ! Certains acolytes périssent. Et si Ayla était morte ? Je n'étais même pas là pour lui venir en aide. Pourquoi ne suis-je donc pas resté avec elle ? J'aurais dû savoir qu'elle était presque prête, que sa formation était pratiquement achevée, mais j'ai absolument voulu venir à la Réunion d'Eté. Je n'ai pas pensé à ce qui risquait de lui arriver, je n'ai songé qu'à moi-même.

Constatant qu'Ayla n'était plus visible, il se pencha en avant, ferma les yeux et cacha son visage dans ses mains, comme pour ne plus voir ce qu'il venait de faire.

— Mais pourquoi donc me suis-je accouplé avec Marona ? gémit-il tout haut.

Jamais Ayla ne s'est accouplée avec un autre que moi, pas depuis Ranec, pas depuis que nous avons quitté les Mamutoï, se dit-il. Même au cours des cérémonies, des Fêtes en l'honneur de la Mère, quand chacun ou presque choisit quelqu'un d'autre, elle n'a jamais porté sa préférence sur un autre que moi. Combien d'hommes, alors, m'ont considéré avec envie, se disant que je devais lui apporter bien du plaisir pour qu'elle n'en choisisse jamais un autre... Mais pourquoi a-t-il fallu qu'elle nous voie ? Jamais je n'aurais pensé qu'elle pourrait nous surprendre, ici et maintenant. Jamais je n'ai voulu faire de peine à Ayla. Elle en a eu assez comme cela. Et maintenant, voilà qu'elle a perdu son bébé. Je ne savais même pas qu'elle allait en avoir un autre, et elle l'a perdu.

Cela a-t-il vraiment commencé cette nuit-là ? C'était une nuit si extraordinaire. J'avais du mal à y croire quand elle s'est couchée près de moi et m'a réveillé. Connaîtrai-je de nouveau un jour pareil moment ? Elle m'a dit que la Mère désirait notre bébé. Mais était-ce le nôtre ? En échange, Doni lui a fait un Don. Ayla a-t-elle reçu un Don de la Mère ? La Mère lui a dit que c'était *notre* bébé, mon bébé et le sien.

— Est-ce vraiment notre bébé qu'Ayla a perdu ? s'interrogea tout haut Jondalar, des rides soucieuses barrant son front. Mais pourquoi a-t-il fallu qu'elle nous voie ? se lamenta-t-il à nouveau, prenant à témoin les bois déserts. Suis-je habitué à ce qu'elle ne choisisse nul autre que moi au point d'en oublier ce que j'ai moi-même vécu ?

Il se rappelait la douleur et la désolation qu'il avait ressenties lorsqu'elle avait choisi Ranec.

Je sais ce qu'elle a dû éprouver lorsqu'elle m'a vu avec Marona, se dit-il. Exactement ce que j'ai ressenti lorsque Ranec lui a dit de le rejoindre dans son lit et qu'elle a obéi. Il est vrai qu'elle était ignorante à l'époque, et pensait qu'elle devait le faire. Quelle serait ma réaction si elle en choisissait un autre aujourd'hui ?

J'ai voulu la chasser parce que j'étais profondément blessé, mais elle m'aimait toujours. Elle a confectionné pour moi une tunique matrimoniale alors même qu'elle était promise à Ranec...

A l'idée de la perdre, Jondalar était terrifié, de la même façon que lorsqu'il avait cru la perdre au profit de Ranec. Et cette fois, c'était pire encore. Cette fois, c'était lui qui l'avait blessée.

Ayla courait droit devant elle, sans rien voir de ce qui l'entourait. Les larmes brouillaient sa vision, sans pour autant noyer son chagrin. Elle avait pensé à Jondalar à la Neuvième Caverne, elle avait rêvé de lui durant le voyage jusqu'à la Réunion d'Eté, poussé sa monture de façon à le retrouver au plus vite. Il n'était pas question de rentrer au campement pour y affronter ses occupants. Elle avait besoin d'être seule. Elle s'arrêta à l'enclos et sortit Whinney, posa la couverture de cheval sur son dos, puis monta la jument et partit au galop vers la prairie.

Whinney était encore fatiguée du voyage, mais elle répondit aux sollicitations de sa cavalière et galopa à travers la plaine. Ayla ne pouvait chasser de son esprit l'image de Jondalar et de Marona. Incapable de penser à autre chose, elle en oublia de guider sa monture, se contentant de chevaucher. La jument ralentit en sentant la femme cesser de la diriger et continua au pas en direction du campement, s'arrêtant par moments pour brouter.

La nuit tombait lorsqu'elles regagnèrent le site de la Réunion, la température baissait rapidement mais Ayla ne sentait rien, hormis le froid intense qui l'engourdissait à l'intérieur. La jument ne sentit sa cavalière reprendre le contrôle que lorsqu'elles atteignirent l'enclos. Plusieurs personnes étaient là.

— Ayla ! Tout le monde se demandait où tu étais passée ! lança Proleva. Jonayla est venue te chercher, mais après avoir mangé elle est allée chez Levela pour jouer avec Bokovan puisque tu n'étais pas encore de retour.

— J'étais à cheval, expliqua Ayla.

— Jondalar est rentré, en fin de compte, intervint Joharran. Il a réintégré le campement dans un drôle d'état, il y a un petit moment. Je lui ai dit que tu le cherchais, mais il s'est contenté de grommeler des mots incohérents.

Le regard d'Ayla était terne lorsqu'elle pénétra dans le campement. Elle passa devant Zelandoni sans la saluer, ni même la voir.

Celle-ci la fixa de son œil d'aigle. Elle comprit aussitôt que quelque chose n'allait pas.

— Dis-moi, Ayla, on ne t'a pas beaucoup vue depuis ton arrivée, fit la doniate, surprise de ne pas l'avoir entendue lui adresser la parole la première.

— Non, en effet, dit Ayla.

Zelandoni comprit alors qu'Ayla avait la tête ailleurs. Les grommellements de Jondalar avaient été parfaitement clairs pour elle, même si elle n'avait pas compris le sens des mots. Ses actes étaient suffisamment parlants. Elle avait également vu Marona émerger du petit bois, la chevelure en désordre, mais pas par le chemin emprunté d'ordinaire par la plupart des membres de la Neuvième Caverne. Entrée dans leur campement par une autre issue, elle s'était rendue directement dans la tente qu'elle partageait avec d'autres et avait commencé à empaqueter ses affaires, expliquant à Proleva que des amis de la Cinquième Caverne lui avaient demandé de s'installer avec eux.

Dès son tout début, la liaison de Jondalar avec Marona n'avait pas échappé à Zelandoni. Elle n'y avait initialement rien vu de bien méchant. Elle connaissait la profondeur des sentiments de Jondalar pour Ayla, et avait estimé que son aventure avec Marona ne représentait pour lui qu'une passade, un exutoire commode à un moment où, ayant de lourdes tâches à accomplir, Ayla n'avait d'autres choix que de s'absenter assez souvent. Mais elle n'avait pas pris en compte le désir obsessionnel de Marona de le récupérer et de prendre sa revanche sur Ayla, ni sa capacité à s'imposer insidieusement à lui. Leur attirance sur le plan physique avait toujours été intense. Même dans le passé, cela avait représenté le point fort de leur relation. C'était peut-être même la seule chose qu'ils partageaient.

La doniate devina qu'Ayla ne s'était sans doute pas remise complètement de l'épreuve qu'elle avait endurée dans la grotte. Sa maigreur prononcée et son visage profondément marqué auraient été des signes suffisamment révélateurs, même si ses yeux ne l'avaient pas trahie. Zelandoni n'avait déjà vu que trop d'acolytes revenir d'un appel, au sortir d'une grotte, ou d'une errance dans la steppe, pour ne pas être au courant des dangers inhérents à l'épreuve. Elle-même avait d'ailleurs failli ne pas y survivre. Dans la mesure où elle avait perdu un bébé au même moment, Ayla souffrait très vraisemblablement de la même forme de mélancolie que ressentaient la plupart des femmes après avoir accouché, et qui était plus intense encore après une fausse couche.

Mais Celle Qui Etait la Première avait aujourd'hui lu dans les yeux d'Ayla plus que la douleur endurée dans la grotte. Elle y avait lu la souffrance, la souffrance glaçante et acérée de la jalousie, avec tous les sentiments qui allaient de pair : trahison, colère, doute, peur.

Elle l'aime trop ; ce qui n'est pas difficile, se souvint la femme qui portait auparavant le nom de Zolena.

Au cours des années récentes, la Première s'était souvent demandé comment une femme qui aimait un homme à ce point pouvait devenir elle aussi une Zelandoni, mais il est vrai qu'Ayla avait un talent extraordinaire. Malgré son amour pour cet homme, il était impossible de ne pas en tenir compte. Et par ailleurs, le sentiment que Jondalar éprouvait à son égard était plus fort encore.

Cela étant, malgré tout l'amour qu'il lui portait, ses pulsions étaient puissantes, et il lui était difficile de les ignorer. D'autant plus qu'il n'existait aucune contrainte d'ordre social pour les freiner, et une personne aussi intime, aussi familière avec lui que Marona, n'hésitait pas à user de tout ce qui était en son pouvoir pour l'encourager à leur donner libre cours. Dès lors, la facilité consistait pour lui à prendre l'habitude de recourir à ses services plutôt que d'ennuyer Ayla lorsque celle-ci était occupée.

Zelandoni savait que Jondalar n'avait pas soufflé mot à Ayla de la liaison qu'il entretenait avec Marona et, instinctivement, tous ceux qui les aimaient avaient essayé de la lui cacher. Ils espéraient qu'Ayla ne découvrirait pas la vérité, mais la doniate savait qu'il ne pourrait en être ainsi bien longtemps. Jondalar aurait dû en avoir conscience, lui aussi.

Même si elle avait assimilé dans ses moindres détails le mode de vie des Zelandonii et s'y était semble-t-il adaptée, Ayla n'en était pas une de naissance. Leurs mœurs ne lui étaient pas naturelles. Zelandoni se prit presque à espérer que la Réunion d'Eté fût terminée. Elle aurait voulu pouvoir observer la jeune femme, s'assurer que tout allait bien pour elle, mais la phase finale de la Réunion était une période d'intense activité pour Celle Qui Etait la Première. Elle décida de ne pas perdre Ayla de vue, pour essayer de comprendre ce qu'elle ressentait après avoir découvert la liaison de Jondalar avec Marona, et d'en deviner les effets.

Sur l'insistance de Proleva, Ayla accepta une assiette de nourriture, mais elle se contenta de chipoter, puis jeta les aliments et lava son assiette avant de la rendre.

— J'espérais que Jonayla reviendrait, sais-tu combien de temps elle restera partie ? demanda-t-elle. Je regrette de ne pas avoir été là quand elle est rentrée.

— Tu peux aller la retrouver chez Levela, expliqua Proleva. Ma sœur serait ravie que tu lui rendes visite. Je ne sais pas où est allé Jondalar. Il se trouve peut-être là-bas lui aussi.

— Je suis vraiment fatiguée, répondit Ayla. Je ne crois pas que je serais de bonne compagnie. J'ai envie de me coucher tôt, mais pourras-tu m'envoyer Jonayla lorsqu'elle sera de retour ?

— Tu te sens bien, Ayla ? s'inquiéta Proleva, ayant du mal à croire qu'elle veuille aller se coucher si tôt.

Durant toute la journée elle avait cherché Jondalar et voilà qu'elle ne semblait plus prête à faire le moindre effort pour le retrouver.

— Ça va, je suis juste épuisée, répondit Ayla en se dirigeant vers l'un des gîtes qui entouraient le grand feu central.

Donnant sur l'extérieur, un mur circulaire, constitué de solides panneaux verticaux faits de feuilles de roseaux disposées les unes sur les autres afin de protéger de la pluie, était appuyé à des poteaux enfoncés dans le sol. A l'intérieur, une seconde cloison de panneaux confectionnés à l'aide de tiges de roseaux à balai aplaties et tissées était attachée à la partie interne des poteaux, laissant entre les deux un espace suffisant pour assurer une certaine isolation. Cela permettait à l'air ambiant d'être plus frais les jours de canicule, plus chaud les nuits fraîches, pour peu qu'un feu soit entretenu à l'intérieur. Le toit était fait d'un épais chaume de phragmites descendant en pente depuis un poteau central et soutenu tout autour par de fins piliers en aulne disposés en cercle et reliés entre eux. La fumée s'échappait par un trou ménagé près du centre.

La construction offrait un espace fermé relativement important qui pouvait être laissé ouvert et que l'on pouvait diviser en compartiments réduits grâce à des panneaux intérieurs mobiles.

Le matériel de couchage était étalé sur des sortes de matelas confectionnés à l'aide de tiges et de feuilles de roseaux ainsi que d'herbe séchée, disposés autour d'un foyer central. Ayla se déshabilla partiellement et se glissa sous ses fourrures de couchage, sans pouvoir pour autant s'endormir. Lorsqu'elle fermait les yeux, elle ne pouvait s'empêcher de revoir la scène entre Jondalar et Marona, et son cerveau bouillonnait littéralement à cette pensée.

Elle savait pertinemment que chez les Zelandonii on ne pardonnait pas la jalousie, même si elle n'avait pas conscience que les comportements susceptibles de la provoquer étaient pour eux encore moins acceptables. On reconnaissait l'existence de la jalousie, dont les causes étaient parfaitement comprises de même que, plus important encore, ses conséquences, souvent dommageables. Mais dans ces terres rudes, souvent accablées par des hivers longs, au froid glacial, la coopération et l'assistance mutuelle étaient deux conditions de la survie. Les restrictions tacites affectant tout comportement susceptible de miner la nécessaire cohésion du groupe, indispensable pour préserver cette solidarité, ce consensus, étaient rigoureusement appliquées, au point de devenir une pratique sociale.

Dans des conditions aussi hostiles, les enfants couraient des risques tout particuliers. Beaucoup mouraient en bas âge et, si la communauté en général était importante pour leur bien-être, une famille s'occupant bien d'eux était considérée comme essentielle. Même si la plupart des familles étaient constituées au départ par un homme et une femme, elles pouvaient s'élargir, s'étendre de bien des manières. Non seulement par l'adjonction de grands-parents, oncles, tantes et cousins mais aussi, pour peu que cela soit accepté par toutes les parties en présence, par celle décidée par une femme d'un autre homme de son choix, ou par un homme de deux autres femmes, voire plus. Parfois même par l'association d'un ou de plusieurs autres couples. La seule exception était la stricte interdiction faite aux membres proches de la famille de s'y joindre. Frères et sœurs ne pouvaient s'accoupler, pas plus que ceux que l'on considérait comme des cousins « proches ». D'autres relations étaient fortement réprouvées, sans être toutefois expressément interdites, comme celles entre un jeune homme et sa femme-donii.

Une fois la famille constituée, coutumes et pratique s'étaient développées pour l'encourager à se perpétuer. La jalousie ne favorisait pas les liens de longue durée, et on admettait que diverses mesures soient prises pour limiter ses effets néfastes. Des attirances momentanées pouvaient souvent être assouvies par les festivités, socialement approuvées, organisées en l'honneur de la Mère. On fermait en général les yeux sur les relations épisodiques entretenues en dehors de la famille, pour peu qu'elles soient conduites avec mesure et discrétion.

Si l'attrait du compagnon ou de la compagne s'affaiblissait, ou si un penchant plus fort pour un ou une autre apparaissait, une intégration au sein de la famille était jugée préférable à une rupture. Et lorsque la seule solution consistait à rompre le lien, une sanction était infligée à telle ou telle des personnes en cause, voire à plusieurs, afin de décourager les autres d'opter pour la rupture, en particulier lorsque des enfants étaient impliqués.

La sanction en question pouvait consister à continuer à soutenir et à porter assistance à la famille pendant un certain laps de temps, mesure parfois accompagnée de restrictions dans la constitution de nouveaux liens durant la même période. Ou encore à faire l'objet d'un règlement ponctuel, surtout si l'une des parties, ou les deux, souhaitait changer de lieu de résidence. En fait, il n'existait pas de règle stricte : chaque situation était appréciée individuellement, dans le cadre de coutumes adoptées par la collectivité, par un certain nombre de personnes, en général sans rapport direct avec l'affaire, réputées pour leurs qualités de sagesse, d'équité et d'autorité.

Si, par exemple, un homme souhaitait rompre le lien avec sa compagne et quitter une famille pour aller s'installer avec une autre femme, il devait respecter une période de latence dont la durée était déterminée par un certain nombre de facteurs, l'un d'eux pouvant être l'état de gravidité de sa future nouvelle compagne. Durant cette période, on pouvait leur demander de rejoindre la famille plutôt que de rompre brutalement le lien. Si la « nouvelle » ne voyait pas cette solution d'un bon œil ou si, inversement, celle-ci n'était pas vraiment acceptée par l'« ancienne », l'homme avait la possibilité de rompre le lien existant, mais pouvait se voir obligé de contribuer à l'entretien de sa famille d'origine pendant un certain temps, précisément fixé. Autre solution : il pouvait s'acquitter en une fois d'une certaine quantité de nourriture, d'outils, d'ustensiles ou d'autres objets susceptibles d'être troqués.

Une femme pouvait partir elle aussi et, particulièrement si elle avait des enfants et vivait dans la Caverne de son compagnon, retourner dans sa Caverne d'origine, ou encore emménager dans celle d'un autre homme. Si certains des enfants, ou la totalité, restaient avec le compagnon qu'elle quittait, ou si celui-ci était malade, ou infirme, la femme pouvait elle aussi se voir infliger une sanction. Si le couple était installé dans la Caverne où elle était née, elle pouvait demander à la collectivité de chasser le compagnon dont elle ne voulait plus, celui-ci devant alors être accueilli par la Caverne de sa mère. Dans ce cas, la femme devait en général motiver la rupture : son compagnon la maltraitait, ou maltraitait ses enfants, ou encore il était paresseux et ne pourvoyait pas de manière adéquate aux besoins de la famille. Mais souvent la raison était tout autre : il ne s'intéressait pas suffisamment à elle, elle-même s'intéressait à quelqu'un d'autre, à moins qu'elle ne souhaite tout bonnement plus vivre avec lui, ni avec un autre homme.

Il pouvait arriver que l'un, l'autre, ou les deux déclarent simplement qu'ils ne souhaitaient plus vivre ensemble. Le collectif de la Caverne se préoccupait avant tout des enfants : s'ils étaient grands, ou si leur bien-être était assuré, tous les arrangements, ou presque, adoptés par les parties en présence étaient considérés comme acceptables. S'il n'y avait pas d'enfant en jeu, ni de circonstances particulières comme la maladie d'un membre de la famille, le lien pouvait être rompu relativement aisément tant par l'homme que par la femme, cette rupture étant la plupart du temps concrétisée par celle, on ne peut plus symbolique, du nœud sur une corde.

Dans chacune de ces situations, la jalousie pouvait être un élément perturbateur et, par conséquent, ne pouvait être tolérée. Si nécessaire, le collectif de la Caverne intervenait. Autrement dit, ses membres pouvaient choisir tous les arrangements qu'ils souhaitaient, ou presque, pour peu qu'ils soient adoptés d'un commun accord, ne suscitent pas de différends entre Cavernes et ne viennent pas troubler les relations avec d'autres familles.

Bien sûr, on ne pouvait empêcher tel ou telle d'échapper à la sanction en faisant ses paquets et en déménageant discrètement, mais en général les autres Cavernes finissaient tôt ou tard par être au courant de la plupart des séparations et, dès lors, n'hésitaient pas à exercer des pressions d'ordre social. L'intéressé(e) n'était pas expulsé(e) mais on lui faisait comprendre qu'il ou elle n'était pas vraiment bienvenu(e). Si elle voulait vraiment échapper à la sanction, la personne en question devait vivre en solitaire, ou partir très loin, or la plupart des gens ne souhaitaient nullement vivre seuls ou partir chez des étrangers.

Pour ce qui concernait Dalanar, celui-ci avait été tout disposé à payer son dû, voire plus encore : il n'avait pas d'autre femme, en fait il aimait toujours Marthona, mais il ne supportait tout simplement plus de rester avec elle alors que celle-ci consacrait presque tout son temps et toute son énergie à veiller aux besoins de la Neuvième Caverne. Il avait troqué de nombreux objets afin de payer au plus vite la totalité de ce qu'il devait de façon à pouvoir partir, mais il n'avait pas envisagé de rester éloigné : il n'avait souhaité partir que parce qu'il avait jugé la situation trop pénible pour rester. Et lorsqu'il avait quitté la Caverne, il s'était contenté d'aller de l'avant jusqu'à ce qu'il se retrouve au pied des montagnes, quelque part à l'est. C'était là qu'il avait découvert la mine de silex, où il s'était installé.

Ayla était toujours éveillée lorsque Jonayla et Loup entrèrent dans la tente. Elle se leva pour aider sa fille à se préparer pour la nuit. Après qu'elle lui eut administré quelques caresses, Loup alla à l'endroit qu'elle lui avait ménagé et s'installa sur ses couvertures. Elle salua d'autres personnes qui venaient de pénétrer dans le vaste et solide abri semi-permanent, conçu pour accueillir de nombreux hôtes ou les maintenir au sec lorsqu'il pleuvait.

— Où étais-tu, mère ? demanda Jonayla. Tu n'étais pas là quand je suis revenue avec Zelandoni.

— J'étais avec Whinney, expliqua Ayla.

Pour la fillette qui n'aimait rien tant que monter à cheval, cette explication suffisait.

— Je pourrai aller avec toi demain ? Il y a longtemps que je n'ai pas monté Grise.

— Combien de temps ? demanda Ayla avec un sourire.

— Ça de jours.

Jonayla montra deux doigts d'une main, trois de l'autre.

— Peux-tu me dire avec des mots combien cela représente ? fit Ayla avec un sourire, en touchant chacun des doigts de sa fille, pour l'aider.

— Un, deux, quatre... commença Jonayla.

— Non, trois, et puis quatre.

— Trois, quatre, cinq, acheva Jonayla.

— Très bien, la félicita Ayla. Oui, je crois que nous pourrons monter toutes les deux demain.

Les enfants n'étaient pas séparés des adultes et bénéficiaient d'un enseignement régulier et très organisé. Ils apprenaient pour l'essentiel en observant les activités de leurs aînés et en s'y essayant. Les plus jeunes se trouvaient en permanence sous la supervision d'un adulte, jusqu'à ce qu'ils manifestent le désir d'explorer seuls tel ou tel domaine, auquel cas on leur fournissait l'outil adéquat, dont on leur expliquait l'usage. Souvent, ils découvraient celui-ci d'eux-mêmes et essayaient d'imiter tel ou tel. S'ils faisaient preuve d'une aptitude ou d'un désir manifestes, on leur fabriquait parfois des objets à leur mesure, mais il s'agissait moins de jouets à proprement parler que d'outils parfaitement fonctionnels mais de modèle réduit.

Les poupées étaient l'exception : il n'était pas aisé de créer un bébé en réduction totalement fonctionnel. Quand ils étaient petits, on donnait aux enfants, garçons et filles, des répliques d'humains de formes et de tailles diverses s'ils en exprimaient le souhait. En outre, les vrais bébés étaient souvent pris en charge par leurs frères ou sœurs à peine plus âgés, mais toujours sous la supervision attentive d'un adulte.

Les activités de groupe incluaient systématiquement les enfants. Ceux-ci étaient tous invités à participer aux chants et danses qui accompagnaient les différentes festivités, et ceux qui s'y révélaient particulièrement doués étaient encouragés. Les représentations mentales comme les mots à compter étaient en général apprises incidemment, à travers des histoires, des jeux, des conversations, même si, à l'occasion, un ou plusieurs membres de la Zelandonia prenaient à part un groupe d'enfants pour leur expliquer tel ou tel concept ou les initier à telle ou telle activité.

— D'habitude je monte avec Jondi, fit Jonayla. Il pourra venir, lui aussi ?

— Je suppose, répondit Ayla après une hésitation. S'il en a envie.

— Mais où est-il passé ? s'inquiéta la fillette en regardant autour d'elle et en se rendant soudain compte que Jondalar n'était pas là.

— Je ne sais pas, dit Ayla.

— Il était toujours là, avant, quand je me couchais. Je suis contente que tu sois là, mère, mais je préfère quand vous êtes là tous les deux.

Moi aussi, songea Ayla avec mélancolie, mais il a choisi d'être avec Marona.

Quand Ayla se réveilla, le lendemain matin, il lui fallut un moment pour reconnaître l'endroit où elle se trouvait. L'intérieur de l'abri lui était familier, elle avait souvent dormi sans des abris comme celui-là. Il lui revint qu'elle se trouvait à la Réunion d'Eté. Elle tourna les yeux vers l'endroit où dormait sa fille, d'ordinaire : Jonayla était déjà partie. Le plus souvent, celle-ci s'éveillait soudainement et se levait aussitôt. Ayla esquissa un sourire et regarda à côté d'elle, à la place de Jondalar. Son compagnon n'était pas là, et il apparaissait clairement qu'il n'était pas rentré de la nuit. Alors, brusquement, tout lui revint en mémoire et elle sentit les larmes lui monter aux yeux et menacer de déborder.

Ayla avait assimilé la plupart des coutumes de son peuple d'adoption ; elle avait entendu les Histoires et Légendes Anciennes qui contribuaient à les expliquer, mais cette culture n'était pas pour elle quelque chose de naturel, pas plus que les comportements qu'elle induisait. Elle connaissait l'attitude générale envers la jalousie. Elle se dit qu'elle devait absolument montrer sa capacité à contrôler ses émotions.

Ce qu'elle avait vécu dans la grotte avait été une épreuve telle, tant physiquement qu'émotionnellement, qu'elle avait du mal à penser clairement. Elle redoutait de demander de l'aide de peur que cela ne démontre que, comme Jondalar, elle était incapable de se maîtriser. Mais elle avait reçu un coup si terrible que, inconsciemment, elle désirait le lui rendre, lui faire goûter à sa peine. Elle souffrait et avait envie de le faire souffrir à son tour, de l'obliger à regretter ce qu'il avait fait. Elle envisageait même de retourner à la grotte et de supplier la Mère de la reprendre, juste pour donner des remords à Jondalar.

Elle refoula ses larmes. Non, je ne pleurerai pas, se dit-elle. Elle avait appris à réprimer ses pleurs longtemps auparavant, lorsqu'elle vivait avec le Clan. Personne ne saura ce que je ressens, je ferai comme si rien ne s'était passé. Je rendrai visite à des amis, je participerai aux activités, je rencontrerai les autres acolytes, je ferai tout ce que l'on attend que je fasse.

Elle demeura allongée, immobile, rassemblant son courage pour se lever et affronter le jour qui commençait. J'irai voir Zelandoni et je lui raconterai ce qui s'est passé dans la grotte. Il ne sera pas facile de lui cacher quoi que ce soit. Elle sait toujours tout. Mais le reste, je devrai absolument le lui cacher. Il n'est pas question que je lui dise que je sais ce qu'est la jalousie.

Tous ceux qui partageaient l'abri avec eux savaient que quelque chose s'était passé entre Ayla et Jondalar, et la plupart avaient leur idée sur ce dont il s'agissait. Car même si l'intéressé croyait faire preuve de la plus grande discrétion, tout le monde était au courant pour Marona et lui – la jeune femme ne cachait pas leur liaison, bien au contraire. Ils avaient été contents de voir revenir Ayla afin que les choses puissent reprendre leur cours normal. Mais lorsque celle-ci ne s'était pas montrée de tout l'après-midi, alors qu'une Marona échevelée était rentrée au campement par un chemin inhabituel avant d'empaqueter ses affaires et de s'en aller, et que Jondalar était arrivé à son tour peu de temps après, visiblement perturbé, et n'était pas rentré dormir de toute la nuit, les conclusions n'avaient pas été difficiles à tirer.

Quand Ayla finit par se lever, plusieurs occupants de la tente étaient assis autour d'un feu, dehors, en train de prendre leur repas du matin. Il était encore tôt, plus tôt qu'elle ne l'avait cru. Elle se joignit à eux.

— Proleva, sais-tu où est passée Jonayla ? demanda-t-elle. Je lui ai promis de monter avec elle aujourd'hui, mais il faut d'abord que je parle à Zelandoni.

Son amie la regarda avec attention. Elle paraissait réagir beaucoup mieux que la veille : quelqu'un qui ne la connaîtrait pas aurait été incapable de se rendre compte que quelque chose n'allait pas, mais Proleva la connaissait mieux que quiconque.

— Elle est retournée chez Levela. Elle passe beaucoup de son temps chez ma petite sœur, qui adore ça. Depuis qu'elle est née, elle rêve d'avoir une nichée d'enfants autour d'elle, expliqua Proleva. Zelandoni m'a demandé de te dire qu'elle voulait te voir le plus tôt possible. Elle a dit qu'elle serait disponible toute la matinée.

— J'irai la voir après avoir mangé, mais je m'arrêterai d'abord chez Jondecam et Levela pour les saluer, dit Ayla.

— Ils apprécieront, approuva Proleva.

En arrivant au campement, Ayla entendit des voix d'enfants. Ceux-ci étaient en pleine dispute.

— Bon, tu as gagné et je m'en fiche ! criait Jonayla à l'adresse d'un garçonnet un peu plus grand qu'elle. Tu peux gagner tant que tu veux, tu peux tout ramasser, mais tu ne peux pas avoir un bébé, Bokovan. Quand je serai grande, j'aurai des tas de bébés, et toi tu ne pourras pas en avoir du tout. Et voilà !

La fillette affrontait le garçon du regard, le dominant de toute sa hauteur bien qu'elle fût plus petite que lui. Le loup était allongé par terre, les oreilles en arrière. Visiblement désemparé, il se demandait qui protéger. Le garçon était plus grand, mais plus jeune. Il ressemblait encore à un bébé, un bébé grand modèle. Il avait des jambes courtes, potelées et arquées, un corps plutôt élancé et un torse puissant terminé par le petit ventre typique des enfants en bas âge. Loup courut vers Ayla lorsqu'il l'aperçut, et elle le prit dans ses bras pour l'apaiser.

Elle remarqua que les épaules de Bokovan étaient déjà beaucoup plus larges que celles de sa fille. Son nez était assez gros et son menton fuyant. Bien que son front fût droit et non incliné, il présentait une crête osseuse assez nette au-dessus des yeux, pas considérable mais bel et bien présente.

Pour Ayla, il ne faisait pas de doute qu'il portait la marque du Clan. Ses yeux brun clair en apportaient la confirmation, même si leur forme s'écartait des normes du Clan. Comme sa mère, il avait un pli épicanthique qui donnait à ses yeux l'apparence d'être bridés. Dans le moment présent, ceux-ci étaient baignés de larmes. Ayla le trouva d'une beauté assez exotique, mais rares étaient ceux, elle s'en doutait, qui partageaient ce sentiment.

Le garçonnet se précipita vers Dalanar.

— Dalanar ! cria-t-il. Jonayla dit que je peux pas avoir un bébé... Dis-lui que c'est même pas vrai !

L'homme prit l'enfant dans ses bras et le posa dans son giron.

— Mais si, Bokovan, c'est bien vrai, je le crains, dit-il. Les garçons ne peuvent pas avoir de bébés. Seules les filles peuvent en avoir, quand elles sont grandes. Mais un jour tu pourras habiter avec une femme et prendre soin de ses bébés.

— Mais je veux avoir un bébé, moi aussi, sanglota le petit garçon.

— Jonayla ! Ce n'était vraiment pas gentil de dire ça, la gronda Ayla. Va dire à Bokovan que tu regrettes ce que tu lui as dit. Tu es méchante de le faire pleurer comme ça.

La fillette prit un air contrit : à l'évidence elle n'avait pas eu l'intention de faire de la peine à son compagnon de jeux.

— Excuse-moi, Bokovan, dit-elle.

Ayla faillit lui dire qu'il aiderait à faire des bébés lorsqu'il serait grand, mais décida de s'abstenir. Elle n'avait pas encore discuté avec Zelandoni, et de toute façon Bokovan ne comprendrait pas, mais elle avait envie de consoler le petit garçon.

— Bonjour, Bokovan, dit-elle en s'agenouillant devant lui. Je m'appelle Ayla et j'avais très envie de faire ta connaissance. Ta mère et Echozar sont mes amis.

— Tu dis bonjour à Ayla, Bokovan ?

— Bonjour, Ayla, fit le garçonnet avant d'enfouir sa tête contre l'épaule de Dalanar.

— Je peux le prendre, Dalanar ?

— Je ne sais pas s'il va se laisser faire. Il est très timide et n'a pas l'habitude de voir du monde.

Ayla tendit les bras à l'enfant. Il la fixa longuement, comme s'il réfléchissait sérieusement, de son regard profond. Ses yeux sont bridés, certes, mais il y a encore autre chose, se dit Ayla. Le garçonnet lui tendit les bras à son tour et elle le prit à l'homme qui le tenait. Comme il était lourd ! Elle fut surprise par son poids.

— Tu sais que tu vas être très fort quand tu seras grand, Bokovan, lui dit-elle en le serrant contre elle.

— Je suis très surpris qu'il se soit laissé prendre, reprit Dalanar. D'habitude il se méfie des personnes étrangères.

— Quel âge a-t-il maintenant ? demanda Ayla.

— Un peu plus de trois ans, mais il est grand pour son âge. Ce qui peut être un problème, en particulier pour un garçon. On le prend toujours pour plus vieux qu'il ne l'est. J'ai été comme lui dans mon jeune temps. Jondalar aussi, d'ailleurs, fit Dalanar.

Pourquoi cela me fait-il si mal d'entendre ne serait-ce que prononcer le nom de Jondalar ? se demanda Ayla. Il lui fallait absolument surmonter cela. Après tout, elle allait devenir Zelandoni et devait donc conserver son sang-froid en toute circonstance. Elle avait été formée à contrôler ses sentiments dans bien des aspects, alors pourquoi ne parvenait-elle pas à les réfréner maintenant ?

Tenant toujours l'enfant serré contre elle, elle salua Levela et Jondecam.

— Jonayla est venue chez vous très souvent, si j'ai bien compris, leur dit-elle. Visiblement, elle se trouve mieux ici que n'importe où ailleurs. Merci de vous être occupés d'elle.

— Nous sommes ravis de l'avoir, fit Levela. Elle est très amie avec mes filles, mais je suis contente que tu aies pu venir ici cette année, en fin de compte. La saison est déjà très avancée, et nous n'étions pas sûrs que tu puisses être présente.

— J'avais prévu de venir plus tôt, mais il s'est passé pas mal de choses et je n'ai pas pu partir quand je l'aurais voulu, expliqua Ayla.

— Comment va Marthona ? Tout le monde la regrette, dit Levela.

— Elle va mieux, apparemment... Ce qui me rappelle...

Elle regarda Dalanar, qui intervint avant qu'elle ait pu l'interroger :

— Joharran a envoyé des gens la chercher, hier après-midi. Si son état le permet, elle devrait être des nôtres d'ici à quelques jours. A condition qu'elle donne son accord, poursuivit-il après avoir vu le regard interrogateur de Levela, ils la transporteront sur une litière. C'est Ayla qui en a eu l'idée. Folara et le jeune Aldanor se voient beaucoup ces derniers temps, semble-t-il, et elle s'est dit que Marthona voudrait être présente si cela devient sérieux entre eux. Je sais comment réagirait Jerika s'il s'agissait de Joplaya.

Le jeune couple sourit et confirma d'un hochement de tête.

— As-tu vu Joplaya ou Jerika depuis ton retour, Ayla ? demanda Dalanar.

— Non, pas encore. Mais je dois d'abord voir Zelandoni, après quoi j'ai promis à Jonayla que nous monterions ensemble.

— Pourquoi ne passerais-tu pas ce soir au campement des Lanzadonii pour y rester dîner ? proposa Dalanar.

— Excellente idée, fit Ayla avec un sourire.

— Jondalar pourrait venir, lui aussi. Sais-tu où il se trouve ?

Ayla se rembrunit, ce que remarqua Dalanar avec une certaine inquiétude.

— Non, je l'ignore, malheureusement, répondit la jeune femme.

— Il est vrai qu'il s'en passe tellement pendant ces Réunions d'Eté, fit Dalanar en lui reprenant Bokovan.

Ça, on peut le dire, songea Ayla en repartant pour son rendez-vous avec la Zelandonia.

33

— Jamais je n'aurais cru que quelqu'un puisse être fou au point de pouvoir espérer abuser ainsi la Zelandonia, dit la Première, assise avec Ayla dans le grand édifice utilisé par la Zelandonia pour un certain nombre de fonctions. Merci de m'en avoir informée... Sais-tu que Madroman nous a attiré toutes sortes de problèmes, à Jondalar et à moi ? poursuivit-elle après un silence. Quand il était jeune et que j'étais sa femme-donii ?
— Jondalar m'en a parlé. C'est pour ça qu'il lui manque les dents de devant ? Parce que Jondalar l'a frappé ? interrogea Ayla.
— Il a fait beaucoup plus que le frapper. C'était terrible. Il est devenu si violent qu'il a fallu plusieurs hommes pour l'arrêter, alors même qu'il n'était encore qu'un enfant à l'époque. C'est essentiellement pour cette raison qu'il a été banni. Il a appris à se contrôler, depuis, mais dans son jeune âge il était incapable de maîtriser sa fureur, sa colère. Je ne crois même pas qu'il se rendait compte de ce qu'il faisait à Madroman. C'était comme s'il était possédé par une force qui se serait introduite en lui, il n'était plus lui-même.

A ce souvenir, la femme que l'on connaissait jadis sous le nom de Zolena ferma les yeux et hocha la tête.

Ayla ne savait que dire, mais ce récit la troublait. Elle avait déjà vu Jondalar jaloux et contrarié, mais jamais en colère à ce point.

— Il ne faut sûrement pas regretter que quelqu'un ait porté le problème à l'attention de la Zelandonia, reprit la Première, j'avais sans doute laissé les choses aller trop loin, mais Madroman n'a pas pris cette initiative parce que c'était la bonne solution. Il nous a observés en secret et il l'a fait parce qu'il était jaloux de Jondalar. Mais tu comprends maintenant pourquoi je commençais à me demander si je laissais mes sentiments personnels interférer avec mon jugement.

— Je ne crois pas que tu en serais capable, dit Ayla.
— Je l'espère bien. Ce n'est pas d'aujourd'hui que j'ai mes doutes à propos de Madroman. J'ai le sentiment qu'il manque de... de quelque chose. D'une qualité indispensable pour servir la Mère. Mais il a été admis pour être formé avant que je devienne Pre-

mière. Au départ, quand je l'ai interrogé sur son appel, j'ai eu l'impression que son histoire était pour le moins étrange. D'autres que moi ont eu également ce sentiment, mais certains membres ont décidé de lui accorder pleinement crédit. Cela faisait si longtemps qu'il avait le statut d'acolyte, et il ambitionnait depuis le début de devenir Zelandoni. C'est pour cette raison que j'ai jugé préférable de l'interroger de façon informelle : il n'a pas encore passé les épreuves finales. Mais les informations que tu viens de me donner peuvent contribuer à rétablir la vérité. C'est tout ce que je souhaite. Il se peut qu'il ait des explications valables à apporter. Si c'est le cas, il sera certainement accepté, mais s'il feint d'avoir la vocation, nous avons besoin de le savoir.

— Que ferez-vous si ce qu'il dit n'est pas vrai ?

— Il n'y a pas grand-chose que nous puissions faire, sinon lui interdire de faire usage de tout ce qu'il aura appris en tant qu'acolyte, et en informer sa Caverne. Il sera déshonoré, ce qui est en soi une grave punition, mais aucune sanction n'est prévue. Il n'aura fait de mal à personne, n'aura commis aucun forfait, il n'aura fait que mentir. Il se peut que tout mensonge mérite punition, mais en ce cas j'ai bien peur que tout un chacun finisse par être puni un jour, conclut Zelandoni.

— Les membres du Clan ne mentent pas, dit Ayla. Ils en sont incapables. Avec leur façon de s'exprimer, tout se sait toujours, ils n'ont donc jamais appris à mentir.

— Tu me l'as déjà dit. Je souhaite parfois que ce soit aussi le cas chez nous, dit la doniate. C'est l'une des raisons pour lesquelles les membres de la Zelandonia n'acceptent jamais la présence d'un acolyte lorsqu'un nouveau Zelandoni est initié. Cela ne se produit pas souvent, mais il arrive, une fois de temps en temps, que l'un d'eux essaie de prendre un raccourci. Cela ne marche jamais. Nous avons les moyens de nous en rendre compte.

Plusieurs membres de la Zelandonia étaient entrés dans le local durant leur conversation, en particulier ceux du Sud, qui n'étaient pas encore rentrés chez eux. Tous étaient fascinés par les différences que la distance avait créées entre eux. Ils continuèrent de discuter tranquillement jusqu'à ce que tout le monde soit là. Sur quoi la Première se leva, alla jusqu'à l'entrée, où elle s'entretint avec deux membres initiés de fraîche date, qui gardaient l'édifice, leur demandant de veiller à ce que personne ne puisse s'approcher d'assez près pour écouter ce qui allait se dire.

Ayla examina les lieux.

De forme circulaire, constituée d'une cloison double de panneaux verticaux délimitant l'espace, la construction était identique à celle des abris installés pour y dormir, mais en plus vaste. Les panneaux intérieurs, mobiles, avaient été entassés près des cloisons extérieures, entre les couches légèrement surélevées disposées tout autour, ce qui formait une pièce unique très spacieuse. De nombreuses nattes tissées placées à même le sol présentaient de beaux motifs ouvragés, et divers coussins, oreillers et tabourets se trouvaient installés près de tables basses de différentes tailles, munies pour la plupart de simples lampes à huile, en général en grès ou en pierre calcaire, qui éclairaient jour et nuit l'abri dépourvu de fenêtre.

Zelandoni referma la tenture de l'entrée, qu'elle noua avant d'aller prendre place sur un tabouret surélevé installé au milieu du groupe.

— Comme la saison est très avancée, et que ta requête est plutôt inattendue, j'estime que le choix t'appartient, Ayla. Souhaites-tu te soumettre d'abord à un interrogatoire informel ? Pour un début, ce serait plus simple, cela te permettrait de t'habituer à notre procédure. A moins que tu ne préfères un examen complet, en bonne et due forme, demanda Celle Qui Etait la Première pour Servir la Mère.

Ayla ferma les yeux et pencha la tête.

— S'il s'agit d'un échange informel, je devrai m'y soumettre de nouveau, n'est-ce pas ? demanda-t-elle.

— Oui, bien sûr.

Elle songea au bébé qu'elle avait perdu, sentit la douleur ressurgir. Elle n'avait pas du tout envie d'en parler.

— C'était... c'était très dur, dit-elle. Je ne souhaite pas ressasser sans arrêt ce qui s'est passé. Je crois que j'ai été appelée. Si ça n'est pas le cas, je veux en avoir la certitude, comme tout un chacun. Peut-on commencer tout de suite ?

Un feu brûlait dans un âtre situé un peu sur l'arrière de l'édifice, mais la fumée s'échappait par le trou central. De l'eau bouillait dans un récipient installé sur un support placé directement au-dessus du foyer. Confectionné avec la peau d'un gros animal, le récipient, pas tout à fait hermétique, laissait goutter juste assez d'eau pour empêcher qu'il prenne feu. L'ustensile avait déjà servi : la paroi externe était noircie et le dessous racorni et déformé, tant par l'eau qui bouillait à l'intérieur que par le feu à l'extérieur, mais il s'agissait d'un récipient fort efficace pour conserver un liquide bien au chaud grâce aux braises qui rougeoyaient dans l'âtre.

Celle Qui Etait la Première prit dans un pot en vannerie une bonne pincée d'une plante séchée de couleur verte, qu'elle jeta dans l'eau bouillonnante avant d'en ajouter trois autres. L'odeur assez désagréable qui en émana était familière à Ayla. Du datura. Celui-ci avait été utilisé non seulement par Iza, la guérisseuse du Clan qui s'était occupée d'elle et l'avait formée, mais également par le Mog-ur, à l'occasion de cérémonies particulières avec les hommes du Clan. Ayla connaissait bien ses effets. Elle savait aussi que la plante en question ne se trouvait pas facilement dans la région où ils étaient. Ce qui signifiait qu'elle venait sans doute de loin, donc qu'elle était rare et d'une grande valeur.

— Quel est le nom de cette plante en zelandonii ? demanda Ayla, en montrant l'herbe séchée.

— Elle n'a pas de nom en zelandonii, et le nom étranger est difficile à prononcer, répondit la Première. Nous l'appelons simplement la Tisane du Sud-Est.

— Comment vous la procurez-vous ?

— Par l'intermédiaire de visiteurs, particulièrement la doniate de la Vingt-Quatrième Caverne du Sud, expliqua la Première. Ils vivent près de la frontière du territoire d'un autre peuple, et ont plus de contacts avec leurs voisins qu'ils n'en ont avec nous. Ils échangent même des partenaires. Je suis surprise qu'ils n'aient pas décidé de s'associer avec eux, mais ils sont farouchement indépendants, et fiers de leur héritage zelandonii. Je ne sais même pas à quoi ressemble cette plante, ni s'il y en a plus d'une variété.

Ayla esquissa un sourire.

— Moi si. C'est l'une des premières plantes que m'ait fait connaître Iza. Je lui ai entendu plusieurs noms, dont datura et stramoine. Les Mamutoï ont pour elle un nom que l'on pourrait traduire par « pomme épineuse ». Elle peut atteindre une certaine taille, ses feuilles sont grandes et sentent fort, ses fleurs sont blanches, quelquefois rouges, en forme d'entonnoirs s'ouvrant vers l'extérieur, et elle porte des fruits pleins d'épines. Tous ses constituants sont utiles, y compris ses racines. Si on ne s'en sert pas comme il convient, elle peut avoir des effets bizarres sur les gens et, bien sûr, les empoisonner, parfois fatalement.

Tous les membres de la Zelandonia présents étaient soudain fort intéressés, en particulier les visiteurs, surpris que la jeune femme dont ils avaient fait la connaissance plus tôt dans l'été soit si savante.

— En as-tu vu dans la région ? demanda le Zelandoni de la Onzième.

— Non, répondit Ayla, mais je n'en ai pas cherché. J'en avais avec moi quand je suis arrivée. Mais j'ai tout utilisé et j'aimerais bien la remplacer. C'est une plante très utile.

— Comment t'en sers-tu ? demanda le doniate.

— C'est un soporifique. Préparé d'une certaine façon, on peut l'utiliser comme anesthésique, d'une autre façon comme remède permettant aux patients de se détendre. Mais c'est une plante qui peut être très dangereuse. Les Mog-ur du Clan s'en servaient pour les cérémonies sacrées.

C'étaient les échanges de ce genre qu'Ayla appréciait le plus chez les membres de la Zelandonia.

— Les différentes parties de la plante ont-elles des usages ou des effets différents ? demanda la Zelandoni de la Troisième.

— Je pense que nous devrions mettre ces questions de côté pour le moment, intervint la Première. Nous sommes ici pour tout autre chose.

L'effervescence retomba brusquement, et ceux qui avaient posé les questions avec tant d'empressement eurent l'air un peu gênés. La Première puisa une tasse de liquide bouillant et la mit de côté à refroidir. Ce qui restait fut passé aux autres, qui en prirent chacun une quantité moindre. Quand le liquide atteignit une température buvable, la doniate tendit la tasse à Ayla.

— L'examen peut avoir lieu sans cette boisson, à l'aide de la seule méditation, mais cela prend plus de temps. Cette tisane semble contribuer à nous détendre, à trouver le bon état d'esprit, expliqua Zelandoni.

Ayla avala le liquide tiède au goût âcre, après quoi, comme les autres membres de l'assistance, elle adopta l'attitude apparemment la plus susceptible de conduire à la méditation, et attendit. Au début, elle s'intéressa avant tout à l'observation consciente des effets qu'avait sur elle la boisson, comment réagissait son estomac, comment sa respiration était affectée, si elle pouvait remarquer un relâchement de ses quatre membres. Mais les effets étaient subtils : elle ne remarqua même pas que son esprit se mettait à battre la campagne et que ses pensées n'avaient plus rien à voir avec le moment présent. Elle fut presque surprise – si tant est qu'elle pût ressentir de la surprise – lorsqu'elle prit conscience que la Première lui adressait la parole, de sa douce voix grave :

— Te sens-tu somnolente, Ayla ? Bien. Détends-toi, et ne résiste pas à l'assoupissement. Vide ton esprit et repose-toi. Ne pense à rien, sinon à ma voix. N'écoute que ma voix. Mets-toi à ton aise, détends-toi et n'écoute que ma voix, poursuivit Zelandoni. Et maintenant dis-moi, Ayla : où te trouvais-tu quand tu as décidé de te rendre dans la grotte ?

— J'étais en haut de la falaise... commença Ayla, avant de s'arrêter net.

— Continue, Ayla. Donc tu étais en haut de la falaise. Qu'y faisais-tu ? Prends ton temps. Contente-toi de raconter toute l'histoire à ta façon. Inutile de te précipiter.

— Le Jour le Plus Long était déjà passé, le soleil s'était tourné et revenait en arrière, en route vers l'hiver, mais je me suis dit que j'allais laisser passer encore quelques jours. Il était tard et j'étais fatiguée. J'ai décidé d'attiser le feu, de préparer un peu de tisane. J'ai recherché de la menthe dans mon sac à remèdes. Il faisait noir mais je tâtais les nœuds pour trouver le bon sachet. J'ai fini par le trouver grâce à la forte odeur de la menthe. Pendant que la tisane infusait, j'ai décidé de répéter le Chant de la Mère.

Et Ayla commença à dire le chant :

> *Des ténèbres, du Chaos du temps,*
> *Le tourbillon enfanta la Mère suprême.*
> *Elle s'éveilla à Elle-Même sachant la valeur de la vie,*
> *Et le néant sombre affligea la Grande Terre Mère.*
> *La Mère était seule. La Mère était la seule.*

— De toutes les Histoires, de toutes les Légendes, c'était celle que je préférais, alors je me la répétais tout en buvant ma tisane, indiqua Ayla tout en continuant de réciter de nouvelles strophes :

De la poussière de Sa naissance, Elle créa l'autre,
Un pâle ami brillant, un compagnon, un frère.
Ils grandirent ensemble, apprirent à aimer, à chérir,
Et quand Elle fut prête, ils décidèrent de s'unir.
Il tournait autour d'elle constamment, Son pâle amant.

De ce seul compagnon Elle se contenta d'abord,
Puis devint agitée et inquiète en Son cœur.
Elle aimait Son pâle ami blond, cher complément d'Elle-Même,
Mais Son amour sans fond demeurait inemployé.
La Mère elle était, quelque chose Lui manquait.

Elle défia le grand vide, le Chaos, les ténèbres,
De trouver l'antre froid de l'étincelle source de vie.
Le tourbillon était effroyable, l'obscurité totale.
Le Chaos glacé chercha Sa chaleur.
La Mère était brave, le danger était grave.

Elle tira du Chaos la source créatrice,
Et conçut dans ce Chaos. Elle s'enfuit avec la force vitale,
Grandit avec la vie qu'Elle portait en Son sein,
Et donna d'Elle-Même avec amour, avec fierté.
La Mère portait Ses fruits, Elle partageait Sa vie.

Tout était si clair en elle, presque comme si elle revivait l'instant.

— J'étais gravide moi aussi, partageant ma vie avec la force vitale qui grossissait en moi. Je me sentais si proche de la Mère, dit-elle avec un sourire rêveur.

Plusieurs membres de l'assistance se regardèrent, l'air surpris, avant de se tourner vers la Première. La doniate opina du bonnet, indiquant qu'elle savait qu'Ayla était enceinte.

— Et que s'est-il passé ensuite, Ayla ? Que s'est-il passé sur cette falaise ?

— La lune était si grosse, si claire. Elle remplissait le ciel tout entier. J'ai eu l'impression qu'elle m'attirait, qu'elle m'absorbait en elle...

Elle raconta comment elle s'était élevée au-dessus du sol, comment la colonne rocheuse s'était mise à briller, puis comment elle avait pris peur, avait couru à la Neuvième Caverne, puis pris la direction de la Rivière. Elle expliqua qu'elle avait longé une rivière, qui ressemblait à la Rivière mais n'était pas tout à fait pareille, et cela pendant très, très longtemps. Elle avait eu l'impression que cela avait duré des jours et des jours, mais sans que jamais le soleil brille. La nuit avait régné en permanence, seulement éclairée par la lune énorme et brillante.

— Je crois que Son amant rayonnant, Son ami, m'aidait à trouver mon chemin, expliqua Ayla. Finalement, je suis arrivée au Lieu de la Fontaine Sacrée. Je pouvais voir le chemin montant jusqu'à la grotte briller à la lueur de Lumi, Son ami rayonnant. Je savais qu'il m'indiquait que je devais suivre cette voie. J'ai commencé à gravir le chemin, mais il était si long que je me suis demandé si j'avais suivi le bon jusqu'à ce que, soudain, j'atteigne le but. J'ai vu la sombre ouverture de la grotte, mais j'ai eu peur d'y pénétrer. C'est alors que j'ai entendu ces mots, « Elle a défié le grand néant, le Chaos, l'obscurité », et j'ai compris que je devais me montrer brave, comme la Mère, et braver également l'obscurité.

Ayla continua de raconter son histoire, qui fascinait visiblement l'assemblée tout entière. Chaque fois qu'elle faisait une pause, ou hésitait un peu trop longtemps, Zelandoni l'encourageait à poursuivre de sa voix grave, si apaisante.

— Ayla ! Tiens, bois ça !

C'était la voix de Zelandoni, mais elle semblait si lointaine...

— Ayla ! Redresse-toi et bois ça ! fit la voix, pleine d'autorité cette fois. Ayla !

La jeune femme sentit qu'on la relevait et ouvrit les yeux. La doniate qui lui était si familière portait une tasse à ses lèvres. Ayla but une gorgée de liquide, ce qui lui permit de comprendre qu'elle était assoiffée. Elle absorba quelques gorgées supplémentaires. La brume commençait à se dissiper. On l'aida à se remettre sur son séant et elle prit alors conscience que des voix s'exprimaient autour d'elle, doucement mais avec des accents fébriles.

— Comment te sens-tu, Ayla ? demanda la Première.

— J'ai un peu mal à la tête, et j'ai toujours très soif, répondit la jeune femme.

— Cette tisane va te faire du bien, dit la doniate de la Neuvième Caverne. Tiens, bois encore.

Ayla s'exécuta.

— Maintenant je crois que je vais devoir me débarrasser du trop-plein, dit-elle avec un sourire.

— Il y a un panier de nuit derrière ce paravent, dit une Zelandoni en lui indiquant la direction.

Ayla se releva. La tête lui tournait encore, mais beaucoup moins.

— Je pense que nous devrions la laisser reprendre ses esprits, entendit-elle dire Celle Qui Etait la Première. Elle a connu des moments très durs, mais je crois qu'il ne fait guère de doute qu'elle sera la prochaine Première.

— Je suis moi aussi de cet avis, prononça une autre voix.

D'autres membres de la Zelandonia continuèrent de discuter, mais elle n'écoutait plus. Que voulaient-ils donc dire ? Elle n'était pas sûre d'apprécier de les entendre parler de la prochaine Première.

A son retour, la Zelandoni de la Neuvième Caverne demanda :

— Te souviens-tu de tout ce que tu nous as dit ?

Ayla ferma les yeux, le front plissé, concentrée.
— Je crois, dit-elle enfin.
— Nous souhaiterions te poser quelques questions. Te sens-tu assez forte pour y répondre, ou préfères-tu te reposer encore un moment ?
— Je crois que je me suis remise, et je ne me sens pas fatiguée. Mais je voudrais bien encore un peu de tisane, j'ai toujours la bouche très sèche, dit-elle.
Quelqu'un remplit sa tasse.
— Nos questions devraient pouvoir t'aider à interpréter l'expérience que tu as vécue, expliqua la doniate. Personne d'autre ne peut le faire à ta place.
Ayla approuva de la tête.
— Sais-tu combien de temps tu es restée dans la grotte ? demanda la Première.
— Quatre jours, d'après Marthona, répondit Ayla. Mais je ne me rappelle pas très bien ce qui s'est passé quand je suis sortie. Des gens m'attendaient dehors. Ils m'ont transportée sur une litière, et les quelques jours qui ont suivi sont assez flous.
— Crois-tu être en mesure de nous expliquer un certain nombre de choses ?
— Je vais essayer.
— Ces murs de glace que tu as évoqués... Si ma mémoire est bonne, tu nous as raconté un jour que tu étais tombée dans une crevasse en traversant un glacier. Par miracle, tu t'es retrouvée sur une corniche, et Jondalar a pu te tirer de là. C'est bien cela ? interrogea la Première.
— Oui. Il m'a lancé une corde et m'a dit de l'enrouler autour de ma taille. Il a ensuite attaché l'autre extrémité à son cheval. C'est Rapide qui m'a tirée de là, précisa Ayla.
— Rares sont ceux qui tombent dans une crevasse et ont la bonne fortune d'en sortir vivants. Tu es passée tout près de la mort, ce jour-là. Il arrive assez souvent aux acolytes, quand ils sont appelés, de revivre les moments où ils ont approché le Monde des Esprits. Crois-tu que ce soit là une interprétation possible des murs de glace ? demanda la Première.
— Oui, répondit Ayla, avant de poursuivre en regardant la doniate droit dans les yeux : Je n'y ai jamais songé jusqu'à maintenant, mais cela pourrait expliquer bien d'autres choses. J'ai failli perdre la vie en traversant une rivière en crue en me rendant ici, et je suis certaine que c'est le visage d'Attaroa que j'ai aperçu. Elle m'aurait tuée à coup sûr si Loup ne m'avait pas sauvée.
— Je suis sûr que cela explique certaines de tes visions, intervint un des Zelandonia en visite. Je n'ai pas personnellement entendu le récit complet de ton voyage jusqu'en ces lieux, mais il est évident que beaucoup ont eu cette chance. Mais qu'est-ce que c'était que ce vide obscur ? Etait-ce une référence au Chant de la Mère, ou cela avait-il une tout autre signification ? J'ai été presque terrifié.

Ce commentaire suscita quelques petits rires, et pas mal de sourires, mais également quelques signes de tête approbateurs.

— Et cette mer chaude, et ces créatures s'enfouissant dans la boue et dans les arbres ? Tout cela était fort étrange, intervint un autre, sans parler de tous ces mammouths, ces rennes, ces bisons et ces chevaux...

— Une question à la fois, s'il vous plaît, insista la Première. Il y a beaucoup de choses que nous aimerions savoir, mais nous avons tout notre temps. Es-tu en mesure d'interpréter toutes ces choses, Ayla ?

— Je n'ai pas besoin de les interpréter, je sais de quoi il s'agissait, répondit la jeune femme. Mais je ne les comprends pas.

— Eh bien alors, dis-nous de quoi il s'agissait.

— Je pense que la plupart d'entre vous savent que lorsque je vivais au sein du Clan celle qui m'a servi de mère était une femme-médecine qui m'a appris presque tout ce que je sais sur la manière de soigner. Elle avait également une fille et nous vivions toutes au foyer de son frère, qui s'appelait Creb. La plupart de ceux du Clan connaissaient Creb comme le Mog-ur. Un Mog-ur était un homme qui connaissait le Monde des Esprits, et notre Mog-ur était comme Celle Qui Est la Première, le plus puissant de tous les Mog-ur.

— Il était un Zelandoni, alors, déclara l'un des Zelandonia en visite.

— En quelque sorte. Il n'était pas guérisseur. Les seuls guérisseurs étaient les femmes-médecine. C'étaient elles qui connaissaient les plantes qui soignent et les façons de les utiliser, mais c'était le Mog-ur qui invoquait le Monde des Esprits pour aider à la guérison, expliqua Ayla.

— Les deux sont distincts ? J'ai toujours cru qu'ils étaient inséparables, s'exclama une femme qu'Ayla ne connaissait pas.

— Tu seras en ce cas surprise d'apprendre que seuls les hommes étaient autorisés à prendre contact avec le Monde des Esprits, et à devenir Mog-ur, et que seules les femmes, les femmes-médecine, pouvaient devenir guérisseuses, précisa Ayla.

— C'est surprenant.

— Je ne peux rien dire à propos des autres Mog-ur, mais notre Mog-ur avait un talent particulier pour invoquer le Monde des Esprits. Il pouvait en revenir à leurs débuts et montrer le chemin aux autres. Il m'a ramenée un jour en arrière, alors qu'il n'avait pas à le faire, et je crois qu'il a vivement regretté cette décision. Après cela, il a changé, il a perdu quelque chose. Je regrette que cela se soit passé ainsi.

— Et comment cela s'est-il passé ? demanda la Première.

— Il existait une racine, que l'on n'utilisait que pour la cérémonie spéciale qui réunissait tous les Mog-ur à l'occasion du Rassemblement du Clan. Elle devait être préparée d'une certaine manière, que seules connaissaient les femmes-médecine de la lignée d'Iza.

— Tu veux dire qu'ils ont des Réunions d'Eté, eux aussi ? demanda le Zelandoni de la Onzième.

— Pas chaque été, tous les sept ans seulement. Quand le temps est venu du Rassemblement d'Eté, Iza était malade. Elle n'a pas pu faire le voyage, sa fille n'était pas encore femme, or la racine devait être préparée par une femme, pas par une fille. Je n'avais pas la mémoire du Clan, mais Iza m'avait formée pour devenir une femme-médecine. Il fut décidé que je serais celle qui préparerait la racine pour les Mog-ur. Iza m'a expliqué comment je devais mâcher la racine et la recracher dans un bol spécial. Elle m'a bien mise en garde : je ne devais surtout pas avaler une goutte du suc tandis que je mâchais. Quand nous sommes arrivés au Rassemblement du Clan, les Mog-ur ne se sont pas montrés disposés à me laisser faire : j'étais née chez les Autres, pas au sein du Clan, mais en fin de compte, au dernier moment, Creb est venu me voir et m'a demandé de me préparer.

« J'ai respecté tout le rituel, mais je m'y suis mal prise : j'ai avalé un peu de la racine et j'en ai préparé un peu trop. Iza m'avait dit que c'était trop précieux pour qu'on s'en débarrasse, mais à ce moment-là je n'avais plus les idées claires. J'ai bu le suc qui restait dans le bol afin de ne pas le laisser perdre et, sans en avoir vraiment eu l'intention, je suis entrée dans la grotte toute proche et, tout au fond, j'y ai trouvé les Mog-ur. Aucune femme n'a le droit de participer aux cérémonies des hommes, mais voilà que je me retrouvais là, après avoir absorbé la boisson moi aussi.

« Je ne peux pas vraiment expliquer ce qui s'est passé par la suite, mais Creb a su que j'étais là, j'ignore comment. Je tombais dans un vide obscur et profond et j'étais certaine d'y être précipitée à jamais, mais Creb est venu m'y chercher et m'a ramenée. Je suis sûre qu'il m'a sauvé la vie. Les gens du Clan ont une qualité d'esprit que nous n'avons pas, tout comme nous en avons une qu'ils n'ont pas. Ils ont la mémoire, ils sont capables de se rappeler ce que savaient leurs ancêtres. Ils n'ont pas vraiment à apprendre ce qu'ils ont besoin de savoir, comme c'est le cas pour nous. Ils ont simplement besoin de le savoir, ou qu'on leur rappelle de se souvenir. Ils sont capables d'apprendre des choses nouvelles, mais c'est plus difficile pour eux.

« Leur mémoire remonte à loin. Dans certaines circonstances, ils peuvent en revenir à leurs tout débuts, à une période si lointaine qu'il n'existait pas d'êtres humains et que la terre était différente. Peut-être jusqu'à l'époque où la Grande Terre Mère a donné naissance à Son fils et a rendu la terre verte avec les eaux de Son accouchement. Creb avait la capacité de diriger les autres Mog-ur et de les ramener jusqu'à ces temps anciens. Après qu'il m'a sauvée, il m'a ramenée avec lui et les autres Mog-ur, loin dans la mémoire. Si l'on revient suffisamment en arrière, on se rend compte que nous avons tous les mêmes souvenirs, et il m'a aidée à retrouver les miens. J'ai partagé cette expérience avec eux.

« Dans les souvenirs, lorsque la terre était différente, il y a si longtemps que l'on a du mal à se l'imaginer, ceux qui ont précédé les êtres humains vivaient dans les profondeurs de l'océan. Quand les eaux se sont asséchées et qu'ils se sont retrouvés échoués dans la boue, ils se sont transformés et ont appris à vivre sur la terre. Ils ont encore changé de nombreuses fois après cela et, avec Creb, j'ai été capable de les accompagner. Ça n'était pas la même chose pour moi que pour eux mais j'ai été capable de suivre leur cheminement. J'ai vu la Neuvième Caverne avant que les Zelandonii s'y installent, j'ai reconnu la Pierre Qui Tombe la première fois que je suis arrivée. Et puis ensuite je suis allée à un endroit où Creb n'a pas pu aller. Il a empêché les autres Mog-ur de passer, afin qu'ils ne sachent pas que j'étais là, après quoi il m'a dit de partir, de quitter la grotte avant qu'ils me découvrent. Il ne leur a jamais dit que j'étais là, je me serais fait tuer sur-le-champ s'ils l'avaient su, mais il n'a plus jamais été le même après ça.

La fin du récit d'Ayla fut accueillie par un grand silence, que Zelandoni Qui Etait la Première se décida à rompre :

— Dans nos Histoires et Légendes Anciennes, la Grande Terre Mère a donné naissance à toute vie, puis à ceux qui, comme nous, se souviendraient d'Elle. Qui peut dire comment Doni nous a formés ? Quel enfant peut se rappeler sa vie dans le sein de sa mère ? Avant sa naissance, le bébé respire de l'eau et il se débat pour respirer lorsqu'il voit le jour. Toutes celles qui sont ici ont vu, ont examiné la vie humaine avant qu'elle soit complètement constituée, lorsqu'elle a été expulsée avant le terme. Dans ses premiers stades, elle ressemble à un poisson, puis à un animal terrestre. Il se peut qu'elle se rappelle sa propre vie dans le sein de sa mère, avant sa naissance. L'interprétation qu'a Ayla de ses premières expériences avec ceux qu'elle appelle le Clan ne contredit pas les Légendes ou le Chant de la Mère. Elle y ajoute quelque chose, elle les explicite. Mais je suis stupéfaite que ceux que pendant si longtemps nous avons qualifiés d'animaux aient une connaissance aussi profonde de la Mère et que, malgré cette connaissance accumulée dans leur « mémoire », ils ne soient pas allés jusqu'à la reconnaître.

Les membres de la Zelandonia furent soulagés. La Première avait réussi à s'emparer de ce qui, au départ, avait toutes les apparences d'un choc entre croyances, raconté par Ayla avec une telle force de conviction qu'elle pouvait presque être susceptible de provoquer un schisme, pour, au contraire, réunir et entremêler harmonieusement. L'interprétation de la doniate ajoutait de la force à leurs croyances plutôt qu'elle ne les mettait en pièces. Ils étaient éventuellement capables d'accepter que ceux qu'ils appelaient les Têtes Plates soient des êtres intelligents à leur façon, mais les membres de la Zelandonia devaient s'en tenir au dogme selon lequel ces peuples étaient inférieurs au leur. Les Têtes Plates n'avaient pas reconnu la Grande Terre Mère.

— C'est donc cette racine qui t'a permis de voir le vide, le néant obscur et les étranges créatures, constata le Zelandoni de la Cinquième.

— C'est une racine puissante. J'en ai emporté avec moi quand j'ai quitté le Clan. Je ne l'avais pas prémédité, il y en avait simplement dans mon sac à remèdes. Après être devenue une Mamutoï, j'ai parlé à Mamut de la racine et de mon expérience dans la grotte avec Creb. Jeune homme, il avait été blessé au cours d'un voyage, et une femme-médecine du Clan l'avait soigné. Il était resté chez eux un certain temps, avait appris certaines de leurs pratiques et participé au moins une fois à une cérémonie avec les hommes du Clan. Il voulait que nous testions la racine ensemble. Je crois qu'il estimait que si Creb avait été en mesure de la maîtriser il en serait lui aussi capable. Mais il y a des différences entre ceux du Clan et les Autres. Avec Mamut, nous n'avons pas pu retrouver nos souvenirs passés, nous sommes allés ailleurs. J'ignore où exactement, mais c'était très étrange, très effrayant. Nous avons traversé ce vide, ce néant, et nous avons failli ne pas revenir, mais... quelqu'un voulait si fort que l'on revienne que son envie a surpassé tout le reste.

Ayla baissa les yeux et regarda ses mains.

— Son amour était si fort alors... poursuivit-elle d'une voix à peine audible.

Seule Zelandoni remarqua la douleur dans le regard d'Ayla quand celle-ci releva les yeux.

— Mamut m'a dit qu'il n'utiliserait plus jamais cette racine : il avait peur de se perdre dans ce néant et de ne jamais pouvoir revenir en arrière, de ne jamais trouver le Monde d'Après. Il m'a dit que si j'utilisais de nouveau cette racine je devrais veiller à bénéficier d'une forte protection, sous peine de ne plus jamais pouvoir revenir.

— Et il te reste un peu de cette racine ? s'empressa de demander la Première.

— Oui. J'en ai trouvé encore dans les montagnes près de chez les Sharamudoï, mais je n'en ai plus vu depuis lors, répondit Ayla. Je ne crois pas qu'elle pousse dans cette région.

— Et ce qu'il t'en reste est-il toujours utilisable ? Une longue période s'est écoulée depuis ton voyage, insista la doniate.

— A condition qu'elle soit convenablement séchée et préservée de la lumière, Iza m'a dit que cette racine se concentrait, gagnait en puissance avec le temps, expliqua la jeune femme.

Celle Qui Etait la Première hocha la tête, plus pour elle-même que pour l'assistance.

— J'ai la forte impression que tu as ressenti les douleurs de l'enfantement, constata un des Zelandonia en visite. Es-tu passée près de la mort au cours d'un accouchement ?

Ayla avait raconté à la Première les moments terribles qu'elle avait traversés en donnant naissance à son premier enfant, son fils aux esprits mêlés, et la doniate pensait que cela pouvait expliquer, au moins en partie, l'épreuve qu'elle avait subie dans la grotte, au cours de son accouchement, mais elle ne jugea pas indispensable d'en faire part aux autres.

— A mon avis, la question la plus importante est celle que nous avons tous esquivée, intervint-elle. Le Chant de la Mère est sans doute la plus vieille des Légendes des Anciens. Selon les différentes Cavernes, il existe des variations mineures, mais sa signification profonde demeure toujours la même. Peux-tu nous la réciter, Ayla ? Pas dans son entier, juste la dernière partie.

Ayla accepta d'un signe de tête et ferma les yeux, se demandant où commencer.

Avec un grondement de tonnerre, Ses montagnes se fendirent,
Et par la caverne qui s'ouvrit dessous
Elle fut de nouveau mère,
Donnant la vie à toutes les créatures de la Terre.
D'autres enfants étaient nés, mais la Mère était épuisée.

Chaque enfant était différent, certains petits, d'autres grands.
Certains marchaient, d'autres volaient, certains nageaient, d'autres rampaient,
Mais chaque forme était parfaite, chaque esprit complet.
Chacun était un modèle qu'on pouvait répéter.
La Mère le voulait, la Terre verte se peuplait.

Les oiseaux, les poissons, les autres animaux,
Tous restèrent cette fois auprès de l'Eplorée.
Chacun d'eux vivait là où il était né
Et partageait le domaine de la Mère.
Près d'Elle ils demeuraient, aucun ne s'enfuyait.

Ayla avait commencé à réciter plutôt timidement, mais à mesure qu'elle poursuivait, sa voix gagnait en puissance, son ton en assurance.

Ils étaient Ses enfants, ils la remplissaient de fierté
Mais ils sapaient la force de vie qu'Elle portait en Elle.
Il Lui en restait cependant assez pour une dernière création,
Un enfant qui se rappellerait qui l'avait créé.
Un enfant qui saurait respecter et apprendrait à protéger.

Première Femme naquit adulte et bien formée,
Elle reçut les Dons qu'il fallait pour survivre.
La vie fut le premier, et comme la Terre Mère
Elle s'éveilla à elle-même en en sachant le prix.
Première Femme était née, première de sa lignée.

Vinrent ensuite le Don de Perception, d'apprendre,
Le désir de connaître, le Don de Discernement.
Première Femme reçut le savoir qui l'aiderait à vivre
Et qu'elle transmettrait à ses semblables.
Première Femme saurait comment apprendre, comment croître.

La Mère avait presque épuisé Sa force vitale,
Pour transmettre l'Esprit de la Vie,
Elle fit en sorte que tous Ses enfants procréent,
Et Première Femme reçut aussi le don d'enfanter.
Mais Première Femme était seule, elle était la seule.

La Mère se rappela Sa propre solitude,
L'amour de Son ami, sa présence caressante.
Avec la dernière étincelle, Son travail reprit,
Et pour partager la vie avec Femme
 Elle créa Premier Homme.
La Mère à nouveau donnait, un nouvel être vivait.

Ayla parlait si couramment la langue que la plupart des membres de l'assistance ne remarquaient même plus son accent. Ils avaient pris l'habitude de la façon dont elle prononçait certains mots, certains sons. Tout cela leur paraissait normal. Mais tandis qu'elle récitait les strophes familières, son langage singulier semblait leur ajouter une qualité un peu exotique, une touche mystérieuse, qui leur donnait vaguement l'impression que celles-ci venaient d'un lieu autre, peut-être hors de ce monde.

Femme et Homme la Mère enfanta,
Et pour demeure Elle leur donna la Terre,
Ainsi que l'eau, le sol, toute la création,
Pour qu'ils s'en servent avec discernement.
Ils pouvaient en user, jamais en abuser.

Aux Enfants de la Terre, la Mère accorda
Le Don de Survivre, puis Elle décida
De leur offrir celui des Plaisirs,
Qui honore la Mère par la joie de l'union.
Les Dons sont mérités quand la Mère
 est honorée.

Satisfaite des deux êtres qu'Elle avait créés,
La Mère leur apprit l'amour et l'affection.
Elle insuffla en eux le désir de s'unir,
Le Don de leurs Plaisirs vint de la Mère.
Avant qu'Elle eût fini, Ses enfants
 L'aimaient aussi.

C'était en général ainsi que se terminait le Chant de la Mère, et Ayla hésita un moment avant de poursuivre. Puis, après avoir pris une grande inspiration, elle récita la strophe qui avait si fort résonné en elle lorsqu'elle se trouvait dans la grotte, tout au fond :

> *Son dernier Don, la Connaissance que l'homme a son rôle*
>   *à jouer.*
> *Son besoin doit être satisfait avant qu'une nouvelle vie puisse*
>   *commencer.*
> *Quand le couple s'apparie, la Mère est honorée*
> *Car la femme conçoit quand les Plaisirs sont partagés.*
> *Les Enfants de la Terre étaient heureux, la Mère pouvait*
>   *se reposer un peu.*

Un silence gêné régna dans l'assistance lorsqu'elle en eut terminé. Aucune des femmes, aucun des hommes puissants présents dans la salle ne savait vraiment quoi dire. Ce fut la Zelandoni de la Quatorzième Caverne qui se décida enfin à prendre la parole :

— Je n'ai jamais entendu cette strophe ou quoi que ce soit qui y ressemble, dit-elle.

— Moi non plus, dit la Première. La question est : qu'est-ce que cela signifie ?

— Qu'en penses-tu ? demanda la doniate de la Quatorzième.

— Je pense que cela veut dire que ça n'est pas seulement la femme qui crée une nouvelle vie, répondit la Première.

— Non, bien sûr que non, protesta le doniate de la Onzième Caverne. On sait depuis toujours que pour créer une nouvelle vie il faut mêler l'esprit d'un homme avec celui d'une femme...

— La strophe n'évoque jamais l'esprit, intervint Ayla. Elle dit que la femme conçoit quand les Plaisirs sont partagés. Il ne s'agit pas seulement de l'esprit d'un homme : une nouvelle vie ne peut commencer si le désir de l'homme ne s'épanche pas. Un enfant est autant une création de l'homme que de la femme, un enfant de son corps à lui autant que de son corps à elle. C'est l'union d'un homme et d'une femme qui initie une vie.

— Tu veux dire que cette union n'est pas faite pour donner les Plaisirs ? demanda la Zelandoni de la Troisième Caverne d'un ton incrédule.

— Personne ne doute que l'union soit un Plaisir, fit la Première avec un sourire ironique. Je crois que cela signifie que le Don de Doni va au-delà du Don des Plaisirs. C'est un autre Don de Vie. A mon avis, c'est là le sens de cette strophe. La Grande Terre Mère n'a pas créé les hommes uniquement pour partager les Plaisirs avec les femmes et pour subvenir à leurs besoins et à ceux de leurs enfants. La femme est une protégée de Doni parce qu'elle crée une nouvelle vie, mais l'homme l'est, lui aussi. Sans lui, aucune vie nouvelle ne peut commencer. Sans les hommes, et sans les Plaisirs, toute vie prendrait fin.

Un bruissement de voix excitées monta dans la pièce.

— Il existe certainement d'autres interprétations, intervint un des Zelandonia. Cela paraît trop difficile à croire.

— Trouve-moi en ce cas une autre interprétation, rétorqua la Première. Tu as entendu les mots, comment les expliques-tu ?

Le Zelandoni hésita, longuement.

— Il faut que j'y réfléchisse, dit-il enfin. Cela mérite qu'on prenne du temps pour les étudier.

— Tu peux y réfléchir toute une journée, toute une année, ou tout le temps que tu es capable de compter, cela ne changera rien à l'interprétation. Avec son appel, Ayla a reçu un Don. La Mère l'a choisie pour apporter ce nouveau Don de la Connaissance de la Vie, dit la Première.

Nouveau brouhaha dans l'assistance.

— Mais qui dit don dit échange ! lança la Zelandoni de la Deuxième Caverne, qui prenait la parole pour la première fois. Personne ne reçoit un don sans avoir l'obligation d'en offrir un, d'égale valeur, en retour. Quel Don Ayla a-t-elle pu faire en retour à la Mère qui ait été d'égale valeur ?

Le silence s'instaura. Tous les membres de l'assistance regardaient Ayla.

— Je Lui ai donné mon bébé, répondit celle-ci, sachant au plus profond de son cœur que l'enfant qu'elle avait perdu avait été conçu par Jondalar, que c'était son enfant et celui de Jondalar.

Aurai-je encore un enfant qui soit à moi, et aussi à Jondalar ? se demandait-elle.

— La Mère a été profondément honorée quand ce bébé a été initié. C'était un bébé que je désirais, que je désirais plus que je ne saurais dire. Aujourd'hui encore, mes bras souffrent du vide de cette perte. J'aurai peut-être un autre enfant un jour, mais plus jamais je n'aurai celui-là. Je ne sais pas quelle valeur la Mère accorde au Don qu'Elle fait à Ses enfants, poursuivit-elle en refoulant ses larmes, mais je sais pour ma part qu'il n'y a rien à quoi j'accorde plus de valeur qu'à mes enfants. J'ignore pourquoi Elle a voulu mon enfant, mais la Grande Mère a empli ma tête des mots de Son Don après que mon bébé est parti.

Des larmes brillèrent dans ses yeux, en dépit de tous ses efforts pour les contrôler.

— Je souhaiterais pouvoir lui restituer Son Don et retrouver mon bébé.

Plusieurs membres de l'assistance parurent suffoqués : on ne devait jamais prendre à la légère les Dons de la Mère, et surtout pas souhaiter ouvertement les lui retourner. Elle risquait d'être terriblement offensée, et qui sait alors comment Elle était capable de réagir ?

— Es-tu sûre que tu étais enceinte ? demanda le doniate de la Onzième.

— J'ai manqué trois lunes, et tous les autres signes étaient là. Oui, j'en suis certaine, expliqua Ayla.

— Moi aussi, intervint la Première. Avant de partir pour la Réunion d'Eté, je savais qu'elle portait un enfant.

— Dans ce cas elle a dû perdre son bébé avant qu'il naisse. Ce qui expliquerait les douleurs de l'enfantement que j'ai ressenties dans son récit, dit une Zelandoni.

— Je crois que c'est évident. A mon avis, la perte de son bébé l'a entraînée dangereusement près de la mort lorsqu'elle se trouvait dans la grotte, expliqua la Première. C'est sans doute pour cette raison que la Mère a réclamé son bébé. Le sacrifice était nécessaire. Cela l'a entraînée assez près du Monde d'Après pour que la Mère puisse lui parler, afin de lui confier la strophe pour le Don de la Connaissance.

— Je suis désolée, dit la Zelandoni de la Deuxième Caverne. Perdre un enfant peut être un terrible fardeau à porter.

Elle avait prononcé ces mots avec une empathie si manifeste, si sincère, qu'Ayla se demanda ce que cela cachait.

— S'il n'y a pas d'objection, je crois qu'il est temps de passer à la cérémonie, dit la Première.

Tout le monde approuva.

— Es-tu prête, Ayla ?

Le front plissé, la jeune femme regarda autour d'elle avec consternation. Prête à quoi ? Tout cela paraissait si soudain.

— Tu as dit que tu souhaitais te soumettre à toutes les épreuves officielles, reprit la Première, consciente de son désarroi. Il était entendu que si tu réussissais à convaincre la Zelandonia tu passerais au niveau supérieur. Tu ne serais plus une aide, un acolyte. Tu quitterais ce lieu en tant que Zelandoni.

— Maintenant ? demanda Ayla.

— Pour la première marque d'appartenance, oui, dit la Première en saisissant un couteau à la lame de silex affûtée.

34

— Une cérémonie publique sera organisée lorsque tu seras présentée aux gens en tant que Zelandoni, mais les marques d'appartenance sont faites avec ton acceptation en la seule présence des membres de la Zelandonia. Quand tu progresses dans la hiérarchie, on ajoute des marques, cette fois en présence des titulaires et des acolytes, mais jamais en public, expliqua la Zelandoni Qui Etait la Première. Es-tu prête ? demanda-t-elle avec toute la dignité et tout le pouvoir que lui conférait sa position.

Ayla déglutit, fronça les sourcils.

— Oui, répondit-elle, en espérant que c'était bien le cas.

La Première promena son regard sur l'assistance, s'assurant qu'elle avait l'attention de tous, avant de commencer :

— Cette femme a été pleinement formée pour remplir tous les devoirs de la Zelandonia, et c'est la Première parmi Ceux Qui Servent la Mère qui atteste ses connaissances.

Des signes de tête et des paroles d'approbation saluèrent ces premiers mots.

— Elle a été appelée, éprouvée. Y en a-t-il parmi nous qui mettent en doute sa vocation ?

Personne ne manifesta de dissension, ni n'émit le moindre doute.

— Acceptons-nous tous de recevoir cette femme à titre de Zelandoni au sein de la Zelandonia ?

— Nous acceptons ! fut la réponse unanime.

Ayla vit la Zelandoni de la Deuxième Caverne s'approcher et lui tendre un bol contenant un liquide sombre. Elle savait de quoi il s'agissait, une partie de son cerveau observait et ne se contentait pas de participer. L'écorce d'un sorbier, appelé « sorbier des oiseleurs », avait été brûlée dans un feu cérémoniel, puis passée au tamis en plein air pour obtenir une fine poudre grise. Les cendres du sorbier avaient des vertus astringentes, antiseptiques. Puis la femme qui était la Zelandoni d'une lointaine Caverne, celle qu'elle ne connaissait pas, apporta un liquide rougeâtre, bouillant : des baies de sorbier, séchées l'automne précédent, bouillies pour obtenir un produit concentré, lui aussi tamisé. Ayla n'ignorait pas que le jus de sorbier était acide et avait des propriétés curatives.

La Première prit un bol contenant du suif pur, mou et blanc, en partie figé, obtenu en plongeant de la graisse d'aurochs dans de l'eau bouillante, en ajouta un peu dans les cendres poudreuses avant d'y adjoindre du jus de sorbier rouge encore fumant. Elle mélangea le tout avec une petite spatule en bois sculpté, ajouta encore un peu de graisse et de liquide jusqu'à obtenir ce qu'elle souhaitait, puis fit face à la jeune femme et leva le couteau en silex affûté.

— La marque que tu vas recevoir ne pourra être effacée. Elle proclamera à tous que tu reconnais et acceptes le rôle de Zelandoni. Es-tu prête à accepter cette responsabilité ?

Ayla prit une profonde inspiration et regarda s'approcher la femme qui tenait le couteau, sachant ce qui allait suivre. Elle sentit la peur lui nouer le ventre, déglutit et ferma les yeux. Elle savait qu'elle allait avoir mal, mais ce n'était pas ce qu'elle redoutait. Une fois que ce serait fait, il ne serait plus question de revenir en arrière. C'était pour elle la dernière possibilité de changer d'avis.

Et soudain elle se revit cachée dans une grotte peu profonde, essayant de se dissimuler du mieux qu'elle pouvait dans la paroi de pierre contre laquelle elle était appuyée. Elle revit les griffes courbes et acérées de l'énorme patte d'un lion des cavernes s'approchant d'elle, et s'entendit pousser un cri quand quatre estafilades parallèles avaient entaillé sa cuisse gauche. Se tortillant pour y échapper, elle avait trouvé un espace infime sur le côté et ramené ses jambes sous elle, le plus loin possible des griffes.

Son souvenir d'avoir été choisie et marquée par son totem du Lion des Cavernes n'avait jamais été aussi vif, aussi intense. Instinctivement, elle tendit la main vers sa cuisse gauche pour sentir la texture différente de sa peau là où demeuraient les quatre cicatrices parallèles. Elles avaient été reconnues comme les marques de totem du Clan lorsqu'elle avait été acceptée dans le clan de Brun même si, traditionnellement, le totem du Lion des Cavernes choisissait un mâle, non une femelle.

Combien de marques avaient été gravées dans son corps depuis sa naissance ? Outre les quatre marques de l'esprit de son totem protecteur, Mog-ur lui avait pratiqué une petite incision à la base de la gorge pour en tirer un peu de sang lorsqu'elle était devenue la Femme Qui Chasse. On lui avait alors donné le talisman de chasse de son clan, un objet ovale en ivoire de mammouth, taché de rouge, qui prouvait que, en dépit du fait qu'elle fût une femme, elle était acceptée dans les rangs des chasseurs du Clan, même si elle ne pouvait se servir que d'une fronde.

Elle ne portait plus le talisman sur elle, pas plus que l'amulette avec ses autres signes, même si, dans l'instant, elle aurait souhaité les avoir avec elle. Tous deux étaient cachés derrière la figurine sculptée en forme de femme dans la niche qu'elle avait creusée dans la paroi calcaire de son abri de la Neuvième Caverne. Mais les cicatrices étaient, elles, bel et bien présentes.

Ayla toucha les petites marques, puis celle qu'elle avait au bras : c'était Talut qui l'avait pratiquée, avant d'entailler à l'aide du couteau encore sanglant une plaque en ivoire qui faisait partie d'un extraordinaire collier d'ambre, de canines et de griffes de lion des cavernes qu'il portait au cou, pour montrer qu'elle était acceptée dans le Camp du Lion et adoptée par les Mamutoï.

Jamais elle n'avait réclamé quoi que ce soit, elle avait toujours été choisie, et pour chaque acceptation elle portait une marque distinctive, une cicatrice qui plus jamais ne disparaîtrait. C'était le sacrifice qu'elle devait consentir. Et voilà qu'elle se trouvait une fois de plus choisie. Elle pouvait toujours décliner, mais si elle refusait maintenant, ce serait pour la vie. Elle se prit soudain à penser que les cicatrices lui rappelleraient toujours que le fait d'être choisie entraînait des conséquences, qu'avec l'acceptation venaient les responsabilités.

Elle regarda la doniate droit dans les yeux.

— J'accepte. Je serai Zelandoni, dit-elle, essayant de donner à sa voix un ton ferme et positif.

Puis elle ferma les yeux et sentit quelqu'un s'approcher, par-derrière, du tabouret sur lequel elle était assise. Des mains, douces mais fermes, la tirèrent en arrière afin qu'elle repose sur le corps souple d'une femme, puis lui tinrent la tête et la tournèrent de sorte que sa tempe gauche soit exposée. Elle perçut qu'on lui passait sur le front un tissu doux et humide imprégné d'un liquide dans lequel elle reconnut l'odeur de la racine d'iris, une solution qu'elle avait souvent utilisée pour nettoyer les plaies, et sentit une tension inquiète croître en elle.

— Oh ! Aïe ! cria-t-elle involontairement en sentant la coupure d'une lame aiguisée.

Elle s'obligea à rester impassible lorsqu'elle sentit une deuxième estafilade, suivie d'une troisième. On lui appliqua de nouveau la solution, puis l'on sécha les incisions, sur lesquelles on étala une troisième substance. Cette fois la douleur ressemblait à une brûlure, mais elle ne dura pas longtemps : quelque chose dans le baume astringent avait endormi la douleur.

— Tu peux ouvrir les yeux, Ayla, c'est terminé, dit la doniate.

Ayla leva les paupières, pour distinguer une image plutôt vague, qui ne lui rappelait rien. Il lui fallut un moment pour comprendre de quoi il s'agissait. Quelqu'un tenait devant elle une planche de bois noircie, huilée et lissée au sable, et une lampe, maintenue de façon à lui permettre de s'apercevoir dans la planche. Elle ne se servait que rarement de cette sorte d'objet – elle n'en avait pas chez elle – et était toujours surprise de voir son propre visage. Puis ses yeux furent attirés par les marques sur son front.

Juste devant sa tempe gauche, une courte ligne horizontale était marquée à chacune de ses extrémités de deux lignes verticales de même longueur, comme un carré sans lisière supérieure, ou une boîte dépourvue de couvercle. Les trois lignes étaient noires, et un peu de sang perlait encore sur les bords. Ayla n'était absolument pas certaine d'apprécier de voir son visage balafré de cette façon. Mais elle ne pouvait rien y changer, désormais. C'était fait. Son visage porterait ces marques noires jusqu'à la fin de ses jours.

Elle leva la main pour les effleurer, mais la Première l'arrêta.

— Il vaudrait mieux que tu n'y touches pas pour le moment, dit-elle. Elles ne saignent presque plus mais sont encore toutes fraîches.

Ayla balaya l'assistance du regard : tous les membres de la Zelandonia présentaient diverses marques sur le front, certaines plus élaborées que d'autres, pour la plupart carrées mais d'autres de formes différentes, beaucoup passées à la couleur. Les marques de la Première étaient les plus complexes de toutes. Ayla savait qu'elles désignaient le rang, la position, l'affiliation des titulaires de la Zelandonia. Elle remarqua toutefois que les lignes noires devenaient des tatouages bleus après avoir cicatrisé.

Elle fut soulagée quand on éloigna la planche : elle n'aimait pas se regarder et se sentait mal à l'aise à l'idée que l'image étrange et floue qu'elle apercevait était celle de son visage. Elle préférait se voir reflétée dans l'expression des autres : le bonheur de sa fille lorsqu'elle voyait sa mère, le plaisir qu'elle devinait dans le comportement envers elle des gens qu'elle appréciait, comme Marthona, Proleva, Joharran et Dalanar. Et l'amour dans les yeux de Jondalar lorsqu'il voyait... Mais non, ça n'était plus vrai... La dernière fois qu'il l'avait vue, il avait été horrifié : son visage avait exprimé la surprise et le désarroi, non plus l'amour.

Ayla ferma les yeux en sentant les larmes monter, s'efforça de contrôler ses sentiments de douleur, de déception et de vide. Quand elle les rouvrit, elle constata que tous les membres de la Zelandonia étaient debout devant elle, y compris les deux nouveaux, un homme et une femme, qui avaient monté la garde à l'extérieur. Tous arboraient de chaleureux sourires traduisant leur satisfaction, leur joie de l'accueillir. Celle Qui Etait la Première prit la parole :

— Tu es venue de loin, tu as appartenu à de nombreuses peuplades, mais tes pieds t'ont toujours menée sur le sentier que la Grande Terre Mère a choisi pour toi. Ton sort a voulu que tu perdes ton peuple à un âge tendre, puis que tu sois recueillie par une guérisseuse et un homme qui a traversé le monde spirituel de cet autre peuple que tu appelles le Clan. Puis tu as été adoptée par le Mamut des Mamutoï dans le Foyer du Mammouth qui honore la Mère, ta voie a été guidée par Celle Qui A Donné Naissance à tous. Ta destinée a toujours été de La servir.

« Ayla de la Neuvième Caverne des Zelandonii, unie à Jondalar de la Neuvième Caverne, fils de Marthona, ancienne Femme Qui Commande de la Neuvième Caverne des Zelandonii ; Ayla, mère de Jonayla, de la Neuvième Caverne des Zelandonii, Protégée de Doni, née au foyer de Jondalar ; Ayla des Mamutoï, membre du Camp du Lion du peuple qui chasse les mammouths à l'est, fille du Foyer du Mammouth ; Ayla, Choisie par l'Esprit du Lion des

Cavernes et Protégée de l'Ours des Cavernes du Clan, tes noms et tes liens sont multiples. Tu n'en as plus besoin désormais. Ton nouveau nom les englobe en totalité, et plus encore. Ton nom ne fait plus qu'un avec tout ce qu'Elle a créé. Ton nom est Zelandoni !

— Ton nom ne fait plus qu'un avec tout ce qu'Elle a créé ! Bienvenue à toi, Zelandoni ! clama l'assemblée à l'unisson.

— Viens, joins-toi à nous pour chanter le Chant de la Mère, Zelandoni de la Neuvième Caverne, lança Celle Qui Etait la Première.

Alors, le groupe tout entier entonna l'hymne à l'unisson :

Des ténèbres, du Chaos du temps,
Le tourbillon enfanta la Mère suprême...

Lorsqu'ils arrivèrent à la strophe qui avait toujours été la dernière, seule Celle Qui Etait la Première poursuivit de sa belle voix grave :

Satisfaite des deux êtres qu'Elle avait créés,
La Mère leur apprit l'amour et l'affection.
Elle insuffla en eux le désir de s'unir,
Le Don de leurs Plaisirs vint de la Mère.
Avant qu'Elle eût fini, Ses enfants L'aimaient aussi.

Le groupe tout entier chanta le dernier vers, puis tous se tournèrent vers Ayla, des lueurs d'impatience dans le regard. La jeune femme mit un certain temps à comprendre ce qu'on attendait d'elle puis, d'une voix forte empreinte d'un accent exotique, elle récita, seule :

Son dernier Don, la Connaissance que l'homme a son rôle
* à jouer.*
Son besoin doit être satisfait avant qu'une nouvelle vie puisse
* commencer.*
Quand le couple s'apparie, la Mère est honorée
Car la femme conçoit quand les Plaisirs sont partagés.
Les Enfants de la Terre étaient heureux, la Mère pouvait
* se reposer un peu.*

Le groupe, debout, récita avec elle les dernières paroles avant de garder un moment le silence. Puis tout le monde se détendit, un grand récipient contenant de la tisane fut apporté et chacun sortit sa tasse de sa poche ou de son sac.

— Une question se pose maintenant, lança la Première, assise avec décontraction sur son tabouret. Comment allons-nous mettre au courant le reste des Zelandonii de ce dernier Don ?

Cette question souleva un véritable tumulte :

— Il faut leur dire !

— On ne peut pas leur dire !

— Ce serait trop pour eux !

— Ça risquerait de tout bouleverser !

La Première attendit que le brouhaha s'apaise, puis, fusillant du regard l'ensemble de la Zelandonia, s'exclama :

— Croyez-vous vraiment que Doni nous a donné connaissance de ce Don pour que vous en priviez Ses enfants ? Pensez-vous qu'Ayla a enduré toutes ces souffrances, ou qu'elle s'est vu demander de sacrifier son bébé uniquement pour que la Zelandonia ait un sujet de débat ? La Zelandonia regroupe Ceux Qui Servent la Mère. Ce n'est pas à nous de décider si Ses enfants ont ou non le droit de savoir. Notre rôle est de décider de la façon dont nous allons le leur annoncer.

Un silence contrit s'instaura, que finit par rompre la Zelandoni de la Quatorzième :

— L'organisation de la cérémonie adéquate va prendre un certain temps. Nous devrions peut-être attendre l'année prochaine. La saison est presque terminée. Chacun va bientôt rentrer chez soi.

— Oui, approuva aussitôt la Zelandoni de la Troisième. La meilleure solution serait peut-être de laisser chaque Zelandoni transmettre l'information à sa propre Caverne, à sa manière, après qu'il aura pris le temps d'y réfléchir.

— La cérémonie aura lieu à trois jours d'ici, et c'est Ayla qui annoncera la nouvelle, décréta la Première avec une fermeté qui n'admettait pas de réplique. C'est Ayla qui a reçu le Don. C'est à elle d'en informer les autres, c'est son devoir. Elle a été appelée cette saison, et envoyée à la Réunion d'Eté pour cette raison.

La Première fixa les autres doniates de son regard noir, puis son expression se radoucit, et son ton se fit presque cajoleur :

— Ne serait-il pas préférable d'en finir avec cela au plus tôt ? La saison touche à son terme, il ne serait pas bon que trop de difficultés se fassent jour avant notre départ, et vous pouvez être certains que nous en aurons notre part. En procédant ainsi, nous aurons tout l'hiver pour amener chacune de nos Cavernes à se faire à cette idée. D'ici à la saison prochaine, il n'y aura plus de raison pour que cela pose un problème.

La Première aurait bien aimé être persuadée de ce qu'elle venait de dire. A la différence du reste de la Zelandonia, elle pensait depuis bien des années que l'homme jouait un rôle dans la création d'une vie nouvelle, et ce avant même sa première conversation avec Ayla. Le fait que celle-ci soit arrivée à cette même conclusion était d'ailleurs l'une des raisons qui avaient amené la doniate à souhaiter voir Ayla devenir Zelandoni. Ses observations étaient empreintes d'une grande perspicacité et elle n'était pas entravée par les croyances dont les Zelandonii étaient nourris avec le lait de leur mère.

C'était ce qui avait poussé la Première à prendre cette décision dès qu'elle avait entendu Ayla lui raconter ce qu'elle avait vécu dans la grotte : l'idée devait être rendue publique sans attendre, quand tout le monde était encore rassemblé. Elle aurait volontiers fixé la cérémonie au lendemain si elle avait jugé possible de l'organiser en si peu de temps.

Comme elle le faisait souvent sous prétexte de se reposer ou de méditer, en donnant l'impression de ne pas se soucier de ce qui l'entourait, la Première patienta un moment, regardant les membres de la Zelandonia commencer à élaborer diverses approches. Elle entendit ainsi le Zelandoni de la Onzième dire :

— La bonne démarche consisterait peut-être à reproduire l'expérience d'Ayla...

— Nous n'aurions même pas à reprendre l'ensemble de l'expérience, il suffirait d'en transmettre l'esprit, avança celui de la Vingt-Sixième.

— Si nous disposions d'une caverne assez vaste pour contenir tout le monde, cela nous aiderait bien, intervint la Zelandoni de la Deuxième Caverne.

— Nous pourrions laisser l'obscurité de la nuit jouer le rôle des parois d'une grotte, proposa celui de la Cinquième. Avec juste un grand feu au milieu, cela aiderait à concentrer l'attention de tous.

Bien, se dit la Première, écoutant les doniates échanger leurs propositions. Ils se mettent à réfléchir à la meilleure façon d'organiser la cérémonie plutôt qu'aux objections que celle-ci pourrait soulever.

— Il faudrait que nous ayons des tambours pour le Chant de la Mère.

— Et des chanteurs.

— La nouvelle Zelandoni ne chante pas.

— Sa voix est si remarquable que cela n'a pas d'importance.

— On pourrait avoir des voix en arrière-plan. Sans les mots, juste le son.

— Si on ralentit la cadence des tambours, le Chant de la Mère aura un impact encore plus grand, en particulier à la fin, quand elle récitera la dernière strophe.

Ayla semblait embarrassée par l'attention qu'on lui manifestait, et par les suggestions qui s'échangeaient sur le rôle qu'elle devait jouer, mais au bout d'un moment elle aussi commença à se mêler de la discussion sur l'organisation de la cérémonie :

— Danug et Druwez, les deux jeunes visiteurs mamutoï, savent jouer du tambour de façon à donner l'impression qu'il s'agit de voix humaines. C'est troublant, et très mystérieux.

— J'aimerais bien les entendre d'abord, dit la Zelandoni de la Quatorzième.

— Bien sûr, approuva Ayla.

Sans en avoir conscience, la jeune femme se montrait extraordinairement perspicace lorsqu'il s'agissait de la psychologie de ses semblables. La tactique de la Zelandoni Qui Etait la Première consistant à pousser la Zelandonia à organiser la cérémonie ne lui avait pas échappé. A des degrés divers, parfois sur un plan subliminal, parfois sur un autre parfaitement conscient, elle avait admiré la façon dont la doniate avait conduit son affaire, amenant les autres à se plier à sa volonté. La Première s'empressait de pousser son avantage, sachant à quel moment fulminer, à quel autre menacer, quand cajoler, câliner, critiquer, louer, alors même que les membres de la Zelandonia n'étaient pas du genre à se laisser mener par le bout du nez. En tant que membres d'un groupe, ils étaient malins, rusés, souvent cyniques et, dans l'ensemble, plus intelligents que la moyenne. Ayla se rappela avoir entendu Jondalar demander à Zelandoni ce qui avait fait d'elle une Première. Et celle-ci avait su très précisément ce qu'il fallait dire, et ce qu'il avait été préférable de garder pour elle.

La Première se détendit. Désormais, ils étaient lancés. La discussion prendrait d'elle-même de l'ampleur. La plupart du temps, son problème était de les empêcher de se laisser entraîner trop loin. Cette fois, elle allait leur permettre de se défouler autant qu'ils le désiraient. Plus la cérémonie serait spectaculaire, mieux ce serait. *Si je les laisse préparer quelque chose d'assez important, d'assez recherché, ils n'auront pas le temps de penser à autre chose jusqu'à ce que la cérémonie soit terminée.*

Lorsque celle-ci eut commencé à prendre forme, en tout cas dans ses grandes lignes, et que la plupart des membres de la Zelandonia eurent manifesté leur désir de s'investir dans l'événement, Zelandoni Qui Etait la Première décida de lancer la deuxième grande surprise qu'elle leur avait préparée.

Se levant pour aller chercher encore un peu de tisane, elle déclara, comme s'il s'agissait d'un commentaire anodin, n'ayant rien à voir avec ce qui précédait :

— J'imagine que nous devrons également envisager d'organiser une rencontre du Camp le lendemain de la cérémonie afin de répondre aux questions qui ne manqueront pas d'être posées. Autant ne pas perdre de temps pour régler le problème. Nous profiterons de l'instant pour donner le nom qui désignera la relation entre un homme et ses enfants, et pour leur annoncer que, désormais, ce sont les hommes qui donneront leur nom aux garçons.

La consternation s'abattit aussitôt sur la Zelandonia. La plupart de ses membres n'avaient guère eu le temps de songer aux changements qu'allait entraîner la nouvelle révélation.

— Mais ce sont toujours les mères qui ont donné leur nom à leurs enfants ! protesta l'un d'eux.

Zelandoni surprit plusieurs échanges de coups d'œil acérés. *C'était bien ce qu'elle redoutait : que certains se mettent à penser. Il n'était pas prudent de sous-estimer la Zelandonia en tant que groupe.*

— Comment les hommes vont-ils se rendre compte qu'ils sont essentiels si nous ne les laissons pas jouer le moindre rôle ? interrogea la Première. En réalité, cela ne changera rien. L'accouplement sera toujours un Plaisir. Les hommes ne vont pas se mettre à accoucher, et ils auront toujours besoin de subvenir aux besoins de leurs femmes et de leurs enfants, en particulier lorsque celles-ci seront confinées dans leur foyer avec des bébés. Donner son nom à un enfant mâle n'est qu'une petite chose, les femmes donneront toujours leur nom aux filles, tenta de plaider la Première.

— Dans le Clan, c'étaient les Mog-ur qui donnaient leurs noms à tous les enfants, intervint Ayla.

Les bavardages cessèrent et toute l'assistance se tourna vers elle.

— J'ai eu le grand plaisir de pouvoir donner son nom à ma fille. J'étais très nerveuse, mais c'était tout à fait excitant, et ça m'a donné l'impression d'être très importante.

— Je pense que les hommes ressentiraient la même chose, appuya la Première, ravie du soutien imprévu d'Ayla.

Il y eut des hochements de tête et des grognements d'approbation dans l'assistance. Personne n'éleva plus d'autre objection, du moins sur le coup.

— Et le nom de cette relation ? As-tu déjà trouvé quelque chose ? s'enquit d'une voix teintée de soupçon la Zelandoni de la Vingt-Neuvième Caverne.

— J'avais l'intention de méditer pour voir si je pouvais trouver un nom approprié permettant aux enfants d'appeler les hommes qui ont joué un rôle pour leur donner la vie, afin de les distinguer des autres. Nous devrions peut-être tous nous laisser le temps d'y réfléchir, répondit Celle Qui Etait la Première.

Elle sentait qu'elle devait profiter du fait que la Zelandonia tout entière était encore sous le choc, donc en infériorité par rapport à elle, pour la pousser dans ses retranchements avant que ses membres ne se mettent à penser aux éventuelles conséquences, puis à émettre de véritables objections qu'elle ne pourrait plus contrer avec ses seuls éclats de voix. Elle ne doutait pas une seconde que ce nouveau Don de Connaissance de la Vie aurait des répercussions plus profondes encore qu'elle ne pouvait l'imaginer. Cela allait tout changer, et elle n'était pas certaine elle-même d'apprécier certains des développements très concrets que cela allait entraîner.

La Zelandoni Qui Etait la Première était une femme intelligente, au sens de l'observation finement développé. Elle n'avait jamais eu d'enfant, mais dans son cas ce n'était pas un désavantage : elle n'avait jamais eu à connaître les distractions inhérentes au statut de mère. Elle avait en revanche joué les sages-femmes dans un nombre incalculable d'accouchements, et avait aidé beaucoup de femmes victimes de fausses couches. En conséquence, la Première avait une connaissance plus profonde que bien des mères des différents stades de développement des fœtus humains.

Les doniates contribuaient également à aider certaines femmes à mettre un terme à leur grossesse avant la fin de la gestation. La période la plus délicate dans la vie des enfants en bas âge était celle des deux premières années. Beaucoup de bébés mouraient pendant ce laps de temps. Même avec l'aide de leur compagnon, de leurs parents ou d'autres membres de la famille élargie, la plupart des mères étaient dans l'incapacité de nourrir trop de jeunes enfants en même temps, et de s'occuper d'eux si elles voulaient que certains survivent.

Bien que le fait de nourrir son enfant semblât en soi avoir un effet dissuasif pour en concevoir un autre, il était parfois nécessaire de mettre un terme à une grossesse inattendue pour permettre aux enfants en bas âge de dépasser le stade des deux premières années. Même chose si la femme était atteinte d'une maladie grave, avait des enfants déjà grands et était trop vieille, avait connu par le passé un ou plusieurs accouchements difficiles lui ayant fait frôler la mort, toutes circonstances où une grossesse supplémentaire risquait de priver de leur mère les enfants survivants. Le taux de mortalité des enfants eût été sensiblement plus élevé si de tels contrôles sélectifs n'avaient pas été mis en pratique. Il y avait par ailleurs toutes sortes d'autres raisons qui pouvaient conduire une femme à souhaiter mettre un terme à sa grossesse.

Si par ailleurs l'origine de la grossesse n'était pas évidente par nature, les femmes savaient assez rapidement qu'elles étaient enceintes. A une époque précédente, plus ou moins lointaine, une femme, ou un groupe de femmes, avait découvert comment reconnaître les signes montrant que l'on portait un enfant, avant que cela ne devienne évident. Peut-être avait-elle remarqué qu'elle n'avait pas saigné depuis un certain temps et avait-elle appris qu'il s'agissait là d'un signe ; autre possibilité : si elle avait déjà été enceinte, elle avait pu reconnaître certains symptômes. Ce savoir s'était transmis jusqu'à ce que les femmes dans leur ensemble l'apprennent dans le cadre de leur initiation à l'âge adulte.

Au départ, quand une femme se rendait compte qu'elle portait un enfant, elle avait pu réfléchir et se demander ce qui en était à l'origine. Peut-être un aliment qu'elle avait consommé ? Un lieu particulier dans lequel elle s'était baignée ? Un homme donné avec qui elle avait eu des relations ? Une certaine rivière qu'elle avait traversée ? Un arbre singulier à l'ombre duquel elle avait fait un somme ?

Si une femme souhaitait avoir un bébé, elle avait peut-être essayé de réitérer tout ou partie de ces activités, les transformant éventuellement en rituel. Pour comprendre en fin de compte qu'elle pouvait les recommencer un certain nombre de fois sans pour autant nécessairement tomber enceinte. Elle s'était peut-être alors demandé si la clé n'était pas une combinaison d'actions, ou encore l'ordre dans lequel elles étaient exécutées, le moment de la journée, du cycle, de la saison, de l'année. Voire simplement un vif désir d'enfant, ou les souhaits concertés d'un certain nombre de gens. A moins qu'il ne s'agisse d'agents inconnus : émanations de rocs, d'esprits d'un autre monde, ou de la Grande Mère, la Mère primordiale.

Si elle vivait au sein d'une société qui avait élaboré une série d'explications d'apparence raisonnable, ou même déraisonnable mais semblant répondre à des questions inaccessibles à ses propres observations, elle aurait fort bien pu les accepter pour peu que toutes les autres femmes en fissent autant.

D'un autre côté, l'une d'elles avait très bien pu avoir un sens de l'observation suffisamment développé pour établir des connexions et tirer des conclusions proches de la réalité. Grâce à un singulier concours de circonstances, Ayla avait été en mesure de tirer de telles conclusions, même si, pour cela, elle avait été obligée de surmonter son vif désir de se conformer aux croyances des autres.

Avant même d'en discuter avec Ayla, la Première avait également commencé à subodorer l'origine réelle de la conception. La conviction d'Ayla, et son explication, était la dernière bribe d'information dont elle avait besoin pour se persuader, et elle avait depuis quelque temps déjà la ferme conviction que tout le monde, les femmes en particulier, devait savoir comment commençait une nouvelle vie.

La Connaissance était le pouvoir. Si une femme apprenait ce qui amenait un bébé à croître dans son ventre, elle serait en mesure de prendre le contrôle de sa propre existence. Au lieu de se retrouver tout bonnement enceinte, qu'elle désire ou non avoir un bébé, que la période pour en avoir un soit bonne ou pas, que sa santé le lui permette ou non, ou encore qu'elle ait déjà assez d'enfants ou non, elle aurait désormais le choix. Si c'étaient bien les relations avec un homme, et non quelque chose d'extérieur sur quoi elle n'avait pas prise, qui entraînaient une grossesse, d'une façon qui restait à définir, elle pourrait décider de ne pas avoir de bébé d'une manière très simple : tout bonnement en décidant de ne pas partager les Plaisirs avec un homme. Cela ne voudrait bien sûr pas dire que la femme pourrait faire ce choix sans la moindre difficulté, et Zelandoni était loin d'être certaine de la façon dont les hommes pourraient réagir.

Même s'il y aurait à coup sûr des répercussions d'une importance encore indéterminée, une autre raison la poussait à souhaiter que les Zelandonii apprennent que les enfants étaient le résultat d'unions entre les hommes et les femmes. Et une raison essentielle : parce que c'était la réalité. Les hommes devaient en prendre connaissance, eux aussi. Il y avait trop longtemps qu'ils étaient considérés comme accessoires dans le processus de la procréation. Le fait pour eux d'apprendre qu'ils étaient essentiels dans la création de la vie ne serait que justice.

Et la Première avait la certitude que les gens y étaient tout à fait prêts. Ayla avait déjà fait part à Jondalar de sa conviction, et la lui avait fait presque partager. Plus encore : il avait envie d'y croire. Le moment était bien choisi. Si Zelandoni elle-même l'avait soupçonné, si Ayla avait été capable de le découvrir, d'autres aussi étaient en mesure de le faire. La Première espérait que les conséquences de cette révélation ne seraient pas trop dévastatrices, mais si la Zelandonia ne la faisait pas à son peuple maintenant, elle viendrait à coup sûr avant longtemps de quelqu'un d'autre.

Dès qu'elle avait entendu Ayla réciter la nouvelle strophe finale du Chant de la Mère, Zelandoni avait compris que la vérité devait être révélée sur-le-champ. Mais pour que celle-ci soit acceptée, elle ne devait pas être divulguée en passant, ou par bribes, mais avec un maximum d'impact. Celle Qui Etait la Première était suffisamment intelligente pour comprendre que l'essentiel de ce qui arrivait aux acolytes dans le cadre de leur appel à servir la Mère n'était guère plus que le produit de leur propre imagination. Certains membres de la Zelandonia parmi les plus âgés étaient devenus d'un cynisme absolu à cet égard, mais il n'en demeurait pas moins qu'il existait toujours des événements inexplicables provoqués par des forces invisibles ou inconnues.

C'étaient ces événements qui révélaient une véritable vocation, et lorsque Ayla lui avait parlé de son expérience dans la grotte, la Première avait eu le sentiment d'avoir affaire à la plus incontestable des vocations. Cette dernière strophe du Chant de la Mère en particulier... Même si le don d'Ayla pour les langues et sa capacité à mémoriser étaient phénoménaux, même si elle était devenue une conteuse d'histoires, une rapporteuse de légendes d'une grande habileté et d'un talent évident, elle n'avait jamais jusqu'alors fait montre d'une quelconque capacité à composer des vers ; or elle avait bien dit que ceux-ci avaient empli sa tête, et qu'elle avait entendu cette strophe dans son entier. Si elle était capable d'expliquer au peuple ce qu'elle avait vécu avec la même force de conviction, elle se montrerait à coup sûr extrêmement persuasive.

Lorsqu'elle eut le sentiment que tout était mis en branle et ne pourrait désormais être arrêté, la Première annonça d'une voix forte :

— Il se fait tard. Cette réunion a été longue. Je crois que nous devrions nous séparer maintenant et nous retrouver demain matin.

— J'avais promis à Jonayla de monter avec elle aujourd'hui, expliqua Ayla, mais la réunion a duré plus longtemps que prévu.

Je m'en serais doutée, se dit Proleva en voyant les marques noires sur le front d'Ayla, mais elle se garda bien de le dire.

— Jondalar l'a entendue me parler de cette sortie à cheval avec toi ; elle se demandait où tu étais et ce qui te retenait si longtemps. Dalanar a essayé de lui expliquer que tu participais à une réunion très importante, que personne ne savait combien de temps elle durerait, après quoi Jondalar lui a proposé de partir avec lui.

— J'en suis ravie, dit Ayla. Je n'aime pas la décevoir. Cela fait longtemps qu'ils sont partis ?

— Depuis le début de l'après-midi. Je suppose qu'ils ne vont plus tarder, répondit Proleva. Dalanar m'a demandé de te rappeler que les Lanzadonii t'attendaient ce soir.

— Ah oui, c'est vrai ! J'ai été invitée alors que je me rendais à la réunion. Je crois que je vais aller me changer, et me reposer un peu. J'ai du mal à croire qu'assister simplement à une réunion puisse être si épuisant. Pourras-tu m'envoyer Jonayla dès qu'elle sera de retour ?

— Bien sûr, promit Proleva, se disant à part elle que la réunion en question avait certainement été beaucoup plus que cela. Veux-tu manger quelque chose ? Ou prendre une tisane ?

— Volontiers, Proleva, mais d'abord je voudrais aller me laver un peu. J'adorerais aller me baigner... Mais je crois que j'attendrai un peu pour ça. Non, d'abord je vais aller voir Whinney.

— Ils l'ont prise avec eux. Jondalar a dit qu'elle voudrait sûrement partir avec les autres chevaux, et que cela ne lui ferait pas de mal de courir un peu.

— Il a eu raison. A Whinney aussi, ses enfants manquent sans doute.

Proleva suivit du regard Ayla qui se dirigeait vers la tente à dormir.

Elle a l'air vraiment fatiguée, songea-t-elle. Ce qui n'a rien de surprenant quand on pense à ce qu'elle a subi : perdre son bébé et maintenant devenir notre nouvelle Zelandoni... sans oublier son appel, quoi que cela puisse être.

Comme tous les Zelandonii, Proleva avait été témoin des conséquences d'une approche excessive du Monde des Esprits. Chaque fois que quelqu'un était sérieusement blessé, par exemple, ou, plus effrayant, était victime d'une maladie aussi grave qu'inexplicable, elle savait qu'il n'était pas loin du Monde d'Après. L'idée qu'une personne pût volontairement entrer en contact avec ce monde de façon à pouvoir servir la Mère allait largement au-delà de sa compréhension. Elle sentit un frisson l'agiter. La certitude qu'elle ne connaîtrait jamais une expérience aussi éprouvante la comblait de bonheur. Même si elle savait avec autant de certitude que chacun un jour serait contraint de s'installer dans cet endroit redoutable, elle n'avait pas le moindre désir de rejoindre les rangs de la Zelandonia.

En plus, Ayla et Jondalar ont des problèmes, se dit-elle. Il l'évite volontairement. Je l'ai vu prendre une autre direction chaque fois qu'il l'apercevait. Je suis à peu près sûre de savoir de quoi il s'agit. Il se sent honteux. Elle l'a surpris avec Marona, et maintenant il évite de l'affronter. Ce n'est pas le bon moment pour qu'il l'évite. Ayla a besoin de l'aide de tout le monde en ce moment, et de la sienne en particulier.

S'il ne voulait pas qu'elle soit au courant, pour lui et Marona, il n'aurait jamais dû renouer avec celle-ci, même si elle l'y a encouragé autant qu'elle le pouvait. Il savait très bien comment Ayla réagirait. Il aurait très bien pu en trouver une autre, si tant est qu'il en ait eu besoin. Comme s'il n'avait pas l'embarras du choix concernant les femmes, dans le campement. Et cela aurait été bien fait pour Marona : elle se conduisait de façon si prévisible qu'on aurait pu croire que même lui l'aurait percée à jour.

Même si Proleva l'aimait beaucoup, il y avait des moments où elle trouvait le frère cadet de son compagnon exaspérant.

— Mère ! Mère ! Tu es revenue, enfin ? Proleva m'a dit que je te trouverais là. Tu m'avais promis de m'emmener faire du cheval aujourd'hui et je t'ai attendue, attendue, protesta Jonayla.

Le loup, qui avait fait irruption dans la tente avec elle, était tout aussi excité que la fillette et essayait d'attirer l'attention d'Ayla.

Celle-ci serra très fort sa fille contre elle puis saisit la tête du gros carnassier et commença à frotter son visage contre elle. Mais ses scarifications lui faisant encore mal, elle se contenta de l'étreindre. L'animal flaira ses blessures mais elle le repoussa. Sans s'en offusquer, il alla vers son écuelle de nourriture, trouva un os que Proleva y avait laissé à son intention et l'emmena dans son coin de repos.

— Je suis désolée, Jonayla, s'excusa Ayla. Je ne savais pas que la réunion avec la Zelandonia durerait si longtemps. Je te promets de t'emmener un autre jour mais ce ne sera sans doute pas demain.

— Ne t'inquiète pas, mère. Je sais que ces choses avec les Zelandonia prennent du temps. Ils ont passé un jour entier à nous apprendre des chants, des danses, à nous montrer où nous placer, quels pas faire. Et puis de toute façon j'ai monté aujourd'hui. Jondi m'a emmenée.

— C'est ce que m'a dit Proleva. Je suis contente qu'il l'ait fait. Je sais à quel point tu avais envie d'aller à cheval, dit Ayla.

— Est-ce que ça fait mal, mère ? demanda la fillette en montrant du doigt le front d'Ayla.

— Non, en tout cas plus maintenant. Cela m'a fait un peu mal au début, mais pas trop. Ces marques ont une signification particulière...

— Je sais ce qu'elles veulent dire, interrompit Jonayla. Ça veut dire que tu es Zelandoni, maintenant.

— C'est exact, Jonayla.

— Jondi m'a dit que quand tu aurais ces marques de Zelandoni tu ne serais plus obligée de partir aussi souvent. C'est bien vrai, mère ?

Ayla ne s'était pas rendu compte à quel point elle avait manqué à sa fille, et elle éprouva une bouffée de gratitude envers Jondalar qui avait été là pour s'occuper d'elle et lui expliquer les choses. Elle tendit les bras pour serrer de nouveau Jonayla contre elle.

— Oui, c'est vrai. Je serai encore obligée de m'absenter parfois, mais moins qu'avant.

Peut-être avait-elle également manqué à Jondalar, à la réflexion, mais quel besoin avait-il eu de se rabattre sur Marona ? Il avait juré qu'il l'aimait, même après qu'elle les eut trouvés en pleine action, mais si tel était le cas, pourquoi continuait-il de l'éviter ?

— Pourquoi pleures-tu, mère ? demanda la fillette. Tu es sûre que ces marques ne te font plus mal ? Elles ont l'air enflammées.

— C'est juste que je suis contente de te voir, Jonayla.

Elle relâcha la fillette et lui sourit à travers ses larmes.

— J'allais oublier de te dire : nous allons rendre visite au campement des Lanzadonii et dîner avec eux ce soir.

— Avec Dalanar et Bokovan ?

— Oui, et aussi avec Echozar, Joplaya, Jerika. Tout le monde.

— Et Jondi viendra, lui aussi ?

— Je ne sais pas, mais je pense que non. Il a dû partir.

Ayla se détourna brusquement et, apercevant le panier à vêtements de sa fille, commença à fouiller dedans. Elle ne voulait pas que sa fille la voie se remettre à pleurer.

— Il va faire un peu froid quand la nuit va tomber : veux-tu prendre quelque chose de chaud pour te changer ?

— Je pourrai mettre la nouvelle tunique que Folara a faite pour moi ?

— Très bonne idée, Jonayla, très bonne idée.

35

De loin, Ayla crut d'abord que c'était Jondalar qui se dirigeait vers elle, portant quelque chose, sur le chemin le plus emprunté reliant les campements de diverses Cavernes amies. Elle sentit aussitôt son estomac se nouer. La taille de l'homme, la forme de son corps, sa façon de marcher lui étaient familières, mais lorsque celui-ci se rapprocha elle constata qu'il s'agissait de Dalanar, qui portait Bokovan.

Dalanar vit tout de suite les striures noires sur le front d'Ayla. Celle-ci remarqua son air surpris, puis son effort manifeste pour éviter de regarder le haut de son visage, et ce n'est qu'alors qu'elle se les rappela. Comme elle-même ne les voyait pas, elle avait tendance à les oublier.

Est-ce pour cette raison que Jondalar a une conduite si étrange ? se demanda Dalanar. Quand il avait invité le fils de son foyer à venir dîner chez les Lanzadonii en compagnie d'Ayla et de Jonayla, il avait été surpris par l'hésitation de Jondalar, et plus encore par son refus. Il avait prétexté avoir déjà accepté une autre invitation, mais avait eu l'air troublé et embarrassé, comme s'il avait cherché une excuse pour ne pas se joindre à eux ce soir-là. Dalanar se rappela les raisons que lui-même avait trouvées en son temps pour quitter une femme qu'il aimait. Mais je n'aurais pas cru que le fait qu'elle devienne Zelandoni l'aurait gêné, se dit-il. Jondalar semblait toujours fier des talents de guérisseuse d'Ayla, se contentant pour sa part de manier le silex en virtuose et de former ses apprentis.

— Je peux te porter un moment, Bokovan ? proposa Ayla. Dalanar aimerait bien se reposer un peu, ajouta la jeune femme avec un sourire en tendant les bras au garçonnet.

Celui-ci hésita un moment avant d'accepter son invite. En le soulevant, elle remarqua une fois de plus à quel point il était lourd. Ayla portant Bokovan, Dalanar donnant la main à Jonayla, le quatuor prit alors la direction du campement des Lanzadonii, Loup fermant la marche.

L'animal paraissait se trouver parfaitement à son aise dans un important rassemblement d'humains, ceux-ci ne semblant pas de leur côté se préoccuper outre mesure de sa présence. Ayla avait toutefois remarqué que les Zelandonii prenaient un plaisir tout particulier à voir la réaction des visiteurs ou des étrangers qui n'avaient pas l'habitude de voir un loup se déplacer si tranquillement au milieu d'êtres humains.

A leur arrivée, Joplaya et Jerika vinrent les accueillir, et Ayla remarqua là encore leur air surpris et leurs tentatives – assez maladroites – pour ignorer les striures qui marquaient désormais son front. Malgré la tristesse persistante qui affectait à l'évidence la superbe jeune femme à la chevelure noire que Jondalar appelait sa cousine, Ayla remarqua le sourire radieux et la lueur qui illumina ses beaux yeux verts lorsqu'elle prit son fils dans ses bras. Joplaya paraissait être plus détendue, mieux accepter sa nouvelle vie, et sincèrement ravie de voir Ayla.

Jerika elle aussi l'accueillit avec chaleur.

— Laisse-moi porter Bokovan, dit-elle à Joplaya, prenant l'enfant des bras de sa mère. Je lui ai préparé de quoi manger. Va donc faire un tour dans le campement avec Ayla.

Celle-ci s'adressa directement au garçonnet :

— Je suis contente de t'avoir rencontré, Bokovan. Tu viendras bientôt me rendre visite ? Je suis de la Neuvième Caverne, tu sais où elle se trouve ?

L'enfant la regarda un moment, puis proféra avec le plus grand sérieux :

— Voui.

Ayla ne put s'empêcher de remarquer à la fois les ressemblances et les différences entre Jerika, Joplaya et Bokovan avant que sa grand-mère ne l'emporte. L'aïeule était trapue, ses mouvements vifs et énergiques. Sa chevelure, jadis aussi noire que la nuit, était désormais striée de mèches grises. Son visage, rond et plat, aux pommettes saillantes, laissait maintenant apparaître de nombreuses rides, mais ses yeux noirs et bridés pétillaient de charme et d'esprit.

Ayla n'avait pas oublié Hochaman, l'homme qui avait été le compagnon d'Ahnlay, la mère de Jerika. C'était un grand voyageur, et sa compagne avait décidé de le suivre dans ses pérégrinations. Jerika était née en route. Ayla se rappela Dalanar racontant fièrement au visiteur S'Armunaï le long voyage d'Hochaman depuis les Mers Infinies de l'Est jusqu'aux Grandes Eaux de l'Ouest. Elle se dit que, alors même que l'histoire vécue était déjà en soi tout à fait exceptionnelle, c'était le genre d'aventure qui serait contée, racontée et reracontée, chaque fois embellie jusqu'à devenir une légende ou un mythe, jusqu'à ce qu'elle ne ressemble plus que de très loin à l'histoire originelle.

Dalanar avait rencontré Jerika peu après qu'il eut trouvé sa mine de silex, et il avait de prime abord été intrigué par cette femme qui ne ressemblait à personne, avant d'être carrément captivé. Plusieurs personnes s'étaient déjà rassemblées autour de Dalanar et de sa mine – créant ainsi le noyau de la Caverne qui prendrait plus tard le nom de Lanzadonii – lorsque Hochaman et Jerika étaient arrivés à son campement. La mère de Jerika était morte depuis plusieurs années. Leur apparence était si peu commune qu'il était évident qu'ils venaient de fort loin. Dalanar n'avait jamais vu de femme ressemblant de près ou de loin à Jerika. Elle était petite et frêle comparée à la plupart des autres femmes, mais l'intelligence et la force d'âme de cette jeune personne si exotique l'avaient littéralement fasciné. Il avait fallu quelqu'un d'aussi insolite pour lui faire oublier en fin de compte son amour si profond pour Marthona.

Joplaya était née au foyer de Dalanar. Ayla savait maintenant que ce qu'elle avait longtemps pressenti était vrai : Joplaya était autant l'enfant de Dalanar que celle de Jerika. Mais Jondalar n'était pas venu vivre avec les Lanzadonii avant que lui et Joplaya soient adolescents. Tous deux n'avaient pas été élevés comme frère et sœur, et Joplaya était tombée éperdument amoureuse de Jondalar, alors même qu'il était un « proche cousin », et qu'il n'était donc pas question qu'ils puissent se mettre en couple.

Joplaya est sa sœur au même titre que Folara, songea Ayla, essayant de réfléchir aux conséquences que pourraient avoir ces nouvelles relations familiales. Jondalar et Folara sont tous deux les enfants de Marthona, et Jondalar et Joplaya sont tous deux les enfants de Dalanar. Il suffit de les regarder pour s'en rendre compte.

Jondalar était une réplique parfaite de Dalanar, en plus jeune, tandis que Joplaya avait plus subi l'influence de sa mère ; mais elle était grande, comme Dalanar, dont certains aspects, plus subtils, se laissaient entrevoir : sa chevelure était noire, mais avec des reflets plus clairs, sans l'éclat de jais de celle de sa mère. Son visage était pour l'essentiel proche de celui du peuple de Dalanar, mais avec les pommettes saillantes de Jerika. C'étaient toutefois ses yeux qui étaient son trait le plus marquant : ni noirs comme ceux de sa mère, ni d'un bleu d'azur comme ceux de Dalanar – et de Jondalar –, les yeux de Joplaya étaient d'un vert profond avec des touches noisette ; ils présentaient un pli épicanthique comme ceux de sa mère, en moins prononcé toutefois. Jerika était de toute évidence une étrangère, mais par bien des aspects Joplaya paraissait plus exotique encore que cette dernière, justement à cause de ses ressemblances.

Joplaya avait décidé de s'unir à Echozar parce qu'elle savait qu'elle ne pourrait jamais avoir l'homme qu'elle aimait. Elle l'avait choisi, avait-elle confié un jour à Ayla, parce qu'elle savait que jamais elle ne trouverait un homme qui l'aimerait plus, ce en quoi elle avait probablement raison. Echozar était un homme aux esprits mêlés – sa mère était du Clan, et nombreux étaient ceux qui le trouvaient aussi laid que Joplaya était belle. Ce qui n'était pas le cas d'Ayla. Elle était sûre que Bokovan ressemblerait à Echozar, en grandissant.

Le garçon présentait tous les traits de son héritage peu ordinaire : la force physique de ceux du Clan, qu'il tenait d'Echozar, et sa haute stature, héritée de sa mère et de Dalanar, d'ores et déjà évidentes. Ses yeux n'étaient que légèrement bridés et presque aussi sombres que ceux de Jerika, mais pas tout à fait noirs. Des touches plus claires, une étincelle particulière leur conféraient une qualité qu'Ayla n'avait jamais vue dans des yeux aussi noirs. Ils étaient non seulement peu ordinaires mais singulièrement attirants. Elle sentait que Bokovan avait quelque chose de spécial et aurait apprécié que les Lanzadonii soient de plus proches voisins : elle aurait bien aimé le voir grandir.

Le garçonnet était à peine plus jeune que son fils la dernière fois qu'elle l'avait vu, et il lui rappelait si fort Durc qu'elle en avait presque mal. Ayla se demanda quel forme d'esprit il pourrait bien avoir : aurait-il en tout ou partie la mémoire de ceux du Clan et en même temps la capacité de créer des œuvres d'art et de s'exprimer avec des mots, comme le peuple de Dalanar et de Jerika ? Elle avait souvent eu ce genre d'interrogations au sujet de son fils.

— Bokovan est un enfant très particulier, Joplaya, dit-elle à sa mère. Lorsqu'il sera un peu plus grand, j'aimerais bien que tu acceptes de me l'envoyer à la Neuvième Caverne afin que je le garde quelque temps.

— Pourquoi ? s'étonna Joplaya.

— En partie parce qu'il se pourrait qu'il ait des qualités particulières susceptibles de le faire entrer dans la Zelandonia, et qu'il faudrait en ce cas que tu en sois informée, mais avant tout parce que je souhaiterais le connaître mieux, expliqua Ayla.

Joplaya sourit puis, après un silence :

— Et toi, Ayla, accepterais-tu d'envoyer Jonayla chez les Lanzadonii pour rester un certain temps avec moi ?

— Je n'y ai jamais songé, avoua Ayla, mais ça me paraît une bonne idée... d'ici à quelques années... si elle est d'accord. Mais pourquoi voudrais-tu d'elle ?

— Je n'aurai jamais de fille. Je n'aurai jamais d'autre enfant. J'ai trop souffert en donnant naissance à Bokovan.

Ayla se rappela les difficultés de son accouchement lorsqu'elle avait eu son fils Durc, celui qui était né au sein du Clan, et elle avait entendu parler des problèmes de Joplaya.

— Tu en es sûre, Joplaya ? Ce n'est pas parce que tu as eu un accouchement délicat que tous le seront nécessairement.

— Notre doniate m'a dit qu'à son avis je ne devrais pas réessayer. Selon elle, je risquerais d'en mourir. Je suis passée tout près avec Bokovan. Je prends le remède que tu as donné à la Zelandoni, et ma mère veille à ce que je ne l'oublie pas. Je le prends pour lui faire plaisir, mais si je ne le prenais pas, je pense que cela ne ferait aucune différence. Je ne crois pas pouvoir tomber de nouveau enceinte. Malgré ma mère, j'ai cessé de prendre le remède pendant un temps : je désirais un autre enfant, mais Doni a choisi de ne pas m'en gratifier, expliqua Joplaya.

Ayla n'avait aucune envie de se mêler de ce qui ne la regardait pas mais, en tant que Zelandoni, elle avait le sentiment qu'elle devait poser la question qui lui brûlait les lèvres, singulièrement maintenant.

— Honores-tu la Mère fréquemment ? Si tu veux qu'Elle t'accorde ce que tu souhaites, il est important que tu L'honores comme il convient.

Joplaya sourit.

— Echozar est un homme gentil et prévenant. Ce n'est peut-être pas celui que je voulais, Ayla...

Elle s'arrêta et, l'espace d'un instant, un air de désolation assombrit son expression. Ayla se rembrunit elle aussi, pour une raison diamétralement différente.

— ... mais j'avais raison de dire que personne ne pourrait m'aimer plus qu'Echozar, et j'ai vraiment appris à l'apprécier comme il le mérite. Au début, il avait du mal à ne serait-ce que me toucher, de peur de me heurter, de me faire du mal, et parce que je crois qu'en fait il avait peine à croire que c'était son droit. Mais nous avons maintenant dépassé ce stade, même s'il se montre envers moi d'une telle reconnaissance que je suis obligée de me moquer un peu de lui pour lui faire comprendre que je suis sa compagne. Il a même appris à rire de lui-même. Non, je pense que nous honorons Doni comme il se doit.

Ayla réfléchit un moment. Il se pouvait que le problème vînt d'Echozar, et non de Joplaya. Il était à moitié issu du Clan, et il y avait peut-être une raison pour qu'un homme du Clan, en tout ou partie, connaisse des problèmes pour avoir un enfant avec une femme issue des Autres. Il se pouvait que la conception d'un enfant dans ces conditions fût un coup de chance, même si certains l'auraient qualifiée non de chance mais d'abomination. Ayla n'avait aucune certitude quant à la fréquence des accouplements de membres du Clan avec des représentants des Autres, ou concernant le nombre de leurs rejetons ayant survécu.

Tout le monde était au courant de l'existence de ces « esprits mêlés », mais Ayla n'en avait pas rencontré beaucoup. Elle s'arrêta pour y réfléchir : il y avait bien sûr Durc, son fils, et Ura au Rassemblement du Clan. Rydag au Camp du Lion mamutoï. Attaroa et d'autres parmi les S'Armunaï avaient peut-être eux aussi quelque chose du Clan. Echozar l'était également et, naturellement, il y avait Bokovan. La mère de Brukeval l'avait sans doute été à moitié elle aussi, ce qui expliquait son aspect si caractéristique.

Elle était sur le point de demander à Joplaya si la Mère était honorée comme il convenait lors des cérémonies et des festivités organisées par les Lanzadonii. Ces derniers ne constituaient encore qu'un groupe restreint, même si elle n'ignorait pas qu'ils commençaient à parler de l'endroit où ils implanteraient une nouvelle Caverne, dans un avenir indéterminé. Elle se dit que les convenances exigeaient qu'elle ait d'abord une conversation avec leur Zelandoni. Après tout, maintenant qu'elle faisait partie de la Zelandonia, c'est avec un autre de ses membres qu'elle devait d'abord discuter de sujets de ce genre. Je devrais peut-être consulter la Première, se dit Ayla, elle a sans doute son idée sur la question.

Echozar arrivait au campement et elle décida donc de passer à autre chose. Elle était ravie de l'occasion qui lui était offerte de cesser d'être Zelandoni pour n'être plus qu'une amie. Il la gratifia d'un large sourire, ce qui la surprit une fois de plus tant ce visage lui évoquait si fort le Clan. Une expression qui découvrait les dents avait une signification tout autre dans le clan où elle avait passé son enfance.

— Ayla ! Comme c'est bon de te voir ! s'exclama Echozar en l'embrassant.

Lui aussi avait remarqué les striures fraîches sur le front de la jeune femme, et, s'il comprenait ce qu'elles signifiaient, il avait été adopté par le peuple de Dalanar et cela ne l'affectait donc pas de la même façon. Il s'attendait à ce que, étant acolyte, elle devienne un jour une Zelandoni. Il avait sans doute eu son idée sur la question, mais comme il avait été lui-même la cible de nombre de commentaires sur son apparence physique, il répugnait sans doute à évoquer tel ou tel aspect de l'apparence de quelqu'un d'autre.

— Et voilà le loup, ajouta-t-il, manifestant juste une légère appréhension lorsque Loup vint le flairer.

Les Lanzadonii étaient moins familiers que les Zelandonii avec l'animal et, même s'il se souvenait de lui, il lui fallait toujours un certain temps pour s'habituer à l'idée qu'un loup pût circuler librement au milieu des humains.

— J'ai entendu dire qu'il était là, continua-t-il, c'est comme cela que j'ai su que vous étiez arrivés. Je craignais qu'on ne vous voie pas, après avoir fait tout le voyage jusqu'ici. Certains des nôtres ont même envisagé de se rendre à la Neuvième Caverne pour vous voir avant votre départ. Tes parents mamutoï et leur ami des S'Armunaï ont bel et bien l'intention de vous rendre visite et certains des Lanzadonii pensent les accompagner.

Ayla se dit qu'il semblait beaucoup plus confiant et détendu. Ainsi, Dalanar avait raison : cela avait rendu terriblement service à Echozar d'être si facilement accepté par Danug, Druwez et, comment s'appelait-il déjà... ah oui, Aldanor. Elle était certaine que Jondalar leur avait lui aussi souhaité la bienvenue, à lui, à leur parentèle et à leurs amis proches. Jondalar avait sans nul doute réservé à Echozar le meilleur accueil... Mais pour elle il n'avait pas eu le début d'un petit mot gentil. La seule fois où elle l'avait vu depuis son arrivée, c'était dans les bois, quand elle l'avait trouvé nu en compagnie de Marona. Ayla fut contrainte de détourner le regard pour réprimer le serrement de gorge et les larmes qui lui montaient aux yeux, des sensations qui semblaient s'abattre sur elle aux moments les plus inattendus ces derniers temps. Elle dit à

Echozar qu'elle avait une poussière dans l'œil avant de poursuivre :

— Ce n'est pas parce que je suis venue à la Réunion d'Eté que tu ne peux pas nous rendre visite à la Neuvième Caverne, dit-elle. Elle n'est pas bien loin d'ici et rien ne serait plus facile. Je crois que Dalanar et Joplaya seraient intéressés par l'atelier que Jondalar a installé pour y former ses apprentis tailleurs de silex. Il en a six maintenant, expliqua-t-elle, d'une voix qui avait toutes les apparences de la normalité, ou presque.

Après tout, elle ne pouvait pas éviter de parler de Jondalar à Dalanar et Joplaya.

— Et puis, ajouta-t-elle, j'aimerais bien voir un peu plus longuement Bokovan, ainsi que vous tous, bien entendu.

— Je crois que ce jeune homme a complètement mis Ayla sous le charme, souligna Dalanar, ce qui fit sourire toutes les personnes présentes.

— Il deviendra grand et fort, intervint Echozar. Et je veux lui apprendre à devenir un bon chasseur.

Ayla le gratifia de son plus beau sourire : l'espace d'un instant, elle put s'imaginer qu'Echozar était un homme du Clan, fier du fils de son foyer.

— Il se peut qu'il devienne plus que grand et fort, Echozar, dit-elle. Je crois que c'est un enfant très spécial.

— Mais où est donc Jondalar ? s'enquit Echozar. Ne devait-il pas venir partager notre repas ce soir ?

— Je l'ai vu peu après midi : il sortait les chevaux avec Jonayla, et il m'a dit qu'il ne pourrait pas se joindre à nous, dit Dalanar, qui semblait déçu.

— J'avais l'intention d'emmener Jonayla, mais la réunion de la Zelandonia a duré plus longtemps que je ne le pensais, expliqua Ayla. Elle va nous rejoindre.

Tout le monde regarda son front.

— A-t-il dit pourquoi il ne pouvait pas venir ? demanda Echozar.

— Il a parlé d'autres projets, de promesses qu'il avait faites avant l'arrivée d'Ayla.

La jeune femme sentit son ventre se nouer. J'imagine les promesses qu'il a pu faire, se dit-elle.

Il faisait presque nuit quand Ayla expliqua qu'elle devait s'en aller. Muni d'une torche, Echozar la raccompagna, ainsi que Jonayla et le loup.

— Tu as l'air heureux, Echozar, lui dit Ayla.

— Je le suis, même si je continue à avoir du mal à croire que Joplaya est ma compagne. Il m'arrive de me réveiller la nuit ; je me contente alors de la regarder à la lueur du feu. Elle est si belle, si merveilleuse. Douce et compréhensive. Je me sens si chanceux

que je me demande parfois comment j'ai fait mon compte pour la mériter.
— Elle a de la chance elle aussi, tu sais. J'aimerais bien que nous soyons plus proches de vous.
— Ce qui te permettrait de voir plus souvent Bokovan, n'est-ce pas ?
Elle vit son sourire découvrir l'éclat de ses dents.
— C'est vrai, j'aimerais bien vous voir plus, toi, Bokovan et Joplaya, mais aussi tous les autres, avoua Ayla.
— As-tu songé à rentrer avec nous et à passer l'hiver en notre compagnie ? demanda Echozar. Tu sais, Dalanar n'arrête pas de dire que toi et Jondalar serez toujours les bienvenus.
Ayla fronça les sourcils, les yeux perdus dans le noir de la nuit. Oui, bien sûr, Jondalar, songea-t-elle.
— Je ne pense pas que Jondalar accepterait d'abandonner ses apprentis. Il leur a fait des promesses, et l'hiver est la meilleure période pour travailler au perfectionnement des techniques, expliqua-t-elle.
Echozar garda un moment le silence.
— J'imagine qu'il n'est pas question pour toi de laisser Jondalar seul pendant une saison et de venir chez nous, avec Jonayla et tes animaux, bien entendu, dit-il enfin. Tu sais à quel point Joplaya aime Bokovan, mais je sais qu'elle adorerait accueillir ta fille dans notre foyer. On a dû te dire qu'elle passait beaucoup de temps avec Bokovan au campement de Levela.
— Je... je ne sais pas, je n'y ai jamais réfléchi. J'ai été si prise par ma formation pour la Zelandonia... dit-elle avant de chercher du regard sa fille, restée quelques pas en arrière.
Elle a sans doute trouvé quelque chose en chemin pour la distraire, pensa Ayla.
— Nous n'aurions rien contre une autre doniate... ajouta Echozar.
Ayla lui sourit, puis s'arrêta et lança à sa fille :
— Pourquoi traînes-tu ainsi, Jonayla ?
— Je suis fatiguée, mère, se plaignit la fillette. Tu peux me porter ?
La jeune femme prit sa fille dans ses bras et la posa contre sa hanche. Elle aimait bien le contact de ses petits bras qui enlaçaient son cou. Jonayla lui avait beaucoup manqué, et elle serra fort le corps mince contre elle.
Ils continuèrent de progresser en silence pendant quelque temps, puis perçurent des voix rauques. Devant eux, ils distinguèrent bientôt les lueurs d'un feu de camp derrière un bosquet d'épineux. Ils s'approchèrent encore, ce qui permit à Ayla de constater qu'il ne s'agissait pas d'un campement régulier. A travers le buisson, ils virent plusieurs hommes assis autour du feu. A l'évidence, ils étaient en train de jouer, et de boire un liquide contenu dans de toutes petites outres fabriquées à partir de l'estomac, quasiment étanche, d'animaux de petite taille. Elle connaissait la plupart des

individus présents : plusieurs venaient de la Neuvième Caverne, le reste de plusieurs autres.

Laramar, connu pour avoir le don de fabriquer de puissants breuvages alcooliques à partir de presque tout ce qui était susceptible de fermenter, était de la partie. Si elles n'avaient pas le raffinement des vins fabriqués par Marthona, les boissons qu'il produisait étaient tout à fait convenables. Il ne faisait pas grand-chose par ailleurs et avait perfectionné ce qu'il appelait son « art », mais sa production était très importante et nombreux étaient ceux qui buvaient beaucoup trop sur une base régulière, ce qui ne manquait pas de créer des problèmes. Sa seule autre particularité était d'avoir un foyer plein d'une nombreuse nichée d'enfants la plupart du temps livrés à eux-mêmes, avec la complicité active d'une compagne plus que négligée, qui puisait largement dans la production de son conjoint.

Ayla et les autres membres de la Caverne prenaient plus soin des enfants que Laramar et Tremeda réunis.

Lanoga, l'aînée des filles de leur foyer, vivait désormais avec Lanidar, avec qui elle avait eu un fils, mais le jeune couple avait adopté tous ses frères et sœurs, dont Bologan, l'aîné, qui aidait à subvenir aux besoins des enfants. Il avait également aidé à construire leur nouveau logement, avec l'aide de Jondalar et de plusieurs autres. Sa mère, Tremeda, et Laramar vivaient également avec eux, à l'occasion, lorsqu'ils choisissaient de rester un certain temps dans un lieu qu'ils n'hésitaient pas à qualifier de « foyer », tous deux se comportant comme si c'était effectivement le leur.

Outre Laramar, Ayla remarqua qu'un homme portait sur le front les striures caractéristiques des Zelandonia. Lorsqu'il sourit, elle vit qu'il lui manquait les dents de devant et fronça les sourcils, comprenant qu'il s'agissait de Madroman. Avait-il déjà été reçu au sein de la Zelandonia, et tatoué ? Elle ne pouvait le croire. En regardant plus attentivement, elle remarqua que le tatouage présentait des traces de maculage : en fait de tatouage, il s'agissait plutôt d'une peinture, réalisée sans doute à l'aide des pigments dont se servaient certaines personnes pour se décorer le visage à l'occasion de cérémonies ou de festivités quelconques. Jamais, toutefois, elle n'avait vu quiconque s'orner le visage avec des signes distinctifs propres aux Zelandonia.

Voir Madroman lui rappela le sac à dos qu'elle avait trouvé dans la grotte et rapporté à la Première. Même s'il lui souriait invariablement et s'efforçait souvent de l'entraîner dans une quelconque conversation, elle ne s'était jamais sentie à son aise en présence de cet individu. Ce malaise évoquait en elle le pelage d'un cheval lorsqu'on ne le caresse pas dans le sens du poil. Autrement dit, il s'y prenait à l'envers.

Elle aperçut de nombreux hommes jeunes, qui parlaient et riaient fort, mais il y en avait également d'autres, de tous âges. D'après ce qu'elle savait de ceux qu'elle reconnaissait, leur contribution à la collectivité était des plus négligeables. Certains n'étaient pas très malins, ou se laissaient aisément entraîner. L'un d'entre eux passait le plus clair de son temps à se gorger de barma : il rentrait systématiquement chez lui le soir en titubant et on le trouvait plus souvent qu'à son tour dans des endroits inattendus, totalement inconscient, empestant l'alcool et le vomi. Un autre était connu pour être brutal sans nécessité, en particulier envers sa compagne et ses enfants, au point que la Zelandonia avait envisagé diverses façons d'intervenir, attendant simplement que sa compagne lance un appel à l'aide.

Puis, plus qu'à moitié caché dans l'ombre, elle aperçut Brukeval, assis un peu à l'écart, adossé à une haute souche, buvant lui aussi à même une outre. Son humeur ne cessait pas de l'inquiéter, mais c'était un cousin de Jondalar et il s'était toujours montré prévenant à son égard. Le voir en telle compagnie lui fendit le cœur.

Elle était sur le point de se détourner lorsqu'elle entendit Loup gronder sourdement. Puis une voix retentit, très fort, dans son dos :

— Tiens, voyez donc qui vient nous rendre visite ! Celle qui aime les animaux, accompagnée de deux d'entre eux.

Elle se retourna vivement, surprise. Deux animaux ? se dit-elle, mais je n'ai que Loup...

Il lui fallut un moment pour comprendre qu'il venait de qualifier Echozar d'animal. Elle sentit aussitôt la colère monter en elle.

— Le seul animal que je vois ici est un loup... mais peut-être pensais-tu à toi, répliqua-t-elle.

Certains de ceux qui avaient entendu sa remarque s'esclaffèrent, et elle vit l'homme froncer les sourcils.

— Je n'ai pas dit que j'étais un animal, proféra-t-il.

— Tant mieux. Jamais je n'aurais pensé te mettre dans la même catégorie que Loup... Tu n'es pas à la hauteur, lâcha-t-elle.

Plusieurs des participants à la petite fête écartèrent les buissons pour voir ce qui se passait. Ils virent Ayla portant sa fille sur la hanche, sa jambe devant le loup pour l'empêcher de bondir, et Echozar près d'elle, tenant une torche.

— Elle s'est approchée en douce pour nous observer, dit l'homme pour sa défense.

— Je marchais sur un chemin fréquenté par tous et je me suis arrêtée pour voir qui faisait tout ce bruit, expliqua Ayla.

— Qui est-ce ? Et pourquoi parle-t-elle de cette drôle de façon ? demanda un jeune homme qu'Ayla ne connaissait pas, avant d'ajouter, d'une voix trahissant sa surprise : Mais c'est un loup !

Ayla avait presque oublié ce problème d'accent, tout comme la plupart de ceux qui la connaissaient, mais il pouvait arriver qu'un étranger le lui rappelle. D'après le motif qui ornait sa chemise, et le style du collier qu'il portait, estima-t-elle, il venait d'une Caverne établie sur une autre rivière, vers le nord, un groupe qui n'assistait qu'irrégulièrement à leurs Réunions d'Eté. Il n'était sans doute arrivé que depuis peu.

— C'est Ayla, de la Neuvième Caverne, celle que Jondalar a ramenée avec lui, expliqua Madroman.

— Et c'est une Zelandoni qui sait maîtriser les animaux, précisa un autre, en qui Ayla crut reconnaître un voisin de la Quatorzième Caverne.

— Elle n'est pas Zelandoni, intervint Madroman d'un ton condescendant. Ce n'est qu'un acolyte, encore en cours de formation.

A l'évidence il n'a pas encore vu mon nouveau tatouage, se dit Ayla.

— Lorsqu'elle est arrivée, elle était déjà capable de maîtriser ce loup ainsi que deux chevaux, reprit l'homme de la Quatorzième Caverne.

— Je vous avais bien dit qu'elle adorait les animaux, intervint le premier homme avec un ricanement, en désignant du doigt Echozar.

Ce dernier le foudroya du regard et se plaça devant Ayla, comme pour la protéger. Ces hommes étaient nombreux, et ils avaient absorbé en quantité le breuvage de Laramar, dont on savait qu'il avait la particularité de débrider les instincts les plus mauvais.

— Vous voulez parler des chevaux de cette Caverne dont le campement se trouve en amont ? demanda l'étranger. C'est là où on m'a d'abord installé, à mon arrivée. C'est elle qui les mène ? Je croyais que c'était cet homme et cette petite fille...

— Grise est mon cheval, intervint Jonayla.

— Ils sont tous du même foyer, dit Brukeval, se montrant à la lueur du feu de camp.

Ses yeux fixant Brukeval, puis Echozar, Ayla remarqua immédiatement leurs ressemblances. Brukeval était clairement une version à peine modifiée d'Echozar, bien qu'aucun des deux ne fût totalement issu du Clan.

— Je crois que vous devriez laisser Ayla poursuivre sa route, ajouta Brukeval. Et je crois aussi qu'il serait plus malin d'organiser à l'avenir nos petites fêtes à l'écart de ce chemin un peu trop fréquenté.

— En effet, ça me paraît une bonne idée, fit une voix qui ne s'était pas encore fait entendre jusqu'alors.

Joharran, accompagné par plusieurs hommes, apparut à la lueur de la torche tenue par Echozar. Certains des nouveaux venus portaient également des torches, éteintes, qu'ils s'empressèrent d'allumer à celle d'Echozar, ce qui permit aux autres de voir qu'ils étaient fort nombreux.

— Nous avons entendu le bruit que vous faisiez, et nous sommes venus voir ce qui se passait. Il y a des tas d'emplacements pour organiser tes petites beuveries, Laramar. A mon avis, vous n'avez pas besoin d'embêter les gens qui fréquentent les principaux chemins reliant les campements. Je vous conseillerais de quitter immédiatement cet endroit et d'aller vous installer ailleurs. Inutile que des enfants tombent sur vous demain dans la matinée.

— Il va quand même pas nous obliger à partir ! lança une voix avinée.

— Très juste, il peut pas nous y obliger, fit l'homme qui, le premier, avait vu Ayla.

— Non, pas de problème, intervint Laramar, ramassant plusieurs petites outres qui n'avaient pas encore été entamées, et les disposant dans une sorte de caisse. Mieux vaut trouver un endroit où on ne sera pas dérangés.

Brukeval se mit en devoir de l'aider. Il leva les yeux vers Ayla, qui lui sourit avec gratitude pour avoir pris son parti et suggéré qu'ils aillent s'installer ailleurs. Il lui rendit son sourire, mais d'une façon étrange, qui la laissa perplexe, après quoi il détourna le regard, sourcils froncés. Ayla posa sa fille à terre et s'agenouilla pour retenir Loup pendant que les hommes pliaient bagage.

— Je me rendais au campement des Lanzadonii pour parler à Dalanar, de toute façon, expliqua Joharran à Echozar. Pourquoi ne rentrerais-tu pas avec moi ? Ayla pourrait poursuivre son chemin en compagnie de Solaban et des autres.

Ayla se demanda de quoi Joharran avait à discuter avec Dalanar qui ne pût attendre le lendemain matin. Personne n'allait se déplacer en pleine nuit. Elle remarqua alors que certains des hommes installés précédemment autour du feu sortaient de derrière un buisson et suivaient la direction prise par les autres, leurs têtes se tournant pour voir partir Echozar, Joharran et deux autres hommes. Elle plissa le front, inquiète. Quelque chose n'allait pas.

— Je n'ai jamais rien vu de pareil avec la Zelandonia, dit Joharran. As-tu entendu quelque chose au sujet de la cérémonie qu'elle va organiser, à ce qu'on dit ? Ayla a reçu ses marques, mais on n'a pas encore annoncé son nouveau statut. D'habitude on le fait sur-le-champ. Est-ce qu'elle t'a dit quelque chose à ce propos ?

— Elle a été si occupée avec la Zelandonia que je ne l'ai pas beaucoup vue, répondit Jondalar.

Ce qui n'était pas tout à fait vrai. S'il ne l'avait pas beaucoup vue, en effet, ce n'était pas parce qu'elle avait été très occupée. C'était lui qui était resté à l'écart, et son frère ne l'ignorait pas.

— Bon, en tout cas, ils semblent être en train de préparer quelque chose de très important. La Première a longuement parlé avec Proleva, qui m'a dit que la Zelandonia souhaitait une immense fête, très élaborée. Ils ont même demandé à Laramar d'apporter son breuvage pour l'occasion. Nous sommes en train de mettre sur pied une partie de chasse, qui durera probablement un jour ou deux. Souhaites-tu te joindre à nous ?

— Oui, répondit Jondalar, sans doute un peu trop rapidement, ce qui amena son frère à lui jeter un coup d'œil interrogateur. J'aimerais bien.

Depuis l'incident, il n'avait pensé à rien d'autre qu'au fait qu'Ayla l'avait surpris avec Marona. Etant donné les circonstances, il ne pouvait se résoudre à se glisser tout simplement sous les fourrures à ses côtés. Il ne savait même pas si elle le laisserait faire. Il était certain de l'avoir perdue et redoutait d'en avoir la confirmation.

Il pensait avoir trouvé une excuse plausible pour ne pas retourner à leur campement une nuit de plus lorsque Proleva l'avait interrogé à ce propos. Il avait en fait dormi près de l'enclos aux chevaux, en se servant pour rester au chaud des couvertures pour les bêtes et du tapis de sol qu'il avait utilisé à la baignade avec Marona, mais il ne pensait pas pouvoir rester à l'écart plus longtemps sans susciter la curiosité de tout le campement. Partir en expédition de chasse réglerait le problème pour les deux jours à venir. Il n'avait surtout pas envie de réfléchir à ce qui allait se passer ensuite.

Même si Ayla essayait de se comporter comme si rien ne s'était passé, et si Jondalar croyait que sa volonté de l'éviter passait inaperçue, en fait le campement tout entier savait désormais que le couple battait de l'aile, et nombreux étaient ceux qui avaient deviné de quoi il retournait. Pour la plupart, Jondalar faisait preuve tout simplement de discrétion, et ils se comportaient comme si cette liaison n'existait pas. Mais la nouvelle selon laquelle le couple, qui s'adorait visiblement jusqu'alors, allait jusqu'à ne plus partager le même lit depuis l'arrivée d'Ayla, et ce alors même que Marona avait trouvé refuge dans un autre campement, s'était répandue très vite.

C'était le genre de commérages que les gens adoraient commenter. Le fait qu'Ayla ait reçu les marques l'élevant au rang de Zelandoni sans que la nouvelle eût été annoncée et que les plans pour une cérémonie grandiose eussent été en cours de réalisation ne faisait qu'ajouter un cachet supplémentaire, et délicieux, aux supputations qui se donnaient libre cours. Tout le monde se doutait que l'événement avait à voir avec l'intronisation de la nouvelle Zelandoni, mais personne ne savait quoi que ce soit de plus. D'habitude, tel ou tel membre de la Zelandonia laissait glisser une bribe d'information devant un questionneur particulièrement insistant, mais cette fois tous demeuraient bouche cousue. Certains allaient jusqu'à laisser entendre que même les acolytes ne connaissaient pas la raison véritable de l'organisation de ces festivités inattendues, même si tous faisaient mine d'être au courant.

Jondalar avait tout juste entendu dire qu'une cérémonie était en train de se préparer et, jusqu'à ce que Joharran lui ait demandé de participer à la partie de chasse, il ne s'en était pas préoccupé le moins du monde. C'était ensuite devenu une excuse pour s'éclipser pendant un temps. Il avait vu Marona à plusieurs reprises. Quant cette dernière avait eu vent des rumeurs concernant le refroidissement des relations entre Ayla et Jondalar, elle s'était fait un devoir de le sonder, mais il semblait avoir perdu tout intérêt envers elle.

Il n'était guère allé au-delà d'une politesse empreinte de froideur lorsqu'elle lui avait adressé la parole, mais elle n'était pas la seule à souhaiter savoir à quel point les relations du couple étaient tendues. La nouvelle avait également amené Brukeval à se rendre au campement de la Neuvième Caverne.

Celui-ci, bien qu'il fût arrivé à la Réunion d'Eté avec la Neuvième Caverne, avait depuis longtemps quitté le campement pour aller s'installer dans une des lointaines réservées aux hommes, montées à la périphérie du Camp de la Réunion d'Eté. Certaines étaient utilisées par de jeunes gens récemment élevés au statut d'hommes faits, d'autres par des hommes plus âgés ne vivant pas encore ou ne vivant plus en couple. Brukeval était toujours resté seul. Il redoutait depuis toujours, sans le dire à personne, de se voir refusé, et n'avait jamais demandé à la moindre femme de vivre avec lui. Par ailleurs, aucune des femmes disponibles ne lui paraissait être réellement digne d'intérêt. Dans la mesure où il n'avait pas de famille proche ni d'enfants, il ne se sentait pas à sa place dans le campement principal, ni même dans les zones les plus fréquentées par les membres de la Neuvième Caverne. Au fil des années, tandis que la plupart des hommes de son âge prenaient compagne, il avait de plus en plus évité les activités ordinaires et les gens de sa connaissance et se retrouvait donc souvent, par défaut, en compagnie des fainéants qui tournaient autour de Laramar afin de pouvoir profiter du breuvage qu'il confectionnait, lui-même en abusant fréquemment pour trouver l'oubli qui allait toujours avec.

Brukeval avait essayé différentes lointaines réservées aux hommes lors de la Réunion d'Eté, mais il avait fini par s'installer dans celle qui abritait nombre des hommes qu'il connaissait de la Neuvième Caverne ayant facilement accès au barma de Laramar. Ce dernier y dormait d'ailleurs lui aussi la plupart du temps plutôt que de retourner à la tente occupée par sa compagne et les enfants de cette dernière. Ceux-ci ne se montraient guère accueillants à son égard ces derniers temps, singulièrement depuis que Lanoga s'était mise en couple avec ce garçon au bras rabougri. Elle est devenue bien jolie, pourtant, se disait Laramar, cela aurait dû lui permettre de se trouver un compagnon plus digne d'elle même si, à ce qu'on disait, le garçon en question était un bon chasseur. Madroman trouvait lui aussi souvent refuge dans la lointaine des hommes plutôt que dans le foyer plus vaste réservé à ces prétentieux de la Zelandonia, où on continuait de ne le considérer que comme un simple acolyte, même s'il racontait à qui voulait l'entendre qu'il avait été appelé.

Brukeval n'appréciait guère les hommes dont il avait choisi de partager le toit, une bande d'oisifs sans ressort qui avaient peu de choses à offrir et semblaient ignorer le sens du mot « respect ». Il se savait plus intelligent et plus capable que la plupart d'entre eux. Il était lié aux familles de personnes qui devenaient souvent des meneurs, ou des meneuses, et il avait grandi en compagnie de gens responsables, brillants, souvent talentueux. Ceux dont il partageait la tente étaient pour l'essentiel paresseux, faibles, lents d'esprit, dénués de générosité et de toute autre qualité susceptible de racheter leurs défauts.

En conséquence, afin de raffermir leur propre estime de soi et de trouver un exutoire à leurs frustrations, ils nourrissaient leur vanité et leur prétention à être plus qu'ils n'étaient en manifestant leur profond mépris pour des êtres auxquels ils pouvaient se sentir supérieurs : ces animaux sales et stupides que l'on appelait Têtes Plates. Ils se racontaient entre eux que si ces derniers n'avaient rien d'humains ils étaient capables de faire preuve de ruse. Parce que les Têtes Plates présentaient une certaine ressemblance avec les vraies personnes, ils étaient parfois suffisamment malins pour troubler les esprits qui rendaient une femme enceinte de sorte qu'elle donnait naissance à une abomination, ce qui était parfaitement intolérable. Pour des raisons qui lui étaient propres, la seule chose que Brukeval avait en commun avec les hommes dont il partageait le toit était une haine profonde, viscérale, pour les Têtes Plates.

Certains de ces individus n'étaient que des brutes épaisses et, au début, un ou deux avaient même essayé de le provoquer en prétendant que sa mère était une Tête Plate. Mais après qu'il eut piqué quelques-uns de ses fameux accès de colère irraisonnée et exhibé sa force physique, aucun n'avait plus osé l'ennuyer avec cela, la plupart le traitant même avec plus de respect que tout autre occupant de la tente commune. Il avait par ailleurs une certaine influence auprès des chefs de la Caverne dans la mesure où il connaissait la plupart d'entre eux, et il avait plaidé à plusieurs reprises l'indulgence pour tel ou tel qui s'était retrouvé dans des ennuis plus graves qu'à l'ordinaire. Au point que nombre de ces hommes le considéraient comme une sorte de leader. C'était également le cas de certains membres des différentes Cavernes, qui estimaient qu'il pouvait avoir sur ses camarades une influence bénéfique au point que dès le milieu de l'été, si l'un de ces derniers faisait preuve d'une attitude particulièrement agressive, c'était à Brukeval que l'on venait s'en plaindre.

Lorsqu'il fit son apparition au campement principal de la Neuvième Caverne, ostensiblement pour rendre visite aux gens de sa Caverne et partager avec eux le repas de midi, les conjectures allèrent bon train. Ayla était partie tôt. Elle avait beaucoup de choses à faire au sein de la Zelandonia et avait emmené Jonayla pour la laisser en passant chez Levela. En fait, la plupart des femmes n'étaient plus là. Avec son talent désormais bien connu d'organisatrice, Proleva avait rassemblé toutes celles sur qui elle avait pu mettre la main, assignant telle tâche à celle-ci, telle autre à celle-là, tout cela dans le cadre des préparatifs d'un grand festin susceptible de combler tous les participants à la Réunion d'Eté. Les seules femmes demeurant dans le campement étaient celles qui allaient se joindre à la chasse.

Proleva avait laissé de la nourriture pour le repas de midi des chasseurs, qui étaient en train de se rassembler au campement de la Neuvième Caverne. Par la suite, il leur faudrait se débrouiller pour trouver leur pitance au cours de la chasse. La plupart des participants avaient emporté des aliments séchés qu'ils avaient ajoutés à leur équipement : tentes, nattes à dormir, mais ils comptaient bien se nourrir du gibier qu'ils abattraient ou des végétaux qu'ils récolteraient au cours de leur expédition.

Brukeval étant réputé pour être un chasseur plus que convenable, Joharran l'invita à se joindre à eux. Brukeval n'hésita qu'un moment. Il s'interrogeait sur les relations entre Ayla et Jondalar et se dit que, à l'occasion des rapprochements qui accompagnaient toujours ce genre d'expédition, il serait peut-être en mesure d'en apprendre un peu plus.

Il n'avait jamais oublié la façon dont Ayla les avait tous affrontés lorsque Marona l'avait incitée à porter des vêtements parfaitement inappropriés à l'occasion de la fête organisée pour l'accueillir – or il avait remarqué que les femmes portaient toutes les mêmes, désormais. Il se rappelait avec quelle chaleur elle l'avait accueilli la première fois qu'ils s'étaient rencontrés, le sourire dont elle l'avait gratifié, comme si elle le connaissait depuis toujours, sans les hésitations ni la réserve que manifestaient la plupart des femmes à son égard. Il rêvait d'elle dans son si beau et si étrange costume matrimonial, se voyait souvent le lui ôter pièce après pièce... Même après toutes ces années, il s'imaginait encore par moments que c'était lui, et non plus Jondalar, qui s'étendait auprès d'elle sur ces douces fourrures.

Ayla s'était toujours montrée agréable avec lui, mais après cette première soirée il avait senti une certaine réticence à son égard, bien loin de ses premières manifestations de bienvenue. Au fil des années, Brukeval s'était replié sur lui-même, ce qui ne l'empêchait pas de connaître beaucoup de choses sur la vie commune d'Ayla et de Jondalar, jusqu'à des détails des plus intimes. Il savait entre autres que Jondalar s'accouplait depuis un certain temps avec Marona. Etrange choix... Il savait également qu'Ayla ne frayait avec personne d'autre, pas même lors des Fêtes pour honorer la Mère, et qu'elle n'était pas au courant pour Jondalar et Marona.

Brukeval retourna à sa lointaine pour y prendre ses sagaies. Le temps qu'il revienne au campement de la Neuvième Caverne, l'idée de cette expédition de chasse l'excitait plutôt. Depuis qu'il avait décidé de s'installer avec les compagnons dont il partageait la lointaine, on ne lui avait jamais demandé d'y participer. En règle générale, la plupart des responsables de ces parties de chasse ne se donnaient pas la peine de demander aux hommes de cette tente de se joindre à eux, et ceux-ci n'organisaient que très rarement leurs propres expéditions, à la seule exception de Brukeval, qui partait souvent seul et avait appris au fil des années à trouver sa propre subsistance lorsque le besoin s'en faisait sentir.

Les autres se contentaient d'ordinaire de quémander leur pitance à telle Caverne ou à telle autre, en retournant souvent au campement de leur Caverne d'origine. Madroman, lui, n'avait aucun souci pour les repas. Il les partageait en général avec les membres de la Zelandonia, qui étaient d'ordinaire fort bien approvisionnés par les différentes Cavernes, la plupart du temps en échange de tel ou tel service, mais également parfois de requêtes particulières. Laramar lui aussi disposait de ressources qui lui étaient propres : il troquait son barma, et n'avait aucun mal à trouver son content de clients.

Il n'était pas inhabituel que les jeunes hommes résidant dans les locaux qui leur étaient réservés se procurent de la nourriture ou des repas dans un campement ou dans un autre, mais ils s'efforçaient d'ordinaire d'apporter en échange leur contribution, comme la participation à une expédition de chasse, à la récolte d'aliments comestibles, ou à d'autres travaux pour la communauté. Et même s'il était assez courant que ceux qui avaient depuis peu acquis le statut d'hommes adultes créent des problèmes, on attribuait en général cela à de forts tempéraments et on avait tendance à les tolérer, en particulier les hommes plus âgés qui se rappelaient leur propre jeunesse. Mais s'ils causaient trop de tracas, ils recevaient parfois la visite de responsables de la Caverne ayant le pouvoir de leur infliger une punition, qui pouvait aller, dans le pire des cas, jusqu'au bannissement du campement de la Réunion d'Eté.

Tout le monde savait que les hommes partageant la lointaine de Brukeval n'étaient plus tout jeunes, et que l'on ne pouvait qu'exceptionnellement leur mettre la main dessus lorsqu'il fallait effectuer de gros travaux. Mais on ne manquait jamais de nourriture lors des Réunions d'Eté, et quelqu'un qui faisait son apparition au moment du repas n'était jamais chassé, même s'il n'était visiblement pas le bienvenu. Les occupants de la lointaine où Brukeval avait trouvé refuge étaient en général assez malins pour ne pas se montrer trop souvent dans le même campement. Ils se répartissaient d'ordinaire de façon à ce que tous n'apparaissent pas en même temps au même endroit, à moins qu'ils n'aient entendu parler d'un véritable festin, comme à ces occasions où l'un ou plusieurs des campements décidaient d'organiser des repas regroupant l'ensemble de la ou des communautés. Mais avec leurs petites fêtes souvent bruyantes, fréquemment entrecoupées de rixes, leur comportement, leur apparence négligée, leur répugnance à participer aux tâches de la communauté, ces hommes avaient fini par n'être plus qu'à peine tolérés.

Leur lointaine était toutefois le seul endroit où Brukeval pouvait noyer sa culpabilité secrète et sa douleur à l'aide du breuvage de Laramar. Dans les brumes de l'alcool, son cerveau ne contrôlant plus sa pensée consciente, il était libre de penser à Ayla comme bon lui semblait. Il pouvait se rappeler l'air qu'elle arborait lorsqu'elle avait fièrement affronté les rires de la Neuvième Caverne, le beau sourire qu'elle lui avait réservé, plaisantant avec lui, s'adressant à lui comme si elle pensait qu'il était un homme comme les autres, voire même beau et charmant, et non laid et court sur pattes. Les gens le qualifiaient de Tête Plate mais non, il n'en était pas une. Je ne suis pas une Tête Plate, se répétait-il. C'est juste que je suis court sur pattes et... laid.

Caché dans l'obscurité, le ventre plein du puissant breuvage de Laramar, il pouvait rêver d'Ayla dans sa tunique si spectaculaire, si exotique avec ses beaux cheveux d'or retombant sur son visage, avec son bijou en ambre niché entre ses deux seins fermes et nus. Il pouvait s'imaginer caressant ces seins, touchant ces mamelons, les prenant dans sa bouche. Il lui suffisait d'y penser pour avoir une érection, et son désir était tel qu'il lui suffisait de se toucher pour faire jaillir sa semence.

Dès lors, il pouvait se glisser dans sa couche déserte, et rêver que c'était lui qui se tenait aux côtés d'Ayla, et non son cousin, l'homme de haute stature aux cheveux jaunes et aux yeux d'un bleu profond, cet homme parfait que toutes les femmes désiraient. Mais Brukeval savait qu'il n'était pas parfait. Jondalar s'était accouplé avec Marona, sans le dire à Ayla, en essayant de le cacher à tout le monde. Il avait ses petits secrets, lui aussi, et maintenant Ayla dormait seule. Jondalar avait passé la nuit à la belle étoile à côté de l'enclos aux chevaux, en utilisant leurs couvertures. Ayla avait-elle cessé d'aimer Jondalar ? Avait-elle découvert sa liaison avec Marona et cessé d'aimer cet homme qui était tout ce que Brukeval rêvait d'être ? L'homme qui était le compagnon de la femme qu'il aimait plus que la vie ? Avait-elle besoin de quelqu'un pour l'aimer, désormais ?

Même si elle cessait d'aimer Jondalar, il savait qu'il était peu probable qu'elle le choisisse, lui, mais elle lui avait de nouveau souri aujourd'hui, et ne semblait plus aussi distante. Par ailleurs, l'arrivée de Dalanar et des Lanzadonii lui avait rappelé que certaines femmes d'une grande beauté pouvaient parfois porter leur choix sur des hommes laids. Il n'était pas une Tête Plate et avait horreur de se dire qu'il pouvait présenter une quelconque ressemblance avec eux, mais il avait bien conscience que Echozar, cette abomination née d'esprits mêlés, dont la mère était une Tête Plate, s'était mis en couple avec la fille de la seconde femme de Dalanar, celle que la plupart des gens trouvaient d'une beauté si exotique. Donc, c'était possible. Il devait éviter de se faire trop d'illusions, de se donner trop d'espoirs, mais si Ayla avait besoin de quelqu'un, de quelqu'un qui jamais, aussi longtemps qu'il demeurerait en vie, ne s'accouplerait avec une autre qu'elle, qui n'aimerait jamais aucune autre femme jusqu'au terme de son existence, il pourrait être celui-là.

36

— Mère ! Mère ! Thona est là ! Mamoune est enfin arrivée ! s'écria Jonayla en se précipitant dans leur gîte pour annoncer la nouvelle avant d'en ressortir aussi vite, toujours suivie de Loup.

Ayla s'arrêta dans son geste pour réfléchir au nombre de jours qui s'étaient écoulés depuis qu'elle avait demandé que l'on envoie quelqu'un chercher Marthona. Pour chacune des journées, elle posait un doigt sur sa jambe. Elle n'en compta que quatre. Marthona avait dû avoir très envie de les rejoindre, comme le supputait Ayla, pour peu que l'on puisse trouver un moyen de la transporter jusque-là. La jeune femme sortit de l'édifice au moment précis où quatre jeunes gens de taille à peu près identique déposaient sur le sol la litière qu'ils portaient sur leurs épaules et où était installée Marthona. Deux d'entre eux étaient des aides de Jondalar, les deux autres des amis qui se trouvaient être non loin quand on avait fait savoir que l'on avait besoin de porteurs de litière.

Ayla regarda avec intérêt l'appareil sur lequel on avait conduit Marthona à la Réunion d'Eté : il consistait en deux perches taillées dans de jeunes aulnes bien droits, placées parallèlement l'une à l'autre, l'intervalle étant comblé par de la corde solide entrecroisée en diagonales. A intervalles réguliers, des plaques de bois avaient été installées entre les deux longues perches afin de donner à l'ensemble une stabilité accrue. Ayla était certaine que Marthona, qui était une tisseuse accomplie, avait contribué à la confection de sa litière. La vieille femme était assise à l'arrière, sur des coussins. Ayla lui tendit la main pour l'aider à se lever tandis que Marthona remerciait les jeunes gens ainsi que plusieurs autres, qui s'étaient apparemment relayés pour transporter l'ancienne chef.

Ils avaient passé la nuit dans la petite vallée de la Cinquième Caverne en compagnie des rares membres du groupe qui ne s'étaient pas déplacés pour la Réunion et d'un des acolytes de la Zelandonia. Tous s'étaient montrés fort intéressés par le mode de transport utilisé par Marthona. Deux d'entre eux s'étaient demandé tout haut s'ils ne pourraient pas eux aussi trouver quelques jeunes gens disposés à les emmener à la Réunion d'Eté.

La plupart auraient bien aimé y assister, sachant qu'ils rataient une belle occasion de participer à des festivités, mais étaient contraints de rester sur place car dans l'impossibilité de s'y rendre par la seule force de leurs faibles jambes.

Quand les apprentis de Jondalar rentrèrent la litière dans l'abri qui lui était dévolu, Ayla se dit que l'on pourrait avoir encore besoin de leurs services.

— Hartalan, pourriez-vous, toi et Zachadal, ainsi que d'autres éventuellement, transporter Marthona dans le camp si elle a besoin de vous ? leur demanda-t-elle. Le trajet à pied d'ici au local de la Zelandonia et à certains des autres campements risque d'être un peu trop long pour elle.

— Fais-nous simplement savoir quand tu auras besoin de nous, répondit le jeune homme. Un peu à l'avance si cela est possible, mais l'un de nous au moins sera très probablement dans les parages. Je vais en parler à mes camarades et voir si l'on peut s'assurer que quelqu'un soit toujours là, et en trouver d'autres pour nous donner la main.

— C'est très gentil à vous, le remercia Marthona, qui avait entendu la requête d'Ayla en entrant dans le logis, mais je ne voudrais surtout pas vous empêcher de vous livrer à vos propres activités.

— C'est qu'il n'y a plus grand-chose à faire, expliqua Hartalan. Certains envisagent de partir chasser, d'autres de rendre visite à des parents ou de rentrer chez eux. La plupart des cérémonies et des réjouissances sont maintenant terminées, à part la dernière Matrimoniale et ce grand événement que la Zelandonia est apparemment en train de préparer. Et puis personne ne semble savoir où est passé Jondalar depuis un bon moment, et comme c'est essentiellement en hiver qu'il s'occupe de former ses élèves... En plus, c'est très amusant de te transporter, Marthona, ajouta le jeune homme avec un sourire. Tu n'as pas idée de l'attention qu'on nous a accordée depuis que nous sommes entrés avec toi dans le camp !

— Autrement dit, si j'ai bien compris, je suis devenue une nouvelle distraction, répliqua la vieille femme dans un éclat de rire. Bon, eh bien, si vous n'y voyez réellement aucun inconvénient, je ferai bien volontiers appel à vos services à l'occasion. A dire vrai, je peux tout à fait marcher sur de courtes distances, mais je suis incapable d'aller bien loin même avec un bâton de marche, et j'ai horreur de ralentir les gens qui m'accompagnent.

Folara fit à son tour irruption dans le logis d'été.

— Mère ! Tu es là ! Quelqu'un vient de m'annoncer que tu étais arrivée pour la Réunion d'Eté. Je ne savais même pas que tu allais y venir.

La mère et la fille s'étreignirent, et leurs joues se touchèrent.

— Tu peux remercier Ayla pour cela. Quand on lui a dit que tu avais peut-être trouvé quelqu'un qui t'intéressait vraiment, elle a proposé qu'on vienne me chercher. Toute jeune femme a besoin de sa mère quand cette sorte de chose devient sérieuse, proféra sentencieusement Marthona.

— Elle a eu raison, fit Folara avec un sourire radieux, laissant ainsi entendre à sa mère que cette éventualité n'avait rien d'imaginaire. Mais comment as-tu fait pour venir ?

— Je crois que c'était également une idée d'Ayla, expliqua Marthona. Elle a fait valoir à Dalanar et à Joharran qu'il n'y avait aucune raison qu'on ne puisse pas me transporter ici sur une litière portée par des hommes jeunes et vigoureux, et c'est ainsi qu'un certain nombre de ces jeunes gens sont venus me chercher et m'ont conduite jusqu'ici. Lorsqu'elle est partie de la Neuvième, elle voulait que je vienne avec elle, en croupe sur Whinney, et c'est sans doute ce que j'aurais dû faire, mais même si j'aime les chevaux, l'idée de les monter m'effraie : je ne sais pas les maîtriser. Je me débrouille mieux avec les jeunes gens : il suffit de leur dire ce qu'on veut, et quand on souhaite s'arrêter.

Folara pressa contre elle la compagne de son frère.

— Un grand merci, Ayla. Seule une femme pouvait comprendre ça. J'avais très envie que ma mère soit présente, mais j'ignorais si elle allait assez bien pour venir, et je savais que de toute façon elle ne pouvait pas faire le voyage à pied. Comment te sens-tu ? demanda-t-elle en se tournant vers sa mère.

— Ayla s'est bien occupée de moi quand elle m'a rejointe à la Neuvième Caverne, et je me sens beaucoup mieux qu'au printemps dernier, répondit la vieille femme. C'est vraiment une remarquable guérisseuse et si tu la regardes d'un peu près, tu pourras constater qu'elle est désormais une Zelandoni.

Les striures sur le front d'Ayla n'avaient évidemment pas échappé à Marthona. En cours de cicatrisation, elles ne lui faisaient plus mal, même si elles continuaient de la démanger, et elle les oubliait aisément, jusqu'à ce que quelqu'un les mentionne ou la fixe avec une attention un peu trop soutenue.

— Je le sais bien, mère, dit Folara. Tout le monde est au courant, même si l'annonce n'en a pas encore été faite. Mais comme tout le reste de la Zelandonia ces derniers temps, elle a été si occupée que je n'ai guère eu l'occasion de la voir. Il semble qu'une grande cérémonie soit en préparation, mais j'ignore si elle aura lieu avant ou après les secondes Matrimoniales.

— Avant, intervint Ayla. Tu auras tout le temps de discuter avec ta mère et de lui annoncer tes projets.

— Donc tu t'intéresses sérieusement à quelqu'un, fit Marthona.

Elle s'arrêta un instant, faisant mine de réfléchir, avant de reprendre :

— Eh bien, où est donc ce jeune homme ? J'aimerais bien faire sa connaissance.

— Il attend dehors, dit Folara. Je vais le chercher.

— Non, c'est moi qui vais sortir le voir, proposa Marthona.

Il faisait sombre à l'intérieur de l'habitation, totalement dépourvue de fenêtres. Les seules ouvertures étaient l'entrée, avec sa tenture repoussée et attachée sur le côté, et le trou dans le plafond destiné à l'évacuation de la fumée et laissé ouvert dans la journée pour peu que le temps le permette. La vue de la vieille femme n'était pas aussi bonne qu'elle l'avait été, et elle souhaitait pouvoir jauger le jeune homme en question du mieux possible.

Les trois femmes quittèrent donc le logis et, en sortant, Marthona aperçut trois jeunes inconnus, portant des vêtements qui ne lui étaient pas familiers, l'un d'eux étant un véritable géant à la chevelure d'un roux éclatant. Lorsque Folara s'approcha de lui en premier, Marthona inspira violemment : elle avait espéré que ce n'était pas lui que sa fille avait choisi. Non qu'il fût laid ou présentât un quelconque défaut. Cela tenait tout simplement au sens de l'esthétique de Marthona, qui n'était de toute façon en aucun cas un facteur décisif. Non, elle souhaitait simplement depuis toujours que le choix de sa fille se porte sur quelqu'un susceptible de former un beau couple avec elle, complémentaire en quelque sorte. Or à côté d'un homme d'une telle stature, sa fille, aussi grande et élégante fût-elle, aurait l'air d'une naine.

Folara commença les présentations :

— Danug et Druwez, des Mamutoï, sont de la parentèle d'Ayla. Ils ont fait tout ce chemin pour lui rendre visite. En route, ils ont rencontré un autre jeune homme, qu'ils ont invité à voyager en leur compagnie. Mère, je te prie de souhaiter la bienvenue à Aldanor, des S'Armunaï.

Sous les yeux d'Ayla, un jeune homme à la sombre beauté propre aux S'Armunaï avança d'un pas.

— Aldanor, cette femme est ma mère, Marthona, ancienne Femme Qui Commande de la Neuvième Caverne des Zelandonii, compagne de Willamar, Maître du Troc...

Marthona poussa un soupir de soulagement quand sa fille commença à la présenter officiellement audit Aldanor et non au géant aux cheveux roux et entreprit de lui énumérer les noms et liens étranges du jeune homme.

— Au nom de la Grande Terre Mère, sois le bienvenu en ce lieu, Aldanor des S'Armunaï, dit Marthona.

— Au nom de Muna, Grande Mère de la Terre, de Son fils Bali, Celui Qui Apporte chaleur et lumière, et de Son compagnon Lumi, Celui Qui Guette dans le ciel, je te salue, dit Aldanor à Marthona, pliant les bras à hauteur des coudes et lui présentant ses deux paumes, avant de se corriger et de changer rapidement de position, tendant cette fois complètement ses bras, paumes en l'air, la manière de saluer propre aux Zelandonii.

Marthona et Ayla comprirent qu'il avait dû travailler ses salutations afin de pouvoir les dire en zelandonii, et toutes deux en furent impressionnées. Aux yeux de Marthona, cet effort augurait bien de l'avenir de ce beau jeune homme, car elle devait reconnaître que tel il était, bel et bien. Elle pouvait comprendre que sa fille ait été attirée par lui et, avant d'en savoir plus, parut satisfaite de son choix.

C'était la première fois qu'Ayla entendait les salutations officielles des S'Armunaï ; pas plus que Jondalar, jamais elle n'avait été officiellement accueillie dans un de leurs camps. Quand Jondalar avait été fait prisonnier par les Femmes Louves d'Attaroa et confiné dans un enclos avec leurs compagnons et leurs enfants mâles, Ayla et les chevaux avaient suivi sa trace jusqu'au camp, avec l'aide de Loup.

Après les présentations officielles, Marthona et Aldanor commencèrent à bavarder. Ayla constata que, pour charmante qu'elle se montrât, l'ancienne chef posait des questions fort précises afin d'en apprendre le plus possible sur l'étranger que sa fille envisageait de choisir pour compagnon. Aldanor expliqua à la vieille femme qu'il avait fait la connaissance de Danug et de Druwez lorsqu'ils s'étaient installés quelque temps parmi son peuple. Il n'appartenait pas au Camp d'Attaroa, mais à un autre, installé un peu plus au nord, ce dont il ne manqua pas de se féliciter lorsqu'on lui apprit ce qui était arrivé au frère de Folara.

Aux yeux des S'Armunaï, Ayla et Jondalar étaient devenus des personnages de légende. Ils racontaient désormais l'histoire de la belle S'Ayla, la Mère Incarnée, aussi éclatante qu'une journée d'été, et de son compagnon, le S'Elandon grand et blond qui était venu sur terre pour sauver les hommes de ce Camp du Sud. On disait que ses yeux étaient de la couleur de l'eau des glaciers, plus bleus que le ciel, et que, avec ses cheveux clairs, il était beau comme seule la pleine lune aurait pu l'être si elle était venue sur terre et avait pris la forme d'un être humain de sexe masculin. Après que cette bête féroce qu'était le Loup de la Mère, incarnation de l'Etoile Louve, eut tué la cruelle Attaroa, S'Ayla et S'Elandon étaient remontés au ciel sur leurs chevaux magiques.

Aldanor avait adoré ces histoires lorsqu'on les lui avait racontées pour la première fois, et en particulier le fait que les visiteurs venus du ciel étaient capables de maîtriser les chevaux et les loups. Il avait toujours cru que la légende était colportée par un conteur passant d'un peuple à l'autre, qui avait dû avoir une inspiration particulièrement géniale pour inventer une histoire aussi originale. Et quand les deux cousins avaient annoncé que ces deux personnages légendaires faisaient partie de leur famille, et qu'ils étaient en route pour aller leur rendre visite, il avait eu du mal à croire qu'il s'agissait de créatures vivantes. Les trois jeunes gens s'étaient fort bien entendus et lorsque les deux cousins lui avaient transmis leur invitation, il avait accepté de venir avec eux dans la suite de leur périple pour rendre visite à leur parentèle zelandonii, et en juger par lui-même. Dans le cours de leur voyage vers l'occident, les trois jeunes gens avaient entendu d'autres histoires : non seulement le couple montait des chevaux, mais son loup était si « féroce » qu'il laissait des bébés grimper sur son dos.

Lorsqu'ils étaient arrivés à la Réunion d'Eté des Zelandonii et qu'il avait entendu de la bouche de Jondalar la véritable histoire d'Attaroa et des occupants du Camp, Aldanor avait été stupéfié par la précision avec laquelle les Légendes relataient ces incidents. Il avait même envisagé de retourner chez lui en compagnie de Danug et de Druwez afin de raconter aux gens de son peuple à quel point les Légendes en question étaient véridiques : une femme nommée Ayla existait bel et bien ; elle vivait chez les Zelandonii, et son compagnon Jondalar était grand, blond, il avait des yeux d'un bleu surprenant et, même s'il était aujourd'hui un peu plus âgé, il n'en demeurait pas moins un très bel homme. De l'avis unanime, Ayla était très belle, elle aussi.

Mais il avait en fin de compte décidé de ne pas donner suite. Personne ne l'aurait cru, pas plus qu'il n'avait cru, à l'époque, que les histoires qu'on lui racontait étaient en fait absolument véridiques : ce n'étaient que des fables surnaturelles, porteuses d'une certaine forme de véracité d'ordre mystique aidant à expliquer des phénomènes inconnus devenus des mythes. En outre, la sœur de Jondalar était elle aussi une vraie beauté, et elle avait gagné son cœur.

Plusieurs personnes s'étaient regroupées pour entendre Marthona et l'étranger discuter, et écouter l'histoire que racontait Aldanor.

— Pourquoi les deux membres du couple sont-ils appelés dans l'histoire S'Ayla et S'Elandon et non Ayla et Jondalar ? s'étonna Folara.

— Je crois pouvoir répondre à ta question, intervint Ayla. Le son « S » est honorifique ; c'est une marque de respect pour les S'Armunaï, dont le nom signifie « le peuple que l'on honore », ou « les gens à part ». Lorsqu'on le place devant le nom de quelqu'un, cela signifie que cette personne est tenue en haute estime.

— Pourquoi on ne nous appelle pas « les gens à part », alors ? demanda Jonayla.

— Mais si, on nous appelle bien ainsi. Je crois que leur façon de s'honorer est une autre manière de dire « les Enfants de la Mère », comme nous nous désignons, intervint Marthona. Peut-être sommes-nous parents, ou l'avons-nous été jadis. Le fait qu'ils aient pu prendre le nom « Zelandonii » et le modifier aisément pour qu'il signifie celui qui est honoré, ou les gens à part, ne manque pas d'intérêt.

— Lorsqu'ils étaient enfermés dans l'enclos, reprit Ayla, Jondalar a commencé à montrer aux hommes et aux jeunes garçons comment fabriquer des objets, des outils entre autres. C'est lui qui a trouvé un moyen de les libérer tous. Quand nous voyagions et que nous rencontrions des inconnus, il se présentait souvent comme « Jondalar des Zelandonii ». Un garçon en particulier s'est emparé de la partie Zelandonii du nom de Jondalar et a commencé à la prononcer sous la forme « S'Elandon », avec le « S » honorifique, parce qu'il l'honorait et le respectait profondément. A mon avis, il devait penser que son nom signifiait « Jondalar, celui qui est honoré ». Dans la légende, j'étais moi aussi honorée, apparemment.

Marthona se montra satisfaite pour le moment. Elle se tourna vers Ayla.

— Désolée de me montrer si impolie, Ayla. Je te prie de me présenter à tes deux parents.

— Voici Danug des Mamutoï, fils de Nezzie, qui est la compagne de Talut, l'Homme Qui Commande le Camp du Lion, et celui-ci est son cousin Druwez, fils de Tulie, qui est la sœur de Talut et la Femme Qui Commande conjointement avec lui le Camp du Lion des Mamutoï, commença Ayla. C'est la mère de Danug, Nezzie, qui m'a donné mon costume de mariage. Comme vous vous le rappelez, je vous avais dit qu'elle était sur le point de m'adopter quand Mamut a surpris tout le monde en me prenant pour fille adoptive.

Ayla n'ignorait pas que Marthona avait été fort impressionnée par son costume de mariage, et savait qu'en tant que mère de la future épousée elle voudrait connaître la position sociale de ces jeunes hommes, qui assisteraient très certainement à la cérémonie Matrimoniale.

— Je sais que d'autres vous ont souhaité la bienvenue en ce lieu, intervint Marthona, mais je désire ajouter mes souhaits aux leurs. Je peux comprendre à quel point votre peuple regrette Ayla, qui représenterait un apport précieux dans n'importe quelle communauté, mais si cela peut les consoler, vous pouvez dire à Ceux Qui Commandent que nous l'apprécions au plus haut point. Elle est devenue un membre fort estimé de notre Caverne. Même si une partie de son cœur appartiendra toujours aux Mamutoï, elle est désormais l'un de nos très chers Zelandonia.

— Merci, dit Danug.

Fils de la compagne du chef des Mamutoï, il comprenait que cette conversation faisait partie de l'échange formel dont l'objet consistait à transmettre des informations sur le statut social et la reconnaissance du rang.

— Tout le monde la regrette, poursuivit-il. Ma mère a été très triste quand Ayla est partie, elle la considérait comme sa propre fille, mais elle a compris que son cœur appartenait à Jondalar. Nezzie sera ravie d'apprendre qu'elle a trouvé un accueil aussi chaleureux auprès des Zelandonii, et que ses exceptionnelles qualités ont été à ce point appréciées.

Même si son zelandonii n'était pas parfait, le jeune homme s'exprimait fort bien et sut faire comprendre à ses interlocuteurs la position de sa famille au sein de son peuple.

Personne mieux que Marthona n'était en mesure d'appréhender la valeur et l'importance de la place et de la position sociale. Ayla saisissait le concept de statut social, qui, même pour le Clan, revêtait une grande importance, et elle apprenait comment les Zelandonii évaluaient, classaient les gens, leur attribuant telle ou telle importance, mais elle n'aurait jamais la connaissance intuitive qu'en avait Marthona, qui occupait l'une des positions les plus élevées au sein de son peuple.

Dans une société où l'argent n'existait pas, le statut social représentait plus que le prestige, c'était une forme de richesse. Les gens n'hésitaient jamais à rendre service à une personne de haut rang car ces engagements devaient être suivis d'une compensation adéquate. On contractait une dette lorsqu'on demandait à quelqu'un de faire ou de fabriquer quelque chose, ou encore de se rendre quelque part, en échange de la promesse implicite de lui retourner une faveur d'un montant équivalent. Personne ne désirait vraiment être en dette envers quelqu'un, mais tout le monde l'était, et avoir pour débiteur une personne de haut rang rehaussait votre statut social.

Un grand nombre de paramètres devaient être pris en compte pour apprécier ledit statut social, raison pour laquelle on récitait ses noms et liens. La valeur d'usage en faisait partie, de même que l'effort demandé. Même si, au bout du compte, le produit obtenu n'était pas de la même qualité, la dette pouvait être considérée comme honorée pour peu que la personne ait consacré ses meilleurs efforts pour y arriver, même si son rang n'était pas pour autant rehaussé. L'âge entrait en jeu : avant un certain nombre d'années, les enfants ne pouvaient contracter de dettes. Lorsqu'on s'occupait d'un enfant, fût-ce le sien, la communauté considérait qu'on lui réglait une dette, car les enfants représentaient la promesse de sa continuité.

Arriver à un certain âge, devenir un ancien, faisait également une différence : on pouvait alors demander certains services sans contracter pour autant une dette ni perdre son statut social. En revanche, dès lors qu'une personne n'avait plus la capacité d'apporter sa pierre, elle ne perdait pas vraiment son rang mais changeait de position. Un ancien pouvant faire partager ses connaissances, son expérience, pouvait conserver son statut, mais lorsqu'il commençait à perdre ses capacités cognitives il ne conservait que nominalement sa position : on continuait de le respecter pour sa contribution passée, mais on ne venait plus requérir son avis.

Le système était complexe, mais tout le monde apprenait à en saisir les nuances de la même façon qu'on apprenait à parler, et lorsqu'on atteignait l'âge de raison, des responsabilités, la plupart des gens étaient en mesure de comprendre ces subtiles distinctions. Toute personne savait très exactement à un moment donné ce qu'elle devait et ce qu'on lui devait, la nature des dettes en question, et la place qu'elle occupait au sein de sa propre communauté.

Marthona s'entretint également avec Druwez, dont la position était la même que celle de son cousin puisqu'il était le fils de Tulie, sœur de Talut, le chef du Camp du Lion, ce qu'elle était elle aussi, mais le jeune homme avait tendance à se montrer plus réservé. Sa seule taille rendait Danug plus remarquable et, s'il s'était montré longtemps plutôt timide, il avait dû apprendre à devenir plus communicatif. Un sourire chaleureux et une conversation empressée avaient tendance à apaiser toutes les craintes que sa stature pouvait susciter.

Enfin, Marthona se tourna vers Ayla et lui demanda :

— Mais où est passé cet homme qui se trouve être mon fils, et qui est à ce point honoré par le peuple d'Aldanor ?

Ayla se détourna.

— Je ne sais pas, répondit-elle, s'efforçant de dissimuler le flot d'émotion qui la submergeait soudain. J'ai été très occupée avec la Zelandonia, s'empressa-t-elle d'ajouter.

Marthona comprit aussitôt que quelque chose n'allait pas. Quelque chose de grave. Ayla avait toujours tellement hâte de retrouver Jondalar. Et voilà que maintenant elle ignorait où il se trouvait ?

— J'ai vu Jondi se promener au bord de la Rivière ce matin, intervint Jonayla, mais je ne sais pas où il dort. Je ne sais pas pourquoi il ne veut plus dormir avec nous. J'aime mieux quand il est avec nous.

Malgré la rougeur qui avait envahi son visage, Ayla ne souffla mot, et Marthona eut dès lors la certitude que quelque chose de vraiment grave s'était produit. Elle allait devoir trouver de quoi il retournait précisément.

— Folara, tu veux bien t'occuper de Jonayla avec Marthona, ou la laisser à Levela si vous vous rendez au campement principal ? demanda Ayla. Et prenez Loup avec vous, s'il vous plaît. Je dois parler à Danug et à Druwez, après quoi je les emmènerai peut-être au local de la Zelandonia.

— Oui, bien sûr, dit Folara.

Ayla prit sa fille dans ses bras et lui dit qu'elles se reverraient le soir venu, puis elle rejoignit les deux jeunes hommes et se mit à converser avec eux en mamutoï.

— Je pensais aux « tambours qui parlent », et je m'en suis entretenue avec la Première. Est-ce que l'un de vous est capable de faire parler les tambours ? interrogea-t-elle.

— Oui, répondit Danug. Nous savons le faire tous les deux, mais nous n'en avons pas emporté avec nous. Quand on entreprend un Voyage, les tambours ne font pas partie du matériel de base du voyageur.

— Combien de temps vous faudrait-il pour en fabriquer deux ? Je suis sûre qu'on pourrait trouver des gens pour vous donner un coup de main en cas de besoin. Si vous y arrivez, seriez-vous disposés à jouer un couplet ou deux dans le cadre de la cérémonie que nous sommes en train d'organiser ? demanda Ayla.

Les deux jeunes gens se regardèrent et haussèrent les épaules.

— A condition de trouver les matériaux nécessaires, cela ne prendrait pas très longtemps, peut-être un jour ou deux. Il s'agit simplement d'étirer une peau de bête sur un cadre rond, mais il faut que la peau en question soit bien tendue afin que le tambour résonne à des tons différents. Et le cadre doit être solide, sans quoi il risque de casser quand la peau rétrécit, en particulier si on la chauffe pour qu'elle rétrécisse plus vite, expliqua Druwez. Ce sont des petits tambours et on s'en sert en les frappant avec les doigts, très très vite.

— J'ai vu des joueurs se servir d'un bâton bien équilibré, mais nous, nous avons appris à utiliser nos doigts, intervint Danug.

— Et vous accepteriez d'en jouer pour la cérémonie ?

— Bien sûr, répondirent-ils à l'unisson.

— Dans ce cas, suivez-moi, proposa Ayla en prenant la direction du campement principal.

En chemin pour le vaste bâtiment de la Zelandonia, la jeune femme remarqua le grand nombre de gens qui s'arrêtaient pour les regarder. Elle qui avait si souvent été l'objet d'une telle curiosité n'en était pas cette fois le centre. C'était Danug qui attirait tous les regards. C'était peut-être impoli mais il lui était difficile de leur en vouloir, car le Mamutoï était un homme particulièrement remarquable. Dans l'ensemble, les Zelandonii de sexe masculin étaient plutôt grands et bien bâtis – Jondalar lui-même dépassait le mètre quatre-vingt-dix – mais Danug dominait ses semblables de la tête et des épaules, tout en étant parfaitement bien proportionné. Vu seul, et d'assez loin, on aurait pu le prendre pour un homme musclé, certes, mais assez ordinaire, mais lorsqu'on se trouvait au milieu d'un groupe avec lui sa haute stature était tout à fait surprenante. Cela rappela à Ayla la première fois qu'elle avait vu Talut, l'homme de son foyer, le seul de sa connaissance qu'elle puisse comparer au jeune Mamutoï.

Lorsqu'elle atteignit la grande bâtisse au centre du camp, deux jeunes femmes, des acolytes, s'approchèrent d'elle.

— Nous voulions nous assurer que nous avions tous les ingrédients nous permettant de préparer cette boisson pour les cérémonies spéciales dont tu nous as parlé, expliqua l'une d'elles. Sève de bouleau fermentée, jus de fruits divers aromatisés à l'aspérule et d'autres herbes, c'est bien cela ?

— Oui, en particulier l'artémise, répondit Ayla. On l'appelle également armoise, ou grande absinthe.

— Je ne crois pas avoir jamais entendu parler d'une telle boisson, s'étonna Druwez.

— Vous êtes-vous arrêtés chez les Losadunaï en vous rendant ici ? demanda Ayla. Et avez-vous en particulier participé à une Fête pour la Mère avec eux ?

— Nous leur avons en effet rendu visite, mais nous ne sommes pas restés très longtemps, expliqua Druwez. Et malheureusement aucune Fête n'était prévue durant notre séjour.

— C'est Solandia, des Losadunaï, qui m'a expliqué comment la préparer. Son goût est celui d'une boisson agréable mais assez anodine, alors qu'il s'agit en fait d'une décoction aux effets puissants, qui permet en particulier d'encourager la spontanéité et les échanges chaleureux qui doivent caractériser les Fêtes en l'honneur de la Mère, expliqua Ayla, avant d'ajouter, à destination des acolytes : J'y goûterai quand vous aurez fini de la préparer et je vous dirai s'il manque quelque chose.

Alors qu'elles se tournaient pour poursuivre leur chemin, les deux jeunes femmes échangèrent des gestes entre elles. Au fil des années récentes, et en particulier à l'occasion des Réunions d'Eté, Ayla avait enseigné à tous les membres de la Zelandonia certains signes de base propres au Clan. Cela dans l'idée d'aider les doniates à communiquer, en tout cas à un niveau élémentaire, s'il leur arrivait de rencontrer des personnes du Clan au cours de leurs pérégrinations. Certains les avaient assimilés mieux que d'autres, mais la plupart semblaient apprécier de disposer d'une méthode permettant de s'exprimer sans l'aide de la parole, secrète qui plus est. Ce qu'ignoraient les deux jeunes acolytes, c'est qu'Ayla avait enseigné ces signes à Danug et à Druwez longtemps auparavant, à l'époque où elle vivait au sein des Mamutoï.

Danug regarda l'une des deux jeunes femmes et lui adressa un large sourire.

— Tu auras peut-être ta réponse lors de la Fête pour la Mère, dit-il avant de se tourner vers Druwez.

Les deux jeunes hommes éclatèrent de rire sur ces mots, tandis que les joues des deux acolytes s'empourpraient. Celle qui avait pris l'initiative de faire les signes rendit son sourire à Danug avec un clin d'œil mutin.

— Je l'espère bien, rétorqua-t-elle. Mais j'ignorais que vous compreniez la langue des signes.

— Peut-on imaginer quelqu'un vivant un certain temps auprès d'Ayla sans l'apprendre ? lança Danug. Mon frère, le garçon que ma mère a adopté, était à moitié issu du Clan, et il ne savait pas parler jusqu'à ce qu'Ayla arrive et nous apprenne à faire les signes. Je me souviens de la première fois que Rydag lui a fait le signe voulant dire « mère ». Elle a pleuré...

Les participants commencèrent à se rassembler très tôt dans l'espace réservé aux cérémonies. L'excitation qui vibrait dans l'air était presque palpable. La cérémonie se préparait depuis des jours et l'attente était extraordinaire. Ce qui allait se passer serait spécial, absolument unique. Tout le monde en était convaincu, sans savoir de quoi il allait s'agir. Le suspense alla crescendo à mesure que le soleil baissait à l'horizon. Jamais au cours d'une Réunion d'Eté les Zelandonii n'avaient souhaité à ce point voir le soleil s'effacer.

Enfin, lorsque l'astre du jour eut disparu et que l'obscurité eut vraiment pris le relais, l'assistance commença à s'installer, attendant que l'on allume les feux cérémoniels. Le centre de l'espace était occupé par un amphithéâtre naturel suffisamment vaste pour accueillir la totalité des occupants du campement, soit deux mille personnes. En arrière-plan et sur le flanc droit du campement abritant la Réunion d'Eté, les collines calcaires avaient en gros la forme d'un bol peu profond incurvé sur les côtés mais ouvert sur le devant. La base des pentes convergeait vers un champ d'une surface assez restreinte, relativement plat, qui avait été arasé à l'aide de pierres et de terre tassée au fil des longues années durant lesquelles l'endroit avait été utilisé pour des rencontres de ce genre.

Près du sommet aux contours déchiquetés de la colline, une source prenait naissance dans un bouquet d'arbres, emplissant une petite mare dont l'eau débordait le long de la pente, jusqu'au milieu du champ en contrebas, alimentant au bout du compte le ruisseau plus important qui irriguait le campement. Le ru issu de la source était si minuscule, en particulier à la fin de l'été, que l'on pouvait le franchir d'un pas, sans la moindre difficulté, mais l'eau fraîche et pure de la mare, là-haut, fournissait une eau potable en quantité suffisante. Le flanc herbeux de la colline à l'intérieur du bol s'étageait graduellement, de façon assez irrégulière. Mais au fil des années les participants aux diverses Réunions avaient creusé un peu ici, ajouté un peu de terre là, jusqu'à ce que sur la pente soient aménagées nombre de petites sections aplanies qui fournissaient des emplacements confortables pour les familles, voire la totalité des membres d'une Caverne, qui venaient s'y installer avec une vue excellente sur l'espace en contrebas.

Les gens prenaient place sur l'herbe, ou étendaient sur le sol des nattes tissées, des coussins de formes et de tailles diverses, des fourrures. On alluma des feux, pour la plupart des torches fichées dans la terre, ainsi que des petits foyers creusés dans le sol, encerclant l'ensemble de l'espace, autour de la scène centrale. Deux feux plus importants illuminaient le devant et le centre tandis que d'autres foyers étaient allumés un peu partout sur les lieux où les gens s'étaient installés. Peu après, on commença à entendre, montant crescendo au-dessus du brouhaha des conversations, le son caractéristique de jeunes voix qui chantaient. On entendit alors de toute part des « Chut ! » insistants. Puis un défilé regroupant la plupart des enfants de l'ensemble du camp prit la direction de la scène centrale, chantant un air bien rythmé composé autour des mots à compter. Lorsqu'il l'atteignit, le silence régnait dans l'assistance, qui se contentait maintenant d'échanger sourires et clins d'œil.

Que la cérémonie débutât avec ce chant des enfants avait deux objets. Le premier consistait à montrer à leurs aînés qu'ils faisaient leurs les enseignements de la Zelandonia. Le second était le message tacite qu'une Fête pour la Mère aurait lieu au beau milieu du festin et des réjouissances habituelles. Lorsqu'ils en auraient terminé avec leur numéro, les enfants seraient conduits vers l'un des campements installés non loin des limites de la zone cérémonielle, où seraient organisés pour eux des jeux ainsi qu'un banquet distinct de celui des adultes. Tout cela sous la supervision de divers membres de la Zelandonia et d'autres personnes, souvent des hommes et des femmes âgés, mais aussi des mères de fraîche date ne se sentant pas encore prêtes à participer à la Fête, ou encore des femmes venant d'entrer dans leur période de lune, enfin de tous ceux qui, sur le moment, ne se sentaient pas d'humeur à se livrer à des activités destinées à honorer la Mère.

Si la plupart des gens attendaient avec impatience les Fêtes pour la Mère, la participation se faisait toujours sur la base du volontariat, et il était plus simple pour la plupart de s'y joindre en sachant qu'ils n'auraient pas à se préoccuper de leurs enfants durant toute la soirée. On n'empêchait nullement les enfants d'y assister s'ils le souhaitaient, et beaucoup parmi les plus âgés ne s'en privaient pas, histoire de satisfaire leur curiosité. Mais voir des adultes discuter, rire, manger, boire, danser et s'accoupler n'était pas si intéressant que cela pour ceux qui n'étaient pas encore prêts à réellement participer, même si cela ne leur était pas interdit. La promiscuité permanente qui était de règle impliquait que les enfants soient en permanence témoins des activités des adultes, de la naissance à la mort. Personne ne voyait l'intérêt de les maintenir à l'écart. Tout cela faisait partie de la vie.

Quand les enfants en eurent terminé, la plupart rejoignirent l'assemblée. Ensuite, deux hommes déguisés en bisons mâles avec leurs crânes aux grosses cornes partirent de deux côtés opposés et se ruèrent l'un vers l'autre, avant de se frôler à se toucher, ce qui attira sensiblement l'attention de l'assistance. Sitôt après, plusieurs personnes, dont des enfants, arborant des peaux et des cornes d'aurochs commencèrent à tourner en rond, comme un troupeau. Certaines peaux étaient des camouflages de chasse, d'autres avaient été préparées spécialement pour l'occasion. Un lion, en tout cas sa peau et sa queue, fit irruption, grondant et montrant les dents, avant d'attaquer les bœufs avec un rugissement d'une telle authenticité que plusieurs spectateurs tressaillirent.

— C'était Ayla, glissa Folara à Aldanor. Personne n'imite aussi bien qu'elle le rugissement du lion.

Le troupeau se disloqua, ses éléments sautant par-dessus les obstacles, certains allant presque jusqu'à heurter des spectateurs. Le lion les poursuivit. Puis cinq personnages firent leur apparition, revêtus de peaux de cerf, leur tête ornée de bois, et représentèrent les animaux sautant dans une rivière comme pour fuir un danger, et la traversant à la nage. Après quoi ce furent des chevaux, l'un d'eux hennissant de façon si réaliste qu'on entendit un animal lui répondre, au loin.

— Là aussi c'était Ayla, souffla Folara à son voisin.

— Elle est très forte, reconnut celui-ci.

— Elle dit qu'elle a appris à imiter les animaux avant d'apprendre à parler le zelandonii.

Il y eut d'autres démonstrations représentant des animaux, toutes évoquant un événement ou une histoire quelconques. La troupe de conteurs itinérants participa également au spectacle, sous la forme de divers animaux, leur talent ajoutant à la représentation un réalisme saisissant.

Enfin, les animaux commencèrent à se regrouper et, lorsqu'ils furent tous rassemblés, une bête étrange apparut : elle avançait sur quatre pattes terminées par des sabots et était recouverte d'une peau bizarrement tachetée, qui retombait sur les côtés, pratiquement jusqu'à terre, et recouvrait en partie sa tête, à laquelle avaient été attachés deux bâtons bien droits destinés à représenter des cornes ou des bois.

— Qu'est-ce que c'est que ça ? s'étonna Aldanor.

— Un animal magique, bien sûr, répondit Folara. Mais il s'agit en réalité de Whinney, la jument d'Ayla, qui est en fait une Zelandoni. La Première dit que tous ses chevaux, ainsi que Loup, sont membres de la Zelandonia. Et que c'est pour cette raison qu'ils ont choisi de rester avec elle.

L'étrange Zelandoni animal disparut avec toutes les autres bêtes, après quoi plusieurs membres de la Zelandonia ainsi que les conteurs réapparurent, sous leur forme humaine cette fois, et commencèrent à jouer du tambour et de la flûte. Certains se mirent à chanter d'anciennes légendes, d'autres à raconter les histoires de la tradition populaire que les gens connaissaient bien et aimaient tant.

Les membres de la Zelandonia s'étaient bien préparés et recouraient à tous les stratagèmes qu'ils connaissaient pour attirer et retenir l'attention de leur vaste public. Lorsque Ayla, le visage entièrement peint de motifs zelandonii, à la seule exception de la zone entourant son nouveau tatouage, laissée nue pour montrer la marque d'acceptation définitive, avança sur la scène devant l'ensemble du groupe, les deux mille personnes présentes retinrent leur souffle, prêtes à capter la moindre de ses paroles, le plus infime de ses gestes.

Des tambours entrèrent en action, des flûtes à la tonalité suraiguë se mêlèrent aux sons lents, réguliers, inexorables, de la basse, certains sons ne pouvant être perçus par l'oreille humaine mais résonnant profondément, *boum, boum, boum*. Puis la cadence changea de rythme avant de s'accorder à celui de strophes si familières que l'assistance se mit elle aussi à chanter ou à dire le début du Chant de la Mère :

> *Des ténèbres, du Chaos du temps,*
> *Le tourbillon enfanta la Mère suprême.*
> *Elle s'éveilla à Elle-Même sachant la valeur de la vie,*
> *Et le néant sombre affligea la Grande Terre Mère.*
> *La Mère était seule. La Mère était la seule.*

La Première rejoignit le chœur avec sa voix pleine, vibrante, spectaculaire. Tambours et flûtes accompagnèrent les chanteurs et les récitants tout au long des strophes du Chant de la Mère. Vers le milieu, l'assistance commença à remarquer que la voix de la Première était singulièrement prenante, et on s'arrêta de chanter pour mieux l'écouter. Lorsque celle-ci eut atteint les derniers vers, elle s'arrêta, ne laissant plus entendre que le son des tambours actionnés par les nouveaux venus de la parentèle d'Ayla.

Au début, l'assistance crut presque entendre les mots, puis elle fut persuadée que c'était indubitablement le cas, mais prononcés avec un vibrato étrange, presque surnaturel. Les deux jeunes Mamutoï avec leurs petits tambours jouaient la dernière strophe du Chant de la Mère dans un staccato très particulier : les battements des tambours résonnaient tels des mots prononcés d'une voix vibrante, comme si quelqu'un chantait en modifiant très vite la pression de son souffle, à ceci près qu'il ne s'agissait pas du souffle d'un être humain mais bel et bien des tambours ! Des tambours qui parlaient !

Sa-a-tis-fai-ai-te des deux ê-ê-tres qu'Elle a-a-vait-ait cré-és...

Un silence absolu régnait dans l'assistance, chacun tendant l'oreille pour entendre parler les tambours. Se rappelant la façon dont elle avait appris à projeter ses paroles en avant afin que les auditeurs placés tout au fond puissent l'entendre distinctement, Ayla baissa sa voix, déjà basse d'ordinaire, de deux demi-tons et parla plus fort dans l'obscurité que perçait désormais un unique feu. Le seul son qu'entendit dès lors l'assemblée, semblant émaner de l'air environnant sur fond de battement de tambours, fut la voix d'Ayla récitant la dernière strophe du Chant de la Mère, répétant seule les mots que venait de prononcer le tambour :

> *Satisfaite des deux êtres qu'Elle avait créés,*
> *La Mère leur apprit l'amour et l'affection.*
> *Elle insuffla en eux le désir de s'unir,*
> *Le Don de leurs Plaisirs vint de la Mère,*
> *Avant qu'Elle eût fini, Ses enfants L'aimaient aussi.*

Les battements des tambours ralentirent imperceptiblement. Toutes les personnes présentes savaient que c'était la fin, qu'il ne restait plus qu'un vers, et pourtant tout le monde attendait, sans savoir quoi. Ce qui rendait l'assistance nerveuse, sous tension. Quand les tambours atteignirent la fin de la strophe, ils ne s'arrêtèrent pas, mais continuèrent de retentir, cette fois avec des mots qui n'avaient rien de familier :

Son-on der-ni-ier Don, la-a-a...

L'assistance écoutait avec grande attention, sans savoir exactement ce qui se disait. Puis Ayla s'avança sur le devant de la scène, seule, et répéta lentement les paroles, en détachant les mots avec soin :

> Son dernier Don, la Connaissance que l'homme a son rôle
> à jouer.
> Son besoin doit être satisfait avant qu'une nouvelle vie
> puisse commencer.
> Quand le couple s'apparie, la Mère est honorée
> Car la femme conçoit quand les Plaisirs sont partagés.
> Les Enfants de la Terre étaient heureux, la Mère pouvait
> se reposer un peu.

Quelque chose n'allait pas. Ces mots étaient nouveaux ! Jamais auparavant on n'avait entendu cette strophe. Qu'est-ce que cela voulait dire ? Un léger malaise s'était emparé de l'assistance. Aussi loin que remontait la mémoire, le Chant de la Mère avait toujours été le même, si l'on exceptait d'infimes variations. Pourquoi était-il différent en ce jour ? La signification des mots n'avait pas encore pénétré les consciences. Il était déjà assez troublant que de nouvelles paroles soient ajoutées, que le Chant de la Mère ait été modifié.

Et soudain le dernier feu s'éteignit. Il faisait si noir que personne n'osait bouger.

— Qu'est-ce que cela veut dire ? lança une voix.
— Oui, qu'est-ce que cela signifie ? fit une autre, en écho.

Jondalar, lui, ne s'interrogeait pas. Il savait.

Ainsi, c'est donc vrai, songeait-il. Tout ce qu'Ayla a toujours dit est vrai.

Alors même qu'il avait eu tout le temps nécessaire pour y penser, il avait du mal à envisager ce que cela impliquait. Ayla lui avait toujours dit que Jonayla était sa fille, sa fille à lui, l'enfant de sa chair et non de son seul esprit. Elle avait été conçue à la suite de ses actes. Non par l'intervention de quelque esprit informe qu'il était incapable de voir, mélangé par la Mère d'une façon assez vague à l'intérieur d'Ayla avec son esprit à elle. Il y était pour quelque chose. Au même titre qu'Ayla. Il avait transmis à Ayla son essence par l'intermédiaire de son organe, sa virilité, et celle-ci s'était combinée à quelque chose à l'intérieur d'Ayla pour qu'une vie commence.

Cela ne se passait pas chaque fois ainsi. Il lui avait transmis beaucoup de son essence. Peut-être en fallait-il de grandes quantités. Ayla avait toujours dit qu'elle n'était pas certaine de la façon exacte dont cela fonctionnait, mais qu'il fallait qu'un homme et une femme s'unissent pour qu'une nouvelle vie commence. A cette fin, la Mère avait donné à Ses enfants le Don des Plaisirs. Mettre en train une nouvelle vie ne devait-il pas être un Plaisir ? Etait-ce pour cette raison que le désir de relâcher son essence dans le corps d'une femme était si puissant ? Parce que la Mère voulait que Ses enfants fabriquent leurs propres enfants ?

Il eut soudain le sentiment que son corps prenait une signification nouvelle, comme si, en quelque sorte, il prenait vie tout à coup. Les hommes étaient indispensables. Il était indispensable ! Sans lui il n'y aurait pas eu de Jonayla. Si cela avait été un autre homme, elle ne serait pas Jonayla. Elle était qui elle était grâce à eux deux, Ayla et lui. Sans les hommes, il ne pouvait y avoir de nouvelles vies.

Aux bords de la zone cérémonielle, on alluma des torches. Les spectateurs commencèrent à se lever, discutant par petits groupes. On découvrit des plateaux chargés de mets divers, que l'on disposa çà et là. Chaque Caverne, ou chaque groupe de Cavernes liées entre elles, avait son emplacement pour festoyer, de sorte que personne n'avait à attendre trop longtemps pour se nourrir. A l'exception des enfants, la plupart des membres de l'assistance n'avaient pas mangé grand-chose de la journée, certains parce qu'ils avaient été trop occupés, d'autres parce qu'ils souhaitaient se réserver pour le festin, la plupart enfin parce que, même si cela n'avait rien d'impératif, ils considéraient qu'il était plus approprié de manger frugalement les jours de fête avant le grand banquet.

Les gens discutaient tout en se dirigeant vers les plateaux de nourriture, s'interpellant, toujours en proie à un léger malaise.

— Tu viens, Jondalar ? demanda Joharran.

Son frère n'entendit pas : il était si perdu dans ses pensées que la foule autour de lui n'existait pas.

— Jondalar ! répéta Joharran en le secouant par l'épaule.

— Quoi ? fit le jeune homme.

— Viens donc, on est en train de servir la nourriture.

— Oh, fit son cadet en se relevant, toujours agité par des pensées tumultueuses.

— Qu'est-ce que cela peut bien vouloir dire, à ton avis ? demanda Joharran tandis qu'ils se dirigeaient vers un endroit où étaient disposés des mets.

— Tu as vu où est allée Ayla ? l'interrogea Jondalar, oublieux de tout, sinon de ses propres préoccupations.

— Je ne l'ai pas vue, mais j'imagine qu'elle nous rejoindra sous peu. Quelle cérémonie extraordinaire... Il a fallu beaucoup de temps et d'efforts pour l'organiser, et même les membres de la Zelandonia ont besoin de se détendre et de s'alimenter de temps à autre, commenta Joharran. Comment interprètes-tu ça, Jondalar ? Cette dernière strophe ajoutée au Chant de la Mère ?

Le jeune homme se décida enfin à se tourner vers son frère aîné.

— Cela veut bien dire ce que ça veut dire, que « l'homme a son rôle à jouer ». Les femmes ne sont pas seules à être honorées. Aucune vie nouvelle ne peut débuter sans un homme.

Joharran fronça les sourcils, les rides marquant son front reflétant fidèlement celles de son frère.

— Tu le penses vraiment ? demanda-t-il.

— Je le sais, répondit Jondalar en souriant.

Ils s'approchèrent de l'endroit où les membres de la Neuvième Caverne étaient réunis pour festoyer, et on leur tendit différentes boissons fortes. Quelqu'un leur mit dans les mains des gobelets en matériau tissé, parfaitement étanches. Ils burent une gorgée, mais ce n'était pas du tout ce que l'un et l'autre attendaient.

— Qu'est-ce que c'est que ça ? s'étonna Joharran. Je m'attendais à boire le breuvage de Laramar. C'est agréable, mais plutôt léger.

La boisson avait en revanche un goût familier pour Jondalar, qui en avala une deuxième gorgée. Où donc avait-il eu l'occasion de boire cela auparavant ?

— Ah oui ! Les Losadunaï !
— Quoi ? interrogea Joharran.
— C'est la boisson que servent les Losadunaï à l'occasion des Fêtes de la Mère qu'ils organisent. Elle paraît légère, mais tu aurais tort de la sous-estimer, le mit en garde Jondalar. C'est un breuvage très puissant, qui peut te prendre en traître. Je suis à peu près certain que c'est Ayla qui l'a préparé. As-tu vu où elle est allée après la cérémonie ?

— Je crois que je l'ai aperçue il y a un moment, sortant de la tente cérémonielle. Elle avait remis ses vêtements habituels, dit Joharran.

— Et tu as vu dans quelle direction elle allait ?
— Regarde, la voilà ! Mais si, là où ils sont en train de servir cette nouvelle boisson.

Jondalar se dirigea vers un groupe assez important installé autour d'un grand plateau sur lequel étaient disposés des gobelets pleins. Lorsqu'il vit enfin Ayla, celle-ci se trouvait juste à côté de Laramar, à qui elle tendait un gobelet. L'homme lui dit quelque chose qui la fit rire, et elle lui adressa un beau sourire.

Visiblement surpris, Laramar la lorgna d'un air plus qu'ambigu. Peut-être n'était-elle pas si odieuse après tout, se dit-il. Elle qui s'était toujours montrée si hautaine envers lui, au point de ne pratiquement jamais lui adresser la parole. Il est vrai qu'elle était Zelandoni désormais, et que celles-ci étaient censées honorer la Mère au cours des Fêtes données en Son honneur. En fin de compte, celle-ci pouvait fort bien prendre un tour tout à fait intéressant... Lorsque Jondalar apparut, Laramar eut une grimace de déception.

— Ayla... commença le jeune homme. Il faut que je te parle. Eloignons-nous d'ici, proposa-t-il en la prenant par le bras et en essayant de l'entraîner vers un endroit plus tranquille.

— Pourquoi ne pas me dire ici ce que tu as à me dire ? Je suis sûre que je serai en mesure de t'entendre, je ne suis pas soudain devenue sourde, répliqua Ayla en retirant son bras.

— Mais il faut que je te parle seul à seule.

— Tu as eu des tas d'occasions de le faire, mais on ne pouvait pas te déranger. Pourquoi est-ce soudain si important ? Nous sommes à la Fête de la Mère. J'ai bien l'intention de rester ici et de m'amuser, dit-elle en se tournant vers Laramar, adressant à celui-ci un sourire suggestif.

Il avait oublié... Tout excité par les implications inattendues de la révélation qui venait d'être faite, Jondalar avait oublié. Cela lui revint tout à coup : elle l'avait vu avec Marona ! Et de fait il ne lui avait pas adressé la parole depuis. Et maintenant, c'était elle qui ne voulait pas lui parler. Ayla vit son visage prendre une pâleur extrême. Il tituba, comme si quelqu'un venait de le frapper, recula de quelques pas, en trébuchant. Il avait l'air si abattu, si déconfit, qu'elle faillit le rappeler, mais se mordit la langue pour s'empêcher d'ouvrir la bouche.

Jondalar se mit alors à errer comme dans une brume, perdu dans ses pensées. Quelqu'un lui fourra un gobelet dans la main. Il but son contenu, sans même réfléchir. Quelqu'un d'autre le remplit à nouveau. Elle a raison, se disait-il. Il avait eu tout le temps nécessaire pour lui parler, pour essayer de lui donner des explications. Pourquoi donc ne l'avait-il pas fait ? Elle était partie à sa recherche et l'avait trouvé en compagnie de Marona. Pourquoi donc n'avait-il pas tenté de la retrouver, lui ? Tout simplement parce qu'il avait honte, et craignait de l'avoir perdue. Mais où avait-il la tête ? Il avait essayé de cacher à Ayla ses relations avec Marona. Il aurait dû lui dire la vérité. En fait, jamais il n'aurait dû entamer cette liaison avec Marona. Pourquoi celle-ci lui avait-elle semblé si attirante ? Pourquoi l'avait-il désirée à ce point ? Uniquement parce qu'elle était disponible ? En cet instant précis, il ne lui trouvait plus le moindre intérêt.

Ayla disait qu'elle avait perdu un bébé. *Son* bébé !

— Ce bébé était à moi, dit-il tout haut. A moi !

Les quelques personnes qui se trouvaient non loin le regardèrent, chancelant et se parlant à lui-même, et hochèrent la tête d'un air entendu.

Cet enfant qu'elle avait perdu était le sien. Elle avait été appelée. Il avait entendu des rumeurs sur l'épreuve terrible qu'elle avait endurée. Sur le coup, il avait voulu aller la retrouver pour la réconforter. Pourquoi n'en avait-il rien fait ? Pourquoi avait-il fait tout son possible pour l'éviter ? Elle ne voulait plus lui parler, désormais. Pouvait-il lui en vouloir ? Non, il ne pourrait pas le lui reprocher, même si elle ne voulait plus jamais le revoir.

Et justement, si c'était le cas ? Si elle voulait vraiment ne plus jamais le revoir ? Si elle ne voulait plus jamais partager les Plaisirs avec lui ? C'est alors qu'une pensée le frappa de plein fouet : si elle refusait désormais de partager les Plaisirs avec lui, il ne pourrait jamais recommencer à faire un bébé avec elle. Il ne pourrait plus jamais avoir d'enfants avec Ayla.

Soudain, il refusa de se dire qu'il avait quelque chose à voir là-dedans : si c'était bel et bien un esprit qui était à l'origine du commencement d'une vie, celle-ci commencerait, de toute façon. Mais s'il y était pour quelque chose, lui, ou plus précisément l'essence de sa virilité, et qu'elle ne voulait plus de lui, il n'aurait plus jamais d'enfants. Il ne lui vint même pas à l'esprit qu'il pourrait en avoir avec une autre femme. C'était Ayla qu'il aimait. Elle était sa compagne. C'était aux besoins de ses enfants qu'il s'était engagé à pourvoir. Ce seraient les enfants de son foyer. Il ne voulait pas d'autre femme.

Jondalar continua d'errer ainsi, son gobelet à la main, trébuchant tous les dix pas, sans attirer plus d'attention que tous les autres participants à la fête qui n'arrêtaient pas d'aller s'alimenter et s'abreuver aux différents endroits où l'on servait boissons et nourriture. Un groupe de gens hilares le heurtèrent. Ils venaient tout juste de remplir une outre d'un puissant breuvage.

— Euh... excuse-nous, bafouilla l'un d'eux. Donne ton gobelet, que je le remplisse. Pas question qu'il reste vide pendant une Fête de la Mère.

Jamais l'on n'avait vu pareille fête : il y avait plus de nourriture que l'on ne pouvait en absorber, plus de vin et de breuvages divers que l'on ne pouvait en boire. On fournissait même des feuilles que l'on pouvait fumer, des champignons et d'autres aliments très particuliers que l'on pouvait goûter. Rien n'était interdit. Un certain nombre de personnes avaient été choisies par tirage au sort ou s'étaient portées volontaires pour ne pas participer aux activités propres à la fête afin de veiller à ce que le camp demeure un lieu sûr, d'aider ceux qui, inévitablement, se blesseraient et de prendre soin de ceux qui perdraient le sens de la mesure. Pas de jeunes enfants dans les parages sur lesquels auraient pu tomber les fêtards, ou pour qui on aurait eu à s'inquiéter : tous avaient été rassemblés dans un campement spécial à la limite de celui de la Réunion d'Eté, surveillés par des doniates et d'autres volontaires.

Jondalar but une gorgée du liquide dont on venait une fois de plus de remplir son gobelet, sans se rendre compte que pour l'essentiel il se déversait à l'extérieur tandis qu'il continuait d'errer d'un pas mal assuré. Il n'avait rien avalé de solide et les rasades du puissant breuvage qu'il ne cessait d'absorber commençaient à produire leur effet. La tête lui tournait et sa vision se faisait de plus en plus floue, mais son cerveau, toujours noyé dans les pensées qui l'obsédaient, semblait être dissocié de tout le reste. Il entendit de la musique, de la musique de danse, et ses pieds le dirigèrent vers le bruit. Il ne distingua que très vaguement les danseurs qui formaient un cercle à la lueur vacillante d'un grand feu.

Puis une femme se détacha du cercle et, soudain, sa vision se fit plus précise tandis que ses yeux se fixaient sur elle. Ayla. Il la regarda danser, avec plusieurs partenaires. Elle riait, visiblement ivre. Puis elle s'éloigna en titubant, suivie par trois hommes qui se mirent à palper son corps, puis à lui arracher ses vêtements. Perdant l'équilibre, elle s'effondra par terre, au milieu des trois hommes. L'un d'eux l'enjamba, lui écarta rudement les jambes, et enfonça en elle son organe dressé. Jondalar le reconnut : c'était Laramar !

Bouche bée, incapable de faire un geste, Jondalar le regarda s'agiter sur elle, en elle. Laramar ! Cet ivrogne puant, sale et paresseux ! Ayla ne daignait pas lui adresser la parole, et voilà ce qu'elle était en train de faire avec lui. Elle qui refusait désormais de l'aimer, lui, Jondalar, de partager les Plaisirs avec lui... Et de commencer à faire un bébé avec lui !

Et si Laramar était en train de commencer à faire un bébé avec elle ?

Un afflux de sang lui monta à la tête. Dans un brouillard rougeâtre, tout ce qu'il était capable de voir, c'était Laramar en train de besogner Ayla, de besogner *sa* compagne. Et soudain, pris d'une fureur démente, le jeune homme poussa un véritable rugissement :

— IL EST EN TRAIN DE FAIRE MON BÉBÉ !

Il couvrit en trois enjambées la distance qui les séparait, arracha Laramar d'Ayla, le redressa et écrasa son poing sur le visage stupéfait qui se tournait vers lui. Laramar s'effondra par terre, pratiquement inconscient, sans avoir réellement eu la possibilité de voir qui l'avait frappé, ni même comment cela était arrivé.

Jondalar lui sauta dessus et, ivre de fureur et de jalousie, se mit à le frapper, encore et encore, incapable de s'arrêter. D'une voix rendue suraiguë par la colère, il ne cessait de hurler : « Il est en train de faire mon bébé ! Il est en train de faire mon bébé ! »

Plusieurs hommes tentèrent de le tirer en arrière, mais il les repoussa avec violence. Dans sa fureur démente, sa force était presque surhumaine. D'autres personnes s'en mêlèrent, essayant de l'arracher à sa victime, mais furent incapables d'y parvenir.

Puis, alors qu'il projetait son épaule en arrière pour asséner une fois encore son poing sur la masse sanglante qui n'avait déjà pratiquement plus l'apparence d'un visage, une main énorme le saisit au poignet. Jondalar se débattit en se sentant tiré loin de l'être inconscient étendu sur le sol, au bord de la mort. Il lutta pour se libérer des deux bras puissants qui le retenaient, mais se révéla incapable de se dégager de leur étreinte.

Tandis que Danug continuait de le tenir, Zelandoni se mit à crier :

— Arrête, Jondalar ! Arrête ! Tu vas le tuer !

Il reconnut vaguement la voix familière de la femme qu'il avait jadis connue sous le nom de Zolena, et se rappela avoir frappé jadis de la même façon un jeune homme dans la même situation. Après quoi son esprit cessa de fonctionner. Tandis que plusieurs membres de la Zelandonia se précipitaient pour prendre soin de Laramar, le géant aux cheveux rouges saisit Jondalar dans ses bras, comme un bébé, et l'entraîna au loin.

37

Zelandoni tendit à Ayla l'un de ces gobelets en roseau étroitement tressé confectionnés tout spécialement pour la fête, rempli presque à ras bord d'une concoction d'herbes connues pour être relaxantes. Elle en posa un autre sur une table basse avant d'aller prendre place sur le grand tabouret proche de celui sur lequel était installée Ayla. Les deux femmes étaient seules dans le vaste local de la Zelandonia si l'on exceptait l'homme inconscient qui reposait non loin, sur une litière, le visage enveloppé dans des peaux de bêtes assouplies qui maintenaient en place plusieurs emplâtres. Des lampes éclairaient le blessé d'une lueur chaude mais pas trop intense, deux autres étaient disposées sur la table basse à côté des gobelets de tisane.

— Je ne l'ai jamais vu dans cet état, dit Ayla. Mais pourquoi a-t-il fait ça, Zelandoni ?

— Parce que tu étais avec Laramar.

— Mais c'était dans le cadre d'une Fête de la Mère. Je suis Zelandoni, désormais. On attend de moi que je partage le Don de la Mère lors des Fêtes données en Son honneur, non ? demanda la jeune femme.

— Tout le monde est censé honorer la Mère durant les Fêtes que l'on donne pour Elle, et tu ne t'en es jamais privée, mais jamais jusqu'alors avec un autre homme que Jondalar, lui rappela la Première.

— Mais le fait que je ne l'aie jamais fait auparavant ne devrait pas faire la moindre différence. Après tout, il s'est accouplé avec Marona, lâcha Ayla.

A son ton, Zelandoni décela qu'elle était sur la défensive.

— C'est vrai, mais tu n'étais pas disponible lorsqu'il l'a fait. Tu n'ignores pas que les hommes partagent souvent le Don des Plaisirs accordé par la Mère avec d'autres femmes lorsque leurs compagnes ne se trouvent pas à portée immédiate, n'est-ce pas ? demanda la Première.

— Non, bien sûr, admit Ayla en baissant les yeux et en avalant une gorgée de tisane.

— Est-ce que l'idée que Jondalar choisisse une autre femme te dérange, Ayla ?

— Eh bien, en fait il n'en a jamais choisi d'autre. Pas depuis que je le connais, ajouta Ayla, regardant la Première avec une inquiétude non feinte. Comment pouvais-je le méconnaître à ce point ? Je n'arrive pas à croire qu'il ait fait ça. Jamais je ne l'aurais cru si je n'en avais pas été témoin. D'abord il batifole avec Marona... et je découvre que c'est le cas depuis un bon bout de temps. Puis il... Mais pourquoi Marona ?

— Réagirais-tu différemment s'il s'agissait de quelqu'un d'autre ?

La jeune femme baissa une fois de plus les yeux.

— Je ne sais pas, avoua-t-elle avant de les lever de nouveau vers Zelandoni. Pourquoi n'est-il pas venu me trouver s'il souhaitait satisfaire ses désirs ? Je ne me suis jamais refusée à lui. Jamais.

— C'est peut-être ça la raison. Peut-être savait-il que tu étais fatiguée, ou profondément investie dans un apprentissage quelconque ; dès lors, il n'a pas voulu s'imposer à toi, sachant que tu ne le refuserais pas, expliqua Zelandoni. Il y a eu des moments où on te demandait de renoncer à un certain nombre de choses pendant un temps. Plaisirs, nourriture, eau, même.

— Mais pourquoi Marona ? Si ç'avait été une autre, n'importe quelle autre, je crois que j'aurais compris. Je n'aurais peut-être pas apprécié, mais j'aurais compris. Pourquoi cette femme précisément ?

— Peut-être parce qu'elle s'est offerte, avança Zelandoni qui, devant l'air stupéfait d'Ayla, poursuivit son explication : Tout le monde a bien vu que ni toi ni Jondalar ne choisissiez un autre partenaire, Ayla, pas même durant les Fêtes de la Mère. Avant qu'il ne parte, Jondalar était toujours disponible, en particulier à l'époque. Son appétit était tel qu'il était rare qu'une seule femme parvienne à le satisfaire. Il donnait l'impression de ne jamais être complètement rassasié, jusqu'à ce qu'il réapparaisse avec toi. Peu après son retour, les femmes ont cessé de le solliciter. Si une personne ne se rend pas disponible, on cesse de lui faire des propositions. La plupart des femmes n'aiment pas qu'on leur oppose un refus. Marona, elle, s'en moquait. Dans la mesure où il lui était facile d'avoir tous les hommes qu'elle voulait, un refus représentait pour elle un défi. A mon avis, Jondalar est devenu pour elle un défi très particulier.

— Je n'arrive pas à croire que je le connais si mal, dit Ayla en secouant la tête. Zelandoni, il a failli tuer Laramar, poursuivit-elle après une nouvelle gorgée d'infusion. Son visage ne sera plus jamais le même. Si Danug n'avait pas été là, je ne suis pas certaine que Laramar serait encore en vie. Personne d'autre n'aurait pu l'arrêter.

— C'était l'une des conséquences que je redoutais après que nous avons révélé aux gens le rôle joué par l'homme dans la conception d'une nouvelle vie. Mais je ne m'attendais pas à ce que cela se passe de cette façon, ni si tôt. Je savais que des problèmes se poseraient avec les hommes dès lors que ceux-ci disposeraient de l'information, mais je pensais que nous aurions un peu plus de temps devant nous pour nous préparer.

— Je ne comprends pas, dit Ayla en fronçant une fois de plus les sourcils. J'aurais pensé que les hommes seraient contents de savoir qu'on avait besoin d'eux pour qu'une nouvelle vie commence, qu'ils étaient aussi indispensables que les femmes, et que c'était pour cette raison que la Mère les avait créés.

— Ils seront peut-être contents, mais une fois qu'ils auront compris ce qui en découle, ils voudront sans doute s'assurer que les enfants de leur foyer sont plus que ceux de leur compagne. Ils souhaiteront peut-être avoir la certitude que les enfants aux besoins desquels ils pourvoient viennent bien d'eux.

— Mais pourquoi cela aurait-il de l'importance ? Ça n'en a jamais eu jusqu'à présent. Les hommes ont toujours veillé à procurer ce dont ils avaient besoin aux enfants de leurs compagnes. La plupart étaient satisfaits quand celles-ci apportaient des enfants à leurs foyers. Pourquoi voudraient-ils soudain ne s'occuper que des leurs ? s'étonna Ayla.

— Cela peut très bien devenir une simple question d'orgueil. Ils risquent de se croire propriétaires de leurs compagnes et de leurs enfants.

Ayla but une gorge de tisane et réfléchit un moment, le front plissé.

— Comment pourraient-ils avoir la certitude que ce sont bien les leurs ? C'est la femme qui donne la vie. La seule chose qu'un homme puisse savoir avec certitude, c'est qu'un bébé est l'enfant de sa compagne.

— La seule façon dont un homme peut avoir cette certitude, c'est si sa compagne ne partage les Plaisirs qu'avec lui, expliqua Zelandoni. Comme toi, Ayla.

Les plis se creusèrent plus profondément sur le front de la jeune femme.

— Mais les Fêtes de la Mère, alors ? La plupart des femmes les attendent avec impatience. Elles souhaitent honorer la Mère, partager le Don des Plaisirs qu'Elle leur a accordé, avec plus d'un homme.

— Oui, c'est en effet le cas de la plupart des femmes, ainsi que des hommes, d'ailleurs. Cela ajoute du piment et de l'intérêt à leur existence. Et dans leur grande majorité, les femmes souhaitent également avoir un compagnon qui aide à prendre soin de leurs enfants, ajouta Zelandoni.

— Mais certaines n'ont pas de compagnon, fit remarquer Ayla. Leurs mères, leurs tantes, leurs frères leur apportent leur aide, en particulier lorsqu'elles ont un nouveau-né. Même la Caverne aide les femmes à prendre soin de leurs enfants. On a toujours pourvu aux besoins des enfants.

— C'est vrai, mais les choses peuvent changer. On a connu dans le passé des années difficiles, où les animaux se faisaient plus rares et les plantes dont on pouvait se nourrir moins abondantes.

Quand il commence à y avoir pénurie, certaines personnes sont parfois moins enclines à partager. Si tu n'avais assez de nourriture que pour un unique enfant, auquel souhaiterais-tu la donner ?

— Je serais prête à donner ma propre nourriture à n'importe quel enfant, répondit Ayla.

— Durant un moment, peut-être. La plupart des gens en feraient autant. Mais pendant combien de temps ? Si tu ne mangeais rien, tu deviendrais faible, et malade. Qui alors s'occuperait de ton enfant ?

— Jonda... commença Ayla avant de s'arrêter net et de porter la main à sa bouche.

— Eh oui.

— Mais Marthona nous viendrait en aide, Willamar aussi, et même Folara. Et l'ensemble de la Neuvième Caverne apporterait aussi son soutien ! lança la jeune femme avec force.

— C'est vrai. Marthona et Willamar donneraient un coup de main, en tout cas aussi longtemps qu'ils seraient capables de le faire. Mais tu sais que Marthona ne va pas très bien, quant à Willamar, il ne rajeunit pas. Folara va devenir la compagne d'Aldanor à l'occasion des dernières Matrimoniales de cette saison. Lorsqu'elle aura un bébé à elle, qui nourrira-t-elle en premier ?

— Jamais la situation ne se présente aussi mal, Zelandoni. Il arrive que l'on manque de certaines choses au printemps, mais l'on trouve toujours de quoi se nourrir, rétorqua Ayla.

— J'espère que ce sera toujours le cas, il n'empêche qu'une femme se sent en général plus en sécurité si elle a un compagnon pour lui venir en aide.

— Il arrive que deux femmes partagent un foyer. Dans ce cas, elles s'aident mutuellement pour leurs enfants, poursuivit Ayla, qui pensait au peuple d'Aldanor, les S'Armunaï, et à Attaroa, qui avait essayé de se débarrasser de tous les individus mâles.

— Et elles peuvent devenir compagnes l'une pour l'autre. Il est toujours préférable d'avoir quelqu'un non loin pour donner un coup de main, quelqu'un qui s'intéresse à l'autre, mais la grande majorité des femmes préfère les hommes. C'est ainsi que la Mère a créé la plupart d'entre nous, et tu nous as dit pourquoi, Ayla.

La jeune femme jeta un coup d'œil vers l'homme alité.

— Mais si tu savais que tout allait changer, Zelandoni, pourquoi as-tu laissé faire ? s'étonna Ayla. Tu es la Première. Tu aurais pu tout arrêter...

— Peut-être, pendant un temps. Mais la Mère ne t'aurait jamais rien confié si Elle n'avait pas souhaité que Ses enfants soient informés. Et une fois qu'Elle avait pris cette décision, cela devenait inévitable. Il aurait été impossible de garder le secret. Quand une vérité est prête à être dévoilée, on peut retarder sa divulgation, mais il est impossible de l'arrêter, expliqua Zelandoni.

Ayla ferma les paupières, plongée dans ses réflexions, et finit par dire, les larmes aux yeux :

— Jondalar était si... si furieux. Si violent.

— La violence est présente en lui depuis toujours, Ayla. Elle l'est chez la plupart des hommes. Tu es au courant de ce que Jondalar a fait à Madroman, et il n'était alors guère plus qu'un jeune garçon. Il a tout simplement appris à la garder sous contrôle, la plupart du temps.

— Mais il ne pouvait pas s'arrêter de le frapper. Il a failli tuer Laramar. Pourquoi ?

— Parce que c'est lui que tu avais choisi, Ayla. Tout le monde a entendu Jondalar hurler « Il est en train de faire mon bébé ! ». Tu peux être certaine qu'aucun homme n'a oublié ces mots. Mais d'ailleurs, pourquoi as-tu choisi Laramar ?

Ayla baissa la tête et des larmes coulèrent sur son visage.

— Parce que Jondalar avait choisi Marona, finit-elle par avouer, secouée de sanglots silencieux.

Les larmes qu'elle avait si longtemps contenues avaient rompu leur digue et elle était incapable d'en arrêter le flot.

— Oh, Zelandoni, j'ignorais ce qu'était la jalousie jusqu'à ce moment où je les ai vus tous les deux. Je venais de perdre mon bébé, je n'arrêtais pas de penser à Jondalar, j'avais hâte de le retrouver et peut-être de faire un nouveau bébé avec lui. Ça m'a fait si mal de le voir avec Marona, ça m'a mise tellement en colère que j'ai eu envie de le faire souffrir à son tour.

La Première prit un morceau de tissu souple, destiné à panser les plaies, et le tendit à la jeune femme pour qu'elle sèche ses yeux et son nez.

— Ensuite, il a refusé de me parler. Il ne m'a pas dit qu'il était désolé que j'aie perdu le bébé. Il ne m'a pas prise dans ses bras pour me consoler. Il ne m'a même pas touchée, pas une seule fois. Il ne m'a pas dit un mot. C'est ce qui m'a fait le plus mal : qu'il refuse de me parler. Il ne m'a même pas laissé l'occasion d'exprimer ma colère. De lui dire ce que je ressentais. Je n'étais même plus sûre qu'il m'aimait toujours... Lorsqu'il m'a vue à la fête, poursuivit-elle après avoir reniflé et séché ses pleurs, il est enfin venu me voir pour me dire qu'il voulait me parler. Il se trouve que Laramar était tout près. Je sais que Jondalar n'a aucun respect pour lui. Il n'y a pas d'homme pour qui il ressente plus d'antipathie. Il estime que Laramar traite mal sa compagne et ses enfants, mais pas seulement : que d'autres font de même à cause de lui. Je savais que si je choisissais Laramar cela rendrait Jondalar furieux, que cela le blesserait terriblement. Mais je ne me doutais pas qu'il deviendrait si brutal, qu'il essaierait de le tuer.

Zelandoni tendit les bras vers Ayla et l'attira contre elle.

— Je pensais bien qu'il s'agissait de quelque chose de ce genre, dit-elle, tapotant le dos de la jeune femme en pleurs, tout en réfléchissant à ce qu'elle venait d'entendre.

J'aurais dû être plus attentive, se dit-elle. Je savais qu'elle venait de perdre son bébé, ce qui entraîne chez toute femme qui en est victime des accès de mélancolie, et je savais que, comme à son habitude, Jondalar était incapable de maîtriser ce genre de situation. Mais Ayla me donnait l'impression d'avoir surmonté ce moment difficile. Je savais qu'elle était contrariée à propos de Jondalar, mais j'ignorais à quel point. J'aurais dû le comprendre, mais il est difficile de la jauger. J'ai été surprise qu'elle soit appelée. Je ne la croyais pas tout à fait prête, mais j'ai su qu'elle avait été appelée dès que je l'ai vue.

Je pensais qu'elle traversait une passe délicate, surtout avec la perte de son bébé, mais elle s'est toujours montrée si forte. Je n'ai pas apprécié à quel point elle était affectée jusqu'à ce que j'en parle avec Marthona. Et lorsqu'elle a fait savoir à l'ensemble de la Zelandonia qu'elle avait été appelée – ce qui m'a surprise –, j'ai compris qu'il fallait prendre des mesures sans plus attendre. J'aurais dû en parler d'abord avec elle, ce qui m'aurait permis de comprendre à quoi m'attendre, et m'aurait laissé le temps de réfléchir à toutes les implications. Il est vrai qu'il se passe tellement de choses durant ces Réunions d'Eté... Mais ça n'est pas une excuse. J'aurais dû être là pour l'aider, pour les aider tous les deux, et ça n'a pas été le cas. Je dois accepter la responsabilité d'une large part de toute cette malheureuse affaire.

Appuyée contre la douce épaule de la Première, le corps agité de sanglots et le visage baigné de ces pleurs qu'elle avait si longtemps retenus, Ayla ne cessait de penser à la question que venait de poser Zelandoni.

Pourquoi donc ai-je choisi Laramar ? Pourquoi ai-je choisi le pire représentant des hommes de la Caverne, et peut-être même de tous ceux qui participent à la Réunion d'Eté ?

Jamais je n'ai connu une Réunion aussi horrible, se dit-elle. Au lieu de m'y précipiter, j'aurais bien mieux fait de ne pas y venir du tout. Ce qui m'aurait permis de ne pas voir Jondalar et Marona ensemble. Si je ne les avais pas vus de mes yeux, si quelqu'un s'était contenté de m'en informer, cela serait mieux passé. J'aurais été furieuse, certes, mais au moins je ne les aurais pas vus.

Peut-être que c'est ce qui m'a fait choisir Laramar, ce qui m'a donné envie de faire souffrir Jondalar. Je voulais qu'il connaisse ce que j'avais moi-même ressenti. A quel stade en suis-je arrivée, pour vouloir me venger, faire du mal ? Est-ce digne d'une Zelandoni ? Si je l'aimais à ce point, pourquoi aurais-je voulu lui faire du mal ? Parce que j'étais jalouse. Je comprends maintenant pourquoi les Zelandonii s'efforcent d'enrayer ce sentiment.

La jalousie est quelque chose de terrible. Je n'avais aucun droit de me sentir si blessée. Jondalar ne faisait rien de mal. C'était son droit de choisir Marona s'il le souhaitait. Il ne rompait pas son engagement, il continuait de contribuer aux besoins du foyer, d'aider à pourvoir aux miens et à ceux de Jonayla. Il est toujours allé au-delà de ce qu'il devait faire. Il s'est sans doute plus que moi occupé de Jonayla. Je sais qu'il n'a jamais cessé de se reprocher ce qu'il avait fait subir à Madroman quand il était plus jeune. Il continue de s'en vouloir terriblement, et il doit maintenant être profondément abattu. Et puis que va-t-il lui arriver, désormais ? Quel sort lui réserve la Neuvième Caverne ? Ou la Zelandonia, ou tous les Zelandonii, pour avoir fait frôler la mort à Laramar ?

La jeune femme alla se rasseoir, s'essuya les yeux et le nez, reprit sa tasse de tisane. Zelandoni se prit à espérer que cet épanchement lui avait fait du bien, mais le cerveau d'Ayla était toujours en ébullition.

Tout est de ma faute, se disait-elle.

Elle continua de boire sa tisane désormais froide, sans se rendre compte qu'elle s'était remise à pleurer.

Laramar est grièvement blessé, il ne sera plus jamais le même, et cela à cause de moi. Jamais il ne se serait retrouvé dans cet état si je ne l'avais pas encouragé, enjôlé, en lui faisant croire que je le désirais.

Et pourtant, elle avait dû se contraindre pour en arriver là. L'idée même que ses mains sales, humides de sueur, l'avaient touchée lui faisait horreur. Elle en avait la chair de poule, des démangeaisons, se sentait couverte d'une crasse dont elle était incapable de se débarrasser alors même qu'elle s'était lavée des pieds à la tête, récurée jusqu'au sang. En outre, alors même qu'elle savait que c'était dangereux, elle avait bu une décoction de feuilles de gui et d'herbes diverses qui l'avait fait vomir et lui avait donné des crampes douloureuses, afin d'expulser tout ce qui avait peut-être été entamé. Mais rien de tout ce qu'elle avait entrepris n'avait pu lui faire oublier cette affreuse sensation de Laramar la touchant, la pénétrant.

Pourquoi avait-elle fait ça ? Pour faire souffrir Jondalar ? C'était pourtant elle qui n'avait pas daigné lui consacrer ne serait-ce qu'un peu de son temps. C'était elle qui était restée debout toutes les nuits et avait passé l'essentiel de ses journées à mémoriser les chansons, les histoires, les symboles, les mots à compter. Si elle l'aimait tant, pourquoi n'avait-elle pas trouvé de temps à lui consacrer, à lui aussi ?

Etait-ce parce qu'elle avait bien apprécié cette période de formation ? Car elle l'avait adorée, elle avait adoré apprendre toutes ces choses qu'il lui fallait connaître pour devenir Zelandoni. Toutes les connaissances qui pouvaient être révélées, et toutes celles qui devaient être tenues secrètes. Les symboles qui avaient un sens caché, ceux que l'on pouvait graver sur une pierre, peindre sur un tissu, tisser dans une natte. Elle connaissait leur signification. Tous les membres de la Zelandonia connaissaient leur signification. Elle pouvait adresser une pierre ornée de symboles à un autre Zelandoni, et la personne qui la transporterait ignorerait qu'elle pouvait avoir un sens, à la différence de son destinataire.

Et puis elle appréciait énormément toutes les cérémonies. Elle se rappelait à quel point elle avait été émue, impressionnée, durant la première, organisée dans les profondeurs de cette grotte, à laquelle elle avait assisté en la seule présence des membres de la Zelandonia. Elle savait maintenant comment les rendre inoubliables, impressionnantes. Elle avait appris tous les trucs, mais il ne s'agissait pas seulement de trucs. La réalité, souvent effrayante, était loin d'être absente. Elle savait que certains membres de la Zelandonia, les plus âgés en particulier, ne croyaient plus à grand-chose. Ils l'avaient pratiquée tant de fois qu'ils s'étaient habitués à leur propre magie. Tout le monde pouvait la mettre en œuvre, prétendaient-ils. C'était bien possible, mais assurément pas sans une formation préalable. Pas sans aide, pas sans les remèdes magiques.

Ayla se rappela soudain sa cérémonie d'initiation, lorsqu'elle avait entendu Celle Qui Etait la Première annoncer qu'elle deviendrait un jour Première. Alors, Ayla n'en avait tenu aucun compte : elle ne pouvait pas s'imaginer devenir Première, d'autant qu'elle avait un compagnon et un enfant. Comment pouvait-on être Première et avoir dans le même temps un compagnon et un enfant ? Certains membres de la Zelandonia avaient certes des enfants, mais ils étaient peu nombreux.

Tout ce qu'elle avait vraiment désiré, depuis sa plus tendre enfance, c'était avoir un compagnon et des enfants, sa famille à elle. Iza lui avait bien dit qu'elle ne pourrait jamais avoir d'enfants, son totem, le Lion des Cavernes, était trop puissant, mais elle les avait tous surpris : elle avait eu un fils. Broud aurait été furieux s'il avait su qu'en la forçant il lui avait donné la seule chose qu'elle désirait. Mais il n'y avait pas eu de Don des Plaisirs à l'époque. Broud ne l'avait pas choisie parce qu'il s'intéressait à elle. Il la détestait. S'il l'avait forcée, c'était uniquement pour lui prouver qu'il pouvait lui faire tout ce qu'il voulait, et parce qu'il savait que cela lui faisait horreur.

Et aujourd'hui, c'était elle-même qui s'était forcée. Forcée à choisir un homme qu'elle détestait pour faire du mal à un homme qu'elle aimait. Et voilà ce qu'elle avait fait à Jondalar à cause de sa jalousie : il avait failli tuer un homme par sa faute à elle. Elle ne méritait pas sa famille. Elle n'était même pas capable de prendre soin de sa famille en tant qu'acolyte, ce serait donc encore plus difficile en tant que Zelandoni à part entière. La vie de Jondalar serait plus simple sans sa présence. Peut-être vaudrait-il mieux qu'elle le laisse reprendre sa liberté, trouver une nouvelle compagne.

D'un autre côté, pouvait-elle ne serait-ce qu'envisager de ne plus être la compagne de Jondalar ? Comment vivre sans lui ? Cette seule pensée déclencha une nouvelle crise de larmes, ce qui rendit Zelandoni perplexe : Ayla avait versé tant de pleurs qu'elle pensait que la jeune femme en avait tari la source.

Comment vivre sans Jondalar ? se demandait donc Ayla. Mais comment Jondalar pourrait-il vivre avec elle désormais ? Elle n'était pas digne de lui. Elle l'avait pratiquement poussé à donner la mort, uniquement parce qu'il avait besoin de satisfaire ses désirs. Des désirs que, manifestement, elle n'avait pas été en mesure de satisfaire. Même les femmes du Clan en étaient capables, chaque fois que leurs compagnons le souhaitaient. Oui, Jondalar méritait décidément une femme meilleure qu'elle.

Mais Jonayla ? C'était sa fille, à lui aussi, et il l'aimait tant. Il s'était occupé d'elle bien plus que sa propre mère. Elle aussi méritait d'avoir une mère meilleure qu'elle. Si je romps le lien, il pourra trouver une nouvelle compagne. Il est toujours le plus bel homme... non, le plus merveilleux de toutes les Cavernes. Tout le monde en convient. Il n'aurait aucun mal à trouver une autre femme, même moins vieille que moi. Je ne suis déjà plus toute jeune et une femme moins âgée pourrait avoir plus d'enfants avec lui. Il peut même choisir... Marona... s'il le souhaite.

Ayla avait mal rien que d'y penser, mais elle voulait se flageller, et il s'agissait là de la pire des punitions qu'elle pouvait imaginer s'infliger.

Oui, c'est ce que je vais faire. Je vais rompre le lien, confier Jonayla à Jondalar et le laisser trouver une autre femme afin de fonder une famille avec elle. Quand je serai de retour à la Neuvième Caverne, je ne reviendrai pas chez moi : j'irai m'installer chez Zelandoni, ou je me ferai construire un autre foyer, ou je déménagerai pour être Zelandoni d'une autre Caverne... à condition qu'une autre Caverne veuille bien de moi. Mais peut-être vaudrait-il mieux que je m'en aille, tout simplement, et que je trouve une autre vallée où vivre toute seule.

Zelandoni regardait le visage d'Ayla refléter toutes ces émotions fugitives, mais elle avait beaucoup de mal à les déchiffrer. Cette femme a décidément quelque chose d'insondable, se disait-elle. Mais il n'y avait aucun doute : elle deviendrait Première. Zelandoni n'avait jamais oublié ce jour chez Marthona où Ayla, jeune et non formée, n'en avait pas moins pris l'ascendant mental sur elle, la Première. Ce qui l'avait secouée plus encore qu'elle ne voulait bien se l'avouer.

— Si tu te sens mieux, nous devrions y aller, Ayla... Zelandoni de la Neuvième Caverne. Il ne faut pas que nous soyons en retard à la réunion. Nous allons devoir répondre à bon nombre de questions, surtout après ce qui vient de se passer entre Jondalar et Laramar, dit Celle Qui Etait la Première parmi Ceux Qui Servent la Grande Terre Mère.

— Tu viens, Jondalar ? On doit aller à la réunion. J'ai l'intention d'y poser un certain nombre de questions, expliqua Joharran.

— Vas-y, je t'y rejoindrai, répliqua son cadet, sans faire mine de bouger de la natte sur laquelle il était assis.

— Non, Jondalar, il n'en est pas question. On m'a demandé tout spécialement de veiller à ce que tu viennes avec moi, expliqua Joharran.

— Et qui est ce « on » ?

— A ton avis ? Zelandoni et Marthona.

— Et si je ne veux pas y aller, à cette réunion ? lança Jondalar sans grande conviction.

Il se sentait affreusement malheureux et n'avait aucune envie de bouger.

— Alors je crois que je serai obligé de demander à notre ami le colosse mamutoï ici présent de t'y emmener de la même façon qu'il t'a transporté ici, répliqua son aîné en adressant à Danug un sourire sans joie.

Ils se trouvaient dans un refuge situé non loin des tentes où logeaient les familles de la Neuvième Caverne, et où s'étaient installés Danug, Druwez, Aldanor et quelques autres.

— Tu n'as pratiquement pas bougé depuis. Que tu le veuilles ou non, Jondalar, tu vas bien être obligé d'affronter les autres. Cette réunion est ouverte à tous. Personne n'abordera le problème de ta situation. Cela viendra plus tard, lorsqu'on pourra apprécier comment se remet Laramar.

— Il devrait se nettoyer un peu, intervint Solaban. Ses vêtements sont encore tout tachés de sang.

— Oui, tu as raison, approuva Joharran. As-tu l'intention de t'en occuper ou préfères-tu que quelqu'un te trempe dans l'eau ? demanda-t-il en se tournant vers son frère.

— Je m'en moque. Si tu veux qu'on me trempe, vas-y, fit Jondalar d'une voix morne.

— Jondalar, enfile une tunique propre et viens à la rivière avec moi, dit Danug, en mamutoï.

C'était une façon de faire savoir à Jondalar qu'il avait à ses côtés quelqu'un à qui il pouvait parler en privé s'il souhaitait que personne d'autre n'entende ce qu'il avait à dire, outre le fait qu'il était soulagé de parler sa propre langue plutôt que de se battre avec le vocabulaire zelandonii.

— Bien, dit Jondalar, qui se releva en poussant un profond soupir. De toute façon, tout cela n'a plus aucune importance.

De fait, il ne se souciait aucunement de ce qui risquait de lui arriver, convaincu qu'il était d'avoir perdu tout ce qui était important : sa famille, y compris Jonayla, le respect de ses amis et de son peuple, mais plus encore l'amour d'Ayla. Et il estimait avoir bien mérité de perdre tout cela.

Danug observait Jondalar, qui marchait d'un pas lourd à ses côtés, oublieux de tout ce qui l'entourait. Le jeune Mamutoï avait vu le malheur accabler les deux personnes pour lesquelles il était venu de si loin, deux êtres qu'il appréciait énormément et qui, il le savait, s'aimaient plus que tous les autres couples qu'il avait eu l'occasion de rencontrer jusqu'alors. Il aurait bien aimé trouver le moyen de leur dessiller les yeux pour qu'ils puissent découvrir ce que tout le monde savait autour d'eux, mais le fait de le leur dire ne les aiderait en rien. Il faudrait qu'ils s'en rendent compte sans intervention extérieure et, par ailleurs, ils n'étaient plus seuls en jeu : Jondalar avait grièvement blessé un homme et, sans être au fait des coutumes des Zelandonii, Danug savait que cela ne resterait pas impuni.

Zelandoni repoussa la tenture, écarta le rideau et jeta un coup d'œil rapide depuis l'issue privée bien dissimulée qui se trouvait à l'arrière du vaste local de la Zelandonia, très précisément en face de la grande entrée. Elle parcourut du regard l'espace réservé à l'assemblée, qui descendait en pente douce à flanc de colline et ouvrait sur le campement. Les participants s'y rassemblaient depuis le début de la matinée et l'endroit était désormais presque plein.

Elle avait eu raison de s'attendre à de nombreuses questions. Les gens commençaient à comprendre la signification tant de la cérémonie de la veille que de la nouvelle strophe du Chant de la Mère, mais ils n'en demeuraient pas moins dans l'incertitude : il était troublant de songer aux changements que tout cela impliquait, en particulier après ce qui venait de se passer avec Jondalar. Zelandoni jeta un nouveau coup d'œil pour s'assurer que certaines personnes étaient bien arrivées, puis attendit encore un peu pour laisser aux retardataires le temps de prendre place. Enfin, elle adressa un geste à un jeune Zelandoni qui transmit à ses semblables le signe qui voulait dire « Elle est prête », et quand tout fut au point la Première fit son apparition.

Zelandoni Qui Etait la Première était une femme dont la présence ne passait pas inaperçue, et sa stature majestueuse, tant par sa taille que par sa masse, lui donnait une allure à nulle autre pareille. Elle maîtrisait par ailleurs un vaste répertoire de techniques, de tactiques et de trucs divers qui lui permettait de garder les participants aux rassemblements comme celui-là concentrés sur les points qu'elle souhaitait mettre en avant, et elle n'hésitait pas à user de tout son savoir-faire, donné et acquis, pour faire passer sa confiance, son assurance, à la foule qui la fixait avec une telle intensité.

Sachant que les gens ne craignaient pas de s'exprimer très directement, elle annonça que, les participants étant fort nombreux, la meilleure solution pour que les échanges se passent dans de bonnes conditions consistait à laisser les responsables des Cavernes, ou des membres choisis par chacune des familles présentes, poser les questions. Cela étant, si quelqu'un ressentait vivement le besoin de dire quelque chose, la personne en question ne devait pas hésiter à intervenir.

Joharran posa la première question, soulevant un point que chacun des participants souhaitait voir clarifier au plus vite :

— C'est à propos de cette nouvelle strophe : si j'ai bien compris, elle signifie que Jaradal et Sethona sont mes enfants, et pas uniquement ceux de Proleva...

— Exactement, répondit la Première. Jaradal est ton fils, et Sethona est ta fille, Joharran, autant qu'ils sont le fils et la fille de Proleva.

— Et c'est le Don du Plaisir accordé par la Grande Terre Mère qui fait que la vie commence à l'intérieur d'une femme ? intervint Brameval, le chef de la Quatorzième Caverne.

— Le Don que nous a fait Doni n'est pas seulement celui du Plaisir. C'est également le Don de la Vie.

— Mais les Plaisirs sont souvent partagés, et les femmes ne tombent pas si souvent enceintes ! lança un autre intervenant, incapable d'attendre plus longtemps.

— C'est la Grande Terre Mère qui décide, au bout du compte. Doni n'a pas cédé tout Son savoir, toutes Ses prérogatives. C'est toujours Elle qui décide quand une femme se verra gratifier d'une vie nouvelle, expliqua la Première.

— Mais alors quelle est la différence entre l'utilisation par un homme de son esprit et celle de l'essence de son organe pour concevoir un bébé ? interrogea Brameval.

— C'est très clair. Si une femme ne partage jamais les Plaisirs avec un homme, elle n'aura jamais d'enfant. Elle ne pourra pas se contenter d'espérer qu'un jour la Mère choisisse l'esprit d'un homme pour l'en gratifier. Une femme doit absolument honorer la Mère en partageant le Don des Plaisirs. L'homme doit libérer son essence à l'intérieur de son corps, afin qu'elle se mélange avec celle de la femme, exposa la Première.

— Certaines femmes ne tombent jamais enceintes, fit valoir Tormaden, le chef de la Dix-Neuvième Caverne.

— Oui, c'est exact. Je n'ai jamais eu d'enfant. J'ai pourtant honoré la Mère à de nombreuses reprises, mais je ne suis jamais tombée enceinte. J'en ignore la raison, avoua la Première. Peut-être la Mère a-t-Elle choisi de m'assigner un but différent. Je sais que j'aurais eu beaucoup de mal à servir la Mère comme je l'ai fait si j'avais eu un compagnon et des enfants. Ce qui ne veut pas dire que les membres de la Zelandonia ne doivent en aucun cas avoir d'enfants. Certains en ont et continuent de bien La servir, même s'il semble plus facile à un homme qu'à une femme de la Zelandonia d'avoir des enfants à son foyer : un homme n'a pas à porter l'enfant, à lui donner naissance ni à lui donner le sein. Certaines femmes sont en mesure de remplir ces deux tâches, de mère et de Zelandoni, en particulier si leur vocation est forte, mais à la condition qu'elles aient des compagnons et des familles qui sachent les entourer d'une grande affection et qui soient en mesure de leur apporter leur aide.

La Première remarqua que plusieurs personnes regardaient du côté de Jondalar, assis avec les visiteurs mamutoï un peu en amont de la Neuvième Caverne, et non à côté de la femme qui était sa compagne. Ayla, qui tenait Jonayla sur ses genoux, était pour sa part assise à côté de Marthona, le loup se tenant entre elles deux, dans les premiers rangs de l'assistance. Elle se trouvait près du groupe de la Neuvième Caverne, mais également à proximité des membres de la Zelandonia. La plupart des participants étaient persuadés que la vocation d'Ayla, du fait de sa maîtrise des animaux et de ses dons de guérisseuse, devait être singulièrement profonde, avant même qu'elle devienne acolyte, et jusqu'à cet été, quand tous ses ennuis avaient commencé, tout le monde savait à quel point Jondalar s'était bien occupé d'elle. Nombreux étaient ceux qui pensaient que c'était Marona, assise avec sa cousine, Wylopa, et plusieurs de ses amis de la Cinquième Caverne, qui était à l'origine de leurs problèmes, mais la situation s'était considérablement aggravée depuis lors : même si la rumeur selon laquelle Laramar avait repris conscience s'était largement répandue, seuls les membres de la Zelandonia, dans le local desquels le blessé tentait de se remettre, étaient au courant de la gravité de son état.

— Ma compagne partage le Don des Plaisirs avec d'autres hommes, pas seulement avec moi, lors des Fêtes de la Mère et des autres cérémonies en Son honneur, intervint un homme dans l'assistance.

Bon, on en vient aux questions un peu plus délicates, songea Zelandoni.

— Les Fêtes et les Cérémonies ont lieu pour des motifs sacrés, répondit-elle. Et le Partage des Plaisirs est un acte sacré, qui honore la Grande Terre Mère. Si un enfant est conçu à ce moment-là, c'est avec Son assentiment, et l'enfant en question peut être considéré comme une faveur qu'Elle accorde. Ne l'oubliez surtout pas : Doni choisit toujours quand une femme devient grosse.

Un brouhaha de commentaires divers parcourut l'assistance. Kareja, le chef de la Onzième Caverne, se leva alors pour prendre la parole.

— Willadan m'a demandé de poser une question pour lui, mais j'estime préférable qu'il s'en charge lui-même, dit-il.

— Si tu le penses, il doit en effet la poser, approuva Zelandoni.

— Ma compagne est devenue doniate un été après que nous avons noué le lien, commença l'homme. Devant son incapacité à concevoir un bébé, elle a voulu faire une offrande pour honorer la Mère et L'encourager à lui permettre d'en concevoir un. Cela a semblé-t-il bien fonctionné. Elle a eu un enfant après cela, suivi depuis de trois autres. Mais j'en viens maintenant à me poser la question : est-ce que l'un ou l'autre de ces enfants vient bien de moi ?

Cette fois, il va falloir jouer finement, se dit la Première.

— Tous les enfants auxquels ta compagne a donné naissance sont les tiens, répondit-elle.

— Mais comment puis-je savoir qu'ils ont été conçus par moi et pas par un autre homme ?

— Dis-moi, Willadan, quel âge a ton premier-né ?

— Il compte douze années. C'est presque un homme maintenant, répondit l'intéressé, d'une voix emplie de fierté.

— T'es-tu réjoui quand ta compagne a été enceinte de lui, et quand il est né ?

— Oui. Nous souhaitions des enfants à notre foyer.
— Donc, tu l'aimes.
— Bien sûr que je l'aime.
— L'aimerais-tu encore plus si tu savais avec certitude que c'est ton essence qui l'a conçu ?
— Non, bien sûr que non, répondit l'homme en fronçant les sourcils, après avoir jeté un coup d'œil à son fils.
— Si tu savais que c'est ton essence qui a conçu tes autres enfants, les aimerais-tu plus ?
— Non, répondit Willadan après avoir réfléchi un moment aux implications de la question que la Première venait de lui poser. Je ne pourrais sûrement pas les aimer plus.
— En ce cas, cela fait-il une différence si l'essence qui les a conçus est venue de toi ou de quelqu'un d'autre ? demanda Zelandoni qui, voyant les rides qui barraient le front de son interlocuteur se creuser de plus en plus, n'en décida pas moins de poursuivre : Je n'ai jamais été enceinte, je n'ai jamais conçu d'enfant, même si, à une époque, j'en désirais un, plus qu'on ne peut se l'imaginer. Je suis satisfaite désormais, je sais que la Mère a choisi ce qui était le mieux pour moi. Mais il est fort possible, Willadan, que tu aies partagé le même sort que le mien. Peut-être que, pour une raison connue de Doni, et d'Elle seule, ton essence n'a pas pu concevoir un bébé avec ta compagne à ce moment-là. Mais la Grande Terre Mère, dans Sa grande sagesse, vous a accordé à toi et à ta compagne les enfants que vous désiriez. Même si ce n'était pas toi qui les avais conçus, serais-tu prêt à les rendre si tu découvrais le nom de l'homme qui aurait pu, lui, les concevoir ?
— Non. J'ai pourvu à leurs besoins depuis leur naissance, répondit Willadan.
— Exactement. Tu t'es occupé d'eux avec amour, ce sont les enfants de ton foyer, ce qui veut dire que ce sont *tes* enfants, Willadan.
— Ce sont en effet les enfants de mon foyer, mais tu as dit « même si » ce n'est pas moi qui les ai conçus. Est-ce que tu veux dire qu'ils auraient pu l'être par mon essence ? demanda l'homme non sans une certaine mélancolie.
— Il est fort possible que l'honneur que ta compagne a rendu à la Mère ait été accepté comme une offrande suffisante, et qu'Elle a permis à ton essence de les concevoir tous. Il est impossible de le savoir. Mais dis-moi, Willadan, si tu ne peux les aimer plus que tu ne le fais, quelle différence cela fait-il ?
— Eh bien... aucune, j'imagine.
— Il se peut qu'ils aient été conçus par ton essence comme il est possible que ça n'ait pas été le cas, poursuivit Zelandoni, mais ils seront toujours beaucoup plus que les enfants de ton foyer. Ce sont *tes* enfants.
— Pourrons-nous un jour en être sûrs ?

— Je l'ignore. Dans le cas d'une femme, c'est l'évidence même : elle est grosse ou elle ne l'est pas. Dans le cas d'un homme, ses enfants sont toujours les enfants de sa compagne. Il en a toujours été ainsi. Rien n'a changé. Aucun homme ne peut être certain de l'identité de celui qui a conçu les enfants de son foyer.

— Jondalar le peut, lui, fit une voix dans l'assistance.

Tout le monde se figea et se tourna vers l'homme qui venait d'intervenir. Il s'agissait de Jalodan, un jeune homme membre de la Troisième Caverne. Il était assis à côté de l'amie de Folara, Galeya, avec qui il avait noué le lien deux ans plus tôt. L'attention soudaine qu'il s'était attirée, y compris le regard sévère de Zelandoni, le fit rougir sensiblement.

— Mais si, il le peut, insista-t-il, sur la défensive. Tout le monde ici sait qu'Ayla n'a jamais choisi personne d'autre que lui, jusqu'à hier soir en tout cas. Si les enfants sont conçus à partir de l'essence de l'organe d'un homme, et qu'Ayla n'a jamais partagé les Plaisirs avec quelqu'un d'autre que Jondalar, alors l'enfant de son foyer est forcément le sien, il vient forcément de son essence. C'est pour cela qu'il s'est battu, la nuit dernière, non ? Il n'arrêtait pas de crier : « Il est en train de faire mon bébé ! » chaque fois qu'il tapait sur Laramar.

Toute l'attention s'était désormais reportée sur Jondalar, qui ne savait plus où se mettre sous le poids de tous ces regards insistants. Certains regards se portèrent sur Ayla, mais celle-ci demeurait immobile, bien droite sur son siège, les yeux baissés.

Joharran se leva brusquement.

— Jondalar ne se maîtrisait plus. Il s'est laissé aller à boire plus que de mesure, ce qui lui a brouillé la cervelle, dit-il d'un ton où perçaient à la fois le sarcasme et l'exaspération.

Il y eut des sourires et des ricanements dans l'assistance.

— Je suis prêt à parier que sa tête était encore tout embrumée lorsque le soleil s'est levé ! lança un autre homme, jeune lui aussi, non sans laisser percer une certaine admiration, comme s'il trouvait plutôt louable le comportement violent de Jondalar.

— Dans la mesure où Jondalar et Laramar sont tous deux de la Neuvième Caverne, cette affaire sera réglée par la Neuvième Caverne. Ceci n'est pas le lieu adéquat pour discuter des actes de Jondalar, ajouta Joharran pour essayer de mettre un terme au débat.

Il avait cru entendre une certaine approbation dans la voix de nombreux jeunes hommes, et voir l'un ou l'autre imiter la conduite de son frère était bien la dernière chose qu'il souhaitait.

— Avec cette différence, Jemoral, que j'ai bien peur que Jondalar ne souffre de beaucoup plus que d'un gros mal de tête, intervint Zelandoni. Cette affaire ne restera pas sans suites, et des suites sérieuses, tu peux en être sûr.

Il était difficile de reconnaître tous les participants à la réunion, mais elle s'y efforçait. Les vêtements donnaient toujours des indications précieuses, de même que les bracelets, ceintures, colliers et autres colifichets. Le jeune homme qui venait de s'exprimer était membre de la Cinquième Caverne et parent de son Zelandoni. Lui et ses semblables avaient tendance à se vêtir de façon un peu voyante et portaient de nombreux bijoux, dans la fabrication et le commerce desquels ils étaient passés maîtres. Il était assis dans les premiers rangs, ce qui avait permis à la Première de le voir assez précisément pour le reconnaître.

— Mais je crois comprendre ce qu'il a ressenti, insista Jemoral. Quel comportement dois-je adopter si je veux que l'enfant de ma compagne vienne de moi ?

— Oui, intervint un autre. C'est une bonne question.

— Et si je désire que les enfants de mon foyer soient les miens ? lança un autre.

Zelandoni attendit que le brouhaha s'apaise un peu, embrassant l'assistance du regard pour constater que la plupart des commentaires émanaient de la Cinquième Caverne. Elle fixa alors le groupe tout entier d'un regard sévère.

— Tu veux que les enfants de ton foyer soient les tiens, Jemoral ? lança-t-elle, regardant le jeune homme droit dans les yeux. Tu veux donc qu'ils t'appartiennent, comme t'appartiennent tes vêtements, tes outils, tes bijoux ?

— N... non. Je... je n'ai pas voulu dire ça, bredouilla Jemoral.

— Je suis ravie de l'entendre, car les enfants ne peuvent pas appartenir à quelqu'un. Ni à toi ni à ta compagne. Ils n'appartiennent à personne. Si nous avons des enfants, c'est pour les aimer, nous occuper d'eux, pourvoir à leurs besoins, leur apprendre des choses, comme la Mère le fait pour nous, et cela dans tous les cas, qu'ils proviennent de ton essence ou de celle d'un autre homme. Nous sommes tous les enfants de la Grande Terre Mère, et nous recevons Son enseignement. Rappelle-toi cette strophe du Chant de la Mère :

> *Femme et Homme la Mère enfanta*
> *Et pour demeure Elle leur donna la Terre,*
> *Ainsi que l'eau, le sol, toute la création,*
> *Pour qu'ils s'en servent avec discernement.*
> *Ils pouvaient en user, jamais en abuser.*

Plusieurs membres de la Zelandonia reprirent avec la Première le dernier vers, et tous poursuivirent :

> *Aux Enfants de la Terre, la Mère accorda*
> *Le Don de Survivre, puis Elle décida*
> *De leur offrir celui des Plaisirs,*
> *Qui honore la Mère par la joie de l'union.*
> *Les Dons sont mérités quand la Mère est honorée.*

— Elle pourvoit à nos besoins, veille sur nous, nous prodigue Son enseignement ; et en retour de Ses dons, nous L'honorons, poursuivit la Première. Le Don de la Connaissance de la Vie accordé par Doni ne l'a pas été pour te permettre d'être le propriétaire des enfants nés à ton foyer, et de prétendre qu'ils t'appartiennent. Elle nous l'a accordé afin que nous sachions que les femmes ne sont pas les seules à en avoir été gratifiées. Les hommes ont un rôle qui est aussi important que celui des femmes. Ils ne sont pas là juste pour pourvoir à leurs besoins et pour leur venir en aide, ils leur sont indispensables. Sans les hommes, il n'y aurait pas d'enfants. Cela ne te suffit-il pas ? Tes enfants doivent-ils absolument être les tiens ? Dois-tu en être propriétaire ?

Les jeunes hommes du groupe échangèrent des coups d'œil penauds, mais Zelandoni n'était pas certaine qu'ils aient vraiment compris la leçon. Une jeune femme prit alors la parole :

— Et avant ? Nous connaissons nos mères et nos grand-mères. Je suis la fille de ma mère, mais qu'en est-il des hommes ?

Le visage de l'intervenante n'évoqua rien sur le coup à Zelandoni mais, par réflexe, l'esprit acéré de la Première se mit en branle pour la situer. Elle était assise avec le groupe de la Vingt-Troisième Caverne et tant les motifs que la coupe de sa tunique indiquaient qu'elle en était membre et se tenait au milieu de ses amis. Bien que sa tenue la désignât comme une femme et non comme une fille, elle n'en était pas moins à l'évidence très jeune. Elle venait sans doute de subir ses Premiers Rites, estima la doniate. Pour prendre ainsi la parole à un âge aussi tendre au milieu d'une foule importante, il fallait qu'elle soit téméraire et pleine d'impétuosité, ou courageuse et habituée à se trouver en compagnie de gens n'hésitant pas à s'exprimer librement, ce qui sous-entendait un comportement de chef. Le chef de la Vingt-Troisième Caverne était une femme du nom de Dinara. Zelandoni se souvint alors que la fille aînée de cette dernière faisait partie des jeunes filles ayant subi leurs Premiers Rites cette année, et elle remarqua que Dinara souriait à la jeune femme. C'est alors que le nom de celle-ci lui revint en mémoire.

— Rien n'a changé, Diresa, dit la Première. Les enfants ont toujours été le résultat de l'union d'un homme et d'une femme. Ce n'est pas parce que nous l'ignorions jusqu'à présent que ça n'a pas toujours été le cas. Doni a tout simplement choisi de nous le faire savoir maintenant. Elle a dû estimer que nous étions prêts à recevoir cette nouvelle. Sais-tu qui était le compagnon de ta mère quand tu es née ?

— Bien sûr, tout le monde le sait. C'est Joncoran, répondit la jeune femme.

— Eh bien alors, Joncoran est ton père, dit Zelandoni, qui avait attendu l'occasion favorable pour annoncer le mot qui avait été choisi. « Père » est le nom que l'on donne à l'homme qui a des enfants. Pour qu'une vie commence, un homme est indispensable, ce n'est certes pas lui qui porte le bébé dans son ventre, qui lui donne naissance ou qui l'allaite, mais il est capable de l'aimer autant que sa mère. C'est un *père*. Ce mot a été choisi pour indiquer que si les femmes sont gratifiées par Doni les hommes peuvent désormais se considérer comme Ses préférés.

Cette révélation suscita une vive animation dans l'assistance. Au beau milieu de la foule, Ayla entendit ce nouveau mot répété à de nombreuses reprises, comme si les gens le testaient, s'efforçaient de s'y accoutumer. Zelandoni attendit une fois de plus que le brouhaha se calme un peu.

— Donc toi, Diresa, tu es la fille de ta mère, Dinara, et tu es la fille de ton père, Joncoran. Ta mère a des fils et des filles, tout comme ton père. Ces enfants peuvent l'appeler « père » tout comme ils appellent « mère » celle qui leur a donné naissance.

— Et si l'homme qui s'est accouplé avec ma mère et m'a conçu n'était pas celui qu'elle a pris pour compagnon ? demanda Jemoral, le jeune homme de la Cinquième Caverne.

— L'homme qui est le compagnon de ta mère, celui qui est l'homme de ton foyer, est ton père, répondit Zelandoni sans l'ombre d'une hésitation.

— Mais s'il ne m'a pas conçu, comment peut-il être mon père ? insista Jemoral.

Ce jeune homme va être la source de bien des ennuis, se dit Celle Qui Etait la Première.

— Tu ne peux savoir avec certitude qui t'a conçu, mais tu connais l'homme qui vit avec toi et ta mère. C'est plus que probablement lui qui t'a engendré. Si tu n'as aucune certitude quant à l'existence d'un autre homme, c'est probablement parce que celui-ci n'existe pas, et il est inutile de qualifier une relation qui n'a pas d'existence. Le compagnon de ta mère est celui qui s'est engagé à pourvoir à tes besoins. C'est lui qui s'est occupé de toi, t'a entouré de son amour, a aidé à t'élever. Ce n'est pas l'accouplement, ce sont les soins dont il t'a entouré qui font de cet homme ton père. Si l'homme dont ta mère est la compagne était mort, et si elle était devenue la compagne d'un autre, qui t'aurait entouré d'autant de soins et d'amour, l'en aimerais-tu moins ?

— Mais lequel serait mon vrai père ?

— Tu peux toujours appeler « père » l'homme qui pourvoit à tes besoins. Quand tu énumères tes relations, dans une présentation officielle, ton père est l'homme qui était le compagnon de ta mère lorsque tu es né, l'homme de ton foyer. Si celui qui pourvoit à tes besoins n'est pas celui qui était là quand tu es né, tu pourras le désigner comme ton « second père », afin d'établir une distinction entre les deux si c'est nécessaire, expliqua Zelandoni, qui ne regrettait pas d'avoir consacré une nuit d'insomnie à réfléchir à toutes les ramifications en termes de parentèle que cette nouvelle révélation allait entraîner.

Mais la Première avait une autre annonce à faire :

— Le moment est peut-être bien choisi pour soulever un autre problème que je me dois de mentionner : la Zelandonia a estimé que les hommes devaient être inclus dans certains des rituels, certains des usages associés à l'arrivée d'un nouveau bébé, et ce afin qu'ils comprennent et apprécient mieux le rôle qui est le leur dans la création d'une vie nouvelle. Or donc, à partir de ce jour, les hommes choisiront le nom des enfants mâles nés à leur foyer ; quant aux femmes, elles continueront bien sûr à choisir celui des filles.

Cette déclaration reçut un accueil mitigé : les hommes eurent l'air surpris, mais certains d'entre eux se prirent à sourire. A leur expression, Zelandoni constata en revanche que certaines des femmes n'étaient pas prêtes à abandonner cette prérogative consistant à donner leur nom à tous leurs enfants. Personne ne semblait avoir envie d'en faire une affaire sur le moment, et aucune question ne fut posée, mais la Première comprit que le problème n'était pas réglé : il y aurait des suites, elle en avait la certitude.

— Et que dire des enfants nés de femmes qui n'ont pas de compagnon ? demanda une femme d'apparence très jeune qui n'en tenait pas moins un bébé dans ses bras.

Deuxième Caverne, se dit Zelandoni au vu de ses vêtements et de ses bijoux. Etait-ce un enfant fruit des Premiers Rites de l'été précédent ?

— Les femmes qui donnent la vie avant de trouver un compagnon sont gratifiées par la Mère, comme celles qui sentent une nouvelle vie grandir en elles au moment où elles en prennent un. Une femme gratifiée d'un enfant apporte la démonstration qu'elle est capable de porter un bébé sain et d'en accoucher, et elle est souvent choisie pour en être de nouveau gratifiée par la suite. Jusqu'à ce qu'elle noue le lien, c'est sa famille, ou sa Caverne, qui pourvoit aux besoins de ses enfants, dont le « père » est Lumi, le compagnon de Doni, la Grande Terre Mère. Rien n'a vraiment changé, Shaleda, dit-elle en souriant à la jeune femme, dont le nom venait de lui revenir. La Caverne pourvoit toujours aux besoins d'une femme qui a des enfants mais pas de compagnon, que ce dernier soit passé dans le Monde d'Après ou qu'elle ne l'ait pas encore choisi. Mais sache que la plupart des hommes trouvent fort désirable une jeune femme qui a déjà un bébé. La plupart du temps, celle-ci ne tarde pas à trouver un compagnon, car elle apporte aussitôt dans le foyer de cet homme un enfant qui fait d'emblée partie des favoris de Doni. L'homme en question devient bien sûr le père de cet enfant, expliqua la Première, qui vit l'adolescente, tout juste sortie de l'enfance, jeter un timide coup d'œil à un jeune homme de la Troisième Caverne qui la regardait avec une adoration éperdue.

— Mais qu'en est-il de l'homme qui est réellement le père ? retentit la voix désormais familière du jeune homme de la Cinquième Caverne qui avait déjà posé plusieurs questions. Celui-ci n'est-il pas l'homme dont l'essence a de fait conçu le bébé ?

Zelandoni remarqua qu'il regardait cette même jeune femme qui, tenant son bébé, était tournée vers un autre homme.

Ah, je comprends, maintenant, se dit la doniate. Cet enfant n'est sans doute pas un fruit des Premiers Rites, mais d'une première passion. Elle était un peu surprise par la facilité avec laquelle elle avait formé l'idée que la conception d'un enfant était provoquée par l'accouplement d'un homme et d'une femme. Tout cela semblait s'ajuster si logiquement maintenant.

Ayla avait remarqué elle aussi le jeune homme de la Cinquième Caverne, ainsi que le manège entre la jeune femme et les deux hommes. Pense-t-il que c'est lui qui a conçu le bébé ? se demanda-t-elle. Et se peut-il qu'il soit jaloux ?

Elle se rendait compte qu'elle connaissait désormais intimement non seulement l'existence de ce sentiment, mais aussi les conséquences extrêmes qui pouvaient en découler.

Je ne pensais pas que ce Don de la Connaissance accordé par la Grande Terre Mère aurait tant d'implications compliquées, se dit-elle in petto. Je ne suis pas sûre du tout que ce soit un cadeau si merveilleux.

— Si une femme qui a un enfant n'a pas encore eu de compagnon, dans ce cas celui avec qui elle noue le lien, qui promet de s'occuper de l'enfant et de pourvoir à ses besoins, devient le père du bébé, poursuivait Zelandoni. Bien sûr, si celle-ci choisit non pas un mais deux compagnons, ceux-ci partagent le titre de « père » à égalité.

— Mais une femme n'est pas obligée de prendre pour compagnon quelqu'un qu'elle ne choisit pas ? interrogea la même jeune femme.

La Première remarqua que le Zelandoni de la Cinquième Caverne était en train de rejoindre l'endroit où était rassemblé son groupe, en amont.

— Bien sûr, répondit-elle. Cela a toujours été le cas, et rien n'a changé.

Voyant que le doniate était allé s'asseoir à côté du jeune homme qui avait posé toutes ces questions, elle se tourna vers une autre partie de l'assemblée.

— Quel nom donner au père de mon père ? interrogea un membre de la Onzième Caverne.

Zelandoni poussa un discret soupir de soulagement. Celle-là était facile...

— La mère d'une mère, mais aussi d'un père, est une grand-mère, le père d'un père, mais aussi d'une mère, un grand-père. Lors des présentations de vos liens, il vous faudra donc préciser : « Ma grand-mère du côté de mon père », « Mon grand-père du côté de ma mère », par exemple.

— Et si on ne sait pas de qui vient l'essence qui a conçu sa mère ? s'enquit le chef de la Cinquième Caverne. Et s'ils passent dans le Monde d'Après, comment désigner les liens ?

— Si tu connais l'homme qui était le compagnon de la mère de ta mère, tu l'appelleras ton grand-père. Même chose pour ce qui concerne ton père. Même s'il se trouve dans le Monde d'Après, ton père aura été conçu par un homme qui se sera accouplé avec sa mère, tout comme ta mère aura été conçue par un homme qui aura déversé l'essence de son organe dans le corps de sa mère, expliqua très précisément Zelandoni.

— NON ! Nooooon ! s'écria quelqu'un dans l'assistance. Je ne peux pas y croire ! Elle l'a fait, une fois de plus. Elle m'a encore trahi, juste au moment où je recommençais à lui faire confiance !

Tout le monde se tourna vers l'intervenant : un homme qui s'était levé, dans les tout derniers rangs du groupe imposant de la Neuvième Caverne.

— C'est un mensonge ! Tout cela n'est que mensonge ! Cette femme essaie de vous tromper ! hurla-t-il en montrant Ayla du doigt. Jamais la Mère n'aurait pu lui dire ça ! C'est une menteuse, une malfaisante !

S'abritant les yeux de la main, Ayla releva la tête et reconnut Brukeval.

Brukeval ? Pourquoi crie-t-il ainsi après moi ? se demanda-t-elle. Je ne comprends pas. Que lui ai-je donc fait ?

— J'ai été conçu par l'esprit d'un homme qui a été choisi par la Grande Terre Mère pour s'unir à celui de ma mère, proféra Brukeval. Ma mère, elle, a été conçue par l'esprit d'un homme qui a été choisi par Doni pour s'unir à celui de sa mère à elle. Elle n'a pas été conçue par l'organe d'un animal, par l'essence d'un organe, quel qu'il soit. Je suis un homme, non une Tête Plate ! Je ne suis pas une Tête Plate !

Incapable de poursuivre plus longtemps sur une note aussi aiguë, la voix de Brukeval se brisa sur ces derniers mots et sa plainte s'acheva sur un sanglot déchirant.

38

Brukeval dévala alors la colline, traversa le petit champ et continua de courir à toutes jambes, quittant le site du campement sans jamais regarder en arrière. Plusieurs hommes, la plupart, dont Jondalar et Joharran, de la Neuvième Caverne se lancèrent à sa poursuite en espérant que lorsqu'il serait hors d'haleine ils pourraient lui parler, le calmer, le convaincre de réintégrer l'assemblée. Mais le fuyard courait comme si tous les esprits des morts étaient à ses trousses. Malgré toute l'horreur qu'il en avait, il avait hérité de l'endurance et de la vigueur de l'homme du Clan qu'était son grand-père. Même si au début ses poursuivants couraient plus vite et commençaient à le rattraper, ils n'avaient pas sa résistance et furent incapables de maintenir le rythme qu'il leur imposait.

Ils finirent par s'arrêter, haletants, courbés en deux, certains s'agenouillant ou s'allongeant par terre, s'efforçant de reprendre leur souffle, la gorge sèche, se tenant les côtes.

— J'aurais dû a... aller chercher... Rapide, souffla Jondalar, qui avait du mal à parler. Il n'aurait tout de même pas... battu un cheval à la course...

Ils revinrent en traînant les pieds vers le lieu de l'assemblée, pour trouver une assistance en pleine confusion : tout le monde s'était levé, et discutait par petits groupes. Peu désireuse de voir la réunion s'achever de cette façon, Zelandoni avait annoncé une pause en attendant le retour des hommes qui s'étaient lancés à la poursuite de Brukeval, en espérant que celui-ci serait du nombre. Lorsqu'elle constata que ce n'était pas le cas, elle décida d'en finir sans délai :

— Il est regrettable que Brukeval, de la Neuvième Caverne des Zelandonii, éprouve le sentiment qui est le sien. Sa susceptibilité concernant ses origines est bien connue, mais personne ne sait avec certitude ce qui est vraiment arrivé à sa grand-mère. Tout ce que nous savons c'est qu'elle s'est perdue pendant un certain temps, qu'elle a fini par retrouver son foyer et que par la suite elle a donné naissance à la mère de Brukeval. Toute personne s'étant égarée pendant un laps de temps aussi long ne pouvait qu'avoir enduré bien des choses pénibles durant cette épreuve et, de fait, la grand-mère de Brukeval avait l'esprit dérangé lorsqu'elle est réapparue. Les craintes qui l'agitaient en permanence étaient si fortes que personne ne pouvait croire, ni même comprendre, l'essentiel de ce qu'elle racontait.

« Sans doute du fait de ce qu'elle avait subi, la fille qu'elle mit au monde était frêle, et lorsque celle-ci fut en âge d'être enceinte à son tour sa grossesse puis la naissance de Brukeval ont été si dures pour elle qu'elle en est morte. Il est probable que, tant dans sa stature que dans son apparence, Brukeval porte les marques de la grossesse difficile de sa mère, même s'il est heureux qu'il soit devenu fort et en bonne santé. Je crois que Brukeval a entièrement raison lorsqu'il affirme qu'il est un homme. C'est un Zelandonii de la Neuvième Caverne, un homme bon, qui a beaucoup à apporter. Je suis certaine qu'il décidera de revenir vers nous, parmi nous, une fois qu'il aura pris le temps de réfléchir, et je sais que la Neuvième Caverne l'accueillera comme il le mérite, à son retour, dit Celle Qui Etait la Première, avant de poursuivre : Je pense qu'il est temps de conclure cette réunion. Nous avons soulevé bon nombre de sujets qui méritent réflexion, et vous pourrez tous poursuivre avec vos Zelandonia la discussion que nous avons entamée ici.

Tandis que les participants se levaient pour quitter les lieux, la Première s'adressa au chef de la Cinquième Caverne :

— La Cinquième Caverne peut-elle rester encore un peu et me rejoindre ici, près de l'abri ? demanda-t-elle. Je souhaite vous entretenir d'une affaire importante qui vous concerne.

Autant en terminer avec cette désagréable corvée pendant que j'y suis, se dit-elle.

La réunion ne s'était pas du tout déroulée comme elle l'avait souhaité. La rixe avec Jondalar la veille au soir avait d'emblée créé une mauvaise ambiance, et l'assemblée s'était séparée sur un sentiment de malaise provoqué par le départ abrupt de Brukeval.

— Je suis navrée de devoir vous imposer cela... commença la Première en s'adressant au groupe d'hommes et de femmes de tous âges qui constituaient la Cinquième Caverne.

Madroman en était, ainsi que son Zelandoni. La Première saisit un sac qui se trouvait sur une table à l'arrière de l'abri, et se tourna pour faire face à l'acolyte.

— Est-ce que ceci te dit quelque chose, Madroman ? demanda-t-elle.

Celui-ci regarda le sac, pâlit puis regarda autour de lui, visiblement inquiet et sur ses gardes.

— C'est à toi, n'est-ce pas ? Ce sac porte des marques.

Plusieurs membres de l'assistance hochèrent la tête. Tout le monde savait que l'objet lui appartenait. Il était parfaitement reconnaissable et Madroman ne s'en séparait presque jamais.

— Où l'as-tu trouvé ? demanda-t-il.

— Ayla l'a déniché tout au fond des Rochers de la Fontaine, après que tu y as été appelé, répondit la Première d'une voix lourde de sarcasmes.

— J'aurais dû deviner que c'était elle, marmonna Madroman.

— Elle ne cherchait rien. Elle était assise par terre près de la grande niche ronde, tout au fond, et a mis la main dessus tout à fait par hasard, à un endroit bien caché, en bas d'une paroi. Elle a cru que quelqu'un l'avait oublié et a voulu le lui rendre, expliqua Zelandoni.

— Pourquoi aurait-elle pensé que quelqu'un l'avait oublié s'il était caché ? rétorqua Madroman, estimant à l'évidence qu'il était désormais inutile de feindre l'ignorance.

— Parce qu'elle avait l'esprit embrumé. Elle venait de perdre son bébé, et elle avait côtoyé la mort de très près dans cette grotte, expliqua la Première.

— Qu'est-ce que c'est que cette histoire ? s'enquit le chef de la Caverne.

— Madroman est acolyte depuis longtemps. Il désirait vivement rejoindre les rangs de la Zelandonia et s'est lassé d'attendre son appel...

Elle vida le sac sur la table, laissant apparaître les restes de nourriture, l'outre, la lampe et le matériel servant à faire le feu, ainsi que le manteau.

— Il a caché tout cela dans la grotte, puis a prétendu qu'il avait entendu l'appel. Après quoi il est resté enfermé à l'intérieur un peu plus de deux jours, avec de la nourriture, de l'eau, de quoi s'éclairer et même quelque chose pour se protéger du froid. Puis il a fait semblant d'être sonné et désorienté et a prétendu qu'il était prêt.

— Tu veux dire qu'il a menti, pour son appel ?

— Oui. Absolument.

— Si elle n'avait pas été là, jamais tu ne l'aurais su ! cracha Madroman.

— Tu te trompes, Madroman, répliqua Zelandoni. Nous le savions. Ceci n'a fait que le confirmer. Qu'est-ce qui te fait croire que tu peux abuser la Zelandonia ? Nous avons tous subi les épreuves. Crois-tu que nous sommes incapables de faire la différence ?

— Dans ce cas, pourquoi n'as-tu rien dit jusqu'à aujourd'hui ?

— Certains d'entre nous souhaitaient te laisser toutes tes chances. D'autres pensaient, ou espéraient, que ça n'était pas intentionnel de ta part. Ils voulaient avoir la certitude que tu ne t'étais pas abusé toi-même dans ton désir si vif de devenir l'un de Ses serviteurs... jusqu'à ce qu'Ayla nous apporte ce sac. Tu n'aurais pas pu devenir Zelandoni, en aucun cas, mais tu aurais pu demeurer acolyte, Madroman. Dorénavant, ça n'est plus possible. La Grande Terre Mère ne veut pas être servie par un menteur, par un tricheur, proféra la Première sur un ton qui ne laissait planer aucun doute sur ce qu'elle ressentait. Kemordan, Homme Qui Commande la Cinquième Caverne des Zelandonii, poursuivit-elle, toi et les membres de ta Caverne, êtes-vous prêts à témoigner ?

— Nous le sommes, répondit le chef.

— Nous le sommes, reprirent à l'unisson les membres de la Caverne.

— Madroman, de la Cinquième Caverne des Zelandonii, précédemment acolyte, psalmodia la Première, plus jamais tu ne pourras prétendre appartenir à la Zelandonia, ni au titre de membre à part entière ni à celui d'acolyte ou en quelque autre manière. Plus jamais tu ne pourras tenter de soigner les maux de quiconque, ni donner des conseils concernant les enseignements de la Mère, ni assumer les droits et devoirs de la Zelandonia.

— Mais qu'est-ce que je vais bien pouvoir faire, désormais ? gémit Madroman. Je n'ai rien appris d'autre. Je ne peux pas être autre chose qu'acolyte.

— Si tu restitues tout ce que tu as reçu de la Zelandonia, tu pourras retourner dans ta Caverne pour y réfléchir à l'apprentissage d'autre chose, Madroman. Et estime-toi heureux que je ne t'aie pas infligé une punition que j'aurais pu annoncer à tous les participants de la Réunion d'Eté.

— Ils seront au courant, de toute façon, grommela Madroman, qui haussa alors la voix : Jamais tu ne m'aurais laissé devenir un Zelandoni, dit-il. Vous m'avez toujours détesté, toi, Jondalar et ta petite favorite, Ayla, l'amoureuse des Têtes Plates. Dès le début tu n'as jamais pu me souffrir... Zolena.

Un murmure horrifié monta des rangs des membres de la Cinquième Caverne. Aucun n'aurait osé se montrer irrespectueux envers Celle Qui Etait la Première au point de l'appeler par le nom qui avait été jadis le sien. L'immense majorité aurait eu trop peur des conséquences. Même Madroman s'arrêta dans son réquisitoire en voyant l'expression qu'avait prise le visage de la Première. Qui était, après tout, une femme aux pouvoirs formidables.

Il se dépêcha de tourner les talons et s'éloigna à grands pas rageurs, se demandant ce qu'il allait bien pouvoir faire tout en se dirigeant vers la lointaine qu'il partageait à l'occasion avec Laramar, Brukeval et leurs semblables.

Il y arriva pour trouver l'endroit désert. La plupart des campements étaient en train de servir des repas après la longue réunion qui venait de s'achever, et presque tout le monde était occupé à se sustenter. Il lui vint soudain à l'esprit que ni Laramar ni Brukeval ne reviendraient de sitôt. Laramar mettrait à coup sûr longtemps à se rétablir, quant à Brukeval, qui sait ce qu'il allait faire ? Madroman pénétra dans le local et alla prendre dans le sac de voyage de Laramar une petite outre remplie de barma. Il alla ensuite s'asseoir sur une natte et vida son contenu en quelques gorgées, avant d'aller en chercher une autre.

Laramar ne le saura jamais, se disait-il.

Tout ça, c'est la faute de cette grosse brute qui m'a cassé les dents, se dit-il en touchant de sa langue le trou qui s'ouvrait sur le devant de sa bouche.

Il avait appris à compenser l'absence de ses incisives et ne songeait plus guère à ses dents manquantes, même s'il en avait souffert lorsqu'il était plus jeune et que les femmes l'ignoraient, pour cette raison pensait-il. Il avait découvert depuis lors que certaines s'intéressaient à lui lorsqu'elles apprenaient qu'il était membre de la Zelandonia, même s'il n'était qu'un acolyte en période d'apprentissage. Plus aucune de ces femmes ne voudrait de lui, désormais. Le visage rouge de honte, il ouvrit la seconde outre à barma.

Mais pourquoi donc Jondalar est-il revenu ? se disait-il. S'il n'était pas rentré de son fameux Voyage et n'avait pas ramené cette étrangère, jamais elle n'aurait trouvé ce sac. Et jamais la Zelandonia n'aurait été au courant de son existence, quoi qu'en dise cette vieille bonne femme obèse. Maintenant, pas question que je retourne à la Cinquième Caverne, et pas question que j'apprenne un nouveau métier. Pourquoi me donner ce mal ? Je ne ferais pas un plus mauvais Zelandoni que tous ceux qui sont fiers de l'être, et d'ailleurs, je me demande si tous ont réellement été appelés. En fait, je suis sûr que bon nombre d'entre eux ont fait semblant de l'avoir été. Et de toute façon, qu'est-ce que c'est que cette histoire d'appel ? Ils ont tous probablement simulé, y compris cette amoureuse des Têtes Plates. Elle a perdu un bébé ? Et alors ? Les femmes n'arrêtent pas de perdre des bébés. Qu'y a-t-il de si spécial là-dedans ?

Il avala une nouvelle gorgée de barma, lorgna du côté de l'emplacement que s'était réservé Brukeval puis se releva et s'en approcha. Toutes ses possessions étaient là, soigneusement rangées comme à son habitude. Il n'est même pas revenu les récupérer, songea Madroman. Il va avoir froid cette nuit, à dormir sans couvertures. Je me demande si j'arriverais à le retrouver. Il pourrait m'être reconnaissant si je lui apportais ses affaires.

Madroman revint à sa place et fit des yeux le tour de tout le matériel qu'il avait accumulé en sa qualité d'acolyte.

Et cette sale grosse bonne femme qui veut que je lui rende tout ! se dit-il. Eh bien non, elle n'aura rien ! Je vais plier bagage et partir.

Il s'arrêta dans ses réflexions, regarda de nouveau du côté de l'emplacement où dormait Brukeval.

Si j'arrive à le retrouver, on pourra peut-être entreprendre un Voyage tous les deux, ou quelque chose dans ce genre, trouver un autre peuple. Je pourrais alors leur dire que je suis Zelandoni, ils ne sauraient jamais la vérité.

Oui, c'est ce que je vais faire, je vais prendre les affaires de Brukeval et j'irai le retrouver. Je connais un certain nombre d'endroits où j'aurais de bonnes chances de tomber sur lui. Ce serait intéressant de rester avec quelqu'un comme lui, il est bien meilleur chasseur que moi. Ça fait si longtemps que je n'ai pas chassé. Peut-être que je pourrais prendre également certaines des affaires de Laramar. Elles ne lui manqueront pas et il ne saura même pas qui les lui a prises. Ce pourrait être n'importe quel occupant de cette tente. Et de toute façon, il est clair qu'il ne rentrera pas de sitôt.

Tout ça, c'est de la faute de Jondalar. D'abord il me fait presque mon affaire, puis il recommence avec Laramar. Et le pire, c'est qu'il va s'en tirer, cette fois-ci comme la précédente. Je hais Jondalar, je l'ai toujours détesté. Il faudrait que quelqu'un se charge un peu de lui. Qu'on lui démolisse sa jolie petite gueule. On verrait s'il apprécie. J'aimerais bien aussi m'occuper un peu d'Ayla. Je connais un certain nombre de gens qui l'empêcheraient de se débattre. Je lui donnerais quelque chose d'autre en plus, une bonne giclée de mon essence, songea-t-il avec un sourire mauvais. On verrait si elle ferait encore la fière après ça. Plus jamais elle ne partagerait les Plaisirs avec quelqu'un d'autre, pas même pendant les Fêtes de la Mère. Elle se croit si parfaite, cette garce qui a trouvé mon sac et l'a apporté à la Zelandonia. Sans elle, jamais je n'en aurais été expulsé. Je serais Zelandoni. Je hais cette femme !

Madroman acheva de boire le contenu de la deuxième outre de barma, en prit plusieurs autres et regarda autour de lui pour voir ce qu'il voulait emporter d'autre. Il trouva des vêtements de rechange, usagés mais toujours en bon état. Il les essaya et comme ils lui allaient bien, il s'en empara sans hésiter. Sa tenue d'acolyte était très caractéristique et lui donnait belle allure, mais il n'était guère pratique pour de longs trajets. La natte à dormir avait connu des jours meilleurs, c'était d'ailleurs une natte de rechange, la bonne qu'utilisait Laramar se trouvait dans la tente de sa compagne, mais il y avait d'autres objets tout à fait intéressants, dont une superbe couverture en fourrure. Il tomba ensuite sur un vrai trésor, un costume d'hiver tout neuf, dont Laramar avait fait récemment l'acquisition en le troquant contre du barma : la boisson qu'il préparait était toujours fort recherchée et il n'avait jamais eu de problème pour en troquer certaines quantités en échange de quelque chose qu'il souhaitait absolument se procurer.

Madroman retourna ensuite à l'emplacement de Brukeval et entreprit de ramener vers le sien tout ce qui s'y trouvait. Il enfila les vêtements, plus pratiques que les siens, qu'il avait trouvés à l'emplacement de Laramar : leurs ornements étaient caractéristiques de la Neuvième Caverne et non de la Cinquième, mais cela importait peu : il n'avait l'intention de s'installer ni dans l'une ni dans l'autre. Il prit de la nourriture ici et là, puis fouilla dans les affaires des autres occupants du local, faisant main basse sur d'autres aliments et sur certains objets, dont un excellent couteau au manche bien solide, une hachette en pierre, une paire de mitaines toutes neuves, bien chaudes, que quelqu'un venait à l'évidence d'acquérir. Il n'en possédait pas, et l'hiver approchait.

Qui sait où je me trouverai à ce moment-là, se dit-il.

Il fut obligé de refaire plusieurs fois son paquetage, se débarrassant chaque fois d'un certain nombre de choses moins utiles que d'autres. Une fois prêt, il n'avait plus qu'une hâte : quitter les lieux au plus vite.

Il passa la tête au dehors et regarda autour de lui : le campement était plein de monde, comme d'habitude, mais personne ne se trouvait à proximité immédiate. Il fit passer sur son dos le lourd sac et se mit en route d'un pas alerte. Il envisageait de prendre la direction du nord, celle dans laquelle il avait vu s'enfuir Brukeval.

Il approchait tout juste de la limite du campement de la Réunion d'Eté, près de l'endroit où était installée la Neuvième Caverne, quand Ayla sortit d'un bâtiment. Elle semblait préoccupée, avoir la tête ailleurs, mais elle leva les yeux et l'aperçut. Il lui lança un regard empreint de la haine la plus pure, la plus absolue, et poursuivit son chemin.

Le campement de la Neuvième Caverne semblait désert. Tout le monde s'était rendu à celui des Lanzadonii pour un déjeuner en commun, un festin prévu depuis un certain temps, mais Ayla avait prétendu qu'elle n'avait pas faim et promis qu'elle les rejoindrait plus tard. Elle était assise sur sa natte, le moral au plus bas : elle pensait à Brukeval, à sa violente sortie à la fin de la réunion, et elle se demandait si elle aurait pu y changer quelque chose. Elle se disait que Zelandoni n'avait pas prévu qu'il aurait pu avoir ce genre de réaction, et elle-même ne l'avait pas envisagé, même si elle se disait maintenant qu'elle aurait dû le faire, sachant à quel point l'homme était sensible à toutes les insinuations selon lesquelles il était lié en quelque manière aux Têtes Plates.

Il les qualifiait d'animaux, songea-t-elle, mais ils ne l'étaient en rien ! Pourquoi certains les appellent-ils ainsi ? Elle se demanda si Brukeval continuerait d'éprouver une telle répulsion s'il les connaissait mieux. Mais non, cela ne changerait sans doute rien. Beaucoup de Zelandonii partageaient son sentiment.

La Première avait rappelé à tous les participants à la réunion que la grand-mère de Brukeval avait l'esprit dérangé lorsqu'elle avait enfin réintégré son foyer, et qu'elle était enceinte.

Tout le monde dit qu'elle avait passé quelque temps au sein du Clan, songea Ayla, et c'est certainement vrai. Il est évident que Brukeval a un mélange de Clan en lui : elle a donc dû tomber enceinte alors qu'elle se trouvait avec eux. Ce qui veut dire qu'un homme du Clan a dû déverser son essence en elle.

Et soudain une idée qui ne l'avait jamais traversée jusqu'alors lui vint à l'esprit : un homme du Clan l'aurait-il forcée, encore et encore, comme j'ai moi-même été forcée par Broud ? Je n'avais pas toute ma tête quand Broud m'a fait subir cela, mais jamais je ne me suis dit que j'avais affaire à des animaux. Ce sont eux qui m'ont élevée, je les aimais. Pas Broud. Lui, je le détestais, avant même qu'il ne me force, mais je les aimais presque tous.

Ayla n'avait pas envisagé cette hypothèse la première fois qu'elle avait entendu l'histoire de la grand-mère de Brukeval, mais celle-ci était vraisemblable. L'homme en question avait pu lui faire subir cette épreuve par pure méchanceté, comme Broud, ou parce qu'il pensait lui faire une faveur, en la prenant peut-être comme seconde femme, afin de la faire accepter au sein du Clan, mais pour elle, cela n'avait dû faire aucune différence. Ce n'est pas ainsi qu'elle avait dû voir les choses, se dit Ayla. Elle était dans l'incapacité de leur parler, ou de les comprendre. Pour elle, ils n'étaient que des animaux. La grand-mère de Brukeval a dû avoir plus horreur encore de ce qu'elle subissait que moi lorsque Broud me forçait.

Et même si je désirais terriblement avoir ce bébé quand Iza m'a dit que j'étais enceinte, j'ai connu des moments difficiles. J'ai été tout le temps malade lorsque j'attendais Durc, et j'ai bien failli mourir quand j'ai accouché de lui. Les femmes du Clan n'avaient que rarement ce genre de problème, mais la tête de Durc était incomparablement plus grosse et plus dure que celle de Jonayla.

Ayla avait vu suffisamment de femmes attendant des enfants au cours des quelques années écoulées pour se rendre compte que pour Jonayla sa grossesse et son accouchement avaient été bien plus aisés que ne l'avait été la naissance de Durc.

Je ne sais toujours pas comment j'ai réussi à l'expulser, songea-t-elle avec un hochement de tête. Les têtes des Autres sont plus petites, leurs os sont plus fins et plus souples. Nos jambes et nos bras sont plus longs, mais leurs os sont plus fins eux aussi, se dit Ayla en contemplant ses propres membres. Tous les os des Autres sont plus fins.

La grand-mère de Brukeval a-t-elle été malade durant sa grossesse ? A-t-elle eu du mal à accoucher, comme cela a été mon cas ? Est-ce cela qui lui est arrivé ? Est-ce pour cette raison qu'elle est morte ? Parce que son accouchement a été si difficile ? Même Joplaya a failli mourir en donnant naissance à Bokovan, et Echozar n'est qu'à moitié issu du Clan. Est-ce que les femmes des Autres ont toujours du mal à accoucher d'un bébé aux « esprits mêlés », d'un bébé qui est un mélange du Clan et des Autres ?

Cette interrogation plongea Ayla dans un abîme de réflexions.

Est-ce pour cette raison que ces bébés ont été dès le départ qualifiés d'abominations ? Parce que leurs mères mouraient parfois en leur donnant naissance ?

Il existe des différences entre le Clan et les Autres. Peut-être pas suffisamment pour empêcher de concevoir un bébé, mais assez pour que la mère souffre beaucoup si elle fait partie des Autres et a l'habitude d'accoucher de bébés aux têtes plus petites. Les femmes du Clan ne connaissent peut-être pas ce genre de problème. Elles ont l'habitude d'avoir des bébés aux têtes longues, grosses et dures, aux arcades sourcilières proéminentes. Elles avaient sans doute moins de mal à donner naissance à des enfants mélangés.

Mais ce n'est sans doute pas bon pour les bébés, continua-t-elle de méditer, que la mère fasse partie du Clan ou des Autres. Durc était fort et en bonne santé, même s'il m'a donné beaucoup de mal quand j'ai accouché de lui, mais Echozar aussi, alors que sa mère était du Clan. Bokovan est en bonne santé, lui aussi, mais ça n'est pas tout à fait pareil : Echozar, son père, représentait le premier mélange, il est donc comme Brukeval, ce qui n'empêche pas que Joplaya a failli mourir.

Ayla constata qu'elle utilisait aisément le mot « père », ce qui était logique puisqu'elle avait compris depuis longtemps le rôle joué par les hommes dans la conception des enfants.

Mais Rydag, lui, était de faible constitution, et sa mère était du Clan, se dit-elle. Elle est morte après avoir accouché de lui, mais Nezzie n'a jamais dit qu'elle avait eu des problèmes lors de sa naissance. Non, ce n'est sans doute pas pour cette raison qu'elle est morte. A mon avis, elle n'avait plus envie de vivre depuis qu'elle avait été bannie de son clan, d'autant plus qu'elle pensait sans doute que son bébé était déformé. La mère de Brukeval était un premier mélange, et sa mère à elle faisait partie des Autres. Elle était faible, si faible qu'elle est morte en donnant naissance à son fils. Qu'il l'accepte ou pas, Brukeval sait très bien ce qui est arrivé à sa grand-mère, c'est pour cette raison qu'il a été si prompt à saisir les implications du Don de Vie lors de la réunion. Je me demande s'il lui est déjà venu à l'esprit que c'était ce mélange qui était à l'origine de la faiblesse de sa mère...

Je suppose que je ne devrais pas en vouloir à Brukeval de haïr le Clan. Il n'a jamais eu de mère pour l'aimer, ou le consoler quand les gens l'insultaient sous prétexte qu'il avait l'air un peu différent. Cela a été difficile pour Durc, aussi : il était si différent des autres membres du Clan que ceux-ci pensaient qu'il était déformé. Certains allaient même jusqu'à ne pas vouloir qu'on le laisse vivre, mais au moins il y avait des gens qui l'aimaient. J'aurais dû être plus attentive à ce qu'éprouvait Brukeval. J'ai un peu trop tendance à être persuadée d'avoir toujours raison. A en vouloir aux gens de traiter ceux du Clan de Têtes Plates et d'animaux. Je sais qu'ils ne le sont pas, mais la plupart des gens ne les connaissent pas comme moi. C'est de ma faute si Brukeval s'est enfui. Je ne lui en veux pas de me détester.

Ayla se leva. Elle en avait assez de rester assise. L'atmosphère était sombre et sinistre dans le bâtiment dépourvu de fenêtres, et la lampe était sur le point de s'éteindre, ce qui ne faisait qu'ajouter à l'obscurité. Elle avait envie de sortir, de faire autre chose que de songer à ses défauts et à leurs conséquences.

Dehors, elle jeta un coup d'œil aux alentours et c'est à cet instant qu'elle eut la surprise de voir Madroman faire son apparition, l'air fort pressé. Lorsqu'il l'aperçut, il la regarda d'un air si méchant qu'elle sentit son sang se glacer, ses poils se hérisser sur sa nuque, et sous l'effet de l'appréhension son corps tout entier fut saisi d'un tremblement irrépressible.

Elle le suivit du regard tandis qu'il s'éloignait.

Il a quelque chose de différent, songea-t-elle, avant de remarquer qu'il ne portait plus ses vêtements d'acolyte. Ceux qu'il avait sur lui lui paraissaient pourtant étrangement familiers... Elle fronça les sourcils, essayant de se concentrer, puis cela lui revint :

les motifs de ses vêtements étaient ceux de la Neuvième Caverne ! Mais Madroman était de la Cinquième, alors pourquoi donc portait-il des vêtements de la Neuvième ? Et vers où se hâtait-il ainsi ?

Oh, ce regard qu'il m'a lancé...

Ayla frissonna en y repensant.

Pourquoi tant de haine ? Mais que lui ai-je donc fait pour qu'il m'en veuille ainsi ? Et pourquoi ne portait-il pas ses vêtements d'aco...

Bien sûr ! se rappela-t-elle soudain. Zelandoni lui a certainement dit qu'il ne pouvait plus conserver le titre d'acolyte. Est-ce pour cela qu'il m'en veut ? Mais il n'a aucune raison de le faire, c'est lui qui a menti. Ça ne peut pas être à cause de Jondalar. Bien sûr, Jondalar l'a rossé jadis – il lui a même cassé plusieurs dents –, mais c'était à cause de Zelandoni, et non de moi. Me déteste-t-il parce que j'ai trouvé son sac en cuir dans la grotte ? Et aussi parce qu'il ne comptera jamais au rang des Zelandonia, et que je viens juste d'en devenir une...

Cela fait deux personnes qui me haïssent, Madroman et Brukeval, songea Ayla. Trois si je compte Laramar, qui doit me détester, lui aussi. Quand il a fini par se réveiller, il a dit qu'il ne voulait pas retourner à la Neuvième Caverne lorsqu'il se sentirait assez remis pour pouvoir quitter l'abri de la Zelandonia et que ceux qui le soignent lui en auraient donné la permission. Je suis bien contente que ceux de la Cinquième Caverne aient dit qu'ils acceptaient de l'accueillir. Je ne pourrais pas lui en vouloir s'il ne voulait plus jamais me voir. Je mérite sa haine. C'est de ma faute si Jondalar l'a roué de coups comme il l'a fait. Jondalar doit maintenant me détester, lui aussi.

La jeune femme était plongée dans un tel désespoir qu'elle commençait à être persuadée que tout le monde la haïssait. Elle accéléra l'allure, sans se soucier de l'endroit où ses pas la menaient, et ne releva la tête qu'en entendant un léger hennissement, très doux ; elle se rendit compte alors qu'elle se trouvait devant l'enclos des chevaux. Elle avait été si occupée tous ces derniers jours qu'elle avait à peine eu le temps d'aller les voir. Et lorsqu'elle entendit le hennissement de bienvenue de sa jument gris-jaune, elle sentit une douleur familière annonciatrice des larmes derrière ses globes oculaires. Elle escalada la clôture et alla enlacer le cou solide de sa vieille complice.

— Oh, Whinney ! Comme je suis contente de te voir ! dit-elle, parlant dans cette langue étrange qu'elle utilisait toujours avec la jument, celle qu'elle avait inventée il y avait si longtemps, dans la vallée, avant que Jondalar arrive et lui apprenne la sienne. Toi au moins tu m'aimes toujours, dit-elle, les larmes commençant à déborder. Pourtant tu aurais des raisons de me détester, toi aussi : je t'ai complètement négligée ces derniers temps. Mais je suis si heureuse que tu m'aimes toujours. Tu as toujours été mon amie, Whinney, dit-elle en usant de ce nom qu'elle avait appris de la jument elle-même, et qui reproduisait avec une exactitude si remarquable son hennissement. Quand je n'avais personne d'autre, tu étais là. Peut-être devrais-je partir avec toi. Nous pourrions nous trouver une vallée et y vivre toutes les deux, comme nous l'avons fait jadis.

Tandis qu'elle sanglotait dans la crinière épaisse de la jument jaune, la jeune pouliche grise et l'étalon brun les rejoignirent. Grise essaya de fourrer ses naseaux sous la main d'Ayla tandis que Rapide lui donnait des petits coups de tête sur le dos pour lui faire savoir qu'il était là. Puis il s'appuya contre elle, comme il l'avait fait si souvent auparavant, la coinçant entre lui et sa mère. Ayla les enlaça tous, les caressa, leur gratta le cou, puis trouva une feuille de cardère desséchée susceptible de lui servir d'étrille et entreprit de nettoyer la robe de Whinney.

Nettoyer et soigner les chevaux était une activité qui l'avait toujours détendue, et lorsqu'elle en eut terminé avec Whinney et commença à s'occuper de Rapide qui, impatient, n'avait cessé de lui donner des petits coups de tête pour se rappeler à son attention, ses pleurs avaient séché et elle se sentait nettement mieux. Elle bouchonnait Grise quand Joharran et Echozar vinrent la retrouver.

— Tout le monde se demandait où tu étais passée, Ayla, dit Echozar, souriant de la voir au milieu des trois chevaux.

Il était toujours ébahi de la voir avec ses animaux.

— Je n'ai pas passé beaucoup de temps avec les chevaux dernièrement, et leurs robes avaient besoin d'un bon nettoyage. Elles s'épaississent nettement à l'arrivée de l'hiver, expliqua la jeune femme.

— Proleva a bien essayé de te garder au chaud ta part de nourriture, mais elle dit qu'elle est en train de se dessécher, expliqua Joharran. Tu devrais revenir manger un peu, tu sais.

— J'en ai presque terminé. J'ai déjà brossé Whinney et Rapide, il ne me reste plus qu'à finir Grise, après quoi il faudra que j'aille me laver les mains, dit Ayla en les tendant pour lui montrer ses paumes noircies de poussière mêlée à la sueur huileuse des chevaux.

— Nous t'attendrons, dit Joharran.

Il avait reçu des instructions strictes lui interdisant de rentrer sans elle.

Lorsque Ayla reparut, tout le monde finissait de déjeuner et commençait à quitter le campement des Lanzadonii pour aller vaquer aux diverses activités de l'après-midi. Ayla fut déçue d'apprendre que Jondalar n'avait pas assisté au grand festin, mais personne n'avait pu l'extirper de la lointaine réservée aux hommes seuls, il eût fallu pour cela s'emparer de lui et le traîner de force au-dehors. Une fois sur place, Ayla ne regretta pas d'être venue. Après qu'on lui eut passé l'énorme assiettée de nourriture qu'on avait gardée pour elle, elle eut le plaisir de pouvoir bavarder à loisir avec Danug et Druwez, et de faire un peu mieux connaissance avec Aldanor, même si, à l'évidence, elle allait dans l'avenir avoir tout le temps nécessaire pour cela.

Folara et Aldanor allaient en effet nouer le lien à l'occasion des prochaines Matrimoniales, juste avant la fin de la Réunion d'Eté, et à la grande joie de Marthona il allait devenir un Zelandonii, un membre de la Neuvième Caverne. Danug et Druwez promirent de faire une halte à son camp lorsqu'ils rentreraient chez eux afin d'annoncer la nouvelle aux siens, mais ce ne serait pas avant l'été suivant. Ils allaient en effet hiverner avec les Zelandonii, et Willamar avait promis de les emmener, avec quelques autres privilégiés, voir les Grandes Eaux de l'Ouest, peu après que tous seraient de retour à la Neuvième Caverne.

— Tu veux bien rentrer avec moi à l'abri de la Zelandonia, Ayla ? demanda la Première. Il y a certaines choses dont je souhaiterais m'entretenir avec toi.

— Bien sûr, Zelandoni, dit Ayla. Mais auparavant je dois dire quelques mots à Jonayla.

Elle alla retrouver sa fille, qui était en compagnie de Marthona et de Loup.

— Tu sais que Thona est ma grand-mère parce qu'elle est la mère de mon père ? lança la fillette en voyant arriver Ayla.

— Mais oui, je suis au courant, répondit celle-ci. C'est intéressant de savoir ça, tu ne trouves pas ?

Elle tendit la main pour caresser Loup, visiblement tout excité de la voir. L'animal n'avait pratiquement pas quitté Jonayla depuis leur arrivée au campement, comme pour compenser leur longue séparation, mais chaque fois qu'elle se trouvait dans les parages il semblait fou de joie de voir Ayla, dont il recherchait frénétiquement les signes d'affection. Il était nettement plus calme lorsque la mère et la fille se trouvaient ensemble en sa compagnie, ce qui ne se produisait d'ordinaire que la nuit.

— Même si j'ai toujours eu le sentiment que je l'étais, il m'est agréable d'être enfin reconnue comme la grand-mère des enfants de mon fils, dit Marthona. Et bien que je t'aie depuis longtemps considérée comme ma propre fille, Ayla, je suis ravie de savoir que Folara a enfin trouvé un homme acceptable dont elle puisse faire son compagnon, et qu'il soit envisageable qu'elle me donne un petit-fils, ou une petite-fille, avant que je ne passe dans le Monde d'Après.

Elle prit la main d'Ayla et la regarda droit dans les yeux.

— Je veux te remercier une fois de plus d'avoir demandé à ces hommes de venir me chercher, Ayla, poursuivit-elle en adressant un beau sourire à Hartalan et à certains des autres jeunes gens qui l'avaient amenée sur une litière à la Réunion d'Eté, et transportée à plusieurs reprises ici et là dans le campement depuis son arrivée. Je suis sûre qu'on s'inquiétait de mon état de santé et qu'on voulait bien faire, mais seule une femme peut comprendre qu'une mère a besoin d'être avec sa fille quand elle envisage de participer aux Matrimoniales.

— Tout le monde était ravi que tu te sentes assez forte pour venir, répondit Ayla. Tu nous manquais terriblement, Marthona.

La vieille femme évita d'abord le sujet de l'absence criante de Jondalar, et le motif vraisemblable de cette absence, bien qu'elle fût à l'évidence terriblement peinée à l'idée que son fils avait une fois de plus perdu le contrôle de soi et gravement blessé une autre personne. Ayla l'inquiétait beaucoup, elle aussi : elle avait appris à bien connaître la jeune femme, et elle comprenait à quel point celle-ci était tourmentée, même si elle se comportait remarquablement bien dans de telles circonstances.

— Zelandoni m'a demandé de la raccompagner à la hutte de la Zelandonia, reprit Ayla. Elle m'a dit qu'elle voulait me parler d'un certain nombre de choses. Peux-tu garder encore quelque temps Jonayla, Marthona ?

— Avec joie. Elle m'a manqué, cette petite, même si Loup est sans doute un meilleur gardien que je ne le suis.

— Tu reviendras dormir avec moi cette nuit, mère ? demanda Jonayla, l'air inquiet.

— Bien sûr. Il faut juste que j'aie une petite discussion avec Zelandoni, expliqua sa mère.

— Et Jondi va dormir avec nous, lui aussi ?

— Je ne sais pas, Jonayla. Il est probablement occupé.

— Pourquoi il est toujours occupé avec ces hommes dans l'autre tente, là-bas, et il ne peut pas venir dormir avec nous ?

— Les hommes sont parfois très très occupés, intervint Marthona, remarquant qu'Ayla avait quelque mal à cacher son trouble. Va voir Zelandoni, Ayla, tu nous rejoindras plus tard. Viens donc, Jonayla. Nous allons toutes les deux remercier tous ceux qui ont préparé ce magnifique festin et ensuite, si cela t'amuse, tu pourras faire un tour avec moi sur cette litière quand on me ramènera d'ici.

— C'est vrai ? s'exclama la petite fille, qui trouvait particulièrement merveilleux qu'un groupe de jeunes gens se trouve toujours à proximité pour transporter Marthona partout où elle souhaitait aller, en particulier si le lieu en question était assez éloigné.

Ayla et Zelandoni partirent donc ensemble vers l'abri de la Zelandonia, discutant de la réunion et des mesures qu'il convenait de prendre pour que le sentiment général concernant les changements que le Don de la Connaissance allait entraîner devienne un peu plus positif.

La Première trouva Ayla très abattue même si, comme à son habitude, elle le cachait particulièrement bien.

Lorsqu'elles arrivèrent au local, la première chose que fit Zelandoni consista à faire chauffer de l'eau afin de préparer une infusion. Les deux femmes constatèrent que Laramar avait déjà quitté le bâtiment de la Zelandonia, et qu'il avait sans doute été transféré au campement de la Cinquième Caverne. Quand la tisane fut prête, la Première entraîna Ayla dans un coin tranquille où étaient disposés quelques tabourets et une table basse. Elle se demanda s'il convenait d'interroger Ayla sur ce qui la troublait ainsi, mais décida de n'en rien faire : elle avait sa petite idée sur ce qui préoccupait la jeune femme, même si elle n'avait pas entendu Jonayla interroger sa mère sur l'absence de Jondalar et ignorait donc à quel point cela avait ajouté à son désespoir. En fin de compte, la doniate décida que le mieux était de parler d'autre chose afin qu'Ayla laisse de côté, pour un temps, ses soucis et ses ennuis.

— Je ne suis pas sûre de t'avoir bien entendue sur le moment, Ayla... non, je devrais dire « Zelandoni de la Neuvième Caverne », mais j'ai cru comprendre que tu avais dit avoir conservé quelques-unes de ces racines que le Zelandoni de ton Clan – comment l'appelles-tu, déjà ? Mogor ? – utilisait pour des cérémonies particulières. C'est bien ça ?

Ces racines n'avaient cessé d'intriguer la Première depuis qu'Ayla en avait parlé.

— Crois-tu qu'elles seraient encore bonnes après toutes ces années ?

— Dans cette région, ceux du Clan le dénomment Mogor, mais nous l'avons toujours appelé Mog-ur. Oui, en effet, j'ai gardé certaines de ces racines, et je suis sûre qu'elles ont conservé tout leur pouvoir. En fait, elles se bonifient avec l'âge, à condition qu'on les entrepose comme il convient. Je sais qu'Iza conservait souvent les siennes durant les sept années qui séparaient les Réunions du Clan, et parfois même plus longtemps encore, répondit Ayla.

— Ce que tu en as dit a retenu mon attention. J'ai bien compris que leur utilisation n'était pas exempte de risques, mais je pense qu'une petite expérimentation pourrait être intéressante.

— Je me le demande, répliqua Ayla, visiblement plus que réservée. Comme tu l'as compris, elles ne sont pas sans danger, et je ne suis pas sûre d'être capable de préparer une « petite » expérimentation... Je ne connais qu'une seule méthode pour les préparer, en fait.

— Si tu estimes que ce n'est pas une bonne idée, oublions-la, dit Zelandoni, qui ne voulait surtout pas accroître le désarroi de la jeune femme.

Elle avala une gorgée de tisane pour se laisser un petit moment de réflexion, avant de poursuivre :

— As-tu toujours ce petit sac d'herbes mélangées que nous devions expérimenter toutes les deux ? Tu sais, celles que t'a données la Zelandoni qui est venue nous rendre visite depuis cette Caverne si lointaine ?

— Oui, bien sûr, je vais les chercher, dit Ayla en se levant pour aller prendre le sac à remèdes qu'elle conservait dans le coin du local de la Zelandonia qui lui était réservé.

Elle le considérait comme son sac à remèdes de la Zelandonia, même s'il ne ressemblait pas à celui qui était le sien lorsqu'elle vivait au sein du Clan.

Plusieurs années auparavant, elle en avait confectionné un dans le style du Clan à partir d'une peau de loutre, mais elle le conservait dans le local du campement de la Neuvième Caverne. Celui qu'elle gardait ici, dans le bâtiment de la Zelandonia, était identique à ceux qu'utilisaient tous les doniates : il s'agissait d'une simple sacoche en cuir brut, une version plus petite de celle qu'elle utilisait pour transporter la viande. Seule différence, de taille : la décoration était loin d'être élémentaire. Chaque sac était unique et comportait un certain nombre d'éléments indispensables, obligatoires, mais aussi d'autres, exclusivement choisis par son utilisateur.

Ayla rapporta le sien dans le coin où Zelandoni sirotait sa tisane en l'attendant. La jeune femme ouvrit le sac en cuir et fouilla à l'intérieur. Son front se plissa. Au bout d'un moment, elle le vida sur la table basse et retrouva le sachet qu'elle cherchait, pour découvrir toutefois qu'il n'était qu'à moitié plein.

— On dirait que tu as déjà expérimenté ces herbes, constata Zelandoni.

— Je ne comprends pas... s'inquiéta Ayla. Je ne me rappelle pas avoir ouvert ce sachet. Comment a-t-on pu s'en servir ?

Elle ouvrit le sachet, versa un peu de son contenu sur la paume de sa main et le huma.

— On dirait une odeur de menthe, constata-t-elle.

— Si ma mémoire est bonne, la Zelandoni qui te l'a donné a dit qu'elle avait ajouté de la menthe afin que l'on puisse identifier ce mélange. Elle ne gardait pas sa menthe dans des sachets comme celui-là mais dans des récipients plus importants, ce qui fait que lorsqu'elle ouvrait un sachet qui sentait la menthe, elle savait qu'il contenait ce mélange, expliqua Zelandoni.

Ayla se pencha en arrière et regarda le plafond, des rides barrant son front, essayant de se souvenir, puis elle se redressa brusquement.

— Ça y est, je me souviens ! s'exclama-t-elle. Je crois que j'ai bu une décoction de ces herbes la nuit où j'ai vu le soleil se coucher, puis se lever. La nuit où j'ai été appelée. Je croyais que c'était une infusion de menthe...

Elle plaqua soudain sa main contre sa bouche.

— Oh, Grande Mère ! Je n'ai peut-être pas été appelée du tout, Zelandoni. Tout cela a peut-être été provoqué par cette mixture ! dit-elle, effondrée.

Zelandoni se pencha en avant et tapota la main de la jeune femme.

— Tout va bien, Ayla, la rassura-t-elle avec un sourire. Tu n'as pas à t'en inquiéter. Tu as été appelée, et tu es maintenant Zelandoni de la Neuvième Caverne. Bon nombre de membres de la Zelandonia ont utilisé des herbes et des mélanges similaires qui les ont aidés à trouver le Monde des Esprits. Après en avoir usé, certaines personnes se retrouvent parfois dans un lieu différent, mais on ne peut se considérer comme appelé que si l'on y est prêt.

Il ne fait pas de doute que ce que tu as vécu était un véritable appel de la Grande Mère, même si, je l'avoue, je ne m'attendais pas à ce que Celle-ci te touche si vite. Cette mixture t'a peut-être encouragée à La recevoir un peu plus tôt que je ne l'avais prévu, mais cela n'empêche en aucun cas ce qui t'est arrivé d'être parfaitement significatif et ne lui retire nullement de son sens.

— Tu sais ce qu'elle contenait ? demanda Ayla.

— La Zelandoni m'a énuméré les ingrédients, mais je ne connais pas les proportions. Même si nous aimons bien partager nos connaissances, la plupart des membres de la Zelandonia souhaitent garder pour eux certains secrets, répondit avec un sourire Celle Qui Etait la première. Pourquoi cette question ?

— Je suis sûre qu'elle devait être très puissante, répondit Ayla, baissant le nez sur la tasse qu'elle tenait à la main. Je me demande si elle contenait un ingrédient qui aurait pu entraîner la perte de mon bébé...

— Cesse donc de te faire des reproches, Ayla, la tança gentiment Zelandoni, se penchant de nouveau en avant pour prendre sa main. Je sais qu'il est très douloureux de perdre un bébé, mais tu n'étais pas maîtresse de la situation. C'était sans doute le sacrifice que la Mère exigeait de toi, peut-être parce qu'Elle devait te rapprocher suffisamment du Monde d'Après pour te transmettre Son message. Peut-être y avait-il dans ce mélange un ingrédient susceptible de te faire perdre ton bébé, mais il n'y avait sans doute pas d'autre moyen. C'est probablement Elle qui t'a incitée à boire cette mixture afin que tout se déroule comme Elle le souhaitait.

— Je n'ai jamais commis une erreur pareille avec les médecines qui se trouvaient dans mon sac. J'ai été négligente. Négligente au point d'en perdre mon bébé, souffla Ayla comme si elle n'avait pas entendu ce que venait de dire la Première.

— C'est justement parce que tu ne commets jamais ce genre d'erreur que l'on peut être pratiquement certain que c'était Sa volonté. Chaque fois qu'Elle appelle quelqu'un afin de La servir, c'est toujours inattendu, et la première fois que l'on se rend seul dans le Monde des Esprits, le voyage est particulièrement dangereux. Beaucoup ne parviennent pas à rebrousser chemin. Certains laissent quelque chose à quoi ils tiennent derrière eux, comme cela a été ton cas. C'est une épreuve pleine de dangers, Ayla. Même si c'est un voyage que tu entreprends plusieurs fois, tu ne peux jamais savoir si tu parviendras à revenir sur tes pas.

Ayla sanglotait sans bruit, les larmes luisant sur ses joues.

— Il est bon que tu te laisses enfin aller. Tu t'es trop longtemps retenue, or tu as besoin de faire le deuil de ce bébé, expliqua la doniate.

Elle se leva et alla vers l'arrière de l'abri, là où étaient entreposées les peaux utilisées comme bandages. Elle en prit quelques-unes et revint.

— Tiens, dit-elle en tendant à Ayla les bandelettes.

Ayla s'essuya les yeux et le nez, inspira profondément pour essayer de se calmer puis avala une gorgée de l'infusion maintenant tiédasse que lui avait resservie la Première, s'obligeant à reprendre le contrôle d'elle-même. La perte de son bébé n'avait pas été l'unique raison de cette crise de larmes, même si elle en avait été le catalyseur. Non, elle avait tout simplement l'impression d'être incapable de faire quoi que ce soit de bien : Jondalar avait cessé de l'aimer, les gens la détestaient et elle s'était montrée si négligente qu'elle en avait perdu son bébé. Elle avait certes entendu ce que venait de lui dire Zelandoni, mais elle n'avait pas tout saisi et, de toute manière, cela ne modifiait en rien ce qu'elle ressentait.

— Peut-être comprends-tu maintenant pourquoi je m'intéresse tant à ces racines dont tu m'as parlé, reprit la Première. A condition que l'expérience soit surveillée et contrôlée avec le plus grand soin, nous disposons peut-être d'un autre moyen efficace et utile nous permettant d'atteindre le Monde d'Après quand nous en avons besoin, grâce au mélange de ce sachet ainsi qu'à d'autres herbes dont nous nous servons quelquefois.

Ayla ne réagit pas immédiatement à ces paroles. Lorsque celles-ci parvinrent enfin à son cerveau, elle se rappela qu'elle n'avait plus jamais voulu expérimenter ces racines. Le Mog-ur avait certes été en mesure de maîtriser les effets de cette puissante substance, mais elle avait la certitude qu'elle n'en serait pas capable, convaincue que seul le pourrait un esprit originaire du Clan, avec ses caractéristiques uniques, et disposant surtout de la mémoire du Clan. Elle ne pensait pas que quiconque né au sein des Autres pourrait être en mesure de contrôler le néant obscur, quelles que soient les précautions dont on entourerait l'expérience.

Elle savait que la Première était fascinée. Mamut lui aussi avait été intrigué par les plantes spéciales dont seuls usaient les Mog-ur du Clan, mais après la périlleuse expérience qu'ils avaient entreprise tous les deux, il avait juré de ne plus jamais y recourir. Il avait avoué à Ayla qu'il avait eu peur de perdre son âme dans ce néant obscur et paralysant, et lui avait vivement conseillé de ne plus les utiliser. Le fait d'avoir revécu ce voyage terrifiant dans cet endroit inconnu, lourd de menaces, alors qu'elle se trouvait au plus profond de la grotte, et de se l'être rappelé avec une telle précision durant son initiation, rendait ce souvenir trop proche et d'autant plus troublant qu'elle savait que celui-ci, aussi perturbant soit-il, n'avait que peu de rapports avec ce qu'elle avait vécu en réalité.

Dans l'état d'esprit qui était en ce moment le sien, plongée dans le désespoir le plus noir, elle n'avait plus les idées claires. Elle avait sans doute eu tout le temps nécessaire pour recouvrer toute sa maîtrise, mais il lui était arrivé trop de choses trop vite : la terrible épreuve qu'elle avait endurée lorsqu'elle avait été appelée, y compris la perte de son bébé, l'avait affaiblie tant physiquement que sur un plan émotionnel. La douleur, la déception de trouver

Jondalar en compagnie d'une autre femme, la jalousie qu'elle en avait éprouvée avaient pris une intensité particulière après ce qu'elle avait vécu dans la grotte, et la perte qu'elle y avait subie. Elle avait attendu avec une telle impatience la caresse de ses mains, la proximité de son corps, la possibilité de remplacer le bébé qu'elle venait de perdre, la chaleur apaisante de son amour.

Au lieu de quoi, elle l'avait retrouvé avec une autre femme, et pas n'importe laquelle, celle qui, méchamment et en toute connaissance de cause, avait voulu la blesser lorsqu'elle était arrivée à la Neuvième Caverne. Dans des circonstances normales, elle aurait été capable d'accepter cette infidélité sans se laisser démonter, encore plus aisément si cela s'était produit avec une autre que Marona. Elle n'en aurait pas été ravie, ils avaient été trop exclusifs l'un envers l'autre. Mais elle comprenait les usages, au fond fort peu différents de ceux des hommes du Clan, qui se permettaient de choisir toutes les femmes qu'ils désiraient.

Elle savait à quel point Jondalar s'était montré jaloux pour elle et Ranec, lorsqu'ils vivaient chez les Mamutoï, même si elle ignorait alors l'origine de la violence de sa réaction, qu'il n'avait qu'à grand-peine maîtrisée. Ranec lui avait demandé de le suivre, et elle avait obéi, car elle avait été élevée au sein du Clan. Elle n'avait pas encore appris que, chez les Autres, elle aurait eu le droit de dire « non ».

Lorsque, en fin de compte, ils avaient résolu le problème et qu'elle était partie avec Jondalar pour rejoindre son foyer, elle avait décidé de son propre chef de ne plus jamais lui donner de raison d'être jaloux. Elle n'avait jamais choisi un autre homme, même si elle savait que cela aurait été parfaitement admissible, et à sa connaissance il ne s'était jamais accouplé avec une autre. En tout cas pas ouvertement, comme le faisaient les autres hommes. Confrontée au fait qu'il avait choisi quelqu'un d'autre, et particulièrement cette femme, et cela en secret et depuis longtemps, elle s'était sentie complètement trahie.

Mais là n'était certainement pas l'intention de Jondalar : ce qu'il voulait, c'était l'empêcher de le découvrir pour ne pas la blesser. Il savait que jamais elle ne choisirait quelqu'un d'autre et, jusqu'à un certain point, il savait même pourquoi : tout en se disant qu'il lui faudrait se battre contre lui-même pour se maîtriser, il savait qu'il serait effroyablement jaloux si elle portait son choix sur un autre homme. Et il n'avait certainement pas envie qu'elle connaisse l'intensité de la douleur qui aurait été la sienne. Lorsqu'elle les avait trouvés ensemble, il n'était plus lui-même : il n'avait tout simplement pas su quoi faire, car il n'avait jamais appris.

Au fil des années, Jondalar était devenu un homme incroyablement beau – mesurant près de deux mètres, parfaitement proportionné, doté en outre, sans qu'il le sache, d'un charisme indiscutable que ses yeux d'un bleu intense et profond ne faisaient que renforcer. Son intelligence naturelle, sa dextérité manuelle innée s'étaient révélées très tôt, et il avait été encouragé à appliquer ces qualités dans de nombreux domaines jusqu'à ce qu'il découvre qu'il aimait par-dessus tout tailler le silex et fabriquer des outils. Mais ses pulsions puissantes étaient également plus fortes que chez la plupart de ses semblables, beaucoup trop intenses, et sa mère ainsi que ceux qui l'aimaient avaient fait tout ce qui était en leur pouvoir pour lui apprendre à les maîtriser. Même lorsqu'il n'était encore qu'un enfant ses amitiés, ses désirs, ses sentiments étaient excessifs. Il pouvait être submergé par la pitié, être malade de désir, fou de haine, consumé d'amour. Il avait reçu trop de Dons en partage, et rares étaient ceux qui comprenaient que cela pouvait être un fardeau.

Jeune homme, Jondalar avait appris à donner du plaisir à une femme, mais c'était une pratique normale dans sa culture : tous les garçons de son âge recevaient cet enseignement. S'il avait si bien retenu ces leçons, c'était en partie parce que l'enseignante était remarquable, mais également du fait de son inclination naturelle : il avait découvert à un âge tendre comment donner du plaisir à une femme mais n'avait jamais appris comment on éveille leur intérêt.

Et pour cause... A la différence de la plupart des hommes, il n'avait jamais eu à se donner la moindre peine pour se faire remarquer des femmes : celles-ci ne manquaient jamais de le faire, au point qu'il devait plus souvent qu'à son tour trouver des biais pour les repousser. Jamais il n'avait eu à réfléchir au meilleur moyen de rencontrer une représentante de l'autre sexe ; celles-ci se donnaient beaucoup de mal pour faire sa connaissance, certaines se jetaient même carrément à son cou. Jamais il n'avait eu à séduire une femme, à la convaincre de passer un moment avec lui. Et jamais il n'avait appris non plus à gérer une rupture qui n'était pas de son fait, la colère d'une femme, ou ses propres erreurs. Et personne ne pouvait s'imaginer qu'un homme aussi manifestement doué pût ignorer à ce point ce genre de chose.

Quand quelque chose ne tournait pas rond, la réaction de Jondalar consistait à se replier sur lui-même, en lui-même, à essayer de maîtriser ses sentiments en espérant que tout cela se réglerait tout seul. Qu'on finirait par lui pardonner, qu'on excuserait ses bourdes. Et c'était d'ailleurs ainsi que tout se terminait, le plus souvent. Aussi n'avait-il pas su quoi faire quand Ayla l'avait surpris avec Marona, or Ayla elle-même n'était guère plus douée pour traiter ce genre de situation.

Depuis l'époque où, à l'âge de cinq ans, elle avait été découverte par le Clan, elle s'était toujours efforcée de s'adapter, de se faire accepter pour qu'on ne la rejette pas. Ceux du Clan ne pleuraient pas sous le coup de l'émotion, et comme ses larmes les troublaient beaucoup, elle avait appris à les réprimer. Ceux du Clan étaient incapables de montrer leur colère, leur douleur ou d'autres sentiments forts, cela n'était pas considéré comme convenable, elle avait donc appris à les refouler. Afin d'être une digne représentante du Clan, elle avait appris ce que l'on attendait d'elle et s'était efforcée de se comporter comme elle était censée le faire. Elle avait essayé de faire la même chose chez les Zelandonii.

Mais là, elle ne savait plus comment agir. Il lui semblait évident qu'elle n'avait pas bien appris à devenir une digne représentante des Zelandonii. Les gens étaient troublés par son comportement, certains la détestaient, et Jondalar ne l'aimait plus. Il l'avait soigneusement ignorée et elle avait essayé de le provoquer pour qu'il réagisse à son égard, mais son agression brutale sur la personne de Laramar l'avait totalement prise au dépourvu et elle avait le sentiment qu'elle en était sans l'ombre d'un doute responsable. Lorsqu'ils vivaient chez les Mamutoï, elle avait vu en lui un être capable de compassion, d'amour, et de maîtrise de soi. Elle croyait bien le connaître, et voilà qu'elle avait désormais la conviction que ce n'était pas du tout le cas. Grâce à la seule force de sa volonté, elle avait essayé de présenter l'apparence d'un semblant de normalité, mais elle en avait assez de rester éveillée pendant toutes ces nuits, trop préoccupée, trop triste, trop furieuse pour trouver le sommeil. Tout ce dont elle avait besoin désormais, c'était d'être au calme et de se reposer.

Peut-être Zelandoni s'était-elle montrée un peu trop intéressée par les vertus de cette racine du Clan, sans quoi elle aurait fait preuve d'un peu plus de perspicacité, mais il est vrai qu'Ayla avait toujours été un cas à part : elles n'avaient pas assez de références communes, leurs origines, leur milieu étaient par trop différents. Au moment précis où elle pensait être vraiment en mesure de comprendre la jeune femme, elle commençait à comprendre qu'elle en était peut-être loin.

— Je ne veux surtout pas t'ennuyer avec cela si tu estimes que cela n'en vaut pas la peine, Ayla, dit-elle, mais si tu pouvais me donner quelques précisions sur la façon de préparer cette racine, nous pourrions mettre au point une petite expérience. Juste histoire de voir si cela peut se révéler de quelque utilité. Pour l'information de la Zelandonia, et d'elle seule, bien sûr. Qu'en dis-tu ?

Dans l'état de trouble où se trouvait Ayla, même le néant obscur, pourtant si terrifiant, lui apparaissait soudain comme un endroit paisible, un lieu où trouver refuge, loin de toute l'agitation ambiante. Et si elle était incapable de revenir, quelle différence cela pourrait-il faire ? Jondalar ne l'aimait plus. Sa fille lui manquerait – Ayla sentit ses entrailles se nouer –, mais elle se dit aussitôt que Jonayla se trouverait probablement beaucoup mieux sans elle. La fillette regrettait l'absence de Jondalar. Si elle n'était plus là, celui-ci reviendrait et s'occuperait de nouveau d'elle. Et d'ailleurs, il y avait énormément de gens qui l'aimaient et sauraient prendre soin d'elle.

— Ce n'est pas bien compliqué, Zelandoni, dit-elle. Pour l'essentiel, cela consiste à mâcher les racines jusqu'à en faire une sorte de bouillie que l'on crache dans un bol d'eau. Mais comme elles sont très dures, cela prend beaucoup de temps, et la personne qui s'occupe de la préparation n'est pas censée avaler une seule goutte du suc ainsi produit. Il se peut que le jus qui s'accumule dans la bouche soit un ingrédient indispensable, expliqua Ayla.

— C'est tout ? J'ai l'impression que si on en utilisait une toute petite quantité, comme pour expérimenter quelque chose de nouveau, ça ne devrait pas être si dangereux, fit valoir la Première.

— Il faut respecter certains rituels du Clan. La femme-médecine qui prépare la racine pour les Mog-ur est censée se purifier d'abord : elle doit se baigner dans une rivière, se laver avec de la saponaire et ensuite ne plus porter de vêtements. Iza m'a expliqué que c'était afin que la femme soit sans tache et ouverte, sans rien pouvoir dissimuler, et ce afin de ne pas contaminer les saints hommes, les Mog-ur. Le Mog-ur, Creb, a peint mon corps de couleurs rouges et noires, en entourant de cercles les parties féminines, pour les isoler, j'imagine. Pour le Clan, c'est une cérémonie hautement sacrée.

— Nous pourrions utiliser la nouvelle grotte que tu as découverte, dit la Première. C'est un lieu tout à fait sacré, et isolé. Ce serait parfait. Vois-tu autre chose ?

— Non, sinon que lorsque j'ai testé la racine avec Mamut, il a veillé à ce que ceux du Camp du Lion n'arrêtent pas de chanter, de façon que nous ayons en permanence quelque chose à quoi nous accrocher, quelque chose qui continue de nous relier à ce monde, et nous aide à retrouver le chemin du retour.

Elle eut une hésitation, baissa les yeux sur la tasse qu'elle tenait toujours à la main, et ajouta, d'une toute petite voix :

— J'ignore comment, mais Mamut a dit que Jondalar nous avait probablement aidés à revenir.

— Nous veillerons à ce que tous les membres de la Zelandonia soient présents. Les longues litanies ne leur font pas peur. Tu as une idée de ce qu'ils devront chanter ?

— Pas vraiment. Juste quelque chose de familier, répondit Ayla.

— Quand devons-nous organiser l'expérience, d'après toi ? demanda Zelandoni, plus excitée qu'elle ne l'aurait cru possible.

— A mon avis, cela n'a pas grande importance.

— Demain ? Dès que tu auras eu le temps de tout préparer ?

Ayla haussa les épaules, comme si elle s'en moquait. Ce qui, sur le moment, était en effet le cas.

— Ça devrait faire l'affaire, j'imagine, conclut-elle.

39

Comme Ayla, Jondalar était plongé dans l'angoisse et le désespoir. Depuis la grande cérémonie marquée par la révélation faite à l'assemblée tout entière sur le rôle des hommes et la raison de leur création, il s'était efforcé d'éviter autant que possible tout contact avec autrui. Il ne se rappelait que vaguement certaines bribes de ce qui s'était passé cette nuit-là : il se rappelait avoir frappé Laramar au visage, encore et encore, et ne pouvait effacer de son esprit l'image de l'ivrogne s'agitant en cadence sur le corps d'Ayla.

Lorsqu'il s'était réveillé, le lendemain, le sang battait violemment à ses tempes et il se sentait pris de vertiges et de nausées. Il n'avait pas souvenir d'avoir été aussi malade un lendemain d'excès et se demandait de quoi étaient faites les boissons qu'il avait absorbées en si grande quantité.

Danug se trouvait à ses côtés, et il avait eu le sentiment qu'il convenait de lui manifester sa gratitude, sans toutefois savoir pourquoi. Il lui avait donc posé des questions pour essayer de remplir les blancs. En apprenant ce qu'il avait fait, il avait commencé à se rappeler certains détails de l'incident et en avait été à la fois effrayé et plein de remords et de honte. Il n'avait certes jamais éprouvé la moindre sympathie pour Laramar, mais rien de ce que celui-ci lui avait fait ne pouvait justifier le traitement qu'il lui avait infligé. La haine qu'il en éprouva alors envers lui-même submergea toute autre pensée. Il était certain que tout le monde partageait maintenant ce sentiment à son égard, et qu'il était impossible qu'Ayla continue de l'aimer : comment aurait-elle pu éprouver un tendre sentiment envers quelqu'un de si méprisable ?

Une partie de lui-même avait envie de tout laisser derrière lui et de s'enfuir, le plus loin possible, mais quelque chose le retenait. Il se disait qu'il devrait au moins avoir le courage d'affronter le châtiment qui allait lui être infligé, en tout cas de savoir en quoi il allait consister, puis de faire amende honorable, si cela était encore possible. Mais au fond de lui-même, il n'était pas sûr de pouvoir purement et simplement abandonner Ayla et Jonayla. L'idée de ne plus jamais les voir, même de loin, lui était insupportable.

La douleur, la culpabilité, le désespoir s'entremêlaient dans son esprit : impossible de penser à quoi que ce soit qui fût susceptible de lui permettre de remettre sa vie en ordre. Chaque fois qu'il croisait quelqu'un, il était sûr qu'on le regardait avec le même sentiment de dégoût et de mépris qu'il éprouvait envers lui-même. Mais s'il s'en voulait autant, c'était en bonne partie parce que même s'il savait qu'il s'était comporté de façon méprisable, et même si la honte le submergeait, chaque fois qu'il fermait les yeux pour essayer de trouver le sommeil, il ne cessait de voir Laramar besognant Ayla, et alors il ressentait la même bouffée de fureur et de frustration qui l'avait assailli sur le moment. Il savait, au plus profond de lui-même, qu'il se comporterait de la même façon dans des circonstances identiques.

Impossible de penser à autre chose qu'à ses propres problèmes : ceux-ci ne cessaient de le tourmenter, comme une perpétuelle démangeaison, une plaie que l'on ne peut s'empêcher de gratter, sans lui laisser la moindre chance de cicatriser, au point de la faire empirer, encore et encore, jusqu'à ce qu'elle se transforme en infection généralisée.

Afin d'éviter le plus possible les rencontres, il s'était mis à faire de longues marches, le plus souvent sur les bords de la Rivière, en général vers l'amont. Chaque nouvelle promenade l'entraînait un peu plus loin, durait un peu plus longtemps, même s'il y avait toujours un moment où il se sentait obligé de s'arrêter, de faire demi-tour et de rentrer au campement. Parfois, il lui arrivait d'aller retrouver Rapide et, plutôt que de marcher au bord de la rivière, de le monter et de galoper dans les vastes prairies. Il résistait à la tentation de prendre son cheval trop souvent car c'est alors qu'il était le plus tenté de partir loin, très loin. Trop loin.

Dès qu'elle se sentit bien éveillée, Ayla se leva et alla à la Rivière. Elle avait mal dormi, d'abord trop nerveuse et agitée pour pouvoir trouver le sommeil, puis tourmentée par des rêves dont elle ne se souvenait pas très bien, mais qui l'avaient laissée mal à l'aise. Elle passa en revue dans sa tête ce dont elle avait besoin pour que la cérémonie du Clan se déroule au mieux, dans les formes. Tout en cherchant de la saponaire pour se purifier, elle gardait l'œil ouvert, à l'affût d'un rognon de silex ou même d'un éclat d'une taille raisonnable qui lui permettrait d'obtenir un tranchoir à la manière du Clan. Elle s'en servirait pour couper un morceau de cuir dans lequel elle se taillerait une amulette du Clan.

En arrivant au confluent du petit ruisseau et de la Rivière, elle décida de remonter le ru vers l'amont. Après une assez longue marche, elle tomba sur une touffe de saponaire, dans les bois situés juste derrière le campement de la Neuvième Caverne. La saison étant largement avancée, la plupart des plantes avaient déjà été arrachées et par ailleurs il s'agissait d'une variété différente de celle qu'utilisaient ceux du Clan. Or elle voulait absolument que le rituel soit respecté sinon à la lettre du moins le mieux possible : dans la mesure où elle était une femme, ce ne serait de toute manière jamais une cérémonie du Clan puisque seuls ses membres mâles consommaient les racines. Le travail de la femme ne consistait qu'à les préparer. En se penchant pour arracher les tiges de saponaire, elle crut apercevoir Jondalar dans les bois, marchant au bord du petit ruisseau, mais lorsqu'elle se releva il avait disparu, au point qu'elle se demanda si son imagination ne lui avait pas joué un tour.

L'étalon était visiblement content de voir Jondalar. Les deux juments l'étaient tout autant, mais c'était d'une longue chevauchée en solitaire qu'il avait envie. Lorsqu'ils atteignirent l'immensité de la plaine, il poussa Rapide à un galop d'enfer, le cheval paraissant avoir très envie de justifier le nom qui lui avait été donné. Jondalar ne prêtait guère attention à l'endroit vers lequel ils se dirigeaient, pas plus qu'à celui où ils se trouvaient, jusqu'au moment où il fut brutalement tiré de ses sombres pensées. Il entendit un hennissement belliqueux, le bruit de sabots frappant nerveusement le sol, et sentit sa monture commencer à se cabrer : ils se trouvaient au milieu d'un troupeau de chevaux. Seuls ses excellents réflexes et ses années d'expérience lui permirent de ne pas être désarçonné : plongeant en avant, il agrippa de la main la crinière du cheval des steppes et tint bon, s'efforçant d'apaiser son étalon et de le maîtriser. Jeune et en parfaite santé, Rapide n'avait jamais eu l'occasion de partager la vie des mâles de son espèce qui, assemblés en troupeau, ne s'éloignaient jamais beaucoup de celui constitué par les juments et leurs poulains, sous la garde permanente de l'étalon dominant, toujours prêt à défendre son bien et ses prérogatives. Il n'avait pas davantage expérimenté leurs jeux. Et pourtant il se sentait instinctivement prêt à défier le mâle dominant.

La première réaction de Jondalar fut d'entraîner sa monture le plus loin et le plus vite possible du troupeau, ce qu'il fit, reprenant le chemin du campement. Lorsque Rapide se fut calmé et qu'ils eurent tous deux repris un rythme plus raisonnable, Jondalar commença à se demander s'il était juste de garder son étalon à l'écart de ses congénères et, pour la première fois, il songea sérieusement à lui rendre sa liberté.

Sur le chemin du retour, la mélancolie le reprit : il se rappelait le jour de la grande réunion, et Ayla, assise bien raide à sa place tandis que Brukeval l'insultait. Oh, comme il avait désiré la réconforter, contraindre Brukeval à cesser ses éructations, lui expliquer qu'il avait tort. Il avait compris absolument tout ce qu'avait révélé Zelandoni – au fil des années, il en avait déjà entendu l'essentiel de la bouche d'Ayla et était sans doute plus préparé que la plupart des autres hommes à l'accepter. Les seules nouveautés avaient été d'abord le nom donné à la relation entre l'homme et l'enfant, père, puis la dernière annonce de Zelandoni, selon laquelle les hommes donneraient leur nom aux garçons ; les pères nommeraient leurs fils. Il répéta le mot dans sa tête. Père. Il était père. Le père de Jonayla.

Mais non, il n'était pas digne d'être le père de Jonayla ! La fillette aurait honte de l'appeler « père ». Il avait failli tuer un homme, avec ses poings. Sans Danug, c'est ce qui se serait produit. Ayla avait perdu un bébé lorsqu'elle s'était retrouvée seule, dans les profondeurs de la Grotte des Rochers de la Fontaine, et il n'avait pas été là pour lui venir en aide. Et si l'enfant qu'elle avait perdu était un garçon ? Si cela avait été le cas, et si elle ne l'avait pas perdu, est-ce lui qui lui aurait donné son nom ? Quel sentiment éprouvait-on lorsqu'on devait trouver un nom pour son fils ?

Mais maintenant, quelle importance ? Il ne serait plus jamais en mesure de donner son nom à un enfant. Il avait perdu sa compagne, il allait devoir quitter son foyer. Après que Zelandoni avait clos la réunion, il avait évité de prendre part aux conversations qui rassemblaient la quasi-totalité de ceux qui y avaient assisté et s'était empressé de rentrer à la lointaine des hommes seuls afin de ne pas avoir à s'expliquer avec Ayla et Jonayla.

C'était toujours ce sentiment qui l'animait lorsqu'il revint à sa tente, vide de ses occupants habituels, partis vaquer à leurs occupations. Au bout d'un certain temps, incapable de s'empêcher de ressasser ses torts, il n'y tint plus et ressortit, sans cesser de se faire des reproches, se flagellant moralement, et prit la direction de la Rivière pour entreprendre de nouveau une longue promenade, à pied cette fois.

Il se dirigeait vers l'amont lorsque Loup surgit à ses côtés. Jondalar fut content de voir l'animal et s'arrêta pour le saluer, prenant entre ses mains la tête du carnivore, dont la fourrure s'était déjà bien épaissie à l'approche de l'hiver.

— Loup ! Qu'est-ce qui t'amène ici ? Tu en as assez toi aussi du bruit et de la foule ? Eh bien, sois le bienvenu, dit-il avec enthousiasme.

L'animal lui répondit par un grondement de plaisir.

Loup n'avait pratiquement pas quitté Jonayla ces derniers jours, pas plus qu'Ayla, à qui il était lié depuis le jour où celle-ci avait arraché le pauvre petit louveteau, alors âgé d'un mois à peine, de sa tanière glaciale et solitaire pour le prendre sous son aile. Il n'avait donc guère eu de temps à consacrer au troisième être humain qu'il considérait comme un membre essentiel de sa meute.

En rentrant au campement de la Neuvième Caverne après avoir dévoré le repas qu'on lui avait préparé, il avait vu Jondalar prendre la direction de la Rivière et lui avait couru après, précédant Jonayla. Il s'était retourné vers la fillette et l'avait regardée en poussant un gémissement.

« Vas-y, Loup, lui avait dit l'enfant avec un geste de la main. Va rejoindre Jondalar. »

La grande tristesse de l'homme n'avait pas échappé à Jonayla, pas plus que celle de sa mère, tout aussi profonde même si celle-ci s'efforçait de ne rien laisser paraître. Sans savoir exactement de quoi il s'agissait, la fillette savait que quelque chose n'allait pas, quelque chose de très grave qui lui donnait l'impression que son ventre se nouait, se rétrécissait. Ce qu'elle souhaitait par-dessus tout, c'était que sa famille soit de nouveau réunie, ce qui incluait sa chère Thona, Wiimar, Loup, ainsi que les chevaux.

Peut-être que Jondi a besoin de te voir, Loup, et de rester en ta compagnie, comme moi, se disait Jonayla.

Ayla venait de penser à Jondalar, ou plus exactement elle s'était dit que pour son bain de purification en prévision de la cérémonie la pièce d'eau dans le ruisseau serait parfaite, ce qui lui avait tout de suite fait penser à son compagnon. Assez éloigné de l'agitation, discret et tranquille, le lieu serait idéal, mais elle avait été incapable d'y revenir depuis qu'elle y était tombée sur Jondalar et Marona. Elle savait qu'il y avait du silex dans le coin, Jondalar en avait trouvé, mais jusque-là elle n'en avait pas vu et elle ne pensait pas avoir assez de temps pour aller en chercher un peu plus loin. Elle n'ignorait pas, bien sûr, que Jondalar en conservait toujours par-devers lui, mais elle n'envisageait pas une seconde d'aller lui en demander. Il lui faudrait donc se contenter d'utiliser un couteau zelandonii et une alêne pour découper la peau et percer des trous sur le bord pour y passer le cordon, même s'il s'agissait encore d'un écart par rapport aux coutumes du Clan.

Lorsqu'elle eut trouvé un caillou un peu plat, elle le porta jusqu'à la pièce d'eau et là, avec une autre pierre, plus ronde celle-là, elle écrasa les tiges de saponaire, qui se mirent aussitôt à produire de la mousse. Elle en recueillit le suc, qu'elle mélangea avec un peu d'eau, puis s'accroupit dans le ruisseau et s'enduisit le corps du produit moussant. Après s'en être bien frottée, elle s'éloigna du bord pour aller se rincer un peu plus loin. Le ruisseau prenant rapidement de la profondeur, elle plongea sa tête sous l'eau, nagea quelques brasses, puis regagna le bord pour se laver les cheveux. Durant toute l'opération, elle ne cessa de songer au Clan.

Son enfance au sein du clan de Brun s'était déroulée dans la paix et la sécurité, Iza et Creb avaient toujours été là pour l'entourer d'amour et de soins. Dès sa venue au monde, chacun savait ce qu'on attendait de lui, et aucun écart n'était toléré. Les rôles étaient clairement définis. Chacun connaissait celui qui lui était assigné, son rang, sa tâche, sa place. La vie se déroulait sous le double signe de la stabilité et de la sécurité. Personne n'avait à se soucier de nouvelles idées susceptibles de bouleverser la routine établie.

Pourquoi donc fallait-il que ce soit à elle qu'il revienne d'introduire des changements affectant la totalité de ses semblables ? Au point que certains en venaient à la haïr ? En revenant sur le passé, à sa vie si rassurante au sein du Clan, elle se demandait ce qui l'avait poussée à se battre si durement contre ces servitudes. Aujourd'hui, la vie si ordonnée du Clan lui paraissait bien séduisante : une sécurité confortable en échange d'une existence strictement réglée.

Et pourtant, elle était contente d'avoir appris toute seule à chasser, bien que cela contrevînt aux traditions du Clan. Elle était femme, or les femmes du Clan ne chassaient pas. Mais si elle n'avait pas appris elle ne serait plus en vie maintenant, même si cela l'avait conduite tout près du trépas lorsqu'ils l'avaient découvert : la première fois qu'ils l'avaient maudite, lorsque Brun l'avait bannie du Clan, il avait limité à une lune sa période d'exclusion. C'était le début de l'hiver, et tout le monde s'attendait à ce qu'elle périsse, mais cette connaissance de la chasse qui lui avait valu d'être maudite lui avait permis de rester en vie.

Il aurait peut-être mieux valu que je disparaisse alors, se dit-elle.

Elle avait une fois de plus bravé les traditions du Clan lorsqu'elle s'était enfuie avec Durc, mais elle n'avait tout simplement pas pu les laisser abandonner son fils nouveau-né à la merci des éléments et des bêtes carnivores simplement parce qu'ils pensaient qu'il était difforme. Brun leur avait fait grâce, malgré les objections de Broud. Celui-ci ne lui avait jamais facilité la vie : lorsqu'il s'était retrouvé à la tête du Clan et l'avait maudite, cela avait été sans raison valable, et sans espoir de retour. Cette fois, elle avait été contrainte de quitter le Clan pour toujours. Sa connaissance de la chasse lui avait une fois de plus sauvé la vie, à l'époque. Jamais elle n'aurait pu survivre dans la vallée si elle n'avait pas maîtrisé cet art, et si elle n'avait pas eu la conviction qu'elle serait capable de survivre seule si elle y était contrainte.

En retournant au campement, Ayla songeait toujours au Clan et à la meilleure façon de gérer les rituels associés aux racines. Elle aperçut Jonayla, en compagnie de Proleva et de Marthona. Toutes trois lui firent de grands gestes l'invitant à les rejoindre.

— Viens donc manger un morceau ! lui lança Proleva.

Loup s'était lassé de suivre cet homme si triste qui ne faisait rien d'autre que de marcher d'un pas lourd, et il était parti retrouver Jonayla. Il était en train de ronger un os de l'autre côté du feu et releva la tête pour voir Ayla arriver parmi eux. Celle-ci embrassa sa fille, puis, la tenant à bout de bras, elle la regarda avec une étrange lueur de chagrin au fond des yeux avant de l'enlacer à nouveau, presque trop fort.

— Tu as les cheveux mouillés, mère, dit la fillette en se dégageant de son étreinte.

— Je viens de les laver, expliqua Ayla en caressant le grand loup qui s'était approché d'elle pour lui souhaiter la bienvenue.

Elle prit entre ses mains la tête magnifique de l'animal, le fixa au fond des yeux, l'enlaça avec ferveur. Lorsqu'elle se redressa, le loup leva la tête vers elle, attendant avec impatience ce qui allait suivre : dès qu'elle se tapota l'épaule, il bondit, affermit ses pattes sur les deux épaules de sa maîtresse et lui lécha le cou et le visage avant de prendre sa mâchoire dans sa gueule, avec une extrême douceur. Il la tint ainsi un bon moment. Lorsqu'il la relâcha, elle lui rendit à son tour le signe de son appartenance à la meute en prenant un moment la mâchoire de la bête entre ses dents. Cela faisait longtemps qu'elle n'avait pas fait cela, et elle eut le sentiment que Loup appréciait fort.

Proleva avait retenu son souffle pendant toute la durée de ce manège, et elle expira avec soulagement lorsque Loup retomba sur ses pattes. Ce n'était pas la première fois qu'elle assistait à ce spectacle, mais ce comportement si particulier d'Ayla, si proche de celui des loups, ne cessait de la troubler : voir cette femme exposer son cou aux dents de l'énorme animal la perturbait toujours autant et lui rappelait que cette bête si amicale, si obéissante, n'était autre qu'un loup capable de tuer sans difficulté n'importe lequel des humains qu'il côtoyait si librement.

— Sers-toi, Ayla, dit-elle une fois qu'elle eut repris son souffle et calmé ses appréhensions. Tu n'as que l'embarras du choix. Le repas de ce matin a été facile à préparer. Il y avait des tas de restes du festin d'hier. Je suis bien contente qu'on ait décidé de l'organiser avec les Lanzadonii, j'ai adoré travailler avec Jerika, Joplaya et certaines des autres. J'ai l'impression de les connaître un peu mieux après cela.

Ayla éprouva une pointe de regret : si elle n'avait pas été si prise avec la Zelandonia, elle aurait apprécié de participer à la préparation du festin. Travailler en commun était en effet une excellente façon de nouer des liens avec les autres, de les connaître un peu mieux. Ressasser ses propres problèmes, comme cela avait été son cas, n'y aidait pas, se dit-elle en prenant une des tasses en surplus disponibles pour ceux ou celles qui avaient oublié la leur, et en la remplissant de camomille contenue dans un gros récipient à cuire, en bois rainuré. On préparait de l'infusion avant toute chose, le matin.

— L'aurochs est particulièrement bon et juteux, Ayla. Ils commencent à faire leur graisse d'hiver, et Proleva vient juste de le réchauffer. Tu devrais y goûter, l'incita Marthona, remarquant qu'elle ne se servait pas. Les plats à nourriture sont là, poursuivit-elle en montrant du doigt une pile d'ustensiles en bois, en os ou en ivoire, de tailles diverses, qui faisaient office d'assiettes.

Les arbres abattus et fendus pour obtenir du bois de chauffe laissaient parfois de gros éclats que l'on pouvait très vite tailler et aplanir ; de la même façon, et aux mêmes fins, les os du pelvis ou les omoplates des cerfs, bisons et autres aurochs pouvaient être rognés à une taille raisonnable. Les plus gros éclats qui sautaient lorsqu'on taillait les défenses de mammouth, un peu comme du silex, pouvaient eux aussi servir d'assiettes. Les tailleurs d'ivoire de mammouth commençaient par creuser au burin une entaille circulaire. Ils y glissaient ensuite, en la disposant à un angle adéquat, la pointe d'un solide morceau de corne ou de bois de cerf, après quoi, avec de la pratique et un peu de chance, ils étaient en mesure d'en détacher un éclat d'un bon coup de marteau en pierre. Il s'agissait toutefois d'un travail délicat, que l'on ne pratiquait que pour obtenir des objets destinés à être offerts en cadeau ou à d'autres fins très spéciales. De tels éclats d'ivoire, à la surface extérieure légèrement arrondie et aplanie, servaient à d'autres usages que celui d'assiettes pour les repas. On pouvait graver dessus des images décoratives.

— Je te remercie, Marthona, mais je dois prendre un certain nombre de choses et aller retrouver Zelandoni, s'excusa Ayla.

Elle s'arrêta toutefois dans son élan pour aller s'accroupir devant la vieille femme, assise sur un petit tabouret fait de tiges et de feuilles de roseaux tressées.

— Je veux vraiment te remercier de t'être montrée si gentille avec moi depuis le premier jour de mon arrivée, dit-elle. Je ne me rappelle pas ma propre mère, je ne me souviens que d'Iza, la femme du Clan qui m'a élevée, mais je me plais à penser que ma vraie mère devait te ressembler.

— Je te considère comme ma fille, Ayla, répliqua Marthona, plus émue qu'elle ne l'aurait pensé. Mon fils a eu bien de la chance de te trouver. Je souhaiterais parfois qu'il te ressemble plus, ajouta-t-elle avec un hochement de tête.

Ayla la serra dans ses bras, puis se tourna vers Proleva.

— Merci aussi à toi, Proleva, dit-elle. Tu t'es montrée une amie très sûre et j'apprécie plus que je ne saurais dire la façon dont tu as veillé sur Jonayla quand j'ai été obligée de rester à la Neuvième Caverne et que j'ai été si occupée ici.

Elle alla enlacer à son tour la jeune femme.

— J'aurais bien aimé que Folara soit là, mais je sais qu'elle est prise par la préparation de sa cérémonie Matrimoniale. Je suis ravie pour elle, Aldanor est l'homme qu'il lui faut. Maintenant, je dois vous quitter, lança-t-elle soudain avant de serrer une fois de plus sa fille contre elle puis de partir à grandes enjambées vers le local de la Zelandonia, retenant à grand-peine les larmes qui lui venaient aux yeux.

— J'ai du mal à comprendre, dit Proleva.

— Si je m'écoutais, je penserais presque qu'elle nous disait au revoir, lâcha Marthona, pensive.

— Mère va quelque part, Thona ? demanda Jonayla.

— Je ne crois pas. En tout cas, personne ne m'a rien dit.

Ayla resta un bon moment dans le local pour y faire ses préparatifs. Elle découpa tout d'abord un cercle grossier dans la peau de cerf qu'elle avait apportée avec elle à la Réunion d'Eté. La veille, elle avait retrouvé, pliée sur sa natte de nuit, la pièce taillée dans le cuir tendre du ventre de l'animal. Et lorsqu'elle avait demandé à sa fille qui s'était occupé de préparer la peau du cervidé, celle-ci lui avait répondu : « Tout le monde y a participé. »

Les cordages en tous genres, câbles, fils de toutes tailles, faits de fibres végétales, de tendons ou de bandes de cuir, étaient toujours d'un usage pratique, et d'une confection aisée qui ne nécessitait guère d'y réfléchir pour peu que l'on possédât les techniques idoines. Presque tous les habitants des Cavernes avaient les mains occupées à fabriquer quelque chose lorsqu'ils discutaient ou écoutaient raconter des histoires, à partir de matériaux ramassés partout où l'on pouvait les trouver. Toute personne ayant besoin d'un cordage quelconque pouvait par conséquent en trouver à sa disposition.

Ayla prit donc plusieurs lanières de cuir ainsi qu'un long morceau de fine corde bien flexible, tout cela accroché à des patères fichées dans des poteaux près de l'entrée du local. Après avoir découpé sa pièce de cuir et lui avoir donné une forme circulaire, elle plia ce qu'il restait de la peau puis enroula la corde et la déposa dessus. Cela fait, elle mesura une portion de lanière en la passant autour de son cou, en ajouta une autre, de longueur équivalente, puis la faufila dans les trous qu'elle venait de percer sur le rebord de la pièce en cuir circulaire.

Elle ne portait plus guère d'amulettes, pas même sa plus récente. La plupart des Zelandonii arboraient des colliers, et il n'était guère facile de porter à la fois l'un de ces bijoux et un sachet en cuir plutôt encombrant. Ayla préférait donc conserver son amulette dans son sac à remèdes, qu'elle portait d'ordinaire attaché à sa ceinture. Ce n'était pas un sac à médecines du Clan. Elle avait bien songé à plusieurs reprises à s'en confectionner un autre, mais n'en avait jamais vraiment trouvé le temps. Dénouant le cordon qui tenait fermé son sac à remèdes, elle farfouilla dedans et en sortit la petite bourse décorée, son amulette, pleine d'objets de formes diverses. Elle défit là encore les nœuds et versa dans sa main l'étrange collection d'objets : il s'agissait de signes d'appartenance de son totem qui, tous, symbolisaient des moments importants de son existence. La plupart, mais pas tous, lui avaient été donnés par l'Esprit du Grand Lion des Cavernes après une décision capitale qu'elle venait de prendre, pour lui manifester que son choix avait été le bon. Entièrement poli à la suite d'innombrables manipulations, le morceau d'ocre rouge fut le premier objet qu'elle fourra dans le sac. Il lui avait été donné par Iza lorsqu'elle avait été acceptée au sein du Clan. Ayla le glissa dans sa nouvelle amulette. L'éclat de dioxyde de manganèse, d'un noir de jais, qui lui avait été donné lorsqu'elle était devenue femme-médecine était lui aussi lisse à force d'être resté si longtemps dans le sachet au contact des autres objets. Les matières rouges et noires dont elle se servait fréquemment pour teindre avaient laissé leurs traces sur les autres articles qui se trouvaient à l'intérieur. Ceux qui étaient à base minérale pouvaient être aisément nettoyés, comme ce fossile de coquillage, signe de son totem signifiant que sa décision de chasser était recevable, même si elle était femme.

Même alors, il devait savoir que j'aurais besoin de chasser pour survivre, songea-t-elle. Mon Lion des Cavernes a même dit à Brun de me laisser chasser, mais uniquement à la fronde. Le disque en ivoire de mammouth, son talisman de chasse qui lui avait été donné lorsqu'elle avait été déclarée Femme Qui Chasse, avait été imprégné d'un colorant qui ne pouvait être effacé, essentiellement de l'ocre rouge.

Elle prit le morceau de pyrite et le frotta contre sa tunique. C'était son symbole préféré, celui qui signifiait qu'elle avait eu raison de s'enfuir avec Durc. Si elle ne l'avait pas fait, il aurait été abandonné en pleine nature, puisqu'on l'avait jugé difforme. Lorsqu'elle l'avait pris et s'était enfuie avec lui, sachant pertinemment qu'ils pouvaient mourir tous les deux, cela avait amené Brun et Creb à réfléchir à leur décision. La poussière colorée collait au cristal de quartz transparent mais ne le décolorait pas ; ce signe qu'elle avait trouvé était le symbole qu'elle avait pris la bonne décision en cessant de rechercher son peuple et en restant un temps dans la Vallée des Chevaux. Elle se sentait toujours mal à l'aise chaque fois qu'elle voyait le morceau de manganèse noir. Elle le reprit dans sa main et referma son poing dessus : il contenait l'esprit de tous les membres du Clan. Pour l'obtenir, elle avait échangé un morceau de son esprit afin que, lorsqu'elle sauvait la vie de quelqu'un, celui-ci ne lui doive rien dans la mesure où elle possédait déjà une partie de l'esprit de chacun.

A la mort d'Iza, Creb, le Mog-ur, lui avait pris sa pierre de femme-médecine pour qu'on ne l'enterre pas avec elle et qu'elle n'entraîne pas le Clan tout entier à sa suite dans le Monde des Esprits et il l'avait confiée à Ayla, mais personne ne lui avait réclamé l'objet lorsque Broud l'avait condamnée à la mort. Tout le monde avait été si choqué par la décision de Broud que personne n'avait eu l'idée de demander à Ayla de la rendre. Quant à elle, elle avait oublié de la restituer. Qu'arriverait-il au Clan si cette pierre était toujours en sa possession lorsqu'elle passerait dans le Monde d'Après ?

Elle déposa tous les symboles de son totem dans sa nouvelle bourse, sachant qu'elle les y laisserait dès cet instant : il était normal et juste que les signes totémiques du Clan se trouvent dans une amulette du Clan. En nouant fermement le cordon qui l'entourait, elle se demanda, et ce n'était pas la première fois, pourquoi elle n'avait pas reçu un nouveau signe de son totem lorsqu'elle avait décidé de quitter les Mamutoï et de partir avec Jondalar. Etait-elle déjà à cette époque devenue un enfant de la Mère ? Celle-ci avait-Elle annoncé à son totem qu'elle n'avait pas besoin qu'on lui donne un nouveau signe ? Ou s'agissait-il d'un signe beaucoup plus subtil qu'elle n'avait pas été capable de reconnaître ? A moins que, songea-t-elle avec effroi, à moins qu'elle n'ait tout simplement pris la mauvaise décision. Elle sentit un frisson la parcourir. Pour la première fois depuis longtemps, elle serra l'amulette contre elle et envoya un message silencieux implorant l'Esprit du Grand Lion des Cavernes de la protéger.

Lorsqu'elle quitta la hutte de la Zelandonia, elle portait une peau de cerf pliée en quatre, un sac à dos en cuir lourd des objets qu'il contenait et enfin son sac à remèdes du Clan. Plusieurs personnes étaient installées autour du foyer central, et elle leur adressa en passant un signe de la main. Il ne s'agissait pas toutefois du geste habituel, paume dirigée vers elle afin de signifier qu'il ne s'agissait là que d'une absence temporaire et qu'elle serait de retour sous peu. Elle avait cette fois levé sa main en tournant sa paume vers l'extérieur et en la remuant de gauche à droite. Marthona fronça les sourcils, se demandant avec inquiétude ce que cela pouvait bien signifier.

En commençant à remonter le cours du ruisseau, raccourci menant à la grotte qu'elle avait découverte quelques années plus tôt, Ayla se surprit à se demander si elle devait vraiment se plier à cette cérémonie. Bien sûr, Zelandoni serait déçue, de même que tous les autres membres de la Zelandonia qui se préparaient à y assister, mais elle présentait plus de dangers qu'ils ne se l'imaginaient. Lorsqu'elle avait accepté d'organiser cette cérémonie, la veille, elle était profondément déprimée, au point de ne pas se soucier de se perdre dans le néant obscur. Mais ce matin elle se sentait mieux, surtout après son bain rituel dans la Rivière et sa rencontre avec Jonayla et Loup, sans même parler de Marthona et Proleva. Et maintenant, elle ne se sentait pas prête à affronter ce néant obscur si terrifiant. Elle devrait peut-être dire à Zelandoni qu'elle avait changé d'avis.

Elle n'avait absolument pas pensé aux dangers auxquels elle allait être confrontée lorsqu'elle s'était lancée dans les préparatifs préliminaires, mais n'avait pu s'empêcher de ressentir un certain malaise devant son incapacité à respecter comme il convenait tous les rituels inhérents à la cérémonie. Pour le Clan, il s'agissait là d'un élément extrêmement important, contrairement à ce qui se passait chez les Zelandonii, plus tolérants sur les écarts à la règle. Même les paroles du Chant de la Mère variaient légèrement d'une Caverne à l'autre, alors qu'il s'agissait de la plus importante de toutes les Légendes des Anciens, ce qui constituait d'ailleurs l'un des sujets de discussion favoris au sein de la Zelandonia.

Si une telle légende avait été une partie très sacrée des cérémonies du Clan, elle aurait dû être mémorisée et psalmodiée très précisément de la même façon chaque fois qu'on la récitait, en tout cas au sein des clans qui entretenaient des contacts directs réguliers avec les autres. Et encore : même ceux des régions plus lointaines auraient dû disposer d'une version très proche. C'est la raison pour laquelle Ayla était en mesure de communiquer dans le langage des signes sacrés du Clan avec les clans de cette région même si ceux-ci se trouvaient à une bonne année de marche de celui dans lequel elle avait grandi.

Dans la mesure où elle allait pratiquer une cérémonie du Clan, en utilisant des racines aux pouvoirs considérables préparées selon les procédures propres au Clan, elle avait le sentiment que tout devait se faire en suivant au plus près la tradition du Clan. C'était à son sens la seule façon pour elle de maîtriser les différents stades de l'opération, et elle commençait à se demander si les précautions qu'elle prenait y suffiraient.

Profondément plongée dans ses pensées, elle était sur le point de quitter la zone boisée lorsqu'elle faillit heurter quelqu'un qui sortait de derrière un arbre. Elle eut alors la stupeur de se retrouver pratiquement dans les bras de Jondalar. Celui-ci parut encore plus surpris qu'elle et sembla ne pas du tout savoir quoi faire. Son premier réflexe fut d'achever ce que l'incident avait commencé, et de l'enlacer, ce qu'il avait envie de faire depuis si longtemps. Mais il lui suffit de voir l'air choqué d'Ayla pour faire un bond en arrière, convaincu que sa surprise était une marque de dégoût, qu'elle ne voulait surtout pas qu'il la touche. Quant à elle, elle prit le mouvement de recul de son compagnon comme la confirmation qu'il ne voulait plus d'elle, au point de ne plus souhaiter se trouver en sa compagnie.

Ils se regardèrent un long moment. Jamais ils n'avaient été aussi proches l'un de l'autre depuis qu'Ayla avait trouvé Jondalar en compagnie de Marona. Au plus profond d'eux-mêmes, ils ne désiraient rien plus au monde que de prolonger cet instant, de franchir cette distance qui, émotionnellement en tout cas, semblait les séparer. Mais un enfant qui courait sur le chemin fit distraction. Leurs regards se quittèrent un moment et, dès lors, il n'était plus question de revenir en arrière.

— Euh, désolé, lâcha Jondalar, qui mourait d'envie de la prendre dans ses bras mais avait trop peur qu'elle le repousse.

Eperdu, il regardait autour de lui, à gauche, à droite, tel un animal pris au piège.

— Aucune importance, souffla Ayla, baissant les yeux pour cacher les pleurs qui, décidément, menaçaient de déborder à tout moment ces derniers temps.

Elle ne voulait surtout pas qu'il voie à quel point elle était affectée à l'idée qu'il ne puisse plus supporter de se trouver près d'elle, au point de ne plus penser qu'à une chose : s'en éloigner au plus vite. Sans relever les yeux, elle se remit en route, pressant le pas avant que ses larmes ne jaillissent, ne la trahissent. De son côté, Jondalar dut lui aussi lutter contre les larmes en la regardant presque courir sur le chemin dans sa hâte à s'éloigner de lui.

La jeune femme continua donc de suivre ce qui était devenu un sentier à peine visible menant à la nouvelle grotte. Bien que, selon toute probabilité, chacun des membres de toutes les familles zelandonii ait visité l'endroit au moins une fois depuis sa découverte, il n'était guère utilisé. Du fait de sa beauté et de son aspect inhabituel, avec ses parois rocheuses d'un blanc presque parfait, la grotte était considérée comme un lieu très sacré, un endroit où soufflait l'esprit, et où l'on hésitait donc à pénétrer. Les membres de la Zelandonia et les responsables des différentes Cavernes en étaient encore à mettre au point les moments et les modalités de visite. La nouveauté était trop grande et les traditions n'avaient pas encore eu le temps de se mettre en place.

En approchant de l'éminence où se trouvait la grotte, Ayla remarqua que les amas de broussaille qui en obstruaient l'entrée avaient été poussés sur le côté, de même que l'arbre abattu dont les racines arrachées avaient permis d'apercevoir les différentes salles souterraines. La terre et les pierres autour de l'ouverture avaient également été dégagées, ce qui élargissait l'entrée.

Sans aller jusqu'à attendre impatiemment la cérémonie dont elle avait assuré la préparation, elle avait éprouvé par moments une certaine excitation à l'idée de revoir la grotte, mais ce sentiment avait maintenant cédé la place à une tristesse assimilable au néant obscur qu'elle allait devoir affronter. Elle allait peut-être s'y perdre ? Et alors, quelle importance ? Rien ne pourrait être pire que ce qu'elle éprouvait en cet instant. Elle devait lutter de toutes ses forces pour reprendre la maîtrise d'elle-même, qui semblait toujours sur le point de lui échapper ces derniers temps. Et elle avait l'impression d'être en permanence au bord des larmes depuis qu'elle s'était éveillée, ce matin.

Elle retira de son sac en cuir une écuelle en pierre, peu profonde, ainsi qu'un paquet emballé dans de la fourrure. Celui-ci contenait un petit sachet de graisse pratiquement étanche, muni d'un bouchon à une extrémité, soigneusement ficelé et enveloppé dans le morceau de fourrure afin d'empêcher que la graisse ne souille ce qui se trouvait à côté. Elle prit ensuite son paquet de mèches en lichen, versa un peu d'huile dans l'écuelle, y trempa une mèche pendant quelques secondes puis l'ôta et la posa contre le rebord de la lampe ainsi constituée. Elle se préparait à utiliser sa pierre à feu pour l'allumer lorsqu'elle aperçut deux autres membres de la Zelandonia qui gravissaient le sentier menant à la grotte.

Cette vision lui fit immédiatement recouvrer son sang-froid : nouvelle dans leurs rangs, elle souhaitait vivement conserver leur respect. Les trois Zelandonia se saluèrent, discutèrent de choses et d'autres, après quoi l'un d'eux tint la lampe tandis qu'Ayla démarrait un petit feu à l'aide de sa pierre. Une fois la lampe allumée, elle éteignit le foyer avec une poignée de terre et tous trois pénétrèrent dans la grotte.

Lorsqu'ils eurent franchi la zone proche de l'entrée et se retrouvèrent dans l'obscurité totale, ils constatèrent que la température ambiante avait fraîchi d'un coup. Leur conversation se réduisit au minimum tandis qu'ils cheminaient péniblement en contournant les amas rocheux et en évitant de glisser sur le sol argileux, avec leur unique lampe pour éclairer le chemin. Lorsqu'ils arrivèrent dans une salle assez vaste, leurs yeux s'étaient si bien habitués à la pénombre que la lumière des multiples lampes à huile leur parut presque éblouissante. La plupart des membres de la Zelandonia étaient déjà là et attendaient Ayla.

— Ah, te voilà, Zelandoni de la Neuvième Caverne, la salua la Première. As-tu mené à bien tous les préparatifs que tu estimais nécessaires ?

— Pas tout à fait, répondit Ayla. Je dois encore procéder à des modifications. Pendant la cérémonie du Clan, je devais être nue pendant tout le temps de la préparation de la boisson, et ne porter que mon amulette et les couleurs peintes sur mon corps par le Mog-ur. Mais il fait trop froid dans la grotte pour rester nue très longtemps et comme par ailleurs les Mog-ur qui buvaient le liquide étaient habillés, eux, je le resterai moi aussi. Mais comme il est à mon avis important de se tenir le plus près possible de la cérémonie du Clan, j'ai décidé de porter un pagne dans le style de ceux que portaient les femmes du Clan. J'ai confectionné une amulette du Clan pour mes symboles totémiques et, pour montrer que je suis une femme-médecine, je porterai mon sac à remèdes du Clan, bien que ce soient les objets contenus dans mon amulette qui aient le plus d'importance. Cela permettra aux esprits du Clan de me reconnaître non seulement comme une femme du Clan mais aussi comme une femme-médecine.

Sous le regard fasciné des membres de la Zelandonia, Ayla ôta ses vêtements et entreprit de s'envelopper de la peau de cerf bien souple qu'elle avait apportée, la nouant avec une longue cordelière de façon à laisser des poches et des plis susceptibles d'abriter un certain nombre d'objets. Elle pensait à tous les gestes qu'elle faisait qui avaient peu à voir avec le Clan, principalement dans la préparation de la boisson, laquelle était destinée à sa propre personne et non aux Mog-ur. Elle n'était pas Mog-ur, aucune femme du Clan ne pouvait l'être, et elle ignorait les rituels qu'ils observaient pour se préparer à la cérémonie qui allait suivre. Mais elle était une Zelandoni et elle espérait que cela ne serait pas indifférent lorsqu'elle aurait atteint le Monde des Esprits.

Elle sortit une petite bourse de son sac à remèdes. Les nombreuses lampes disposées dans la salle diffusaient une lumière suffisante pour que l'on puisse distinguer sa couleur, ocre rouge profond, la plus sacrée aux yeux de ceux du Clan. Puis elle prit dans son sac à dos en cuir un bol en bois, qu'elle avait façonné quelque temps plus tôt dans le style du Clan et montré à Marthona. Avec son sens de l'esthétique très sûr, celle-ci en avait apprécié à la fois le travail et la simplicité. Sur le moment, Ayla avait pensé le lui offrir mais elle était maintenant bien contente de l'avoir gardé. Ce n'était certes pas le bol spécial qui avait été utilisé pour cette racine, et uniquement pour elle, par Iza et les innombrables générations qui l'avaient précédée, mais c'était en tout cas un bol en bois réalisé avec tout le soin que mettaient ceux du Clan pour confectionner les leurs.

— J'aurais besoin d'un peu d'eau, dit Ayla en défaisant les nœuds de la bourse rouge vif puis en vidant le sachet de racines dans sa main.

— Je peux les voir ? demanda Zelandoni.

Ayla les lui tendit, mais elles n'avaient rien de particulier, ce n'étaient que des racines séchées.

— Je ne sais pas exactement combien il en faut, dit-elle en en prenant deux et en espérant qu'il n'y en aurait ni trop ni trop peu. Je n'ai pratiqué que deux fois cette cérémonie, et je ne possède pas les souvenirs d'Iza.

Un petit nombre de membres de la Zelandonia présents dans l'assistance l'avaient entendue parler de la mémoire du Clan, mais la plupart n'avaient aucune idée de ce qu'elle évoquait. Elle avait bien essayé d'expliquer à Zelandoni Qui Etait la Première en quoi cela consistait, mais comme elle-même était incapable de se montrer très précise sur la question, elle avait eu beaucoup de mal à se faire comprendre.

Quelqu'un versa de l'eau dans son bol en bois, et Ayla en but une gorgée pour s'humecter la bouche. Elle se rappelait à quel point les racines étaient sèches et difficiles à mâcher.

— Je suis prête, annonça-t-elle.

Avant d'avoir pu revenir sur sa décision, elle fourra les racines dans sa bouche et commença à les mâcher.

Il lui fallut un certain temps pour les ramollir suffisamment afin de pouvoir les mastiquer. Elle s'efforçait bien de ne pas avaler sa salive mais cela n'allait pas de soi. Et puis, se disait-elle, comme c'est moi qui vais devoir boire le résultat, cela n'a sans doute pas vraiment d'importance. Elle mâcha, broya, mastiqua, encore et encore. Elle eut l'impression que l'opération n'en finissait pas mais, en fin de compte, elle obtint une sorte de bouillie pâteuse, qu'elle cracha dans le bol. Elle remua le liquide avec son doigt et constata que celui-ci devenait d'un blanc laiteux.

Zelandoni avait suivi toute l'opération en regardant par-dessus l'épaule d'Ayla.

— C'est donc cela le résultat ? demanda-t-elle, essayant visiblement de détecter une odeur quelconque.

— Oui, confirma Ayla, qui sentait toujours dans sa bouche le goût primitif des racines. Tu veux sentir ?

— C'est un arôme qui me fait penser à une forêt pleine de mousse et de champignons après la pluie, indiqua la Première. Je peux y goûter ?

Ayla faillit refuser. Pour le Clan, cette opération était si sacrée qu'Iza n'avait jamais accepté de lui montrer en quoi elle consistait et, l'espace de quelques secondes, Ayla fut effrayée par la requête de Zelandoni. Mais elle se rendit compte très vite que l'expérience était si éloignée des pratiques du Clan que le fait que Zelandoni goûte à la décoction n'avait probablement aucune importance. Elle porta donc le bol aux lèvres de la Première et la regarda absorber du liquide. Beaucoup plus d'une gorgée... Elle s'empressa de le lui retirer avant qu'elle ait pu en boire trop.

Cela fait, elle porta le bol à sa bouche et avala rapidement ce qu'il restait de son contenu, s'assurant de boire tout le suc, jusqu'à la dernière goutte, afin que plus personne ne puisse en absorber « pour voir ». C'était en effet comme cela qu'elle avait eu des ennuis, la première fois : Iza lui avait dit qu'il ne devait pas en rester, mais elle en avait préparé un peu trop, or, après y avoir goûté, le Mog-ur avait constaté que le produit était trop fort. Il avait alors soigneusement contrôlé la quantité absorbée par chacun des participants à la cérémonie et en avait laissé un peu au fond du bol.

Alors qu'elle en avait déjà absorbé une quantité non négligeable en mâchant la racine, et qu'elle avait bu en outre un peu trop du liquide réservé aux femmes, Ayla avait récupéré le bol un peu plus tard et, l'esprit déjà confus, avait avalé jusqu'à la dernière goutte ce qui restait au fond. Cette fois, elle allait veiller à ce que personne ne soit tenté d'en faire autant.

— Quand faudra-t-il nous mettre à chanter pour toi ? demanda la Première.

Ayla avait presque oublié cette phase de la cérémonie.

— Cela aurait dû commencer, dit-elle, d'une voix déjà légèrement pâteuse.

La Première commençait elle aussi à ressentir les effets de la décoction dont elle avait absorbé une bonne rasade, et c'est en s'efforçant de contrôler sa voix et ses gestes qu'elle fit signe aux membres de la Zelandonia qu'ils pouvaient se mettre à chanter. Cette racine est décidément très puissante, se disait-elle, et encore, je n'en ai bu qu'une gorgée... Je me demande ce que doit ressentir Ayla après tout ce qu'elle a absorbé.

Le goût de la décoction avait paru familier à Ayla, lui rappelant des sentiments qu'elle n'était pas près d'oublier, souvenirs, associations d'idées évoquant les fois précédentes où elle avait goûté au liquide, en des temps désormais fort lointains. Elle avait le sentiment de se retrouver dans la fraîcheur et l'humidité d'une forêt profonde, comme si celle-ci l'enveloppait de toutes parts, avec des arbres tellement larges qu'elle avait du mal à en faire le tour et à trouver un chemin au milieu d'eux alors qu'elle gravissait la pente abrupte d'une montagne, suivie par sa jument. Des lichens d'un gris-vert argenté recouvraient les arbres, la mousse tapissait le sol, les rochers et les troncs d'arbres abattus, symphonie éclatante regroupant toute la palette des verts, de l'émeraude au jade en passant par des teintes plus sombres, virant au brun, du plus cru au plus tendre.

Lui montaient aux narines des odeurs de champignons, de toutes tailles et de toutes formes : fragiles chapeaux blancs surgis sur les innombrables troncs d'arbres tombés à terre, épaisses couches ligneuses accrochées telles des étagères à de vieilles souches pourrissantes, pédicules frêles et délicats surmontés de bulbes brun sombre ; il y avait çà et là des amas d'espèces toutes différentes : sphères rondes et compactes, chapeaux d'un rouge vif piqueté de points blancs ; bulbes lisses et pourrissants, corolles d'un blanc parfait annonciateur pourtant d'une mort violente. Elle les connaissait tous, les tâtait tous, les goûtait tous.

Elle se retrouva dans le delta sans limites d'un fleuve immense, emportée par le courant violent, irrésistible, d'une eau d'un brun boueux, se frayant un passage au milieu de faisceaux de roseaux d'une taille gigantesque, d'îles flottantes recouvertes d'arbres auxquels des loups s'efforçaient de grimper, tournoyant telle une toupie dans une petite coquille de noix ronde, montant et descendant comme si elle flottait sur un coussin d'air.

Ayla ne savait pas que ses genoux l'avaient lâchée, qu'elle était devenue toute molle et était tombée à terre. Plusieurs Zelandonia la prirent sous les bras et la traînèrent vers une natte que Zelandoni avait eu l'idée d'apporter dans la caverne en prévision d'une urgence. En se mettant en devoir de retrouver non sans mal son solide tabouret en osier muni d'un bon coussin, la Première se prit à songer qu'elle aurait bien aimé disposer elle aussi d'un endroit où s'allonger. Elle luttait pour rester consciente, pour ne pas perdre Ayla des yeux, et sentait l'angoisse commencer à naître quelque part dans un coin de son cerveau.

Ayla de son côté se sentait en paix, tranquille, sombrant dans une douce brume qui l'attirait insensiblement en son sein, jusqu'à ce qu'elle en soit complètement enveloppée. Puis la brume s'épaissit en un brouillard dense obscurcissant toute vision, avant de devenir un nuage lourd, chargé d'humidité. Elle eut l'impression d'être littéralement absorbée par la nuée et se mit aussitôt à suffoquer, essayant de toutes ses forces de respirer, d'avaler de grandes goulées d'air frais, avant de sentir qu'elle commençait à se mouvoir.

Au milieu du nuage suffocant, ses mouvements se firent de plus en plus vifs, au point qu'elle en eut très vite le souffle court, avant qu'il ne soit carrément coupé. La nue s'enroula littéralement autour d'elle, la comprimant, la poussant de tous côtés, se contractant, se relâchant avant de se comprimer à nouveau, comme quelque chose de vivant. Ce qui la contraignit à bouger avec une vélocité redoublée jusqu'à ce qu'elle finisse par tomber dans un espace sans fond, vide, d'un noir absolu comme au plus profond d'une grotte, un noir infini, terrifiant.

C'eût été moins terrifiant si elle avait tout simplement sombré dans le sommeil, dans l'inconscience. Ceux qui observaient la scène pensaient que c'était le cas, mais il n'en était rien. Elle ne pouvait plus bouger, et n'en avait d'ailleurs aucune envie dans les premiers instants, mais lorsqu'elle tenta de mobiliser toutes les forces de sa volonté pour bouger quelque chose, ne fût-ce qu'un doigt, elle en fut incapable. Elle ne pouvait même pas sentir ce doigt, ou toute autre partie de son corps. Elle n'avait même pas la possibilité d'ouvrir les yeux, ni de tourner la tête. Elle était dépourvue de toute capacité d'exécution. Mais elle restait capable d'entendre. A un certain niveau, elle était consciente. Comme venant de très loin, et pourtant avec une absolue clarté, elle pouvait entendre les chants de la Zelandonia, les murmures de voix dans un coin de la salle, sans toutefois comprendre ce qui se disait. Elle était même capable d'entendre les battements de son propre cœur.

Chacun des doniates avait choisi un son, un ton, un timbre qu'il était en mesure de conserver confortablement durant un laps de temps assez long. Lorsqu'ils souhaitaient chanter de façon continue, plusieurs d'entre eux lançaient leur voix. La combinaison pouvait se révéler harmonieuse, ou non, selon les cas, mais cela importait peu. Avant que le premier soit hors d'haleine, une autre voix prenait le relais, puis une autre, une autre encore, à intervalles irréguliers. Cela donnait une sorte de vrombissement, une fugue faite de tons entremêlés qui pouvait se prolonger indéfiniment pour peu qu'il y eût suffisamment d'intervenants à même de permettre à ceux qui étaient contraints de s'arrêter un moment de souffler un peu.

Pour Ayla, c'était un bruit de fond réconfortant, mais qui tendait à disparaître à l'arrière-plan, tandis que son esprit observait des scènes qu'elle seule était en mesure de voir derrière ses paupières closes, visions présentant l'incohérence lucide de songes terriblement pénétrants. Elle avait le sentiment de rêver éveillée. Au début, elle ne cessait de se mouvoir à un rythme de plus en plus accéléré dans l'espace obscur ; elle le savait, bien que le vide demeurât immuable. Elle était terrifiée, et seule. Douloureusement seule. Et dépourvue du moindre sens, goût, odorat, ouïe, vision, toucher, comme s'ils avaient disparu à jamais. Seul demeurait son esprit conscient, hurlant sa terreur.

Il s'écoula une éternité. Puis, très loin, à peine discernable, apparut un faible éclat de lumière. Elle tendit la main pour l'atteindre, de toutes les forces qu'elle était capable de mobiliser. N'importe quoi était préférable au néant absolu qui l'entourait. Ces efforts accélérèrent encore sa vitesse, la lumière se dilata, jusqu'à devenir une tache aux contours imprécis, à peine perceptible, et l'espace d'un moment elle se demanda si son cerveau était capable d'influer sur l'état dans lequel elle se trouvait. La lueur indistincte s'épaissit jusqu'à devenir une sorte de nuage, moiré de teintes insensées, des couleurs aux noms inconnus, qui ne semblaient pas de ce monde.

Elle sombrait dans le nuage, le traversant à une vitesse de plus en plus grande, jusqu'à ce qu'elle tombe par le fond. Un paysage étrangement familier s'offrit alors à elle, empli de formes géométriques répétitives, carrés et angles aigus, claires, éclatantes, lumineuses. Aucune forme de ce genre n'existait dans le monde naturel, celui où elle vivait depuis toujours. De blancs rubans semblaient flotter sur le sol dans ce lieu étrange, s'étirant loin, très loin, parcourus par d'étranges animaux.

En s'approchant, elle vit une foule immense, une masse de gens qui s'agitaient bizarrement en pointant leurs doigts vers elle et en répétant sans cesse « Toi, toi, toi », comme s'ils psalmodiaient une prière. Elle distingua une silhouette solitaire. C'était un homme, un esprits-mêlés. En s'approchant un peu plus, elle se dit qu'il lui rappelait quelqu'un qu'elle connaissait, mais pas tout à fait. Elle crut au début qu'il s'agissait d'Echozar, puis que c'était Brukeval, et tout autour les gens ne cessaient de répéter « C'est toi, c'est toi qui as apporté la Connaissance, c'est toi ».

« Non ! hurla son cerveau. C'est la Mère. C'est Elle qui m'a donné la Connaissance. Où donc est la Mère ? »

« La Mère est partie. Seul demeure le Fils, répondirent les gens. C'est toi qui l'as apportée. »

Elle regarda l'homme et comprit soudain de qui il s'agissait, bien que son visage demeurât dans l'ombre et qu'elle ne pût le voir distinctement.

« Je n'ai pas pu faire autrement. J'étais maudite. J'ai dû abandonner mon fils. Broud m'a chassée ! » s'écria-t-elle d'une voix dépourvue de son.

« La Mère est partie. Seul demeure le Fils. »

Plongée dans ses pensées, Ayla plissa le front. Qu'est-ce que cela pouvait bien vouloir dire ?

Soudain le monde au-dessous d'elle prit une dimension différente, mais il demeurait toujours aussi sinistre et surnaturel. Les gens avaient disparu, de même que les étranges figures géométriques. Il ne restait plus qu'une sorte de prairie vide, désolée, balayée par le vent. Deux hommes firent leur apparition, des frères, bien que personne n'eût pu les reconnaître comme tels. L'un était grand et blond, comme Jondalar, l'autre, plus âgé, n'était autre que Durc, elle en eut la certitude, bien que son visage demeurât dans l'ombre. Les deux frères s'approchèrent l'un de l'autre, venant de directions opposées, et elle se sentit saisie d'une angoisse atroce, comme si quelque chose de terrible allait se produire, quelque chose qu'elle devait absolument empêcher. Avec un frisson de terreur, elle eut la certitude que l'un de ses fils allait tuer l'autre. Les bras levés, comme pour frapper, ils se rapprochèrent encore l'un de l'autre. Elle tenta de tout son être de les atteindre.

Et soudain Mamut apparut et la retint. « Ce n'est pas ce que tu crois, dit-il. C'est un symbole, un message. Attends et vois. »

Un troisième homme apparut dans la steppe désolée. Broud, en train de la regarder avec dans les yeux une lueur de haine indicible. Les deux premiers hommes se rejoignirent, puis tous deux se retournèrent pour faire face à Broud.

« Maudis-le, maudis-le, condamne-le à la mort », indiqua Durc.

« Mais c'est ton père, Durc, pensa Ayla avec une appréhension silencieuse. Ce n'est pas à toi de le maudire. »

« Il est déjà maudit, intervint son autre fils. Tu l'as fait, tu as gardé la pierre noire. Ils sont tous condamnés. »

« Non, non ! s'écria silencieusement Ayla. Je vais la rendre. Je peux toujours la rendre. »

« Il n'y a rien que tu puisses faire, Ayla. C'est ta destinée », dit Mamut.

Lorsqu'elle se tourna pour lui faire face, Creb se trouvait à côté de lui.

« Tu nous as donné Durc, expliqua par signes le vieux Mog-ur. C'était également ta destinée. Durc appartient en partie aux Autres, mais aussi en partie au Clan. Le Clan est condamné à disparaître, il n'existera plus, seule ton espèce perdurera, ainsi que ceux qui sont comme Durc, les enfants aux esprits mêlés. Ils seront peut-être peu nombreux, mais il y en aura assez. Ce ne sera pas pareil, il deviendra comme les Autres, mais ce sera déjà ça. Durc est le fils du Clan, Ayla. C'est l'unique fils du Clan. »

Ayla entendit une femme pleurer et lorsqu'elle regarda, la scène avait encore changé. Il faisait noir et ils se trouvaient au plus profond d'une grotte. Puis on alluma des lampes et elle vit une femme tenant un homme dans ses bras. L'homme était son fils, le grand blond, et lorsque la femme leva la tête Ayla eut la surprise de se voir, elle, mais très floue, comme si elle se regardait dans un miroir. Un homme arriva alors et les regarda. Elle leva les yeux et vit Jondalar.

« Où est mon fils ? lui demanda-t-il. Où est mon fils ? »

« Je l'ai confié à la Mère ! s'écria le reflet d'Ayla. La Grande Terre Mère le voulait. Son pouvoir est immense. Elle me l'a pris. »

Et soudain, elle entendit la foule, vit de nouveau les étranges formes géométriques.

« La Terre Mère s'affaiblit, chantèrent les voix. Ses enfants L'ignorent. Lorsqu'ils ne L'honoreront plus, Elle nous sera enlevée. »

« Non ! supplia le reflet d'Ayla. Qui nous nourrira ? Qui veillera sur nous ? Qui pourvoira à nos besoins si nous ne L'honorons plus ? »

« La Mère est partie. Seul le Fils demeure. Les enfants de la Mère ne sont plus des enfants. Ils ont abandonné la Mère. Ils ont la Connaissance, ils sont devenus adultes, ainsi qu'Elle savait qu'ils le deviendraient un jour. »

La femme continuait de pleurer, mais ça n'était plus Ayla. C'était la Mère, qui pleurait parce que Ses enfants l'avaient quittée.

Ayla se sentit tirée hors de la grotte. Elle pleurait, elle aussi. Les voix se firent plus faibles, comme si elles chantaient depuis un lieu très éloigné. Elle avait recommencé à se mouvoir, très haut au-dessus d'une vaste plaine herbeuse, parcourue par d'immenses troupeaux. Des aurochs galopaient par centaines, suivis par des chevaux en aussi grand nombre, qui s'efforçaient de ne pas se laisser distancer. Des bisons et des cerfs couraient eux aussi, ainsi que des ibex. Elle se rapprocha, commença à distinguer chacun des animaux, ceux qu'elle avait vus lorsqu'elle avait été appelée pour la Zelandonia, ainsi que les déguisements qu'ils avaient portés pendant la cérémonie lorsqu'ils avaient offert le nouveau Don de la Mère à Ses enfants, lorsqu'elle avait récité la dernière strophe du Chant de la Mère.

Deux bisons mâles galopant côte à côte, deux grands aurochs mâles se précipitant l'un vers l'autre, une énorme femelle volant presque dans les airs, une autre mettant bas, un cheval arrivant au bout d'un défilé et tombant du haut d'une falaise, d'innombrables chevaux, de couleurs variées, bruns, rouges et noirs, et Whinney avec sa peau tachetée sur le dos et la tête, et les deux bois de cerf raides comme des bâtons.

40

Zelandoni ne se trouvait pas avec Ayla durant son obscur voyage intérieur, mais elle en avait senti la force d'attraction. Si elle avait absorbé le suc magique en quantité plus importante, elle aurait peut-être été aspirée comme Ayla dans le néant obscur et, comme elle, se serait sans doute perdue dans l'énigmatique paysage suscité par la racine. Quoi qu'il en soit, elle perdit la maîtrise de ses facultés pendant un certain laps de temps et connut ses propres difficultés.

Les membres de la Zelandonia s'interrogeaient avec perplexité sur ce qui se passait sous leurs yeux : Ayla avait apparemment sombré dans l'inconscience, et la Première ne semblait pas en être bien loin. Elle ne s'assoupissait pas vraiment, mais ne cessait de s'affaisser sur elle-même, ses yeux se faisaient par moments vitreux, comme si elle fixait quelque chose, le regard perdu au loin. Elle ne paraissait pas contrôler l'expérience, ce qui en soi était inhabituel, elle n'était à l'évidence plus maîtresse d'elle-même, ce qui les inquiétait tous beaucoup. Ceux qui la connaissaient le mieux étaient les plus alarmés, mais ils ne voulaient surtout pas faire voir leur anxiété aux autres, ce qui aurait aggravé encore les choses.

La Première se secoua, tentant de reprendre ses esprits par la seule force de sa volonté.

— Froid, froid, eut-elle le temps de souffler avant de s'affaisser de nouveau, ses yeux reprenant leur aspect vitreux.

Peu après, elle se redressa brusquement, comme si elle était tout à fait éveillée, et cria :

— Couverture... fourrure... couvrir Ayla... froid... si froid. Réchauffer...

Elle perdit conscience une fois de plus.

Les participants à la cérémonie avaient apporté des couvertures pour leur tenir chaud, tout simplement parce qu'il faisait toujours frais dans une grotte. Ils en avaient déjà déposé une sur Ayla, mais le Zelandoni de la Onzième Caverne décida d'en ajouter une seconde. Ce faisant, il frôla la jeune femme et recula, stupéfait :

— Elle est glacée. Presque comme si elle était morte.

— Est-ce qu'elle respire ? demanda la Zelandoni de la Troisième Caverne.

Le Zelandoni de la Onzième se pencha, scruta longuement le corps étendu et remarqua que la poitrine s'élevait et s'abaissait très légèrement. Un infime souffle d'air sortait par ailleurs de la bouche d'Ayla, tout juste entrouverte.

— Oui, mais à peine, répondit-il.

— Croyez-vous que nous devrions préparer quelque chose de chaud ? Une infusion quelconque ? demanda le Zelandoni de la Cinquième Caverne.

— Oui, je le pense, pour toutes les deux, répondit la Zelandoni de la Troisième Caverne.

— Quelque chose d'apaisant ou quelque chose de stimulant ? reprit le Zelandoni de la Cinquième Caverne.

— Je ne sais pas. L'une ou l'autre pourrait réagir différemment, et d'une façon inattendue, aux effets de cette racine, expliqua la Zelandoni de la Troisième Caverne.

— Essayons d'abord de poser la question à la Première. C'est à elle de décider, intervint le Zelandoni de la Onzième Caverne.

Ses compagnons approuvèrent de la tête. Les trois Zelandonia entourèrent alors la Première, toujours assise sur son tabouret, tassée sur elle-même. La Zelandoni de la Troisième Caverne posa sa main sur l'épaule de la Première et commença à la secouer, d'abord doucement, puis plus fort. Zelandoni se redressa brusquement, reprenant conscience.

— Veux-tu une infusion ? demanda la Zelandoni de la Troisième Caverne.

— Oui ! Oui ! répondit la Première d'une voix très forte, comme si le fait de crier l'aidait à rester éveillée.

— Doit-on en donner aussi à Ayla ?

— Oui. Chaude !

— Des herbes stimulantes ou apaisantes ? demanda le Zelandoni de la Onzième Caverne, haussant la voix lui aussi.

La Zelandoni de la Quatorzième Caverne s'approcha, le front barré d'une ride soucieuse.

— Stimul... Non ! fit la Première, arrêtant sa phrase pour tenter de se concentrer. De l'eau ! Juste de l'eau chaude ! reprit-elle avant de se secouer pour essayer de rester éveillée. Aidez-moi à me lever !

— Es-tu sûre de pouvoir tenir debout ? demanda la Zelandoni de la Troisième Caverne. Il ne faudrait surtout pas que tu tombes...

— Aidez-moi à me lever ! Il ne faut pas que je dorme. Ayla a besoin... a besoin d'aide.

Elle sembla sur le point de s'affaisser une fois de plus et se secoua violemment.

— Aidez-moi à me lever. Allez chercher de l'eau... chaude. Pas d'infusion.

Les Zelandonia entourèrent alors l'énorme femme qui était la Première et, non sans mal, la remirent sur ses pieds. Elle oscilla un moment sur elle-même, comme quelqu'un pris de boisson, s'appuya lourdement sur deux des Zelandonia et hocha de nouveau la tête. Elle ferma les yeux et son visage refléta une intense concentration. Elle les rouvrit au bout d'un moment, les dents serrées, visiblement déterminée. Elle avait cessé de tanguer.

— Ayla est en danger, dit-elle. C'est ma faute. J'aurais dû le savoir...

Elle avait encore du mal à se concentrer, à avoir l'esprit clair, mais le fait d'être de nouveau debout et capable de se mouvoir l'aidait. De même que l'eau chaude, du simple fait qu'elle la réchauffait. Elle avait froid, terriblement froid, un froid à glacer les os, et elle savait que cela ne venait pas du simple fait qu'elle se trouvait dans une grotte.

— Trop froid, poursuivit-elle. La bouger. Faire du feu. De la chaleur.

— Souhaites-tu que nous sortions Ayla de la grotte ? demanda la Zelandoni de la Quatorzième Caverne.

— Oui. Trop froid.

— Faut-il la réveiller ? s'enquit le Zelandoni de la Onzième Caverne.

— Je ne crois pas que ce soit possible, répondit la Première. Mais essayez.

Ils tentèrent d'abord de secouer Ayla doucement, puis un peu plus rudement. Elle ne bougeait toujours pas. Ils essayèrent alors de lui parler, puis de hurler à son oreille, sans résultat.

— Crois-tu que nous devrions continuer de chanter ? demanda la Zelandoni de la Troisième Caverne.

— Oui ! Chantez ! Ne vous arrêtez pas ! C'est tout ce qui lui reste ! cria la Première.

Les membres de la Zelandonia du rang le plus élevé donnèrent certaines instructions et, soudain, il y eut dans la grotte un débordement d'activité : plusieurs participants à la cérémonie quittèrent les lieux en toute hâte pour se rendre à la hutte de la Zelandonia, d'autres se mirent à préparer un feu pour faire chauffer de l'eau, d'autres encore se mirent en devoir de trouver une litière pour transporter la jeune femme hors de la grotte. Les autres reprirent avec ferveur leur litanie.

De nombreuses personnes se trouvaient près de l'abri de la Zelandonia. Une réunion des couples envisageant de nouer le lien à l'occasion des futures Matrimoniales, les dernières de la saison, était prévue un peu plus tard dans la journée, et certains avaient déjà commencé à se regrouper. Folara et Aldanor en faisaient partie. En voyant plusieurs Zelandonia arriver en courant, ils échangèrent un regard inquiet.

— Que se passe-t-il ? demanda Folara. Pourquoi tout le monde est si pressé ?

— C'est la nouvelle Zelandoni ! répondit un jeune homme, l'un des tout récents acolytes.
— Tu parles d'Ayla ? La Zelandoni de la Neuvième ? s'inquiéta Folara.
— Oui. Elle a préparé une boisson spéciale à base d'une espèce de racine, et la Première a dit que nous devions la faire sortir de la grotte parce qu'il y faisait trop froid. Elle ne s'est pas réveillée, expliqua l'acolyte.

Tous se retournèrent en entendant un grand bruit : deux jeunes et vigoureux doniates aidaient la Première à quitter la grotte. Celle-ci avait du mal à conserver son équilibre et à avancer sans trébucher. Jamais Folara n'avait vu Zelandoni dans cet état. Une vague d'appréhension la submergea. Celle Qui Etait la Première était toujours si sûre d'elle-même, si positive. Même en dépit de sa stature, elle se mouvait toujours avec aisance, et une grande assurance. La jeune femme avait déjà été fort affectée en voyant sa mère s'affaiblir, mais là, elle était littéralement saisie d'effroi en voyant une femme qu'elle avait toujours prise pour une force inébranlable, un parangon de sécurité et de puissance, faire soudain preuve d'une faiblesse aussi extrême.

Le temps que la Première rejoigne le local, un autre groupe de Zelandonia fit son apparition sur le sentier descendant de la grotte, portant une litière recouverte de fourrures. Quand la procession se rapprocha, Folara et Aldanor commencèrent à entendre de plus en plus distinctement les sons entremêlés des voix des membres de la Zelandonia. Quand la litière passa devant elle, Folara regarda la jeune femme qu'elle avait appris à connaître et à aimer, la compagne de son frère. Le visage d'Ayla était d'une pâleur de craie et sa respiration si faible que sa poitrine semblait à peine bouger.

Folara en fut horrifiée, ce qui n'échappa pas à Aldanor.
— Il faut aller retrouver mère, Proleva et Joharran, dit-elle. Et Jondalar...

Bien que cela ne se soit pas fait sans peine, ni sans embarras pour elle, le trajet entre la grotte et l'abri de la Zelandonia avait aidé la Première à reprendre totalement ses esprits. Elle se laissa tomber avec soulagement sur son large siège confortable et accepta la tasse d'eau chaude qu'on lui tendait. Avant d'avoir récupéré toute sa tête, elle n'avait pas osé suggérer qu'on lui prépare une décoction d'herbes médicinales ou quelque autre remède susceptible de contrebalancer les effets de la racine, de peur que ceux-ci n'aggravent son état plutôt qu'ils ne l'améliorent. Maintenant qu'elle avait les idées plus claires, et même si son corps ressentait encore les puissants effets de la terrible racine, elle décida de procéder à une expérience sur elle-même : elle ajouta quelques herbes stimulantes à une seconde tasse d'eau chaude et la sirota sans hâte, essayant de jauger ce qu'elle ressentait. Elle n'était pas sûre que celles-ci amélioreraient son état, mais pensait qu'elles ne l'aggraveraient pas.

Elle se releva et, avec un peu d'aide, s'approcha du lit récemment libéré par Laramar où l'on avait étendu Ayla.

— Vous avez essayé de lui faire boire un peu d'eau chaude ? demanda-t-elle.

— Nous n'avons même pas pu lui ouvrir la bouche, répondit un jeune acolyte.

La Première essaya de desserrer les mâchoires d'Ayla, mais celles-ci demeuraient obstinément bloquées, comme si la jeune femme luttait de toutes ses forces contre une puissance inconnue. La doniate repoussa alors les couvertures et remarqua que son corps, d'une rigidité absolue, était en outre d'un froid glacial au toucher malgré toutes les fourrures qui le recouvraient.

— Verse de l'eau chaude dans ce grand bol, ordonna-t-elle au jeune homme.

Plusieurs autres personnes présentes se précipitèrent pour l'aider.

Elle ne parvint pas à ouvrir la bouche d'Ayla. Dans l'incapacité de lui faire absorber quelque chose de chaud, elle allait devoir tenter de la réchauffer par l'extérieur. La Première prit donc plusieurs morceaux de matériau servant à bander les plaies, des peaux de bêtes bien souples qui se trouvaient toujours à proximité, les plongea dans le liquide brûlant et appliqua le bandage ainsi réalisé sur le bras gauche d'Ayla. Le temps qu'elle en pose un autre sur son bras droit, le premier était déjà complètement froid.

— Apportez-moi encore de l'eau chaude, demanda-t-elle.

Elle dénoua ensuite la cordelière qui retenait le vêtement de la jeune femme et, la soulevant avec l'aide de plusieurs Zelandonia, le lui ôta en remarquant le système ingénieux qui retenait la peau de bête. La Première remarqua qu'Ayla n'était pas complètement nue au-dessous : toute une série de lanières retenaient le tampon en cuir garni de bourre d'osier absorbante qu'elle portait entre les jambes.

Soit elle a ses lunes, soit elle ne s'est pas encore remise de la perte de son bébé, songea Zelandoni. Quoi qu'il en soit, cela veut dire que Laramar n'a pas conçu une nouvelle vie en elle. De façon très prosaïque, la doniate s'assura qu'elle n'avait pas besoin d'être changée, mais elle approchait apparemment du terme de son flux. Le tampon était à peine taché et elle le laissa à sa place.

Avec l'aide de plusieurs autres doniates, elle entreprit alors de recouvrir le corps d'Ayla de peaux humides et chaudes afin de dissiper le froid extrême dans lequel était toujours plongée la jeune femme. Elle-même n'avait eu qu'un avant-goût de ce que subissait Ayla, mais cela lui avait suffi pour apprécier l'état dans lequel celle-ci devait se trouver. Finalement, au bout de multiples et longues applications, le corps de la jeune femme parut se détendre quelque peu. En tout cas, ses mâchoires se desserrèrent. Zelandoni espéra que c'était bon signe, mais elle n'avait aucun moyen d'en être sûre. Elle couvrit Ayla de fourrures bien chaudes : c'était tout ce qu'elle pouvait faire pour elle dans l'instant.

On apporta son siège, solide et large, à Celle Qui Etait la Première, et celle-ci y prit place à côté de la toute nouvelle Zelandoni, pour y entamer une veille lourde d'inquiétude. Elle prit conscience pour la première fois des chants qui, depuis le début de la cérémonie, n'avaient cessé de se faire entendre, certains des participants relayant ceux qui s'arrêtaient sous l'effet de la fatigue.

Il faudra sans doute faire appel à d'autres volontaires pour que ces chants se poursuivent en permanence si l'attente est trop longue, se dit Zelandoni, évitant de penser à la suite. Quand elle ne pouvait s'en empêcher, c'était pour se dire qu'Ayla finirait bien par revenir à elle et qu'elle serait de nouveau fraîche et dispose. Toute autre hypothèse était trop pénible à envisager. Si je n'avais pas été si curieuse quant à ces nouvelles racines si fascinantes, me serais-je montrée plus perspicace ? se demandait-elle. Ayla avait semblé assez perturbée et nerveuse lorsqu'elle était arrivée dans la grotte, mais les membres de la Zelandonia étaient tous là, attendant avec impatience la cérémonie exceptionnelle qui allait s'y dérouler. La Première avait regardé Ayla mâcher longuement les racines, puis recracher le suc ainsi obtenu dans le bol d'eau, et elle avait décidé de tester elle-même le produit.

Cela avait constitué pour elle un premier avertissement. Les effets de la boisson avaient été infiniment plus puissants que ceux auxquels elle s'attendait. Mais même si elle avait traversé de rudes moments, elle ne regrettait nullement d'avoir pris cette initiative. L'expérience qu'elle venait de tenter lui donnait une bonne idée de ce qu'Ayla était en train de vivre. Qui aurait pu croire que des racines séchées d'aspect si inoffensif pouvaient avoir des effets aussi redoutables ? Quelle était leur nature ? La plante poussait-elle quelque part dans les environs ? A l'évidence, elle possédait des propriétés absolument uniques, certaines susceptibles de présenter quelque intérêt pour des utilisations spécifiques. Mais s'il devait y avoir d'autres expérimentations, celles-ci devraient être beaucoup mieux surveillées et contrôlées. Car cette racine présentait des dangers évidents.

La Première venait tout juste de se plonger dans l'état de méditation qui était d'ordinaire le sien durant ses longues veilles lorsqu'un membre de la Zelandonia vint la voir : accompagnées de Folara, Marthona et Proleva venaient d'arriver et demandaient à être reçues.

— Qu'elles viennent, bien sûr, dit-elle. Elles peuvent nous apporter leur aide, et celle-ci ne sera pas de trop avant que cette affaire se termine.

Les trois femmes remarquèrent dès leur entrée que plusieurs membres de la Zelandonia chantaient non loin d'un lit installé à l'arrière du bâtiment. Zelandoni était assise juste à côté.

— Qu'est-il arrivé à Ayla ? s'inquiéta Marthona en voyant la jeune femme allongée sur la couche, immobile et d'une pâleur extrême.

— J'aimerais bien le savoir, répondit Zelandoni. Et je crains d'avoir largement ma part de responsabilité. Ces dernières années, Ayla m'a parlé à diverses reprises d'une racine utilisée par les... les Mog-ur, comme je crois qu'elle les appelle, les hommes du Clan qui sont en contact avec les Esprits. Ils s'en servaient pour entrer dans le Monde des Esprits en question, mais uniquement dans le cadre de certaines cérémonies très particulières, d'après ce que j'ai compris. A la façon dont elle parlait de ces racines, j'étais certaine qu'elle les avait testées, mais elle se montrait toujours extrêmement mystérieuse lorsqu'elle les évoquait. Elle disait que leurs effets étaient particulièrement puissants, ce qui m'a intriguée, bien sûr. Tout ce qui peut aider la Zelandonia à communiquer avec le Monde d'Après présente toujours de l'intérêt.

On apporta des tabourets pour les trois femmes ainsi qu'une infusion de camomille.

— J'ignorais jusqu'à une époque très récente qu'Ayla avait toujours certaines de ces racines en sa possession, et qu'elle pensait que leur efficacité avait de bonnes chances d'être encore réelle, poursuivit la Première lorsque ses interlocutrices se furent installées. Très franchement, j'avais mes doutes : la plupart des herbes et des plantes médicinales perdent de leur efficacité au fil du temps. Mais elle affirmait qu'à la condition qu'elles soient convenablement conservées et mises à l'abri leurs pouvoirs se concentrent, se renforcent avec le temps. Je me suis dit qu'une petite expérience pourrait peut-être l'aider à penser à autre chose qu'à ses ennuis du moment. Je savais qu'elle était préoccupée par Jondalar, et par ce triste incident de la nuit de la fête, en particulier après la perte qu'elle a subie lorsqu'elle a été appelée.

— Tu n'imagines pas à quel point cela a été difficile pour elle, Zelandoni, expliqua Marthona. Je sais que ce n'est jamais facile d'être appelée, et c'est inévitable, j'imagine, mais avec la perte de son bébé et tout ce qui s'en est suivi, je peux te dire qu'il y a eu des moments où j'ai craint que nous ne la perdions : elle saignait tellement que j'ai bien cru qu'elle allait en mourir. J'étais d'ailleurs sur le point de faire appel à toi. Je l'aurais fait si ses saignements s'étaient prolongés...

— Tu n'aurais peut-être pas dû la laisser revenir si tôt, dit Zelandoni, l'air pensive.

— Impossible de l'arrêter. Tu sais comment elle est lorsqu'elle a décidé quelque chose, dit Marthona.

La Première approuva de la tête.

— Elle avait tellement hâte de retrouver Jondalar, et Jonayla. Après avoir perdu son bébé, elle voulait revoir son enfant au plus vite, et je crois qu'elle souhaitait en commencer un autre. Et elle était sûre de savoir comment s'y prendre. Je crois que c'est en partie pour cette raison qu'elle avait une telle envie de revoir Jondalar.

— Ça pour le voir, elle l'a vu, intervint Proleva. Avec Marona...

— J'ai parfois du mal à comprendre Jondi, dit Folara. Pourquoi donc a-t-il choisi celle-là et pas une autre, si vraiment il lui fallait une femme ?

— Sans doute parce qu'elle l'a poussé à la choisir, expliqua Proleva. Jondalar a toujours eu des besoins très forts. Elle s'est rendue disponible, voilà tout.

— Et que fait-il lorsque Ayla décide de tenter sa chance pendant la fête ? reprit Folara. Alors qu'elle en avait tout à fait le droit...

— Droit ou pas, ce n'est pas pour célébrer la Mère lors de la fête qu'elle a fait cela, dit Zelandoni. Si elle a choisi cet homme en particulier, c'est uniquement par colère et par dépit. Ce n'était pas de Laramar qu'elle avait envie, c'était de Jondalar. Ce qui n'était pas fait pour honorer la Mère, et elle le savait. Aucun des deux n'est exempt de reproches, mais je crois bien que l'un et l'autre ont voulu assumer toute la responsabilité de la situation, ce qui n'a aidé en rien à la régler.

— Quel que soit le responsable, Jondalar va devoir en payer le prix, et il sera lourd, intervint Marthona.

— Je ne peux pas en vouloir à Laramar de ne pas avoir souhaité retourner à la Neuvième Caverne, et je suis ravie que la Cinquième ait accepté de le recevoir, mais sa compagne ne veut pas déménager, expliqua Proleva. Elle dit que son foyer, c'est la Neuvième Caverne. Mais si elle se retrouve sans compagnon, qui va prendre soin de toute sa nichée ?

— Et qui lui fournira sa ration quotidienne de barma ? glissa perfidement Folara.

— C'est peut-être cela qui la poussera à rejoindre la Cinquième, dit Zelandoni.

— A moins que son aîné ne prenne la relève, dit Proleva. Cela fait des années qu'il apprend les secrets de la fabrication du barma. D'après certains, celui qu'il produit est meilleur que celui de son père et je connais pas mal de gens dans la partie de la Rivière qui est la nôtre qui apprécieraient d'en avoir une source pas trop éloignée.

— Inutile en tout cas de le lui suggérer, dit Marthona.

— Quelle importance ? répliqua Proleva. Si nous sommes capables d'y penser, d'autres y parviendront aussi.

Zelandoni remarqua que deux autres personnes rejoignaient les rangs des chanteurs, alors qu'une les quittait. Elle leur manifesta sa satisfaction d'un signe de tête et jeta un coup d'œil à Ayla. Sa peau n'avait-elle pas pris une teinte plus grise ? Elle n'avait pas bougé d'un pouce mais, étrangement, semblait s'être un peu enfoncée dans sa couche. Bien qu'inquiète de la tournure que prenaient les choses, la doniate revint à ses explications :

— Je disais donc que je voulais essayer d'aider Ayla à penser à autre chose qu'à ses problèmes, à parler de sujets qui, d'ordinaire, l'intéressent beaucoup. C'est la raison pour laquelle je lui ai posé des questions sur cette racine du Clan. Cela étant, j'ai ma part de responsabilité : j'avais terriblement envie d'en savoir plus sur elle, sur ses effets, alors que j'aurais dû prêter à Ayla plus d'attention, remarquer à quel point elle était bouleversée. Et j'aurais dû la croire lorsqu'elle a évoqué la puissance de cette racine du Clan. Je n'ai bu qu'une petite gorgée de suc et j'ai dû me battre pour ne pas perdre la maîtrise de moi-même. Ses effets sont considérablement plus forts que tout ce que je pouvais imaginer.

« J'ai bien peur qu'Ayla ne soit maintenant perdue quelque part dans le Monde des Esprits, poursuivit la Première. La seule chose qu'elle m'ait dite dont je garde le souvenir, c'est que le chant était le seul lien qui pouvait la maintenir en contact avec ce monde, et j'ai pu en effet en avoir la confirmation lorsque je me suis sentie perdre pied après juste une petite gorgée de liquide. Je vais être honnête avec vous : je ne sais pas quoi faire d'autre pour elle, sinon la maintenir bien au chaud, demander aux Zelandonia de ne pas s'arrêter de chanter, et espérer que les effets de la racine se dissiperont au plus vite.

— Je me souviens en effet qu'elle m'a parlé de cette racine du Clan, dit Marthona. Celui qu'elle appelle Mamut lui a dit que plus jamais il n'aurait recours à elle, qu'il avait trop peur de se perdre à jamais. D'après lui, ses effets étaient trop puissants, et il a mis Ayla en garde : jamais elle ne devrait en user.

La Première fronça les sourcils.

— Pourquoi donc ne m'a-t-elle pas dit que Mamut lui avait demandé de ne pas utiliser cette racine ? Il était l'un de Ceux Qui Servent, et parlait certainement en connaissance de cause. Ayla paraissait peu enthousiaste au début à l'idée d'y recourir, mais jamais elle ne m'a dit pourquoi. Et ensuite elle n'a plus manifesté la moindre réticence. Au contraire, elle a même pratiqué plusieurs rituels du Clan. Jamais elle n'a évoqué cette mise en garde de Mamut, expliqua Zelandoni, visiblement perturbée.

Sur ce, elle se leva et alla une fois de plus voir dans quel état se trouvait Ayla. La jeune femme avait toujours la peau moite et glacée, et son souffle était à peine perceptible. Si la doniate s'était contentée de la regarder, et même de la toucher, elle aurait pu la croire morte. Elle souleva sa paupière, n'obtenant qu'une faible réaction. Zelandoni avait cru, espéré que tout ce dont Ayla avait besoin, c'était du temps nécessaire pour que les effets de la racine se dissipent. Elle en était maintenant à se demander si quelque chose était susceptible de l'aider à surmonter son état.

Elle regarda autour d'elle et fit signe à un acolyte de venir auprès d'elle.

— Masse-la, doucement, ordonna-t-elle. Essaie de redonner un peu de couleur à sa peau, nous allons tenter de lui faire avaler un peu d'infusion bien chaude, quelque chose de stimulant.

Puis, d'une voix plus forte, afin que chacun puisse entendre, elle lança :

— Quelqu'un sait-il où se trouve Jondalar ?

— Il fait de longues promenades ces derniers temps, le plus souvent au bord de la Rivière, dit Marthona.

— Je l'ai vu en effet aller dans cette direction ; il courait presque, intervint un acolyte.

Zelandoni se redressa et tapa dans ses mains pour attirer l'attention de toutes les personnes présentes :

— L'esprit d'Ayla est perdu dans le néant, et elle est incapable de retrouver son chemin, expliqua-t-elle. Il se peut même qu'elle soit incapable de trouver celui qui mène à la Mère. Nous devons mettre la main sur Jondalar. Si nous ne parvenons pas à l'amener jusqu'ici, jamais elle ne pourra revenir, elle n'aura même pas la volonté d'essayer. Cherchez dans tout le campement, fouillez chaque tente, demandez à tout le monde de le retrouver. Inspectez avec soin les bois, les bords de la Rivière, la Rivière elle-même s'il le faut. Mais ramenez-le ici. Au plus vite.

La plupart des personnes présentes dans l'abri n'avaient jamais vu la Première aussi agitée, aussi inquiète.

Toutes, à part celles qui devaient chanter, quittèrent le bâtiment en hâte et s'éparpillèrent dans toutes les directions. Après leur départ, Celle Qui Etait la Première pour Servir la Mère examina Ayla une fois de plus : sa peau était toujours aussi froide, et devenait de plus en plus grise.

Elle est en train d'abandonner, se dit la doniate. Je ne crois pas qu'elle ait envie de continuer à vivre. Jondalar risque d'arriver trop tard.

L'un des acolytes entra précipitamment dans la tente où logeaient Jondalar et les deux visiteurs mamutoï. Il n'avait jusqu'alors qu'aperçu de loin le géant roux et eut un peu l'impression d'être un nain lorsqu'il se retrouva devant lui.

— Savez-vous où est Jondalar ? demanda-t-il aux personnes présentes.

— Moi non, répondit Danug. Je ne l'ai pas vu depuis le tout début de la matinée. Pourquoi ?

— C'est la nouvelle Zelandoni... Elle a bu un liquide qu'elle a préparé à partir d'une racine, et son esprit se trouve maintenant dans une sorte de néant obscur. La Première dit qu'il faut absolument retrouver Jondalar et l'amener au plus vite au local de la Zelandonia, sans quoi elle va mourir et son esprit errera éternellement, expliqua d'un seul trait l'acolyte avant de reprendre son souffle pour ajouter : Nous devons le chercher partout et demander à tout le monde de nous aider à le retrouver.

— Ce ne serait pas cette racine qu'elle a testée avec Mamut ? demanda Danug en regardant Druwez avec consternation.

— De quelle racine s'agit-il ? demanda Dalanar, qui avait remarqué leur air inquiet.

— Ayla avait ramené une racine qu'utilisaient les gens de son Clan, expliqua Danug. En tout cas ceux qui parlent au Monde des

Esprits. Mamut voulait en voir les effets, et Ayla l'a donc préparée comme on le lui avait appris. Je ne sais pas exactement ce qui s'est passé mais personne n'a été capable de les réveiller. Tout le monde était inquiet et nous avons tous dû nous mettre à chanter. Finalement, Jondalar est arrivé et a supplié Ayla de revenir, il n'arrêtait pas de répéter à quel point il l'aimait. Ils avaient eu quelques problèmes tous les deux, un peu comme ceux qu'ils connaissent maintenant. J'ai du mal à comprendre comment deux personnes qui s'aiment à ce point peuvent être aussi aveugles sur leurs sentiments respectifs...

— Mon frère a toujours eu des ennuis avec les femmes comme elle, intervint Folara en hochant la tête. Est-ce de l'orgueil ou de la stupidité, je n'en sais trop rien. Je croyais qu'il avait dépassé ce stade lorsqu'il a ramené Ayla. Il est parfait lorsqu'il se trouve avec une femme dont il ne se soucie pas plus que cela, mais dès qu'il en aime une vraiment, on dirait qu'il perd tout sens commun et ne sait plus quoi faire. Si vous saviez toutes les histoires qu'on raconte à ce propos... mais c'est sans importance. Alors, que s'est-il passé ?

— Jondalar a donc répété encore et encore qu'il l'aimait et l'a suppliée de revenir. Elle a fini par se réveiller, tout comme Mamut. Celui-ci nous a confié par la suite qu'ils seraient restés perdus éternellement dans une espèce de néant obscur si l'amour de Jondalar n'avait pas été si intense, si fort, qu'il avait fini par atteindre Ayla ; c'est grâce à cela qu'elle est retournée dans notre monde, ainsi que Mamut, qui a dit que les racines étaient trop puissantes, que jamais il n'avait été en mesure de les maîtriser et que plus jamais il n'aurait recours à elles. Il nous a expliqué qu'il avait craint que son esprit ne se perde à jamais dans ce lieu terrifiant, et il a mis Ayla en garde elle aussi...

Le géant se sentit pâlir tout à coup.

— Elle a recommencé... lâcha-t-il en quittant précipitamment la tente.

Au début, il se demanda où aller, puis une idée lui vint et il partit en courant vers le campement de la Neuvième Caverne.

Plusieurs personnes se trouvaient autour du grand foyer où l'on préparait la nourriture, et il fut soulagé de voir Jonayla. Visiblement, celle-ci avait pleuré, et tout en poussant de petits gémissements, Loup essayait de lécher les larmes qui coulaient sur ses joues. Marthona et Folara tentaient elles aussi de la consoler. Elles rendirent son salut au grand Mamutoï, qui alla s'agenouiller devant la fillette et caressa la tête de Loup quand l'animal, qui l'avait reconnu, le poussa du museau.

— Comment vas-tu, Jonayla ? demanda-t-il.

— Je veux ma mère, Danug, fit la petite fille en se remettant à pleurer. Ma mère est malade. Elle ne va pas se réveiller.

— Mais si, j'en suis sûr. Je crois connaître un moyen de l'aider, dit le géant roux.

— Lequel ? demanda Jonayla qui le regarda en ouvrant de grands yeux.

— Elle est tombée malade de la même façon il y a longtemps, quand elle habitait avec nous au Camp du Lion. Je crois que Jondalar devrait pouvoir la réveiller. C'est lui qui y est arrivé, la fois précédente. Sais-tu où il se trouve, Jonayla ?

La fillette fit non de la tête.

— Je ne le vois plus beaucoup en ce moment. Il s'en va souvent, parfois pour toute la journée.

— Et sais-tu où il va ?

— Très souvent il remonte le long de la Rivière.

— Et est-ce qu'il prend Loup avec lui, parfois ?

— Oui, mais pas aujourd'hui.

— Crois-tu que Loup pourrait le retrouver, si tu le lui demandais ?

Jonayla regarda Loup, puis Danug.

— Peut-être, dit-elle, puis, avec un sourire incertain : Oui, je crois qu'il le pourrait.

— Si tu lui dis de partir à la recherche de Jondalar, je le suivrai et, lorsqu'il l'aura retrouvé, je dirai à Jondalar de revenir au campement et d'aller réveiller ta mère, dit Danug.

— Mère et Jondi ne se sont pas beaucoup parlé ces derniers temps. Peut-être qu'il n'en aura pas envie, dit la fillette, un pli soucieux barrant soudain son front.

Danug trouva qu'elle ressemblait terriblement à Jondalar lorsqu'elle fronçait les sourcils de cette façon.

— Ne t'en fais pas pour ça, Jonayla. Jondalar aime beaucoup ta mère, et elle l'aime aussi. S'il savait qu'elle a des problèmes, il se précipiterait auprès d'elle aussi vite qu'il en est capable. Je le sais, fit le géant mamutoï.

— Mais s'il l'aime, pourquoi il ne lui parle pas, Danug ?

— Parce que, même quand on aime quelqu'un, on ne le comprend pas toujours. Quelquefois on a même du mal à se comprendre soi-même. Tu veux bien dire à Loup de partir à la recherche de Jondalar ?

— Allez, Loup, viens, dit Jonayla.

Elle se leva et prit la grosse tête massive entre ses menottes, tout comme l'aurait fait sa mère. Elle ressemblait si fort à une Ayla en miniature que Danug eut du mal à ne pas sourire. Il n'était pas le seul.

— Mère est malade et Jondalar doit revenir pour aller l'aider, Loup, expliqua la fillette. Tu dois le retrouver.

Elle ôta ses mains de la tête de l'animal et indiqua du doigt la direction de la Rivière.

— Va trouver Jondalar, Loup. Trouve-le.

Ce n'était pas la première fois que le loup entendait cet ordre. Avec Ayla, il avait dû suivre la piste de Jondalar jadis, lors de leur Grand Voyage de retour, quand celui-ci avait été capturé par les guerrières d'Attaroa.

Soudain impatient, l'animal lécha une dernière fois le visage de Jonayla, puis partit en direction de la Rivière.

Il se retourna une fois vers elle et était sur le point de faire demi-tour, mais elle lui répéta « Allez, Loup ! Retrouve Jondalar ! » et il se remit en route, jetant un coup d'œil à Danug qui marchait sur ses traces, puis accéléra l'allure, la truffe collée au sol.

Après sa rencontre inopinée avec Ayla, Jondalar n'avait eu qu'une hâte : s'éloigner au plus vite du campement. Puis, lorsqu'il eut atteint la Rivière et eut commencé à suivre la rive vers l'amont, il fut incapable de penser à autre chose. Il avait bien failli la prendre dans ses bras, il l'avait quasiment fait. Cela avait presque été un réflexe, alors pourquoi s'en était-il abstenu ? Et que se serait-il passé s'il l'avait fait ? Se serait-elle mise en colère ? L'aurait-elle repoussé ? Ou non ? Elle avait eu l'air si surprise, si choquée... mais lui-même n'avait-il pas été aussi surpris qu'elle ?

Pourquoi donc ne l'avait-il pas prise dans ses bras ? Pouvait-il arriver quelque chose de pire ? Si elle s'était mise en colère et l'avait repoussé, la situation serait-elle pire que ce qu'elle était maintenant ? Il aurait au moins la certitude qu'elle ne voulait plus de lui. Tu ne veux pas savoir, hein, c'est ça ? Mais les choses ne peuvent pas rester dans cet état. Etait-elle en pleurs lorsqu'elle s'est enfuie ? Ou me le suis-je simplement imaginé ? Pourquoi aurait-elle pleuré ? Parce qu'elle était bouleversée, bien sûr. Mais pourquoi aurait-elle été bouleversée à ce point ? Parce qu'elle t'avait rencontré ? Mais pourquoi cela l'aurait-il bouleversée ? Elle m'a fait savoir quels étaient ses sentiments réels, la nuit de la Fête. Elle me les a bien montrés, non ? Elle ne s'intéresse plus à moi, voilà tout. Mais alors, pourquoi pleurerait-elle ?

D'habitude, lorsqu'il se promenait au bord de la rivière, Jondalar commençait à se dire qu'il était temps de rentrer au moment où le soleil atteignait son zénith, à midi. Mais ce jour-là, il était tellement plongé dans ses pensées, les ruminant encore et encore, repassant dans sa tête le moindre détail dont il pouvait se souvenir, qu'il ne remarqua même pas le temps qui passait, la hauteur du soleil dans le ciel.

Danug, qui marchait à grandes enjambées pour se maintenir à la hauteur du loup, en venait à se demander si l'animal suivait la bonne piste. Jondalar avait-il pu s'éloigner à ce point ? Midi était passé depuis longtemps lorsque le Mamutoï s'arrêta brièvement pour boire un peu d'eau avant de se remettre en chemin. Après s'être désaltéré, il se redressa et au loin, sur une portion de rive assez droite, il crut apercevoir quelqu'un qui marchait. Il s'abrita les yeux de la main pour ne pas être ébloui par le soleil, mais fut incapable de distinguer quoi que ce soit derrière ce qui semblait être un méandre du cours d'eau. Le loup avait encore accéléré l'allure lorsqu'il avait fait halte pour s'abreuver, et il se trouvait désormais hors de vue. Espérant qu'il serait en mesure de le rattraper rapidement, le Mamutoï se remit en route, allongeant lui aussi le pas.

Jondalar fut soudain tiré de son intense méditation par quelque chose qui bougeait dans les buissons, près de l'eau. En scrutant avec attention, il distingua les mouvements d'un animal. En aurait-il après moi ? se demanda-t-il. Il n'avait pas emporté son arme avec lui, pas plus que des traits, et regardait par terre, fébrilement, à la recherche d'un objet quelconque, branche, bois de cerf ou pierre d'une certaine taille, quelque chose qui lui permettrait de se défendre, lorsque l'énorme bête sauta brusquement des fourrés, l'obligeant à se protéger le visage du bras avant d'être renversé sous l'impact.

Alors, plutôt que de le mordre, l'animal se mit à le lécher !

— C'est toi, Loup ? Que fais-tu ici ? s'exclama-t-il en s'asseyant et en essayant de se protéger des manifestations exubérantes de l'animal, tout excité.

Il le caressa un moment, le grattant derrière les oreilles, s'efforçant de le calmer un peu.

— Pourquoi n'es-tu pas avec Jonayla, ou avec Ayla ? lui demanda-t-il, saisi d'une soudaine inquiétude. Pourquoi m'as-tu suivi jusqu'ici ?

Lorsqu'il se releva pour reprendre sa route, Loup se mit à trotter nerveusement devant lui, avant de retourner dans la direction d'où ils venaient.

— Tu veux rentrer, Loup ? Eh bien, vas-y, dit-il.

Mais lorsqu'il se remit en marche, la bête sauta une fois de plus devant lui.

— Que se passe-t-il donc, Loup ? demanda-t-il avant de regarder le ciel pour constater que le soleil avait franchi son zénith. Tu veux que je rentre avec toi ?

— Oui, c'est ce qu'il désire, Jondalar, intervint Danug, sortant du sous-bois.

— Danug ! Mais qu'est-ce que tu fais là ? demanda Jondalar, ébahi.

— Je suis venu te chercher.

— Me chercher ? Mais pourquoi ?

— C'est Ayla, Jondalar. Il faut que tu rentres tout de suite.

— Ayla ? Il lui est arrivé quelque chose ?

— Tu te rappelles cette racine ? Celle avec laquelle elle a préparé une sorte de liquide pour elle et Mamut ? Elle a recommencé l'opération, pour en faire la démonstration à Zelandoni. Et cette fois encore, personne n'est capable de la réveiller, pas même Jonayla. La doniate dit que tu dois revenir tout de suite, sans quoi

Ayla mourra et son esprit sera perdu à jamais, expliqua le Mamutoï.

— Non, pas cette racine ! s'exclama Jondalar, soudain pâle. Oh, Grande Mère, faites qu'elle ne meure pas ! Ne la laissez pas mourir, je vous en prie ! supplia-t-il avant de repartir en courant dans la direction du camp.

S'il avait été préoccupé à l'aller, ce n'était rien comparé aux sentiments qui l'assaillaient sur le chemin du retour. Il courait à toutes jambes le long de la Rivière, franchissant à toute allure les buissons d'épineux qui écorchaient ses jambes et ses bras nus, son visage. Il ne sentait rien. Il courut, courut jusqu'à perdre haleine, la gorge soudain sèche, une douleur au côté le poignardant tel un couteau chauffé à blanc, les jambes soudain prises de crampes. Mais il ne sentait presque pas la douleur, infiniment moins insupportable que celle qui affectait ses pensées. Il avait même distancé Danug, seul le loup étant capable de tenir son rythme.

Il avait du mal à croire qu'il s'était éloigné à ce point et, pire encore, qu'il mettait tout ce temps à rejoindre son point de départ. Il ralentit une ou deux fois l'allure pour reprendre son souffle, mais sans jamais faire halte, et redoubla de vitesse lorsque, à l'approche du campement, la végétation commença à s'éclaircir.

— Où... où est-elle ? demanda-t-il à la première personne qu'il rencontra.

— Dans la hutte de la Zelandonia, lui répondit-on.

Tous les participants à la Réunion d'Eté s'étaient lancés à sa recherche et n'attendaient que son retour et, de fait, plusieurs personnes l'acclamèrent en le voyant se précipiter vers le local. Il ne les entendit pas et ne s'arrêta que lorsque, après avoir repoussé d'une bourrade la tenture qui cachait l'entrée, il la vit, allongée sur la litière entourée de lampes à huile. Là, la seule chose qu'il fut capable de faire fut de prononcer son nom dans un souffle :

— Ayla...

41

Jondalar pouvait à peine respirer : chaque fois que ses poumons se gonflaient d'air, sa gorge le brûlait. Tout son corps était trempé de sueur. Son point de côté n'avait pas disparu et le faisait toujours terriblement souffrir. Plié en deux, il sentait ses jambes trembler, au point de pouvoir à peine le soutenir lorsqu'il s'approcha du lit, au fond du local. Loup était littéralement collé à lui et, la langue pendante, haletait lui aussi.

— Tiens, Jondalar, assieds-toi là, dit Zelandoni en se levant et en lui montrant son siège.

L'angoisse extrême du jeune homme ne lui avait pas échappé, pas plus que le fait qu'il venait de couvrir en peu de temps une longue distance.

— Va lui chercher de l'eau, ordonna-t-elle à l'acolyte le plus proche. Apportes-en aussi pour le loup.

En se penchant sur elle, Jondalar constata que la peau d'Ayla avait pris une teinte gris pâle rappelant irrésistiblement celle d'un cadavre.

— Oh, Ayla, pourquoi as-tu recommencé ? lança-t-il d'une voix rauque, tout juste capable de parler. Tu as failli en mourir la fois précédente.

Il but une gorgée d'eau, comme par réflexe, réalisant à peine que quelqu'un lui avait mis un gobelet dans la main, puis il grimpa littéralement sur la couche. Là, il repoussa les couvertures, souleva Ayla et la prit dans ses bras, choqué de constater à quel point elle était glacée.

— Elle est toute froide, dit-il avec un hoquet proche du sanglot, sans même se rendre compte que son visage était baigné de pleurs.

Des larmes qu'il aurait d'ailleurs été bien en peine de retenir s'il en avait eu conscience.

Le loup regarda les deux humains sur le lit, leva son museau vers le ciel et se mit à pousser un long hurlement, un cri aigu et prolongé qui donnait le frisson et fit frémir tant les membres de la Zelandonia qui se trouvaient dans le local que toutes les personnes rassemblées à l'extérieur. Ceux qui étaient en train de chanter en perdirent le rythme, leur fugue jusqu'alors continue s'arrêtant brutalement l'espace d'un instant. Ce n'est qu'à cet instant que Jondalar prit conscience que la Zelandonia n'avait pas cessé de psalmodier. Loup s'avança, posa ses deux pattes avant sur le rebord de la couche et se mit à pousser des gémissements pour attirer l'attention de celle qui l'avait recueilli.

— Ayla, Ayla, je t'en conjure, ne me quitte pas, supplia Jondalar. Tu ne peux pas mourir. Qui me donnera un fils ? Oh, Ayla, mais qu'est-ce que je raconte ? Je me fiche bien que tu me donnes un fils. C'est toi que je veux. Je t'aime. Tu peux même cesser de me parler, je m'en moque, à condition que je puisse te voir une fois de temps en temps. Reviens-moi, Ayla. Oh, Grande Mère, ramenez-la-moi. Ramenez-la-moi, je vous en supplie. Je ferai tout ce que vous voudrez, mais ne me l'enlevez pas !

Sous le regard de Zelandoni, ce grand et bel homme dont le visage, les jambes et les bras saignaient, couverts d'égratignures, se mit alors à bercer la femme inerte qu'il tenait dans ses bras, les yeux baignés de larmes, suppliant qu'elle lui revienne. La doniate ne l'avait plus vu pleurer depuis qu'il avait quitté l'enfance. Jondalar ne pleurait jamais, il faisait en sorte de contrôler ses émotions, de les garder pour lui.

Après qu'il fut revenu de son séjour chez Dalanar, elle s'était souvent demandé s'il serait de nouveau capable d'aimer une femme, et se l'était reproché. Elle savait qu'il l'aimait toujours à cette époque et avait été tentée plus d'une fois d'abandonner la Zelandonia pour devenir sa compagne, mais au fil du temps, et en constatant qu'elle ne pouvait pas tomber enceinte, elle avait compris qu'elle avait fait le bon choix. Elle était sûre qu'il trouverait un jour la compagne qui lui conviendrait et, tout en doutant parfois qu'il fût en mesure de lui accorder un amour exclusif, avait la conviction qu'il souhaiterait qu'elle lui donne des enfants. Des enfants qu'il pourrait aimer librement, complètement, sans la moindre réserve, un amour qu'il pourrait enfin épancher comme il le souhaitait.

Elle avait été réellement ravie pour lui lorsqu'il était revenu de son long voyage avec une femme qu'il aimait de toute évidence, une femme digne de son amour. Mais jamais jusqu'alors elle n'avait réalisé à quel point il l'aimait. La Première sentit une pointe de remords : peut-être n'aurait-elle pas dû inciter si fortement Ayla à devenir Zelandoni. Peut-être aurait-elle dû les laisser tous les deux en paix. Mais, après tout, c'était le choix de la Mère...

— Elle est toute froide. Pourquoi est-elle si froide ? gémissait Jondalar.

Il s'étendit de tout son long sur la litière, se coucha à côté d'elle puis recouvrit du sien le corps nu de sa compagne avant de ramener sur eux les couvertures. Le loup les rejoignit sur la couche et s'allongea à son tour à la droite de la femme. La chaleur de Jondalar se diffusa rapidement dans le faible espace, avec celle de l'animal. L'homme serra sa compagne contre lui un long moment, la regardant, embrassant son visage pâle et immobile, lui parlant, la suppliant, priant la Mère qu'elle lui revienne... Et au bout d'un long moment sa voix, ses pleurs, la chaleur de son corps ainsi que celle du loup parvinrent à pénétrer jusqu'aux profondeurs les plus secrètes d'Ayla.

Ayla pleurait en silence. « C'est toi qui l'as fait ! C'est toi qui l'as fait ! » l'accusaient les voix en chantant. Puis il n'y eut plus que Jondalar, là, devant elle. Elle entendit un loup hurler non loin.

« Je regrette, Jondalar ! cria-t-elle. Je regrette de t'avoir fait du mal ! »

« Ayla ! suffoqua-t-il en lui tendant les bras. Ayla, je t'aime. Donne-moi un fils ! »

Elle se dirigea vers la silhouette de Jondalar et de Loup, qui se trouvait à ses côtés, puis se mit à cheminer entre eux, jusqu'à ce qu'elle sente quelque chose qui l'attirait. Et soudain elle commença à se mouvoir, vite, très vite, beaucoup plus vite qu'auparavant, tout en se sentant clouée sur place. Les mystérieux nuages semblant provenir d'un autre monde apparurent et disparurent en un clin d'œil, qui lui fit pourtant l'effet d'une éternité. Le néant d'un noir profond réapparut, l'enveloppant dans un vide d'une obscurité qui elle non plus n'était pas de ce monde. Un moment qui semblait ne jamais devoir prendre fin. Puis elle se sentit tomber dans la brume et, l'espace d'un instant, se vit dans un lit entouré de lampes, en compagnie de Jondalar, avant de se retrouver brutalement à l'intérieur d'une coquille où régnait une humidité glaciale. Elle essaya bien de bouger, mais elle était si raide, et elle avait si froid... Finalement, ses paupières se mirent à battre : elle ouvrit les yeux et aperçut le visage baigné de larmes de l'homme qu'elle aimait, juste avant de sentir la langue chaude et râpeuse du loup qui léchait ses joues.

— Ayla ! Ayla ! fit Jondalar, un sanglot gonflant sa poitrine. Tu es de retour ! Zelandoni ! Elle est réveillée ! Oh Doni, Grande Mère, merci ! Merci de me l'avoir rendue !

Il la tenait dans ses bras, pleurant de soulagement et d'amour, craignant de lui faire mal en la serrant trop fort, mais ne voulant surtout pas la lâcher. Ce qu'elle ne souhaitait pas plus que lui.

Finalement, il relâcha son étreinte pour laisser la doniate la regarder.

— Descends maintenant, Loup, dit-il en poussant l'animal vers l'extrémité de la couche. Tu l'as bien aidée, maintenant laisse Zelandoni la voir.

Le loup sauta du lit et s'assit sur le plancher pour les regarder.

La Première parmi Ceux Qui Servent se pencha sur Ayla et, voyant celle-ci la fixer de ses beaux yeux gris-bleu et lui prodiguer un sourire las, eut un hochement de tête stupéfait.

— Jamais je n'aurais cru cela possible, dit-elle. J'étais sûre qu'elle était partie, partie pour toujours dans un lieu d'où l'on ne peut jamais revenir, où je n'aurais moi-même jamais pu aller la retrouver pour la conduire à la Mère. Je craignais que les chants ne servent à rien, qu'il n'y ait rien que nous puissions entreprendre pour la sauver. Je doutais que quoi que ce soit puisse la ramener parmi nous, ni mes espérances les plus vives, ni les souhaits ardents de chacun des Zelandonii, ni même ton amour, Jondalar. Tous les membres de la Zelandonia ensemble n'auraient pu obtenir ce que tu as réussi à faire. Je suis presque prête à croire que tu aurais pu la tirer des tréfonds les plus inaccessibles du domaine de Doni. J'ai toujours dit que la Grande Terre Mère ne refuserait jamais d'accéder à aucune de tes requêtes. Je crois que la preuve vient d'en être administrée sous nos yeux.

La nouvelle se répandit dans le campement comme un feu de broussailles : Jondalar venait de ramener Ayla. Jondalar avait réussi ce que tous les membres de la Zelandonia réunis avaient été incapables d'obtenir. Parmi toutes les femmes assistant à la Réunion d'Eté, il n'y en avait pas une seule qui ne souhaitât au plus profond de son cœur être l'objet d'un amour aussi profond ; et pas un seul homme qui ne souhaitât connaître une femme qu'il fût capable d'aimer à ce point. On commençait déjà à élaborer des histoires, de celles que l'on raconterait des années durant autour des feux de camp, ou des âtres des foyers, des histoires tournant autour de l'amour de Jondalar, un amour si grand qu'il avait réussi à faire revenir Ayla du Monde d'Après.

Jondalar songeait à ce que venait de dire Zelandoni à son propos : il l'avait déjà entendue prononcer ce genre de chose, et n'était pas absolument sûr de ce que cela signifiait exactement, mais le fait de s'entendre dire qu'il était si favorisé par la Mère qu'aucune femme ne pouvait rien lui refuser, y compris Doni Elle-Même, le laissait quelque peu mal à l'aise.

Durant les quelques jours qui suivirent, Ayla était tellement épuisée, au point d'être à peine capable de remuer, qu'à certains moments la doniate se demanda si la jeune femme serait en mesure de se remettre complètement de l'épreuve qu'elle venait de subir. Elle dormait beaucoup, parfois complètement inerte, parfois d'un sommeil agité.

Il lui arrivait ainsi de sombrer dans des accès de délire : elle se tournait et se retournait alors sans cesse, parlait tout haut dans son sommeil, mais chaque fois qu'elle rouvrait les yeux Jondalar était là, à ses côtés. Il ne l'avait pas quittée depuis qu'elle s'était réveillée, sinon pour des besoins élémentaires. Il dormait sur ses fourrures de nuit qu'il étendait par terre, près de sa couche.

Chaque fois qu'elle paraissait faiblir, Zelandoni se demandait si, au bout du compte, Jondalar n'était pas l'unique lien qui la rattachait au monde des vivants. C'était en effet le cas, même s'il convenait d'y ajouter sa volonté bien ancrée de continuer à vivre, ainsi que ses années de chasse et d'exercice physique qui l'avaient dotée d'un corps sain et solide capable de se remettre d'expériences particulièrement éprouvantes.

Loup passait lui aussi l'essentiel de ses journées auprès d'elle, et semblait deviner les moments où elle était sur le point de se réveiller. Après que Jondalar l'eut empêché de sauter sur le lit et d'y poser ses pattes sales, l'animal avait découvert que la couche était tout juste assez haute pour lui permettre de poser sa tête sur le bord et de la regarder juste avant qu'elle n'ouvre les yeux. Jondalar et Zelandoni n'avaient plus dès lors qu'à l'observer pour prévoir le moment de son réveil.

Jonayla était si contente que sa mère se soit éveillée, et que Jondalar et elle se retrouvent ensemble, qu'elle venait souvent leur tenir compagnie dans le local de la Zelandonia. Elle n'y passait jamais la nuit mais, si aucun des deux ne dormait, elle restait un moment avec eux, confortablement installée dans le giron de Jondalar, ou allongée à côté de sa mère, faisant même à l'occasion un petit somme avec elle. Il lui arrivait également de ne faire une apparition que pour un court instant, comme pour avoir la confirmation que tout se passait toujours pour le mieux. Après qu'elle se fut suffisamment rétablie, Ayla envoyait souvent Loup raccompagner Jonayla, même si, au début en tout cas, l'animal était partagé entre le désir de rester avec la jeune femme et celui de suivre la fillette.

Même la doniate n'était jamais bien loin. La Première continuait de se reprocher de n'avoir pas veillé sur la jeune femme avec l'attention qu'elle méritait dès le moment où elle était revenue. Il est vrai que ces Réunions d'Été sollicitaient l'essentiel de son temps et de son attention et que, par ailleurs, elle avait toujours eu le plus grand mal à décrypter le comportement d'Ayla, qui ne parlait que très rarement d'elle-même ou de ses problèmes, et ne cachait que trop bien ses sentiments profonds. Autrement dit, il était aisé de passer à côté de ses manifestations de mal-être.

Ayla leva la tête et sourit au géant à la chevelure et à la barbe aussi rousses que touffues qui la regardait avec attention. Bien qu'elle ne fût pas encore tout à fait rétablie, on l'avait ramenée au campement de la Neuvième Caverne. Elle était réveillée quand, un peu plus tôt, Jondalar lui avait dit que Danug avait émis le souhait de lui rendre visite, mais elle s'était assoupie un petit moment avant d'entendre quelqu'un prononcer son nom d'une voix douce. Jonayla sur ses genoux, Jondalar était assis à côté d'elle et lui tenait la main. Loup battit le sol de sa queue pour saluer à sa manière l'arrivée du jeune Mamutoï.

— Je suis chargé de te dire, Jonayla, que Bokovan et d'autres enfants vont au foyer de Levela pour y jouer et y manger quelque chose, dit Danug. Elle a également gardé des os pour Loup.

— Pourquoi ne les rejoindrais-tu pas avec Loup, Jonayla ? dit Ayla en se redressant. Ils ont sûrement hâte de te voir, et cette Réunion d'Été est sur le point de se terminer. Une fois que nous serons rentrés chez nous, tu ne les reverras sans doute pas avant l'été prochain.

— Bien, mère. De toute façon, j'ai faim et je pense que Loup mangerait bien quelque chose, lui aussi.

La fillette étreignit son père et sa mère avant de se diriger vers l'entrée de la hutte, Loup sur ses talons. L'animal poussa un petit gémissement à l'intention d'Ayla avant de quitter les lieux et de rejoindre Jonayla.

— Assieds-toi, Danug, invita Ayla en désignant un siège au nouveau venu. Mais où est Druwez ? s'étonna-t-elle.

Le jeune Mamutoï prit place à côté d'Ayla.

— Aldanor avait besoin d'un ami qui ne soit pas un parent pour quelque chose ayant un rapport avec les prochaines Matrimoniales. Druwez a accepté de jouer ce rôle, puisque je suis désormais considéré comme un parent d'adoption, expliqua-t-il.

Jondalar fit un signe de tête expliquant qu'il avait compris le dilemme.

— Ce n'est pas commode d'apprendre toute une nouvelle série de coutumes, dit-il. Je me souviens de ce qui s'est passé quand Thonolan a décidé de prendre Jetamio pour compagne. Comme j'étais son frère, je devenais apparenté moi aussi aux Sharamudoï. Et comme j'étais son unique parent, je devais absolument être partie intégrante de la cérémonie.

Même si, maintenant, il était en mesure de parler plus facilement du frère qu'il avait perdu, Ayla remarqua le regret que reflétait le visage de son compagnon. Elle savait que jamais il ne pourrait penser à lui sans éprouver une profonde tristesse.

Jondalar se rapprocha d'Ayla et la prit dans ses bras. Danug leur sourit à tous deux.

— J'ai d'abord quelque chose de grave à dire, commença-t-il avec une sévérité feinte. Quand allez-vous tous les deux comprendre que vous vous aimez ? Vous devez cesser de vous créer des problèmes qui n'ont pas lieu d'être. Ecoutez-moi avec attention : Ayla aime Jondalar, et n'en aime aucun autre ; Jondalar aime Ayla, et n'en aime aucune autre. Vous pensez être capables de vous mettre ça dans la tête ? Pour l'un comme pour l'autre, vous serez le seul, ou la seule, et l'unique. Je vais édicter une règle que vous devrez respecter jusqu'à la fin de vos jours : je me moque que chacun puisse s'accoupler avec celui ou celle qu'il veut, vous ne pourrez dans votre cas vous accoupler que l'un avec l'autre. Si on m'apprend que vous avez enfreint cette règle, je reviendrai ici vous attacher solidement l'un à l'autre. C'est bien compris ?

— Oui, Danug, répondirent Jondalar et Ayla d'une même voix.

La jeune femme se tourna pour adresser un sourire à son compagnon, qui le lui rendit, puis tous deux sourirent à l'unisson à Danug.

— Et je vais te dire un secret, annonça Ayla. Le plus tôt possible, nous allons tous les deux concevoir un bébé...

— Bientôt, mais pas tout de suite, intervint Jondalar. Pas avant que Zelandoni ait décidé que tu étais suffisamment rétablie pour cela. Mais ce jour-là, femme, tu vas voir ce que tu vas voir.

— Je me demande quel Don est le plus appréciable, fit Danug avec un large sourire. Celui du Plaisir, ou celui de la Connaissance. A mon avis, la Mère doit nous aimer beaucoup pour que la conception d'une vie nouvelle soit un tel Plaisir !

— Tu as bien raison, approuva Jondalar.

— J'ai essayé de traduire le Chant de la Mère des Zelandonii en mamutoï afin de pouvoir le faire connaître à tout le monde, et dès mon retour je vais me mettre en quête d'une compagne afin de pouvoir concevoir un fils... commença Danug.

— Tu as quelque chose contre les filles ? le coupa Ayla.

— Rien, à ceci près que ce n'est pas moi qui pourrai lui donner un nom. Je veux un fils afin de pouvoir le nommer. Je n'ai jamais nommé un enfant jusqu'à présent, expliqua Danug.

— Mais tu n'as jamais eu d'enfant à nommer jusqu'à présent, le contra Ayla en éclatant de rire.

— Oui, c'est vrai, admit Danug, légèrement contrarié. Pour autant que je le sache, en tout cas, mais tu comprends bien ce que je veux dire. Je n'en ai jamais eu l'occasion, jusqu'à présent.

— Je comprends ce qu'il ressent, intervint Jondalar. Je me moque bien de savoir si notre prochain enfant sera un garçon ou une fille, mais je me demande l'effet que ça ferait de donner son nom à un fils... Dis-moi, Danug, que se passera-t-il si les Mamutoï n'acceptent pas l'idée que les hommes nomment leurs fils ?

— Je devrai simplement m'assurer que la femme que je déciderai de prendre pour compagne sera d'accord, dit Danug.

— Très juste, approuva Ayla. Mais dis-moi, Danug, pourquoi attendre de retourner chez toi pour trouver une compagne ? Pourquoi ne resterais-tu pas avec nous, comme Aldanor ? Je suis certaine que tu pourrais trouver une Zelandonii qui serait ravie de devenir ta compagne.

— Il est certain que les femmes zelandonii sont très belles, mais à beaucoup d'égards je suis comme Jondalar : j'adore voyager, mais j'ai besoin de retourner chez moi pour m'installer. Et puis, il n'y a ici qu'une femme pour qui je resterais volontiers afin de la prendre pour compagne, Ayla, reprit le Mamutoï en adressant à Jondalar un clin d'œil complice. Et elle est déjà prise, apparemment.

Jondalar eut un petit rire mais une lueur dans l'œil de Danug, une nuance dans le ton de sa voix conduisirent Ayla à se demander si cette déclaration faite sur le ton de la plaisanterie ne recelait pas plus qu'une parcelle de vérité.

— Je suis simplement heureux qu'elle ait accepté de m'accompagner chez les miens, dit Jondalar, la regardant de ses beaux yeux bleus d'une telle façon qu'elle se sentit émoustillée jusque dans son intimité la plus secrète. Danug a raison. Doni doit vraiment nous aimer pour avoir fait de la conception des enfants un Plaisir aussi intense.

— Pour une femme, il n'y a pas que le seul Plaisir, Jondalar, dit Ayla. Donner la vie est parfois extrêmement douloureux.

— Mais je croyais que tu m'avais dit que donner la vie à Jonayla ne t'avait pas demandé d'efforts, s'étonna Jondalar, le front marqué de son pli désormais familier.

— Même un accouchement sans problème n'est pas totalement indolore, Jondalar, expliqua Ayla. C'était simplement moins douloureux que je ne m'y attendais.

— Je ne veux surtout pas que tu souffres à cause de moi, s'inquiéta-t-il en se tournant vers elle pour la regarder droit dans les yeux. Tu es sûre que nous devons avoir un autre bébé ?

Jondalar venait de se rappeler que la compagne de Thonolan était morte en accouchant.

— Ne dis pas de bêtises, Jondalar. Bien sûr que nous allons en avoir un autre. Je le veux, moi aussi, tu sais. Tu n'es pas le seul. Et ce n'est pas si terrible. Cela dit, si tu n'as pas envie d'en concevoir un, je peux peut-être trouver un autre homme qui y sera disposé, dit-elle avec un sourire malicieux.

— Ça, c'est absolument impossible, répliqua Jondalar en lui serrant l'épaule. Danug vient de te dire que tu ne pourras t'accoupler avec aucun autre que moi, tu l'as déjà oublié ?

— Jamais je n'ai voulu m'accoupler avec un autre que toi, Jondalar. Tu es celui qui m'a appris le Don du Plaisir que nous a accordé la Mère. Personne ne pourrait m'en donner plus que tu ne le fais, peut-être parce que je t'aime passionnément, dit Ayla.

Jondalar se détourna pour cacher les larmes qui lui venaient aux yeux, mais Danug avait pris soin de regarder ailleurs et fit semblant de ne rien avoir remarqué. Quand Jondalar se retourna, il fixa Ayla et lui dit, avec le plus grand sérieux :

— Je ne t'ai jamais dit à quel point j'étais désolé, pour Marona. Ce n'est pas que j'avais vraiment envie d'elle, mais elle s'est montrée si disponible... Je ne voulais pas te le dire parce que je craignais de te blesser. Quand tu nous as surpris tous les deux, je n'ai pas cessé de me dire que tu devais me détester. Mais ce que je veux que tu saches, c'est que je n'aime que toi.

— Je sais que tu m'aimes, Jondalar, répliqua Ayla. Tous les participants à cette Réunion d'Eté le savent, eux aussi. Je ne serais pas là si ce n'était pas le cas. Malgré ce que vient de dire Danug, sache que si tu en éprouves le besoin, ou même simplement le désir, tu peux t'accoupler avec qui tu le souhaites, Jondalar. Et je n'éprouve plus la moindre rancune envers Marona. Je ne lui en veux pas de t'avoir désiré. Quelle femme n'aurait pas envie de toi ? Partager le Don du Plaisir ne revient pas à aimer quelqu'un. C'est ce qui donne les bébés, mais pas l'amour. L'amour peut rendre les Plaisirs encore plus intenses, mais lorsqu'on aime quelqu'un, quelle différence cela peut-il bien faire si la personne en question s'accouple avec une autre ? Comment un accouplement, qui ne dure qu'un moment plus ou moins long, pourrait-il être plus important qu'un amour de toute une vie ? Même au sein du Clan, un homme pouvait s'accoupler simplement pour satisfaire ses besoins. Tu ne t'attendrais tout de même pas à me voir briser notre lien juste sous prétexte que tu t'es accouplé avec une autre, j'espère ?

— Si c'était une raison suffisante, intervint Danug en riant, tout le monde devrait briser ses liens. Beaucoup de gens attendent avec impatience les Fêtes pour honorer la Mère afin de partager les Plaisirs avec d'autres une fois de temps en temps. J'ai entendu raconter que Talut pouvait ainsi s'accoupler successivement avec une demi-douzaine de femmes différentes à l'occasion de ces Fêtes. Mère avait l'habitude de dire que cela lui permettait de voir si un autre homme était en mesure de l'égaler. Personne n'y est jamais arrivé.

— Talut est bien plus puissant que je ne le suis, dit Jondalar. Il y a quelques années, je ne dis pas, mais je n'ai plus la vigueur nécessaire aujourd'hui. Et pour dire la vérité, je n'en éprouve pas, ou plus, le désir.

— Ce ne sont d'ailleurs peut-être que des histoires, reprit Danug. Je dois dire que, personnellement, je ne l'ai jamais vu avec une autre femme qu'avec mère. Il passe beaucoup de temps avec d'autres responsables de Camps, et quant à elle, elle consacre l'essentiel de son temps à rendre visite à des parents et à des amis durant ces Réunions. Si vous voulez mon avis, la plupart des gens adorent se raconter des histoires.

La conversation s'arrêta un moment, durant lequel les trois jeunes gens échangèrent des regards entendus.

— Je n'irais pas jusqu'à briser le lien pour cette seule raison, reprit Danug, mais en toute honnêteté je préfère que la femme que je prendrai pour compagne ne s'accouple pas avec un autre que moi.

— Même pendant les Fêtes en l'honneur de la Grande Terre Mère ? demanda Jondalar.

— Je sais que nous sommes tous censés honorer la Mère à l'occasion de ces Fêtes, répondit Danug, mais comment saurai-je que les enfants que ma compagne apporte à mon foyer sont bien les miens si elle partage les Plaisirs avec un autre homme ?

Ayla les regarda tous les deux et se rappela les paroles de la Première :

— Si un homme aime les enfants qu'une femme apporte à son foyer, pourquoi le fait de savoir qui les a conçus ferait une différence ?

— Ça ne devrait sans doute pas en faire, mais je voudrais quand même être sûr que ce sont les miens, insista Danug.

— Si tu conçois un enfant, est-ce que cela signifie qu'il est à toi ? Qu'il t'appartient, comme un bien personnel ? demanda Ayla. N'aimerais-tu pas un enfant qui ne t'appartiendrait pas, Danug ?

— Quand je dis « à moi », cela ne veut pas dire que j'en revendiquerais la propriété, cet enfant serait mien en ce sens qu'il viendrait de moi, tenta d'expliquer le Mamutoï. Je serais sans doute capable d'apprendre à aimer n'importe quel enfant de mon foyer, y compris ceux qui ne viendraient pas de moi, ni même de ma compagne. J'aimais Rydag comme un frère, et même plus encore, alors qu'il n'était ni à Talut ni à Nezzie, mais tout de même j'aimerais bien savoir si tel enfant de mon foyer a bien été conçu par moi. Une femme n'a pas ce genre de préoccupation. Elle sait toujours.

— Je comprends ce que ressent Danug, Ayla, intervint Jondalar. Je suis content de savoir que Jonayla a été conçue par moi. Et tout le monde sait que c'est bien le cas parce que personne n'ignore que tu n'as jamais choisi un autre que moi. Nous avons toujours honoré la Mère à l'occasion des Fêtes, mais nous nous sommes toujours choisis l'un l'autre.

— Je me demande si vous seriez l'un comme l'autre aussi désireux d'avoir des enfants à vous si vous pouviez partager la douleur de votre compagne pour les mettre au monde, dit Ayla. Certaines femmes seraient heureuses de ne jamais avoir à faire des enfants. Elles ne sont pas nombreuses, mais il y en a.

Les deux hommes échangèrent un regard, mais sans oser affronter directement Ayla, visiblement un peu gênés par cette notion qui entrait à l'évidence en contradiction avec les croyances et les coutumes de leurs peuples respectifs.

— A propos, avez-vous entendu dire que Marona allait reprendre un compagnon ? lança Danug, histoire de changer de sujet.

— Vraiment ? s'étonna Jondalar. Non, je n'étais pas au courant. Quand cela ?

— Dans quelques jours, à l'occasion des dernières Matrimoniales de la saison, quand Folara et Aldanor noueront le lien, répondit Proleva, qui venait d'entrer, suivie par Joharran.

— C'est ce que m'a dit Aldanor, confirma Danug.

On échangea des saluts, les deux femmes s'étreignirent, et le chef de la Neuvième Caverne se pencha pour toucher la joue d'Ayla de la sienne. On approcha des tabourets du lit sur lequel reposait la jeune femme.

— Et qui sera son prochain compagnon ? s'enquit celle-ci après que chacun se fut installé pour entendre la suite de cette surprenante révélation.

— Un ami de Laramar, qui était installé avec lui et d'autres de ses amis dans cette lointaine réservée aux hommes seuls, et qui est d'ailleurs abandonnée maintenant, annonça Proleva. C'est un étranger, mais un Zelandonii, si j'ai bien compris.

— Il est originaire d'un groupement de Cavernes installées le long de la Grande Rivière, à l'ouest d'ici. J'ai entendu dire qu'il était venu à notre Réunion d'Eté avec un message pour quelqu'un, et qu'il a décidé de rester. Je ne sais pas s'il les connaissait d'avant, mais apparemment il s'est fort bien entendu avec Laramar et sa bande de copains, expliqua Joharran.

— Ah oui, je crois voir de qui il s'agit, dit Jondalar.

— Depuis qu'ils ont quitté cette tente, il s'est installé au campement de la Cinquième Caverne, tout comme Marona, d'ailleurs. C'est là qu'il a fait sa connaissance, précisa Proleva.

— Je ne pensais pas que Marona souhaitait reprendre un compagnon, fit Jondalar. Si c'est celui à qui je pense, il me paraît bien jeune. Je me demande pour quelle raison c'est lui qu'elle aurait choisi...

— Elle n'avait peut-être pas vraiment le choix, glissa Proleva.

— Mais tout le monde dit qu'elle est si belle qu'elle peut avoir presque tous les hommes qu'elle veut ! s'étonna Ayla.

— Pour une nuit, mais pas pour une vie, intervint Danug. J'ai entendu certaines rumeurs. Les hommes qu'elle a eus pour compagnons ne disent pas grand bien d'elle.

— Et elle n'a jamais eu d'enfants, dit Proleva. A ce qu'on dit, elle serait incapable d'en avoir. Certains hommes pourraient la trouver moins désirable pour cette raison, mais je suppose que cela n'a guère d'importance aux yeux de celui qui l'a choisie. Elle a l'intention de le suivre dans sa Caverne.

— Je crois l'avoir rencontré quand je rentrais un soir avec Echozar du campement des Lanzadonii, dit Ayla. Je ne peux pas dire qu'il m'ait fait grande impression. Pourquoi donc a-t-il quitté la lointaine des hommes seuls ?

— Ils sont tous partis après avoir découvert que leurs affaires avaient disparu, expliqua Joharran.

— Ah oui, j'ai entendu parler de ça, intervint Jondalar, mais il est vrai que, sur le moment, je n'y ai pas vraiment prêté attention.

— On a pris des choses ? interrogea Ayla.

— Oui, quelqu'un a pris des affaires personnelles appartenant à presque tous les occupants de cette tente, confirma Joharran.

— Mais pourquoi quelqu'un aurait-il fait cela ? s'étonna Ayla.

— Je l'ignore. En tout cas, Laramar a été furieux de découvrir qu'un vêtement d'hiver dont il venait de faire l'acquisition avait disparu, de même d'ailleurs que son sac à porter et presque tout son barma. Un autre occupant de la tente n'a pas retrouvé ses mitaines toutes neuves, un autre un bon couteau, et par ailleurs la quasi-totalité de la nourriture s'était volatilisée, ajouta Joharran.

— Et on sait qui a fait cela ? demanda Jondalar.

— Deux personnes ont disparu : Brukeval et Madroman, répondit Joharran. Brukeval est parti sans rien, d'après ce qu'on sait. Les autres occupants de la tente affirment que presque toutes ses affaires étaient encore là après son départ, mais que, ensuite, la plupart avaient disparu, de même que les affaires de Madroman.

— J'ai entendu Zelandoni dire à quelqu'un que Madroman n'avait pas restitué les objets sacrés qu'il avait reçus en sa qualité d'acolyte, intervint Proleva.

— Je l'ai vu partir ! s'exclama Ayla, retrouvant soudain la mémoire.

— Quand ? s'enquit Joharran.

— Le jour où la Neuvième Caverne a partagé un festin avec les Lanzadonii. J'étais la seule à être restée au campement, et je sortais tout juste du bâtiment. Il m'a jeté un regard si lourd de haine que j'en ai eu des frissons, mais il semblait très pressé. Je me rappelle m'être dit qu'il avait quelque chose de bizarre. Puis je me suis rendu compte que je ne l'avais pratiquement jamais vu sans sa tunique d'acolyte, or cette fois-là il était vêtu normalement. Mais j'ai trouvé étrange que ses vêtements portent les symboles de la Neuvième Caverne, et pas de la Cinquième.

— C'est de là que provenait le nouveau costume de Laramar, dit Joharran. Je me demande si c'était celui-là...

— Tu crois que c'est Madroman qui l'a pris ?

— J'en suis sûr, de même que tous les autres objets qui ont disparu.

— Je crois que tu as raison, Joharran, dit Jondalar.

— A mon avis, après la honte d'avoir été rejeté par la Zelandonia, il n'a pas voulu affronter le regard des autres, en tout cas de ceux qui le connaissaient, intervint Danug.

— Je me demande où il a bien pu aller, fit Proleva.

— Il va sans doute essayer de trouver des gens dont il pourrait partager la vie, dit Joharran. C'est la raison pour laquelle il a pris tout ça. Il sait que l'hiver approche et il se demandait sans doute où il pourrait s'installer.

— Mais qu'est-ce qu'il peut bien trouver pour inciter des étrangers à l'accepter ? Il ne sait pas faire grand-chose et n'a jamais été vraiment chasseur, dit Jondalar. A ce que j'ai entendu dire, il n'a jamais participé à une partie de chasse après qu'il eut rejoint la Zelandonia, pas même à un rabattage.

— Et pourtant tout le monde en est capable, et tout le monde le fait, dit Proleva. Les enfants adorent partir en expédition et battre les buissons, faire beaucoup de bruit pour faire peur aux lapins et aux autres animaux, et les obliger à courir vers les chasseurs ou à se précipiter dans les filets.

— Mais si, Madroman est capable de faire quelque chose, intervint Joharran. C'est d'ailleurs pour cela qu'il n'a pas restitué les objets sacrés que la Zelandonia lui avait confiés. Oui, je suis sûr que c'est cela qu'il va faire : il va devenir Zelandoni.

— Mais il ne l'est pas, et il ne peut plus l'être ! s'insurgea Ayla. Il a menti en prétendant avoir été appelé !

— S'il tombe sur des étrangers, ceux-ci ne le sauront pas, expliqua Joharran.

— Il fricote avec la Zelandonia depuis si longtemps qu'il sait quel comportement adopter pour se faire passer pour l'un des siens. Il n'hésitera pas à mentir de nouveau, avança Proleva.

— Tu crois vraiment qu'il serait capable de faire ça ? demanda Ayla, consternée à cette idée.

— Il faut que tu dises à Zelandoni que tu l'as vu partir, Ayla, dit Proleva.

— Et les autres responsables des Cavernes doivent eux aussi être mis au courant, insista Joharran. Nous devrions peut-être soulever le sujet avant la réunion de demain te concernant, Jondalar. Cela donnera au moins l'occasion aux gens de parler d'autre chose que de toi.

— Si vite ? s'inquiéta Ayla en ouvrant de grands yeux. Il faudra absolument que je sois là, Proleva.

Ils se trouvaient un peu à l'extérieur, dans les premiers rangs, tout en bas du vaste amphithéâtre naturel. Laramar était assis et, bien que son visage fût encore enflé, il semblait avoir pour l'essentiel récupéré de la raclée reçue des mains de l'homme qui se trouvait en face de lui, si l'on exceptait ses cicatrices et son nez cassé, dont les traces ne disparaîtraient pas de sitôt. Debout sous le soleil brûlant de ce début d'après-midi, Jondalar essaya de demeurer impassible en regardant l'homme dont le visage était si gravement meurtri. S'ils ne l'avaient pas connu depuis si longtemps, jamais ses amis ne l'auraient reconnu. Au début, le bruit avait couru que Laramar risquait de perdre un œil, et Jondalar était soulagé qu'il n'en fût rien.

Cette réunion devait en principe regrouper les Neuvième et Cinquième Cavernes, les membres de la Zelandonia devant jouer les médiateurs, mais dans la mesure où toutes les parties intéressées étaient libres d'y assister la quasi-totalité des participants à la Réunion d'Eté avaient manifesté leur « intérêt », par pure curiosité. Bien que la Neuvième Caverne eût préféré retarder quelque peu cette confrontation, après la fin de la Réunion d'Eté des Zelandonii par exemple, la Cinquième Caverne avait insisté pour qu'elle ait lieu au plus vite. Dans la mesure où on lui demandait d'accueillir Laramar en son sein, elle voulait savoir quelle compensation ils – elle et Laramar – obtiendraient de la part de Jondalar et de la Neuvième Caverne.

Jondalar et Laramar s'étaient retrouvés, pour la première fois depuis l'incident et juste avant la réunion publique, dans l'abri de la Zelandonia, en présence de Joharran, de Kemordan, le chef de la Cinquième Caverne, du ou de la Zelandoni de chacune des autres Cavernes, ainsi que de plusieurs autres responsables et membres de la Zelandonia. Sachant que Marthona était quelque peu affaiblie, on lui avait fait savoir que sa présence à cette réunion de préparation n'était pas indispensable, en particulier dans la mesure où la mère de Laramar n'était plus de ce monde, mais elle n'avait rien voulu savoir : Jondalar était son fils et elle voulait absolument être là. Les compagnes des protagonistes, elles, n'avaient pas eu la possibilité d'y assister, car leur présence aurait pu créer de nouvelles complications : Ayla parce qu'elle avait joué un grand rôle dans l'incident, et la compagne de Laramar parce qu'elle ne souhaitait pas aller s'installer avec lui au sein de la Cinquième Caverne, un autre aspect qu'il allait bien falloir traiter par la suite.

Jondalar se hâta de faire savoir à quel point il était désolé, combien il regrettait ses actes, mais Laramar traita par le mépris le grand et bel homme qui était le frère du chef de la Neuvième Caverne. C'était l'une des premières fois de sa vie que Laramar avait le beau rôle : il était dans son bon droit, n'avait absolument rien fait de mal, et il n'avait en conséquence nullement l'intention de céder tout ou partie de son avantage.

Lorsque les participants à la première moitié de la réunion quittèrent la hutte de la Zelandonia, une rumeur diffuse circula dans l'assistance : Ayla avait vu Madroman quitter le campement vêtu d'habits qu'il avait très probablement volés à Laramar. Celle-ci fut rapidement suivie de diverses spéculations quant aux ramifications possibles : l'histoire passée de Jondalar et de la Première avec Madroman, son éviction de la Zelandonia et le rôle qu'y avait joué Ayla, la raison pour laquelle elle avait été la seule à l'avoir vu partir. Les participants s'installèrent confortablement, attendant avec une impatience gourmande la suite des événements : ils n'avaient que très rarement l'occasion d'assister à un drame aussi intense. Décidément cet été se révélait riche en incidents excitants qui fourniraient non seulement d'excellents sujets de discussion pour les longues soirées d'hiver, mais aussi de la matière susceptible d'épicer bien des histoires pour les saisons à venir.

— Nous avons aujourd'hui à résoudre plusieurs questions d'importance, commença la Première. Ce ne sont pas des affaires d'ordre spirituel, mais des problèmes opposant des enfants de la Mère ; c'est pourquoi nous demandons à Doni de suivre nos délibérations et de nous aider à faire éclater la vérité, à penser clairement et à prendre de justes décisions.

Elle sortit d'un sac une petite figurine sculptée, qu'elle présenta à la foule. C'était la statuette d'une femme dont les jambes se terminaient par des pieds qui n'étaient qu'à peine suggérés. Bien qu'ils fussent dans l'incapacité de distinguer clairement l'objet qu'elle tenait dans sa main, tous les participants savaient qu'il s'agissait d'une donii, une représentation abritant l'esprit omniscient de la Grande Terre Mère, ou en tout cas une partie essentielle de Sa nature. Quelque chose comme un grand cairn, presque aussi droit qu'un pilier, constitué de grosses pierres et dont le sommet aplani était recouvert de gravier sablonneux, avait été érigé au centre de l'amphithéâtre.

D'un geste théâtral, la Première planta les pieds de la statuette dans le gravier et la redressa afin que chacun puisse la voir. Dans ce contexte, l'objectif premier de cet objet sacré était d'empêcher les mensonges délibérés, et son effet était, de fait, puissamment dissuasif. Lorsqu'on invoquait expressément l'esprit de la Mère pour lui demander d'être témoin de ce qui allait suivre, chacun savait qu'Elle découvrirait les mensonges qui seraient proférés et qu'Elle les dévoilerait aussitôt comme tels. On pouvait certes mentir et s'en tirer, mais ce ne pouvait être que provisoire : au bout du compte, la vérité finirait par éclater, en général avec des répercussions terribles. En l'occurrence, il y avait cette fois peu de risques de voir quelqu'un proférer des mensonges, mais la statuette inciterait à coup sûr les parties en présence à ne pas céder à leurs tendances naturelles à l'exagération.

— Nous pouvons commencer, reprit la Première. Comme il y a eu de nombreux témoins, je ne pense pas qu'il soit indispensable d'évoquer en détail les circonstances de l'incident. Durant la Fête organisée récemment pour honorer la Mère, Jondalar a trouvé sa compagne Ayla partageant avec Laramar le Don des Plaisirs accordé par la Mère. Tant Ayla que Laramar avaient choisi de s'unir sous le seul effet de leur commun désir. Il n'y a eu ni manifestation de force, ni contrainte d'aucune sorte. Est-ce exact, Ayla ?

La jeune femme ne s'attendait pas à être questionnée aussi vite, à attirer aussi soudainement sur elle l'attention de l'assistance tout entière. Elle en fut surprise, mais, même dans le cas contraire, elle n'aurait pu se résoudre à répondre par un mensonge.

— Oui, Zelandoni, c'est exact.

— Est-ce exact, Laramar ?

— Oui, elle était plus que consentante. C'est elle qui m'a sollicité, répondit l'intéressé.

La Première réprima une légère envie de le mettre en garde contre toute forme d'exagération et préféra poursuivre :

— Et ensuite, que s'est-il passé ?

Elle se demandait si cette question s'adressait plutôt à Ayla ou à Jondalar, mais Laramar s'empressa d'y répondre :

— Tout le monde a pu voir ce qui s'est passé. On venait à peine de commencer quand Jondalar s'est mis à me donner des coups de poing dans la figure.

— Jondalar ?

Le grand blond baissa la tête et déglutit avant de répondre :

— C'est en effet ce qui s'est passé. Quand je l'ai vu avec Ayla, je l'ai arraché à elle et j'ai commencé à le frapper. Je sais que c'était mal. Je n'ai aucune excuse, ajouta Jondalar, sachant au plus profond de son cœur que si la situation se reproduisait, il referait exactement la même chose.

— Sais-tu pourquoi tu l'as frappé, Jondalar ? demanda la Première.

— J'étais jaloux, balbutia-t-il.

— Tu étais jaloux, c'est bien ce que tu viens de dire ?

— Oui, Zelandoni.

— Si tu avais souhaité exprimer ta jalousie, Jondalar, n'aurais-tu pas pu te contenter de les séparer ? Etais-tu obligé de le frapper ?

— Je n'ai pas pu m'en empêcher. Et une fois que j'ai commencé...

Il secoua la tête plutôt que de terminer sa phrase.

— Une fois qu'il a commencé, personne ne pouvait l'arrêter, il m'a même frappé, moi ! intervint le chef de la Cinquième Caverne.

Il était hors de lui, comme fou ! Je ne sais pas ce que nous aurions pu faire si ce grand Mamutoï ne s'était pas emparé de lui...

— C'est pour ça qu'il n'a pas hésité à accueillir Laramar, murmura Folara à Proleva, tous ceux qui se trouvaient autour d'elle l'entendant néanmoins. Il est furieux de n'avoir pas pu arrêter Jondi et d'avoir été frappé lorsqu'il a essayé de le faire.

— Et puis il aime bien le barma de Laramar. Mais il y a des chances qu'il découvre rapidement que cet homme n'est pas exactement un cadeau. En tout cas ce n'est pas lui que j'accueillerais en priorité dans ma Caverne, dit Proleva avant de se retourner vers la scène.

— ... la raison pour laquelle nous nous efforçons de faire comprendre à quel point la jalousie est un sentiment aberrant, qui peut nous amener à commettre des actes insensés, expliquait la Première. Tu comprends cela, Jondalar ?

— Oui. J'ai été stupide, et j'en suis navré. Je ferai tout ce que tu me demanderas de faire pour expier ma faute. Je veux me racheter.

— C'est impossible, intervint Laramar. Il ne peut pas réparer mon visage, pas plus qu'il n'a pu rendre à Madroman les dents qu'il lui avait cassées.

La Première regarda Laramar d'un air contrarié. Ce genre de réflexion n'était vraiment pas indispensable. Il n'a pas la moindre idée de la provocation qu'a subie Jondalar à l'époque, songea-t-elle, mais elle garda ses réflexions pour elle-même.

— Des dons ont été faits à titre de réparations, dit Marthona d'une voix forte.

— Et j'espère bien qu'on en fera encore, rétorqua Laramar.

— Qu'est-ce que tu attends ? demanda la Première. Quel genre de réparations escomptes-tu ? Fais-nous connaître tes souhaits, Laramar.

— Ce que je souhaite, c'est démolir sa jolie petite gueule, répondit celui-ci.

L'assistance en eut le souffle coupé.

— Je n'en doute pas une seconde, dit la doniate sans se démonter, mais ce n'est pas une solution que la Mère puisse accepter. As-tu d'autres idées sur la façon dont Jondalar pourrait se racheter envers toi ?

La compagne de Laramar se leva et prit la parole :

— Il n'arrête pas de se construire des habitations de plus en plus grandes. Pourquoi tu ne lui demanderais pas d'en construire une nouvelle, plus grande, pour notre famille, Laramar ? demanda-t-elle d'une voix forte.

— Ce serait en effet une possibilité, Tremeda, intervint la Première. Mais où voudrais-tu la faire construire, Laramar ? A la Neuvième ou à la Cinquième Caverne ?

— Pour moi, ce ne serait pas une compensation, répondit Laramar. Je me fiche bien de savoir dans quel genre de logement elle vit. Elle transformerait n'importe quoi en tas d'ordures, de toute façon.

— Tu te fiches de l'endroit où vivent tes enfants, Laramar ? interrogea la Première.

— Mes enfants ? Ce ne sont pas les miens, si ce que tu as dit l'autre jour est vrai. S'ils sont conçus à la suite d'un accouplement, je n'en ai conçu aucun... à part le premier, peut-être. Cela fait des années que je ne me suis pas accouplé et encore moins n'ai partagé les Plaisirs avec elle. Vivre avec elle n'a rien d'un Plaisir, vous pouvez me croire. Je ne sais pas d'où sont venus tous ces enfants, peut-être des Fêtes de la Mère – donnez à un homme suffisamment à boire et même celle-ci lui paraîtra désirable ! –, mais en tout cas ce n'est sûrement pas moi qui les ai conçus. La seule chose que cette femme sache faire mieux que personne, c'est boire mon barma, conclut Laramar avec un ricanement méprisant.

— Ce n'en sont pas moins les enfants de ton foyer, Laramar, le chapitra la Première. Il est de ta responsabilité de pourvoir à leurs besoins. Tu ne peux pas décréter tout simplement que tu ne veux pas d'eux.

— Et pourquoi ne le pourrais-je pas ? Je n'en veux pas. Ils ne sont rien pour moi, et ne l'ont jamais été. Elle ne s'occupe même pas d'eux, alors pourquoi le ferais-je, moi ?

Le chef de la Cinquième Caverne avait l'air aussi horrifié que l'ensemble de l'assistance après les ignobles invectives que venait de proférer Laramar envers les enfants de son foyer.

— Je t'avais bien dit que ce n'était pas vraiment un cadeau, murmura Proleva à sa voisine.

— Et qui, dans ces conditions, devrait prendre soin des enfants de ton foyer, d'après toi ? demanda Zelandoni.

L'ivrogne réfléchit un court instant, le front plissé, avant de répondre :

— Ce n'est pas vraiment mon problème, mais je trouve que Jondalar ferait tout à fait l'affaire. Quoi qu'il propose, il ne pourra pas compenser ce qu'il m'a fait. Il ne pourra pas me rendre mon visage, et je ne pourrai pas avoir le plaisir de lui rendre ce qu'il m'a infligé. Puisqu'il est si désireux de se racheter, qu'il s'occupe donc de cette mégère manipulatrice, de cette feignante, de cette grande gueule et de sa progéniture !

— Il te doit sans doute beaucoup, Laramar, mais c'est probablement demander un peu trop à un homme qui est déjà chargé de famille que de prendre la responsabilité d'une autre, par ailleurs aussi nombreuse que l'est la tienne, intervint Joharran.

— Ne t'inquiète pas, Joharran, je suis prêt à l'assumer, dit Jondalar. Si c'est ce qu'il veut, je le ferai. S'il refuse de prendre la responsabilité de son propre foyer, il faudra bien que quelqu'un la prenne à sa place. Ces enfants ont besoin que quelqu'un se charge d'eux.

— Tu ne crois pas que tu devrais d'abord en parler à Ayla ? interrogea Proleva depuis sa place dans l'assemblée. Avec une telle responsabilité, elle aura moins de temps pour s'occuper de sa propre famille.

De toute façon, ils s'en occupent déjà bien mieux que Laramar ou Tremeda, songea-t-elle.

— Aucun problème, Proleva, Jondalar a raison, intervint Ayla. Je suis moi aussi responsable de ce qu'il a fait subir à Laramar. Je ne me suis pas rendu compte sur le moment des conséquences que cela pouvait avoir, mais ma faute est aussi lourde que la sienne. S'il faut prendre la responsabilité de sa famille pour donner satisfaction à Laramar, alors je pense que nous devons le faire.

— C'est bien ce que tu souhaites, Laramar ? demanda la Première.

— Oui. Si ça me permet de ne plus vous avoir tous sur le dos, pourquoi pas ? répondit Laramar. Je te souhaite bien du plaisir avec elle, Jondalar, ajouta-t-il en éclatant de rire.

— Et toi, Tremeda, qu'en penses-tu ? Cette solution te paraît-elle satisfaisante ? s'enquit Zelandoni.

— Est-ce qu'il me construira un nouvel abri, comme celui qu'il prépare pour elle ? demanda l'intéressée en montrant Ayla du doigt.

— Oui, je veillerai à t'en construire un nouveau, répondit Jondalar. Veux-tu que cela se fasse à la Neuvième Caverne ou à la Cinquième ?

— Ben, si je dois devenir ta deuxième femme, Jondalar, autant que je reste à la Neuvième, répondit la jeune femme d'une voix faussement timide. C'est là que j'ai toujours vécu, de toute façon.

— Entendons-nous bien, Tremeda, fit Jondalar en la regardant droit dans les yeux. Il n'est pas question que je te prenne comme deuxième femme. J'ai dit que j'assumerais la responsabilité de pourvoir aux besoins de tes enfants et aux tiens. J'ai dit que je te construirais un abri. Mes obligations envers toi se limiteront à cela. Je ferai cela pour réparer les maux que j'ai infligés à ton compagnon. Mais tu ne seras en aucun cas ma deuxième femme, Tremeda. C'est bien compris ?

Laramar éclata de rire.

— Ne dis pas que je ne t'ai pas prévenu, Jondalar ! Je t'ai bien dit que ce n'était qu'une mégère manipulatrice. Elle se servira de toi autant qu'elle le pourra ! lança-t-il avec un nouveau ricanement. Mais tu sais, ça peut devenir assez drôle. En tout cas, cela m'amuserait assez de te voir essayer de t'en dépêtrer.

— Tu es sûre de vouloir te baigner ici, Ayla ? demanda Jondalar.

— C'était notre endroit préféré avant que tu y emmènes Marona, et c'est encore le meilleur pour nager, surtout maintenant que la rivière est si agitée et boueuse en aval. Je n'ai pas eu l'occasion de nager vraiment depuis mon arrivée, et comme nous allons repartir bientôt...

— Mais tu es sûre d'être assez solide pour nager ?

— Absolument, le rassura la jeune femme. Mais ne t'inquiète donc pas. J'ai bien l'intention de passer plus de temps à me dorer sur la rive, au soleil, que dans l'eau. Tout ce dont j'ai envie, c'est de quitter ce camp et passer un peu de temps avec toi, loin de la foule, maintenant que j'ai réussi à convaincre Zelandoni que j'étais suffisamment rétablie. De toute façon, j'envisageais d'aller retrouver sous peu Whinney et de faire une balade avec elle. Je sais que Zelandoni est inquiète, mais vraiment, je vais bien. J'ai simplement besoin de sortir de là et de bouger un peu.

Si elle s'en était voulu de ne pas avoir veillé sur Ayla avec assez d'attention, la Première se montrait maintenant excessivement protectrice, ce qui n'avait pourtant jamais été sa caractéristique première. Se sentant plus qu'un peu responsable d'avoir failli perdre la jeune femme, elle n'était pas prête à ce que cela se reproduise. Jondalar était entièrement d'accord avec elle et pendant un temps Ayla avait apprécié l'attention inhabituelle dont tous deux l'entouraient. Toutefois, au fur et à mesure qu'elle recouvrait sa vigueur, cette préoccupation de tous les instants s'était mise à lui peser. Elle avait bien essayé de convaincre la doniate qu'elle était complètement remise, qu'elle avait repris assez de forces pour pouvoir aller de nouveau nager et monter à cheval, il avait fallu le problème posé par Loup pour que celle-ci accède finalement à sa demande.

Jonayla et les jeunes de son âge préparaient d'arrache-pied avec la Zelandonia une petite fête qu'ils donneraient dans le cadre des cérémonies d'adieu organisées pour clore la Réunion d'Eté. Non seulement Loup constituait une distraction lorsque tous les enfants étaient rassemblés, ce qui les empêchait de se concentrer convenablement, mais Jonayla avait du mal tout à la fois à le maîtriser et à retenir ce qu'elle était censée apprendre. Lorsque Zelandoni avait laissé entendre à Ayla que, si le loup était évidemment toujours le bienvenu, il était peut-être préférable qu'elle le garde avec elle, cela avait donné à la jeune femme le prétexte dont elle avait besoin pour convaincre la doniate de la laisser emmener Loup, et les chevaux, prendre un peu d'exercice à l'écart du campement.

Donc, dès le lendemain matin, la jeune femme avait veillé à partir le plus tôt possible avant que Zelandoni ne change d'avis. Jondalar avait abreuvé et bouchonné les chevaux avant le repas du matin et lorsqu'il avait attaché les couvertures sur Whinney et Rapide, puis passé leur licou à Rapide et à Grise, les animaux avaient compris qu'ils étaient de sortie et en avaient piaffé d'impatience. Même s'ils n'envisageaient pas de la monter, Ayla ne voulait pas laisser la pouliche seule ; elle était sûre que Grise se sentirait abandonnée s'ils ne la prenaient pas avec eux : les chevaux appréciaient la compagnie, surtout celle de leurs semblables, et Grise avait elle aussi besoin de prendre de l'exercice.

Lorsque Jondalar saisit une paire de paniers destinés à être accrochés sur l'arrière-train d'un cheval, Loup le regarda avec espoir. Les porte-bagages étaient pleins d'objets divers et de mystérieux paquets enveloppés dans le matériau marron clair à base de fibres de lin tissées par Ayla pour passer le temps durant sa convalescence. Marthona s'était débrouillée pour lui faire fabriquer un petit rouet et lui avait appris à tisser. L'un des paniers était recouvert d'une grande pièce de cuir destinée à être étalée par terre, l'autre par les peaux souples, de couleur jaunâtre, servant à se sécher, que leur avaient offertes les Sharamudoï.

Loup bondit en avant lorsque l'homme lui fit signe qu'il pouvait les accompagner. Près de l'enclos aux chevaux, Ayla s'arrêta pour ramasser quelques baies bien mûres pendant de buissons aux extrémités rouges. Elle frotta contre sa tunique les fruits tout ronds, d'un bleu profond, remarqua que leur peau tirait nettement sur le noir, les fourra dans sa bouche et les croqua avec un sourire de satisfaction, savourant leur goût sucré et juteux. Elle grimpa sur une souche pour monter sur Whinney, heureuse d'être simplement dehors, sachant qu'elle ne serait pas obligée de réintégrer avant un moment le bâtiment de la Neuvième Caverne. Elle était sûre de connaître dorénavant par cœur la moindre craquelure fendillant les motifs peints ou sculptés qui décoraient chacun des solides piliers en bois soutenant le toit de chaume de leur habitation, la plus petite trace de suie noircissant les bords du trou permettant à la fumée de s'échapper. Elle était heureuse de revoir le ciel et les arbres, un paysage préservé de toute présence humaine.

Dès qu'ils se mirent en chemin, Rapide se montra exceptionnellement turbulent, et même un peu hargneux. Cette indiscipline se communiqua aux deux juments, les rendant plus délicates à maîtriser. Lorsqu'ils eurent franchi la zone boisée, Ayla ôta son licou à Grise de façon à pouvoir avancer au rythme qu'elle souhaitait et, par un accord tacite, Jondalar et elle lancèrent leur monture au galop, jusqu'à atteindre leur allure maximale. Lorsque les animaux décidèrent à l'unisson de ralentir, ils avaient épuisé leur excès d'énergie et étaient redevenus plus calmes, ce qui était loin d'être le cas pour Ayla. La jeune femme se sentait euphorique. Elle avait toujours aimé galoper à fond et se sentait d'autant plus excitée par cette course folle qu'elle sortait d'une longue période de réclusion.

Côte à côte, ils avancèrent à un rythme plus raisonnable dans un paysage délimité par des collines assez élevées, des falaises de craie et des vallées encaissées. Bien que le soleil à son zénith fût encore très chaud, la saison estivale touchait visiblement à son terme : les matinées étaient souvent d'une fraîcheur mordante, les soirées nuageuses, voire pluvieuses. Du beau vert qu'elles arboraient au summum de l'été, les feuilles viraient au jaune, parfois même au rouge automnal. Les herbages des vastes plaines passaient de la profondeur de l'or ou de la richesse des bruns à la pâleur des jaunes ou à l'ocre tirant sur le gris : ce seraient désormais les couleurs dominantes du foin naturel qui peuplerait les champs durant presque tout l'hiver. Toute cette palette de coloris réjouissait Ayla, mais c'étaient les pentes boisées des collines exposées au sud qui lui coupaient le souffle : de loin, les bosquets et les taillis lui apparaissaient comme autant de bouquets de fleurs aux couleurs éclatantes.

Sans cavalier sur le dos, Grise se contentait de suivre le rythme, s'arrêtant çà et là pour paître, tandis que Loup furetait un peu partout, fourrant son museau dans des terriers, des buissons, des herbes hautes, suivant les traces de fumets ou des bruits que lui seul était en mesure de percevoir. Leur itinéraire formait un grand cercle qui depuis le cours de la Rivière, vers l'amont, finirait par les ramener au campement. Mais, plutôt que de retourner vers le site de la Réunion d'Eté, ils préférèrent couper vers le ruisseau qui serpentait dans les bois jusqu'au nord du campement de la Neuvième Caverne. Le soleil était au zénith lorsqu'ils arrivèrent devant la mare profonde qui occupait un méandre du petit cours d'eau. Au bord, des arbres offraient leur ombre protégeant du soleil la discrète plage de gravier sablonneux.

Le soleil était d'une chaleur agréable lorsque Ayla passa sa jambe sur le dos de Whinney et se laissa glisser à terre. Elle dénoua les paniers, ôta la couverture de cheval et, tandis que Jondalar étendait la grande pièce de cuir, elle sortit un sac aux fines mailles tressées et fit manger à sa jument gris-jaune un mélange de graines, d'avoine pour l'essentiel, avant de la caresser et de la grattouiller avec affection. Au bout d'un moment, elle réitéra l'opération avec Grise, qui la poussait du museau pour attirer son attention.

De son côté, Jondalar nourrit et flatta Rapide. L'étalon était encore plus difficile à maîtriser que d'habitude. Même si les graines et les caresses le calmèrent quelque peu, Jondalar n'avait pas envie de devoir se lancer à sa recherche s'il décidait de s'éloigner un peu trop. A l'aide d'une longe nouée à son licou, il attacha le cheval à un arbuste. Jondalar se rappela soudain qu'il s'était demandé s'il ne devait pas laisser l'étalon se faire une place au sein des troupeaux qui rassemblaient ses congénères dans les vastes plaines et si ce moment n'était pas venu, mais il décida en fin de compte de n'en rien faire : il n'était absolument pas déterminé à se priver de la compagnie du magnifique animal.

Loup, qui était parti vaquer à ses occupations, surgit soudain de derrière un bosquet. Ayla avait apporté pour lui un bel os encore plein de viande, mais avant de le retirer du panier elle décida de s'occuper un peu de l'animal : elle tapota son épaule et se prépara à recevoir le choc du poids de l'énorme bête. Celle-ci sauta sur ses pattes arrière et se tint en équilibre en posant ses pattes avant sur les deux épaules de la jeune femme, avant de lui lécher le cou et de prendre sa mâchoire entre ses dents, avec une grande douceur. Elle reproduisit le même manège avec l'animal, puis lui fit signe de se remettre à quatre pattes avant de s'agenouiller devant lui et de saisir sa tête entre ses deux mains. Elle le flatta, le gratta derrière les oreilles, caressant à rebrousse-poil l'épaisse fourrure de son cou avant de s'asseoir carrément par terre et de le serrer très fort contre elle. Elle savait que le loup avait été là pour elle, lui aussi, au même titre que Jondalar, alors qu'elle se remettait de son périlleux voyage vers le Monde des Esprits.

Même s'il en avait été le témoin d'innombrables fois, le grand homme blond s'émerveillait toujours de la façon dont elle se comportait avec le loup : car s'il se sentait lui-même tout à fait à l'aise avec l'animal, il lui arrivait de se rappeler que Loup était une bête fauve. Un chasseur. Un tueur. Ses semblables traquaient, tuaient, dévoraient des animaux bien plus gros qu'eux. Loup aurait pu tout aussi bien déchiqueter la gorge d'Ayla que la caresser tendrement de ses dents, et pourtant Jondalar se fiait absolument à cet animal pour tout ce qui concernait cette femme et leur enfant. Il avait pu percevoir l'amour que Loup ressentait pour elles et, tout en étant incapable de concevoir comment une telle chose était possible, il la comprenait au plus profond de lui-même. Il était par ailleurs intimement persuadé que Loup éprouvait pour lui un sentiment aussi profond que celui que lui-même éprouvait pour l'animal. Celui-ci lui faisait confiance dans ses rapports avec la femme et l'enfant qu'il aimait, mais Jondalar avait la conviction absolue que si, à un moment, Loup croyait l'homme sur le point de faire du mal à l'une ou à l'autre, il n'hésiterait pas une seconde à l'en empêcher avec tous les moyens dont il disposait, même si cela impliquait de le tuer. Et lui-même ferait la même chose.

Jondalar aimait beaucoup regarder Ayla avec son loup. Il est vrai qu'il adorait la regarder, quoi qu'elle fasse, surtout maintenant qu'elle était redevenue complètement elle-même et qu'ils étaient de nouveau ensemble. Il s'était senti affreusement malheureux lorsqu'il l'avait quittée pour partir avec la Neuvième Caverne à la Réunion d'Eté, et elle lui avait terriblement manqué, malgré sa brève passade avec Marona. Après avoir eu la certitude de l'avoir perdue, à cause de ce qu'il avait fait et par la faute de ces racines dont elle avait bu le suc, il avait du mal à croire qu'ils étaient de nouveau unis. Il s'était si bien mis dans la tête qu'il l'avait perdue pour toujours qu'il n'arrêtait pas de la contempler, de lui sourire, de la regarder lui rendre son sourire, afin de se persuader qu'elle était toujours sa compagne, la femme de sa vie, qu'ils chevauchaient tous les deux, qu'ils nageaient côte à côte, bref qu'ils étaient tout simplement ensemble, comme si rien ne s'était passé.

Ce qui l'amena à repenser au long voyage qu'ils avaient mené à bien tous les deux, aux aventures et aux gens qu'ils avaient rencontrés dans leur périple. Il y avait les Mamutoï, ces chasseurs de mammouths qui avaient adopté Ayla, les Sharamudoï, ce peuple au sein duquel son frère Thonolan avait trouvé une compagne, même si, par la suite, la mort de celle-ci avait anéanti son esprit. Comme tant d'autres, Tholie et Markeno auraient bien aimé qu'ils restent parmi eux, surtout après qu'Ayla avait fait montre de ses talents de guérisseuse pour redresser le bras cassé de Roshario, qui se réparait mal. Ils avaient également fait la connaissance de Jeran, un chasseur hadumaï, le peuple à qui il avait rendu visite en compagnie de Thonolan. Sans oublier bien sûr les S'Armunaï, dont les chasseresses, les Femmes-Louves, s'étaient emparées de lui. Attaroa, leur chef à toutes, avait tenté de se débarrasser d'Ayla et Loup l'en avait empêchée en recourant à la seule solution qui lui était offerte : en la tuant. Et puis il y avait eu les Losadunaï...

Il se rappela soudain leur halte chez les Losadunaï, lors de leur long voyage de retour depuis les terres des Chasseurs de Mammouths : ceux-ci vivaient de l'autre côté des hauts plateaux glacés, à l'est, là où la Grande Rivière Mère prenait sa source, et leur langue présentait assez de points communs avec le zelandonii pour qu'il ait pu aisément en comprendre l'essentiel. Même si Ayla, avec son don pour les langues, l'avait apprise plus vite et maniée encore mieux que lui. Parmi les voisins des Zelandonii, les Losadunaï faisaient partie de ceux qu'ils connaissaient le mieux, et de nombreux voyageurs des deux peuples se rendaient souvent visite, même si parfois la traversée des glaciers n'allait pas sans risque.

Lors de leur visite, une Fête de la Mère avait eu lieu, et juste avant qu'elle ne commence, Jondalar et Losaduna avaient participé à une cérémonie privée. Jondalar avait demandé à la Grande Mère un enfant d'Ayla, un enfant né à son foyer, à partir de son esprit, ou de son essence, comme Ayla l'avait toujours affirmé. Il avait à cette occasion présenté une requête particulière : il avait demandé, si Ayla tombait enceinte d'un enfant de son esprit, qu'il puisse avoir la certitude que cet enfant était bien de lui. Jondalar s'était souvent entendu dire qu'il bénéficiait des faveurs de la Mère, au point qu'aucune femme ne pouvait rien lui refuser, pas même Doni Elle-même.

Il avait l'absolue conviction que, lorsque Ayla s'était égarée dans les immensités du néant après avoir absorbé une fois encore le suc des si redoutables racines, la Grande Mère avait accédé à sa supplique passionnée, qu'Elle lui avait accordé ce qu'il souhaitait, ce dont il rêvait, ce qu'il demandait depuis si longtemps, et intérieurement il La remercia une fois de plus. Mais il comprit aussi, tout à coup, que la Mère avait également accédé à la requête qu'il Lui avait adressée lors de la cérémonie spéciale avec Losaduna : il savait désormais que Jonayla était sa fille, l'enfant de son essence, et il en fut fort aise.

Il comprenait désormais que tous les enfants qu'Ayla viendrait à mettre au monde seraient les siens, seraient issus de son esprit, de son essence, et cela parce que c'était elle et non une autre, parce qu'elle l'aimait, et cette certitude l'enchantait. Il comprit aussi qu'il n'aimerait qu'elle, quoi qu'il advienne. Mais il savait également que ce nouveau Don de la Connaissance allait changer bien des choses, et il ne put s'empêcher de se demander jusqu'à quel point.

Il était loin d'être le seul dans ce cas. Tout le monde y réfléchissait, une personne en particulier : installée paisiblement dans le local de la Zelandonia, la femme qui était la Première parmi Ceux Qui Servent la Mère songeait à ce nouveau Don de la Connaissance.

Elle savait qu'il allait changer le monde.

Remerciements

Pour écrire ma saga des « Enfants de la Terre », j'ai bénéficié de l'assistance de nombreuses personnes. Je souhaite remercier en particulier, une fois encore, deux archéologues français, les professeurs Jean-Philippe Rigaud et Jean Clottes, dont l'aide m'a été précieuse au fil des années : tous deux m'ont permis de comprendre et de visualiser les décors qui ont servi de toile de fond à mes livres.

Dès ma première visite en France, l'apport du professeur Rigaud dans le cadre de mes recherches a été considérable, et n'a fait que se confirmer avec le temps. Je me souviens avec une émotion toute particulière de la visite, organisée par ses soins, de l'abri de pierre de la Gorge d'Enfer, qui n'a guère subi de modifications depuis l'âge de glace : un espace vaste, profond et bien protégé, largement ouvert sur le devant, au sol égal et plan, au plafond rocheux et disposant d'une source naturelle sur l'arrière. Il n'était pas difficile de s'imaginer comment ce lieu pouvait être transformé en un endroit où l'on pouvait vivre confortablement. J'ai également vivement apprécié la disponibilité dont il a fait preuve pour fournir aux journalistes des médias du monde entier les informations à la fois importantes, intéressantes et pertinentes concernant certains sites préhistoriques des Eyzies-de-Tayac et de leurs environs immédiats, quand cette petite bourgade française a été le siège du lancement du cinquième tome de la série, *Les Refuges de pierre*.

Je ne saurais également remercier assez le professeur Jean Clottes d'avoir organisé pour mon mari Ray et moi-même la visite d'un certain nombre de grottes peintes particulièrement remarquables dans le sud de la France. Celle des grottes – l'Enlène, les Trois-Frères et le Tuc-d'Audoubert – situées sur la propriété du comte Robert Bégouën, dans la vallée du Volp, dont les peintures sont souvent décrites dans les textes et reproduites dans les livres d'art, a été particulièrement mémorable. Pouvoir admirer dans leur environnement certaines de ces peintures remarquables en compagnie du professeur Clottes et du comte Bégouën a été pour nous une expérience inoubliable. J'en remercie tout particulièrement le propriétaire des lieux (dont le grand-père et ses deux frères ont été les premiers à explorer les grottes avant d'entreprendre de les préserver, avec succès jusqu'à ce jour) : personne ne peut pénétrer dans les grottes en question sans l'autorisation du comte, qui accompagne le plus souvent ses visiteurs.

Nous avons visité de nombreuses autres grottes avec le professeur Clottes, en particulier Gargas, l'une de mes préférées, avec ses multiples empreintes de mains, dont celles d'un enfant, et sa niche, suffisamment vaste pour qu'un adulte puisse y pénétrer, dont les parois rocheuses sont entièrement recouvertes d'une riche peinture rouge réalisée à l'aide des ocres de la région. Je suis intimement persuadée que Gargas est une grotte de femme : on a le sentiment d'y être au sein même de la terre. Mais je suis tout particulièrement reconnaissante au professeur Clottes de nous avoir fait visiter cet endroit extraordinaire qu'est la grotte Chauvet. Même si, terrassé par la grippe, il n'a pas eu la possibilité de nous y accompagner, il s'est arrangé pour que son « inventeur », Jean-Marie Chauvet, qui a donné son nom au site, et Dominique Baffier, son administrateur, nous montrent cet endroit remarquable. Un jeune homme qui travaillait sur les lieux était également de l'expédition et m'a gentiment aidée à franchir les parties les plus délicates.

Ce fut là une expérience particulièrement émouvante qui demeurera dans ma mémoire, et je remercie tant M. Chauvet que le professeur Baffier pour leurs explications à la fois claires et pénétrantes. Nous sommes entrés par le plafond, sensiblement élargi depuis que M. Chauvet et ses collègues ont pénétré pour la première fois dans les lieux, puis sommes descendus par une échelle fixée à la paroi rocheuse, l'entrée d'origine ayant été obstruée par un glissement de terrain il y a plusieurs milliers d'années. Nos accompagnateurs nous ont fait part de certaines modifications intervenues au cours des quelque trente-cinq mille années écoulées depuis que les premiers artistes y ont peint leurs magnifiques œuvres.

Je voudrais également remercier Nicholas Conard, un compatriote américain installé en Allemagne, responsable du département d'archéologie de l'université de Tübingen, qui nous a donné l'occasion de visiter plusieurs des grottes de cette région, disséminées sur les rives du Danube. Il nous a également montré de nombreux objets en ivoire vieux de plus de trente mille ans, dont des mammouths, un très gracieux oiseau en plein vol – en deux parties retrouvées à plusieurs années d'intervalle –, ainsi qu'un étonnant personnage, mi-homme, mi-lion. Sans oublier sa dernière trouvaille, une statuette de femme du même style que d'autres qui furent retrouvées en France, en Espagne, en Autriche, en Allemagne et en République tchèque, datant de la même époque mais tout à fait unique dans sa réalisation.

Mes remerciements vont également au professeur Lawrence Guy Strauss, qui nous a si aimablement aidés à organiser certaines visites de sites et de grottes et nous a souvent accompagnés dans plusieurs de nos voyages en Europe. Ceux-ci ont été marqués par plusieurs moments remarquables, l'un des principaux étant notre visite de l'Abrigo do Lagar Velho, au Portugal, site où a été retrouvé le squelette de « l'enfant du val de Lapedo », apportant la preuve que les contacts entre hommes de Neandertal et humains « modernes » sur le plan anatomique avaient donné une descendance commune. Les discussions avec le professeur Strauss sur ces humains de l'âge de glace ont été pleines d'enseignements, mais aussi constamment fascinantes.

J'ai eu des discussions avec les nombreux archéologues, paléoanthropologues et spécialistes que j'ai eu l'occasion de rencontrer et de questionner à l'envi sur cette période particulière de la préhistoire au cours de laquelle, durant plusieurs milliers d'années, les deux espèces d'hommes ont occupé simultanément l'Europe. J'ai apprécié l'amabilité avec laquelle ils ont répondu à mes questions et leur disponibilité pour discuter des différents scénarios possibles quant à leur mode de vie.

Je souhaite remercier tout particulièrement le ministère de la Culture français pour avoir publié en 1984 un livre irremplaçable à mes yeux : il s'agit de *L'Art des cavernes. Atlas des grottes ornées paléolithiques françaises*. Cet ouvrage offre des descriptions très complètes, accompagnées de plans, photographies, dessins, tous abondamment légendés, de la plupart des grottes peintes et gravées découvertes en France jusqu'en 1984. Ce qui signifie qu'il ne comprend pas celle de la grotte Cosquer, dont l'entrée se situe au-dessous de la surface de la Méditerranée, ni celle de la grotte Chauvet, l'une et l'autre n'ayant été découvertes qu'après 1990.

J'ai visité de nombreuses grottes, certaines à plusieurs reprises, et si je n'avais oublié ni l'ambiance ni l'atmosphère qui y régnaient, ni l'état d'esprit qui m'animait, ni encore les sentiments éprouvés à la vue de ces exceptionnelles œuvres d'art peintes sur les parois de ces différentes cavernes, je ne me rappelais pas toujours dans laquelle se trouvait précisément telle ou telle peinture, sur quelle paroi elle apparaissait, à quel endroit de la grotte elle se trouvait, la direction dans laquelle elle était orientée. Ce livre m'a donné toutes les réponses dont j'avais besoin. Le seul problème étant qu'il était rédigé en français. Or, même si j'ai acquis de bonnes notions de cette langue au fil des ans, on ne peut pas dire que je la maîtrise réellement.

J'exprime donc toute ma reconnaissance à Claudine Fisher, consul honoraire de France dans l'Oregon, professeur de français et directrice des études canadiennes à l'université d'Etat de Portland. De langue maternelle française – elle est née en France –, c'est elle qui s'est chargée de traduire toutes les informations dont j'avais besoin sur chacune des grottes qui retenaient mon attention. Un travail considérable. Sans son aide, jamais je n'aurais pu écrire ce livre, et ma gratitude va au-delà des mots. Outre le fait que c'est une grande amie, son aide a eu de nombreuses occasions de s'affirmer.

Je voudrais également remercier plusieurs autres amis qui ont accepté de bonne grâce de lire un long manuscrit alors qu'il n'était pas encore tout à fait au point, et de me faire part de leurs commentaires : ils ont nom Karen Auel-Feuer, Kendall Auel, Cathy Humble, Deanna Sterett, Gin DeCamp, Claudine Fisher et Ray Auel.

Toute ma gratitude *in memoriam* au professeur Jan Jelinek, archéologue né en Tchécoslovaquie, pays devenu depuis la République tchèque, qui m'a apporté un soutien multiforme, et ce depuis nos premiers échanges de lettres jusqu'à sa visite et celle de son épouse Kveta dans l'Oregon, en passant par les nombreux séjours que Ray et moi avons faits dans les sites paléolithiques proches de Brno. Son aide a été inappréciable. Toujours attentionné, généreux de son temps et de ses connaissances, il me manque beaucoup.

J'ai la chance d'avoir Betty Prashker pour éditrice : ses commentaires sont toujours pleins de sagesse, elle m'incite à donner le meilleur de moi-même et améliore encore le résultat final. Un grand merci à elle.

Et toute ma gratitude, encore et toujours, à celle qui est là depuis le début, mon merveilleux agent littéraire, Jean Naggar. A chaque nouvelle livraison je l'apprécie encore plus. Je veux remercier également Jennifer Weltz, l'associée de Jean au sein de l'agence littéraire Jean V. Naggar. Toutes deux continuent de faire des miracles pour cette saga, traduite dans de nombreuses langues et désormais accessible dans le monde entier.

Durant ces dix-neuf dernières années, Delores Rooney Pander a été ma secrétaire et mon assistante personnelle. Malade, elle a malheureusement été contrainte de me quitter, mais je souhaite la remercier pour les services qu'elle m'a rendus durant toutes ces années : on ne peut jamais savoir vraiment à quel point on peut s'appuyer sur une personne avant que celle-ci ne s'efface. Au-delà de tous les travaux qu'elle a pu effectuer pour moi, ce sont nos conversations, nos discussions, que je regrette le plus. Au fil des ans, elle est devenue une amie très chère. (Delores est morte d'un cancer en 2010.)

Et enfin, avant tout, à Ray, mon époux, qui est toujours là pour moi : mon amour et ma gratitude, au-delà de toute mesure.

Composé par Nord Compo Multimédia
7, rue de Fives, 59650 Villeneuve-d'Ascq
Impression réalisée par
CPI Brodard et Taupin
en avril 2011

Dépôt légal : avril 2011
N° d'impression : 64582